LA MANO DE FÁTIMA

法蒂玛之手

〔西班牙〕伊德方索·法孔内斯 著
ILDEFONSO FALCONES

施杰 李雪菲 译

著作权合同登记号　图字 01-2017-2984

Ildefonso Falcones
LA MONO DE FÁTIMA
Copyright © 2009，Ildefonso Falcones de Sierra
Translated from the original edition of Penguin Random House Grupo Editorial，Barcelona，2009.
All rights reserved.

图书在版编目(CIP)数据

法蒂玛之手/(西)伊德方索·法孔内斯著;施杰，李雪菲译.—北京:人民文学出版社,2017
ISBN 978-7-02-012832-7

Ⅰ.①法… Ⅱ.①伊… ②施… ③李… Ⅲ.①长篇历史小说-西班牙-现代 Ⅳ.①I551.45

中国版本图书馆 CIP 数据核字(2017)第 107044 号

责任编辑　朱卫净　欧雪勤
装帧设计　高静芳

出版发行　人民文学出版社
社　　址　北京市朝内大街 166 号
邮政编码　100705
网　　址　http://www.rw-cn.com
印　　刷　上海盛通时代印刷有限公司
经　　销　全国新华书店等
字　　数　642 千字
开　　本　720 毫米×1000 毫米　1/16
印　　张　46.125
插　　页　3
版　　次　2017 年 11 月北京第 1 版
印　　次　2017 年 11 月第 1 次印刷
书　　号　978-7-02-012832-7
定　　价　98.00 元

如有印装质量问题,请与本社图书销售中心调换。电话:010 - 65233595

谨献给我的儿子们：

伊德方索、亚历杭德罗、何塞·马里亚和吉耶尔莫

目录

第一部　　以安拉之名
1

第二部　　以爱之名
201

第三部　　以信仰之名
427

第四部　　以我主之名
579

终　章
717

作者后记
727

一个穆斯林在战斗中或身处异教地区时,他没有义务展示出与周围的人相异的外表。在上述情况下,穆斯林可以主动或是被强迫地变成和周围的人一样,只要他的目的是为了发扬神圣:向他人传教、探知神秘、帮助他人成为穆斯林、规避危险或是为了其他益处。

——著名阿拉伯法学学者艾哈迈德·伊本·泰米叶①

---

① 艾哈迈德·伊本·泰米叶(1263—1328),十四世纪伊斯兰教义学家、教法学家,原教旨主义的倡导者。

第一部

以安拉之名

……总之,每天都这样与敌人搏斗着:寒冷、酷热、饥饿、处处弹尽粮绝、轭具残缺,新的伤痛、接连的死亡,直到我们看见我们的敌人——那个好战的民族,那些曾经阵容齐整、厉兵秣马,在柏柏尔人和土耳其人的助焰之下目空一世地等待着我们的人——最终被战胜、征服,被逐出了这片土地,他们的房屋和财产被掠夺一空;男人们和女人们被绑为俘虏;他们的孩子被廉价甩卖,被人带到离乡背井几千里的地方……历尽千难万险之后,我们真的胜利了么?有时我们怀疑,我们和敌人,究竟谁才是上帝想要惩罚的人。

——迭戈·乌尔塔多·德·门多萨 ①
《格拉纳达战争》第一卷

---

① 迭戈·乌尔塔多·德·门多萨,文艺复兴时期诗人、历史学家、翻译家、军人和外交家。

1

格拉纳达王国①，阿尔普哈拉斯②，胡维莱斯镇

1568 年 12 月 12 日，星期日

早晨十点，召集弥撒的钟声敲碎了冰封着小镇的阴冷。这个小镇坐落于内华达山系中一座山峰的峰顶。金属质感的钟声顺着山势而下，撞击着孔特拉维耶萨山脉的裙裾。孔特拉维耶萨山脉从南边包裹着肥沃的山谷，山顶的融雪顺流而下，丰沛的雪水滋养着穿越山谷的三条河流：瓜达尔菲欧河、阿德拉河和安达拉克斯河。阿尔普哈拉斯的土地跨越了孔特拉维耶萨山脉，一直绵延到地中海。冬日微薄的阳光下，近两百名男女老少拖着步子，静默地迈向教堂，会集在它的门前。

教堂用赭石色石块建造，不带任何外饰，呈简单的长方形。教堂的一侧倚着粗壮的钟塔。挨着教堂开辟了一方广场，广场建在溪流之上，溪流错综通向山谷之中。从广场向山脉望去，能看见许多狭窄的小路，小路两边镶着一座座低矮的平房。房子的墙是用石灰抹的，一两层高，门窗很小，平坦的屋顶上竖着圆柱形的烟囱，烟囱带着罩子，远远望去像朵朵蘑菇。屋顶上摊晒着辣椒、无花果和葡萄。小路顺着山坡向上迂回，下层房屋的屋顶和上层房屋的地基一般高，就仿佛是一幢叠一幢搭起来的一样。

教堂门前的广场上，几个孩子和几个旧天主教徒③——镇上有二十来个旧天主教徒吧——正凝视着一位老妇。老妇被推上了教堂前高耸的楼梯；她战战兢兢地用手扶着栏杆，嘴里仅剩的几颗牙咯咯作响。受过洗礼的摩里斯科人纷纷进了教堂，甚至没有瞥一眼他们这位教友姊妹。一清早她就被推到这里，绑在最高的那根横梁上，没有外衣的她独自承受着严冬的寒风。钟声不停地响着，随着钟舌敲击而不停

---

① 位于西班牙南部，现为一个省。
② 西班牙南部、格拉纳达与阿尔梅里亚两省之间的多山地区。
③ 与之对应的是被称为新天主教徒的摩里斯科人。

战栗着的老妇努力保持着身体的平衡。一个男孩伸出手来指向她，一阵笑声打破了现场的寂静。

"老巫婆！"欢笑中传出一声喊叫。

几个人拿起石块掷在了老妇身上，一时间，楼梯下唾满了痰迹。

钟声停了，还在外头的天主教徒们赶忙拥进了教堂。教堂里，距祭坛几步远的地方，一位皮肤被日头晒得黝黑的高大男子正对着信徒们跪在那里。他一头黑发，没戴披肩也没穿外套，颈上绑着一根麻绳，双臂交叉成十字，两手各握着一支点燃的蜡烛。

几天前，这个男人曾把一件衬衣交给刚才楼梯上的那位老妪。衬衣是他妻子的，他妻子患了顽疾。他把衬衣交给那位老人，是为了让她把它带到传说中有治病神力的一汪清泉中洗一洗。那泉水隐藏在崎岖陡峭的石崖中，人们几乎从来不在那里洗衣服。赶巧不巧，老妇去洗衣的那一天，恰好被镇上的神父堂·马丁给撞上了。见她不远千里只为洗那一件衬衣，堂·马丁神父断定这事必与巫术有关，处罚便如期而至：周日的整个上午，那位老妇都得被绑在高悬的楼梯上，接受民众的嘲笑和奚落，而求她施展巫术的那位天真的摩里斯科人则不得不跪在祭坛前，让所有前来祷告的人们都可以看到他一边忏悔一边接受训诫的样子。

进了教堂，男人们就得与他们的妻子分开，妻子们带着女儿站在最前面的几排。那个摩里斯科人就跪在女人们的脚前，眼神涣散。所有的女人都认识他：他是个好人，耕着自己的地，养着自己的几头奶牛。他只是想要帮帮他那生病的妻子呵！慢慢地，男人们都找到了自己的位子，有序地排在女人们的后面。待所有人都站定之后，神父堂·马丁、受俸教士堂·萨尔瓦多以及教堂司事安德列斯一齐走向了祭坛。堂·马丁身材丰硕、面色白皙、脸颊红润，身着一袭绣金神袍。他走到那些虔诚的教徒面前，在尊座上坐了下来，教士和司事分立在他的两侧。有人关上了教堂的大门，没有风，烛火也不再闪摆。教堂顶上五彩的伊斯兰装饰光辉闪耀，与祭坛及侧墙上天主教受难画的节制与凄凉形成了鲜明的反差。

司事是一个高挑的年轻人，他身着黑服，身材瘦削，脸庞是和大多数信徒一样的棕黑色。他打开一本册子，清了清嗓子。

"弗朗西斯科·阿尔瓜西尔。"司事念道。

"到。"

证实了声音的来源之后，司事在册子上做了记录。

"何塞·阿尔梅尔。"

"到。"

司事继续记录。"米拉格洛斯·加西亚、玛丽亚·安布罗斯……"每叫到一个名字，都有相应的人以"到"回应，随着安德列斯的名单越念越往后，回答的声音也越来越像一声嘟哝。司事只管对照着每个人的面孔，做好自己的记录。

"马尔科斯·努涅斯。"

"到。"

"你上周日没来做弥撒吧。"司事诘问道。

"我那天是在……"那个男人试图辩解，但又想不出合适的西班牙语用词。他仓促地用阿拉伯语完成了后半句，同时挥起一份文件。

"你过来。"安德列斯命他上前。

于是马尔科斯·努涅斯挤过人群，来到祭坛下面。

"我那天到乌希哈尔去了。"这会儿他算是完成了那句解释，同时把那份文件交给司事。

安德列斯瞄了一眼那张纸，便把它交给神父。只见神父拿起那文书细细端详，验证过签名以后，做了个同意的表情：乌希哈尔教堂神甫证明，胡维莱斯镇居民、新天主教徒马尔科斯·努涅斯于1568年12月5日在本市参加了教堂弥撒。

司事的脸上闪过一丝难以察觉的笑容，他在册子上写了两笔，又接着念那份无尽冗长的新天主教徒名单——所谓新天主教徒，就是那些被西班牙国王强迫进行洗礼从而皈依天主教的穆斯林——作为新天主教徒，必须证明自己每个周日和训诫日都参加了相应的宗教仪式。念到名字没有答"到"的人员都被仔仔细细地记录了下来。有两个妇人无法说明自己为什么没有参加上周日的弥撒，她们不像马尔科斯·努涅斯那样带有乌希哈尔教堂颁发的证明，只是慌乱地辩解着。安德列斯任由她们解释，眼神却偷偷瞄向了神父。堂·马丁用专横的手势示意她们闭嘴，其中一个妇人立刻安静了下来，而另一个却还在奋力申辩，称上个周日自己是病了。

"你们可以去问我老公！"她一边嚷着，一边焦急而紧张地在最后几排人里寻找她的丈夫，"他会跟你们……"

"安静，你这个魔鬼的追随者！"

神父堂·马丁一声怒吼把那个摩里斯科人妇女吓得哑口无言，她低下了头，同时那位司事也记下了她的名字：这两个女人都要支付半个里亚尔①作为惩罚。

漫长的点名之后，神父开始了弥撒。在此之前，他又命司事让那个摩里斯科忏

---

① 西班牙古币。

悔者把手里握着的蜡烛举高了些。

"以圣父、圣子以及圣灵的名义……"

仪式继续着,尽管真正能够理解这些神圣话语,或是真正能够跟上这种语速的人实在很少,甚至整个布道过程中夹杂着的神父的那些训斥都很少有人能够明白。

"难道你们认为一口破泉里的水就能帮你们祛病消灾吗?"神父用颤抖的食指怒指着那个跪着的人,脸皱成一团,"这就是你们的榜样。正因为你们如此堕落腐化、亵渎神明,基督才要惩罚你们,让你们的生活充满苦难,也只有基督才能拯救你们脱离苦海!"

下面的大多数人根本不懂西班牙语,只有一小部分人能用阿尔哈米亚语跟西班牙人沟通:那是一种混合了阿拉伯语和西班牙语的方言。但是不管怎样,所有的人都必须会用西班牙语背诵天主经、万福玛利亚、信经、圣母颂和戒律。那些受过洗礼的摩里斯科孩子有教堂司事给他们上课讲授,而一般的男男女女,每周五和周六都有相应的课程,所有的人都必须参加,否则就得接受罚款或是被禁止结婚;只有当他们能一字不差地背下那些祷告的时候,才能被准许不再参加此类课程。

弥撒还在进行,有些人祈祷了起来。孩子们在很认真地听司事讲课;他们读得很大声,几乎像叫喊一样——这是他们父母教的,因为只有这样,大人们才能趁教士来回走动监督的当儿偷偷地呼求真主安拉。很多人都闭着眼,如此默默而语,不住悲呼着。

"噢!宽宏多恕的真主!让我远离罪恶吧……"教士堂·萨尔瓦多刚走远一点,男人们的队伍里就传出了这样的声音;当然教士也不敢走得太远,他也害怕那些新天主教徒会在天主教的弥撒进行时,在属于天主教的圣殿里呼求伊斯兰的神来挑战他。

"噢!至尊独贵的真主!用你的力量指引我吧……"最边上那一排,一个年轻的新天主教徒在孩子们嘈杂的吟诵声中哀求道。萨尔瓦多愤怒地转了回来。

"噢!普慈广施的真主啊!请把我放在你的荣耀里……"反方向也有一个人趁机祷告起来。

教士被气得满脸通红。

"噢!特慈专赐的真主!"又一个人祈求了起来。

此时,天主教的祷告结束了,神父干涩的声音又君临殿堂。

"愿世人都尊你真主的名为圣。"从最后几排中清楚地传出一个声音。

大多数的摩里斯科人①都僵在了那里,有的人在看堂·萨尔瓦多,而更多的人则

---

① 被强迫皈依天主教的摩尔人。

将自己的目光隐藏了起来。是谁如此放肆,竟在这个当口赞美起真主安拉之名?受俸教士抬起脚步,推开人群,走到行列里,却无法指出那个亵渎神明的人。

弥撒进行到一半。神父堂·马丁依旧坐着,用警惕的眼神望着台下,而司事和教士则一人拿着《圣经》,一人抱着篮子,走下去接受教民们的捐赠:几个勃兰卡①、一小块面包、几个鸡蛋、一块亚麻……只有穷人不必捐钱捐物,而那些家境殷实的人如果连续三个周日都没有捐献的话,就必须接受惩罚。安德列斯仔细记录着捐赠人的名字和捐赠的物品。

被人们称作"死亡颂"的铃声摇了起来,宣告着祭献仪式正式开始。与旧天主教徒们的虔敬相对的,所有的摩里斯科人都是不情不愿地跪了下来。死亡颂继续奏着,这一刻,神父背对着广大的教民,高举起圣饼;铃声继续响着,他又将圣杯端了起来。当神父正准备念诵圣礼祷文时,教堂里响起了一阵窃窃私语;神父怒由心生,气愤地转向那些信徒。

"畜牲不如!"堂·马丁大吼着,咒骂所带出的唾沫星子溅到了圣杯里,"什么声音在那里嗡嗡作响?你们这些异教徒都给我闭嘴!好好跪着迎接基督,迎接你们唯一的真神!你!"他指着第三排的一个老人,"把身子挺起来!你不是在崇拜你的假上帝!你们看哪!要抬起头来!在最神圣的圣礼上,要抬起头来!"

神父的怒视又掠过两个摩里斯科人,随后弥撒再度开始。接下来,所有在场的男男女女都要安静地领受"圣体"②。很多人都恨不得把那饼一直含在嘴里,一回家就直接吐出来。无一例外的,所有摩里斯科人回去之后都会好好漱口,好把嘴巴里曾经装过的东西清除得一干二净。

在受过弥撒的祝福后,人们离开了教堂。有些人,那些真正的天主教信徒,他们虔诚地接受了祝福并进行了祷告;而另一些人,也是居民中的大多数,则恰恰相反:他们默念着安拉真神的独一无二,耻笑着这所谓的三位一体——他们在画十字祈祷时被迫求诉的三位一体。摩里斯科人都加快了步伐,以便赶紧到家吐出圣餐;而村子里为数不多的旧天主教徒则靠在教堂门前闲聊着,也不管自己的孩子是如何对那个老妇讥嘲叫骂。最终,那妇人从梯子上摔了下来,重重地砸在地上,蜷成僵硬的一团;她嘴唇泛紫,艰难地呼吸着。而在教堂里头,神父和他的随从延长了对忏悔者的惩罚。他们一边打扫祭坛、收拾弥撒用具,一边还在不停地指责那男人的罪过。

---

① 西班牙古币。
② 基督教各教派所使用的一种饼,通常为无酵饼并象征着耶稣。

2

摩里斯科人揭竿而起,投身叛乱,这是事实。不过,那些旧天主教徒才是真正将他们推向绝望的人:傲慢蛮横的旧天主教徒抢走了摩里斯科人的妻子,连那些神父也参与了劫掠。曾有个摩里斯科村庄去向大主教投诉他派去的牧师,由于是所有村民联名告的状,那位大主教便派人去调查投诉的原因。"请您把他调走吧,"教民们祈求着,"要不然,就让他赶紧结婚好吗?我们的孩子一个个生下来都是蓝眼睛——湛蓝湛蓝的,就和他的眼睛一模一样。"

——1568年,西班牙驻法国大使弗朗塞斯·德·阿拉瓦答腓力二世①

胡维莱斯是内华达群山中二十多个小镇的首府,其四分之一的土地为水田,其余为旱田。主要作物有小麦和大麦,此外还有种植面积四千多马尔哈尔②的各类树木:葡萄树、橄榄树、无花果树、栗子树、胡桃树等等。其中最多的是黑桑树,它也为蚕提供了必需的食物;尽管胡维莱斯出产的蚕丝不及阿尔普哈拉斯地区其他镇子有名,它依然成了该镇最主要的经济来源。

在那些海拔高度超过一千巴拉③的山顶上,勤勉的摩里斯科人辛苦耕种着每一寸土地;哪怕再陡峭的山坡,只要能产出一点点庄稼,就有摩里斯科人耕作的身影。山侧但凡没有岩石的地方都被垦成了梯田;梯田向下不断延伸着,直到山谷深处。那天,太阳已升至头顶,那个年轻人才从梯田里回到了胡维莱斯镇上。年轻人名叫埃尔南多·鲁伊兹,今年十四岁,头发是深栗色,皮肤比起他同族弟兄们的黑中带绿却要浅了许多。他的面孔与其他住在高山上的摩里斯科人大抵相似,但那双硕大的蓝眼睛却在五官中显得格格不入。他中等个子,瘦削却也灵活。

他刚把一棵橄榄树的最后一批果子摘完,那棵拧曲在麦田边的老树独自抵御着

---

① 西班牙语实际读音为:费利佩二世,哈布斯堡王朝的西班牙国王(1556—1598年在位)。他的执政时期是西班牙历史上最强盛的时代。
② 古地积单位,约合441.75平方米。
③ 古长度单位,合0.8359米。

山间萧瑟的寒风。他并没有去敲打那棵树,而是爬上枝头,徒手采摘着;他将那些深紫色的橄榄也一道摘了下来。日头把从内华达山间吹来的风晒暖了些许。他本想留在那里清理清理杂草,然后到另一块梯田去;他猜想哈迈德一定会在那儿耕种他仅有的那几块地。当只有他们俩单独在梯田里耕种或是采药的时候,他才会叫他哈迈德而非弗朗西斯科;弗朗西斯科是那位老先生受洗时被赐予的天主教名字。大多数摩里斯科人都有两个名字:天主教的名字和穆斯林的名字,后者只在自己的熟人圈子里才会使用。不过,埃尔南多却只有埃尔南多这个名字,尽管村里人常常笑他骂他,将他唤作"拿撒勒人"①。

想到这个外号,埃尔南多放慢了脚步。"我才不是什么拿撒勒人!"他一边抱怨着,一边朝家走去。他的家在镇子的郊外;那块地方足够大,他们便搭了个棚子养起了骡子。埃尔南多的继父用其中的六头骡子在阿尔普哈拉斯的各条小路上干起了货运生意;此外还有一头老骡子,绰号"老伙计",是埃尔南多的最爱。

大约一年前,埃尔南多的母亲才不得不给他解释了他外号的来历。一天早上,天蒙蒙亮,埃尔南多就帮着他继父布拉希姆——天主教徒都叫他何塞——给骡子套鞍具。干完活,他轻轻拍了拍老伙计的脖子与它作别,而就在此时,右耳上一记重重的耳光却将他打出两三米远,让他翻倒在地。

"去你娘的拿撒勒人!"布拉希姆吼道;他站在那里,双目圆睁。男孩捂着脸,晃了晃头,好让自己清醒过来。只见在继父身后,母亲低着头默默走进了屋子。"你是怎么给骡子上肚带的!"继父指着其中一头骡子对埃尔南多咆哮着,"它一路耷拉在地上,叫骡子干不了活你才开心是不是!你个没用的拿撒勒人。"继父对男孩唾了一口,"混账天主教徒。"

埃尔南多手脚并用地从继父脚下逃开,爬到棚子的一角,躲进干草堆里,把头埋到双膝中间。等了一会儿,骡子的蹄声响了起来;知道布拉希姆走了,埃尔南多的母亲阿以莎才敢出现在棚里,她走向自己的孩子,手里拿着一瓶柠檬水。

"疼吗?"她弯下腰抚摸着孩子的头。

"妈妈,为什么所有人都叫我拿撒勒人啊?"埃尔南多抽泣着从膝间抬起头。面对儿子那张被泪水淹没了的脸孔,阿以莎闭上了眼睛。她想去擦干孩子的泪,孩子却把头转了开来。"到底是为什么啊?"孩子固执地问着。

阿以莎深深叹了口气,她知道拗不过,就也蹲了下来,坐在干草堆里。

---

① 拿撒勒是以色列北部城市,耶稣的故乡,耶稣也被称为"拿撒勒人"。拿撒勒源自希伯来语 netzer,意思是枝芽或苗。《圣经·以赛亚书》曾经以"枝子"来形容大卫家系的后代。

"好吧，你也不小了。"她无奈地做出了让步——做出这个决定仿佛耗尽了她毕生的力气，"你该知道，我小时候是住在阿尔梅里亚的一个小镇里。十四年前，也就是你出生的前一年，我被镇上的那个神父给……"埃尔南多周身一颤，抽泣戛然而止。"是的，孩子，我喊了，我抵抗了，像我们的律法规定的那样抵抗了，可那家伙力气那么大，我什么都做不了……他把我带到了离镇子很远很远的地方，把我拖到了野地里，就光天化日的，那天还是个大晴天。"她悲伤地回忆着。"我当时还只是个孩子啊！"她突然叫了起来，"他一把就把我的衬衣给扯了，把我推翻在地，然后就……"

继续讲述之前，她顿了顿，从记忆回到了现实。她面对着儿子的双眼；那双眼睛睁得那么大，正直直地盯着自己。

"你就是那次凌辱带来的产物。"她低声说道，"所以……所以他们都叫你拿撒勒人，那是因为，你的爸爸其实是个天主教的神父。都怪我不好……"

母子二人相对而视，久久无言。泪水又一次从男孩眼中奔涌出来，但这次的痛却与刚才完全不同。阿以莎努力忍着，却发现这根本只是徒劳。装满柠檬水的杯子从她手中落了下来。她伸出双臂抱住了孩子，孩子在母亲的怀里寻找着庇护。

当阿以莎的肚子鼓起来的时候，当时年轻的她本可以喊出事实，试着挽回自己的名誉，但她的父亲，那个卑微的摩里斯科脚夫想的却是：既然这份耻辱无论如何都没法回避，他至少可以把她送走，眼不见为净。于是他觅到了个解决办法：他找到了布拉希姆——这个年轻帅气的胡维莱斯脚夫经常会在送货路上与他照面。他决计要将女儿许给这个小伙子：只要小伙子肯跟女儿结婚，他愿出两头骡子作为嫁妆——一头是出给女儿的，另一头则是出给女儿肚子里的小生命。布拉希姆当时还犹豫了一阵子，但作为一个穷困的年轻人，他真的需要那些骡子。况且，谁知道那个孩子能不能生出来呢？几个月就夭折了也说不定……在那罕有人住的地方，孩子在童年便早早死去的例子比比皆是。

所以，即便女孩曾被天主教神父强奸过这件事让布拉希姆大为反感，他还是接受了婚约，把女孩带回了胡维莱斯。

事与愿违，埃尔南多出生了，且健康得很；不仅如此，他还遗传了他生父的那双蓝眼睛。他不断成长，顺利活过了童年。孩子的身世从这个人口中传到了那个人口中；尽管镇上的人都对被奸污的女子怀着怜悯，但这份怜悯却全然没有转移到强暴的产物身上，特别是当他们看到堂·马丁和安德烈斯对埃尔南多关爱有加，甚至比照顾天主教徒的子女更为用心的时候——每当此时，镇上的人就更加瞧不起他。堂·马丁和安德烈斯对他是如此悉心照料，像是要从这个神父的后裔身上将穆罕默德的影响驱除干净。

将橄榄交给母亲时，埃尔南多脸上强装着微笑；这并没能骗过阿以莎的眼睛。她温柔地抚摸着孩子的头，每次发现孩子伤心时她都会这样做。在四个同母异父的弟弟妹妹的注视下，埃尔南多也并没有拒绝母亲的爱抚：母亲可以对他展示出亲昵的机会寥寥可数，无一例外的，每次都是继父不在的时候。布拉希姆毫不迟疑地站在了其他摩里斯科人一边，他仇恨着这个长着蓝眼睛的拿撒勒人，仇恨着这个神职人员的宠儿；特别是在他妻子为他生下了他的亲骨肉后，这份仇恨显得变本加厉。当时还只有九岁的埃尔南多被勒令睡在棚子里，去和骡子们挤在一起，只有在继父外出时他才可以进到屋子里来吃饭。阿以莎无法违抗丈夫的命令，这对母子只能用微小的手势和表情来传递自己的羁绊。

那天，饭准备好了，埃尔南多的四个弟妹正等着他进来。最小的弟弟穆萨只有四岁，却也在用严厉的眼神招待他。

"以慈悲的真主之名。"在坐到地上吃饭之前，埃尔南多先祈祷了起来。

小穆萨和大他三岁的哥哥阿基尔模仿着埃尔南多的祷词，同时他们直接用手从锅里夹出了母亲烹制好的食物：菜蓟烧羊肉，还拌上了油、薄荷、香菜、藏红花和醋。

埃尔南多将眼神转向了母亲；母亲正倚在墙上，看着他和他的两个弟弟。这个狭小而干净的房间充当着厨房、饭厅和弟妹们的临时卧室。埃尔南多的两个妹妹莱莎和萨哈拉正和母亲站在一起：要等男人们吃完，她们才能开始用餐。埃尔南多把一块羊肉放到嘴里嚼了起来，他朝母亲笑了一个。

用过羊肉，埃尔南多十一岁的妹妹萨哈拉又端来一盘葡萄干；还没等他拿起两颗塞到嘴里，远处就传来一阵轻轻的金属敲击声。一听到那个声音，埃尔南多迅即抬起了头。瞧见他的反应，两个弟弟也都停下了手上的动作，他们齐齐地将目光聚焦在埃尔南多身上：他们谁都无法像哥哥一样，能第一时间觉察到骡群的到来。

"是老伙计！"小穆萨叫了起来，此时大家已经都能听到骡子的声音。

埃尔南多抿起嘴唇，又朝母亲瞅了过去。是老伙计的蹄甲声：母亲的目光仿佛在和他确认着这一点。埃尔南多想跟母亲笑笑，但笑到半途却变为悲伤的表情，与阿以莎此时的神态不谋而合：布拉希姆要回来了。

"愿世人都赞美你的名。"埃尔南多做起了祷告，用餐结束了。他站了起来，心头带着不快。

房子外边，那头没有佩带任何鞍具的干瘦的骡子遍身都是擦伤；它正耐心地站在那里，等待着埃尔南多。

"老伙计,过来。"埃尔南多招呼着那头骡子,跟它一起走进了棚子。

骡蹄下不规则的响声一路跟随着埃尔南多,绕到了屋子后头。进了骡棚,埃尔南多扔了点干草给老伙计,亲切地抚摸起它的脖子。

"今天还顺利吗?"埃尔南多轻声问道。他正检查着老伙计身上一处新的擦伤。

埃尔南多看了一会儿骡子吃草,随后向山上跑去。他的继父在那儿等着他。那里很隐蔽,离从乌希哈尔来镇上的那条路还有一段距离。他穿过田野,跑了好一阵子,一路注意着不让自己碰上天主教徒。他绕过那片播种完毕的梯田,规避着那些有人耕作的土地——到了这会儿还有人在忙农活呢——跑得上气不接下气,终于到达了一块岩石丛生的地方。常人难以到达这里,他的前头就是陡直的峭壁。布拉希姆的身影出现在埃尔南多的眼中:他又高又壮,生着一把大胡子,头戴一顶绿色的宽檐帽,身穿一件半身长的蓝色披肩——它的褶边都盖过了他大腿的一半。他小腿是光着的,脚踏一双系带皮鞋。明年初,新的法律就会生效,届时格拉纳达王国内所有的摩里斯科人都必须改穿天主教徒的装束。布拉希姆的腰上,一把被新法禁止携带的弯刀闪着银光。

布拉希姆身后一头挨一头排列着的——那条崎岖的石路一次仅容一头牲口通过——是那六头载着货的骡子。岩壁间隐约能看见几个山洞的入口。

见到继父,埃尔南多停下脚步。他原本就不敢接近他,而此刻这种恐惧又陡然加剧了。这回继父会怎么对他呢?上次迟到,他可是好好吃了一顿揍,尽管他一路疾奔,一刻也没耽搁。

"傻站在那儿干吗呢?"布拉希姆冲他喊道。

埃尔南多快步向继父走去;到了跟前时,他本能地缩起了身子。他果然没能逃过惩罚,布拉希姆狠狠地在他脖子上来了一下。跟跟跄跄中,他撞到第一头骡子身前,从岩石间滑了下去,来到一个山洞的入口。随后,他开始默默地将继父卸下的货物一一塞到洞里。

"这桶油是给胡安的。"布拉希姆把一个大瓮交给埃尔南多。"哎呀,就是那个艾萨!"见埃尔南多露出了疑惑的神情,布拉希姆补充道。"这桶是给法里斯的。"埃尔南多一边整理着洞中的货物,一边努力记着货主的名字。

骡子身上的货卸了一半,布拉希姆启程返回胡维莱斯;埃尔南多则立在洞口,俯瞰着脚下辽阔的孔特拉维耶萨山。他并没有驻留很久,这方景色他太熟悉了。他又钻回洞里,翻弄起刚才的货物以及之前存在那儿的那些东西。阿尔普哈拉斯有成百上千个这样的山洞,它们成了摩里斯科人储存财产的仓库。日落前,货主们会经过那里,把他们感兴趣的东西提走。每天的程序都是一样。在到达胡维莱斯之前,不论从哪里来，继父都会把老伙计的缰绳松开，让它先跑回家。"它比任何人都熟悉阿尔普哈拉斯。说起来我也算是打小就在这些路上行走了，可尽管如此，我有时还得靠它才能脱险。"布拉希姆经常这样说。让老伙计先跑回家是布拉希姆发出的信号：埃尔南多一见它独自回来，就得即刻赶到山洞那边去与继父会合。两人会把一半的货物放在那里，这样，继父所要缴纳的高额所得税也就可以削减一半。买主们在到达胡维莱斯之前也会把从埃尔南多那里采购来的大部分货物储存在类似的山洞里，因为摩里斯科人必须缴纳什一税①和实物税，而那些征收税务和罚款的官吏——他们实在是数不胜数——常常会破门而入，把在摩里斯科人家里找到的所有东西都一并收走，哪怕那些东西的价值远远超过了应缴的数额。之后那些东西便石沉大海，拍卖的结果从来没人知道，摩里斯科人的财产就这样不知所踪。人们屡次向主教、乌希哈尔市长，甚至格拉纳达地方长官投诉，但最后都是竹篮打水一场空，天主教的税务员们还在继续掠夺他们的财产，并且逍遥法外。所以，大家都在按照布拉希姆想出的点子贮存自己的财物。

埃尔南多背靠着山洞的内壁，他折了一小段枯枝，心不在焉地把玩着；他还得在这儿等上很久。他望着那堆垒成小山的货物：这种诡计确实是很有必要的，如果不这样做，他们早就被天主教徒们摁进赤贫的深渊了。除此之外，他还参与了偷逃牲畜什一税的勾当；尽管不被摩里斯科社会接受，他还是被选中成为了同谋。"那个拿撒勒人啊，"当时有个老摩里斯科人是这么评价他的，"他能写、会读，还懂算数。"确实是这样：打从埃尔南多小时候，司事安德烈斯就对他的教育特别尽心，而他也展现出一名好学生的素质。要在每年春季骗过那位什一税征税官的眼睛，对牲畜们进行仔细清点是至关重要的。

春天里，税务员会要求摩里斯科人将他们所有的牲畜赶到一块平地上，让它们排成一列纵队，依次经过一条用树干围成的走廊。其中每十头牲畜中，就得交一头给教会。但法律同时还规定，如果一个人拥有的牲口不超过三十头，就无须被征牲畜什一税，而只要缴纳几个马拉维迪②的税金，所以每到那时，摩里斯科人就会事先串通好，将所有的牲畜分成若干组，每组少于或等于三十头，以求逃避税赋。这样的分组必须经过精细的计算和登记，以便之后可以物归原主。

这个计谋却让埃尔南多付出了昂贵的代价。他重重地将掰断了的枝条扔向对面

---

① 由欧洲基督教会向居民征收的一种主要用于神职人员薪俸和教堂日常经费以及赈济的宗教捐税，这种捐税要求信徒要按照教会当局的规定或法律的要求，捐纳本人收入的十分之一供宗教事业之用。
② 西班牙古币。

的石壁：它们一根也没有插进石缝里，而是统统落到了地上……他回忆起他被选中参与诡计的那个下午。

"我们之中懂算数的人可不少，"听到有人提议让埃尔南多担负起牲畜清点员的大任，人群中立即传出了反对的声音，"虽然他们可能没有拿撒勒人算得好，可是……"

"可是他们所有人，包括你，你们都有自己的羊，这就会造成互相之间的不信任。"提出让埃尔南多担此重任的是一位老者，他坚持道，"而无论是布拉希姆，更别提拿撒勒人自己了，他们跟牲畜都没有什么利益关系。"

"那如果他去告发我们呢？"另一个人冷不丁来了一句，"他和神父可是经常待在一起来着。"

在场的人都沉默了。

"你们放心，这事由我负责。"布拉希姆向大家保证。

就在这天夜里，正当埃尔南多刚刚安置好那些骡子时，他突然发现继父出现在了畜棚里。

"女人你出来！"脚夫朝屋里喊道。

埃尔南多感到很奇怪。他的继父离他只几步远。他什么地方做错了呢？为什么要叫他母亲过来？阿以莎慌忙从那扇对着畜圈的房门里跑了出来，跑向父子两人；她一边跑，一边还在用挂在脖子上的布擦手。刚站定，还没等问，布拉希姆一个转身，张开臂膀就在女人的脸上赏了一记。阿以莎被这记反手抽击打懵了，一道鲜血顺着她的嘴角流了下来。

"看清楚么？"继父威胁着埃尔南多，"关于山洞和牲畜的事，要是你敢跟神父说一个字，你娘受到的惩罚就会是今天的一百倍。"

埃尔南多在山洞里待了整整一下午，最后一个摩里斯科人是日落之前才过来的。他终于可以下山去照顾骡子了：他得把骡子身上的擦伤治好，保证它们健健康康的。在畜棚里、在他睡觉的那个角落，埃尔南多发现了一锅面糊粥和一杯柠檬水，他三口两口就把它们消灭了。待把骡子们安顿好之后，他飞快地跑出了畜圈。

经过屋前那道窄小的木门时，他朝门板吐了口唾沫；他的弟弟妹妹们在屋里笑着，继父高昂的声音在一片喧闹中也能听得一清二楚。莱莎从窗子看到他出去，投给他一个转瞬即逝的微笑：她是四个弟妹中唯一同情他的人，但即使是这样微不足道的亲昵举动她也只有在背着布拉希姆时才敢表现出来，就跟阿以莎一样。埃尔南多的步子逐渐轻快，最后跑了起来；他朝哈迈德家的方向奔了过去。

这个摩里斯科老头是个鳏夫，他皮肤黝黑，身体单薄而瘦弱；他的左腿瘸了，独自住在一间千填万补也难以修复的茅屋里。埃尔南多也不知道这位老人已经多少岁了，不过他总觉得，哈迈德应该是镇上年纪最大的几个人之一。尽管门开着，埃尔南多还是用指节在门上敲了三下。

"安好。"① 敲到第三下的时候，哈迈德招呼道。"我看见布拉希姆回到镇上了。"男孩跨过门槛的时候，哈迈德又说。

一盏冒着青烟的油灯照亮着整个房间，这就是哈迈德的家；尽管墙皮剥落，屋顶时不时地还有滴水，但房间看上去整洁利落——任何一个摩里斯科人的家都是如此。烟囱给封上了；为了让窗楣不会轻易就掉落下来，茅屋里唯一的小窗也被牢牢堵死了。

男孩点了点头，与哈迈德一起坐在地上一块破旧的大垫子上。

"你祷告过了吗？"

埃尔南多晓得他会这么问，而且他也知道那位老人接下来还会讲些什么："晚上的祷告啊……"

"……是我们唯一比较安全的一次祷告，"哈迈德总会这么说，"因为天主教徒都睡了。"

如果说安德烈斯不遗余力地教会了埃尔南多读写、算数以及天主教的祈祷，那么，困苦的哈迈德，这位被镇上的人们尊为阿訇的老人，则是将穆斯林的教义与信仰传授给了他。当那些摩里斯科人拒绝对这个神父的后代伸出援手时，哈迈德主动担负起了这个重任，就像是故意要跟那个天主教的司事和整个摩里斯科人圈子一较高下似的。为了避过耳目，他会让埃尔南多在梯田里祈祷；两人一起在山中寻找药草时，他们也会齐声诵读起《古兰经》的经文。

没等埃尔南多回答，老人先站了起来。他把门关好、闩上，随后两人安静地脱去了衣服。几个罐子里已经准备好了干净的水，两人朝着麦加的方向站定。

"真主啊！"哈迈德一边呼求，一边把手伸进罐子里洗了三遍。埃尔南多和他一起祷告着，也把手在罐子里洗了洗，"只有在你的帮助下，我才能脱离撒旦魔鬼的污秽和罪恶……"

随后，两人按规定的顺序冲洗自己的身体：阴部、双手、鼻孔、脸颊、从手指到肘部——先右臂再左臂——头、耳朵、双脚直到脚踝，每清洗一个部位都伴随着相应的祷告。有时哈迈德会特意把声音放得很轻，这是为了让埃尔南多来主持祈

---

① 穆斯林的打招呼方式，原意为愿真主赐你平安。

祷。男孩微笑着，两人继续着神圣的仪式；他们的目光仿佛穿过了墙面，窥见了那遥远的圣地。

"……在审判之日，请将……"男孩高声祈祷。

哈迈德半闭着眼睛，满意地点了点头，加入了祈祷：

"请将裁决放在我的右手上。请仔细审查我……"

洗濯过后，两人开始了正式的晚祷，他们叩拜两次，弯下腰用手触到自己的膝盖。

"愿世人都赞美你的名……"他们齐声呼告。

到了跪拜的时候，两人扑在哈迈德家唯一的那块毯子上，前额和鼻尖叩到布面，同时向前伸出了双臂。正当此时，突然响起了一阵敲门声。

两人噤声，定在垫子上一动都不敢动。

叩门声还在继续，而且越来越响。

哈迈德惊惧地转过头看着男孩，男孩的蓝眼睛在烛火的照映下闪着微光。"真抱歉。"老头像是在和埃尔南多这样说着。他年纪已经那么大了，而埃尔南多……

"开门啊，哈迈德！"静夜中，那喊声听得特别清楚。

哈迈德？老者不顾自己残疾的腿，三两步蹿到了门前。哈迈德！没有一个天主教徒会这样叫他。

"安好。"

来客撞见了依旧跪在地上的埃尔南多，孩子的大脚趾支在毯子上。

"安好。"进来的陌生人跟埃尔南多打了个招呼。来者是个矮个子的男人，棕色的皮肤被阳光晒得黧黑；他看上去要比哈迈德年轻许多。

"这是埃尔南多。"哈迈德介绍道，"埃尔南多，这是我妹夫阿里，他家住在奥尔希瓦。——发生了什么事啊，怎么这么晚过来？你家还住得大老远的。"阿里没有回答，他先是用下巴指了指埃尔南多。"自己人。"哈迈德为孩子作保，"不信你可以自己去问他。"

阿里谛视着埃尔南多，埃尔南多走到他面前点了点头。哈迈德示意妹夫就座，随后自己也坐了下来；阿里坐在了毯子上，而哈迈德则坐在了那块破旧的垫子上。

"帮我拿点水过来，还有葡萄干。"哈迈德吩咐埃尔南多。

"年底，新世界就要来了。"不等埃尔南多把东西端来，阿里就开讲了；他一脸庄严。

埃尔南多把一个钵放到了两人中间，里面有二十来粒葡萄干，都是镇上的人施舍给这位阿訇的，有时埃尔南多也会从继父那儿讨来一些送给哈迈德——他继父的为人大家都知道，从来没有谁会觉得他是个大方的人。

听到阿里的话，哈迈德"嗯"了一声。这时，埃尔南多也在毯子的一角坐了下来。

"我听说了。"老人补了一句。

埃尔南多好奇地望着他们，他从来也不知道哈迈德还有亲戚，不过刚才的那句话他倒也不是第一次听说了，他继父成天念叨着那句话，特别是从格拉纳达归来之后。司事安德烈斯曾经跟他解释过，说这是因为年底的时候新的皇家法令就要生效了，到时候所有的摩里斯科人都得穿上和天主教徒一样的衣服，并且任何人都不得再说阿拉伯语。

"今年圣周四①的时候已经有一次行动失败了，"哈迈德追问道，"你怎么就知道这次会不一样呢？"

埃尔南多歪着头。哈迈德在说什么呢？什么行动失败了？

"这次一定会成功的。"阿里的语气相当确定，"上次起义的时候，阿尔普哈拉斯的所有人都事先知道了计划，一传十十传百地，消息也飞到了蒙德哈尔侯爵的耳朵里。再说后来山城区的那些人也失信了。"

哈迈德示意他继续说下去；而一听到"起义"这个词，埃尔南多一下子就直起了身来。

"这次他们决定，事先不让阿尔普哈拉斯的弟兄们知道计划，而是到占领格拉纳达了再通知他们。现在，山城区的摩里斯科人已经接到明确的指示，而住在平原地区、莱克林山谷和奥尔希瓦山谷的弟兄也已经秘密地集结起来。老的召来了老的，少的唤来了少的，总之已经有超过八千人做好了袭击山城区的准备。等到消息传遍阿尔普哈拉斯的时候，预计会有十万个兄弟参与进来。"

"这次起义是谁组织的？"

"动员会是在山城区的蜡商阿德列特家开的，参加会议的有被天主教徒称为'守卫者'的加地亚工头埃尔南多，有从麦西那庞巴隆来的迭戈·洛佩兹，有从乌希哈尔来的米格尔·德·罗哈斯，有塔加林人②佛拉克斯·伊本·佛拉克斯，还有莫法利克斯、阿拉塔尔……除此之外还有一众摩里斯科土匪……"阿里给哈迈德介绍着。

"我可不相信那帮强盗。"哈迈德打断了妹夫的话。

---

① 即复活节前夕。
② 指生活在天主教徒中的摩尔人。

阿里耸了耸肩。

"你也知道，"他为他们开脱，"他们中的很多人都是因为生活所迫才不得不上的山。他们可从来没对我们下过手！你本来不也会加入他们的么，要不是……"阿里努力不让自己去看哈迈德残废的腿，"他们大多数都是受到了和你一样不公正的待遇。"

阿里没有马上说下去，而是等着哥哥做出表示。哈迈德斟酌了一会儿，抿起嘴表示同意。

"什么不公正的待……"埃尔南多本欲插话，见哈迈德摆了摆手，便把后半句收了回去。

"那些土匪都有谁啊？"老人问道。

"有纳里拉的帕塔尔、尼古埃莱斯的纳柯兹，还有贝丘尔的塞尼兹。"哈迈德边听边掂量着，而阿里又继续讲了下去，"都已经研究好了：格拉纳达山城的摩里斯科人会在新年那天行动，他们一揭竿，城外的八千个弟兄就开始登城，他们会从赫内拉利费宫①那边登上阿尔罕布拉的城墙。在乌希哈尔和昆塔已经开始织起了十七把绳梯，梯子我已经见到过了，是用大麻线结成的粗绳绑的，又结实又耐用，横档是用粗木条造的，可以让三个人同时登城。到时候我们得穿上土耳其服装，让那些天主教徒以为我们得到了柏柏尔海岸诸国②和土耳其的支持。服装的事女人们会负责的。格拉纳达没有任何准备，一定无力守城。卡斯蒂利亚国王就是在这一天把格拉纳达从我们手中夺走的，我们也要在这一天将它夺回来。"

"那占领了格拉纳达之后呢？"

"阿尔及尔方面会帮我们的，奥斯曼土耳其人也会给我们援助，他们都许诺过了。西班牙经不起更多战争了，他们在佛兰德斯③和西印度④都在打仗，还要对付柏柏尔人和土耳其人，他们哪还有兵力对付我们？"听到这里，哈迈德抬起了头："愿世人赞美真主的名。"他默念道。"预言要成真了，哈迈德！"阿里高喊着，"要成真了！"

屋子被寂静占据了，只听见埃尔南多断断续续的呼吸声。男孩微微打着寒战，目光从一个人的脸上移到另一个人的脸上，又移了回来。

"那你们想让我做些什么？我又能做些什么呢？"哈迈德突然问道，"我一个

---

① 阿拉伯人统治时期格拉纳达苏丹的夏宫。
② 北非中西部沿海地区。
③ 西欧的一个历史地名，位于西欧低地西南部、北海沿岸。
④ 泛指美洲。

瘸子……"

"你是奈斯尔王朝①的直系后裔;在占领格拉纳达时,你要做我们摩里斯科人的代表。那座城市曾经属于我们的民族,它必将继续属于我们的民族。到时候你的妹妹也会来陪在你身边。"

埃尔南多心中满是问号,他几乎要站起来了。而此时哈迈德将头转向他;老人按着他的手臂,示意他要耐心一点。于是埃尔南多重又坐回到垫子上,但他那双硕大的蓝眼睛却无法从这位卑微的老者身上移开:这个人竟是奈斯尔王朝的后裔,是格拉纳达国王的后裔!

---

① 1230年,穆罕默德一世建立奈斯尔王朝,这也是穆斯林在伊比利亚半岛的最后一个王朝。

3

哈迈德想留阿里过夜,阿里却拒绝了他的邀请:他知道,哈迈德仅有一张床。为了不让老头尴尬,阿里说,他顺道还有点事要和一个胡维莱斯人解决,那人还在等他呢。哈迈德说好,便把他送了出去;埃尔南多坐在毯子上,看着这两人用穆斯林的方式道了别。老人伫立在门口,目送着妹夫消失在夜色中。随后,他闩上门,将视线转向埃尔南多:他脸上错综的皱纹仿佛绷紧起来,而他的眼睛,那双沉静的眼睛,此时却闪着火花。

老人若有所思地在门旁站了一会儿。随后,他拖着瘸腿,缓缓地向埃尔南多踱去;他向男孩按了按手,示意他别急。几秒钟的等待对埃尔南多来说却像是无穷无尽。终于,哈迈德坐了下来,敞朗地对男孩微笑起来;男孩心中积攒着千万个疑问:奈斯尔王朝?起义?土耳其人想干什么?阿尔及尔人呢?为什么得扯上土匪?阿尔普哈拉斯也有柏柏尔人?而此时他问出的唯一的那个问题却是:

"你怎么会那么穷?你可是奈斯尔王朝的……"

埃尔南多刚问到一半,只见这位阿訇的脸上泛起了阴郁。

"他们把我的一切都夺走了。"老人的话语中饱含着辛酸。

男孩不敢去看哈迈德。

"对不起……"他跟老人道着歉。

"说起来,那其实也就是不几年前的事。"出乎意料地,哈迈德开始讲述起来,"那时你已经出生了。格拉纳达的上层建筑突然发生了剧变。在那之前,我们这些摩里斯科人都归格拉纳达最高长官蒙德哈尔侯爵掌管,他代表全土之主国王陛下对我们行使管辖权。但后来,格拉纳达最高法院的那些讼师和公职人员对蒙德哈尔侯爵的权力提出了质疑,要求由他们来管理摩里斯科人,而国王同意了他们的要求。从那时起,法庭的书记员和律师们就把他们以前和摩里斯科人结下的旧账一点一点地全都翻了出来。"

"当时有个惯例,摩里斯科人只要臣服于本地领主的统治,他之前犯下的罪就统统可以被赦免。这样大家都可以从中获益:摩里斯科人可以在阿尔普哈拉斯的土地上平安扎根，而国王则能从摩里斯科人的劳动所得中征收到比天主教徒更多的税金。不过，最高法院却没法从这类协议中获得任何好处。"

钵还放在毯子上。哈迈德从钵里捏起一粒葡萄干。

"你不要？"哈迈德问道。

埃尔南多心急如焚：不，我不要葡萄干……我要让他回答我，我要让他说下去！不过，为了不让哈迈德不快，埃尔南多也伸手拿了一粒，和老者一起默默嚼着。

"好，"哈迈德又往下讲，"后来那些法庭书记员就借口说要追击土匪，自行组建了一拨军队——说是军队，其实那些人都是他们的仆人和亲戚……自西班牙有军人以来还从来没发过那么高的军饷，他们领的工资要比佛兰德斯的日耳曼精兵还多！这些走后门进来的兵里，没有一个会够胆去跟哪怕一个土匪单挑，所以，他们没有拔剑去对付那些强盗，而是把矛头一转，用一纸纸文件对付起了热爱和平的摩里斯科人。但凡有活可干的摩里斯科人都得交钱：所以我们中的许多人都逃离了家园，上山做起了土匪。若你以为那些公职人员会到此收手你就错了：他们动起了土地所有权的脑筋。摩里斯科人中凡没有产权证明的都必须向国王缴纳税金，否则就会被赶出他们的土地，而我们中的许多人都拿不出那文件……"

"你没有地契吗？"见哈迈德的叙述停了下来，埃尔南多问道。

"没有，"哈迈德伤心地说，"我是格拉纳达最后一个王朝、奈斯尔王朝的直系后代，而我的家族，"埃尔南多从未曾见过哈迈德如此骄傲，"是格拉纳达最尊贵、最显赫的家族之一。而结果呢，一个小小的法庭书记员就夺走了我的所有财产和土地。"

埃尔南多深受震动。此时的哈迈德也不再说话，他沉浸在痛苦的回忆里。过了一会儿，老人努力让自己振作了起来，继续讲他的故事，就好像此生中一定要高声将自己的苦难历程讲述一遍一样。

"布·阿卜迪拉①，天主教徒也叫他巴布狄尔，当年他向西班牙人投降后，作为补偿，西班牙国王封他做了阿尔普哈拉斯的领主，给了他和他的臣子们一条后路。那些大臣里就有他的堂弟，也就是我的父亲，一位有名的阿訇。可是，西班牙国王可不是省油的灯：他专门派了个人，背着巴布狄尔把那些封地又买了回来，把他赶了出去。几乎所有的穆斯林贵族和有地位的人都随着这个小个子穆斯林王离开了西

---

① 格拉纳达王国最后一任摩尔王，因为父亲爱上天主教女子，造成家族间权力斗争，让天主教徒有机可乘，于1492年被天主教国王与王后打败。

班牙，但我父亲却决定留在这里，与追随着他、需要他教诲的人们待在一起。后来，枢机主教西斯内罗斯出现了；他亲自出面，对格拉纳达投降协议所作出的保证提出了反对意见——根据协议，穆德哈尔人①本可以继续保有自己的信仰，平平安安地生活在这片土地上。在那位主教的劝说下，国王对所有不愿皈依天主教的穆德哈尔人下达了驱逐令，所以几乎全数摩尔人都被迫改变了信仰：他们不愿离开这片生了他们、养了他们甚至哺育了他们儿女的土地！后来他们就给我们强施了洗礼，一次性对我们几百人泼了圣水；许多人在离开教堂的时候都保证说自己身上一滴水都没沾到，所以还依然保有着穆斯林的身份。想当年我出生的时候——距离现在也有五十年了……"埃尔南多心头一颤。"你觉得我看上去不止？"男孩低下了头。"有些事会让人老得很快……那我继续说，那时候，我们是平静地生活在巴布狄尔分给我们的土地上，都是口头分配的，从来就没有人想过什么产权问题，直到那拨由公职人员和律师组成的军队开进了我们的土地，然后……"

哈迈德沉默了。

"然后他们就把你所有的东西都夺走了。"埃尔南多愤愤不平地帮哈迈德说完了后半句。

"几乎所有的东西。"老人又从钵里捞起一粒葡萄干。埃尔南多把上身倾了过去，他紧盯着老人的眼睛。"几乎所有的东西，"哈迈德又重复了一遍，嘴里的葡萄干才嚼到一半，"他们无法剥夺我们的信仰，而这恰恰是他们最想要的。而且，他们也没能拿走这个……"

哈迈德艰难地撑着自己站了起来，走到了墙角。他用右脚把地上的土拨开了些，探到一块长板；他掀起板的一头，弯腰取出了一件用布包着的东西。不用他说，埃尔南多就猜到了那是什么：它长弧形的轮廓揭示了答案。

哈迈德小心翼翼地把那块布翻了开来，将那把弯刀展现在男孩眼前。

"这个，他们也没能夺走这个。官吏和书记员们竞相争抢着那些丝袍、宝石、牲畜和谷物的时候，我把这个、我家族最珍贵的财产藏了起来。这把刀曾经属于伟大先知穆罕默德——愿真主的祝福与他同在！"老人的面容庄严肃穆，"我父亲曾说过，据他手下人告诉他，这把刀是占领麦加时，古莱什部落②为把那些被俘的偶像崇拜者赎出来而赠给穆罕默德的。"

金色的刀鞘上悬挂着金属的垂饰，垂饰上还镌刻着阿拉伯语的铭文。埃尔南多

---

① 指居住在天主教国王统治区的伊斯兰教徒。
② 伊斯兰教兴起前在麦加地区占统治地位的一个阿拉伯氏族部落，信奉多神教。

又一次被震撼了，他的眼睛里扑闪着孩童般的光。先知的佩刀！哈迈德将那把弯刀从鞘中抽了出来，纯洁的银刃在草屋中熠熠生辉。

"你将会，"年迈的阿訇举起那把宝刀，"你将会看到我们如何收复那座永不该失去的城。你会见证预言的应验。在安达卢斯①的土地上，伊斯兰信徒将重新为王。"

---

① 指阿拉伯和北非穆斯林（西方称摩尔人）统治下的伊比利亚半岛和塞蒂马尼亚，也指半岛被统治的711年至1492年这段时期。这片区域后被半岛上的基督徒所占领，今天西班牙南部的安达卢西亚因此得名。

4

胡维莱斯，1568年12月24日，星期五

在去乌希哈尔的路上顺道经过胡维莱斯的一伙土匪也确认了那条于两天前便传遍了整个镇子的消息。

"所有要打这场仗的弟兄都去乌希哈尔吧。"土匪们在马背上号令着胡维莱斯的居民们，"起义已经开始了。一起去夺回我们的土地！格拉纳达是我们穆斯林的！"

尽管山城区的居民们严守着起义的秘密，可那句口号"年底，新世界就要来了"还是传遍了一个个山峰和山谷。无论是强盗们还是阿尔普哈拉斯的老百姓都已经等不及新年的到来了。一伙土匪袭击了取道阿尔普哈拉斯前往格拉纳达的公职人员，残忍地杀死了他们——那帮人是去庆祝圣诞的；按惯例，所经之处的民脂民膏都会被他们搜刮一空，而他们不会受到任何惩罚。另一拨人则与一小队军人干了起来。最后，加地亚镇的摩里斯科人集体暴动，劫了教堂，冲进天主教徒的家，把遇到的所有人都野蛮地捅成蜂窝。

土匪们离开胡维莱斯，去往了下一个镇子。天主教徒都把自己锁在了家里。镇上的民众骚动了起来：他们用匕首、弯刀、破旧的佩剑甚至早就不好使了的火枪武装自己——这些武器都是之前他们偷偷在天主教官吏们的眼皮底下藏起来的；女人们都走上大街，她们重又蒙上面纱，穿上用丝绸、亚麻或羊毛编织的、镶着金银花边的各色衣裳，她们的手脚上文着女贞花，戴着与天主教徒截然不同的首饰。她们有些穿着齐腰的紧身长衫，有些则身着背后收缝的长袍；下身是缝上灿烂边饰的长裙和腿肚带褶的宽腿裤，有皱褶的长袜从脚踝一直套到了膝盖，和宽腿裤连成了一体；脚下则是系带的木屐或便鞋。胡维莱斯成了色彩的海洋：满眼的绿、满眼的蓝、满眼的黄……到处都是披金戴银的女人，不过她们无一例外地都包着头：有些只包住了头发，而大多数把面孔也裹得严严实实。

那天，埃尔南多打一早就在教堂里帮安德烈斯做事；他们在为圣诞夜的弥撒做

准备。司事正把精美的镶金十字裮①拿出来再度检查，忽听教堂大门被人砰地撞了开来，而一大队摩里斯科人叫着嚷着就冲了进来。从混乱的人群中隐约还能窥见那位神父与那名教士：他们被生生地从家里拖了出来，磕磕绊绊的，刚刚跌倒在地又被众人给踢了起来。

"你们要干什么？"才跑到圣器室门前的安德烈斯好不容易喊出一句，当即就被摩里斯科人赏了一抡耳光，推倒在地上；他正好摔在了马丁神父和萨尔瓦多教士的脚边，那两人正被众人拳打脚踢，推过来又推过去。

当时埃尔南多的第一反应就是跟着安德烈斯逃跑。见圣器室里一下子涌进那么多人，埃尔南多仓皇失措。人们呼啸着、号叫着，一切挡路的东西都被踢出去好远。有人大臂一挥把桌上摆放的物件统统给扫了下来：纸、墨水瓶、羽毛笔……无一幸免。还有人冲向柜子，开始将里面的东西一样样向外扔。忽的，一只粗糙的手抓住埃尔南多的脖子，把他拽出圣器室，一路拖到了神父和他两个助手那儿。跌在地上的时候，埃尔南多还蹭破了脸颊。

此时，一群摩里斯科人正无所顾忌地踢打着镇上的天主教徒们，将他们粗暴地推到祭坛前，扔到埃尔南多和三个教士的身边。胡维莱斯的镇民全都聚在了教堂里。摩里斯科妇女们在天主教徒周围跳起了舞，她们的舌头在嘴里激烈地扭动着，冲天主教徒发出了尖利的嘘声。伏在地上的埃尔南多惊惧地扫视着周围的场景：一个男人正对着祭坛撒尿，另一个则在用力切割教堂大钟的吊绳，还有一个则舞起一把大斧，将圣像与饰物通盘砸成了稀巴烂。

所有值钱的东西都被堆在了神父和其他天主教徒面前：圣杯、圣餐碟、灯盏、缝着金饰的圣袍……男人们震耳欲聋的喊杀声和女人们齐声唱起的伊斯兰赞美诗充斥着教堂。埃尔南多的目光落在两个健壮的摩里斯科汉子身上：他们正用力撕拽着圣体龛的纯金龛门，想要把它整个儿扯下来。摩里斯科人冲杀的巨吼刺激着埃尔南多的耳膜，但他的感官却转而集中在另一个景象上：母亲那两个硕大的乳房正伴着舞蹈的节奏疯狂摇晃，黑色的长发散乱地披在肩上，狂乱的舌尖从她张开的口中伸进吐出。

"妈，"埃尔南多轻声提醒她，"你在干什么？这里是教堂！而且……这儿有那么多男人呢，你怎么能这么……"

母亲像是听见了他的话，她把脸转了过来；在埃尔南多的眼里，她的动作是那么慢，那么慢，而当他回过神来，阿以莎却已经站在了他的面前。

---

① 神甫的一种法服。

"放开他吧。"母亲气喘吁吁地对看守着他们的摩里斯科人说,"他是我儿子,是穆斯林。"

埃尔南多无法将视线从母亲那庞大的胸脯上移开,这会儿那两个奶子是耷拉下来的。

"他是那个拿撒勒人!"埃尔南多听见背后传来了一个男人的声音。

这个称谓又把他拉回了现实。又是"拿撒勒人"!这个绰号又回来了。他认识那男人:那是一个没教养的钉掌匠,经常跟继父吵架的。阿以莎握着儿子的手想把他拉到身边,却被那个男人一把推开。

"还是等你男人纵骡扬鞭回到这儿的时候再说吧。"男人用嘲讽的口吻刺激着阿以莎,"让他来拍板。"

母子俩四目相望;阿以莎半合着双眼,紧闭着的嘴唇在不住地打战。乍然间,她转身跑了出去。躺在一旁的教堂司事伸手想去搂着埃尔南多的肩,但受惊的男孩却本能地躲开了那条胳膊;他在看守的监视下挪到一个能望见母亲的地方。他遥看着母亲那头黑色的长发消失在门后,而混乱的声音又在他耳边炸响开来。

胡维莱斯镇成了欢腾的舞场。伴着手鼓、铃鼓、喇叭、铜鼓和六孔竖笛的节奏,满大街的摩里斯科人都唱了起来,跳了起来。天主教徒的家门都被撬开了。布拉希姆穿着鲜亮的衣服骄傲地进了村,他跨在一匹熠熠发光的骏马上,马队则由一支全副武装的摩里斯科人带领着。他们在游行队伍中缓慢地行进,街上满是欢闹的人群:男男女女都在欢呼雀跃,一同庆祝着起义的胜利。

布拉希姆是在加地亚碰上起义队伍的,他即刻加入了他们。他与帕塔尔和他的手下们并肩作战,经过一番殊死搏斗,一举歼灭了五十名天主教火枪手。

吵闹声中,布拉希姆问起了村民与天主教徒们的下落,见有人给他指了指教堂,他便拍马赶了过去。他在教堂门口停了下来。马大口喘着气。哄乱声突然停顿了半秒,布拉希姆听见了马丁神父微弱的抗议声。

"你们这些亵渎神明的……"

一顿乱揍逼得神父把话又咽了回去。布拉希姆驾马跳过了散落一地的圣像和十字架,而人群重又开始了喊叫。镇上的下等官吏希哈布在祭坛前跟布拉希姆打了个招呼,天主教徒们也都坐在那儿。布拉希姆靠了过去。

"阿尔普哈拉斯全境都开始起义了,"到了跟前,布拉希姆对希哈布说;他依旧骑在那匹桃色的马上,"是帕塔尔下的命令。我把没法作战的女人、小孩和老人们都带过来了,好让他们躲到胡维莱斯的城堡里去。从加地亚抢来的战利品也都被我放在那儿了。"

胡维莱斯城堡就在镇子的东边，距离镇子约有两枪的射程。城堡建在海拔高度约一千巴拉的岩层上，易守难攻。城是十世纪建的，墙体大致保存完好，原先的九个塔楼中还有几个没被完全毁掉。城堡内部空间很大，足够容纳前来避难的摩里斯科人；同时这里还很安全，把那些从富庶的加地亚抢来的战利品储存在这儿是再理想不过了。

"加地亚的天主教徒没留一个活口！"布拉希姆大声宣布。

"那我们该拿这些人怎么办呢？"希哈布指着祭坛前的那群人问道。

布拉希姆正准备回答，又有个人插了一句：

"还有这个家伙呢，我们怎么处置他？"钉掌匠从那群天主教徒的身后钻了出来，手上擒着埃尔南多的胳膊。

看到继子的那张面孔，布拉希姆的脸上勾勒出一弯残忍的微笑："瞧瞧那双天主教徒的蓝眼睛！看我怎么把它们挖出来。"

"你不也一直说么，这家伙就是只信耶稣的狗！"钉掌匠龇牙咧嘴。

确实，这句话布拉希姆已经重复过千万次，不过暂时他还得留着这个兔崽子。布拉希姆曾向帕塔尔请求将加地亚士兵长艾雷拉的佩剑、火枪与马赐给自己，但那位土匪头子却断然拒绝了他。

"你的责任是输送。"他是这样回答布拉希姆的，"我们需要你。你得把我们从那帮天主教无赖手上抢来的东西运到安全的地方去，之后我们还得用它们去跟柏柏尔换武器呢。既然你要带着辎重牲口，那一匹马对你来说又有什么用呢？"

可布拉希姆太想要那匹马了；他早就等不及要拿起那士兵长的火枪和佩剑，将那些讨厌的天主教徒消灭得一干二净。

"到时候我会让我继子埃尔南多赶骡子的。"布拉希姆不假思索地答道，"他能行的：他会钉掌，还会当兽医，牲口都听他的话。这样我就可以跟你的手下一起保护那些粮草和战利品。"

帕塔尔摸了摸自己的胡子。当时在场的还有另一名土匪头子扎盖尔；他与布拉希姆是老相识，便为他求情。

"他打起仗来肯定比干押运强。"扎盖尔跟帕塔尔打着包票，"他胆子大，又知道怎么杀敌。他儿子我也认识，他赶骡子很有一套。"

"好吧，"帕塔尔思考了一会儿，同意了他的请求，"那你把人带到胡维莱斯去，一路上看好我们的东西。要是出了什么问题，你跟你儿子都得偿命。"

可现在，那钉掌匠却想把埃尔南多和其他天主教徒一起绑为俘虏；布拉希姆在高高的马鞍上含糊不清地咕哝了两句。

"你可记得，你继子是个天主教徒啊！"钉掌匠固执地喊着，"你不是一直都这么说的么？"

"对，快告诉他你是个天主教徒！"司事安德烈斯突然鼓动起了埃尔南多，他撞了过来，挤到了男孩身边；一个看守想把他推回去，却被希哈布抬手阻止了。"快承认你是信基督的啊！"看守一放开安德烈斯的手，那司事便张开双臂向埃尔南多祈求起来。

"是啊我的孩子，快向你唯一的真神祈祷吧。"马丁神父也爬了过来，脸上血肉模糊，"愿上帝保……"又是一记重拳截断了他的话。

埃尔南多环顾着周围的天主教徒和穆斯林们。他也不知道自己是什么身份。安德烈斯对他比继父更亲，教他知识比教任何孩子都尽心尽力；而摩里斯科人这边却只是觊觎着他的能力——他能读能写还会算数，会说阿拉伯语，也会说西班牙语。但是，哈迈德却一直把自己当儿子一样看待：在田野里、在茅屋中，阿訇耐心地把伊斯兰教的教义和祷告统统传授给了他。加地亚的天主教徒没留一个活口！喊出这话时布拉希姆是言之凿凿。冷汗浸湿了埃尔南多的额头：如果他被认定为天主教徒，那他就会……吵闹声静了下来，在场的人开始交头接耳。

布拉希姆的马在用前蹄刨着地面。他可是个天主教徒！地面仿佛映出了骑手的脸：难道他不是神父的儿子么？难道他不是比任何一个穆斯林都更了解基督的律法么？或许我二儿子阿基尔也能担负赶骡子的任务呢？反正帕塔尔也不认识我的儿子，我可以跟他说……

"快决定吧！"希哈布催促着他。

布拉希姆叹了口气，脸上却是露出了一丝阴笑。

"你们把他带走吧……"

"你们在瞎决定些什么？你们要把谁带走？"

听到哈迈德发话，众人都安静了下来。阿訇穿着宽大的长衫，腰绳上系着那把金灿灿的弯刀。他拖着瘸腿，努力让自己直起身来；他走路的时候，刀鞘上的金坠在教堂里发出叮当的响声。那些挂饰吸引了众人的注意力，谁都想看看上面到底刻了些什么字。

"你们都在决定些什么呢？"老人又问了一遍。

阿以莎在阿訇背后喘着粗气。她知道这位深受摩里斯科人敬佩的老人待埃尔南多亲如爱子，便火速跑去了他的茅屋请他出面。只有他才能拯救埃尔南多！如果像钉掌匠希望的那样傻等着布拉希姆来拍板的话，那后果……虽然谁都没有提及那男孩的身世，但那也早已经不需要了；布拉希姆从不掩饰他对埃尔南多的仇恨：他虐待着他，轻蔑着他。平时村里若是有谁想激怒布拉希姆，只消提起拿撒勒人的名字，这位脚夫就会火冒三丈地咒骂起来，到了晚上他还经常会因为埃尔南多的事而对阿以莎拳脚相向。阿以莎找到的唯一解决办法就是不断提醒他自己还是他另外四个孩子的娘；她悉心照顾着那四个孩子讨着他的欢心，也是要激起他心中哪怕一丁点对家庭和睦的向往——顾家也算是穆斯林的传统美德之一了。冲着这些，有时布拉希姆确实也会勉强做出让步，但在今天这个当口……此时此刻，仇恨拿撒勒人的可不止布拉希姆一个；镇上所有这些狂热的穆斯林，哪个不想置埃尔南多于死地？

阿以莎猛拍着哈迈德的门；哈迈德走出来，低头就看见在阿以莎凌乱的上衣中跳动着的那两个勾魂的乳房。"快穿穿好。"老人赶忙提醒她，这时她才发现自己衣冠不整的样子，连忙把衣服裹好。她慌乱地跟哈迈德讲起镇上发生的事；哈迈德用心听着，不时用双手示意阿以莎不要慌、慢慢讲。当了解了事情的来龙去脉之后，哈迈德一刻都没有犹豫，两人当即向教堂方向奔了过去。哈迈德跛着腿在阿以莎身后奋力奔跑着，他铆足了劲才跟上了她那急促的脚步。

"这小孩是个天主教徒！"钉掌匠推了一把埃尔南多，依然坚持他的看法。

哈迈德皱了皱眉。

"你，尤苏夫，"阿訇用手点了点那个钉掌匠："请你把清真言背一遍。"

那一刻，有许多摩里斯科人都低下了头，钉掌匠支支吾吾说不出话来。

"清真言跟这事有什么鸟关系？"布拉希姆在马背上抱怨着。

"住嘴。"哈迈德举起一只手。"背吧！"他瞪着那钉掌匠再度命令道。

"万物非主，唯有真主，穆罕默德是真主的使者。"尤苏夫背诵着。

"继续。"

"这不就是清真言么？总共就这些啊。"钉掌匠申辩道。

"不，这不是清真言；在安达卢斯，清真言不是这样的。你不是要为你的祖先复仇么？那就请你诵出他们的祷文吧。"

尤苏夫盯着老人看了几秒钟，随即与许多在场的人一样垂下了头。

"请你诵出那篇祷文吧——你理应将它传授给你的子女，但现在连你自己都已经把它给忘了。"哈迈德斥责道，"你们在场的这些人，有谁能把真主的属性背给我听么？在我们的土地上，应该谁都会背的。"

阿訇将目光转向了那成片的摩里斯科人。没有人回答。

"埃尔南多，你来背吧。"哈迈德示意着。

钉掌匠把手松开了；男孩从祭坛上堆着的绣金十字褡里拿起一件，迟疑了几秒，然后转向麦加的方向，跪到了绸子上。

"不！"安德烈斯嘶吼着，但这次那些摩里斯科人却没准他喊下去，他们送了他一顿老拳。司事双手抱头，弟子的背叛叫他哭了出来；就在此时，埃尔南多开始了他的祈祷：

"万物非主，唯有真主，穆罕默德是真主的使者。所有人都必须知道，真主是王国里独一的真神。真主创造世间万物，上至王座、下至砾石，天地与天地之间的一切皆为真主所造。"埃尔南多是用颤抖的声音开始祈祷的，但随着一个个词语从他口中吐了出来，他的声音也变得越发坚定，"所有造物都从属于真主的权柄，没有真主的命令，万物都不可移动……"

祈祷时，连男孩桃色的头发都沉静了下来。哈迈德闭着眼睛，满意地点着头。阿以莎听得格外认真；她紧握着双手，像是要帮着儿子将那些词语从口中挤出来一样。

"他是起始也是终结，他是显耀也是隐藏，他是全知的真主。"男孩结束了背诵。

现场谁都没敢发出一点声音，直到哈迈德一声大吼：

"现在还有谁敢说他是个天主教徒？"

5

胡维莱斯的所有天主教徒都被关在教堂里。哈迈德负责看管他们；这位阿訇的任务还有教化他们，让他们背弃他们的上帝，皈依伊斯兰教。

布拉希姆一路向北奔山里去了，帕塔尔曾说他会在那里举兵。布拉希姆带领着六七个弟兄，这些人的装备各式各样：有几个穿着从加地亚火枪兵团里抢来的甲胄，还有几个只佩着木棍和用树枝做的弹弓。埃尔南多在队伍的最后赶着他的骡群；有了从加地亚抢来的六头骡子加入，队伍又壮大了。

埃尔南多驱赶着骡子，跟随着继父的脚步。刚才在教堂里，见没人敢质疑阿訇哈迈德的问话，布拉希姆便踢了一脚马刺，掉转马头，令埃尔南多随他走。男孩甚至都没时间跟哈迈德和母亲好好告别，尽管如此，当他经过他们时还是跟两人微笑致意。到了教堂广场，弟兄们和骡群已经在等着他们了。

"要是你敢落下一点货、一头骡子，我就把你的眼睛给挖出来。"

撂下这么一句话，布拉希姆上路了。

之后，埃尔南多唯一的任务便是赶着骡子跟在继父和其他弟兄们后头。继父骑着马，而其他的人都徒步行走着。胡维莱斯的骡子自然对埃尔南多唯命是从，至于那些被征用来的牲口听不听话就得看它们的心情了。其中最高的那头骡跑偏了路，埃尔南多只是吼了它一声，它就突然转头冲他龇出了大牙，幸亏埃尔南多机敏地往旁边一跳躲过了这一击；可他刚想给那头畜生点颜色看看，才发现手中没有家伙。

"看我怎么收拾你。"埃尔南多恨恨地说。那头骡子还在趾高气扬、大摇大摆地蹦着；而埃尔南多开始环顾四周。好歹能找到根棍子吧，他想着，骡子也不都是蠢货，不过对这家伙我可得好好地给它上一课；继父就在前面不远的地方，若要让他看见骡子不听我话，最后倒霉的还得是我。埃尔南多一边合计着，一边从路上捡起块大石头；他把拿着石头的手背在了身后，从右侧朝骡子贴了过去。发觉埃尔南多过来，那畜生又想扑上去咬，没想男孩冲着它的嘴就来了一下，疼得它脑袋直晃，一声嘶叫划破了天空。埃尔南多重又轻轻地赶它前进，这回它温顺地回到了队伍中。男孩抬起头，正好与继父四目交接：布拉希姆把马头调转了过来，紧盯着继子的一举一动；像往常一样，只要在埃尔南多身上找到哪怕一丁点的失误，布拉希姆便打算对他拳脚伺候。

这队人马继续向阿尔库塔尔方向开去，现在他们的脚下是一条只容一人通过的窄道；此时胡维莱斯依然视线可及。埃尔南多忽听背后一声高喊：它从胡维莱斯飞来，在山谷里回荡。他脊柱一颤，脚步应声而停：那是哈迈德！离得那么远，男孩依旧能辨认出老人的音色：这声音他已经听过千百遍！它骄傲、欢悦、生动，仿佛正闪着火花；那话语中透着无限的自豪，与他取出先知的宝刀时夸耀的骄傲一样。

"都来祷告吧！"哈迈德的喊声远远地传到了他们的耳朵里。他一定是站在教堂的塔楼上呢。

那声召唤滑过了崖壁，撞击着岩石，攀缘着草木，填满了整个阿尔普哈拉斯的山谷；它从内华达山脉飞向了孔特拉维耶萨山，又借着孔特拉维耶萨的山势直冲云霄。在这片土地上，已有六十年没有听到祷告报时人①的呼唤了！

队伍停下了前进的步伐。埃尔南多用目光寻找着太阳的位置。他直起身，发现脚下的影子正好是自己身高的两倍长：正到了祷告的时辰。

"所有力量、所有权柄都归于至高无上的真主。"埃尔南多与其他弟兄一起低声吟诵着，作为对召唤的回答。这是他们每日必做的功课，无论正午还是晚上，他们都得在家中进行祷告，祷告时必须十分谨慎，生怕被街上的天主教徒听到。

"安拉至大！"布拉希姆随之喊了起来，他在马镫上立起身子，将火枪挥舞在头顶。

见到继父招摇的动作和冷酷的面容，埃尔南多惧怕地缩了缩身子。

一时间，所有人都齐声叫了起来，把布拉希姆的声音盖了过去。布拉希姆又用那把火枪发出了继续前进的信号。前进之前，有一个弟兄用手背擦着眼睛。埃尔南多听见他不停地吸着鼻子、清着嗓子，像是在强忍着哭泣。男孩重又赶起了骡子，耳边回荡着哈迈德的颂歌。

阿尔库塔尔镇距胡维莱斯约一里②多的距离。在镇上等着众人的是同样欢腾的舞会。摩里斯科人唱着跳着，庆祝着胜利，而帕塔尔在对镇民一番动员后，没等布拉希姆来到，就与手下的土匪们一同赶往了附近的纳里拉镇；那里是他的故乡。

就像阿尔普哈拉斯山顶的所有小镇一样，阿尔库塔尔也是一个由错综复杂的胡同交织成的村落；小路随山势起降，蜿蜒曲折，有石灰粉刷的小平房分布其间。布

---

① 在伊斯兰清真寺塔顶召集祷告的人，凭借嗓音和人格魅力进行遴选。
② 西班牙里程单位，合 5572.7 米。

拉希姆驾马向教堂驰去。

十六七个天主教徒被堵在教堂门口,有手持棍棒的摩里斯科人在严密监视着他们。摩里斯科人把俘虏们圈在一起,喊叫着,抽打着,像牧人在鞭笞着自己的羊。埃尔南多的目光落在一个小女孩身上,她麦秸色的头发在一群天主教徒中显得尤为突出。教堂一侧躺着被火枪打死的受俸教士,他的尸体成了人们嘲弄和侮辱的对象,凡经过的人都会朝他吐口唾沫,谁都愿意在尸体上踩上两脚。旁边跪着一个年轻人,他的右手已经被砍掉;他努力想给自己止血:手没了,留条活命也好。伤口流下的鲜血与雪水搅混在一起,积成一片血注;一条大狗正玩弄着那只被砍下的手。在几个摩里斯科孩子专注的目光中,那只狗正一点一点地啃食着手上的皮肉。

"把战利品都装上去!"

后边响起了布拉希姆的声音。此时,旁观的孩子们中有个胆子最大的,把已是血肉模糊的手从狗爪下夺了过来,扔到它的主人面前;凶狗立即狂奔了过去。可还没等它赶到,一个女人就大笑着把那只断手踩在了脚下;也不管那独臂人是如何求着她将那只手物归原主,她只是朝那个可怜鬼唾了一口,随即招呼着那条恶狗,示意它不要辜负了她的一片美意。

埃尔南多摇了摇头,随士兵们走进教堂。雨夹雪浸湿了那个天主教小女孩麦秸色的头发,女孩的双眼依然盯着教士的那具遗体。

过了一会儿,埃尔南多抱着一件镶金丝袍和两个银烛台走出了教堂;各种各样的圣器都已经被堆在教堂门口。埃尔南多在从天主教徒那儿搜刮来的衣物里拣起一件外套。见到继子如此举动,坐在大马上的布拉希姆脸上露出了不悦的神色。

"你想让我冻死吗?"没等继父责备,埃尔南多先为自己辩护。

十二头骡子背上的褡裢都已被装得满满腾腾。太阳开始落下,在环绕着阿尔普哈拉斯的群山顶上勾出了细细的红边。因失血过多而死去的那个独臂人躺在了教士的尸体上,而那条狗已经把断手弃在一边。天主教徒们不安地聚在教堂前。听到镇上的祷告报时人声如洪钟的呼喊,摩里斯科人纷纷把绸衣和布服铺在地上,在上面拜倒下来。

天色由红转灰,人们刚刚结束了日落的祷告。帕塔尔和他手下的土匪们已经回到了阿尔库塔尔。原本由三十个壮汉组成的队伍——有些骑着马,有些没骑,但都甲胄齐整;除了腰间的短刀之外,他们还佩着剑、弩与火枪——又有新鲜血液的加入:这群来自纳里拉的摩里斯科士兵正巧将天主教俘虏们送到阿尔库塔尔来。土匪们对纷乱的雨雪和寒冷的天气仿佛毫不在乎:他们大笑着聊着天。埃尔南多看见在纳里拉的队伍最后也有一群驮着战利品的骡子。

新来的俘虏也壮大了教堂前被俘天主教徒的队伍。他们之中只要一有人说话就会立刻被摩里斯科人的拳头阻断，所以现场一片肃静。只有那些摩里斯科孩子在土匪们身边乱跑着，碰碰短刀、摸摸大马，当叔叔们拍起他们头来的时候就露出了心满意足的表情。布拉希姆和阿尔库塔尔的下级官吏对帕塔尔的到来表示了欢迎，随后他们一同走到一边去商量事情。埃尔南多只见他继父说着说着就用手比了过来，指向了他和他的骡子们，而帕塔尔点了点头，也指了指从纳里拉来的战利品输送队。只见土匪头子做了个手势，想叫赶着那队骡子的脚夫过去；但布拉希姆显然有点不乐意。尽管距离很远，明亮的火炬又晃着他的眼，但埃尔南多还是能注意到继父和帕塔尔争执了起来。布拉希姆摇着头不停比画着：显然他们是在说那个新来的脚夫的事；帕塔尔像是在安抚布拉希姆的情绪，想要说服他些什么。最后，两人好像达成了协议，土匪头子把那个脚夫叫了过去，给下了什么指示。纳里拉的脚夫主动要和布拉希姆握手，却热脸贴了冷屁股；布拉希姆全然没有理睬他，反而向他投去怀疑的眼光。

"要做些什么你都明白了？"布拉希姆嫌弃地问道，侧眼看着帕塔尔。纳里拉的脚夫点了点头。"你那坏名声谁都知道：你最好看好你的骡子，也看好你的手，我可不想到时候闹出什么不愉快。我相信不用我提醒你。"布拉希姆加上了一句，好让脚夫赶紧滚开。

脚夫名叫塞西利奥，不过一路上人们都叫他乌拜德；他对埃尔南多也是这样介绍自己的，语气中还带着些许骄傲。在布拉希姆的命令下，他已经把骡子赶了过来。

"我叫埃尔南多。"男孩答道。

乌拜德等了几秒。

"嗯？就叫埃尔南多？"见男孩没继续向下说，他便问了起来。

"对，就叫埃尔南多。"男孩口气坚定，与乌拜德针锋相对。乌拜德要比埃尔南多大上几岁，是个职业脚夫。

乌拜德讥讽地笑了笑，转过身去忙着照管起他的骡子们。

要是他知道了我的绰号……埃尔南多想着，突然觉得心脏揪了一下：我是不是得给自己取个穆斯林的名字？

那晚，摩里斯科人大肆挥霍着从天主教徒家里搜出来的粮食，庆祝着阿尔普哈拉斯起义大捷。"凡有摩里斯科人的镇子都加入了暴动，"帕塔尔慷慨陈词，"就只剩格拉纳达了！"

当镇民们设宴款待着土匪弟兄时，天主教徒们还被关在教堂里头。与胡维莱斯一样，这个镇上也有一位像哈迈德一样的阿訇；他也得负责看管天主教徒，试图让他们归信真主。埃尔南多和乌拜德坐在了骡群和战利品边上，他们在一座茅草屋旁歇下了脚。镇上的女人们没有忘记他们，给他们奉上了丰盛的大餐。埃尔南多吃饱喝足，乌拜德也大快朵颐。不过后者刚填饱肚子，就思起淫欲来；埃尔南多见他向前来的姑娘们大献起了殷勤。也有些姑娘靠过来坐在了埃尔南多的身边，讨好着他，想和他亲密，但埃尔南多却是将目光转了开来，畏畏缩缩；后来他干脆就站了起来，坐到了另外一头。女人们见他这样，也就放弃了努力。

"怎么了，兄弟？你怕了？"那位职业脚夫问道。有美食与美女相伴，乌拜德的心情别提有多美了。"没啥可怕的，你说呢？"一边说着，他就把身体转向了其中一位姑娘。

女人笑了起来，而埃尔南多羞红了脸；从纳里拉来的那位脚夫正居心不良地盯着他看。

"还是说你怕你继父说闲话？"乌拜德又追问道，"好像你们处得不是那么好……"

埃尔南多没有接话。

"好吧好吧，这也不奇怪……"乌拜德自顾自继续说着。他努力弯出一个理解万岁的微笑，不过这也没有使他龌龊市侩的面孔变得好看一点，"放心，现在他正忙着办大事呢……不过在我看来，我们这会儿才是在办着大事呢，你不觉得？"

乌拜德身边的姑娘还在不停地催促着他，把他的注意力吸引了过去。他朝埃尔南多瞥了一眼，见那小子还懵懵懂懂的，便径自把头埋到了姑娘怀里。

入夜了，乌拜德和一个姑娘一道不知去了哪里。看着他们勾肩搭背地离开，埃尔南多突然想起胡维莱斯的教堂司事曾经对他说起过的一番话：

"那些女性的新天主教徒，也就是那些摩里斯科女人，"有一次，司事在圣器室里给他上课时谈道，"她们和丈夫在一起时总是纵欲无度；这也罢了，可关键是，和不是自己丈夫的男人在一起时，她们也没见收敛！当然了，传统摩尔人的婚姻可不是那样；那就像一纸合同——就和要买一头奶牛、租一块地时签的那种合同没什么两样。"司事跟埃尔南多说这话，就好像埃尔南多是一个旧天主教徒、不折不扣的天主教徒的后代，而不是一个摩里斯科女人的儿子似的。"那些摩里斯科人啊，无论男的还是女的都任凭自己的肉欲肆虐猖獗，这可不会让我主基督喜悦。所以你看，摩里斯科妇女们一个个都是又胖又黑，因为她们唯一的念想就是去取悦她们的男人，像发情的母狗一样跟他们睡觉，背着他们和别人私通，犯下饕餮和懒惰的罪孽。她们成天八卦就为了找点乐子杀杀时间，到点了就可以张开双臂去迎接男人。"

"可女天主教徒里也有胖的啊，"埃尔南多曾想反驳，"还有长得比摩里斯科女人更黑的呢。"可这句话终究还是没有说出口；他保持着缄默，每次他和司事在一起的时候都是如此。

圣诞节的清晨，内华达的山间吹着寒风，却是个晴天。

"他们都很固执，都不愿放弃他们的宗教。"阿尔库塔尔的阿訇在向帕塔尔和那些在教堂门口聚集着的摩里斯科人通报情况，"我一对他们说起真主和先知穆罕默德，他们就一起向基督祈祷；我一威胁他们说要对他们用刑，他们就请求基督的庇护。我们把他们打了一顿，可是打得越凶，他们祈祷的声音就越大。我们把他们的十字架和圣牌都抢了，可他们反而在自己的身子上画起了十字。"

"他们就快顶不住了……"帕塔尔盘算着，"库苏里奥镇昨晚已经开始行动了。塞尼兹和其他土匪头子都在那儿等着我们。嘿，你们把战利品收拾一下。"他对布拉希姆提了一句，"至于这些天主教徒么，把他们一起带到库苏里奥去吧。去把他们从教堂里提出来。"

近八十个人被吼着推着，跌跌撞撞地被从教堂里带了出来。教堂外，吵闹的人群都在注视着他们。在女人和孩子们的哭声中，许多人抬头望向了天空，还有一些人画起了十字祈求着上帝的护佑。

帕塔尔静等那些人被分成了几组，随后他带着探究的目光走到了他们近前。

"愿基督把惩罚临到你的头……"

土匪头子一枪托让那个天主教徒闭上了嘴。吃了这一下，那个瘦弱的中年人跪倒在地，满嘴是血；一个像是他老婆的女人正欲跑过去扶他，却被帕塔尔冲着她脸一巴掌，掀翻在地上。土匪头子半闭起眼睛，浓密的黑色眉毛连成一丛。阿尔库塔尔的所有摩里斯科人都目睹着这一切。天主教徒中笼罩着一片死寂。

"都把衣服脱了！"帕塔尔命令道，"所有的男人，包括那些超过十岁的男孩，都把衣服给我脱了！"

天主教徒们面面相觑，脸上都写着难以置信的表情。在场的还有他们的老婆、邻居和女儿呢，众目睽睽之下怎么好把衣服给脱了？人群中有人抗议起来。

"脱！"帕塔尔对他跟前的一个老头喝道。老头整整比土匪头子矮一个头，已是胡子稀疏；听到命令，他便在身上画十字作为回应。土匪头子慢慢地从刀鞘里抽出了他又长又重的佩刀，用刀尖抵着老头的脖子；老头的喉结上流下一道血丝。帕塔尔复又喝道："叫你脱就脱！"

老头用挑衅的眼神瞥着帕塔尔，双臂垂在身侧无动于衷。帕塔尔毫不犹豫就把刀刃插进了老头的喉咙。

"他不脱你脱!"土匪头子把还在滴着血的刀刃移到下一个天主教徒的面前,对他发号施令。那天主教徒脸色煞白;他瞥了一眼旁边还在垂死挣扎的老头,开始解衬衣的扣子。"都给我脱光了!"帕塔尔重申着他的命令。

女人们都低下了头,还有几个用手遮住了女儿的眼睛。摩里斯科人都放声大笑起来。

如此精彩的场景,乌拜德一秒也没让自己错过。随后,他便向骡群走去,埃尔南多也跟了上去:得准备出发了。

"可真能驮啊,这些老东西!"乌拜德戏谑地说,"哪个褡裢里装了些什么,谁都不知道的吧?手气可真不错:要是一不小心少了点什么,也没人会发现的吧……"

埃尔南多没想到他会说出这种话。他什么意思?埃尔南多瞅了一眼乌拜德:那位纳里拉的脚夫正专心地干着他的活,仿佛刚才的话只是随口一提罢了。不过,几乎没经自己大脑,埃尔南多感觉心中一个声音涌上了喉头,替自己做了回答,那口气甚至比平时更加坚定:

"什么也不会少的!这些战利品是属于我们整个民族的。"

之后便再也没人说话。

终于,众人离开了阿尔库塔尔:布拉希姆、帕塔尔和他手下的土匪们行在了队伍的最前头,后面四十多个男天主教徒排成了一列;他们裸着身子,光着脚,双手被绑在背后,身体都快被冻僵了。走在后面的是垂着头的女人们和不满十岁的孩子,以及由埃尔南多和乌拜德看管的近二十头驮着战利品的骡子。决定拿起武器加入战斗的那些摩里斯科人四散在队伍各处,他们诅咒着那些天主教徒,以酷刑威胁着他们,逼他们背弃信仰,皈依穆斯林的真主。

尽管库苏里奥离阿尔库塔尔只有四分之一里远,但坚硬的路面仍让那些赤着脚走的天主教徒叫苦不迭。埃尔南多眼前的尖石路上闪现出鲜红的血迹。突然有一个身影倒了下来:看他精瘦的腿和还没长毛的下身,应该还只是个小男孩。男人们都被反捆着双手,没法扶他起来,女人们想上前拉他一把,却被士兵们拦了下来;不仅如此,士兵们还往小男孩的屁股上踢了几脚。埃尔南多只见那个麦秸色头发的女孩扑了过去,用自己的身体护着那个孩子。

"放过他吧!"女孩冲士兵叫喊着。她跪在地上,把男孩的头抱在怀中。

"你怎么不求求你们的上帝让他站起来呀?"一个男人讥诮着。

"快点弃暗投明吧。"另一个男人随声附和。

一男一女两个孩子堵在了路当中,走在后面的摩里斯科士兵聚集了起来,也挡住了骡群的前进路线。

"前面怎么了?"身后传来了乌拜德的声音。

当埃尔南多走到那群人面前时,又有另一个摩里斯科人吼了一声:

"他们不走就弄死他们!"

埃尔南多从士兵们小腿的缝隙间窥见了小男孩弓起的身躯;他双眼紧闭,脸像是在抽搐。见到此情此景,埃尔南多脱口而出:

"要是把他杀了,你们就没法……我们就没法,"一发现不对,他立即改了口,"就没法让他们皈依我们的真主了。"

听到这话,那四个摩里斯科人倏地都转过身来,四人都比埃尔南多年长不少。

"你是谁啊就敢在这瞎放话?"

"那你们是谁,就敢自说自话把他杀了?"埃尔南多毫不退让。

"你还是赶好你的骡子吧,小伙子……"

埃尔南多打断了他,同时朝地上唾了一口。

"该怎么做你们怎么不先问问他?"埃尔南多指着土匪头子帕塔尔宽阔的背脊,他正在前边很远的地方缓缓行进着,"如果他想把这些人杀了的话,为什么不在阿尔库塔尔就动手?"

四个年轻的兵士互相交换了个眼神,最终他们决定掉过头去继续往前走;当然,走之前他们也没忘了再赏那小孩两脚。在那小姑娘的帮助下,埃尔南多把男孩搬到了路边,他把骡子往前赶了赶,只等着老伙计过来。两人从腋下把小男孩托了起来;他还在不停地喘着,大口往嘴里吸着气。乌拜德旁观着整个场景,未发一语;他的眼眶里,两个眼珠正滚来滚去,似是在揣度着局势:真是人不可貌相啊,没想到布拉希姆这个继子还挺有胆量……这会儿,埃尔南多正在帮那姑娘把小男孩搬到老伙计的背上。

"你为什么要保护他?"埃尔南多问道,"万一他们把你杀了呢?"

"他是我弟弟,"女孩满脸是泪,"我唯一的弟弟。他是个好孩子。"她补充道,像是在祈求着怜悯。

后来,女孩告诉埃尔南多,她叫伊莎贝尔。她搀扶着她的弟弟贡萨利科,在老伙计的身边慢慢走着。他们之间的话不多,不过埃尔南多还是感受到姐弟两人的亲密无间。

库苏里奥的情况与阿尔普哈拉斯地区其他参与暴动的镇子差不多:被践踏的教

堂、欢庆着的摩里斯科人、被俘的天主教徒。又有一拨土匪在那里等着与大部队会合：那是洛佩·塞尼兹的人马。土匪们决定再给那些天主教徒一次机会，不过，想到此举在阿尔库塔尔收效甚微，他们便对这个镇的天主教徒实施了变本加厉的威迫：凡不肯皈依伊斯兰教的，都得被千刀万剐、生不如死；谁不愿成为穆斯林，就先杀掉他的妻儿再说。

"看他就像个小阿訇似的哈。"布拉希姆在帕塔尔和塞尼兹面前卖弄着，他的继子正朝他们这边走来。老伙计的背上卧着那个裸着身子的小男孩，伊莎贝尔则走在埃尔南多左边，三人一骡构成了一幅奇妙的图景。"你们知道胡维莱斯的哈迈德吗？"两个土匪头子都点了点头，谁不认得阿尔普哈拉斯的那位瘸阿訇？"我儿子就是他的学生。我儿子的伊斯兰教知识全是他传授的。"

帕塔尔眯起了眼睛；埃尔南多正向他们缓步走来，手上牵着的那头骡子背上就卧着那个小男孩。"要是这么一个小孩改信了我们伊斯兰教，"他思忖着，"定能让那些天主教徒顽固的心理防线瞬间崩溃。这会比任何威胁都好使。"

"你过来。"他招呼着埃尔南多，"要是你继父说的是真的，今晚你就跟那个小孩待在一起吧；你想想办法，让他抛弃他的信仰。"

而当摩里斯科人正绞尽脑汁地思考着如何才能让天主教徒们改旗易帜的时候，阿尔普哈拉斯的起义遭受了第一次重大的挫折。这个圣诞夜里，无论是格拉纳达城中还是平原上那些村庄里的摩里斯科人都没有参与行动。当夜，起义领袖、那个富有的洗染商佛拉克斯带领着一百八十名伪装成土耳其援兵的土匪遁入了格拉纳达城内的摩里斯科人聚居区，挨家挨户地敲每一家的房门，号令大家加入战斗。当他们奔跑在弯曲的小巷中时，寥寥几人的天主教军队还驻扎在阿尔罕布拉宫里。但他们所经之处，摩里斯科人却都紧闭着门窗。

"你们有多少人？"一个声音从窗缝中问道。

"六千。"佛拉克斯扯了个谎。

"太少了，而且你们来得太早了。"

窗砰地关上了。

6

贡萨利科重又被冻得发抖。土匪们刚把他昨晚裹的毯子收了回去。

"他放弃天主教了吗?"塞尼兹手下的一个土匪问埃尔南多。此时已是第二天早上。

埃尔南多正坐在火堆旁与贡萨利科聊天,旁边歇着运货的骡子;这个突如其来的问题让他们吓了一跳,两人都默不作声。放弃天主教?埃尔南多很想把这个问题反问回去:整个晚上,贡萨利科用小男孩的声音表现着大男人的坚毅。他捍卫着自己的信仰。他呼求着他的主。他把灵魂放在了主的手上。

埃尔南多低下头承认自己的失败。土匪想都没想,一把抓起小男孩的胳膊,拖着他就往镇上走去。赤着脚的小男孩跌跌撞撞地被带离了这里。

我要跟去吗?说不定他最后会放弃信仰呢?埃尔南多抬起头望着眼前烧得火红的木炭。贡萨利科的生命就像这炭火啊!可惜他还未来得及燃烧,还未能像这木头一样,从身体里迸发出足以照亮夜空的熊熊烈焰。他还只是个孩子!埃尔南多望着贡萨利科,那小男孩被一路拽着向前走去,他努力跑着跳着才勉强跟上了步子,他一会儿磕在这块石头上,忽而又在那里绊了一跤,接着又被接连往前拎了几步,双脚都离开了地面。埃尔南多的眼中噙着泪水。他站了起来,跟随在两人后头。

"当时你们的国王也逼我们放弃了我们的信仰,"昨晚,埃尔南多是这样劝贡萨利科的,"他们给我们所有人都做了洗礼。"贡萨利科两颗大大的棕色眼珠紧盯着埃尔南多。"现在轮到我们做王了……"

"那你们也永远没法在天上做王的。"小男孩立即反驳道。

"如果照你说的,"埃尔南多记得当时他没想和小男孩继续争下去,他这样回答了他,"如果照你说的,那现在你在地上暂时放弃你的信仰又有什么关系呢?"

听了这话,小男孩吃了一惊。

"放弃我的信仰?放弃天主教?"小男孩细声细气地问。

难道这些天主教徒都是傻子么?埃尔南多给贡萨利科宣讲起当初西班牙穆斯林

被强迫改信天主教时，瓦赫兰①的伊斯兰法典说明官曾颁布的一条法令：

"如果他们强迫你们喝酒，就喝吧，但不要怀着邪恶的心。"②埃尔南多一边背诵一边跟男孩解释这条法令的意思，这条规定是那位法理学家特别为安达卢斯的穆斯林弟兄们颁布的，所有摩里斯科人都谨守着它，"如果他们强迫你吃，就吃吧，但要从心中拒绝它，牢记它是个禁忌。这也就是说，如果你是被迫的，"该背的都背完了，埃尔南多试图说服起贡萨利科，"那实际上你就并没有真正放弃你的信仰……只要你对你的上帝履行了你的义务。"

"那是骗人的，你自己都知道。"贡萨利科相当固执。

埃尔南多叹了口气，瞅了一眼老伙计。老伙计一直依偎在他身边，已经站着睡着了。

"他们会把你杀了的。"就这样僵持了一会儿，埃尔南多无奈地下了结论。

"我死也要为了基督而死。"男孩坚定地说。即使是在黑暗中，即便是裹在毯子里，埃尔南多也能看出他浑身都在发抖。

两人都不再说话。沉默中，埃尔南多听见旁边蜷缩在毯子里的贡萨利科低声抽泣了起来。"我死也要为了基督而死。"他还只不过是个孩子啊！埃尔南多又找来一条毯子把小男孩裹好。埃尔南多知道他还醒着，便靠了过去。

"谢谢。"贡萨利科小声向埃尔南多表达着谢意。

"谢谢？"埃尔南多惊讶地重复着男孩的话，他感觉男孩在一层层毯子里寻找着他的手，接着又将它紧紧握住。埃尔南多没有拒绝他，只听抽噎声逐渐轻了下来，转为了有节奏的呼吸声。这一夜埃尔南多就睡在贡萨利科身边，他小心翼翼地没敢把手抽开，只怕惊醒了那个男孩。

第二天当塞尼兹的手下过来的时候，他们已经醒了。贡萨利科向埃尔南多投来一个天真的笑。望着男孩稚气的笑容，埃尔南多也想还他一个同样的表情，可刚笑到一半，他的脸就僵住了。都到这会儿了那男孩还能笑得出来？"归根结底他还只是个不懂事的孩子吧。"埃尔南多对自己说。昨晚的争论、昨日的险境、不同的神祇，一切的一切都已翻了过去，现在的这个男孩又回到了一个男孩应该表现出的样子。我们不是已经进入崭新的一天了吗？太阳不是照常升起了吗？埃尔南多决定不再充当说客；而这会儿，他成功弯起了嘴角，对贡萨利科展露出由衷的微笑。

眼下，他们什么吃的都没有了。

---

① 又名奥兰，位于阿尔及利亚西北部地中海沿岸。
② 原文为阿拉伯语。

"等这过去了我们就会有吃的了。"贡萨利科乐观地接受了现状，一脸的稚气。

他说等这过去了！埃尔南多为难地点了点头。

被俘的天主教徒里没有一个肯改变自己的信仰。"我死也要为了基督而死。"这句誓言一次又一次地在埃尔南多脑中掠过。他已经跟着那两人走到了库苏里奥的镇中心，只见那土匪把小男孩扔到一群天主教徒中间；他们都光着身子，在教堂旁边拥成了一堆。摩里斯科妇女们"呦呦"的嘲弄声夹杂着女天主教徒们的哭声，站在不远处的她们被逼着望向了她们赤身裸体的父亲、丈夫、兄弟和儿子们。她们中只要有人敢低下头去或是把眼睛闭上，就会吃上一顿乱棍，直到她们重又将目光转向那些男人。阿尔库塔尔、纳里拉和库苏里奥的天主教徒们都被赶到了这里：成年男子和十岁以上的男孩，加起来总共超过八十人。前一晚，阿訇一直与这群人待在一起；而现在，阿訇则得面对塞尼兹和帕塔尔的指点与吼叫。塞尼兹先动了起来：他二话没说，径直走向天主教徒们，在他们面前站定。他抽出他那把镶金的老火枪，点燃了火绳，把它固定在火绳夹上。

人群中一片死寂，所有人的目光都集中在了一点上：一道火星正在那根浸满硝石溶液的麻绳上慢慢地移动着。

塞尼兹把枪托支在地上，往枪管里填进火药；他又往枪管里塞入一团破布，用一根棍捅了捅，把火药捣实。自始至终，这个土匪头子眼里只有自己的枪。他将一颗铅丸填进枪膛，又用棍子顶了顶，随后举枪瞄准。

女天主教徒中有人尖叫了起来。一个女人跌坐在地，十指紧扣，哀求起她的上帝来；当即就有一个摩里斯科人扯着她的头发把她的脸提了起来。塞尼兹头也没转，他往药池里填进了些火药粉末，接着毫不犹豫地就朝一个天主教徒的胸膛开了火。

"真主至大！"塞尼兹高喊着，那一枪的回声在空气中激荡，"杀了他们！把他们全都给我杀啦！"

摩里斯科士兵、土匪连同老百姓，他们握着火枪长矛，擒着长剑短刀，甚至操着锄头钉耙，一齐向天主教徒们扑了过去。震耳欲聋的喊声又在库苏里奥炸裂开来。女天主教徒们被摩里斯科妇女和士兵们反剪着胳膊，被迫欣赏着这场大屠杀。在疯狂冲上来的摩里斯科人面前，尚还光着身子的男天主教徒们毫无招架之力；其中有些人跪了下来，在胸前画起十字，还有一些人把儿子拉了过来，把他们护在怀中。埃尔南多正站在那群妇女边上旁观着，就在此时，一个膀大腰圆的摩里斯科女人风风火火地迈了过来，将一柄短刀塞到了他的手中；随即她又推了他一把，叫他也去加入屠戮的行列。刀刃在埃尔南多手里闪着寒光。见他没有反应，那女人又用力将他往前推出了两步。他该怎么做呢？杀人他怎么下得去手？埃尔南多缓缓向前挪动着；走了没两步，他突然看见贡萨利科的姐姐、那个叫作伊莎贝尔的女孩推开人群跑了过来，抓起他的手。

"快救救他吧。"女孩哀求道。

救救他？我现在可是要去杀了他啊！那个粗壮的摩里斯科女人还在直勾勾地盯着我的一举一动呢……

埃尔南多一把将伊莎贝尔背了过来，顶在自己胸前，一只手从背后勒紧她的胳膊，另一只手则拿起短刀抵在她的喉咙上。就像其他男人对女天主教徒们所做的那样，埃尔南多也逼着她看向了屠戮的现场。见埃尔南多终于有所行动，那摩里斯科女人也露出了满意的表情。

"救救他吧。"埃尔南多听见伊莎贝尔一边抽噎一边还在向他苦苦祈求。她全未挣扎。

女孩的哀求让他心头一阵酸楚。

埃尔南多的刀刃依然抵着女孩的脖颈，而他自己也从女孩的头上探望着前边的场景：乌拜德朝贡萨利科走了过去。仿佛有一瞬间，脚夫转过头朝埃尔南多和伊莎贝尔瞄了一眼，随后，他抓起贡萨利科的头发，把他的脖子一拧，将他整个喉咙暴露在自己眼前。男孩没有反抗。于是乌拜德手起刀落。嘶——男孩口中的祈祷应声而止。伊莎贝尔停止了祈求，她的呼吸也瞬间停止了；埃尔南多也是一样。乌拜德手一放，男孩的尸体往前翻倒在地，脚夫也单膝跪了下来，复又把刀子插入男孩心脏的位置，一刀戳牢，将那坨鲜血淋淋的东西从切口里拔了出来，高举在头顶；他发出一声胜利的号叫。接着，他朝伊莎贝尔走了过来，将她弟弟的心脏扔到了她的脚下。

抓着女孩的那只手已经没在用力了，可女孩还是紧紧地靠在埃尔南多身上。两人谁都没敢去看脚下的那团东西。屠杀还在继续，乌拜德又转回去加入了杀戮。

到了最后，众人的喊叫声转为了穆斯林的赞美诗，摩里斯科人在一片惨状中齐声欢庆着天主教徒的覆灭。"我死也要为了基督而死。"埃尔南多傻傻地望着贡萨利科已经支离破碎的躯壳：它只是教堂门口由尸体堆成的小山中微不足道的一具，那座小山下流淌着一条殷红的河。埃尔南多好不容易才止住眼泪。有几个摩里斯科土匪踩着尸体爬了上去，寻找着尚存一息的天主教徒，好让他们死个痛快；他们一边干着这活，一边还在笑着聊着天。有人吹起了六孔竖笛，摩里斯科人男男女女都开始跳起舞来。没人再去管那些女天主教徒了，只有那个粗壮的女人——把刀塞给埃尔南多的那个——她抢走了伊莎贝尔所有的随身物品，又将她推到了其他女教徒当中。随后，那人来到了埃尔南多面前：她是来讨东西的。

那把刀还攥在埃尔南多的手里；他怎么都没法让自己将目光从那堆尸体上移开。

"快把刀给我。"女人催着他。

埃尔南多一动不动。

于是女人抓着他的肩膀猛摇起来。

"我的刀！"埃尔南多僵硬地把那把刀子交到了女人手里。"喂，小伙子，你叫什么名字？"

听埃尔南多嘴里含含糊糊的，女人又晃了晃他。

"你叫什么啊？"

"哈迈德，"埃尔南多答道，这会儿他才刚刚回过神来，"哈迈德·伊本·哈迈德。"

就在库苏里奥镇的摩里斯科人大开杀戒的那一天，塞尼兹、帕塔尔和他们的土匪兄弟们接到了起义领袖、格拉纳达山城区的洗染商佛拉克斯的命令，叫他们将战利品和女俘虏都带到胡维莱斯城堡去。圣诞日，在贝兹纳尔这个位于阿尔普哈拉斯西走廊的镇子里，摩里斯科人把堂·费尔南多·德·瓦洛尔推上了格拉纳达与科尔多瓦的王位。

与哈迈德一样，这位新国王也是格拉纳达王国穆斯林贵族的后裔，但与胡维莱斯那位阿訇不同的是，新国王声称他与后倭马亚王朝①的哈里发②们也有着直接的血缘关系。此外，不像哈迈德的家族，新国王的祖先们在格拉纳达被占领后顺利与天主教社会打成一片，甚至他的父亲还在市议会中得到一个位子，成为在市政府中当权的贵族之一——尽管后来他因为一次犯罪而被判处了苦役。新国王继承了他父亲市议员的职位，但没过多久，他也被控暗杀了当初揭发他父亲罪行的人以及几个证人。于是他被迫将市议员的位子卖给另一个摩里斯科人，也就是他在刑事诉讼中的担保人。谁料此人对堂·费尔南多的话充满戒心：为了不失去那笔保证金，他暗中通知法院，叫他们在他刚付完买官的款子、堂·费尔南多都没把它焐热的当儿，又将那笔钱给扣了下来。1568年12月24日，听说阿尔普哈拉斯突发暴动，堂·费

---

① 即中国历史文献中的白衣大食，是穆斯林在西班牙建立的伊斯兰教政权。由于王朝的建立者是阿拉伯帝国倭马亚王朝的后裔，该王朝也被称为后倭马亚王朝。
② 伊斯兰政治、宗教领袖的称谓。

尔南多·德·瓦洛尔仓皇逃出了格拉纳达；此时他已既没银子又没权势，只带了一个情人和一个黑奴。但据他自称，他此次跑出来是为了和他最亲爱的族人兄弟们一起战斗，同甘苦共患难的。

　　这位格拉纳达与科尔多瓦的新王今年二十二岁，墨绿色的皮肤，黑色的大眼睛，两道浓密的眉毛几乎连在了一起。他风度翩翩，气宇轩昂，再加上他在格拉纳达王国身居的高位和他自证的皇家血统，令他迅速获得了摩里斯科人的敬重。有他瓦洛尔家族的亲戚们撑腰，他在贝兹纳尔被任命为国王，在一棵橄榄树下顺利登基，尽享着大批摩里斯科人的注目与祝福。这个决定曾遭到佛拉克斯的激烈反对——他本想自己做王的——但堂·费尔南多把最高长官的位子给了他，迅速地让他闭上了嘴巴。仪式的最后，洗染商亲吻着新王踏过的土地，而堂·费尔南多身着紫红色的王袍，立在了向东西南北四个方向铺展开的四面大旗中央，宣誓要与王国同生共死，宣誓忠于法律，宣誓他将永远持守着对穆罕默德的信仰。他头戴一顶从圣母像上剥下的银冠，接受了穆哈迈德·伊本·倭马亚之名——后来天主教徒也将他唤作阿本·倭马亚①。在场的众人一片欢呼。

---

① "阿本"是阿拉伯语"伊本"的西班牙语拼法。

7

新王阿本·倭马亚登基之后下的第一道指令就是派佛拉克斯领着三百名皮肤黝黑的土匪跑遍阿尔普哈拉斯的村村寨寨把所获的战利品都搜集起来，好去和柏柏尔人换武器。所以，埃尔南多重又操起了老活计，赶着骡子离开库苏里奥，向着胡维莱斯城堡开去。他与乌拜德之间的关系变得越发紧张：埃尔南多无法忘记脚夫那张野蛮的面孔，乌拜德对于"不小心丢点什么战利品"的那番评论也在埃尔南多脑中挥之不去。

"我得看着老伙计，它老掉队。"埃尔南多对乌拜德说。他宁可给队伍殿后，也不愿把自己的背脊暴露在乌拜德眼中。

"老骡子跟壮骡子吃的可是一样多，"脚夫刺激着埃尔南多，"把它宰了吧。"埃尔南多没理他。"还是说你也想叫我动手？"脚夫问道，同时伸手去摸腰间的短刀。

"在阿尔普哈拉斯，这头骡子可比你更认路。"埃尔南多脱口而出。

两人相对而视，乌拜德的眼中写着愤恨。这个纳里拉的脚夫从牙缝间挤出了几个听不清的词。正在此时，布拉希姆在远处喊了一声，让乌拜德回过头去。那些沦为俘虏的女天主教徒们已经走得很远了，原来应该紧随在她们后边的骡子却没有跟上来。乌拜德皱了皱眉，也对布拉希姆喊了一声作为回应，随后他跟了上去，当然，之前没忘了再对埃尔南多瞪上一眼。

这会儿，乌拜德突然下了个决定：他得想法把这小伙子处理掉。小伙子是布拉希姆的代表，而以前在阿尔普哈拉斯的行脚路上，他跟布拉希姆之间的问题岂止成百上千……当然，他跟大多数脚夫处得都不怎样。骡群背上驮着的金银财宝勾引着乌拜德的心。这么多东西，缺一点谁会发现呢？谁也没数过这里总共运了多少财宝。是，民族的战斗是很重要，可是战斗总会结束的，那之后呢……我还要继续做个苦命的脚夫，每天翻山越岭的只为挣那可怜的几毛钱？不，我乌拜德再也不要过那样的生活了，反正弟兄们的胜利也不缺这么一点点钱。乌拜德想起他曾经努力想求得埃尔南多的帮助，利用双方有共同的敌人布拉希姆这一点来赢得埃尔南多的友情，可惜那个蠢货没听乌拜德的。得！随他去！现在可是最好的时机，还在起义初期，管理还很混乱。之后么……到了之后，谁知道还会有多少脚夫加进来，谁知道那个新国王会想出什么规定。而且乌拜德确信，到时候没有人会真的想起这个拿撒勒人的，就连他继父也不会。

　　乌拜德对这段路线了如指掌。他选择了山腰上紧贴着岩壁的一个又窄又急的弯角来实施他的计划。过这段山路的每个弯角时视野都会被挡住大半，根本看不见前后几步之外的东西，山道又窄，没有人会向后看，所以根本不用担心有人会发现他做了些什么。骡群走在队伍的末尾，而在老伙计，也就是最后那头骡子的身后，就只剩下埃尔南多。这事太简单了：他只要躲在弯角后面，等埃尔南多过来的时候一刀割断他的喉咙就行了，然后他可以把埃尔南多的尸体搁在一头背着大批战利品的骡子身上，再把那头骡子和尸体一起藏在这段路上的一个山洞里就行了，根本不用耽误队伍的行进。所有人都会觉得是埃尔南多携着财宝逃走了，这责任到时候还会落到布拉希姆头上，谁让他信任那个杂种拿撒勒人呢？而到时候，他自己只用晚上偷偷过来一次，藏好那些战利品，静等战争结束就万事大吉了。

　　乌拜德把计划付诸了行动。他往前赶了赶骡群。这条路这群骡子早就很熟悉了，它们听话地向前走着。紧跟着，埃尔南多的骡子也转过了这个弯。乌拜德抽出刀来，举在手中。他数点着过去的骡子：应该有十二头。埃尔南多的骡子们一头接一头地擦着他的身子走过，乌拜德小心翼翼地用空着的那只手把它们往前赶了赶，注意没发出一点响动。第十一头骡子也走过了弯角，乌拜德紧张地直起身来，他全身的肌肉都绷紧了：等下一头骡子走过去，就轮到埃尔南多那个畜生了。

　　就在此时，刚准备拐弯的老伙计却突然顿足不前。不管埃尔南多怎么吼它赶它，它就是站在那里像块石头一样，一动也不动：它有预感，有个人藏在那弯角后头。

　　"怎么了，老伙计？"埃尔南多一边问一边想挤到骡子前面去看看究竟。

　　埃尔南多离那转角越来越近，老伙计却用力向后拱着，像是在拦着它的主人。埃尔南多感觉不对，也骤然停住了脚步。说时迟那时快，就在这个当口只见乌拜德一下子跳将出来，手中赫然一把明晃晃的匕首，吓得骡子们都往后挪开了几步，乌拜德要给他精心布置的计划补上最后的一击。埃尔南多怔怔地站在老伙计后边，刚想走为上计，下一秒却又突然改变了想法，他从褡裢里抽出一座大烛台，摆出了战斗的姿势，烛台的五根银枝结结实实。

　　两人隔着老伙计对峙着。埃尔南多整个背脊都被冷汗浸湿了，那汗比山风更冷。他用长长的烛台指着乌拜德，一边努力控制着双手乃至全身的战栗。他右手边陡峭的岩壁下，是深不可测的山谷。乌拜德也往下瞄了一眼：要是被那烛台打中，这条小命可就……

"你有种就上啊！"埃尔南多用尖厉的声音向乌拜德发出挑战，从那声音中隐约能分辨出些许紧张。

这位来自纳里拉的脚夫掂量了一下当下的情势，把匕首插回腰际。

"我是怕有天主教徒跟踪你。"乌拜德转过身去之前不忘找个借口。

埃尔南多根本也没想要回头看一眼。他费了九牛二虎之力才把烛台放回到褡裢里，此时他才突然意识到这玩意儿有多重。他依旧发着抖，比刚才与乌拜德面对面的时候抖得更厉害，甚至没法控制自己的双手。最后，他倚着老伙计，拍了拍它的屁股表示感谢。埃尔南多继续上路，之后每过一个弯角他都一定让老伙计走在他的前面。

被跑出来迎接他们的小孩簇拥着，队伍登上了通往胡维莱斯城堡的那个陡坡，这天是圣司提凡节，他们到那儿的时候已几近黄昏，埃尔南多依然能看到乌拜德在他前面走着。随着越来越临近村庄，他们听到了喧闹的音乐，闻到了镇民们准备的饭菜的香味。在城堡残缺不全的高墙里，加地亚的妇女和老人，以及阿尔普哈拉斯地区其他村镇的民众们正等着他们。这些人大多是妇女、小孩和老年人，到这里来是为了寻求庇护的，他们的父亲或丈夫都加入了起义的队伍。城堡的外围环绕着九座防御塔——其中的几座已经成为了废墟，而幸存的那几座则骄傲地矗立在深渊之上——城堡内部很宽敞，这会儿里面可以看见零星分布在各处的几十顶帐篷和草棚，来避难的人把一家一当都放在了这些用树枝和布片胡乱搭起的棚子里。帐篷外边篝火通明，牲畜和童叟们待在一起，而女人们穿起五颜六色的传统服饰，正忙着为大家准备伙食。热闹的场景和诱人的香味让埃尔南多放松下来：那香味与天主教徒平日用蔬菜和猪油炖杂烩汤的味道截然不同，到处弥漫着爆起油锅的香。大部队在掌声和欢呼声中行进，经过帐篷，绕过草棚，一路上，这个女人送来一枚蜜汁杏仁酥，那个女人奉上一团油炸糕，不一会又有另一个女人跑过来把一块精心烹制的糖糕塞到埃尔南多手里。到处是围聚庆祝的人群：手鼓、竖笛、铜鼓和乌德琴全都奏了起来。埃尔南多咬了一口糖糕：一股由糖霜、甜淀粉、麝香、琥珀、红珊瑚、珍珠、鹿心与柑橘花露交织成的馥郁香气萦绕在他齿间。火光映红了姑娘们的脸，歌声与舞蹈愉悦着所有人的心，埃尔南多闻到了羊肉、兔肉、鹿肉的味道，还有那各种各样的香料：香菜、薄荷、桂皮、茴香、莳萝，还有一千种、一万种……骡子们缓慢地挤过人群，横穿整个城堡，到达了位于另一端的古炮楼废墟所在地，从加地亚搜集来的战利品全都被存放在这里。摩里斯科妇女们把被俘的女天主教徒们身上的东西都搜刮一空，然后命令她们去干活。

布拉希姆派了一队人专门来保护那些从加地亚抢来的宝贝，在他们的协助之下，埃尔南多和乌拜德开始动手卸货，把值钱的东西全都堆在一起；两人都不敢大意，互相留意着对方的一举一动。众人合力把褡裢里的东西都搬进炮楼里。欢闹的舞会逐渐安静下来，从钟楼上传来了哈迈德嘹亮的声音，该祷告了，那钟楼暂时顶替了清真寺尖塔的功用。城堡里有两个蓄水池，承接了高山上清澄的泉水，摩里斯科人沐浴净身，完成了祷告，然后各归其职。炮楼里堆起了大笔财富，他们从天主教徒那儿抢来的金银珠宝数量相当可观。

埃尔南多任凭自己的双眼肆意在那珠宝堆成的小山上游动。他看得入了神，全没意识到乌拜德就在附近。晚祷过后，黑夜逐渐降临，炮楼里只能见到火炬的星点亮光。周围重又喧闹起来，布拉希姆正在炮楼外的那头与士兵们聊着天。

乌拜德遁到埃尔南多身边，狠狠推了他一把。

"你小子下次可不会那么走运。"乌拜德嘟囔道。

还有下次！埃尔南多心想，这个男人真是个杀人不眨眼的狂徒！现在他们周围一个人都没有，埃尔南多看了看那个脚夫，思考了几秒：或许我可以……

"你这条卑鄙的走狗！"埃尔南多突然咒骂道。

乌拜德猝不及防，他根本没想到埃尔南多会向自己扑过来，他本能地给了埃尔南多一巴掌，只见埃尔南多仿佛违反了地心引力，一下子摔出去十几米远，正巧倒在了那堆财宝上。那把用纯金和珍珠打造的小十字架现在就在埃尔南多手边。他刚才盯着这把十字架看了许久。这几声响吵扰到了正聊着天的布拉希姆和士兵们，把他们吸引过来。

"干吗干吗？"布拉希姆三步并两步地跑了进来，"你躺在那上面干吗？"

"我摔了。我刚绊了一跤。"埃尔南多结结巴巴地回答。他拍拍自己的衣服，偷偷把小十字架藏在右手手心。

乌拜德一脸迷茫地看着眼前的场景。那家伙怎么就突然向自己扑过来了呢？

"蠢货。"继父一边骂骂咧咧一边走到战利品跟前，看看有没有砸坏什么。

"我要去胡维莱斯。"埃尔南多说道。

"你得留在这……"继父刚想拒绝。

"都这样了你怎么能要求我留下？"埃尔南多突然提高嗓门，做了个夸张的手势。他把十字架藏到腰间，用长衫盖好，那件长衫还是当初从阿尔库塔尔天主教徒的东西里捡来的："你们过来看看！过来！"

埃尔南多二话没说就从炮楼里跑了出去，奔向骡群。布拉希姆不明就里，也只好跟着跑过去。

"这头骡子的掌都松了。"埃尔南多走到一头骡子跟前,抬起它的一条腿摇了摇它的铁掌。"还有那一头,都擦伤了。"为了到达那头擦伤的骡子跟前,埃尔南多从几头乌拜德的骡子身边挤过去。"不不,不是那头。"埃尔南多在乌拜德的一头骡子身后纠正说。

他踮起脚尖假装寻找那头被擦伤的骡子,同时把十字架藏到了属于乌拜德的一头骡子的鞍具下面。

"那头,对,有擦伤的是那头。"他终于走到那头牲口前面,掀起马鞍。他的双手在抖,额头上直冒汗,不过,三秒前才好不容易找到的那小块擦伤确确实实地出现在了继父的眼睛里。"还有这头,肯定是喉咙里堵了什么东西,一口饭都不吃。"埃尔南多扯了个谎,"我的工具和草药都在镇子里呢!"

布拉希姆过来看了一眼那几头骡子。

"好吧。"布拉希姆思索了一下,做出了让步,"你去吧,不过叫你的时候你得随叫随到。"

埃尔南多朝乌拜德抖出一个微笑。乌拜德还站在炮楼门口,和士兵们一起望着他们。见埃尔南多朝自己笑,脚夫眯起眼睛,眉心拧作一团。他恶狠狠地用手指了指埃尔南多,然后走了回去。帐篷所在的地方,女人们已经将晚饭端上了桌。布拉希姆示意埃尔南多跟着他。

"你不用检查一下吗?"埃尔南多让继父等等再走。

"检查?有什么可检……"

"我可不想跟那些货扯上什么麻烦,"埃尔南多打断继父,小伙子一脸严肃,"要是到时候发现少了什么……"

"我就砍了你。"布拉希姆把脸凑近埃尔南多,几乎要顶着他的鼻子,两眼眯成一条缝。

"所以啊,"埃尔南多费了好大工夫才控制住自己声音的战抖,"那些战利品是属于我们整个民族的,是全体摩里斯科人胜利的证明,我可不想出什么问题。把我的骡子统统都检查一遍吧!"

布拉希姆确实这么做了。他把所有褡裢都拉开看了一遍,里面全是空的;他又仔细检查了马具的每个缝隙,甚至让埃尔南多把长衫都脱了下来给他搜了身才放他离开。

重获自由的埃尔南多赶着骡子在帐篷间穿行。他回头看了一眼:布拉希姆果然正在检查乌拜德的牲口。

"驾!"埃尔南多催骡疾行。

埃尔南多驾着骡子抵达胡维莱斯时，夜已深了。骡掌敲打着石子路面，清脆的响声打破了宁静。几个摩里斯科女人从窗口探出头来想探听到一点起义的消息，但当看到赶着骡群的是那拿撒勒人，她们又把头缩了回去。阿以莎已经在门口等着他了：老伙计已经先他一步回到家里。埃尔南多先把其余那几头骡子也赶进马厩，然后站到了母亲面前。屋内摇曳不定的烛光不停逗弄着母亲的侧影。那一刻，埃尔南多突然想起了在教堂里随着"呦呦"的嘲弄声上下舞动的那两个大奶子，不过下一秒，那场景就变成了阿以莎哀求哈迈德前来救他时那张愁苦的脸。

"你爸呢？"阿以莎问道。

"他留在城堡里。"

阿以莎张开双臂。埃尔南多笑了，他扑进了母亲的怀抱。

"妈，谢谢你。"他小声说道。

埃尔南多忽然感觉到疲惫：两腿使不上劲了，浑身的肌肉都松弛下来。阿以莎抱紧了儿子，她轻摇着他，低声哼起了摇篮曲。这首曲子他小时候曾听了多少遍！而后来……后来布拉希姆的孩子们相继出生，他就……

镇子最那头，有一盏提灯点了起来。阿以莎转头看往那边。

"你吃了吗？"阿以莎突然问起来，她神情紧张，想把埃尔南多推开。埃尔南多紧紧抱着母亲，再好吃的食物也比不上母亲的怀抱。"走啦，走啦，"阿以莎执意要求，"我去给你做点什么吃。"

母亲走进屋去。埃尔南多久久定在那里：那衣服的香气，还有母亲身体的味道让他感觉无比幸福。从小到大，妈妈只抱过他几次啊。

"抓紧吧！"母亲从屋里喊他，"还有好多事要做呢，已经那么晚了。"

埃尔南多把牲口分开，把牧草分到各个槽里，阿以莎给他拿来了一份面包糠、两个煎鸡蛋和一杯橘子汁。骡子和赶骡子的人都安静地吃着。阿以莎在儿子身边坐下，抚摸着孩子的头，听孩子讲着从他离开胡维莱斯之后发生的事。听到孩子讲到贡萨利科的死，泣不成声的时候，阿以莎在孩子的头顶亲了一下。

"他曾经有机会不死的。"母亲试着安慰他，"你给过他机会的。这是战争，是一场针对天主教徒的战争：我们所有人都要经历的，这点你不必怀疑。"

母亲看着埃尔南多吃完，随后进了屋。埃尔南多开始治疗那些骡子。他一一检查着它们：它们也都吃饱喝足了，包括后来加入的那几头也垂着脖子和耳朵休息起来。有两次他也差点闭上眼睛，实在太累了，不过他还是强迫自己把眼睁开，布拉希姆随时都可能会叫他回去。他给那头骡子钉好铁掌，深夜里，锤子在铁砧上敲击的声音在峡谷中悠悠回荡。埃尔南多敲打着那熟铁制成的铁掌，把它改成柏柏尔人特有的四角形。布拉希姆是阿拉伯传统钉掌技艺的坚决拥护者，他对天主教徒习惯把铁掌打成半月形尤为不满。埃尔南多在这点上倒是非常赞同继父的看法：阿拉伯式掌钉拥有突出的卷边，能让骡子在陡坡上也如履平地，大大增强了运输的安全性。埃尔南多把铁掌钉到骡子脚上，把凸出铁掌外缘的蹄甲削掉。确认所有骡子的铁掌都没有问题之后，埃尔南多开始为那头擦伤的牲口涂草药。母亲进屋之前，他让她把火生了起来。他走进屋子，根本没担心会惊醒他的四个弟弟妹妹，他们都挤在这个又当饭厅又当厨房的狭小空间里睡着了，不时有人翻着身。不久后，等墙上挂的笞箩蚕架里那近两千个蚕茧采收完毕，他们就又能住回楼上在父母房间隔壁的他们自己的房间了，但这会儿，蚕正静静地吐着丝呢，所以四个孩子被迫把房间让给了这些小家伙。埃尔南多烧了锅水，把蜂蜜和大戟①倒进去一起煮。煮着草药的当口儿，他撩了点热水按摩骡子的伤处。他回到炉灶前，把一块用布包着的盐扔到火里帮助燃烧。感觉草药差不多煎好的时候，埃尔南多把它涂到骡子的创口上。接下来的几天里那头骡子都不能工作，尽管这让布拉希姆心里有多少个不乐意。埃尔南多满意地看着自己的骡子们，肺里填满了胡维莱斯山间凉凉的空气：群山都被藏在了阴影里，只有城堡所在的那座小丘被城堡里人们点起的篝火照得发红。也不知道乌拜德后来怎样了呢？埃尔南多思忖着。他走到椰子树下，准备稍微睡上一小会儿。天快亮了。

---

① 一种药草。

8

第二天一清早,埃尔南多就起了床,他沐浴净身,等着哈迈德的召唤进行第一次祷告。他拜了两拜,背诵了《古兰经》的第一章和祷文,然后用右臂撑着坐到地上继续祝福,最后,他祈求平安,结束了祈祷。埃尔南多的四个弟弟妹妹也都起了床,模仿着他的动作,咿咿呀呀地念着他们尚不完全理解的句子。埃尔南多又给有伤的骡子抹了一遍药,他吃了早饭,前去拜访哈迈德。他心里有那么多问题要问他,有那么多话要跟他说!胡维莱斯的天主教徒们依然被关在那座教堂里,他们每天的食物只有清水加面包;哈迈德仍旧没有放弃让他们皈依伊斯兰教的努力。埃尔南多刚走到教堂附近,就发现有一群男女老少乱哄哄地围在一起,他们的旁边躺着被砸坏的大钟的残骸。

"哈迈德对我们的律法那可是太了解了。"一个老人坚决拥护阿訇的权威。

"可是,"另一个人嘀咕道,"这里从很多年前就不再根据我们的律法来审判穆斯林了,在我们乌希哈尔……"

"在我们乌希哈尔从来就没有什么公平正义!"刚才那个老头抢了他的话。

众人纷纷低声赞同。埃尔南多看着这些镇民:他们都是那些没去参与暴动的老人、孩子和妇女们,阿以莎也在其中。现在他们正往城堡方向走去。

"妈,发生什么事了?"埃尔南多走到母亲身边,随即问道。

"你爸把哈迈德叫到城堡里去了。"阿以莎回答道,她没有停下脚步,"他们要审判一个纳里拉的脚夫,那脚夫是个偷珠宝的贼。"

"他们准备把他怎么样呢?"

"有人说要用鞭子抽他,有人说要把他右手给砍了,还有人说干脆把他杀了,所以我也不知道,儿子。不过,不管怎么处置他,"埃尔南多听母亲一边走一边说,"他都是罪有应得。你继父一直跟我说起他:他经常会私吞他运的东西,还老是和其他摩里斯科人闹矛盾,不过奇怪的是,乌希哈尔的镇长每次都会站在他那边。真是个无耻之徒!偷天主教徒的东西是一回事,可他是在偷自己的同胞啊!有人说他跟那谁关系不错……"

埃尔南多走了神,他回想起不久前继父和帕塔尔的争论,还有继父拒绝和乌拜德打招呼时,两个脚夫之间互相敌视的目光。布拉希姆这人,他许多事都做得出来,可即使是这样他也永远不会去偷穆斯林的东西!阿以莎继续向前走着,她与她身边的另外几个女人说着话,比着手势,那些女人的脸上也露出了一样大惊失色的神情。

埃尔南多停了下来,他不想去那审判的现场。他知道,他清楚,那个纳里拉的脚夫一定会当众把这事推到他的身上。

"我忘了得去给骡子治伤。"埃尔南多现编了个理由。几个小孩子跑着超过了他。

突如其来的一阵寒战让埃尔南多浑身一紧:快把那个无耻之徒千刀万剐!为什么不呢?他不是还想过要杀死我么?要不是当时有老伙计在……他不是还威胁要弄死我么?还有贡萨利科的死……他对一个孩子都那么残忍……虽说其他摩里斯科人也好不到哪里去吧……埃尔南多甩了甩头,把那些乱七八糟的想法赶到脑后:哈迈德会决定的,嗯,他一定会做出正确的判决。

人们结束了午祷,审判开始了。审判持续了整整一个下午。乌拜德否认自己曾偷过那把十字架,他甚至质疑哈迈德是否有能力做出公正的判决。

"你说得对。"哈迈德承认,那把从骡子的鞍具中搜出来的十字架正握在这位阿訇的手中,"我确实不是个专职的法官①,而且,那么多年以后我也依然不觉得自己能担得起阿訇这个称呼。那么说,你还是不希望由我来审判你了?"

哈迈德身后的几个男人同时把手放到了腰间的匕首和弯刀上,往前挺出了半步,乌拜德到这时才意识到哈迈德的权威。他没有获得半句对他有利的证词:打从哈迈德开始询问证人起,就没有一个人为他说过一句好话。

"证人听着,你是否可以证明这个叫乌拜德的男子是个堂堂正正、无可指摘的人?他是否忠义信实,是否净化心身,是否能在穆罕默德的律法里被称为义人,无论给予或是索取都蒙真主的悦纳?"

所有人的证词无一例外地谈到了这个脚夫和穆斯林同胞们之间的种种过节。甚至有两个没被哈迈德叫到的女人也主动站出来支持丈夫的证词,说前一天晚上她们清楚地看到乌拜德犯下了通奸的罪过。

绝望的乌拜德不停控诉着埃尔南多,说他才是事情的主谋,而哈迈德对此置若罔闻,他宣判砍去这个窃贼的右手。而那两个说乌拜德通奸的女人则因为支持她们

---

① 原文为阿拉伯语。

的证人不足四名被依照穆斯林律法处以鞭刑八十。

在乌拜德接受刑罚之前，先要对那两个女人处刑。她们被带到了布拉希姆面前。布拉希姆找来一根细木条，用眼神征求哈迈德的意思。

阿訇先问了问两人是否有孕在身，她们都摇头。随后他对布拉希姆说：

"下手别太狠，控制住力气。"哈迈德命令道，"这是律法书上说的。"

那两个女人都长出了一口气。

"把她们的外衣和长衫脱了，注意别让她们光着。也不必把她们的手脚绑起来……除非她们想逃。"

布拉希姆谨遵哈迈德的吩咐而行。尽管下手已经很轻，八十记抽打还是在那两个女人的衬衣上留下了几道血痕，那鲜红色马上在背脊上晕染开来。

入夜之前，当着城堡中央几百个摩里斯科人的面，布拉希姆大刀一挥把乌拜德的右手砍了下来。现场一片死寂。这个脚夫甚至没抬眼去看他的手：他双膝跪地，右臂展平被放到一个树桩上，那树桩被摆成断头台的样子。手掌与手腕分离的那一刹那乌拜德甚至叫都没叫上一声，给他绑上止血带的时候也没有。不过，当人们把他的右臂浸到那口装满醋与细盐的锅里给他消毒的时候，他终于没忍住喊了出来。

那声尖叫让在场的摩里斯科人都汗毛直竖。

当晚吃饭时，埃尔南多从母亲那里知道了所发生的一切。

"到最后的时候他还说那十字架是你偷的，说了一遍又一遍。他不停地在那儿喊，还叫你拿撒勒人。你哪儿招他惹他了？"阿以莎非常不解。

埃尔南多嘴里塞满了东西，眼睛正直直地盯着盘子，听了这话，他两肩一耸，摊了摊手。

"他就是个二货！"埃尔南多撂下一句。他没去看她的脸，嘴里还是装得满满的。说着，他又迅速从盘子里拿起一块肉塞到嘴里。

这一晚，埃尔南多没敢去拜访哈迈德，他久久难以入眠：听到乌拜德对我的控告哈迈德会怎么想呢？他竟然让人砍掉了乌拜德的右手！那个脚夫可不会就这样善罢甘休的。他知道是我干的。他一定知道。可是现在……现在他已经没有右手了，他当时要杀我的时候用的就是那只右手。不管怎样，我得小心行事。埃尔南多的大脑不停地转着，他在麦秸铺成的床上辗转反侧：布拉希姆又会怎么想呢？当初我主动要求他检查我骡子的时候他已经觉得有点蹊跷了。还有其他人呢？那该死的绰号！如果说以前我还只是所有胡维莱斯人眼中的拿撒勒人，那现在我已经是所有阿尔普哈拉斯人眼中的拿撒勒人了。

第二天早上，埃尔南多依然没有下定决心去看望哈迈德，不过到了中午，哈迈德主动叫他过去。埃尔南多在教堂里见到了哈迈德,在冬日的暖阳里,大钟的遗骸边。他坐在最大的一块石头上,脚下放着穆罕默德的那把弯刀。在他面前,一群小孩规矩地站成一排,他们中有些是胡维莱斯土生土长的,有些从城堡里过来。有几个妇女和老人在旁边看着。哈迈德对埃尔南多做了个手势让他过来。

"安好,埃尔南多。"哈迈德跟他打了个招呼。

"是伊本·哈迈德。"埃尔南多纠正他,"我给自己取了这个新名字……如果你没觉得有什么不方便的话。"埃尔南多发现自己有点结巴。

"安好,伊本·哈迈德。"

阿訇的目光直插埃尔南多蓝色的双眼,他不需要更多的动作:只需一瞬间,他就能从对方的眼睛里读出真相。埃尔南多低下了头。哈迈德叹了口气,抬头望着天空。

两人走到旁边,临走前哈迈德没忘了叫其中一个孩子帮他看管好他那把宝刀。

哈迈德沉默了几秒。

"你是在后悔你做的事吗,还是说你在害怕?"等了一会儿,老人问道。

埃尔南多本来已经准备好哈迈德会用一种比这严厉得多的语气来责备他,他想了许久才回答:

"他想说服我偷那些宝贝。他曾经计划要杀掉我,而且后来他又威胁了我一次。"

"那不只是威胁,他很可能会付诸行动的。"哈迈德相信那是真的,"这就是你的生活。你是要面对还是想要逃避?"

埃尔南多望着阿訇的眼睛:这个老人仿佛读到了他心中最隐秘的想法。

"他比我壮……即使少了一只手。"

"你比他智慧。要善用你的智慧。"

两人久久凝视着对方。埃尔南多想要说些什么,想问他为什么要包庇自己,但他迟疑着。哈迈德也伫立在那里,久久没有动。

"我们的祖先说,作为法官,一定不能背离公正。"最后还是阿訇先开了口,"如果要歪曲事实,一定是要为了民族大义。我深信,我做的这个决定是为了我们的人民。时时刻刻记住这一点,我相信你,伊本·哈迈德。"他顿了一下,小声说,"你一定有你的理由。"

小伙子刚想说点什么,却被阿訇拦下。

"好了,"哈迈德说,"我还有很多事要做,所有这些孩子都要学习《古兰经》的教义,我们得把之前遗失的时间补回来。"

老人回头朝孩子们走去，他们已经等不及了。哈迈德大声地问：

"《古兰经·开端章（法谛海）》，你们有谁会背了？"他一边问一边走着，一瘸一拐地。

好多孩子竞相举起了手。哈迈德点了一个年纪稍大点的孩子让他起来背诵。那男孩站了起来。

"奉至仁至慈的真主之名……"①

"不不，重来，"哈迈德打断他，"要慢一点，要有……"

男孩又从头开始背，一脸紧张的神情。

"奉至仁至……"

"不，不，不。"阿訇又不厌其烦地让他停下，"你听好。伊本·哈迈德，请你给我们背诵一下《开端章》。"

"背诵。"老头小声重复了一遍。

埃尔南多点了点头，背诵起来，他的身体轻轻晃着：

"奉至仁至慈的真主之名……"

小伙子结束了背诵，哈迈德没有说话，让时间静静流逝，他张开的手掌举在脸颊两侧，十指略弯着，在耳际抑扬顿挫地打着拍子，就好像那经文是一支优美的乐曲。

"你们要知道，我们的阿拉伯语啊，"哈迈德接着给孩子们解释，"是整个伊斯兰世界通用的语言，不论你来自何方，住在何处，是阿拉伯语把我们联系在了一起。通过《古兰经》，阿拉伯语被赋予了神性，它是至圣的语言，至高的语言。你们必须学会有韵律地去背诵我们的经卷，让神的话语回响在你们耳边，也回荡在听者的耳朵里。我希望在那里边的天主教徒，"老人往教堂指了指，"也能从你们的口中听到这来自天上的乐声，从而确信，万物非主，唯有真主，穆罕默德是唯一的先知。来，你来教教他们吧。"哈迈德把位子让给埃尔南多，结束了教诲。

接下来的两天，埃尔南多都没有机会和哈迈德说话，他得把骡子照顾停当等候布拉希姆的调遣，把不多的那几件农活给做了，然后用剩余的时间来教授那些孩子。

12月30日，佛拉克斯带着一队土匪经过胡维莱斯，离开之前，他命令将教堂里残留的天主教徒即刻就地处决。

洗染商佛拉克斯已被新王阿本·倭马亚授予了最高长官之职，他不仅要负责按

---

① 原文为阿拉伯语。

国王的诏命到各地去收集那些从天主教徒那儿没收来的战利品，此外还要监督将所有超过十岁的、还未被处决的天主教徒男子处以极刑。那些尸体不能被埋葬，而是要扔到荒野里作为鬣狗的食物。同时他下令，任何摩里斯科人都不得庇护、私藏天主教徒，否则也要一并被处以死刑。

埃尔南多与他临时学校的那些小徒弟眼看着胡维莱斯的天主教徒们被一个个从教堂里推了出来。他们都没穿衣服，跛行着，他们中的许多人都染上了恶疾。他们双手被反绑在背后，向着附近的一块野地走去。安德烈斯，那个曾经的教堂司事，正拖着步子走在神父和受俸教士身边，他转过脸朝埃尔南多望了过来。埃尔南多正坐在破碎的大钟前面，也抬头望着司事，此时有一个摩里斯科人跑过来用枪托在司事背上猛敲了一下，催促他往前走。埃尔南多背上一阵钻心的痛：那一记像是砸在自己的身上。他不是个坏人啊。埃尔南多自言自语：他一直对我不错……越来越多的人加入到行列中，在天主教徒旁边叫嚣着跳跃着。孩子们先是静静地看着，突然间，有个大孩子喊了一声，所有孩子都一下子从地上弹了起来，朝天主教徒们飞奔过去，那架势，像是要去参加一场庆典。

"别干坐在这儿。"埃尔南多听见一个声音在叫他。

他转过头去，见到哈迈德正在自己身后。

"我不想去看他们的死状。"小伙子流露出同情，"为什么一定要把他们杀了？我们曾经生活在一起……"

"我也不想，不过我们一定得去。他们曾强迫我们成为天主教徒，否则就把我们流放，这是另一种谋杀，你将在一个远离故土、远离家人的地方孤独地死去。他们不愿承认唯一的真主，他们没有好好利用我们给他们的最后的机会。他们自己选择了死亡。走吧。"哈迈德拍了拍他。埃尔南多仍在迟疑。"不要冒不必要的险了，伊本·哈迈德，否则下一个死的就会是你。"

男人们用刀子捅着教士和神父。稍远处，在一块小梯田里，埃尔南多惊恐地看着母亲慢慢走向马丁。神父躺倒在地上，已经奄奄一息。她要干什么？埃尔南多突然感觉到哈迈德把双手放在了他的肩膀上。镇上的妇女们叫喊着推搡着，把男人们都赶到了一边。一个摩里斯科人静静地把一把匕首放到了阿以莎手上，做这个动作时那男人甚至一脸恭敬。埃尔南多把眼睛睁得巨大：他只见母亲在神父身边跪了下来，把匕首高举过头，然后一刀又一刀地扎下去……仿佛这每一刀都是在消解着她对另一个神父的仇恨。几个女人见状赶紧过来，提着她的胳膊把她从尸体旁边拖开。埃尔南多看见了一张失去血色的脸，失去血色却满脸是血——还有泪。阿以莎挣脱开她们的手，把刀子扔在地上。她向着天空高举起双臂，用尽浑身的力量喊了出来：

"安拉至大！"

随后，摩里斯科人又杀了两个镇上地位很高的天主教徒，他们本还想接着结果其他人，剩下的人中还有司事安德烈斯，此时加地亚长官扎盖尔带着他的人跑了过来，阻止了屠杀的继续。

埃尔南多直觉想到那些嗜血的摩里斯科人一定与扎盖尔的士兵们发生了争执。他的目光在母亲与安德烈斯之间移动。现在母亲已经坐到了地上，她抱着自己的大腿，把头埋在了两腿之间，整个身体都在颤动；而安德烈斯则茫然地排在队伍的最前面，他本是下一个要被戮杀的目标。

"到她身边去吧。"哈迈德从背后推了推埃尔南多。"她做这些都是为了你啊，孩子。"意识到埃尔南多的抗拒，阿訇加上了一句："她是为了你。她在一名同为基督使者的人身上报了仇，而这仇里，也有你的一部分。"

埃尔南多朝母亲走过去，他在离她几步远的地方停了下来，站着望着她。人群散去了，几头野兽向地上的四具尸体靠了过来，埃尔南多看见两条狗正嗅闻着教士的味道。他正犹豫着是否要轰走它们，阿以莎站了起来。

"走吧，儿子。"她说。

阿以莎那天后来的举动就好像刚才什么也没发生过，她甚至没把衣服换下来，仿佛上面沾着血迹也没有什么不自然。反倒是埃尔南多整整一天都没法集中注意力好好干活：乌拜德还在城堡里等着他呢，如果他没有主动上门寻仇的话。埃尔南多坐在棚子里，他靠着骡子，四处张望：我得提高警惕。哈迈德果然知道是我给那脚夫下的套。"我相信你"，哈迈德话是这样说，可是他又是怎么想我的呢？"作为法官，一定不能背离了公正。如果要歪曲事实，一定是要为了民族大义。"阿訇确信他是为了民族大义才做出了这样的判决，那我……埃尔南多又警觉地向棚子周围望去，他注意着每一次细小的响动。

这一夜他睡得很糟。第二天，连他那些年幼的徒弟都发现了他的心不在焉。这是天主教历法新年的第一天，学校都不上课。按照习俗，女人们纷纷到桑树下去纺纱，她们在手上和房门上都涂了女贞花液①，还用蒜和干面包制作了烤饼。她们走到用砖和泥浆砌成的灶前，把蚕茧放进一个铜锅里煮，锅里烧着肥皂水，好把其中的油脂吸掉。女人们用一小把百里香草搅动着蚕茧，在临时搭起的纺纱机上纺起了纱。纺纱这项工作需要灵巧的双手和极强的耐心，摩里斯科妇女恰恰两者兼备。她

---

① 常用作染料。

们把茧分成三类：杏核状的茧抽出的丝细腻有光泽，是最值钱的；双蛹茧缫出的丝绵质地粗糙，但强度更高；至于有缺陷的茧，它的丝则可以用来制作低档的带子或是绸料。

埃尔南多自问她们准备拿这些丝怎么办。她们难道准备把它们运到格拉纳达的生丝市场去卖吗？据城里摩里斯科人的线报，蒙德哈尔侯爵正在继续集结军队准备赶赴阿尔普哈拉斯。

"此外，维雷兹侯爵也已经向国王自告奋勇，说要在阿尔梅里亚地区阻断摩里斯科人的起义。"埃尔南多教课地点附近的民族广场上，几个男人正谈论着最新的消息。

埃尔南多对正背着经文的孩子比了个手势示意他继续，起身向那几个人走了过去。

"'铁头鬼'。"一个老头战战兢兢地念叨。这是摩里斯科人给那个凶残的维雷兹侯爵起的名号。"他们说，"老头继续讲，"说不管是什么马，只要他一跨上去，那马立刻就得吓尿。"

"那两个侯爵加在一起会把我们打得屁滚尿流的。"一个男人总结道。

"如果当初山城区和平原上那些村庄的人都一起行动起来，现在情况就不会是这样了。"另一个男人评论道，"蒙德哈尔侯爵见后院起火，哪还能腾出手来对付我们阿尔普哈拉斯人？"

好几个人都默默点头表示赞同。

"山城里的那帮人已经在为他们的背叛还债了。"刚才那个老头说道，他随即往地上吐了口痰，"许多人都逃到山上来了，那个后悔哟。格拉纳达城里现在到处都是那些兵啊，他们跟蒙德哈尔侯爵说他们可以付钱住在福利院里，但是侯爵说了，叫他们住到摩里斯科人的家里去。然后他们就一阵抢啊，还搞那些摩里斯科人的老婆和女儿，天天晚上都搞。"

"而且听说他们把城里最有钱、最有权势的那些摩里斯科人都关起来了，抓了一百多个人呢。"另一个人随声附和。

老头"嗯"了一声表示同意。

谈话安静下来。

"我们必胜！"突然，其中一个男人喊了起来。听到喊声，正背诵着经文的孩子也停了下来。"真主会帮我们的！我们必胜！"男人又喊了一遍。这下，在场的人、包括那些孩子，也一起喊了起来。

1569年1月3日，埃尔南多接到了布拉希姆的命令，命他前往胡维莱斯城堡。

摩里斯科人准备迎击蒙德哈尔侯爵，他正率大军往阿尔普哈拉斯开来。

给第一头骡子系肚带的时候埃尔南多就发现自己两手发颤。鞍具从骡子身侧滑下来落到了地上。埃尔南多盯着自己的手，心中惴惴不安：乌拜德会怎么行动呢？会杀了我吧。他在等着我……不。一个独臂的脚夫留在城堡里又有什么用呢？只有一只手怎么赶骡子呢？冷汗浸湿了埃尔南多的背：他一定设下了什么圈套。他不会在城堡里杀我的。不会的，不会是在城堡里……埃尔南多如以前一样给骡群上好了马具，在跟母亲道别之后上了路。如果我现在逃跑呢？我可以……我可以逃到天主教徒那儿去，不过……我肯定没法穿过整个阿尔普哈拉斯的，他们会把我逮住。如果我没去城堡，布拉希姆肯定会派人来找我，到时候他就知道乌拜德说的是实话了。埃尔南多想起了哈迈德的忠告以及他对自己的信任：我不能辜负了他。

埃尔南多向山上的城堡走去，他把骡子都赶到了自己身边，把自己包在骡群中间。他注意着周围哪怕一点点的动静。不过，他害怕的乌拜德并没有出现。城堡里，向潘帕内拉进军的准备工作进行得如火如荼，阿本·倭马亚的大军正驻扎在那里。埃尔南多在炮楼边找到布拉希姆时，他正与土匪头子们聊着天。

"我们轻装上阵。"布拉希姆告知埃尔南多，"帮我准备好我的马……还有他的那些骡子。"他指了指乌拜德。

乌拜德的右手臂上缠着长长的绷带，绷带上满是血污，他的衣服皱巴巴的，一张憔悴的脸瘦得吓人。他正试图给骡子上鞍具。尽管他已使尽浑身解数，却还是以失败告终。

"可是……"埃尔南多想要抱怨。

"想必你已经知道了，这是他为自己犯下的罪付出的代价。"布拉希姆把"自己"两个字说得特别重。他朝埃尔南多弯下腰，眯着眼睛盯着他看。埃尔南多心里一百个不情愿都被顶了回去。

他也知道！他也知道是我干的！不过他还是拔出刀来砍掉了乌拜德的手。布拉希姆目送着继子一步步走向乌拜德的骡子们，见到两人之间剑拔弩张，他露出了满意的表情：这两人哪一个他都厌恶无比。

"我来给你的骡子上马具吧。"埃尔南多对乌拜德说。埃尔南多怎么也无法将目光从那条绷带上移开，绷带被暗红色浸透，紧紧地裹在脚夫残缺的右臂上。

一口唾沫从乌拜德口中飞出来直落在埃尔南多脸上。埃尔南多转过头去看他的继父。

"叫你做什么就照做！"布拉希姆朝继子大吼。他脸上的微笑已消失得无影无踪。

埃尔南多只好转回头去。"让开点，"他向脚夫要求道，"我来给你的骡子上鞍具，不管你喜不喜欢。请你离我远点。"他见地上有根长棍，就两手把它拿了起来威吓乌拜德："滚远点！"埃尔南多重复着先前的要求，"要是再让我看见你在我身边，我就把你宰了。"

"我会先把你宰了。"乌拜德嘴里不干不净。

埃尔南多用棍子赶着乌拜德，但乌拜德用左手一把抓住了它。埃尔南多突然发现这个断了手的脚夫依然拥有无比强大的力气。布拉希姆仿佛在欣赏着这场较量，角力仍在继续。我能做点什么呢？埃尔南多问自己。"要善用你的智慧，"埃尔南多记起了这句话。他冷不丁放开了握着棍子的右手，猛地一抬，见状，乌拜德做出了本能的反应，他举起了……他的残肢！被斩断的鲜血淋漓的胳膊忽然出现在自己眼前，这瞬间让脚夫愣了神，就在这一刹那，埃尔南多左手一顶，将棍子径直插向了对手的肚子，对手踉踉跄跄倒在了地上。

"别再靠近我！我希望看到你永远滚得远远的！"埃尔南多再次拿起棒子威吓脚夫。

乌拜德无法再掩饰手腕的剧痛，垂头丧气地走开了。

阿本·倭马亚把大本营设在了波凯拉城堡。这是一座建在石山顶上的堡垒，站在这里，桑格雷峡谷、波凯拉峡谷和瓜达尔基维尔河①尽收眼底。与埃尔南多同行的还有近千名摩里斯科人，他们中有些全副武装，也有些只扛着种地的农具，不过，不论手持何种兵器，他们都有一个共同的心愿：与侯爵的军队血战到底。乌拜德一直在埃尔南多前面行进，失去手臂的他甚至没法正常地骑着骡子，他伏在骡子身上，勉强跟上队伍的脚步。行动起来的不只是胡维莱斯人：一批又一批的摩里斯科人在格拉纳达与科尔多瓦之王的召唤之下正向这里集结。城堡里已经挤得水泄不通，更多的人只好住到潘帕内拉小镇，后来镇上的民家也都住满了，再之后过来的人哪怕能找到个牛棚避避风都算是幸运的。这个小镇里，家家户户都搭着牛棚，宽大的棚顶把曲折的小巷都盖在了里边。

他们是晚上抵达的，刚到不久，就有一支从潘帕内拉大败而归的兵队回到城堡里，据说在那场战斗中，有两百个弟兄英勇就义。这一晚，埃尔南多的工作才刚刚开始：好几匹马回来时都负了伤，布拉希姆差遣继子医好这些马匹。

直到起义时，摩里斯科人的队伍中还只有为数不多的几个土匪拥有马匹：这在

---

① 西班牙南部主要河流，发源于哈恩省、阿尔瓦塞特省与格拉纳达省三省交界附近的山间谷地，流经科尔多瓦省、塞维利亚省、韦尔瓦省以及加的斯省，最后注入大西洋的加的斯湾。

当时是被禁止的，甚至为了培育骡子而让驴与马交配都得事先申请报备。所以，摩里斯科人中也根本没有什么会医马的兽医。白天，埃尔南多静静地在骡群附近的旷野里待了许久，他借着阳光观察着牲口们的状态。他没有干过这种活，这些马身上的伤与平日里骡子身上的伤完全是两码事。这几匹马是有多大的毅力才跑了回来，没有死在路上呢？城堡外北风萧瑟，有两匹马在冰天雪地里苟延残喘；其余的几匹马虽然默不作声，眼中却流露出极度的痛苦：在它们身上能看见天主教徒的火枪留下的深深的弹孔，还有那遍布全身的剑伤、枪伤和戟伤。它们的鼻孔都在抽搐着哼着粗气。乌拜德站在离埃尔南多几步远的地方，他的视线从一匹马身上移到另一匹马身上。那一夜，埃尔南多睡在了离乌拜德很远的地方，他把自己轻轻地与老伙计的一条腿绑在了一起：老伙计对任何接近它的陌生人都保持着戒心。

"快起来干活！"埃尔南多忽听背后有人喊道。他回过头，发现布拉希姆和几个土匪站在那里。"躺在那儿干吗呢？快来把这些马医好！"

这些马？也能医好？埃尔南多差点把心里话说了出来，好在他及时抑制住了冲动。站在布拉希姆身边的土匪中有一个身材特别魁梧，这时用手中的火枪指了指一匹矮个子的枣红色马。那把枪的枪身上雕刻着精美的阿拉伯图案，枪管是普通火枪的两倍长，可那男人只用一只手就轻松托起了那把枪，就好像托起一块丝巾那么轻松。

"小伙子，那匹是我的马，我急着要用。"那人对埃尔南多说道。这个大个子绰号叫作黑龙，大家都那么叫他。

埃尔南多向那匹马看去。那匹瘦马竟然能驮起黑龙这样一个庞然大物？光是那把枪就够重的了。

"还不快动起来！"布拉希姆对埃尔南多大呼小叫。

为什么不呢？埃尔南多自问。反正躲得了初一躲不了十五。

"你去检查那两匹。"埃尔南多指着远处地上两匹被霜冻得奄奄一息的马对乌拜德说道，自己则一边走向那匹枣红色马一边用余光扫视着乌拜德，看他有没有照自己的话去做。

尽管蹄绊把它的腿拴得紧紧的，那匹枣红马见到埃尔南多靠近，还是一瘸一拐地往后退了几步，埃尔南多见到一道伤口自上而下地贯穿了它的整个右臀部，流血不止。"它已经走不快了，"埃尔南多心想，"我一跳就能抓住那根缰绳，后面的事就容易了，可是……"埃尔南多抓起一把干燥的药草，伸出手，对着那匹马低声说着什么。枣红马没有反应。

"快抓住它！"布拉希姆在他背后催促。

埃尔南多还在对着那匹马低声细语,他抑扬顿挫地吟诵起了《古兰经》的《开端章》。

　　"快上去抓住它。"布拉希姆对继子失去了耐性。

　　"闭嘴!"埃尔南多呵斥道,他头也没回。那话中的霸气甚至让土匪们的甲胄都颤了起来。

　　布拉希姆暴跳如雷,要不是黑龙一把拉住他,恐怕埃尔南多的脑瓜早就开了花。埃尔南多听见了身后的吵闹,他努力忍着,背后的肌肉都绷紧了起来。他定了定神,重又念起了经文。过了一会儿,枣红马终于将头转了过来。埃尔南多把拿着药草的手往前伸了伸,那匹马愣着,没有伸头去够。就这样又过了许久,埃尔南多已经背完了他所有会背的经文,只听那匹马的喘气声慢慢归于平静,它缓缓地走到了埃尔南多跟前。埃尔南多轻轻地抓起了缰绳。

　　"那两匹马怎么样了?"埃尔南多问乌拜德他那边的情况。

　　"快死了。"乌拜德不带任何感情地回答,"有一匹肠子都流出来了,还有一匹前胸烂了。"

　　"我们走吧。"黑龙对布拉希姆说,"看样子你儿子是个行家。"

　　"要不你们负责把它们杀了吧。"见他们准备要走,埃尔南多赶紧让他们把那两匹躺在地上的马处理掉,"别让它们继续遭罪了。"

　　"由你来杀吧。"布拉希姆答道,他依旧皱着眉头,"你都这年纪了,天主教徒早该杀了好几个了。"说完这话,继父留下一串放肆的笑声,扔下一把刀子,与土匪们一起走了出去。

9

进入阿尔普哈拉斯的隘口,塔布拉特桥
1569年1月10日,星期一

埃尔南多徒步从潘帕内拉出发向塔布拉特桥行进。这次他没带骡子,与他同行的是三千五百个摩里斯科人,他们此行要去迎击蒙德哈尔侯爵的天主教大军。阿本·倭马亚已经摸清了侯爵的行动,他的线人已经在高耸的山顶上点起了烽火。这位新王下令,不能让一个天主教徒通过那座被称为阿尔普哈拉斯之门的塔布拉特桥。

出发之前,黑龙检查了一下马的臀部上埃尔南多用丝线缝合的伤口。检查的结果令他非常满意,于是他一屁股又坐到了可怜的小马背上。

"你跟着我走吧。"他对埃尔南多说,"说不定这马还得需要你照顾呢。"

于是埃尔南多就跟在了黑龙后边。他的目光集中在枣红马的屁股上,耳朵里听着黑龙和其他土匪头子的对话。

"听说他们只来了两千个步兵都不到。"其中一个人说。

"还有区区一百个骑兵!"另一个人附和道。

"我们人比他们多多了……"

"可是他们有武器。"

"可我们有真主!"黑龙信心满满。

黑龙喊着口号,手上狠狠地拍了小马一记,这一下可拍得埃尔南多心肝直颤,枣红马强忍着疼痛,那缝合的伤口也差点没崩开来。埃尔南多在摩里斯科人为数不多的马匹中寻找着另三匹被他治好的马,但没找到。他看了看自己的衣服,衣服上面的血已经干了,凝固在一起。

那次,待布拉希姆和土匪们刚一离开,埃尔南多便下定了决心:他要帮助那些垂死的马结束它们的痛苦。他把刀拿在手中,决绝地走向第一匹马:它的肚子已经被长枪戳穿了。

我已经是个大人了！埃尔南多不停跟自己重复着。许多摩里斯科人在他这个年纪已经结婚生子了。我一定能帮它做个了断！埃尔南多走到那匹马身边，它躺在地上一动也不动，两条前腿鞠在胸前，肚子紧贴着地上的霜好让那疼痛缓解一些。它身上的伤很深，伤处的皮都裂了开来。在镇上的时候，埃尔南多没少见过屠夫宰杀牲口的场面。天主教徒宰杀动物大多都是公开的，他们习惯在喉结上方下刀，宰杀后的牲畜的喉结和气管连在一起；而穆斯林宰牲需在镇外的荒野里私下进行，且必须遵循相对应的仪式：他们要让待宰的牲畜朝往圣地麦加的方向，而且割喉时的着刀点必须在喉结下方，让喉结以上的颈部与头颅相连。

　　埃尔南多在马背后站定，左手抓着马鬃，右手绕过了马的脖颈。他迟疑着：究竟要在喉结上边还是下边下刀呢？哎，反正摩里斯科人禁吃马肉，现在我怎么杀它又有什么关系呢？埃尔南多与乌拜德目光交错，脚夫也正眯着眼睛看向这里。我得下手。我得让那脚夫看看。想到这儿，埃尔南多闭上眼睛，用力往马的脖子上一抹。伤口还没见血，就只见那头畜生把脖子往后一甩，尖叫着跳了起来，这一甩还恰巧打在了埃尔南多的脸上。那匹马没有拴绳，它惊惧地在荒野里跑了起来，大量的鲜血从颈脉中喷涌而出，肠子也挂在了肚子上，摇摇欲坠的样子。又过了许久它才死去：它已经跑到很远的地方，肠子流了一地。埃尔南多脸色苍白。看着这惨烈的景象，他的胆汁也从胃里反了出来，可是……埃尔南多转头看着乌拜德：潜能是件多么可怕的事啊，就连一匹马受了致命伤也会用最后一口气抗争到底，何况人呢？想到这儿，埃尔南多下了个结论：还不能掉以轻心。乌拜德只是缺了一只手而已。

　　走向第二匹马之前，埃尔南多找来一根麻绳。他走过去，把那匹马的四条腿绑在了一起，那匹马对此毫无抵抗，它已经出气多进气少了。随后，埃尔南多重复了一遍刚才的动作，用尽全身力气把刀插进了马的脖子。这次小伙子吸取了教训，仿佛早有准备地，他一闪身躲过了马的回头一击，随即又把刀插得更深了一些。滚烫的血喷涌出来，把埃尔南多全身都浸透了，这匹马没过多久就断了气，原地扑倒了下来。

　　一时间，血液腥甜的味道占满了埃尔南多的鼻子，刺激着他的神经。他注意到旁边土匪们正在谈话。

　　"侯爵可等不及援兵了。"其中一个说，"据我所知，奥尔希瓦的天主教徒已经被困在教堂塔楼里十五天了，教堂外面全是摩里斯科人。侯爵再有耐心也忍耐不住了，他得来帮他们解围。"

　　"那么说我们还得感谢奥尔希瓦的天主教徒啦，哈哈。"这时，一个土匪骑着马笑着走了过来，埃尔南多发现那匹马正是他治好的其中一匹。

塔布拉特桥上方的山顶上，太阳已经西下，桥下是深不见底的谷地，莱克林村在山的另一边。黑龙跳下马来，见马臀上缝合的丝线经过如此长途跋涉依然坚韧无比，他微笑着用力拍了一下埃尔南多的背。这一晚，埃尔南多又开始治马了。

第二天天亮时分，探子来报，天主教徒的军队已经近了。阿本·倭马亚立即下令毁掉塔布拉特桥。埃尔南多瞧见一队摩里斯科人跑了下去，把木桥拆得只剩了个骨架。他们只留了几块零散的板，好让自己可以跳回队伍里。话是这么说，可在回来途中就有三个弟兄摔了下去，他们的喊声与躯体一起消失在了万丈深渊里。

"我们走吧。"黑龙想让埃尔南多把目光移开，别再看那悬崖下面，刚才，最后一个摔下去的弟兄也被黑暗吞噬了，"我们得就位准备迎击那些狗娘养的了。"

"可是……"埃尔南多指了指那几匹马。

"孩子们会看着它们的。你继父说得对，你这年纪早该打仗了。你就留在我身边吧，我觉得你能给我带来好运气。"

于是，埃尔南多与黑龙一起下到了桥边，他们的身边还挤着好些个摩里斯科弟兄。不一会儿，三千摩里斯科壮士就占满了山头。他们的脚下是塔布拉特峡谷，而前方，正是天主教徒即将出现的地方。

有个弟兄自顾自起了个头唱起歌来，立刻就有小铜鼓加入进来，山坡上有人挥舞起巨大的白色旗帜，没过多久，又有人挥起一面彩旗，一会儿又一面……几十面、一百面，一百多面旗帜飞扬起来。三千个摩里斯科人齐声唱起了同一首歌，令埃尔南多顿觉血脉贲张：和着铜鼓声，不断有红色和白色的旗帜被高举起来，把整个山腰都盖在了下面。

他们正是这样盛情迎接着格拉纳达王国总司令蒙德哈尔侯爵带领的军队。埃尔南多也被此情此景鼓舞得热血沸腾，他挨在壮汉黑龙身边，与弟兄们一起高声唱着，明目张胆地挑战着天主教大军的权威。

侯爵身着一副银光闪闪的盔甲，威风凛凛地立在了天主教大军之前，他命骑兵镇守后方、步兵突前，随后命令火枪手装填好弹药，此时，摩里斯科人也已各就各位。

占据峡谷天堑的摩里斯科人以为数不多的火枪和弩应对着敌人的攻势。当然，他们还有弹弓，在天主教徒的头顶倾泻着石头雨。埃尔南多闻到了从黑龙的火枪里发出的火药味。他虽然没有弹弓，却也用手掷起石头来，他一边掷石头一边激动地叫着。埃尔南多的准头不错：他以前在地里干活时，闲的时候总拿石头扔牲口玩儿。他准确命中了一个步兵，这让他兴奋异常：被初次中靶的喜悦冲昏了头脑的他每扔一块石头就往前蹦一步,不一会儿就暴露在敌兵的射程里。

"采取掩护!"黑龙揪着他的胳膊一把把他按在地上,然后又端起他的枪。埃尔南多又捡了一块石头准备发射,却再一次被黑龙制止了。"这里虽然有成千上万的摩里斯科人,但他们会找着我打,我有火枪,他们会先冲着我来。"黑龙往枪管里装了颗铅弹,用力填实,"我可不希望你因为我就这么死了。你扔只管扔,但别站起来!"

不过,双方之间的交火却没有持续很久:相较于摩里斯科人,天主教徒们的武器优势太大了,他们不停地装填、发射,每次齐射都有大批的摩里斯科人倒下来。黑龙见状,命令大部队退到更高的地方去,天主教徒的铅弹打不了那么远的距离。

"反正他们怎么都过不了那座桥的。"摩里斯科人一边撤退一边说。

摩里斯科人一退到山上,火枪果然打不到他们了。见侯爵下令停止开火,摩里斯科人又以胜利者的姿态高声唱了起来。有几个天主教士兵不信邪,拿起弹弓试着对天空射了几发,让抛物线来弥补射程的不足,别说,还真有几块石头打到了山上,不过也理所当然的没什么威力。埃尔南多远远看见侯爵把头盔拿到手上,带着几名身着制服的军官走到桥前,检查着毁坏的程度。要让一整支大军通过这座破坏得只剩几块木板的桥,简直就是天方夜谭!

双方阵营都安静了下来,紧张地注视着侯爵的表情。只见侯爵思考了一会,摇摇头,走了回去。摩里斯科人中又爆发出一阵喝彩,大旗又挥了起来,埃尔南多也大声叫着,把拳头举得老高。天主教总司令正垂头丧气准备收兵,这时从行列里走出来一名圣方济各会教士,他右手握着十字架,腰间束着苦行衣,看也没看侯爵一眼,就毅然站到桥上往前走了起来。摩里斯科人的欢呼声停了下来。侯爵这才反应过来,命士兵们火枪掩护。一时间,所有人的目光都聚集在这个教士身上,只见他颤颤巍巍地向前迈着步子,两臂平伸着,整个人摆成个大十字形,骄傲地展现在穆斯林们眼前。

没等教士走到对面,又有两个士兵加入了渡桥的队伍。其中一个走到一半不小心一脚踩空摔了下去,但他的死仿佛变成一声号角,唤醒了战友们的勇气,只听天主教的阵营中响起一声吼叫:

"圣地亚哥!"①

震耳欲聋的吼声响彻战场,士兵们前赴后继地奔向桥头。走在最前头的教士很快就要抵达对岸了,士官长们纷纷喊着自己队伍里的火枪手,叫他们赶紧装填射

---

① 西班牙天主教军队冲锋时喊杀的口号。

击，以防摩里斯科人突然冲下山来打他们个措手不及。此时已经有几个摩里斯科人冲了下来，但集中在桥头的火力又把他们压了回去。没过多久，已经有一小支天主教士兵到达了对岸，教士在他们之中高举着十字架，大声祈祷着。他们已经站在了阿尔普哈拉斯的境内，从这一边固守着桥头的阵地。

阿本·倭马亚赶紧下令撤兵。这场塔布拉特的战斗中，有一百五十个摩里斯科弟兄丢掉了性命。

"你去骑吧。"到了山顶，黑龙指着一匹马对埃尔南多说，"原先骑着它的人死了。"他见小伙子有点犹豫，又补上一句："我们不能把马留给天主教徒。你抱着马脖子，让它带你走就行了。"他把要领告诉了埃尔南多，自己策马奔驰起来。

10

阿本·倭马亚与他的手下一起逃往胡维莱斯。蒙德哈尔侯爵一路追击，顺势占领了沿路的所有村镇，镇里家家户户都被天主教的士兵洗劫一空，被落下的女人和孩子们都被抓为了奴隶。天主教的大军也就此积攒了一大堆战利品。

胡维莱斯城堡里，摩里斯科人正分析着目前的形势，探讨着下一步的可能性。有些平民主张投降；而那些自知逃不过惩罚且罪无可恕的土匪则想要负隅顽抗，与天主教徒血战到底；另外还有人提议要逃到山里去。

事态紧急。探子来报，天主教的军队离胡维莱斯已经不过一日的路程。摩里斯科人匆忙采取了个折中的办法：让那些士兵带着战利品先逃，同时放了那四百多个被俘的女天主教徒向侯爵示好，以便展开停战谈判，此时几个摩里斯科人长官已经试着去跟侯爵沟通了。大批摩里斯科女人不得不与当兵的丈夫分离，她们得留在这里，静等着可怕的天主教大军的到来。

"你难道想让我儿子女儿都去死么？"布拉希姆在马上冲着阿以莎大吼，阿以莎正哀求着他带她一起走。"山里冬天那么冷，孩子们顶不住的。这可不是闹着玩的，女人。这是在打仗！"

阿以莎垂下了头。莱莎和萨哈拉啜泣着，什么都顾不上了，而两个男孩子已经注意到情况的危急，双双用崇敬的目光看着自己的父亲。埃尔南多站在那群被城堡里沉重的战利品压得透不过气的骡子前头，见到此情此景，只觉揪心。

"可能我们可以……"埃尔南多试着插话。

"闭嘴！"继父无情地打断他，"你一点都不在乎你弟弟妹妹们的死活。女人，你，跟孩子们一起留在这儿，看好他们！"布拉希姆命令着自己的妻子。

布拉希姆在马肚子上踢了一脚，骡群紧跟在他的后边。埃尔南多等着母亲抬起头的当儿，连乌拜德都超过了他们。最后，阿以莎终于把目光抬起，她的脸上写着坚毅。

"和平终会到来的。"她对儿子说，"你不用担心。"埃尔南多泪眼婆婆，他想过去抱抱母亲，却被母亲推开了。"你的骡子都走远了。"她指了指前面。"你去吧！"

母亲的语气异常决绝，她站起身梳理着自己的头发，像是对当下的局势满不在意。看见儿子脸上痛苦的表情，她提高了音调："还不快去！"

可是埃尔南多还不能立即跟上去，原来城堡大门的位置，哈迈德正站在那里，与战士们一一道别。老人对他们说着鼓励的话语："真主与你们同在，真主不会把你们遗弃……"

"快走吧！"埃尔南多催促阿訇，"你还站在这做什么？"

"我哪儿都不去，这里就是我的终点，吾儿。"没等埃尔南多说完，哈迈德就做出了这样的回答。

吾儿！这是哈迈德第一次这样称呼他。

"你不能留在这里啊！"埃尔南多叫了起来。

"我能。我必须留在这里。我得留在这里，与妇孺和老人们在一起。这是我的土地。而且……像我这样的瘸子还怎么跟着你们在山间小路上跑呢？"哈迈德强挤出一个笑容，"我只会是个累赘。"

母亲、哈迈德……埃尔南多想，他也许也应该留下来。母亲不是说过，和平将会到来的么？老人猜到了埃尔南多的想法，此时有数十个摩里斯科人正从他们身边跑过，急着逃走。

"你要替我去战斗，伊本·哈迈德。拿着这个。"阿訇把系在腰间的弯刀解了下来递给埃尔南多，"你要永远记得，这把刀曾是先知穆罕默德用过的。"

埃尔南多郑重地去接刀，他伸出双手，哈迈德把刀放在了上面。

"不要让它落到天主教徒手上。别哭，孩子。"老人抱了抱埃尔南多，"我们的民族和信仰永远在我们个人之上，这就是我们的命运。愿穆罕默德指引你，愿他与你同在。"

天主教的大军开进了胡维莱斯，被摩里斯科人释放的近四百个女天主教徒跑出来迎接他们。

"杀了他们！杀了那些异教徒！"她们不住地对士兵嚷着。

"他们把我儿子的头砍了！"一个女人叫了起来。

"他们杀了我们的丈夫和儿子啊！"另一个女人哭着说道，她怀里还抱着一个婴儿。

"他们亵渎了圣堂！"又一个女人在吵闹声中大声喊道。

这些女人有的从库苏里奥来，有的从阿尔库塔尔来，这里聚集着从阿尔普哈拉斯各个村镇掳来的妇女。大队士兵一进到镇上就四散去了大街小巷，而他们在街头巷尾听到的，全都是女俘虏们讲述的那些令人恐惧的故事。所有经历了暴动的镇上无一例外地都发生了大屠杀，这些屠杀大多都是奉佛拉克斯之命而为的。

"他们用折磨我们的同胞来取乐，"一个女人讲了起来，"为了让我们的弟兄们在死前不能再在身上画十字，摩里斯科人把他们的食指和大拇指都砍断了啊。"

听到女人们口中述说的种种暴行，士兵们义愤填膺，纷纷表示要为自己的兄弟们报仇雪恨。一个被从拉劳莱斯带来的姑娘说，当时在他们镇，摩里斯科人明明接受了天主教徒的投降，之后却又撕毁了诺言，残忍的异教徒们在教士们的脚底涂上油和沥青，逼他们站在炭火上。另一个从坎哈亚尔①来的女人说，在她的镇子里，摩里斯科人模拟了一场弥撒，但教士和司事都被迫光着身子站在祭坛上。摩里斯科人逼着司事像往常一样点名，每叫到一个人，那人就会上来用石头、用棍子或是用拳头凌虐他们，为此摩里斯科人还定下规矩：打归打，可不能打死。就这样到了最后，一息尚存的教士和司事还得接受凌迟的酷刑。

不过，就在这些士兵正为天主教弟兄的遭遇而愤慨时，一支由十六个穆斯林官吏组成的使团来到了蒙德哈尔侯爵面前。这十六个人分别是来自阿尔普哈拉斯各大城镇的代表，他们拜倒在这位天主教总司令面前，乞求司令宽恕他们，也宽恕所有投降的镇民。蒙德哈尔侯爵同意让步，给放下武器的人一条生路，不过对于阿本·倭马亚和那些土匪，侯爵却没有做出任何承诺。使团走后，侯爵下令让军队往城堡方向推进。

摩里斯科人投降的消息很快传遍了天主教徒的军列。士兵们经历了一路所见所听，见证了女教徒们的悔恨和哭泣，他们跋涉千山万水来捍卫阿尔普哈拉斯没有收到一分报酬，叫他们如何能接受这样一个荒唐的决定？摩里斯科人必须受到惩罚！必须把他们的财产拿出来全都分给我们士兵！在去往城堡的路上，天主教徒们碰见了哈迈德与另两个老人。他们举着投降的白旗，将城堡交付给了天主教大军，也同时乞求，放过那两千多个摩里斯科妇女，放过那些依然滞留在城堡里的男人和孩子。

侯爵也抵达了现场，他颁布了一条法令，宣布赦免所有投降的男人，释放所有摩里斯科妇女和她们的孩子。为了安抚手下的士兵，侯爵准许他们将城堡里和镇上的所有财产据为己有。随后，他将投降的男人放回胡维莱斯各个家中派专人看守，又让摩里斯科妇女和她们的孩子们暂时待在教堂里避避风头，当然，教堂挤满了，剩下的人就不得不待在广场上，由那些对事态发展极为不满的士兵们不情不愿地看

---

① 拉劳莱斯、坎哈亚尔均为阿尔普哈拉斯小镇。

护着。

侯爵的决定连同充斥在天主教行列间的不满情绪一并传到了逃往乌希哈尔的摩里斯科人耳朵里。听到赦令,埃尔南多放下心,对着跟他同行的三个老头笑了起来。这三个不愿和妇孺一起待在城堡里的老人,正跟着骡群一起走着,时不时扶着骡子歇一歇。

"女人们都不会有事啦。"埃尔南多兴奋地握着拳头挥了挥。

没人回应他。三个老头都一脸凝重地走着。

"怎么啦?"埃尔南多很好奇,"难道你们没听说吗?侯爵已经豁免了那些留在后方的人了!"

"一个人对抗一支军队,"三人中看上去最老的那个回答道,他看都没看埃尔南多一眼,"这是不可能做到的事情。天主教徒们的贪婪大过了侯爵的任何一条法令。"

埃尔南多靠了过去。

"那你的意思是说?"

"侯爵赦免我们是为了他的私利:他在我们这儿得了不少好处。可是他手下的那些士兵……那些人只是佣兵啊!他们没有军饷,他们是来投机致富的!天主教徒只在乎谁能给他们钱。如果他们把女人都抓起来做俘虏那倒还好,每个俘虏都是一笔钱呐,可是现在呢……没有哪条命令或者哪项法令能管得住他们了,连国王颁布的法律都不行。"埃尔南多脸上的笑容霎时间消失了,他掂量着哈迈德曾挂在腰间的弯刀。"他们不会听指挥的。"老人忧伤地总结道。

埃尔南多啥也没想就转身往回跑,他躲开了路上碰到的摩里斯科人,对他们的提问置之不理。胡维莱斯!他的心思全系在了胡维莱斯、母亲还有哈迈德身上。埃尔南多撞过之处一片狼藉,人们的抱怨和喊叫传到了布拉希姆耳朵里,他立即掉转马头,查看发生了什么事情。他刚跑到那三个老人那儿就被其中一个拦住了。

"他去哪儿了?"布拉希姆问道。

"我想他恐怕是去做那件,我们所有穆斯林都本该做的那件事了吧:去战斗……为了民族、为了家庭、为了真主,去捐出自己的生命。"

脚夫眉心紧缩。

"我们都是在为他们作战啊。我们这是在打仗呢,大爷。"

老人点了点头。

"哎,你不会懂的。"老人低声嘀咕。

埃尔南多到达胡维莱斯时太阳已经下山了。城里到处都是天主教徒。据那个把投降的消息通知给他们的线人称，侯爵已经下令让妇女和孩子都待在教堂里，于是埃尔南多围着镇子绕了一圈，走到那块紧邻教堂和南广场的梯田里。这是一个伸手不见五指的夜，只有星星点点的油灯和天主教士兵点起的那些火把在黑暗中闪动着些许光亮。埃尔南多在梯田里匍匐前进，正是在这里，母亲一刀结束了神父的生命。教堂和广场现在就在他的头顶。"她做这些都是为了你啊。"他想起了哈迈德的话，说这句话的时候，两人正是站在这片梯田里，见证着母亲的复仇。天主教徒们在远处交谈着，埃尔南多听不真切，只听得那边不时传出几声大笑，或是两句怒骂。

埃尔南多正想再挪近些，突然一个黑影冷不丁从背后扑了上来，用膝盖顶住了他。他甚至都来不及喊：一只强壮的大手迅速捂住了他的嘴，此时埃尔南多才发现，一把刀子已经抵在了他的喉咙上。他当时杀马的时候就是这个动作，埃尔南多心想，他也会像马一样就这么死了吗？

"先别杀他。"埃尔南多听见有个人低声用阿拉伯语说道，再晚半秒那刀刃说不定就割破了他的动脉，他们不止一个人，"我好像看到什么东西在闪……快看这把刀。"

埃尔南多感觉有人解下了他腰间的弯刀。刀鞘被取下时，上面的挂件发出了叮当的响声，一瞬间所有人的动作都停了下来。只听远处天主教徒们的交谈声还在继续着，仿佛什么也没有发生过一样。

"是自己人。"另一个男人的声音，他一边说一边掂量着刀鞘上的挂饰。

"你是什么人？"擒着埃尔南多的男人小声问道，他放开了捂住埃尔南多嘴巴的那只手，却加大了刀刃上的力道，"你叫什么名字？"

"伊本·哈迈德。"

"你在这儿干什么？"另一个人问他。

"应该和你们一样。"埃尔南多回答。"我来救我娘。"他随后加上一句。

那几个人把埃尔南多的身体翻了过来，刀尖现在顶在他的喉结上。尽管面对面，但就着天主教徒的火把发出的微弱的光，两边的人依然看不见对方的脸。

"我们怎么知道他说的是不是实话？"埃尔南多听见那些人正在商量。

"他说的是阿拉伯文。"一个人说。

"有些天主教徒也会说阿拉伯文。你会派一个不懂阿拉伯文的间谍去打入敌人内部么？"第一个人问道。

"还是杀了他吧。"另一个男人插话。

"万物非主，唯有真主，穆罕默德是真主的使者。"埃尔南多背诵道。他顿时感觉脖子上的刀顶得没有刚才那么紧了。他继续背诵着清真言。

这几句清真言不久前把他从胡维莱斯人的刀下救了下来，而现在，它又要让埃尔南多捡回一条命。随着他不断背下去，喉咙上的刀子也离他越来越远。在埃尔南多眼前的是三个摩里斯科人，他们从加地亚专程赶过来营救他们的妻子和儿女。

"许多姐妹都在教堂里，"其中一个男子向埃尔南多解释，"还有一些在外面的广场上。不过我们也不知道我们的老婆是在里面还是外面。这儿总共有几百个女人，还有孩子，关键是现在什么都看不见！士兵们不让他们点火，所以广场上整个儿就是黑压压的一片。我们现在即使冲进去肯定也找不到她们，而且到时候弄得一团乱一定会引起士兵的注意。"

你们都在说女人和孩子，那男人呢？埃尔南多想着。那哈迈德又在哪儿呢？

"那当时留在城堡里的男人现在又在哪儿呢？"埃尔南多问道。

"应该被关在民宅里吧。"

"怎么才能把他们救出来呢？"埃尔南多小声问。

"我们还有时间可以好好想想。"另一个男人回答他，"我们得等到早上。这之前我们什么都不能做。"男人又说。

"等到早上？光天化日的我们又能做什么呢？我们又能怎么办？"听了那男人的话，小伙子一惊。

没有人回答。

夜的阴冷向他们袭来。他们躲在草丛里，静等着曙光的出现。他们小声说着话，男人们向埃尔南多说起他们的老婆和孩子，说起在加地亚发生的事；而埃尔南多对他们讲了自己的故事，正是在这个教堂前，在这片梯田里，他明白了他母亲一直以来所忍受的痛苦。

过了好久。夜深了。寂静笼罩了整个镇子。天主教士兵们在篝火旁睡了下来，而我们的四个摩里斯科汉子开始发现他们浑身的肌肉都麻木起来。雪山的夜不会让他们有机会停歇。

"我们会冻成冰的。"

埃尔南多听见身边人的牙齿正在咯咯作响。他发现自己握在弯刀上的手只要一动就疼得要命，五根手指就好像粘在了刀鞘上。

"我们得找个地方躲躲……"一个人提议，他的话刚说到一半，只听广场上传来一声女人的尖叫。

立即又有一个女人叫了起来，随即又传来第三声惊叫。

"不许动！谁喊的？"篝火边一个士兵站了起来。

"有带着刀的摩里斯科人混进来了！"另一堆篝火旁，有几个士兵喊了起来。

那是四人在骚乱爆发前听清的最后两句话，他们面面相觑：带着刀的摩里斯科人？埃尔南多从草丛里探出头来。妇女和孩子们的叫喊声与士兵们的号令混在一起，几十个士兵拿起剑戟跑向了广场，扎进了黑影里。第一声枪响。埃尔南多看到了闪亮的火药星子，随后是一团黑烟。在那团黑烟和乌泱泱的人群之间，教堂的轮廓依稀可辨。

更多的枪响。更多的火光在黑暗中迸出来。更多的喊声。

四人中，埃尔南多是第一个跳起来冲向广场的，他把弯刀从鞘中抽了出来，他双手持刀，把刀举得高高。另外那三个人随即也跟了上去。广场上的妇女们经历了一开始的惊慌失措后也开始想办法自卫，这时候几个士兵已经冲了进来，不分青红皂白地挥砍着武器。

"有摩里斯科人！"混乱中有人喊叫。

"我们被袭击了！"广场的各个角落都有天主教的士兵传递着遇袭的消息。

广场上一片漆黑。

"妈！"埃尔南多呼喊起来。

黑暗中，天主教火枪手们正在胡乱开火。埃尔南多绊在一具尸体上，差点摔了一跤。一束火花在他右边很近的地方爆了开来，随后一团黑烟把周围的人全都包在了里面。浓烟中埃尔南多将刀刃一转挥了过去，感觉刀身嵌进了肉里的同时，埃尔南多只听一声惨叫。

"妈！"

埃尔南多依然高举着弯刀。他看不见！什么都看不见。黑暗中他根本无法辨别谁是谁，这时候一个女人一拳打了过来。

"我是摩里斯科人啊！"埃尔南多大喊。

"圣地亚哥！"背后又传来一声吼叫。

天主教徒的长戟从侧后方擦过埃尔南多的腰际，直直插进了女人的肚子，埃尔南多感觉到那女人最后一口热气呼在了自己脸上。她紧紧地扣住了埃尔南多，仿佛不愿就此结束自己的生命。埃尔南多赶紧挣脱了那可怜女人的手臂，回身劈了一刀，只觉刀身砍在头盔上发出一记金属的响声，随即向下滑到那天主教徒的肩上嵌进了肉里。此时那女人已经倒了下来，双手还扣着埃尔南多的腿。

"妈！"埃尔南多复又喊起来。

埃尔南多在寻找母亲的路上又踩到了许多女人和孩子的尸体。血水都没过了他的脚！教堂的大门紧闭着。阿以莎会在那里面吗？天主教士兵们依然在开着枪，全然不顾士官长发出的停火指令。仿佛没有什么能制止这场惨剧了：士兵们无法克制的恐惧化成了无数手无寸铁的妇女和孩子的尸体。

埃尔南多依然什么都看不见。他怎么才能找到母亲呢？或许她也已经躺在了这遍地涂血的屠场上？

"妈……"埃尔南多的刀已经拖到了地上，他还在呼唤着，可听上去却像是在呻吟。

"埃尔南多？埃尔南多，是你吗？"

埃尔南多又把刀举了起来。她在哪儿呢？声音是从哪里传出来的？

"妈！"

"埃尔南多？"埃尔南多只见眼前的黑影朝他伸来一只手，他用刀做了个吓唬的姿势。"埃尔南多！"阿以莎用手拍着儿子的脸。

"妈！赞美真主，真是谢天谢地！我们走！快离开这儿！"埃尔南多一把抓起母亲的手，拖着她就往……往哪儿走呢？

"你妹妹！你妹妹不见了！"阿以莎抓着埃尔南多的胳膊，"穆萨和阿基尔还在我这儿。"

"她们在……"

"刚才一片混乱她们就丢了……"

朝着他们的方向响起两声枪响，就在他们左边有一个影子应声倒地。

"这儿有个摩里斯科人！"一个士兵叫了起来。

借着火枪射击发出的亮光，埃尔南多发现他们附近有一个人影，人影比他还矮。是莱莎吗？可能是……他相信自己看到的是个女孩儿。埃尔南多抓着那人的头发把她拖了过来。

"莱莎在这儿呢。"他跟母亲说。

"萨哈拉呢？"

一时间，三道火光朝他们的方向射了过来。

"我们走！"埃尔南多下令。

钟楼里有人点起了火炬想看看外面发生了什么，借着那缕光，埃尔南多带着他们速速遁逃。埃尔南多一手拉着女孩，一手推着母亲，而母亲拖着两个小男孩的胳膊，他们猫着腰艰难地向梯田跑去。到了田里，他们又顺着山势而下，这个牵着那个，不时磕绊着，将一连串的枪声，还有妇孺们惊恐的呼号统统抛在了身后。

他们奋力跑着，直到枪声变得像蚊子叫时才停了下来。阿以莎累倒在地，而穆萨和阿基尔啼哭起来。埃尔南多和那女孩在原地喘着气,试着把呼吸平复过来。

"谢谢你,儿子。"母亲说着又猛地站了起来,"我们得继续往前走。不能停,这里还很危险,我们必须得……莱莎?"阿以莎两步走到女孩跟前,抬着她的下巴把她的脸举起来,"你不是莱莎!"

"我叫法蒂玛。"女孩还没缓过气来,她一边喘着一边回答,"还有他,"她指着怀里那个看着只有几个月大的孩子,"他叫萨尔瓦多……不,叫胡马姆。"

埃尔南多暂时还无法看清法蒂玛那双硕大乌黑的杏眼,可他分明感觉到那眼中放出的光辉,可以射穿整个黑夜的光辉。

那一夜,有一千多个妇女和儿童在胡维莱斯教堂前的广场上殒命。教堂里边的人们幸免于难,而教堂外边的广场上却堆满了尸体。除了几个因友军误伤而死的天主教士兵,在众多死去的人中只找到了一具摩里斯科男子的尸体,经辨认,这是一个加地亚人。蒙德哈尔侯爵对这场骚乱进行了彻头彻尾的调查,最终处决了三个士兵,正是这三个人想趁着夜色强奸一名妇女,引起女人们的喊叫,最终酿成了这场悲剧。

11

她今年十三岁,来自阿尔普哈拉斯东部隶属于马切纳的特尔奎镇,这是在去乌希哈尔的路上法蒂玛告诉埃尔南多的,而她的丈夫已经不知去向。先前,胡马姆的父亲加入了对抗维雷兹①侯爵的土匪队伍,而她,就和其他那么多的摩里斯科妇女一样,被带到了胡维莱斯广场。

"我当时见你带着武器,就躲到你身边去了……对不起……我不能让我的儿子死在那些士兵手里……"法蒂玛一边哭一边说。她的眼睛里流露出忧伤,但同时也表现着坚决。埃尔南多和法蒂玛在阿以莎前面走着,阿以莎自打发现女孩不是莱莎起就不发一语。埃尔南多的两个异父兄弟努力跟随着他们的脚步,不时地叫着苦。

天亮了。太阳照亮了群山,照亮了峡谷,好像什么也没有发生过一样。冰冷的风雪像是在洗刷着关于昨晚的记忆,胡维莱斯广场上的屠杀仿佛只是一场阴郁的梦。

可那是事实。而且埃尔南多也达到了他的目的:把母亲救出来。可是他的妹妹们……还有哈迈德,他的恩师,现在又在哪里呢?埃尔南多按着腰上的弯刀,转回头去看阿以莎:她正低着头一步一步走着。先前埃尔南多听见她哭,而现在,她只是慢慢地走在他们后面。借着第一缕阳光,埃尔南多也用余光打量起走在他身边的姑娘:她的肩上披着一头乌黑的鬈发,五官轮廓分明,肌肤是健康的小麦色,稚嫩的身体却透出些许未成熟的母性。虽然已经快筋疲力尽,但她走路时还是保持着那份庄重。法蒂玛感觉到埃尔南多在看她,就转过头来朝他笑了笑,眨了一下那双漂亮的大眼睛。埃尔南多直到这会儿才发现那双眼睛有多么的迷人,他的脸颊烧起潮红。正在此时,胡马姆哭了起来,法蒂玛哄着孩子,一边向前走。

"我们停停,让她给孩子喂奶吧。"走在后面的阿以莎提议。

法蒂玛点了点头,几个人走到了道边的草丛里。

"妈,对不起。"埃尔南多说。法蒂玛正准备给孩子喂奶,埃尔南多的两个弟弟

---

① 位于西班牙南部马拉加省。

站在她身边，愣愣地看着。阿以莎没有回答。"我……我以为她是莱莎。"

"你救了我，"母亲这时说话了，"救了我和你的两个弟弟。"阿以莎痛哭起来，她把儿子拉到身边抱住了他。"你不用道歉……"她抽泣着，把儿子抱得更紧，"可是你知道的，我这是因为我没法不为你的两个妹妹痛心。谢谢你……"

法蒂玛一脸严肃地望着他们。胡马姆正惬意地喝着奶。这时埃尔南多看见女孩脖子上吊着一块金坠子，垂到了她裸露的胸脯上：那是法蒂玛之手，是能够祛除邪恶的护身符，当然也是天主教徒禁止他们佩戴的东西。

一上午，埃尔南多一行走过整整三里的山路，抵达了乌希哈尔。乌希哈尔原是阿尔普哈拉斯天主教势力的重镇，经过佛拉克斯的一番血腥屠戮落入了摩里斯科人之手。镇子坐落于内奇特山谷，与内华达山脉的群山山峰尚有一段距离，所以这里的山势较之山顶诸镇要平缓许多。这里的田地里种植着葡萄和谷物，还有大片牧草可供畜牧。他们到达的时候，阿本·倭马亚的军队已经扎好了营寨，乌希哈尔一片热闹的景象。

这位格拉纳达的王也找了一处地方安顿下来，这里原是阿尔普哈拉斯法庭大书记员佩德罗·洛佩兹的府邸，坐拥着该镇三座防御塔的其中之一。三座塔呈三角形排列，大部分的士兵都进驻到了塔里。埃尔南多在牧师会教堂处的防御塔下看到了自己的骡群。乌拜德正在那儿看着继父的马。如果说之前埃尔南多还对乌拜德有所畏惧的话，现在他已感觉自己有了充分的胆量上去和他说话。

"布拉希姆呢？"埃尔南多问。

乌拜德耸了耸肩，两眼却直直地盯着法蒂玛。那些骡子依然满载着之前的战利品，穆萨和阿基尔跑了过去，又被士兵们赶了回来。

小穆萨被一个士兵推了一个跟跄，摔倒在乌拜德脚下，但即便如此乌拜德也没有把目光从女孩身上移开。法蒂玛觉得有点害怕，就躲到了埃尔南多身后。

"看什么看？"埃尔南多呵斥脚夫。

乌拜德又把肩耸了耸，那双不老实的眼睛最后瞄了法蒂玛一眼，终于把视线转开。埃尔南多这才把刚才出于本能搭在刀柄上的手放开。

埃尔南多又问了一个士兵，听说他继父在佩德罗·洛佩兹的宅子里，众人便一起向那里走去。他们在官邸的大门口找到了布拉希姆，他正和几个土匪头子还有小喽啰们在一起。阿本·倭马亚正在宅子里面和几个臣子谈话。

"你们这是什么个意思？"继父一见阿以莎和两个儿子，气得跳了起来，可此时同样在场的黑龙却迎上前去。

"小伙子！欢迎欢迎！"这个身板厚实的土匪上去跟埃尔南多打招呼，"我们正需要你呢。我们有好些牲口都受伤了。"

黑龙开始跟其他土匪讲起埃尔南多如何妙手回春治好了他的枣红马的故事，而在他一旁气得直龇牙的布拉希姆只好强忍着怒火等着他把溢美之词讲完。

"可你他妈的把骡子都扔下了！"黑龙刚一说完布拉希姆就跳着骂了起来，"还有，你把我儿子带来干吗？我都说了……"

"我不知道最后我们会不会死在这儿，也不知道你的儿子们会不会在这儿出什么事，"阿以莎没让他说下去，她大声打断了他的话，这也让布拉希姆一惊，"可是至少现在，埃尔南多已经救了他们一命。"

"那些天主教徒……"这时候埃尔南多才小声讲起来，"他们杀了几百个女人和小孩，就在胡维莱斯教堂门口。"

听到这话，土匪们都围了上来，埃尔南多把在胡维莱斯发生的事详细地说给了他们听。

"走，"黑龙急着拉起埃尔南多，甚至没让他讲完，"你得把这事告诉伊本·倭马亚。"

守在宅邸门口的士兵给他们让出一条路，埃尔南多和黑龙一起走了进去。布拉希姆经过的时候卫兵们拦住了他，但他说他得陪着他儿子，最后也得以混了进去。

这是一幢两层楼高的豪华府邸，墙都用高档涂料粉刷过，顶层用铁栏搭起了露台，高过了四周的屋顶。刚过了岗哨，还没等他们打开那扇精致的木门进入到阿本·倭马亚所在的大会客厅，埃尔南多首先闻到了一股异香。伴随他们一起的卫兵通报了来客的身份，为他们打开了大厅的门，一开门，扑面而来的麝香味沁入了埃尔南多的心脾，伴随着香味的还有乌德琴的乐音，这种形似琵琶却比琵琶略短、又不带弦枕的乐器正奏着婉转的曲子。年轻的王相貌堂堂，一身英武之气，他端坐在铺着红色绸缎的木椅上，四个老婆围在旁边服侍他。王座高高在上，而地上镶着各色图案的用金线银线织成的垫子上坐着那些臣子们。大厅铺着地毯，四壁用挂毯装饰，在大厅中间，一位女子正轻歌曼舞。

从未见过这么大场面的三人这下都怔住了，他们傻傻地站在大厅门口。埃尔南多的目光牢牢盯在了舞者身上，而黑龙和布拉希姆目不暇接地看着会客厅里的每一样装饰。最后还是阿本·倭马亚拍了拍手让音乐和舞蹈停下，示意三人进来。国王第一个妻子的父亲米盖尔·德·罗哈斯，他也是乌希哈尔最有名望的摩里斯科人，以及帕塔尔、塞尼兹和戈里等土匪头子，还有当地的官吏们都聚在这里，此刻他们都把注意力转到了门口的三个人身上。

"你们来有何贵干？"阿本·倭马亚直奔主题。

"这小子有胡维莱斯的新消息。"黑龙说起话来铿锵有力。

"说。"国王对埃尔南多做了个手势。

埃尔南多都不敢去看国王的眼睛。昨夜刚建立起来的自信此刻又奇迹般地消失了，消失得无影无踪，埃尔南多结结巴巴说不出话。幸好阿本·倭马亚对他频频投以微笑和赞许，这也重新给予了他勇气，终于，他讲了起来。

"这帮杀人犯！"听完埃尔南多的讲述，帕塔尔怒发冲冠。

"他们连女人和孩子都不放过！"塞尼兹痛心疾首。

"我说了，我们先得在这个城里壮大我们的队伍，"米盖尔·德·罗哈斯提醒各位，"然后去战斗，去保卫我们的族人。"

"不行啊！我们留在这儿怎么抵挡侯爵的……"帕塔尔极力反对。

阿本·倭马亚示意他别再说下去，随后又做了个手势让大家安静，此时那些土匪正迫切地想要离开这个镇子，去发起又一波进攻。

"我已经说过了，我们得暂时留在乌希哈尔。"面对土匪们的不满，国王重申了自己的决定。"还有你，"国王看着埃尔南多，"我为你在战斗中表现出的英勇而骄傲。你是做什么的？"

"我是脚夫……我负责赶我继父的那些骡子，"埃尔南多指了指布拉希姆，阿本·倭马亚点点头表示认识他，"还有负责看管好你们的战利品。"

"他还是个好兽医。"黑龙插了一句。

国王想了想，又说道：

"你愿意来管理我们人民的财产吗？以前你和你妈一起时也做过这个的。"埃尔南多点点头表示愿意，"你以后就跟着我，负责财政这块吧。"

站在继子身边的布拉希姆激动万分，他搓着自己的手。

"我已经向阿尔及尔总督乌尔齐·阿里①求援了，"阿本·倭马亚继续说道，"我跟他保证我们一定会臣服于奥斯曼土耳其帝国。他回复我说，他们已经开始在阿尔及尔一座清真寺里积攒武器了，等到能通航的时候就可以立刻运给我们……当然，是要付钱的。"

国王沉默了几秒。埃尔南多正思忖着刚才那个邀请是否也包括他的继父，只听

---

① 本是一位意大利渔民，后被柏柏尔海盗掳获，改信伊斯兰教，改名为乌尔齐·阿里。恢复自由后逐渐成为海军指挥官，曾担任的黎波里总督、阿尔及尔总督，去世前一直担任着驻地中海的土耳其舰队最高司令官。

阿本·倭马亚又开始说话了：

"我们需要火枪和火炮。我们的人大多数都只拿着弹弓和锄头在打仗，连件像样的戟或者刀剑都没有。不过话说回来……好像你倒是有把好刀！"国王指着悬在埃尔南多腰间的宝刀。

埃尔南多把刀从鞘中抽出来给国王看，一抽出来才发现上面满是血迹，他这才想起昨晚他在黑暗中曾用这把刀砍进了天主教徒的肉里，当时他连思考的时间也没有。他看着那把刀的刀刃入了神，凝固的血把刀刃染成了黑色。

"看来你已经用过它了，"阿本·倭马亚说道，"我相信你还会继续使用它，并且会有越来越多的天主教徒倒在你这把刀下。"

"这是哈迈德给我的，他是胡维莱斯的阿訇。"埃尔南多讲述着刀的来历，却故意没有谈及这把刀曾被先知穆罕默德使用过：他们会毫不犹豫地抢走它的，而他跟哈迈德保证过要好好保管这把武器。国王点点头，表示他听说过哈迈德。"哈迈德现在还在胡维莱斯，和另外一些留在那儿的男人在一起。"埃尔南多忧心忡忡地说。

在场的人都沉默了，阿本·倭马亚也默默对那位老人致以崇敬。一个土匪走了过去想拿起那宝刀，但国王一见那土匪看着金色刀鞘两眼放光的样子，立即高声宣布：

"保管好这把刀，等以后可以奉还给哈迈德。我，格拉纳达与科尔多瓦的国王谕旨如此。你一定能将这把刀完璧归赵的，小伙子，我相信你。"阿本·倭马亚微笑着说，"等到土耳其人和柏柏尔人来帮助我们的时候，安达卢斯将会重新归于我们的统治。"

三人离开了阿本·倭马亚的府邸。他们弄了些吃的，坐到地上，开始啃起羊肉来。

"这女的是谁？"布拉希姆一边吃一边指着法蒂玛问道。

"她是跟我们一起从胡维莱斯逃出来的。"阿以莎先埃尔南多一步答道。

布拉希姆眯起眼睛仔细打量着女孩。她站在阿以莎的身边，而她们之间有个草篮，胡马姆正睡在里面。布拉希姆手里捏着块羊肉，从上到下把法蒂玛看了个遍，他的目光在女孩胸部上停留了许久，再来是她的脸，还有她那双有魔力的黑眼睛。法蒂玛慌忙垂下了目光。

脚夫厚颜无耻地盯着那女孩，他伸出舌头在嘴唇上舔了又舔，像是在细细品尝那女孩的滋味。他伸头咬了一口羊肉。

"那我女儿呢?"他一边嚼着肉一边问道。

"我不知道。"阿以莎努力抑制着抽泣,"那是晚上……还有那么多人……什么都看不见……我找不到她们……我在看着儿子啊!"阿以莎也为自己开脱。

布拉希姆看了看两个儿子,点了点头,仿佛接受了那个理由。

"你!"布拉希姆指着法蒂玛,"给我倒水。"

趁法蒂玛取来水壶的工夫,布拉希姆用眼神把她身上的衣服脱了个精光。他特意没有伸出杯子,而是把杯子抱在怀里,这样女孩倒水时就得靠过来,他好趁机试试她肌肤的触感如何。

埃尔南多屏住了呼吸,他注视着法蒂玛如何小心翼翼地倒水,又不去触碰到布拉希姆的身体。他继父到底想做什么?埃尔南多瞥见身后的阿以莎用一只脚踢了下胡马姆的草篮:小宝贝立马哭了起来。

"我得给他喂奶去。"法蒂玛慌忙脱身。

脚夫的视线一直追随着她,他一想到女孩那饱含乳汁的幼嫩双峰,身体便不由得一颤。

"埃尔南多……"法蒂玛招呼着小伙子。她刚给孩子喂完奶,现在这个小生命正安睡在她的怀里。

"是伊本·哈迈德。"埃尔南多纠正她。

法蒂玛表示记住了。

"你能陪我去问问我老公的消息吗?我得知道他到底怎么样了。"法蒂玛斜眼瞥了一下布拉希姆。

法蒂玛把胡马姆托付给阿以莎看管,自己与埃尔南多跑了出来,他们钻进小店,挤进人堆,探寻着任何关于马切纳乡民的消息。先前,马切纳的摩里斯科人与土匪们并肩作战,抗击着穆尔西亚王国的先锋、卡塔赫那总司令维雷兹侯爵的军队。维雷兹侯爵是个穷兵黩武的战争狂人,这次打摩里斯科人动用的经费全是他自掏的腰包,他甚至没等诏命抵达就从古王国的东海岸向阿尔普哈拉斯的东部和南部发了兵,而那片区域正是蒙德哈尔侯爵无法顾及的地方。

消息得来全不费工夫。戈里手下的一支部队曾与维雷兹作战过,他们就对法蒂玛和埃尔南多讲了当时的情况。

"可我老公当时没和戈里在一起,"法蒂玛打断他们,"他跟弗特伊一起走的,他是……他是我老公的表哥。"

刚才讲话的那个兵连叹了几口气。法蒂玛抓着埃尔南多的胳膊:她预感那不会

是什么好消息。面对女孩探寻的眼光,那队人里有两个人转开了眼睛。这时另一个士兵讲了起来:

"那时候我在那儿。弗特伊在菲利克斯的那场战役里战死了,跟着他的大部分人也……特别是女人……死了很多女人……虽然当时特兹和波多卡列罗的人也跟着弗特伊一起作战,可是男人还是太少,根本抵挡不住天主教的军队,所以后来那些女人都女扮男装穿上了战士的衣服,和男人们一起打仗。我们的弟兄们先是在郊外和他们打,后来退到了菲利克斯镇里,结果还是没挡住,被逼到镇子后面的一座小山上,都这样了侯爵还不停地派步兵队来骚扰。"

那个士兵顿了一下,那停顿的几秒钟对埃尔南多来说就好像过了一个世纪,他感觉法蒂玛的指甲深深地掐进他的胳膊里。

"死了七百多个人,男男女女死了七百多个。我们有几个成功逃了出来躲到了山里……我刚就是从那里过来的。"那个士兵痛苦地说,"可是没逃出来的那些人都……我看到还有女人拿着匕首就往马肚子冲过去的!这就是去送死啊!我还看到许多女人到最后连捡起块石头的力气都没有了,她们抄起一把沙子就往天主教徒眼睛上扔。她们跟男人一样勇敢。"这时候,那个兵把目光转向法蒂玛,"如果你们没在这儿找到他的话……实际上,那些男人即便当时没死在战场上,后来也没能保住性命,维雷兹侯爵一个男俘虏都没要,也没像蒙德哈尔侯爵那样还给了什么豁免,他把成年的男人悉数处决了,把女人和孩子都变成了奴隶。后来我们见到好几拨天主教徒从军队里脱离出来自个儿往穆尔西亚去了,后面拖着一长串的摩里斯科妇女和儿童。"

埃尔南多和法蒂玛把乌希哈尔的大街小巷跑了个遍,好些摩里斯科人都确认了刚才那个士兵的话。

"你老公是特尔奎人?"一个战士听到法蒂玛的问题,转身走了过来,"特尔奎的萨尔瓦多?"法蒂玛点点头。"卖绳子的萨尔瓦多?"法蒂玛又点了点头,她把双手紧紧按在胸前。"我很抱歉……他死了。和弗特伊一起死的,他们很英勇……"

埃尔南多马上想到去扶法蒂玛,她整个人都轻飘飘的,仿佛没有重量。她瘫在了埃尔南多的怀里,泪流满面。

"你这是在哭什么呢?"吃晚饭的时候布拉希姆问道。他们在镇中间围坐成一圈,旁边点着好几堆篝火。

"她丈夫……"埃尔南多替法蒂玛回答,"听说是受了伤,正躲在山里呢。"埃尔南多扯了个谎。

阿以莎在布拉希姆回来之前已经得知了那个坏消息,她没有去拆穿儿子的谎话。法蒂玛也没有。不过，即使女孩一脸痛苦，即使女孩的丈夫可能还活着，这些统统没有影响到布拉希姆，他继续用淫邪无耻的目光扫视着法蒂玛的身体。

那一晚，埃尔南多久久没能入睡：法蒂玛克制的抽泣声撞击着他的心，那声音甚至盖过了营帐外喧哗的音乐和赞美诗。

"我很抱歉……"埃尔南多已经不知是第几次重复这句话了。他躺在法蒂玛身边小声说着，此时已经过了子夜。

法蒂玛答了句什么。断断续续的哭声中，那回答听不真切。

"你很爱他。"埃尔南多像是在说又像是在问。

过了几秒，法蒂玛才回答。

"我们是一起长大的……我打小就认识他了。他是我父亲的学徒，比我稍长几岁。我们结婚好像是最……"女孩在努力寻找一个合适的词，"最自然不过的事了。他一直到我家来的……"

低声的抽泣转为了绝望的痛哭。

"现在只剩下我们母子俩了，"法蒂玛努力控制住呼吸，"我们该怎么办呢？我们无亲无故……"

"你还有我啊。"埃尔南多小声说。他不假思索地向女孩伸出手去，可女孩没有握它。

法蒂玛不再说话。埃尔南多听着女孩断断续续的呼吸声与摩里斯科人营帐里的喧闹声交杂在一起。外边的赞美诗要进入高潮部分之前，法蒂玛低声答了一句：

"谢谢。"

蒙德哈尔侯爵给了驻扎在乌希哈尔的摩里斯科人军队几天喘息之机。他接见了前来投降的摩里斯科人使节，派了几队人马去清剿躲在山洞里的余党，随后指挥军队掉头向加地亚攻去。

这几天已让摩里斯科探子有机会调查到格拉纳达城内的消息，把情报带回了乌希哈尔。一群人正围着刚从格拉纳达回来的探子问这问那，埃尔南多也凑了上去。

"他们把关在牢里的摩里斯科人都杀了。"埃尔南多只听到中间的人说。里里外外挤了那么多人，外边的人根本看不清里面谁在说话。探子顿了顿，等人们的评论和咒骂声都静下来才接着说道："天主教士兵们攻进了监狱，看守们根本管都不管，然后他们就把关在牢房里手无寸铁的弟兄们一个个拖出来杀了，像杀狗一样。我们百来个弟兄的生命就这么结束了啊！天主教徒们还抄了他们的家，把他们的财产全都没收了，要知道他们可都是格拉纳达最富有的摩里斯科人啊！"

"那些士兵只对我们的财产感兴趣！"有人叫起来。

"他们唯一的目的就是要赚钱啊！"有人附和。

"蒙德哈尔侯爵和维雷兹侯爵跟他们手下的兵都产生了矛盾。"埃尔南多听出来这又是那个探子在说话，外面的人越聚越多，他已经被挤得无法动弹，周围全是在认真听讲的人们。"有好些士兵抢到一点财宝、抓到几个奴隶，就抛下大军自己跑了。蒙德哈尔侯爵当时越过塔布拉特桥攻进阿尔普哈拉斯的时候搜集来的那点战利品有一大半都被这些人拿跑了，可是还不停地有人来加入他们的军队，多半都是那些贪婪的、想捞一票就回老家的人。"

"那胡维莱斯的那些老人、女人和小孩都怎么样了？"有人问起来。

当时有两千多人从胡维莱斯逃了出来，把家人留在了城堡里，自从埃尔南多带来的不幸的消息传遍街头巷尾之后，这些人的心里就悬了块大石头。

"大概有近一千个女人和小孩在比巴兰布拉广场上被当成战利品拍卖掉了……"探子的声音越来越轻。

"说响点！"后边的人听不见了。

"我说她们都被当奴隶卖掉了！"在当中的那个男人大声喊道，"一千个女的都卖掉了！"

"只有一千个！"埃尔南多身后有人惊呼。埃尔南多觉得自己浑身都在发抖。

"天主教徒把她们推到广场上，她们一个个衣衫褴褛的，被折磨得不成样子了。"在场的人都安静了下来，探子又把声音放低了，"那些人贩子借口要验验她们的成色，然后就用两只无耻的手在她们身上揉来摸去。拍卖的人一喊价，就有人来领自己买到的奴隶，旁边格拉纳达的天主教徒还边骂边扔石头，还吐着口水。拍卖的钱都进了天主教徒们的国库！"

"那些孩子呢？"有人问了起来，"也当奴隶卖了？"

"他们在比巴兰布拉广场上把超过十岁的男孩和超过十一岁的女孩都公开拍卖了。这是国王规定的。"

"那不到那个岁数的呢？"

同时有几个人问起这个问题。探子略微等了一会才回答，人群互相推搡着，许多人踮起了脚尖，还有一些甚至爬到了同伴的背上好看得更清楚些。

"也被卖掉了，只不过不是公开拍卖，是背着国王私下里卖的。"探子突然提高了声音，像是费了很大劲，"我看到的。他们在小孩……在很小的小孩脸上……都烙上了印，这样谁就都不会怀疑他们的奴隶身份了。然后他们很快就把这批孩子卖到了卡斯蒂利亚①甚至意大利去。"

埃尔南多看见前面一个原本跨在别人肩上的男人突然脚一软摔了下来。有好几秒里没有人敢说话：那些男人心中有多痛，谁都能感同身受。

"那胡维莱斯的那些老人呢？那些没法走路的呢？"有人问道，提问的语气已是心灰意冷，"也约莫有四百人了。"

埃尔南多马上竖起耳朵。哈迈德就在这四百人里！

"蒙德哈尔的士兵有些在脱队的时候就顺便把他们当作奴隶带走了。"

哈迈德竟然要去做别人的奴隶！埃尔南多顿觉膝盖失去了力气，他靠在了前面的人身上。

可是，还剩一个问题没问呢。在场的人没有一个愿意把它问出口。那些天，每天都有成群的摩里斯科人来找他，盘问他，想从他本人的口中听到那坊间的流言到底是不是事实，而他一遍又一遍地向那些人讲述着那一晚发生的事。"可是你逃出来的那天夜里天很黑的不是吗？"有人拒不相信那一夜死了那么多人，"你也看不清到底死了多少女人和孩子的……"当时埃尔南多也点了点头。其实那天晚上，他曾跳过几百具尸体，他听到甚至感受到了控制着天主教士兵大脑的那种仇恨与疯狂，可是，他又何妨不给那些作为丈夫、作为父亲的人们留下至少一线希望呢？

"胡维莱斯教堂外面的人全死啦！全都死啦！"探子尖叫着，"一千多个女人和孩子！没有一个活下来啊！"

没过几天，高山顶上燃起了烽火。蒙德哈尔侯爵的大军向乌希哈尔攻了过来。土匪们纷纷向阿本·倭马亚告密，说他岳父米盖尔·德·罗哈斯之所以叫他驻扎在乌希哈尔不要走是因为岳父已经和蒙德哈尔侯爵达成了密约，只要他能交出这位格拉纳达国王的人头，就可以给他自由，到时候抢来的摩里斯科军队的战利品中还会有他的一份。听了土匪们的话，国王毫不犹豫地令人砍下了他岳父的头，将其族人诛灭了大半，还把第一个妻子也休了。

阿本·倭马亚带着手下的士兵向位于北边的帕特尔纳镇进发。镇子位于内华达山一脉的山腰之上，比镇子更高的就只剩下岩石峭壁和皑皑白雪。埃尔南多与大军一起行进着，这次他走在了国王和重臣们身边，他手上赶着的骡子满载着金银珠宝和镶金华服，与其他的骡子相隔了好几里远。这是布拉希姆根据国王敕命所做的安

---

① 或译作卡斯提尔，是西班牙历史上的一个王国，由西班牙西北部的老卡斯蒂利亚和中部的新卡斯蒂利亚组成。它逐渐和周边王国融合，形成了西班牙王国。

排：战利品是经过精挑细选的，所有值钱的珠宝和金子都装在了埃尔南多的骡子身上，而其他的骡子则载着剩下的货物，如往常一样跟在队伍的最后。

有几次，当山路的弯势能让他看到队伍的末尾的时候，埃尔南多便转头远望。在这支由六千个摩里斯科人组成的大部队的后面，阿以莎、两个弟弟、法蒂玛以及她的孩子应该就和其他的那些妇女走在一起。埃尔南多无法从脑中抹去那双黑色的杏核眼，那双眼睛一直追着他，时而闪烁，时而泛泪，时而躲藏，带着些许恐慌。

"驾！"埃尔南多抽了骡子一鞭，好让自己不去想那些。

他们的队伍抵达了帕特尔纳。国王将大军安置在离镇子半里远的一个被他认定为易守难攻的山坡之上，而他自己、粮草辎重以及那些无法参与战斗的人们一起进到了镇子里面。

埃尔南多没去找其他骡子，他怕撞见乌拜德，所以一进到帕特尔纳就在镇郊找了个足够大的畜圈待了下来，镇中心的院子太小，是没法容纳那么多骡子的。没人来找埃尔南多的麻烦，阿本·倭马亚对埃尔南多公开的信任也让近来生怕自己地位不保的布拉希姆更为黯然。

"他说什么你们就照着做。"国王对那些看守王国财富的卫兵说，"他是这些财富的管理人，好好利用它们定能助我们取得胜利。"

所以现在，埃尔南多每做一个决定都不用跟人解释为什么。到了镇上，阿本·倭马亚先找了个大宅子住了进去，而埃尔南多则等候着后方部队的到来，等候着和辎重队以及其他妇女走在一起的阿以莎和法蒂玛。埃尔南多见到她们的时候，她们拖着脚步，脸上满是风干的泪痕：阿以莎已经知道了两个女儿的命运，她和那些赶着去听探子带来的消息的摩里斯科人一样，原先还抱着"她们或许还活着呢"的一丝希望；而法蒂玛的泪则是为了死去的丈夫和她悲伤的孩子，她以后该怎么过呢？而走在后面的阿基尔和穆萨却毫不理解她们的伤悲，两人自顾自一边跑一边玩着打仗的游戏。几人一到镇上，就有士兵给他们指路，陪着他们去找埃尔南多。见埃尔南多正为治疗那些牲口忙得不可开交，又自信在这块国王选定的山坡上摩里斯科弟兄们一定能抵挡住侯爵的攻势，他们就没有去打扰埃尔南多，而是在镇子里四散开来。

天开始下雪了。

阿本·倭马亚似乎打错了算盘，他错误估计了这块地形的优势。置侯爵的命令于不顾的天主教士兵们私自发动了袭击，只几波进攻就将守镇的摩里斯科人卫兵们打得溃不成军。攻进镇里的天主教徒们眼里放着光，他们贪婪地寻找着虐杀的对象和成堆的金银财宝，根本不把司令给予那些投降异教徒的豁免权放在心上。

帕特尔纳镇里一片狼藉。争相逃跑的摩里斯科人、寻找着丈夫和爸爸的摩里斯科妇女及儿童，还有瞬间变成自由身、一边欢跳着迎接救星一边阻拦着摩里斯科人脱逃的女教徒俘虏们一同构成了这奇妙的图景。事实上，也只有这些女教徒真正在为侯爵作战，侯爵手下的那些士兵除了偶尔放上两枪之外，心中唯一的牵挂就只有那金光闪闪的财宝。在镇上的教堂前，那座与阿尔普哈拉斯其他地区一样在清真寺原址上盖起的教堂前，几十头骡子正站在那里，无人看管。这个大发现点燃了士兵们的贪欲之火，他们竞相争抢着骡子背上的丝绸、奇珍异宝以及其他值钱的东西。

混乱之下，没人察觉到这堆财宝中竟然没有黄金。教堂前停着那么多骡子，没找到黄金的人也只是埋怨自己的运气不佳竟没有挑到载有黄金的那几头。

内华达山脉已在身后，眼前是杳无人烟的万里山路，风雪交加中，埃尔南多呆滞地看着自己民族的军队如何丢盔弃甲、辙乱旗靡。第一波冲突发生时他离现场只有半里，只见几百个人影顶着雪冲上坡去，他们冲了上去，虽然毫无组织却冲了上去，好些影子摔了下来，好些滑倒在险坡上，却有几个影子在雪中站定下来。在远处的埃尔南多无法听见火枪的轰响，但却能看见天主教的军队中亮起了束束火光，冒出了滚滚浓烟。

"我们快走！"他催促阿以莎和法蒂玛。

见自己的部队落荒而逃，两个女人一时间失魂落魄。

"快帮帮我！"埃尔南多对她们喊道。

此时已经不用去请示国王了，他刚整理好骡群，就看到镇子的另一头，阿本·倭马亚一路疾奔逃了出去。布拉希姆和另外几个骑兵猛踢着马刺跟在王的后边。帕特尔纳的驻军也都望风而逃。枪声和"圣地亚哥"的冲杀声已经近在耳边。

"现在怎么办？"法蒂玛在身后问道。

"走那边！我们上山，去拉瓜隘口！"埃尔南多指着与国王逃跑路线相反的方向。国王和他手下的身后，许多天主教的士兵正穷追不舍。

法蒂玛和阿以莎朝埃尔南多手指的方向看去。法蒂玛想说点什么，可是把胡马姆紧紧搂在怀里的她嘴里只蹦出了几个含糊不清的词。阿以莎张着嘴巴：可那里没有路啊！只有石头和雪！

"过来，老伙计！"埃尔南多拉着缰绳，让老伙计走在前面。"我们会找到去山顶的路的。"埃尔南多拍了拍骡子的后颈，小声对它说道。

老伙计缓缓前行，它每走一步都先用蹄子测测雪深。雪越下越大，把他们隐蔽在天主教徒的视线之外。

12

拉瓜隘口海拔高度足足有两巴拉①,是从内华达山脉去往格拉纳达一条无须绕盘山路的捷径。埃尔南多来过这个隘口,它建在广阔的高原之上,每到春天就会有茂盛的牧草长出来。埃尔南多猜想一定会有摩里斯科人朝这个方向逃过来,这个地方用来躲避风头、等待族人团聚是再好不过的了。隘口的北坡朝向格拉纳达,雄伟的卡拉奥拉城堡就建在这北坡之上,而朝向阿尔普哈拉斯地区的山坡却没有任何城防。

眼前的另一座山是埃尔南多的参照物,这座山有两千四百巴拉高,山脚下是埃尔南多熟悉的山谷:以前用来给牲口治病的草药里有多种药材都是采于此地。每到夏末,这片谷地里就开满了迷人而危险的蓝色小花:乌头花。乌头花的全身,从花瓣到根部都带着毒,它的药效极其复杂。起义时布拉希姆问埃尔南多要得最多的植物也是乌头花,穆斯林自古就有把箭头浸在乌头花液里制作毒箭的传统:被这种箭射到的人除非及时用楤桲治疗,否则就会口吐白沫痉挛而死。不过今年夏天没人预计到会和天主教徒宣战,所以到了冬天,乌头花的储备显然满足不了战斗的需要。

埃尔南多还在回想着那斗篷状的亮蓝色小花,不一会,当下的形势就让他不得不回过神来。他继续向前走着,他靠在老伙计身侧以防踩空,不停地嗾着它催它前进,在白雪底下寻找着坚固的石路。埃尔南多的头发和眉毛上都结了霜,他不时回头看着暴风雪中行走的骡群。他让母亲和法蒂玛抓着骡子的尾巴,不要离开太远,否则骡子的脚印马上就会被雪重新覆盖。穆萨,埃尔南多最小的弟弟,正和阿以莎走在一起,而阿基尔自己一个人走。其余的骡子仿佛都知道要跟着老伙计一样,小心地在它后边排起了长队。可是,太阳开始落山了,在黑暗里,连老伙计都不敢继续前行。

他们得找个有庇护的地方。他们自帕特尔纳一路向东,特意避开了那些铁定有天主教徒存在的地区。他们本想找到那条从拜亚尔卡上山去往拉瓜隘口的路,但不

---

① 此处应为作者笔误,应为两千巴拉。

久就发现要在日落前找到那条路恐怕是来不及了。在暴雪中，埃尔南多感觉自己看见了一条岩石带，老伙计正朝那边走过去。

这甚至不能被称为一个山洞。不过，小伙子心想，至少他们可以躲在突出的巨石下面避避风雪。骡群陆续到来，身后带着其他那几个人，他们牢牢地抓着骡子，身体蜷缩着，嘴唇已经冻成青紫色，握着骡子尾巴的手不住地痉挛。法蒂玛只用一只手抓着牲口，另一只手紧抱着衣服中的襁褓。

埃尔南多把骡子们顶风排好，然后快速地扫视了一下这个地方：身边带着的火石和火镰肯定是派不上用场，在雪上根本点不起火来；附近也根本找不到什么干树枝或是枯叶。这里只有石头和雪啊！说不定被天主教徒抓到反而更好呢？埃尔南多眼看着暴风雪中伴随着他们的那轮微弱的亮光逐渐暗淡下去。

"孩子怎么样了？"埃尔南多问法蒂玛。法蒂玛没有回答，她用双手隔着衣服摩擦着孩子想给他一点温暖。"他还在动吗？"埃尔南多又问，"还……活着吗？"这个问题像根骨头哽在了他的喉咙口。

法蒂玛点了点头，她一直没有停下手上的动作，于是埃尔南多转头看向外面。外面狂风大作，黑夜就要降临在他们头上。埃尔南多叹了口气，其中也夹杂些畏惧。

为什么要逃出来呢？埃尔南多转过身去看着他的母亲：她正轮流抱着两个弟弟。阿基尔冷得浑身发抖，牙齿咯噔咯噔地响；而穆萨，才四岁的穆萨，呆滞地坐着，像冻僵了一样。为什么要逼他们遭这样的罪呢？他们只是女人和孩子！黑夜已经降临了。黑夜……

埃尔南多抓起一把雪扑在脸上，又撒了些在头发和脖子上，他用剩下的雪洗了洗手，然后跪在潮湿的白毯上大声祈祷。他几乎喊了起来，他乞求着仁慈的真主，他们正在为了他而战，为了他不惜牺牲自己的生命……祷告词没念完，埃尔南多倏地站了起来。骡子身上运着金子啊！那些战利品里还有好几十件用金线银线勾边的法衣呢！如果他们都死了，留着这些金银财宝又有什么用呢？一想到这儿，埃尔南多就在骡子背上翻了起来，不一会儿他就找到了好些件做工考究的外衣。他把衣服塞给了女人和孩子们，随即又把骡子身上的褡裢卸了下来，褡裢也能当被子盖啊，有些还是皮子做的呢……还有马鞍！除了一个用针茅编织的褡裢里装的金子，埃尔南多把其他战利品全都扒了出来，他把褡裢和鞍具都铺在了岩壁边的雪上，当作垫被。

"靠着石头睡，"他对同伴说，"别滚到雪上了，靠着石头忍一晚。"

埃尔南多也穿上衣服，不过只穿了最基本的几件，由于其他人都裹得行动不便，他就得保证自己能行动自如。"我得守着别让他们滚到雪上去，把衣服浸湿了就麻烦了！"埃尔南多心想。他把骡子赶到女人和孩子身边，把它们一头头绑在了一起让它们无法动弹，再从外边把它们往里推了推。他把最外边那头骡子的缰绳往石壁扔了过去，然后自己从骡群的腿间爬到了岩壁边。已经几乎没有空地让他站起来了，直到爬到法蒂玛和阿以莎中间他才能勉强直起膝盖。老伙计站在女人和孩子身边，毫无表情地看着他们。

"老伙计，"埃尔南多一边躺下一边说，"明天你还有活干。我跟你保证。"他抻了抻刚才从骡子背上扔过来的缰绳，把它握紧：哪头骡子都别想乱动。"真主至大！"① 寒风在衣服和骡群的抵御之下变得不那么可怕了，埃尔南多舒了口气。

这一夜，暴风雪愈加猛烈起来。不过，埃尔南多见自己的安排产生了令人满意的效果，也任凭瞌睡虫肆虐，睡了过去。他们几人被堵在岩石和骡子中间，严严实实，风雪和极寒都没有伤害到他们。

天亮了，是个晴天，周围万籁俱寂。阳光映在白雪上，亮得刺眼。

"妈？"埃尔南多先醒了过来。

阿以莎从她盖着的层层衣服里扒开个洞，从里面看着埃尔南多。埃尔南多转头去看法蒂玛，只见她也露出了面孔，朝他微笑着。

"孩子怎么样了？"埃尔南多关心地问。

"刚给他喂过奶。"

埃尔南多也微笑地回看着她。

"那我的……弟弟呢？"

他看到母亲的嘴角也上扬了起来，阿以莎听到儿子这么称呼他同母异父的兄弟，心里由衷的高兴。

"放心，他们很好。"阿以莎答道。

不过，骡子的处境可没有那么好，埃尔南多从骡群的肚子下面爬了出去，他发现站在最外边暴露在风雪中的那两头骡子都冻僵了，身上结满了霜。虽说这两头骡子不是他自己家的，而是布拉希姆从加地亚带来的那批里的，可是……他记起当时他还教训过其中的一头，用石头砸了它一下。他拍了拍那头骡子的背，成块的霜从它身上掉了下来，落在地上碎成了亮晶晶的冰沙。

"稍微等一会儿！等我把你们弄出去。"埃尔南多朝里边喊道。

里边的人可等了远远不止"一会儿"。埃尔南多松开缰绳，只是稍微推了下那

---

① 原文为阿拉伯语。

两头冻成冰雕的骡子，它们就从斜坡滑了下去，这股冲力造成了一场小雪崩，埃尔南多脚边好多石块都落到了山谷里。其他骡子却都麻木地站在原地，埃尔南多只得慢慢一头一头地赶，他耐心地等着它们先抬起一只蹄子……然后再抬起另一只。就这样过了许久，终于轮到最后一头。埃尔南多好好地给老伙计按摩了一下腰，然后轻轻推了它一把，好让女人们出来。前一晚他忘了要把干粮藏到安全的地方，这会儿它们连影都找不到了：它们被雪埋了起来，和他昨天拆褡裢时扔到地上的那些东西一起消失在了这片白色的沙漠里。

"看来今天除了小宝宝，我们其他人都没的吃了。"埃尔南多说道。

"要是妈妈没的吃，"阿以莎叹了口气，"那小宝宝也吃不上几口。"

埃尔南多用目光扫了一遍在场的人：大家都是一脸木然，动作迟缓的样子，稍一动腿脚就开始抽筋。埃尔南多望了望天。

"今天不会有暴风雪了。"他用肯定的口气说，"用半天的时间我们就可以到达隘口高原，那儿肯定有我们的人，到时候就有东西吃了。"

老伙计顺利找到了去拉瓜隘口的路。他们静静地走着，身上绣着金线的袍子在雪光的映照下熠熠生辉。出发前，埃尔南多虔诚地做了祈祷，昨夜寒风的呼啸依然回荡在耳边，在眼前久久挥之不去的是法蒂玛那双硕大的杏核眼。她不再摩擦婴儿的身体；她望向天空；她脸上写着恐惧，像是一个毫无还手之力的孩子面对着凶残的暴徒。感谢安拉，他要千万次地感谢安拉，是安拉将他们从死亡中拖了回来。他想起了哈迈德……是祷告救了他们呐！不知道乌拜德现在怎么样了呢，埃尔南多突然想，他当时好像看到还有些人逃出了镇子。埃尔南多赶紧摇了摇脑袋让自己不去想那家伙。祷告完毕，埃尔南多开始整理起骡子的鞍具，他差两个弟弟到雪里去找找还有什么值钱的东西被埋到了下面：昨天只有装着金银的那个褡裢没被他打开。这个任务对穆萨和阿基尔来说就像寻宝游戏，他们饶有兴致地在雪里挖着，把饥饿和困倦都抛在了脑后。在他们欢快的笑声中，法蒂玛和埃尔南多相对而视：无须说话，无须微笑，甚至无须任何表情，一股甜蜜的幸福感顺着脊柱涌了上来，让埃尔南多心头一颤。

随着越来越接近拉瓜隘口，他们开始陆续碰见了其他摩里斯科人。许多人都是仓皇逃出来的，他们低着头快速地走着，经过一身光鲜亮丽的埃尔南多、女人们和孩子们身边时甚至都没转头看他们一眼。也并非所有人都是如此：有些人是有备而来，带着储备粮上山的，还有些人干脆就在这劫道，后边这类人里有好些都主动朝埃尔南多他们走过来。

"这些战利品都是属于国王的。"埃尔南多对他们解释。

有些好事者想看看他说的是不是真的,就走上前来,不过一见埃尔南多从鞘中拔出了宝刀便惧了三分。还有些人听了埃尔南多的解释就跑了回去,赶紧把这消息通知给了国王。

所以,当埃尔南多一行抵达拉瓜隘口的时候,阿本·倭马亚和剩下的摩里斯科人部队已经在等着他们了,布拉希姆也在其中。他们已经在这里扎起了营,虽说看上去有点寒酸。在士兵们的背后,站着那些与他们一起逃出来的女人和孩子们。

"我就知道你能行的,老伙计,谢啦。"离高原还有百来巴拉的时候,埃尔南多对老伙计说。

尽管是仓促成行,阿本·倭马亚这会儿倒也一袭华服,披金戴银,他威风凛凛地站在手下们前面,一如既往地散发出一股帝王之气。没有人去迎接埃尔南多,他和他的同伴们继续走着,直到走到足够近的地方,站在营帐前的众人才相信刚才传来的消息是真的:小伙子带来了属于伊斯兰王国的战利品。这时,第一声欢呼响了起来。国王鼓起了掌,在场的人也都欢腾起来。

埃尔南多转头看了看阿以莎和法蒂玛。两人示意他走到前面去。

"这胜利是属于你的,儿子。"母亲祝贺他。

埃尔南多笑着走进了营帐,这笑容中夹带着一丝难以控制的怯意。人们在为他欢呼!那些之前叫他拿撒勒人的人,现在正在为他欢呼!如果哈迈德能看见这一幕……埃尔南多轻抚着挂在腰间的弯刀。

国王把一间用枝杈和布片搭成的茅屋分给了埃尔南多,只一眨眼的工夫,布拉希姆也搬了进去。国王还从那批战利品里拿出十个杜卡多①赏给了埃尔南多。每个杜卡多值八个里亚尔呢,继父用贪婪的眼神紧紧盯着那十个闪闪发光的钱币。此外赏给埃尔南多的还有一根缠头巾和一件狮子皮色的紧身长衫,长衫上绣着深紫色的花,还镶着红宝石,埃尔南多穿着那长衫每做一个动作,茅屋的墙上就晃着灿烂的红光。阿本·倭马亚在自己的帐篷里等着埃尔南多,等他来一起用晚饭,而埃尔南多此时正笨拙地套着衣服。法蒂玛正坐在一个皮制褡裢上看着他。他们已经完成了晚祷,晚祷报时的叫声传到了很远的地方,连隘口之外的天主教徒都能听得到。晚祷一结束,阿以莎就抱着胡马姆,带着两个儿子从这帐篷里走了出去,也没说要去哪儿,埃尔南多没有察觉到阿以莎与法蒂玛之间交换的眼神:阿以莎的眼神是在鼓

---

① 西班牙古币。

动，而法蒂玛则是在应允。

"这衣服我穿有点大了。"埃尔南多一边拉着袖子一边抱怨。

"不啊，很合身的。"女孩说了个善意的谎，她站起来帮埃尔南多把肩上的衣服整好。"别动！"她温柔地斥责着埃尔南多，"你穿上就像个王子。"

透过肩上层层叠叠的宝石，埃尔南多凝视着法蒂玛的手，脸上泛起潮红。他感觉到她身上的香，这时他可以……可以触碰她，可以搂着她的腰。可是他没有。法蒂玛垂下眼睛仔细检查了一下衣服是否整理妥当，然后回过身去小心翼翼地捧起缠头巾。头巾是用金线和肉红色的丝绸织成的，用羽翎点缀，羽毛鬘上用祖母绿和小珍珠拼出了几个文字。

"这写的是什么？"法蒂玛问。

"死是永恒的希望。"他念道。

法蒂玛踮起脚尖，把缠头巾戴在埃尔南多头上。埃尔南多感觉到法蒂玛的胸脯轻轻地压在了他的胸口，浑身一颤。当他发现法蒂玛的手慢慢下移，挂在了他的脖子上时，他差点幸福得昏了过去。

"我已经经历过一次死亡了。"法蒂玛在他耳边轻轻地说，"我更愿意在生命中找到我的希望。你已经救了我两次，"法蒂玛的鼻子摩擦着埃尔南多的耳朵，他慌得一动都不敢动，"这场战争……希望真主能准许我重新开始……"法蒂玛喃喃地说，她把头靠在了埃尔南多的胸口。

埃尔南多壮了壮胆，把两只手搭在了法蒂玛的腰上。法蒂玛吻了他，她轻柔地把嘴唇贴上他的脸，从他的脸颊缓缓地移到了唇边，两人的唇轻点了一次，又一次。埃尔南多闭上了眼睛，感受着口中法蒂玛的味道，他搭在她腰上的双手抽搐起来，法蒂玛香甜的舌头穿透了他的意识。法蒂玛吻着他，吻着他，吻着他，她的手爬上了埃尔南多的背脊：先是隔着绣着朵朵彩云的长衫，然后摸索到长衫下面，她的指甲划在他的脊骨上。

"去见国王吧，"法蒂玛突然推开埃尔南多，"我等你。"

"我等你。"听到这句话，埃尔南多睁开了眼睛。一睁开眼，埃尔南多的目光就撞上了法蒂玛那对大眼珠，它们正盯着自己，不带丝毫羞耻地盯着自己。爱欲淹没了草屋。埃尔南多垂下眼睛，那块金色的吊坠之下是女孩的乳房：几块圆圆的奶渍让衬衫下女孩挺立的乳头变得更加明显，那激凸的两点正紧贴着自己的身体。法蒂玛抓起埃尔南多的右手，把它放在自己的一边胸口。

"我等你。"女孩许下诺言。

13

阿本·倭马亚的营帐里不断有依然坚信起义终将得胜的摩里斯科人前来报到，但同时也陆续有人对起义描绘的美好前景失去了希望，他们离开了队伍，赶去响应蒙德哈尔侯爵的号召。侯爵依然在给投降的摩里斯科人机会，只要他们愿意归顺，侯爵就可以保护他们继续安全地生活在原来的家园。国王此时的大帐已经没有了乌希哈尔府邸的奢华，不过至少各类食物是一点也不缺。尚未习惯身上华服的埃尔南多被当作贵客招待，他把与钱袋一起系在腰间的弯刀取下，交给了一个侍女，然后被安排坐到了黑龙和帕塔尔之间。黑龙笑着迎接他。埃尔南多用目光在所有到场的人里寻找着继父的身影，未果。

"愿平安与保护我族宝贵财产的英雄同在！"阿本·倭马亚祝福埃尔南多。

帐篷里响起了众人小声的赞许，原本就坐在两个大个子之间的埃尔南多越加缩起了身子。

"吃好喝好，小伙子！"黑龙在埃尔南多背上猛拍了一下，"今晚可是专门为你接风的！"

直到国王下令音乐响起，那背上的一掌仍携余威。几个年轻女子端着盛满葡萄干的碗钵和装满柠檬水的罐子走上前来，她们把一种糊状的东西调进柠檬水里，然后把罐子放在围坐成一圈的宾客面前。客人们吃着、喝着、欣赏着大帐中间姑娘的轻歌曼舞：她们时而独舞，时而拉起哪个土匪头子的手一起跳起来。甚至虎背熊腰的黑龙都在一个姑娘的万般挑逗之下舞了起来。他还唱了歌！

"跳起来哟唱起来呀，"他高唱着，努力跟上女孩的步子，"悲伤眼泪在脑后哇，黑莓甜甜沁心脾唷……在那阿尔罕布拉！在那阿尔罕布拉！"

阿尔罕布拉！埃尔南多想起了内华达山脚下那座奇伟的宫殿，每到日落时，阿尔罕布拉宫把整个格拉纳达城都映成了红色，埃尔南多想象着自己与法蒂玛一起在赫内拉利费花园里跳着舞——他们说那些花园就像仙境！他的思绪飞去了法蒂玛身边，飞向那幼嫩的身体，正绕着女孩双乳间金色的吊坠飞翔……那吊坠和现在向他邀舞的姑娘佩戴的吊坠一模一样，姑娘拉起他的手，他只得站了起来，他听到掌声，听到了加油声，女孩带着他跳了起来，埃尔南多只觉得周围天旋地转，他的脚步飘了起来，他的舞蹈怎么都停不下来……停不下来。姑娘笑着贴上了他的身体，他感觉到胸前贴着两团柔软的肉，那肉感，就像刚才法蒂玛的一样……

他们跳舞的时候，侍女端来了更多的饮料。她把饮料罐放在地上，舀来一勺用芹菜和大麻拌成的糊倒进罐子里，用勺子把饮料搅拌均匀端了上去，然后又舀了一勺倒进另一个罐子。

黑龙和帕塔尔干了一杯。

"是大麻啊，"黑龙叹了口气，"看来今晚喝这饮料不是为了对付天主教徒了。"帕塔尔应了一声，把杯中的饮料喝干。"下次我们要到阿尔罕布拉去跳舞！"他又斟满了那饮料，高举起了杯子。

埃尔南多没有机会再坐下来。乌德琴和串铃一停，姑娘就拉起这位年轻的舞伴。她用眼神征求着阿本·倭马亚的意见，国王懂了她的意思，微笑默许。埃尔南多只觉得自己被姑娘拖着走到了大帐外面，被推进一个茅草屋，茅草屋里还有好几个侍女。一进到屋里，姑娘不容分说就把他剥光了，然后开始自顾自解起自己的灯笼裤和那从脚踝裹到膝盖的长袜。她正费力地脱着，只听有个姑娘说了句：

"看呐，他没割过包皮！"①

一听这话，姑娘们就都凑上去看，有两个姑娘还伸出手来，想去摸摸小伙子那家伙。那个正和自己的灯笼裤作战的姑娘见大事不妙，没顾得上自己裤子只褪到一半，连忙三步并两步跳了过去。

"滚滚滚！"姑娘喝道，她一手脱着裤子，用空闲的那只手驱赶着其他的姑娘，"这是我的，回头再轮到你们尝。"

埃尔南多醒来的时候觉得口干舌燥、头痛欲裂。这是哪儿？早晨的阳光已经照进了茅草房。他依稀记得昨晚，宴会……然后呢？他试着动了动身体。怎么动不了了？这是哪儿？他的头像要爆开了一样。这是什么？两根又粗又软又肥又重的手臂正圈在他身上，埃尔南多这才发现他的裸体正贴着一个……他一下子从树枝搭成的床铺中跳了起来。那女人毫无反应，她嘟哝了一句，继续睡她的大头觉。这女人是谁？埃尔南多注意到她那两瓣巨大的胸脯和那硕大的肚子，赘肉都摊到了毯子的外面。发生了什么？那胖女人的一条腿比自己的两条腿还粗。埃尔南多顿觉一股寒意和一阵胃痉挛同时向他袭来。他环视着这间茅屋：屋里只有他们两个人。他

---

① 穆斯林需受割礼。

站起来，用目光寻找自己的衣服。他从屋子的各个角落捡起衣服，把自己裹在里面。到底发生了什么？他自问道，他一边穿衣服一边喃喃自语。衣服摩擦到他的两腿之间，一阵钻心的疼，他低头去看自己的小家伙：软趴趴的。他发现自己的胸上、手臂上和腿上都是抓痕。那脸呢？他赶紧找来了一块破镜子：脸上也被抓得一条一条的，脖子和脸颊旁都是一块块的青紫色，那痕迹深得像是要把他的血吸干一样。埃尔南多试图重构当时的场景，至少宴会那段还是清楚的……他跳了舞……舞女。他回忆起舞女的面孔，他被舞女拖着跳起了舞……她跨到了他的身上，她骑着他，她抓着他的手把它们放到了自己的胸脯上，就像之前……后来那舞女紧咬着下嘴唇，欢叫着，然后好几个姑娘都扑了上来，还灌他喝那个……法蒂玛！她答应要等他的！埃尔南多找着那件新送给他的长衫。不在了。他又往腰带上摸了摸，腰带还是刚才不知不觉就系上的……钱袋不见了，挂饰也不见了……哈迈德的宝刀也不见了！

　　他把那女人摇醒。

　　"刀呢？"胖女人睡眼惺忪，埃尔南多又用力摇她，"我的钱呢？"

　　"跟我回去嘛。"那摩里斯科女人睁开了眼睛，"你真厉害……"

　　"我的衣服呢？"

　　女人好像醒了。

　　"还要衣服干吗，我来给你暖暖嘛。"女人轻声细语，她开始搔首弄姿。

　　埃尔南多不去看那坨肥胖的身躯，那上面浑身上下都没有一点毛。

　　"母狗！"埃尔南多咒骂道，他回过身又把茅屋里检查了一遍。这是他第一次骂一个女人。"母狗！"他又骂了一遍，他发现那些东西真的找不到了，他悲痛欲绝。

　　埃尔南多走到门帘前，这茅屋没有木门，门帘也权当是扇门了，他迈出一步，裤子摩擦着裆部让他疼得直咬牙，他强忍着痛，好像两腿分开走能稍微好受一点。

　　尽管天早就亮了，营帐里却还是异常安静。埃尔南多看见阿本·倭马亚的营帐门口值守的士兵，走了过去。

　　"舞女把我的东西偷了。"埃尔南多直截了当，都没赶上和守卫打招呼。

　　"我看你和她们也玩得挺高兴啊。"守卫戏谑道。

　　"她们把我所有的东西都偷了，"埃尔南多又说了一遍，"十个杜卡多、长衫、挂饰……"

　　"昨晚我们大半的兵都叛逃了。"那守门的土匪打断他，一脸倦怠。

　　埃尔南多转头看着大营。

　　"宝刀。"埃尔南多喃喃自语，"他们是去投降的，那要我的刀有什么用呢？"

"你的刀？"土匪问道。埃尔南多点点头。"你等着。"守卫钻进帐里，没过多久，他手里捧着哈迈德的刀走了出来。"昨晚进来的时候你把它解下来了，你忘了？"守卫把刀交到埃尔南多手上，"系着刀坐不舒服啊。"

埃尔南多小心翼翼地接过宝刀。至少刀没丢，可是……法蒂玛呢？

埃尔南多用指甲抠着守卫还给他的弯刀，目光扫视着营帐，昨夜大批士兵逃走后，军营里杳无人烟。他朝布拉希姆、阿以莎和法蒂玛所在的茅屋走去，快到的时候，法蒂玛走了出来，他慌忙躲到了另一座茅屋后面。法蒂玛怀里抱着胡马姆，她抬起头望着清澄却冰冷的天空，看了一会儿，她把目光移向了茅屋，一脸严肃。埃尔南多急忙拿枝条做掩护。他要怎么跟她说呢？说他把所有东西都丢了？说他被一群舞女强暴了，醒来的时候发现自己躺在一个浑身没毛的胖女人怀里？腆着一张满是吻痕的脸，挺着个抓伤遍布的身子，要怎么去见法蒂玛呢？或许他可以……可以跟她撒个谎，恩，可以跟她说，国王整晚都把他留在了帐里。这么说是没问题，可是万一她想像约好的那样委身于他呢？他要怎么把那软趴趴的都脱了皮的玩意儿展现在法蒂玛面前呢？他两腿之间那话儿都肿了起来，连他自己都不敢仔细去看，可不看归不看，还真是疼啊，一走就火辣辣的疼。这一切他要怎么解释呢？他望着法蒂玛，法蒂玛抱着孩子，像是要在孩子身上找到慰藉。埃尔南多看着法蒂玛在胸前轻摇着胡马姆，亲亲他的额头，温柔而孤独，又消失在茅屋里。

我负了她！一股强烈的负罪感和羞耻感令埃尔南多想都没想就开溜了。他毫无目的地跑着，但当他经过阿本·倭马亚的大帐前时，守卫却拦住了他。

"国王想见你。"

埃尔南多糊里糊涂地走进帐子，他还在大口喘着气。阿本·倭马亚站着迎接了他，国王已经穿戴整齐，雍容华贵的妆容让人一点都看不出来昨晚发生了什么。

"我们的军队……"埃尔南多一边喘一边指着外边的营帐，"士兵都……"阿本·倭马亚走到埃尔南多面前，饶有兴致地检查着埃尔南多脖子上的瘀青，"都……都逃走了啊！"小伙子忧心忡忡。

"我知道，"国王的语气一如既往的庄重，他看着这位来客的样子露出一丝狡黠的微笑，"这也没什么可指责的。"此时，帐篷里走进一个又高又壮的土匪，埃尔南多曾经见过这个人。土匪走进来，没有说话。"我们没有武器。我们在阿尔普哈拉斯全线溃败。攻陷帕特尔纳镇之后，蒙德哈尔侯爵又占领了好几个村庄，不过宽宏大量的侯爵给了摩里斯科人豁免权，所以我们的人都逃走了，既然有豁免权他们为什么不走呢？就是因为这事我才叫你来。"听了这话，埃尔南多惊讶地张大了嘴巴，而阿本·倭马亚给了他一个爽朗的微笑。"我们的弟兄们会回来的，伊本·哈迈德，这点毫无疑问。两个月之前，我登基的时候，我就派了我的弟弟阿布达拉去向阿尔及尔总督求援，我暂时还没收到他的消息，我只能给他去了封信……带了句话！"国王挥了挥手，"我的手下都逃走了，是啊，可是他们答应好的援军到现在还没到！你现在即刻带着金子前往阿德拉①，阿尔·哈顺陪你一起去。"阿本·倭马亚朝刚进来的那个土匪做了个手势，"他会负责把金子装上船带到柏柏尔海岸去，带给我们的弟兄、真主的信徒，而你就负责回来跟我汇报。路上很危险，可是你们必须得抵达海岸，然后弄到一艘快船。你们到了阿德拉，在当地摩里斯科人的帮助下，用你们身上的钱应该不难搞到横穿海峡所需的东西。都准备好了吗？"国王问那个土匪。

"骡子都备好了。"阿尔·哈顺回答。

"愿穆罕默德指引你们，愿穆罕默德与你们同在。"国王祝福二人。

埃尔南多跟着阿尔·哈顺朝外走。要启程去阿德拉，阿德拉可是在海岸线上，离这里几百里！法蒂玛会怎么想？她看上去很伤心……可这是国王的命令，嗯，即刻启程，国王是这么说的，看来连道别的时间都没有了。母亲呢？两人绕着大帐走到后面，布拉希姆正等着他们，他手中牵着一头骡子。继父从上到下打量着埃尔南多，看到那些吻痕，他眯起了眼睛。

"国王送你的礼物呢？"继父大声问道。

埃尔南多吞吞吐吐，像以前每次站在继父面前时一样。

"这次不用带在身上。"埃尔南多佯装检查骡子的鞍具，"我要去跟妈妈告别。"

"我们现在就得走。"阿尔·哈顺急忙说道。

布拉希姆皮笑肉不笑。

"你可是有任务在身。"布拉希姆故作正经，"现在可不是儿女情长的时候。我会跟她说的。"

尽管不乐意，埃尔南多还是点了点头。两人骑上了坐骑，布拉希姆目送他们远行，这还是他第一次为国王如此信任他的继子而高兴，脚夫回想起法蒂玛那诱人的身体所给予他的无穷快感，心里乐开了花。

---

① 西班牙南部小镇。

14

普天之下，莫非王土？

一般情况下，从他们所在的地方到达海岸线只需三到四天的行程，可这次埃尔南多和他的同伴得在崎岖的小径、偏僻的野地里游走，他们得隐藏自己的行踪，以免撞上那些到处烧杀抢掠的天主教徒。一支支天主教小分队把摩里斯科人的财产洗劫一空，他们奸淫妇女，把她们都绑为了奴隶。这些小分队多为二十来人，没有带头的，连面旗都没有，成员大都是那些贪婪的暴徒，借着为至高上帝作战的名义对摩里斯科人无恶不作，只为了能从这场战争里分得一杯羹。

行程的缓慢倒帮了埃尔南多，他终于找到了些药草好缓和一下两腿之间的疼痛。

他们继续前行到达了图隆，他们把骡子拴在一个畜圈里，那地方刚被天主教徒抢过，他们伏下身子躲在茂密的草丛里，只见一个脱队的天主教士兵正扯着一个女孩的头发拖着她向他们所在的方向走过来，女孩尖叫着，胡乱踢打着，她看上去还不足十岁。埃尔南多和阿尔·哈顺都把手放到了佩刀上。就在草丛的另一边，两人眼前几米远的地方，士兵一个耳刮子把女孩抽倒在地上，然后开始解自己的裤带，他一边解裤带一边笑了起来，露出了黑漆漆的牙。埃尔南多抽出了刀子，只等着那家伙扑上去的时候好一刀砍断他的后颈，但此时他却发现阿尔·哈顺按住了他的手。他转过头去，只见同伴摇了摇头，大个子的脸上早已布满泪痕。埃尔南多屈从了，他把刀慢慢地收了回去，眼看着银闪闪的刃一点一点地消失在刀鞘里。他们还不能跑，失去隐蔽的他们很容易就会被发现，埃尔南多见身旁这个又黑又壮的大男子汉此时只能低着头在那儿无声地抽泣。而他不能。他无法闭上双眼。他紧紧地握着哈迈德送给他的宝刀。女孩的哭声渐渐轻了下来，变成了近乎无声的抽噎，埃尔南多只觉得他的指甲都深深抠进了刀鞘里。

女孩的抽噎幻化成了法蒂玛的哭泣，那哭声自从埃尔南多离开阿本·倭马亚的营帐起就一直跟随着他。懦夫！他一遍又一遍地自责。法蒂玛当时说她一无所有的时候他还回答说自己可以做她的依靠呢。当然，法蒂玛和妈妈也都该知道是国王派他执行任务去了，布拉希姆应该跟她们说了，可是即使这样……而且万一天主教徒们也攻到了那山顶上，现在正强暴着法蒂玛呢？

埃尔南多放开了握着宝刀的手，阿尔·哈顺的脸正藏在袖子后面，他用袖口擦拭着眼泪，朝埃尔南多做了个手势，示意他们该继续赶路了。埃尔南多只觉得右手的五指剧痛无比。

阿尔·哈顺仿佛曾经来过阿德拉。面对着一直延伸到海岸的荒漠，他们停了下来，他们得在这里等待黑夜的降临。这个大个子土匪是个沉默寡言的人，一路上埃尔南多证实了这一点，不过他看上去倒并非面目可憎、难以接近，甚至从他的眼睛里还可以隐约读到善良与仁慈，一个山中土匪竟会有这样的性格，这也让埃尔南多啧啧称奇。这一晚，两人坐在一座小山顶上，望着海水随着太阳的逐渐隐去而变换着颜色。他们说起了心里话，比之前那么多天说的话还多。

"阿德拉现在在天主教徒手里。"土匪努力压低声音，可他生来粗犷的声线却违背了他的初衷，"这里就是起义之初背叛达乌德和我们山城区的弟兄的地方，达乌德他们本想去柏柏尔找援军，和我们现在要做的一样，他们当时也弄来了一条船，可谁知道当时卖船给他们的那个阿德拉人……愿真主把他打入地狱！那该死的阿德拉人在船身上挖了好几个洞，又用蜡把洞堵上，船刚出海的那会儿还没事，稍微开出去几百米就开始进水了，等达乌德和他的手下赶紧把船开回去的时候，发现天主教徒已经在岸上等他们了。"

"那……你认识什么靠得住的人吗？"埃尔南多担心起来。

"我觉得那人应该靠谱吧。"海水变成了深蓝，然后是深灰。"哎，我看你现在走路好像利索多了，"阿尔·哈顺突然插了一句，"看来你糊在你那话儿上的那个药膏还真好使。"

即使天越来越暗，埃尔南多还是羞愧地埋下头，可那土匪还在围绕着这个话题高谈阔论，借着埃尔南多私处的灼痛展开去，一直讲到了他的老婆和孩子。当时他把老婆孩子都留在了胡维莱斯，可是，就像其他人一样，他也不知道屠杀当晚他们是在教堂里还是教堂外。

"要么就是死了，要么就是做了奴隶，"阿尔·哈顺嘟囔着，这会儿他的声音确实小了下来，"哪个更不幸呢？"

两人聊着天，不知不觉天就黑了，埃尔南多对他说起了法蒂玛和母亲的事。

他们躲到了一对老夫妻的家里，阿德拉起义的时候这对老人没能逃到山里去，他们的家在郊外，院子里有个菜园子，还种着几棵果树。老头叫查希尔，他让两人把骡子赶到屋子里。

"我们没养过牲口,"老人说,"如果我们的地里突然出现一头骡子,人家会怀疑的。"

查希尔的老婆平日里把屋子打扫得一尘不染,不过此时她也同意她丈夫的话。这对老夫妻把骡子拴在了原来他们儿子住的房间里,他们骄傲地告诉埃尔南多和阿尔·哈顺,他们的儿子也正在为唯一的真主而战斗。

两人在这对老夫妻家里躲了好几天,这期间没踏出过屋门一步,他们正秘密地联系船只。埃尔南多和阿尔·哈顺确定他们可以完全信任这对老人,可是,老人的朋友们是否又都值得信任呢?

"放心,"查希尔见两人犹疑不定,便向他们保证,"他们都是实实在在的穆斯林!他们平时都和我一起祷告,无论是在城里还是在海滩上。他们虽然没有拿起武器,但他们也在用自己的方式与我的孩子们并肩作战。他们都明白把这些金子运到柏柏尔去对我们来说有多重要。从阿尔普哈拉斯传来的消息没有一条不让我们绝望,我们急需柏柏尔和土耳其的援助!"

传来的消息!每天晚上他们吃着邻居们拿来的丁点食物时,唯一的盼头就是听查希尔给他们带来战争的新消息。

"那些镇子一个个的都投降了,"一天夜里,老头跟他们说,"传说伊本·倭马亚也逃到了山里,没有武器,也没有吃的,只有不到一百个人到这时候了还铁了心地跟随他。"

法蒂玛和阿以莎将要流落到内华达山脉的山谷沟壑之中,没有一个士兵保护,埃尔南多单是想到这点就浑身发抖。看着埃尔南多痛苦的表情,土匪也抿起了嘴唇。

"为什么要投降啊?"阿尔·哈顺问道。

查希尔摇了摇头表示无奈。

"因为害怕啊。"老人总结道,"伊本·倭马亚手下已经没有人了,同时,阿尔普哈拉斯地区只要奋起抵抗的镇子都遭到了屠杀。我们在奥阿内兹的弟兄刚跟维雷兹侯爵打了一仗,我们死了一千多人啊,还有两千多个女人和孩子都被天主教徒抓走了。"

"可是蒙德哈尔侯爵给了摩里斯科人豁免权啊。"埃尔南多喃喃自语,他正想着如果法蒂玛被天主教徒抓去当俘虏会发生什么事。

"是啊,两个侯爵的处事风格完全不一样。蒙德哈尔侯爵一直相信'普天之下,莫非王土',所有人都是上帝的臣民,他特意写了封信给维雷兹侯爵叫他们停止进攻，让他们赦免那些投降的摩里斯科人。"

"后来呢？"阿尔·哈顺问道。

"维雷兹侯爵曾经发誓要把我们所有穆斯林要么杀光，要么变成他的奴仆。那封信看来是在奥阿内兹的战斗发生后才寄到维雷兹侯爵手里的，其实当时维雷兹侯爵到了村子里，一看见那教堂的楼梯上二十个刚被斩下的女天主教徒的人头排成一排，立马就火了。有人说，当时他复仇的喊声响彻了整个内华达山脉，连最高的山峰顶上都能听见。"

坐在地上的三个男人都不再说话，查希尔的老婆站在稍远处，也沉默了。

"你必须得把这些金子运到柏柏尔去！"过了许久，埃尔南多的一声高呼打破了冰冷的气氛。

埃尔南多获知阿本·倭马亚此时正在麦西那庞巴隆，这位国王偷偷地下了山，潜进了他之前的封地瓦洛尔。国王到这儿主要是来找乐子的，不过这一晚，他要去参加一个穆斯林的婚礼。麦西那是众多向侯爵投降的其中一个镇子，由于当时摩里斯科人的大杀特杀驱散了大部分的天主教徒，所以现在的镇子倒享受着难得的清净。阿本·倭马亚是个在最艰难的环境下也坚持无乐不欢的人，这样的盛典他自然不会错过。

埃尔南多牵着骡子，独自一人，警戒着周围每一丝响动，他正走在去麦西那的路上，他得去完成任务，把运输的情况告知给国王。埃尔南多目送载着战利品的船驶向幽暗的海面，消失在夜色里。确认过小船的船身确实没有用蜡堵住的窟窿，小船的后边也没有任何天主教徒的船只追赶，埃尔南多跪在沙滩上，与老头以及两三个渔民一起祈求阿尔·哈顺一路顺利，此行一定能成功将金子带给摩里斯科弟兄。埃尔南多随即从阿德拉折返，他不顾查希尔的极力挽留，星夜兼程赶回家去：他一心只想着尽快见到法蒂玛和母亲。

埃尔南多一路躲藏，他啃着查希尔的老婆塞给他的无酵饼和腌肉，想着法蒂玛，想着母亲，想着将会从格拉纳达海岸线的那一头不远千里前来救援的摩里斯科弟兄。

而埃尔南多没有想到，阿本·倭马亚没有想到，就连阿尔·哈顺在连夜横渡海峡时都没有想到的是，不论是阿尔及尔总督乌尔齐·阿里还是高门①苏丹，都各自打着自己的算盘。确实，当摩里斯科人起义的第一波消息抵达阿尔及尔时，总督

---

① 当时土耳其帝国政权。

曾发出号令，召集所有族人前往救援安达卢斯，可当总督发现响应号召的人是如此之多、装备又是如此精良时，便决定，这拨精兵与其用来援助他人，不如化为己用。于是总督将这批士兵派往了突尼斯战场，去征服那片落入哈迈德穆雷①之手的土地。而作为对安达卢斯的补偿，他发布了一条告示，允许本国任何性质的军事力量自愿前往安达卢斯作战，此外，本国的罪犯凡愿意支援安达卢斯的均可以获得大赦。总督甚至还特辟了一个清真寺，专门用于募集民众捐赠给安达卢斯的武器——募集来的各类武器堆满了寺庙——但到最后总督又改变了心意，决定将这批武器卖给安达卢斯而非送给他们。而另一边的伊斯坦布尔，土耳其苏丹也做了类似的事情：既然西班牙境内摩里斯科人的起义等于给西班牙国王设置了又一道屏障，那他就可以腾出手去进攻塞浦路斯了，他即刻投入了军备，倒没忘记事先跟阿尔及尔总督打个招呼，命他至少做个样子，显示一下诚意，派上两百个土耳其近卫兵去增援安达卢斯。

随着埃尔南多离麦西那越来越近，他听到了逐渐响起的乌德琴和六孔竖笛声。和其他大多数顺山势而建的城镇一样，麦西那的房屋也是层层叠叠，簇拥在山顶上。也有几座大房子，阿本·阿布的宅邸就是其中之一，阿本·阿布是阿本·倭马亚的表亲，阿本·倭马亚常来这里避难。此时已是深夜，埃尔南多把骡子拴在树上进了城，欢闹声很快帮助他找到了路。马上就可以回到山里的大营了，马上就可以见到法蒂玛了，埃尔南多无法控制自己不去这样想。可是他要对她说些什么呢？他要怎么道歉呢？

埃尔南多走着走着，恰巧碰见了抬新娘的仪式，新娘身上文着女贞花，穿着传统衬衫，坐在两个亲戚用手臂搭成的"轿子"上，她闭着眼，按照习俗，努力不让任何一只脚碰到地面。埃尔南多也加入了喜庆的队伍。妇女们欢闹着，齐声唱起婚礼特有的喝彩声。根据穆斯林的律法，所有婚礼必须公开进行，这样，在按规定对订婚人进行规劝之后，麦西那的任何人就都不能否认他们的婚姻关系。此时新娘已经被抬到新郎家门口，新郎的家是个两层的小楼，门很窄，所在的小街上已经挤满了人。有人把一把锤子和一根钉子递给了新娘，新娘按惯例把钉子钉在了门上。随后，在欢呼声中，新娘用右脚跨进了她的新家。

从这一刻起，新娘将由所有女宾相伴。只有女宾才能进到这个家里，把新娘带入位于二楼的洞房。在洞房，新娘得用一块白布把自己盖住，闭上眼睛，静静躺

---

① 摩洛哥苏丹的称号。

着，此时女宾们会给她送上礼物。这些女宾已经预感到了起义的失败，预感到神父和教士将会再次来到，并逼迫着她们去遵守那耻辱的法令，让她们不得再穿上民族服装，不得再遵行穆斯林的风俗，但尽管如此，今天她们还是谨守着规矩，她们遮着面孔来到这里，而等她们走进没有男宾的婚房里又把面纱揭了开来。

要想穿过哄闹的人群走到新郎家门口实在太难了，看热闹的人是如此之多，个个都想与新郎一同挤进门去，门框都快被挤坏了。

"我有事禀报国王。"埃尔南多在一个老头的身后说道，老头在他身前挡住了他的去路。

老人转过头，看见了一双疲累的眼睛，他又将目光下移，看到了小伙子腰间悬挂着的宝刀。麦西那镇里没有人会带着武器走在街上。

"这里没有什么国王。"老人一边叱责埃尔南多，一边给他让出一条路。老头甚至拍了拍前头的人，令他们也让到边上。"记住了，"埃尔南多经过老人身边的时候，老人重复道，"这里没有什么国王。"

有人有要事禀报国王的消息仿佛一路向前传过了整队人群，埃尔南多顺利地走进了新郎略显逼仄的家。欢腾的人群簇拥在新郎周围，埃尔南多在人群里一阵好找。他没有发现国王的踪迹，倒是先看见了布拉希姆，布拉希姆正吃着甜食，和几个埃尔南多也曾在营帐里见过的土匪一起谈笑风生。二人目光交接的那一刻，埃尔南多心想继父看上去心情不错。埃尔南多转开眼睛，恰巧发现了不远处的阿本·倭马亚，阿本·倭马亚也一眼就认出了他。国王今天穿得很简朴，就跟麦西那其他的摩里斯科人老百姓没什么区别。埃尔南多朝国王走了过去。

"安好，伊本·哈迈德。"国王跟埃尔南多打了个招呼，"你带来了什么新闻？"

埃尔南多把此行中发生的事情说给了国王听。

"我很高兴，"听埃尔南多说到阿尔·哈顺在真主的保佑下应该已经顺利地在柏柏尔海岸登陆，阿本·倭马亚抬起手打断了埃尔南多的话，"尽管你年纪轻轻，但你已经表现出一名忠诚的仆人所拥有的品格。我由衷地感谢你，我一定会找机会补偿你的，不过现在我们还是先来享受这个欢庆的时刻吧。来，你跟我来。"

男人们已经纷纷登上顶楼，女人们正掩着面孔等着他们。来访的客人大都带来了礼物：各类食物、勃兰卡币、厨房用具、布匹……两位妇女分列在床头两边，负责为新人收下这些礼物。埃尔南多两手空空。新娘脸上罩着白布，静静躺着，只有新人双方的至亲才能见到新娘的模样。当然，国王也被赋予了这个特权，他特意赏了新娘一个金币，两位妇女在阿本·倭马亚面前将白布掀开。

"各位请用吧！"国王盛赞着丰盛的食物，让大家尽情享用。

新人狭小的婚房丝毫没有影响到欢乐的人群，他们走到大街上，走进家家户户。新人终于收完礼物，接着他们就要按照传统习俗的规定，闭门八天，连食物都只能由家人送进去。阿本·倭马亚和埃尔南多于是去了阿本·阿布的宅邸，在那里，伴着乌德琴和铜鼓的乐声，美味的羊肉已经端上了桌。这是座精致华美的豪宅，各式家具和挂毯应有尽有，一进门，迎接他们的就是扑鼻的香气和整齐排列的仆人。与国王和埃尔南多一起来到的还有一队亲信，布拉希姆就在其中。

在女宾们进到另一个单独的房间之前，埃尔南多用目光搜寻着他的母亲，他不知道她是否和继父一起下到了镇里，他迫切地想要见到她。可那些妇女都包着头，体型又和阿以莎相仿，埃尔南多只得作罢。布拉希姆正站在花园一角的一棵桑树下继续和土匪们谈笑着：他的脸被阳光晒得黝黑，但不失潇洒，仿佛这些天来重获了青春。埃尔南多从未见过他继父那么高兴，他决定走上前去加入他们的谈话。

"安好。"埃尔南多打了个招呼。所有人都转头对他致意，倒让他吞吞吐吐起来："那个……布拉希姆，我娘在哪儿？"他最终鼓起勇气问道。

继父望着他，仿佛没有想到他会出现在这里似的。

"在山里，"布拉希姆一边回答一边又转回身去继续之前的聊天，"在照顾你弟弟呢，还有法蒂玛的小孩。"继父似乎只是随口一提。

埃尔南多一惊：为什么轮到母亲去照顾法蒂玛的孩子，莫非法蒂玛发生了什么事？

"法蒂玛的小孩？为什么？"埃尔南多问道，声音轻得几乎听不见。

布拉希姆懒得接话，不过他的一个同伴好心替他做了回答。

"他马上就要变成你的新弟弟啦。"他大笑起来，没忘了在布拉希姆背上狠狠拍上一掌。

"怎……怎么回事？"埃尔南多艰难地把这个问题问出了口。骤然间，他双膝的战栗好像传染到他的声带。

布拉希姆把头转了过来。埃尔南多只觉得继父的眼中尽是扬扬自得的神色。

"你继父，"另一个土匪答道，"已经向国王请求将法蒂玛许配给他啦。"从土匪嘴中蹦出的这几个词像是超出了埃尔南多的理解范围，他一脸难以置信的表情。那摩里斯科人见状，只得又跟他解释了一遍："现在知道那姑娘的老公已经死在菲利克斯啦，她这样无亲无故的多可怜呀，所以你爸就去跟国王说了。哎，高兴点嘛小伙子！你就要有个新妈妈啦！"

埃尔南多只觉得胃里的酸水都反了上来，撑得他的嘴鼓了起来。突如其来的一阵胃痉挛打了他一个措手不及。他朝花园的另一边疯跑了过去，撞到了好几个站在那儿等着羊肉烤好的人们,那羊肉还在签子上转着呢。埃尔南多想吐却吐不出来,痉挛一阵接着一阵刺扎着他的胃。法蒂玛!他的法蒂玛,现在竟要嫁给布拉希姆?

"你怎么了,伊本·哈迈德?"

是国王,国王走了过来,关心地问道。埃尔南多用手擦了擦嘴角泛出的酸水,深深吸了口气。为什么不把这事跟国王说呢?

"陛下,您曾经说过您很感激我……"

"我确实这样说过。"

"我想请您帮我个忙。"埃尔南多的话中带着些内疚。

阿本·倭马亚甚至没等埃尔南多讲完整个故事就微笑了起来。原来是这么小的事,何足挂齿?国王生来就是个爱揽事的人,他抓起小伙子的胳膊,毫不犹豫地朝布拉希姆他们走了过去。

"布拉希姆!"国王喊道。脚夫应声回过头来,见继子站在国王旁边,脸色霎时变了。"我决定不把那姑娘许配给你啦。有一个为我们民族做出巨大贡献的人请我将那姑娘许给他:这个人就是你的儿子,我要把那姑娘许配给你的儿子。"

脚夫把拳头攥得紧紧的,或许这样才能压制住他的怒火,他浑身的肌肉都在战抖。这是国王啊!旁边的摩里斯科人也都哑口无言了,他们把目光聚焦在埃尔南多身上。

"现在,"阿本·倭马亚继续说道,"让我们好好享受我堂弟伊本·阿布的盛情款待吧。都吃起来,喝起来!"

埃尔南多惶然站在阿本·倭马亚身后,国王正站在几步远的地方和一个土匪头子说话。埃尔南多听不见他们在说什么:他急促的呼吸声盖过了一切声音。尽管如此,他还是用余光往布拉希姆所在的方向瞄了一眼:火冒三丈的继父已经愤愤地走出了阿本·阿布家的大门。

埃尔南多还没有见到法蒂玛,整场宴会,女人们都聚在宅子里没出来。埃尔南多拒绝喝下除了清水以外的其他任何饮料,每喝一杯都要仔细检查一下里面是否掺了大麻,他的脑子在不停地转着。宾客们开始离席,随着现场的人越来越少,小伙子意识到,去跟法蒂玛把一切解释清楚的时候到了。阿本·倭马亚已经答应了他的请求……而且国王把法蒂玛许配给了他!这就意味着他得和她结婚了?可是他原本想的只是……只是不要让她嫁给布拉希姆啊!宴会上许多人都看着他窃窃私语,甚至还有人对他指指点点。所有在场的人都知道了啊!他该怎么跟法蒂玛解释呢?还有布拉希姆那边怎么办?他抢了继父的女人,继父会如何反应呢?虽然自己有国王撑腰,可是……

这会儿，阿本·阿布的家里只剩下了十二三个人，包括阿本·倭马亚、扎盖尔，还有麦西那的官吏达来，此时一个摩里斯科士兵跑了进来。

"我们被天主教徒包围了！"士兵禀告，"有一队人朝瓦洛尔去了，还有一队正朝麦西那攻过来。"阿本·倭马亚催他快说。"他们已经攻过来了，我都听见他们兵长喊的口令了。"

阿本·倭马亚已经无须下达命令了，所有没法从侯爵那里获得赦免的麦西那人都迅速翻墙向山里逃去，消失在黑夜里。

埃尔南多瞬间发现花园里只剩下了自己，还有阿本·阿布。

"快跑啊！"阿本·阿布指着围墙叫埃尔南多快逃。

"法蒂玛！"埃尔南多喊道。

女孩停下了脚步，埃尔南多看见她的大眼睛里映出火炬的光。就在那一刻，几个天主教徒冲进了花园，与女人们撞在了一起。那混乱只持续了几秒钟，但就在天主教徒把那些女人推开的宝贵的几秒钟里，埃尔南多奔到了法蒂玛身边，抓着她的手就把她重新推进了屋里。只听花园里传来天主教士兵的吼声。

"费尔南多·德·瓦洛尔在哪里，就是那个号称格拉纳达国王的？"

这是他们听清的最后一句话，埃尔南多带着法蒂玛从一扇沿街的后窗跳了出去。

这些人不是真正的士兵。蒙德哈尔侯爵的军队在对瓜哈拉斯进行了一次远征后，各自抱着自己夺来的战利品，一哄而散。这一晚包围麦西那、围剿阿本·倭马亚的人，大部分都是被捞一票就走的思想占据了脑子的投机者，而至今参与战争的天主教徒确确实实地都捞到了好处。今晚这些人可没有什么打仗的经验，也没有什么高尚的目标，他们的目标只有金银财宝，越多越好。

瓦洛尔被洗劫了。为表善意，镇上的老人纷纷出门迎接了那些天主教徒，还为他们送上食物，可天主教徒们没有领情，他们砍掉了这些老人的头，肆意闯进了镇子。目无法纪的投机者们杀死了男人，劫掠了财产，把女人和孩子都抓了起来，准备把他们当作奴隶卖掉。

而在阿本·阿布的花园里，搜查阿本·倭马亚无果的几个士兵聚在那里。

"费尔南多·德·瓦洛尔在哪里？"一个兵用枪托砸着阿本·阿布的脸。

砸归砸，这个摩里斯科人还是坚决不说。

"你会说的，该死的异教徒，我还怕你不说么！"一个满口黑牙的大胡子军士嘟囔着，"剥了他的衣服，把他给我反绑起来！"他命令其他几个士兵。

士兵们照做了，裸体的阿本·阿布双手被绑在了身后，被他们用枪管推到了花园一棵桑树的前面。军士找来一条绳子，倒不很粗，他把绳子扔过树枝，让绳子的另一头落在这个摩里斯科人面前。然后他走上前去，抓起绳子，示意手下把它绑在阿本·阿布的脖子上。

"呸！"阿本·阿布朝军士的脸上唾了口唾沫。军士把玩着落在摩里斯科人脖子旁的绳子，仿佛毫不在意。

"敬酒不吃吃罚酒。"军士说了一句。

大胡子军士拖着绳子蹲了下来，他单膝跪地，把绳子的一头系到了阿本·阿布的阴囊上，在睾丸的上头打了个结。军士把绳结紧了紧，那个摩里斯科人发出了一声痛苦的号叫。

"一会儿你肯定会想，还是系到你那根肮脏的脖子上更好受些吧。"军士一边自言自语，一边抓起绳子的另一头。

军士拉着绳子走向远处。随着绳子越拉越紧，阿本·阿布逐渐踮起了脚尖：绳子正一点点地把他往上提，下身传来一阵阵钻心的痛。阿本·阿布已经尽力把脚踮到了最高，军士感觉他只要再拉一点这个摩里斯科人就要摔倒了，就把绳子交给了手下的一个兵，让他把绳子紧紧地绑在旁边的那棵桑树上。

"你还不说？好，你会说的，穆罕默德的走狗，你不仅会说，你还会好好说，你会背叛你的教派，背弃你的穆罕默德，"军士朝阿本·阿布唾了一口，"我要叫你辱骂你的安拉，你这条狗，渣滓，要多二就有多二的废物……"

阿本·阿布集中全身的力气，飞起右腿往军士的蛋上踢了一脚，军士猝不及防吃了一记，疼痛难忍地捂着命根子，但阿本·阿布也因为这一脚失去了平衡，往前倒了下来。

绳子撕裂了摩里斯科人的阴囊，两个睾丸弹飞了出来，鲜血溅在了站在桑树下的每一个人身上。阿本·阿布扑在地上，缩紧了身子。

"你就躺在这儿慢慢等着血流光吧，像条狗一样，你他妈就是条狗。"军士从牙缝中挤出一句话，手还捂着他那话儿。

"即使我死了，安拉保佑伊本·倭马亚还平安地活着。"阿本·阿布艰难地祈祷着。

离开宴会会场以后，布拉希姆在麦西那镇子里瞎转着，他得弄点大麻爽一爽，再从庆祝婚礼的人群里好好弄个女人搞一下，好把国王刚才加给自己的耻辱忘在脑后。他还真成功弄到了这两样东西。不过，不一会儿天主教徒就攻了过来，见到那片混乱的场面，布拉希姆立即做了个决定：这不正是趁乱报复埃尔南多的天赐良机么？他往阿本·阿布的家回奔，一路隐蔽在火炬的光照不到的地方。

他跑到的时候正值天主教士兵们抬着抢来的金银财宝从阿本·阿布家里走出来。布拉希姆遁了进去，只见国王的堂弟躺在花园里，还在不停地流血。

"让我死吧。"阿本·阿布哀求他。

布拉希姆没有答应，他把阿本·阿布搬进家里，放到床上，跑出去寻找援助。

15

敌人已被激得怒火中烧，我们一旦落入他们的手中就意味着要接受残酷的折磨。我们加紧步伐，我们果敢冲锋，我们死战到底，只为了捍卫我们的妻子和儿女，捍卫我们自己的生命，捍卫那份我们必须捍卫的荣耀。

——路易斯·德·马尔默尔
《格拉纳达王国摩里斯科人之叛乱及惩罚》

埃尔南多和法蒂玛连夜从麦西那逃了出来，他们穿过田野，跑到山上，一路被绊倒了好几次，直到天主教士兵的吵嚷声已经几乎听不见时才停下来喘口气。埃尔南多刚直起身想跟法蒂玛说话，法蒂玛就阻止了他。

"死是永恒的希望。"女孩说道，"你还记得吗？"

被梯田和树木环绕的峭壁上，月光仿佛只愿照亮两人的脸。

"我……"埃尔南多试图解释。

"你继父已经向国王请求把我许配给他了。"女孩打断他，"而且……"

"国王已经收回他的决定了。"

埃尔南多想叫月亮映在法蒂玛的脸上，他想看见女孩洁白的牙齿，想看见她那黑色的眼睛在琥珀色的月光下闪出熠熠的光。可是此刻，他遇见的却是一张毫无表情的面孔，还有那令人不安的沉默。

"国王把你许配给我了。"埃尔南多说道。

时间过了几秒。两人都站着没有说话。

"那么说我就是你的了。"法蒂玛的话中不带任何感情，她的语句切割着两人之间冰冷的空气。"你已经救了我好几次……今天又加了一次。你可以像先知穆罕默德说的那样享受我的身体，可是……"

"别说了！"

"你可以占有我的人，但你永远无法赢得我的心。"

"不！"

埃尔南多半转过身跑到了边上。他不想听。可他要怎么解释那天晚上他所做的事呢？没法解释，他下了结论。

"你尽量踩在我踩过的地方吧，"埃尔南多努力把声音放出来，他把写满沮丧的脸埋藏起来，两人重新上路，"不然会摔下去的。"

埃尔南多去阿德拉执行任务的那个月里，布拉希姆在瓦洛尔和麦西那的山上找了个山洞把全家安顿了下来。阿本·倭马亚和依然留在他身边的那些亲信也各自在山上找到了临时的归宿。

而现在，是法蒂玛带着埃尔南多踏过了那被二月的白雪覆盖的重峦叠嶂，最终到达了那个山洞的所在。骡群沐浴着月光，在洞口留下一个剪影。埃尔南多走向了骡子们，而法蒂玛停在一个岩洞前轻声细语，没敢踏进去。

"布拉希姆？"洞口出现了一个人影，口中问道。是阿以莎。

"不，是我，法蒂玛，还有伊本·哈迈德。他……那布拉希姆呢？他回来了吗？"

"没有，还没回来。"

法蒂玛赶忙走进洞去。

"等等，我……"埃尔南多想叫住她。

女孩甚至没有放慢脚步。

阿以莎一动不动地站在儿子前面。

"对不起，妈。"埃尔南多小声道歉，"我当时也是没办法，一定得走，我得完成国王交给我的任务。布拉希姆没跟你说？"

母亲用力地抱了他一下，仿佛带着点不情愿，她擦干眼泪，摇了摇头，转身跟着法蒂玛走进了阴暗的山洞里。埃尔南多孤独地站在洞口，手臂垂在身体两旁。他转头看了看骡子们，走了过去，他在黑暗中寻找着老伙计。老伙计全盘接受了小伙子的亲昵，它打着响鼻，听话地晃着脖子。而那份亲昵本来是要给母亲的。

布拉希姆回到山洞已经是半个月后的事了，他留在了阿本·阿布身边，陪着他直到他康复。那半个月里，埃尔南多没有踏进山洞一步，他睡在露天，无论是阿以莎还是法蒂玛都不愿和他说话，只有每天早上母亲给他拿来早饭时才会偶尔叫他一声。母亲还会同时送来骡子的早饭。

"你当时一句话都没说就自己跑了。"阿以莎把手一挥，打断了埃尔南多支支吾吾的解释，"你这一跑，你继父立马就起了色心，你又不是不知道。你扔下了法蒂玛，你这个胆小鬼，是你自己一手把法蒂玛交到了布拉希姆手上……还有我，你把我也扔下了。"

"我没有跑!是国王交给了我一个任务,布拉希姆明明知道,而且他还答应我要转告你的!"埃尔南多为自己开脱,"然后,法蒂玛的事……我已经解决好了。国王已经收回他的话:法蒂玛不用和布拉希姆结婚了。"

阿以莎猛摇着头,她抿紧嘴唇,下巴不住地打战,她转过头去,不让埃尔南多看见她眼里噙满的泪水。

见到母亲的反应,埃尔南多没敢再说下去。

"你不知道你都说了些什么。"阿以莎抽噎起来,"你让国王改变了心意,你想象不到这会造成什么后果。"

后来布拉希姆对她拳脚相向的时候,她却没有哭。继父刚一回到家就狠揍了阿以莎一顿,是在山洞外头打的,在法蒂玛和孩子们眼前。和他们一起住在那块地方、跟他们分享着仅存的那点粮食的其他几个摩里斯科人也见证了这场暴行。埃尔南多见到母亲倒在地上,拔出了他的弯刀。

"他是我老公!"躺在地上的阿以莎喊道。

布拉希姆和继子用眼神进行着较量,没过几秒,埃尔南多垂下了眼睛:这个场景让他瞬间回到了童年。尽管那是他最不愿回想起的时光,可此刻他依然还是记起了那时他面对继父那双仇恨的眼睛时的无力感。那恨意在继父的眼中肆意燃烧。借着埃尔南多犹疑的当下,脚夫往前踏出一步,一拳把继子打倒在地,又扑到他的身上,继续把一拳拳的暴怒倾泻在他的脸上。埃尔南多没有反抗,拳头打在自己身上比眼看着拳头打在母亲身上要舒服多了。

"你不许靠近法蒂玛!"布拉希姆气喘吁吁,刚才的一顿拳击让他浑身冒汗,"否则吃到这顿拳头的就是你娘……明白了吗?国王是看得起你这个杂种拿撒勒人,可是我一个摩里斯科人要怎么对待我的老婆可没人能管得着我。我不想再看到你出现在这个家里。"

诚然,阿本·倭马亚有着其他种种缺点,可他对我们这个年轻的脚夫倒是真正青睐有加。麦西那遇劫后,国王一直很关心埃尔南多的下落,还特意派了人去找,当得知小伙子已安全逃出麦西那后,他由衷地表示高兴。他微笑着向埃尔南多问起法蒂玛的近况,见埃尔南多支支吾吾,阿本·倭马亚还以为他是不好意思。随后国王给了埃尔南多一个任务,让他负责看管牲口:"我们需要你的知识,你懂得怎么去照顾马。"国王又说,"我跟你说过,我们的人会回来的,你还记得吗?"

他们的人确实回来了。就在那半个月里,埃尔南多眼看着马匹的数量不断增多。摩里斯科人都回到了山里，和他们的王站在一起，立下了誓死效忠的誓言。

"他们已经罢免了蒙德哈尔侯爵总司令的职位，不仅如此，侯爵还接受了法庭的审判。"一天，黑龙趁埃尔南多给那匹小枣红马钉掌的时候说起来，几个月来，小枣红马依然挺直背脊，承受着这个大个子的重压，当然还有那杆全阿尔普哈拉斯最长的火枪。埃尔南多蹲在地上，大腿上搁着蹄甲，他抬起头看着黑龙。"法庭书记员和讼棍们赢了，他们不仅把我们的地抢了，而且一听说侯爵对我们摩里斯科人网开一面，他们立马就去跟国王投诉把他撤掉了。他们是要把我们赶尽杀绝啊！"

埃尔南多招了招手，让黑龙帮忙把马蹄拽过来。

"那现在谁在指挥天主教军队呢？"埃尔南多问道，他开始给铁掌钉钉子。

黑龙没有说话，他看着埃尔南多熟练地把铁掌钉牢。

"是堂·胡安·德·奥地利。"见埃尔南多敲完最后一锤，土匪头子答道，"他是皇帝①的私生子，是腓力二世国王同父异母的兄弟，是个高傲狂妄的人。他们说国王已经调了一个步兵团和一批那不勒斯战船到西班牙来，给这位王子、塞萨公爵，还有卡斯蒂利亚骑士团长支配。他们是来真的了。"

埃尔南多放开枣红马的蹄子，站了起来，尽管冬日的天气依然阴冷，他额头上却沁出汗来。

"既然事态那么严重，为什么摩里斯科人又都回到山里来了呢？投降不是更好吗？我说得不对？"

一个男人走了过来，这是一个刚来山里的马具匠，阿本·倭马亚令他负责维护马嚼子和马鞍，他刚才在那边听到了黑龙的话。

"我们早就试过投降啦，"离他们还有几步远的时候那男人就喊了起来，埃尔南多和黑龙都转过头去看着他。"我们有些人向他们投降了，然后呢？他们把我们抢了，把我们的弟兄杀了，把我们的老婆孩子都抓了。天主教徒根本不管蒙德哈尔侯爵给过我们什么承诺，与其相信那些背信弃义的天主教徒，最终落到他们手上，还不如为了我们的民族大业，与他们决一死战。"

"他们的新司令还得再要几天才能到达格拉纳达，"黑龙接着他的话茬往下说，"暂时他们还处于群龙无首的状态。蒙德哈尔已经被革职了，维雷兹的士兵跑了大半，且他们也不知道到时分配给他们的新角色是什么。千万名散兵游勇却抢遍了阿尔普哈拉斯，残害着无辜的平民，他们都想着要在堂·胡安·德·奥地利执掌大权

---

① 即西班牙国王卡洛斯一世（1516—1556年在位），同时也是神圣罗马帝国皇帝查理五世（1519—1556年在位）。

之前赶紧捞一票回家。"

四个月前，他们是为了捍卫习俗、公正和穆斯林传统的生活方式而发动的起义，如今，他们是为了生存和自由而战。投降和顺从换来的只有死亡和奴役，因此全阿尔普哈拉斯的摩里斯科人都拖家带口，背着仅剩的一点财产来到了山里，这里，是他们王的所在。

尽管阿以莎让法蒂玛别再管她，但法蒂玛一直没有抛弃她。虐待阿以莎已经成了布拉希姆每天必做的功课，而且他总要挑法蒂玛在场的时候，像是在提醒她，她才是造成阿以莎不幸的根源。阿基尔七岁了，他开始学起他爸爸的样，用对母亲不计后果的暴力换取着父亲的认同。两个女人相依为命：法蒂玛默默地抚慰着阿以莎，小心地接近她，心中怀着负罪感；而阿以莎将法蒂玛视为己出，把她看作是自己在胡维莱斯蒙难的亲生女儿，她用真情说服法蒂玛，告诉她，自己的磨难与她并无干系。她们没有互相诉说自己的痛苦，两人都避免这样做，男人的每记抽打、每句辱骂，都让两人之间的羁绊越来越稳固。

每当埃尔南多完成了自己的工作，他就成了一个痛苦的旁观者。阿以莎不让他干预布拉希姆的暴力行径，他也不能接近法蒂玛，法蒂玛似乎到现在还在生他的气。可是，他无法放下这两个他爱的人，他站在山洞外，警觉地监督着继父是否遵守着他不进家门就不虐待母亲的诺言，每次听见布拉希姆走近或是听见继父辱骂母亲，他就把哈迈德赐予他的宝刀握紧在手心。法蒂玛没再与他说话，是阿以莎每天晚上悄悄地给他送来食物。

每次听到山间传来召唤祈祷的喊声，埃尔南多就会迫不及待地诚心呼求起来。一天晚上，他……甚至向天主教的圣母祈求，胡维莱斯的教堂司事安德烈斯曾经向他保证过圣母的神力，说她能在上帝面前为世人说情。埃尔南多向圣母祈祷着，耳边响起了哈迈德的教诲：

"我们穆斯林也信仰玛利亚，我们叫她麦尔彦，我们相信她神圣处女的洁净。对，你没听错，"老人见埃尔南多难以置信地瞪大了眼睛，又再次向他确认，"《古兰经》和穆斯林教义上都是这样说的。你不要听信那些侮辱她纯洁的人，有这样的人，而且很多，但他们这么做是因为他们完全忘却了我们的教诲……只为了去和天主教徒作对，只为了去糟蹋天主教徒的信仰。可是他们搞错了：麦尔彦是四大妇女典范之一，她生下了尔萨，也就是被那些天主教徒称为耶稣基督的人，却没有失去自己的处女身，这也是尔萨自出生以来一直维护的一点。正如《古兰经》所述，尔萨刚出生就会说话，面对亲眷们的质疑，他维护着母亲的纯洁，而那些亲戚自母亲怀孕起就一直对她指指点点。"尽管埃尔南多对哈迈德是百分之百的相信,甚至可以称为盲从,可听到这些话还是觉得不可思议,他眯起眼睛露出困惑的表情。他们摩里斯科人怎么能去捍卫天主教徒所信仰的神的母亲呢?"你回想一下,"哈迈德又举出一个论据,"当先知穆罕默德最终征服了麦加,胜利开进天房①的时候,他下令摧毁所有的偶像,包括麦加的守护神胡伯勒、瓦德、苏瓦、亚古特、亚胡克、纳斯尔,还有许多许多,他还抹去了所有的壁画,所有的……除了他手下的那幅:那里面画着的是麦尔彦和她的儿子。你记住,"哈迈德一脸严肃地教导埃尔南多,"麦尔彦从未犯下原罪,她生来洁净,这是《古兰经》和穆斯林教义上说的。"

可是,不正是麦尔彦儿子手下的神父在埃尔南多的母亲还是一个无知少女时强奸了她吗?那天晚上,埃尔南多不禁默默自问。这不就是他母亲不幸的根源吗?继父一次又一次地朝他吼着:拿撒勒人!他每次听到那个绰号就会紧握起拳头,指甲都抠进了手掌心,所有人都听到了那个耻辱的名字!要不是阿本·倭马亚的偏爱,他又会受到摩里斯科人怎样的对待呢?他以前已经无数次经历过那样的待遇:人们都斜着眼看他,在背地里说着他的闲话。可是,尽管麦尔彦不停地哀求、调停,天主教徒的上帝和穆斯林的真主都从未向阿以莎、法蒂玛和他自己伸出援手。

日子一天天过去,阿本·倭马亚利用敌人的犹豫不决和穆斯林弟兄无条件的支持,东山再起。他们重整旗鼓,任命了阿尔普哈拉斯各地新的地方长官,设立了王国的财政制度:收获果实和粮食需缴纳什一税,而从天主教徒那里搜集到的战利品则需每五缴一。不久前,地中海恢复了航运:散兵、摩里斯科人头领和土耳其近卫兵纷纷来到了安达卢斯的土地,以助他们一臂之力。阿尔普哈拉斯人已屡屡听说高门要派来的援兵,今日终于得见!

格拉纳达与科尔多瓦之王取得了两次重大的对天主教徒的胜利,这也极大地鼓舞了族人的士气:一次是在奥尔希瓦,他们打跑了王子率领的一支中队;而另一次正是在拉瓜隘口,由维雷兹侯爵带领的百来个士兵被他们一举击退。

这两次大捷为阿尔普哈拉斯带来了一段安宁的时期:乌希哈尔兴起的集市一度可与得土安集市比肩。商贩们纷至沓来,商业活动开展得如火如荼,以至阿本·倭马亚甚至专门设立了一个海关来对此征收税赋。

当然,这两次大胜也让埃尔南多管理的马厩愈加兴旺,摩里斯科人从天主教徒那里夺来了一大批马匹。

---

① 指麦加清真寺内的方形石造殿堂。

"你得学学骑马，"一天，国王在来视察牲口的情况时对埃尔南多说道，几个火枪手正站在马厩周围警戒着，这是国王最近为埃尔南多特设的护卫队，"只有这样你才能更了解马，而且……"阿本·倭马亚朝他抖出一个微笑，"我身边的人都得骑着马陪着我啊。"

埃尔南多呆呆地看着眼前的马。他之前只骑过一次马，那还是跟黑龙一起从塔布拉特逃出来的时候，可是……为什么眼前这个男人如此让人信任？是因为他的微笑吗？埃尔南多抬起头看着国王的眼睛。还是因为他身为市议会议员之子、尊为摩里斯科人之王的贵族气质？是因为他的优雅潇洒？因为他的英勇果敢？

阿本·倭马亚还在微笑。

"来吧。"国王又邀请了他一次。

阿本·倭马亚让埃尔南多随意挑选一匹合意的马，埃尔南多挑来拣去，选定了一匹最温顺、最听话的黑色马，引着它的马笼头把它牵了过来。他只是刚拉了拉马的肚带，就见马背上的黑鬃泛出了红色的光亮，在内华达山脉的阳光照耀下，仿佛马身上的每一根毛发都爆发出鲜活的生命力。把脚伸进马镫前，埃尔南多犹豫了许久；骑手和马的呼吸同时加速。他回身看了看国王，国王抬手示意他上马，于是，埃尔南多将左脚踏进马镫子里，右腿猛地一蹬，可就在埃尔南多右腿发力的那一刻，黑马嘶叫一声，撒腿就往前跑了起来。

埃尔南多控制不住它，只跃出两步便摔了下来，滚到了石堆和草丛里。阿本·倭马亚急忙跑过去，但埃尔南多迅速地爬了起来，尽管还疼着，却不想让国王搀扶他。几个火枪手笑开了怀。

"第一课，"阿本·倭马亚辅导着埃尔南多，"马不是骡子，更不是蠢驴，你永远不能确定你站在地上时和跨在它背上时它是否会表现得一样。"埃尔南多耳朵听着，双眼盯着那匹黑红色马。那畜生正在几步远的地方欢快地啃着草根呢！"再试几次吧。"国王继续他的谆谆教诲，"骑马的方式可以分为两种：一种是使用马笼头，各地的天主教徒都喜欢用它，可能卡斯蒂利亚的天主教徒用得少一些，因为他们跟我们学了几招。天主教徒还喜欢穿上宽大厚重的盔甲，这也制约了马的许多动作，记得那个铁头鬼骑到马身上的时候，马都吓尿了，我亲眼见过，就只看见那匹马在不停地抖。总之，天主教徒骑马的方式就是，用暴力去威压它、征服它……就像他们对待人一样。而我们穆斯林骑马的方式却完全不同：我们使用的是短镫骑法，柏柏尔人在沙漠里也是这么骑的，我们使用的马镫很短，我们是用腿和膝盖去控制马的运动，而不是只依靠笼头和马刺。该强硬的时候就要强硬，但主要还是要运用智慧，找准感觉，只有这样，你才能真正做它的主人。"

埃尔南多正要过去找那匹黑马，国王叫住了他：

"伊本·哈迈德，你选择了一匹黑色的马。马的毛色对应着四大元素：风、火、水和地，而你选的这匹黑马就继承了土壤的颜色。它的性格里饱含着大地的苍凉，所以会让你觉得安静，可你不要忘了，这种马也有着背信而短视的缺点，所以它才把你摔了下来。"

说完这番话，国王半转过身去，把埃尔南多和马匹搁在了一边。其他毛色的马分别对应着什么元素，它们又有着怎样的性格呢？这也暂时成为了埃尔南多心中的未解之谜。

吃饭时或是到了晚上，埃尔南多总要回到那个让他心痛的山洞旁。有几天他是一瘸一拐地走回去的，还有几天他显然腿脚上带着伤，甚至他不止一次地只能用单手吃饭。可是，说是因为幸运也好，因为年轻也罢，无数次从马背上摔下来却没有给埃尔南多造成什么严重的骨折，至少双脚套进马镫的时候，他暂时忘记了阿以莎和法蒂玛，他忘记了布拉希姆和其他在他背后窃窃私语的摩里斯科人……这才是他真正需要的。

有好几次，国王亲自陪着他骑马，手把手地教他。作为贵族，阿本·倭马亚熟习马术，在一同驰骋在内华达山间的这段日子里，两人建立起了近乎友谊的深厚感情。国王跟他讲起了他一生中曾参与过的马战游戏和斗牛的场景，此外，他还把马匹其他毛色的含义告诉了埃尔南多：白色的马源自于水，它们冷漠、柔弱而迟缓；栗色的马有着风的属性，它们不急不缓、欢快但轻浮；而枣红色马则归属于火，它们迅捷、凶猛而易怒。

"而集四种毛色于一身，脚腕、后蹄、额头、马鬃、马尾和毛发旋儿的颜色各不相同的，则是马中之王。"一天早上，国王对埃尔南多说。

阿本·倭马亚静静地骑在一匹被太阳晒得有点发黑的枣红马上，埃尔南多还在与之前那匹黑色马过不去，国王把那匹马送给了他。

傍晚，埃尔南多带着骡子们回到了山洞。他垂着头经过了阿以莎和法蒂玛面前，冲着空气打了个招呼，然后一头钻进了畜圈里，仿佛他回来也只是为了和那群牲口待在一起。不过两个女人也发现，他从未忘记他那把宝刀的功用，每次听到布拉希姆的声音埃尔南多便会本能地把手按在刀上。现在他只和骡子们对话，当然，主要的倾谈对象还是老伙计。附近山洞住着的其他摩里斯科人对埃尔南多也多少有点嫉妒，国王对这个拿撒勒人实在有点太慷慨了，所以他们也站到了布拉希姆一边，即便他们之中还有人犹疑不定，这些人也绝对不愿和那个凶狠的脚夫扯上什么麻烦。

阿以莎看着儿子一天天地处于这种状态，只觉心中痛苦万分；而看着埃尔南多现在孤寂的样子，连法蒂玛也无法表现得若无其事。最初的那几天，是怒火烧灼着她，让她对埃尔南多白眼相待。埃尔南多不在的那个月里，她曾多少次咒骂这个负心汉？那一晚她一直等待着埃尔南多回来：阿以莎给她弄到了一点香水，就几滴，而她一听到国王帐中的喧闹声开始逐渐消逝，便把香水抹到了自己的胸口。她的手指在双乳间轻柔地游弋，她幻想着那是埃尔南多的爱抚。可是那家伙一直都没有出现！原先的爱欲潺潺变成了满腔的怨恨：她思忖着，等那个臭小子一进门她一定要把唾沫吐在他的脚边，她要背过身去，狠狠地骂他……还要打他！可是，她等来的只有布拉希姆淫荡的目光，他的逗弄，他无休止的暗示……当法蒂玛听说布拉希姆已经得知她丈夫的死，得知她无亲无故，已经向国王提亲了的时候，她诅咒着埃尔南多，在泪水中咒骂着这个无情的男人。那天晚上，埃尔南多把她从麦西那救出来，把国王的新决定告诉她时，她的心中五味杂陈，既感到屈辱，又觉得轻松。诚然，她不用再和讨厌的布拉希姆结婚了，可是，埃尔南多到底在想什么？他以为凭他或是国王就可以私自决定她和她儿子的命运，都不用和她商量的吗？

可是日子一天一天地过去，每天他都会回来守着她们，有时他站在洞口时还一瘸一拐的，他摔伤了，他忍受着人们的冷眼，却一直保持着警觉，万一有什么事，他就会立刻挺身而出保护她们俩：他已经用自己的行动证明了这一切，他默默承受着布拉希姆的棒打却没有还手。拿撒勒人，别人在背后都这么叫他，阿以莎拗不过法蒂玛，已经把这个绰号的来历告诉了她，那一天，望着又一次回到山洞的埃尔南多，她第一次发现自己哽咽了。埃尔南多会觉得她也是轻薄他的人中的一员吗？他每天都只是坐在骡群里，他又在想些什么呢？

一天晚上，阿以莎要把晚饭拿给儿子，法蒂玛走了过去，向她把碗要了过来。她想去埃尔南多的身边。她的注意力只集中在自己发抖的双手上，却没有发现阿以莎在接受她的请求时，脸上不安的神情。

埃尔南多正站在那里等着，他无法相信，那个正走向他的人竟是法蒂玛。

"愿平安与你同在，伊本·哈迈德。"法蒂玛已经走到他面前，伸出了手中的碗。

"你这条母狗！"突然，山洞里传来布拉希姆的吼声。

碗从法蒂玛的手中滑落下来。

法蒂玛回过身去，在篝火的光亮中，只见布拉希姆又重新抽打阿以莎的脸。埃尔南多按着刀往前走了两步，复又停下。布拉希姆抬起眼睛盯着法蒂玛，此时她终于明白了阿以莎刚才的神情：她是在用目光提醒她啊。只要法蒂玛一接近埃尔南多，为此付出代价的就会是阿以莎。布拉希姆的面孔上病态般地满溢着得意的神色，他又一次抬起手给了他老婆一记耳光。法蒂玛跑回了山洞。布拉希姆用目光迎接着从他身边跑过的法蒂玛，放声大笑。

16

1569 年 4 月，重整旗鼓的摩里斯科人军队向乌希哈尔进发，跟随着他们的还有妇女和孩子们。阿本·倭马亚和他的亲信们走在队伍的最前头：埃尔南多驾着马，骄傲地走在他们之中。在他们身后的是一队火枪手，阿本·倭马亚新近采用的橙黄色军旗被他们高举在手。

摩里斯科骑兵队紧随其后，再往后是步兵队，队伍的设置借用了天主教军队的战术：他们被分为若干支小分队，分别由各自的队长带领，队长则手执该分队的军旗。一部分军旗是摩里斯科人在麦西那山洞等候机会时制作的，底料为丝绸，有着各式各样的颜色：白的、黄的、洋红的，中间绣着银色或是金色的月亮图案，流苏用丝线或是金线织成，有些还带着用珍珠编成的穗；还有些小分队则采用先前穆斯林占领安达卢斯时使用的旧旗帜，麦西那人的旗帜就是如此，洋红色的绸缎用金线勾边，而旗的中央是由三座塔楼组成的城堡图案；更有些分队直接用起了从天主教徒那儿抢来的旗子，像是用红色锦缎制作、有着金线和丝线边饰的乌希哈尔至圣体旗，摩里斯科人在上面绣了银色的月亮图案。

如往常一样，那些无法战斗的人：妇女、儿童、病人和老人们，与粮草辎重队一起走在队伍的最后。

队伍在铜鼓和六孔竖笛的合奏中向前行进，每到一处，路边都有正在耕地的农民热情欢迎着他们。这是国王的旨意：无论何时都不能停止耕作。相比可以从格拉纳达之外获得供给的天主教徒来说，他们摩里斯科人却只能自力更生，而天主教高层的权力更替正好给予了他们休养生息的机会。堂·胡安·德·奥地利的突然上位引起轩然大波，天主教徒的军队陷入混乱，摩里斯科人正好利用这段时间进行了一波播种和采收。

埃尔南多端坐在那匹黑马背上，他不时勒住缰绳，好让自己的马不要冲到前边去。布拉希姆就在前面的那批人里，他成了阿本·阿布形影不离的伙伴。为了让下身的那块疤稍微好受一些，国王的这位堂弟在马鞍中加上了好几层羊皮衬里，不过即便如此，他的脸还是因痛苦而扭曲着。阿本·阿布的马走在他堂哥的旁边，布拉希姆紧跟在他的后面。

尽管骑在高高的马背上,埃尔南多还是没法望见部队的后方,在他后面的那几个大个子强盗头子挡住了他的视线。女人们应该就走在队伍的最后,阿以莎和法蒂玛应该都跟骡子们在一起。现在赶着骡群的是阿基尔和另外一个孩子尤苏夫,他是埃尔南多住在山洞那会儿认识的,那时埃尔南多见这个孩子聪明伶俐,便请他来帮弟弟的忙,凭阿基尔一个人怎么能赶得了那么多的骡子呢?

在乐声和喧闹声中,乌希哈尔盛装迎接着摩里斯科人的队伍。先前他们正是从这里逃了出去,躲避了天主教徒的攻击。工匠们正卖力地把教堂再改回清真寺的样子,钟楼之下,被当作泄愤工具的大钟已经只剩残骸,而在由三座防御塔形成的三角形区域里,大街小巷里已经开出了好多店铺,走在集市里,各种色彩、香味和此起彼伏的叫卖声充斥着感官。还能看见许多新面孔,尤其令人瞩目的是那些新面孔:他们是从海峡的另一边来到此地的柏柏尔人、海盗和穆斯林商人。他们大多数穿着和本地摩里斯科人相似的衣服,有些还披着带风帽的外衣。可是,还有好些人的外貌却引起了埃尔南多的好奇:有高个子黄头发的,皮肤雪白;还有一些人一头红发又有着一双蓝眼睛,甚至还能看见一些自由身的黑人。这些人混杂在柏柏尔人中间,后者熟麦色的皮肤与本地人并无二致。

"他们是叛教的天主教徒。"黑龙对埃尔南多说。此时埃尔南多看着一个身材高大的阿尔比诺人①愣了神,几乎撞到了那人身上。

那阿尔比诺人朝埃尔南多怪笑着,就好像……就好像要请埃尔南多跨下马来跟他走一样。埃尔南多慌乱地回头寻找黑龙。

"永远不要信任他们。"刚把那个阿尔比诺人甩到身后,黑龙就提醒埃尔南多,"他们的风俗和我们差别太大了:他们最喜欢长得像你这样的小伙子。这些叛教的天主教徒是阿尔及尔真正的主人,他们拥有私掠②许可,根本看不起我们。得土安是摩里斯科人的天下,萨拉赫、拉马莫拉和维雷兹也是一样,可是阿尔及尔……"

"阿尔及尔人不是土耳其人吗?"埃尔南多插话。

"不是。"

"那他们是……"

"在阿尔及尔,与叛教天主教徒生活在一起的还有那些由土耳其苏丹派来的近卫军。"黑龙踏着马镫立起身来环视集市,"没有,这些人还没到,反正你一见到他

---

① 欧洲人和摩里斯科人的混血后裔。
② 得到政府准许的私掠海盗行为。

们就能立即分辨出来。这些土耳其近卫军不归阿尔及尔总督管,而是直接隶属于苏丹,苏丹的命令会通过近卫军头领直接传达给他们。说起这个,大约四十年前吧,被天主教徒称作红胡子的阿尔及尔国王巴巴罗萨·海雷丁①,宣布臣服于土耳其高门、臣服于我们的苏丹——就是那个应该派兵增援我们的人……但是你不要搞错了:统治阿尔及尔的这些叛教徒可不是什么能靠得住的人,特别是对你这样相貌俊俏的小伙子来说。"黑龙笑了起来,"千万别把背对着他们!"

两人的谈话在黑龙的笑声中结束了。阿本·倭马亚已经下了马,正用目光在人群中寻找着埃尔南多:该去检查马匹的状况了。而此时埃尔南多正试图在混乱的队伍中找阿以莎和法蒂玛的身影,不过没过一会儿他就发现,后方的队伍还没进到镇子里呢。他得先去把马匹安置好,然后再回来看看女人们到底怎么样了。

就和在帕特尔纳时一样,阿本·倭马亚在自己的火枪手卫队里拨出一队给埃尔南多调遣。乌希哈尔教堂后边是熙熙攘攘的街道,而沿着街道再向前走,在城市快被田野吞没的地方,埃尔南多找到了一栋两层楼高的屋子,屋子很宽敞,门前还有被矮墙围起来的大片开阔地,用来安置国王和强盗头子们的马匹是最合适不过的了。这栋楼一看就是当时起义时被杀掉的天主教徒家庭留下来的:它的门不是沿街开的,而是要从田地里走进去。

"把这间房子腾出来!"一个士兵喊道。见到大部队的到来,住在屋里的一户摩里斯科人匆忙跑了出来。

这是一对中年夫妻:妇人长得有点胖,和大多数摩里斯科妇女一样;而那男人仿佛还要更加胖些,他两手端着把老旧的火枪,一见是摩里斯科人的军队,便把枪口垂了下来。在这对夫妻的周围站着七个年龄各异的孩子。

埃尔南多在那个妇女身上看到了摩里斯科女人共有的温驯;一个不足两岁的小女孩抓着那女人的长袜躲在她的小腿后面。或许……埃尔南多想着,或许和这个有那么多孩子的大家庭住在一起,多少能够一扫之前他住在山洞时的阴郁气氛。

"你懂养马吗?"埃尔南多问起那个丈夫,他希望获得一个肯定的答案。"要是懂的话,"埃尔南多见那男人做了个表情,权当那是表示肯定吧,"你们一家就帮我一起照顾国王的这些马吧,这房子我们可以一起住。"

尽管有笨手笨脚的孩子们帮着倒忙,埃尔南多还是很快取下了他看管的那十几匹马的笼头。他们有没有经验也不怎么重要,对埃尔南多来说,当务之急是要找到阿以莎和法蒂玛。

---

① 天主教徒的死敌,历史上最大的私掠海盗之一,曾在阿尔及尔建立海盗王国。

埃尔南多以同样高的效率跑了出去，等回来再给那些马喂食吧。可是，刚穿过那扇铸铁做的、没铺石头的大门，埃尔南多就发现，国王四散在镇子中的军队也已经抵达了这里。埃尔南多又跑了回去。

"快关门，你们都抵在门后面。"他对火枪手们发号施令，"不要放任何人进来。还有，好好注意周围的情况，这些都是国王的马。"埃尔南多提醒他们。

刚有两个火枪手听命跨了上去，就只见有大队士兵带着家眷想要冲进来。

"这些是国王的马。"埃尔南多在外头警告着那些刚来的，火枪手们赶忙把门关紧。

埃尔南多逆着人流而上。对摩里斯科人的大部队来说，这个镇子太小了，士兵们纷纷携着家属跑向郊外寻找落脚之所，而埃尔南多却向镇中心奔去。他一路努力闪躲，却还是会不时地撞上来人，他用力挤过拥堵的人群。她们在哪儿呢？对了，骡子！找骡子肯定比找人来得……

埃尔南多眼前猛地一黑，他撞上一个男人。

"王八蛋！"

反冲力让埃尔南多又撞上了正从背后过来的人群，而人群又把他推了回来，路过的男男女女都停下了脚步，在街道当中围出一小块真空地带。

"他妈的见鬼了……"

埃尔南多茫然地看着眼前这个撞他的人。这人说的什么鸟语？……"看我不弄死你。"这句话埃尔南多实实在在地听懂了，他定了定神，发现眼前的男人正一步步向他走来，他一头金黄的鬈发，浓密的大胡子，腰间佩着一柄做工精巧的匕首，柄上还镶着宝石。只见那男人嘴里不停地蹦出单词，不是西班牙语，不是阿拉伯语，也不是阿尔哈米亚语，倒像是把几种语言混杂在了一起。

"狗崽子！"那男人嘴里不干不净。

这句话埃尔南多也听懂了，可是他有要紧事去办。要是布拉希姆先一步找到阿以莎和法蒂玛，把她们带到别处，那他就怎么都找不到了：埃尔南多必须住在离国王的马不远的地方。埃尔南多想要赶紧走人，可是周围看热闹的人又把他顶了回来：有人把他推进了刚辟出来的那块真空地带。人群越围越多，站在后面的人为了一探究竟都把头伸得老高。那个金发男人伸出匕首，挑衅地在身体前方画着圈，埃尔南多仔细观察，确认那把小刀是那男人身上唯一的武器后，从鞘中拔出了宝刀。

"安拉至大。"埃尔南多用阿拉伯语念道，他用双手把宝刀举到胸前，摆出了攻击的姿态：他双脚开立，稳住下盘，整个身体都紧绷起来。

此时，金发男子那双蓝眼睛却开始上下打量起埃尔南多。

"帅哥!"那男人忽然叫了起来,那"哥"字还特意甜蜜地拖了长音。

"美男子!"埃尔南多只听见那男人身后又有几个人叫了起来。埃尔南多不想被他们扰乱,还是紧紧地盯着那把匕首。

"大帅哥!"男人却又喊了一遍,"哥"字的尾音拖得比上一次还长,只见那人收起了匕首,开始与同伴交头接耳。埃尔南多依旧站在那里,一动也不动,手中高举着弯刀,一脸愤怒的表情,可是,他怎么能攻击一个放下武器的人呢?况且那人连看都没在看他啊。正在此时,金发男人把脸又转了过来,他微笑着,朝埃尔南多挤了挤眼,随后转过身,猛推着围观的人们走了出去,人群见状纷纷向后退让。

"帅哥——"一个摩里斯科人笨拙地模仿着金发男人的语调。

埃尔南多只觉得大量血液涌了上来,在脸颊上沸腾。讨厌的烧灼感困扰着他,而周围又爆发出一阵笑声。埃尔南多放下武器,他不想去看任何人。

"美男子!"埃尔南多试图推开人群时又有一个摩里斯科人边笑边喊。埃尔南多使劲在围观者中挤出一条路,挤着挤着,只觉得自己的屁股被谁掐了一下。

埃尔南多在镇子的入口处找到了她们,她们和骡群一起,不知道下一步要去往哪里。孩子们努力护着牲口,让它们不要被不断涌过来的人流带走。无论是阿以莎、法蒂玛还是弟弟们,见到埃尔南多的到来都实实在在松了一口气,他迅速掌控住了局势:连那些骡子、从老伙计开始,听到这个熟悉的嗓音重又开始指挥自己,也仿佛高兴得眉飞色舞起来。他们谁也不知道布拉希姆的下落。

当埃尔南多带着她们回到新家,这座屋子原本的主人大胖子萨拉赫毕恭毕敬地迎接了她们,那卑躬屈膝的样子就像是奴才一样。埃尔南多思忖着,定是那些火枪手里有人跟他透露了国王对自己的器重。

这个肥胖的摩里斯科人让自己全家都搬到了底楼,把楼上腾了出来,让给了这些新来的。楼上房间里有张华丽的大床,原本估计应该带着纱幔的。据萨拉赫所说,其余的家具已经都卖掉了,他还没忘赌咒发誓,说他当时把所有那些跟天主教有关的壁毯和圣像都砸了个稀巴烂。

萨拉赫是个精明的商人,最善投机倒把,卖东西时可不管客户是摩里斯科人还是天主教徒。战争让他发了笔小财,正如他自己经常说的那样,何必要像阿尔普哈拉斯人那样累得腰酸背痛只为了在石头地里硬想种出点东西呢?直接卖他们种出来的东西岂不是省力多了?

到了傍晚,法蒂玛和阿以莎帮着萨拉赫的老婆准备晚饭,一下子多了五张嘴,做饭的人手当然不够用了。帮着赶骡子的那个小伙子尤苏夫见这房子条件还不错,也申请入住。埃尔南多见他干得还不错，就让他留了下来，毕竟也指望不上其他人了：两个弟弟不喜欢埃尔南多，都躲着他，只要他在场，他们就不肯再靠近骡子；而萨拉赫的那几个孩子则是丝毫没有继承父亲的天赋，他们对如何照顾牲畜一无所知。

法蒂玛把柠檬水端给坐在门厅里的男人们。她没有戴面纱，当把埃尔南多的那一份递给他时，她朝他笑了笑。埃尔南多心中一阵刺痛。她已经原谅他了吗？他同时还听到母亲正在厨房里聊天、笑着。布拉希姆还是没有出现。换岗的时候，埃尔南多差了个火枪手去打听继父的下落。"他和伊本·阿布在一起呢。"那火枪手回来报告，他是从国王手下的一个兵长那里得到的消息。

把盘子端走之前，法蒂玛盯着埃尔南多的眼睛看了许久。她又重新对他展开了笑容！

"是个好老婆啊，"萨拉赫冷不丁地说了一句，"娴静。"

埃尔南多把杯子举到嘴边，偷偷朝这个摩里斯科商人瞄了一眼。尽管是寒冷的夜里，那男人还是冒着汗。埃尔南多含糊不清地嘟囔了句什么。

"安拉赐了你们一个男孩啊。我前两个都是姑娘。"萨拉赫继续刚才的话题。

商人过度的关心让埃尔南多觉得很烦。他本可以把这家人赶出去的……可他听到了厨房里母亲快乐的谈话声，他已经多久没有听到母亲这样笑了？不过，他也不想跟萨拉赫做过多的解释。

"不过，安拉后来还是补偿了你，赐给你四个男孩。"埃尔南多提醒他。

萨拉赫正要回答，远处传来了祷告报时人的召唤。集市的喧闹和商人的好奇心都暂时停了下来。

祷告后，大家开始用晚餐。商人的食品储备很充足，食物都被锁在地下室里仔细保存起来：这个地下室原本是天主教徒的压榨坊，现在堆起了各种货物。吃完饭，埃尔南多和尤苏夫一起检查了马匹和骡子的情况，所有牲口都在静静地吃食。商人老婆辛苦栽种的菜园子已经被夷为平地，当时向她提出这事时她还回过身去用眼神寻求丈夫的帮助。"那些是国王的马啊。"萨拉赫无奈地说，同时用眼神意味深长地指了指执勤的火枪手。

"我们需要更多的草料。"埃尔南多考虑着，再有两天这片地上的草就要被吃光了，而国王命令他时刻备马，所以把马带去乌希哈尔郊外其他几片地里吃草的计划也不可行。不管怎样，早上他得去弄到足够的草料。埃尔南多结束了巡视，他在门厅里铺上了毯子，把自己裹了起来。

"我喜欢睡在这儿，好离马更近些。"埃尔南多编了个借口。见商人好奇他为什么不和老婆睡在一起,埃尔南多主动解释。

尤苏夫和他待在一起,两人一直聊到困了;男孩很机警,不放过身边最小的响动。执勤岗位上的火枪手不时打着盹,而女人和孩子们分别在这座两层小屋的各处睡下:阿以莎睡在主卧里。布拉希姆还是没有出现。尽管是睡在门厅里,这一晚依然是那么多天以来埃尔南多睡得最香的一次:法蒂玛终于又朝他笑了。

天亮了,埃尔南多检查了一下牲口的情况,他决定晋见国王,申请些经费用来购买草料。没想到阿本·倭马亚此时却没法接待他。国王又一次住到了阿尔普哈拉斯法庭大书记员佩德罗·洛佩兹的宅邸里,那房子位于教堂附近,他正在里面接待几个土耳其近卫军头领。他们刚从阿尔及尔到达这里:他们带领着两百个士兵,是阿尔及尔总督遵土耳其苏丹之命派到安达卢斯来支援,或者说应付穆斯林弟兄的。

埃尔南多望着那些士兵,他们这边看看、那边看看,在乌希哈尔这个大集市里穿行。就像黑龙所说的那样,他们太引人注目了,尽管这城里挤着成千上万各式各样的人——商人、柏柏尔人、投机者、摩里斯科人,还有阿本·倭马亚的军队——可是只要是土耳其人所到之处,人们都仓皇逃开。现在已经隐居到山里的佛拉克斯当年在组织格拉纳达山城起义时让摩里斯科人都戴上圆帽,穿上斗篷,好化装成土耳其士兵的样子,可是此时出现在埃尔南多眼前的土耳其近卫兵却并非那副装扮:他们头上戴着硕大的缠头布,大多很旧,上面的流苏花边几乎拖到地上;他们还穿着灯笼裤、紧身长衫和轻便鞋;许多人都留着又细又长的胡子。不过,最让人印象深刻的还属他们所携带的武器:有着长长枪管的火枪,还有弯刀和匕首。

这些士兵是在达利的指挥下在阿尔普哈拉斯海岸登陆的。达利是土耳其阿加① 之下权力最大的近卫军头领之一,而阿加则是由阿尔及尔近一万两千名选民民主选出。和达利一起来的还有另两个头领卡拉卡斯和胡赛因,阿本·倭马亚所接待的贵客正是他们三位。

土耳其近卫军是奉苏丹之命组建的一支精锐部队,他们忠诚信实而不可战胜。近卫军战士都是从奥斯曼土耳其帝国治下的欧洲土地上强制征召的,凡超过八岁的天主教徒孩子,每四十户征收一名。一经召集,这些孩子会立即被灌输穆斯林的信仰,并且从小开始经受严苛的军事训练。正式成为近卫军意味着可以领到一份相伴终身的俸禄,而且相较于其他老百姓,他们还能享受种种优惠待遇。近卫军士兵享有自治权:他们不受任何审判和惩罚,即使总督也没有管辖他们的权力,他们只需

---

① 奥斯曼土耳其官位。

服从阿加的命令，即使有一天真的犯了事，也只有阿加有权对他们进行秘密审判。

但阿尔及尔的近卫军却有所不同，他们不再将从天主教徒的孩子中义务征兵的原则奉为圭臬，所以近卫军原本纯正的组成结构中混进了士兵的孩子们、土耳其人、甚至还有叛教的天主教徒，不过即使是这样，阿拉伯人和柏柏尔人也依然不能加入近卫军的行列，他们被禁止成为这支精锐部队中的一员。这些自认有着尊贵血统的近卫军肆意掠夺着阿尔及尔和柏柏尔的村庄，他们对自己所享有的特权了如指掌，所以打心眼里瞧不起其他老百姓，他们奸淫抢掠样样都干得出来：没有人敢碰他们一根毫毛！

苏丹让阿尔及尔总督派来的那两百个兵确确实实是来支援他们，也确确实实是来打仗的，可这并不意味着他们就要放弃自己的特权。埃尔南多此时就得以亲自验证了这一点，他正等在大书记员府邸门口，等候着阿本·倭马亚的火枪兵守卫给他带来回复。

埃尔南多努力想要战胜自己的好奇心，好让目光从那些在宅邸门口偷懒的近卫军士兵身上移开。

"你有布拉希姆的消息吗？就是那个脚夫。"他心不在焉地向门口的一个火枪手问道，"他是我继父。"

"昨天晚上，"那人回答，"他跟伊本·阿布一起，带着一帮人去波凯拉了。国王把波凯拉封给了他堂弟，而伊本·阿布又让你继父做了他的代理人。"

"那他们要在波凯拉待多久呢？"埃尔南多接着又问，他迫切的心情溢于言表。

那火枪手耸了耸肩。

布拉希姆走了！埃尔南多回过身去，望着在府邸前面铺开的大片集市。一个商人从他眼前经过，他背着个草篮，草篮里装满了葡萄干。只见其中一个近卫军士兵伸出手，往篮子里抓了一大把，那男人猛地一回头，冲着那个兵就猛推了一下。

一切都发生在电光火石之间。士兵们二话没说，突然伸出手抓住了那个男人，一个士兵拉住他的手臂，而刚才被推的那个士兵手起刀落，把那条胳膊从手腕处一刀切成了两段，手掌落入了葡萄干钵里，那男人被一脚踢开。近卫军士兵们继续着他们的谈话，仿佛什么都没发生过一样：敢碰土耳其近卫军一根毫毛，就必须要付出这样的代价。

埃尔南多惊惶失措，眼看着商人手腕中滋出的血飙出好几步远。见到埃尔南多怔住的样子，门口的火枪手在他背上拍了一巴掌。

"你跟我来。"见埃尔南多终于回过神来看向自己，火枪手招呼他跟上去。

屋子里又飘出麝香的味道，不过这次卫兵却没有直接带他去见阿本·倭马亚。

卫兵带着埃尔南多走到位于底楼尽头的一个房间门口，那扇门由原木精细加工而成，由两名火枪手看守着。国王没运到阿尔及尔去的那些财宝一定就藏在这里面：埃尔南多见这间房间戒备如此森严，不禁心想。

"你就是伊本·哈迈德？"背后传来一个声音。埃尔南多转过头，只见一个身着华服的摩里斯科人正站在他身后。"伊本·倭马亚跟我说起过你。"那人跟埃尔南多握了握手，"我叫穆斯塔法·卡尔德隆，是国王陛下的顾问。"

问候过埃尔南多之后，穆斯塔法从腰间挂的那串钥匙中找出一把，打开了那扇门。

"你需要的草料就在这里。"穆斯塔法伸出手请埃尔南多进去。

草料怎么可能会在这里？这又不是谷仓！埃尔南多吃了一惊，他跨了进去，而随即见到的景象让他瞬间惊呆了。

穆斯塔法和三个火枪手的放声大笑也没能把埃尔南多从惊吓中恢复过来：出现在他眼前的是十一二个挤作一团的女孩，光透过天花板上的小窗照进来。女孩们惊恐地看着来人，纷纷躲到同伴身后，齐齐退到房间的另一头。

"国王陛下想把剩下的财宝和现钱都省下来，"顾问解释道，他吸了吸鼻子，"毕竟金子运送起来要比这些抵伍一税交上来的女俘虏方便多了……再说金子也不用吃饭啊！"他又笑了起来，"你随便选一个拉到市场上卖掉吧，用得来的钱，你想买多少草料就能买多少草料。不过啊，你每个月得来跟我对次账，你知道我也不想的，可是国王说要这么着那也没办法。他还说了，你以后要还想跟他一起骑马，至少得先去买件合适的衣服。"

"姑、姑娘……我怎么能卖？"

"不用你卖，人家都会上来抢的，小伙子。"那摩里斯科大臣没等他说完便打断了他，"女天主教徒在阿尔及尔最抢手了，阿尔及尔可是土耳其人和叛教徒的领地，他们不会和穆斯林通婚的。连土耳其人都对信伊斯兰教的女人没兴趣！你看啊，"顾问把手搭在埃尔南多肩上，"若是一个男天主教徒当了俘虏，施恩会或是三位一体教团的修士还可能背着钱到柏柏尔去把他们赎出来，可如果做了俘虏的是一个女天主教徒，那是谁都赎不走的。私掠海盗们的条法不多，其中就有一条明确规定不准为女子赎身。女天主教徒可是他们眼中的至宝啊！"

"可是……"只见那些女孩浑身发抖，她们挤得更紧了。

"随便选一个，快点！"穆斯塔法催促他，"我们正跟从奥斯曼土耳其来的人商量事呢，我没多少时间。"

他怎么能卖掉一个女孩呢？他知道什么？

"我不能……"埃尔南多刚想拒绝,一个麦秸色头发的女孩突然出现在他的眼前,她衣衫褴褛,正不停地打寒战,刚才是一个稍大点的女孩把她从众人中推了出来,也没赔不是。"就要这个!"埃尔南多不假思索地喊道。

"成交!"穆斯塔法下了判决,"来人,把她绑起来交给他。"他命令着,然后急忙走了出去,"对了,记得,一个月后,我等着你。"

此时埃尔南多的心思已经不在顾问身上了,他直直地盯着眼前这个女俘虏:她就是当时那个伊莎贝尔,贡萨利科的姐姐。不知道乌拜德现在怎么样了?埃尔南多想着,他记起乌拜德把小男孩的心脏高举起来,扔到了女孩的脚下。

不一会儿,埃尔南多就重新出现在了由火枪手和近卫军们看守的大街上;他手上牵着麻绳,麻绳上绑着那个麦秸色头发的女子。伊莎贝尔现在就站在他的身后,而他竟突然发现自己迈不动步子了:形形色色的人与各种色彩在阳光的照耀下折射出千万道光,让他头晕目眩。之前明明没有什么特别的感觉的,而现在,这集市为什么倒像是个全新的世界?

"小伙子唷,你带着这个小美人儿是要干什么去呀?"有人用嘲讽的口气问道。

埃尔南多没搭腔。为什么他就一定得接受这个交易呢?他现在要拿伊莎贝尔怎么办呢?卖了她吗?库苏里奥的那场屠杀和那时伊莎贝尔的哀求与当下飘浮在空气中的千万种色彩和气味混杂在了一起。他怎么能把她卖掉呢?难道他对这个女孩的伤害还不够吗?她又有什么错呢?刚刚怎么就选了她呢,连想都没想!埃尔南多突然觉得手上的绳子紧了紧,他转过头去:一个土耳其近卫兵正上下打量着伊莎贝尔,女孩吓了一跳,慌忙退后。

埃尔南多冲着那土耳其人走了一步,可一想到那卖葡萄干的被切断了手,又霎时定在了那里。伊莎贝尔又开始哭泣,她睁大眼睛巴望着埃尔南多,祈求他的帮助,此情此景就像在库苏里奥乌拜德要杀她弟弟时一样。伊莎贝尔退着,只觉背后撞到了什么人,是值守的火枪手挡住了她的退路,而眼前的近卫兵步步逼近,他开始抚弄起她金黄色的头发。

"住手!"埃尔南多大吼一声。他放开麻绳,从鞘中拔出刀来。

他甚至没来得及把刀举起,说时迟那时快,近卫兵已经以惊人的速度抽出刀来,手腕一抖,埃尔南多的武器应声弹飞。还没来得及反应的埃尔南多本能地舞了几下空握着的手,周围的土耳其人早已乐翻了天。

"放开那个女孩!"埃尔南多还在死撑。

近卫兵回头看了看埃尔南多,同时他一只手已在掂量着伊莎贝尔那刚刚发育的小胸脯。他抖出一抹恬不知耻的笑容,八颗白牙明晃晃的,在五光十色的集市里显得特别耀眼。

"我得验验货嘛。"近卫兵一字一顿地说。

埃尔南多愣了几秒。

"先给我看看你的钱。"埃尔南多憋出一句,"看不着钱就不给验货。"

围观的几个近卫兵像是在看一场好戏,反为埃尔南多喝起彩来。

"说得好!"他们笑着叫好。

"对!把你的钱掏出来给他看看……"

就在这个时候,刚才在背后抵着伊莎贝尔的那个火枪手,也就是之前把埃尔南多领进屋的那个,在那近卫兵耳边小声说了些什么。只见那土耳其人不发一语,听着听着,脸色就变了。

"这家伙可不值一个杜卡多!"他想了想,嘟哝了一句,把伊莎贝尔一把推开。

"我看至少能卖三百,小伙子!"另一个近卫兵不满他的品位。

埃尔南多重新抓起麻绳,拨开那些还在取笑他的近卫兵,拉着伊莎贝尔走向哈迈德那把宝刀躺着的地方。

"这把破刀对你一点用都没有,"埃尔南多弯腰捡刀的时候只听见背后有人喊道,"如果你不好好学学怎么用力握住它的话。"

集市上,此起彼伏的喊声、人群、色彩和香气重又在埃尔南多面前铺展开来。他把刀收进鞘里,站了起来。他要拿这个女孩怎么办呢?他正想着,只见几个商人向他跑了过来。

17

走吧，你自由了。

埃尔南多终于穿过了拥挤的集市，他没有理会商人们的出价。"这姑娘已经被人买走啦！"他边喊边拖着女孩从不断逼近的商人眼前逃开。"别碰她！"埃尔南多又推开了几个人，他们一见这个天主教徒女孩被捆住了双手，也不知道要价多少，就径直跟在了两人后面，不断地喊价。

两人最终还是成功跑出了镇子，他们伏在地上，躲在一面矮墙的后面，矮墙这边是个橄榄园，那边是路。埃尔南多把绑在伊莎贝尔手上的绳子解了下来。

"快走吧！"埃尔南多轻声喊道。绳结已经解开。

女孩哆嗦着，埃尔南多也是。他正在亲手释放一个国王交给他的奴隶啊！他还得用她去换钱养马的啊！

"跑啊！"他低声催促，女孩却一动不动。她一句话也说不出来，恐惧映在她栗色的眼睛里。"快跑！"

埃尔南多推了她一把，伊莎贝尔却愈加蜷缩起身子，贴在石墙后面。埃尔南多直起身来就要走。

"你叫我跑去哪里？"伊莎贝尔用细若游丝的声音问道。

"嗯……"埃尔南多用手比画了两下。他向四周望去，远处是连绵的山丘。无法被乌希哈尔容纳的士兵和摩里斯科人在四处点起了篝火：他们大多是阿本·倭马亚大军的成员。"我也不知道。我的麻烦已经够多了。"小伙子抱怨道，"我本来得把你卖掉，好用赚来的钱买些草料去喂国王的马。如果我放了你，那马吃什么呢？还是说你希望我把你卖了？"

女孩嘴上没有回答，那双眼睛却还在苦苦哀求着埃尔南多。这时埃尔南多又弯下腰来，示意伊莎贝尔噤声，一队人走了过来。两人静等那些人过去。要怎么办才好呢？埃尔南多一边想着。马还等着喂呢，而且，如果国王知道了又会发生什么呢？

"快跑吧，跑！"听着摩里斯科人的声音越来越远，埃尔南多又催促起伊莎贝尔。把贡萨利科的姐姐卖掉,他怎么下得去手呢?那时他都没能让那个固执的小孩改变信仰。明知是撒谎他都不肯!埃尔南多想起了那个安静地睡在他身边的小男孩,他抓着自己的手,而第二天,他就死在了乌拜德的刀下,心脏还被挖了出来。"快走!走得远远的!"

埃尔南多起身往镇子里走,说服自己不要往后看,可是走出十几步,好奇心就战胜了他,他有种感觉……她正跟着他!伊莎贝尔正跟在他后面。女孩衣衫褴褛,她赤着脚不停地哭,阳光下是她麦秸色的乱发。埃尔南多伸出手,指了指反方向,可她就是站着不动。埃尔南多又吼了她两句,她仍然无动于衷。

埃尔南多走了回去。

"那我就把你卖了!"埃尔南多说道,他又把她从路上带开,躲到了刚才那道墙后面,"要是你跟着我,我就把你卖了。你也看到了,人人都想买你呢。"

伊莎贝尔大哭了起来。埃尔南多本想等她缓过劲来,但没想到,时间过去了好久,女孩却越哭越凄惨。

"你可以逃啊,"埃尔南多对女孩说道,"等到天黑,你就可以混进人堆里……"

"然后呢?"伊莎贝尔还在抽泣,"然后我要去哪儿呢?"

阿尔普哈拉斯现在掌握在摩里斯科人手上,这一点埃尔南多非常了解。离这里最近的蒙德哈尔侯爵的军营驻扎在奥尔希瓦,从乌希哈尔到奥尔希瓦的近六里地里,根本找不到一个天主教徒;此地离维雷兹侯爵最近的营地所在的贝尔哈也有四里路,整个区域里同样没有天主教徒的身影。这片土地上遍布着摩里斯科人,他们留意着哪怕最细微的动静。单凭一个小女孩又能走出多远呢?要是她被抓住了……要是她被抓住了,别人一定就会知道是他把她放了。这时候埃尔南多才发现自己犯下的错误,他长叹了一口气。

为了不再穿过热闹的集市,两人绕着乌希哈尔的外围向萨拉赫的屋子走去。埃尔南多再次拿起那根绳子,万一在路上撞见什么人也好有个交代。他要拿她怎么办呢?说她也是个摩里斯科人?可是整个乌希哈尔都已经看到她干枯的小麦色头发了,谁还会认不出来她呢!那怎么解释呢?怎么能让一个女天主教徒跟他们住在一起呢?他们一路上还真碰上了好几个摩里斯科百姓,还有几个用热望的眼神盯着这个小女孩的士兵。最终他们穿越了整个乌希哈尔,走到屋子前的田地里,躲在了围墙后面。

"躲起来。"埃尔南多给伊莎贝尔松了绑,然后对她说。女孩看了看四周:眼前只有一道围墙,其余都是平地。"趴到草垛里去,你这样会被人发现的,随便你做点什么,不过注意藏好了,如果被别人发现了……你也知道他们会怎么对你——我也没有好果子吃。"最后一句埃尔南多是对自己说的。"我会来找你的,我也不知道什么时候过来,也不知道我干吗要来找你,"埃尔南多咂了咂舌头,摇了摇头,"不过我会来的。"

埃尔南多绕过围墙走到房门前,他没再去担心伊莎贝尔的事,他发现他回头走过来的时候女孩已经趴到了地上。他要拿她怎么办?而且,即使暂时解决了伊莎贝尔的安全问题,那草料怎么办?让马吃什么呢?他从哪儿才能弄到牧草?房子旁边的草都快被吃光了。哎,伊莎贝尔!他怎么就选了她呢?选另外的人不好吗?选那个把伊莎贝尔推出来的姑娘就好了嘛!自己会有胆量卖了她吗?

历史上,每次柏柏尔海盗袭击地中海沿岸,摩里斯科人总会伸出援手,这些海盗中有一部分本身就是摩里斯科人,他们的这个特征在得土安的海盗和阿尔及尔的私掠船队中体现得尤为明显。这些人出生在安达卢斯,通常是在家人和朋友的帮助下,抓了俘虏卖到柏柏尔去当奴隶,当然,如果在开船前往非洲之前有人肯付赎金的话,他们也很愿意释放这批奴隶。不过,这种事一般只发生在古奈斯尔王国境内的沿海区域,至于阿尔普哈拉斯山地,情况则完全不同。那里的摩里斯科富人所征用的奴隶只限于几内亚黑奴,甚至连拥有黑奴这件事都是被天主教徒所禁止的,这都是哈迈德告诉他的。所以,埃尔南多从来没有贩卖过人口,也从来没有帮忙抓过天主教徒,现在叫他来卖一个姑娘,他又怎么下得去手呢?尽管那姑娘是个天主教徒,可是,明知让她落入海盗或近卫军之手她会遭受怎样的命运,他真的没法把她当作一件商品啊!埃尔南多摸着那把宝刀,这是他每次想起那位年迈的阿訇时的习惯动作。

埃尔南多一边默想一边穿过了屋门前铁制的门廊。等等……里面是怎么回事?十三四个柏柏尔士兵正站在门口的院子里聊天呢,和他们站在一起的还有好几匹上了鞍具的马和满载着货物的骡子。埃尔南多突然觉得腿脚发软,头晕眼花,心跳到了嗓子外边,冷汗浸湿了他的背脊。

这时,一个被阿本·倭马亚派来执行守卫任务的摩里斯科火枪手走了出来,埃尔南多不由自主地吓退了两步。那男人一脸的惊讶。

"伊本·哈迈德……"火枪手喃喃说道。

难道他们发现伊莎贝尔的事了?他们是来抓他的吗?乌拜德!在一头骡子身后,埃尔南多突然看见了那个纳里拉脚夫的身影。

"他在这儿干什么?"埃尔南多放大了嗓门,指着乌拜德问。

火枪手朝他手指的方向看去,耸了耸肩。乌拜德皱起了眉头。

"谁?那个人?"火枪手反问道,"我也不知道。他是跟海盗头子一起来的。我正想跟你说呢：来了个海盗头领，连带着他的手下都一起加入我们了。"埃尔南多耳朵听着那火枪兵的解释，但注意力完全集中在乌拜德身上，他正高傲地望着埃尔南多。"国王已经同意让他把他的牲口带过来和我们的放在一起了，反正我们这儿草料足……"

"我们这儿？"埃尔南多脱口而出。

"这是国王说的。"火枪手答道。

埃尔南多都快站不稳了，那一秒他想立刻跑起来。我得赶紧逃……或者回到伊莎贝尔那儿去：把她绑起来卖掉，一了百了，想想好像也不是什么太难的事。

"不过还有个问题，"火枪手继续说——埃尔南多闭了一会儿眼睛才敢重新面对这个摩里斯科人：还会有什么事？"那土耳其海盗头子说，他和他的部下也要住在这里，乌希哈尔镇里已经没有地方了，这里正好足够宽敞。他还说，他是为了帮我们打天主教徒才来的，不是为了睡在荒郊野地里而来的。"

"不行啊。"埃尔南多抗议。还要来更多的人！乌拜德还在其中！他还有个天主教徒俘虏藏在墙后边呢，而且别说草料了，就是一颗草籽都没有啊，他们还带来了……一匹、两匹、三匹，带来了四匹马，还有那么多骡子："不行不行。"

"他们已经跟萨拉赫达成协议了。他跟他手下住底楼，萨拉赫一家就睡在门厅里。"

"什么协议？"

火枪手笑了笑。

"大概内容就是，如果不把底楼让给他们，他就一口咬掉萨拉赫的鼻子和耳朵，然后把它们钉到船队的桅杆上。"

"桅……杆？"

"嗯，他就是这么说的。"火枪手答道，他又耸了耸肩。

真是的，干吗要问这个？萨拉赫的耳朵跟他有什么关系？管那个土耳其海盗头子把它钉在哪儿呢！

"来人，把这男人抓起来。"埃尔南多命令道，他用手指着乌拜德。火枪手诧异地看着他。"快把他抓起来！"埃尔南多催促道。"不……不能让他靠近国王的马。"埃尔南多好不容易想出个借口。

尽管火枪手一时间有点懵，不过，听埃尔南多口气那么强硬，便立刻招呼来几个同伴，这几个人刚朝乌拜德走过去，几个柏柏尔士兵就拦住了他们的去路。他们不像是近卫兵，从穿着打扮上来看，他们与格拉纳达的摩里斯科人几乎一样，但他们的相貌却不像阿拉伯人；无疑，他们是叛教的天主教徒。两边的人对峙着，空气中弥漫着紧张的气氛。乌拜德已经躲在那些柏柏尔人的身后，他的两只眼睛紧盯着埃尔南多。

"那个土耳其海盗在哪儿？"埃尔南多见火枪手转过头来向他寻求指示，便问道。

火枪手指了指屋里。埃尔南多在饭厅找到了那个海盗头子，他正懒洋洋地躺在一堆绣着五颜六色图案的垫子上歇息。埃尔南多丝毫不怀疑这个男人真的能一口咬掉任何一个人的耳朵：这是个膀大腰圆的壮汉，长得倒是一脸正气，但说起话来那奇怪的口音和之前对埃尔南多拔刀相向后又调戏起他来的那个金发男子一模一样。又是一个叛教徒！

面对海盗头子的问候，埃尔南多却说不出话来。他打量了一下这个男人，随后他的视线便落到了他壮实的胳膊下面：他的右手正在把玩着一个小男孩的头发，那男孩一身华丽的装扮，就坐在他的脚边。

"这是我的宠物，你喜欢他么？"面对埃尔南多惊恐的目光，海盗头领不紧不慢地问。

"什……什么？"埃尔南多回过神来，"不、不，不喜欢！"他本不想回答得那么大声，没想到话说出口时却出人意料地响。

那大个子笑了起来，埃尔南多只觉得那笑中满含着猥亵。这些男人都怎么了？埃尔南多自问，他被眼前所见吓了一跳。眼前这个男人曾经威胁要把一个人的耳朵咬下来，而此时，他却温柔地抚弄着一个男孩的头发。这时，萨拉赫和另一个男孩一起走了进来，那男孩看上去比坐着的这个年纪略微大点，同样身着华服：上身套着一件黄色亚麻外袍，下边是灯笼裤和一双做工精巧的拖鞋，也是一样的颜色。只见那男孩矫揉造作地将一杯柠檬水递给海盗头子，然后在他的另一边坐下，紧紧贴着他的身体。

"那这个呢？你也不喜欢？"大个子问了一句，把杯子送到嘴边。

埃尔南多用眼神向萨拉赫求救，但商人的双眼正紧紧地锁在那三人组身上。

"也不喜欢。"埃尔南多回答，"两个我都不喜欢。"三人此时的表情像是要用目光脱光埃尔南多的衣服。"你不能待在这儿。"埃尔南多冷不丁向海盗头子发难，他想赶紧结束这尴尬的场面。

"我叫巴拉克斯。"海盗头子说。

"你好，巴拉克斯，可是你不能留在这个屋子里。"

"我的船名叫快马，我的船队是阿尔及尔最快的私掠船队，你一定会喜欢坐我的船的。"

"可能吧，可是……"

"你叫什么？"

"哈迈德·伊本·哈迈德。"

海盗头子慢慢地站起来：他比在场的所有人都要高出半个身子，他只穿着一件白麻做的宽大长衫。埃尔南多努力让自己稳住脚步，而旁边的萨拉赫已经吓得退了半步。巴拉克斯又笑了起来。

"你真是个勇敢的青年。"强盗头子笑道，"不过你听着，伊本·哈迈德：我要留在这里，直到你们国王开路，哪个摩里斯科崽子都别想阻止我，我可不管伊本·倭马亚有多信任你。"

"我们正等着我继父呢……还有伊本·阿布！嗯，对！"埃尔南多接着往下说，尽管几句话不怎么连贯，"他们在波凯拉呢，他是国王的堂弟，是波凯拉的长官，要是他们回来了，这里就没地方了……"

"等他们回来了就让楼上那些女人和小孩搬出去，让尊贵的伊本·阿布和你继父住。"

"可是……"

"放心，到时候你可以和我们一起睡，伊本·哈迈德。"

说完这番话，海盗头子挥了挥手，和那两个娈童一起走出了大门：他们一个绽放着金光，一个泛着血红色。

"那也不能让那个脚夫住在这儿。"埃尔南多赶紧喊了一句。巴拉克斯停下脚步，摊开双手表示不解。"我不想看到他住在这里。"这就是埃尔南多的所有解释。

"那谁来看管我的马和骡子呢？"

"你不用担心，我们会管的。"

"那好吧。"海盗头子对做出这个让步感到无所谓，他又冷不丁抖出一个微笑，说："不过你要记住，这可算是我为你这个勇敢的小伙子做的人情，伊本·哈迈德。你欠我的。"

草已经吃完了，牲口们需要食物。乌拜德被命令离开这座房子之前已经问他们要过草料了。埃尔南多从萨拉赫那里得知，这个独臂人是在阿德拉加入巴拉克斯的队伍的，蒙德哈尔侯爵的军队占领帕特尔纳后，乌拜德正是逃往了阿德拉。这些天还不断有私掠海盗、柏柏尔人和奥斯曼土耳其人来到安达卢斯的海岸，他们知道，那不勒斯的军舰马上就会开到这里，到时登陆将会变得更加困难，而且，一旦卡斯蒂利亚骑士团长的大军到来，在西班牙海岸线一带的私掠活动将会遭遇更严厉的打击，所以，许多私掠海盗的头目都选择了参加战斗或是与摩里斯科人做买卖来牟利。巴拉克斯需要用马和骡子来运送各种生活用品，特别是男宠们的衣物和私人物品，事实上也只有这些娈童才被允许带着自己的行李，正是这个原因，他才雇用了乌拜德，尽管他只有一只手，但赶骡子倒是没什么问题，况且他还对阿尔普哈拉斯山地的道路了如指掌。

还是萨拉赫告诉埃尔南多的，说乌拜德刚到这里就跟他们要饲料。

"这是我的事，谁都别管。"埃尔南多故意做出嫌恶的表情，他不想再继续这个话题。

怎么才能弄到草料呢？当那位满脸是汗的商人转过身去，埃尔南多已经在心里问了无数次。

到了正午，女人们开始准备午饭，不过，巴拉克斯和他部下的到来使得前一天家中还洋溢着的亲密气氛荡然无存。屋里有了生人，阿以莎、法蒂玛和萨拉赫的老婆在家里走动时都蒙着脸、包着头。法蒂玛把前一天对埃尔南多的微笑改换成温柔的目光，她总是不免多望埃尔南多儿眼，不过，无论是她还是阿以莎都立马发现埃尔南多好像心里有事。

"你怎么了，孩子？"趁四下没人，阿以莎关心起自己的儿子。埃尔南多摇了摇头，抿住嘴唇。"你继父没回来啊，"阿以莎没有放弃，"我听你当时跟那个海盗头目说了。那到底发生了什么事呢？"见埃尔南多转过头去，阿以莎又说道，"你不用担心我们，感觉那海盗对女人没什么兴趣……"

埃尔南多不再听母亲讲话。他当然对女人没什么兴趣！埃尔南多无论走到哪儿，停在哪儿，都能感觉到巴拉克斯淫邪的眼神正盯着自己：有时候他一个人，有时候他手上还抚摸着他带来的哪个男宠。吃午饭时，那强盗头子从头到尾都在看坐在萨拉赫旁边的埃尔南多，仿佛埃尔南多才是他的宠物一样，而其他人都在屋外吃饭。他怎么把这事告诉母亲呢？母亲好像还没发现这一点呢。还有，他又要怎么向母亲坦白那件事呢？说他把一个天主教徒女孩藏在围墙后面很长时间，她已经吓坏了同时饿坏了，如果把她带进家里她说不定还会……伊莎贝尔都会些啥呀？说不定她已经跑出去又被人逮住了呢？他们一定会来找他的。他又要怎么跟母亲解释已经没有草料了这件事呢？今天晚上，顶多明天一早，巴拉克斯的人就会吵着索要草料的，阿本·倭马亚可是答应过他们的啊。他要怎么告诉母亲他违背了敕令，把国王的女俘虏私藏起来了呢？要知道那个纳里拉的脚夫只是私藏了一把十字架就被砍掉了一只手，他私藏的可是一个女天主教徒啊，可能价值三百杜卡多呢……

"你怎么发抖了？"母亲的双手贴在他的脸颊上，"你病了？"

"没有……妈,别担心了,我会处理好的。"

"处理什么啊?有什么要处……"

"都说了别担心了!"埃尔南多粗暴地打断了她。

整个下午埃尔南多都在照料那些牲口,他试着接近伊莎贝尔隐蔽的那道墙,可没法走得太近,即使隔着那道墙说上两句他都做不到,尤苏夫一直都在他身边,这个男孩专心致志、孜孜不倦地汲取着知识,不停地问着这个或是那个问题,想把埃尔南多对牲口们做的每个举动是什么意义都搞个一清二楚。

眼看情况不妙,埃尔南多趁离那道墙还不算太远,赶紧招呼尤苏夫过来,他用手指着马匹们沾满泥土的下唇。

"知道这是为什么吗?"埃尔南多问道。

"它们在找草根呢。"男孩回答,他很奇怪为什么埃尔南多突然问了个这么小儿科的问题。

"这是因为没有食物了!"埃尔南多突然放大声音,他仿佛望见了围墙后面,"今晚都没有吃的了。要忍到明天了!"他喊了起来。

"她已经吃过了。"尤苏夫小声说。埃尔南多的身体猛地一颤。"我听到哭声,就过去看了看……"男孩解释道,"我给了她一小块面包。你不用担心。"看见埃尔南多一脸紧张,尤苏夫连忙加上一句,"我不会告发你的。"

可是,明天又能怎么办呢?埃尔南多愁着。他亲切地拍了拍小尤苏夫的脸,然后望向天空。内华达山脉的天是铅灰色的。

这一晚,在满心担忧的阿以莎的怂恿下,法蒂玛也主动上前询问埃尔南多究竟发生了什么事。今晚的她是如此甜蜜,埃尔南多仿佛透过面纱看见了她的脸。

埃尔南多伸出右手,想要去揭开那层面纱。此时却突然传来一个声音,让法蒂玛落荒而逃。

"草料呢?"萨拉赫问道。

正是这个摩里斯科商人的一声大吼让埃尔南多的计划瞬间泡了汤。尽管身躯臃肿,但他还是小心翼翼地绕过通往地下室的楼梯,踮着脚穿过了前厅,成功地没有发出一点声音,他溜到了起居室,法蒂玛正在这里与埃尔南多卿卿我我。法蒂玛惊惶落跑的时候特意侧过身来想避过这个胖商人,可萨拉赫故意蹭了过去,左挡右挡,拦住了她好一会儿,他十分享受这个女孩肉体的触感。

埃尔南多张开的手指还定在那里,眼前的面纱却已不翼而飞,法蒂玛的低语还轻抚着他的耳际。

"放她走！"埃尔南多怒吼。"——草料的事用得着你那么关心么？"见法蒂玛终于摆脱了萨拉赫的骚扰跑上顶楼，埃尔南多质问起来。

"因为已经没有草料了啊。"在屋顶吊着的那盏小提灯散发的微光下，萨拉赫那对狡黠的小眼睛显得炯炯有神，他站在第一级阶梯上，"整个集市都在谈论，说有个腰里别着把刀的摩里斯科小伙子拉着一个漂亮的天主教徒女孩，那女孩是国王交给他让他换草料用的。"

"然后呢？"

"那女孩现在不在这里，你又没把她卖了，乌希哈尔没人买下那个姑娘，我知道的。"这番话实实在在出乎埃尔南多的意料，可是……他突然有种得来全不费工夫的感觉，他找到答案了！这天压在他头顶的阴云突然散开了，他已经打好了算盘。萨拉赫还在继续攻击，他的嘴角露出了胜利的笑容："贼骨头！你对她做了什么？你强暴了她，然后把她杀了？还是说你把她藏起来了？她可值一大笔钱……把她交给我我就不去告发你，要不然……"商人还在威胁，而埃尔南多却越发地笃定，"我一定会照我说的去做的。我要到国王那儿，到时候他们一定会宰了你。"

"我已经把她卖掉了。"埃尔南多肯定地说，他强硬的目光落在商人臃肿而奸诈的脸上。

"你在说谎。"

"我已经把她卖给了我在乌希哈尔唯一认识的商人……我还以为通过他我能卖个好价钱，可是……"

"你卖给谁了……"萨拉赫问到一半，就见小伙子把手放到了那把宝刀上，立刻闭上了嘴巴。

"可是那个死胖子没付我钱。"埃尔南多沉着应对，"现在好了，女孩没了，国王给我喂马的钱也没了。"

埃尔南多拔出刀来抵着萨拉赫的肚子，商人退了一步，发现自己的背紧紧贴到了墙上。埃尔南多运用全身的力气紧握着刀柄，他所有的肌肉都紧绷了起来：这次他再也不会让自己的刀被打落下来了。

"谁会相信你的话？"萨拉赫支支吾吾地说，他发现自己中了埃尔南多的圈套，"只要……只要你跟我对质，你没法证明你已经把俘虏交给我了的。"

"对质？"埃尔南多半眯起眼睛，"谁会让你有机会跟我对质！"

埃尔南多作势把刀往前一顶，萨拉赫吓得跪了下来，弯刀从他的肚子滑到了他的喉咙，把他的衣服划开了一道长长的口子。

"别！"萨拉赫哀求道。埃尔南多用刀尖顶住商人的喉结。"你说啥就是啥，大人快饶命吧。我一定付钱！你说付多少就付多少！"

商人哭了起来。

"三百杜卡多。"埃尔南多的口气稍软了一点。

"好好，行啊。成。三百杜卡多。你说多少就是多少。中。"

没过几秒，商人的哭声就停了下来，埃尔南多又在刀尖上加了点力。

"要是你敢骗我，你有得受了。这是伊本·哈迈德说的。"萨拉赫不住地摇头。"起来，把仓库的门打开，找钱去。"

两人走下楼梯，埃尔南多的刀一直抵在商人的后颈上。到了储藏室门口，萨拉赫却久久打不开那两把门锁，他宽阔的背挡住了提灯的光。

"跪下！"埃尔南多命令道，萨拉赫刚把门打开一条缝准备跨进去。"像狗一样给我爬进去。"商人只得服从，他手脚并用爬进了仓库。埃尔南多踢了一脚把门合上。他观察着整个储藏室，同时不忘继续威胁萨拉赫，胖商人正在大口喘气。"现在给我趴在地上！手脚交叉！要让我发现你动一下，我就一刀捅死你。还有灯吗？"

"在你前面，箱子上。"萨拉赫说话的时候地上的土被他吹了起来，他打起了喷嚏。

埃尔南多找到了油灯，他点燃灯芯，地下室被稍微照亮了一些。

"你这个异教徒！"埃尔南多的眼睛刚刚适应黑暗的环境，"谁会相信你的鬼话？"与装粮食的旧木桶、衣物和其他各种货物堆在一起的，还有圣母像、十字架、一个圣杯、教士的长袍、十字褡，甚至还有一组祭坛装饰组画。

"值很多钱的。"商人为自己辩护。

埃尔南多站在那里沉默了几秒，他用指头摩挲着一尊圣母与圣子像。这次你可真的救了我呵，他真想这么对那死胖子说。要不是有这些玩意儿……他们两人有一个就要去死了。

"钱呢？"埃尔南多问道。

"在一个小桶里，就在灯旁边。"

"坐起来，"埃尔南多摸到了那个桶，命令商人，"慢点，腿张开。"商人挪动着沉重的身躯。"数出三百杜卡多来，装到一个袋子里。"

萨拉赫照做了。埃尔南多又把小桶放回原地，把钱袋放到桶上。

"你就把钱放在这儿？"萨拉赫觉得很惊讶。

"嗯。我觉得把国王的钱藏在这儿是再好不过了。"

两人像来时一样关上门，埃尔南多依然拿刀逼着萨拉赫。

"把其中一把钥匙给我。那把，大的那把。"萨拉赫刚把门锁上。"嗯，好。"埃尔南多接过钥匙，"现在就是最后的部分了：你跟我一起去见火枪手的头儿，到时你要是敢说一句话，我就照刚才的说，我不管他们信不信，不过我敢确定，你肯定是再也见不到你藏在这儿的这点东西了，他们砍你的时候都不会带一丁点犹豫的。听明白了？"

两人走到院子里，商人安分地听着埃尔南多吩咐火枪兵的头领，让他专门派个人去守着地下室的大门。

"那里面存放着国王的钱。"埃尔南多说道，"只有萨拉赫和我两人同时在的时候才能进去。要是哪天我有什么不测，你们就把门撞开，把国王的财宝还给他。""祈求慈悲的真主，"待两人一起进了屋门，埃尔南多对萨拉赫说道，"叫我平安无事。"

"我会为你祈祷的。"商人极不情愿地答道。

第二天一早，在站在楼梯口的火枪手的监督下，两人各自打开了自己对应的那把锁。刚一进门，萨拉赫就急着要把门关上，可是埃尔南多坚持把它留了一条缝，这样，胖商人就得注意着楼梯那边传来的每个响动，生怕再有别人发现他私藏的货物。埃尔南多抓起一把杜卡多递给萨拉赫。

"去，买点草料来。"埃尔南多差遣着萨拉赫，"买够所有牲口几天的食量就行了，今天早上要让我看到，还有，给我弄套像样的衣服。"

"可是……"

"这是国王的意思，你就当是涨价了好了。我还要一套黑衣服……不，要白色的，女装……给小姑娘穿的。"埃尔南多笑了笑，"还要一块面纱，这个最重要了，现在就要，我相信你一定能在……这堆玩意儿里，弄到你所有需要的东西的。"埃尔南多用手比画着。

没过多久，埃尔南多从地下室里走了出来，他一身绿色的配饰，身穿用红色和金色塔夫绸织成的长衫，金丝布的斗篷上有用珍珠勾勒出的图案，他头戴一顶圆帽，额头的部位，一块小绿宝石正闪闪发亮。埃尔南多把哈迈德赠予的佩刀挂在腰间，手上捧着给伊莎贝尔准备的衣裳，而烙在他背上的，是商人萨拉赫仇恨的目光。那一晚，埃尔南多想了好多办法好把伊莎贝尔带出那片地方，但后来，他自己却又把它们一个个地排除掉，直到他发现……为什么不去做呢？草料的事情不也完美地解决了吗？只要跟着直觉走就好了啊。在大厅里，他遇见了巴拉克斯和他的宠儿们：海盗头子对他行了个礼，给他让出一条路，埃尔南多从他们当中穿过，也问候他们好。

"要是你跟我走，我就用蓝宝石填满这顶圆帽。"埃尔南多经过时，海盗头子这样说道。

埃尔南多迟疑了一下，一时间有点惊慌失措，但他马上回过神来。他走到门口，向尤苏夫索要他那匹黑马，不一会儿，尤苏夫就把那匹马套好笼头牵了过来。"国王交给我一个任务我得去完成。"在母亲和法蒂玛面前，埃尔南多找了个借口。看到埃尔南多这身华美的衣裳，两个女人都难以掩饰她们的崇拜之情。

埃尔南多骑上黑马，踢了一脚马刺，飞驰到伊莎贝尔所在的地方。

"穿上这个。"伊莎贝尔还趴在前一天埃尔南多把她丢下的地方，她没有抬头，直到那匹黑马的马蹄擦过她的前额。"听话啊！"见女孩举棋不定，埃尔南多命令道。"你们看什么看？"他喝退了闻声围上来的几个士兵。

埃尔南多拔出弯刀，驾马向那几个摩里斯科人走去，他那身金色的披肩在风中舞动，拍打着马的臀部。士兵们四处逃散。

"快点。"埃尔南多又走回到伊莎贝尔身边。

四周没有任何遮挡，女孩也只得开始脱衣服，她蜷着背，尽力掩盖住自己的身体。埃尔南多背过身去不去看她，可是时间紧迫，任何一秒都有可能会有更多的士兵赶过来。

"好了吗？"见女孩没有应声，埃尔南多转过头来，那对小胸脯恰好映入他的眼帘。"快点！"伊莎贝尔真不知道该怎么套上这件从没见过的衣服，埃尔南多赶紧跳下马来帮她，这时候也顾不上害臊不害臊了。"面纱，面纱，快把面纱蒙好！"

女孩一把衣服套好，埃尔南多就把她放到了马上，自己坐到伊莎贝尔后面，好抱着她的肚子稳住她。埃尔南多策马飞奔起来，伊莎贝尔虽然一时东一时西地摇晃着，却没发出一声怨言。埃尔南多在去奥尔希瓦还是去贝尔哈之间犹豫着，最终还是选择了后者，尽管在贝尔哈驻扎着那个传说中的铁头鬼，可是如果去往奥尔希瓦，碰上摩里斯科人的概率无疑要大得多。阿本·阿布、布拉希姆以及他们的手下就在瓦洛尔一带干着拦路抢劫的营生，而继父那张凶狠的脸是埃尔南多万万也不愿意看到的。他很熟悉去贝尔哈的路，两个月以前去阿德拉的路上他还曾经经过那个镇子，离海岸还有半里路的时候向东边转，一直往加多尔山脉的方向走就能到达那里，贝尔哈与乌希哈尔路途迢遥，届时他们与阿本·倭马亚的军队也会天各一方。埃尔南多勒了勒马脖子，那匹马已经累得全身是汗。

"你要把我带到哪里去？"这时伊莎贝尔问道。

"带到你们的人那儿去。"

两人又骑着马小跑了一阵，女孩又问：

"你为什么要这么做？"

埃尔南多没有回答。他为什么要这么做呢？为了贡萨利科吗？为了那小男孩在生命最后一夜紧握住他的那双手所放出的余温？为了当时眼看着乌拜德杀死那小男孩时他和伊莎贝尔之间所建立起的那种情愫？还是单纯为了不让她落入柏柏尔人和叛教徒之手呢？直到此时他还没想过这个问题呢。他只是这么去做了……想到就去做了！不过说实在的，为什么他要这么做呢？他只是在自找麻烦。难道天主教徒曾经为他做了什么吗，让他一定要这么去护着一个他们的人？伊莎贝尔又问了一次同样的问题，问他为什么。埃尔南多猛踢着马刺，快马加鞭往前赶着。为什么呢？女孩不依不饶。埃尔南多不停喊着，把马驾得飞快。他勒着伊莎贝尔的肚子不让她摔下来。她几乎没有分量。她还只是个孩子。对了，这就是那个为什么啊，埃尔南多高兴地下了结论，风打在他脸上呼呼作响，因为伊莎贝尔还只是个孩子啊！

一路上遇见的摩里斯科人没有对他们强加阻拦，见到这对奇怪的组合，他们都好奇地让到了一边：骑在马上的两人，前面的那个一袭白衣，蒙着面孔，像是个女子，而后面抱着她的那个骑手一副不容轻慢的神色，衣服华丽得让人弹眼落睛，他腰间还挂着一把宝刀，随着骏马的脚步在马背上拍打着。

正午之前，两人已经抵达了贝尔哈附近，贝尔哈镇的每栋房子前面都有个花园，而在房子与房子之间，巍峨的防御塔高高矗立着。最后一段路上，他们故意放慢了角度，好让马稍微歇息一下。这时候埃尔南多才感觉到伊莎贝尔幼小的身躯，她正紧紧倚靠着自己，而自己的手所按着的地方，伊莎贝尔腹部那里的衣服已经汗湿了一片。埃尔南多只觉得伊莎贝尔腹部的肌肉硬硬的，绷得很紧。

见到贝尔哈出现在视线中时，埃尔南多把刚才这些想法都抛在了脑后。城外，人们正在耕地，几个天主教士兵在休息，而另外几个则在采集牧草。埃尔南多的出现使得士兵们停下了手上的活计，正午的阳光垂直落在地上。黑马放慢了脚步，它感觉到了主人加在自己脖子上的力量，在原地蹦跳，大口喘着气：它的毛发闪烁着黑红色的光，和它相映生辉的还有埃尔南多的披风……和维雷兹侯爵的盔甲：他和他儿子迭戈·法哈尔多站在一起，挡住了镇子的入口。

埃尔南多让伊莎贝尔下马，就在此时，一队士兵举着武器跑了过来。端坐在黑马上的埃尔南多扯下女孩的面纱，一绺金发垂了下来，随即他拔出刀来抵在女孩的脖子上。打头的士兵霎时间定住了，后边看不见的人都撞在前边的人的背上，走在最前面的兵离埃尔南多他们不过五十步远。

"小姑娘，让开啊！快躲开！"一个士兵一边给火枪装弹一边喊。

可伊莎贝尔站着一动也不动。

远远地,埃尔南多寻找着维雷兹侯爵的眼睛,两人的目光交错了几秒。侯爵终于明白那摩里斯科人想要做什么,他挥了挥手,示意手下后退。

"愿平安与你同在,伊莎贝尔。"见天主教士兵退了下去,埃尔南多给女孩留下一句祝福。

他掉转马头,飞一般地离开了那里,他挥舞着宝刀,高喊着,就像摩里斯科人向天主教军队发起总攻时那样。

18

我们得到消息,攻过来的摩尔人该有两万两千,装备不差,而我们的军队不过两千人。可是,我自己就可以干掉两千个敌人,我的马也能干掉两千,九千个摩尔人对于我们勇敢的步兵队又算得了什么呢?还有九千就交给你们吧,我们杰出的骑兵队,你们的士气是如此高昂,你们的勇猛无人可挡。别忘了我们还有响亮的号角,那震耳欲聋的轰响,再来一万个摩里斯科人也一样会闻风丧胆,晕厥当场。

——希内斯·佩雷兹·德·伊塔,《格拉纳达内战》
维雷兹侯爵的动员报告

如此煞费苦心地把伊莎贝尔救出来真的有意义吗?将女孩交予维雷兹侯爵的一个月后,埃尔南多又一次站在了贝尔哈城门口。伊莎贝尔还会在这个镇子里吗?如果答案是肯定的话,她一会儿又将会被他们俘虏……人们就会发现他并没有把她卖掉的事实。

阿本·倭马亚下定决心进攻贝尔哈,是因为格拉纳达山城区的摩里斯科人向他提出了条件,只有打败那个不可一世的侯爵,他们才会加入起义。现在正是发动攻击的良机:侯爵的军队因为士兵大量脱逃已经折损了大半,而从那不勒斯和皇家舰队一起赶来的援军才刚刚到达安达卢斯的海岸。

在这样的情势下,又有谁会怀疑这场战斗的结果呢?所有人都相信,这些穆斯林必将把铁头鬼的军队打得溃不成军。

按照国王的安排,攻城会在晚上进行,这时候天已经暗了下来。镇子的郊外,摩里斯科人的大帐中沸腾着蓄势待发的气息,所有人都为这场战斗做好了准备,他们拿着武器,唱着喊着,祈求着真主的庇佑。不过,即使是在如火如荼地进行着准备工作之时,即使是在一片喧闹中,骑在黑马上的埃尔南多也和国王还有国王的那些大臣一样,频频转头,望向旁边与他们分列而站的五百来个士兵。

他们正是那些柏柏尔人和土耳其近卫军,他们在自己的衣服外边又套上了一件白色的罩衫,好在黑暗中分辨出敌我,就像西班牙人的军团都套上了夜行衣。这些士兵对自己的取胜毫不怀疑，他们都在头上戴上了胜利的花环。大麻早已在这群安拉的战士的血液里翻滚，他们已经立下誓言，要为真主死战到底；他们也已经向国王提出申请，他们将作为先锋，冲在攻城队伍的最前头。

阿本·倭马亚一声令下，只见那批人发疯似的冲向了镇子。这样一支军队怎么可能会不胜呢？埃尔南多在心里说道。冲锋的嘶吼、火枪的射击、铜鼓的轰鸣和竖笛的乐音把埃尔南多包裹在其中，在这些真主的殉道者面前，一个伊莎贝尔又算得了什么呢？埃尔南多就像所有被落在后面的摩里斯科人一样，感觉到一股热流冲上心头，他疯狂地喊了起来，而此时近卫军们已经击溃了镇子入口的守军。阿本·倭马亚适时下达了总攻的命令，摩里斯科人的大军一拥而上。

埃尔南多身边的几个土匪吼了起来，他们踢着马刺，向镇子入口狂奔而去。埃尔南多也拔出了弯刀，加入了癫狂的冲锋队伍，发出了与其他人一样失去理智的狂啸。

可是，在贝尔哈的小巷里，摩里斯科人的军队的拳脚根本就施展不开，一大批一大批的穆斯林士兵涌进了镇子里，人流中埃尔南多连马都无法驾稳，屋子与屋子之间原本就狭窄的街道上，人与马正互相推搡着挤在一起。埃尔南多四下张望，却发现根本没有一个敌人能让自己的宝刀稍有用武之地。周围全是自己人！而天主教徒都躲在屋子里，蹲在屋顶上，他们举起火枪不停地射击。他们甚至都不需要瞄准！摩里斯科人的士兵死伤遍地，硝石和火药的气味弥漫在大街和小巷，火枪射击所放出的阵阵浓烟让埃尔南多几乎看不见眼前究竟发生了什么事情。他怕，他很怕。他瞬间意识到，他和其他骑兵一样，在整支大军中鹤立鸡群：他们就好像是无法移动的靶子，吸引着天主教徒的火力；不仅如此，他们甚至挡住了自己人，让友军的火炮和弓箭都难以去命中屋顶上的敌人。埃尔南多踢着马肚子，想要尽快逃出这个圈套，但四周都是人，马根本移不动步子。一粒铅丸紧贴着他的头削了过去，他甚至听到了子弹切割空气时的呼啸。他极力稳住马匹，他抓紧黑马的脖子祈祷起来。突然他感觉到右腿大腿上一阵撕裂的痛，一支箭正中了他的膝盖，疼痛是如此难以忍受，此时穆斯林大军已经开始撤退。四散而逃的士兵人挤着人，那匹黑马差一点就被推倒在地，埃尔南多已经失去了对它的控制，但奇迹般地，黑马自己稳住了平衡，转身一跃，随着大部队一起涌出了镇子。

这一整个晚上，阿本·倭马亚都还在不依不饶地继续攻击。摩里斯科人的大营里，一个理发师①逼着埃尔南多喝下了混有大麻的汤剂，他先把埃尔南多搁在一边，去给其他伤员治伤，过了一会儿，他过来割开了埃尔南多的大腿，将箭取了出

---

① 古西班牙没有专职的外科医生，外科医生由理发师兼任。

来，然后熟练地把伤口缝上，这时候，埃尔南多昏了过去。

天亮了，阿本·倭马亚终于放弃了攻城计划，下令撤军，这一晚，维雷兹侯爵准确利用地理优势痛击了摩里斯科人。埃尔南多与国王的大臣们一起仓皇逃跑，他的右腿已经伸不进马镫子里，只得悬在空中，他咬着牙，努力让自己不要从马上摔下来。他们的身后留下了一千五百具尸体。

"愿先知和胜利与你同在。"

这是临别时法蒂玛对他说的话，这是在向一名战士告别时所说的话！

维雷兹侯爵的军队没有追击他们——放弃地利而跑到一个空旷的战场上实在荒唐——被一战打垮的摩里斯科人垂头丧气地回到山里。埃尔南多任黑马加快脚步，走到其他马匹一旁，只有想着法蒂玛才能让他暂时忘却这场惨败，忘却腿上刺扎的疼痛。

把伊莎贝尔放在贝尔哈之后直到阿本·倭马亚决定进攻贝尔哈前，这段时间里，法蒂玛与埃尔南多之间的距离越来越近，她的心中已经没有了怨恨，没有了恐惧。阿以莎同时照顾着她自己的孩子以及胡马姆，布拉希姆也曾经过来过，只为了表明他依然活着，然后就又去了瓦洛尔陪伴在阿本·阿布身边。巴克斯一如既往地和他的男宠们极尽淫靡之能事，而乌拜德消失在镇子里，等候着主人的召唤。被埃尔南多抢走了三百个杜卡多、又搭上昂贵衣服的萨拉赫这些天来觉得难过异常，他紧盯着地下室的大门，那里面藏着他的全部家当。

法蒂玛和埃尔南多不愿浪费每一分每一秒，他们一起聊天、一起散步、一同回想。不论在正午的艳阳下还是伴着夜晚的星光，他们总是腻在一起，回忆着前几个月两人一起经历的种种。有几次走在一块儿时，法蒂玛说起她的丈夫，那个年轻的学徒，她说她爱他像爱一个哥哥胜过像爱一个情人。

"我记得我很小的时候他就住在我家了。我爸爸对他很亲……我也是。"法蒂玛望了望埃尔南多，仿佛这些话里还有别的意思。埃尔南多没有说话，而她又继续讲了起来："他很专注，也很温柔……是个好丈夫，他也很爱胡马姆。"

小伙子深深吸了口气，他等着法蒂玛继续说下去。

"知道他死了的时候，我哭了，就像我爸死的时候一样，可是……"法蒂玛突然望着埃尔南多的眼睛，她那双黑色的瞳孔比任何时候都要深邃，"可是现在我知道，除那以外，这世界上还有其他完全不同的感情……"

一个甜蜜的吻封住了她的话语，随后，突如其来的胆怯让两人都一言不发地走回了屋子。那几秒里，他们忘记了布拉希姆，忘记了继父危险的纠缠，但走回去的那几步里，继父的怒吼声又再次回响在两人的耳边。如果布拉希姆回来发现法蒂玛已经将自己的真心托付给埃尔南多，阿以莎不知道又会遭受怎样的虐待？

宣布向贝尔哈进军的那一天，法蒂玛把一杯新鲜的柠檬水拿到了埃尔南多手上，他正在准备战马，那时天还蒙蒙亮，空气中涌动着大战将至的兴奋和不安。调笑间，埃尔南多把法蒂玛抱到了还没装鞍具的黑马背上，他托着法蒂玛的腰，感觉到她身体的颤抖，他想帮忙放她下来，没想到法蒂玛趁势倒在了他的怀里，她抓着他，给了他一个香吻。为避嫌，尤苏夫溜到了一边，却也没忘不时瞄上两眼。埃尔南多还了她一个激情四射的吻，压着她的乳房，按着她的屁股，他想要她，他知道她也想要。后来他忙着出征的准备工作，没有注意到那一天剩下的时间里法蒂玛和他母亲都去了哪里。

当晚，阿以莎把那间有大床的房间让给了他俩，她自己去和孩子们睡在了一起。她忙了一个白天，租来了好多好看的衣服和珠宝，她奔忙着，也不管法蒂玛不时小声地抗议。她还买来了一点香水，几乎整个下午她都在忙着打扮法蒂玛：她帮她洗净身子，用女贞花混着香甜的橄榄油濯洗她黑色的头发，直到两个发鬓都泛出了些微的红色；随后，她在法蒂玛身上撒上清香的柑橘花水。还是用那女贞花液，母亲小心地在法蒂玛的手脚上文上小小的几何图案。法蒂玛顺着她的意：她有时笑着，有时又把目光藏了起来。阿以莎用爱神木的浆果和锑粉调制成汁液，清洗着法蒂玛的大眼睛，她按着她的下巴让她不要乱动，不一会儿，那对乌黑的眼仁就变得越发清澄明亮。她给法蒂玛穿上白绸做的长衫，长衫两边开衩，上面点缀着颗颗珍珠，她又让女孩戴上耳环、脚环和手镯，这些都是用纯金打造的。只有当母亲想给法蒂玛带上项链时，女孩才婉拒了她，她不想把胸口挂着的法蒂玛之手拿下来。阿以莎轻抚着那小小的护身符上略微伸开的五指，没再坚持。阿以莎把蜡烛点了起来，把床单铺好，在一个脸盆里倒上清水，又把柠檬水、葡萄、坚果和她从市场上买来的一些蜜汁甜食放在一旁。

"你尽量别动。"法蒂玛想要帮帮阿以莎，阿以莎却拒绝了她。一丝难以觉察的忧伤划过女孩的脸上。

"怎么了？"阿以莎担心起来，"你……还没想好？"

法蒂玛低下头。

"不，我想好了。"她最终回答道，"我爱他。我只是不知道……"

"说吧。"

法蒂玛抬起脸，向阿以莎吐露出自己的想法。

"萨尔瓦多，就是我的丈夫，他经常想要和我那个。他每次想要的时候我都尽量满足了他，可是……"阿以莎耐心地等着她说下去，"可是我从来都没有过感觉。

对我来说，他就像是我哥哥！我们是打小在我爸的工坊里认识的。"

"你跟埃尔南多一定不会这样。"阿以莎向她保证。法蒂玛用眼神询问着她，像是要努力说服自己去相信她说的话。"你自己就会发现的，嗯，当那种情绪让你全身都颤抖起来的时候，你自己就会发现的。埃尔南多才不会是你的哥哥。"

晚祷告过后，阿以莎走到门廊那儿找到了自己的儿子。她逼着埃尔南多，让他陪自己走到顶楼，其间没有跟他做任何解释。萨拉赫一家眼看着阿以莎如何坚持要儿子跟她一起上去，随后，巴拉克斯和那两个娈童目送着两人跨过充当他们卧室的饭厅的大门，看到这里，海盗头子重重地叹了口气。

"她答应要等你的。"把儿子送到顶楼卧室的门前，阿以莎对儿子说。埃尔南多本想说些什么，最后却只是笨拙地比画了几个手势。

"儿子，不要因为我的缘故让你们不敢去爱，况且，那么做也是没有用的……进去吧。"阿以莎抓起儿子的手腕，把门推开了一些。埃尔南多想要抱抱母亲，可阿以莎拒绝了他："不，儿子，你该抱的是她。她是个好女人……也会是个好母亲。"

还没跨过门槛，埃尔南多就在原地怔住了：法蒂玛站在那里，在阿以莎铺好的垫子旁等待着他，周围还摆放着各种各样的食物。

"进去啊！"母亲小声催促他，在他背后推了一把，好把门关上。

门在背后关上了，而埃尔南多还是站在那里。烛光逗弄着长裙下女人窈窕的侧影，衣衫上装饰着的珍珠闪烁着光亮，她的头发也是，还有那些金饰、她手上和脚上的文身、她的眼睛，以及包裹着他们的柑橘花的清甜香气。

法蒂玛走上前来，微笑着，把盛满清水的水盆递了过来，埃尔南多口齿不清地挤出了句谢谢，僵硬地把手洗了洗。法蒂玛温柔地叫他坐下，一字一句都满含着浓情蜜意。埃尔南多慌了神，他不敢去看女孩胸口那层薄丝下呼之欲出的两个乳房，他的目光同时还回避着法蒂玛那双大大的黑眼睛。他坐了下来，任法蒂玛服侍着他，他吃着、喝着，无法掩饰他颤抖的双手和急促的呼吸。

葡萄干很快吃完了，接着是坚果和柠檬水，从丝质长衫两侧的开衩里，法蒂玛一次又一次地露出她傲人的身姿，可是，紧张的埃尔南多别过眼睛，像是故意要逃避眼下的光景。他甚至记不得他唯一那次和女人云雨的经历了！埃尔南多伸手去够另一块蜜制小点心，这时候，她小声叫起了他的名字：

"伊本·哈迈德。"

她出现在了他的眼前。她站在那儿，挺直了身子。她褪去了她的长衫。看着那尊光彩照人的美丽胴体慢慢展露在眼前，他屏住了呼吸；那对大而挺拔的乳房正在女孩无可隐藏的爱欲的催动下有节奏地上下移动。

"你自己就会发现的。"阿以莎这样说过。

"来吧。"法蒂玛在埃尔南多耳边轻声说道。最开始的几秒里，整个房间只听得到两个年轻人断断续续的呼吸声。

埃尔南多靠了过去，法蒂玛抓起他的一只手放在她的胸脯上。埃尔南多爱抚着它们，他轻轻地捏了一下乳头，一股乳汁射了出来，打在他的脸上。两人笑了起来。法蒂玛对他做了个手势，他把头埋了下去，尽情吮吸着那泓甘露，他的手也没有闲着，它顺着女孩背部的弧线溜了下去，滑到那两瓣屁股上，真是紧致。女孩起身把他的衣服也脱光了，她的双唇在他身上摸索着，她甜蜜而温柔地亲吻着他全身每一个角落。女孩把他引到床上，两人躺了下来，她想要在这个男人身上找到她丈夫从未给予过她的快感，而此时，尚不熟练的埃尔南多却只是笨拙地一味想要在她身上。她记起了突尼斯的伊斯兰酋长纳夫扎伊①的忠告，那些金句在女人中口口相传，见埃尔南多不得其门而入，她在埃尔南多的耳边小声轻语道：

"我不会爱你，除非你把我的脚环和我的耳环并拢在一起。"

埃尔南多停下了动作，欠起身，把压在女孩身上的重量收了回来。她在说什么？脚踝和耳朵在一起？他用疑惑的目光询问着法蒂玛，而法蒂玛坏笑着抬起了双腿……两人在喘息和欢叫中追寻着爱欲的梦，一起到达了顶点。一刻销魂，两人停了下来，过了一会儿，埃尔南多张开眼睛，看向法蒂玛的脸：她还紧紧抿着嘴唇，紧紧闭着眼睛，像是要让那一刻久久留驻。

"我爱你。"埃尔南多说。

她仍然没睁开那双美丽的眼睛，可她的唇上弯出了一抹微笑。

"再说一遍。"她小声说。

"我爱你。"

那一夜在亲吻、笑声、爱抚、逗弄和誓言中一晃而过，千万个、千万个誓言！法蒂玛把自己完全交给了官能的享受，埃尔南多引导着她，引导着她探索那个藏匿在高潮的痉挛和抽搐之后的广阔的感官世界。每一次之后，他们承诺着，他们互相承诺，将自己一切的一切交予对方之手。

贝尔哈的战败并没有影响整体的局势。战斗过后，维雷兹侯爵退到了海岸边，

---

① 曾用阿拉伯语写成一本性爱手册《飘香的花园》。

等待着援军的到来，而堂·胡安·德·奥地利只是加固了外围的营防，让奥尔希瓦、瓜迪克斯和阿德拉更加稳固，所以，阿尔普哈拉斯地区依然在阿本·倭马亚的统治之下。这位格拉纳达的王攻陷了普尔切纳，在那里举行了豪华的盛典，他举办了舞蹈竞赛，参加的有双人也有单独的女子，还有歌咏和诗歌比赛，他还组织了角力、跳远、举重、投石和射击等赛事，无论是火枪、弩箭还是投石器都有相应的比赛。安达卢斯的摩里斯科人、土耳其人和柏柏尔人竞逐着女宾们的爱慕，争夺着国王赠予胜利者的奖品：马匹、镶金的华服、弯刀、月桂花冠，还有一串串的埃斯库多①和杜卡多。

这些盛事逐一举行时，埃尔南多也延长了他的疗养期，好让自己留在乌希哈尔和法蒂玛继续缠绵一段日子。阿以莎和法蒂玛没有随军前行，她们留在家里，和萨拉赫一家待在一起。尽管国王不在，埃尔南多还是令乌希哈尔长官留下一个摩里斯科人守在地下室的楼梯上。不管怎样，国王剩下的钱还在里面，说不定哪天他就会回来，得要好好看管以备不时之需。

尤苏夫担负起看管随军骡群的任务，他定期向埃尔南多传来口信，报告近况。埃尔南多享受着这段在家的日子，没有布拉希姆的存在，整个家都沉浸在一片祥和的气氛之中：阿以莎关心着他，无所顾虑地向他传达着自己的母爱，而法蒂玛无微不至地照顾着他。经过了出征前的那一夜，两人连眼神中都充满了欲望，想要回味那转瞬即逝的温存。

埃尔南多一从贝尔哈归来，阿以莎就将他与法蒂玛的婚事摆到了他的眼前。女人总是将这些金科玉律熟记在心。

"你们应当要结婚了。"她对两人说道，她尽力不去想这场婚事可能对她造成的后果。

两人互相看了对方一眼，表示同意。就在这时，埃尔南多的脸色却突然变了。

"可是，我付不出彩礼啊……"他讲了起来。难道要动用阿本·倭马亚的杜卡多么？他脑中思索着，把目光转向屋子里，而阿以莎猜到了他的心思。

"你得先去征求国王的同意，那是他的钱。你看，你继父，也就是你的家人，肯定是不会给你出这笔彩礼，你得自己想办法。还有你，"她转向法蒂玛，"你已经是自由身了。你丈夫死后，你已经谨遵我们的戒律，守丧四个月零十天。我已经算过了。"她见两人各自掰起手指算了起来，便添了一句，"当然，你确实没有按照戒律的要求，在整个守丧期都留在你丈夫的家里，可那是因为侯爵的军队已经进到特

---

① 西班牙古币。

尔奎，是局势所迫。所以，关于彩礼……"她又继续对埃尔南多说道，"你有约莫三个月去准备，因为你们在未婚时已经同房了，所以你们必须等她再来过三次月经后才能结婚，除非……"阿以莎打了个响舌，"除非你怀孕了，那你们就得等到孩子生出来以后才能结婚，而且在怀孕的时候也不能同房，这是律法所禁止的。谁也不会愿意在一个怀孕的女人的婚礼上充当见证人的。儿子，你记住：从现在开始，你有三个月的时间去准备聘礼。"

如果再次同房，就意味着婚礼的日子将被继续延迟，不过，那一晚后第一次月经的到来至少能让两人稍微安心。虽然并不是什么异常艰苦的事情，但做出这个决定还是让两人颇费了一番力气：三个月内，禁欲。

至于聘礼，埃尔南多计划着等自己腿一养好就去和国王商量，如果说这个世界上还有人能帮帮他的话，这个人无疑就是阿本·倭马亚，这个教会他骑马又赠送了一匹好马给他的人。之前国王不是一直对他青睐有加吗？尽管埃尔南多对国王现在是否还像当时一样器重他确实存有疑虑，国王精神颓败的流言已经传遍了内华达山脉的每个角落。埃尔南多所不知道的是，从这时开始，时势已经站在了他的对立面。

不幸的是，那些流言并非空穴来风：攫取来的大批财富以及一人独揽的无上权力让国王成为了一个暴君，阿本·倭马亚被贪婪打败了，没有一个摩里斯科人不在忍受着他的掠夺。如他所愿，他每日浸淫在酒池肉林里，他要多少姑娘就有多少姑娘围在他身边，他肆无忌惮地享受着声色犬马的奢靡生活；他出身格拉纳达贵族，高贵的血统门第让他对奥斯曼土耳其人和柏柏尔人本就不甚信赖，此外，他还开始对手下的兵将颐指气使，他这副做派让他之前几个最得力的左右手都转而公开与他为敌，其中包括驻在巴撒的纳柯兹、驻在阿尔穆内卡尔的马雷克、维雷兹的黑龙、莫哈卡尔的加拉尔、阿尔曼左拉的波多卡列罗，当然还有那个佛拉克斯，他王位的竞争者。

可是，最终毁掉阿本·倭马亚辉煌一生的还得是个女人。国王想要染指维森特·德·罗哈斯的遗孀，维森特·德·罗哈斯是米盖尔·德·罗哈斯的弟弟，而这个米盖尔·德·罗哈斯就是国王在休第一个老婆之前，在乌希哈尔杀掉的那个岳父。那寡妇长得倾国倾城，是个出色的舞者，还弹得一手好乌德琴。根据习俗，丈夫死后，这寡妇就过继给了罗哈斯家的表亲迭戈·阿尔瓜西尔，此人也是国王秘而不宣的仇敌。为了得到这个女人，阿本·倭马亚使出调虎离山之计，把迭戈·阿尔瓜西尔差到这儿、又派到那儿，让他跑遍了阿尔普哈拉斯的每一个村镇。终于有一天迭戈远行回来，发现寡妇已经被国王强掳了去，做了他的情妇。

迭戈·阿尔瓜西尔受不了这样的屈辱，他策划了一个阴谋，想要结果了阿本·倭马亚的性命，那时，国王已经住到了安达拉克斯的劳哈尔。

国王不会写字，所以但凡要给分散在阿尔普哈拉斯各处的将领写信，都得让人代为撰写。担任秘书之职的是阿尔瓜西尔的一个侄子，由此，他与罗哈斯家族也沾亲带故。

那几天，阿本·倭马亚把那些讨厌又无礼的土耳其人和柏柏尔人都派去了阿本·阿布那里，让他们随堂弟的军队一起在奥尔希瓦附近战斗。透过侄子，迭戈·阿尔瓜西尔得知国王有一封信要交给阿本·阿布，便把这封信截了下来，他把信使灭了口，与侄子串通一气，另写了一封信给阿本·阿布，命他带领摩里斯科人的部队，将他身边所有的土耳其人和柏柏尔人都消灭干净。

把伪造的信带给阿本·阿布的正是迭戈·阿尔瓜西尔本人。见了信，土耳其人怒火中烧：胡赛因、卡拉卡斯和巴拉克斯都气得跳了起来，谁都拦不住。阿本·阿布、如影随形的布拉希姆、迭戈·阿尔瓜西尔、土耳其人和那些海盗头子都快马加鞭向安达拉克斯的劳哈尔赶去，阿本·倭马亚就住在那个叫科堂的人的宅子里。

阿本·倭马亚那三百个侍卫对拍马赶到的阿本·阿布和他的随同者们未加丝毫阻拦，进到院子里，另一支由二十四个火枪手精兵组成的近卫队任由土耳其人一脚踢开了国王卧室的大门。连阿本·倭马亚平时最贴身的亲信都对他如此怨恨。

阿本·阿布、土耳其人和柏柏尔人冲了进去，国王正躺在床上，身旁两名女子中就有罗哈斯家族的那个寡妇。

阿本·倭马亚断然否定了那封信的内容，但一场悲剧已经覆水难收。阿本·阿布和迭戈·阿尔瓜西尔把一根绳子套在国王的脖子上，然后一人一边拉扯着手中的那一端，一代君王就这样被勒死在床榻上。随后，两人分起了战利品，床上的两个女人各得其一，国王带在身边的其他女人也各归其主，他堆积成山的财富都被瓜分一空。

临死前，费尔南多·德·瓦洛尔，这位格拉纳达和科尔多瓦之王，弃绝了先知穆罕默德的启示，宣布自己已经成为了天主教徒。

19

"人不犯吾，吾不犯人，人若犯吾，吾必犯人。"这是阿本·阿布在新的军旗上打上的旗号，他已经宣布登基，成了安达卢斯的新国王。就像他的前任一样，他穿着暗红色的长袍把自己呈现在了臣民们的面前，他右手握着出鞘的宝剑，左手高举着那幡旗帜。除了波多卡列罗，其他所有与阿本·倭马亚为敌的将军们都宣誓效忠新王，而这位新王把奥斯曼土耳其人都提升到了军队最高统领的位置上。阿本·倭马亚积攒的金钱和奴隶都被立即运到了阿尔及尔用于购买军械，而阿本·阿布将买来的武器以低价分发给了摩里斯科民众，很快，他聚集起了一支由六千名火枪手组成的军队。除了例行分发战利品之外，他还给土耳其人和柏柏尔人定下了每月八杜卡多的军饷，他任命了新的地方长官，掌管阿尔普哈拉斯各个村镇，他命令烽火台必须时刻警觉，白天狼烟夜里火光，用于通报紧急事态，并禁止任何不属于自己军队的人接近。被阉割了的阿本·阿布想要做到他反复无常的前任没有做到的事情：战胜天主教徒。

埃尔南多接到阿本·倭马亚被处决的消息。听到新国王的名字时，他两腿打起了颤，冷汗浸湿了背脊：那是阿本·阿布。通报这个消息的时候萨拉赫也在场听着，他眯起眼睛估算着政权更替可能带来的影响。

埃尔南多跑去找到了阿以莎和法蒂玛，她们正与商人的老婆一起在厨房里准备食物。

"我们走吧！"他向两人喊道，"快逃！"

阿以莎和法蒂玛愣愣地看着他。

"伊本·倭马亚被杀了，"埃尔南多急匆匆地解释，"伊本·阿布做了新国王，而在他身边的是……布拉希姆！他一定会来找我们的。他一定会来找法蒂玛！他是国王的代理人，是他的朋友，还是他的亲信。"

"布拉希姆是我的老公。"阿以莎低声打断他的话。然后，她望着法蒂玛和儿子，他们已经无力地靠在了厨房的墙上："你们走吧。"

"可是如果我们走了，"法蒂玛说道，"布拉希姆他……他会把你杀了的！"

"跟我们一起走吧，妈。"阿以莎摇着头，泪水从眼睛里迸了出来。"妈……"埃尔南多苦苦哀求。

他走到母亲身边。

"我不知道布拉希姆会怎么做；我也不知道他看到你们没和我在一起会不会把我杀了。"阿以莎低声说道，她努力控制住那钳住她声带的恐慌，"可是我知道，如果你们不走，我会生不如死。如果看到你们……不，我肯定没法忍受……快走吧，我求你们了，逃到塞维利亚，或是巴伦西亚……或者逃去阿拉贡！快逃出这场疯狂的闹剧。我还有别的孩子。都是他的孩子。可能……可能被打一顿是逃不过了。可是他没法杀了我！我什么错都没有犯过！律法不会让他杀了我！他不能把你们做的事都赖在我头上……"

埃尔南多想去抱着母亲，阿以莎改换了语调，她站直起来，推开了埃尔南多的手。

"你不能要求我抛弃你的弟弟们。他们比你小，他们需要我。"

埃尔南多想到布拉希姆的狂怒将会怎么降临到母亲的头上，他猛摇着头。阿以莎望着法蒂玛，乞求她的帮忙。女孩读懂了她的意思。

"我们走吧。"法蒂玛坚定地说。她把埃尔南多推出了厨房，不过，走之前，她回过头来，用哀伤的眼神望了阿以莎一眼，而阿以莎强颜欢笑。"快去做准备，"走出厨房，法蒂玛连忙催促埃尔南多，"快！"她喊着，摇晃着被突如其来的打击搞懵了的埃尔南多，到这时候，埃尔南多还在直勾勾地望着母亲。"我负责胡马姆。"

快去做准备！埃尔南多眼看着法蒂玛把孩子抱在怀中。有什么好准备的？要怎么才能去到阿拉贡呢？母亲呢？她会怎么样？

"你没听到吗？"阿以莎站在厨房的门槛后边吼着。埃尔南多又想跑回去，可是阿以莎是那样决绝："逃啊！你没发觉吗？他最先要杀的肯定就是你。当你有孩子的时候你就会懂我今天为什么要这么做了，每一个母亲都会这么做的。快走！"

"人不犯吾，吾不犯人，人若犯吾，吾必犯人。"布拉希姆玩味着这句旗号，思量着这句话对于他的意义。如今的他已经身居高位，那个被他从死亡的悬崖下捞上来的人把他看作了自己的心腹。

他们在地下室抓住了埃尔南多，胖商人萨拉赫也被一并抓获，当时埃尔南多正忙着把从商人那儿弄来的三百杜卡多用剩下的部分装进自己的口袋，比起那个活该赴死的阿本·倭马亚，他和法蒂玛无疑更需要这笔钱。当在地下室里听到布拉希姆的士兵闯进屋里的响声时，他们瞬间僵在了那里，只愣了几秒，他们的耳边就随即传来了越来越近的脚步声，脚步声杂乱无章，但确是顺着阶梯而下，朝着他们和财宝的所在。

有人一脚踢开了虚掩的大门，五个大汉举着刀冲了进来，那个看起来像是领头的正想说点什么，却被眼前地下室里堆积着的各种圣物惊得说不出话来。其他人在他后面探着头，在昏暗中试图看清地下室里有些什么。

十字架、镶金长袍、圣母像、圣杯和其他一些天主教圣物被放在了阿本·阿布脚边，和它们扔在一块儿的还有被绑住双手的埃尔南多和萨拉赫，以及后面的法蒂玛和阿以莎。与讲究的阿本·倭马亚截然不同，新国王才不管什么条条框框，他和布拉希姆就在他们照面的地方开始了商议：那是安达拉克斯的劳哈尔镇里一条狭窄的胡同，国王身边站着一众土耳其人，其他那些将军也围成一团。布拉希姆手下的士兵把从商人家地下室里搜出的东西轰的一下扔在了地上。

圣杯在地上翻滚着，在石头上砸得叮当作响，还没等那敲击声作罢，萨拉赫就哭哭啼啼地辩解了起来，布拉希姆亲自上去一枪托让他闭上了臭嘴；一道鲜血从商人的嘴角流了下来。埃尔南多打量着阿本·阿布，他比麦西那婚礼时要胖了不少，肉都松弛了下来。周围两层楼高的小房子里，女人和孩子们纷纷从窗口和阳台上探出头来。

"这就是那个你跟我说了好多次的女人？"国王指着法蒂玛。布拉希姆点了点头。"好了，她归你了。"

"可她是要和我结婚的，"埃尔南多憋不住了，"伊本·倭马亚已经……"他等着布拉希姆来给他一下，可是那记耳光却迟迟没有到来，所有人都在等着他说下去。"伊本·倭马亚把她许配给了我，我们要结婚的……"埃尔南多发现自己结巴起来。

周围包括国王有二十来个人都把目光集中在他的身上。

"律法……律法说了，她是寡妇，要让她嫁给布拉希姆必须经她同意的。"埃尔南多补上一句。

"她已经同意了，"阿本·阿布恬不知耻地说，"我看到她同意了，我们都看到了，你们说是吧？"

旁边的人纷纷点头。

埃尔南多本能地向法蒂玛转过头去，这时候，那记久违的耳光刮了上来，埃尔南多眼中女孩的脸霎时间变了形。

"难道你怀疑国王的话么？"阿本·阿布质问道。

埃尔南多没有回答：他根本找不到话来回答。国王用脚拨弄着一座圣母像，一副不耐烦的样子。

"这是什么意思?"国王问道,这也宣告着法蒂玛的问题已经讨论完毕。

布拉希姆把士兵从萨拉赫家的地下室里发现了这么一堆东西跟国王解释了一遍,听完报告,阿本·阿布想了一想,十指交叉,食指放在鼻梁根部,眼睛直瞪瞪地看着那堆天主教徒的圣器。

"你继父一直跟我说,"过了一会儿,国王转头对埃尔南多说,"说你是个天主教徒,人家都叫你拿撒勒人,有这回事吧?我现在知道伊本·倭马亚为什么处处护着你了:这个狗异教徒死的时候竟然祈求起天主教的神。至于么……"国王又用指头指着萨拉赫,"把他们俩拉下去砍了!"他突然命令道,像是懒得再多想这件事。"把他们拉到广场上去串起来烤,然后扔给狗吃去。"

萨拉赫一下子跪到了地上,嘶叫着乞求国王开恩,结果布拉希姆又抽了他一顿。埃尔南多甚至都没注意听那句对他的宣判。法蒂玛啊!他宁愿死也不愿看到她落到布拉希姆手上。活命对他来说又有什么意义呢,如果法蒂玛……

"这个年轻人我买了!"

这声喊让埃尔南多浑身一抖,他抬起头,直起身,巴拉克斯出现在了他面前,海盗头子已经向前迈了一步。在场有好多人都毫不掩饰地笑了起来。

阿本·阿布又考虑再三。这个拿撒勒人是该死,国王确定他的代理人一定想要看他死,可是要知道,阿本·倭马亚之所以不得好死,其中一大原因就是没有处理好和奥斯曼土耳其以及私掠海盗们的关系,他可不想犯同样的错误。

"好吧,"国王同意了,"去跟布拉希姆谈价吧,这天主教徒是他的人。"

就像当时的伊莎贝尔一样,现在,埃尔南多也被巴拉克斯手下的柏柏尔人牵着,跟跟跄跄地走在劳哈尔的小巷里,走向海盗头子的营帐。他的一只鞋掉了,可他还在走着。他拖着沉重的腿,拖着沉重的回忆。法蒂玛将会怎样?他闭上眼睛,想把布拉希姆骑在法蒂玛身上的那幅场景从脑中驱逐出去,却发现只是徒劳。她会怎么做呢?她没法反抗,可是……如果她真的反抗了呢?手腕上的绳子猛地一拽,让他回到了现实:刚才他想着想着,脚步就停了下来。他又磕磕绊绊地往前迈着步子。有人喊了句拿撒勒人,把口水吐在了他的身上,埃尔南多转头看向那个摩里斯科人:他不认识他。下一个人他也一样不认识,几步开外,那人口中骂着:狗娘养的异教徒。转过街角,又有几个摩里斯科人当着几个正和他们聊天的女人的面嘲弄着埃尔南多,他们中的一个把一块石头交到一个孩子手里,那孩子还不足五岁;孩子扔出的石头软绵无力地击中了埃尔南多的胯边,那群人齐声给孩子喝起彩。埃尔南多暂时不去想法蒂玛了，他朝那群摩里斯科人扑了过去，巴拉克斯的手下毫无准备，原本牵着埃尔南多的麻绳就瞬间从手上滑了出去。埃尔南多认准了离他最近的那个家伙狠狠撞了上去，男人上一秒的嬉笑霎时间转为了一声悲鸣，他应声倒地。埃尔南多想要再上去揍他，无奈双手被捆，无法发挥，可这时候那男人只剩下了抵挡之功，他伸出胳膊阻挡着埃尔南多的连续进攻，不想肚子里憋着一包火的埃尔南多冲着他一口就咬了上去。巴拉克斯的手下什么话都没说，他们扶着埃尔南多，让他直起身来，他用挑衅的眼神盯着对手，嘴边满是鲜血，他准备着一场激战，却万万没想到，柏柏尔人不但没有用拳打脚踢来阻止他，反而站在了他这一边，帮他对付着其他摩里斯科人；弯刀和匕首都被拔了出来，两边人马对峙着。

"要是你们有什么意见，"一个柏柏尔人说道，"就去找我们巴拉克斯，这人是他的奴隶。"

摩里斯科人听到海盗头子的大名，纷纷把武器放了下来，埃尔南多向他们回吐了一口唾沫。

自打发生了这档子事，生怕埃尔南多受到哪怕一点磕碰的柏柏尔人像抬一件价值连城的货物一样把他抬了起来。双脚腾空的埃尔南多踢着、骂着、四处乱咬，四个彪形大汉才得以举起了他，继续上路。

终于到了巴拉克斯的大营，他们把埃尔南多绑在了一棵树上。埃尔南多还在喊着，不分青红皂白地一顿辱骂。直到一个人的出现才让他闭上了嘴巴：乌拜德走过来站在了他的面前，他抚摸着自己右手的残肢。

"离他远点，独臂人。"一个士兵朝他喊道。当时埃尔南多要求巴拉克斯让乌拜德离开乌希哈尔的那所房子的时候，两人之间的矛盾就已经公开了。"这个小伙子，谁都不准碰。"士兵警告他。

乌拜德用唇语挑衅着："看我不弄死你。"

"你来呀！"埃尔南多回敬道。

"滚开！"士兵呵斥着，一把把脚夫推开。

盛大的婚礼和新娘的礼金。这就是布拉希姆向巴拉克斯提出的要价。而巴拉克斯在交易内容里特别提到了哈迈德的宝刀，要求将它也包括在其中；他曾见到过埃尔南多抚摸它时小心翼翼的样子，他想着，只要小伙子肯委身于他，宝刀就可以还到他手上。当然了，小伙子的屈服也是迟早的事，所有人不都是这么过来的么？在阿尔及尔生活着成千上万个天主教徒小伙子，一个个的都放弃了信仰，皈依了真主，规规矩矩地做着土耳其人和柏柏尔人的宠物。

"赶紧把他带走吧，"布拉希姆回应着，"还有他的衣服！凡是他的东西你都带走吧，我不想看到任何可能会让我记起他的东西……有他娘在我已经受够了。"布拉希姆半闭起眼睛想了想。他做脚夫的苦日子已经到头了：现在，他是安达卢斯国王的代理人，一大堆金子做的战利品已经归他所有。"我要一头白色的骡子，驮新娘用的，要全阿尔普哈拉斯最好看的那头。你要把它带来，我把我所有的骡子都给你，你不会吃亏的。"海盗低头考虑着，布拉希姆又对他说道："阿尔普哈拉斯许多镇子里都有白骡子，可能这儿就有，不过我可没时间来管这些鸡毛蒜皮。"

巴拉克斯和布拉希姆成交了。两三天后，巴拉克斯站到了埃尔南多绑着的那棵大树前，他带着一头漂亮的白骡子，那是乌拜德从附近一个小村里买来的。根据海盗头子的命令，这两天埃尔南多一直被绑在那里，不给吃饭，只给点水喝。埃尔南多拒绝回答他主人的任何问话。

"你那个姑娘就要坐着这头骡子献给你后爹了。"巴拉克斯拍着那头骡子的脖子。埃尔南多的瞳孔黯淡，眼仁都成了青紫色，他用凹陷的双眼望着那头骡子。"放弃你的上帝，从了我吧。"巴拉克斯好言相劝。

埃尔南多明明白白地在胸口画了个十字，表明自己皈依真主……这竟成了向海盗屈服的第一步。多么荒唐！那时老哈迈德费尽千辛万苦才向胡维莱斯的父老乡亲证明了自己是个真正的穆斯林，可是现在……现在他竟然得假装自己是个天主教徒才能让自己不落入巴拉克斯之手……或者自己本就是个天主教徒？他到底是什么呢？也没空想了，现在的他得要当起天主教的卫道士。海盗头子的脸上一如往常地露出咄咄逼人的神情，他皱了皱眉，却让自己平静下来，慢慢说道：

"你已经什么都没有了，伊本·哈迈德：国王的嘉许、你的情人……还有，你的自由。我是在给你新生啊。你只要做我的干儿子，就一定能在阿尔及尔成功，我知道的，我能想到。你会过上富足的生活，什么也不缺，你会成为和我一样厉害的私掠海盗，可能比我还强，对，比我还厉害。我会帮你的。海盗王子海雷丁让他的男宠哈桑做了阿加；之后呢，德拉居，那个浪子，也是海雷丁身边的宠儿，被封做了总督；我们伟大的乌尔齐·阿里也曾是德拉居的男人，我也是……你还不明白么？我是在你一无所有的时候给了你这个千载难逢的好机会。"埃尔南多又画了个十字。"你是我的奴隶，伊本·哈迈德，虽然人家都说你是天主教徒，可是你总有一天会让步的，否则呢，我就把你扔去划船，判你做苦役，到时候你会后悔的。我等你，不过你要记住，时间不等人，要是等到你青春不再……我不会来强行占有你的身体，我身边可以搞的人多得是，无论是女人还是小伙子；我只希望你能陪在我身边，我愿意为你付出一切。好好想想，伊本·哈迈德。把他放开！"他突然下令，他的目光盯着埃尔南多深陷的眼窝，"给他戴上脚镣让他去干活。如果他要吃饭，至少让他自食其力。你！"他转向乌拜德，他知道两人之间过节很深，"要是他出了什么事，就要你偿命，我跟你保证，你要敢杀了他，我会让你死得比他慢得多，也要痛得多。好好看着这头白骡子。"带着骡子离开前，海盗头子对埃尔南多说道，"你在安达卢斯的所有希望、所有幻想，都会在它身上破灭。"

布拉希姆和阿本·阿布所住的宅邸里，阿以莎正在给法蒂玛化妆，一个土耳其军官把这个房间让给了她们，当时是布拉希姆和她们一起走过来的。

"喂，女人，"话是冲着阿以莎说的，但布拉希姆的双眼却盯着法蒂玛，他用目光把法蒂玛身上的衣服剥得一干二净，"我要她成为全安达卢斯最漂亮的新娘，好好给她化妆。还有你，法蒂玛，你没有亲眷，所以国王自告奋勇要做你的证婚人。你是个寡妇，必须要有个证婚人你才能结婚，你听明白了吗？"

法蒂玛没有说话，她低着头。她正与自己心中对未来的担忧抗争着。

"我跟你说清楚，姑娘：你是我的。你要么做我的二老婆，要么做我的奴婢。你想必也知道商人的那个地下室里藏着什么，拿撒勒人暗地里做的那些天主教徒的勾当你肯定也知道，可是你包庇了他，还是说你也一起做了？……和你孩子一起！"法蒂玛心头一颤。"好了，说吧：你同不同意让国王做你的证婚人？"法蒂玛默默地点了点头。"记住我跟你说的话。要是到时候证婚人问话你敢说不，说不愿意嫁给我，你儿子和那个拿撒勒狗崽子就会和那商人一样下场。如果你不同意嫁给我，海盗就会把那家伙还给我，到时候，我亲自到广场上去把他们烤了。"

当时布拉希姆强迫她们观看了商人受刑的全过程。想到胡马姆和埃尔南多将会和萨拉赫一样被穿在一根棒上，法蒂玛一阵心绞。

布拉希姆笑了笑，离开了房间。

即使如此，法蒂玛也坚决不让阿以莎清洗她的身体。

"难道你觉得他会发现吗？"面对阿以莎的要求，法蒂玛用嘶哑的声音问道，"我不想干干净净地去参加这场婚礼。"

阿以莎没再强求：这个姑娘的牺牲是为了埃尔南多啊。阿以莎低下了头。

法蒂玛请阿以莎不要给她文上和那天晚上相同的图案，她也不愿给自己撒上柑橘花露。阿以莎跑出宅子，找来茉莉花油作为替代。然后，她开始逼迫自己给法蒂玛戴上了那些布拉希姆拿来的珠宝，布拉希姆已经明确表示，这些首饰只是婚礼上打扮用的，不会算在聘礼之内。阿以莎递过去一根项链，见姑娘正从脖子上拿下那块金色的法蒂玛之手，阿以莎阻止了她，她把姑娘的手放在了那块护身符上。

"不要放弃希望。"阿以莎说道,她把护身符按在法蒂玛的胸口。

法蒂玛到这时终于哭了出来。

"希望?"法蒂玛喃喃自语,"只有死才能带给我希望……永恒的希望。"

婚礼的地点就设在了那个宅子里,在一个狭小冰冷的内花园里,在证婚人国王面前,伴着各族大臣,在土耳其士兵首领达利和胡赛因的见证下,布拉希姆按照仪式向阿本·阿布请求与法蒂玛结为连理,国王同意了他的请求。随后是劝诫,由劳哈尔一个老迈的阿訇主持,法蒂玛以寡妇的身份,必须亲自回应这些劝导,宣誓万物非主唯有真主,并按《古兰经》的话语,如实回答阿訇提出的问题:遵照先知穆罕默德的教义,她愿意嫁给布拉希姆。

"如果你诚心宣誓,"阿訇教导着,"安拉会做你们的见证,把幸福赐予你们。如果你宣誓时心口不一,安拉会毁掉你们,你们将不会获得安拉赐予的幸福。"

国王就要开始念《古兰经》第三十六章,法蒂玛抬头望天:"愿安拉将我们毁掉。"她不断默诵着。

经女贞花液文身的双脚是法蒂玛浑身上下唯一露在外面的部位,她坐在骡子背上,一个黑奴正拉着骡子慢慢向前走着;新娘是侧着坐的,一袭白衣从头盖到了小腿,就这样,在成千上万个摩里斯科人的鼓掌声和欢呼声中,法蒂玛绕镇一周,又回到那所房子。回到屋中,她走上了布拉希姆的房间,坐到了床上。人们什么话也没有说,只是把律法规定的那条白床单盖到了她的身上,在床单下,她必须闭着眼静静躺着。街上锣鼓喧天,人声鼎沸,她只觉得有十几个人进到了房间里。覆盖着她的那条薄薄的床单只被掀起了一次。

"我知道你为什么那么想要她了。"她只听阿本·阿布一声叹息,他把床单掀得老高老高,别说新娘的脸,全身都被看到了。"好好享受她,朋友,也带上我的一份,安拉保佑你们多子多孙。"

来宾散去了,法蒂玛坐在地上的垫子上,她合上思绪,不去想几分钟后将会发生的事情;她没去理睬留在她身边的那几个女人,她们正狂喜雀跃着,不停地对她诉说着放浪淫荡的忠告;送上来的食物她也没有吃哪怕一口。等待的时候,她听到从街上传来的乐声,她想努力找出哪段回忆好把自己庇护在其中,可是,人们在为她欢唱!他们在为她与布拉希姆的结合而欢庆!火盆的另一边浮现出了阿以莎的身影,她坐在她身前,一动不动,眼眶湿润着,思绪迷失在了被奴役的儿子身上,这种场景又怎能让法蒂玛宽慰?她只能把希望寄托在那唯一能令她平静下来的东西上:祷告。她像囚犯那样默默祷告着,她背诵着她所知道的所有祷文,让恐惧融化在祷告里。这是绝望中的信仰，可它的力量却随着默念出的每一个词语、每一句祈求而越来越强。

过了午夜，女人们的雀跃预示着布拉希姆的到来。她们中的一个不停规整着法蒂玛的头发，帮她把肩上的衣服拉平。女人们终于匆匆跑了出去。法蒂玛转头不去看那扇门，她的目光定在了火盆上。"死是永恒的希望。"她闭着眼睛默念着，可是，她通往的不是死亡，那等待着她的又会是怎样的希望呢？门闩一声清响，外边的赞美诗和鼓乐声都安静了些，法蒂玛听到了背后布拉希姆急促的喘息声。法蒂玛觉得自己浑身都在发颤。

"起来让你男人看看你。"脚夫命令道。

法蒂玛双脚发软，她努力支撑着自己站起来，向布拉希姆转过头去。

"把衣服脱了。"布拉希姆一边喘一边贴了上来。

法蒂玛颤颤巍巍地站起身，她觉得脑中缺氧！她闻到了脚夫恶心的口臭。他的下巴被乱蓬蓬的胡子覆盖着，上面满是油污。布拉希姆朝法蒂玛伸出手去。法蒂玛紧张地解起扣子，手指和手指打着架。最终，长衫从她的肩膀滑落下来，她赤身裸体站在了他的面前。脚夫贪婪而喜悦地检阅着眼前这尊还未满十四岁的幼嫩胴体。他把生满老茧的手伸向了女孩丰盈的胸部，法蒂玛抽泣起来，闭上了眼睛。她只感觉那双手按压着自己的乳房，刮过了细嫩的肌肤，那里本是胡马姆的小脑袋的安睡之所。他捏起了一个乳头。沉默中，法蒂玛紧紧地闭着眼睛，寻求着真主、先知和所有的天使的庇佑……从那乳头里滋出的滴滴乳汁在布拉希姆的手指上弹跳着，布拉希姆一手继续掐着，另一只手把法蒂玛推倒在垫子上。

劳哈尔街巷中的喧闹和奏乐、喊叫与狂欢一直伴在法蒂玛的耳边。这是一个没有尽头的夜，布拉希姆一次又一次地舔食着法蒂玛，把自己的欲望喂饱。女孩默默忍受着，默默顺从着，默默屈服着。当布拉希姆的舌头吮吸起她的乳汁时她只是默默哭泣着，这是这一天里第二次也是最后一次哭泣。

20

十月将尽，阿本·阿布率一万精兵强袭奥尔希瓦。这是阿尔普哈拉斯地区陷落于天主教徒之手的最大的城镇。见最初的几次攻击最终都被击退，国王下了一个决定：饿死他们。

久围不攻令摩里斯科人的大营中弥漫着倦怠的情绪，与此同时，脚上戴着镣铐的埃尔南多正和其他无用之人一起朝奥尔希瓦赶去。他坐在老伙计背上，像女人骑骡子那样侧转着身。这是乌拜德的主意，正如他所期望的一样，那头牲口嶙峋的瘦骨硌得埃尔南多叫苦不迭。一路上，他成了随军妇女和孩子们的嘲弄对象，只有尤苏夫同情他，趁乌拜德不注意时帮埃尔南多把那些跑上来取笑他的熊孩子们吓跑。尤苏夫好像也被算作了布拉希姆和海盗头子的交易中的一部分，他被允许跟着巴拉克斯的骡群一起行动。疼痛和羞耻感困扰着埃尔南多，可一路上，他还是强打起精神，不停在人群中寻找着法蒂玛和母亲的身影。哪里都找不到她们，直到几天之后，他们在城郊驻扎下来。

"羞辱他，"巴拉克斯向自己的两个男宠命令道，"别体罚，如果不是特别必要。在头领们、近卫兵和下面的士兵们面前羞辱他，对了，特别要让那些女人也来看，挫挫他的锐气。他现在是被所谓的男子汉气概蒙住了双眼，你们要让他彻底忘了他是个男人。"

大营里，那两个娈童给埃尔南多穿上了细巧的绿丝长衫，套上了同样颜色的灯笼裤，裤子上镶满了宝石，这些都是稍年长些的那个男宠的东西。埃尔南多负隅顽抗，可是，好几个闲来无事的柏柏尔人走了上来，帮忙扒小伙子的衣服，他们乐此不疲，又把新衣服硬给埃尔南多套了上去，埃尔南多所有的抗争都化为了徒劳。他想从这新衣服里挣脱出来，可他双手被绑着。被捆着双手、铐着脚镣、穿上绿绸衣裳的埃尔南多要被带去游街示众，他得走遍每个营帐、从每个茅屋前经过，让所有的士兵和所有正在烧饭的女人都能看到他光彩照人的形象。

还没跨出两步，埃尔南多兀自往地上一倒。年长的那个男宠挥起手上的细枝条使劲朝小伙子的头上抽了几下,却只能使得他把脸转过来。

"打呀!"埃尔南多挑衅着。

士兵、妇女和孩子们旁观着这一场景,那人举起枝条刚又要抽下去,年轻的那个阻住了他。年轻的娈童穿着用麻布织成的带帽长衫,一身的血红色。

"等等。"他朝自己的同伴说道,对他挤了挤眼。

只见那年轻的男宠在埃尔南多身旁跪了下来,开始舔他的脸颊。人群沉寂了几秒,随后,看着埃尔南多愤怒的脸上露出滑稽的表情,几个好事者怪叫着鼓起掌来,还有几个开始起哄。女人们挥着手咒骂,表示着恶心,而孩子们一个个把眼睛瞪得咸蛋那么大,啥话也说不出来。年长的那个男宠哈哈大笑,放下了手中的枝条,而年轻的那个积极回应着,他的舌头从埃尔南多的脸颊滑向了脖子,而他的右手向埃尔南多的两腿之间探了过去,只那么一碰,埃尔南多就弹翻过身来,可他被绑成这样,又怎能逃得过那只魔掌。他奋力向那个男宠咬去,一轮攻击也未能命中,他只听到了周围人们的叫喊和欢笑。稍大的那个男宠这时候也走了过来,朝他微笑着。

"够了!"埃尔南多被迫投降,"我好好走就是了!"

两人掐着腋窝扶他站了起来,埃尔南多一行又上路了。

绑着脚镣的埃尔南多奋力前行,他想要快快走完全程,越快越好,不一会儿,他就撞上了阿以莎和法蒂玛。她们的脸上蒙着面纱,但埃尔南多一眼就认出了她们,都没看到站在她们身旁的胡马姆和穆萨。埃尔南多同母异父的弟弟跑到了人群中,和一堆孩子站到了一起。这次遇见并非偶然:正是巴拉克斯下令,把埃尔南多带到了布拉希姆的营帐前面。

埃尔南多羞愧地低下了头,他望着自己脚腕上的铁环。法蒂玛也转过了头去,而阿以莎放声大哭。

"看着他啊,女人们!"传来的是布拉希姆的声音,他站在帐篷门口,那喊声盖过了笑声,盖过了所有的私语和议论。埃尔南多本能地抬起头,正好与法蒂玛和母亲的视线交错,她们在丈夫布拉希姆的要求之下也把头仰了起来。六目相接,却是一片空洞。"这就是拿撒勒人应有的下场!"布拉希姆的笑声响彻全场。

"他会想法子逃跑的。"那天晚上,巴拉克斯对自己的卫队长和宠儿们提醒道。埃尔南多已经被当作海盗头子的新情人介绍给了全军。"可能就是今天晚上,可能是明天,或者几天以后,可是他一定会逃的。看紧他,不过让他逃,一逃马上通知我。"

不出巴拉克斯所料，第三天，这事果然发生了。那天，男宠们又拉着埃尔南多在营里走了一圈，例行公事完毕，他们又把埃尔南多拖到了水沟那儿去，在那里，好多妇女正洗濯着衣服，而他们逼着小伙子洗起了巴拉克斯的内衣。夜深了，这是一个无月的黑夜。埃尔南多也没管是否有人在看守，他用被绑着的双手和双脚扒着骡子的肚子，抵达了溪谷边。他毫不思索地跳了下去。他滚下了山坡，撞上了石头，穿过了灌木、砸断了树枝，他没有感觉到疼痛，他什么感觉也没有，他只是肘膝并用地，在黑暗中顺着溪水向前漂流。他划水的速度越来越快，大营里的喧闹声在脑后渐渐远去，埃尔南多笑了起来，他心中又紧张又激动。他就要做到了！此时，他却发现，他撞到了谁的腿。海盗头子在小溪中央直起身来。

"我告诉过你，我的船名字叫作快马。"巴拉克斯的语气温和平静。埃尔南多的脑袋沉了下去，像落在沙子中的秤砣。"我追击过的西班牙船只，没有几艘能逃出我的手掌心。你也逃不掉的，小伙子，永远也逃不掉！"

阿本·阿布将塞萨公爵派来护卫奥尔希瓦的部队击退了。这场胜利让摩里斯科人取得了对阿尔普哈拉斯的实际控制权，从内华达山脉到地中海，格拉纳达王国首都附近的各个重镇，包括吉哈尔，还有稍远些的，像加雷拉，都处于摩里斯科人的管辖之下。天主教徒们充满着恐惧，他们害怕起义的烽火还会继续向巴伦西亚王国蔓延。

危机当前，腓力二世国王下令，将格拉纳达王国山城区内的所有摩里斯科人驱逐出境，并且，自摩里斯科人发动起义以来，腓力二世首次向他们宣战，号令战士们血战到底。他规定，所有响应号召、举着王国的旗号与摩里斯科人战斗的士兵都可以享受免税的待遇，凡他们抢到的家私、金钱、珠宝、牛羊和奴隶都直接归他们本人所有。为了鼓励更多人加入斗争，战利品的伍一税也被暂时取消了。

12月，被任命为总司令已经数月之久的堂·胡安·德·奥地利终于取得了他异母兄弟腓力二世国王的授权，得以亲自加入战斗。他令两支精兵双管齐下：一路由他亲自指挥，自东路经阿尔曼左拉河岸进军，而另一路由塞萨公爵带队，从西面进攻阿尔普哈拉斯。维雷兹侯爵还在带着他的残余部队到处游击。

与此同时，从柏柏尔来支援起义的士兵和武器还在一批批地抵达西班牙。

天主教徒收复了吉哈尔，堂·胡安指挥着那不勒斯军团和近五百名新近加入的骑兵对加雷拉要塞进行了围攻。要塞坐落于一个小丘之上，维雷兹侯爵的二十个士兵和一个兵长的头颅被长枪穿成了一串，挂在了城堡的纪念塔上。尽管老兵们身经百战，而且炮兵们都是直接从意大利带来的，但堂·胡安·德·奥地利的军队还是死伤惨重。在天主教徒的军队艰难地获得了胜利之后，加雷拉的摩里斯科人也为他们的负隅顽抗付出了惨重的代价，当着堂·胡安·德·奥地利的面，大批大批的摩里斯科男人被处决，王子还下令，将这个镇子付之一炬，士兵甚至奉命在地里撒下盐，让这片土地永远寸草不生。

围城时，王子的军队大肆屠杀着妇孺，不计年龄和状况，尽管如此，最后他们还是抓到了四千五百多个妇女儿童作为奴隶，此外，他们启程时还带走了大量的金子、珍珠、丝绸、各类财宝以及充足的谷物和草料，这些东西够得上军队整整一年的开销。

阿本·阿布没有前来防守加雷拉，没有派兵来保卫城中千万个摩里斯科同胞。奥尔希瓦投降以后，他掉转矛头攻向了阿尔穆内卡尔和萨洛布莱纳，不想，却被天主教徒的军队击败。后来，他把手下的军事力量分散到了阿尔普哈拉斯的各处，抵抗着敌军的进攻，等待土耳其高门政权派来的援兵。他的算盘打错了，援兵一直没有到来。塞萨公爵顺利开进阿尔普哈拉斯，占据了处于帕杜尔和乌希哈尔之间所有的土地；而在另一边，堂·胡安·德·奥地利屠城的热情丝毫没有减退，他继续向一个又一个镇子挥舞着大刀。

天主教徒的焦土战略将死亡与饥饿砸在了摩里斯科人头上，再加上严寒，此时山脉已经被雪覆盖，这些因素加在一起，重创了摩里斯科人的士气，让他们海峡对面的盟友也不得不重新估量局势。

萨洛布莱纳大败的受益者仿佛只有埃尔南多，这场失利让他心中获得了些微安慰。天主教徒的指挥官迭戈·拉米雷斯·德·亚罗成功守住了要塞，大批大批的摩里斯科人一窝蜂地逃往了山里，原本和辎重走在一起的派不上用场的人们——妇女、儿童和老人——这时都没了方向，他们抱起自己的生活用具仓皇逃窜。国王、布拉希姆、巴拉克斯、头领和残兵们早就跑在了前头，此时他们有暇顾及的就只有自己的生命。

埃尔南多的脚上还戴着镣铐，他在尤苏夫的帮助下，借着混乱，一步一跳地蹦到了老伙计身边。离它不远的地方还站着另一头骡子，它的背上驮着男宠们的衣裳和饰物。人们正尖叫着奋力逃窜，没人看着他，没人想着还有他这个人。他想他或许可以一试。为什么不试试呢？他望见了向远处奔去的阿以莎和法蒂玛，他也看到了那些娈童，他们炫目的长衫在混乱的人群中显得格外扎眼，他们正四下搜寻那头驮着自己全部物件的骡子。这些东西对他们来说太重要了，埃尔南多曾见过他们像女人一样给自己撒上香水，又像女人那样保养着他们的衣服和首饰……甚至比女人还爱惜！或许可以……要是让他们看到自己的宝贝岌岌可危，他们会做出怎样的反应呢？

埃尔南多朝尤苏夫比了个手势，让他好好望风。就在男宠们稀里糊涂又气喘吁吁地快要奔到他们面前时，埃尔南多成功地松开了那头骡子褡裢上的锁扣和肚带，又把扣在骡子胸口的皮带解了下来。恰逢乌拜德朝骡群下了前进的口令，骡子们动起来，只见那褡裢还将将搭在骡子背上，开口却朝下翻了过来，男宠的宝贝散落一地。那些男不男女不女的家伙慌了，他们一边跟着骡子跑着，一边急吼吼地捡着自己的家当。乌拜德也看到了这一场景，却没有让骡子停下来；摩里斯科人的军队已经跑在了他们前面。隔岸观火的尤苏夫笑了起来：他一会看看那些男宠，一会转头看看埃尔南多的情况。

海盗头子的情人们匆匆忙忙地从地上捡起衣服、瓶瓶罐罐和掉落一地的饰品，捡起这个又掉了那个，他们哀求着乌拜德行行好，停留几秒，他们五光十色的衣服闪闪发光，就好像跳动的信号灯。

没人愿意帮他们。

埃尔南多正和骡群一起行进着，他骑在老伙计身上旁观着这一场景：一个男宠正弯腰捡一件衣服，一个胖女人过来就推了他一下，这个娘娘腔摔了个狗啃屎，摔倒的时候，手上好不容易攒起来的东西又掉了一地；另一个娈童叫骂着，飞速跑过来想要助阵自己的同伴，不想没跑几步，又被另一个女人绊了一跤；第三个男宠刚唾了一口就被身后的女人一脚踢倒。他们精致的拖鞋都被抢走，几个好事者正拿着它们细细把玩；妇孺们一边逃，也顺道拣了几样。埃尔南多最后一次望见他们的时候，他们已经被大部队远远抛在了后面，他们赤着脚站在原地，满身脏污，在那块真空地带仰天哭泣。他们的前面，摩里斯科人已经走远，他们的身后是天主教徒的追击部队。

他们跑了。这就是抵达乌希哈尔后，乌拜德给予巴拉克斯的答复。离他们几步远的地方，埃尔南多和尤苏夫偷听着两人之间的谈话。巴拉克斯抓着脚夫的长衫，单手一把就把他提了起来，他怒吼着，把脸贴上了乌拜德的面孔，他那大大张开的血盆大口把脚夫的整个鼻子都包在了其中。

"他们真的跑了。"埃尔南多证明道，他站在原地没有动。巴拉克斯转过脸来，手上还抓着那个脚夫。"你觉得很奇怪么？"埃尔南多无礼地补上一句。

海盗头子看看埃尔南多，看看脚夫，又看看埃尔南多，看看脚夫，最后，把乌拜德一把扔了出去，扔出了好几步远。

阿本·阿布在乌希哈尔附近扎下了营帐，他把所有他认为对战争无用的东西都留在了这里，在他为未来制定的游击战略里，它们将会是大大的累赘；他将在这里指挥分散在阿尔普哈拉斯各处的军队。巴拉克斯和他的手下也回到了摩里斯科人的大营里，他在塞隆①与堂·胡安·德·奥地利率领的军队打了一仗。开始的时候，胜利的天平仿佛倒向了穆斯林一边，连王子都无力阻止贪婪的士兵们目无军纪地朝镇子胡乱发起一波又一波攻势而被摩里斯科人轻松击退，可是，堂·胡安最终还是成功重整起队伍，他再次进攻，终于将镇子一举夺下。

埃尔南多被海盗头子紧急召见。

"治好他。"埃尔南多刚走进帐篷，巴拉克斯就开门见山。"那个独臂男跟我说你会治伤。"

埃尔南多看着躺倒在巴拉克斯脚下的那个男人：他盔甲下的里衣因汗湿呈现出灰色，一摊大大的血迹在一侧绽放开来；男人的呼吸已经不规则了，他的肌肉因疼痛都收缩起来，悉心收拾的胡子环绕着他的脸，而此时，他的面孔也被拗成了皱波状。约莫二十五岁上下吧，埃尔南多这样想着，目光转向了男人身旁杂乱堆放着的盔甲。那是天主教徒所穿的盔甲，上面雕刻着凹凸的花纹，盔甲在大帐里反射出耀眼的光。

"是米兰制造的。"巴拉克斯抓起头盔仔细检查，"这副盔甲的产地离我出生地不远，看着像是内格罗利②工坊之作。穿着这种等级的盔甲，地位一定不低，像这家伙这样的天主教贵族啊，"巴拉克斯把头盔扔下，"可以换来的赎金要比我们从最开始到现在抢到的所有战利品还要多。这盔甲上没有铭文，你得套出他的名字，确定这家伙的身份。"

"可是我只治过骡子啊。"埃尔南多想要推脱。

"治一条狗不比治骡子简单么？你可是做出了选择，我警告你，拿撒勒人，既然你不愿意背弃你的上帝，那么好，要是他死了，你就去当他的陪葬，反过来呢，你要是把他治好了，我就允许你继续在我的船队里当苦工。我巴拉克斯说到做到。"

说完这话，巴拉克斯把埃尔南多和受伤的天主教徒单独留在了营帐里。

这个骑兵的伤是巴拉克斯亲手所赐，当时海盗头子正在通往塞隆的路上努力保护丢盔弃甲东奔西逃的弟兄们。这条路上已经陈列着几百个天主教徒的尸体，许多天之后堂·胡安才得以将他们全部入土，而这个贵族战俘却被海盗头子像米袋一样

---

① 格拉纳达境内的小镇。
② 菲力波·内格罗利（1510—1579），米兰人，著名铠甲铸造师。

扔到了马上，带回了营帐。

埃尔南多在骑兵身旁蹲下，检查起他的伤势。该做些什么呢？他颤颤巍巍地把那件里衣从骑兵身上剥了下来，把几块棉花盖在了他身上，用以防止盔甲的摩擦。他可从来没有给一个活人治过伤啊。

"刚才那人叫你拿撒勒人。"

骑兵嘴里好不容易挤出这几个词。埃尔南多吓了一跳，他手上还捏着那件里衣的一角。

"你懂阿拉伯语？"埃尔南多用西班牙语问道。

"他刚才还说你没……没有背弃你的上帝。"

伤者喘不过气来了，他想要坐起来，可他一动，伤口里便涌出一条血柱，把埃尔南多的手指都打湿了。

"别说话。别动。你得活下去。"

巴拉克斯说到做到，埃尔南多小声对自己说。

"看在上帝和圣母的分上，"骑兵急急地喘着气，"看在耶稣被钉十字架的分上，如果你是天主教徒，就放了我吧。"

我是天主教徒么？

"你迈不出两步就会倒下的。"埃尔南多不让自己继续去想那个问题，"再说了，这里驻扎着几千个摩里斯科士兵，你想跑到哪儿去？我检查的时候你不要说话。"

伤口看着很深。会不会已经感染到肺部了？谁知道啊！埃尔南多又检查了一遍伤口，然后他望向了骑兵的脸。他没有吐血。所以呢？没有吐血又意味着什么？现在埃尔南多唯一知道，而且确定的是，要是这家伙死了，他也得跟着死。他已经有所感觉，巴拉克斯的态度已经和之前想要他的时候完全不同，现在海盗头子对待他就好像对待乌拜德或是对待任何一个手下一样。和大多数柏柏尔人和近卫兵一样，海盗头子正担心着战争的走势。而如果他治好了这个天主教徒又会怎样呢？他就会在快马号上做一辈子的苦役。谁会为一个表面是天主教徒事实是穆斯林的人付出哪怕一个马拉维迪的赎金呢？埃尔南多摸着那个贵族的额头：很烫，伤口已经感染了，这点倒是和骡子一样。得先给他消炎，把血止住，而可能隐藏着的内伤嘛……

他需要兽角，他叫来了尤苏夫。

"告诉海盗头子，我要两三个兽角，最好是鹿角，还要一把锤子、一个锅、生火的用具……"

"我们从哪儿才能弄到兽角呢？"男孩打断他。

"火枪手那儿有，许多火枪手都把火药粉存放在兽角里。我还要一片铜片、绷带、清水和抹布，动作要快！"

尤苏夫拿来了三个兽角，埃尔南多用锤子锤其中一个尖角。

"巴拉克斯叫我留在这儿帮你。"埃尔南多转头看着尤苏夫的时候，尤苏夫说道。

"那好，你来，把尖角都锤成粉。"

尤苏夫握起锤子，而埃尔南多把骑兵的衣服脱了下来，伤者此时已经失去意识。埃尔南多用清水清洗他的伤口，把湿抹布放在他的额头上。待尤苏夫把尖角磨碎，埃尔南多把磨成的粉放在锅里煅烧，然后把它盖到伤口上。骑兵疼得叫了起来。埃尔南多用铜片压住施了药粉的伤口，然后给他绑上绷带。

从此以后，他到底要呼求哪个神呢？

布拉希姆为法蒂玛着了魔。他唤人帮他们俩专门盖了一座小屋，他甚至为了和法蒂玛在一起忽略了臣子对国王的义务，阿以莎、他的儿子们和胡马姆也都被他扔到了小屋外的茅草堆里。可每次布拉希姆前来，法蒂玛总是显得麻木不仁。任凭脚夫再怎么殴打，为她的轻蔑怒火中烧，她也只是被动服从。她把身体交给了他，可脚夫每次都发现那只是一个一动不动的躯壳。终于，女孩从这里面获得了自己小小的复仇，尽管永无天日的禁闭生活让那些微满足感也慢慢消失殆尽。

一天晚上，布拉希姆和胡马姆一起出现了，胡马姆像个包袱一样被挂在脚夫的右手上，奋力哭叫着。

"要是你还是这个态度的话，我就杀了他。"布拉希姆威胁道。

从那一晚开始，布拉希姆每天都带着胡马姆一同前来，就为了提醒孩子他妈，要是不让他开心会有怎样的后果。法蒂玛在脑中回想着母亲和其他摩里斯科妇女们教会她的做爱的艺术，并试图回想起当时她是如何让丈夫满足的，回想起女人们对于如何取悦丈夫的讨论。一次又一次，她假装高潮，尽管一直以来她都将快感拒之门外，而每次完事之后，布拉希姆又把她一个人扔下，带着胡马姆走出去。大部分时间，她只能在小屋里独自一人度过，她祷告着，从门缝里窥探着阿以莎和她的孩子；她哭泣着，抚摸着脖子上挂着的那块法蒂玛之手；她等待着给孩子喂奶的时刻到来，那也是她丈夫唯一允许她和孩子待在一起的时光，布拉希姆不让她接触任何人，包括她的孩子。

与此同时，在阿本·阿布大营的另一头，摩里斯科人进进出出，去骚扰塞萨公爵率领的大军，而埃尔南多正殚智竭力要把那个天主教徒的命救回来……当然，同时要救回来的还有他自己的命。骑兵半昏半醒已经好几天了，他在与伤口的感染作战，每次醒过来的时候，他就祷告，他呼求着耶稣基督和圣母玛利亚，而埃尔南多就趁机赶紧给他喝下一点肉汤。有几次，骑兵逼着埃尔南多和他一起祷告，若是小伙子拒绝，他就不肯进食，埃尔南多只得靠过来，一边祷告一边给他喂汤，热汤顺着骑兵的胡子一点一点地滴淌下来。还有一次，营帐里被阳光照得亮堂堂的，那男人就把目光集中在埃尔南多那双蓝眼睛上。

"这是一双天主教徒的眼睛。"男人说着，又看到了埃尔南多破烂的衣衫，"放我出去，我会补偿你的。"

即使放了他他又能走到哪儿去呢？埃尔南多心想。他望着营帐的入口，在那里，永远有柏柏尔人的影子在晃动。

"你叫什么名字？"埃尔南多以问作答。

落难贵族又把目光转向了埃尔南多的眼睛。

"死在一个叛教海盗的帐篷里，我绝不会把这种耻辱加在我家族的头上，我也绝不会让我们的王子为我被俘虏而担惊受怕。"

"可你如果不说你是谁，他们就没法赎你了。"

"要是我能撑着活下去，那就还有足够的时间来做这件事情。我知道我值很多钱，可是如果我要死在这里，我宁愿不让我的同胞知道。"

那贵族的剑刃呈扁六边形，又长又重，埃尔南多阅读着刻在六边形一侧的铭文。那把阔剑被挂在帐篷入口的柱子上，和哈迈德所赠的那把弯刀挂在了一起，日夜有人值守。自巴拉克斯把这个天主教徒伤兵带回大营起，埃尔南多就一直睡在海盗头子的帐篷里，照顾着他的起居。第一晚，海盗头子进来的时候正好撞见埃尔南多偷瞄了那把弯刀一眼，那时候，哈迈德的宝刀还只是被搁在帐篷的一角。只见巴拉克斯走向那把刀，拿起它，把它和骑兵的阔剑一起挂到了入口那根木柱上。值班的柏柏尔人看到了巴拉克斯的一举一动，没有说话。

"要是你想死的话，这两把武器你随便挑一把摸一下就行了。"

从那天开始，巴拉克斯每次走进帐篷，都会用余光瞥一眼那根柱子，也顺便瞥一眼本应值班却倚靠在刀剑上睡着了的柏柏尔人。

"非理勿动，无功不返"，贵族宝剑上的铭文这样写道。埃尔南多望着骑兵的侧脸，此时他已经睡了过去。非理勿动，可西班牙人又有什么理由拔出剑来呢？他们撕毁了格拉纳达王国投降时他们的国王所签订的和平条约。摩里斯科人也是天主教国王的属民，他们作为国王的臣民已经几十年了，支付的什一税比任何一个天主教徒付的都多；他们饱受嘲讽，被极度仇恨，他们为了家人忍辱负重，默默耕种着贫瘠的土地，而这些土地自从早已记不清的久远年代起就已经属于摩里斯科人所有。所有这一切，就因为他们是穆斯林，可是，在伊莎贝尔王后、费尔南多国王和摩里斯科人签订和平条约的时候就已经知道了这一点啊。他们想要享有怎样的和平呢？起义之后，谨慎国王①的土地上遍布着被绑为奴的摩里斯科妇女，在西班牙，无论走到哪里，总有小商小贩在低价贩卖着摩里斯科人，成千上万个国王的属民被强迫施行了洗礼，却又反被捉为了奴隶。同一个国王啊！听说就是在同一个国王统治下的西印度，老百姓虽也被强制洗礼，却禁止被奴役。那么为什么在这里，这种行为却不被禁止呢？为什么教会此时却不一视同仁，对同一个国王的奴仆实行同样的对待？听人说，西印度的原住民吃着人肉，崇拜着偶像，对他们的萨满法师毕恭毕敬，可国王却免除了他们的奴役，相反的，他们穆斯林信奉的神就是天主教徒所信奉的亚伯拉罕的上帝，他们不吃人肉，不崇拜偶像，他们接受了洗礼，被强迫改宗天主教……却依然可以被奴役！

　　埃尔南多也是奴隶。但这次却是因为相信基督！这个世界疯了吗？在一些人看来，他是个摩里斯科人，和其他所有满十二岁的摩里斯科人一样都该被砍头；而在另一些人看来，他是个天主教徒，理应终生在私掠船队里充当苦役……若是那时还没有把他杀掉的话。要是他自愿改旗易帜皈依穆斯林——哪用得着改旗易帜啊——他就会成为一个叛教徒的男宠。可他生来就是穆斯林啊！还是说他血管里流淌着的天主教徒的血也对他产生了潜移默化的作用？这个受伤的骑兵可能会被人用一大把金币赎走，让叛教徒为此大发一笔横财，海盗衣锦还乡回到阿尔及尔，而落难贵族也将重归故里，继续着与摩里斯科人的战斗，也继续着对摩里斯科人的奴役。

---

　　① 腓力二世的外号。

21

钦赐大赦昭告天下

国王陛下圣明本格拉纳达王国内摩里斯科人作乱造反皆非诚愿,盖因小撮恶党凶徒欺瞒威逼所致,野伏小人图谋私利、不顾大义、兴风作浪、祸害百姓,幸得国王陛下神威天降惩之除之,因罪罚之,于阿尔曼左拉河、菲拉布雷斯山及阿尔普哈拉斯摧其营寨,夺其城池,令得叛党丢盔弃甲,落荒而逃,遁入山林,如困兽栖于岩穴之中,如惊鸟不得寝食之安;国王陛下慈悲为怀,不忘普天之下皆为王之臣民,知其百姓衣不蔽体、食不果腹、家破人亡、妻离子散,悲不自胜,故特此诏命吾等大赦天下,凡具备以下条件者皆蒙皇恩荫庇:

摩里斯科叛民虽为谋反大逆,然皇恩浩荡,特许其男女老幼,概不论身份尊卑,凡于二十日内归顺吾王并王子殿下者,均免其一死,令其验明受迫谋反之实;凡能于弃逆乖顺之时诛杀逆贼,俘累叛党,将执迷不悟之徒投献于吾王者,陛下必宽仁以待。

于上述限期内归附吾王之人,凡已过束发及笄之年然未知天命者,苟能经陛下使臣之手赍献火铳一挺抑或弩弓一架,则任何王之子民均不得奴役之,此人亦可再携家眷二人领此恩典,得享自由。谕劝叛党早早悬崖勒马,弃暗投明,若顽固不化,一意孤行,吾等仁至义尽,必诛尽杀绝。

堂·胡安·德·奥地利于1570年4月颁布的这条诏令迅速在阿尔普哈拉斯流传开来。天主教徒们把它译成了阿拉伯语,制作了许多抄本,让内奸和商贩们偷偷分发着;还有好些人是从其他人口中得到的消息,认字的通知着不认字的,说的时候还得留意避过土匪、近卫兵和柏柏尔人的耳目;却也还有些地方,人们干脆把诏令的内容在大街上大声宣读了起来,仿佛是在叫卖着什么。此外,王子还颁布了一条法令,规定任何人都不得像从前发生过的那样,逮捕、抢劫或凌辱一个前来投降的摩里斯科人,否则就会遭受严厉的惩罚。

双方阵营都处于危急存亡之秋：在阿尔普哈拉斯，每法内加①稻谷和草料的价格都分别上涨了十倍之多，无论是士兵还是他们的家眷都忍受着饥饿。面对这样的窘境，阿本·阿布束手无策，经与摩里斯科人中有相当威望的阿隆索·德格拉纳达·维内加斯书信商议，他最终委任哈巴齐作为使者与天主教徒进行投降谈判。可是，谈判本身就已经让摩里斯科人处于了不利的地位。当时，三艘来自阿尔及尔载满武器和物资的船只刚刚在达利亚斯海岸靠岸，货刚卸到一半就传来了阿本·阿布准备投降的消息，来者听闻这个讯息，立马又将卸下来的货物装了回去，启程返回了阿尔及尔。无独有偶，由卡拉卡斯的兄弟侯赛因指挥的七艘船也刚刚抵达海岸，船上载着四百个近卫兵和大量的装备，一听说阿本·阿布要展开和平谈判，也立即掉转船头，向着海盗之城开了回去。

而在天主教徒这边，情况可以说更加复杂：一方面，除了在阿尔普哈拉斯其他地区双方还有零星的交火之外，阿本·阿布的游击战术使得天主教徒的军队迟迟无法取得决定性的胜利。另一方面，暴动已经波及了塞维利亚周边地区，麦地那·希多尼亚公爵和阿尔科斯公爵的辖区内有一万多个摩里斯科人因长期以来饱受凌辱一同揭竿而起，谨慎国王命令这两名贵族亲自征讨，终于平定了叛乱，可是，想到摩里斯科人的暴动随时都有可能向穆尔西亚、巴伦西亚或阿拉贡王国扩散，国王始终心中不安，毕竟，在那些地区里生活着的摩里斯科人绝不在少数。

不过，最终让腓力国王下定决心，准许堂·胡安·德·奥地利大赦天下的，还在于土耳其苏丹所采取的态度。

1570年2月，效仿阿尔及尔人对突尼斯展开的进攻，奥斯曼土耳其出兵攻打威尼斯王国治下达尔马西亚的港城撒拉，要求将塞浦路斯归于土耳其的统治之下，土耳其人的军队已经于7月在这个岛上登陆。腓力二世在科尔多瓦会见了教皇皮奥五世，会面地点特地选在了教士会，好离战场更近一些。教皇陛下向国王呼吁展开新一轮的十字军东征，他说，所有天主教徒都应该团结起来，组成神圣联盟，将异教徒的威胁驱除干净。根据教皇的观点，正是因为西班牙国王太过于注重国内的争斗，异教徒才会如此地猖獗。仁慈的西班牙国王同意了教皇的请求，可是，东征是个大工程，既然说了要这么做，那只能抓紧为阿尔普哈拉斯摩里斯科人的叛乱画上一个句号。

一纸赦令换来了大批前来投降的摩里斯科人，他们纷纷来到了堂·胡安·德·奥地利位于帕杜尔的大营前请求天主教徒的宽恕。不过，赦令一出，天主

---

① 古计量单位，根据地区不同分别合 22.5 或 55.5 升。

教徒的军队也遭受了惨重的损失。见再无利益可图，士兵们纷纷从队伍中脱离。塞萨公爵开进阿尔普哈拉斯时带领着一万精兵，而到了这时候，人数只剩下了寥寥四千。

"我们走！回阿尔及尔去！"巴拉克斯的号令震耳欲聋，"明早得把所有东西都准备好。"海盗头子走进了帐篷。"听到了么？"他跟埃尔南多吼着，"把他包扎好准备上路。"他用手指着那个骑兵。

埃尔南多转身望向那个贵族：虽说他确实有所恢复，可是……

"他会死的。"埃尔南多不假思索地说。

巴拉克斯没有回答，他皱起眉头，半闭着双眼。他的眉心都锁在了一起。埃尔南多屏住了呼吸，他知道海盗头子正在盯着他看，过了一会儿，巴拉克斯转过身去，走出了帐篷，他的右手抚弄着一把匕首，像是昭示着小伙子的命运。

这下完了，埃尔南多心想：等待着他的是死亡，最好的情况下他也得在船队里干一辈子的苦力。埃尔南多坐在了地上，他看着脚踝上绑着的镣铐。他没法跑。连走都走不利索！他是个奴隶。他只是个戴着脚镣的奴隶！而法蒂玛……埃尔南多捂着脸，眼泪簌簌地流下来。

"男人不能哭，除非是你母亲过世或是被开膛破肚。"

埃尔南多看着那个骑兵，深吸了一口气，努力控制住自己的抽泣。

"我们俩都会死的。"小伙子说道，用袖子把眼泪擦了擦。

"我只会为了上帝而死。"那天主教徒小声回答。

这番话好像在哪里听过？贡萨利科！一样的忠诚，一样的恭顺。埃尔南多不禁咋舌。那伊斯兰教徒又是怎样呢？"伊斯兰"这个词的意思不正是"顺从"吗？

"可是上帝创造我们的时候也给予了我们自由，我们可以去战斗。"那骑兵继续说着，打断了埃尔南多的思绪。

埃尔南多做了个讥讽的表情。

"就凭一个伤兵和一个奴隶？"埃尔南多一边说一边用手指指着外面，帐篷外人流攒动。

"要是你已经准备好去死了，那至少允许我为了我自己的生命而战。"天主教徒反驳道。

埃尔南多看着脚上的铁镣：铁链不粗，但也足够结实；脚踝磨到铁块的地方好像褪了一层皮。

"要是我放你走你又会干点什么呢？"埃尔南多问道，他的双眼依然盯着那条脚镣。

"逃跑，求生。"

"我怀疑你都没法走路。你都没法从这床上起来。"

"我能。"骑兵坚定地说，他坐了起来，因为疼痛，五官都皱在了一起。

"外面可是有成千上万的穆斯林，"这时埃尔南多把脸转了过去，他看到落难贵族的眼中闪着异样的光彩，"他们一定会……"

"一定会杀了我的?"骑兵抢先把那句话说了出来。

祷告报时人的召唤打断了两人的对话，天要黑了。启程的准备工作暂时停了下来，信徒们纷纷跪倒在地。"就是现在。"骑兵一字一顿地对埃尔南多说道，祷告还未开始，大营里一片寂静，那个伤兵指着营帐的另一头，骡子们就停在那后边。

埃尔南多没有跪下来，他已经好久没有祷告了。他还记得，晚祷是摩里斯科人可以在家进行而不受天主教徒监视的唯一一次相对安全的祷告。如果哈迈德在的话，不知道又会如何教导他呢？那位老迈的智者如果知道他现在要放走一个天主教徒，又会说些什么呢？埃尔南多转过头去望向了帐门口的那根柱子。哈迈德的弯刀就挂在那里……那是先知的遗物！从布片的接缝处，他看到大营里的所有人都在寻找着圣地麦加的位置，准备开始祈祷，而那个负责值守的柏柏尔士兵却一如既往地坚守着岗位，牢牢地站在那根挂着武器的柱子跟前。埃尔南多想起了巴拉克斯的恫吓："要是你想死的话，这两把武器你随便挑一把摸一下就行了。"死。死是永恒的希望啊！法蒂玛的那双大眼睛突然跳了出来，定在了埃尔南多眼前，仿佛指引着埃尔南多的前程。是啊，现在又有什么是要紧的呢？天主教徒、穆斯林、战争、罹难者……

"假装你已经死了，"埃尔南多朝骑兵命令道，他转头看着他，"闭上眼睛，屏住呼吸。"

"啊？……"

"快点！"

千万个摩里斯科人一同祷告起来，祷告声打破了寂静。埃尔南多听到外头赞美诗唱了起来，他从布片间探出头去。

"快来帮帮我！"埃尔南多招呼着门口的守卫，"那贵族快要死了。"

柏柏尔人进了帐子，单膝支地跪在了伤者面前，用手拍了拍他的脸。埃尔南多趁守卫背对着他的当儿拔出了弯刀，金属的摩擦声让柏柏尔人回过头来。电光火石间，埃尔南多立在原地刀刃一转，一刀正砍在了守卫的脖颈上，守卫应声倒下，扑在了骑兵身上。

贵族费了老大的劲才把那具尸体从身上搬开。

"把我的剑递给我吧。"他朝埃尔南多请求着，作势要起来。此时的埃尔南多还在有点失神地望着手中的弯刀，刀刃上，一道细细的血痕还闪着猩红的光。"看在上帝的分上，把剑给我吧。"落难贵族哀求道。埃尔南多朝这个天主教徒看了一眼：他都这副德行了，要一把那么沉的剑又有什么用呢？"求你了。"骑兵不依不饶。

埃尔南多把厚重的阔剑递给了他，然后走到了帐篷的门口；骡子们停在帐篷的另外一头。贵族把剑握在手上，猫着腰跟在小伙子的后面。埃尔南多只要看一眼伤兵那僵硬而又迟缓的动作就知道他有多么虚弱、多么疼痛。疑虑再次侵袭着埃尔南多的神经：他们这是在自杀啊！仿佛预料到小伙子的想法，骑兵抬起头，对埃尔南多露出了感激的微笑。埃尔南多又继续弯下腰，把帐篷的门帘扒开了些，在阴影中试图分辨外面的情况。可骑兵却放开了胆子，他一把扯起帘子，穿过门洞，向着帐篷外面钻了出去。埃尔南多跟了上去，经过他身边的时候，埃尔南多看见他的伤口又开始渗出了鲜血，裹在铜片外面的绷带也被染成了红色。两人弯着上身继续前行，埃尔南多看着脚下的地，他的弯刀也拖到了地上，他时刻准备着应付会突然出现的守卫，可是谁都没有出现，不一会儿，骡子们健壮的小腿就出现在了两人眼前。两人急促的呼吸声和千万个信徒低声的祷告混在了一起。贵族又笑了，笑得那么开心，就好像他们已经自由了一样。现在怎么办呢？埃尔南多自问：骑兵肯定没法走得太远，他这样会失血过多的，他们能走出十分之一里就算不错了。群山顶上的天空微微泛红，太阳马上就要落山了。内华达山脉的黄昏啊！在胡维莱斯时他曾多少次凝望着这样的画面！老伙计！埃尔南多回过神来，他在一条条骡子腿中寻找着。老伙计的腿他又怎么会认不出呢，他给它治伤都治过几千次了！埃尔南多顺利找到了老伙计，他朝那天主教徒伤兵招了招手，让他跟上来。走到老伙计跟前，埃尔南多心疼地摸了摸它满是水泡的弯曲跟腱，它身上已经上好了鞍具，时刻准备出发。小伙子直起身来向四周张望：有人在放哨吗？是否有人在监视着他们？可是好像所有人都专注于晚祷之中。在他们的左边，几步远的地方，就是阿尔普哈拉斯无数峭壁中的一处。

"爬上去吧。"埃尔南多叫着他的同伴，使劲在骑兵身上托了一把，让他趴到了老伙计背上，像个大包裹一样。"抓好了。"埃尔南多把他的手放到了骡子的肚带上。当埃尔南多想帮骑兵把剑取下来的时候，骑兵阻止了他，他用一只手紧紧地攥着剑。

埃尔南多的脚上还铐着铁镣，他只得一小步一小步地把骡子拖到陡坡边上，他慢慢移动着，尽量不让脚镣发出响声，他向前踱着步子，眼中没有一个明确的目标，视线在峭壁外广阔的虚空中模糊了起来。祈祷的愿望在埃尔南多的胸中萌动，他也想加入到大营里那片熟悉的低语中，可是他不能。直到抵达峭壁的边缘时他才回过头来：山顶上依然有一片微红色勾画出它极细的轮廓。没有人注意它。看着眼前的景象，埃尔南多欣慰地笑了笑：成千上万的人向东方俯下身去，与他们所在的峭壁正好是相反的方向。那贵族催促着埃尔南多，埃尔南多也跳上了骡子，两人并排骑在老伙计的背上，埃尔南多从老伙计肚子下方把那条肚带紧紧地攥在了手中。

"抓牢了，"他提醒自己的同伴，"下去的路会很危险。走，老伙计，上胡维莱斯去！带我们去胡维莱斯！"他拍了拍老伙计的屁股，先是轻轻地拍，然后逐渐加大了手上的力气。他感觉到老伙计也慢慢战胜了心中的胆怯，朝峭壁迈出了步子，它伸出前腿，重心向后，整个身体坐在了后腿上，顺着陡坡一路滑了下去。

事实上只经过了几秒，对骡背上的两人却像是永远。老伙计向下滑着，避过了岩石，躲过了树干，让埃尔南多意外的是，它甚至跳过了几条不窄的岩缝。老伙计！他的老伙计！骡子坐起来向下滑的时候，他们有好几次差点从骡背上摔下去，他们碰撞过无数的树枝，与好几棵黑莓树擦身而过，可是最后，他们还是顺利落到了一条小溪中。小溪顺着内华达山脉的山势流到了这里，冰冷的溪水肆意飞溅在两人的脸上。水将将没过了老伙计的脚腕，它站在小溪中央用力摇晃着脖子，那对大大的耳朵骄傲地翻了过来，向四面八方甩出千万水滴。它也知道自己刚刚立下了汗马功劳吧？

埃尔南多任凭自己倒在了小溪，他把整个脑袋都浸到了水里，他在水底大喊了起来，无数气泡轻轻抚过他的脸颊。他们做到了！受伤的骑兵也安全着地，他站起来，微微靠在了骡子背上，他的伤口还在出血，但即使只穿着简单的里衣，他看上去依然是那么高贵而骄傲，他的右手还紧握着那把沉重的阔剑。

埃尔南多一屁股坐在小溪中间。

"你看吧，"落难贵族评论道，"上帝还不想让我们死呢。"埃尔南多紧绷着脸，笑了笑。"我们得去抗争！而不是哭泣。你的肠子又没流出来，你娘也还没死。耶稣基督和圣母玛利亚都……"

受伤的骑兵还在侃侃而谈，而埃尔南多已经没有在听。他母亲在哪儿呢？法蒂玛又在哪儿呢？

"我们继续逃吧。"贵族终于结束了长篇大论，对埃尔南多说道。

继续逃？埃尔南多问着自己。是啊，这就是他的初衷，正是为了这个他才如此铤而走险，可是，他之前也逃过一次，逃到了阿德拉。那一次，他扔下了法蒂玛，扔下了他的母亲。

"等等。"

"他们会追上来的。他们一发现我们不见了就会来追我们的！"

"等等。"埃尔南多又说了一遍，"天已经那么黑了，他们不会……"

"你怎么了？"贵族发现埃尔南多不对劲。

"几个月之前，"埃尔南多从溪水里站起身来，悲伤地看着哈迈德所赐的宝刀，"我曾经跑到胡维莱斯去救我娘。"现在又何必把那场屠杀都记在这个人的账上呢？埃尔南多心里这么想着，可嘴上又顺着说了下去，"你们天主教徒杀了我们一千个姐妹和孩子。"埃尔南多指责着这个天主教徒。

"可是我没……"

"闭嘴！就是你们做的。你们还绑了好多姐妹做你们的奴隶！"

"那你们还……"

"那又怎么样！"这个摩里斯科小伙子怎么肯让他说下去，"我去了，到了胡维莱斯，去救我妈。我把她救出来了，还救了法蒂玛，她是我的……她本该做我的老婆的！后来我又救了她们一次。我们经历过好多险境。"埃尔南多回想起那个风雪交加的夜晚，回想起从帕特尔纳逃出来的场景，还有麦西那那场婚礼，从天主教大军的眼皮底下逃出生天……所有这一切的意义何在？"我不能抛下她们。"埃尔南多坚定地说。

他凝视着天主教徒的眼睛。眼前的这位天主教徒已经流了大量的血，可他的眼中依然写着坚毅。在做海盗头子的奴隶的这段日子里，埃尔南多已经把法蒂玛和阿以莎从脑中抹去：他努力不让自己去想她们，就好像她们从来没有存在过一样。可是现在……他们自由了！自由给他们带来了多么奇妙的能量！布拉希姆应该不会向天主教徒投降的，埃尔南多马上想到了这一点，那么，如果他能够成功带法蒂玛和母亲逃出来，向天主教徒投降的话，说不定他们就能把那个梦魇永远忘记。

"我还需要你的帮助……"骑兵试着挽回埃尔南多的心意。

"我对你来说不会有多大用的，天那么暗，只要有老伙计带着你就足够了，我得回去找我妈……还有我爱着的女人！你懂吗？我绝不能允许天主教徒杀了她们，或是把她们绑作奴隶。"

下定决心，埃尔南多身子一挺，大步向岸边走去，没想到，抬起的那只脚才迈到一半就被镣铐阻住了步伐，小伙子一个重心不稳，又坐回到水里。他早忘了还有脚镣这回事。

"你做的决定实在让人敬佩。"骑兵上去扶住埃尔南多，一边夸赞他，"你过来。"他指了指岸边。

"你要干吗？"

"看着吧，小伙子，从来没有哪块摩尔人的铁能敌得过托莱多出产的钢。"落难贵族一边回答，一边示意埃尔南多坐下来，他让小伙子把两条小腿分开，把绑着镣铐的脚搁在一小块岩石上。

埃尔南多只见天主教徒用双手握起阔剑。他根本举不动那把剑；他受伤了。即使在黑暗中埃尔南多也不难读出那骑兵脸上的痛苦，他正奋力将大剑举过头顶。

"为了受难的耶稣！"落难贵族一声高喊。

钢刃撞击在铁镣上，看着从铁链和岩石表面飞溅出的火星，埃尔南多突然感觉自己的双腿自由了。链条被削断时发出的嗡嗡闷响与头顶传来的喧闹声仿佛混为了一体，他们发现两人脱逃了。此时贵族已经把全身力量都撑在了那把剑上，大剑已经深深嵌进了土里，那一击仿佛耗尽了他所有力气。

"快跑吧！"埃尔南多让同伴快点逃离这个地方，可是骑兵已经无力回答。埃尔南多只得用胳膊架住他的腋窝，将他抬到老伙计身边，又像之前那样把他托举上去，让他像包袱一样横躺在骡子的背上。埃尔南多把骡子身上的一根皮带松了松，把那天主教徒和骡子捆在了一起，同时又留了几根皮带给自己以备不时之需。"相信它，"埃尔南多对着同伴的耳朵说道，"如果它停下，就命令它去胡维莱斯。"老伙计竖起了耳朵。"记住：去胡维莱斯。到胡维莱斯去，老伙计！"埃尔南多拍了拍老伙计的屁股，目送它顺着河床走了下去，可是他没法再多看一会儿：峭壁上已经冒出了点点火光，举着火炬的人们正缓缓地向山下走来。

埃尔南多藏到了树丛中，躲避着巴拉克斯手下的搜寻，他们找得并不卖力，只是敷衍了事地举着火炬这边看看那边瞧瞧。海盗头子的叫喊声在峭壁之上回响。黑暗中有两个士兵顺着溪流走了过来，不过没过一会儿他们又返了回去：第二天他们就要回阿尔及尔去了，他们已经比登陆安达卢斯时富庶了许多，巴拉克斯少了一个俘虏对他们来说又有什么要紧呢？

埃尔南多一直等到夜过三更，然后他决定顺着那些柏柏尔人在陡坡上开出的那条路爬上去。他用刚才留下的皮带把拖在脚上的铁链绑在了镣环上头；铁链的断头蹭着他的皮肤，到时候肯定也会像铁环一样把他的脚踝擦伤。可是，这种痛已经和之前完全不同：直到刚才，折磨一直都源于前脚拖后脚的那种不便之感，而现在，重获自由的双腿上有那么一点痛又算得上什么呢？

在峭壁之下等待的时候，埃尔南多听见了山上大营里的欢腾和喧闹。许多私掠海盗和柏柏尔人都跟巴拉克斯一样，决定返回祖国，所以，他们正庆祝着在安达卢斯土地上的最后一夜。另一方面，摩里斯科百姓还在不断地赶去堂·胡安·德·奥地利那边向他投降，有些是偷偷跑去的，还有些干脆堂而皇之地脱离了穆斯林大军。这一次，王子遵守了他的约定，凡去投降的男男女女在路上都没有遭到袭击。埃尔南多想起这天下午，连小尤苏夫都向他表明了第二天早上跑去投降的愿望，这个小男孩已经按照赦令的要求弄来一把破旧的十字弓，想带着它去向堂·胡安请降，虽然还未满十四岁，可是他也想以一名战士的身份出现在堂·胡安的面前，说起这个，他一脸的骄傲。

埃尔南多听着他的话，强装出一个微笑。

"我……"尤苏夫不敢看埃尔南多的脸，他吞吞吐吐地说，"我……"

"说啊。"

"你觉得这样好吗？我可以去吗？"

轮到埃尔南多避开了视线，他也结巴了起来，回答之前还干咳了好几下。

"你不用来征求我的同意的。因为你……"埃尔南多停了下来，又清了清嗓子，"你是自由的，你什么都不欠我，反倒是我应该好好感谢你。"

"可是……"

"愿安拉保佑你，尤苏夫。平安与你同在。"

尤苏夫向埃尔南多走了过来，带着一个小伙子所能表现出来的庄重，朝埃尔南多伸出了一只手，但最后他还是一下子扑到了他的怀里。直到这时，埃尔南多还能感觉到胸口那个男孩断断续续的呼吸声。

埃尔南多爬上了峭壁，朝巴拉克斯的大营走去，他不用太过小心：只有一个柏柏尔人在值守，他的头还不停朝下点着，那人倒是想让自己保持清醒，却是徒劳；而其他士兵都庆祝累了，直接躺在篝火边睡着了。法蒂玛和母亲会在哪儿呢？他得跑遍大营好好找找，可是之前示众的时候他被男宠们带着在大营里晃了好几圈，现在他就这么大摇大摆的还不得给人认出来？在篝火边的地上，埃尔南多发现了一条缠头布：可他不知道该怎么缠上它。尽管值班的士兵睡得昏昏沉沉，可要是有人就这么在他同伴身边转悠，他肯定也会察觉的；除了埃尔南多就没有别人在动了，火炬照亮了大营，火光一样会出卖他。埃尔南多四下张望着，他看到了……不！

埃尔南多两腿一软跪到了地上，冷汗从他身体的每一寸肌肤冒了出来。他吐了，他吐了第二次，他的胃还催着他去吐第三次、第四次，可是他已经没有东西可以吐了，他只觉得一阵阵痉挛向他袭来，揪着他的心。埃尔南多鼓起勇气，再次将视线定在了巴拉克斯的帐门口：就在那根原本挂着武器的杆子上，尤苏夫被砍下的头颅正串在上面，他的鼻子和耳朵都被挖了下来，被钉在头颅下方排成了一串：先是一只耳朵，然后是另一只，被钉在最下面的那一团应该就是小伙子的鼻子。又是一阵痉挛。这次埃尔南多没有把目光移开，他想象着虎背熊腰的海盗头子扑向小尤苏夫，用牙把他的鼻子和耳朵一个个扯下来的场景。巴拉克斯曾经多少次这样威胁过！这一切只可能是因为他。海盗头子把埃尔南多的逃脱全都怪罪在了尤苏夫的头上；还有老伙计……因为尤苏夫正是那个负责管理牲口的人。埃尔南多寻找着乌拜德的头颅，却没有找到，无疑，那脚夫要比尤苏夫机灵得多，说不定他早跑了。埃尔南多又看了一眼尤苏夫的遗体，这就是私掠海盗残忍无情的铁证。他站起身来，拔出了宝刀。

　　埃尔南多悄无声息地围着山坡转了半圈，现在，他站在了值班的柏柏尔人身后。"这把破刀对你一点用都没有，如果你不好好学学怎么用力握住它的话。"那个近卫兵曾经对他这样说道。要是失败的话，他将重新落入巴拉克斯的手中。埃尔南多用手指紧扣住刀柄，绷紧全身的肌肉，用力朝士兵的后颈砍了下去。只听得刀刃在空中一声呼啸，随后便响起了那士兵倒地的闷响，那颗脑袋摇摇晃晃地悬在了士兵的脖子上。埃尔南多横穿过大营，他已经无暇顾及那些睡着了的柏柏尔人，他紧缩着颌骨，绷紧了肌肉，两道目光牢牢地盯着海盗头子的帐幕。埃尔南多推开幕布走了进去，巴拉克斯正睡在地上的草垫上。埃尔南多等了一会儿，待双眼适应了周围的黑暗，走到海盗头子身边。埃尔南多在巴拉克斯的头顶举起了宝刀；他只觉得自己的手指如此疼痛，胳膊上和背上的肌肉都快要爆裂开来。仇人就躺在这里！毫无防备！巴拉克斯的脖子要比门外那个守卫的粗上一圈，刚才他都没能把守卫的头完全砍下来。埃尔南多想要一刀砍下去，可是仿佛有什么阻止了他，让宝刀定在了半空。为什么不砍下去呢？他要让这个海盗知道，究竟是谁结束了他的生命。这是他欠尤苏夫的！埃尔南多用脚背拍打着巴拉克斯的肋骨，巴拉克斯哼唧了一声，翻了个身继续睡着大觉。埃尔南多见状又朝他的侧腰狠狠踢了一脚，只见巴拉克斯迷迷糊糊地缓过神来。埃尔南多等了他几秒，好让他看清眼前的这张面孔究竟是谁。海盗头子朝那把弯刀抬起目光，随后视线往下移，望见了埃尔南多的眼睛，他张开嘴刚要叫，宝刀就飞向了他的喉咙。一刀下去，海盗头子的整个头颅被干干净净地削了下来。

　　埃尔南多装扮成土耳其人的样子走在了大营里，这些衣服是他在帐篷里找到的：一块缠头布遮住了他半张脸，加上一条灯笼裤，还有一件能够盖到脚踝的长衫；脚镣已经被他包在布里，藏到了裤管中。他的右手提着个袋子，袋子里装着海盗头子的人头，他的腰间挂着好几把匕首，在哈迈德那把宝刀的另一侧则佩着一把小火枪。埃尔南多壮了壮胆，提高音量，向士兵们询问着布拉希姆的帐篷的所在地，他最终找到了那个地方。他想都没想就冲了进去，进去的时候他已经把宝刀都拔了出来。管他是不是母亲的丈夫呢！到了此时，不管阿以莎再怎么求他也没有用了。可是，营帐里空空如也：里面空无一人。埃尔南多正准备把刀收进鞘里，突然听见背后传来一个声音，他举着刀就转过身去。在门口静静站着的，是他的母亲。

"你要干吗？"阿以莎问道。

埃尔南多把脸露了出来。

"我儿啊！"阿以莎朝儿子奔了过去，可是，埃尔南多第一次躲开了她的怀抱。

"布拉希姆在哪儿？"他粗声粗气地问，"法蒂玛呢？他们都在哪儿？"

"儿子啊……你还活着！而且……你是自由身？"母亲吞吞吐吐地说。

埃尔南多只看见母亲脸上两行泪水簌簌地流了下来。

"妈，法蒂玛在哪儿呢？"埃尔南多又问了一遍，这次是满含着温情，他把母亲紧紧抱在怀中。

"他们已经逃走了，向天主教徒投降去了。"母亲一边抽泣一边回答，"就在今天晚上，日落的时候。"见埃尔南多失望之情溢于言表，阿以莎赶紧继续往下说，"国王有好几次不得不骂你继父，他议事会也不去，打仗也不去，就为了……"她迟疑了一会儿，"就为了和法蒂玛在一起。"她最终还是把这半句话说了出来。"天主教徒那个告示说了，一个人只能带两个家属获得自由，他就选了法蒂玛和他大儿子阿基尔。后来法蒂玛求他，他就把胡马姆也带去了，或许几个月大的孩子不算在内呢。"

"就是说法蒂玛……法蒂玛跟他一起逃了？"

"她也是没办法啊，儿子，布拉希姆他……"

"那穆萨呢？"埃尔南多打断了她，他不想知道更多的细节。

"在旁边帐篷里呢，这里只能待下……"

"我们去追他们！"没等她说完，埃尔南多就急着带阿以莎行动起来。

天开始亮了，他们在离帐篷几步远的地方找到了一群骡子，埃尔南多决定弄一头来好让母亲坐在上面。负责看管那群骡子的脚夫是一个年事已高的摩里斯科人，他一觉得骡子在动就立马醒了过来。埃尔南多拔出刀来威胁他。他没有杀掉这个老人；他只是逼着老人陪他们一起走了一段，确定他来不及回去通知同伴的时候，他就放了老头一条生路。

22

埃尔南多、阿以莎和穆萨花了整整两天才抵达堂·胡安·德·奥地利的所在地帕杜尔，一路上他们遇到好几百个与他们抱着相同目的的摩里斯科人。王子要求所有从阿尔普哈拉斯前去投降的人都要在右肩缝上白色的十字，所以，和从其他村镇前去请降的队伍一样，从远处看，与埃尔南多他们走在一起的那队人就好像在举行一场宗教的游行，无论是男人、女人还是小孩都在衣服上缝了巨大的十字图案，他们一个个垂头丧气，又饿又累，默默地拖着步子，他们被疾病侵扰着，早已把那转瞬即逝的幻想抛到了脑后：他们曾经想着要光复自己的文明、光复自己的故土、光复自己的……信仰。他们所有人都知道前面会有什么样的命运在等待自己：他们将离乡背井，他们将去离格拉纳达千里之外的其他天主教王国，就像以前住在山城里和平原上的摩里斯科人一样。

夜色笼罩着兰哈龙的四野，天渐渐地暗下来，许多人在这里停下脚步，后来有更多人加入了他们。没有喧闹，没有庆祝，没有舞蹈，只有几堆篝火和准备在这里露宿的人们。也没有更多的食物，除了人们在启程时带的干粮，再没有别的供给。没有人召唤祷告。

埃尔南多啃着一小块面包，他牵着那头骡子过来向母亲道别。

"你要去哪儿？"

"去做我该做的事。我会回来的，妈。"见母亲一脸担忧，埃尔南多试着平复她的心情。

埃尔南多的目的地是兰哈龙城堡，这座坚不可摧的堡垒被建在离镇南六百多巴拉的石山之上，这个四面体的其中三面都开向了虚空，位于城堡之下的就是那陡然削下的岩壁。和其他众多城堡一样，它也是奈斯尔王朝时的产物，自1500年第一次阿尔普哈拉斯暴动以来，这座城堡已经处于半废弃的状态，就在那一年，摩里斯科人难以忍受枢机主教西斯内罗斯①的强硬政策，揭竿而起，但这场运动最后

---

① 西班牙天主教枢机主教、政治家。1495年任托莱多大主教。由于决定让格拉纳达的摩尔人改信天主教而激起摩尔人的不满，并引起1499年至1500年间的摩尔人叛乱。

却以天主教国王和王后①撕毁格拉纳达和平条约而告终。穿过摩里斯科人搭起的帐篷时，埃尔南多寻找着布拉希姆和法蒂玛的身影：纵使他们在太阳落山时就跑了出来，也不可能在月光下赶路，所以在领先的那个晚上，肯定也得停下来休息。不过，既然在这一列痛苦的人群中找不到他们的身影，可能他们已经走到了前头，说不定已经抵达了塔布拉特，毕竟也有些人决定到了那里再做休整。

在昏黄的月光的照映下，埃尔南多走在前往城堡的路上。这是头很有经验的骡子，它的每一步都谨小慎微，保证踩实了再向前迈出去……像老伙计一样。不知道可怜的老伙计现在怎么样了？一阵忧愁向他袭来，埃尔南多赶紧丢开了那个念头。那个骑兵怎么样了呢？他会活着吗？埃尔南多倒是很想知道那个人究竟是谁，可是那天主教徒砍完那一刀后都差点昏了过去。不管怎样，要不是因为那个人，要不是因为那个人对自由的渴望，可能自己也不会逃跑，现在说不定在巴拉克斯的快马号上划着船呢……抑或是早已像尤苏夫那样丢了性命。想起那个小男孩，埃尔南多一阵心痛，他抬起头望见了城堡高傲的轮廓，深叹了一口气。经历了几个月来那么多的艰辛，到头来人们还是投降了。又一次投降了。那之前的死亡和不幸又是为了什么？这座城堡会不会再次捍卫这个被压迫、被轻蔑、被凌辱的民族的热望？

埃尔南多向山上走去，他走进了这座已成废墟的堡垒。他慢慢地翻下骡子，低着头，等待双眼适应新一轮的黑暗。他选定了城堡南边一座依然矗立着的碉堡，朝它走了过去。

他试着去找到麦加的方向，当觉得自己找到了的时候，他从地上抓起一把沙子，用它清洗着自己的身体。那双蓝色的眼睛仰望着天空：它们已经不再是第一次看见哈迈德宝刀时的那双眼睛。那时眼中闪烁着的稚气已经消失，此时埃尔南多的瞳孔中映出深沉的痛。

"万物非主，唯有真主，穆罕默德是真主的使者。"

埃尔南多低声诵道，像是呢喃，他用双手把哈迈德的宝刀捧在头顶，刀未出鞘。

他曾多少次向巴拉克斯拒绝承认自己的信仰？

"哈迈德，我在这里。"埃尔南多默念着，他听到一片死寂。"我在这里！"埃尔南多仰天长啸，他的喊声在山谷中激起阵阵回响，一时间倒让他心中一惊。不知道

---

① 指原阿拉贡王国的继承人费尔南多二世（国王）和原卡斯蒂利亚王国的继承人伊莎贝尔一世（王后），二人的婚姻成就了西班牙的统一，对哥伦布远航的资助也让西班牙的国力有了显著的提升。

阿訇过得怎样？埃尔南多等了几秒，深吸了一口气。"安拉至大！"他用尽胸中所有力量喊了出来。"我发过誓，"埃尔南多只觉得自己的声音在颤抖，"我不会让这把宝刀落到任何一个基督徒手里。"

埃尔南多把宝刀埋在了碉堡旁边，他把洞挖得尽可能深，用从营帐中捡来的一把锥子钻探着地面，然后张开手指，把刀放了下去。随后他祈祷起来，他感觉到哈迈德就在身边，就像之前在胡维莱斯一次次祈祷时一样。末了，在那把锥子和一块石头的帮助下，他一下下地敲击着脚镣上的铰链，终于，那副镣铐被砸了下来，一双皮肉模糊的脚踝出现在了他的眼前。

日过正午，埃尔南多一行抵达了堂·胡安·德·奥地利的大营。在离目的地还有四分之一里的地方，女人们取下了头巾和面纱，把被禁止佩戴的首饰都藏到了衣服里。在帕杜尔城郊空旷的平原上，几支军队正站在那里迎接来降的摩里斯科人。

"放下武器！"士兵们喊叫着，让摩里斯科人排成几排，"要是谁敢把弩枪举起来，或者谁敢摸一下他的剑，我就当场叫他死！"

面对着几条长长的队伍，几个书记员坐在那里。他们坐在几张桌子后面，和周围的田野仿佛毫不相称。他们登记着摩里斯科人的个人资料以及他们所缴纳的武器，懒洋洋地，让这些来降者的等待像是要永无止境地持续下去。在他们的身边站着另一群人，这是些神父，他们在摩里斯科人身旁祈祷着，并要求他们也一同画十字、加入祷告，或是在他们手中的基督受难像前下跪叩拜。摩里斯科人的行列中又一次响起了那难以分辨的蚊子叫一般的嘟哝声，那么多年来，每次阿尔普哈拉斯的教会举行弥撒时总能听到这熟悉的声音，而今，摩里斯科人依然在用这嗡嗡声对神父的要求进行回应。

"你手上拿着的是什么？"一个士兵指着埃尔南多右手提着的包裹质问道。那个士兵的制服上镶着圣安德烈的红色十字纹章。

"这可不是……"埃尔南多一边说一边打开了包裹，然后若无其事地把左手伸了进去。

"圣地亚哥！杀啊！"士兵见埃尔南多行动可疑，赶忙拔出刀来。

很快地，又有几个士兵听见同伴的呼喊声聚了过来，摩里斯科人全都四散逃开，一时间，埃尔南多、阿以莎和穆萨被一群身着铁甲的士兵团团围住。埃尔南多的手还伸在那个包裹里。

"我没有私藏武器。"埃尔南多试图让那些士兵冷静下来，他用十分缓慢的动作把海盗头子的头颅从包裹里拎了出来。"你们要的巴拉克斯就在这儿！"埃尔南多扯着巴拉克斯的人头喊道,"这就是那个私掠海盗的头儿!"

士兵们的交头接耳甚至蔓延到了摩里斯科人的队列里。一个老兵差了个新兵蛋子去找士官或士官长过来,其余的士兵和神父们一起都围了上来,站在埃尔南多他们周围。所有人都知道巴拉克斯的名号。

"你叫什么名字?"一个士官推开人群走了上来,看到海盗的人头,他微微一笑。

"埃尔南多·鲁伊兹!"还没等埃尔南多回答,人群的另一头就有人喊出了他的名字。

埃尔南多惊讶地回过头去。那个声音……是安德烈斯!胡维莱斯那个教堂司事!

司事也已经挤进了人群里,他身后还跟着另外两个神父。他径直走向了阿以莎,刚走到她面前就抽了她一个大耳刮子。埃尔南多把手中巴拉克斯的人头扔了下来,作势就要朝司事扑过去,这时那个士官阻止了他。

"发生了什么事?"那个兵觉得奇怪,"怎么了?"

"这女人杀了我们胡维莱斯教区的神父堂·马丁。"司事的双眼都充着血,他抬起手来又要打。

埃尔南多觉得自己的两条腿又不听使唤了,他想起了母亲一刀一刀捅着神父的场景,他根本没想到在这里还能碰上胡维莱斯人,他更没想到,碰到的还是这个安德烈斯。此时,士官擒住了司事的胳膊,不让他继续打下去。

"你竟敢……"一个神父跳出来为司事打抱不平。

王子的命令说得很清楚:任何可能激起摩里斯科人暴动的行为都是被禁止的。

"堂·胡安殿下说了,"士官解释着,"要豁免所有来投降的摩里斯科人,任何人不得违抗他的命令。这个小伙子,"他继续说道,"他上缴了他的武器,还带来了……一个海盗头子的头颅。而唯一不能获得王子豁免的只有那些土耳其人和柏柏尔人。"

"可她杀了一个上帝的使者!"另一个神父反驳道,他抓起阿以莎的胳膊摇晃着她的身体。

"可是看上去他们也杀死了国王一个嗜血的仇敌。她跟你一起的吗?"士官顺带问了一句。

"嗯。她是我娘。"

"可不是嘛!"暴怒的安德烈斯又一次将叱责的话语喷到阿以莎的头上,"你没法跟你丈夫一起来,我说得没错吧?我认得你丈夫,他排在另外一排,跟另外一个女人在一起……他发誓说你已经死了！所以到头来你还得跟你儿子一块过来，还特意带来了个海盗的人头妄想赚取自由……"

"他们的自由是王子赋予的。"士官打断了司事的话。"我不允许你们，"他警告着那些神父，"不允许你们对这个女人采取任何措施。要是你们有什么意见就直接找王子殿下说去。"

"我们会去跟他说的！"第一个神父叫了起来，"我们要告发她，还要告发她那个谎话连篇的老公。"听了这话，士官耸了耸肩。"陪我们去找她丈夫。"神父要求道。

"我还有事。"士官找了个借口，他把巴拉克斯的人头从地上捡了起来。"你们跟他们一块去吧，"他命令手下的两个士兵，"小心别违背了王子的命令。"

他们要去找布拉希姆了！埃尔南多的心思已经没在那些摩里斯科人身上，那两个士兵跟着司事从人群中走了出去，他也顾不上周围人的议论，关于巴拉克斯头颅的事已经在他们中传了开来。他们就要去找布拉希姆了……还有法蒂玛！

"就在那儿！"安德烈斯的一声大吼让埃尔南多回到了现实，刚刚那一秒埃尔南多还在想着法蒂玛落到继父手里时的情景，胃里一阵抽搐。司事指着一个书记员的桌子："何塞·鲁伊兹！"然后他三步并两步地朝那边走了过去。那个书记员停下手中的记录，朝走过来的几个人抬起了头。"你不是跟我发誓说你老婆已经死了吗？"

见到继子、阿以莎和穆萨三人跟着那个胡维莱斯司事和几个士兵以及神父一起走过来，布拉希姆脸色煞白。埃尔南多没有发现他继父脸上写着的恐慌，他的目光定在了法蒂玛身上。她瘦了、憔悴了，她那双黑色的杏眼深陷在了青紫色的眼窝之中。女孩只是直直地看着来人，无动于衷。

"这都是干吗呢？"书记员问道，他伸出一只手来，否则那些人几乎就要扑到桌子上了。书记员是个瘦削的人，看上去病恹恹的，留着稀疏的胡子，被人打断思路让他极为不快。司事又朝布拉希姆冲了过去，却被一个士兵拦住了去路。"这儿发生了什么？"书记员再次问道。

"这男人撒了谎！"安德烈斯大喊。书记员安抚着安德烈斯，让他不要那么激动，书记员自己心里明白，这些人里谁都多少扯了点谎。"他跟我发誓说他老婆已经死了，可是实际呢？他是想要窝藏这个杀死神父的凶手！"安德烈斯猛烈控诉着，他抓起阿以莎的胳膊，把她拖到了书记员面前。

"这是他老婆？可是根据他说的，"书记员终于说话了，仿佛费了老大的劲，"这个女人才是他老婆。"书记员用手指着法蒂玛。

"重婚者!"一个神父喊了起来。

"异教徒!"另外一个随声附和,"我们得向宗教裁判所告发他!王子没法宽恕他们的罪,只有教会才有这个权利。"

书记员把羽毛笔搁在簿子上,用手帕擦了擦自己的额头。连日的工作,接连面对几百个连阿尔哈米亚语都不会说的男男女女让他费尽了心力,什么都全了,就只差碰上现在这种问题了。

"最高宗教裁判所的人在哪儿?"安德烈斯问道,他环顾四周,让赶来的士兵们分头去找。

埃尔南多见布拉希姆觳觫着,脸色一秒比一秒苍白。他知道继父在想什么:要是被宗教法庭抓起来,再调查起他和两个女人结婚的事,他一定会被关起来,然后……

"不……不对,她不是我老婆。"布拉希姆开始小声辩解。

"这里写着呢,特尔奎的玛利亚,是胡维莱斯人何塞·鲁伊兹之妻。"书记员说道,"这是你刚才跟我说的。"

"没有!你没懂我的意思!我说的是,她是胡维莱斯人埃尔南多·鲁伊兹的老婆。"布拉希姆很紧张,他的话里不时夹杂着阿拉伯语词汇,手上还不停做着动作。"我说的是埃尔南多·鲁伊兹,我儿子,不是何塞·鲁伊兹。特尔奎的玛利亚是我儿媳妇!"布拉希姆朝所有在场的人放声大喊。

埃尔南多一下子惊呆了。法蒂玛抬起头来,轻轻摇着怀里的胡马姆,就好像周围发生的事和她一点关系都没有。

"可你刚才说的……"书记员坚持自己没有听错。

布拉希姆又吐出一连串的阿拉伯语单词,他朝书记员走了上去,却被一脸轻蔑的书记员一把推开。

"把你那本簿子给我!"安德烈斯专横地命令道,他难以抑制心头的怒火。

书记员双手抱着那本簿子,摇了摇头,他望着眼前待登记的摩里斯科人排成的长长的队伍,此时这条长龙也向两旁略微展开了些,所有人都在等着看他们两人的热闹。

"这些人啊,连西班牙语都不会讲,叫我们怎么开展工作?"书记员抱怨道,他在这一刻最不愿看到的就是让自己也卷入到这场宗教裁判中去,即使是做证人也不行;他跟教会之间已经有过几次不愉快的经历,他知道,任何人只要到了宗教裁判所……书记员重新拿起笔,往墨水里蘸了蘸,修改起刚才的记录,同时大声宣读:"特尔奎的玛利亚,是胡维莱斯人埃尔南多·鲁伊兹之妻。这就好了,没问题了。

"把武器交上来吧，"书记员朝着新来的人说，"告诉我你的个人资料，还有和你一起来的人都是谁。"

"可是……"司事愤懑不平。

"申诉请找格拉纳达最高法院。"书记员看都没有看他，继续埋头工作。

"你们不能……"一个神父也叫了起来。

"我能！"书记员一边登记一边打断了他的话。

埃尔南多小声报上了他母亲和穆萨的信息，他斜着眼偷瞄法蒂玛，女孩像是与一切骚乱都绝缘了，她只是看着她的孩子，温柔地摇晃着他的身子。

"他们这是在骗你们啊！"安德烈斯仍然没有放弃。

"没有啊，"这次书记员倒是正面回答了司事的问题，司事不住在他耳边念叨让他烦透了，"他没骗我。现在我记起来了，他当时确实跟我说的是埃尔南多·鲁伊兹，不是何塞·鲁伊兹。"书记员编了个谎话。"王子下达驱逐令以前你们想住在哪儿呢？"书记员向他们问道。

"胡维莱斯。"布拉希姆回答。

"必须得是在远离山脉和海岸的平地上。"书记员生气地又背诵了一遍，在这漫长的一天里，这句话他都重复无数遍了。

"那就住在格拉纳达平原吧。"布拉希姆做了决定。

"可是……"司事还想插话。

"下一个。"书记员恼火地呼喊着下一个，让他们赶紧走开。

"如果像他们所说，他们是在叛乱的时候结的婚，那就按照教会的规定再让他们结一次吧。"这就是胡维莱斯司事和两个神父离开书记员去向王子殿下投诉时，从王子秘书堂·胡安·德·索托先生口中得到的答复。"至于那个女人，"秘书继续说道，他想起王子看到巴拉克斯的首级时那满意的微笑，后来他就投诉的事去问王子时，那个头颅还搁在王子的脚边呢，"那女人也被赦免了。"听到这话，司事他们自然不服，可是秘书直截了当地制止了他们："服从吧，这是王子的命令。"

"别靠近法蒂玛，否则我就……"

离书记员的桌子只有几步远的地方，埃尔南多听到布拉希姆的威胁，大吃一惊。

小伙子停住了脚步。他现在已经不是海盗的奴隶了！不到两天前，他放弃了自由，拿生命做赌注只为了把法蒂玛和母亲救出来，为此还杀了三个人！除了扔在路上的缠头布，他到现在还穿着哪个土耳其人的衣服呢。

"否则就怎么样？"埃尔南多朝继父喊道。

走在埃尔南多前面的布拉希姆也停下了步子，他朝继子转过身来。两人对峙着，只见布拉希姆的嘴边露出一个恬不知耻的微笑，他抓起阿以莎的胳膊，用力掐。阿以莎忍了一秒，可是布拉希姆马上加大了手上的力道，让她终于无法掩藏她的痛苦。阿以莎不再挣扎。

"妈！"埃尔南多喊着，用右手寻找着弯刀的刀柄，这才发现，刀已经不在了。阿以莎努力不让自己去看儿子的眼睛。"这就是在乌希哈尔把你扔下的狗娘养的儿子！"布拉希姆吼道。

布拉希姆把阿以莎的胳膊掐得更紧了，她还是不敢去看她的儿子。这时法蒂玛终于第一次有了反应，她把胡马姆紧紧地抱在她的胸口，仿佛她的生命全都维系在这个孩子身上。

埃尔南多直面着他的继父，他的蓝眼睛里燃烧着难以遏制的怒火。他在发抖。长久以来的积怨爆发成一声怒吼。布拉希姆笑了笑，又在他大老婆的胳膊上拧了一把，他的力气是如此之大，阿以莎不禁叫了出来。

"你选择吧，拿撒勒人，你想看到你娘的胳膊怎么断开吗？"

阿以莎抽泣着。

"够了！"法蒂玛喊了出来，"伊本·哈迈德，不要……"

埃尔南多退了一步，他不敢相信女孩的脸上竟然刻着无声的哀求。他深呼吸，使劲让自己的心平静下来。

半闭起眼睛，小伙子回忆起了哈迈德的忠告："运用你的智慧。"阿訇是这样说的。现在可不是感情用事的时候……埃尔南多没再说话，转身离开了现场，尽管复仇的渴望还在不停撞击着他的胸膛。

23

1570 年 5 月

慈悲，我主。请王子殿下以国王陛下之名将慈悲赐予我们，赦免我们的罪，我们深知自己罪孽深重。——这就是哈巴齐跪倒在堂·胡安·德·奥地利的面前向他请降时所说的话。"我代表阿本·阿布，也代表所有叛乱者，他们委托我前来将这些武器和这面旗帜都交予国王陛下。"说完，堂·胡安·德·索托把旗帜扔到了地上。

哈巴齐进帐篷前，阿本·阿布那面绣着"人不犯吾，吾不犯人，人若犯吾，吾必犯人"的色彩斑斓的军旗就已经被交到了天主教大军的手里。大营前，阵列齐整的步兵与骑兵威风凛凛，士兵们的喊声伴着火枪手队的礼枪响彻天空，而后，神父们开始了祈祷。

哈巴齐为土耳其人和柏柏尔人取得了国王的赦免，他们被允许自由返回他们的故土。腓力二世做出了让步，一方面，他得尽快结束这场争斗，好去遵从教皇的意思组成神圣同盟；另一方面，他也担心春天的到来会让摩里斯科人再次获得食物的供给，让他们重新掀起一波暴乱的浪潮。

堂·胡安·德·奥地利特命了几个代表，派他们分散到了阿尔普哈拉斯各地去处理格拉纳达王国摩里斯科人最终投降的相关事务，而哈巴齐则负责让土耳其人和柏柏尔人在王子指定的港口登船回到自己的祖国，腓力二世为此还特地准备了大量的帆船和桨船。最终停火之日被定在了 1570 年圣胡安节①的那天，到了那一天，土耳其人和柏柏尔人应该已经全数离开了格拉纳达王国的土地。

到了 6 月 15 日，统计显示已经有三万摩里斯科人向天主教徒投降，哈巴齐也已将几乎所有土耳其人和私掠海盗运到了阿尔及尔，可是，大多数的柏柏尔人却决定留在这里继续战斗，见状，阿本·阿布改变了初衷，撤销了投降的决定：他杀掉

---

① 西班牙节日，每年 6 月 24 日举行，也称仲夏节。

了哈巴齐，带领着手下近三千勇士重又坚守起了山中天堑。

今天我送走了最后一批摩里斯科人。我觉得无比痛心，因为出发之时雨雪交加、狂风大作。女儿向母亲哭诉着，丈夫向妻子哀叹着，孩子在寡妇的怀里不住地哭闹。这么大的风雪，纵使我披上我所有的大氅也难撑过两里地：不可否认的是，看到一个王国的土地上人皆离散是这世界上最值得痛心的一件事。可是，主啊，这件事终于还是办成了。

堂·胡安·德·奥地利致堂·鲁伊·戈麦斯① 的信
1570 年 11 月 5 日

1570 年 11 月，腓力二世下令将格拉纳达王国中所有的摩里斯科人向内陆进行驱逐。在平原上驻扎下来的投降者，包括埃尔南多·布拉希姆一家，都被交给了巴拉哈斯之主、科尔多瓦长官弗朗西斯科·德·萨帕塔·德·西斯内罗斯，这位长官得把他们带到科尔多瓦去，然后把他们发配到卡斯蒂利亚和加利西亚的各个地方。

格拉纳达平原位于城的西边，上面搭起了大片的草屋。这片土地平坦而肥沃，这也要归功于罗马时代建造的一整套复杂完备的灌溉系统，它由一系列水渠构成，后来穆斯林统治时将其发扬光大，修建得更加完善。自格拉纳达王国降伏于天主教国王与王后之后，原本古老的土地分配方式，即把土地划分为小片耕地和菜园的做法逐渐演变，庄园便由此形成：大面积的作物被划归为贵族、教会高层和教团——如卡尔特会②——的私有财产，广袤的葡萄园带给了他们源源不断的财富。

整整七个月，几千个背井离乡的摩里斯科人就居住在这里。在这一望无际的平原上，他们怀念着阿尔普哈拉斯崎岖的山路、陡峭的岩壁和荆棘丛生的峡谷。天主教徒耕种着这片土地，天主教士兵看守着它，不时会有修士和神父前来对他们横加指责，不论他们曾经做了些什么。

根据王子的命令，埃尔南多和法蒂玛在帕杜尔教堂依照天主教的规定结为了夫妻。婚礼前一天，两人被叫到了教堂里，有两个从乍一到村子就一直骚扰着他们的神父在司事安德烈斯的监督下，用天主教教义考验着他们。

埃尔南多轻而易举地通过了考试。

---

① 腓力二世国王的重臣，为埃博利王子、梅利托侯爵、帕斯特拉纳公爵。
② 由圣布鲁诺在 1084 年创立的天主教教团。

"现在轮到你了,"一个神父指着法蒂玛,"把天主经背诵一遍。"

女孩没有回答,过了一会儿,司事和那两个神父就露出了不耐烦的神色。

法蒂玛还深陷在自己的不幸遭遇中。就在那一晚,布拉希姆当着埃尔南多、阿以莎和另外几百个席地而睡的摩里斯科人的面,毫无廉耻地占有了她,像是要昭示众人,他依然是这个姑娘的主人。埃尔南多怒火中烧,可面对继父快活的呻吟,他唯一能做的却只有逃避。他走到旷野里,想去寻找一缕洁净的空气,却无法阻挡眼中两行无可奈何的泪烧灼着涌了出来。

"你不会背天主经?"安德烈斯眯起了眼睛。

埃尔南多用前臂轻轻推了推法蒂玛,法蒂玛终于反应过来,她用颤抖的声音背诵起天主经和万福玛利亚,却无法准确地背出教义、圣母颂和戒律。

于是一个神父就令她在今后的三年,每个周五都必须到郊区来上课,直到哪天她能一字不差地背诵出教义要理;神父在她的身份证明上也做了相关注明。随后,根据规定,教士们强迫两人进行忏悔。

"就这些?"法蒂玛自觉已经说完了自己的所有罪过,而听她忏悔的神父却叫了起来。站在祈祷室外头等着轮到自己的埃尔南多听到神父的叫喊浑身一紧。"堂·胡安确实是说过要给你们举办婚礼,可是如果你不好好坦白,好好忏悔你的罪过,这婚你也是结不成的。你通奸的那点事呢?你可是生活在罪孽里!你们摩尔人的订婚根本没有效力。还有你们的暴动呢,你又怎么说?你辱骂神明,你杀人,你亵渎上帝,这些你都不忏悔?"

法蒂玛支支吾吾,不知道要回答什么。

"我不能宽恕你!在你身上我根本没有看到悔罪的诚意,你就压根没想要改邪归正。"

跪倒在地的女孩看不见忏悔室里神父脸上露出的心满意足的神色,可是埃尔南多倒是确确实实察觉到了安德烈斯和另一个神父在听到这番坦白时的微笑。他们在笑什么?要是不让他们俩结婚的话……他们一定是想把埃尔南多和法蒂玛弄到宗教裁判所去!两个人的生活充满了罪孽,到时候,连王子都没法违背最高宗教裁判所的旨意。

"我认罪!"埃尔南多双膝跪地大声嚷嚷,"我要坦白,我的生活满是罪孽,我为此后悔不已,我还要坦白,我曾经在教堂里亲眼见过人们亵渎神明……"

法蒂玛机械地重复着埃尔南多的话。

两人挑着神父爱听的说,承认了上千种罪过,他们发誓要迷途知返,今后要依照天主教的美德来规范自己的行为。那一晚,教堂里像是在举行着一次忏悔仪式:

埃尔南多高声祈祷着，努力用自己不断的言语去掩盖着跪在身边的法蒂玛的沉默。

第二天早上，两人举行了婚礼。到场的就只有布拉希姆，他一脸凶相，那双眼睛死死地盯在两人身上，还有几个村里的老基督徒，他们被叫来充当婚礼的见证人。两人又一次领受了圣体。仪式继续进行着，那块"圣饼"在埃尔南多口中慢慢融化。他只感觉继父全身都在躁动。他正在和法蒂玛举行婚礼！之后会发生什么又有什么要紧呢？布拉希姆或许还会强占着法蒂玛的身体，在摩尔人的社区里她可能依然会被当作布拉希姆的二老婆，可是现在，那个脚夫什么都不能做，眼看着自己靠假装才勉强维系着的婚姻关系在现场庄重的仪式前土崩瓦解，他也只能压制住心头的激愤之情。神父宣告埃尔南多与法蒂玛正式结为了夫妻，与此同时埃尔南多在心中默默乞求着安拉的救助。

这次婚礼让埃尔南多赔上了那头骡子，他本想反对，引证说办一次婚礼最多给神父两个里亚尔、给司事半个，再捐给教会一个，可是，他手上一个子儿都没有，他唯一的财产就是那头骡子，还是从人家那里牵来的。婚礼结束了，新人走出教堂前，神父们还不忘最后提醒一句：按照戒律，在接下来的四十天里，他们不能同居，也不能过夫妻生活。

在格拉纳达平原上，摩里斯科人都是风餐露宿，他们几乎点不起篝火，因为田野里没有一棵果树是归他们所有的。但凡能存下来点什么，摩里斯科人就会把它们贱卖了拿去买干粮，即使是贮藏充沛的水对他们来说也成了稀缺资源，因为这些水都被按照先祖传下来的严格规定分配到每块地里。每块荒地上总能看见几百个衣衫褴褛的摩里斯科人居住在那里，而在他们到达之前，原先就住在平原上的那些摩里斯科人已经被驱逐了出去，他们的房子也已经被天主教徒所占据。摩里斯科人分享着仅存的一点物资，等待着驱逐令的颁布。婚后，布拉希姆依旧强占着法蒂玛的使用权，可是即便这样，埃尔南多还得跟继父合作，一起跑到周围那些果园里去寻觅可以果腹的东西；布拉希姆时刻监督着他的继子，不让他与法蒂玛单独相处，可即使有这样或那样的原因让他们真的可以单独在一起时，女孩也会刻意躲避着埃尔南多。

"别怪她，"一天，阿以莎跟埃尔南多说，"她这是为了胡马姆……也是为了我。要是布拉希姆知道她跟你说话，他会把那孩子弄死的，你继父这么威胁过她！对不起，儿子。"

埃尔南多只能把自己关在回忆里，无数次回想起在帕杜尔教堂里发生的那一幕幕；只有那一刻，他才真正感觉到自己是法蒂玛的丈夫。真是讽刺！竟是在一个天主教的教堂里！或许哪天……

平原上，摩里斯科人还在等待着王子的决定，他们手无寸铁、忍饥挨饿、离乡背井、寄人篱下，整个民族的全线溃败深深挫伤着他们的内心。他们将被发配去哪里？他们将靠什么生存？他们将会去一个遥远的王国，那里的人们将毫不掩饰对战败者的仇恨，对他们冷眼相向。对未来的担忧无时无刻不在折磨着他们。如果说有人还对阿本·阿布的起义抱有一丝希望的话，时不时传来的新消息也会将他们的乐观击个粉碎：卡斯蒂利亚大骑士团团长与阿尔科斯公爵已经把安达卢斯之王的残军逼上了绝路。

11月1日，恶劣的天气变本加厉，要让这个已经深陷悲惨泥沼中的民族在这片土地上继续苟延残喘都已经成了一个不可能的任务。就在这一天，堂·胡安·德·奥地利终于下达了他们的驱逐令，他命令格拉纳达平原上的所有摩里斯科人在位于城外旷野中的格拉纳达皇家医院门口集合，等候他的调遣。环绕在医院周围的有那扇通往山城区和穆斯林旧城区的埃尔维拉古城门，有施恩会①修道院，有穆德哈尔式的圣伊德方索教堂，还有被围墙围住的一片又一片果园。

成千上万的摩里斯科人聚集在皇家医院前的空地上，由长官堂·弗朗西斯科·德·萨帕塔的士兵们看守着。他们静候着坐在医院里的会计和书记员们一丝不苟地记下他们的名字，并告诉他们每个人的目的地分别将会是哪里。

11月5日，三千五百个衣不蔽体、食不果腹的摩里斯科人在暴风雪中经卡尔特会之路离开了格拉纳达，胡维莱斯的鲁伊兹一家也在这群人之中。格拉纳达离科尔多瓦三十多里，他们走了足足七天，他们被押送着，也迁就着那位地方长官和他下属们的步调。没有床、没有吃的地方，我们的这些大老爷又怎么能歇脚过夜呢？

第一天，队伍行进到了皮诺斯，皮诺斯依然属于平原地界，离格拉纳达不过三里。弗朗西斯科·德·萨帕塔先生在镇里住了下来，而摩里斯科人却得在郊外的冰雨中度过这个夜晚。他们抱在一起抵御着寒风，他们分享着稀少的食物，当地人不愿把吃的提供给侮辱过天主教神性的人们。天亮了，大队人马向莫科林进发，在那里矗立着一座堡垒，守卫着通往平原和格拉纳达城的去路。第二天所走的距离与第一天相同，可是这一天的路程却是上坡。山间的阴冷顺着被雨打湿的衣服爬进了摩里斯科人的皮肉，潜入到他们的骨髓之中。路上不能落下一个摩里斯科人，所以体格稍健壮些的男人还得去帮助那些病弱的人，甚至搬运着尸体。推车是没有的。埃尔南多与两个女人分开了老远，法蒂玛和阿以莎走在了前头，而埃尔南多在整条上

---

① 建于十三世纪，主要负责办理从摩尔人手中赎回俘虏等事宜。

坡路上都在扶一个瘦削的老头。那老头已经站不住了，一边走着，他最初的干咳渐渐转变成了鼾息，那呼吸声震耳欲聋，不断碾压着埃尔南多的耳膜。老头当晚就死了，与他一同赴死的还有另外七十个摩里斯科人，对于这些被驱逐的人，唯一的安慰就是，当把这些亡者抬到下一站时，由于没有棺材，长官只得下令将他们就地埋葬，就这样，他们总算得以被埋在了故土。

几个绝望的人选择了逃跑，可王子早有令在先，只要有摩里斯科人逃跑，抓到他的那个士兵就可以把他当作奴隶，所以，但凡少了哪个男人、女人或是孩子，就会有一群如饥似渴的天主教徒加入到狩猎的队伍中，他们会在自己新奴隶的额头或是脸颊上打上烙印，与此同时，惨叫声就传遍了整列队伍。任何一个摩里斯科人都无法获得真正的自由。

到了莫科林，下一个目标便是阿尔卡拉拉雷亚尔。这个镇子离莫科林也是三里路，但整个路程都得在高山上行走。由于之前埃尔南多扶着的那个老头已经辞世，这次他被叫去搀扶一个女瘸子，这瘸子是个大块头，所以还需要另一个和他年纪相仿的小伙子来帮他。前一夜，法蒂玛为小胡马姆担心了整晚，她把孩子紧紧抱在了胸口，想以此来平息他接连不断的咳嗽。

阿尔卡拉拉雷亚尔已在眼前，一尊堡垒端坐在小山顶上，城墙里，一座雄伟的修道院盖在了古清真寺的遗址上。在山脚下，是阿以莎把胡马姆的噩耗告诉了埃尔南多：和那老头一样，胡马姆的咳嗽也转为了哮喘，他在法蒂玛的怀里打着寒战。法蒂玛也在抖，她哭着，无助地叫喊，可是士兵们不会允许任何人停下脚步。心痛欲绝的法蒂玛跪了下来，她祈求天主教徒们行行好，停几分钟，让她把孩子焐热几分，可她的一声声哀求却只得到了士兵们的冷眼作为回答。他们只关心这个年轻的妈妈会不会因深陷绝望而携子逃走；即使在受尽折磨时这个女人也依然这么楚楚动人，把她带到科尔多瓦的市场上去一定能卖个好价钱。

"没有人来帮我们。"阿以莎哭了起来，她回想起其他摩里斯科人投来的同情的眼神。

离阿尔卡拉不足一里的地方，母亲和孩子都不再发抖。又是阿以莎不得不走到法蒂玛的身边，从她僵硬的胳膊中把夭折的孩子接了下来。

作为法蒂玛合法的丈夫，埃尔南多到书记员那里为小胡马姆做了死亡登记；法蒂玛一句话都没有说。到了黄昏时分，埃尔南多、布拉希姆、阿以莎和法蒂玛一起离开了临时安置处，和其他穆斯林家庭一样被士兵远远地监视着，将胡马姆就地埋葬。阿以莎用从水渠中取来的冰凉的水轻轻地灌洗着孩子的遗体，她从孩子的衣物中找到那块法蒂玛之手，把它保存了起来：现在还不是把护身符还给女孩的时候。

埃尔南多确信母亲口中再次唱起了那支太过熟悉的摇篮曲,她低声唱着,像那时轻拍着他的时候一样。布拉希姆在旁边挖了个坑。此时法蒂玛已经不再有泪。没有阿訇、没有祈祷,甚至没有一块麻布能把孩子包一包,布拉希姆把小胡马姆放进了土坑里,而孩子他妈怔怔地站着,都没有向那墓穴靠近一步。

　　自阿尔卡拉拉雷亚尔起,每天的路程变得越来越长。他们下到了哈恩的田野里。布拉希姆搀扶着法蒂玛,法蒂玛也任凭脚夫拖着走。她还是不说话;她已经不像个活人。每次望见法蒂玛无力的身躯依靠在继父身上,埃尔南多就觉得浑身发冷,一阵眩晕让自己无所适从。三天之后,他们抵达了科尔多瓦。饥饿的人们赤着脚,扛着孩子,抬着病人,被分成了五列纵队,每一列都有提戟持枪的士兵守在左右。在老百姓好奇的目光下,队伍随着音乐走进了科尔多瓦城,列队的士兵对他们盛装相送。

　　从格拉纳达出发的三千五百人中只有三千人到达了这里。整整五百具尸体被播撒在这条死亡之路上!

　　这一天,是1570年11月12日。

第二部

以爱之名

"我原本不知道这大清真寺的内部竟然是如此华美,要是我当时就知道的话,我绝不会让你们按传统教堂的样式去重建它。你们建起了一堆随处都能见到的东西,却毁掉了在世界范围内都独一无二的珍宝。"

——有人称,皇帝查理五世于1526年在检阅他自己批准的对清真寺内部的重建工程时曾经这样说道。这也使得一直以来市政府与教会之间关于重建工程恰当与否的争议有了盖棺定论。

24

卡拉奥拉城堡已在身后。摩里斯科人的队伍越过了横跨瓜达尔基维尔河两岸的罗马古桥，穿过古桥之门，走进了科尔多瓦城区。这里就是科尔多瓦大教堂的后墙。市民们挤作一团，围观着这群新来的人，在这群人的身边，还有士兵们在严密看守。和其他许多摩里斯科人一样，埃尔南多也仿佛在身边这座大教堂中隐约窥见了哈里发时代科尔多瓦大清真寺的雄风，他转头望了过去。卑微的阿尔普哈拉斯人一直在自己的土地上辛苦耕作，他们从未有机会一睹它的尊容，可是，对于这座寺庙他们早有耳闻，所以即使现在的他们已经疲惫不堪，好奇心却也爬上了每一个人的脸庞。在这面有着百年历史的石墙后头，在那穹顶之下，就是那壁龛①的所在，哈里发大人就是在这里主持祷告。被驱逐者的队伍中，人们开始低语起来，同时不由自主地减缓了脚步。一个肩上坐着孩子的男人正用手指着清真寺。

"异教徒！"看到这帮人对教堂如此饶有兴致，一个女人叫了起来。

她这一喊，周围的其他人也即刻加入了攻击，他们像是要捍卫着自己的教堂不受异教徒目光的玷污。

"渎神者！刽子手！"

一个老人捡起块石头就要朝他们扔过去，可士兵们阻止了他，他们赶起了队伍，让摩里斯科人加紧脚步。走过教堂的后墙，街道变得愈加狭窄，士兵们把市民都驱散了开来，现在老百姓只能趴在两层小楼的阳台上继续观赏着队伍的行进。摩里斯科人走过饰带商街，经过谷物市场，顺着鱼市街一路向下，穿过集市街，到达了波特罗街的街口。队伍的头在波特罗广场停了下来，这是科尔多瓦最大的商业区，也是长官萨帕塔大人为摩里斯科人选定的临时看守所。

波特罗广场是个封闭的小广场，是同名的居民区的中心，士兵们把这三千个历尽万难活着抵达科尔多瓦的摩里斯科人强行塞到了这里，尽管其中的大部分人最后还是散落到了附近的街上。广场上有个波特罗旅馆，不过早已被住得满满的。连房

---

① 原文为阿拉伯语。清真寺里，穆斯林面对壁龛进行祷告。

间都没有，就更别提住不住得起了。马德拉旅馆、蒙哈斯旅馆和其他一些位于广场附近的旅馆也都没了空房。长官大人对出入这个地区设置了严格的限定，在市政府的管制下，摩里斯科人就在这里等候着腓力国王派给他们一个最终的去处。

大批摩尔人把着大瓮豪饮着其中的清水时，夜幕降临了。等轮到他们的时候，布拉希姆仰起脸尽情地吸吮起了那甘甜的水流。埃尔南多的目光定在了法蒂玛身上：她的头发现在已是又脏又乱，衬着一张干瘦的面孔，她的颧骨清晰可辨，那双青紫色的眼睛也深陷了下去，她已经瘦得只剩骨头。埃尔南多只看见她把战抖着的双手并了起来，她想去接水喝，可手还没送到嘴边，水就从指缝中流了个干净。她的未来将会是怎样呢？她绝对撑不过又一次远行。

没人敢洗澡。尽管长官严禁人们出入广场，可似乎这一举措只对摩里斯科人生效。在这块地方工作和生活的小商小贩，兜售小商品的、摆摊的、卖牲口的、匠人——椅商、剑商、亚麻商、针匠和鞣皮工们，在这群被驱逐者中横行霸道，这些摩里斯科人的一举一动都逃不过他们的眼睛。好几个神父会过来在人群中转悠，每天还会有大批游手好闲的人来到此地：无论是乞丐还是不务正业的，都想趁机占一把他们的便宜。

摩里斯科人又饿又累。不一会儿，倒有一队天主教徒端着一个大锅走了进来，锅里盛着菜汤……和猪肚！神父们这边停停，那边看看，检查着有谁胆敢拒食这被伊斯兰教义禁止的食物。

"怎么不吃啊？"一个神父指着法蒂玛问了起来。姑娘正倚靠着波特罗大街一栋屋子的外墙坐在地上，那只装着食物的碗原封不动地放在脚下。

法蒂玛没有抬头看那神父。布拉希姆也没有回答，他正呆滞地看着自己碗里漂着的那几块内脏。阿以莎也没有答话。

"她病了。"埃尔南多急忙帮她解释。

"病了更得好好吃。"神父把埃尔南多的理由挡了回去，他端起碗，要法蒂玛快点把东西吃下去。

法蒂玛还是无动于衷。埃尔南多在她身旁跪了下来，用勺子舀起一勺汤……和一小块肉。

"吃了它，求你了。"他在法蒂玛耳边说道。

女孩张开了嘴，埃尔南多把那勺汤喂了进去，只见那块肉顺着女孩的喉咙滑了下去，但随即而来的一阵胃痉挛又让她把那勺东西反了出来，呕在了神父脚下。神父急忙往后跳开。

"你这狗摩尔人！"

周围的摩里斯科人也都往后退了几步，围成一个大圈。还跪在那里的埃尔南多赶忙向神父爬了过去。

"她病了！"小伙子喊道，"你们看呐！"他拾起地上的那块肉放到自己嘴里。"她……她是我老婆。她只是病了。"埃尔南多重复着，"看呐！"埃尔南多回身爬到那只碗那儿，又舀了一勺放进嘴里嚼了起来。"她就是病了……"他用塞满食物的嘴嘟囔道。

神父在旁看了好一会儿，确认埃尔南多嚼着把它吞了下去，看着他又吃了几口，这才满意地走开。

"我会回来的。"转身面对下一个摩里斯科人之前，神父这样说道，"到时候你的病就应该好多了，我相信你一定不会再辜负科尔多瓦城慷慨赐予你们的食物。"

法蒂玛和埃尔南多所在之处的对面，在马路的另一头有一条死胡同，胡同很窄，容不下两个人侧身通过，它一头连接着波特罗广场，另一头就是瓜达尔基维尔河。胡同口有道木门，这时候倒是开着，透过门洞就能望见里边的景象。胡同的两边是两排小房子，有的只一层高，巷门口全副武装在跟走出走进的客人聊着天的，就是科尔多瓦妓院的老板。躲在他身后的有一众女人，她们都穿着只有在青楼里才算勉强得体的衣裳，所以不敢堂堂正正地走出来。几个女人探出了她们的头，而藏在她们之中努力不让自己引起老鸨怀疑的还有另外一个男人，他也看到了摩里斯科小伙子为病弱的女孩向神父苦苦哀求的全过程。听那小伙子说女孩是他的老婆时，男人脸上扬起了一丝微笑，意识到不对，他赶紧把脸上的肌肉绷紧，恢复到原来的表情，他的右脸上，烙着一个大大的"S"①。埃尔南多！胡维莱斯城堡这一别就是两年。这两年来，这个男人每天都在挂念着他：埃尔南多虽不是他的儿子，却比他的儿子还要亲……见到埃尔南多又活生生地出现在眼前，他无比骄傲：小伙子长大了。虽然穿得破破烂烂，可是眼前的他显然已经成长为一个男子汉。他该多大了？十六？哈迈德掐着指头计算着。

"弗朗西斯科！"妓院老板发现了躲在门口不务正业的老头，"去干活！你们也是！"他一边喊一边摆着手驱赶着那群女人。

哈迈德没好气地应了一声，一瘸一拐地朝着胡同里走了进去，他好不容易才抑制住自己的眼泪。埃尔南多！他还以为自己再也不会见到他了……还有多少胡维莱斯人也来到了这个地方，等着再次启程？他还没有在这里见到过同乡，可是有人说城里还有好几个从胡维莱斯来的女俘虏，她们都是在堂·胡安·德·奥地利颁布赦

---

① 奴隶的烙印。

令前被抓来的，而其他那些在科尔多瓦定居下来的享有人身自由的摩里斯科人大多来自山城区或是格拉纳达平原，是最先的几次驱逐让他们来到了这里。哈迈德在心里默默感谢着仁慈的真主，感谢他保住了埃尔南多的生命，也捍卫着他的自由。不过，他老婆又是怎么回事？看上去她好像病了，她浑身发抖像是痉挛一样。埃尔南多应该很爱他，否则也不会盲目地跳出来保护她，还为了她跪着爬到了神父脚下。哈迈德停在一栋两层小楼门前，把耳朵贴到门上，里面什么都听不见。他叩了叩门。

"你得吃点。"埃尔南多任凭自己在法蒂玛身旁瘫了下来。他刚一坐下，布拉希姆就把目光从碗里抬了起来。

"放开她，"继父哼唧着，"别过来。"

"闭嘴！你想她死吗？先把她活活整死，然后就因为我帮了法蒂玛一把你还要把我娘送上西天，这样你就开心了是吗？"

布拉希姆瞥了女孩一眼：她紧缩着身子，还在瑟瑟发抖。

"女人，你管管。"他朝阿以莎命令道。阿以莎把勺子拿到了嘴边，她每送下一口汤都得先闭起眼睛。

"你得吃一点，法蒂玛。"埃尔南多在法蒂玛耳边轻声说道。女孩没有回答，也没有看他，她只是待在原地继续哆嗦着。"我知道失去胡马姆你非常痛苦，可是你不吃，他的命也回不来了。我们大家都很想他……"

"让我来吧。"阿以莎站到了儿子面前。埃尔南多抬起了双眼，那双湛蓝的眼睛里流露着切切的伤心。"我来吧。"母亲温柔地请求道。

可换了阿以莎来也不见法蒂玛有什么反应。她逼着女孩把汤咽下去，可是，每每喂下一点汤或是两根菜叶，法蒂玛转眼又把它们呕了出来。埃尔南多跪在一旁，看着母亲如何费尽心力想让法蒂玛吃下点什么，每次法蒂玛咽下一口，他就紧张地屏住呼吸，见女孩的身体一次次拒绝着食物，埃尔南多绝望地捶起了地。

"他们说广场上有个医院。"一个摩里斯科妇女看到这一幕，也深深地为他们揪心。

埃尔南多用疑惑的眼神望着那个女人，见女人用手指了指波特罗广场的那一头，埃尔南多飞也似的跑了出去。跑过去几十米，他不得不停了下来：在那应该是医院大门的地方，一个双拱门檐下面，早已经围了一圈人。到了这时候埃尔南多已经什么都不管了，他奋力挤了进去，对沿途人们的抱怨声不管不顾。

"我已经跟你们说了，"埃尔南多听见医院里传出了牧师的声音，"这个医院所有的十四张床位都住满了,其中一半的床上还挤着两个人。不说这个,要想入院得先经过医生的同意,现在两个医生都不在。"

听了这番话,有几个人走开了,其他人都还站在原地,或是猛咳着,或是向牧师展示着自己的伤口,也有人伸出双臂苦苦哀求着。牧师的脚下还躺着一个已经一只脚踏进鬼门关的孩子,孩子的父亲正在一旁忧伤地哭泣。哭了又能怎么样呢?埃尔南多见牧师铁着脸摇了摇头。法蒂玛颤抖的身影浮现在埃尔南多眼前,她正不停地呕吐,埃尔南多决心一定要为她做点什么。他跪倒在牧师的脚下,这已经是当晚他第二次向一个天主教教士下跪了。

"看在上帝和圣母的分上……"埃尔南多呼求着,把紧握起的双手举到了牧师腰间,此时他回想起了那个落难贵族在巴拉克斯帐篷里的祈求,"看在耶稣被钉十字架的分上,帮帮我吧!"

牧师一下子惊呆了,他赶忙弯下腰请小伙子站起来。一个摩里斯科人呼求起耶稣基督的名字,这还是他头一遭见到!可埃尔南多还是长跪着,执意不起。

"请帮帮我吧!"神父搀着埃尔南多的手使劲想把他拉起来,而埃尔南多又一次喊了起来,"我在哪儿能找到那个外科医生?快告诉我!我老婆病得很重……"

听到这里,神父一下子放开了他的手。

"对不起,小伙子。"神父摇着头,"这个医院只接收男病人。"

埃尔南多走了。至于之后其他的摩尔人如何争先恐后地呼喊着至圣的三位一体,他一点都不想听。

时间一点一点地流逝,已经到了晚上。摩里斯科人纷纷席地而睡,一个压在另一个的身上。埃尔南多来回踱着步子,走在法蒂玛身边,眼看着女孩身体不住地抖动却还得强忍着自己的眼泪。布拉希姆已经靠在墙上睡着了,穆萨和阿基尔蜷缩在他的两旁。阿以莎抚摸着法蒂玛的长发,看守着她,就像……就像在等待着她的死亡。

天亮了,街对面小胡同木门的吱呀声让埃尔南多惊醒过来。他先是看见一个金发女子朝他跑了过来,这女人想要干什么?而在女人身后一瘸一拐的是……

"哈迈德!"阿訇把食指贴到嘴上,跛着腿跑了过来。

埃尔南多扑入他的怀抱,这时埃尔南多才意识到自己有多么想念这张和蔼慈祥的脸庞。在他哀伤的童年里,这张脸一直是他最大的慰藉。

"我们走!没时间了。"哈迈德紧紧抱了他一下,然后赶忙催促道,"那个,他老婆,就是那个姑娘。"老人指示着和他同来的那个女子,"扶她一把,我们走。"

"你……你要做什么?"埃尔南多一时不知所措,他的目光落在了老头脸上那个大大的烙印上。

阿以莎站起身来，帮着那个金发女子把法蒂玛搀扶起来。

"我们来救你老婆。"哈迈德答道，此时两个女人已经架着法蒂玛过了马路。"你不能进这道门，阿以莎，"哈迈德说，"我会负责的。"

埃尔南多愣住了。他的老婆？只有在天主教徒面前她才是他的妻子，可哈迈德怎么……还有布拉希姆呢？要是他看到法蒂玛不在了又会怎么说？知道是哈迈德在救法蒂玛或许能稍微缓解一下他的暴怒。

"可她不是我的……"阿以莎掐了掐儿子的胳膊，让他别再说下去，她已经把法蒂玛交给了哈迈德他们。老头没听到埃尔南多的话，他正专心留意着周围有没有人发现他们。

"明天，"关上那道门之前，哈迈德对埃尔南多说，"我会出来买东西，到时候我们再细说，不过你们要记住，在这里我只是个奴隶，所以具体时间得看我……还有，叫我弗朗西斯科，这是我的天主教名字。"

25

1570年11月30日，国王腓力二世一声令下，在长官萨帕塔带领下从格拉纳达平原来到科尔多瓦的三千个摩里斯科人各自奔赴自己最终的目的地：梅里达、卡塞雷斯、普拉森西亚，以及其他城镇……摩里斯科人的离去让科尔多瓦多少回归了原来的清净，而波特罗广场也恢复了以往热闹的模样，络绎不绝的小商小贩重又占领了这片地方。大清早，从瓜达尔基维尔河岸边的马尔托斯磨坊旁，埃尔南多远望着从罗马桥上走过的一队队摩里斯科人，这次，他们走的是和三周前正好相反的方向。

行列中的男女老幼静静地迈着步子，他们把自己交给了宿命。望着眼前的这一幕，埃尔南多只觉得肩上那个恶臭扑鼻又满是血污的口袋沉重了许多，刚才绕着城墙走在郊外的一路上明明还没有那么重。这条路径是市政府规定的，起点是屠宰场，终点则设在了巴达纳斯大街，这条街就位于河边，而维森特·塞古拉的鞣皮工坊就坐落在这里。目送着被流放者的队伍逐渐远去，埃尔南多一时也减缓了脚步，他感觉到肩上那个口袋中淌出的牲畜的血流过了他的背脊，浸湿了他的双腿。刚剥完皮的死畜肉正发出刺鼻的臭气，科尔多瓦市民从不允许如此污秽的东西经过他们的街道。阵阵恶臭加剧了埃尔南多的苦闷，即使离得那么远，他也能感觉到那些摩里斯科人心中的苦楚。等待着他们的会是怎样的命运呢？他们能做些什么？这时，一个妇女从埃尔南多身旁经过，闻到那味道就不禁皱起了眉头，埃尔南多反应过来，急忙继续赶路：老板最不能容忍的就是迟到，他绝不能到晚了。

这是哈迈德通过安娜·玛利亚好不容易才给他们弄到的优惠待遇，安娜·玛利亚就是当时扶着法蒂玛的那个金发妓女，她把法蒂玛藏在了妓院里配给她的那栋房子的二楼，在哈迈德的帮助下，她照顾着法蒂玛的起居。想到法蒂玛，埃尔南多的脸上泛起了笑容：她已经从死亡线上被拉了回来。

被驱逐者们即将离开科尔多瓦的指令一传达到市政府，那些官吏又开始小心提防起来，他们又一次清点起摩里斯科人，把他们按照最终目的地的不同分为了几个部分。在如此严格的监管下，法蒂玛也不得不离开了妓院，埃尔南多终于得以亲眼验证阿訇每天给他带来的好消息：尽管法蒂玛的脸上仍然写着忧伤，至少她的体重有所增加，身体看上去也健康了许多。

他们谁也没有机会去好好结识安娜·玛利亚。

"她是个好女孩。"一天早上，哈迈德评论道。

"就那个妓女？"埃尔南多脱口而出。

"嗯。"阿訇重重地点了点头，"这里的妓女几乎都是好人。她们大都是穷人家的孩子，父母没有钱，只好把年幼的她们送到那些富裕的家庭去当侍女。一般来说契约上都是这么写的，说一旦她们干到了一定年纪，这些有钱人家就得给她们一笔钱，让她们嫁个好人家，可是实际往往并非如此：看她们快到岁数的时候，富人家就会诬陷她们偷了东西，或是借口说她们和主人或者少爷有染，而事实上她们确实经常会被迫和那家里的男人发生关系……这种事太普遍了。"哈迈德不禁扼腕，"然后她们就会被要求净身出户，终身被打上'女贼''妓女'这样耻辱的烙印。"哈迈德抿起了嘴唇，许久没有说话。"总是同样的故事！在妓院里坐着的全是这样不幸的姑娘。"

天主教徒攻进胡维莱斯的时候就把哈迈德抓为了奴隶。蒙德哈尔侯爵所颁布的赦令根本没有起到什么实质性的作用。教堂前的广场上，士兵们正大肆屠杀妇女和孩子的时候，有几个天主教徒冲进了民家，把那些无法随军逃离的男人随便绑了几个权当成了战利品。哈迈德脸上被烫上了烙印，他又瘦又瘸，只好被低价卖给了一个商人，是顺路卖的，还没等走进格拉纳达城，卖给了一个随军商贩，交易的时候连价都没还。后来，哈迈德就被送到了科尔多瓦城，妓院老板一眼就看中了他，还有谁会比这个瘦弱的跛子更适合一个风月场所呢？

"我们会赎你出去的！"听罢哈迈德的讲述，埃尔南多义愤填膺。

哈迈德无奈地笑了笑，作为对他的答复。

"谁让我没法跟弟兄们一起逃出胡维莱斯呢？对了，那把刀呢？"阿訇突然问起来。

"我把它埋在兰哈龙城堡那儿了，就埋在……"

哈迈德做了个手势，示意小伙子不必再说下去。

"那个命中注定要找到它的人自会将它找到的。"

埃尔南多顺着这句话想了一会儿，又回头问起来：

"那你的自由呢？"

"孩子，即使我自由了又能做什么呢？我除了种地就什么都不会了，可谁会雇一个瘸子来种地呢？我也不能干等着信徒们的施舍。在科尔多瓦，要是我重获自由又重操旧业当起阿訇的话，我只会活活饿死。"

"嗯？这么说，有机会的话你还是会当阿訇了？"埃尔南多打断了他的话。

哈迈德用余光扫视了一圈，确认没人在偷听，他赶忙让埃尔南多闭嘴。

"这个以后再说。"老人小声说，"我恐怕这会是很久以后的事了。"

"可是你还懂草药呢。"埃尔南多这时又想起来，"你可以给人开药啊。"

"我又不是医生。在这里，任何与草药有关的事都会被认为是巫术。巫术……"老人在心里又重复了一遍。

哈迈德曾经摆事实讲道理，极力说服安娜·玛利亚他的知识并非巫术，尽管如此，她也只是对此不置可否。刚到妓院没多久的时候，有一天哈迈德去给安娜·玛利亚送干净床单，就撞见女孩独自在房间里哭泣。一开始她还守口如瓶，不肯回答哈迈德的问题；他是妓院老板的人，谁能保证他不会打小报告呢？……可哈迈德从她的眼睛里读出了她的犹疑，他继续坚持，终于让女孩渐渐向他打开了心扉，对他倾吐出心中的秘密。她得了下疳！她的外阴上长了个小疮，像是烂了一块，也不痛，几乎没有感觉，可是很明显的，这就是梅毒的症状。每两周，市政府就会叫医生来给她们检查身体，这次刚来过，没发现她的毛病，可是下一次，她哪还能逃过医生的法眼？想到这里，女孩又大哭起来。

"他们会把我送到圣灯医院去的，"女孩抽噎着，"在那里……在那里，我会和那群梅毒患者一起死去。"

哈迈德也听说过那个圣灯医院，那医院离他们不远。尽管所有科尔多瓦人都害怕去城里任何一家医院："只有最穷的穷人才会去医院看病。"人们都这样说，可是，作为无药可医的性病女病人的收容所，听到圣灯医院的名字，妓女们就仿佛见到了坟墓。作为卫生手段之一，这所医院被政府严密看守着，只要进去，就意味着要在里面缓慢而痛苦地度过自己的余生。

"或许我可以……"哈迈德提了一句，"我懂……"

听到这话，安娜·玛利亚立马把脸转了过来，对老人的祈求全都写在她那双绿色的眼睛里。

"我们穆斯林有个古方，说不定可以……"他在阿尔普哈拉斯也从来没给人治过下疳！要是不好使怎么办？可是这会儿，姑娘就跪在他的脚下，抱住了他的腿。

"真主保佑她康复！"哈迈德默默祈祷着。那天晚上，他用蜂蜜帮安娜·玛利亚清洗了外阴，然后将草木灰、蜂蜜和盐填到麦秆里烧成了灰，撒到了那块疮上。"真主，请让它生效吧！"每一夜哈迈德都这样祈祷着，他坚持着对女孩的治疗。又到了市政府派医生来检查的日子，安娜·玛利亚下身的疮却奇迹般地消失了。那块溃烂真是梅毒的先兆吗？哈迈德还在思忖着，安娜·玛利亚却已经扑到了他的怀里，感激涕零。是先知穆罕默德给她开的这帖药，老人下了结论：一帖能治下疳和梅毒的药。每次给她上药的时候，哈迈德心中不是一直呼求着真主之名吗？

"不要跟别人说，我求你了。"与女孩道别时，哈迈德对她说，"要是让他们知道了的话……要是那个妓院老板或是宗教裁判所知道了这里发生的一切，我一定会被当作巫医抓起来……还有你，因为你被施了巫术……"为了保险起见，老头又加了一句。"哎，你在干什么，姑娘？"哈迈德吓了一跳，因为在他面前，安娜·玛利亚把那件紧身上衣给脱了下来。

"除了我的身体，我也没有别的什么可以给你的了。"女孩答道，她撩开衬衣，把那对年轻的乳房露了出来。

哈迈德无法让自己把目光从姑娘那白皙光洁的胸脯上移开，那对乳头被一圈褐色的乳晕围绕在当中。他已经有多少年没有碰过女人了？

"我有你把我当朋友就足够了。"哈迈德慌忙找了个托词，"快穿上吧，求你了。"

自那天起，妓院里所有的女人都对哈迈德毕恭毕敬，甚至连妓院老板也对他这个奴隶客气了许多。安娜·玛利亚都对他们说了些什么？年迈的阿訇可不想知道那么多。

"你们可以留在科尔多瓦了，我都操办好了。"一天早上，哈迈德告诉埃尔南多，他吸了口气，又继续说道，"你是我唯一的亲人……伊本·哈迈德。"他轻轻地呼唤着小伙子的名字，贴近了埃尔南多的耳朵，埃尔南多周身一颤。"我希望你留在我身边，留在这座城里。况且……你的老婆也经不起再一次的折腾了。"

"她不是我老婆……"埃尔南多终于对哈迈德说了实话。

哈迈德用奇怪的眼神看着埃尔南多，埃尔南多这才把所有的来龙去脉都告诉了老人，直到此时老人才明白为什么第一天早上他看到布拉希姆的时候，布拉希姆对他怒目而视。他当时还以为，这都是因为他把女孩送进了一个妓院里，所以那时候他还斩钉截铁地对布拉希姆说："我不会让任何一个男人碰她的，相信我。"脚夫还想争辩，可没等他说话，哈迈德就拂袖而去，最后还是阿以莎前去抚慰着她丈夫的情绪："他们在给她治病呢，布拉希姆。要是她死了，对你也没什么用啊。"

安娜·玛利亚认识这个城的一个陪审员：这男人对她情有独钟，是她的常客。陪审员作为平衡市议会权力的机构而存在着。与全部由贵族担当的市议员不同，陪审员直接由市民选出，成为普通老百姓在市政府中的代表。可是，时过境迁，到了这个时代，陪审员已经变成世袭的职位，一名陪审员在世时就可以把自己的位子传给下一代，所以在许多王国里，这个肥差都被用于嘉奖功臣或是被政府直接卖掉以获取丰厚的利润，在各大教区里举行的陪审员选举也就因此流于形式，成为一场闹剧。如此一来，虽没有贵族的头衔和财富，陪审员也能够与真正的贵族和议员们比肩。经常造访安娜·玛利亚的这位陪审员把女孩的请求视作了一个机会，好让他证明，除了床上功夫，他在别的方面也一样有两把刷子；他很轻易就答应了让这几个摩里斯科人留在科尔多瓦的请求，这让他的虚荣心得到了极大满足。

"他们是那个摩里斯科瘸子的亲戚嘛，"安娜·玛利亚用甜腻的口气对陪审员说道，她刚刚让陪审员爽了一回，那男人已经瘫倒在床上，就躺在她的身边，"有个姑娘病了，走不动，不知道你……你有没有办法？"她用无辜的眼神望着那陪审员，讨好着他，挑逗着他，她猜想得到，陪审员的回答一定会是"毛毛雨啦"之类拍胸脯的话，果然如其所料。安娜·玛利亚揉着男人柔软的胸脯："要是你把这事儿办成了呀，"她咬着男人的耳朵，"我们就能用上这里最干净的床单了呢。"女孩朝陪审员抛了个媚眼。

要让他们能够留在科尔多瓦，前提就是他们中的所有男人都得有自己的工作。陪审员给布拉希姆弄到一份差事，让他到城郊的地里去干农活。

"哈，脚夫？"听到安娜·玛利亚说起布拉希姆的职业，陪审员笑了出来。"他有骡子吗？"女孩摇了摇头。"那他做什么脚夫？"

埃尔南多就更没什么可说的了：他被送到维森特·塞古拉的鞣皮工坊去当小工。

1570年11月30日，埃尔南多正背着生皮走在去往巴达纳斯街的路上，他沿着瓜达尔基维尔河岸赶着路，一边望着远处最后一批摩里斯科人已经走过了卡拉奥拉城堡，把那座通往哈里发之城的罗马古桥甩在了身后。

巴达纳斯街起于阿赫齐亚区的圣尼古拉教堂，顺着河岸铺展，画出一道曲线，最终在离广场不远的地方与波特罗街相交。大多数的鞣皮坊都沿着巴达纳斯街而建，因为这里靠近瓜达尔基维尔河，水源充足，便于进行鞣皮相关的一系列工作。这里终日弥漫着刺鼻的气味，这也是鞣皮工艺所带来的副产物，生皮在最终变成熟皮、皮雕、鞋底、皮鞋、皮带、鞍具或是其他精美的皮革制品之前，必须通过一些步骤。埃尔南多从开往河岸的后门跨进了维森特·塞古拉的鞣皮坊，他把肩上的生皮放在工坊巨大的内院的一角，他已经在这里工作三天了。一个工人过来翻看埃尔南多带来的生皮，这是一个健壮的天主教徒，头已经秃了，他没和埃尔南多打招呼，因为这时候小伙子已经又在院子里忙活了起来。在巴达纳斯街与河岸之间的这块空间里，工人、学徒和两个奴隶正忙着跑来跑去，他们得不停从河里舀来清水搬到工坊里。几个人在浸着皮：这是生皮进入工坊后要经过的第一个步骤，在这个步骤中，工人要把生皮放进装满清水的水池里让皮子软化，至于要在水池里放置多久则取决于皮的种类以及质量。几张已经泡软或是还需浸泡的皮摊在板子上，带肉的一面朝上，等待着工人用锋利的刀刃刮去残肉，把上面可能粘连的血污和秽物清除干净。

待浸水工序完成，这些皮子就要拿去浸碱褪毛。所谓浸碱褪毛，就是把皮子原本连着肉的那面朝下，整个儿浸到石灰水中。这道工序的时间长短与皮子的种类和最终用途有关。埃尔南多看着几个学徒把皮子从石灰水中捞了出来，挂在棍子上晾着。晾晒多久得看季节，晾完之后得再把皮子放入石灰水中，重复之前的步骤。整个浸碱工序将持续两到三个月，取决于当时是夏天或是冬天。浸水和浸碱是所有皮革都得经过的两道工序，在这之后，当制皮师傅觉得皮革已经浸碱完毕，后面的步骤就根据它最终要被制成鞋底、皮鞋、皮带、熟皮还是皮雕而有所分别。皮革的鞣制会在鞣皮槽中进行，所谓鞣皮槽其实就是在地上掘出个洞，用石头或是砖头砌一砌，在里面放上清水，泡上栓皮槠的表皮，一个鞣皮槽就完成了，而其中的栓皮槠在科尔多瓦是种相当常见的植物。当皮子被浸到鞣皮槽里之后，制皮师傅就会严格监督其鞣制过程。埃尔南多在一旁看着那个制皮师傅和在他监督之下的那个工人，工人已经跳到了一个鞣皮槽里，腰以下没穿任何东西，他用脚踩着几块要制成黑熟皮的山羊皮子，一刻不停地翻转它们，把它们浸到水里。这个工序将持续八小时之久，在这八小时内这名工人都不能停歇，他得不断踩、不断翻，让每块山羊皮都充分浸透。

"你在看什么呢？让你过来不是叫你浪费时间的！"一声大吼让埃尔南多吓了一跳。刚才收皮子的那个秃头工人正等着他呢，他手中摊着一块皮，看上去是质量最差的那块。"拿到你那个坑去。"他指了指远处的一个角落，对埃尔南多发号施令，"就那个，粪坑，跟前几天一样。"

埃尔南多都不想转头去看，在院子的尽头，最远的那个角落里，地上挖开了一个深深的洞；即使是在十一月的大冷天里，从那个孔中还是冒出了呼呼的热气，粪便不断发酵着、腐烂着，发出的那股恶臭实在让人难以忍受。一跳进那里面，就像前两天埃尔南多不得不做的那样，那股臭气真是会要了你的命，你移到哪儿它就跟到哪儿，把你紧紧包裹在热、臭、毒三位一体的煎熬中。这是师傅的决定，凡是有缺陷的皮子，就比如刚才工人给埃尔南多的那一块，都得放到粪池里去褪毛，而不是和其他皮子一样放在石灰水里，这样，工序的时间就可以大大缩短，不用浸满两个月，此外还有个最大的好处，那就是：便宜。经过这样处理的皮子质量自然要差些，毕竟大粪和石灰水还是两样，不过用来制作鞋底，倒也是足够了。

埃尔南多穿过了院子，他一路绕过了水池，经过了鞣皮槽，跨过用于清除残肉的长板，与晒皮子用的棍子擦身而过，拖着脚步，向着那个粪坑缓缓挪去。几个年轻的学徒相视一笑：所有的活儿里，没有比摊上这活儿更倒霉的了，自打这摩里斯科人一来，他们也从此摆脱了进粪坑的厄运。工坊主维森特还站在刚才那个浸着山羊皮的槽旁边，见到这幅场景，也大吼了一声；学徒们脸上的笑容烟消云散，他们重又投入到了自己紧张的工作中，把已经站在粪坑前的摩里斯科人忘在了脑后。埃尔南多眼前，那包裹着皮子的粪水正嘟嘟地翻腾着。

第一天小伙子差点晕倒在粪坑里，他实在透不过气来：他大口喘着，想要呼吸到一点新鲜空气，可是那升腾起来的臭气趁机钻进了他的肺里，让他窒息，他只得赶紧挪到坑洞边上，用下巴支着地面吸上两口。他几乎要吐了出来，可是那天负责监督他的工人冲他叫着："不能吐在皮子上！"让他只得闭上了嘴巴，把喉咙里翻滚着的东西又强压了下去。

埃尔南多又一次呆呆地望着眼前的粪坑，他脱掉了鞋子，把衣服脱了，跳进了坑里。内华达山脉到哪里去了？那纯净的空气到哪里去？那清爽的风呢？还有那些树，那些岩壁，和从岩壁上流过的，自雪山顶上潺潺而下的条条小溪？埃尔南多屏住了呼吸，他已经明白，只有屏住呼吸才是把这活干下去的唯一方法。现在他要把皮子捞起来晾一晾以防它们碱化过快。他在粪水里搅着，里面堆着好几块皮子，他好不容易抓到了面上的那一块。他抖着那块皮子，赶在自己气憋不住之前把它从粪水里抽了出来，然后赶紧去到洞边上吸上了两口。最上面的皮是最容易捞出来的，在这个污秽不堪的坑里，越往下，粪积得就越多，把皮子拉起来也就需要更多的力气。埃尔南多花了两个多小时才把坑里的皮子全都拖了出来，他憋着气，头发上和身上都粘上了那些令人作呕的东西。等他一干完，就有一个工人走过来检查皮子碱化的程度，他取走了觉得泡得差不多了的两张牛皮，然后让埃尔南多把剩下的皮晾一晾。他让埃尔南多趁这工夫用一把锹把所有的粪从坑里挖出来，等到今天工作快结束的时候，再把这些粪便倒回去：一层粪便，一块皮，再一层粪便，再一块皮，直到把所有剩下的皮子又都浸了进去，等着第二天再重新把它们捞出来晾。

26

在 1570 年一年里，科尔多瓦的人口达到了将近五万。就像其他被城墙所包围的城市一样，为了保证环城路的畅通，科尔多瓦特别规定，不许在城外建设任何可能有碍市政的房屋，所以，在科尔多瓦的城墙之外，直接连接着广阔的田野。瓜达尔基维尔河到了这一段也变得难以通航，河道在这里描绘出一条蜿蜒的曲线。科尔多瓦的城北是莫雷纳山，而朝南边走出去，在河岸的那一头铺展着被人称作"面包之野"的肥沃田地。公元十世纪，科尔多瓦达到了它的鼎盛时期，它脱离东方成为了独立的王国，而穆斯林领袖阿卜杜·拉赫曼三世则自立为了西方的哈里发，一举成为了穆罕默德的代表人和继承者、穆斯林的王，以及安拉律法的守护人。自那时起，科尔多瓦跃升为欧洲最大的都市，它传承着东方大都市的文化：全城的清真寺超过了一千座，住宅与商铺鳞次栉比，将近三百个公共浴场也都是它盛极一时的明证。正是在这座城市里，科学、艺术和文学争相斗艳，绽放出绚烂瑰丽的花朵。而三个世纪后，圣徒国王费尔南多三世[①]的大军包围了科尔多瓦，自阿赫齐亚到麦地那，科尔多瓦全城都处于天主教徒的围困之下，被逼入绝路的穆斯林在这里苦苦支撑了六个月，终于还是难逃王城陷落的命运。

天主教徒周日都不工作，到了第一个休息日，埃尔南多一早就迷迷糊糊地从他的住处跑了出去。他住的地方是一栋两层楼高的小房子，在一个胡同里，是个死胡同，唯一的出口就开在多麦街上。小楼里总共有六间房，住着七户摩里斯科人，埃尔南多一家就在其中。

"好多房子里都挤着十五六家人呢，"哈迈德对他们说道，按照老头的意思，这栋房子已经算不错的了。"照国王的想法啊，"见他们都摆出了不可思议的表情，哈迈德解释起来，"所有摩里斯科人都得和旧天主教徒住在一起，这样，旧天主教徒就可以监督他们。可是市政府最后还是决定不去理睬那条命令，因为根本没有一户

[①] 卡斯蒂利亚国王，曾全力对穆斯林作战，将天主教势力推进到了瓜达尔基维尔河一线，穆斯林领地仅剩半岛南端臣服于费尔南多三世的格拉纳达王国和穆尔西亚王国。

天主教徒愿意和我们住在一起。所以后来，市政府颁布了一条规定：摩里斯科人只能和摩里斯科人住，摩里斯科人住的地方必须左右都住着天主教徒。你要知道，"老头咂着舌头，"这里的这些房子都是教会和贵族的财产，收我们的租金高得吓死人，要是让我们和天主教徒一起住的话，他们就不方便诓我们一笔了。我们到科尔多瓦来的摩里斯科人大约有四千多一点，他们议会倒是省事：只需要付我们一点微薄的工资，就能在我们身上赚到比这多得多的钱：他们先是可着劲地剥削我们，然后还可以用房租把我们那点微不足道的收入抢走。"

埃尔南多他们是最后到的，所以只能和一对年轻夫妻合住一个房间。这对小夫妻刚生了个孩子，这也唤起了法蒂玛脑中最痛苦的回忆。现在一天天的，她只是按照阿以莎给她的指令行事，事情一做完，她就又缩回到她那固执的沉默中去，只有祷告时，才稍微嘀咕两句。有时候她也会抬起头，是当那孩子哭起来的时候。埃尔南多在家的机会也不多，每次在家他都会试图去看那双黑色的大眼睛到底在表达着什么，可是，从女孩那双常闭着的眼睛里，他只读到了比天还大的哀伤。

其实，阿以莎每每看到那个新生儿也总是心生戚戚，当时政府来点数人数的时候把阿基尔和穆萨抢了去，像他们对其他那些被驱逐者的孩子所做的一样。他们被送到了好心的科尔多瓦人家，去接受天主教的教育，皈依天主教的信仰。面对这样的遭遇，布拉希姆也与他老婆一样的无能为力，他们眼看两个孩子哭成了泪人，被从家人身边带走，交到了陌生人的手里。脚夫的脸被最原始的愤怒所扭曲着：他们夺走了他的儿子！他仅存的骄傲！

不过，在那个星期天的早晨，埃尔南多没等太阳出来就起床悄悄走出了家门倒并非因为法蒂玛的原因，同样，也并非因为想到以后可能要和这对年轻夫妻合住很长一段时间，而是另有缘由。前一天晚上，两家人在屋里挤着睡下了，那么多个月以来，布拉希姆第一次寻求着阿以莎的身体，而她也将自己完全交给了他，就像她的身份该做的那样：她毕竟还是他的大老婆啊。埃尔南多在草垫上紧张地蜷缩着身体，母亲娇喘着，呻吟着，就在他的耳边。屋里就这么点地方啊！昏暗中，埃尔南多深褐色的睫毛盖住了他的眼睛，感觉到身边的母亲正极力取悦着布拉希姆，埃尔南多心如刀割，为了让继父快活，母亲用自己的肉体大献着殷勤。这就是所有穆斯林妇女的责任：去无限接近真主，通过爱。

他不愿看到母亲。他不愿看到布拉希姆。他不愿看到法蒂玛！

可是，即使他逃出了房间走在了街上，那种憋闷的感觉也一点都没有退去。这时太阳已经探出头来，照亮了科尔多瓦的大街小巷。他第一个想到的去处便是那座大清真寺：他想到近处仔细看看这座比科尔多瓦城里的所有房子都高出一头的雄伟建筑，他已经多少次地望着这座圣殿，每次一身臭气地从鞣皮坊回来，在罗马桥上他总会瞻仰着它。在这座曾经的哈里发之城中已经再没有第二座清真寺了，费尔南多国王下令在清真寺上盖起天主教堂，就这样，十四座天主教徒的圣所镇压在了穆斯林圣堂的废墟上，而后，天主教徒们又推倒了其他所有的清真寺。哈里发的那座大清真寺也已经不是原来的样子了，不过听人说，即使到现在，寺庙的大门上依然开着百叶窗格，阿拉伯式的图案装饰依然遍布整个圣堂，一列列柱子撑起了用赭石色和红色交错绘成的双层马蹄形拱，让这座建筑堪称举世无双；还有人说，在这座清真寺里，如果认真聆听，现在你还能听见当时虔诚的穆斯林祷告声的回响。

可埃尔南多想起了自己刚到科尔多瓦时沿途天主教徒们的咒骂，想起了人们看到他满身污秽地穿过罗马桥走近大清真寺时脸上露出的怀疑。还是别去清真寺了吧。连三岁小孩都知道别让异教徒靠近那座大教堂！既然如此，埃尔南多只好在街上无目的地晃着，从阿赫齐亚走到麦地那，从麦地那走到阿赫齐亚。走着走着他发现，整个科尔多瓦其实就是一座巨大的天主教堂。卡斯蒂利亚国王命令修建的十四座教堂引领着各自的教区，后面又建了一座新教堂，除此之外，城里的四十多所医院和避难所也都配有各自的教堂。教堂和医院之间的大片空间里，有隶属于各大教团的雄伟的修道院填补着空白：有圣保罗会的、圣方济各会的、施恩会的、圣奥古斯丁会的，还有三位一体教团的。修女们的圣所也不遑多让，圣十字会的修道院就坐落在埃尔南多住所所在的多麦街上，还有圣马尔塔会的修道院，天主教徒征服科尔多瓦以来陆续兴建的各类宗教场所遍布城市的每一个角落。它们都被隐藏在了石灰抹的高墙后面，躲避着老百姓们好奇的目光，漫长的围墙上，唯一的开口就只设在了入口的地方。

在科尔多瓦，每个街角都能看到圣母、圣人或是戴荆冠的基督画像，等身高的也不在少数。旧基督徒不计其数的神龛上日夜点着烛火，它们也是夜晚中这座城里唯一的光。到处都是隐士的小屋、隐居修女的住所和容不下十二个教徒的小修道院，同样随处可见的还有那些僧侣和教友会的成员们，他们在街上不时吟唱着玫瑰经向信徒们讨要着施舍。

在这个巨大的天主教堂里，他们要怎么生存呢？埃尔南多站在那儿不禁想着，目光迷失在圣玛丽娜教堂的侧墙上，教堂的三面都被墓地所包围，在墓地后面不远的地方，就是那个屠宰场。埃尔南多朝那里走了过去，一路向北。

胡维莱斯啊！内华达雪山！埃尔南多在心中呼喊着他的故乡。而在这里，他站在第一缕朝阳下，只感觉自己满身肮脏，散发出腐烂的粪便的味道。

"根本别想着洗澡这回事。"哈迈德曾经警告过他，"天主教徒严密监视着我们的一举一动，而在他们看来，洗澡就是一个异端的记号。"

"可是……"

"你要知道，天主教徒都不洗澡。"阿訇说了下去，"他们偶尔会洗洗脚，可是有些人，应该说大部分人，一年才洗一次澡，就在命名日①的那天洗一下。他们衬衣的边缝就是虱子和跳蚤的老巢。这点我可深有感触！你想想，我的工作之一就是换洗妓院的床单。"

尽管觉得不能接受，埃尔南多还是听从了老人的劝告，他不再洗澡。那股臭味仿佛牢牢地缝在了他的皮肤上……就和所有的摩里斯科人一样。他一边恶心着身上的气味，一边环视着教堂门前教民们的坟墓；只有贵族和富人，那些付得起银子的，才能在教堂里或是修道院中想法弄到一个墓穴，而那些小贩和匠人的遗体则躺在了科尔多瓦的各条小街旁，至于那些赤贫的，荒郊野岭才是他们可以埋葬的地方。

埃尔南多被迫每个星期天都得去参加弥撒，还得和法蒂玛一块儿去，因为在基督徒眼中，他才是法蒂玛的合法丈夫。周五的时候，法蒂玛已经去教会接受了福音的宣讲，正如婚礼时规定的那样。所以这时候，埃尔南多开始向阿赫齐亚区的圣尼古拉教堂走回去，沿着圣安德烈斯河顺流而下。如果说科尔多瓦有什么东西很多的话，除了对天主教的崇拜，那就是水了：虽说有很多水这一点和内华达山脉没什么两样，可是和阿尔普哈拉斯山间流淌的清泉不同的是，这里的水要么是在广场上积成了一片片水洼，要么就是不断腐烂变质，最终排向了城中的一条条河流。埃尔南多所沿着的圣安德烈斯河床里就汇集着屠宰场的废料和所有这片居民区的生活垃圾。天天有这么脏的水在身边流着天主教徒也不管不顾，那为什么他们还要那么在意生皮的运送路线呢？埃尔南多抱怨着，小心翼翼地走上了一块木板，市政府号召人们在小河上架起这样的木板充当独木桥，好方便在房子与房子之间来回走动。埃尔南多脚下这条臭水沟的河床甚至比两旁楼房的地基还深，所以科尔多瓦人都把它称作是"万丈悬崖"。

埃尔南多与法蒂玛会合，和其他被迫参加弥撒的摩里斯科人一起走进了位于那条水沟与巴达纳斯路交汇处的圣尼古拉教堂。刚走进去一抬眼，埃尔南多就不由得吃了一惊。刚才从屠宰场回来的路上他就远远望见了这座教堂低矮的墙，墙高不过五巴拉，与费尔南多国王下令建造的其他教堂截然不同——那些教堂无一不是又

---

① 每个西班牙人的名字都有对应的圣人，名字所对应的圣人的生日就是命名日。

高又大的。和它们一样，圣尼古拉教堂也是在清真寺的原址上建起来的，可是，独独这座教堂保留了穆斯林式的拱柱结构，展现出与科尔多瓦大清真寺内部相同的风格。埃尔南多还没来得及细想，司事点名的声音就把他拉回了现实。在这个郊区居住着将近两百个摩里斯科人，可是和在胡维莱斯时相反，在这里他们只是少数。在这座教堂里聚集着超过两千个旧天主教徒：他们大都是工匠、商人和工人——贵族都住在其他的教区——此外还有不少奴隶，都是工匠名下的财产。

听弥撒时男女是分开的。这里没有胡维莱斯神父的大喊大叫，也听不到摩里斯科人的嗡嗡声：这里的弥撒真正属于天主教徒。参加弥撒的每个人都要支付一个马拉维迪作为代价。仪式完毕，埃尔南多他们走出了教堂，正等着女人出来的时候，一个衣冠楚楚的男人向他们走了过来，埃尔南多不由自主地就朝他领口的接缝看了过去，他期待着会有一只虱子或是一个跳蚤从那里蹦出来。

"我没猜错的话，你们就是多麦街胡同里新来的摩里斯科人？"男人朝着埃尔南多和布拉希姆问道，他昂着头，没跟两人握手，见两人点了点头，那男人又转向了哈迈德那边，他略带鄙视地打量着老头，目光在老头脸上的烙印处停留了许久："你跟他们在一起干吗呢？"

"回答阁下，我们是老乡。"哈迈德谦恭地答道。

男人像是在脑中记录下这条信息。

"我叫佩德罗·瓦尔德斯，是科尔多瓦的督察。"男人继续说道，"我不知道你们的邻居有没有跟你们说起过我，不过你们记住，我的职责就是每十五天来检查一下你们的情况，看看你们有没有好好遵守我们天主教的规矩。我相信你们不会给我惹麻烦的。"这时候阿以莎和法蒂玛正好走了过来，走到离男人们还有两步远的地方，她们停住了脚步。"这是你们的老婆？"佩德罗好奇地问了一句，他自觉毫无疑问，所以没等回答，目光就落到了法蒂玛身上，站在阿以莎身边的法蒂玛显得比平时更加瘦小了。"这个都瘦得不成样子了，"他说这话就好像在说一只动物，"病了吗？要是病了，我得把她送到医院去。"听到这儿，埃尔南多和布拉希姆都不知如何是好，他们看着哈迈德，寻求他的帮助。"你们还需要一个奴隶来替你们回答吗？"督查对两人嗤之以鼻，"她到底有没有病？"

"没，没有……阁下，"埃尔南多支支吾吾地回答，"是旅途……旅途劳顿，让她感觉有点不舒服，不过她倒是一直在恢复。"

"这样倒好，医院里床位也不够。带她在城里走走吧，晒晒太阳，呼吸呼吸新鲜空气就好了。好好享受主赐给你们的休息日，要心怀感激。星期天应该是个高兴的日子：我们的主就是在这一天从死人里复活，升上天去的。去带她走走。"督察又说了一遍，他转身要走，"哎，你是妓院里那个奴隶是吧？"转到一半，他又回头朝哈迈德问了一句。

阿訇点了点头，督察又在脑中记录下了这个信息，随后他朝一群富商走了过去，他们和他们的夫人正在那边稍远些的地方等着他过去。

"回家！"布拉希姆喊道，这时督察和他那帮朋友才刚刚消失在他们的视野里。

阿以莎和法蒂玛已经跟在了布拉希姆的后面，哈迈德这会儿却招呼他们回来：

"他们经常会搞突然袭击的，布拉希姆。督查、神父，还有那些小头头们最喜欢到我们摩里斯科人的住处去找乐子，有时候喝上两杯他们就……"

"你意思是要我老婆到城里转转，给天主教徒们观赏观赏，还要跟这个……"布拉希姆唾了一口，都懒得去看埃尔南多一眼，"跟这个拿撒勒人一起？"

"不是不是，"哈迈德解释说，"不是说要让她去给天主教徒观赏。这不，我也不同意去参加天主教的弥撒，跟他们一起祷告，吃他们的饼，可是我们不还是这么做了么？我们得依着他们的意思去过，只有这样哄着他们，不给他们惹麻烦，我们才能有朝一日重振我们的宗教。"

布拉希姆考虑了一会儿。

"那也不能让她和拿撒勒人一起。"他的语气斩钉截铁。

"在天主教徒的眼里，他可是她的丈夫。"

"哈迈德，你到底站在哪一边？"

"叫我弗朗西斯科，"阿訇纠正布拉希姆，"我不站在哪一边，何塞。"叫着布拉希姆的天主教名字时，哈迈德加重了语气，"事情就是这样，又不是我规定的，你别给我们整个民族找麻烦，每一个摩里斯科人的所作所为都会影响到我们所有人的命运。你要求人家尊重我们的律法，承认你的两个老婆，好，我们尊重你，可是同时你又要置弟兄们的利益于不顾，硬要跟天主教徒们较劲。埃尔南多，"哈迈德转过去跟小伙子说，"你要记住，根据我们的律法，她不是你的妻子；你要表现出她的家人的样子，因为你就是她的家人。你们去转转吧，照督察的话去做。"

"可是……"布拉希姆又想争辩。

"我可不想看到督察到你家的时候你又惹出什么乱子，何塞。我们这儿已经够乱的了。你们去吧。"哈迈德让埃尔南多和法蒂玛快走。

法蒂玛跟上了埃尔南多，不过可能只要有人拽着她套着的那件破衣服她都会一样跟着走吧；这回她走在了埃尔南多的身旁，低着头，不发一语。埃尔南多又一次走在了科尔多瓦的街巷，他随着法蒂玛缓慢的步子调整着自己的步伐。

"我也想那个孩子。"说出这句话的时候，他们已经走出好几条街，埃尔南多好不容易才从脑海里搅和着的几十句话中找出这一句。法蒂玛没有回答。她这个样子还要持续多久啊？埃尔南多叹了口气。"你还年轻！"他失去了耐心，"死了你还可以再生啊！"

话刚出口他就发现自己失言了。法蒂玛倒没有什么过激的反应，只是脚步更加缓慢了。

"我错了。"埃尔南多自顾自地说着，"我从头到尾就是个错误！生为穆斯林，我错了；参加起义，我错了；没能预见到将会发生的后果就和千千万万弟兄一起做着白日梦，我错了；痴心妄想地奢望自由，我错了；还有……"

埃尔南多的话戛然而止。不知不觉间，他们已经走过了大教堂，走到了麦地那区的圣玛利亚街区里，像许多穆斯林城市的街区一样，在这里，错综复杂的巷子和死胡同纠缠在一起。只见一队人马正朝两人奔过来：那群人在狭窄的巷子里会成了一团，他们喊叫着，有人还时不时停下来紧张地望了望后边，然后继续飞奔起来。

"有头牛！"跑过两人身边的时候，一个女人朝他们嚷嚷。

"他们来了！"又有一个男人喊了起来。

有头牛？这儿可是科尔多瓦，怎么可能？没时间想了。他们愣在了那里；只见促狭的空间里，五个盛装的骑手驾着马跑了过来，在五匹马中间，一头公牛被麻绳绑在了他们的鞍座上：有几根绳子绑在了牛角上，还有几根则拴着公牛的脖子。不断有马的屁股蹭到两旁的墙上，但骑手们又机敏地把它们拉了回来。公牛咆哮着妄图维护自己的尊严，可每当它回身冲刺时，骑手们就把它往前拖，而每次牛角像是要顶到前面马的屁股时，后面的骑手就会紧紧勒住它的脖子。牛吼与马嘶此起彼伏，与骑手的高喊和蹄甲在地面上的敲击声一起，在小巷中激起阵阵回响。

"快跑！"埃尔南多抓起法蒂玛的胳膊就对她喊道。

可她落在了后面。感觉到法蒂玛的胳膊从自己手中松脱出去，埃尔南多立马回过身来。跑在最前头的两个骑手离她已经不过十五步，他们只顾拖着公牛，对前面发生的事一无所知。一瞬间，埃尔南多相信自己看见背对着他的法蒂玛许久以来第一次坚定地挺起了胸膛，她的双手在身侧紧紧地握成了拳头，她这是在寻死啊！埃尔南多扑到她身上，就在第一匹马要碾过她的前一秒，那骑手根本就没想过要停下来。扑倒的同时，两人撞上了旁边一栋房子的墙；他设法保护着法蒂玛，他扑到女孩的身体上。又一匹马跳过了他们；随之而来的是公牛的角，幸好这一击没能够到，不过，两人头上的墙面都被顶开了花。最后一匹马也已经跑到了他们身边，骑手纵马一跃，可这一次，埃尔南多却品尝到了马蹄踩上腿肚子的滋味。

在马队后边，又有一群人跑着经过，他们根本没顾上看一眼地上躺着的这对男女，直到那嘈杂的叫嚷变成了巷子中的一道回声，两人依然卧在地上一动不动。埃尔南多感觉到了法蒂玛胸中时断时续的喘息，起身时，他也体验到左腿上那钻心的痛。

"你还好吧？"他问女孩，同时忍着痛想把她扶起来。

"为什么你每次都要救我？"她站了起来，冲着埃尔南多破口大骂。她还在打战，可是她的眼睛……她的眼睛就像刚刚面对过死亡，那对黑色的眼珠里重又萌发出生气。埃尔南多伸出胳膊想去抓住她的肩，可是她挣脱了埃尔南多的臂膀。"为什么啊！"法蒂玛仰天长啸。

"因为我爱你。"埃尔南多打断了她的叫喊，到了这时，他也放大了自己的声音，他伸出的双臂依然举在半空，"是的，因为我爱你，全心全意。"他重复着刚才的话，声音低沉而颤抖。

法蒂玛凝视着他。几秒之后，一滴眼泪滑下她的脸颊。她终于放声哭了出来：这些泪，自她与布拉希姆结婚的那一夜起就一直憋在心中。

她抱着埃尔南多，所有先前没有流的泪水此刻全都迸了出来。埃尔南多轻轻地拍着她的背，在这条科尔多瓦的小巷里。

稍远点的地方，在这条巷子与另两条小街交汇成的不规则形状的小广场上方，一个身着黑衣的贵族小姐正在身后侍女的陪伴下，从别墅的阳台上观赏着五名年轻骑手给她奉上的精彩表演：他们已经把麻绳解开，他们要在这里当场击杀这头公牛，作为送给小姐的最佳的礼物。站在街口的老百姓欢呼着拍起了手。

27

1571 年，圣诞节

科尔多瓦市政府宣布全城放假三天以庆祝堂·胡安·德·奥地利亲自率领的神圣联盟在勒班陀海战中击溃土耳其大军。天主教势力大败穆斯林也大大鼓舞了那些天主教徒对自己宗教的拥护之心，这一天，与传统的异教庆祝活动① 齐头并进的还有天主教的游行行列，那首感恩曲也在街头巷尾被人们大声传唱着。这可不是个让摩里斯科人走上街头与其他市民们一同欢庆的好日子，此外，几个月前已经传来消息，安达卢斯之王的斗争之路走到了尽头，众叛亲离的阿本·阿布被塞尼兹所杀，他的遗体被填满盐，送到了格拉纳达，他的头颅被塞到一个铁笼子里，直到现在还吊在那扇开向阿尔普哈拉斯的拉斯特罗之门的门拱上。

即使如此，埃尔南多还是和哈迈德一起走到了科雷德拉广场上，观赏着这场属于天主教徒的狂欢。在这个大广场的中心竖起了一座城堡，城堡里正上演着天主教徒们与摩尔人殊死搏斗的戏码。不过，此刻更吸引人的可能还是旁边一尊白鹈鹕的雕像，鹈鹕的嘴里正源源不断地涌出免费的红酒，而被酒精刺激着神经的人们正争先恐后地挤去那座雕像旁。与此同时，市政府宣布了一系列挑战赛的开幕，他们为挑战赛准备的奖品是十一匹锦缎、银绸与天鹅绒：其中的两匹将会被颁给赛马的胜者，四匹将给予最优雅的绅士，三匹会送给由同业工会组成的最佳方队，而最后的两匹，则要赐予在这一天里最最光彩夺目的妓女！

"真不明白这些人在想什么，"小伙子跟哈迈德评论道，这时候安娜·玛利亚正搔首弄姿地从一大群市民眼前走过，获得了满堂彩，"在自己的老婆和女儿面前，他们就这样给一个和自己睡觉的女人鼓掌。"

"这些女人都知道自己的丈夫去妓院的事。"哈迈德心不在焉地回了一句，他的目光正随着迷人的安娜·玛利亚移动。埃尔南多也在看，不过他倒是对一旁忙碌着

---

① 12 月 25 日原本是波斯太阳神密特拉的诞辰，罗马人也在这一天庆祝农神节与冬至节。

的警察们更感兴趣，几个男人吃饱了老酒就要往那姑娘身上跳，警察只好奋力维持着秩序。"天主教徒从没想过要在自己老婆身上获得什么快乐，"阿訇低声说道，这时候安娜·玛利亚已经被另一个妖艳的黑发女人替了下来，老头就把头转了过来看着埃尔南多，"那都是罪啊，什么触碰啊爱抚啊都是罪，连在床上不仰面躺着，换一个姿势也是罪。根本别想着什么快活啊之类的……"

"都是罪！"埃尔南多笑着插了一句。

"对。"哈迈德做了个手势让埃尔南多小声点，"所以他们的老婆才接受他们出入风月场所，到妓女那里去寻欢作乐。不像情妇或者姘头，跟妓女还不会有私生子和遗产继承方面的问题。而且教会对此也是支持的。"

"真是伪君子。"

"妓院里的好几栋小楼还是教士会的财产呢。"哈迈德说着，两人离开了赛场，从科雷德拉广场走了出去，开始无目的地在人群中闲逛。

"是啊。"埃尔南多若有所思地点了点头，过了一会儿，他又说道，"不过，这些在丈夫面前表现得万般贞洁的女人，到时候又会去和别的男人苟且……"

哈迈德好奇地望了埃尔南多一眼，埃尔南多朝他做了个怪相，见阿訇脸上不太高兴，小伙子赶紧恢复到平常的神情。

法蒂玛站到狂奔的公牛与骑手前寻死已经是一年多前的事了，现在埃尔南多还能记起那时女孩在他怀中所说的话。

"可我还是他的第二个老婆。"小巷中两人交换着热吻，交换着爱的誓言，可是一切过后，女孩还是得回到现实。

"可你们的婚姻在这里不算数的啊！"埃尔南多反驳道，说话丝毫未经大脑。

法蒂玛的脸色变了，埃尔南多才意识到不对，他后悔自己怎么就说了这么一句话……

"但那是我们的律法，"法蒂玛先他一步讲了出来，"如果我们否定它……否定我们的信仰……不管再怎么不愿意，我必须尊重我与布拉希姆的婚姻：在摩里斯科人面前，他就是我的丈夫，我不能忘了这一点，虽然我真的不想去记住这件事，虽然我是那么那么厌恶它……"

"不，我没想说……"

"我们什么也不是。这就是天主教徒们想要的：不断地折磨我们，直到我们最终消失在他们眼前。在他们眼里，我们是邪恶的种族，这里没有人欢迎我们：穷人记恨我们，贵族压榨我们。为了维护我们的信仰，已经有多少摩里斯科人死在了半路上：我的丈夫、我的儿子……天主教徒眼看着一个无辜的孩子奄奄一息，就是没有一个人肯向他伸出援手！畜生！他们都是畜生！当时，胡马姆还是你亲手埋葬的……"法蒂玛说着说着就哽咽了，埃尔南多又把她拉到自己怀里。"这是我们必须去承担的义务！"

"我们会找到解决办法的。"埃尔南多试着安慰她。

"没有我们的律法，我们什么也不是！"女孩固执地喊道。

"别哭了，我求你了。"

"这就是我们的宗教！真正的宗教！那些畜生！"

"我们会有办法的。"

"混蛋天主教徒！"没等法蒂玛喊完，埃尔南多就把女孩的脸捂到了自己胸前，他不能再让她这么嚷下去。"如果需要，我会为穆罕默德而死的！穆罕默德万岁！"女孩最后喊了一句。

"我和你一起死。"埃尔南多低声许诺着，而此时，在小巷的那头，聚集在小广场上的人们欢呼了起来，一把铁剑自上往下贯穿了公牛的心脏，那头牛伤重身亡。

在别墅阳台上静静观看着这一幕的大小姐优雅地鼓起掌来。

"我会为穆罕默德而死！"这就是女孩的决定，这样的坚强不屈让埃尔南多想起了贡萨利科，在被那个独臂人割喉前，男孩也是表现得如此坚定不移。乌拜德现在不知道哪儿去了？埃尔南多又一次自问着。天黑了，埃尔南多把法蒂玛搁在了多麦街上的家里，布拉希姆和阿以莎看上去很太平，所以埃尔南多摘了一小块黑麦面包又跑了出去，他事先征求了法蒂玛的同意，女孩的下巴微微点了一下，表示默许。那个休息日，在发生了公牛那段小插曲后，两人下到了小河边，他们经过了大清真寺，在神父和牧师们中间握紧了十指相扣的手，他们又走到了阿尔伯拉斐亚水车磨坊跟前，在瓜达尔基维尔河的河岸上度过了大段的时光。埃尔南多没有钱，他每个月的工资只有可怜的两个里亚尔，他比一个侍女挣得还少，且不论当侍女还能管吃管住。一拿到那两个里亚尔他还得立刻上交给母亲，他的工资和布拉希姆的工资加在一起，勉强才够房间的租金和日常的家用。所以那天他和法蒂玛什么吃的都没买，还是一个做油炸糕的摩里斯科人好心把一对冷掉的油腻腻的炸糕免费送给了他们，那人实在看他们闻着香味馋得慌。

一过傍晚，虔诚的天主教徒们就纷纷闭门歇下了。作为冬天的习俗之一，波特罗地区的人却不这样做，这里人声鼎沸：商人、小贩、旅人、士兵、游手好闲的、乞丐、流浪汉，或者最普通的老百姓们都没有闲着，他们在小饭馆里喝着小酒，围成一圈胡吃海侃，他们出入着风月场所，谈着生意也不管日头已经落了西山，倏忽之间，又有人在旁边厮打成了一团。埃尔南多朝妓院走去，不巧却没能碰上哈迈德：只有妓院的门朝着波特罗街大大地敞开着。他绕着这块地方转了起来。"我们会找到解决办法的。"他是这么对法蒂玛说的，可是，解决方法在哪儿呢？除非布拉希姆休掉她，可继父是不会这么做的，否则就好像承认他拿撒勒人才是明媒正娶了。话说回来，法蒂玛又将如何是好呢？她现在是想着法子不让自己丰满起来，好让丈夫别对自己那么感兴趣，可是布拉希姆最近又开始用淫邪的眼神看着她了。

"小伙子！"埃尔南多还沉浸在思绪中，没有理会身后传来的那声喊叫。"哎！叫你呢！"

一只手搭在了埃尔南多的肩上，埃尔南多回过头来。眼前这个男人又瘦又矮，可能比埃尔南多还要矮上几分。酒馆里泻出的光太过微弱，一开始埃尔南多都没认出他来，可当那男人露出了那口与周围的夜色一样漆黑的牙，小伙子终于想了起来：这是在卡拉奥拉塔下面卖骡子的一个小贩，他每次要给鞣皮坊捡来要用的粪便时都会到那里去，有时走过这个男人的骡子旁，两人还会打个招呼。

"不想赚两个勃兰卡玩玩吗？"小贩冲埃尔南多问道。

"我要怎么做呢？"埃尔南多反问着，意思就是无论做什么他都会去。

"你跟我来。"

两人顺着巴达纳斯街走到河边，男人没有说话，甚至没有自我介绍，埃尔南多默默地跟在他的后面。两个勃兰卡确实是少得可怜，可即使这样，也抵得上埃尔南多在鞣皮坊里整整两天的工资。到了岸边，男人紧张地朝左右看了看。这是个无月的夜晚，周围一片漆黑。

"会划船么？"男人问道，他掀开一块什么东西，河岸上一艘破破烂烂的小船露了出来。

"不会，"埃尔南多承认，"可是我会……"

"没事儿，上吧。"男人已经把小船推进水里，"我来划，你负责舀水。"

舀水？正要跳到船上的埃尔南多愣了一下。

"小心点上，"小贩让埃尔南多千万当心，"这玩意儿经不起晃。"

"我……"

他不会游泳！

"你还在等什么呢？国王陛下的军舰吗？"

小伙子望着瓜达尔基维尔河墨色的河水，河水静静地流淌。

"我们要去哪儿？"埃尔南多问道，他两只脚还站在岸上。

"我的娘呀！去塞维利亚你喜欢吗？我们在那儿歇个脚然后划到柏柏尔海岸去，那儿有个妓院我每个礼拜天都去，好啦别说啦，照我说的做就行了！"

瓜达尔基维尔河这么看上去真的好平静，埃尔南多也只能这么说服自己，他已经走到船上，踩到船底的时候，里面的水打湿了他的鞋子。

"你说的那妓院里有多少姑娘？"埃尔南多顺着小贩的玩笑继续说，他坐了下来，他坐的那个地方估计原本是小船两条划桨手坐板中的一条。小贩已经朝对岸划了起来。

"足够我们俩快活的了。"男人笑了起来，"舀水，你右边应该有个瓢。"埃尔南多用手去摸，果然摸到了那个玩意儿，小伙子开始往外舀水。男人划得很小心，把桨深深插进了水里，不让水花溅起来，他两眼瞄着罗马桥上，紧盯着那几个值班的守卫。"听说那边妓院里有各种各样的女人，从不同地方来的，"男人这时候又放低了声音，"好多都是被俘虏的女天主教徒，那叫一个漂亮，那叫一个销魂……"

一榭青楼让两人宛若梦中，还沉醉在对名妓们的浮想联翩里，船就划到了对岸。刚到岸上，就有一个男人走了上来，黑暗中，埃尔南多都无法看清他的轮廓。几秒内，小贩和那陌生人就完成了交易，两人在悄无声息中一手交钱、一手交货，钱袋被递到了陌生人手上，而一个中等大小的木桶已经被搬上了船头。以一声"嘶"响别过那个男子，小贩掉过船头跳回了船里，他的脚刚沾上船板，整个船身就一下子重重地陷进了水里。

"这次你可得正经舀水了，"小贩这时候认真起来，"要是不好好舀……你会游泳吗？"

返程的大半时间里，二人无话。埃尔南多只觉河水正咕咚咕咚地往船里灌。这瓢也太小了！埃尔南多觉得自己连胃也收紧了起来，看着小贩越划越快，埃尔南多的心都快蹦了出来，小贩此时已经什么都顾不上了，他猛挥着桨，可因为船里的水越积越多的缘故，每次划桨船所行进的距离却越来越短。

"你舀啊！"小贩冲着埃尔南多大喊大叫。

"你划啊！"埃尔南多回敬他。

他们终于回到了出发时的岸边，埃尔南多已经浑身都湿了，小船几乎完全浸到了河里，船两边腐朽的接合处突突地往里进水。

小贩叫埃尔南多帮他把木桶搬出来，随后两人又忙着把船藏起来。

"以后也还得靠它呢，"拖着小船的时候，小贩对埃尔南多说道，"疲惫圣母，这艘船就叫这个名儿。"小贩气沉丹田狠狠地拖了一把，与此同时发出了一声憋闷的嘶吼。

"疲惫圣母？"埃尔南多对这个名字倒是很感兴趣，船已经给拖上了岸，河水从两边船舷上泼了下来，小船也就没那么重了。

"之所以叫圣母嘛，就是让玛利亚大人不要光火，紧急的时候我们说不定还要求她的，谁知道呢。"男人猛拽着，总算把小船又拖出几步，"至于疲惫嘛……你也看到了，它每次回到这儿的时候都是累得半死。"小贩笑着直起身。"你叫什么名字？"男人一边问一边用树枝把船盖起来。小伙子报上了自己的名字，小贩介绍说自己叫胡安："好了，我们现在……"

"我的钱呢？"埃尔南多迫不及待了。

"等会儿，我们要在这儿等到夜过三更，到时候人都散了，我们就好把这桶搬过去。"

波特罗街上的喧闹声终于慢慢平静了下来。埃尔南多已经快冻僵了，他一直在动，不停拍打着身体的两侧。胡安告诉他，这桶里装的是酒。

"你要是能喝上一口就好了。"见小伙子浑身发抖，胡安提了一句，"可是现在我们没法打开它。"

小贩同时跟他解释，科尔多瓦城不允许进口其他地方产的酒，如果其他产地的酒要进来，就得支付高额的税赋。这一桶可以让酒馆老板狠狠地赚上一笔……他们俩也是。

"就两个勃兰卡？"埃尔南多嘲讽道。

"你觉得少？别太贪心，小伙子，你看着挺机灵，而且胆子不小，要是你好好学，努把力，一定能赚到大钱。"

整个波特罗区终于睡下了，酒馆老板出现在两人面前。胡安和他打了个招呼。他们俩一般高，就是一个瘦点，一个胖点。三人用一块毯子把酒桶包了起来，从外面一点也看不出是什么，然后他们上路了：老板在前面开路，另两人搬着酒桶。进到就位于波特罗街上的那个酒馆里，埃尔南多赶忙跑到了底楼壁炉那堆炭火的旁边，尽管那堆炭已经开始凉了下来。这时候胡安把两个铜币递到他的手里……还有一杯酒。

"喝下去就精神了。"见埃尔南多脸上还带着疑问，小贩让他尽可放心。

他刚要喝，却想起法蒂玛的话："这是我们必须去承担的义务！没有我们的律法，我们什么也不是！"

"不喝了，谢谢。"埃尔南多推辞着就要把那杯子还给他。

"喝吧，摩尔人！"酒馆老板正在收拾桌子，冲埃尔南多喊着，"酒是上帝赐予我们的礼物。"

埃尔南多寻找着胡安的目光，而小贩这时也对他挑了挑眉。

"可这酒不是你们的上帝送来的，"埃尔南多反驳道，"明明是我们俩拿来……"

"异教徒！"老板一把扔下手中的抹布，气哼哼地冲小伙子走了过来。

"莱昂，我就跟你说他胆子不小嘛，莱昂。"胡安赶紧过来调停，他一把拦住了老板，用手撑着他的前胸。"不过我收回我刚才说他看着机灵的话。"小贩朝埃尔南多转了过来。

"我喝不喝对你来说就那么要紧？"埃尔南多问了一句。

"在我的酒馆里，就是要紧。"老板吼着，他还在顶着胡安的手。

"如果这么说，"埃尔南多举起杯做了个干杯的手势，"为了你，我喝。"

"如果他们强迫你们喝酒，就喝吧，但不要怀着邪恶的心。"埃尔南多在心里默背着，喝下一大口。

他离开酒馆时，天已经亮了，几个天主教徒走在去听弥撒的路上。那一杯下肚之后，他又跟胡安和莱昂干了好几杯，莱昂心里一舒服，把客人晚饭留下的剩菜也拿了出来，在炭火上热了热，招待起埃尔南多。埃尔南多决定直接去鞣皮坊上班，尽管他到现在还略有醉意，不过昨晚，他了解到一个可能会对他大有帮助的信息；一听说小伙子在维森特·塞古拉的工坊里干活，胡安和酒馆老板相视一笑，随即，他们就说起了关于鞣皮坊老板娘的荤段子。

"好好利用你知道的信息，"胡安告诫着埃尔南多，"别像刚才对莱昂那么冲动。"

转过巴达纳斯街的拐角，埃尔南多加快了脚步。那是……对，那是法蒂玛，她正等在离鞣皮坊门口几米远的地方，学徒和工人们平时就是从这扇大门进进出出。

"你到这儿来干吗？"埃尔南多问道，"布拉希姆呢？他怎么会允许你？"

"他在上班呢，"女孩打断他，"你妈不会跟他说的。发生了什么事？"法蒂玛关切地问，"昨天你都没回来睡觉。家里有几个人差点就去跟督察告发你，也不等你今晚回不回来。"

"拿着，"埃尔南多把那两个铜币交到法蒂玛手里，"这就是我在做的事。藏好，这是我们自己的钱。"

为什么不能这样呢？埃尔南多突然想到。他说不定可以跟布拉希姆赎回法蒂玛的自由身啊，要是他能弄到足够的钱……

"怎么弄来的？你喝酒了？"法蒂玛皱起了眉头。

"没有，嗯，好吧其实……"

"你要迟到了，摩尔人。"埃尔南多背后传来一个干涩的声音。是负责分拣生皮的那个秃顶壮汉，他也正在去鞣皮坊的路上。

为什么要这样夹着尾巴做人呢？埃尔南多想着。他现在觉得自己什么都能做到！而且，可能没有比这更好的时机了：他现在正单独面对的这个男人，就是他同伴口中与老板娘苟且私通的情郎。

"没见我在和我老婆说话吗？"埃尔南多冲着那男人后背骄横地喊了一句，男人本来已经走过去了。

听到这话，那工人忽的站住，转过身来。法蒂玛吓得缩起身子贴到了墙上。

"那又怎样？这样你就可以迟到啦？"壮汉冲埃尔南多大吼。

"还有人趁大当家的不在就去和他老婆私会呢，那旷掉的工时又怎么算呢？"见那工人脸上露出了慌乱的神色，埃尔南多心想昨晚他们说的果然没错。那男人胡乱比画了几下，吞吞吐吐，愣是说不出话来。

"小子，你这把赌得可真够大的。"男人终于从牙缝中挤出一句。

"我，还有很多像我一样的人，我们整个民族，可是下过比这大得多的注……结果赌输了，所以今天这把能不能赢，我根本无所谓。"

"那她呢，"工人用手指着法蒂玛，"她你也无所谓？"

"我们达成攻守同盟吧，"埃尔南多向法蒂玛惊惧的面孔伸出手去，摸了摸她的脸颊，"要是我出了什么事，师傅到时候也一定会知道的……"埃尔南多和那男人用眼神较量着，"把那当作是坊间风传的流言蜚语不去管它，这又有什么不好呢？干吗要去怀疑一个在科尔多瓦人尽皆知的鞣皮师傅的名誉，去质疑他夫人的忠诚呢？"

男人考虑了几秒：名誉与忠诚，任何一个西班牙良民最为珍视的东西。有多少人因为小小的名誉纠葛丢掉了自己的性命！而鞣皮师傅他……

"就当那是瞎传的吧。"秃头工人最终还是退了一步，"快走吧，到晚了可不合适。"

男人转头又要走，可埃尔南多又一次把他叫了回来。

"哎！"男人听到埃尔南多的叫唤又停住脚步。"你们的礼节礼貌哪儿去了？也不知道跟我老婆说个再见？"

壮汉的火气全都写在脸上，可一想到自己有把柄握在埃尔南多手里，他憋屈地强忍住怒火。

"夫人……"那男人支支吾吾地嘟囔了出一句，眼神与法蒂玛的目光交错。

"你干吗那么糟践他啊？"见男人消失在工坊的大门后，法蒂玛责备起埃尔南多。

"我要把他们一个个的放在你的脚下。"埃尔南多立下了誓言。刚说完，他就把食指贴到法蒂玛的嘴唇上，把女孩想反驳的话全都堵了回去。

28

埃尔南多没费多大劲就发现了科尔多瓦这座城的实质所在。除了那些教会、神父、弥撒、祈祷和宗教游行,除了那些在街头讨着施舍的修女和教友会成员,科尔多瓦城还保有着不那么为人所知的一面。确实,虔诚的科尔多瓦人严格履行着他们的宗教所要求的义务:他们慷慨地捐助医院、修道院和穷困的妇女们,将遗产全数捐给了教会,此外,他们还为营救被柏柏尔人抓去的俘虏们积极地掏腰包,可是,一旦他们对教会尽到了应尽的义务,剩余时间里他们的个人趣味和生活方式则与天主教规定的条条框框相去甚远。尽管特兰托宗教会议①已经三令五申,可他们的神父不是在金屋里与窝藏的情妇偷欢,就是在女奴的身上发泄着野性。听人说这就像把一匹公马扔到母驴身上让它们配出个骡子,激情过后,女奴生出的后代也将继承母亲的身份,生而为奴。教会高层为了不让那些听忏悔的神父有机会对前来忏悔的女人动手动脚,甚至在忏悔室中特意设了一道百叶格子把两人隔开。可是,教会的领袖们本身也不是什么省油的灯,身居高位给他们带来的财富和俸禄让那些没那么显赫的贵族们都要垂涎三尺,科尔多瓦大教堂的教长堂·胡安·费尔南德斯·德·科尔多瓦原本就出身豪门,连他自己都不知道他有多少个孩子散落在科尔多瓦城的每个角落。

普通市民的社会也无甚不同,在婚姻生活表面的贞洁下隐藏着一个放浪的世界,桃色丑闻层出不穷,而一旦东窗事发被捉奸在床,相继而来的往往是一场鲜血淋漓的复仇。那些修女大都是被父母兄弟强行送进修道院的,多数也是因为生计所迫——把女儿嫁给平民家庭所付出的嫁妆要比把她送进教会昂贵得多——所以她们本人也并非有多醉心于神圣的宗教事业。面对男教士们的淫靡生活,她们心甘情愿地接受着花花公子们的引诱,而这些纨绔子弟们则欣然挑战着这个看似不可能完成

---

① 于十六世纪中叶召开,驳斥新教的改革主张,宣布所有新教为异端,认为中世纪以来天主教的教义、仪礼正确无误,不容修改补充。会议坚持七项圣礼,即洗礼、坚振、圣体、告解、终傅、神品和婚配。

的任务，他们将钓到这些上帝的女仆视作最值得炫耀的丰功伟绩。

对埃尔南多和其他那些和他一样在格拉纳达王国的乱石丛中辛苦耕耘的摩里斯科人来说，科尔多瓦人实在太过懒惰、太过堕落：在他们的眼中，勤劳竟然成了个贬义词！劳动者永远也没有资格占据公职；工匠们满足于填饱自己的肚子；而一众绅士，作为贵族中最低阶的一群，常常吃了上顿没下顿，却宁愿饿死也不愿用劳动玷污了自己那双尊贵的手，因为他们的荣誉感，作为天主教徒不论处境不论地位都每日浸淫在其中的荣誉感，决不允许他们这样去做！

在勒班陀大捷庆典活动的几天之前，埃尔南多就得以验证了这一点。那天他本可以找个借口，而且他一开始也是这么想的：掉头就走，事情就这么结了，可是内心深处总有什么东西没让他那样去做。那是一个下午，他正漫不经心地走在一条叫阿尔玛斯街的小街上，小街就离神慰修道院不远，那修道院里有一个弃婴之家，人们有不想要了的孩子都会放到那里。埃尔南多沿路走着，迎面过来一个年轻的绅士，那人一袭黑色的披风，腰间别着佩剑，头戴一顶金银绦带装饰的礼帽，一副趾高气扬的样子。走到埃尔南多面前时，绅士突然一个趔趄，差点摔个狗啃屎，还好埃尔南多及时出手相助，脸上不由得露出一丝窃笑。不想，那幸免于难的绅士不仅没有感谢埃尔南多，反倒甩开他的手，冲着他咋呼起来。

"你笑什么？"绅士一边整理衣装一边质问。

"不好意思，我……"

"你看什么？"年轻绅士伸手就要拔剑。

什么看什么？眼前这个绅士还在规整着鞋里填的木屑①。这个装逼犯！想想怎么能给他好好上一课呢？

"小、小的刚才自问……不知阁下尊姓大名……"埃尔南多故意吞吞吐吐，低头不敢朝上看。

"你以为你是谁，你这个一身臭气的蠢货，竟敢问起我的名号？"

"其实是这样……"埃尔南多的脑子飞快地转着。这个狂妄之徒！怎么才能让他吸取教训呢？埃尔南多的目光落到了绅士那双天鹅绒织成的尖头鞋上，这人该是有几个钱。随后小伙子的视线又从那利刃形的鞋尖慢慢上移，那件半圆形披风的折边都是经哪个女仆之手精心缝过。"其实……"

"有话快说！"

"我感觉啊……我记得是……我觉得可能啊，可能，那天晚上，我在科雷德拉

---

① 古时欧洲贵族流行穿尖头鞋，为了使鞋尖挺起，常需将填充物塞进去。

的一个饭馆里好像听人说起过你……"

说到一半,埃尔南多又做出欲言又止的样子。

"继续说!"

"小的是怕搞错了,阁下,我记得我听到的是……不行不行。恕小的斗胆,敬请赐教尊姓大名。"

只见那年轻绅士忖度了一会儿,埃尔南多也陷入了沉思:他这是在给自己找什么麻烦呐?

"堂·尼古拉·拉米雷斯·德·巴罗斯,"对方庄严肃穆地报出了他的名号,脸上不失骄慢的神色,"绅士世家。"

"对对对,"埃尔南多连声称是,"他们说的正是阁下您呢,堂·尼古拉·拉米雷斯,我记得他们说……"

"说什么?"

"我记得是两个男人在说,他们说啊……"埃尔南多略微停了停,刚要继续,绅士又问起来:

"哪两个男人?"

"两个男人……穿得挺阔的。他们说起您来着,我敢肯定!我听到了。"埃尔南多装出一副不敢说下去的样子。说点什么好呢?既然已经走到这步也没法再回头了。

"他们都说我什么?"

说他什么呢?埃尔南多揣摩着。绅士世家!这个赶时髦的家伙拿这个炫耀来着。

"他们说您不是堂堂正正的贵族血统。"埃尔南多到这时候也不再拐弯抹角。

只见那年轻绅士放在剑柄上的手抽搐起来。埃尔南多壮着胆子瞄了瞄他的脸:火冒三丈的他已经憋得满脸通红。

"我以西班牙守护神圣地亚哥①之名起誓,"他把一口牙齿都龇得咯咯作响,"我的血统都可以追溯到罗马时代!这个光荣的姓氏是昆克蒂利乌斯·瓦卢斯②传下来的!是谁胆敢如此羞辱我?"

埃尔南多只觉堂·尼古拉口中一股浓浓的洋葱味扑面而来全都喷在了自己

---

① 即圣雅各,是天主教军队重新征服西班牙的象征人物,被尊奉为天主教世界、特别是西班牙的守护神。

② 奥古斯都统治下罗马帝国的政治家和将军,因条顿堡森林战役闻名,他在这场战役中失去了三支罗马军团,自己亦因战败而自杀。

脸上。

"我……我不知道。"埃尔南多结结巴巴地答道,这次倒是真不用装了。这玩笑是不是开得过头了?只见那绅士因暴怒而浑身发抖。"我不认识他们。阁下您也知道,草民和那些大人物没啥交往的。"

"看到的话你能认出他们吗?"怎么可能认得出两个刚刚编造出来的人啊?要不跟他说大晚上的没看清好了。"能认出来吗?"绅士绝不能放过这样的奇耻大辱,他抓着埃尔南多的肩猛摇起来。

"当然啦。"埃尔南多说道,他把身体从绅士的双手中挣脱出来。

"跟我去科雷德拉!"

"不去。"

堂·尼古拉身子一颤。

"怎么不去?"绅士冲埃尔南多上前一步,逼得埃尔南多节节后退。

"不行啊,有人在等我呢,就在那个……"离波特罗区最远的商行是哪个来着?绅士到时候想找也找不到的那个……"就在那个陶器行里,有人等着我呢。这是您的事,我也没有义务陪着您。我只关心我家里人有没有饭吃,我不去上班老板就不发我工资,我家里有老婆有孩子,我还想让我两个小孩好好学习天主教教义……"嘿,这就对了!见绅士笨手笨脚地在鞋里摸索了半晌终于掏出一个袋子,埃尔南多在心里小小庆祝了一下。为了法蒂玛!埃尔南多心想。"可他们一个病了,还有一个我总觉得……"

"别说了!你老板付你多少工钱?"绅士把手伸进了钱袋。

"四个里亚尔。"埃尔南多撒了个谎。

"给你两个里亚尔。"绅士把钱递了过来。

"不行啊,我上有老下有……"

"三个。"

"真对不起,阁下。"

绅士把四个里亚尔放到埃尔南多手里。

"走吧!"绅士命令道。

从神慰修道院和弃婴之家走到科雷德拉只需穿过一个卡尼亚斯广场,就这么几步路,青年绅士走得笔直笔挺、虎虎生风,他把右手搭在了佩剑上,骂骂咧咧地,誓要向那两个玷污了他姓氏的男人报仇雪恨。埃尔南多走在他的前面,堂·尼古拉不时在后边推他。现在怎么办呢?小伙子思量着怎么才能从自己给自己挖的这个坑里爬出去。可他攥紧了手里的钱币。四个里亚尔!只要有钱就能帮他有朝一日赎回法蒂玛的自由!

"那要是他们今晚不在呢?"埃尔南多趁绅士在背后推着自己的当儿问了他一句。

"祈祷他们在吧。"堂·尼古拉也只是这样答道。

两人从南边的门洞走进了这个大广场,埃尔南多花了些时间来让自己的眼睛习惯眼前硕大的空间。这广场上有三家饭馆:罗马人饭店就位于他们刚进来的地方,而另外两家则开在他们的右手边,广场东侧的托里尔街旁,它们的名字分别叫莱昂内斯饭店和加蓬饭店,所在的位置都离天使圣母医院不远。这时太阳还没落山,广场上还有些自然光,人们从饭馆门口进进出出,大广场上一派热闹的景象。

"准备好了?"绅士已经迫不及待了。

埃尔南多吁了口气。现在撒腿就跑会怎么样?像是猜到了小伙子的企图,堂·尼古拉一把抓起他的胳膊把他拖进了罗马人饭店,两人撞到门口的一个哥儿也没打招呼,就这样径直走进了店里。到了里面,绅士又摇起埃尔南多的身子要他快点给个答案。

"没在这儿,这里没有。"小伙子说道,刚才他环视着饭店里时,好几个客人都盯着他看,同时闭住了嘴巴。

在莱昂内斯饭馆里他也是这么说的。不在总可以吧!跨进加蓬饭店的那一刻埃尔南多心想。干吗一定得在呢?可如果是这样的话,他那四个里亚尔……绅士会怎么决定呢?他肯定不会让这事就这样了结的。那可是他的名誉!他的姓氏!说不定他会逼自己等上一整晚,然后……绅士可是付了他以为自己一个月的工资!

一阵纵声大笑打断了埃尔南多的思绪,在其中一张桌上,一个穿着步兵团五彩军服的大胡子正高举着酒杯向旁边的两个男子高声吹嘘着自己的盖世神通,显然这家伙已经喝高了。

"就是他。"埃尔南多指了指大胡子,准备等堂·尼古拉一不注意时就赶紧开溜。

没想到绅士抓着他胳膊的手反而捏得更牢了,他像是在为一场生死决战提前做着准备活动。

"你!"堂·尼古拉站在门槛上一声咆哮。

食客们的谈笑风生戛然而止,离他最近的几个客人从位子上跳了起来,跑着躲着把椅子都撞倒了。埃尔南多只觉得自己的两腿都在发抖。

"汝等竟敢玷污本瓦卢斯的姓氏?"绅士复又吼了起来。

大胡子醉醺醺地站起来喝掉了杯里剩下的酒,鲜红色的葡萄酒汁顺着他的胡子淌了下来，男人把手按到了他那把镶金细工的宝剑上。

"这位先生是何方神圣，敢对我大呼小叫？"大胡子和绅士用音量比着高下，"大爷我可是西西里兵团少尉，来自比斯开的绅士！"一听到那两个字，埃尔南多心中更生忌惮。又是一个绅士！"你那什么狗屁姓氏，我是不信。就你也配得姓瓦卢斯？"

"你竟敢怀疑我的血统？"堂·尼古拉大声吼叫。

"我就跟您说么，"埃尔南多趁机在他耳边煽风点火，"上次他就是这么说的，他根本就不信您是贵族……"不过似乎堂·尼古拉已经没在听他说话了，绅士把捏在他肩头的手都放了下来。

"是你自己污了你的姓氏！"少尉高声予以还击。

"我要求你向我道歉！"堂·尼古拉怎么忍得下这口气。

"要我道歉你就来啊！"

两个绅士同时拔出了他们的佩剑。还坐在桌边的客人们这时候也都站了起来，给他们腾出一片空地。两人剑拔弩张。

埃尔南多愣在了原地，他惊呆了。这俩是要决斗啊！埃尔南多摊开自己汗涔涔的右手，四个里亚尔硬的还在，他把那几个子儿抛了两下，握在掌中，然后疾步溜出了饭馆。两个白痴！埃尔南多心想，他已经听到钢铁碰撞时发出的第一记声响。

回到多麦街的时候，埃尔南多心情复杂，险中求胜理应带给他的成就感荡然无存：两个贵族正刀剑相向，生死相搏着，可他们其实连对手想要些什么都不知道。所有这一切，都只是因为一场小小的误会！回家的路上，天色已经暗了，埃尔南多碰上了一队盲人，他们一个绑着一个排成了一串，一边走一边诵起了玫瑰经，每周有三个晚上他们都要从位于阿尔法罗斯街的盲人医院出发，绕着科尔多瓦走这么一圈。领头的瞎子手中有节奏地抖着一个钵头，一个诵着经文看守着屋墙上一尊圣母龛的守烛人在钵头里扔下了一枚硬币；埃尔南多给他们让出了一条道，他攥紧了手中的四个里亚尔。这些天主教徒！

自从获知了鞣皮坊老板娘和那秃头工人之间的风流韵事以来，埃尔南多已经挣了不少钱。他已经思索了好几个晚上：现在他干的这活，挣得比一个仆人还少，他能写字、会算数，这些技能肯定能让他找到一个工资更高且不用跟大便打交道的岗位。可他最终还是决定不去找新的工作。在粪坑里干活可以离其他那些工人远远的，躲开他们的视线，他们根本不会想着要过来，然后在秃头大哥的包庇下，他就可以自由行动,这个好处是其他岗位无法比拟的。

后来埃尔南多又多次踏上了他的疲惫圣母号之旅,在两人去往瓜达尔基维尔河的那一头探险的路上,这艘破旧的小船不屈不挠地承载起了两人的梦想。埃尔南多与胡安相见恨晚,夜谈中,在塞维利亚歇个脚就划去柏柏尔妓院找女人的那个笑话成了两人津津乐道的经典话题。

"你还说你一次骑三个呢,你连划个船都划不动!"埃尔南多嫌弃胡安划得慢,而他自己正一刻不停地往船外舀水,圣母号又一次拖着疲惫的身躯航行在回去的路上,它全身都浸在瓜达尔基维尔河的河水里。

随着两人友谊的加深,埃尔南多从这个骡贩子手中获得的收益也不再只是最初的区区两个勃兰卡:他开始从走私红酒的所得中抽取分成。波特罗区携其优美的周边环境——闲人、骗子和无耻之徒在这里安居乐业——成为了埃尔南多真正的家园。他依然会去鞣皮坊里上班,在督察或是圣尼古拉教堂的神父造访他家、检查他们有否成为善良的天主教徒时,这份正经的工作可以为他赢得些许尊重,不过他自己很清楚,他真正的生活是在波特罗。

当埃尔南多到卡拉奥拉塔那儿,与胡安他们一帮商贩一起经营着肮脏的勾当时,圣洛伦佐街区和圣玛利亚街区的小伙们正从屠宰场里辛辛苦苦搬出一张张生皮。每当埃尔南多想起他当时是如何摆脱了这个倒霉的活计时,他总会发出会心的一笑。开始的时候他总是自己扛着那些皮子,当他一次次绕着城墙艰难地行走着时,总能看见来自不同街区的小青年在环城路上打石头仗。这一打起来,他们自己倒不要紧,可那些一不小心误入战场的路人就遭了殃,市政府见这石头仗造成的伤者众多,还死了几个,赶紧叫停了这种不健康的娱乐项目,可这帮年轻气盛的小伙子们哪会搭理那些个条条框框,他们依然孜孜不倦地互扔着石头,乐此不疲。埃尔南多第一次被卷入激战的时候,左右两边都有数十个小鬼在猛扔石头,见情势不妙,埃尔南多赶紧躲到了皮子底下,就这样一直等到了他们偃旗息鼓。后来又有几次,埃尔南多亲眼看着他们为了即将到来的新的战斗刻苦训练着准头。要比起扔石头,谁能赢得过一个阿尔普哈拉斯人呢?埃尔南多这么想着,就跟他们打起赌来。赌注是一个勃兰卡,规则很简单,朝一根棍子扔石头,谁扔得准就算谁赢,要是埃尔南多赢了,小伙子们就得帮他把皮子搬到鞣皮坊去,要是埃尔南多输了,那一个勃兰卡就随他们拿走。埃尔南多输了几个钱,不过他还是赢下了大部分的赌局,那些小青年愿赌服输,而埃尔南多就可以借此机会赶到真理之野去干他的私活。到了那里,他会假装趴在骡子身下捡骡粪,而在那附近的马贩子一有生意就会指着这个又脏又臭的摩里斯科人把他举到马上,用以说服那个买主,说这匹马从不要臭性子,又温和又驯服。为了更有说服力,埃尔南多骑上几秒之后得像个米袋一样从马背上摔下来,表现出惊慌失措的样子,就好像之前从没骑过马一样,而这时候马贩子就可以自卖自夸地讲起他的马有多么多么好,一个毫无经验的骑手坐上去它也不会把他甩下来云云,要是最后这笔生意能够顺利成交,埃尔南多也就能拿到自己的那部分抽头。

  还有一天晚上,埃尔南多帮着一个骑士爬上了圣十字修道院①的围墙,他的任务是等在外边,等到骑士想回来的时候就把麻绳给扔过去。黑暗中,埃尔南多聆听着墙那头传来的调笑声,过了一会儿,野鸳鸯的嬉笑怒骂渐渐就转为了一声声娇喘。不过,并非每笔生意都会像那次冒险一样圆满成功。有一回,他与一班从外乡来的乞丐混在了一起,这帮人并没获得允许,可以在城里乞讨。科尔多瓦对乞讨行为有着严格的规定,要想讨一口饭吃,必须事先获得教区神父的批准。而要获得神父的批准,乞丐必须先认罪悔过、领受圣餐,如此这般之后,神父才会发给一张特别的证明。当乞丐把这张证明挂在脖子上时,他才有权在这个教区范围内进行乞讨。在与埃尔南多一伙的这群乞丐里,有一个身怀绝技,他在屏气装死方面很有一套:装死的时候,他整个面孔都会变得惨白惨白、毫无血色,让旁观的人们无不信以为真。他们选定了巴哈广场来实施他们的计划,这个广场以贩卖埃斯埃斯坎达麦秆②闻名,这种麦秆可以用来编织草垫草褥。到了广场上,那乞丐一头栽在地上"一命呜呼",在周围的人群中引发了一阵骚动,埃尔南多和他的同伙们见状,立马朝那具"尸体"跑了过去,见了就哭,哭着就讨起施舍,说要按照天主教的习俗好好地安葬这位弟兄。感同身受的老百姓们纷纷慷慨解囊,没想到一个恰巧在科尔多瓦歇脚的神父曾几何时在托莱多见过这一出,他走到"死者"身边,顶着慈悲群众的义愤填膺,伸脚便踩了起来。第一脚、第二脚,这第三脚恰好踩在这位仁兄的腰子上,刚才还一动不动的"死人"瞬间一蹦三尺高,在受骗老百姓的万目睽睽之下,埃尔南多与他的同伙们在跑出这片广场时都大费了一番工夫。

  埃尔南多还给赌场干活,那是个地下赌场,里面玩的是纸牌和骰子。他结识了一个比他大两岁的小伙子,人称"鸽王",专门负责给赌场捕捉潜在的客户。鸽王的第六感很灵敏,他一眼就能看出有哪个外地人又在寻觅着聚赌的窝点好到里面去一掷千金。一见到这样的人,鸽王会立马奔上去给他介绍马里斯卡尔赌场的种种好处,把他拉去这个能分给自己回扣的地方。埃尔南多时不时也会去帮他一把,帮他

---

① 为一修女院。
② 适用于高寒地区种植的小麦品种。

挡住那些同行：波特罗广场上，给地下赌场拉皮条的家伙可不在少数，埃尔南多伸出脚来绊住他们，伸出手去推他们，用他所能想到的各种计策对他们百般阻挠。

"抓贼啊！"一天晚上，急中生智的埃尔南多甚至使出了这一手，他已经来不及去拦住那个替其他赌场干活的年轻同行，见那家伙冲着鸽王身边的客人走了过去，他只好出此下策。

从不知什么地方跳出的一个警察不容分说地将那个年轻人扑倒在地，不过这招却也丝毫没有帮到鸽王的生意，刚才正与鸽王搭话的那个赌徒已经一转眼消失在混乱的人群里。

常在河边走，哪能不湿鞋，干着这个营生的埃尔南多也没少挨揍，还时不时地会被牵连到口角之中，不过这也让他博得了鸽王的青睐，让他获得了比约定好的数额更多的酬劳。两人开心地侃着，敞怀地笑着，有好吃的也会一同分享，而且，鸽王做起鬼脸来也是一绝，见他脸部的肌肉竟能拗出如此千奇百怪的造型，埃尔南多不禁啧啧称奇。

"动了吗？"鸽王问埃尔南多。

"没。"

"现在呢？"过了一会鸽王又问。

"还是没有。"

鸽王自称已经识破了马里斯卡尔老板的诈钱手段，要知道，在那个赌场，不仅那些新手"肉鸽"会落得倾家荡产，连那些老奸巨猾的老千也得输得只剩条内裤回去。

"老板的右耳垂能动，而且动的时候他还能面不改色。"鸽王向埃尔南多吐露着个中秘密，"他脸上别的部位都保持静止，连耳朵的其他部件也都是一动不动！正式赌的时候老板会有个帮手，那人看见老板耳垂发出的信号就知道他手上都有些什么牌，然后就好下注。现在动没动？"

看到朋友那张拧巴的脸，埃尔南多放声大笑。

"真不好意思，还是没动。"

除去偶尔几次失败，像装死那次，总体来说埃尔南多还算是走运，所以他已经有资本去跟胡安商量付清买骡子的首笔款子。虽说这头骡子的素质并非那么理想，可是如果真要好好付钱，单凭埃尔南多手上那几个子儿却也是远远不够：小贩已经给他开了个最低价。埃尔南多想用这头骡子去赎回法蒂玛，小伙子相信，即使继父再对他恨之入骨，这样一笔交易也会让他难以拒绝。布拉希姆已经好久没去碰他的二老婆了，法蒂玛还在绝食，她倒也不用为不吃东西下多大的决心，因为本来也没什么可吃的。女孩不吃自然也不会长胖，她还是像原来那样干瘦干瘦的，一副半死不活的样子，丝毫激不起布拉希姆的兴趣，更何况每天在地里挥汗如雨的布拉希姆回到家时早已对那号活计有心无力：他是真不习惯干农活。布拉希姆偶尔想要操练操练的时候，阿以莎也会主动上去满足他，让法蒂玛尽可安心。不过不管怎样，自从被埃尔南多从公牛蹄下救下来起，每日每夜法蒂玛那双黑色的眼睛里重又闪出了火花。埃尔南多得要说服她相信自己的计划。

"他一定会接受的！"小伙子鼓励着她，"你没看他早上起得比鸡都早，晚上回来的时候都有气无力的么？一天天的他都要被那些农活给榨干了。布拉希姆是个脚夫，打出生以来就没种过地，更别说是为了这么几个小钱了。他想要的是走在宽阔的大路上。他一定会休掉你的，这点我确信无疑。"

埃尔南多说得一点没错，连阿以莎因再次怀孕而日渐鼓起的肚子都没能让脚夫萎靡的精神获得些许振奋，他的消沉让他那与生俱来的坏脾气更坏了。

"他真是恨你恨得要死。"法蒂玛对埃尔南多说。她意识到最近几天布拉希姆又开始色眯眯地盯着她看了，每次在屋里撞上她的时候他都会一把拦住她，然后伸手去摸她的奶子。可她不想把这事告诉埃尔南多，她生怕自己的恐惧会把埃尔南多的幻想击得粉碎，况且这还不是这些天来她唯一瞒着埃尔南多的事，法蒂玛一想到这里就忍不住地伤心。

"可他最关心的还是自己。"埃尔南多总结道，"我还在我娘肚子里的时候，他为了一头骡子就接受了我，那现在他的处境比起当时要恶劣多了，他有什么理由不接受这笔交易呢？"

手里握着刚从堂·尼古拉那儿弄来的四个里亚尔，埃尔南多拐进了他那嘈杂的聚居地所在的巷子，心里还在盘算着要不要把那头骡子的首付交给胡安。街角上站着一个年轻人，对埃尔南多比了个嘘声的手势。这人站在这儿干吗？埃尔南多记得自己曾经在家里看到过他，他和他家人一起住在二楼的一个房间里……他叫什么名字来着？埃尔南多朝他走过去，可那人却把食指放到嘴上，示意埃尔南多不用管他，快点进去。

刚到家门口，埃尔南多就觉察到了一股不同寻常的、与这栋屋子毫不相称的欢庆气氛。被一曲低声轻唱着的摩里斯科民歌吸引，埃尔南多穿过门廊，朝内院走去。科尔多瓦的房子里大都有个内院，天主教徒们会在里面种草种花，各种各样的果子在喷泉旁边散发出醉人的香气。而在这些被摩里斯科人租住的屋子里，内院则担负着除了陶冶情操愉悦身心之外的所有功能，这里要晾被子、洗衣服、缫丝、烧饭，甚至晚上还会有人睡在这里，哪还会有什么花草经得住这些折腾？这栋房子里住着的所有居民都坐在一楼的屋里，要么站在这个院子里，埃尔南多看到其中有不少新面孔，他还看到了哈迈德。有些人在小声谈论着，还有些人闭着眼睛哼着埃尔南多进屋时听到的那首歌，像是要用这种方式逃出科尔多瓦这个巨大的牢笼。院子的一角，或许是朝着麦加的那个方向，一个男人正在那里虔诚地祈祷。这时候埃尔南多才知道刚才街角为什么要有人望风：摩里斯科人的集会是不被允许的，更不用说是为了祷告，可是……

"要是你们给发现了，"埃尔南多提醒着哈迈德，老头一看到埃尔南多就朝他走了过来，"你们逃都没处逃，这是条死胡同，而且那些天主教徒动不动就会过来检查，到时候……"

"伊本·哈迈德，你为什么把你自己排除在外？"

埃尔南多怔住了。哈迈德的语气是那么刚硬。

"我……不是。对不起。你说得对。我想说的是，要是我们给发现了。"哈迈德点了点头，接受埃尔南多的道歉。"这……这是在庆祝什么呢？我们这样是要冒很大风险的，还有你怎么来了？"

"我的主人给我放了会儿假，我不能错过这个日子。"

埃尔南多不知道天主教历里今天是什么日子，更不用说穆斯林历法了。今天是什么宗教节日吗？

"不好意思，哈迈德，我不晓得今天是什么日子。我们在庆祝什么？"埃尔南多漫不经心地问着，他用目光环视着人群，忽然间，他看到了法蒂玛，一块金色的手形吊坠正在女孩的脖子上闪着金光。这块长得像手一样的东西是个什么玩意儿？她从哪儿翻出来的？像是察觉到远远的有人在看她，法蒂玛朝埃尔南多转过头来，埃尔南多刚想朝她笑笑，女孩却把目光转开了，还低下了头。发生了什么事？埃尔南多在人群中寻找继父，他在法蒂玛附近见到了他的身影。在院子里他也不好直接去问法蒂玛为什么不理他。"我们这是在庆祝什么？"他又一次询问阿訇，这次他的声音细得像蚊子叫。

"今天是我们首次给一位穆斯林弟兄顺利赎身的日子。"哈迈德郑重地表示，"就是那一位，"老人指着一个脸上有烙印的男子说。埃尔南多顺着老人的手指望过去，那男人正和一个女子一起接受到场者的祝贺。可是，这男人赎身跟法蒂玛又有什么关系呢，她用得着这么……到底发生了什么？"站在他旁边的是他老婆。"哈迈德继续往下说，"她一听说他在科尔多瓦一个商人家里当奴隶，就……"

老头说到一半突然停住了。

"就?"埃尔南多心不在焉地问道。法蒂玛到底怎么了?他想要重新吸引她的注意,可法蒂玛显然在逃避着他的视线。

"就赶过来了。"

"嗯。"

"来寻求我们的帮助。"

"啊哈。"埃尔南多嘟囔着。

"我们所有人都帮他凑了赎金。要知道,是我们科尔多瓦所有的摩里斯科人!连我都出了一份……"埃尔南多觉得有点不对劲,他转过头用疑惑的眼神看着哈迈德。"其中也有法蒂玛的贡献,"哈迈德向小伙子坦白,"她是出得最多的几个人之一。"

埃尔南多摇着头,他摇着头想把耳中刚刚听到的话语甩得远远的,他只觉浑身瘫软,从笨绅士那儿得来的四个里亚尔也差点从指缝中掉了出来。法蒂玛!出得最多的几个人之一!

"那些钱……"埃尔南多都不知道怎么说话了,"那些钱是用来给她赎身的,而且,它们是……"

"是你的?"哈迈德接着他的话问。

"对。"小伙子重新打起精神,一脸坚决地说,"是我的钱。是我们的钱啊!"

他又一次用目光搜寻法蒂玛,这会儿女孩已经站到院子的另一头。现在她倒是不怕与埃尔南多对视了,她知道哈迈德一定已经把那笔钱的去向告诉了他。法蒂玛曾跟阿訇解释过她为什么会有那么大一笔钱,她说她不敢自己去跟埃尔南多说。埃尔南多心中像打翻了的五味瓶,他望着眼前这个女人,涌起一种奇怪的感觉:她看上去是如此自豪,又那样满足,她眼中放出的光芒足以与她颈项上那块纯金的吊坠斗艳争辉。

"为什么?"埃尔南多远远地问她。

是哈迈德替女孩做了回答:

"因为你远离了你的民族,伊本·哈迈德。"埃尔南多的身后传来老人严厉的指责,"当我们其他人聚在一起秘密祈祷,积极寻求我们的信仰,当我们在其他弟兄最需要的时候及时伸出援手帮他们脱离困境,你却在科尔多瓦的街头巷尾流窜,像个地痞流氓一样。"哈迈德顿了几秒,埃尔南多还愣在那里,迷失在那双黑色的杏眼中,"当我看到我的儿子做着那些只有最低等的公民、那些无赖才会去做的事,我是真真正正为你心痛。"

说到这里,哈迈德看到埃尔南多的肩膀猛地抖了一下。

"是你教我的，"埃尔南多反驳道，他没有回过身来，"在无赖之下，还有比那更低一等的人，第十二等，女人。就因为这个，法蒂玛就必须得放弃她的自由？"

"她坚信着真主的慈悲。你也应该像她一样。回到我们身边来吧，回到你自己的民族。你们的自由，你和法蒂玛的自由，并不能像那个男人那样用钱去赎得。你们的束缚源自于我们的律法，来自于我们的信仰，只有真主才有办法解除它。当法蒂玛把钱交给我的时候，她曾跟我说起你为什么要存这笔钱，说起你为什么拼尽全力也要赚到它，可我跟她说，要相信真主，不要丢弃了希望。然后她跟我说，只要对你说一句话，你就会明白其中的道理……"埃尔南多朝这个曾教他给一切的老人回过头去。他知道，他知道那句话是什么，可是只有当他再一次听到这句话在耳边响起时，他才领悟到这句话蕴含的真正意义：他记起了那句话背后的故事，记起了与法蒂玛一起走过的欢乐与忧伤。哈迈德闭上眼睛，然后才说出了那句话："死是永恒的希望。"

29

"放开我，要么就把我杀了吧！强暴我啊，如果这就是你想要的……你永远都别想再让我乖乖听你的话。真主可鉴，我宁愿去死也不会让你再次占有我！面对法蒂玛的拒绝，布拉希姆因暴怒而抑制不住的战栗在漆黑一片的房间里依然清晰可辨。法蒂玛的反抗也传到了躲藏在角落里的阿以莎的耳中，对布拉希姆下一步反应的恐惧与对女孩终于摆出战斗姿态的骄傲交杂在她的心里；躺在屋子另一边草垫上的那对小夫妻紧扣着他们的手，连同孩子一起都屏住了呼吸。埃尔南多不在现场。只听布拉希姆不清不楚地念叨了一句，他撩起右拳就冲着空气打了一记，又一记，他一边击打着，一边哼哼。法蒂玛呆站在他的面前：她害怕那些拳头中终有一下会正中自己的面门。可是没有。

"你永远也不会获得自由……拿撒勒人赚再多钱你也别想。"布拉希姆对女孩下了判决，"听懂了么，女人？"面对着激愤的布拉希姆，法蒂玛没有作声。"你以为你是谁？我是你男人！"一瞬间法蒂玛感觉他会就地强暴了她，当着所有人的面，可布拉希姆只是向周围环顾了一圈，定在了原地。"你这个裹着骨头的皮囊！谁会想来睡你！"他鄙夷地瞪了女孩一眼，朝着阿以莎走了过去。

法蒂玛膝盖一软坐到了地上，连她自己都没想到刚才她竟可以挺直了身板和布拉希姆对着干。她花了好久才让自己两腿的哆嗦稍微缓解，让适才急促的呼吸终于平复下来。为了这一天她已经想过了一千零一遍，她知道，即使自己再瘦再弱再勾不起欲望，布拉希姆也总会再一次要求得到她的身体。果不其然。可是这次，时势站在了法蒂玛这一边，一个女人将所有的钱拿出来给摩里斯科弟兄付赎金已经被视作起义失败以来第一个积极的标志，标志着他们摩里斯科人依然是一个被信仰联结在一起的民族，这一点也最终说服了她，让她勇敢地站起来与命运抗争。为什么要为一个自己憎恶的男人献出自己的肉体呢？为了穆罕默德的追随者们，她已经放弃了自由、放弃了梦想、放弃了未来！整个摩里斯科人的圈子都在感谢着她，也感谢着那个最终回到自己民族怀抱的埃尔南多。听罢哈迈德的话语，埃尔南多又一次将视线投向了院子那头的法蒂玛；女孩向着天空抬起了头，而他随着人流走了过去。他已经原谅了法蒂玛，他微微地点了点头。全科尔多瓦都知道了他的大度！布拉希姆曾经问起那笔钱的来由，哈迈德毫不隐瞒地对他全盘托出。法蒂玛心中一股安全感油然而生：她知道她已经获得了所有摩里斯科人的支持……布拉希姆一定也意识到这一点。此外，小胡马姆已经不在了，现在布拉希姆再也不能用那个孩子来威胁她和他发生关系。有时候法蒂玛会想：或许……或许那正是真主与先知做出的决定，将那个孩子从一个可能持续终身的负累下解放出来，让他得到真正的解脱。这是她与那孩子应得的救赎！至于布拉希姆会不会像在阿尔普哈拉斯时那样虐待阿以莎，法蒂玛想：一个膝下无子的穆斯林算是什么呢？后来，穆萨与阿基尔再也没有出现过，虽然大家都关心他们的下落，可始终没有任何关于他们的消息传到布拉希姆的耳中。几个摩里斯科人已经去市政府投诉过，说从他们那儿抢走的那些孩子被收养他们的家庭当作奴隶一样对待，可天主教徒们根本不会去理睬他们正当的诉求，同样的，他们对那条禁止抓取十一岁以下的摩里斯科孩子作为奴隶的皇家法令也是置若罔闻。与其他天主教王国一样，在科尔多瓦城里，有不计其数的孩子被迫做了那些主人的仆人或是童工，直到年满二十岁才能有机会摆脱这样的命运。所以法蒂玛总结：阿以莎也同样安全，至少在她怀孕甚至哺乳期间，布拉希姆都不敢对她挥起拳头。她料定，那男人不会做出任何可能危及孩子生命的举动，那个孩子是多么来之不易。整个晚上法蒂玛都在力图让自己重新平静下来，而当晚布拉希姆的举动也印证了女孩的猜测，他确实没有像在阿尔普哈拉斯时那样对他大老婆拳脚相向。法蒂玛安静地哭着，她确信，在离她瘫下来的地方只一步之遥的那个角落，阿以莎一定也在默默地流泪，她在用这种方式对自己致以无声的安慰。这，是她们在山上就已习得的交流方式。

就在这时候，埃尔南多走进了摩里斯科街上的一个门洞，那房子位于圣玛丽娜街区，一面窄小的墙上，那扇门却有点大得不成比例。自从法蒂玛把钱用去给弟兄付了赎金，哈迈德又对他进行了一番训诫，埃尔南多也从而改变了自己的态度。甚至他觉得自己心里比之前更舒服了！为什么不去信靠真主呢？法蒂玛和哈迈德都这样做了……况且她已经向他保证不会再让布拉希姆动她一根毫毛。他信她，真主啊，他当然信她！"他要敢动我我就自杀。"她如此坚决地对小伙子说，被这句誓言激动得连走路都要飘起来的埃尔南多把他的路子、他的人脉、他的智慧、他的狡猾都一股脑儿拿出来献给了他的穆斯林弟兄，摩里斯科人的圈子也都欣然接受了他，满怀感恩。法蒂玛也对他心存感激，比当时他把钱交到她手里的时候更甚：她每次将那堆用来买骡子换她自由的钱收着藏起时都像是在履行义务，她心中有一万个不乐意，她质疑着自己竟走上了这样一条路。自己曾把她的价值与一头老骡子画上等号！埃尔南多现在每每看到那双乌黑的大眼睛都会不禁暗暗自责，他望着女孩迷人的微笑，女孩只是聆听着埃尔南多最近又为哪位弟兄做了些什么就不由自主地展开了笑颜。他发觉周围有太多事等着自己去做，庆祝弟兄赎身的那一晚，哈迈德也是这样对他说的。

这是有缘由的：尽管有着种种缺点、种种不便，科尔多瓦还是吸引着摩里斯科人纷至沓来。科尔多瓦曾是哈里发之城，曾是伊斯兰宗教与文化在西方世界的中心。此外，在西班牙别的城镇里，摩里斯科人需要忍受的生活条件其实与这里并无二致，在这个国家的每个角落，天主教徒都在对他们实施令人窒息的压迫，如果说非要比个长短高下，或许在那些小镇，旧天主教徒们的仇恨会切切地倾泻到他们生活的每一个部分。摩里斯科人无一例外地承受着政府与领主的剥削，所以，在驱逐令下达的两年之后，源源不断地有未经允许的摩里斯科移民来到了这里，是为了这座城市的过去，也是为了这座城市在过去所经历的灿烂辉煌。

敕令规定摩里斯科人不得离开其居住地，除非由当地政府出具专门的许可。许可中应当有该人具体的体型描述，标明该人将去向何方、为何而去，并注明该人最长可以在人口登记地以外的城市滞留多长时间。一批批的摩里斯科人编造借口，骗得了许可进入了科尔多瓦，而当他们许可规定的期限一过，他们并没有像所有合法居住在科尔多瓦的同胞一样取得身份证明，就硬是老着脸皮赖在了这里做起了黑户。

哈迈德和两个从格拉纳达山城区来的老人一起担起了管理领导摩里斯科人圈子的重任，他们命令埃尔南多去负责那些新来的摩里斯科人。许可过期后还要留在这里，只有两条路可走：一是和原本就在科尔多瓦进行户口登记的摩里斯科妇女结成夫妻；还有就是被管理部门抓去，蹲上三四个礼拜的大牢。市政府也知道，接收这波移民潮只会对这座城市有利，科尔多瓦在免费获得了大批廉价劳动力的同时还能从房屋的租金中获得不少收益，所以，无论是两条路中的哪一条，只要一个摩里斯科人最终满足了相应的要求，市政府就会向他颁发身份证明，承认他为科尔多瓦居民。

埃尔南多对所有许可到期后藏匿在同胞家中的摩里斯科人都如指掌，他扮起了媒人，给这些新来的弟兄牵线搭桥。今晚他到摩里斯科街来正是为了通知一位从梅里达来的梳理工，他已经给他找到一位合适的姑娘。梳理工在科尔多瓦织造界可是最抢手的了。

然而，不是每个黑户都会干梳理工，也并非科尔多瓦城所有的摩里斯科姑娘都愿意早早地嫁人，所以大部分的非法移民还是免不了要到铁栅栏里面去走一遭，如果一个摩里斯科人最终一定要走上这条路，那么在操作上，埃尔南多就必须得格外谨慎。

所谓皇家监狱，其实质不过是承包给监狱看守的一笔生意，政府唯一要做的事就是提供一块关犯人的地方，再配给一些锁链和脚镣。犯人的食物得向看守买，要么就得从外面送进来，不过不管怎样，事先疏通看守都是必经的一环；犯人睡的床是租的，租金由国王规定，价格按罪名的轻重略有差异，此外还取决于那张窄小的单人床上要挤下一个、两个还是三个犯人。付得起的人才住得起，实在穷的可以住到救济牢房去，只是这样的福利基本轮不到他们这些新天主教徒，这是他们为自己在起义中犯下的暴行所必须付出的代价。

埃尔南多得根据牢房的占用情况来控制每一个摩里斯科人被逮捕的时机；他得保证能让看守收到每笔款子，还得组织弟兄姊妹们给犯人准备好每天的食物。他还是每晚都到波特罗区去，不再是为了赚钱，而是为了获取信息。督察预定何时要去摩里斯科人家里搜查？监狱里又有什么新闻？让哪个警察在哪里逮捕我们的兄弟才合适？谁家里用着摩里斯科奴隶，多少钱买的？市政府颁发一个居民身份要用多久？信息总是多多益善，如果可能的话，他还得用三个长老拨给他的那几个子儿去通通路子，收买人心。有时候他还得用钱做饵，引诱那些在酒馆里喝醉的男仆说出和他们住在同一屋檐下的摩里斯科奴隶的名字和乡里。解救在阿尔普哈拉斯战争中被俘的奴隶已经成为了他们的首要任务，可是，尽管那些天主教徒买来这些奴隶的时候只出了个地板价——谁叫摩里斯科人比那些黑人、白人、黑白混血都要便宜——他们一见前来给奴隶赎身的也是个穆斯林，便大肆加价，誓要黑他们一笔。但凡家里有一两个摩里斯科奴隶的科尔多瓦人转瞬之间全都奸商附体，他们都想在这群异教徒的身上牟取暴利，特别是家里有摩里斯科男子的，因为女奴一般他们都不会拿出来卖：既然女奴的孩子会自然继承母亲的奴隶身份，那想方设法让女奴受孕岂不就成了在短时间内发家致富的良方？

至于还要不要随疲惫圣母号前去冒险，胡安倒是已经屡次请求埃尔南多继续与他合作。这么好赚的钱干吗不去赚？"现在跟我一起的那小子啊，"胡安发着牢骚，朝埃尔南多暧昧地挤了个眼，"他对柏柏尔的风骚娘们一点都不感兴趣呢。"为了让他就范，胡安还主动提出要给他多一些分成。可是有一天，当他走在马尔默莱霍斯街上，那是去往萨尔瓦多广场的必经之路，他不得不对小舟夜航断了念想。马尔默莱霍斯街紧靠圣保罗修道院的围墙上固定着一排石凳，那些死在田里的人，他们的尸首会被教会的兄弟拉到城里来摊晾在这里。每次经过这儿的时候，埃尔南多总会去仔细观察他们的衣服和面孔，看其中会不会有摩里斯科人，尽管摩里斯科人的遗体看上去与天主教徒也实在没有很大的不同。要是发现有哪个人像是穆斯林，埃尔南多就会把情况通知给长老们，让他们联系其他的摩里斯科人圈子，看有没有谁走丢了哪个亲戚。不过，这些石凳也并非只用来搁尸体，它们还有许多其他的用处：面包或是其他被没收的非法物品都会被摆在这里贩卖，没活可干的人则会在这里推销着自己，不法商贩和走私者们会在这里接受众人的羞辱，而比较特别的是，从外地运来的私酒如果被搜查到，也会被全部倾倒在这里。那天，在放置着一具已经开始腐坏的女尸的石凳旁，站着一个警察和一位监察员，而在他们的身旁，一大桶葡萄酒已被放到了那里。两人周围已经围起一大群机敏的小伙子，他们时刻准备着，待监察员一把酒桶斜过来就立马扑到地上去舔。与其他走私货物不同，被没收的酒是不会再拿出来卖的。埃尔南多的视线牢牢地盯着那个木桶，他太熟悉这个木桶了，他已经记不清有多少个与这一模一样的木桶被疲惫圣母号载着运到这个岸边。埃尔南多走了，他揪着心，不愿去听那木桶裂开时的噼啪作响，不愿去想那些孩子争先恐后扑到酒上时的鼓噪而起。那一晚，莱昂没有出现在他的波特罗酒馆里。

"他给抓了。"几天后，胡安告诉埃尔南多，小贩还在真理之野卖着他的骡子，"监察员找到了他平时藏那些酒桶的地方，不过看那监察员的架势也未免太确定了点……想必是有人告发了他。"

30

1573 年春，科雷德拉广场

在坐拥成百上千个菜园与内院花苑的科尔多瓦城，大粪显然是个稀缺资源。埃尔南多还在那个鞣皮坊干着，领取着每月区区两个里亚尔的工钱，至少这样能让他在督察面前证明自己有个稳定的工作，还能使他在那个与老板娘暗度陈仓的秃顶工友的包庇之下随心所欲地翘班去干自己的私活。然而，埃尔南多的不务正业也让他耽误了重要的拾粪工作，尽管有那位工友不遗余力地为他寻找借口，可工坊里用来鞣皮的大粪已经实在难以为继。

那是三月里的第一个周日，晨光熹微，从科尔多瓦牧场里放出来的十五头勇猛的公牛在几头奶牛的陪伴下冲过了通往城中的那座罗马古桥，是几个牛仔驾着马擒着刺枪在后边嗾着它们，把它们从田野中赶到了这里。天还蒙蒙亮，可在桥的另一头早就已经有喜庆的人群等在了那里。那里将是奔牛活动的起点，公牛们将沿着瓜达尔基维尔河岸前进，随后取道阿尔沃纳斯街一直跑到与托里尔街交汇处的科雷德拉广场，人们将会把它们拦在那里，直到傍晚。

前一天，那工人是这么对埃尔南多说的：

"我们急需粪便。明天有奔牛，到时候会有十五头牛，一路上肯定会有许多牛粪，最后等它们跑到科雷德拉广场的时候，那边还会有不少，因为贵族们的马也都停在那里。"

"可是周日不该工作的呀。"

"或许吧，不过要是你明天不去工作的话，礼拜一你也不用去了。老板已经盯上我了。是是是，"见埃尔南多脸上又露出了胁迫的神情，秃顶赶紧加上一句，"到时我也不用去了，要是你……好吧，反正你自己看着办吧！要是你这么想的话，就让我们俩一起丢掉工作好了。"

"那些贵族的仆人不会让我去捡粪的吧。"

"那些人我都认识，到时候我也会去，他们会让你捡的。反正你先捡路上的。"

所以埃尔南多才一大早的就站到了这里，等在了罗马桥头，他提着个针茅编的大草篓子，挤在了人堆里。埃尔南多面前是市政府临时搭起的木栅栏，作用是引着那些公牛拐过弯去继续沿着河岸前进；河岸边的人们已经挤得摩肩接踵，到时候要是发生什么紧急状况，已经没有退路的他们也只能转身跳进水里。在河岸与阿尔沃纳斯街的交汇处，市政府放置了又一排栅栏，同样是为了让公牛们掉转方向，好拐进这条街。之后的奔牛路径上，每一个路口的两旁都用粗壮的木头拦了起来，而到了最后的托里尔街，人们用围栏搭出了一个大圈，大圈唯一的开口通向了奔牛活动最终的目的地：科雷德拉广场。

从真理之野传来了公牛的哼叫与牛仔的呵斥声，埃尔南多能清楚地感觉到人们心中的焦灼。

"来了！过来了！"有人喊了起来。

公牛们从那座罗马古桥上呼啸而过，掀起一阵风声，与人群中发出的尖叫声掺杂在一起。有几个胆子大的翻过了栅栏，在牛群前面跑了起来，有些人举起了投枪就要冲那些公牛身上扔，还有几个丢了两块旧红布出来，想要把公牛的注意力吸引过去。埃尔南多只见那些公牛们跟在奶牛后面掠过了他的面前：它们怒吼着，结着队横冲直撞起来，把牛仔们甩在了身后。从罗马桥头拐到河岸可是个急转，且因为桥与岸之间高度的参差，那弯道还带着点坡度。好几头牛在拐弯时都不慎撞到了栏杆上，其中的一头经这么一撞还翻倒在了地上，被后面的几头牛踩踏而过。有个年轻人见这头牛虎落平阳，便跳到了它的面前抖了抖红布，谁知那头公牛见状风驰电掣一般从地上跃了起来，冲着那年轻人的大腿就顶了上去，用自己的硬角使出了个漂亮的过肩摔。埃尔南多只见那头公牛又疾步上去把在前面跑着的两个人也顺势顶翻了，牛群刚要回头对这些愚蠢的家伙群起攻之，就发现牛仔们的刺枪已经戳在了自己的两肋，它们只得继续闷着头向前赶路。

喊叫、狂奔、震耳轰鸣。电光石火间，公牛、人群与骑手尽都绝尘而去，消失在阿尔沃纳斯街的拐角。埃尔南多已经忘记了他此行的目的原是捡粪，他还在失神地回望着公牛跑过后的那条街道：刚才那个挥着红布的年轻人两腿之间已血流如注，他紧紧地抓着身边那个刚赶来的女孩，而女孩也只能是绝望无助地哭喊着；一众男女老幼正赶着从河里爬出来，刚才公牛疾奔过来时他们一股脑儿地都蹦到了水里；牛群留下了伤者无数，几个还能走的不是瘸着腿就是捂着肚子，还有几个在河岸上躺倒成了一片。没等埃尔南多反应过来，就已经有一排小孩和老太太们冲到了路上那些被踩烂的粪堆旁边，埃尔南多看了看自己空空如也的草篓子，无奈地摇了摇头，看样子在这里他是捡不到半把牛粪了。他也翻过了栅栏，走到了受伤的那个年轻人身边，已经有高矮胖瘦的大姨二姑们围在了那里，没准能帮上什么忙呢。

"摩尔人！滚！"一个黑衣老妪驱赶着埃尔南多。

"那年轻人命也不长了。要是他还没死的话。"埃尔南多对哈迈德说，他们已经做过了弥撒，走过了墓地，法蒂玛和身怀六甲的阿以莎也与他们站在一起。布拉希姆正在稍远些的地方和其他摩里斯科人聊天。

"是啊，死了不少人呢……"

"可这有什么意思呢？"

"搏斗啊，人和动物之间的搏斗。"哈迈德回答。埃尔南多摊了摊手表示不解。"不止天主教徒，我们也这么做过。"阿訇告诉埃尔南多，"在格拉纳达王国里，宫廷里的斗牛也很有名，基格里、加祖尔、维内加斯、戈梅利、阿萨克，还有好多好多的贵族在斗牛杀牛方面都很有一套。而且，任何一个穆斯林阿訇都不敢去禁止这样的庆祝活动。反倒是罗马教皇曾经颁布过命令，不允许天主教徒继续举行斗牛活动，违者就得革除他的教籍。教皇还宣布，在斗牛中死去的人十恶不赦，要被打下地狱接受永火的烤炼，凡观看斗牛的神父也得被即刻扒下法衣。"

说到这儿埃尔南多想了起来，那天公牛一走，从河岸处的一座座房子里就跑出了一大群的神父，他们跑到每个伤者的身边，用圣油和祷告祈求着他们的救赎。

"那为什么他们还要举行奔牛呢？他们不虔诚么？"

哈迈德笑了起来。

"西班牙热爱斗牛。贵族们热爱斗牛。老百姓们热爱斗牛。除了和钱相关的事情之外，可能就只有斗牛能让一生笃信天主教的腓力国王去和皮奥五世教皇对着干的了。"

哈迈德刚才如数家珍般报出的一系列穆斯林贵族不过是科尔多瓦城贵族行列中的沧海一粟：这里有阿瓜约家族、奥兹家族、博卡内格拉家族，当然还有声名显赫的费尔南德斯·德·科尔多瓦家族与它的旁系，同样尊贵的阿基拉尔家族。科尔多瓦就是一座贵族之城！在西班牙的征服过程中，科尔多瓦人曾经取得了多少御赐的头衔、获得过多少国王的恩宠！在如此盛大的庆典上，这些贵族们怎甘寂寞？在斗牛正式开始之前，他们之间自然先要斗一斗体面，比一比排场。

盛典还未揭幕，王公贵族们已经早早用过了膳，在他们的府邸前，由身着清一色制服的仆从们组成的方队已经在那里炫耀着自己的威武。贵族们的仆从班子有大有小，有三十人的、有四十人的，最多还有七十人的，班子里总有两位扮演着贴身侍从的角色：他们会在广场里伴随在主人两边。科尔多瓦的老百姓已经纷纷簇拥在了拜利奥山坡上费尔南德斯·德·科尔多瓦的府邸前，等候在了卡维萨斯街卡尔皮奥侯爵的宅邸前，守望在了各个名门望族的宅子前面：他们正等着为那些贵族鼓掌雀跃，这些贵族即将在盛大的家族的陪同下策马出战，还有那庞大的卫队，他们将提着食物、抱着红酒、搬着座椅，护卫在主人的身边。

科雷德拉广场已经为斗牛做好了准备，公牛们将一头头地从东墙处向托里尔街开出的走道中跑过，越过走道尽头的拱门，踏进这片宽阔的广场。在广场的北墙，这个不规则形状的广场的最长边，整排房子的木制门廊前都已经架起了坚固的栅栏，这些房子的阳台上也已装饰上了各色的挂毯：市政府会把这些"包厢"出租给贵族和富商们，他们将会在这里用华美的礼服继续争奇斗艳。偶见这群有权有势的人里还蒙混着几个教士会的成员，他们自知这样的行为是违背了圣谕，因此只能低调行事。为了把广场封闭起来，市政府在广场的南侧砌起了一道白墙，倚靠着白墙，几座用木头搭成的观礼台平地而起。地方长官作为国王的代表与斗牛的主持人，和另外几个贵族和骑士端坐在了观礼台上。这座大广场其他部分的围墙前面也都竖起了护栏，用以防止这些已经挤得挨肩叠足的人们不幸被牛所伤。

埃尔南多现在站在了卡尼亚斯广场上，即将上场斗牛的贵族们还未现身，可他们的替补、仆从和家人都已经在这里四散开来。忽然之间埃尔南多听到了一阵欢呼，贵族骑手们粉墨登场，每位贵族都有两名替他持长矛的贴身侍从跑在了他的旁边。他们所有人都穿得好似摩里斯科人，头戴圆帽，身着比铠甲更轻便的长衫，左肩上悬挂阿拉伯式的披风，腰上别着佩剑；贵族们的衣着都与他们相应方队的制服同色，他们像摩里斯科人那样用短镫骑法骑跨在自己的马上。鞣皮坊那位工友说话算话，他在卡尼亚斯广场上等候着埃尔南多，经他疏通，埃尔南多背着那个大箩筐，顺利地穿过了在贵族的方队和老百姓们之间由警察们拉起的警戒线。不过可惜的是，埃尔南多依然不是唯一一个可以跑到那里捡粪的人。

将会有八位骑手参加在三月这个下午举行的斗牛仪式。只见地方长官庄严地将牛栏的钥匙递给了广场上的那位警官，这个动作也意味着：斗牛正式开始了。四位骑手暂时离开了斗牛场，而另外四位则已经在广场内各就各位。马匹们用前蹄刨着地，它们打着响鼻，汗流浃背。那位警官将那道隔离着托里尔街和科雷德拉广场的木门打开的时候，广场里鸦雀无声，而下一秒，欢呼与口哨就瞬间全爆发了出来：一头健壮的黑色公牛在长矛手的抽打之下怒吼着跑进了斗牛场，它在广场里狂奔着，被人们掷出的飞镖、发出的吼声和敲击木杆声所激怒，它一次次撞击着斗牛场的护栏。过了一会，公牛最初的冲动终于稍微平复下来，它开始沿着场地一路小跑，这时候有百来个男人跳进了场里，用红布逗弄起它来，最放肆的那个壮着胆子跑到了它的身边，刚等它转头冲来就一个闪身顺利躲过了它的袭击。也有那没躲开的，就被牛角戳了，或是被蹄子踏过，或是被掀上了天。当老百姓们纵情娱乐着的时候，那四个贵族在原地紧勒着他们的马，他们正在掂量着这头公牛的斤两，他们在评判这头公牛是否足够勇猛，足以与他们一战。

稍等了一会儿，卡尔皮奥家族的骑手，一袭绿衣的堂·迭戈·洛佩兹·德·亚罗唤着公牛，挺身应战。即刻，他的一个贴身侍从就跑了上去，将正与那头公牛缠斗着的人群分开。当公牛与骑手之间再也没有障碍的时候，骑手重又朝公牛一声大喊：

"来呀！"

壮硕的公牛朝骑手转了过来，人与牛在此刻四目交汇。广场上悄无声息，人们正翘首企盼着这位骑手能在弹指之间将这头大家伙轻松制服。就在那个时候，另一位贴身侍从把那支刺枪①递了上来，刺枪的枪身是用白蜡木②做的，比普通的枪要短些粗些，离铁制的枪头约三掌③距离的地方被凿开了几个口子，用蜡封了起来，这样，在刺中公牛后，骑手就可以很容易地把枪身折断，把枪头留在牛的体内。这时候，除洛佩兹·德·亚罗之外的三个骑手也已经静悄悄地靠了过来，为了不引起牛的注意，他们没有发出一点响动，如此一来，万一发生什么紧急状况，他们就可以及时地向同伴伸出援手。此时这位贵族的马才意识到自己面临的危险，惴惴不安的它弓着背跳了起来，把自己的侧面亮给了它的对手；顿时广场上嘘声四起：这理当是一场面对面的较量，任何与骑士精神相悖的因素都应该被排除在外。

用不着别人来教训堂·迭戈，他一记马刺就让胯下的坐骑重新对准了那头公牛。那位随身侍从已经自动站到了主人的右脚后头，他的手中高举着那把刺枪，当公牛向他们冲过来的时候，主人只消一抬胳膊就能把它握在手中。

堂·迭戈再次呼唤着公牛，他把肩上那块绿色的披风甩到了背后，骑手手中一晃而过的那抹鲜绿色引起了公牛的注意。

"来呀！嘿！来呀！"

会心一击不容等候，一团黑影朝骑手猛扑了过去，堂·迭戈奋力抓起了侍从手中的刺枪，继而将手肘紧贴在腰际。公牛冲到马匹眼前的时候，那位侍从才将将逃脱。只见堂·迭戈看准了那头牲口的心脏部位，将刺枪一下子捅了进去，枪头被插

---

① 斗牛分徒步斗牛与骑马斗牛，枪是骑马斗牛中最常用的武器。
② 古时西班牙贵族常用白蜡木制成的枪作为斗牛的武器。
③ 西班牙古长度单位，约合20.873厘米。

进了两掌深，见公牛的暴冲戛然而止，骑手折断了枪身。木栏杆又被敲了起来，听到这个讯号，整个广场又陷入了沸腾。公牛已经受了致命的一击，它的肩隆处正向外汩汩地涌着鲜血，可它还没有放弃，它要振作起来，它要拼着老命朝骑手发起最后的冲锋。可经验老到的堂·迭戈早有准备，他已经拔出了他的阔剑，他准确的一击砍在了牛的两角之间、脑门正中。那头公牛的头颅一裂两半，黑色的巨兽倒在了血泊之中。

　　骑手接下来要绕场一周。他拍着马颈向民众们致意，同时接受着掌声与荣耀，而此时已经有好多人扑到那头牺口的尸体上。他们疯抢着牛尾和牛宝，牛身上凡能切下来的地方都被他们切了个遍，在下一场斗牛开始之前，他们就是这样争分夺秒。这些人是卖牛杂碎的，回头他们就会把这些头、蹄、下水，特别是价格不菲的牛尾去转卖给科雷德拉那些饭馆的老板们。

　　从那些喊叫和静默中，埃尔南多试图在卡尼亚斯广场想象着斗牛的景象；他从来没有看过斗牛，他离公牛最近的一次还是他护着法蒂玛的那一回，那时，公牛从他头上一跃而过。广场上现在会是怎样一副光景呢？脑中带着这个问题，埃尔南多一边还得和其他人争抢着那些粪便。"今天下午你可不能再出岔子了。"那位工友是这么警告他的，"怎么说你也得捡满一筐吧。至少能让你在那坑里新铺上一层。"不过不管怎么说，比起他的捡粪对手们，埃尔南多总还有着一个不可比拟的优势：他不怕马，而且他很清楚，现在所处的环境已经与先前有所不同。在街上的时候，他得等着马队过去才能开捡；而现在，他则是在静等着，看哪匹牺口屙出一泡，就立马上去捡新鲜的。这里的马匹大都局促不安，它们知道旁边广场上正在发生什么，无论是在城里还是在牧场，这已经不是它们第一次见到公牛了，它们正不住地嘶叫着，紧张地蹀着步子。埃尔南多的竞争对手们都还没习惯与那些贵族的马打交道，那些纯种马有好些脾气都不小，况且它们现在都有点神经质，一惊一乍的。埃尔南多恰恰利用了这一点，要是马屙屎的时候有人先他一步冲了上去，他就会想法惊那马一下，好让那些竞争者惊慌失措。一见他们从那些躁动的马腿下仓皇溜走，他就不慌不忙地跑上去，气定神闲地独享那一坨。那些充当马夫的仆从根据主人在或不在，在卡尼亚斯广场和科雷德拉广场之间来回赶着，当他们见到小伙子在抢粪时的斗智斗勇时倒也觉着这是个乐子，所以，每当有哪匹马刚刚拉出一坨屎来，他们就会积极地去通知埃尔南多。

　　第七头斗牛闯进广场的时候，埃尔南多已经装满了他肩上的大背篓。由于老板不许他在周日走进鞣皮坊，他只能叫人给秃顶工人带了个口信，让他亲自过来，提取这筐宝贵的货物。

"还有时间，再装一筐吧。"工人来取粪的时候对埃尔南多说。

埃尔南多长吁了口气，此时工人已经背过身朝鞣皮坊走去，小伙子趁机溜过一排排的方队，走到广场南侧白墙边骑手入场的那扇门口。那里站着个年轻的仆从，刚才他见到那些人抢粪时惊惶摔倒的丑态就与埃尔南多相视一笑。斗牛还在继续，整个过程平安无事，每一位出战的贵族都或多或少地展现了他们娴熟的斗牛技艺，让围观的百姓们大饱眼福。埃尔南多靠在那块兼当入口的木栏板上，此时一头健壮的花色公牛正朝场内那位身骑黑马的贵族冲将过去，贵族身下的黑马与之前阿本·倭马亚赠给埃尔南多的那匹就像是一个模子里刻出来的，一瞬间，埃尔南多感觉那匹有着紧实肌肉的黑马又回到了自己的两腿之间，他感觉自己又再次成为那个阿尔普哈拉斯的穆斯林贵族：他正自由地驰骋在山林之间，他的胸中满怀着对胜利的渴望……可广场上传来的一阵轰响让埃尔南多回到了现实，那位骑手失误了。他的刺枪在公牛的心脏上方弹跳了一下，最终杵进了野兽的背脊，而枪刺在那个地方，并不足以致命。立刻有另一名贵族冲过来帮他解围，他策马回转，吸引着公牛的注意力，而第一位骑手则借机重整旗鼓：第二支枪一出，果断结果了那头公牛的性命。此番斗罢，接着出场的就是今天的第八头公牛，它一身栗色的毛，出场便是一路小跑，它用尖角胡乱顶了几下佯装威武，可一发现有人逼了上来，就夹着尾巴撒腿逃跑。一个贵族喝了它一声，它抬脚就朝贵族冲了过去，可是，还没跑出四五巴拉，它就打消了这个念头：醒悟过来的它想想还是不对，于是站定，转身旋走。这时，广场上有人发出了嘘声。

"怎么了？"埃尔南多问那个年轻的仆从。

"这牛太温顺了，"仆从答道，他的眼睛还盯着斗牛场，"骑士们不会跟这种牛斗的。"他补充道。

确实如此，此时站在科雷德拉广场上的四位贵族叫那些堵在门口的人暂时让一让，然后肃穆端庄地退了场。木栏被再次合上，回到原来位子上的埃尔南多只看见现在的斗牛场中央已经人山人海，甚至还有好多猎狗在不懈地追击着那头公牛。人们朝牛头扔着红布，其中有一块成功挂在了牛角上挡住了它的视线，就在此刻，几个手持匕首和折刀的男人朝公牛冲了过去，同时把手中的武器挥舞了起来；还有几个人已经扑到公牛的身下，开始砍它的小腿，当其中一个用镰刀割断了它左蹄的蹄筋时，公牛终于倒了下来，然后，杀红了眼的人们一顿猛戳。这头公牛就这样走向了它的死亡。

人们还没来得及把它的尾巴割下来，下一头牛已经奔进场：这头杂毛的小牛倒是不壮，可是机灵异常，一看就是个不安生的主。

"滚开，蠢货！"

埃尔南多还在望着那头公牛出神，没有发觉身边那个仆从和其他一些人都已经把门口让了出来。他赶忙遵命退下，让身后的骑手穿过通道。这是一位大腹便便的贵族，他那件长衫的肚子部位几乎就要绷裂开来，他的身后同样跟着两位随身侍从，两人一本正经的样子。在他们身后还有另外三个贵族，他们正指着这位脑满肠肥的骑手，放肆地取笑他。

"这是埃斯皮埃尔伯爵，"此时伯爵已经走出了老远，斗牛场上也闹声一片，可那年轻的仆从还是放低了声音，轻轻告诉埃尔南多，"他根本不会斗牛。一直以来，他都是屡战屡败，屡败屡战。"

"那是为什么呢？"为配合自己的同伴，埃尔南多也小声回应。

"因为骄傲吧？或者为了荣誉？"那位仆从自己也不知道。

刚跑到内场，那个不负责持枪的随从就开始呵斥场内的人们，叫他们莫再放肆、快快闪开，让他的主人可以速速与这头公牛决一死战。伯爵一下令，百姓们只得悻悻地离开现场，骑手们赐予他们的这场狂欢也只能就此中止。只听伯爵唤了一声公牛，然后驾马侧身，方便自己的迎击。这是伯爵在耍赖皮，百姓们也只能管好自己的嘴巴，把嘘声憋在了心中。埃尔南多瞥了一眼其余几个骑手，他们也都已经不再说笑，只见其中一个身着紫衣的，在那里默默地摇着头。尽管在姿势上已经占尽便宜，伯爵的迎击还是以失败告终，那头牛还没跑到马匹身前就跃了起来，伯爵的枪恰巧刺进了公牛的口中。那把枪瞬间从他手里飞了出去，气急败坏的贵族破口大骂，这却让他失去了规避冲撞的最佳时机，而那头公牛汇集全身力气的一击已经迫在眉睫。

伯爵这时候才想起要走，他把马刺踢进了马的胁间，可那头牛已经全速扑到了身前，把那对令人胆寒的尖角扎进了马的腹中。被弹飞出去的胖伯爵在地上翻滚着，而那匹马已经被牛角叉了起来，那头公牛带着它往前冲了两步，然后抬起头把它举到了半空中。马的肚子裂开了，就像一块破布，它的嘶吼在广场上震响着，传到了每位观众的内心最深处。公牛低了下头，马被甩在了地上，可是到了现在，这头公牛还没想要扔下这个猎物。它一遍又一遍地顶着它，拖着它满广场跑，它疯狂地把它扯碎，对已经前来救场的骑手不管不顾。这时那头公牛已经把马推到了埃尔南多所在的栅栏前，它还在不停翻转着马的身子。从那匹马身上滋出的鲜血溅在了小伙子的脸上，而那匹马的五脏六腑正在空中漫天飞舞。

没等埃尔南多反应过来，埃斯皮埃尔伯爵已经又立定在了那头公牛面前，他的手中握着一把宝剑。

"来呀！"只见这位伯爵十指紧握，他用双手高举起了那把武器。

又有人前来送死，公牛兴奋异常，它把血淋淋的头抬了起来，不想后颈却横遭重击，托莱多的优质钢剑一下削去了它半个肩膀，这头公牛一命呜呼。

他是伯爵，是西班牙最位高权重的贵族！刚才的他还只是贵族的一员，与其他骑手无甚不同，可当他高举起那把还在淌血的宝剑昭告着自己的胜利时，科雷德拉广场上掌声雷动。

"备马！"伯爵朝一个侍从喊道，随后，他继续骄傲地接受着民众的欢呼。

埃尔南多和其他人又不得不给那位侍从让出路来，只见他朝巴哈广场跑了过去，他要给贵族另找一匹马来。

"为什么啊？"埃尔南多问身边那个年轻的仆从。

"那些贵族啊，"仆从解释道，"离场的时候一定得骑着马，徒步走出去是不行的。要是马死了，就得再领一匹来。伯爵这也不是第一次了。"说话间，那侍从已经牵着一匹高大的栗色种马走了回来。

"我的马呢！"伯爵在斗牛场上大喊大叫。

埃尔南多帮那个仆从拉开了那块栏板，好让马通过。可当这匹马见到脚下的死牛一头、死马一匹，又闻到从血泊中升起的腥臭味道时，瞬间吓得前足腾空，把那根牵在侍从手上的缰绳也扯了下来。一个仆人想去捡缰绳，没料到这匹马已经失去了理智，它嘶叫着暴跳着，歇斯底里地尥起了蹶子。两个男人被它踢飞了出去，一个被踢在肚子上，另一个则正中胸口，第三个人也难逃噩运，谁会知道这匹马竟会铁头功。伯爵还在嚷嚷着讨要他的马，可这过道是那么窄，纵有十几个仆从扑了过去，却只是愈加激怒了这匹种马。刚才参加斗牛的几个骑手也已经来到了过道口，不过他们不像是来帮忙，倒像是来看戏的，听到埃斯皮埃尔伯爵失去耐心的大吼，其中一个人甚至扑哧笑了出来。

这时，种马撩起前腿，朝埃尔南多和他的同伴揍了过来，埃尔南多只是看到那双圆睁着的大眼睛就马上向后跳了一步，而那反应不及的仆从却不幸挨了一下，脸上渗出来的血与那匹种马充血的眼睛一样红。它是想要把他们俩撕个粉碎啊！见那牲口又低下头来刨地，准备向他们发起新一轮进攻，埃尔南多只能以攻为守。他跳上那匹种马的头，用身体盖住了它的眼睛，一口咬住了它的一只耳朵，又用手紧紧揪住它的另一只耳朵。埃尔南多只觉得种马一记痛苦的嘶吼直直喷在了自己的心口。种马的头终于承受不住埃尔南多全身的重量，小伙子顺势别过它的脖子，把它扯翻到地。

躺倒在地的种马还想挺起身来，可埃尔南多依旧躺在它的头上咬着它的耳朵，而且它的脖子也被别着，一时实在无法动弹。它奋力挣扎了几秒，渐渐放弃了抵抗。

"别动！"埃尔南多听见有人喝令着伯爵的仆从，他们正想过来控制住这匹马。

小伙子松开了咬着耳朵的牙齿，但没有放开揪着另一只耳朵的手，他只是突然想到可以在种马耳边背两段经文，让它躁动的心神稍稍平复。埃尔南多诵着《古兰经》，谁也不去看，就这样过了好久，种马的呼吸终于恢复了平常的节奏。

"小伙子，让我用毯子盖住它的头。"埃尔南多耳边传来的就是刚才呵斥仆从的那个声音，现在那些仆人都已经不敢作声。小伙子转头向后看，可此时的姿势让他只能窥见一副纯银的马刺。"我会把毯子塞到你的身体和它的头之间，你小心别让它爬起来。"

埃尔南多用力按住种马的头，稍稍让开了身子，好让那个脚上踩着纯银马刺的男人把毯子送进来，只听那男人一边塞毯子一边低声骂道：

"这个自以为是的家伙。他不值得拥有这样的好马。"埃尔南多收紧肚子，感觉到那男人正把毯子塞到他的肚子与马头之间。"蠢货。就这样还是西班牙最显赫的贵族！"男人骂完这句，宣布自己大功告成，"好了，"他指点着埃尔南多，"你控制它慢慢起来，先放开它的脖子让它把头抬起来再放开它的腿，它会慢慢伸展开腿脚，自己发力挺身。"其实埃尔南多早就明白这些。"然后这时候你要把毯子在它颌骨下面系紧，叫它不能脱开，你能做到吗？敢吗？"

"嗯。"

"来吧。"男人示意他可以开始了。

或许是已经精疲力竭的缘故，种马花了远比埃尔南多想象中多得多的时间才勉强站起身来，所以埃尔南多轻轻松松就按男人的指令把毯子固定在马的颈部。马站了起来，却还一动不动，因为它什么也看不见。埃尔南多拍了拍它的脖子，跟它说着话，让它尽量放松。伯爵的一个仆人正要过来牵那个马笼头，一只大手拦住了他。

"蠢材。"听到那个熟悉的声音，埃尔南多也回过头去。那是堂·迭戈·洛佩兹·德·亚罗，是科尔多瓦的市议员，腓力二世国王的马匹平时都是由他来掌管。"你们这些人呐，"他狠狠教训着那个仆从，"只会重新激起这匹马的愤怒，你们连好马劣马都分不出来，就像你们的……"议员不想再提，只是摇了摇头，"你们只会牵牵驴子！小伙子，你去，你去把这匹马牵给伯爵。"埃尔南多发现堂·迭戈说完最后那两个字就唾了一口。

不过有件事埃尔南多却没有发现——当他走进广场的时候，那位皇家马场的掌管者眯起了眼睛，右手托着下巴，饶有兴致地品评着埃尔南多的每个动作：种马还能闻到血腥的味道，它的退缩就证明了这一点，可这对埃尔南多来讲并不是什么难事，他扯了下笼头，狠狠踢了一脚马肚子，种马虽然还在微微战抖，也只能乖乖服从埃尔南多的命令，勇敢地跨进科雷德拉广场。牛马的尸体已经不成障碍，堂·迭戈在埃尔南多的身后频频点头，这时埃斯皮埃尔伯爵倒是不乐意了，他站在原地吼了起来：

"你一个草民竟敢踢我的马！这马比你的命还贵你知道吗！"

伯爵的两个侍从反应倒快，扯开步子就冲埃尔南多奔了过来，其中一个一把抢过缰绳，另一个追着埃尔南多就要去抓他的胳膊。

"抓住他！"埃斯皮埃尔伯爵一声令下。

在漫长的等待后，在场的人群终于又闹腾起来。那贴身侍从的手将将贴上他的胳膊，埃尔南多就朝那种马喉了一声，种马后腿一扫，埃尔南多趁机溜开，他跳过了那头死牛，朝巴哈广场的方向撒腿就跑。经过堂·迭戈面前的时候，这位有幸观赏了刚才全过程的贵族也对他自己的贴身侍从比画了一下，这两人就如离弦之箭一般跑在了埃尔南多的后头。一个在巴哈广场上巡视的警察见有两名贴身侍从正追击着埃尔南多，便一把扑到了埃尔南多身上，把他成功制服。离他们几十步远的地方，埃斯皮埃尔伯爵的仆从们也朝这里迅速赶来。

"什么什么？"警察仿佛没有听懂这两个人的意思。

"快放开他！"一个贴身侍从大喝道，他用力抓住了那位警察的双手。

"抓他们！"另一个指着埃斯皮埃尔伯爵的仆从们对警察命令道，"他们要杀了那小伙子！"

这句简单的话使得周围所有值守的警察全都聚拢了来，冲着伯爵的那队人马铺开了他们天罗地网。没有比这更好的时机了，埃尔南多和堂·迭戈的两个属下成功地向波特罗广场逃脱了。

这时候，不知情的埃斯皮埃尔伯爵还骑在马上，昂首挺胸地在科雷德拉广场上乐享着所有老百姓的欢呼声。

"把这堆东西搬走。"堂·迭戈指着死牛和死马，朝在入口处观赏着斗牛的那些仆人喝令道，"要不然，"他低声向周围的两个骑士戏谑道，"这个蠢货到时候走不出广场，我们就得陪他通宵了。"

31

时间回到举行斗牛的那个周日的几天之前,法蒂玛和贾利勒正走在去往监狱的路上。贾利勒,天主教名字叫作贝尼托,这位长老与哈迈德一起被选作科尔多瓦城摩里斯科人的领袖。如往常一样,两人手中提着那些给囚犯弟兄们准备的食物。路上,他们说起了埃尔南多,谈起他为同胞们所做的贡献。

"他是个不错的小伙子,"走到一个地方贾利勒突然说了起来,"他又年轻,身体也不错,又壮。他该结婚,有自己的家庭。"

法蒂玛沉默不语。她低下头,放慢了她的脚步。

"有个办法可以解决你们的问题。"贾利勒说道,其实他早就知道他们的情况。

姑娘停了下来,向老人询问道:

"你想说的是?"

"阿以莎那个孩子生下来了吗?"贾利勒问道,同时示意法蒂玛继续朝前走,两人已经绕过大清真寺,走到了赎罪之门附近,他们要去的监狱街就从这里起始。法蒂玛见老人瞥了一眼那座足以代表穆斯林在西方统治的地标性建筑,便赶忙加紧脚步跟了上去。

"嗯,生下来了,"法蒂玛答道,"是个男孩,很可爱。"法蒂玛的语气中带着孤寂。科尔多瓦夺走了她的胡马姆,而科尔多瓦又给阿以莎添了一个男孩。

贾利勒相信自己知道法蒂玛正在想什么。

"你还年轻,虽然你看上去很弱,可其实你是个坚强的女人,你每一天都在证明着这一点。要相信真主。"贾利勒沉默了几秒,待拐进了监狱街,老人又继续往下说道,"那你和布拉希姆结婚的时候,他就是个穷人吗?"

"不是,那时候他是安达卢斯国王伊本·阿布的代理人,他要什么有什么,当时他还用最好的一头白骡子驮着我绕劳哈尔走了一圈……"

法蒂玛没有继续说下去,因为此时迎面走来了两个女人,她们身着黑色华服,好几个仆人陪在身边,身后还有两个侍童专门帮她们举着裙角,以防那两条珍贵的裙子被地上的灰尘弄脏了。这条狭窄的马路容不下那么多人同时通过,所以我们这两个摩里斯科人识相地让到了一旁。那两个女人连看都没看他们一眼，不过反过来，无论是法蒂玛还是贾利勒都注意到那两个侍童的相貌：他们像是摩里斯科人，他们或许就是那些被从母亲怀中抢走、送到天主教徒家里去接受教育的孩子。那两个女人和她们的随从们走了过去，老人叹了口气，接下来的好几秒钟里，两人都缄默不语。

"那头白骡子是阿尔普哈拉斯最漂亮的一头。"那些人已经朝大教堂拐了过去，法蒂玛才接着刚才的话说。

贾利勒貌似很感兴趣地点了点头。现在他们已经走到了监狱入口附近，两人停了下来，门口还有好些囚犯的家属聚在那里。

"你丈夫现在赚……我的意思是说，现在是谁在养活你？"

"我不知道，"法蒂玛坦白道，"算是大家一起吧。布拉希姆和埃尔南多都会把工资交给阿以莎，然后由她来管家。"

"埃尔南多的钱也会上交给她？"贾利勒插了一句。

"当然啦！虽然他赚得不多，可是缺了他那点我们也没法过。布拉希姆只会发牢骚。"

"那现在阿以莎又生了个孩子，你们的生活岂不是更拮据了？"

"感觉他现在唯一关心的就是这个孩子了，毕竟是个男孩，他见到这孩子的时候竟然笑了！"法蒂玛在努力回想布拉希姆曾几何时开怀笑过，当然，她已经习惯了的那种恬不知耻的淫笑不算。法蒂玛左思右想，最终确定，没有。"可是他没和孩子在一起的时候，"法蒂玛说，"就在那儿不停抱怨他在地里辛苦干活所换来的那点微薄的收入。"

贾利勒又点了点头。

"作为一个丈夫，"贾利勒开始跟她解释，"应该担负起抚养妻子的义务，应该要让她有米可吃、有水可喝、有衣可换、有鞋可穿……"此时老人垂下目光，法蒂玛脚上那双木屐已经千疮百孔，那层软木底已经薄得快看不见了，"同时丈夫还得给妻子提供一处舒适的住所。要是他做不到以上这些的话，妻子就可以要求离婚。"听到这里，法蒂玛闭上了眼睛，她的指甲都抠进了手上那块准备带给弟兄们的硬面包里。"我们的律法说了，除非结婚时妻子明知丈夫一贫如洗，否则任何一个妻子都有权在丈夫无法继续抚养她的情况下申请离婚。"

"那我该怎么提起离婚呢？"姑娘迫不及待地问道，她的话中满含着希望。

"你得去找族长，要是他认为你的申请有理有据，他就会给布拉希姆一个最后的期限，这个期限一般是八天到两个月不等，如果他能在这段时间找到继续抚养你的办法,那他将依然是你的丈夫,但如果等这段时间过去他还是无力抚养你,他就失去了对你拥有的所有权利,到时候你就可以去与其他人结婚。"

"族长是谁?"

老人愣住了。

"我们……我们没有族长。我想我可以算吧,或者哈迈德,还有卡利姆。"卡利姆是与他们一起组成议事会的那第三位长老。

"要是我们没有族长,布拉希姆可以拒绝履行……"

"不。"老头斩钉截铁地答道,"他现在享有两个妻子,这根据的是我们的律法。他不能说对自己有利的就全盘接受,而对自己有害的就一概不认。我们所有摩里斯科人都站在你这边,我们的风俗和律法都站在你这边。布拉希姆无法反驳,无论是在我们面前还是在天主教徒面前,你不是已经按天主教的仪式嫁给埃尔南多了吗?"

法蒂玛陷入了沉思。那阿以莎呢?如果她申请了离婚,阿以莎怎么办?见法蒂玛不说话,贾利勒叫她先继续往前走。埃尔南多已经把事情都安排停当,一个看门人会把他们给摩里斯科囚犯们带来的食物都拎进去。监狱门口不停有人进进出出,可他们还是决定不进去,他们不想引起别人的反感,到时候遭殃的还是那些关在里面的弟兄。法蒂玛把一根硬面包、一些洋葱和一块奶酪递给了守门人,然后回到了街上。她还在继续思考:布拉希姆现在是有这个刚生下来的孩子就已经万分满足,可是这种状况能持续多久呢?……尽管……他还可以再生!他会不会要跟我生孩子呢?要是他强暴了我怎么办?我现在还算是他的人,他可以……

"贾利勒,我要离婚。"法蒂玛不愿再想下去了。

老人微微颔首表示同意。现在两人又走到了科尔多瓦大清真寺的赎罪之门前。

"那里面,"贾利勒站定下来,指着面前这座雄伟的寺院,"就是之前族长所在的地方,要是在当时,你就得到这里来找族长或是法官。现在我问你,来自特尔奎的法蒂玛,"他特地以正式问话的形式加上了被询问人的籍贯,"你为什么希望离婚?"

"因为我的丈夫,胡维莱斯的布拉希姆,他无法抚养我,而我依法享有被抚养的权利。"

波特罗广场上,堂·迭戈·洛佩兹·德·亚罗的随身侍卫们跟埃尔南多说了些什么。确认了埃斯皮埃尔伯爵的仆从们没有追到这里,埃尔南多就去找哈迈德。周日妓院不开门,也没人来管束哈迈德,所以两人就在波特罗街上见了面。科尔多瓦的所有基督徒,包括妓院的老板,连同大部分的摩里斯科人,此刻都还在科雷德拉广场上看斗牛呢。

"他们想让我到科尔多瓦皇家马场去工作。"两人打过招呼,埃尔南多就直接进入了正题,"去照管国王的那些马。有一百多匹呢。主要就是喂它们,还有训练,他们需要懂马的人。"随后他跟哈迈德讲起了刚才伯爵那匹种马的故事,"可能堂·迭戈就是因为这事开始注意我的。"

"我也有所耳闻,"阿訇说起来,"大概六七年前吧,腓力国王下令要培育一种新的马,对他们天主教徒来说,那些笨重且性子又烈的战马已经没什么用了。西班牙现在是处于和平年代,虽说它在许多遥远的土地上仍然战事频频,可是在本土这儿,一年到头却是风平浪静。自从现任国王的父亲查理皇帝过上了勃艮第式的宫廷生活,那些贵族对马匹的需求就与日俱增,无论是散步,还是在庆典上、马斗中、斗牛场上,他们都需要一匹好马来满足他们的虚荣心。据我理解,这就是他们的追求:一种至臻完美的宫廷马。国王选定了科尔多瓦这个城市来执行他的计划,在宗教法庭所在的那座堡垒旁边,他们正在建造一座雄伟的马场,有几个摩里斯科建筑师也在其中帮忙。所以总而言之,我要恭喜你。"阿訇以一句祝贺作结。

"我也不知道。"埃尔南多努了努嘴,"我觉得我现在的工作也还不错,我可以想做什么就做什么,想去哪儿也可以立即就去,虽然那工钱确实是……"这时候埃尔南多想起了堂·迭戈给他开出的工资:月薪二十里亚尔,还包住。"要是接受了这份工作,我就没空去管那些新来的摩里斯科人的事了……"

"把这工作接下来吧,孩子。"哈迈德鼓励着埃尔南多。埃尔南多还想辩驳,可被阿訇抢先了一步,他说:"你能取得一份收入不错同时又体面的工作,这点非常好。有人会来顶替你现在做的事的。你也不要觉得你这样就不能为大家做出贡献了,我们必须各有分工,我们会慢慢做到的,等到我们的弟兄哪天开始当上工匠,做起生意,不用再种地了,我们民族的大业就有盼头了,因为他们中的任何一个都一定会比那些好吃懒做的天主教徒强。好好干,要勤奋,特别是要继续学好文化知识,不要把我们在阿尔普哈拉斯学的那些东西扔掉:要会读、会写。全西班牙到处都有我们的弟兄在为那一天做着准备。我想说,我们……就说我吧,总有一天会不在的,到时候一定得有人继承起我们未竟的事业,我们不能眼睁睁地看着我们的信仰被大家所遗忘!"在空无一人的波特罗街上,哈迈德一把抓住埃尔南多的双肩。感受到老人的一颗赤子之心,埃尔南多只觉一股暖流涌上心头。"我们不能让天主教徒们再次战胜我们,我们不能允许我们的孩子对祖先的宗教一无所知!"说到这里,哈迈德已经几乎发不出声音,埃尔南多朝老人的眼睛望过去:它们已经湿润了。"万物非主,唯有真主,穆罕默德是真主的使者。"哈迈德努力克制自己的激动之情，诵出了这段祷词，就好像在唱一首胜利的赞歌。

那是眼泪！一滴眼泪顺着阿訇的脸颊流了下来。

"所有人都必须知道，"埃尔南多接着背了下去，背诵着这段所有摩里斯科人都必须知道的祷词，"真主是王国里独一的真神。真主创造世间万物，上至王座、下至砾石，天地与天地之间一切皆为真主所造……"

埃尔南多完成了这段祷文，一老一少两个男人紧紧抱在了一起。

"儿子啊……"哈迈德把头贴在小伙子的肩膀上。

埃尔南多把老人抱得更紧了。

"还有个问题，"过了一会儿，埃尔南多想起一件事，"他们给我安排了个住处。那法蒂玛……在天主教徒面前，她算是我的老婆，户口登记上也是这么写的，所以她得过来跟我一起住，可是这不行啊。我不知道能不能不去住，还是说必须得住到那儿。"

"可能这并不是个问题。"哈迈德从埃尔南多的双臂间退了出来，"几天前，法蒂玛提出了申请，她要和布拉希姆离婚。"

"可她什么都没跟我说啊！"

"我们议事会还在讨论这事呢，是我们叫她别跟任何人说。我们跟她说，让她等到我们正式开庭审理，等布拉希姆知道的时候再去跟别人说。"

"那她……她能成功离婚吗？"埃尔南多吞吞吐吐地问。

"如果她说的都是实话，能，当然她说的也确实是实话。就在今天，刚才，大家都在看斗牛的时候，我们议事会举行了会议，我们已经决定要开庭审理这件事了。要是到时候判决法蒂玛胜诉的话，布拉希姆就得在两个月之内赚到足够抚养法蒂玛的钱，否则，法蒂玛就自由了。"

那一晚，哈迈德和另外两位长老一起来到多麦街上布拉希姆的家里。阿訇已经叫埃尔南多今晚不要回来，叫他另外找个地方去睡，而这对埃尔南多来说也并不是什么难事。

而另一边的法蒂玛也已经知道今天的议事会会讨论她离婚的事，这是贾利勒告诉她的。

下午，当布拉希姆和住在屋里的其他人一起去看斗牛的时候，房间里就只剩下法蒂玛、阿以莎和她刚生下的那个孩子：洗礼的时候，他被赐予了加斯帕尔这个名字，与他两个教父的其中一个同名。那两个教父都是旧天主教徒，是圣尼古拉教区特别选出来担任这个岗位的，凡有摩里斯科人生下了孩子，洗礼时都必须有教父在场。既然阿以莎和布拉希姆也没有对哪个天主教名字有特别的偏好，他们就接受了神父的建议：从今往后，这个孩子就叫作加斯帕尔。

洗礼仪式花了他们不少银子：三个马拉维迪是给神父的，一个饼要给司事，几个鸡蛋是给教父的礼物，而那块用来裹孩子的白麻布则被教会留了下来。为了付清这些账，布拉希姆还跟别人借了些钱。洗礼之前，神父反复检验了加斯帕尔确实没有行割礼，分娩的时候那个天主教接生婆也是这么仔细检查；可也有一些事是他们没法检查的，比如一回到家，阿以莎就用热水在儿子的小脑袋上冲了一遍又一遍，把神父刚刚涂在他头顶上的圣油冲得一干二净。他们决定叫他沙米尔，为此他们在前些日子举行了穆斯林的洗礼仪式。那是一个晚上，阿以莎把孩子抱在怀中，她给孩子沐浴净身，穿上干净的衣服，然后把法蒂玛那块金色的手形吊坠挂在孩子的脖子上。他们找准了麦加的方向，在孩子的耳边轻声祈祷，就这样，孩子被赐予了属于他的穆斯林的名字。

三月里那个周日的下午，两个女人一起坐在院子里。

"你怎么了？"阿以莎忍不住打破了沉默。

之前法蒂玛说想抱抱沙米尔，阿以莎就把孩子递给了她。法蒂玛轻摇着孩子，低声吟唱，她凝望着他的眼睛，抚着他的脸。见法蒂玛不和自己说话，只对着孩子若有所思，阿以莎倒也由着她，心想女孩一定又在念着她的小胡马姆并暗暗神伤呢，就没去惊扰她。可是时间一分一秒地过去，女孩连看都没看她一眼，阿以莎这才意识到女孩心中应该还有别的事。

法蒂玛没有回答，她抿起嘴唇，想要克制住全身微微的颤抖，而她的这个举动没能逃过阿以莎那双敏锐的眼睛。

"孩子，说给我听听吧。"阿以莎又要求了一遍。

"我请求跟布拉希姆离婚了。"法蒂玛拗不过她。

阿以莎深吸了口气。

这是自法蒂玛抱起沙米尔之后两个女人第一次目光交汇。是阿以莎先控制不住自己的眼泪，而法蒂玛也随之哭了出来，一时间两人四目相对，泣不成声。

"这一天最终还是……"阿以莎花了好大力气才抑制住自己的哭泣，"你们终于可以脱离苦海了。你们早就该这么做了，伊本·倭马亚死的时候你们就该这么做了。"

"不知道这之后会发生什么呢。"

"你们终于可以获得幸福了。"

"我是说……"

"我知道你想说什么,亲爱的,不用担心。"

"可是……"

阿以莎伸出手,把手指轻轻地按在法蒂玛的嘴唇上。

"我很高兴,法蒂玛,我真心为你们高兴。真主考验了我,让我经历了那么多的不幸,而最后他将沙米尔赐给了我,作为对我忠贞的奖赏。你受的苦难道比我少吗?你配得上重新拥有幸福。我们不该去怀疑真主的旨意,去吧,你应该欣然接受真主的赐予。"

但布拉希姆会怎么说呢?法蒂玛在心里问着自己。一想到脚夫那暴躁的脾气,法蒂玛就不禁哆嗦起来。

布拉希姆把所有能骂的都骂遍了,刚刚贾利勒在哈迈德和卡利姆的陪同下将他二老婆要和他离婚的消息通知了他。法蒂玛和阿以莎互相护着对方,她们紧紧地抱在一起,缩在房间的角落里。这时,像是刚刚察觉到其中的破绽,布拉希姆开始质疑起议事会的权力。

"你们算是什么人,就可以决定我老婆跟我离婚?"

"我们是摩里斯科人的族长。"贾利勒答道。

"谁说过你们就是族长了?"

"关于你提的这个问题么……"这时候卡利姆发话了,他是议事会另一位长老,他的天主教名字叫作马蒂奥,只见他朝他身后门口的方向打了个响指,然后说道:"他们说的。"

像是听到了事先约定的信号,三个虎背熊腰的摩里斯科青年从门口走出来,在几位老人身后站定。布拉希姆估摸着他能对付其中的一个就算不错了。

"我们也不想这样的,布拉希姆,"哈迈德好声好气地跟脚夫说,"你也知道,我们确实就是在摩里斯科人圈子里管事的。你说得对,没有人正式选我们出来当族长,不过这个族长也不是我们自封的,我们可没有主动要求过要坐这把交椅。尊重有智慧的人,听从长辈的命令,这是戒律里说的。"

"你们到底想干吗?"

"你的第二个妻子,"贾利勒向他解释,"她向我们投诉,说你没法好好担负起抚养她的责……"

"这个城里有谁能做到这点了?"布拉希姆气急败坏地打断了他的话,"要是我那几匹骡子还在……他们是强盗啊!而且他们就付我那么点工资……"

"布拉希姆,"哈迈德用平和的口气告诫着他,"在你知道你说出每句话的后果之前你最好不要说话。接到法蒂玛的申请之后，我们必须进行开庭审理，这就是我们在做的，所以我们现在才会到你这儿来。我们来是为了让你有机会可以进行陈述，要是你想提出证人，我们也会允许他出庭作证，最后，我们会综合一切因素，根据我们的律法来进行裁决。"

"你来裁决？我还不知道你要怎么裁决么？你已经这么搞过一回了，你不记得？在胡维莱斯教堂的时候，你总是护着那拿撒勒人！"

"我不会参与审判的，任何在开庭之前已经对事情有所了解的人都不能参加裁定，这点你尽可以放心。"

"胡维莱斯的布拉希姆，"为了让他们俩别再为私人恩怨争吵下去，贾利勒决定在这时候介入，"你的第二个妻子法蒂玛称你无法抚养她，你有什么话要说？"

"你问我有什么话跟你说？呸！"布拉希姆在地上唾了一口，"跟一个从格拉纳达山城来的老头有什么可说的？当时说不定就是你，要么就是那些跟你一样懦弱的人，你们当场反悔不参加起义，背叛了我们所有阿尔普哈拉斯的兄弟……"

"我在问关于你妻子的事。"贾利勒义正词严。

"我说老头儿，你有老婆么？你能养活她？现在这个城里有哪个人能独立养活他老婆的？"

"你的意思就是说你确实不能抚养你妻子？"卡利姆问道。

"我想说的是，"布拉希姆把那个"是"字拖得老长，"在科尔多瓦，没有一个人能独立抚养他老婆。"

"这就是你所有想对法官说的话？"贾利勒询问道。

"对，我说完了。你们有谁不知道我们现在是怎样一个处境？你们不觉得今天这事很可笑么？"

贾利勒和卡利姆小声商量起来，而在角落里，阿以莎摸索着法蒂玛的手，把它牢牢地握在了自己手心。

"胡维莱斯的布拉希姆，"贾利勒向他宣布着最终的判决，"我们深深了解我们民族现在所处的窘境，如你一样，我们也在亲身经历着这些苦难，我们知道所有人都面临着困难，不仅是在抚养妻子方面，还得想办法给孩子吃、给孩子穿，所以我们不会说因为这种原因就答应一个女人的离婚申请。你说得对，我现在也不能像在格拉纳达那样尽到抚养妻子的义务，可是你的情况不一样，在科尔多瓦，没有一个穆斯林像你一样拥有两个妻子，要是像你说的，在这个城里，养活一个老婆都成问题，那就你来说，你又怎么可能养得起两个老婆呢？我们裁定，以两个月为限，你必须在期限之内向本议事会证明你有足够能力同时抚养两个妻子，要是期限一过,你没有按此去做,法蒂玛也没有撤销请求,那么,她将不再是你的妻子。"

布拉希姆听着判决,一动不动,只有那双紧闭着的双眼在向人们昭示,怒火已经吞噬了他的灵魂。这时候卡利姆又向他宣布了一件事,这也是哈迈德事先向他们请求过的:"我深知,"老人对布拉希姆说,"你宁愿杀了她也不愿把她交出来。"老人知道他一定会这么做。

"此外,考虑到你刚刚又有了个孩子,你赚的钱也不多,我们不要求你在这两个月的期限里继续抚养你的第二个妻子,我们这么做也是为了孩子好。所以我们决定,在这段时间里,法蒂玛就由我们照管。"

"狗崽子!"布拉希姆朝着哈迈德怒吼起来。

那三个摩里斯科青年立刻站到了布拉希姆面前。

"法蒂玛,跟我们来吧。"贾利勒对女孩说。

这时,阿以莎松开了扣在法蒂玛手上的指头,两人的手心都被握出了汗,法蒂玛一边起身一边还依依不舍地伸着手,她想让那指尖上的温热多停留一会儿。随后,她走向了那三个老头。

32

　　天刚亮，埃尔南多就去往那个皇家马场。那是一座新近建成的建筑，与科尔多瓦宗教裁判所所在的天主教国王堡垒比邻。和其他摩里斯科人一样，自从来到科尔多瓦，他就一直避着这个街区。被夹在大清真寺、主教宫、瓜达尔基维尔河和科尔多瓦西城墙之间的这块区域被叫作圣巴托罗买区，这里不仅矗立着主教宫、宗教裁判所和它的监狱，并常有神父和裁判所的神职人员们往来于其间，而且相异于科尔多瓦其他居民区的是，没有任何一个自由的摩里斯科人居住在这里。这里的居民构成与别处有着显著的不同：天主教徒攻占科尔多瓦之后，他们将这座城划分成若干个地理区域，而这个教区则是后加出来的，并且按照国王的命令，市政府将那些勇猛威武的弓弩手们安排在了这里：他们将时刻准备着爬上城墙去加固科尔多瓦的城防。拥有国王特命也使得圣巴托罗买教区的居民在其他科尔多瓦人面前总是趾高气扬，他们与其他教区纷争不断，为了不玷污他们高贵的血统，内部通婚这样的陋习竟然也蔚然成风。既然这里居住着的都是神父、宗教法官和趾高气扬的士兵，卑微的摩里斯科人当然就无法融入这样的社区了。

　　前一晚，埃尔南多是在那个梳理工家里度过的。媒人光临，主人自然得要热情款待，他们为埃尔南多准备了一顿丰盛的晚餐。上好的羊肉先用胡椒、盐和香菜末调味，然后扔进油里慢煎，这道格拉纳达王国的经典菜肴也勾起了大家的乡愁。吃得正酣时，同住在摩里斯科街的卡利姆正巧从这家门口经过，他已经把法蒂玛安置在家中由夫人照顾，这会儿过来与大家小聚。按照约定，在给布拉希姆的两个月期限未到之前，埃尔南多还不能与法蒂玛相见。

　　两个月意味着什么？在去马场的路上，埃尔南多思考着这个问题。这件事本来可算是十全十美……可是他还得顾着他的母亲。从梳理工家出来的时候，埃尔南多问起他的母亲，卡利姆说他母亲很从容很坚强，让他不用担心，还说所有摩里斯科人都会站在他们这一边。

　　"加油，小伙子。"老人给埃尔南多鼓劲，"堂·迭戈和那些马的事哈迈德已经跟我说了，我们特别需要你这样的人。你只管好好干！好好学！我们会照管好其兄弟的。"

三月的那个晚上，卡利姆的身影在黑暗中渐渐隐去，他留下一句"我相信你"，搅乱了那一夜埃尔南多对法蒂玛的无边思绪。我相信你！哈迈德对他说出这句话的时候他还只是那个胡维莱斯的小男孩，而现在，这句话却是从一位来自格拉纳达山城的陌生老人口中说出……他们都相信他！为什么？他还得为此做些什么呢？

埃尔南多穿过了那片皇家园地，这里还是像往常一样遍地垃圾，他转过头向左边看去，那座雄伟的堡垒还在那里巍然耸立。宗教裁判所！想到这儿埃尔南多就浑身打了个寒战，只见堡垒那蝶型的城墙四角竖起了四座塔楼，四座塔楼形态各异，马场那道长长的围墙就自那而起。从这里，埃尔南多已经可以闻到马场中马的味道，能够听到那些马夫的叫喊声与马匹的嘶鸣声。埃尔南多已经站在了贝伦塔旁边那道空阔的门廊前，从这里进去，与古城墙相连的就是那皇家马场的地盘。

大门敞开着，埃尔南多跨了进去，踏上门槛的那一刻，门廊那头传来的气味与响声让埃尔南多心神一荡。入口处无人看守，埃尔南多等了几秒就走了进去，他的左边，与宽敞的中央长廊相接的是间巨大的马房，马房两边的柱子间，数不胜数的骏马将马厩占得满满的。鳞次栉比的方柱托起了一连串拜占庭式穹顶，一道道长长的弧线让人不由自主地就会走上前去，穿过一道拱门，下一道拱门就在等候着你，穿过下一道拱门，还会有另一道拱门在款款相迎……

埃尔南多只见在一个个马厩中，马夫们正在照料那些马匹。

埃尔南多停在了走廊中央马房入口的地方，他最先看到的两匹马被绳子拴在了他右边的墙上，小伙子打了个响舌，让那两匹马别再咬对方的脖子。

"它们老这样。"从埃尔南多的背后传来一个声音。听到声音的埃尔南多回过头去，这时他身后的那个男子模仿他也打了个响舌，成功发出了比小伙子更大的声音。"你要找谁吗？"男人这才问起来。

这是一个又高又壮的中年男子，他肤色黝黑，穿戴整齐，一双高筒皮鞋一直套到了他的膝盖上方，腿肚子上则用了皮带加以固定，男人穿的长袜和白袍都不长不短，上面并无装饰，他从上到下打量了一下埃尔南多，之后就朝小伙子笑了起来。这男人在朝他微笑！自从来到科尔多瓦，总共有几个人对他笑过？想到这里，埃尔南多也对他报以同样友好的表情。

"嗯，"埃尔南多答道，"我在找一个随身侍从，他是堂·迭戈的……是叫堂·迭戈·洛佩兹吗？"

"洛佩兹·德·亚罗，"男人帮他报出了贵族的全名，"你叫什么？"

"我叫埃尔南多。"

"名字叫埃尔南多,姓呢?"

"鲁伊兹,埃尔南多·鲁伊兹。"

"好的,埃尔南多·鲁伊兹,可是堂·迭戈有好多位贴身侍从,你找的是哪一位?"

埃尔南多耸了耸肩。

"昨天,在斗牛场……"

"啊!我想起来了!"男人没等他说完就叫了起来,"你就是把埃斯皮埃尔伯爵的那匹种马领到广场上的那个小伙子吧,是不是?我就说为什么看你的脸那么熟呢。"见埃尔南多点了点头,他又继续说了下去,"虽说伯爵手下那帮人后来没抓住你吧,可我总觉得你真没必要去帮他,那家伙,就得让他用脚走出去,好好杀杀他的威风,就因为他的愚蠢,白白让一匹好马给牛顶死了,斗牛斗成这样也叫成功?那可真是匹好马啊。"只见这男人连声叹气,"说实在的,国王就该禁止他骑马,至少不能让他骑着马去斗牛……骑着马去秀给女人看也不行!好了不说了,现在我知道你找的是哪一个了,你跟我来吧。"

两人离开马房,走进了那个巨大的中庭。有三个骑手正在那里训马,其中两人分别骑在一匹孤高的马上,而另一个则站在地上,埃尔南多立刻认出他就是那天那个随身侍从。只见他牵着那根系在马嚼子和笼头上的缰绳,令身边那匹大约两岁大的马驹在原地打起转来,马镫子拍打着小马两侧的肋骨,让它不由得激奋了起来。

"你找的就是他吧?"男人指了指那个侍从,埃尔南多点了点头。"他叫何塞·韦拉斯科。哦,对了,我叫罗德里戈·加西亚。"

见罗德里戈把手伸了过来,埃尔南多愣了愣,竟然有天主教徒主动和他握手,这也是埃尔南多还没有习惯的一桩事情。

"我……我是摩里斯科人啊。"埃尔南多先把话说在前头,免得罗德里戈反悔。

"我知道,"男人答道,"何塞今天早上跟我说了。你要知道,我们这儿只有骑手、驯马师和马夫,还有钉掌匠、马嚼匠之类的。我们唯一的信仰就是马,不过你要小心,有神父或者宗教裁判官在的时候你可别提这个。"

罗德里戈说这番话的时候,埃尔南多只觉得他重重地握了一下自己的手。

两人又稍等了几分钟,这会儿那匹小马身上已经呼呼地淌着汗,何塞·韦拉斯科叫它停了下来,然后把那根缰绳系到了它的笼头上。他把小马带到一张石凳旁边,自己则站到石凳上,他叫一个马夫帮忙稳住小马,随后他缓缓地跨到了马背上。其他两个骑手这时候也停止了训练。只见这匹小马一动不动地静候着主人的驾临,当它感觉到韦拉斯科的重量时,它一下子缩紧了身子,同时把耳朵也折了过来。

"这是它第一次。"罗德里戈在埃尔南多耳边小声说道,仿佛声音一大就可能造成什么事故一样。

何塞·韦拉斯科两手横握着一根细长的杆子,同时他把两根缰绳也握在了手中,咬在马嘴里的那根松垮着,像是不想让马嚼子惊扰到它,而挂在小马唇环上的那根则被骑手拉得紧紧的。韦拉斯科等待了几秒,看小马会有什么反应,见小马依然紧张地停在原地,他才柔和地嗾它。他先是打了几个响舌,看小马无动于衷,于是用高筒靴的后跟磨了磨小马的肋骨,尽管那后跟上没装马刺,小马还是飞一般地冲了出去,它弓着背跳跃着,而韦拉斯科尽力把自己稳在马背上。过了一会儿,小马重又停了下来,尽管骑手只是坐在它的身上,其他什么动作也没做。

"行了,"罗德里戈对埃尔南多说道,"已经有点样子了。"

事实确实如此,第二次训练的状况也验证了罗德里戈的话,虽然小马的动作还有些拘谨,但它已经不再跳跃,韦拉斯科只用一根缰绳就控制了小马的步伐,而在训练的最后,骑手又展示了那根杆子的妙用,杆子从马头哪边伸出去,马驹就会自动向另一边转弯。整个过程中韦拉斯科都没有动用丝毫暴力,他只是拍了拍小马的脖颈对它说了两句话。

腓力二世国王在科尔多瓦近郊的各个牧场里放养了近六百匹怀孕的母马,而皇家马场里的那近百匹马就是从这些母马新产下的马驹中精选而来。正如哈迈德提到的,1567年国王决心培育出一种新的宫廷马,为此他专门下令,要从王国全境购买一千匹最优秀的母马,可是事实上能满足他要求的马实在没有那么多,最终搜集到的母马只达到了那个数的一半。为了办成这件大事,国王下令将盐税全部投入这项事业,其中一部分用于在科尔多瓦建造皇家马场,而另一部分则用来购买或租赁安置母马的牧场。国王为这座皇家马场选定的管理者就是那位科尔多瓦市议员堂·迭戈·洛佩兹·德·亚罗,来自普列戈家族的这位贵族将全权负责培育出这种新的马。

国王为这种马提出了苛刻的要求:首先它的头型要细巧,略像绵羊,额头要瘦削,没有一点赘肉;眼睛要乌黑,要敏锐警觉,眼神中还得透出一点高贵与骄傲;那双耳朵得有灵气;鼻孔得宽;脖子要灵活,弧线要圆润,与身体连接的部分要足够粗,而与头部相接的地方则要顺滑;有马鬃的地方得带些油脂,而鬃毛必须又多又密和马尾一样;马的肢体要漂亮;背脊得短,这样才容易驾驭;肩隆处要高高凸起,而臀部则得要浑圆宽大。

可作为一匹西班牙宫廷马，最重要的还得是它的步态、它的气质：它得高高在上，同时又温文尔雅，它的腿应该一刻都不想在安达卢西亚这片灼热的大地上停留，它每踩上一步都应该要高高跃起，整个身子就像是飞了起来，它的四条腿在空中尽情挥舞，脚下的路又有什么重要呢，它只是骄傲地向世人炫示着自己的美。

六年来，新马种的培育者堂·迭戈·洛佩兹·德·亚罗不知疲倦地在科尔多瓦各个牧场产出的小马驹中寻找着这些特质。他尝试了一种又一种的配种方法，每一代都比前一代更臻完美，不具备这些优点的马已经被当作次品卖掉，现在科尔多瓦皇家马场中留下的这些马就是精英中的精英，足以配得上"西班牙种"的美誉。

何塞·韦拉斯科让埃尔南多去负责马槽的清洁维护以及马驹的训练。三月里，入了春，又到了母马交配的季节，皇家马场会从各牧场一岁左右的小马里甄选出最优质的一批带到马场中喂养，用于填补那些训练完毕的马所留下的空缺，这些马已经被送到位于马德里近郊的埃斯科里亚尔皇家马场，正式交付给了腓力国王。这些被堂·迭戈认定为白璧无瑕的西班牙种马一匹都不会卖，它们将成为国王陛下的坐骑，或被国王作为礼物赠给贵族、大主教或是其他国家的君主。

刚从牧场里带来的马都还未经驯服，要到两岁的时候皇家马场才会首次对它们进行载人的训练。这些天新的那批马还没到，所以埃尔南多的同事们还有时间向他逐一介绍今后要做的那些繁杂的工作：他们先得让这批马习惯与人接触，让它们在被人摸着、洗着、装上笼头、治疗伤口的时候不至于大发脾气；随后还得让它们习惯被圈养的生活，它们将会被拴在墙头的铁环上，与其他的马生活在一起；以后它们都得在马槽中吃食，去水槽中饮水；它们必须听从缰绳的指挥，被人牵着走；它们的嘴里要被塞上嚼子，它们还得承受马鞍的重量。所有的这一切对一匹初来乍到的小马驹来说都是那么陌生，因为之前它们都是和母亲一起自由生活在那些牧场上的。

如果说埃尔南多还曾经抱有幻想，想过有朝一日他也能骑上一匹如此卓越的西班牙种马，那么在同事给他说明了他的任务后，之前的那些臆想全都烟消云散了。不过，他的另一个梦想倒是实现了：在那些马厩的上方、皇家马场的二层，那里就是他们的员工宿舍，一套二居室的独立套房暂时就归他所有了，尽管厨房是和另外两家共用的，可埃尔南多活了十九年还从来没有好好住过这样一个房间！在胡维莱斯没有过，更别提在科尔多瓦了。埃尔南多好奇地从这个居室跑到那个居室又跑回来。屋里的家具有一张桌子、四把椅子、一张带毯子和床单的大床、一个斗柜、一个脸盆（终于可以洗澡了！），还有个大木箱。不知道人家都会在这箱子里塞点什么呢？埃尔南多想着，打开了那扇朝向马场内院的大窗。此时，带埃尔南多来看房间的那个管事的朝他转过身来。

"哎,你老婆呢?"管事的问了起来,就好像他应该是带那位女士来看房间,"你的登记资料上写着你结婚了。"

埃尔南多早就准备好了应付这个问题的回答。

"她在照顾一个病人呢,"埃尔南多撒起谎来脸不变色心不跳,"她一时还抽不开身。"

"那不管怎样,"管事的告诫他,"你们都必须先去圣巴托罗买教区登记。我想,去办个手续的时间她应该还是有的吧,没什么问题吧。"

没什么问题吗?这个疑问在埃尔南多脑中不停地打转。管事的已经走了,现在我们的小伙子正透过那扇窗子看着院子里的罗德里戈。罗德里戈正在训练一匹黑白花的小马,这项训练它已经做了好多次,可到现在还是做不好;骑手把脚上纯银的马刺刺进了小马的肋部,三月的艳阳在长长的马刺上反出夺目的光。法蒂玛还不是他的妻子,卡利姆已经说得很明白:在接下来的整整两个月里,埃尔南多都不能靠近法蒂玛,说不定布拉希姆在这段时间里赚到足够抚养她的钱了呢?

每当那匹小马犯了错,罗德里戈都会惩罚式地用马刺刺它,那记马刺深深地刺入了那只桀骜畜生的两肋,也如同刺在了埃尔南多自己身上一般。没准布拉希姆真的能弄到钱呢?

夜深了,他已经回不去城里了。到门口的时候编个什么借口好呢?布拉希姆苦苦思索着。从罗马人之野有一条路可以经塞维利亚之门通到科尔多瓦城里,而布拉希姆现在就躲在这条路旁的灌木丛中,他巴望着从他眼前经过的商贩们,他们个个带着武器,为了更好地保护自己,他们还扎堆走在了一起。布拉希姆弄到了一把匕首,是向地里的一个工友借的,他苦苦哀求那人才答应把刀借给了他。

"看着点,"那工友警告他,"要是被发现了,他们一定会把你抓起来,这样一来我的刀也没了。"

布拉希姆很清楚这一点。身背着这把武器,要是混在放工回家的人群里和他们一起进城,这相对来说还算容易,可现在已经是大晚上,他独自一个人,又拿着刀,这样回去无异于自投罗网。其实说实在的,这把匕首对他来说也根本没多大用。这时候又有脚步声传了过来,布拉希姆再次握紧了那把短刀,"等下拨人过来我一定不放过他们",话是这么说,可躲在树丛中的布拉希姆已经放走了一拨又一拨的商贩,等下一队人真的走过来时,布拉希姆的手心却又冒起冷汗,两腿也不听他的使唤。他一个人怎么对付得了那么多人呢,况且他们还都佩着剑?所以每次最后，他也只能暗暗责骂自己，然后目送着那些人的身影消失在地平线。"再等下一批吧，"他试图说服自己，"下一批我一定叫他们好看。"

当有两个女人带着几个孩子从他眼前经过的时候，他差点就下定决心跳了出来，只见她们疾步朝城里赶着，手里提着一篮蔬菜。可布拉希姆看了看她们的手腕脚腕，不说手镯，连个铁圈都没有，光弄一篮蔬菜来又有什么用呢？

漆黑的夜向布拉希姆袭来，那条就在眼前的路也已经无法分辨，在这鬼都看不见的夜里，再也没有一个小贩敢从这里经过，死一般的寂静渗进了他的身体，把他那颗怯弱的心捏得粉碎。

长老们给他的两个月限期已过了一半，可除了种田所得的那点工钱，布拉希姆一个子儿也没赚到；雪上加霜的是，就连那寥寥可数的几块钱工资里还得抽出一部分用来归还给沙米尔洗礼时欠下的债务，用工作来挣钱简直就是痴心妄想，但靠抢劫，又何尝不是呢？

法蒂玛就要被那个拿撒勒狗崽子抢去了。可即使面对这样的屈辱，他也无法让自己鼓起勇气。他没法让自己冒着生命危险去与一帮天主教徒为敌，哪怕他们手无缚鸡之力，他只能任那个念头不停地折磨着他的神经。

布拉希姆已经知道了埃尔南多的事，他逼着阿以莎把继子的情况告诉了他。见布拉希姆听到那样的消息没像往常那样暴跳如雷，而是把自己封闭了起来，阿以莎才意识到这件事对他的打击之大：布拉希姆将会永远失去法蒂玛；布拉希姆会在所有摩里斯科人面前抬不起头来……他可是胡维莱斯的脚夫，阿本·阿布的代理人！而反观那个倒贴他一头骡子才让他接受、一直被他随意辱骂的继子呢？他找到了一个真正能挣钱的工作，而且最重要的，那小子抢走了他最心爱的法蒂玛。

黑暗中有两个骑手驾马飞奔了过来，把布拉希姆吓了一跳。

"这些臭有钱的！"布拉希姆嗤之以鼻。

"要钱？去找莫雷纳山里的土匪吧。"第二天早上，当布拉希姆把匕首还给那个工友时，工友又给他指了条路，布拉希姆已经跟他实话实说，说那把刀没派上用场。"他们经常会需要人的，城里的也要，地里的也要，他们要的是信息，比如商队何时启程啊，有谁来了，又有谁走了啊，还有神圣兄弟会的动向等等，他们需要探子，也需要合作者，我这把刀就是从他们那儿得来的。"

可怎么才能找到那些土匪呢？工友的话激起了布拉希姆的好奇心。要知道，莫雷纳山区实在太大了。

"只要你到了那儿，他们自然会找上你的。"工友告诉布拉希姆，"不过，小心别让神圣兄弟会的人先碰上你。"

所谓神圣兄弟会，其实是一股民兵势力，每个分会都由两个头儿和数个会员组成，会员一般为十二人，他们的职责是对城墙以外发生的犯罪进行监督：城墙以外，指的就是所有的田地、山区，以及那些居民不足五十人的小村庄，这些地方普遍都是城市警察无法顾及的区域。神圣兄弟会执起法来可以用两个字来概括：一个是"快"，还有一个则是"狠"。这段时间他们正在集中追捕那些摩里斯科土匪，这帮土匪闹得天主教徒们人心惶惶，其中有个叫索巴骸特的是从巴伦西亚来的，凶残无比，他在科尔多瓦以北的莫雷纳山区占山为王，手下那帮人大多是走投无路的奴隶，由于监视不如大城市严，他们就从那些贵族的领地里逃了出来，可是他们脸上又打着烙印，所以也不能去躲到城里，最终，只能选择落草为寇。

这帮土匪是最后的希望了，布拉希姆对自己说。

第二天一早，他们经过教堂，走过圣玛丽娜墓地，直到那座当作贵族监狱使用的厄死塔出现在他们的左手边，布拉希姆、阿以莎和小沙米尔经科洛德罗之门走出了科尔多瓦城。一直向北，广袤的莫雷纳山区就是他们的目的地。

这之前，布拉希姆早就让阿以莎准备好带着沙米尔和他一起动身，他叫她备好了干粮，还有用于御寒的大衣，他的语气是那么坚决，阿以莎连问都没敢问一句。混在那群去屠宰场和田里上工的人们中，三人顺利地出了城，他们取道蒙托罗方向，向阿达穆斯走去，他们脚下的这条路叫凡塔斯之路，是经莫雷纳山区连接科尔多瓦与托莱多的要道。在蒙托罗附近他们发现了四具天主教徒的尸首，无一例外都被割断了舌头；土匪们应该就在这附近。

从科尔多瓦到托莱多，在这条凡塔斯之路上遍布着供旅人们歇脚的客店，所以布拉希姆只能选择远离主道的偏僻小径而行，甚至有时候还得横穿过广袤的农田，但就像是命中注定一样，还没等他们到达阿科莱亚，他们就在一片荒野里与神圣兄弟会的踪迹不期而遇：地上插着根杆子，杆子上绑着一具男尸，尸体已经开始腐烂，可依然能看出上面插满了箭矢，他就这样躺在那里，成了食腐动物的美食；同时，神圣兄弟会还用他警告着人们，这就是在城墙之外犯罪的下场。布拉希姆想起了那位工友的告诫，他们赶忙另外择路而行，尽管他们原来走的已经是一条绕着山嘴直插山间的小道，不过看样子这样也不能避过神圣兄弟会的眼目。现在他们走在了茂密的栓皮槠林子里，身边有潺潺的小溪，脚夫的直觉帮助布拉希姆确定了他们的方向，他很快就找到了那些只有牧羊人和山中常客才可能知道的隐秘小径。

阿以莎背着孩子默默地走在丈夫身边，他们花了一天时间从科尔多瓦走到了阿达穆斯，阿达穆斯是卡尔皮奥家族的领地。他们在树林里睡了下来，躲避着那些过路人和神圣兄弟会的注意。

"为什么我们要逃出来啊?"借着把面包递给布拉希姆的机会,阿以莎鼓起勇气问道,"我们要去哪儿?"

"我们这不叫逃。"她丈夫粗鲁地回了她一句。

对话就在这里匆匆画下休止符,阿以莎只得又把注意力转到了孩子身上。他们就这样露天躺下,没有点篝火。母子二人努力抵抗着自己的困意:他们能听到周围有狼嚎和野猪叫,还有一种奇怪的声音则显示熊就在附近。紧张的阿以莎把沙米尔护在怀里,布拉希姆看上去却乐在其中,他望着那皎洁的月光,视线在那片黑夜里游移,被驱逐之前他就过着这样的生活,此刻的他感觉心旷神怡。

天亮了,这回找上他们的倒真是土匪。在凡塔斯之路上转悠的强盗们用心观察着每一个从马德里、雷阿尔城,或是托莱多前来的旅者,一看见那些毫无防备或是独自一人的,他们绝不会放过这样的猎物。前一天他们也是一样警觉地留意着神圣兄弟会可能的行踪,这时候冷不丁的,他们发现了布拉希姆,可他们都没有太过在意:一男一女带着个孩子,避着大路徒步旅行,没带辎重没带行李,攻击这样一群人又有什么意义?不过不管怎样,了解一下他们怹到山里来干什么倒也无妨。

"你们是谁?来这儿干吗?"

这时布拉希姆和阿以莎正坐在地上吃着早饭,谁都没有听见身后有人在靠近,突然之间两个脸上打着烙印的奴隶就举着武器跳到了他们面前,阿以莎不由得把孩子贴在自己胸前,布拉希姆想要站起身来,其中一个奴隶却对他做了个手势让他不要乱动。

"我叫布拉希姆,是从胡维莱斯来的,我是阿尔普哈拉斯的脚夫。"土匪点了点头,意思是他知道那个地方。"这是我儿子,还有我老婆。"他继续说道,"我要见索巴骸特。"

阿以莎朝丈夫转过头去。布拉希姆想要做什么?一阵剧烈的不安向她袭来,让她的心绷紧。沙米尔像是感觉到母亲心中的窒闷,开始哇哇哭了起来。

"你见他干吗?"另一个土匪问道。

"这是我的事。"

听到这话,两个奴隶不约而同地把手按到了剑柄上。

"山里的事就是我们的事,"一个奴隶驳斥着布拉希姆,"这儿轮不到你放狠话……"

"我想为他效力。"布拉希姆只得坦白。

"拖着个女人,背着个孩子?"其中一个奴隶讥笑起来。

沙米尔哭得更凶了。

"叫他闭嘴,你这女人!"布拉希姆对老婆很不满意。

"算了,你们跟我来吧。"两个奴隶交换了个眼神,做了个无所谓的表情。

几人一起往山脉深处走去,阿以莎拖着步子,走在男人们身后,竭力想要让沙米尔停止哭闹。布拉希姆刚才说他想要为土匪效力,这很明显就是为了挣钱去赎回法蒂玛,可他干吗要带上他们呢?带上小沙米尔又有什么意义?阿以莎打了个冷战,她的腿已经撑不住了,她一下子跪倒在地上,没忘把孩子抱得紧紧的,然后她硬撑着自己站了起来,随着那些人继续前行,那几个男人谁都没有回头来看她一眼……而沙米尔还在哭哭啼啼。

他们走到一块空地,这里就是土匪们的宿营地。这里没有帐篷,没有草房,只有铺了一地的毯子,还有空地中央熊熊燃烧的篝火。身材高大的索巴骸特正靠在一棵树上,他的眉心连在了一起,下巴上一把乌黑散乱的大胡子,他正在听那两个奴隶给他解释布拉希姆和阿以莎的事情。他远远端详了一下布拉希姆,然后叫他走上前去。

六七个脸带烙印、衣衫褴褛的土匪正在收拾宿营地,其中有两个对新来的人很感兴趣,而其余几个只是用充满欲望的眼神直勾勾地盯着阿以莎的身体。

"有话快说。"土匪头子对布拉希姆毫不客气,还没等脚夫走到眼前,索巴骸特就催促起来,"还有几个人一到我们就得走。你为什么觉得你能为我们效力?"

"因为我需要钱。"布拉希姆毫无掩饰。

索巴骸特哈哈大笑。

"哪个摩里斯科人不需要钱?"

"可又有几个摩里斯科人会从科尔多瓦逃出来跑到山里,就只为了加入你呢?"

土匪头子低下头思索着布拉希姆的话。站在几步之外的阿以莎极力想要听清他们的谈话。孩子已经不哭了。

"为了抓到我和我的手下,那些天主教徒可是设下了高额悬赏。谁能跟我保证你不是他们派来的间谍?"

"我的老婆和儿子都在这儿。"布拉希姆用手指了指阿以莎,"他们的命都在你的手里。"

"你都会干些什么?"索巴骸特问道。听到刚才布拉希姆的回答,土匪头子甚是满意。

"我是个脚夫,我参加了起义,我还是伊本·阿布在阿尔普哈拉斯的代理人。凡跟牲口有关的我都懂。任何骡队过来,只要瞅一眼它们的鞍或是饰物,我就能知道那骡背上运的是什么，我还能告诉你那群骡子的弱点在哪里，而且我能指挥骡群日夜赶路，多危险的地方我也能去。"

"我们已经有一个脚夫了：我的二把手，也是我信得过的人。"索巴骸特没让他说下去。布拉希姆朝那几个奴隶瞄了一眼。"不不，不在他们里面，他还没到。我们也想过是不是要弄两头骡子来，可是我们平时行动很快，带着骡子只会是个累赘。"

"只要能弄来几头好骡子，我一定能跟上你们的队伍，而且你们人去不了的地方，骡子也可以到达。你得有几头骡子，这样赚起钱来会更容易。"

"不了。"土匪摆了摆手，"我不感兴趣……"索巴骸特已经不想把谈话再进行下去。

"让我证明给你看吧！"布拉希姆坚持己见，"你有什么风险呢？"

"这就意味着我要把我们的战利品全都交到你的手上，这就是风险。要是你的骡子落在后面了怎么办？我们就得冒着生命危险等你……或者就只好信任你。"

"我不会辜负你的。"

"这样的话我已经听过太多遍了。"索巴骸特脸上满是不耐烦的神色。

"那我也可以当探子……"

"我的耳目已经遍布科尔多瓦城和附近的镇子，凡塔斯之路上的每个人每匹马都在我的监控之下。要是你那么想加入我们，那我就给你个考验期吧，每个新来的都得经过这个考验，我也顶多只能做到这里了。"话说到这儿，树林中出现了另外几个土匪的身影。"我们走！"索巴骸特一声号令，"你考虑考虑吧，赶骡子的，你自己看，不过话说在前头，你可以跟我们走，你老婆和孩子不行。"

"妈的！这鸟人为什么会在这儿？"从那些忙着准备启程的土匪中传来一声大吼。听到这声大喊，连索巴骸特也愣了一下。布拉希姆朝阿以莎的方向转过身去。

乌拜德！阿以莎僵住了，无巧不巧，刚到营地的那几个土匪里就有这位来自纳里拉的脚夫。破口大骂后的沉寂里，乌拜德把目光转向了布拉希姆，他在看到他老婆的那一刻就预感到了他的存在。

两个脚夫的眼神擦出了火星。

"要是那狗崽子拿撒勒人也在，我就可以功德圆满了。"那个独臂人狞笑了起来，布拉希姆浑身战栗，他用目光寻求着土匪头子的帮助。"这家伙就是我跟你提过好多次的，"听了乌拜德的话，索巴骸特脸上的表情也变得严峻起来，"把我手砍掉的那个混账。"

"那他就交给你了，伙计，还有他老婆孩子一起。"索巴骸特指着阿以莎和孩子嘟哝了一句,"不过你下手快点,我们要上路了。"

"拿撒勒人不在还真是可惜。来人,把丫手剁了。"乌拜德命令着手下,"把他们俩的手都给剁了,他,还有他儿子。叫他祖祖辈辈都永远记得为什么别人会把纳里拉镇的乌拜德叫作独臂人。"

不等乌拜德说完,两个男人就按住了布拉希姆。阿以莎尖叫起来,她紧紧地抱住了沙米尔,此时那几个土匪正试图从她怀里把她的宝贝抢走。孩子又放声哭了起来,这时阿以莎已经扑到了地上,她把那孩子整个儿压在了自己身下。刚才对付着布拉希姆的那两个土匪已经让他跪了下来,布拉希姆叫骂着,胡打乱踢保护着自己,可一人难敌四手,那两个土匪还是成功制服了他,他们拉直了他的胳膊,又来一人手起刀落就把他的手腕削了下来,一时间,布拉希姆被自己骇人的残肢吓得瞪大了眼睛。土匪们也没歇着,他们立即把布拉希姆拖到了炭火旁,他的伤处被塞到了火炭里,他的惨叫与阿以莎的啜泣和婴儿的哭闹合奏成一曲。这会儿,土匪们已经把那个孩子从他母亲的怀里扯了出来。

阿以莎追着他们身后扑了过去,却发现自己摔在了乌拜德的脚底。

"我是拿撒勒人的妈!"跪在地上的阿以莎高喊着,她的双手把乌拜德的长衫都扯皱了,"你们这样孩子会死的,这孩子死了埃尔南多又有什么可伤心的?要杀就杀我吧!我替他去死。求求你们放了这孩子吧,孩子是无辜的啊。"阿以莎泣不成声,"孩子是无……"

阿以莎还想为孩子求上两句,可是这会儿她已经哭得说不出话来。

见乌拜德没把那女人推开,手上提着孩子的那两个土匪也不敢继续动作,这位纳里拉的脚夫犹豫了。

"好吧,"乌拜德决定成全她,"把孩子放了,把她砍了吧。到时候你,"他朝正痛得在地上翻来滚去的布拉希姆说道,"你提着她的头去见拿撒勒人,告诉他,有些事早在阿尔普哈拉斯就该了结了的,不过反正逃得了初一逃不了十五,我们科尔多瓦见。"

阿以莎放开了手中抓着的长衫,乌拜德让开了两步,给这个跪在地上的女人腾出地方。他点了一个手下让他去行刑,那也是个脸上打着烙印的奴隶,只见那人拔出刀来走了过去。

"万物非主,唯有真主,穆罕默德是真主的使者。"就要慷慨赴死的阿以莎闭着眼睛背了起来。

听到这段熟悉的祷文,土匪手上的动作骤然停住了,他的头低了下来,而乌拜德也将左手按在了眉心;在一旁的索巴骸特静静地看着这个场景。土匪手中的刀子停在了半空，甚至连沙米尔这会儿也没有发出一点声音。只见那土匪看向了他的同伴们，他真想有人来帮他完成这一击。他们都不是刽子手啊！他们中有一个曾经在格拉纳达做银匠，还有三个洗染工，有一个商人，还有……是天主教徒们对奴隶的压榨与剥削把他们最终逼上了梁山。杀一个天主教徒？当然没问题，因为就是这些畜生把他们的老婆和女儿都绑为了奴隶。可是要对一个穆斯林妇女下手，这……

见那个土匪最终还是把手中的刀放了下来，索巴骸特和乌拜德交换着眼神。怎么能让自己的弟兄去做这种事呢？土匪头子像是在这么跟他的代理人说：你亲自去做也不行；毕竟她是个女穆斯林。这时候乌拜德发话了：

"把你老公和孩子都带走吧，走得远远的。你自由了。我乌拜德留你一条命，这条命要叫你另外一个儿子来偿。"

阿以莎睁开了眼睛，可她谁也没看，她速速站起身来，颤抖着走到那个抱着沙米尔的男人面前，那男人默默地把孩子递给了她。随后女人走向了跪在炭火旁的布拉希姆，鄙视地唾了他一口。

"烂人！"女人咒骂着布拉希姆。

阿以莎走出了那片宿营地，哭成泪人的她不知何去何从。

"给她指指凡塔斯之路在哪儿。"索巴骸特朝一个土匪下了命令，这时在路的反方向，阿以莎的背影已经消失在了荆棘丛生的山林里。

33

埃尔南多将一匹漂亮的三岁小马交给了罗德里戈,刚上好笼头的小马显得有些无所适从,它身上的花纹有些奇特,大块的棕色花斑铺洒在白色的底子上。小马经过了皇家马场的骑行训练后,就要出去见见世面,它得去适应外面的环境,学会面对公牛和其他动物,它得知道如何穿过河流、跳过崖缝,它得熟悉如何在乡间小路上奔跑,要能随着嘴里嚼子的动作停下脚步,而同样重要的是,它还得去习惯一座大城市惯有的嘈杂与喧闹:停在打铁铺前,它得对锻炉上金属的敲击声充耳不闻;走在人群里,它得对突然跑过来的孩子们脸不变色心不跳,缤纷的色彩、绚烂的旗帜、各种各样的牲畜——狗、鸡,当然还有那大群的黑尾猪,它们浑身是毛,长着尖尖的耳朵和鼻子,好多还龇着锋利的牙——科尔多瓦城里的一切都不该成为我们的小马受惊的理由,它得在乐声、节庆、各种各样的噪音和未知的状况中把持住自我。要是在战场上,我们的国王或是哪个皇亲国戚的坐骑只因为一声短笛、一记鼓声或是臣民们的振臂高呼就把背上的骑手甩了下来,那这匹马,特别是它的驯马师,该准备怎么赔罪呢?

新从牧场调来的马还没有到,这两天埃尔南多也没什么特别的事可做,只是在马厩里当着帮工;所以今天一早,骑在小花马上的罗德里戈准备带着埃尔南多到城里逛一圈,也让身下这匹尚不懂规矩的小马开开眼界。他叫埃尔南多握着那根长杆走在他们旁边。

"我看见你在马厩里干得不错,我很高兴。"罗德里戈说着,把脚套进了马镫子里,"不过到现在,你也就是和别人差不多,我想看看你是不是有堂·迭戈说得那么神,对马有自己特殊的感觉。我们今天到城里去转一圈,也是要驯驯这匹马,等会儿它肯定会有受惊的时候,要是你觉得我不该动,而且用杆子抽或者用马刺扎都只会适得其反,你就主动上来,用你的法子控制住它。听明白了吗?"

埃尔南多点了点头,这时候骑手的右腿也跨过了小马的臀部。我怎么知道什么时候该上去做点什么呢,埃尔南多想着。

"要是到时这家伙把我甩下来了,"罗德里戈调整着姿势让自己坐得更舒服些,

"马在头两次进城的时候发生这种事也不奇怪,要真发生了,你要记住,你的目标永远是马。即使到时我撞到墙上了,或者这匹马踢了哪个老头或是撞了哪个摊贩,你的首要目标永远是先控制住它,不要让它在城里到处乱跑,到时受了什么伤我们可赔不起。反正你记住一点:这是国王的马,所以任何人,我再说一遍,任何人,不管是长官也好,警察也好,陪审员也好,市议员也好,他们都无权管辖这些马和我们这些在皇家马场里工作的人。你的任务就是保护这匹马,要是我有什么不测,别管发生了什么事,也别管别人怎么说,你只要把它安安全全地带回去就行了。"

埃尔南多刚才还在忖度罗德里戈到底想让他做点什么,不过一走出马场,他也好,马也好,全都没空想别的了:小马在马场外踏出第一步的时候它就把耳朵竖了起来,见到那些在皇家园地里闲逛着的人们,看到周围一幢幢陌生的楼房,小马心中顿生好奇。罗德里戈用力踢了脚马刺不让它去多想,小马肋部一紧就朝前跃了出去,埃尔南多为了不被落下也跑了起来,一个疯狂的上午就此开始。罗德里戈把小花马骑到了一条狭窄的巷子里,他故意往人群里挤,寻找着那些最可能吓到这匹马的地方,而埃尔南多一直紧随其后。他们选中了大教堂街区里的那条锅匠路,锤子砸在黄铜上的巨响在这里震个不停,随后他们又去了鞣皮坊,那里有整个城里最忙碌的人群,后来他们又在洗染工和梳理工的门口驻足,又停在了银匠和针匠的工坊前。他们绕着科雷德拉广场和菜市场转了一圈又一圈,最后走到屠宰场和陶器坊旁边,一路上罗德里戈所表现出来的勇敢和老练让他这位助手基本找不到出手的机会。

只有一次,埃尔南多不得不挺身而出。罗德里戈带着小马朝一头在街上大摇大摆的猪崽走了过去。那头猪仗着自己身强力壮,冲着小马的肚子就冲了过去,一边号叫一边露出了那两颗尖牙,而小马吓得赶紧兜转过身来,举起前腿就要跑,这一举,它不要紧,可它背上的骑手就被一下子翻了下来。扔下包袱的小马正想撒腿逃跑,不想埃尔南多已经拦住了它的去路,小伙子抓起那根杆子就对着马屁股来了一下,小马只得又转过身去朝向了那头猪,罗德里戈这时候也缓过神来重新执掌了缰绳。这就是埃尔南多的唯一一次出手,除此之外,他只是在马脖子后面用杆子指着路,还有几次他帮忙打起了响舌,那是小马被人流和喧闹吓得驻足不前,骑手的马刺和抚弄全都没有作用的时候。

最终回到马场的时候,埃尔南多和小马都累得满身大汗,一声不吭。

"干得不错,小伙子。"罗德里戈表扬埃尔南多。他从马背上跳下来,把缰绳交到小伙子手中。"明天我们继续。"

埃尔南多牵着马笼头把小马带到马厩，交给了那里的马夫。他正想离开，一个钉掌匠大声叫住了他，这人正在给一匹马钉掌，埃尔南多已经在马场里见过他好几次了。

"帮我一把。抬好！"他指示着埃尔南多，同时把那匹马的后腿交到了小伙子手上。这个男人皮肤黝黑。埃尔南多把那条后腿举了起来，背过身把它搁到了自己大腿上。钉掌匠用折刀刮掉蹄楔，擦掉上面积的泥。"我有个消息告诉你，"男人小声对埃尔南多说，没有停下手上的动作，"你妈被关起来了。"埃尔南多一惊，手差点松开，那匹马这时也躁动起来。"叫你抬好！"男人命令道，这句他倒是大声说的。

"你……你怎么知道的？发生了什么事？"钉掌匠已经几乎贴到了埃尔南多身上，埃尔南多在他耳边问道。

"长老们叫我来的。"听他说出那第一个词时毕恭毕敬的语气，埃尔南多就知道他是自己人。"她回科尔多瓦的时候，走在凡塔斯之路上就被兄弟会的人抓了，她那时手上还抱着那孩子。按照规定她是不能出城的，所以他们判了她六十天监禁。"

"她在凡塔斯之路上干吗呢？"

"你继父不见了。你妈跟神圣兄弟会说她是被老公逼着才带着孩子从科尔多瓦溜出去的，后来她又瞒着他自己回来了。"阿以莎很小心地没跟兄弟会的人提起他们见过土匪的事。"长老们跟我说，叫你别担心，她现在没什么事，他们已经给她找了条毯子，给孩子也找了件衣服，而且他们会天天给他们带吃的去的。"

"她现在人怎么样？"

"没事，好好的呢，他们俩都没事。"

"那我的……你有法蒂玛的消息吗？"埃尔南多想着要是布拉希姆决定从科尔多瓦逃走，他可能也会带上法蒂玛。还是说他已经彻底放弃了？

"她还跟卡利姆他们住在一起呢。"钉掌匠答道，感觉他已经把整件事都了解得一清二楚。

埃尔南多眼睛还看着钉掌匠如何清理着那个蹄楔，心思却早就飞到了别处：布拉希姆竟然把法蒂玛留在科尔多瓦自己跑了！那两个月的期限快到了吧？还剩两个礼拜还是三个礼拜？

"那大哥你是？"小伙子问了起来，这时候钉掌匠的活儿已经大功告成，他让埃尔南多把马腿放下。

"我叫赫罗尼莫·卡瓦哈尔。"男人一边起身一边回答。

"你是从哪儿来的？什么时候？"

"这儿不方便。"赫罗尼莫叫埃尔南多等一会儿再问，他把手托到腰上，脸上做了个痛苦的表情。"这活儿总有一天要把我累死。你跟我来。"钉掌匠收起那套工具，朝马厩门口走去。

两人穿过门厅。大门右侧有间小办公室，现在被用作了马场管理处，总管的助理就在里面，还有一个书记员正在一叠卷宗上写着什么。

"拉蒙，"赫罗尼莫在门口对那助理说道，"材料没了，我带新来的去。"

拉蒙站在书记员的身边，正在看那人写的东西呢，他眼也没抬就朝赫罗尼莫摆了摆手。赫罗尼莫和埃尔南多走到了街上。

"我是瓦赫兰人，我真正的名字叫作阿拔斯。"刚走出马场，赫罗尼莫就主动告诉埃尔南多，"十年前有一大批贵族来到这儿帮忙守城，我到西班牙以后就在其中一个贵族的马厩里干活，后来堂·迭戈就雇了我，自那开始我就一直在皇家马场工作。"

两人走过了主教宫，他们的前面就是大清真寺的后墙。埃尔南多仔细端详着阿拔斯：他毕竟是生在非洲，皮肤要比在西班牙出生的摩里斯科人黑许多，很多时候他们这些摩里斯科人看上去和天主教徒也没很大的不同；阿拔斯要比他高一些，胸前和手臂上都是肌肉，一看就是典型的钉掌匠的体格，每天在铁砧上敲着锤子，往马蹄上钉着铁掌，这活儿干着干着自然就会变成这副模样；他的头发又浓又密，黑得像煤一样，眼睛也是深色的，线条硬朗，他全身直板板的，只有个肉鼻子一颗老鼠屎坏了一锅汤，这处不协调太过明显，像是什么时候被人揍出来的一样。

"我们要去买什么呢？"埃尔南多还不知道他们此行的目的。

"什么也不买。不过回去要是有人问起来，你就说我们是出来找材料的，后来没看见合适的，就什么也没买。"

两人走到了太阳大街的街角，这条街环抱着大清真寺，一直通到赎罪之门。

"那你说，我们能不能……"埃尔南多指了指右手边的这条大街。

"到监狱去？"阿拔斯明白了他的意思。

"嗯，我想去看看我娘。我认识那个看守，"见钉掌匠脸上露出了犹豫的表情，埃尔南多叫他不用担心，"所以不会有问题的。我有些话得和我娘说。"

阿拔斯说行吧，然后两人走到了太阳大街上。

"我也有些话要跟你说。"赫罗尼莫一脸严肃。两人朝赎罪之门走去，在他们的左手边，大清真寺精巧的大门和阿拉伯式的雕花纹饰上雕刻有伊斯兰文明的印记。

"我能理解你迫切想见你母亲的心情，不过求你不要耽搁太久。"

"你要跟我说什么?"

"回头再说。"阿拔斯答道。

埃尔南多一头扎进了从监狱门口走进走出的人群,不一会儿他就走到了门卫旁边。阿拔斯等在了外头。被一扇扇拱门环绕着的内院里竖起了两座楼房,单人牢房、看守的宿舍和其他一些设施,包括一个小饭馆,都被塞在了这两座房子里。埃尔南多和门卫打了个招呼,然后问起了那个脏兮兮的胖看守。说曹操曹操到,胖看守一听说埃尔南多来了,也立马出现在了院子里。

看守的出现带来了一股粪便的味道。见看守朝自己伸出了右手,埃尔南多作势就想要躲开,眼前这个人的身上挂满大便,浑身都湿了,在往下滴着尿。

"又一个躲到粪坑里的?"埃尔南多这算是在跟看守打招呼,他叹了口气,还是伸出手来和看守握了握。

"是啊,"看守点了点头,"他被判去当苦役,每次我们要去提他出来,他就跳到粪坑里,这已经是第三次了。"尽管感觉到对方手上那层热乎乎黏糊糊的东西,埃尔南多还是不由得笑出声来。监狱里的重刑犯都学会了这一招,每当有人要拉他们出去受刑,他们就会到屎尿堆里滚上一圈,哪个警卫都不会想要靠近他们。不过一次、两次,到了第三次,看守决定主动出击,把他送到船上去。"他们明明跟我说你不会再来了啊。"看守终于把湿乎乎的手收了回去。

"这次事情比较特别。"埃尔南多看到对方眼中闪烁着好奇,"神圣兄弟会关了一个女人,连同她的孩子一起。"看守佯装思索。"她叫阿以莎,玛利亚·鲁伊兹。"

"好像没听说过嘛……"看守把右手的大拇指和食指搓了起来,厚颜无耻地讨要着例行的好处费。

"看守大人,"埃尔南多斥责道,"这女人是我娘。"

"你娘?你娘到凡塔斯之路去干吗?"

"看来您是记得她了。我也想知道她去那儿干吗。您放心,少不了您的。"

"你等在这儿。"

看守向拱门后面一个通往院子的地牢走了过去,埃尔南多只见那个被判苦役的囚犯身边,两个浑身沾着屎尿的警卫在不停地骂着。那犯人也是一身的污秽,不过见两个警卫那么不快活,他也就快活了,地牢里不断地有狱友喊着与他告别,而他走到哪儿,人们都慌忙给他让道。埃尔南多目送他走出了监狱等他回过头时,阿以莎已经站在了他眼前,她把沙米尔暂时放到另一个女囚的怀里。

"妈……"

"埃尔南多。"阿以莎小声回了一句。

"哪儿能单独让我们待一会儿？"埃尔南多问那个看守。

看守把大门附近的一个房间腾了出来，房间里没有窗，原是用作仓库的。

"你到那儿去干……"看守刚把门关上，埃尔南多就迫不及待地问。

"抱抱我吧。"阿以莎打断了他的话头。

埃尔南多凝望着他的母亲，母亲只是微微伸出双臂，像是在怕他不接受她。她从来没有主动要求过他的拥抱！此时埃尔南多记起了在胡维莱斯的那段日子，生怕被丈夫发现，那时的母亲一直强压着心头想与儿子亲昵的愿望，而现在……他一下扑进母亲的怀抱，用力抱紧了她。阿以莎轻轻地拍着他的背，哼起了那首熟悉的摇篮曲，她竭尽全力压抑着哭泣的冲动，但那首柔美的曲子还是被一声声抽噎扯得断断续续。

"妈，你到凡塔斯之路到底是去干吗啊？"埃尔南多最终还是问了出来，声音嘶哑。

阿以莎把他们如何逃到山里，如何碰上土匪和乌拜德，他们如何砍掉了布拉希姆的手，还有他们饶了她一命的事都原原本本地告诉了儿子。

"我唾了他一口，我还骂了他。"阿以莎坦白着，吞吞吐吐地，她想到自己竟然把刚被砍掉手的丈夫独自留在了莫雷纳山里，她自己都觉得难以接受。

埃尔南多只想笑，他甚至想要叫出来。烂人！埃尔南多心想，母亲终于开始还击了！不过他最终还是觉得这样有点不妥。

"他这是自找的。"埃尔南多只回了这么一句。

阿以莎呜咽着，轻轻点了点头。

"乌拜德想要杀了你，"阿以莎让儿子千万小心，"你很危险。他现在已经是一个土匪团伙的二把手了。"

"妈，你不用担心，"埃尔南多阻断了母亲的话，虽说他自己心里也不是很有底，"他不会进到科尔多瓦城里来的，不管是因为我，还是因为谁。你只要照顾好你自己，照顾好孩子就行了。这里他们对你怎么样？"

"没人来找我们麻烦……也有东西吃。"

阿拔斯没有去打扰默默走在他身旁的埃尔南多。离别的过程是那么长：阿以莎哭哭啼啼，像是要把儿子留在身边，而埃尔南多……他又何尝想把母亲一个人留在这里？可是阿以莎在自己的泪水快要决堤之前及时察觉到了埃尔南多的下巴在微微颤动。一发现儿子的呼吸也开始急促起来，阿以莎赶忙催他快点离开。埃尔南多找到看守，把说好的好处费给了他，只要他们肯好好待她，他什么都愿意给。随后他缓缓走向监狱的大门，一次又一次地回过头望向那个地牢，母亲已经消失在牢门后面。

"你之前想跟我说什么？"埃尔南多问阿拔斯，这时候他已经恢复过来。

"你妈还好吧？"阿拔斯反倒问起埃尔南多来。埃尔南多点了点头。"他们没给她用鞭刑？"

"没有吧……据我所知。"

"那他们这次算判得轻的了。一般私自跑出去的，如果跑到了格拉纳达，就要被判死刑，如果到了离巴伦西亚、阿拉贡或者纳瓦拉不足十里的地方，就要被判终身苦役，反正只要是离开原本登记的居住地被抓到了，就得去干四年的苦力，外加鞭刑伺候。"

当时妈抱我抱得那么紧，埃尔南多回想着，她也没叫疼，应该是没被抽过鞭子吧……还是说抽了？

"回头你好好跟我讲讲这件事，特别是你继父是怎么逃出去的，"阿拔斯继续说道，"我们得把这事弄清楚。"

"我们？"埃尔南多被搞糊涂了。

"对，我们，所有人。我们的一举一动都在天主教徒的眼皮子底下。要是有个人逃了……对我们所有摩里斯科人都会有影响，他们会追查他身边的人的。"

"谁都不会说的。"埃尔南多说道。

两人无目的地走在这个由众多阴暗狭窄的小巷搭成的街区里，小巷分隔出的大片区域里，还有无数死胡同穿插在其中。

"你别搞错了，埃尔南多。这是你首先要记住的一点：我们中有叛徒，我们中混进了天主教徒的眼线。"

埃尔南多停下脚步，蹙起了眉头。

"是的，"阿拔斯警告着小伙子，"眼线。议事会选定你做……"

"你到底是谁？你为什么会知道那么多事？"

阿拔斯叹了口气，两人继续向前走。

"长老们知道我也在马场工作，就叫我来尽快通知你你娘的事，另外他们还有一件事要叫我来问问你的意见。"阿拔斯顿了一顿，看埃尔南多没有要接话的意思，又接着往下说，"西班牙各地的摩里斯科会众都已经组织起来了，每个会众都配备了阿訇和法典说明官，他们都在地下秘密地进行工作。巴伦西亚、阿拉贡、加泰罗尼亚、托莱多，还有卡斯蒂利亚……这些地方都有我们穆斯林的社区了，其中几个社区还有人称了王！被从格拉纳达驱逐出去的那些穆斯林大都已经与当地的摩里斯科人团结起来，打成了一片，而在有些城市，摩里斯科社区的组织架构已经彻底湮灭，就像现在科尔多瓦所处的情况，那在这些地方，我们就只有从头来过，我们要在一片焦土上重筑起那座属于我们民族的高楼大厦。"

"可是我……"

"你先别说话。你现在首要的事就是要学会不去相信任何人。这里不仅仅有天主教徒的耳目，而且在我们的弟兄中也有些人，尽管他们也不想，可是经过宗教裁判所的一顿严刑拷打，他们最终也只能把消息供了出去。反正我们现在可以畅所欲言，你有什么问题我都会尽我所能回答你，可是你得发誓答应我一件事，即使你不接受我们的提议，你也不能跟任何人说起这件事，一丁点都不行。"这时两人已经走到了钟楼大街前，科尔多瓦城最大的那口钟就挂在这条街的一栋小楼上。两人分了会儿神，看着几个熊孩子用石头砸着那口大钟。"你可以对我发誓吗？"阿拔斯又问了一遍。这时，一个耶稣会教士大喊着跑了过来，吓唬着那群扔石头的孩子。

"嗯，我发誓。"埃尔南多说道，他还望着那群四散而逃的孩子，眼神迷离，"那我怎么能知道你信不信得过？"

阿拔斯笑了。

"小子，你学得可真快！那我问你，你信不信得过哈迈德，就是在妓院里干活的那个奴隶？"

"我相信他超过相信我自己！"埃尔南多想都没想就喊了出来。

于是两人朝妓院走去。哈迈德正在忙，抽不开身，不过他站在门口朝埃尔南多做了个肯定的表情。埃尔南多立即明白过来：这个钉掌匠是自己人。

那一晚，埃尔南多把自己关在房间里，他仔细检查了几遍房门确实从里面拴好了，然后坐到地上。他的手指抚摸着一本破破烂烂的书的封皮，这是用阿尔哈米亚语誊写的《古兰经》。过了一会儿，他打开这本圣书，读起了里面的内容。

"虽说我也不是什么人物，不好说你有什么优缺点，"那天上午，阿拔斯这样跟埃尔南多说，"不过我想说，你的这些能力对我们弟兄非常重要：你能读，还会写，这是我们大部分人都不具备的技能。"

任何用阿拉伯语撰写，或是包含与穆斯林相关的内容的书籍都是被严格禁止的，要是谁被发现持有这样一本书，就会被打入宗教裁判所的地牢。阿拔斯也跟他的家人一起住在马厩的楼上，他看似在稍事歇息，暗地里偷偷将那本《古兰经》递给了埃尔南多。

"还有好多书都已经分发到了弟兄们手里,"阿拔斯说,"有大法官伊亚德① 翻译撰写的关于先知穆罕默德的事迹和一些神迹的书,还有几本是诗篇和预言书的手抄本,用阿拉伯语和阿尔哈米亚语誊写的。他们把这些书都小心藏了起来,这是要保存好我们的律法和信仰,这些都是我们穆斯林的至宝。枢机主教西斯内罗斯,就是那个怂恿天主教国王和王后撕毁与我们穆斯林签订的和平协议的,他曾经在格拉纳达烧了超过八万本这样的书,他这么做是因为他知道这些圣书是我们民族的宝物,而事实确实如此。"

我们民族的宝物!埃尔南多再次成为了穆斯林宝物的保管人。

他得阅读这本书,记住它,然后把它写下来。埃尔南多肩负着传递知识、传递穆斯林精神的火种的重任。他毫不犹豫地接下了这个任务。阿拔斯把小伙子请进了一个饭馆,让小伙子惊讶的是,阿拔斯点了两杯红酒,当着在场所有胡吃海侃的天主教徒的面和埃尔南多干了一杯。

"你得表现得比天主教徒更像天主教徒,与此同时,你也得比我们中的任何一个人更像穆斯林。"钉掌匠在埃尔南多耳边说道。

埃尔南多举杯表示同意。

"安拉至大。"埃尔南多比着口型,这时阿拔斯也举起了杯,两人将杯中的酒一饮而尽。

宁静的夜晚,埃尔南多可以从屋里听到房梁下上百匹马发出的簌簌响声;其中有几匹不安分的正用前脚刨着土,还有几匹则低声哼唧着。他还能闻到它们的味道。这种气味和鞣皮坊里那坨烂屎的味道真可谓毫无共同点。虽说马的味道闻上去确实有点重,也有些刺鼻,可是它闻着健康。皇家马场里的马粪会有人来定期清理,他们会将这些秽物运到隔壁宗教裁判所的菜园子里,所以不可能会有哪坨粪便堆积在马脚下日久腐坏。

埃尔南多合上了那本《古兰经》,他也找不到什么好地方来藏这本书,只好把它放到了那个大木箱里。之后得要好好给它找个安全的地方,埃尔南多一边想着一边把书放到了箱底。看来直到法蒂玛过来之前这个木箱里都不会再有别的东西了。不过等她来了,或许她就能逐渐把它填满了吧,把那些日用品和衣服都放进去,说不定以后还会有小孩的衣服。埃尔南多一边想一边把箱子盖合上,给它上了锁。法蒂玛!她一定也会接受他们的提议的,他可以十分肯定,而当阿拔斯说到这个计划也得有法蒂玛的参与时,埃尔南多不假思索地同意了。

---

① 卡迪·伊亚德(1083—1149),著有《舒法良方》。

"因为负责我们孩子教育的向来都是我们的妇女,"钉掌匠跟埃尔南多解释着,"所以我们决定将教育的重任托付给她们,对此她们非常骄傲,也心怀着期盼。做出这个决定也是为了避免有人到宗教裁判所去告发我们,很难想象有哪个孩子会去检举揭发他的母亲。你不能,也不应该自己去跟妇女们解释我们的教义;这件事应该要由一个女人去做,一个女人和其他姐妹们聚在一起,谁都不会怀疑。"

34

给布拉希姆的那两个月限期在周中的时候就已经过了,可卡利姆还是叫埃尔南多到周日参加完弥撒后再去找法蒂玛。他们俩还没有按照穆罕默德的律法正式结成夫妻,所以他们得先秘密地举行婚礼。现在埃尔南多面临着一个棘手的问题:他没钱去付礼金,而按照规定,付不出彩礼,这婚就不能结。他大部分的工资都溜进了监狱看守的腰包,而仅剩的那一点只能勉强应付他平时生活的开销。他连律法规定的最低礼金的四分之一都拿不出来!他之前怎么就没想到这一点呢?

"没事,有个戒指就行了。"面对难题,哈迈德安抚着埃尔南多的情绪。

"戒指我也买不起啊。"想到科尔多瓦银匠铺里那些贵得离谱的首饰,小伙子有点自暴自弃了。

"铁戒指,有个铁戒指就行了。"

到了礼拜天,埃尔南多从圣巴托罗买教堂出来就朝着位于圣马里纳教区的摩里斯科街荡过去。他不急,他得给卡利姆和法蒂玛准备的时间。埃尔南多一边走一边抚弄着手里那枚精致的铁戒指,这是阿拔斯用铁掌的边角料打的,没想到他那双一点都不像能做精细活的大手还能揽下这活计,这位钉掌匠甚至还在戒指上雕了精巧的纹饰。

到了那条街上,两个假装聊着天的摩里斯科年轻人热切地跟他打起了招呼,他们正望着风,生怕有哪个神父或是警卫搞起突然袭击。不知从哪儿又钻出来个人把他领到了卡利姆的家:这是栋破旧的小平房,后边带个菜园子,这屋里也挤下了好几家人。不管这栋房子底子如何,至少那些女人把外墙都重新粉刷了一遍,摩里斯科街上的好多小房子也都这样重新粉刷过;而要说到房子里面,那可真是打扫得一尘不染,就和格拉纳达王国那会儿一样。

贾利勒、卡利姆和哈迈德领衔着那张简短的来客名单,他们问候着埃尔南多;他们仨是保证这场婚礼能如律法规定的那样做到人所共知的不二人选;在科尔多瓦能做到的习俗也只有这些了。哈迈德拥抱了埃尔南多,不过这时小伙子的脑中还在念着他的母亲;他第二次去监狱看她的时候,她求他别再来了。"你在天主教徒那儿有个好工作，"阿以莎跟他说，"我没多久就能出去了。别让人在这儿看到你，如果有人知道你到这儿来是为了看望一个逃跑的摩里斯科人，他就会把你和失踪的布拉希姆联系在一起。"埃尔南多多希望这一刻母亲也能在场啊！

哈迈德拍了拍他，然后抓着他的肩把他转向了法蒂玛那边。法蒂玛才刚刚出现，她穿着一件借来的亚麻长衫，白色的，与她褐色的肌肤形成了鲜明的反差，同样与之形成对比的还有她那双黑色的眼睛和那头乌黑的长发。女人们在她的发髻上插上了五颜六色的小花。卡利姆的老婆送了她一块漂亮的白色头巾，把她后面亮丽的披发都裹在了里面。十七岁的法蒂玛尽情展示着她的青春韶华。在女孩的脖根，埃尔南多窥见了她心脏的跳动，那块被天主教徒们禁止佩戴的金色吊坠正在那里熠熠发光。

埃尔南多朝法蒂玛伸出手去，女孩用力握紧了它，正如她一如既往所表现出的那样坚强。埃尔南多明白她的意思，他也一样握紧了女孩的手。两人四目交汇，他们久久凝视着对方。没有人去打扰他们，甚至都没有人敢微微移动一下。他想说他爱她，可法蒂玛用一丝几乎察觉不到的表情阻止了他，她想让这一刻更长些、再更长些，她想要再多享受一会儿这得之不易的胜利。她为此付出了那么多！就在这短短的几秒钟里，两人不约而同地想起了那些苦痛：被迫嫁给布拉希姆、被迫委身于他……

"我爱你。"埃尔南多说道，尽管他直觉到了他未来妻子的脑中正在想些什么。

法蒂玛抿起了嘴唇，她也猜到了埃尔南多的心思。为了她，埃尔南多也心甘情愿成为了爱的奴隶！

"我也爱你，伊本·哈迈德。"

两人都笑了，卡利姆的老婆趁机催了催他们，这场婚礼可不能耽搁太久。

哈迈德对他们进行了劝诫。他看上去更老了；有几次说到一半他的声音就开始抖了起来，他得不停地清着嗓子让自己的声音恢复正常。当法蒂玛接过那枚有些粗糙的铁戒指时，她之前所有的镇定与从容全被抛到了九霄云外。她的手在发颤，她一根根手指地试起了戒指；终于把手指套了进去，她不好意思地朝埃尔南多笑了笑。这里没有欢呼，没有舞蹈，连宴席也没摆一桌，他们只是朝着麦加的方向开始小声祷告。祷告完毕，他们走到了摩里斯科街上，此时他们已经像任何一对夫妻一样。法蒂玛撤去了她头发上的装饰，她还把那件白色长衫换了下来，穿上了自己惯常的衣服，她的头上还裹着头巾，她的手上拎着一小袋衣服。看来要填满那个大木箱子还得有段时日啊！看那袋衣服顶多也就两三斤重，埃尔南多不禁心想。

两人把那块法蒂玛之手藏在了《古兰经》里，随后法蒂玛把那块叠好的白头巾盖到了上面，依照风俗习惯，他们把一小包杏仁放到了那块床垫底下。然后女孩也把注意力转移到了这间屋子上，她一会儿跑到这间房，一会儿跑到那间房，这边看看，那边瞅瞅，幻想着她未来在这里的生活。最终她停在了那个脸盆前面，背朝着他，她的指尖划在了那汪清水的水面。她跟埃尔南多说，让她一个人待一会儿，她叫埃尔南多到傍晚再回来。

"我想为了你好好打扮打扮。"

埃尔南多看不见她的脸，可那柔美的声线撩动着他的心弦。

埃尔南多把心中的激动掩藏了起来，他走出房门下到了马厩里，今天是礼拜天，马厩里冷冷清清的，只有一个值班的马夫在院子里无所事事。埃尔南多绕着马场漫不经心地走着，心情好就拍拍那匹马的屁股。法蒂玛会怎么打扮呢？乌希哈尔那天晚上那件两边开衩的纯白的长衫也没有了，它不在那包衣服里。想到那对饱胀坚挺的乳房，埃尔南多就周身一颤，逆着光，那对胸脯在长衫的开衩处若隐若现；遥记得那时女孩喂着他，服侍着他，她每动一下，那对小家伙也跟着一动，让人顿生邪念……

他连躲闪的机会都没有，他刚走到那里，那匹刚从牧场里领来的小野马就尥了他一蹶子，正中他的腿肚子外侧。埃尔南多腿上一波钻心的疼，他赶紧伸手去揉。还好，那匹小马还没来得及给上铁掌，那一脚所带来的痛渐渐缓和了下来。蠢蛋！埃尔南多嘟囔了一句，责怪起自己的大意。怎么能拍一匹野马的屁股呢？它还没习惯跟人打交道呢！这匹小马名叫"阿箭"，它的暴脾气早就预示了它会比其他的马更能惹麻烦。埃尔南多稍微靠近了些，阿箭拽起了墙上拴着它的缰绳。埃尔南多仔细注意着小马那两条后腿，慢慢地站到了它的旁边，他立在那儿，一动不动，静候这匹小马冷静下来。一开始，他一言不发，见小马不再扯那根缰绳，不再在这狭小的马栏里撒泼耍赖，埃尔南多小声跟它说起话来。他用温和的语气在阿箭身边轻语着，说了好久，就跟在山里跟老伙计在一起时一样。他没再靠上去，也没伸手去拍它的脖子，阿箭没去看他，不过当它感觉到小伙子语调的变化，它也竖起了耳朵。这样持续了很久。小马没有服软；它还是坚守着自己的阵地，把头顽强地伸向正前方，丝毫没有要侧过身去闻埃尔南多或是跟他接触一下的意思。

"你总有一天会屈服的。"埃尔南多说了一句，他觉得现在还没到再更进一步的时候，"到了那天，"埃尔南多一边注意着马腿的动作一边缓步走开，"你会心悦诚服，比哪匹马都对我忠心耿耿。"

"一定会是这样。"听到背后有人说话，埃尔南多吃惊地转过头去。堂·迭戈·洛佩兹·德·亚罗和何塞·韦拉斯科正站在那里看着他。贵族一身休息日的打扮：膝盖上方一条由深深浅浅的绿丝织成的竖条纹裤子，天鹅绒做的长袜和鞋，一件黑色无袖紧身上衣，领子和袖口都带着褶，肩披外套，腰别佩剑。而就在那个值班马夫身后几步远的地方，随身侍从何塞站在贵族的旁边。他们在这儿盯着他看了多久了？刚才跟小马说话的时候没说什么不该说的吧？埃尔南多回想起来……刚才他跟小马说话用的是阿拉伯语啊！"那脚踢得疼吗？"堂·迭戈指着小伙子的腿问道。要是他都看到了阿箭踢我的那脚……那他岂不是什么都听到了！

"回禀阁下，不疼。"埃尔南多有点紧张。

堂·迭戈走了过来，亲切地搭着埃尔南多的肩，可这过分亲昵的举动却把埃尔南多吓着了：他想起刚才他还背了两段《古兰经》！

"你知道为什么它叫阿箭吗？"马场总管没等埃尔南多回答就继续说了下去，"因为它又快又倔，不知回头，像一支箭一样。它既灵活又勇猛，每次抬起腿来就像是要用膝盖去触天空一样。我对它有很高的期望。照顾好它，好好料理它。你这些马的知识都是从哪儿学的？"

埃尔南多犹豫起来……到底要不要跟他说呢？

"在内华达山里学的。"埃尔南多想这样蒙混过关。

堂·迭戈微微侧过头来，等着小伙子继续说下去。

"据我所知，山里只有那些土匪才有马啊。"见小伙子也不说话，堂·迭戈问了一句。

"我是跟伊本……伊本·倭马亚学的。"说到这份上，埃尔南多也只好承认，"我是帮他管马的。"

堂·迭戈点了点头，他的右手还搭在埃尔南多肩上。

"堂·费尔南多·德·瓦洛尔·伊·德·科尔多瓦，"贵族念着那个摩里斯科王的名字，"听说他死的时候改信了天主教，所以后来堂·胡安·德·奥地利下令把他的遗体从山里掘了出来，按照天主教徒的习俗葬在了瓜迪克斯。"这位贵族默想了一会儿，"你回去吧，"随后他对埃尔南多说，"今天是礼拜天，明天再继续吧。"

埃尔南多透过马厩的窗朝外边望了望：太阳开始落山了。法蒂玛！小伙子笨拙地朝贵族行了个礼，匆匆从马厩跑了出去。

而此时，堂·迭戈的目光还定在那匹小马阿箭身上。

"我见过有许多人，当一匹马踢了他们一脚，或是试图自卫的时候，他们就用暴力来对待它。"他跟他的侍从评论道，"然后他们就抽打它、惩罚它，却不知道这样只会让马匹愈加恼怒。可这个小伙子不一样，他是和和气气地走上去的。小心这个家伙，何塞，他知道他在做什么。"

埃尔南多奔上楼，敲起了房门。

"再等一会儿。"法蒂玛从屋里对他说。

"天明明已经黑了嘛。"埃尔南多喃喃自语，他吃惊地发现自己语调怎么那么幼稚。

"反正你再等会儿。"法蒂玛的回答毅然决然。

埃尔南多只好来回踱起步来，他来来回回、来来回回，直到自己也厌烦了。她在干吗呢？时间一分一秒地过去。要不再敲敲？埃尔南多犹豫着。最后他选择坐到了门口的地上。要是被人看到了怎么办？到时候说什么呢？要是有哪个也住在二楼的工友回来……或者堂·迭戈？他还在下面马厩里呢！他刚才到底听没听到自己跟小马说的话？要知道说阿拉伯语是被禁止的。据埃尔南多所知，摩里斯科人曾经向科尔多瓦市政府提出过请求，说让他们丢掉他们唯一掌握的这门语言实在有点困难，求市政府给他们一段时间，暂缓执行这条敕令，让那些不会说西班牙语的弟兄们可以有时间来学一学。可这条请求被市政府无情地驳回了，说阿拉伯语依然面临着要被罚款和坐牢的惩罚。试想，单纯说句阿拉伯语就要遭遇牢狱之灾，那么用阿拉伯语背诵《古兰经》呢？不过堂·迭戈倒是什么也没说。是不是说这个马场里真的所有人都只把马当作了自己的信仰？

门上几记微弱的敲击声让埃尔南多回过神来。这是不是意味着……

又有几下敲门声，是法蒂玛从屋内敲着门。

埃尔南多站起身来轻轻推开了房门。门没闩上。

他呆住了。

"快关上！"法蒂玛小声命令着埃尔南多，唇上带着笑。

埃尔南多笨手笨脚地照做了。

既然长衫不在了，法蒂玛光着身子迎接了他。落日的余晖与她身后摇摆着的烛光让女孩的身线在此刻也显得如此捉摸不定。她的胸脯上用女贞花液绘出了精致的图案，那图案的形状像是火苗，正在舔舐那块她重新拿出来挂在胸口的金色吊坠。她还给自己画了眼线，眼线绕着那双大大的眼睛游走，在末尾拉出了长长的弧线，将那双杏仁般的眼睛映衬得更为明显。柑橘花露醉人的香气将埃尔南多包裹了起来，他的目光在妻子那尊既苗条又不失丰腴的胴体上溜了个遍。两人都没有说话，只有他们断断续续的呼吸声稍稍消解着屋里的静默。

"过来啊。"法蒂玛召唤着他。

埃尔南多靠了过去，而法蒂玛就站在了原地，埃尔南多用指尖勾勒着女孩胸脯上的图案，随后，当他站定在妻子面前时，他逗弄起了女孩硬起的乳头。女孩娇喘了一声。当他再要用手捧起她的一边乳房时，女孩阻止了他，她把他引到水盆前。她开始一件件地脱他的衣裳，用清水洗濯着他的身体。

埃尔南多刚刚嘟哝了两声，就把自己的身体完全交给了那股由心而发的震颤：法蒂玛的胸脯一次次摩擦着他的肌肤，当她那双沾着清水的纤纤玉手跑上了他的肩膀、走在了他的臂弯、溜过了他的小腹、滑进了他的两腿之间……

与此同时她还在轻声细语：我爱你，我要你，把我变成你的，占有我吧，让我飞上天去……

洗过全身，她吻了他，她把双臂吊在了他的脖子上。

"你是世界上最美的女人。"埃尔南多对妻子诉说着，"我等这一天等了……"

这一晚，两人牵着手一次又一次地走在了那条爱与欲望的千年古道上。

35

1573 年 12 月 8 日，
圣母受孕日

埃尔南多与法蒂玛结婚已经七个月，阿以莎也结束了长达六十天的牢狱生活被释放出来，马场总管已经批准让阿以莎带着沙米尔与埃尔南多夫妇共住在马厩上方的那间屋内。法蒂玛怀孕五个月了，阿箭也已经在埃尔南多的悉心照料之下变得听话起来，他再也不用用阿拉伯语跟它说话了。婚礼的那晚，两人汗流浃背地躺在床上，埃尔南多跟法蒂玛说起了那匹小马与堂·迭戈的事。

"天主教徒永远都是天主教徒。"法蒂玛说出这句话时的语气与整晚其他时候都截然不同，听到埃尔南多讲起说不定这里唯一的信仰就是马，她只觉得她的丈夫太天真了，"那些人都是坏蛋！亲爱的你千万别信他们：不管这是马场也好，驴场也好，他们该恨我们还是会恨我们，而且还会一直恨下去。"

说完，法蒂玛又一次寻求起丈夫的身体。

埃尔南多日出而作，日落而息。一天两次他得带着小马们做锻炼，他用一根长长的缰绳牵着它们，让它们围着自己转圈；转着圈的时候它们的嘴里会被塞上一根涂了蜜的棍子，这根棍子每天都会被换得越来越粗，最后它会变得跟一根长枪一样粗，为的是让以后这些小马嘴里塞上马嚼子的时候不会太不习惯，同时埃尔南多还会在它们的背上放上沙袋用来模拟骑手的重量。等回到了马厩里，埃尔南多还得用马布给它们搓洗全身；他得把它们的腿一条条抬起来，把蹄甲擦干净，好让钉掌匠来给它们打上铁掌。阿箭成为了那批小马中第一匹能够成功背着沙袋含着粗棍在院子里听埃尔南多的指令打转的马。除了上面所说这些工作之外，经常还会有骑手请他陪他们到城里去遛马，就像之前罗德里戈所做的一样。

埃尔南多热爱这份工作，小马们茁壮成长着，也变得越来越有派头。让那些马夫们惊讶的是，小伙子还给他们提了个建议，他想在麦秆和燕麦这些基础食物之外，另外给小马增加辅食：像阿箭这样精力多得用不完的，得让它喝一种用蚕豆或鹰嘴豆熬成的糊，要在里面拌上麦麸，再加上一把盐，一起放到锅里煮上一整晚；而那些看上去萎靡不振的小马呢，则要用大麦或黑麦给它们补充营养，这些麦子同样也要加上糠和盐，再另添上适量的油，在前一晚熬煮停当。埃尔南多的这个提案对皇家马场多年来养成的习惯是一个挑战，面对这样的大逆不道，堂·迭戈倒是十分宽容，他接受了摩里斯科小伙子的建议，反正多吃点东西对马也不会有什么坏处。辅食获得了立竿见影的效果：对阿箭来说，不仅它原本的勇猛没有受到一点减损，而且它的性格中还平添了一分稳重；而那些原本畏畏缩缩的小马在吃了埃尔南多的辅食之后也变得生龙活虎起来。骑手们、马夫、钉掌匠和马具匠们都对埃尔南多敬佩有加，而马场总管本人也是尽可能地满足他的要求，堂·迭戈还特地给他写了荐书，让阿以莎也可以在纺纱坊里帮忙干活。

1573年12月8日，圣母受孕日，宗教裁判所预定要在科尔多瓦大教堂举行一场裁判。正如之前几次一样，这个消息迅速在科尔多瓦市民中炸开了锅，面对人们的群情激奋，埃尔南多和法蒂玛心中惴惴不安，特别是现在他们正身处一群摩拳擦掌激动异常的马场工人中。前两年他们也把公开裁判的日子定在了这一天。可能去年的宗教裁判是有史以来最狂热的一次，民众们近乎病态的恶趣味达到了前所未有的顶峰：那场审判的对象中有七个女巫，那个远近闻名的"卡玛查"真名叫作蒙蒂利亚·莱昂诺尔·罗德里格斯的巫婆也在其中。宗教裁判所判其公开悔罪，然后在科尔多瓦和蒙蒂利亚各受鞭刑一百，她将被流放到蒙蒂利亚十年，在先头的两年里还要先到科尔多瓦医院里去做苦工。那些天里，连牲口们都好似沾染上了些许虔诚成为了天主教徒，而我们的摩里斯科人则只能夹着尾巴在城里匿迹潜形。卡玛查竟然招认说她的巫术都是从一个格拉纳达的摩尔女人那里学来的！

可是今年，没有任何一个人能对这场宗教裁判置身事外。前一天晚上，阿拔斯造访了埃尔南多他们。

"明天我们得到大清真寺去看那场审判。"阿拔斯先是跟他们打了个招呼，然后言简意赅地说。

"你觉得得去？"埃尔南多不解，"干吗要……"

"会有几个摩里斯科人受审。"

尽管阿拔斯究其本源是个非洲人，不过他倒与宗教裁判官们关系不错，之前对埃尔南多的告诫，他本人也谨守遵行，在隔壁堡垒里那些冷酷的邻居们面前，他表现得比一个天主教徒更天主教徒，以至于那些判官们把他当作了一个典范到处宣讲，用以证明一个生于穆斯林邪恶土地的人也能领受到天主的福音。阿拔斯的工种也从另一个方面让他获得了那些贪婪的裁判官与专员们的信任和感激：他给脱落了的大门包上铁，松了的铁栏杆也是由他加固，铁饰坏了他会去修，甚至连地牢的铁窗也是他的活儿！这位皇家马场的钉掌匠接下了宗教裁判所所有的小修小补，自然是不收钱的，都是奉献嘛。

"就算你说的，"埃尔南多还是没有明白，"跟我们又有什么关系？我们为什么要去看呢？"

"首先，当然是为了表示我们对神圣的宗教裁判所怀有的深深的敬意。"钉掌匠做了个鬼脸，"说真的，得让他们看到我们在那儿。其次，我想让你见一个人。第三，也是最重要的，你得对他们为什么要审判我们的弟兄有个直观的认识，我们得要知道他们每个人都被判了什么样的刑，然后去通知阿尔及尔，告诉他们，宗教裁判所是怎么对待我们这些在西班牙的穆斯林的。"

听到这里，法蒂玛和埃尔南多同时站了起来。

"这是为什么？"埃尔南多觉得很好奇。

阿拔斯朝他做了个手势，叫他继续听下去。

"我们这儿每有一个穆斯林受刑，土耳其人也会同样从阿尔及尔的因牢中拉出一个被俘的天主教徒，以同样的方式惩罚他。对，没错。"见埃尔南多脸上露出不可置信的表情，钉掌匠跟他确认道，"而且这事天主教徒们都知道。虽说宗教裁判所不会因为这个原因就停止审判他们认为是异端的行为，可是在实际判刑的时候，这也是一种不错的对他们施压的方式，让他们在判处重刑的时候必须考虑再三。这点我是知道的，我听他们说起过。两边的消息都是互通的，我们把消息带到阿尔及尔，而那些被从阿尔及尔赎回来的天主教徒和那些去付赎金的施恩会修士则会把那边的消息带回来，带到西班牙。自古以来就是如此：远在天主教国王和王后还没当政的时候，西班牙抓获的私掠海盗会被用石头击毙或是被绞死，而一听到这个消息，海峡那边的私掠海盗也会立即处死一个天主教徒作为回应，所以后来，两边也达成了默契：之后被抓到的俘虏都只会被判处终身苦役。在这儿，科尔多瓦，在那些被从格拉纳达驱逐出来的摩里斯科人还没到来的时候，这里是没有摩里斯科人的，所以现在要轮到我们来处理这件事，其实这件事在其他王国里已经这么做了好多年了。"

"那我们怎么才能把消息传到阿尔及尔去呢？"

"每天有超过四千个摩里斯科脚夫在西班牙各地活动着！经常会有穆斯林弟兄坐船前往柏柏尔。虽说国王禁止摩里斯科人接近海岸线，不过要骗过天主教徒的警戒也实在不是什么难事。我们会通过脚夫把信息传递给和他们有交集的土匪、奴隶和逃亡者们，然后这些人就会把宗教裁判所的判决带到柏柏尔去。实际传递消息的就是这些脚夫……"

"乌拜德也在其中么？"埃尔南多插了一句，他想起了他母亲所说的发生在山里的那件事。

"你是说那个独臂人？"阿拔斯皱起了眉头。

"嗯，这男人发誓要杀了我。"

听到这话法蒂玛大惊失色，她用目光询问着她的丈夫这究竟是怎么一回事。埃尔南多一直没把凡塔斯之路上发生的事告诉她，他和他母亲都只是跟她说布拉希姆跑了，而阿以莎顺利逃脱了布拉希姆的控制。

埃尔南多抓起法蒂玛的手，对她点了点头。

"可是乌拜德到科尔多瓦来干什么？你什么时候知道他在这儿的？"法蒂玛坚持要问个明白，她知道那男人非常危险。

"土匪对我们来说很重要，"阿拔斯先抢过了话头，"但是我们对土匪来说更加重要。没有我们这些在地里和其他地方工作的摩里斯科人的帮助，他们连生存都成问题，他们得不时地躲到我们这里来。他为什么要杀你？"

埃尔南多把之前的事跟阿拔斯说了一遍，讲到那个纳里拉的脚夫如何威胁他、如何威胁布拉希姆，不过隐去了乌拜德被剁手的原因，他没跟阿拔斯说正是因为他把一个银十字架藏到了乌拜德的骡子身上，才导致脚夫后来遭受的那场刑罚。

"现在我明白了！"阿拔斯喊了出来，"所以他才要砍掉你继父的手。我们当时还在想为什么他要这么残忍地对待一个穆斯林弟兄呢。现在我也知道为什么哈迈德对索巴骸特和独臂人都不怎么放心的原因了。"

法蒂玛这才知道真相，她那双黑色的大眼睛直直地盯着埃尔南多，责怪他怎么不早点让她知道。

"我们当时想的是可能不让你知道比较好。"埃尔南多跟老婆认错，他握紧了法蒂玛的手。"可是你怎么会知道这件事的？"埃尔南多朝钉掌匠发问。

"我跟你说过我们经常有接触的。"阿拔斯用手托着下巴，摸起了他的胡子，"这事我会想办法解决的。我跟你保证我们不会再让他打搅你的。"

"还有，要是你们对土匪那么了解，"法蒂玛脸上带着一丝担心，"布拉希姆现在是怎么个情况？"

"他的伤好了，"阿拔斯答道，"据我所知，他跟一队人一起到柏柏尔去了。"

确实如钉掌匠所说。不过没人知道，甚至那些和布拉希姆一起逃跑的人也不知道，当这个男人最后再望上一眼在那莫雷纳山脚下缓缓铺展的科尔多瓦的土地时，他那根残肢上的疼痛仿佛瞬间消失了：这一刻有复仇的烈火在他胸中熊熊燃烧，手臂上那一直烦扰着他的一阵阵剧烈刺痛反倒感觉不算什么了，现在的他就要去告别这些年来在天主教徒的万般欺凌之下、在那每天过着的可悲日子里存在他卑微心中的那唯一的企盼：法蒂玛。隔海远望，他想到他那个被长老们从他手中生生抢去的妻子现在正躺在拿撒勒人的怀里，为他敞开胸怀，为他献出肉体，说不定肚子里还有了那个杂种的后代……"我发誓我会再回来的！"布拉希姆咬着牙朝着远方的陆地挤出一句。

这是寒冷却阳光明媚的一天，此时已快到中午。当埃尔南多经过科尔多瓦大清真寺的那道赎罪之门时，他犹疑不前。法蒂玛发现了丈夫的迟疑，可这时候阿拔斯已经走到了前面。不管他们愿不愿意进去，身后蜂拥而至的人群已经哄了上来，随着那阵阵敲响的钟声把他们一股脑儿推到了教堂里面，钟声是从钟楼上传过来的，而那栋钟楼所在的位置，就是原本清真寺的尖塔。

埃尔南多在科尔多瓦住下已经三年，路过这座大清真寺也不下几十次了，有几回经过时，他低下头隐藏着视线，而更多的时候，他侧眼望向了那几面古老的墙，它们像堡垒一样环绕着这座西方哈里发的圣殿，哈里发们与千万名穆斯林曾在这里虔诚地祷告，它像一座灯塔将这独一真正的信仰投向了这片历来由天主教控制着的西方。

可他从未敢踏入这里一步。这里有超过两百名神父，这个数字甚至不包括那些教士会的成员，在大教堂里不计其数的小礼拜堂中，神父们每天要主持超过三十场的弥撒。

穿过那座巨大的拱门，经过了那个被圆形穹顶覆盖的前厅，埃尔南多和法蒂玛被身后的人群喷吐在了大教堂入口前面宽敞的院子里，这里种植着橘树、柏木、棕榈和橄榄，人群在这里散了开来，这时候，阿拔斯再次走到了他们身边。钉掌匠像是猜到了埃尔南多的想法，他努了努嘴，鼓励小伙子继续往前走。法蒂玛戴着婚礼时的那条白头巾，她紧紧地抓住了丈夫的胳膊。

院子的形状是个封闭的长方形，由一个个拱门搭成的柱廊围住了四边形的其中三边，院子大小恰好与大教堂的北墙相等。尽管院子里有清爽的树、清冽的泉，可一看到那柱廊墙上挂着的几百张罪犯榜，三个摩里斯科人还是觉得浑身发紧，每一张罪犯名录都在严正警告，宗教裁判所时刻监视着每个人的一言一行，宗教裁判所永远不会放过一个异端。穆斯林时期，哈卡姆哈里发[①]在大清真寺的东墙和西墙前

---

① 即哈卡姆二世（961—976 年在位）。

建造了两男两女四个浴场，信徒们在沐浴净身后便可以通过大清真寺四围开出的十九扇小门——每个厅都对应一扇——进到祈祷室里。可这十九扇小门都已经被天主教徒用墙堵了起来，所以这一天所有人都只得从一道大拱门走进大教堂里，这道拱门叫作祝福之门，是那些天主教徒在与穆斯林作战前为军旗祈福的地方，同时也是从院子通到教堂里的唯一通道。他们走进了大教堂，他们等待着眼睛能够习惯那些悬挂在只有九巴拉高的屋顶上的灯光，此刻，连之前已经来过几次的阿拔斯也不禁被眼前所见的景象惊得呆在了原地，与法蒂玛和埃尔南多一样。人流涌了上来，有的躲过了他们，有的把他们撞得左摆右晃。这是由近千根柱子汇成的森林啊！柱与柱之间用双拱连接着，一道拱又架到了另一道的上方，那拱上有砖的红色与石头的赭色交相变换，身处这里叫你怎能不想祈祷！

三人一动不动地在原地定了好一会儿，他们呼吸着那浓郁的熏香味道。埃尔南多的目光迷失在了那一个个西哥特式与罗马式的柱头上，柱头与柱头用拱形联结，每一个和另一个都不尽一样。法蒂玛站在了两个男人中间，埃尔南多和阿拔斯从两侧保护着她。

"万物非主，唯有真主，穆罕默德是真主的使者。"像是有一股神奇的力量推动着法蒂玛，让她不得不说出了这两句话。

"你疯了吗？"阿拔斯叫法蒂玛赶紧停下来，自己则急忙回过头去看身边有没有人听到她刚才说的话。

"你说得对。"法蒂玛高声回答，她像是被催眠了一般，抚摸着隆起的肚子，朝大清真寺的内部走去。

阿拔斯瞪了埃尔南多一眼，求他赶快制止他老婆继续胡言乱语。

"快别说了，为了我们的孩子。"埃尔南多赶紧上去祈求着她，他把手轻轻放在女孩的肚子上，法蒂玛这才像是醒了过来。"我曾经向你发誓要把一个个的天主教徒都放在你的脚下，而今天我要跟你说的是，终有一天我们会在这个神圣的地方向那唯一的真主祈祷。"法蒂玛闭上了眼睛。埃尔南多觉得这样发誓还不够："我以安拉起誓。"埃尔南多低声说道。

"伊本·哈迈德，"法蒂玛无所顾忌地叫出了埃尔南多的名字，人们还在继续不断地挤过他们的身旁，天主教徒们兴奋地谈论着那场马上就将开始的审判。"请记住你刚才所说的话，你一定要做到它，不论发生了什么事情。"

阿拔斯长吁了一口气，他见到法蒂玛已经重新抱住了丈夫的胳膊。

他们再也走不进去了，前面已经有几千个人围在了那里。哈里发时期穆斯林祷告圣所的中心——那个通往壁龛的中央大厅——正在被改建为文艺复兴风格的大教堂，大教堂整体十字形的结构将会用哥特式的大石柱和拱扶壁支撑起来。天主教徒们打穿了原本大清真寺的屋顶，只为了在这里竖起一座规模庞大到足以满足他们愿景的圣殿。其实在这之前，天主教徒们在大清真寺内阿卜杜·拉赫曼二世①扩建的部分已经建起过一座小教堂，而眼前这个已经开工数年可到现在还没有完成的宏大工程正是要将那座无法满足他们胃口的小教堂完全替代掉。大礼拜堂的兴建工作曾经引起了科尔多瓦市政府的极力反对，他们生怕这项工程会让之前原有的礼拜堂和祭坛全都化为齑粉。与教士会相持不下的市议员和陪审员们甚至颁布了一条法令，规定将所有参与大教堂新建工程的工人都判处死刑。最后还是卡洛斯一世皇帝亲自出面结束了这场争端，他最终批准了这项改建工程。

许多人还在院子里等候入场，宗教裁判所的法官、教士会和市政府的成员，特别是那些罪犯们也还没有进到大教堂里，在等着他们的时候，埃尔南多还有时间可以在周围人的高声谈笑和窃窃私语中细细观赏这个能够容纳数千人的圣堂的内部。不算外面的那个院子，大清真寺的建筑近似于一个四边形，四边形的正中央正在被改建成天主教的大教堂，而在它周围环绕着的几百根柱子则驮起了层层叠叠、红赭相间的马蹄形双拱。最外边的那排柱子与清真寺内墙之间的空间也被贵族和教士们利用了起来，他们在这里为那些圣徒和殉教者们开辟了不计其数的小礼拜堂。就像科尔多瓦的街街巷巷一样，在这些小礼拜堂里也充斥着天主教的祭坛、神像、绘画与雕塑，它们像是在向眼前这群狂热的民众炫耀着那些出资捐赠礼拜堂的名门望族的无上权力。埃尔南多目光所及之处尽是贵族、骑士和主教们的家徽与纹章：它们被刻在了大清真寺的墙上、柱上和拱上；它们被雕在了小礼拜堂前用铸铁打造的栅栏上；还有那些与地相齐的墓碑，小礼拜堂的装饰与组画，每一处最细小的地方都可能会出现它们的形象：门锁上、灯盏上、锁环、箱子、椅子……当然也别忘了那些骑兵盾牌和头盔，它们来自卡斯蒂利亚、德国、波兰和波西米亚，它们被挂得到处都是，只因这些胜利都是以天主教之名得来的。

"穆斯林被夹在了天主教徒中，"埃尔南多心中这样想着，此时风琴已经奏了起来，赞美诗已经唱了起来，主教、宗教裁判官和市政长官即将入场，而他们各自的侍从还有那些罪犯将会走在他们的后面，"就像这座建筑一样。"埃尔南多抚摸着其中的一根柱子：天主教徒们的痴狂被写在了小礼拜堂里，它们从四周包围着整座圣堂；而在它们的里边，一千根柱子顶起了那些红色和赭色的拱，歌颂着安拉的至高无上；在最里面，被这些柱子所环绕的，则是在赞美诗中巍然矗立的那座新的大礼

---

① 西班牙后倭马亚王朝第四任埃米尔（822—852年在位）。

拜堂，重又是天主教徒们的天下。

埃尔南多抬头望着大教堂的顶：天主教徒们试图用他们的建筑去接近神的存在，他们动用了一切技术手段想把教堂造得高些、再高些；他们的建筑底部宽大而厚重，相反的，顶部却是又细又高。可是科尔多瓦大清真寺是由穆斯林创造的一个建筑奇迹，在这里，建筑让神权降临到了人间，由柱林所支撑起来的双层拱结构中，上层拱的宽度反而是下层拱的两倍。和天主教建筑的风格恰好相反，在大清真寺里，重物恰恰是被放在了高处，而在下方支撑着它的圆柱却是精瘦精瘦，这是对重力定律发起的赤裸裸的挑战。真主神权在上，而在真主之下虔诚祷告着的信徒们则微弱渺小。

既然天主教徒那么仇恨穆斯林，为什么他们不把这里伊斯兰教所留下的痕迹一并抹去，就像他们对城里其他清真寺所做的一样呢？埃尔南多心中默默自问，他的目光还停留在那些柱子顶端的双层拱上。科尔多瓦的教士会是西班牙全境最富庶的几个教士会之一，这里的贵族也是最有钱的，如果想要把这座清真寺推倒重建，他们一定不会说是钱不够。他们本可以像格拉纳达或是塞维利亚那样新建起一座大教堂，可他们却没有，相反的，他们允许那些穆斯林的记忆继续萦绕在这精致的柱子间，氤氲在这低矮的屋顶下，融化在这圣殿的结构中……存在于这整座大清真寺的灵魂里！真是一种神奇的结合，它独立于其中的人而存在，但只要你在这座清真寺中，你就能呼吸到它的气息。埃尔南多暗自赞叹。

他们谁都看不见这场在旧的大礼拜堂中举行的宗教审判，警察们已经在审判的主角们周围拉起了警戒线，只有离警戒线最近的那几排人才能勉强看到审判的实况。不过埃尔南多他们还是能够听到判官们当场宣读的那些指控与判决，其实也无甚特别，只是简短地提到了那些罪犯所犯的罪以及他们将要承受的刑罚。科尔多瓦王国这次宗教审判的罪犯共有四十三名，其中二十九名是摩里斯科人，宗教裁判所的判官们一边宣读着，下面的天主教徒们就认真地听，每当读完对一名罪犯的判决，天主教徒们便会以欢呼或起哄作为回应。

鞭刑两百，这个住在圣科鲁兹德穆德拉的天主教徒坚称教义中说的"耶稣将降临，审判活人死人"实在是在信口雌黄。"耶稣已经来过一次了！"罪犯坚持己见，"干吗还要再来一次？"另几个天主教徒也受了鞭刑，他们公然宣称未婚同居和婚前性行为不是罪过。鞭刑两百加上三年苦役，这是对一个犯了重婚罪的安杜哈尔镇民的惩罚；而一个来自阿基拉尔的织工则被判处了罚金，他宣称地狱只是为了摩尔人和无药可救者而存在的："既然还有摩尔人在，那天主教徒怎么会下地狱呢？"另一个男人也被判处了罚金，外加要被塞住嘴用麻绳牵着示众，他说，付了钱和女人睡觉哪能算是罪过呢？还有几个男人和女人因为讲了渎神的话、质疑革除令①的效力、爆粗口，或者说了异教徒才会说的言语等罪过，被判了罚款或是穿悔罪服这样较轻的刑罚。两个法兰西人因为支持路德派②教义被判处了没收财产、鞭刑和终身苦役；而三个阿尔卡拉雷亚尔的居民因为被私掠海盗俘虏后在阿尔及尔背弃了天主教而被判处了开除教籍③。

"下面要审判的是来自于特尔奎的新天主教徒，"在宣读完对那三个阿尔卡拉人所下的判决后，书记员又念了起来，"艾尔薇拉·波拉特。"

"艾尔薇拉！"法蒂玛脱口而出。站在她前面的一男一女惊异地回过头来；他们先是瞥了一眼法蒂玛，然后望向埃尔南多，法蒂玛正在跟埃尔南多解释她惊叫的原因："艾尔薇拉是我一个朋友，以前……"

阿拔斯赶紧当着众人的面在胸口画起十字。

"女人，"埃尔南多粗鲁地打断了法蒂玛的话，他也效仿着钉掌匠画起了十字，"这种黄毛丫头时候的友谊还是早点扔掉不要了吧，你不该有这样的朋友。为她祈祷吧。"埃尔南多抓住了法蒂玛的手腕，"请圣母在上帝面前替她求情，愿我们的主将她引上正路。"

前面回过头的那个男人点了点头，意思是埃尔南多说得对，然后他和他老婆又把头转了回去听宣判。

罚款、悔罪外加鞭刑一百，其中五十下在科尔多瓦执行，另五十下要回到她住的地方厄西哈完成，这就是艾尔薇拉要为她所谓"摩尔人的行径"付出的代价。相同的命运也等待着其他被控的摩里斯科人——悔罪、到教区里去接受教育、根据性别不同分别被处以一百或两百下鞭刑，他们所有人都要在宗教法庭前认罪，然后重新皈依天主教的怀抱。下一个要审判的罪犯是一个屡教不改的奴隶，他自始至终就一直信从着穆罕默德的教义，还试图想逃到柏柏尔去。开除教籍。听到这个判决，人群中欢呼雀跃，掌声雷动。这下可有好戏看了！在阿尔及尔叛教的那三个阿尔卡拉人已经昏死过去，给这样的人执行火刑有什么可看的？但这个执迷不悟的、到现在还在龙精虎猛地守卫他的信仰的摩里斯科人倒是可以满足他们的愿望，这样的人是不会获得被事先绞死④的恩典的，他将在篝火上被活活点燃。

---

① 将教徒逐出教会的惩罚。
② 新教主要宗派之一，以马丁·路德宗教思想为依据。
③ 开除教籍即意味着处以火刑。宗教法庭不能判处火刑，必须先由宗教法庭开除教籍释放罪犯后将罪刑移交给世俗法庭，再由世俗法庭判处并执行火刑。
④ 把人绑在凳子上，将其脖子处扣着的铁环不断拧紧来达到处死的目的的刑罚。

"特此宣判。"

宗教裁判所的判官们宣布裁决结束，那些罪犯被交到了世俗法庭的手里执行刑罚。还没等听完最后一个字，人群已经朝火刑场涌了过去。火刑场位于夏至草之野，那里是科尔多瓦的最东边，也就是说，要去看火刑，就得横穿整座科尔多瓦城。

人潮汹涌掀起闹声一片，埃尔南多跟阿拔斯说话也就不用太过小心。他只觉心中一阵恶心。男女老少叫着笑着推搡着朝清真寺外挤了出去。

"又少了一个摩尔人！"一个人叫了起来。

旁边的人齐声大笑，像是在为他叫好。

"我们还过去看天主教徒是如何活活烧死我们的弟兄的？"埃尔南多问道。

"不用，因为图书馆里有人在等我们。"钉掌匠冷冷地说，"不过要不是有这桩事，我们本来是应该要去的。"埃尔南多这时候才意识到自己错了。"那个男人会在千万个歇斯底里、嗜血成性的天主教徒面前荣耀我们真正的信仰。想想今天我们被审判的弟兄姐妹里有多少人是满怀着骄傲与自豪去接受惩罚的。那些妇女借口说冷，要来悔罪服把她们的孩子也裹了起来，她们只是为了让大家看到，穆斯林没有忘记他们的真主，穆斯林的宗教依然活在所有信徒的心中。"法蒂玛闭着眼睛听着这番话，她把双手都放到了自己的肚子上。埃尔南多正想请求原谅，阿拔斯却没有让他说话的意思："不久以前我们得知了一件事，那时候在巴伦西亚刚刚举行过一场宗教审判，在审判中负责行刑的那个家伙那天就到了赫斯塔加尔这个在山里的小镇，他厚颜无耻地向我们的弟兄们索要他工作的酬劳。可是在他讨钱的时候，有一个弟兄就不愿付钱给他，理由是他理应受的鞭刑没有执行。后来他们查证属实，那个弟兄就在家人和邻居们的眼前挨了一百鞭，当他背上被打得皮开肉绽的时候，他才心甘情愿地付清了行刑官的工钱。他本可以直接付钱，这样就省去了那顿鞭子，可是他宁愿和自己的同胞们一起去承受这样的刑罚。这就是我们的民族！"钉掌匠顿了一顿，他环视着那片由石柱构成的森林，他的眼神掠过那一根根双色的圆拱，就好像这些见证了穆斯林辉煌的建筑物也同样可以证明他刚才所说的话。"我们走吧。"随后，阿拔斯对两人说道。

他们跟着落在最后的那群人和那些因为各种原因不能去观看火刑的人一起穿过了这座大清真寺，这时候，那些教会和市政府的人已经早就离开。他们绕过了正在施工中的那块十字形区域，十字形的横边与原本清真寺的大厅正好完全契合；祭坛后那三个文艺复兴风格的小礼拜堂也已经被他们甩到了身后。大礼拜堂已经建好了，但那个椭圆形的穹顶还待完成，所以现在他们还能看见天主教徒们搭起的那些脚手架支撑着一个临时的顶棚。随后他们朝大清真寺的东南角走了过去，气势恢宏的教会图书馆就坐落在那边的一个小礼拜堂里。图书馆拥有几百册文件和藏书，其中还有一些是历史长达八百年之久的手抄本。尽管有一道高大的铁栅栏把图书馆拦了起来，不过此刻那扇栅栏门却敞开着。

"我说，你老婆她，"阿拔斯已经走到了门口，"能不能在这儿等我们一会儿，其间不做任何傻事？"

法蒂玛听了这话就要跟钉掌匠翻脸，可埃尔南多用手拦住了她。

"她行的。"埃尔南多答道。

"她能不能理解我们现在之所以这么忍气吞声是因为这关系着我们无数兄弟姐妹的性命？"

"她明白的。"埃尔南多跟阿拔斯说道。听到这里，法蒂玛也羞愧地点了点头。

"那我们走吧。"

埃尔南多和阿拔斯穿过了那道栅栏门，他们停住了脚步。图书馆的一排排书架上安放着多达几百册的书籍和羊皮纸卷，书架旁还有几张桌子放在那里以便人们阅读，在其中两张桌子边，还有五个神父正围在那里说着话。钉掌匠见馆里有人在开着会便想撤退，可其中一个神父看到他们进来就叫住了他们。魁梧的阿拔斯十指交叉做了个祈祷的动作，把手放到胸口低下头来；埃尔南多也模仿着他的动作，然后两人朝那几个神父走了过去。

"你们要干吗？"还没等两人走到面前，叫他们的那个神父就一脸嫌弃地问了起来。

"堂·萨尔瓦多大人，我认得这个男人。"另一个神父插了一句，这是五个神父中最年长的那个，头秃了，身子胖胖的，人很矮，可声音听上去又未免有些过于甜美，与他的外形毫不搭调，"他是个品行端正的天主教徒，和裁判所一直关系不错。"

"早上好，堂·胡利安。"阿拔斯跟那人打了个招呼。

埃尔南多也匆忙跟着问候了一句。

"早上好，赫罗尼莫，"那神父还了个礼，"你今天来有何贵干哪？"

一个神父先到书架那儿拿书去了，其他人，除了堂·萨尔瓦多还在打量着他们，另外几个都是在兴致缺缺地旁观着这个场景，直到赫罗尼莫的一句话唤起了他们的注意。

"之前啊……"阿拔斯清了两下嗓子，"之前那些格拉纳达的摩尔人来到这儿的时候，你不是跟我说么，要是在他们中发现有哪个天主教良民会用阿拉伯语书写的，就让我把他带来。所以这就是。他叫埃尔南多。"阿拔斯介绍着埃尔南多，他抓着埃尔南多的胳膊，叫他往前跨上一步。

用阿拉伯语书写！一瞬间，埃尔南多觉得连图书馆墙上受难耶稣像的眼睛此刻都盯在了他的身上。阿拔斯疯了吗？哈迈德是教过他一些简单的阿拉伯语，教了他一点基础的读写知识，可是就凭他肚里这点货色就被拉出来当作行家介绍给图书馆里这几个神父……有一股力量促使他转过头朝馆门口看去，他看到法蒂玛正站在栅栏后细细听着，女孩的嘴唇弯起一轮难以察觉的微笑，她正用这种方式鼓励着自己的夫君。

"不错，不错……"堂·胡利安频频点头。

"要说能用阿拉伯语书写，你们不觉得这个小伙子有点太年轻了么？"堂·萨尔瓦多打断了同伴的话。

埃尔南多瞧见阿拔斯脸上紧张了起来。他该不会没想到会发生这样的情况吧？他竟然一点准备都没有？埃尔南多分明觉出了堂·萨尔瓦多话语中的敌意。

"神父，您说得对。"埃尔南多谦恭地答道，他转身望向了神父，"我也觉得我的朋友有点过分夸大了我的本事。"

堂·萨尔瓦多抬起了头，他看到了这个摩里斯科人眼眶中那双湛蓝的眼睛。他犹豫了几秒。

"夸大归夸大吧，可你那点知识是从哪里学来的？"神父询问着埃尔南多，这时候他的口气或许已经与刚才有着些微的不同。

"在阿尔普哈拉斯学的。胡维莱斯教区的堂·马丁神父，愿他活在上帝的荣耀里，是他将这些知识教给了我。"

不管怎样他都不能提起哈迈德，至于堂·马丁么……母亲用刀扎着神父的情景在埃尔南多脑中一闪而过。科尔多瓦教士会的人又怎么会知道格拉纳达一个小山村里的教区神父呢？

"一个天主教神父又怎么会懂阿拉伯语？"最年轻的那个神父不解地问道。

堂·胡利安本想回答，可堂·萨尔瓦多抢了他的话头；似乎在场的所有人都挺尊敬他。

"这也是很有可能的事。"堂·萨尔瓦多解释说，"那是很多年以前了，国王曾经颁布过一个命令，为了教化那些异教徒，他让传教士们都去学习阿拉伯语，因为异教徒中，特别是巴伦西亚和格拉纳达这儿的人有很多都不懂西班牙语，有的连阿尔哈米亚语都不会说，所以必须要懂阿拉伯语才能去驳斥他们的歪理邪说，才能去了解他们想的是什么。那么好，小伙子，给我们看看你的能力吧，不管懂得多也好懂得少也好。神父啊,"他转过身去对堂·胡利安说,"麻烦你把最近落到你们手里的那本异端的手抄本递给我。"

堂·胡利安嘀咕了两句,可是堂·萨尔瓦多把右手摆了摆让他赶紧去。埃尔南多只觉背上冷汗直冒,他不想去看阿拔斯,便转头望了望法蒂玛,女孩在栅栏那头朝他挤了挤眼。这时候她还挤眼?她什么意思?埃尔南多只见他老婆微笑着动了动下巴,像是在给他打气,这时候他才恍然大悟:对啊,为什么不呢?这些神父哪懂阿拉伯语啊?要不然他们干吗要找他来当翻译呢?

小伙子从堂·胡利安手中接过了那本破破烂烂的书,然后仔细阅读起来。这本书用的是一种文绉绉的阿拉伯语,与安达卢斯的阿拉伯语不尽相同,哈迈德以前也跟他说过好多遍,说几百年来阿拉伯语在西班牙也经历了各种演变,这里的阿拉伯语已经与原本正统的阿拉伯语有了不小的区别,成为了一种方言。那这本书到底说的是什么呢?

"这书上记载它写于突尼斯,"埃尔南多煞有其事地说道,他是真想看明白这上面写的是什么,"说的是神圣三位一体的事。"他稍微看懂了几个字,"大概说的是:以秉公裁决的真主之名,"埃尔南多假装在读,嘴里编了起来,"真主是赦宥怜悯的创造者……"

"好了好了,"上了当的堂·萨尔瓦多赶紧让埃尔南多停了下来,"这种亵渎上帝的话就别念了,关于三位一体教义这本书都说了些什么?"

埃尔南多仔细辨认着书里的内容。他很了解伊斯兰教与天主教教义之间的冲突:真主是独一的,所以天主教徒怎么能说有三个神——圣父、圣子和圣灵——合而为一呢?要谈到这个争议根本无须知道书的具体内容,不过……埃尔南多郑重其事地在胸口画了个十字,然后把手上的书放到一边。

"神父,您真的想让我,在这儿,"埃尔南多转过身去朝着大教堂,"在一个如此神圣的地方,诵读这本书上所写的东么?今天上午,有好多罪比这轻很多的人都为他们的行为领受了自己的刑罚。"

"你说得有道理。"堂·萨尔瓦多没再坚持。"堂·胡利安,"他转过头对堂·胡利安说道,"就这本书的内容给我写份报告。"埃尔南多只听身边的阿拔斯长吁了一口气。"你在哪儿工作?"堂·萨尔瓦多接着又问了一句。

"皇家马场。"

"堂·胡利安,你去跟皇家马场的总管堂·迭戈·洛佩兹·德·亚罗说一声,叫他准许这个小伙子在工作之余来教我们阿拉伯语,帮我们把这些书和文件的内容整理出来。你跟他说,主教和教士会都会感谢他的。"

"遵命，神父。"

"你们可以走了。"堂·萨尔瓦多示意埃尔南多和阿拔斯可以离开了。

埃尔南多穿过图书馆那道栅栏门时，法蒂玛朝他笑了笑。

"干得不赖啊！"女孩小声赞道。

"别说话！"阿拔斯很谨慎。

三人朝圣米迦勒门走了过去。圣米迦勒门位于大清真寺的最西端，他们沿着南墙而走，埃尔南多和法蒂玛跟在钉掌匠的后面。走到那个纪念恩里克二世①时期边境总司令堂·阿隆索·费尔南德斯·德·蒙特马约尔的小礼拜堂前，阿拔斯停住了脚步。

"这个礼拜堂名叫圣彼得堂。"他指着那个礼拜堂对埃尔南多和法蒂玛说，说着他就虔诚地在礼拜堂前跪了下来，同时也邀请两人做出一样的动作，"这个地方原来在哈卡姆二世哈里发时代就是壁龛安置处的前厅。"三人在通往前厅的拱门外跪了下来，与大清真寺别处马蹄形的拱门不同，这几道拱门呈现出多叶形，而他们现在所跪的位置就是当时只有哈里发和他的大臣们才可以亲临的圣室。"在那后头，"阿拔斯用下巴指着前面，"现在用作礼拜堂圣物存放处的地方，就是原来壁龛的所在地，国王禁止将任何人按照天主教的习俗埋在这里。"国王的宠臣堂·阿隆索的遗骨没有和大多数人一样被葬在地底，而是被放在了一个巨大却简洁的白色石棺中。"这儿可以说了，"钉掌匠对法蒂玛低声示意，"刚才不是地方。"

"安拉至大。"法蒂玛念了出来，她低头颔首，站了起来。

三人各自按照自己的方式想象着哈卡姆二世那座举世闻名的壁龛的样子，他们对着长跪不起的地方现在已经被改造成了圣彼得礼拜堂简陋而又俗气的圣器室。之前哈里发正是在这里朗读着《古兰经》，每周五，珍藏在宝物库中的那本《古兰经》都会被送到壁龛来，放置在一个用沉香木搭成的带着纯金装饰钉的讲稿架上。那本《古兰经》是由穆斯林王子奥斯曼·本·阿凡②亲笔写成，镶满了金饰、珍珠和锆石，它是那么沉，得要两个壮汉才能把它搬动。无论是在前厅还是在壁龛安置处，哈里发大人在海纳百川的科尔多瓦文化的启迪下，将各种各样的建筑风格融合到了一起，从而创造出了世界上独一无二的美的结晶。要上到那座壁龛跟前，必须要经过那朵八边形的亚美尼亚式穹顶，这种凹凸镶花的穹顶的拱并非都在穹顶中心汇聚，而是沿着穹顶的侧面不断汇拢然后再汇拢。拜占庭风格也可以在这里看见，这

---

① 卡斯蒂利亚王国国王 (1366—1367，1369—1379 年在位)。
② 奥斯曼·本·阿凡（577—656），伊斯兰教历史上的第三任哈里发。

里有白色和有纹理的大理石，还有多姿多彩的马赛克图案，这些材料都是由工匠们直接从东罗马帝国的首都不远千里运来的：有《古兰经》纯金的铭文、拜占庭的大理石，有阿拉伯式的纹饰，有希腊罗马式样的装饰，甚至也掺入了天主教风格的元素。能工巧匠们把这片现在已被圣·佩德罗礼拜堂占据的地方创造成了世界上最美丽的一个角落。

三人默祷了一会儿，随后他们心怀不甘地从圣·米盖尔门离开了大清真寺。他们走到了阿基略斯街上，主教宫就在这里，被建在了科尔多瓦哈里发的古城堡上。他们从拱门下穿过，三道拱撑起的那座桥从空中连接着古城堡和大教堂。他们继续朝马场走去，走过那座天主教国王的堡垒时，埃尔南多决定面对现实。

"我没法翻译那些文件，"小伙子抱怨着，"那是用古典阿拉伯语写的。你叫我怎么去教那神父？"

阿拔斯没有回答，继续往前走了几步。他心里有点不悦。他不喜欢法蒂玛的态度，她太放肆、太不自知了。不过尽管如此，阿拔斯对自己说，大家都还得指望着她；而且他也不得不承认，将壁龛的位置指给她、又叫她祈祷的，不正是阿拔斯他自己么？其实大家的感觉都是共通的，不是么？

"恰恰相反，"快走到马厩门口时，钉掌匠才跟埃尔南多说了实话，"是堂·胡利安他会把我们圣书中的古典阿拉伯语教给你才对。"

埃尔南多愣在了原地，惊讶写在他的脸上。

"你没听错，"阿拔斯跟他确认道，"那个神父，堂·胡利安，他也是我们的弟兄，他是全科尔多瓦穆斯林中最有文化的一个。"

36

在阿以莎因莫雷纳山的事被逮捕后又释放的那段日子里，布拉希姆连同两个逃跑的奴隶一起脱离了索巴骸特的匪帮。离开宿营地前老婆吐在他身上的那口唾沫加剧了他手臂上的疼痛。阿以莎跑到林子里后没多久，土匪们就上路了，而我们的布拉希姆也跟在了他们的后面；他深知不能让自己独自留在这山里，同时他也不愿这样垂头丧气外加还缺了个手地回去科尔多瓦，所以他跟随着那帮土匪，像一只被主人虐待的狗一样，同时与他们保持着距离。索巴骸特也没赶他跑；乌拜德嘲笑着他，把他吃剩的食物扔给了布拉希姆。所以当布拉希姆听说有两个土匪想逃到柏柏尔去的时候，他立刻加入了他们，和他们一起向巴伦西亚的海岸边赶去。漫长的路程中他们不得不抢来了食物，他们时不时还得跑到其他摩里斯科人的家中寻找庇护。他们得躲着那帮神圣兄弟会的人，神圣兄弟会时刻监视着那些业已荒芜的古道。三人徒步向东边走去，到了阿尔巴塞特他们又转往了西堤瓦，从西堤瓦出发，他们抵达了位于巴伦西亚王国海岸线上库列拉和甘迪亚之间的那些小镇，在那些小镇里，摩里斯科人几乎是其中唯一的住民。

尽管巴伦西亚历任总督从未放松过对这片海岸的封锁，可从这里逃往柏柏尔的摩里斯科人却也从来都没有间断过，前来巴伦西亚抢劫民财的一拨拨私掠船队正是助这些摩里斯科人顺利开溜的好帮手。在本土，西班牙人不想给这些被强迫洗礼的新天主教徒留下活路，同时他们还不准这些摩里斯科人逃到穆斯林的土地上去；因为这样不仅那些贵族和地主们手中的廉价劳动力会大大折损，而且教会坚持多年的灵魂拯救运动也会宣告破灭——甘迪亚公爵、耶稣会会长弗朗西斯科·德·博尔哈曾这样说过："不去拯救的话，那么多的灵魂将就此迷失。所以必须拯救。"可是看样子摩里斯科人已经在想办法拯救自己的灵魂了——只不过是在穆罕默德的土地上。这些下定决心要离开这片他们居住了八个世纪的土地的摩里斯科人在他们巴伦西亚弟兄的热心帮助下，朝着海峡对面的柏柏尔海岸毅然驶去。

9月的一个早上，布拉希姆和他的同伴，还有六七个摩里斯科人一起，成功走上了逃亡之路。那天清晨，五十来个私掠海盗袭击了库列拉的城郊。海盗们采用了他们最常用的战术：三艘小型双桅帆船借着夜色驶进了胡加尔河的河口，他们在那里登岸，而那里离他们真正要袭击的目标还有数里之遥；第二天一早，他们将步行前往目的地。除了一些大型私掠船队偶尔还会展开阵地进攻，一半的私掠行为只力求一个"快"字，他们的袭击必须得趁人不备；劫掠的过程要尽可能的短，要在被袭击的城市和临近城镇的警报敲响前见好就收；战斗是海盗们所不希望看到的。等他们捞上一把之后，那几条船就会在事先预定好的离目的地比较近的地方迎接他们。

前一晚，海盗们的先头部队潜入了目的地，他们拜访了当地的摩里斯科人，事先取得了抢掠所必需的讯息；这实在是因为这些新天主教徒们被禁止接近海岸线，否则就会被判处三年的划船苦役。布拉希姆、那两个奴隶和另外几个摩里斯科人就是在这会儿搭上的那些海盗，当时有两个对这块地方了如指掌的老镇民和他们同去，他们的任务是要将去库列拉的路指给海盗看。

"给我把剑吧，我想加入你们。"脚夫朝一个像是头领的海盗说道，他们已经走在回程路上，目的地是一片浅滩，其他海盗们都已经隐藏在那里，他们正在等待着天明，他们的船还停在了远海，为了避过天主教徒们的耳目。

"就凭你，一个摩里斯科人，而且还只有一只手？"海盗不耐烦地驱赶着他，"回去种地吧！"

布拉希姆咬紧了牙，他朝远处那群摩里斯科人走了过去，那些摩里斯科人坐在了沙滩上，没人说话。

"你看什么看？"布拉希姆骂着，朝一个从乌拜德那帮人里逃出来的奴隶飞起一脚，这一脚擦过了那人的脸颊。恼羞成怒的布拉希姆好不容易保持住平衡，却有一个海盗跑了过来，没好气地叫他乖乖坐好，在那儿不要出声。

海盗对库列拉城郊发动了突袭，把前来种地的农民们打了个措手不及，来不及跑的有十九个人，他们统统被海盗抓为了俘虏。可海盗们却没有像想象的那样继续乘胜追击，反倒是急急冲向了事先预定好的船只的所在地，这会儿，那三艘小型双桅帆船已经开到了库列拉附近。无论是库列拉城里还是附近的兵力都没来得及有机会真正抵御这场攻击，等他们意识到自己被袭击了的时候，海盗、俘虏和那些想要逃离西班牙的摩里斯科人早已经登船向远海发进。

不过，当那三艘船驶到离岸边超过一记炮击的距离时，它们却掉转过船头，朝对面岸上亮起了白旗；这三艘船上已经装满了另几次私掠所得的战利品，而且航运季也已经快到尾声。巴伦西亚人明白那杆白旗意味着什么：海盗头子们愿意跟他们谈谈这几个俘虏的赎金。岸上的人很快接受了停战，交易开始了，不停地有一艘艘小艇在海岸与海盗船之间往返起来。这一上午，有十五个俘虏被这样赎了回去，而那剩下的四个就只能送到阿尔及尔的奴隶市场上再去卖掉了。

返程的两天里风平浪静，三艘帆船在无浪的海中极速前行。布拉希姆目睹了那些船员对他们摩里斯科人的轻蔑——那些船员都是土耳其人和叛教的天主教徒——这种轻蔑的眼神他们并不陌生，早在阿尔普哈拉斯起义时他们就已经熟悉。根本没有人在乎他们，船员们给他们提来吃的就像在给狗喂食，甚至那些海盗们都懒得拉他们去划船。那为什么这些私掠船队要同意带他们上路呢？布拉希姆回想起了看到海盗时那些巴伦西亚的摩里斯科人脸上欢欣鼓舞的神情：仿佛只要想一想这帮匪徒能给那些天主教徒好好上一课他们就已经足够欣慰了，况且如此频繁的骚扰也在他们心中种下了希望的火种，这是土耳其高门政权一直没有忘记他们的证明。布拉希姆看着那些被罚苦役的犯人正和着监工的吆喝声吃力地划着手中的桨；船队满载而归。海盗们把摩里斯科人分成了好几组，让他们将就倚在了划桨手舱和船舷之间狭窄的空间里。布拉希姆又将目光转向了那个海盗头子：他站在船头，一头亚得里亚海叛教天主教徒标志性的金色长发披在肩上，随着舱内划桨手的每一次动作轻轻摇晃。布拉希姆朝海里唾了一口。海盗们之所以肯带他们一程仅仅只是为了商业利益：既然只需这样就能获得当地人的协助，他们又何乐而不为呢？

船队在阿尔及尔进了港，伴着小鼓的乐声，先哲、阿訇和各种各样的人们都跑出来迎接他们。遥望着远处高耸的城墙，布拉希姆做了一个决定：这座城市是如此仇恨安达卢斯的摩里斯科人，他不愿在这个私掠海盗的老巢多待上一天。他在街上转了两日，注意远离着那些卖身求活的摩里斯科人，他们像在西班牙一样贱卖着自己的劳力，最终成了在城郊的果园和菜园耕种，甚至在易叶利平原大片麦田里辛劳的庄稼汉。最终在集市上，布拉希姆找到了一支将要前往菲斯的商队，他想要加入他们，他保证会竭其所能，为获得他们的残羹剩饭而竭尽全力。他饿啊！他曾与好几个比他壮出许多、同时双手健全的男人抢夺那些阿尔及尔人眼中的垃圾。

"我是个脚夫。"布拉希姆确信自己眼前的这个人就是商队的头领，这个沙漠中的男人一身贝都因人①的装扮，他瞥了一眼布拉希姆的残肢，继而摇了摇头。

布拉希姆没有放弃，他要展示给这个男人看，即使断了一只手，在调教牲口方面他依然是有两把刷子的。虽说回想起当时在阿尔普哈拉斯乌拜德用独臂控制骡子时的捉襟见肘，布拉希姆不禁迟疑了一下，可他还是定了定神，朝那边跪卧着的大群骆驼走了过去。这是布拉希姆第一次见到骆驼，即使它们就这么弯着腿蜷缩着

---

① 阿拉伯半岛和北非的土著居民。

身体，那一个个高耸的驼峰还是要比他脚夫生涯中打过交道的任何一头骡子都高出许多。

在商队头领好奇的目光下，布拉希姆摸了摸骆驼的头，骆驼毫无反应。随后他用那只左手拽起缰绳想让那头畜生站起来，而那头骆驼气定神闲的连头都没转一下。布拉希姆继续扯着缰绳，扯往这边又扯向那边，他以前对付骡子就用的这个办法，它们不是不愿往前走么，这样拉缰就能让它们至少朝旁边先动唤起来。可是眼前这头固执的动物依然不为所动。只见周围的阿拉伯人也都聚了过来，他们脸上挂着笑，一个人指着他就催着另外一个驼工赶紧过来看。催？有什么可催的？布拉希姆心中疑惑起来，只觉得自己受到了莫大的屈辱，于是他猛拉了一把缰绳定要让骆驼站立起来。当布拉希姆正要拉第二把的时候，那头畜生伸头就朝他心窝上咬了一口，这一口正中靶心。脚夫往后跌了一步，翻滚着落在了一坨驼粪堆上，商队的人们笑成了一片。原来是这个！他们知道它要咬他！布拉希姆跪着爬起身来，他不想去理睬那群驼工们，可这时候，从已经静下来的人群中传出了一阵银铃般的笑声，孩童的欢笑一直持续着，在营地里久久不灭。布拉希姆站了起来，他疑惑地抬起头寻找着那阵笑声传来的方向，那笑声虽恼人却又无邪。他找到了声音的主人，那是一个七八岁的小男孩，一身绿绸镶边的衣裳，好似王子打扮；男孩身边站着一个穿金戴银的汉子，衣着之奢华不输那个孩子，男人的腰间挂着一把弯刀，弯刀的刀鞘上镶嵌着昂贵的宝石；他们的身后是三个女人，黑色的长衫、宽大的袖子，她们头上围着黑色或蓝色的头巾，头巾用纯银的卡子夹在了长衫上，她们的脸用面纱遮盖了起来，那面纱上特意为眼睛留出了孔洞。女人的手腕和脚腕上套着一圈又一圈的银环，一圈又一圈的银环数不胜数。布拉希姆直勾勾地盯着那孩子。他饿啊！他实在太饿了。继续留在这城里，他不是饿死就是被海盗或近卫兵抓到，从而落到他们的手里；如果不去种地，那唯一的路也只能是去偷了。他只有一只手，别说有没有人雇他做划桨手，就是他想把自己贱卖去当苦役都没有人肯要啊！

只见那佩着弯刀的男人亲切地抚着孩子的肩，孩子的笑声已经停了下来，这时候布拉希姆的脑中蹦出个主意：他朝那小男孩挤了挤眼，上前一步，赤脚就朝地上散落的一堆驼粪上踏了上去，失去重心的布拉希姆脚下一滑，夸张倒地，重重的一个屁股蹲儿又让脚夫重新坐回了地上。小男孩又是一阵大笑。布拉希姆用余光瞄了一眼孩子身边的那个男人，男人的脸上弯出了一抹微笑，于是布拉希姆坐在地上继续捣鼓起来，乱踢乱动摆出了一千个滑稽的姿势。他要怎样才能赢得这个男孩和他父亲的欢心呢？此刻布拉希姆的脑中只有这一个念头。他从未扮过小丑，可现在为时势所逼，他必须离开这个人人高他一头、人人俯视着他的城市，这座城市实在与科尔多瓦无异！他不远千里来到这里不是为了当农民的，即使这里有再多的清真寺让他可以哭喊他的苦难！他一次又一次站起来，一次又一次假装磕绊着自己，他费尽心思要让那个孩子笑得更加尽兴：他又朝一头趴着的骆驼跑了过去，他冲着那两个挺立的驼峰飞身而起，然后像麻袋一样朝另一头倒栽了下去，头颅在下啃起了那边的大地。这下不仅孩子笑了出来，另几个人也加入了孩子一起，该是那些驼工吧，布拉希姆想着，又重新朝骆驼发起了一轮进攻。进攻自然以相同的方式告终，最后他围着骆驼转了起来，他仔细检查起了骆驼的每一个部位，他撩起了它的尾巴像是要把它隐藏着的秘密好好探个究竟。

听到那个佩着弯刀的男人也忍不住笑了起来，布拉希姆朝他们走了过去，他对他们深深地鞠了个躬，他只见孩子那双栗色的大眼睛里蒙上了泪花。男人点了点头，赏了他一个金币，布拉希姆定睛看了一眼，那是在阿尔及尔铸造的索尔塔尼①，直到这时候布拉希姆才感觉到他浑身的痛，特别是刚才被骆驼咬过一口的那个部位，那痛起来是真正的要命。

就这样，布拉希姆作为陪伴菲斯富贾奥马尔·伊本·萨万之子的小丑被允许加入了商队。近五十头骆驼在奥马尔雇来的小型军队的守卫下，驮着贵重的货物向柏柏尔海岸中部前进。他们会先从阿尔及尔走到特莱姆森，再从这里出发直奔菲斯，菲斯是座富庶的山城，地处摩洛哥王国的中心。一路上，布拉希姆发现了骆驼之所以咬他的原因：那些驼工对这些牲口实在是过于客气，只要用一根杆子轻轻擦过骆驼的颈部，就足以令它们躺下或是站起，而在骆驼因旅途漫长疲惫不堪而减慢了脚步时，驼工们不仅不会鞭打它们，反而对它们唱起了歌！让这个阿尔普哈拉斯的赶骡人惊异的是，那些牲口听了那支歌还真发愤图强迈起了大步。奥马尔和他儿子尤苏夫分别骑在一匹阿拉伯马上，这种习惯在沙漠中奔跑的马又矮又瘦，因为它们一日只吃两顿，且它们唯一的食物只有骆驼的奶。可是传说那个父亲胯下的那匹马价值万金：奥马尔是在努米底亚沙漠②里买到的它，它在那片沙漠中曾经跑赢了一头鸵鸟。奥马尔的三个老婆坐在一辆藤编小车里，小车用瑰丽的毛毯遮了起来，伴随着拉车骆驼稳健的步伐，不停地摇晃。

布拉希姆徒步而行，和他一起走着的除了骆驼，还有奴隶、仆从和那些士兵们。他用商人赏给他的那个索尔塔尼买了一双旧鞋和一块头巾，现在不仅商人的儿

---

① 土耳其的一种货币。
② 今阿尔及利亚一带。

子在企盼着从他身上得到些许欢乐，连那些其他的随行人员也都在等着看他的笑话，所以他们推搡着他，讥嘲着他，不时地拿他寻开心。脚夫很配合，他模仿着各种引人发笑的摔倒姿势，让自己成为了一路上所有人的笑柄。他笑对着众人的讥讽与嘲笑。他发现每次只要用那块缠头布包着自己的断臂然后四脚着地，其他人一看到他那强忍着痛扭曲着的表情就会立马笑出声来；有时候他还会莫名其妙地绕着哪匹骆驼或是哪个人转起圈来，那帮人看到他像狼一样号叫着做出怪相，也会即刻忍不住放声大笑。小尤苏夫骑在马上自顾自地乐，他的身边只有他父亲，他没和那群人站在一起。

这些人都是白痴吗？歇脚的时候，布拉希姆心想。难道他们感觉不到他眼中的愤怒么？每次他成功引起一阵笑声的时候，从他心中就会升起一把难以遏制的烧灼着他全身的火。那帮蠢货的眼睛是瞎了吗，才能看不到从他瞳孔中喷涌而出的那两束火柱？布拉希姆走在那群驼工中，他侧眼望着那对骑在马上的父子如何谈笑着在驼队中左冲右突，他们命令着这个，又差遣起那个，而被点到的那些人一个个的都卑躬屈膝地顺应着他们的要求。布拉希姆又望向富商的三个老婆所乘的那辆小车，小车上盖着的挂毯价值连城。到了晚上，布拉希姆陪着尤苏夫逗了他好一会儿，待到孩子去睡了，布拉希姆眼红起富商一家所住的那个大帐篷：他还从未见过比这更豪华的宅子，在这帐篷里，温暖舒适的坐褥靠垫比比皆是，各式各样的铜器铁器应有尽有。等奥马尔和他的老婆都进到了帐篷里，布拉希姆也在那帐子边找了块地方席地睡了下来。

到了离特莱姆森还剩一天路程的地方，布拉希姆决定逃跑。这几天，他们越过了山脉，穿过了大漠，可是听人说，等过了特莱姆森，他们就要进入安格德沙漠①，在那里，有大批阿拉伯匪帮袭击着像他们这样从特莱姆森去往菲斯的商队。对，阿拉伯匪帮。他们现在已经身处阿拉伯人之中：特莱姆森王国、摩洛哥王国、菲斯王国。他已经厌烦了每天被侮辱、被排挤、被嘲笑的生活！他已经厌烦了这片无边的大漠！他已经厌烦了这群要让人唱着劳什子的歌才肯往前迈上一步的骆驼！

守卫着帐篷的士兵们都把布拉希姆当成了个傻子，奴隶们和商队里的大部分人也都是这样以为的，所以许多天前他们就放松了对他的警戒，他们任凭他睡在帐篷边，他爱干什么就随便他干什么。所以，当他们离特莱姆森只剩几里路的那天晚上，布拉希姆撩起帐篷的一边，匍匐着钻了进去，没遇到任何阻拦。那对父子睡得很沉，布拉希姆听到了他们有节奏的呼吸声。外边三个守卫打盹的地方点燃的篝火

---

① 今摩洛哥一带。

依稀照亮了帐篷的内部，布拉希姆静待着自己的眼睛适应帐篷里微弱的光，他细细探查着，那些丝绸、那些挂毯、商人那些华丽的服饰，还有他儿子的……目光扫到奥马尔身旁，布拉希姆发现了一个镶嵌着各色宝石的小箱子。他紧贴着地面爬了过去，以防外面的人看见他在帐篷布面上的投影。他爬到奥马尔身边，抓起了那个小箱子，但转眼间他又不得不把它放下，他得用他唯一的那只手把商人那把精巧的匕首藏进自己的腰间。他重又拿起箱子，从刚才进来的地方钻了出去。当他爬到帐篷外头，他才意识到他已然置身于一场豪赌之中：逃，或者死。要是被他们发现的话……布拉希姆把小箱子藏到缠头布里，又把缠头布紧紧系在腰上，他蜷着身子，踮着脚走在那些沉睡着的人们和骆驼之中；他走得很慢，生怕箱子里那些玩意儿透过布头发出的叮当声会把他们吵醒。他终于到达了那群驮着货物的骆驼附近，几个守卫正站在它们的身旁。布拉希姆巡视着四周，他在找哪里还燃烧着炭火。他找到了，遁了过去，脱下鞋子，从篝火中挑出一块通红的炭放到了鞋中。随后脚夫回到了那堆货物那儿，他在等候那个时机，过了一会儿，那几个卫兵果然分头开始例行巡逻，此时布拉希姆把那只盛着炭火的鞋扔了过去。鞋子掉在了几个包裹中间，从包裹外隐约可以看见那里面装着的正是那些精美的丝绸。脚夫没有去管那一掷是否成功，他匆匆朝另一个方向跑去，那里拴着奥马尔和他儿子的马，两匹马正站在那里睡着大觉。

他轻轻抚摸着马匹，让它们安下心来，慢慢习惯他的存在：马他还是懂的。几个男人就睡在至近处。当他感觉这两匹马已经能够接受他的掌控不会惊醒身边的马夫时，他悄悄解开了那根联结它们的缰绳，又把拴着奥马尔那匹马的绳子弄了开来，他记得，这匹马曾经跑赢过驼鸟。随后他伏了下来，再一次等待着时机的到来：一定会有人喊起来的。时间一分一秒过去，什么也没发生；布拉希姆正想象着奥马尔的弯刀架到了他的脖子上，这是他刚才犯下的偷盗行为所必然招致的惩罚，此时有人发出了一声大喊，然后又有好多人一起喊了起来。虽然还没有火苗，一束浓烟已经从那堆货物中冒了起来，正当人们慌忙蹦着站起来的时候，突如其来的一束火焰咆哮着将黑夜染红。营帐里乱成了一片。见到眼前巨大的火舌已经舔舐起天空，连罪魁祸首布拉希姆都不禁愣了几秒。

"你都对马做了些什么？"一个马夫朝他大喊大叫起来，这个马夫不仅没有赶去救火，反而朝马匹们跑了过来。

布拉希姆醒了过来，他朝马夫做了个滑稽的鬼脸，试图吸引他的眼球。就在马夫望着他奇怪的反应愣了愣神的时候，他已经把匕首抽了出来，深深插进了马夫的胸膛。这是他人生中最后一次滑稽演出了，布拉希姆一边立下誓言一边跳上了马。

此时的他已经没有了帽子，鞋也少了一只。

当人们跋来报往、奋力扑着火时，布拉希姆快马加鞭朝北而去，大约是习惯使然吧，尤苏夫的那匹马也跟了上来跑在他的旁边。不一会儿，马与骑手一同消失在了夜色里。

布拉希姆纵马向北疾驰了几天，终于在1574年10月末抵达了得土安。他没有走那些大道，而是凭着一个脚夫的直觉与经验给自己引路，他躲避着一路上所遇到的最细小的响动，即使当他确信奥马尔没有顺着崎岖的小径追上来时他也没有丝毫放松。这两匹马表现出了超群的果敢，而那个小箱子中的内容也没有让布拉希姆失望，除了形形色色名贵的宝石，各种各样的金币也让脚夫大开眼界：迪拉姆①、鲁比亚②、芝亚那③、多乌拉④、索尔塔尼、埃斯库多……

得土安坐落于德尔萨山脚下，是位处迈尔提勒河谷中的一座小城，小城距地中海只六海里，离直布罗陀海峡也不到十八海里，成了地中海航运的一处要津。这里坐享着豪兹山与里夫山脉丰富的水资源，所以土地肥沃。被四面城墙环抱着的内城是由当年格拉纳达王国向天主教国王投降时从西班牙逃亡到此地的穆斯林所重建，因此这里的居民中大多数都是摩里斯科人。

没想到布拉希姆"此生不再做小丑"的誓言那么快就被打破了，他先是把财物和那两匹马藏到山里，然后扮成个要饭的疯子，只带了几个钱就从墓地旁的穆克拜尔之门进了城。城里到处能嗅得到安达卢斯的气息，人们说话的方式、穿衣的风格，还有街道的规划，无一不让他回想起格拉纳达的山城或是阿尔普哈拉斯的那些小镇，当即他就做出了决定：这就是他要扎根的地方。布拉希姆成功说服了一个邋遢的小流浪汉带他去熟悉这座城市，小流浪汉衣衫破烂，头上因为疥疮都脱了皮，却生着一双生动而圆圆的大眼睛。让集市上的商人、包括身边这个小癞子都瞠目结舌的是，我们这位疯乞丐出手阔绰地买下了一件又一件的新衣裳：既然好不容易选定了这个地方，他就得让自己体面地出现在当地人的面前，给他们留下良好的第一印象。布拉希姆给纳西也买了衣服，纳西就是那个小癞子的名字，之后他们得骑着宝马拎着那个装满金银财宝的箱子进城，穿成那样怎么像话？布拉希姆带着小癞子回到藏马的地方，小癞子看到眼前的景象早已慌了神，布拉希姆跳进小溪里洗了洗

---

① 中世纪摩洛哥金币。
② 阿拉伯金币。
③ 北非特莱姆森金币。
④ 西班牙金币。

身子，并逼着纳西也把身上的泥好好地搓了搓，随后他套上新衣服，在马背上放上席子充当马鞍，把包袱放到尤苏夫的那匹马上，把马的缰绳交到纳西手里。纳西头上已经包上缠头布，他牵着马扮成了布拉希姆的仆人，当他听到之后每天都可以有饭吃的时候，很痛快就接受了布拉希姆的邀请。

"不过，关于我的事要是你敢说出一句，小心你的脖子。"布拉希姆威胁着那个小流浪汉，他把那把明晃晃的匕首也亮了出来。

见到那把刀子，纳西倒好像没有特别地惊讶，不过他的回答听着倒是非常郑重其事：

"我以安拉之名起誓。"

他们租了一套一层楼的宅子，宅子的条件还算不错，后边还带了个园子。

十六世纪最后的二十五年，也就是布拉希姆在这座城市站稳脚跟的这段时间里，私掠船队的格局发生了翻天覆地的变化。不仅那些柏柏尔传统的海贼城市——阿尔及尔、突尼斯、萨尔吉尔、维雷兹、拉腊什、舍拉——连得土安、迈尔提勒这样的小港口每天也会有数十支船队，其中多数是小型的阿拉伯轻快船，起航前往西班牙各海岸实施抢掠。可由于来自法兰西、英国和荷兰的大型方形帆船从这时起开始进驻地中海，那些阿尔及尔的海盗也不得不将自己原先轻薄的小型双桅帆船和桨帆并用型船换成了配备几十门加农炮的大型方形帆船，好让自己可以与敌人的新装备相抗衡；如此一来，阿尔及尔海盗的影响力也由原来的柏柏尔海岸扩张到了地中海更远的区域，甚至远离其自有港口的大西洋：英国、法国、葡萄牙，甚至冰岛。

小规模的私掠活动，即前往西班牙海岸捞一票就走的海盗行为仍然猖獗，尽管这已经成为了那些海盗大国的副业。而我们的布拉希姆刚在得土安立足，就立刻成为了一支由三艘配备十二块划桨手坐板的轻快船组成的私掠船队的头目，海盗们心甘情愿受命于他，只要他答应一个条件：他必须亲自参与每一次远征。尽管在航海方面他只是个门外汉，可是在发动袭击时，有谁能比一个脚夫更熟悉格拉纳达、马拉加和阿尔梅里亚沿岸的地形呢？

1575年3月，航季又开，这个经验老到的阿尔普哈拉斯脚夫带着三十名摩里斯科人在莫哈卡尔附近的东海岸下了船，分布在维拉和莫哈卡尔之间、距海岸线只有七里远的九座专门用于监视沿海地区的防御塔竟无一发出警报。

"这里的守备已经完全荒废了。"一个海盗笑着对布拉希姆评论道，"有几座塔里根本一个守卫都没有，要么就是只由一个老头看着，而他把种菜看得比守备工作更重要，毕竟他干着这活儿，腓力国王也不给他钱啊。"

他说的是事实。尽管西班牙每年要经受几百次海盗的入侵，可基于那些遍布海岸线的防御塔建立起来的、要靠专门的瞭望手和守卫向城里和军队发出警报的城防系统在这些年里也已经因为经费的不足而近乎形同虚设。

所以当布拉希姆一行搜刮起莫哈卡尔附近的田舍时,他们根本没有遇到任何阻拦。近五十名摩里斯科人和划桨手在安达卢斯的海岸线上顺利登岸;一部分人被留下照看船只,而海盗的大部队则分头寻觅着战利品。布拉希姆伫立在岸边,望着手下的弟兄们朝田地跑了过去。西班牙!他深吸了一口气,心中无比豪迈。他又一次站在了西班牙的土地上,这些都是他布拉希姆的手下!是他雇的他们!他已经拥有了一支小型部队。

"你在等什么呢?"一个小头头拍起了布拉希姆的背,他正指挥着一批弟兄,"我们没时间了!"

离海滩不远的地方,他们发现了几个正在种地的农民,农民一见有海盗来当即夺路而逃,不过这样也没有阻止布拉希姆他们成功抓到了两个俘虏。

"那儿!"布拉希姆指着他的左边朝手下们喊道,"那儿还有几栋房子。"

他记得这里。他曾经赶着自己的骡子走在这儿的田埂上。

柏柏尔人朝布拉希姆手指的地方奔了过去,当他们跑到那几栋小房子跟前时,住在里边的人已经听到田地里传来的喊声而逃得不见踪影。

布拉希姆踹开了其中一栋平房的门,他本不用那么费劲的,可这个动作让他感觉自己无比强大。屋子里什么值钱的东西也没有,这是一介草民的家。

十几分钟后,所有人又聚在了海滩上,没有战斗,所以没有伤亡,战利品是几个铜子儿、叮叮哐哐的几个锅盆儿、几件还算能穿的衣服,但还有十五个俘虏。俘虏里有三个加利西亚女人,是摩里斯科人被驱逐以后搬来格拉纳达的,三人白白胖胖让人垂涎欲滴,在得土安的奴隶市场上定能卖个好价钱。

当弟兄们在身后纷纷登上船时,布拉希姆又一次将目光投向安达卢斯的土地,他浑身冒汗、面孔通红、慷慨激昂、豪情万丈:内华达山脉就耸立在那不远的地方,那些山巅、那些河流、那些密林,还有……

"拿撒勒的杂种,老子回来了!"布拉希姆朝着远方高声喊道,"法蒂玛!我在这儿!我总有一天会夺回那属于我的东西,我对安拉发誓!"

37

1578年10月，科尔多瓦

埃尔南多踢了一下逍遥的肚子，科尔多瓦牧场的冷风打在他的脸上。铁掌踏在湿土上发出的沉闷回响也盖不过身后何塞·韦拉斯科和罗德里戈·加西亚连连的叫骂声，两人正甩着鞭子踢着马刺，奋力追赶着小伙子的马。是埃尔南多先向他们发起挑战的，被牧场众多母马和小马围绕着，埃尔南多夸下海口："我的逍遥能胜过你们任何一匹马。"对于小伙子这句善意的玩笑话，两位久经沙场的老江湖可不买账。

"最后一个跑到那片栓皮槠林的，"埃尔南多遥指着这块牧场的边缘，一片树林将母马所在的草场拦了起来，"就得请一轮酒喝。"

埃尔南多俯身压在了逍遥那根向前伸展着的脖颈上，长长的缰绳只是轻轻搭在了小马的嘴唇上，小伙子只觉两腿间小马的肌肉随大阔步狂乱的节奏激烈地抖动着，他依旧猛踢着马刺想把与身后对手之间的距离拉得更大些。这一天对摩里斯科人来说可算是个大日子，他们还没出去种地的时候，消息就随所有教堂敲响的阵阵钟声传遍了科尔多瓦的大街小巷：时任荷兰总督的堂·胡安·德·奥地利因身染黄热病在那慕尔[①]不治而死，这位阿尔普哈拉斯的刽子手在一间简陋的茅屋里度过了生命的最后时光。

逍遥跑起来的速度没有几匹马能赶上，埃尔南多大喊着，耗尽了自己所有的肺活量：为了那些在加雷拉被那个天主教王子处死的妇女和孩子，此刻他要咆哮！

离终点还有四分之一里时，埃尔南多的两个对手——先是罗德里戈，再是何塞——先后超过了他，让他吃了一嘴的泥巴。眼见自己没了希望，埃尔南多也就放慢了步子，他缓缓驾马走了过去，那两位骑手已经在林子里叫马歇下，好让它们把呼吸平复过来。

[①] 现比利时城市。

"我们等着为你干杯哈！"罗德里戈还在大口喘着气。

何塞笑了起来，做了个举杯的手势。

"我这匹马比你们的年轻多了。"埃尔南多给自己辩护。

"说大话的时候得先把这些因素考虑进去，"堂·迭戈的贴身侍从教育着小伙子，"那你是不想跟我们认错了啰？"

"原来你们早就知道了！我只不过是选错了比赛的路程而已。"

罗德里戈走过来拍了拍埃尔南多的肩。

"所以你就得破费喽。"

等马都缓过劲来，三人准备回城，就在这时，罗德里戈叫住了他们。

"你们快看！"他指着林子里的一处草丛。

一匹母马的后腿和臀部从草丛里露了出来，三人一齐跑了过去，何塞和罗德里戈下马查看那具马尸，留下埃尔南多照管着他们的马匹。

"是其中一匹最老的马，"何塞就站在那匹死马躺着的地方说道，两人回到埃尔南多身边，重新上了马，"不过产下的崽子质量都不错。"他像是在给这匹马盖棺定论。"我们先回科尔多瓦去了，"何塞差遣着埃尔南多，"你去找那个牧马人，告诉他这儿有匹死马，然后你跟他一起过来，等他给它剥皮，到时候剥完皮，你把皮子带回去给堂·迭戈看，好让他在登记册上把这匹马除名。啊，对了，你的速度得快点，不然回头哪匹狼过来就把马身上国王的烙印咬坏了！"

要是哪头食腐动物过来咬坏了马额上的那个"R"字，他们就无法向马场总管证明这匹马已死，而这对牧马人来说，将会是一场巨大的灾难。

埃尔南多把那匹死马的皮横放在自己的鞍前，马额上国王的那个烙印清晰可见，马皮发出阵阵难闻的气味，让埃尔南多不禁回想起七年前他从屠宰场搬去鞣皮坊那一张张同样恶臭的生皮。这些年来，他的生活可谓沧海桑田！找到牧马人、回到树林、剥下生皮，这些事情差不多耗尽了那天他剩下的所有时间，等他完成这一系列任务，太阳已经隐藏了起来，科尔多瓦城昏黄的侧影依稀可辨：从大清真寺中钻出的教堂、卡拉奥拉塔、古城堡以及教会的钟楼在一座座低矮的平房顶上泛着红光。城外的田野万籁俱寂，随着逍遥前进的步伐，远处的风景也在不停地移动。逍遥的步子轻快了起来，仿佛它也在欣赏着这光影的轮舞，埃尔南多叹了口气，小马却诧异地把耳朵转了过来，年轻的骑手轻轻地拍了拍它的脖子。

一年半之前，有个年轻的驯马师在牧场横遭了一场事故，一头公牛把驯马师的马顶翻了，然后将尖角刺进了他的两腿之间。

那个出事的驯马师名叫阿隆索，与他一起的两个骑手把他火速送回皇家马场。他的伤口呼呼地往外冒着血，不过似乎公牛的那一顶并未伤及他的重要部位。尽管如此，当那个外科医生赶到马厩见到那个伤口的时候，他还是觉得必须在阿隆索的命根子上动上一刀。可阿隆索没有立即让他手术，而是说要先等公证员来给他开具证明，证明他之前没有割过包皮。当时还是埃尔南多跑去找的公证员。小伙子只担心公证员会不会官僚习气一拖再拖导致阿隆索失血过多而死，可是那些在场的人中好像没有一个人在乎着这种事情：他们所有人，包括那个外科医生都立即承应了阿隆索的请求，仿佛这个请求是多么天经地义、顺理成章。证明自己不像犹太人和穆斯林竟然要比他的生命更重要！令埃尔南多讶异的是，一听到他的请求，公证员也一反常态地战胜了自己的怠惰，他立即把开公证书所用的纸笔塞到了埃尔南多手上让他拿着，然后与埃尔南多一起跑到了马厩里。到了马厩，公证员全神贯注地审视起伤者的那话儿，在一片血肉模糊中，经过外科大夫的解释与指点，公证员得以验证阿隆索确实没有受过割礼。于是他开具了公证书，证明依外科医生所述，因医疗原因，必须对此骑手施以包皮环切术。随后他将文书交给伤者。伤者抱着文书，攥紧了它，就好像这才是他的生命……或者名誉。

"我感觉阿隆索一时半会是骑不了马了。"堂·迭戈对他的贴身侍从说，先前他已经作为见证人在公证书上签下了他的大名。"你会骑马么？"他冷不丁地问起还站在公证员身边的埃尔南多。

"会……吧。"小伙子等这天已经等了那么久，以至于这会儿他连话都不会说了。

堂·迭戈叫人拉来了一匹四岁大就要交给国王的马，他想看看埃尔南多刚才的话是真是假。当小伙子感觉到了腿窝里那匹马的力量，之前伊本·倭马亚给他的建议一条条地回响在了他的耳中：身子要立起来；要挺直；自信，关键是要自信；手要柔和；要用双腿来控制它；只有在必要时才勒令它；舞起来！和你的马一同舞起来！把它当作你身体的一部分！于是埃尔南多带着那匹马跳起了舞，令那匹马做出了他那么多天以来见那些驯马师让它们做出的动作。日复一日，驯马师们在院子里训练着这些马，国王为了保护这些马匹不受炎夏与寒冬的侵袭，还特意下令建造了一个有顶棚的驯马场。见到身下的这匹马竟如此自然地应和着他手上和腿上的动作，连埃尔南多自己都感觉大为诧异，几个跳跃、几个律动，埃尔南多已经被西班牙纯种马绰约的风姿所征服。

"这家伙就是有这天赋哈，对马就是有那种感觉，骑在马上就像走在地上一样。"堂·迭戈一边观赏着埃尔南多的表演，一边对何塞和罗德里戈说，"教教他，把你们知道的东西都教给他。"

在马场，有驯马师耐心辅导他；而在科尔多瓦大教堂的图书馆，他则聆听着堂·胡利安的谆谆教诲，就在那一年，教士会刚刚决定把图书馆迁到这里。在神父的帮助下，埃尔南多得以对这种神圣的语言融会贯通，甚至连古典阿拉伯语都不在话下。每天晚上结束了马场的工作以后，他就会到大清真寺去，那时候大清真寺里已经不剩几个人，他经常是在晚祷前就过去，有时候也会在晚祷结束、大门关闭之后才过去。堂·胡利安是天主教国王与枢机主教西斯内罗斯颁布驱逐令和强制皈依令之后，穆德哈尔人和摩里斯科人得以安插进科尔多瓦大清真寺的最后一个神父。

"自从科尔多瓦被费尔南多国王攻陷，大清真寺落到天主教徒手里开始，"堂·胡利安用他一贯温润的声音给埃尔南多解释着，现在图书馆里只剩下他们两人，他们坐在一张桌子前几乎就要头碰头，面前的灯光下摆着几份文书，"几乎总会有一名穆斯林假扮成神父混进这里。我们的职责是在这个圣堂里祈祷——尽管是默不出声，还要想办法探听到教会的意见和想法，尽早地去通知我们的弟兄。这一切都只有打入教堂和教士会内部才有可能做到。"

"你们可别想叫我当神父！"埃尔南多吓得叫了出来。

"不不，当然不会。而且不幸的是，现在再要把一个穆斯林安插进教会里几乎是不可能了。这些年来，在教士会任职所要提交的文件越来越多，血统审查的程序也已经繁杂到了无可复加的地步。"

埃尔南多曾经听说过这个血统审查，所谓的血统审查，其实就是在政府面前证明自己的祖先里没有任何穆斯林或是犹太人，即使皈依天主教了也不行。血统审查机制发展到现在，已经成了在西班牙担任教职之前所必经的一道程序，不仅如此，连就任公务员也必须通过这项审查。

"科尔多瓦大教堂也有属于自己的血统审查章程，"堂·胡利安继续给埃尔南多解释，"它是1530年8月的时候被通过的，不过教皇正式发出谕令则是二十年后的事了，可即使是在谕令还没颁布的那二十年里，根据卡洛斯皇帝的要求，血统审查实际上也一直在执行。我通过审查，已经是好多年前的事了，"堂·胡利安摇了摇头，仿佛往事不堪回首，"那时候，一份血统审查公证书大约有十二张纸那么长，里面的信息也大多是泛泛的；而现在呢，同样的一份公证书用两百五十张纸也写不完，开公证书之前还要对你的父母、爷爷奶奶、各种亲戚的住址、职务、生活怎么样等等展开一系列细致的调查。总而言之，我也不知道等我死了以后我们能不能想出什么别的办法，当然前提是我死的时候他们还没能发现我。所以我们必须去巩固那些别的保护机制，到那时候就无所谓教会里有没有我们的人了。"

"另外提一下,格拉纳达是个例外。"神父接着说,"因为那里的大主教不愿进行血统审查。格拉纳达的居民里有很大一部分是之前的穆斯林贵族,这些家族早在天主教国王和王后的年代就已经融入了天主教的社会;甚至有许多神父、耶稣会士和教士,他们本身就是摩里斯科人的后裔,所以要在那个王国实行血统审查制度将会遇到相当大的阻力……不过总有一天也会实行的,哪个王国都是一样。"

在与堂·胡利安共事的这五年里,埃尔南多有幸了解到神父口中所说的那个保护机制,这个机制的核心执行者其实就只有那个由三个长老——贾利勒、卡利姆和哈迈德——所组成的议事会,加上堂·胡利安、阿拔斯,还有他自己。他们六个人要聚在一起相当困难:哈迈德毕竟还是奴隶身份,此外神父如果被发现参与其中也会面临极大的危险,所以在那些必须六人一致表示同意才能决定的场合,埃尔南多就充当了传话筒的角色。由于他需要在晚上进到大教堂里,所以马场书记员给他开了一张特别的通行证:行动自由,这是科尔多瓦其他摩里斯科人很难享有的权利。

埃尔南多到图书馆帮工没多久就发生了这么一桩事:1573年的时候,穆斯林圈子得到消息,说在阿拉贡正在准备着一场起义;消息是从土匪和脚夫们口中听来的,他们每天东来西往的,也传递着信息。那里的摩里斯科人已经与法兰西的胡格诺派教徒①取得了联系,承诺在他们入侵阿拉贡的时候里应外合,给予他们军事上和经济上的援助。流言刚起,科尔多瓦一带就有不少穆斯林兄弟准备前往阿拉贡去助阵,见到这种情形,议事会决定先把他们的热情压一压,他们叫人们耐心等待,千万不要轻举妄动。两年之后,充当摩里斯科人与胡格诺派之间联系人的那个法国人被宗教裁判所逮捕,并在他们的酷刑之下屈打成招。阿拉贡总督萨斯塔戈伯爵同时下令,让宗教裁判所从阿拉贡的摩里斯科人中随机逮捕一批并对他们用刑,这样一来,他就可以验证法国人口中的那个计划是否属实。

无独有偶,1576年发生的那件事与上面这起惊人的相似:那一年,在西班牙的摩里斯科人中流传着这样一封信,信是高门政权的苏丹写的,信中说,将会有三支穆斯林舰队在巴塞罗那、德尼亚和卡塔赫纳同时登陆。次年5月,阿尔及尔总督的一封信被宗教裁判所截获,信中称,8月的时候那三支舰队就会抵达西班牙,届时还会有一波强大的攻势从法国席卷而来形成两路夹击之势,故要求摩里斯科人于其时积极响应一举攻占山头云云。可是,直到1578年的10月,信上说的什么舰队也好登陆也好,全都成了一纸空文。

"我们的穆斯林兄弟只在乎他们自己的利益。"卡利姆这样给他们定性。这是

---

① 对十六至十七世纪法国加尔文派教徒的称呼。

一个周日，弥撒过后，除了堂·胡利安之外的所有人都不同寻常地聚集到了贾利勒家中。地上铺着席子，大家都坐在了席子上头，几个年轻人跑到摩里斯科街上，戒备着神父和陪审员可能发起的突击检查。适才卡利姆的那席话叫哈迈德和贾利勒也双双低下了头；阿拔斯想要辩驳些什么，却被卡利姆挡住："别说了，阿拔斯，我说的是事实。阿尔普哈拉斯起义的时候，他们就派了些海盗和囚徒来帮我们，而说好的正规军呢，被他们用来攻打突尼斯和塞浦路斯去了。不久前，阿尔及尔人又收复了突尼斯，攻下了比赛大①，还把拉高莱特②的西班牙人都赶了出去，而苏丹呢……"

"苏丹跟腓力国王签订协议已经有些日子了，高门政权已经承诺土耳其舰队不会再袭击那些地中海港口。"埃尔南多抢过卡利姆的话头。三个长老都用难以置信的表情望着他，而阿拔斯则惊讶地打了个响鼻。"你们都知道的那个人，"即使私下里他也小心不提及堂·胡利安的名字，神父的真实身份在整个科尔多瓦城也只有他们五个人知道，"是他得悉的这个消息。那是个秘密协议，国王没有派正式使臣过去，而是叫了个米兰贵族帮他去和土耳其人讲和；他们不想让任何人知道和谈的事，所以那个米兰人还是穿着一身奴隶的衣服走进伊斯坦布尔的。腓力国王不愿这次谈判有法国人的干预，也不愿让天主教世界把他视作叛徒——毕竟他这是在和异教徒进行和谈，不过事实确实如此。土耳其人已经将战略重点转向波斯，他们已经在和波斯人作战，所以天主教徒愿意和他们签订停战协议也正中他们下怀。"

"这也就是说……"卡利姆已经想到了那个结果。

"就是说，那些所谓解放穆斯林之类的话都是彻头彻尾的谎言。我们又被土耳其人骗了。"哈迈德帮他完成了后半句话。

听着老人的一字一句，埃尔南多只觉得十分揪心。说出这番话耗了哈迈德多少力气！他的话语简短而有力，可当他说完的时候，感觉他整个人都软了下来。他老了，他老得那么快。

静默笼罩了整个房间，每个人都在掂量着这个事实将会给他们带来的影响。

"绝不能让这事传出去！"过了一会儿，还是卡利姆先叫了出来，"这事绝不能让我们的弟兄们知道……"

"那又能怎样呢？"埃尔南多完全不理解。

"我们不能夺走他们的希望，"这时贾利勒说话了，他赞同卡利姆，埃尔南多

---

① 北非一港口。
② 今突尼斯境内。

只看见哈迈德也点了点头,"这是我们唯一剩下的东西了。我们的弟兄们一说起土耳其和阿尔及尔就两眼放光,还有私掠海盗,没有他们的帮助,我们又能做些什么呢?再起义一次?"贾利勒狠狠地朝空中挥出一拳,"我们没有武器,而且我们的一举一动都在天主教徒的严密监视之下。如果说在我们的地方、在那些险峻崎岖的山石间,在我们斗志高昂、装备齐整的状态下,天主教徒仍然能把我们打得人仰马翻落荒而逃,那现在呢?现在要和他们打简直就是以卵击石!如果这时候我们再剥夺了他们的希望告诉他们土耳其人永远也不会来拯救我们,我们的弟兄们一定会心灰意冷从而皈依天主教徒的信仰投入天主教徒的怀抱。而这正是我们的敌人想要的。我们必须为他们留下这个幻想。我们所有的预言都是这么说的:我们穆斯林将会再一次在安达卢斯做王!"

埃尔南多百般无奈,也只得接受了眼下的形势。

"赐予荣耀的真主、罚予卑贱的真主啊,"埃尔南多念了起来,他望着哈迈德的眼睛,"他会保佑我们的。"

一老一少用眼睛对着话。在场的其他人也尊重着这份静默。

"真主啊,"阿訇低声诵了起来,抑扬顿挫地,和在阿尔普哈拉斯时一样,"他让他所愿的人迷失路上,为他所愿的人指引方向。你的灵魂呵,穆罕默德!莫要去加增那些迷途失偶之人的悲伤!真主知其所为。"

屋里一片静谧。

"所以若是以后土耳其人再次许下要来帮助我们的承诺,我们也得继续应允下来,"寂然中,又是贾利勒打破了沉默,"我们得假装满怀希望地应允下来,与此同时还要避免我们的弟兄们去真正地投身其中。"

散会了,阿拔斯扶着哈迈德站了起来。出于谨慎,他们一般要一个一个地离开会场,每出去一个就得稍微等上几分钟。只见哈迈德一瘸一拐地朝门口走了过去。

"扶着我吧。"埃尔南多把手伸了过去。

"我们不能……"

"儿子永远对父亲负有义务,这是律法说的。"

哈迈德妥协了,他挤出一个微笑,任埃尔南多搀扶着他。在那张写满了千百道皱纹的脸上,标志他奴隶身份的那个烙印已经不再那么明显了。

"时间长了自然就淡了,是不是?"感觉到埃尔南多正用余光瞄自己脸上那个耻辱的印记,哈迈德自己先评论了起来。这时,两人已经走到街上。

"嗯。"埃尔南多表示同意。

"奴隶制再狠,终究也狠不过死亡啊。"

"那字母的轮廓还清楚着呢。"埃尔南多不想看到哈迈德那么悲观,他一边给老人打气,一边悄悄跟摩里斯科街上一个负责望风的年轻人作别,那人还在佯装玩耍。

哈迈德走得很慢,他竭力掩饰着自己伤腿上的疼痛。天空是沉重的灰色。两人从后边绕过了圣玛丽娜教堂的外墙,沿阿尔沃纳斯街一直往下,就来到了波特罗区的地界:走这条路他们就可以成功避开集市附近烦嚣的街道,每到周日,这些石子路上就会有成群的科尔多瓦人在吵吵闹闹。而且,埃尔南多想着,走阿赫齐亚区还有个好处:在这里不常会碰到那些为讨好千金小姐而特意把斗牛引来的年轻贵族,若是现在有一头公牛朝他们奔来,哈迈德肯定是在劫难逃。不过,在1578年,干旱如去年一样摧残着科尔多瓦,即使到了十月,这里依然滴雨未下;没有配备下水道的区域里,从烂水沟升起了刺鼻的味道,这股臭味与生活垃圾的臭味相差无几,走在这里的街上自然也不会有什么心旷神怡之感。

"你家人最近怎么样?"哈迈德关心地问道。

"挺好,"埃尔南多回答着,五年的婚姻生活里,法蒂玛一共给他生了两个孩子,"弗朗西斯科呢,"为纪念哈迈德,大的那个埃尔南多给他取名叫作弗朗西斯科,他没敢给他取穆斯林名字,生怕小孩子童言无忌说漏嘴,"他长得挺壮挺健康;伊内斯也挺漂亮的,长得越来越像她妈了,眼睛一闪一闪的。"

"要是性格上也像她妈的话,"阿訇夸赞着法蒂玛为同族做出的贡献,"她一定会成长为一个伟大的女性。那阿以莎呢?她过去了吗?"

"没有,"埃尔南多回答得很快,"她还没越过那道坎。"

他们已经几次谈起阿以莎。阿以莎在出狱之后很快就对布拉希姆走后的新局面有了一个大致的认识,她也说起,以现有的条件来看,她是再也不可能找个男人陪在她身边了。见母亲有这样的想法,埃尔南多便给她解释,说摩里斯科人的律法里有规定,只要丈夫失踪四年没有任何音讯,妻子就可以向议事会申请改嫁。

"那我还得去主教那里申请离婚呢,"阿以莎提醒儿子事情没有想象的那么简单,"否则在天主教徒面前,我的改嫁是没有效力的。可布拉希姆是个逃犯,被抓到的时候我是这么跟他们说的,我当时也没想到这句话会给我带来什么样的后果。反正主教无论如何是不会再让我结婚了……我也不会自讨没趣。说到底,我也没必要再结婚了。"

阿以莎决计不让小沙米尔知道关于他父亲的真相,她已经在脑子里草拟好了一个故事,等孩子到了会问问题的年纪就把这个故事告诉他:你的爸爸是一个英雄,他是在阿尔普哈拉斯摩里斯科人的起义中壮烈牺牲的——这也是布拉希姆在阿以莎的记忆中所留下的形象。从那时起，阿以莎就把重心转移到寻找家人这件事上：刚到科尔多瓦就被天主教徒抢走的那两个儿子，她必须找到他们。她把这件事跟她的长子说了。

"你现在是一家之主了，"阿以莎对埃尔南多说，"你赚的也不少，我们也住上了两居室，这是大部分摩里斯科人想都不敢想的。现在你在大教堂里工作了，"与法蒂玛不同，阿以莎并不知道儿子在那图书馆里具体都做了些什么，"以后看谁还敢说你的弟弟们得不到良好的天主教教育？他们是你的弟弟，是我的儿子！我要把他们也留在我的身边，就像你和沙米尔一样！"

可那是布拉希姆那个人渣的儿子！埃尔南多心里想着，却没能说出口。两行清泪已经顺着母亲的脸颊流下来，双手握在一起，还在微微地颤抖，深情地望着埃尔南多等待着他的决断，这样的祈求叫人怎么忍心拒绝？埃尔南多即刻向她保证，他一定会竭尽所能替她找到他们，并把他们解救出来。这会儿穆萨该有十岁了吧，阿基尔应该十三岁了。他告知法蒂玛他会按母亲说的去做，他没有去试图征得她的同意，甚至没给她反驳的机会。埃尔南多把这事告诉了堂·胡利安，经过一番解释，他成功让堂·胡利安帮他要到了一封介绍信。介绍信是堂·萨尔瓦多亲笔写的，后来埃尔南多才得知堂·萨尔瓦多原是大教堂唱诗班的指挥，也负责看管那些用链条绑在贵族们的专座上的赞美诗，需要的时候他还得整理它们，有哪本书坏了他还要负责去订新书。堂·萨尔瓦多时常会来检验埃尔南多对阿拉伯语的掌握程度，当然，小心谨慎的他也不肯轻易相信阿拔斯的话，他不时试探着埃尔南多作为天主教徒的虔诚，有时候是旁敲侧击，有时候则是堂而皇之。这位指挥对埃尔南多所展现出来的文化水平和宗教素养很是满意，这个小伙子不仅信仰坚定，而且谦卑十足，经常会来征询他的意见，寻求他的教诲。在神父们的帮助下，埃尔南多从市政府获知了他两个弟弟的去向，当万事齐备，一切返还手续都已经准备停当的时候，那个陶匠和那个面包师傅，也就是负责给那两个孩子传福音的天主教家庭，却声称埃尔南多的两个弟弟早就跑了；为了证明所言非虚，他们甚至还出示了当时向市政府报案的凭证。

事实上，哈迈德说，他们早被那两家人卖了，像这样被卖掉的孩子并不在少数。尽管腓力国王规定未超过法定年龄的孩子不得被当作奴隶，可在西班牙境内的各个王国里，到处都有被奴役的孩童。哈迈德还告诉埃尔南多，虽然法律规定这些孩子到了一个特定的年纪就可以提出申诉要求恢复自由，可是这一整套法律程序既昂贵又冗长；许多孩子想都没想过要走这条路，或者他们根本否认自己有权利这样做。至于阿以莎的两个孩子，如果现在连他们到了哪里、卖给了谁都不知道，那要想帮助他们实在是比登天还难了。

阿以莎被这个消息击垮了，她陷入了深深的绝望，随着时间的推移，那份绝望逐渐转为麻木，此时阿以莎的心中已经不存任何幻想。在科尔多瓦，他们抢走了她的两个儿子；在胡维莱斯，他们杀死了她的两个女儿！她把自己封闭了起来，连小沙米尔都无法让她走出自己编织的牢笼。

"她还是无法越过那道坎。"埃尔南多又一次重复着这句话，他只觉得哈迈德的手按在了他的胳膊上，老人是在用这种方式表达着他的劝慰。

两人从墙面上一幅巨大的壁画前经过，壁画上画的是受难的耶稣。好多人在那里祈祷，有几个在脚下点起了蜡烛。一个男人走过来为祭坛祈求着施舍，埃尔南多给了他一个勃兰卡，还一边在胸口画着十字一边嘟哝了一句，好让对方以为那是在低声祈祷。如果天主教徒的上帝真如他们说的那样和蔼那样慈祥，那他为什么让他的四个弟弟妹妹遭受这样的命运？他为什么剥夺了这一整个民族的自由让他们无法生存？他见哈迈德也和他一样画了个十字，然后两人重又上路。

他们走到了阿尔沃纳斯街、多麦街和波特罗街的交汇处，那里有五条街汇聚在一起形成了一个小广场。随后两人默默朝妓院走去。

"那你呢，"离妓院大门还有几步的时候，埃尔南多放胆问了起来，"你怎么样？"

"还好，嗯。"哈迈德含糊其辞。

"你怎么了？"埃尔南多坚持问道。小伙子停住了脚步，他按住了哈迈德放在他胳膊上的那只皮包骨头的手，他不信老人所说的话，他必须要让哈迈德知道。

"我只是老了，儿子，我只是老了。"

"弗朗西斯科！"一声尖叫刺破了埃尔南多的耳膜，他朝妓院那边转了过去，一个虎背熊腰的女人正叉着腰站在门口，女人的头发油腻腻的、身上的衣服都被汗泠湿了。"你上哪儿去了？"女人的声音一点也不见小，尽管两人距她也只有几步之遥，"那么多活儿等着你去干呢，你给我过来！"

哈迈德转头就要过去，埃尔南多拉住了他。

"这女人是谁？"他问哈迈德。

"快给我进来，臭摩尔人！"女人暴跳如雷。

"她不是谁……"埃尔南多把老人的手握得更紧了。"是新买来照看女人们的奴隶。"见小伙子不让自己走，哈迈德只好做出了让步。

"这也就是说……"

"我得进去了，孩子。愿平安与你同在。"

哈迈德挣脱了埃尔南多的手，他跛着腿走了过去，没有回头。那女人还叉着腰在那儿等着他。望着哈迈德步履蹒跚、一步一顿的样子，埃尔南多皱起了眉头；想到老人刚才是如何在痛苦中强颜欢笑，小伙子捏紧了拳头。

阿訇跨过妓院门槛的时候，女人在他背上推了一把。

"动作快点儿，老头子！"女人只嫌自己嗓门不够大。

哈迈德跌了两步，差点翻倒在地。

埃尔南多只觉得他的整个胃都在翻腾。他的心在灼烧。他在那里久久伫立，直到妓院那扇大门在女人背后砰地关上，接着他感觉自己听到了更多的咒骂和更多的号叫。他们买了个新奴隶：哈迈德对他们已经不再有用了！

波特罗街上往来的人群挤撞着埃尔南多的身体。

哈迈德到底怎样了？埃尔南多开始漫无目的地走了起来。老人现在这样的状态已经持续多久了？他怎么会没有注意到呢，老人的痛苦、老人的坚忍，而这位老人正是他的……父亲？是幸福蒙住了他的双眼吗，让他全然感觉不到他人的苦痛？

"你这忘恩负义的！"从小伙子内心深处喊出的自责倒把一旁的餐馆老板吓了一跳，埃尔南多的双脚已经不由自主地把他带到了波特罗广场的一家饭馆里，这位老板花了几秒钟仔细端详起眼前这位客人的相貌：光鲜的衣着，骑手才有的长靴，行走在波特罗区三教九流中的又一位大人物。"良心给狗吃了！"埃尔南多还在骂着自己。饭馆老板听着咂了嘟嘴。

"不来一杯么？"老板提议，"消愁的。"

埃尔南多朝那人转过头去。愁？相反的，他从来没有像现在这么幸福！法蒂玛爱着他，他也爱着法蒂玛，他们无所不谈，他们尽情欢笑，一有机会就疯狂做爱，两人一起为摩里斯科的大伙儿奉献着自己的力量；他们现在什么都不缺，他们感觉充实而满足；他们骄傲！看到自己的儿女茁壮成长，他们只觉欢欣而鼓舞，可是谁知道与此同时哈迈德竟……来一杯，为什么不呢？

埃尔南多把杯中的酒一饮而尽，老板赶快又给他满上。

"妓院里那个摩尔老头？"老板回应着埃尔南多的询问，两杯酒下去，埃尔南多已经有些迷迷糊糊。

小伙子难过地点了点头。

"对，那个摩尔老头……"

"哦，他啊，已经被挂牌出售了，妓院老板早就想甩掉他了，这样他还能省下些剩菜剩饭。每天晚上他都在那儿朝路人推销那老头呢。"

妓院老板早就想卖掉哈迈德了！为什么哈迈德什么都没跟自己说过？妓院老板

每天晚上拿哈迈德做着买卖的时候，作为儿子的他却在感谢着真主的赐予让他可以和老婆缠绵厮守！这叫他情何以堪？

"可就是没人愿意买啊。"饭馆老板哈哈大笑着又把埃尔南多的酒杯倒满，"那老头屁用没有！"

埃尔南多把无意识间端到嘴边的杯子放了下来，他不喝了。这个男人知不知道他在说什么？他说这位智者屁用没有！"孩子们，哈迈德曾经跟我说过……"在跟两个孩子说话的时候，埃尔南多曾经千百次用这句话作为开头。虽然他们还只是小孩子，可他是多么愿意给他们讲起以前的事，每当这时候法蒂玛就会甜蜜地抓起他的手，而他的母亲则会任自己徜徉在对阿尔普哈拉斯山间那个小镇的回忆中，弗朗西斯科和伊内斯会睁大眼睛仔细聆听着他的话，或许孩子们的年纪使得他们还不能完全明白爸爸想要传递给他们的意思，可是哈迈德从来没有从这个家离开过：在他们最亲密的日子里，在他们最幸福的时候，在他们全家无忧无虑、无病无灾、不愁吃穿、齐聚一堂的每一刻里，都会有哈迈德与他们同在。而现在人们却说哈迈德屁用没有？他之前怎么就没发觉呢？埃尔南多又一次责怪自己。他的眼睛是瞎了吗？

"怎么问起这个？"饭馆老板打断了他的思绪，"难道你有兴趣买下那个没用的老头？"

埃尔南多抬起头来望着老板的眼睛，然后掏出一枚硬币放到柜台上。他摇了摇头正准备走，可是……

"那妓院老板要价多少来着？"

老板耸了耸肩。

"给钱就卖了吧大概。"老板不痛不痒地甩了甩手。

"是他求……是他要求我们不要跟你说的。"这是阿拔斯向埃尔南多给出的解释。

别过饭馆老板，埃尔南多回到马场，他刚踏进门廊就直奔打铁铺。

"为什么啊？"埃尔南多几乎要叫起来，阿拔斯赶紧求他小声点。"为什么啊？"小伙子换了一种语调，"我们明明还在不断给弟兄们赎身。我还出了钱呢。为什么不能把他赎出来啊？我听人说那妓院老板给钱就卖的啊。你听听，一个圣人，给钱就卖！"

"因为哈迈德自己不愿意。他希望我们去赎那些年轻人。而且他们说的所谓给钱就卖，是给天主教徒的价，要是被妓院老板知道是我们摩里斯科人想赎他，价格就立马不一样了。这件事你其实也很清楚：我们的弟兄只要是我们自己去赎，那个奴隶主就肯定会漫天要价。"

"为他花点钱又怎样？他已经为我们奉献了一辈子。要说有谁值得被赎出来，那就是哈迈德。"

"你说的也对，"阿拔斯且退了一步，"可是我们也得尊重他自己的想法。"没等埃尔南多接话，阿拔斯就抢着说了下去，"而他的想法就是，不要在他身上花一分钱。"

"可是……"

"哈迈德知道他在做什么，你刚才自己也说了：他是个圣人。"

埃尔南多头也不回地离开了打铁铺，他甚至没有跟阿拔斯道别。他决不能允许这种情况继续下去！有些天主教徒，特别是那些心怀怜悯的妇女，常会把那些干不动活的奴隶就地释放，还他们一个自由身，可那位妓院老板没有这样的好心肠，他一定要等到有谁来把哈迈德买走，好让他最后捞上一点是一点。在那个时代，贩卖人口可说是科尔多瓦最赚钱的活计了，不仅那些职业人贩子，只要是家里有那么一个奴隶的，都想从这笔生意里捞上一票。奴隶们在这些人手中倒腾来倒腾去，财富就都源源不断地进了这些人的口袋。买下哈迈德的人肯定也不会由着他无所事事，尽管哈迈德已经又老又瘸，动一动还全身酸痛。他一定会逼着哈迈德做这做那好让他回本……甚至还有可能会把他带到一个远离科尔多瓦的地方。不管阿訇再怎么执拗，他最后的日子无论如何也不该是这样，埃尔南多一边登上二楼一边心想，别说哈迈德了，就连他这个小小的埃尔南多都不应该过那样的生活。况且他需要哈迈德！即使只是时不时的，但他需要和他交谈，需要看到他。他需要他的教导，而且关键的，他需要知道，每当他希望有人教导的时候，哈迈德会一直站在那里。他需要在哈迈德身上找到他童年所没有体会过的那种父亲的感觉。

于是他跟法蒂玛说了，法蒂玛听得很认真。等他说完，法蒂玛微笑了起来，她亲切地抚摸着他的脸颊。

"去赎吧，"法蒂玛小声说道，"不管要花多少钱。现在你挣得不少，我们的日子会越过越好的。"

日子会越过越好的，埃尔南多这么对自己说着穿过了那座罗马桥。他正朝卡拉奥拉塔的方向走去。脑中还在想着那个念头，他机械地把那张特别通行证朝守卫亮了亮。马场已经把给他的报酬增加到了每月三个杜卡多，每年还会有十法内加[①]的

[①] 古计量单位。

面粉交到他的手上，虽说这个数字要比那些老驯马师低不少，甚至还及不上阿拔斯这个钉掌匠，不过对于一个摩里斯科人来说，这样的薪酬已经称得上慷慨大方了。法蒂玛把他们省下的每一分钱都小心地攒了起来，就好像眼下风平浪静的生活会在哪个最意想不到的时刻骤然崩塌。

假日里，好些科尔多瓦人聚在了真理之野上；罗马桥下，三座风车在瓜达尔基维尔河中一字排开，引得在河岸上漫步的人们纷纷驻足观赏；还有些人则去到了城墙外铺开的大片田野上，在那里寻找着自然的惬意。即使是礼拜天，那些马贩子和骡贩子还是把自己的牲口晒了出来，那么多人在这儿呢，总有哪个会买吧。

骡贩子胡安弓着腰，这让他看上去比平时更矮了。见埃尔南多过来，胡安冲他笑了笑，露出了无肉的牙床，埃尔南多惊奇地发现，两人刚认识那会儿小贩嘴里的那一口黑牙现在掉得不剩几颗了。

"摩里斯科大骑师！"胡安跟他打招呼。听见这个称谓，埃尔南多心里不由得一惊。"怎么？很奇怪吗？"胡安亲切地拍着埃尔南多的背，"你的事我都听说了。事实上很多人都知道你。"

埃尔南多从没想到会是这样。他们还知道些什么？

"毕竟这不是什么寻常的事，一个摩里斯科小伙子竟然能骑到国王的马上……而且还在大教堂里有份差事。有好些以前跟你串通过的马贩子啊，"胡安朝埃尔南多挤了挤眼，"他们都借你的名字招徕顾客呢。这匹马是皇家马场的摩里斯科大骑师埃尔南多训练过的！那一顿吹嘘啊，见人就说。其实我也想过说我的骡子都是你骑过的，就是不知道好不好使呢。"

两人都笑了起来。

"伙计，最近你怎么样？"

"疲惫圣母最终还是挂了。"小贩一如往常地抓起埃尔南多的胳膊，在他耳边说道，"她慢慢地沉了下去，那么庄严，那么肃穆，圣母就该这样的。不过还好，她就沉在岸边，我们还是把那两个桶捞了上来。"

"后来你们又开始……"

"你看我这骡子！"胡安没有理睬那个问题，反而指着自己的一头骡子叫卖起来。埃尔南多仔细端量着那头牲口：看皮相倒是无可挑剔，脚腕有力，骨骼强健，也挺壮。可这外表之下会隐藏着什么瑕疵呢？"我们的皇家大马场要不要也弄几头骡子去驯？"小贩打着趣。

"不想赚两个勃兰卡玩玩吗？"这时埃尔南多朝胡安发出了邀请，他想起了当年小贩对他说的话。

胡安把手支在下巴上，迷惑地看着埃尔南多，随后又露出了他那干瘪的牙龈。

"我已经开始有点老了，"胡安认真地答道，"跑不动了……"

"女人也搞不动了？我们还没去柏柏尔那个妓院呢。"

"小子这你就过分了啊，每一个懂得生活的男人都不会放弃有朝一日能骑上一位一代名妓的梦想，即使精尽人亡也在所不惜。"

胡安去爽一炮，埃尔南多来买单——这就是两个男人在一扎红酒前谈成的买卖。他们坐在大教堂附近的一家酒馆里，当埃尔南多跟胡安说起他为什么对妓院里那个老迈的奴隶感兴趣时，胡安二话没说就答应了他的请求。

"他是我爸爸。"他对小贩说。

"既然这样，我照理说是不该收钱的。"胡安说，"可是你刚才质疑我那方面的能耐来着，我一定得叫你出点血。我还行得很，没得说的。"小贩拍着胸脯。

"那到时候我怎么知道你没骗我？说不定你就是跟个小孩儿一样躺在女人怀里，躺个把钟头啥都没干就出来了呢？我又不能进去监督你。"埃尔南多继续跟小贩对着干。

"小子，到时你就等在波特罗广场上，站在那个喷泉前面，虽然远是稍微远了点，旁边也吵，不过你也能听到那女人快乐的喊……"

"可那妓院里那么多女人呢，万一我听到的不是你那个……"

"听我的名字啊，小伙子，她会喊我的名字。"

埃尔南多想起了胡安在疲惫圣母号上挥汗如雨的身影，他一次次把桨深深地插进水里，在水里的每一击都越来越短促越来越费力。那时候他就已经是这样又瘦又小，可他确实每次都能划到对岸！想到这里，埃尔南多点了点头，像是在承认胡安那小身板确实不是盖的，随后他又继续往下说：

"你不能让妓院老板发现你其实是对……对那个奴隶感兴趣。他是想卖的，而且几乎是给多少钱都卖。当然还有，绝不能让他知道这背后是有摩里斯科人想要赎他。还有我爸爸……也不能让他知道这件事。"听到这里，骡贩子觉得有点纳闷。"因为他不想让我们在一个老头身上花钱，"埃尔南多跟他解释，"不过我不管他怎么想了。前面所有的你都听明白了？"

"嗯，我懂了，交给我吧。"胡安举起了杯，"为了我们的美好时光干杯！"

礼拜一的晚上，骡贩子胡安提着埃尔南多给他的一袋冠币① 大摇大摆地走进了

---

① 绘有冠状图案的西班牙古金币，杜卡多是其中的一种。

妓院，他号称今天做成了此生中最大的一笔买卖。妓院老板一见到钱当然眉开眼笑，他一边祝贺着小贩一边给他介绍起了胡同两边一栋栋小楼里的各位佳丽：有几个姑娘这会儿就站在门口卖弄风骚呢。小贩挑来拣去，选中了一个皮肤黑黑、乳丰臀肥的姑娘，搂着她进了小屋。这是栋平房，里面也只有一间房，一张床、两把椅子、一个小柜外加一个脸盆，这就是这间屋子里所有的家具。

另一方面，埃尔南多跟堂·胡利安请了假，所以这天晚上他又来到了波特罗广场上。这里依旧挤满了人。听到那些熟悉的叫喊、喧闹和打赌声，看到撒泼骂街的戏码又一次在眼前上演，埃尔南多只觉得，时间仿佛从来没有流逝。

约莫从一年前开始吧，波特罗广场上的人是不见少只见多。那些常客们依旧每天来这里上班：赌徒、闲人、流浪汉、没有司令的兵、没有兵的司令——波特罗广场就像一座灯塔召唤着这些潦倒之徒；那些行路的也不会放弃这个便利的住所：艰难困苦的人们一个个走上了凡塔斯之路，只为到马德里奢华的宫廷去试试自己的手气；怀揣着一夜致富的梦想前往塞维利亚的人们也有不少在这里歇脚，他们准备坐船前往西印度淘金；而除了上面说的这些人，现在又有一波生力军加入了波特罗广场上庞大的队伍：巴伦西亚总督先前无故驱逐了一大批所谓"危及王国安全之徒"，而这群人只得转移至加泰罗尼亚、阿拉贡和塞维利亚——那里已经容不下更多的人了——还有科尔多瓦。

而埃尔南多就把自己的命运交到了这样一个处于社会底层的人的手上。

"那个骡贩子信得过吗？"当法蒂玛把那十五个杜卡多交给埃尔南多的时候，她问他。钱是从那大木箱里取出来的，她把它们小心地放在了《古兰经》旁边的一个袋子里。

信得过吗？他已经好多年没跟胡安打交道了。

"嗯，信得过。"埃尔南多斩钉截铁地说，之前的一段段回忆瞬间涌上了他的心头。他信任这个无赖胜过科尔多瓦任何一个天主教徒。他们曾经患难与共，一同经历过未知、艰难与险阻，这样建立起来的友情是很难被动摇的。

胡安在那个叫安赫拉的姑娘身上找到了飘飘欲仙的感觉。完事了，心满意足的骡贩子故意把一扎红酒弄洒在床单上。

"来人呐！把它换了！"胡安佯装喝醉发起了酒疯。

"你还没爽够？"姑娘倒觉得稀罕了。

"姑娘，什么时候停我说了算。难道你还怕我吃白食不成？"

安赫拉把斗篷拿来披了披，从门口探出头去。

"汤马莎！"刚才只听得她娇嗔的一面，原来这姑娘也挺能吼，"拿干净床单来！"

埃尔南多跟胡安提起过有汤马莎这么个人，可他没说这女人要比小贩还高出一头。见到这么一个能顶他两个的大女人杵在了门口，骡贩子脆弱的小心肝猛地一颤，他顿觉自己一身破鞋烂裤的滑稽透了。

小贩曾经谋划着要唬住她，让她把埃尔南多的爸爸叫过来，这样才好执行他的第二步计划，可他现在光是看到汤马莎卷起的袖管里那几块厚实的肌肉就已经往后吓退了三步：要给那条胳膊抡上一记，那可比被骡子踢上一脚还有得受。

汤马莎弯下腰去收拾那条泼上酒的床单，朝胡安亮出了那硕大的屁股。就是现在！要是等她收完了……

为了埃尔南多！

小贩咬了咬他硕果仅存的几颗牙，张开双手，捏紧了汤马莎的臀部。

"双飞喽！"小贩叫了起来，"圣地亚哥！"刚触到女人那两瓣结实的屁股，一声兴奋的吼叫从胡安嘴里脱口而出。

安赫拉笑得肚子都疼了。汤马莎回过身一巴掌就扇了过来，却被早有防备的骡贩子机敏地躲过。趁其不备，骡贩子一下子扑到那女人的身上，把自己的头埋进了她的前胸。他就好像一只虱子：他环挂在汤马莎身上，用双手双脚紧紧勒住了这头庞然大物。安赫拉还在捧腹大笑，而汤马莎的负隅顽抗全都只是徒劳：无论她怎么踢怎么打，胡安就是牢牢地贴在她的身上，他的嘴还在她胸口不停地搅弄。胡安一顿好找，终于找到女人的一粒乳头，他磨了磨牙一口咬了下去。

这一咬仿佛赐给了汤马莎无穷的力量，女人腰一扭就把那骡贩子甩了出去，胡安的身体像炮弹一样直直撞向了远处的墙头。而这边，因乳头被咬而痛得失去理智的汤马莎开始试图挽救起她那件已经被小贩扯得不成样子的背心。

"好……好波！"胡安没忘了好好赞一下女人那对挺拔的胸，刚才砸在墙上的那一下那可真叫一个重，小贩到现在还没完全缓过气来。

被安赫拉一连串夸张的笑声吸引着，这时已经有好几个女人挤在了门口。汤马莎气得羞红了脸，把目光从胡安的身上转到了女人们那头。

这一切还没有结束，骡贩子决定要为他的兄弟做出他人生中的最后一搏：他重又朝汤马莎转了过去，放浪地舔起上嘴唇。女人蹙紧眉头严阵以待，她想把袖子再捋上去一些，只是那两根袖管已经处于迸裂边缘。

"够了！我早就知道派个女人来照管这里早晚会出这样的问题。"从门口传来一个男人的声音。看到这位妓院老板终于出现在门口，我们的骡贩子大大地舒了一口气。"滚出来！"老板喝令着汤马莎，"去叫弗朗西斯科来，叫他来铺床。"

外面已经闹了一会儿了，所以哈迈德也没让他们等上多久。老头一步一颠地走进屋的时候，看热闹的女人们已经都散了，房间里只有安赫拉还在。

"摩尔人？"骡贩子大惊小怪地叫了起来，对哈迈德的出现煞是不满，"你们竟然派了个摩尔人来！他碰了我的床单，我等会儿还躺不躺了？"胡安回身朝安赫拉发号施令，"去叫你们头儿来！"

女孩跑去找老板了。胡安心想，接下来就是最困难的部分了，他得用手里的十五个杜卡多把这个奴隶买下来。他不能辜负小伙子把钱托付给他时脸上露出的微笑，他不能扑灭小伙子那双蓝色的眼眸里闪出的光。小贩知道，十五个杜卡多就是埃尔南多所有的积蓄，可在市场上，超过五十岁的奴隶，即使再不顶事也要卖到三十二杜卡多。虽然埃尔南多说，妓院老板是给钱就卖，可是真到卖的时候，谁知道他会不会狮子大开口呢？

哈迈德只觉得古怪，眼前这个男人刚才还大呼小叫，这会儿倒不作声，只是默默思索着，就好像哈迈德根本不存在一样。哈迈德想从他身边绕过去把床铺好，却被小贩拦住。

"你别动。"小贩命令哈迈德。小贩心想，现在让这男人怀疑去吧，让他去猜测谁是幕后策划者好了，有什么大不了的呢？"待在那儿不要动，也别说话，明白了？"

"为什么我要……"哈迈德刚问到一半，安赫拉就带着老板跑了进来。

"摩尔人，哼哼。"胡安又一次扯起嗓门儿，"你给我派来一个摩尔人！"骡贩子用食指叩着哈迈德的前胸。"他还骂我，说我是拜偶像的狗天主教徒！"

一向谨言慎行的哈迈德听到这话也气不过，把双手举了起来。

"我没有啊……"老人想为自己辩解。

"从来没有谁敢叫我狗天主教徒！"胡安上去就抽了他一个耳刮子。

"快别打啦。"老板站到了两人中间，求胡安高抬贵手。

"抽丫的！"胡安就像受了什么奇耻大辱，"让我看看你是怎么惩罚他的。快用鞭子抽他，现在！"

抽他？老板心想，开什么玩笑，就弗朗西斯科这身子骨，连三下鞭子都抗不过。

"不行不行。"老鸨只得反对。

"好，那我只能去找宗教裁判所了。"胡安威吓老鸨，"我要跟他们说你养了一个亵渎神明、辱骂天主教徒的摩尔人！"小贩一边说一边收拾自己的衣服。"宗教裁判所一定会给予他应有的惩罚！"

哈迈德惊呆了，站在他身前的老鸨也只是傻呆呆地看着胡安一边嘟囔一边把衣服套在身上：要是这骡贩子真到宗教裁判所去告发弗朗西斯科，那不出十五天，老头肯定会死在那个大牢里，铁定是挨不到明年的公开审判了，这样，他在这个奴隶身上投资的钱就连一个里亚尔都收不回来了。

"行行好吧，"老鸨想想还是钞票要紧，"别告他了，他之前从来没有这样过。"

"那你倒是罚他呀，罚他我就不去告。这就是你的奴隶，要是我的奴隶，我他妈的……"

"我把他卖给你吧！"从妓院老板口里喊出了这么一句。

"我要这么个废物做什么？又老……又残……嘴里还不干不净的，我要来有什么用？"

"可他骂了你啊。"妓院老板竭力怂恿着胡安，"要是让宗教裁判所来罚他，又怎么能罚到你爽呢？到时候他悔个罪——你知道他们这种贱货最会悔罪了——然后说一句要改过自新什么的……到头来，宗教裁判所的人顶多也就判他穿悔罪服，你也看到了，他都这么老了。"

胡安装出一副还在考量的样子。

"哼，他要是我的奴隶……"骡贩子假装自言自语，"我就叫他天天从早到晚去捡骡子的屎……"

"十五杜卡多。"妓院老板说了个价。

"你疯了么！"

五个杜卡多。胡安用五个杜卡多买下了哈迈德。就这个数，里面还顺便搭上了安赫拉的服务费。他决定当即完成交易，省得夜长梦多：在两名嫖客的见证下，他从袋子里掏出五枚金币交给了妓院老板，然后领着哈迈德扬长而去。他已经跟老鸨约好，第二天一早就去把相关的公证办妥。

埃尔南多正在听人讲关于五年前哈勒姆围城战的故事，讲故事的是佛兰德斯兵团的一个残废老兵，他亲身经历了那场战斗。周围的群众自发地给他拿来了酒，他就喝一口说两句，这么讲了起来。老兵已经几乎看不见了，可他还是骄傲地炫耀起了身上那件破破烂烂的军服，当年他就是穿着这套衣服，在阿尔巴公爵之子、堂·法德里克·德·托莱多的指挥下与敌人英勇搏斗。他说起了那场艰难的围困战，在那场战争中，佛兰德斯兵团伤亡惨重。堂·法德里克差点就放弃了这座城池，可就在这位贵族正要撤兵的时候，他收到了来自他父亲的口信。

"阿尔巴公爵对儿子是这么说的，"老兵的语调铿锵有力，"要是你不能拿下这座城，我就当没有你这个儿子；要是你死在了战场，我从病榻上爬起来也要去替你那个位子。"与广场别处的吵闹喧哗相比，老兵身边的这一圈人都闭上了嘴巴认真在听，"公爵又说，要是他俩不幸都失败了，那儿子他妈不远万里也会从西班牙跑过来，为她丈夫和儿子完成他们未竟的事业，谁叫他们缺乏勇气，缺乏耐心。"

周围窸窸窣窣响起了一阵赞同声，有人还拍了两下手，老兵趁机把杯中剩下的酒一口喝干，听见有人又给他满上了，他不紧不慢地讲起了最终拿下那座城池时的刀光剑影和腥风血雨。这时候，埃尔南多感觉有人从他身后走过，在他肩上拍了一下。

他回过头去，只见哈迈德正低着头走在胡安身后；老人的手上提着一小包衣服，和法蒂玛当时带的那一包不相上下。胡安成功了！望着两人缓缓走向广场北边，一阵颤抖爬过了埃尔南多的全身，他的嗓子也不知怎么的就突然堵住了。

"在他父亲的激励之下啊，"此时老兵又讲了起来，"堂·法德里克带领我们砍死了超过两千五百个瓦龙人①、法国人和英国人……"

"弄死这些异教徒！"

"信路德教的都去死吧！"

周围响起了此起彼伏的骂声，人们咒骂起了哈勒姆城那些血拼到底的市民们，可这一点也没有影响到埃尔南多，埃尔南多聚精会神地听着哈迈德那双底都快磨没了的鞋擦在广场地面上的声音，走一步拖一下，这奇怪的节奏曾陪他度过了整个童年。埃尔南多抬起手指擦了擦眼泪。那两个人已经从他身后经过，越过了人群与喧嚣，穿过了调笑与争吵，所有的人和事仿佛都与他们无关，他们只是向远处走去。一个是又矮又驼、牙都没了的骡贩子，市井无赖的代表；一个是只剩独腿、厌倦世事的老头子，是个智者，是个圣人。埃尔南多强迫自己扯开心中的那团乱麻，他捏着拳头，紧着胳膊，压抑着内心的激动，他发觉自己全身的肌肉都在绷着，等着阿訇穿过广场的这几分钟对他来说就好像一个世纪。

埃尔南多见到那两人走过了椅匠街，随后是巾匠街，在圣爱医院拐了弯，绕着医院向后走去。然后他回头环视众人，他确信所有人都应该和他一样，被这对消失在阿尔玛斯街街口的奇怪组合吸引了眼球，可是实际并非如此：人们丝毫没有注意到他们，小伙子附近的那两个人都还全神贯注地倾听着那位残废老兵的讲述呢。

"他们欠了我们二十个月的军饷，还不让我们到农民家里去抢点东西！哈勒姆

---

① 指比利时南部的人。

生怕被我们屠城，还特意给堂·法德里克献上了一大笔钱，可那笔钱上哪儿去了？全数进了国王的口袋！"瞎子老兵激愤地喊了出来，他用杯底猛砸面前那张桌子，杯里的酒都洒了出来；说到他们这些英勇夺城的士兵心中为何都如此不满的原因，老兵胸中愈加愤愤不平："对我这样的伤病员，兵团竟然还要惩罚我们，说那些欠我们的钱都不付了！"

他为什么要关心这个瞎子的命运呢，这个老兵不就是天主教国王腓力掀起的又一场圣战中的又一个牺牲品么？埃尔南多边想着，边穿过了广场，他努力抑制着自己心中的激动，好让自己不要跑起来。

他们在稍远些的阿尔玛斯街上等着他。一排精致的雕花铁栅后面，烛光从一尊等身高的受孕圣母像脚下洒下来，把两人微微照亮。没有人，街上空荡荡的。胡安看见埃尔南多走了过来，而哈迈德没有：他低着头，一副被挫败的样子。

埃尔南多站到老人的面前，抓起他的手，不知道该说些什么。老人的头还低着，他注视着握着他的那双手，然后看到了埃尔南多自从被任命为皇家马场骑师以来总是穿着的那双长靴。今天早上他们还走在一起。

"哈迈德·伊本·哈迈德。"老人终于抬起了头，低声呼唤着小伙子的名字。

"你自由了。"埃尔南多也终于说出一句话来，然后没等阿訇责备就扑到了老人的怀里，号啕大哭起来。

第二天早上，在公证员面前，胡安和那位妓院老板签订了名为弗朗西斯科的奴隶的交易公证书，此时哈迈德已经被送到马场里，由法蒂玛照顾。就像是在卖猪卖狗卖一头牲口一样，妓院老板在公证员前说明了哈迈德的所有缺陷，说他身体残缺，罹患各类疑难杂症，还把那些有的没有的看得见的看不见的毛病都说了一通；而胡安则表明，无论是现在还是将来，这个奴隶染上的或者可能染上的毛病与恶习都和妓院老板无关，他放弃对这些缺陷的追偿权。最后，买主和卖主在两名见证人前接受了上述约定，公证员签发了相应的公证书。

稍晚些的时候，为了不让老鸨知晓，胡安在另一位公证员和另两名见证人面前签订了解放奴隶公证书，公证书称，胡安自此给予其奴隶弗朗西斯科完全的自由，并自愿放弃法律赋予他的对于该奴隶的所有权利。

在公证员家门口等着小贩的埃尔南多亲吻了胡安递给他的公证书，他想要给他朋友一个金币作为谢礼，却被胡安谢绝了。

"小伙子，"小贩说，"我们错了，我们不该去幻想那些柏柏尔的名妓。她们谁都比不上昨天我捏过的那大屁股，可我已经无福品尝了。你说得对，"胡安把手搭在小伙子肩上，"我老了。"

"不，你没……"埃尔南多想要安慰她。

"你知道在哪儿可以找到我。"骡贩子已经在与他道别了。

埃尔南多目送着他离去。他望着小贩渐渐远去的身影,只觉得小贩的背好像比先前挺直了一些。

38

　　玫瑰、柑橘、百合、紫罗兰、橙木……这里姹紫嫣红！1579年5月的夜晚，繁花的馨香氤氲在埃尔南多新家的小院里。小院的地被花田隔成了几片，穿插于其间的鹅卵石小路绘成了一个星形，星形的中心是一泓简朴的石泉，泉眼里不停地冒出濯濯清水。如果说科尔多瓦的生活用水和下水网络已经成为了这座城市的一大痼症，成为了斑疹伤寒和各类胃肠疾病的温床，使它们得以在阿赫齐亚的贫民区中肆虐，那么那三十九口水泉和星罗棋布的水井中永不枯竭的山泉水则丝毫没有受到它们的影响，自顾自守护着自己的洁净。旧城区以其错综复杂的街道规划成为了科尔多瓦水资源分配最大的受益方，而就在这旧城区里的巴尔贝罗斯街上，埃尔南多租下了一个由教士会所有的小院，教会每年都要从这些房产中获得大笔的收益。

　　巴尔贝罗斯街上的这个小院符合罗马时期建筑师对房屋下的所有定义，科尔多瓦式民居的灵感即始于此，后来那些穆斯林也采用了这种设计，将他们理想中的家园嵌入到其中：有花有水的世外桃源，与世隔绝的人间天堂。夹在另两栋类似的屋子中间，埃尔南多租下的这个小院几乎呈正方形，其中一边由高墙堵住，作为与毗邻土地之间的隔断，而另外三边则环绕着走道，从走道就可以直接进入房间。走道和院子之间用木梁撑起了一道柱廊，柱廊上头二楼的空间则辟成了阳台，阳台用木栏杆围了起来，倚着那栏杆就可以望见院子中的景象。整栋楼房都用层层叠叠的瓦片盖了起来，瓦片是凹凸交错着放的，下雨时就可以作为承接雨水的檐沟。小院的进门处是一个宽阔的门厅，门厅有一个房间那么大，用蓝白色的瓷砖铺到了及腰高，门厅朝往大街的那一边用一道木门封了起来，而开往内院的那头则拦上了一道雕花的栅门。在房子的底楼有厨房、客厅、厕所和一个小房间，而在二楼与开往院子的阳台相接的，则是四个宽敞的卧室。

　　自从埃尔南多涨薪，加之哈迈德来到之后，从马场里搬出来自己住的主意就一直在小伙子的脑中转悠。最终阿訇还是接受了被赎出来的事实，他也清楚，埃尔南多这样保护他也是两人之间长久以来亲如家人的坚固羁绊在现实中的自然反映。可是，与每天积极去上工织布的阿以莎不同，哈迈德把自己禁闭在了那个马厩上头的房间里，他利用着这个唯一的信仰就是马的地方给予的私密性，朗读着《古兰经》、吟诵着《古兰经》、思考着《古兰经》。他也将教育三个孩子的责任揽到了自己身上，他教导着埃尔南多的两个孩子，还有阿以莎的儿子沙米尔。

如果说上面的这些理由还不足以让埃尔南多考虑找间新房子的话，那还有一个理由，这个理由出于私心、比上面所有理由都更为重要，使得他不得不那样去做：这对小两口还想要个孩子。他们想要孩子，无奈家里的环境让他们放不开手脚。他们做爱，是的，可那是躲在被子里，克制着他们的动作，屏住了他们的叫喊。两人都怀念着之前那段能够无拘无束尽情快活的时光。自从阿訇也搬了进来，法蒂玛不再给自己涂上那催情的精油和香水，两人在到达高潮之前也不再缠绵床褥。之前让交媾能够如鱼得水的爱抚、厮磨、亲吻和舔舐已经都不复存在，之前那颠鸾倒凤毫无保留的一千种交欢的姿势现在也只剩下了在被子下也能隐秘实行的那几种。他们期望中的孩子就一直没有来到。

所以他们找到了这个小院。阿以莎、法蒂玛、埃尔南多和孩子们都住到了二楼，而让法蒂玛安心的是，哈迈德住进了底楼那个空出来的小房间。

巴尔贝罗斯街是条竖直的大街，它的延伸段，挂着一幅痛苦圣母像的那段，被冠以了穆斯林领袖阿尔曼左尔①的名字，因为早年阿尔曼左尔就有一座宫殿建在了那里。从巴尔贝罗斯街上向南望去，轻易就能在众多房屋的屋顶上看见大教堂入口处高耸的尖塔，用那座尖塔做参照物，再站在内院中参看了星星的位置，哈迈德精确计算出了麦加的方位。他在他房间的墙上做了个隐蔽的记号，这样他之后就可以对着那个方向进行祈祷。

虽说埃尔南多从马场领到的工资足以令他不至困窘，可要用这笔钱来支付新房子昂贵的租金依然是杯水车薪，好在有堂·胡利安在教士会面前巧舌如簧，使得他们把房租降到了埃尔南多能够承受的范围。神父就是用这种方式来感谢埃尔南多在抄写《古兰经》上所下的苦功，而从那些《古兰经》抄本上得到的收益则已经全部投入到摩里斯科民族的复兴大业中。

"丢掉阿拉伯语就等于丢掉律法。"一天，在图书馆里，堂·胡利安这样对埃尔南多说道。

这句警句在阿尔普哈拉斯战争中就已经被大量引用，为的是让分散在西班牙各王国中的摩里斯科人不要放弃他们的语言，让天主教徒们为此目的所做出的努力变

---

① 此为西班牙语名，阿拉伯语名为曼苏尔，全名为阿布·阿米尔·穆哈迈德·伊本·阿比·阿米尔，军人、政治家、哈里发统治时期的领袖、政府高官。

得徒劳无功。虽说国王明令禁止摩里斯科人在日常生活中使用阿拉伯语，可那些贵族因为摩里斯科劳力实在廉价，都对领地内说阿拉伯语的现象睁一只眼闭一只眼，但市政府、教会和宗教裁判所则没有那么宽松，他们严格执行着国王的敕令，并把这事作为了他们的旗帜大加宣扬。上有政策，下有对策，摩里斯科人的会众秘密组织起了《古兰经》学校，在穆斯林中大肆分发着他们抄写的圣书，如此一来，竟在西班牙全境编织起了一张《古兰经》抄写员的网。

"总算被我弄到了。"这天晚上，堂·胡利安把一沓白纸摆在了埃尔南多面前的工作桌上。这时，图书馆里只剩下了他们两个人。天晚了，晚祷仪式两个钟头前就已经结束，很难想象眼前空荡荡的大教堂在白天是多么的人声鼎沸。晚祷前，这里成为了众多罪犯的藏身所，现在他们已经去到了教堂入口院子里的柱廊下过夜，由于警察不能进到教堂里来抓人，他们就这样逃避着法律的惩罚。埃尔南多回想起了他在这里见过的种种奇闻异事，听到门卫急匆匆跑来跑去的脚步声，小伙子笑出了声来，一定又有哪条狗溜进了圣堂。事实上他只猜对了一半，今晚跑进来的，是一头猪。

拿起眼前的那沓白纸前，埃尔南多用指肚摸了摸它的表面，那纸面摸着有点粗糙，特别厚也特别亮，形状有点不规则，上面也没有任何水印图案可以表明它的来路。

"我还有好多沓呢，"神父朝埃尔南多抖出一个胜利的微笑，此时埃尔南多正掂量着一张比普通的纸稍长稍宽的纸张，"别觉得奇怪，"见他的学生正一脸迷惑地端详着那张纸，堂·胡利安给他解释道，"这是手工生产的，是西堤瓦的摩里斯科人在家偷偷做的。"

西堤瓦是巴伦西亚王国的一大重镇，其四分之一人口都是摩里斯科人和新天主教徒，不过，就和这个王国的许多城镇一样，西堤瓦也被众多摩里斯科人的村落所围绕。四个多世纪前，由于穆斯林的造纸工艺取得了突飞猛进的发展，这里也就成为了纸的一大产区。为了保护这个产业，历代国王赋予了西堤瓦的摩里斯科人许多特权，让他们可以在自己家中利用旧衣碎布等原材料制作纸张，而现在，正是这些家庭作坊在暗地里源源不断地为摩里斯科会众输送纸张。尽管这种纸张的质量并不好，可摩里斯科会众别无选择，因为要买到足以制作手抄本的量实在太过困难，且太容易引起怀疑。

虽说印刷术被发明出来已经是一个多世纪以前的事了，可到了这会儿，人们在制作书籍时还是基本靠抄。书籍的出版工作掌握在很少的几个人手中，因为老百姓大多是文盲，他们没有机会接触书，更没有兴趣来编书，而那些有足够资金来开印刷行的贵族们则拒绝将自己的钱投入到这种与他们的社会地位毫不相称的商业活动中，他们认为这将辱没他们尊贵的名望。八十年代，全科尔多瓦总共只有一台印刷机，还是手提的，由一名印刷工人像施展手工艺那样操作着，所以在当时，纸张的买卖也是几乎不存在的，连科尔多瓦教士会要印刷他们自己的宗教书籍时也常要委托其他城市如塞维利亚的印刷行代为印刷。

"你怎么弄到的？"埃尔南多很好奇。

"是卡利姆去弄来的。"

"桥上的检查呢？"

堂·胡利安挤了挤眼。

"那还不简单，就是花钱呗，把纸藏到马鞍和骡具下面就行了。"

埃尔南多点了点头，又摸了摸那沓毛糙的纸张。他干这份工作必须是有报酬的，这是神父的规定，可埃尔南多把他所有收到的钱都用到了为摩里斯科奴隶赎身这件事上，他无论如何也不愿借传播自己信仰之机大肆敛财。

就这样，每天学习过后，埃尔南多就不断抄写着《古兰经》，经文是用古典阿拉伯语写的，字体却是抄写员所特有的字体，不重美观，只求清晰与迅捷；同时，在两行经文之间，他还会用阿尔哈米亚语写下注释，好让所有的读者都能读懂它。他们把那些白纸藏在了大教堂图书馆里成百上千册的图书中，而他们抄写完的手抄本则会经卡利姆之手传遍科尔多瓦全境。科尔多瓦的摩里斯科人太需要这些精神食粮了，而在巴伦西亚、加泰罗尼亚或阿拉贡这些未曾受到驱逐影响的王国中，摩里斯科会众早已拥有了这些书。

埃尔南多全情投入到禁书的抄写工作中，而法蒂玛则在用口头的方式向摩里斯科妇女们传播着他们民族的文化。女人们经法蒂玛传授后，便可以将学到的知识转而传给她们的孩子和丈夫。

在埃尔南多和哈迈德的耐心帮助下——他们仔细审查着她的成果，亲切地纠正她的错误——法蒂玛得以背下了《古兰经》的不少经文、若干清规戒律以及最著名的那几条预言。

每天，法蒂玛都会戴着她那条镶边的白头巾到市场去买菜；买完菜，她便会扎进女人堆里去给她们讲授宗教的知识。她的伪装天衣无缝，光从表面上看，她们不过是一群喝着柠檬水叽叽喳喳讨论着张家长李家短的大闲人。

有时她也会和埃尔南多一起走出家门，在分道扬镳之时，两人总会酝酿一场漫长的道别。就像是在玩游戏一样，刚刚分别的两人中总会有一个转过头去，骄傲地远望着另一个人为了民族大业、为了完成真主所托付的任务而踏上了新的征程。有几次，他们俩同时转过头来：他们都笑了，同时用微弱的手势催促着对方赶紧上路。

"我们妇女同胞们有责任将我们民族的律法传达给下一代。"法蒂玛号召着其他的摩里斯科妇女们，"我们不能让孩子忘记它们，我们不能让那些神父们得逞。男人们平日里要去工作，他们辛苦一天回到家的时候，孩子们都已经上床睡了。此外，我们相信任何一个孩子都不会到天主教徒面前去告发他的母亲。"

眼前的那几个女人正聚精会神地聆听着法蒂玛的讲述，而法蒂玛则一遍又一遍地向她们吟诵起了《古兰经》的经文，待那些女人小声将这部分经文重复完毕，法蒂玛就会将哈迈德教给她的经文释义传授给她们听。

日复一日，法蒂玛向不同的听众讲授着《古兰经》的知识，每当她讲完一句经文的时候，女人们就会求她背一段关于他们民族命运的预言或是启示：安达卢斯的穆斯林将回归他们的风俗、回归他们的文化、回归他们的律法。他们终将得胜！

"土耳其人的军队将开进罗马，却只有那些回归穆罕默德律法的人才能从天主教徒手中逃脱，其余的人必被俘虏，必被剪除。"她吟诵起来，"你们听明白了吗？这条预言已经实现了：我们被天主教徒打败了，你们知道这是为什么吗？"

"因为我们忘记了我们的真主。"有一次，法蒂玛听到一个年事已高的女人沮丧地回答道，她之前听过这个预言。

"你说得对。"法蒂玛正色道，"因为科尔多瓦已经变成了一座罪恶之城，因为各种异端张扬跋扈在整个安达卢斯的土地上。"

听到这里，好多女人都垂下了她们的头。她说的难道不是实话吗？她们难道没有在履行对真主的义务方面有所放松？所有的摩里斯科人都问心有愧，他们知道自己理应接受这样的惩罚：他们的土地尽被天主教徒占据，他们自己必须承受起被奴役的耻辱。

"不过你们不用担心，"法蒂玛又试着鼓励起她们，"预言并没有就此完结，圣书上是这样说的：你们难道没有看见天主教徒在大地的尽头战胜，却又立刻做了败军之将？审判归于真主，胜利的喜悦归于真正的信徒。真主帮助真心侍奉他的人，真主的诺言必完全实现。"

女人们重又抬起了头，希望映在了她们脸上。

"我们要起来抗争！"法蒂玛要求着她们，"我们不能向不幸妥协！真主看顾着我们。预言必会实现！"

春日里的一个傍晚，埃尔南多疲惫地回到家中，这一个白天里，他为四十匹马上路做着准备。它们会被送到卡塔赫纳的港口,从那里坐船,经热那亚中转,最终运抵奥地利。腓力国王决定将这四十匹骏马赠给他的侄子皇帝陛下,以及像萨博亚公爵和曼图阿公爵这样的大贵族们。根据国王的要求,首先他们选出了一批最好的马运到马德里去,归国王和王子自用;之后再是那些当作礼物的。今天一天堂·迭戈·洛佩兹·德·亚罗都在马场里拣选那些马匹,当他犹疑不定的时候就要征求骑师们的意见,其中就有埃尔南多。堂·迭戈和他们一起商量着,把哪些马送给国王最好。

"那些人知道怎么育种吗?"埃尔南多问了起来,他的目光正定在一匹俊俏的种马身上,那匹马约五岁大,身材高挑,黑白花,举手投足都优雅至极,马场总管挑中了它运到奥地利去作为国王的礼物。

"肯定知道。"站在埃尔南多身前的堂·迭戈没有回头,他的注意力还集中在那匹种马身上,"那儿的宫廷里也有不少伟大的骑师和育马的专家。我敢肯定他们一定能从这几匹种马出发,培育出一批足以成为维也纳骄傲的马种。"

他们真的能行么?埃尔南多还在思索着就已经走到了自己家门口。让埃尔南多觉得奇怪的是,那扇木门竟然关着,这是五月份,这会儿门一般都是大敞着的,从外面都能看到那扇通往内院的雕花栅门。发生了什么事么?埃尔南多用力拍大门。直到看见妻子满面春风地出来迎接他,他才放下心来。

"这是干吗……"见法蒂玛回身又把大门闩了起来,埃尔南多不解地问道。

只见法蒂玛把食指贴到唇上作了个嘘声的手势,随后一路把丈夫引到了内院。哈迈德打破了埃尔南多定下的成规,小伙子曾严格要求给孩子们授课必须在房间里进行,这样他们用阿拉伯语交谈就不会给任何人听到,可是这会儿,哈迈德把孩子们带到了内院中,他们就在柱廊里席地而坐,几个孩子正津津有味地听着哈迈德给他们讲授算术。

埃尔南多张口就要责怪身边的妻子,可妻子这时又把食指竖在了嘴巴正中。埃尔南多只得保持沉默。

"哈迈德说了,"法蒂玛给埃尔南多解释起来,"他说水是生命之源,听着水在屋外流,在屋里的孩子又怎么能学得进去呢?他说孩子们需要去感受花的芳香,去接受大自然的赐予,待他们身心愉悦的时候,学东西就能一学就懂。"

埃尔南多叹了口气,重又转头望向了三个孩子,只见这会儿他们的脸上都挂着笑容;哈迈德斜着眼睛瞧了他一眼,像个大孩子。

"他说得有道理,"埃尔南多也不得不妥协了,"我们不能剥夺了他们的乐园。"小伙子这样说着,牵起妻子的手,和她一起朝他们上课的地方走了过去。哈迈德正在一天天地恢复到他原来的性情，看到老人叛逆地违背了自己的命令，小伙子心里其实很是高兴。

埃尔南多用阿拉伯语朝沙米尔和自己的孩子们打了招呼，一听到他说的是阿拉伯语，连那些孩子也知道要立马叫他小声一点。埃尔南多在弗朗西斯科那块席子上找了个地儿坐了下来，随后他朝哈迈德转过身去。

"安好。"他朝哈迈德点了点头。

"安好，伊本·哈迈德。"阿訇回礼。

直到阿以莎和法蒂玛预备好晚饭，埃尔南多都一直未发一语，他细细凝听着哈迈德的讲解，顺道检查孩子们在学习上的进展。沙米尔让他想起了布拉希姆：是个急性子，脑子也很好使；但与继父不同的是，他有一颗包容的心，这从他对小一点的孩子的悉心照顾就能看出三分。然后是他的大儿子弗朗西斯科，一节课中埃尔南多不得不提醒他四五次，让他不要在写字的时候咬舌头：只见他用那根小棍在那涂了油的木板上草草地画着一个个数字，画着画着他就把那根舌头给伸了出来。他是个机智可爱的小男孩，只可惜总是太过实诚：继承自父亲的两颗蓝眼珠表露出他接下来的每一个举动，每当他做了什么傻事，那双眼睛总会无情地出卖他。弗朗西斯科完全不懂得怎样去撒谎，这个孩子连真相都掩藏不住。

弗朗西斯科正为一道难题绞尽脑汁，他那根不听话的舌头又不由自主地伸了出来，埃尔南多用手指在他舌尖点了一下，那舌头就像蛇一样飞快地缩了进去。埃尔南多转而把目光移到了伊内斯身上，他发现哈迈德也在望着这个小姑娘，就像是猜到了他的心思一样。和她妈实在太像了……真漂亮！伊内斯正专心致志于她的算术，那双大大的黑眼睛像是可以穿透那块木板一样。她是个爱问问题的女孩，对世间万物总是充满着好奇，听到别人给她的答案她会有自己的思考，然后她会即刻或是在几天后对同一件事情提出追问。她的思维看上去不像那两个男孩那样敏捷，可是与他们不同的是，她的想法总是有理有据。伊内斯的每一个动作都闪耀着她独有的光辉。

埃尔南多满意地点了点头，随之与哈迈德四目相交。是的，他们正身处天堂之中，临街的门关着，与他们无关的一切都被挡在了外面，在他们耳边流淌着的是清新的泉水，他们的鼻腔中充盈着鲜花的芳香，夕阳西下，花香正浓，傍晚的凉风吹醒了院里的一草一木，也让他们的五感比往常清晰了许多。可这一切并没有什么不同，一老一少正用眼神互相倾诉，这一切与那时并没有什么不同：在内华达山间埋藏着的那间小茅屋中，年迈的阿訇与那个摩里斯科小男孩一样尽享着世外桃源的欢乐，一样沐浴在清新醉人的晚风中。

像是不愿去惊扰到三个一心一意研究着功课的孩子们，哈迈德也只是默默地凝视着埃尔南多，老人对他的第一个学生心怀赞许，他现在又将他所有的知识传授给了那位学生的下一代。埃尔南多走过了一条如此漫长的路：一个单亲的孤儿、一场战争、落到海盗的手里、被驱逐到这个充满仇恨与不幸的地方、经历贫穷、在鞣皮坊的苦工、在波特罗广场犯下的错误、回到摩里斯科大家庭之中、马厩中遇到贵人、在同胞中举足轻重，而现在……两人不约而同地将目光转向了那三个孩子，一股热流顺着埃尔南多的背脊爬上了他的心中：他有了他自己的孩子！

此时，阿以莎唤了一句：开饭了。

埃尔南多扶着老人站起身来，哈迈德接过了他的手。他们缓缓地穿过内院，这时院子里只剩下了他们两个，孩子们已经三步并两步地跑进了屋里，而哈迈德还撑着埃尔南多搀扶着他的那只手。

"你还记得山里的泉水吗？"经过院子中央那汪石泉时，两人在泉水前顿住了脚步。

"我做梦都在想它。"

"我想回格拉纳达去。"哈迈德低声说，"我人生最后的这段日子，我想在那群山之中度过……"

"在那里埋藏着一把神圣的宝刀，某一天，会有某个人再次以独一的真主之名握起它的刀柄。那一天，我们的民族之魂将会在山中复生。哈迈德，那民族之魂里，有大半是属于你的。"

如果说哈迈德的工作是让孩子们终身铭记那唯一的真理，那埃尔南多的责任则是要将那不能不会的天主教教义传授给他们，只有这样，他们才能顺利通过每周日大教堂举行的测验；也只有这样，他们才能在圣玛利亚教区每周例行的家访中不至穿帮。或许是由于埃尔南多隶属于皇家马场，而皇家马场是由国王直辖，所以教区的陪审员和督查都仿佛放弃了对他们这一家的管辖，可是作为教区的领头人，堂·阿尔瓦罗这位总是身披黑色法衣、头戴四角方帽的衣冠楚楚的受俸教士还是孜孜不倦地坚持着每周的家访，就好像说对所有新天主教徒都该一视同仁一样，不过坊间疯传，与其说他此举是为了验证这家人是否恪守着天主教徒的标准，还不如说他是为了拿阿以莎给他准备的甘醇红酒和美味点心一饱口福。反正每一次堂·阿尔瓦罗进了家门就是搬来一把椅子在柱廊里坐下，一坐两小时，然后边吃边喝边检查起孩子们的学习成果。一周复一周，一周复一周，这是他每周必做的功课，他是一次不落，就好像他是真正生怕哪个孩子一不小心忘了怎么祷告，忘了前辈们苦口婆心灌输给他们的信仰。堂·阿尔瓦罗这是逢场作戏，而埃尔南多一家可是如临大敌，万一哪个孩子一不留神蹦出一句阿拉伯语，他们就得吃不了兜着走。提心吊胆的埃尔南多只得想方设法掌握主动，一有机会他就在神父身边坐下来，尽量用各种各样的话题引开他的注意力，那时候正好有一拨异端势力正在威胁着西班牙帝国，而路德教的猖獗也是神父真正感兴趣的问题之一。

而另一边，每次堂·阿尔瓦罗推开内院的栅门时，哈迈德都托词身体不适而把自己关在了那间小屋里——埃尔南多确信老头肯定是在祷告来着，他是决定要跟这位神父搞个针锋相对的。

"这也算是做好事吧。"当堂·阿尔瓦罗问起那位从来没有出现过的哈迈德时，埃尔南多是这么回答的，神父想起来问是因为教区的户口登记册上分明写着有一位叫哈迈德的老先生住在这里呢，"他是我以前在阿尔普哈拉斯的一个老乡，现在病了，又老了，您看他一生品行端正奉行着天主教的准则，我也不能眼睁睁看他病死在路上不是？您想看看他吗？其他倒没什么，就是他发着高烧呢，一直不见好。"

让埃尔南多长舒了一口气的是，神父吞了一大口红酒，他环顾着这个漂亮的庭院，继而摇了摇头。人都说那老头发着烧呢，还是别去接近为妙。

所以，当堂·阿尔瓦罗又一次检验完孩子们的背诵情况后，柱廊下就只剩下了神父与埃尔南多两人还在有一句没一句地搭着话。阿以莎和法蒂玛站了院子的另一头，她们只管负责神父的面前盘中有饼，杯中有酒。前不久，一本加尔文教派①的《教理》落到了埃尔南多和堂·胡利安手中，这本书是在英国出版的，所用的文字却是西班牙语。事实上有不少在英格兰、荷兰和泽兰②出版、用西语编写的新教书籍已经暗中流入了腓力二世国王掌管的这个国度。为了捍卫纯洁的天主教信仰不受异教的玷污，无论是国王还是宗教裁判所都已经费尽苦心，以至于在二十年前，国王就全面阻断了西班牙学生到外国留学的路径，当然，如果该学生是前往罗马和博洛尼亚的天主教大学则另当别论。

许多摩里斯科人都对新教的教义持欢迎态度，特别是那些居住在阿拉贡的，由于其地理位置与法国和博纳③毗邻，有许多都跑到了那里皈依了基督教，却也同时抛弃了他们的天主教徒身份。新教徒抨击着教皇的大权独揽、谴责着神职人员长久

---

① 新教主要宗派之一，以加尔文神学思想为依据的各教会团体的总称。
② 现为荷兰的一部分。
① 现为法国的一部分。

以来的末俗流弊，他们批评着赎罪券的肮脏交易，指责着盲目的偶像崇拜，他们相信在教会层级之外的每一个信徒都有阐释圣经经文的权利，他们用批判的眼光严格审视着天主教徒所坚持的宿命论：正是这些共同点将新教与伊斯兰教这两个与天主教廷势不两立的少数宗教联系在了一起。

埃尔南多曾经分别与堂·胡利安和哈迈德讨论过这个问题，他们俩不约而同地对此表示了惋惜，不管新教与伊斯兰教有多少不谋而合的地方，那些新教徒归根结底还是基督徒，作为穆斯林还是不该去接近他们。

"说到底，"神父给埃尔南多解释，"新教徒只是试图在基督教的经文中重新找到自己的位置，而我们摩里斯科人需要的不是改良，而是去完全推倒天主教的根基。现在我已经看到我们有些穆斯林弟兄捧着一些模棱两可的书在读，那些书竭力在路德教和伊斯兰教的教义之间寻找平衡，殊不知这样只会使得我们摩里斯科人的复兴之路更加障碍重重。"

堂·阿尔瓦罗称那些路德教徒对天主教教士生活方式的抨击全都是在信口雌黄，他义正词严地对他们发表了一番批评，然后走出了埃尔南多的家门。神父一走出去，哈迈德就从房间里气哼哼地跑了出来，抓起那个酒杯就把里面剩下的酒全都倒进了沟里。

"那也是要钱的啊。"埃尔南多只是稍稍责备了一句。就让老头倒倒红酒爽一爽吧，小伙子窃笑着。

它叫阿希拉特，也算是闯进埃尔南多生活中的一位不速之客吧。自皇帝卡洛斯一世的时代起，西班牙就一直处于破产的边缘，从五年前开始，国家就暂停了俸禄的发放，光是支付那些军人的军饷就已将从新大陆运回来的那一船船真金白银消耗殆尽，更何况皇帝陛下一直不肯放弃他奢侈的勃艮第式宫廷生活，使得整个帝国的经济实在难以为继。西班牙国内大量的原材料没有得到合理的利用：卡斯蒂利亚产的美利奴羊毛① 未经任何加工便被出售到了外商手中，而待那些外国佬把它们制成毛呢再卖回西班牙时，价格已经翻了十倍甚至二十倍，同样的情况也发生在铁矿石、生丝和其他许多原材料身上；成堆的财富因为战争与贸易流出了西班牙，自此一去不回。国王付给银行家的利息超过了四成，作为主要融资手段的赎罪券根本无法应付罗马和西班牙大笔的开支。政府部门、士绅阶级和教职人员都无须承担税赋，所有的财政负担都落到了农民和小工业者的头上，这不仅将这些本就贫寒的人

---

① 美利奴细毛羊所产的羊毛。

们推向了赤贫的深渊，同时大大阻滞了国内商业的发展，构成了一条难解的恶性循环之链。

1580 年，西班牙的经济状况持续恶化：征服摩洛哥未果的葡萄牙国王塞巴斯蒂昂①于阿卡萨奎维尔②驾鹤归西，他的叔叔，也就是西班牙国王腓力即刻宣布他要去继承葡萄牙的王座，由于葡萄牙人民议会断然拒绝了他的登基，他决定让时年已经七十二岁的阿尔巴公爵亲率一支大军向邻国进击。除了巴西之外，葡萄牙还控制了东印度群岛和非洲沿岸从丹吉尔③到摩加迪沙④的整个通商要道，若能将葡萄牙吞并进来，西班牙将会一举成为历史上版图最大的帝国。

如此巨大的开支让皇家马场也未能幸免于难，虽说腓力二世还在慷慨大方地向自己、宠臣们和外国宫廷输送着西班牙种的宝马，可是那困扰马场的资金问题却是迟迟没有解决，堂·迭戈·洛佩兹·德·亚罗曾多次要求负责给马场拨款的西班牙建设与森林管理委员会尽快拨给资金，但该部门却一直没有给出一个令人满意的答复。

所以，欠着骑师和工人们的那部分工资，马场只能用那些弃用的小马来垫付。虽说垫付的时候提出的条件是如果那匹小马长大了获得了国王的欢心，那他们就得把那匹马交出来另换一匹，可由于每年出生的小马数量繁多，且那些职工几乎都是一拿到马匹就拿去转手换钱，所以那条件里设定的情况几乎从来都没有发生过。要知道，用皇家马厩里的八匹马换来的钱，可以给驻扎在瓦赫兰的军队购买三十匹骁勇的战马！

不过埃尔南多却无意卖掉阿希拉特，这匹作风朴实、好养活的小马也是被拿来充抵他的部分工资的。当年牧场给它上烙印做登记的时候曾把它命名为游侠，因为它的步态实在优雅，可由于它出生时便通体火红，一身亮红色的毛发难蒙皇族成员的悦纳，西班牙种马又不得融进枣红色，这才让它在层层筛选中被刷了下来。

游侠遍身火红的颜色昭示着它是一匹迅猛易怒的马，从他第一眼看见游侠走路的样子，埃尔南多就爱它爱得难以自拔。

"我要叫它阿希拉特，"小伙子对阿拔斯说道。不过这个名字拼写起来却要用变

---

① 即塞巴斯蒂昂一世，葡萄牙国王（1557—1578 年在位）。
② 位于摩洛哥。
③ 非洲西北角的顶端，地中海出入大西洋之咽喉，是摩洛哥对外开放的港口城市之一，位于摩洛哥的北方，与西班牙一海相隔。
④ 索马里的首都、重要港口和历史古城摩加迪沙，位于国境东南部，濒临印度洋西岸。

音符号①替代西班牙语的字母 z，词尾的字母 t 也是要用双写的②。

阿拔斯蹙起了眉头，埃尔南多又点了点头。阿希拉特之桥，那座通往天堂的桥，它像头发丝那样长那样细，高高悬挂于地狱之上，义人将通过它有如闪电，而不义之人则会落入永火之中。

"给马改名字会带来厄运的，"钉掌匠表示反对，"而且这是罪，可以判死刑的。外国有几个人，就因为给马改了个名字被判了极刑。"

"我又不是外国人，而且这匹马一定能通过那根又长又细的头发丝的。"埃尔南多坚持己见，将朋友的警告抛在一边，"它既不会摔下来，也不会踩断它，你看它跑起来就像不沾地一样……它是在空中飘啊！"

埃尔南多二十六岁的时候，他已经是一家之长，是摩里斯科圈子中最重要最有影响力的一员。弟兄们簇拥着他，他也为弟兄们尽心尽力。阿希拉特给他带来了他从未体验过的自由，他一有机会就会骑上小马到田野中去享受那份孤寂，他时而漫步在牧场上，静下来思考着人生，时而又让阿希拉特迎风驰骋，让它展现出它的速度、它的威力。时不时地他还会跑到那些豢养着牛群的牧场去，逗引着它们却不伤害它们，那些锋利的犄角从未够到过阿希拉特的臀部，因为每当公牛们对它围追堵截时它便会用轻巧的步伐将它们一一避过。公牛们追赶着它的时候，它就会亮出它那浓密的马尾，那尾巴就像斗牛士手中舞起的红布，挑逗着公牛们展开一次次凶猛的撞击。

可埃尔南多从未去往北方，乌拜德和那些土匪们还驻留在莫雷纳山里。虽说阿拔斯向他保证过那个纳里拉的脚夫不会再来找他的麻烦，钉掌匠说他已经特地给那个脚夫传过口信，可埃尔南多总是无法完全放心。

周日骑马时，他总习惯带上弗朗西斯科和沙米尔，当周围没有危险的时候他就会放心地把缰绳交给两个孩子，两个孩子茁壮成长着，就好像一对亲兄弟。如果说埃尔南多自己骑马的时候为了不在天主教徒面前显得那么扎眼通常会选择偏远的僻静之地，那他带着两个孩子出行时则只会去到科尔多瓦城的附近。一天傍晚，他带着两个孩子穿过了罗马桥，弗朗西斯科骑在前头驾着马，而沙米尔则坐在了弗朗西斯科的后头，三人脸上都在微笑，带着骑手的自负。

"看呐，爸爸！"弗朗西斯科指着前面喊了起来，他们已经把卡拉奥拉塔甩在身

---

① 指中世纪西班牙语中的变音符号ç，与现代西班牙语字母 c 在元音 e 和 i 之前的发音相同。
② 阿希拉特在中世纪西班牙语中的一般拼法为 Azirat，但这匹马的名字叫 Açiratt，与通往天堂的窄桥的名称相同。

后，到达了真理之野的那片野地里,"那是卖骡子的胡安吧!"

只见胡安远远地朝他们打了个招呼,那动作看着有气无力。每个周日他们经过这里时,埃尔南多都会发现小贩又比上个礼拜更老了一些,这会儿小贩的嘴里,连当时咬着妓院女侍应乳头的那几粒牙也已经离他而去。

"小伙子们,下马下马。"当三人终于跑到小贩身前时,小贩温柔地对两个孩子说。埃尔南多正要表示讶异,却见胡安对他做了个噤声的手势。"快去慰问慰问我的骡子,达米安跟我说,你们上次摸了它们两下,结果它们被摸上瘾了,正想你们呢。"

达米安是胡安最近雇来的一个小屁孩,也算是个帮手。弗朗西斯科和沙米尔听了小贩的话都朝那群骡子奔了过去,剩下埃尔南多和胡安两人面对面站着。只见胡安把嘴唇在牙床上磨了磨,准备开始说话:

"最近有个人,你们的人,一个新天主教徒,在到处问,在调查……"胡安确定四下无人才继续往下说,"在调查纸张走私的事。"

"谁?"

"我不知道,他没来问我,不过我听说他问了一个脚夫。"

"这事靠谱吗?"

"小伙子,和科尔多瓦进进出出的水货有关的事就没有我胡安不知道的,你看我现在除了打打屁搬搬砖头还干不了别的事么?"

埃尔南多伸手从口袋里掏出了几个子儿塞给了骡贩子,这回他没有拒绝。

"生意不行?"埃尔南多关心道。

"主人关心马才肥,"胡安背诵着谚语,轻蔑地朝达米安瞥了一眼,"扔给小工马倒霉。"小贩背完了那下半句,"骡子也是一样,我也没办法了。至于私酒买卖么……我现在连桨都举不动了!"

"要是你有什么需要就跟我说。"

"小子,你还是顾好你自己吧,那个摩里斯科人,我估计还有宗教裁判所,他们一定会继续调查你们这些用纸的人的。"

"你们这些?你怎么会……"

"我老是老、弱是弱,可不是白痴啊,教会和书记员都没必要走私那么大数量的纸。传说那纸是从巴伦西亚弄来的,那人问的那个脚夫就是巴伦西亚人,而且说那纸质量很差,所以肯定也不会是哪个贵族用来写字或者哪个编辑用来印书的。"

埃尔南多深呼了一口气。

"我们就不能查查那个摩里斯科人到底是谁吗?"

"那得等那个巴伦西亚脚夫回来……可是我怀疑他都不一定会回来,毕竟有人问起来了。要是你们能在巴伦西亚那儿找到他的话……不过你们得赶紧了。"小贩提醒埃尔南多不要浪费时间。

"孩子们!"埃尔南多左腿在马镫上一蹬,右腿轻巧地跨过了马的背脊,"我们走。"他把两个孩子一个个抱起来在马背上坐好,"要是你之后又听说了什么……"埃尔南多朝胡安补了一句,小贩点了点头,会心一笑,露出了他空空的牙龈。"阿希拉特病了,"见弗朗西斯科抱怨着为什么不再多迎一会儿,埃尔南多朝儿子解释道,他只觉得自己肋间沙米尔的手掐得又紧了一些,像是在质疑他刚才对他小儿子说的话。"你也不想它病情再加重的,对不对?"埃尔南多没去多管沙米尔,只是继续安抚着弗朗西斯科的情绪。

到了马场,趁孩子们帮着马夫给马卸下笼头的当儿,埃尔南多把刚才的事通报给了阿拔斯,随后他急急忙忙朝巴尔贝罗斯街跑去。

"我不想看见哪怕一张纸出现在这个家里!"埃尔南多命令着法蒂玛、阿以莎和哈迈德,尤其是哈迈德,他甚至用手指了指这位老人。他们避开那三个孩子,聚在二楼的一个房间里,埃尔南多激动地把刚才胡安的话给另外三个人复述了一遍。阿訇很想说点什么,可是埃尔南多没让他有机会发言:"哈迈德,哪怕一张纸也不能留,听明白了?我们不能冒这个险,不仅是我们,还有他们,"埃尔南多指了指院子,孩子们的欢笑声从院子里飞了上来,"还有其他所有人。"

听完埃尔南多的话,倒是法蒂玛问了一句:

"那本《古兰经》怎么办?"他们还保存着阿拔斯给他们的那本圣书。

埃尔南多考虑了一会儿。

"烧了它。"听到这话,三人都惊悚地睁大了眼睛。"烧了它!"埃尔南多又把这话重复了一遍,"真主不会把这事记在我们头上的,我们服侍他到现在,我们被抓起来对他一点好处也没有。"

"为什么我们不把它藏到外……"阿以莎试图插话。

"烧了它!把烧成的灰都清理干净。从现在……从你们把所有的纸都烧完的那一刻开始,"埃尔南多纠正自己的说法,"我要你们把临街的那扇大门一直敞开,孩子们的功课全部停止,等过了这一阵看看风头再说。还有你,法蒂玛,把你那个吊坠藏起来,藏到一个谁也发现不了的地方。墙上画着麦加方向的那些标记也别再让我看见。"

"可那擦不掉啊。"哈迈德嘟哝了一句。

"那就再画几个,多画几个,每个方向都画,我知道你肯定能记得住哪个是正确的。我现在得到大清真寺去了……不过还得通知卡利姆和贾利勒,尤其是卡利姆。"埃尔南多瞧了瞧另外三个人,刚才这些事他们能做到吗?他们不会想着要把那本夜夜诵读的《古兰经》藏起来吧?"你来。"埃尔南多朝法蒂玛伸出手让她牵着。

两人走出房间,倚在了阳台的栏杆上。孩子们正在泉边玩耍,他们跑着笑着,互相追逐着,伴着泉水拍在岩石上的清响。埃尔南多和法蒂玛安静地看着他们,直到伊内斯感觉到了他们的目光,女孩朝他们抬起了头,女孩脸上那双黑色的杏眼与她母亲的一模一样。这时弗朗西斯科和沙米尔也抬起了目光,像是意识到了这一刻的举足轻重,三个孩子朝着他们久久凝望。一时间,生命、快乐与童真汇成一股清流从院子里飞上了柱廊,正如那院中升起的凉风与花香。埃尔南多抓紧了法蒂玛的手,站在他身后的母亲也把手放在了大儿子肩上。

"我们穷过,我们苦过,我们忍饥挨饿受困受冻,终于走到了今天这一步。"埃尔南多说道,他打破了沉默,"我们不能在这个时候犯错。"他突然直起身来,他必须相信他们!"家里就交给你们了,"埃尔南多嘱咐着法蒂玛和阿以莎,"还有爸,"他又朝哈迈德转过身去,"我相信你。"

埃尔南多赶在晚祷结束之前抵达了大教堂,那些尚在耶稣会中学习的新入教者正高声吟唱着赞美诗,大教堂被淹没在风琴的奏鸣声中,庄严的颂歌在那千百根柱子之间回旋。教士会全体成员按照等级高低端坐在属于自己的尊座上,依照规定,他们中的每一个人都必须参加每一次的合唱。扑面而来的熏香味拍醒了埃尔南多:闻过了内院中清新的花草香气,眼下这种甜腻的气味才提醒着他来到这里到底是为了什么目的。埃尔南多混进了祷告的人群中,仪式一结束,他就朝门卫走了过去,他叫门卫去找堂·胡利安,跟他说他在那儿等着他。

两人是在图书馆的栅门前见面的,那里正在装修。主教贝尔纳多·德·弗雷斯内达修士去世以后,代行职务的教士会决定将原先的图书馆按照西斯廷礼拜堂的风格改建为一个华丽的圣器堂,用以替代那间位于圣餐礼拜堂内的窄小的圣器室。图书馆的部分馆藏被搬到了主教宫里,剩下的那部分则还留在原先的地方,等圣米迦勒门附近的那座新图书馆建成之后再一起搬过去。

"嗯,没问题。"听罢埃尔南多心急如焚的解释,神父用这样一句回答试着安抚小伙子的情绪,"等明天祈祷仪式过后我会叫人把我们的书和纸搬到主教宫去的。"

"搬到主教宫去?"埃尔南多心头一紧。

"难道还有更好的地方吗?"堂·胡利安微微一笑,"这是他的私人图书馆,里面数百册的书籍和手抄本都是由我在负责。你不用担心,我会把它们藏好的,就算马丁修士再爱看书也发现不了我们的东西；而且这样的话，等局势稳定下来我们还可以继续干我们之前的活。"

那能不能这样，埃尔南多琢磨着，能不能借此机会让神父把家里那本《古兰经》也藏到马丁·德·科尔多瓦修士的图书馆去呢？

"说起来我家里可能还有一本《古兰经》，还有几本月亮历①……"

"你要是明天能在祈祷仪式前给我拿来的话……"堂·胡利安停下来跟从他们身边经过的两个教士回了个招呼，埃尔南多见状也低下头假装哼哼了几句。"要是能给我拿来的话，"此时两个教士已经走远了，"就交给我好了。"

埃尔南多审视着眼前这位年迈的神父：他此时表现出来的沉着和镇定……是真的还是装出来的？堂·胡利安猜到了他的想法。

"紧张只会让我们犯错，"神父教导着埃尔南多，"我们得跨过这道坎，继续我们的工作。难道你曾经觉得这事很容易吗？"

"嗯……"埃尔南多愣了一下，然后支支吾吾地承认起自己的错误：最近一段时间里，他确实是这么想的，本来每次到大教堂里的时候他都会浑身僵硬，只要一有风吹草动就会把他吓得魂飞魄散，可是之后慢慢的……

"过分自信可不是什么好事，我们一刻都不能放松警惕。我们得抢在那个探子发现我们之前先找出他的身份。卡利姆应该认识那个巴伦西亚的脚夫，我们得快点去找到那个人，问出当时是谁问他关于纸的事情。"

这桩事从头到尾都是由卡利姆全盘负责的，其余的人苦苦哀劝老人就是不肯同意让他们帮忙，而老人说出的那个理由也让人实在无法辩驳："有一个人冒险就已经足够了。"老人坚持这样说。他承担着联络脚夫以及向巴伦西亚的摩里斯科人购买纸张的重任；同时他还要把这些纸张传送到埃尔南多和堂·胡利安手中；除此之外他还承担着装订的工作，每本书抄写完毕都会被送到他这里，用藏在他家中的压痕机装订成册，再散布到科尔多瓦的每个角落。议事会的其他成员除了偶尔会和卡利姆碰头——这也证明不了什么——很难将他们与《古兰经》的抄写和销售联系到一块儿。

两人穿过圣米迦勒门走出了大教堂，夜已深了，他们顺着帕拉西奥街向北走着。和科尔多瓦几乎所有神职人员一样，堂·胡利安也住在圣玛利亚教区，他的房子就位于教长街上，离埃尔南多住的地方只差几步路。正当他们走到教长街与曼里克斯街交汇处那个小广场的时候，一个健壮的男人跳了出来拦住了他们的去路，埃

---

① 当时穆斯林所使用的历法。

尔南多伸手就朝腰间那把小刀摸了过去，一个熟悉的声音却让他下意识的动作停了下来。

"放松！是我，阿拔斯。"两人认出了钉掌匠，而钉掌匠这会儿也不愿拐弯抹角了，"宗教裁判所的人刚刚把卡利姆逮捕了，"他向两人通报着消息，"他们抄了他的家，发现了两本《古兰经》和其他一些文件，那些用来装订的工具，压痕机啊、刀片啊也都一起被没收了。"

39

　　他叫克里斯托瓦·埃斯坎达莱,几年前带着妻子和三个儿子从梅里达来到科尔多瓦。克里斯托瓦以卖油炸糕为生,每天穿梭于城里的大街小巷,叫卖着这种用面糊油炸而成的香甜酥脆的摩尔美食:夹馅的①、灌心的、长条的、实心的、压纹的、浸蜜的,各种油炸糕应有尽有。哈迈德找到了他的住所,他住在城的西郊,靠近普拉森西亚门的圣洛伦佐街区里,和他住在一起的还有其他四户人家。

　　哈迈德已经跟踪这人好几天了。他观察着这个卖点心的是如何与客人交谈,是如何满脸堆笑、热情洋溢地把潜在的客户,不论是旧天主教徒还是新天主教徒,都一并拉到自己摊前的。此人年纪约莫三十上下,中等身材,体格精实,抱着炊具走在路上时总是一脸灿烂。他有一口闪闪发亮的锅,挤面糊用的裱花袋还是崭新的。

　　"背叛卡利姆是要付出代价的!"哈迈德义愤填膺。不远处,克里斯托瓦正招揽着顾客。今天是集市的日子,炸糕摊就摆在集市大街与瓜达尔基维尔河岸的交汇处,正对着拉斯特罗路口。

　　哈迈德说这话时一个女人正巧从他身边经过,女人听到这话吓了一跳,回头盯着他看。哈迈德也盯着她看,目光冰冷,吓得女人赶紧回过头去接着走她的路。哈迈德也转头继续观察起那个卖油炸糕的,只见那人的臂膀上青筋暴起,头颅下一根脖颈粗壮有力。得一刀砍了那脖子,哈迈德,你得一刀砍了它!只有你能砍了他!这是一个背信弃义的穆斯林必须付出的代价,像克里斯托瓦这种人根本罪无可恕:他背叛了他的穆斯林兄弟。可是,哈迈德想着,他这样一个又老又瘦、手无缚鸡之力的瘸子,要去处死那个叛徒,他能办到吗?

　　卡利姆被宗教裁判所投入大牢、关在天主教国王的城堡里的消息让科尔多瓦城所有的摩里斯科人都为之震动。很长一段日子里,它成了人们唯一关心的话题。到底是谁背叛了这个可敬的老人?人群里散播着对背叛者身份的猜测。知道卡利姆的

---

① 有奶油、蜜饯、枸橼等各种甜味馅料。

事的人有许多：议事会会议时负责把风的人，来买《古兰经》、预言书、历法书等禁书的人，利用下乡耕地的机会把书带出科尔多瓦分给其他穆斯林会众的人，他们都有嫌疑。不信任的情绪迅速在人群里生根发芽，面对着众人怀疑和控诉的眼神，有好些人都被迫站出来为自己辩护。为了阻止怀疑情绪继续蔓延，议事会的成员们决定封锁消息：当时向那个巴伦西亚脚夫询问的是个摩里斯科人，这个消息无论如何都不能公之于众。其实，他们自己的调查也陷入了僵局：卡利姆被关在宗教裁判所的监狱里没法和他们见面，而卡利姆年迈的老婆更是被突如其来的无妄之灾弄得失魂落魄，而且关于这事她也确实什么都不知道，这是后来她跟阿拔斯说的。事发之后，宗教裁判所的那群人涌进卡利姆家，给他那几件寥寥可数的家什做了登记，悉数划为了裁判所的资产，当钉掌匠来的时候，那屋里已经徒有四壁。

对一个摩里斯科人来说，检举揭发自己的同胞是最遭唾弃的罪行。自卡洛斯一世时期以来，西班牙宗教裁判所已经假托有教皇批准，私自下达过多道赦令。无论是国王还是教会都很清楚他们所面临的困难：要给这样一个只有靠武力强迫才得以让他们接受洗礼的民族传播福音本就是一件比登天还难的事，此外，有足够能力又肯尽心尽职完成任务的神职人员实在是屈指可数。教会也明白，尽管他们白纸黑字昭告天下，说所有背弃上帝的新天主教徒都要一概处以火刑，但每年还是会有千百人赶着往火坑里跳，所以这一招根本起不到杀鸡儆猴的作用。因此，几十年来，他们只能对那些摩里斯科人来软的，去想方设法地拉拢他们。叛了教的新天主教徒，只要他发上两句忏悔，表示愿意重新信靠上帝，就能被赦免，甚至这忏悔都不必公开进行，不必让他的同胞们知道。哪怕是再屡教不改的叛教者也能受到这样的礼遇，有时候教会为了吸引他们迷途知返还会给他们种种好处，不用把财产充公就是其中好处之一。

不过，这种忏悔是有条件的：想要被赦免，这个人就得揭发他周围还有谁也从事着异教活动。这些赦令最后都竹篮打水一场空，因为摩里斯科人从不举报自己的同胞。

摩里斯科人饱受社会的怨恨。与竞相效仿贵族士绅而对体力活嗤之以鼻的天主教手工业者们不同，摩里斯科人大都吃苦耐劳，这却激怒了那些好吃懒做的天主教徒们：他们眼看着摩里斯科人在经历了格拉纳达大驱逐的茫然之后又重新站稳了脚跟，一分一厘地积聚起自己的财富。还有许多西班牙本地老百姓对皇家颁布的征兵令怨声载道：摩里斯科人生育能力如此之强却不用服兵役，而他们自己却年年被繁重的兵役所扰，最终落得个家家有地没人耕的境地。

正如埃尔南多想的那样，法蒂玛和哈迈德果然没把《古兰经》和其他那些经卷投进火中，而是把它们埋在了院子里。

"太天真了。"从二人口中套出真相后，埃尔南多责备道，"你们这么藏法，宗教裁判所的那帮家伙不出半分钟就能发现它们。"

天亮前，埃尔南多把除《古兰经》外的其他书卷全都付之一炬。他担惊受怕了一整晚，好像随时都可能听见宗教裁判所那些官吏的脚步声。他把《古兰经》掖在长衫里，准备遵从堂·胡利安的忠告，赶在祈祷仪式开始之前把它带到大教堂去。

他沿着巴尔贝罗斯街一路向南，经过教长街抵达了赎罪之门。天气很冷，但他却把右手的袖子挽了起来，好紧紧夹着《古兰经》。他发着抖。是因为冷么？直到穿过赎罪之门的那道拱他才明白，让他身体发颤的并不是那瑟瑟寒风。他到底在干什么？甚至他自己都未曾仔细思考过：他只记得自己抓起书就上了路，一心只想着要赶紧把它交给堂·胡利安，仿佛没有什么比这更自然的了，等回过神来，他却发现自己已经站在了教堂的院子里，胳膊下边夹着一本《古兰经》，身旁有无数神职人员来来往往，他们全是来参加祈祷仪式的。除了主教走的是连接大教堂与寝宫的那座古桥，其余人来到大教堂走的都是赎罪之门这条路：其中就包括教士会的那些达官贵人，从他们身穿的华服就能轻易认出他们；还有一百多个受俸教士和牧师，然后是乐师、唱诗班的孩子、侍僧、看守和司事们……埃尔南多突然就发现自己走在了一群牧师和教士中间。他们中有些人在聊天，而更多的是默默走在路上，一脸阴沉，一副没睡醒的样子。埃尔南多忽觉脊背发凉：他居然夹着本《古兰经》站在了整个安达卢西亚天主教徒最多的地方！他停下脚步，原本跟在他身后的三个唱诗班的孩子不得不绕开他向前走。他把书夹夹紧，装出一副若无其事的样子，再次确认自己的长衫能把书遮住后，略微松了口气。埃尔南多看着这些身着黑色法衣戴着四角帽的人们聚在了祝福之门前面，那是去到教堂里的必经之路。这时候，埃尔南多突然做了个决定，他掉转身准备离开这里。还不如把《古兰经》藏到什么别的……

"喂！"埃尔南多忽听背后传来一个喊声，他总觉得那肯定不是在叫他。"喂，叫你呢！"他看了看前头，停住了脚步。"站住！"埃尔南多感觉一道冷汗正顺着他的背脊往下流。赎罪之门的第一道拱已经近在咫……"停下！"

两个守门人赶过来拦住了他的去路。

"你没听见审判官叫你吗？"埃尔南多急忙编了个借口想蒙混过关，他双眼望着赎罪之门的那一头，望着那边的街道。他可以拔腿就跑。他的大脑开始疯狂地转：逃？他们可能已经认出他了，所以不等他跑到法蒂玛和孩子们那儿，他就会被……

"你听不懂还是怎么的?"另一个门卫朝他大喊大叫。

埃尔南多转过头走到院子里。一个瘦瘦高高的神父在那里等他。他知道教士会里有个位子是留给宗教裁判所的代表的。他又开始犹豫。他可以感觉到卫士们的呼吸吹着他的后颈,不过……神父一个人站在那儿,没有别的裁判所成员与他一起。

埃尔南多冷静下来,深深吸了口气。

"神父先生,"他走到神父跟前,低头打了个招呼,"请原谅我,我刚才真是没想到尊贵的您竟然会跟我这样的人讲话,我这样一介莽夫……"

裁判官打断了埃尔南多的话,他伸出一只手好让埃尔南多行屈膝礼,那手仿佛一截枯木。埃尔南多本能地想去接过那只手,可是在他右边腋下的经书……在蹲下的那一刻,埃尔南多以迅雷不及掩耳之势用左手隔着长衫抓起书卷贴在胸口,好确保没人看见,一见裁判官示意他起来,埃尔南多又把衣服卷到了胳膊上好让审判官看不出有本书藏在下边。裁判官从头到脚将他打量了一番。埃尔南多将《古兰经》紧紧地按在胸口。这本经里可是包含着真主的启示!它本应该被放在清真寺里,供在圣龛上,而不是藏在这终日有天主教徒唱着赞美诗供奉着他们的神像的地方!埃尔南多感觉《古兰经》贴着他的地方传来一股热量,暖流从心脏传遍了全身。他挺直了身体,让全身的肌肉都紧绷起来。当审判官停止了对他的审视时,他分明感到了信靠真主和他的话语所产生的力量。

"昨天,"裁判官的声线喵喵作响,"我们抓到一个异教徒,此人抄写了一批胡言乱语、有辱神圣教条的书,还把它们一一装订起来,四处分发。他将不会获得坦白从宽的机会。考虑到事情的严重性以及尽快抓捕其同党归案的必要性,今天我们会在法庭上当庭对其进行讯问。那些书上所用的阿拉伯语,我们的翻译官尚不能完全理解,而教士会向我推荐了你,所以,今日午前时分你必须出庭参加审理,当场翻译书上的内容。"

一阵无力感向埃尔南多袭来。想到自己要现场看着卡利姆被审讯甚至拷打,之前的坚决顿时烟消云散……甚至还得当着他的面翻译那些自己亲笔写下的字句!

"我……"埃尔南多支支吾吾,试图找个借口,"马场里还有很多活等着我去干……"

"审判异教徒,捍卫上帝的神圣,这份事业高于一切!"审判官打断了他。

大教堂里唱起了赞美诗,那乐声一直传到院子里。神父回身转向祝福之门,加快脚步向里跑去。那姿态像是在地上滑动一样,悄无声息。

"午前时分,你可得记住了。"离开之前,神父还不忘叮嘱一句。

埃尔南多大脑一片空白,他什么事也不愿想,只是向不远处的家走去。他口中默念着经文，把胸前的《古兰经》抱得更紧了。

国王城堡，这座历史上天主教国王和王后的行宫现在成为了宗教裁判所总部所在地。这座堡垒是由阿方索十一世国王在哈里发宫殿的废墟之上兴建起来的，不过在很久以前，拨给宗教裁判所用于修缮城堡的费用就已全部被审判官们中饱私囊，所以这里的设施也渐渐没落。本该是房间、厅堂、书房和档案室的地方现在变成了鸡圈、鸽舍、马厩甚至洗濯房，而宗教裁判官的那些仆人则坐在了开往皇家园地的那个门口，不知廉耻地贩售着他们自产的商品。城堡里的卫生条件更是差劲，藏垢纳污的牢房周围到处都是动物的粪便，与瓜达尔基维尔河相接的地方形成了两潭臭气熏天的死水，怪不得坊间疯传凡进到这座城堡里的人都将暴病而亡。

午前祷告的时候，埃尔南多依照裁判官的命令，来到了狮子塔下朝皇家园地的那扇门前。

"这儿不能进，"一个布贩子趾高气扬地对埃尔南多说道，"你掉个头，从墓地走，一直走到河边，从瞭望塔那儿的帕洛之门进。"

帕洛之门正对着瓜达尔基维尔河，门前有个被围墙拦起来的院子，院子里种着橘树和白杨。两个门卫对埃尔南多进行了严格的盘问，就好像他才是那个等待审讯的犯人。之后他们给他指了指南墙上的一扇小门。穿过那扇小门，刚将院子里的树丛甩在身后，埃尔南多只觉一团潮湿的霾粘在了身上。他走上那条通往审判庭的阴森走廊，左边就是那些错综复杂的牢房，为了节省空间，宗教裁判所把所有的牢房都放到了一起；埃尔南多之前听说这里因犯成堆都快关不下了，但是这会儿他的耳边却是死一般的寂静，只有他自己的脚步声久久回荡在那条走廊里。

审判庭是长方形的，有着高高的拱顶，检察官、书记员和几个审判官已经坐在其中一侧的桌子后面，之前那个在大教堂和埃尔南多说过话的判官也在其中。他们先是让埃尔南多宣誓对在这个"秘密房间"内听到的所有事情保密，随后便让他坐到了书记员旁边那张比别人都要矮一些的桌子后面。在他们面前，摆着三本装订粗糙的《古兰经》以及其他一些零散的书页。

负责书籍装订与分发工作的人正是卡利姆。身后的判官们在交头接耳，埃尔南多认出了那三本圣书，只需看着封面，他就记起了自己究竟是在何时写它的，之所以说"写"，因为背得滚瓜烂熟的他已经无须对原文逐字逐句地抄了；他记起了书中的每一处笔误、纸上每一处难以落笔的地方；他想起自己曾无数次修剪着那支翎笔，每次修剪翎笔是在哪一章；还有那用完的墨水、堂·胡利安的批注、每次风吹草动时两人的一惊一乍……在卡利姆历尽千辛万苦从西堤瓦弄来的这些毛糙且反光的纸上，他写下的每一个字母都蕴含着整个民族的理想与希望！

埃尔南多蜷缩在那把坚硬的木椅中，卡利姆出现在了审判庭里；满身脏污的老人缩着身子，看上去是那么虚弱。老人在想些什么呢？他会不会把自己当成那个告密者？无须思考更多，埃尔南多的目光只与卡利姆对接上一秒，他就知道，老人的脑中从来就没有想过这种可能。

"我赦免你！"刚在审判庭中央站定，卡利姆便大声喊出了一句，这句话并没有指向特定的某人，却把书记员例行的开庭宣读给打断了。

审判官们大发雷霆。

"你有什么可赦免的，你这个异教徒？"其中一个判官呵斥起来。

接连就是一阵臭骂，可埃尔南多只当没有听见，他还在想着刚才老人的那句话。那句话分明就是说给他听的。我赦免你！卡利姆说的是"你"而非"你们"，而且说出这句话的时候，他故意没有望向任何人。我赦免你！只是看见卡利姆走进来，埃尔南多心中筑起的防线就已经全部崩塌，他花了好大工夫才让自己重新振作起来。同一天早上，他把《古兰经》按在了胸前，只觉自己无比强壮；可是之后当他听到自己必须现场目睹卡利姆的审判，他的心中又只剩下了绝望。法蒂玛和阿以莎向他扔来了一个又一个问题，连垂头丧气的哈迈德也是一样，面对那些问题，他真的不知道如何作答，而现在，卡利姆赦免了他，老人打算独自一人去扛下所有的责任。

一整个上午，卡利姆都在回答着例行的问话。

"所有的天主教徒！"当被问及老人是否知道自己有哪个仇敌的时候，卡利姆这样回答，"所有那些违背了你们国王签署的和平条约的人；所有那些侮辱我们虐待我们仇视我们的人；所有那些抢走了我们的证件抓捕了我们又阻止我们遵守我们的律法的人……"

随后，埃尔南多用战栗的声音翻译了一部分被缴获的书的内容。让审判官们万分满意的是，卡利姆对持有这些书籍供认不讳。老人供述：是他自己想办法弄到了纸和墨，也是他自己亲笔写下了这些书；他对所有的一切负责，他一个人对所有的一切负责！

"你们可以把我带到火刑场去，"他挑衅着判官们，用食指指着在场的每一个人，"我永远都不会向你们教会忏悔的。"

埃尔南多强忍住了泪水，可他能感觉得到，自己的嘴唇正在微微颤动。

"狗东西，你这个异教徒！"其中一个判官喊了起来，"你以为我们都是白痴吗？你这样的糟老头怎么可能一个人完成所有这些事，我们要知道谁是你的帮手，还有另外那些书都在谁的手里。"

"我说了，没有别人了。"卡利姆就是不松口。

埃尔南多只见这位站在大厅中央的老头正独力对抗着整个法庭：他小小的身体里装着一颗伟大的心脏。的确没别人了，埃尔南多心想，实在也不需要任何人——凭卡利姆一己之力就足以捍卫穆罕默德和真主的荣耀。

"当然有别人。"教士的声音里依然带着杂音，他的语气锐利却平静，"他们都是谁，你会告诉我们的。"那后半句话还在空中回响，教士即宣布当日审理到此为止，第二天继续开庭。

那天下午，埃尔南多没有到马场去。当狱警们带走了卡利姆，审判官们纷纷起立准备离席时，埃尔南多找到个理由好让自己不用去参加明天的审理：他已经翻译了好多内容了，况且那几本《古兰经》还附带着阿尔哈米亚语的注释。

"正因如此，"教士反驳道，"我们不知道那些注释到底是真的呢，还是在故意混淆视听。所以整个审讯你都得和我们在一起。"

说完，他摆了摆手，示意埃尔南多可以走了。

埃尔南多没有吃午饭。埃尔南多没有吃晚饭。他甚至一句话也没说。他把自己关在了房间里，朝着麦加的方向不停地默祷，从白天到黑夜，直到筋疲力尽。

没有人来打断他，也没有人来烦扰他。女人们看管着孩子们，不让他们发出一点声音。

第二天的午前，埃尔南多按时到达了牢里，这次他们没有把埃尔南多带到审判庭，而是在那条通往审判庭的走廊里下了楼梯，那些宗教裁判官已经等在了楼下那几间无窗的地牢里。判官们围成一圈，正在小声交流些什么，他们的周围摆放着各式各样的刑具：几条粗绳挂在了天花板上，还有刑凳；埃尔南多在这里见识到了成百上千种铁制的，用来固定、撕扯和肢解囚犯的骇人刑具。

潮湿炎热的地牢里弥漫着令人无法忍受的臭气。埃尔南多光是瞄了一眼那些阴森恐怖的刑具就差点呕了出来。

"坐那儿等着。"教士指着旁边的一张桌子朝埃尔南多命令道，那几本《古兰经》已经和书记员的案卷一起放到了那张桌上，而那书记员还在一旁与判官、医生和执刑手聊着天。

"这家伙年纪可不小了，"埃尔南多只听一位判官这样说道，"下手的时候你可得悠着点。"

"别担心,"看起来这个秃头壮汉就是执刑手了,"我会料理好他的。"执刑手嘲笑着。

有几个人笑了起来。

埃尔南多实在不想再看那几个人,他着实希望能把自己的耳朵也一并给堵上,他低下头,目光停留在书记员的那本卷宗上。"新天主教徒、摩里斯科人马蒂奥·埃尔南德斯,"扉页上书记员用整洁干练的字体写下了这么一个标题,下面还注明了日期、地点、案由以及参与此次审理的判官名单;第一页的末尾他是这样写的:

公元1580年1月23日,于科尔多瓦宗教裁判庭与裁判官胡安·德·拉·波蒂利亚前,有一人为检举揭发异端行为而来,该人自称其名为……

到这里为止,第一页就结束了。埃尔南多抬头望了望那些裁判官:他们还在天南海北地侃着,等着囚犯被带上来。1月23日!距今已经一个多月了。一个月前是谁到这里告发了卡利姆呢?只有可能是……突然间屋里安静了下来,卡利姆被两名狱警带进了刑讯室,就在那些审判官将注意力集中在囚犯身上的那一刻,埃尔南多把第一页纸翻了过去—— 一瞥足矣:克里斯托瓦·埃斯坎达莱,这就是那个告密者的名字。埃尔南多捏紧了拳头,他努力抑制住自己的冲动,这时候抬头去看别人反而只会引起怀疑,他正这么想着,书记员在他身旁坐了下来。

克里斯托瓦·埃斯坎达莱,埃尔南多一遍遍地默念着这个名字,像要把它永远地烙在记忆中。这就是那个叛徒!

卡利姆再次否认曾有人帮助过他。听到老人如此坚定的语气,埃尔南多不禁朝他看了过去,他的声音与他疲惫不堪的容貌形成了鲜明的对比,尤其是当他被狱警们剥去上衣,露出了他那松弛的皮肤和光秃秃的身躯时。

"开始审讯。"堂·胡安·德·拉·波蒂利亚下了命令,他也像其他审判官一样站在了一旁,而书记员拿起笔在纸上刷刷地记录起来。

他们把犯人脸朝下固定在刑凳上,把他的两条胳膊反剪在背后,犯人的两根大拇指被一根细绳捆在了一起,细绳连着粗绳,粗绳在天花板上吊着的滑轮上绕了一圈,又从另外一头荡了下来。当卡利姆再次拒绝回答判官的问题时,执刑手开始拉起了那根粗绳。

如果有人期待着这个老头会哇哇大叫,那他可打错了算盘。老人把脸紧紧贴在刑凳上,只发出了几声微弱的呻吟,这近乎无声的哼叫倒让埃尔南多脑中一阵眩晕,只有那判官一遍遍地问着相同的问题,才偶尔打断着老人延绵的低吟。

"你的同伙都有谁?"判官一次又一次地喊着,他每一次的声调都比前一次更高些,相反的,卡利姆却愈加缄默不语。

当执刑手摇起了头,审判官们终于决定放弃,他们把卡利姆从刑凳上放下来时,老人的两根拇指已经离原先的位置十万八千里,贴在了手背上。这时的老人满面血红,呼吸听着像是只出不进,泪湿的双眼里写着疲累,几条血丝正顺着他的嘴唇往下滴;要不是旁边有执刑手扶着,他已经不能独自站立了。医生走到卡利姆身边检查起了他的拇指,当那两根指头被医生胡乱拨弄起来的时候,埃尔南多在老人脸上分明看到了他那一直隐忍到现在的痛苦。

"还行。"医生当庭做了宣布,然而说完他又走到了判官的身边,对着他小声耳语了几句。与此同时,埃尔南多只见身旁的书记员在案卷上认真记下了医生的意见:"罪犯情况良好。"

"现在休庭。明天继续进行审讯。"医生乍一停止耳语,审判官就立即宣布。

"你得吃饭啊。"法蒂玛劝着丈夫,她走进房间,看见埃尔南多还在祷告,自从回到家后他就一直在那里祈祷,而现在已经是子夜了。

"卡利姆不也没吃么。"埃尔南多答道。

法蒂玛走到丈夫身边,后者正赤身坐着自己的脚后跟上,他的胳膊和胸口全是用力抓挠过的痕迹:那是使劲擦洗的结果,就像是要把皮都搓下来,埃尔南多一心只想要摆脱掉那股地牢中的臭气。

"天冷了,你得穿穿好。"

"别来管我,你这个女人!"法蒂玛只得把水和食物都放在了角落,遵命退了下去。"叫哈迈德过来。"埃尔南多没有转过身来,只是补上了一句。

阿訇急匆匆跑了过来。

"安好……"见埃尔南多摆出了这副样子,哈迈德问候到一半也不禁愣了愣神。埃尔南多都没有回头看他一眼。"你不该这么作践自己。"哈迈德小声嘟哝了一句。

"那个叛徒名叫克里斯托瓦·埃斯坎达莱。"对于老人的劝诫,埃尔南多只是这样回答,"把这个消息告诉阿拔斯。他知道该怎么做。"

埃尔南多真想亲手宰了那个家伙,一点一点地掐死他,看着他眼睛里的光渐渐隐灭,让他承受和卡利姆一样的痛苦;可是他随时会被法庭传唤,因此他琢磨下来,更妥当的应该是让阿拔斯去杀死那个叛徒。越快越好。

"背叛我们民族的人理当受到最严厉的制裁,阿拔斯一定知道该怎么做。我担心的是……"哈迈德特意没有说下去,想看看埃尔南多的反应,可这时埃尔南多仿佛又准备开始祈祷了。"我担心的是,"阿訇只好自己说下去,"你知不知道你应该做些什么。"

"你想说什么?"埃尔南多思虑了一会儿,还是问了出来。

"卡利姆牺牲了自己,保护了我们……"

"他是在保护我。"埃尔南多打断了哈迈德,他始终背对着他。

"别太自以为是了,伊本·哈迈德。他是在保护我们所有人。你……你只不过是我们斗争道路上的一个工具而已。卡利姆保护着你的妻子,保护着那些听她传道的妇女,保护着将真言传授给孩子的母亲们,保护着在隐秘中学习经文且还要小心不能在除家以外的地方说漏嘴的孩子们……他保护着我们所有的人。"

哈迈德感觉到埃尔南多全身正在微微颤动。

"我的命现在是掌握在他的手上。"埃尔南多最终还是把脸转过来朝向了哈迈德。哈迈德走近了埃尔南多,艰难地在他身旁跪下,老人只担心自己的这位学生会不会精神崩溃。"也许你是对的……你一定是对的,他保护着我们所有的人。可是你能想象当我看见他虚弱残破的身体承受着酷刑时,我的心中有多么恐惧吗?像他这样一个老人,还能经得起多少折磨?我害怕,哈迈德。是的,我在发抖。我已经不能控制我的膝盖、我的双手。我真怕他在剧痛的煎熬下会把我也揭发出来。"

阿訇挤出了一个伤感的微笑。

"真正的力量并不在我们的身体里,伊本·哈迈德;真正的力量住在我们的灵魂里。相信卡利姆的灵魂!他不会告发你的。告发你就等于在背叛他的民族。"

两人交换着目光。

"你祷告过了吗?"阿訇出乎意料的一句话打破了屋中的静默,埃尔南多只觉得自己听到了胡维莱斯那间破茅屋中传来的回声。小伙子抿起了嘴唇,等待着老人继续说下去:"晚上的祷告啊,是我们唯一比较安全的一次祷告,因为天主教徒都睡了。"埃尔南多被一阵突如其来的乡愁哽咽了喉咙,他正要像往常一样回答,却被哈迈德拦住:"儿子啊,你可记得我们已经抗争了多久?"

然而,哈迈德并没有把口信带给阿拔斯。钉掌匠还年轻力壮,正当盛年;卡利姆如果没有在拷打中丧命,也会作为异教徒在火刑中被烧成灰烬;贾利勒和卡利姆一样的老迈;堂·胡利安同样年事已高,而且他只能在暗地里行动,无法在摩里斯科人中自由走动;那就只剩下了他自己……反正自己即将不久于人世。不能让阿拔斯去冒这样的风险。可是他要怎样才能杀死那个狗叛徒呢?哈迈德又一次开始思考,同时观察着克里斯托瓦正无忧无虑地在拉斯特罗街的路口叫卖着炸糕。

连续两天的酷刑已经让卡利姆的双臂在刑凳上完全脱臼，可这个固执的老头仍然三缄其口，就如固执的埃尔南多仍然没有停止禁食祈祷一样。这一下可让法蒂玛和阿以莎都操碎了心，甚至连孩子们都感觉到有什么可怕的事情将要发生。

"他喝了你放在那儿的水吗？"哈迈德问法蒂玛。

"嗯。"她点了点头。

"这样的话……他还能扛得下去。"

那个卖炸糕的推起小车，四处寻找着人烟密集的地方，哈迈德用目光追随着他，直到看见他在一个刀剪摊旁停了下来。小贩卖力地吆喝着，从裱花袋中挤出一个个面团，面团在锅里油星四溅，很快就形成了金黄色的球状，炸糕就这样好了，只见小贩把一块块炸糕铲起来卖给了客人。那儿有刀！可是那刀剪摊与炸糕车之间还是有一段距离，即使哈迈德成功抢到了一把刀，也来不及砍克里斯托瓦一个措手不及，卖刀的那人肯定会嚷嚷起来，这样就会引起那个叛徒的注意。况且他必须得冲着脖子下手，这样才能一刀致命！怎么办呢？

哈迈德咬紧了牙关。

"安拉至大。"他从牙缝中挤出这句话，一瘸一拐地向那卖炸糕的走去。

看见一个人直盯盯地冲自己走了过来，克里斯托瓦眉头一皱，停下了吆喝，但当阿訇走到他跟前的时候，他笑了：原来只是个残废的老头！

"老大爷，你也要来一个吗？"哈迈德摇了摇头。"那你这是？"克里斯托瓦问道。

就在此时，哈迈德双手捧起了那口油锅，皮肉贴在滚烫的油锅上发出的嘶嘶声周围的人也能听得一清二楚，可老头连眼都没有眨一下。见到老头将一整锅热油泼上了克里斯托瓦的面孔，边上的几个人仓皇跳开。卖炸糕的嗥了起来，躲闪不及的他双手捂脸，翻倒在地打起滚来。一时间空气中漫溢着皮肉烧煳的味道，这时依然油锅在手的哈迈德缓缓走向了刀剪摊，人们纷纷给他让出了一条路，卖刀的也跟着他们跑到了一边，谁知这个疯老头会不会把剩下的那点热油全都泼到他们身上？走到刀剪摊前，哈迈德扔掉了油锅，他抄起了摊子上最大的那把刀，转身朝炸糕人走了回去——那厮还在惨叫着呢。

大多数人只是远远地看着这一切，一声不吭；有人找警察去了。

哈迈德在克里斯托瓦旁边蹲了下来，卖炸糕的正踢腾着双脚，脸朝上大声呼喊着，他双手抱着头，哈迈德只得劈开了他的前臂，猛然袭来的一阵剧痛让克里斯托瓦露出了他的喉咙，老人便趁势手起刀落划开了他的脖子：这是精准的一刀，这个被侮辱、被出卖的民族，它的全部力量都汇聚在了这深深的一刀中。沐浴在血柱中的哈迈德缓缓站起身来，他的手上还握着那把大刀，一抬眼，警察已经立在了他的前头，手中剑已出鞘。

"狗天主教徒！"哈迈德放声大吼，他压抑了一辈子的仇恨在此刻喷涌而出。

警察将他的剑插进了哈迈德的腹部。

阿尔普哈拉斯的群山、内华达峰顶的白雪、陡峭的岩壁、清澈的溪流、依山而开的肥沃梯田、级级梯田中辛苦的农活，还有那晚祷呵……所有这一切都清晰地浮现在了哈迈德脑中。他不觉痛苦。埃尔南多，他的儿子！……还有阿以莎、法蒂玛、孩子们……就连警察把剑拔出他的身体时他都没有感到丝毫的疼痛。哈迈德静静看着那鲜血从他的脏腑中喷吐而出：它和千千万万捍卫着穆斯林律法的信徒的血一样殷红。

警察站在了哈迈德面前，他断定几秒后这个老头就将倒地不起。围着他们的人群尽都肃穆。

"万物非主，唯有真主，穆罕默德是真主的使者。"哈迈德骄傲地吟诵。

不能让他们逮住。不能让他们知道他的身份。他决不能让自己的举动危及到家人。哈迈德举起刀，一瘸一拐地朝拉斯特罗街口的河岸走了过去，他所经之处人皆退后，而警察则跟在了他的身后：这老头怎么还没倒下？在他脚下，鲜血已经汇成了一条涓涓细流。此刻所有的人都定住了，他们惶恐地望着这位仿佛有着魔力的老头跛行着，庄严地迈向那条河流。

"不！"当警察终于明白了哈迈德的用意，老人已经跌进了瓜达尔基维尔河，消失在水流之中。

埃尔南多已经再也无法承受更多的痛苦了，他刚从天主教国王的城堡里回来，在那里，一项又一项残忍的酷刑都接连落了空：老人始终不肯透露同伴的名字，连那执刑手都回身朝审判官比画着，意思是再这样坚持下去是不是有点荒谬。

"继续！"判官波蒂利亚的回答斩钉截铁，他只觉得那个执刑手顾虑太多。

与此同时，埃尔南多被迫观赏着这些野蛮的刑罚。哈迈德的话语让他坚定了他的信仰，让他坚定了对捍卫律法、捍卫民俗的斗争精神的信服，带着这股士气，他走进了国王的城堡，可刚进到地牢，当他们折磨起卡利姆逼着他说出同党的名字，恐惧又一次占据了埃尔南多的心。卡利姆如此不屈地守护着的，就是埃尔南多他的名字啊！仅仅两步之外，卡利姆正在经历残暴的折磨；他闻到了血和尿的味道；他看到了老人的肌肉被疼痛激起的阵阵痉挛；他听到了一声声比任何惨叫都更可怖的呻吟，还有用刑间隙老人抑制不住的抽泣与喘息。埃尔南多有时会为卡利姆的胜利感到骄傲，在裁判官们面前，他捍卫了他的民族，捍卫了他的律法！可其他时候，一股强烈的负罪感却萦绕在他的心头……当他想到卡利姆随时都有可能屈打成招将他指认出来，他一身的冷汗又会和地牢里的恶臭混为一体：他！他就是你们要找的人！想到这儿他就畏怯地缩在椅子上，胃部一阵痉挛，他想象着那些狱警和审判官将会如何向他猛扑过来。下一个很有可能就是他。没有谁能去指责一个历经百般折磨终于缴械投降的人。自豪、内疚、恐慌：埃尔南多百感交集。判官提出每一个问题、行刑官每一次把绳子收紧、老人每发出一声叫喊……各种情绪在他心中来了又去，像逗弄着一只不倒翁一样来回摇晃着他的心。

埃尔南多刚回到家，贾利勒派来的那个年轻人就向他讲述了哈迈德的事情。法蒂玛和阿以莎已经坐到地上，正抱着孩子们倚墙哭泣。

他已经再也无法承受更多的痛苦了！

"被杀死的那个卖炸糕的……"埃尔南多用撕裂的声音问着，"他是不是叫克里斯托瓦·埃斯坎达莱？"

"是的。"那年轻人答道。

埃尔南多摇了摇头。难道哈迈德没去跟阿拔斯说么？

"那人是个奸细。他是个叛徒。"埃尔南多告诉那个年轻人，"就是他向宗教裁判所揭发了卡利姆。要让我们所有的弟兄姐妹都明白，为什么我们最亲爱的阿訇会做出这样的举动！他审判了他，他给他下了判决，他亲自执行了判决。这件事也要说给那卖炸糕的家人听！"

埃尔南多放声大哭，他已经进到了他自己的房间里，准备再次开始禁食祷告。底楼的那个小房间如今还会有谁去住？指示着圣城方向的那个标记，从今天起又会有谁在它面前下跪呢？哈迈德曾经满心欢喜地把那个标记指给他看，那时老人脸上骄傲又天真的表情就好似一个刚刚做了好事的孩子等待着爸妈的赞许。哈迈德，他的所有知识都是从他身上所学，甚至他的名字都是随他取的：哈迈德·伊本·哈迈德，他是哈迈德之子！①

一滴泪水模糊了他的视线，这一瞬，现实仿佛离他远去。一声撕心裂肺的喊叫响彻整个圣玛利亚教区的夜：

---

① "伊本"是"某人之子"的意思，"伊本·哈迈德"意为"哈迈德之子"。

"爸!"

狱警们架着卡利姆的腋窝把他带了进来,他的头垂着,被酷刑折断了的双脚被拖在了身后:那两只脚拗成了奇怪的姿势,就像是大夫在给他接骨时不小心接错了一样。

狱警们费了老大的劲,托着他在波蒂利亚判官面前直起身来,执刑手提着他稀疏的白发露出了他的脸,判官打了个响舌又朝空气挥了一拳,已经无计可施的他终于知难而退。

埃尔南多望着老人的眼睛,漆黑的眼仁深陷在青紫色的眼窝里,他的目光仿佛穿透了地牢的墙壁:许是在窥望着死亡,许是在探看着天堂。还有谁会比这位虔诚的信徒更配得上天堂?小伙子正想着,卡利姆干裂的嘴唇动了起来。

"全给我安静!"裁判官命令道。

卡利姆含混的低吟听上去仿佛远方的私语;他在用阿拉伯语说着胡话。

"他在说什么?"审判官诘问埃尔南多。

波蒂利亚如炬的目光下,埃尔南多只得竖起耳朵。

"他在呼唤他的妻子,"埃尔南多感觉自己好像听懂了一点。阿米娜,埃尔南多正想补上卡利姆老婆的名字,话未出口便觉不对:"安娜,"埃尔南多赶忙改口编了个天主教徒的名字,"好像是叫安娜。"

卡利姆的胡话还在继续。

"这么多话都是呼叫他老婆的?"判官有点怀疑。

"他好像是在背诗,"埃尔南多解释道。从老人的口中,他仿佛听到了镌刻在格拉纳达城阿尔罕布拉宫墙上的古老诗句。"像是在描述妻子……秀色若可餐,只待君来伴。"小伙子诵了起来。

"问问他关于他同伙的事情,说不定这会儿……"

"谁是你的同伙?"埃尔南多遵命而行,他甚至都不敢抬起自己的双眼。

"用阿拉伯语问,蠢货!"

"谁是……"埃尔南多刚翻译了开头便猛然醒悟过来,在这个地牢里,除了卡利姆,再没有一个人能够听懂他的话。"真主已经伸张了正义,"埃尔南多用阿拉伯语告诉卡利姆,"那个背叛了我们民族的人已经被就地正法,胡维莱斯的哈迈德依照我们的律法处决了他,这位神圣的阿訇会在天堂与你相会的。"

波蒂利亚瞥了一眼这个摩里斯科小伙子,好奇他怎么说了那么长一段话。就在那一刻,一丝难以察觉的光亮掠过了老人的双眼,卡利姆悉力扬起嘴角像是笑了一下。随后老人就断了气。

"下次宗教审判的时候把他的尸体处以火刑。"判官做了最后的宣判，此时医生也已经确认了卡利姆的伤势，对那个一目了然的事实做出了官方证明。"你刚才都跟他说了些什么？"审判官觉得有必要盘问一下埃尔南多。

"我说他应该好好做一名天主教徒，"埃尔南多言之凿凿，眼都没眨一下，"还叫他坦白认罪，这样才能得到上帝的宽恕和灵魂的救赎……"

裁判官咂了咂他的嘴唇。

"很好。"之后，他这样说道。

40

1581年，科尔多瓦

1581年4月15日，葡萄牙王室聚集在托马尔城，加冕西班牙国王腓力二世为葡萄牙国王。自此，伊比利亚半岛统一在了同一个王权之下；两国的疆土，包括根据托尔德西里亚斯条约①、由西班牙和葡萄牙共享的与新大陆之间的贸易都全部处于这位谨慎国王的掌控之下。

而正是在葡萄牙，人们首次商讨了大规模消灭西班牙摩里斯科人的可能性。国王本人、青琼伯爵，以及被复职了的阿尔巴公爵——公爵年事已高，但他刚烈的个性倒是未被岁月磨平分毫——三人聚在一起琢磨着，能不能把所有摩里斯科人都装上船去，说是送他们去柏柏尔，实际一到远海就把船凿沉，叫他们统统葬身鱼腹。

或许是老天注定，又或许是出于偶然，海军舰队正为别的事情忙得腾不开手脚，所以后来这项种族灭绝的大业最终还是没能实现。

但在同年8月，国王陛下在葡萄牙还做出了一个直接影响到埃尔南多的决定。这年的夏天，科尔多瓦的田野里干旱肆虐：牧场里的牧草远不够填饱母马们的肚子，同时马场又没有资金来买粮食给它们吃：一来，这一年的谷物贵得令人发指；二来，连人都吃不饱，哪有工夫顾得上这些牲口呢？要知道，就连科尔多瓦大主教都不得不从西班牙境外进口小麦。故而国王给马场总管堂·迭戈·洛佩兹·德·亚罗和奥利瓦雷斯伯爵分别去了信，通知他们把马匹都转移到塞维利亚附近、由伯爵掌管的格鲁约高地皇家猎场，好让他们在那里继续放牧。

卡利姆被宗教审判所的酷刑折磨致死，哈迈德手刃了民族叛徒后消失在瓜达尔基维尔河水中，这两件事情仿佛还在眼前，但实际上已经过去了一年多。这一年多的时间埃尔南多是在不间断的忏悔中度过的，每当他想起在那天主教国王城堡中的刑讯室里卡利姆是如何固执地保持缄默，一股深深的内疚就会缠上他的心头，以至

---

① 于1494年签订，规定了葡萄牙和西班牙在旅行、商业和领土扩张之间的关系。

于只有在祈祷和斋戒中他才能让那种感觉稍稍缓解。

"他早晚是要死的,"法蒂玛劝着老公,他的健康状况实在令人担忧:此时的埃尔南多已是面黄肌瘦,深黑色的眼窝里,就连那蓝色的眼睛也黯淡了许多。"就算卡利姆供出了同伙的名字,他也不会对教会认罪的,他们怎么着都会把他给杀了。"

"可能会吧,"埃尔南多一边想一边答道,"也可能不会。这我们就不得而知了。唯一可以确定的,唯一我所知的,因为每一分每一秒我都亲眼见证,是他所遭遇的痛苦和残忍。他至死坚忍着那些酷刑,只是为了不交出我的名字啊!"

"是所有人的名字,埃尔南多!卡利姆保护的是所有那些跟随真主的人的名字,不仅仅是你的。你不该一个人去承担所有的责任。"

可是妻子的这番话,埃尔南多听不进去。

"孩子,再给他点时间吧。"面对着啜泣的法蒂玛,阿以莎也只能好言相劝。

堂·迭戈令埃尔南多随马队一同前往塞维利亚,并且一直待在那里,直到重返科尔多瓦。得知这个消息,法蒂玛和阿以莎都感到十分高兴,她们希望此次塞维利亚之旅能够稍微分散埃尔南多的注意力,把他从长久以来深陷于其中的衰颓里拉将出来:这悲戚仿佛无药可解,即便是每日骑着阿希拉特外出郊游时,他的伤痛也从未减弱过。

9月初,近四百匹母马、一批一岁左右的小马、连带这个春天刚刚诞生的小驹被驱赶着,朝着瓜达尔基维尔河下游的肥沃牧场进发。格鲁约高地距离科尔多瓦约三十里,前往那里首先需要经过通往塞维利亚的厄西哈——卡尔莫纳之路,等过了河,他们就得转向比利亚曼里克,他们的最终目的地皇家猎场就在这个镇子附近。正常情况下整个旅程大概需要四到五天,可是启程不久,埃尔南多和其他骑师们就发现,此次旅行至少需要双倍的时间。为了不让马群走散、保持队伍的形状,堂·迭戈额外雇了一些人手来帮忙照料马群,毕竟这些马匹还不像那些在梅斯塔牧道上游牧的羊群,它们还不习惯长距离的迁徙。除了上面所说的大队人马,队伍里还加入了一大帮好不容易找到勤王机会的科尔多瓦贵族,他们阵势浩大就像是正走在朝圣的路上,可实际上除了给骑师和马群添乱,他们什么都不会干。

正如法蒂玛和阿以莎的预想,埃尔南多不得不忘却了所有烦恼:为了让离群的母马和小马们重新归队,他骑在阿希拉特的背上上下驰骋;为了通过那些地势极为复杂的狭窄道路,埃尔南多专心致志地重组着队伍。阿希拉特亮红色的鬃毛随着奔跑一闪一闪,它那机敏的转身和傲岸的气质引得同行的人们击节赞叹。

"那匹马怎么样?"一位体态痴肥的贵族朝另两位问道,与其说是坐,不如说他是窝在了那压纹银花的皮座里,而那两个被问的士绅则离马群远远的,只为避开马蹄在那干燥的路面上扬起的尘土。

埃尔南多刚刚拦下了一匹离群的小马,他紧随着它,赶超了它,在它面前转过身来。只见他双腿一夹,胯下的阿希拉特就直起了身子,在阿希拉特高举着的前蹄的震慑下,那匹淘气的小马只得乖乖听话。

"看它的花色,应该是被皇家马场废弃的马,"一个士绅说出了自己的推测,"真是遗憾呐。"他被骑手和骏马矫健的动作深深震撼了,"这匹马估计是被堂·迭戈用来充抵骑师工资的吧。"

"那你们看那个骑师呢?"贵族又问道。

"是个摩里斯科人。"这回是另一个士绅回答他,"我听堂·迭戈说起过他。堂·迭戈很信任他的能力,毋庸置疑,他肯定是……"

"摩里斯科人……"臃肿的贵族在心里又默念了一遍这个词,别的解释对他来说已经不重要了。

三人眼看着埃尔南多策马扬鞭奔向了马群的最前头,当这个摩里斯科小伙子从他身旁经过的时候,埃斯皮埃尔伯爵从他豪华的银座上挺起了身子。伯爵皱了皱眉:这张面孔他是不是在哪里见过?

尽管国王已经下令要求沿途官民全力协助马队赶路,然而每天傍晚之前,骑师们还是得找到合适的地方把马聚起来喂好,在牧草不够的情况下,还得想方设法弄来足量的麦秸或谷物;与此同时,那些养尊处优的贵族则自顾自跑到最近的村落北窗高卧、吃饱喝足。

每天晚上,埃尔南多都得把阿希拉特安顿好,在吃过大师傅在柴火上炖出来的杂烩汤、又与其他人海侃了一通后,精疲力竭的他倒头便睡。只有在这广阔而陌生的牧场上值夜、守护着马匹也守护着赶马的人们的时候,他才会想起这一年里他所经历的种种。

正是在这些岑寂的时刻,埃尔南多舒解着自己的心结。听着间或的几声马嘶划过寂静,唤着困倦的几匹小马让它们回归马群,小伙子骑在阿希拉特的背上,让自己回归平和。谁能想象眼下安详的马队在赶路时发出了怎样的轰鸣?马嘶、马吼、马跳、马咬;马队所过之处扬起漫天黄沙,十步开外的任何物体都被卷裹在尘土之中。而现在,明澈的夜空中繁星闪烁,与科尔多瓦家中所见完全不同,城里的天空被框在了一栋栋楼房的房檐里,而这里的天空,远远望不到头。独自站在旷野里,埃尔南多感觉自己回到了阿尔普哈拉斯的山头。哈迈德!哈迈德牺牲了自己,只为他们的幸福。埃尔南多寻觅着身边的活物,他拍着阿希拉特的颈脖,当他想起阿訇的脸孔,只觉什么东西堵住了喉咙。同时他又记起了卡利姆,记起的却是宗教裁判所地牢里痛苦的一幕幕，一个个悲惨的场景在眼前不断重复，此时的他却不再寻求绝食与祈祷的庇护。惨绝人寰的酷刑加在了老人身上，埃尔南多的心中却体验到一样的痛。他见证着痛苦、承受着痛苦、痛苦着痛苦，就好像此时此地，宗教裁判所的鞭子在抽打着卡利姆……也抽打着他自己。慢慢地，老人充血的面孔、破碎的身体，还有为了不让执刑手快活而压抑着的嘶吼尽都鲜活地浮现在了埃尔南多脑中，让他在马背上蜷成了一团。这是一望无际的安达卢西亚，暗夜中的埃尔南多无处可躲，既然回忆的追逐无法逃脱，他只能学着带着痛去生活。

埃尔南多望向了星空，月影映得四野朦朦胧胧，他看见一颗流星划过，不一会儿又一颗……又一颗，就好像是两位老人正在天堂瞧着他，对他静静地说话。

布拉希姆也看到了同样的那几颗流星，但是他对流星的解读却与埃尔南多截然不同。自从他拥有自己的第一支私掠船队已经过去了七年，他亲自指挥对海岸的劫掠也已有四年之久，好几次他差点被城里的卫队抓住，因此他决定把船队首领之位让给纳西。此时纳西已经成长为一个和他老大一样强壮也一样冷酷的年轻人，所以布拉希姆现在只用投投钱，管控管控，然后坐收着纳西交给他的滚滚财富。

布拉希姆和纳西一起搬进了得土安内城的一座小宫殿，整日纸醉金迷、轻歌曼舞。为了强强联合达成政治同盟，他迎娶了城中另一个海盗头子的千金，这位新太太给他生了两个女儿，不过布拉希姆心中一直还有一件念念不忘的事情。联姻时他没忘告知女方家长，他们的女儿只是他的第二任老婆；第一任老婆因为某种原因还滞留在西班牙，不过终有一天她会回到他身边，担负起一个妻子所应当担负的义务。

随着这位前阿尔普哈拉斯的脚夫获得的财富、名声和尊重越来越多，他从科尔多瓦离开的那段屈辱史也让他越来越耿耿于怀；他残缺的右臂就是那段记忆永远无法回避的证物，尤其是在北非燥热的夏夜，他一次次在淋漓大汗中疼醒，断臂处传来阵阵针扎一样的痛，而那一晚接下来的时光，他只能在半睡半醒中蒙混到天亮。他的权力越大，他的绝望感也愈加深重。他要这么多奴隶有什么用呢，如果他不能够忘记自己在科尔多瓦被判为奴？他要这么多的财富有什么用呢，如果他当初就是因为没有钱连自己最心爱的女人都留不住？每次他惩罚一个犯了盗窃罪的手下判处砍去他的一只手，他总会看到那时的自己在莫雷纳山里是如何被一群土匪死死按住砍掉了那只手；他下令给那个该死的手下削去的那只手，也正是土匪们当初无情地削去的他的那只手。

当下舒适富足、衣食无忧的生活反倒让布拉希姆对自己的过去无比地在乎，他不愿放过任何一个逃难来的摩里斯科人，不愿放过任何一个被他们抓来的天主教俘虏：他向他们询问着科尔多瓦的情况，询问着莫雷纳山中那个独臂的土匪，询问着那个来自胡维莱斯、住在科尔多瓦、被人称作拿撒勒人的摩里斯科人埃尔南多，当然也询问着那两个女人：阿以莎和法蒂玛——尤其是法蒂玛，她那双深黑色的杏眼在他脑海深处的记忆里闪烁，在他越发病态的欲望中烧灼。财大气粗的布拉希姆慷慨赏赐着每一条稍稍与之沾边的消息，一传十十传百，船队里已经无人不晓这位海盗头子所关注的焦点为何；每次劫财回来，他们总会积极地将搜集到的信息通知给布拉希姆。正是透过这样的渠道，布拉希姆得知索巴骸特已经命丧黄泉，而接替他位子的，正是那个乌拜德。

"你们去过科尔多瓦吗？"

布拉希姆直接用阿尔哈米亚语问道，他不假思索地打断了那两个方济各会修士的寒暄——他们是来赎俘房的。对一个海盗来说，礼节有什么用？

一看这两个修士，头发都是削过的，清一色的修士服，胸前还挂着十字架。他们身处布拉希姆宫殿奢华的会客厅中，毕恭毕敬地站在了东道主面前，布拉希姆侧倚在一大堆真丝靠垫上询问着他们，年轻的纳西则意气风发地立在主人的身旁。听到布拉希姆的问题，两位修士面面相觑。

"是的，阁下，"西尔维斯特雷修士回答道，"我曾在科尔多瓦修道院供职多年。"

布拉希姆掩饰不住他的兴奋之情，他笑着拍了拍身旁的靠垫，示意教士们快快在他的身边坐下。趁着海盗头子命人叫奴隶来伺候他们的当儿，恩里克教士与他的同伴交换了一个狡黠的眼神：他们得要投其所好，讨得这位得土安大海贼的欢心，这样到时候赎起俘房来，价钱就会更好商量。

在赎回俘房时，不同的教团各有各的分工，方济各会主要负责被抓到得土安的奴隶，而卡门教派的修士们则要解救那些被掳到阿尔及尔去的天主教徒。带着这个目的，西尔维斯特雷和恩里克两位修士刚刚造访了领主的居城、同时也是使团的必经之地曼扎里城堡：在忍受过了一下船就纷至沓来的叫骂声和唾沫星子，同时支付了相关税赋之后，他们的首要任务就是去解救那些落到当地领主手里的奴隶们；在那里，屡试不爽地，领主再次撕毁了那份尖酸滞涩的出使僧侣保护协议，要挟着他们以更高的价格买走了他手中的更多奴隶。而现在，他们面对的这位海贼大佬却邀他们坐下，请他们吃喝，又叫来了一群黑奴伺候着他们，真可谓机不可失，时不再来。他们教团倒是有钱：那些俘房的家人会直接交给他们赎金，从各个王国募来的善款也从未中断过，不过这些都还比不上那些仁慈的天主教徒的遗赠——近七成的西班牙人把遗产捐给了教会，让他们去拯救那些流离失所的灵魂！然而，全世界的钱加起来都不足以解救这些数以千计、被堆放在得土安地下的天主教徒们。这座城市是在石灰质的土地上建起来的，就在城堡附近有一张巨大的、横跨整座城市的天然地道网络，成千上万的天主教俘虏就被关在其中。

两位修士刚刚到访过那些地牢，里面浓郁的骚臭味和恶劣的卫生环境令他们几乎失去了知觉。几千个人就这么挤在了地牢里，光着身子，脏兮兮的，一个个都染上了恶疾。那里没有天然光线，没有新鲜空气，唯一称得上通风口的就是那几扇装着铁栅栏的小窗，它们直接开向了城中的街道。天主教徒们的脚被套进了结实的刑夹①里，被铐上铁镣绑上铁链的他们在那里等待着救赎或是死亡的逼近。

"你们快给我讲讲，快讲讲。"两位修士还在为那因禁着他们同胞的阴暗地牢唉声叹气，是布拉希姆的催促声将他们从回忆中唤醒。

西尔维斯特雷修士知道埃尔南多，这个在皇家马场总管堂·迭戈手下供职的摩里斯科人每周日都会驾着他那匹枣红色的骏马，载着两个孩子在科尔多瓦城里荡来荡去；他听说埃尔南多同时还在给教士会干活，不过对于这个摩里斯科人的家庭情况他倒是一无所知。当然他也听说过那个被人称作独臂人的嗜血土匪——一想到那个绰号，修士的视线不由得定在了布拉希姆的那根残肢上——索巴骸特死后，那家伙摇身一变成了莫雷纳山中的山大王。两个修士没有一个敢问及海盗头子为什么会对那些人感兴趣，小心翼翼的他们决定最后再去谈那些俘虏的事，他们只是边吞着柠檬汁边嚼着椰枣和甜品，边陪着布拉希姆聊科尔多瓦。可惜天不遂人愿，东西吃完废话聊完，正要说正事的时候，布拉希姆把奴隶的谈判交给了纳西来办。

正是这样，布拉希姆一点一点搜集起了那些他一直渴望了解的信息。可虽说他手下那些海盗们放肆地深入到了天主教徒的腹地，屡屡袭击着那些远离海岸线的镇子，可是科尔多瓦对他们来说依然是一个过于遥远的存在，即使走主干道，它离海岸线都有三十里有余。此外，即使进到了那片旧日哈里发的领地，他们又能在那里干些什么呢？

现在的布拉希姆正与埃尔南多望着相同的那几颗流星，不同的是，身处卡尔莫纳牧场的埃尔南多正试图在流星中解读出那些逝去的亲人从天国带给他的讯息。虽说并非毫无风险，可这位海盗头子也算成功解决了那些摆在他复仇道路上的艰巨阻碍，解决方案来自于年轻美丽的堂娜·卡塔琳娜以及尚还年幼的小丹尼尔，他们正是出身马拉加名门的卡萨韦梅哈侯爵堂·何塞·德·古兹曼家的夫人和少爷，布拉

---

① 由数根粗铁棍组成的一种刑具，能让受刑者的双脚保持分开一巴拉的距离。

希姆的海贼团是在对马尔贝拉①近郊进行的一次私掠中将这两位贵人连同他们的几位随从都一并掳了来。

堂娜·卡塔琳娜与她的儿子丹尼尔可谓价值连城,所以船队一到得土安,布拉希姆立马把这两位俘虏接到了他的宫里,对他们百般照料。他知道侯爵的谈判使者不用多久就会赶到,贵族们可等不及那些教团万般艰难地筹到款子再去费尽千辛万苦地取得得土安领主和腓力国王的许可——虽说每每不能称其所愿,不过腓力陛下对将国内的财富持续输出到臭穆斯林的手里终究有些抵触。一般那些贵族与要人一旦得知他们亲人被抓的消息就会立刻派人前来赎救,而负责传递这些消息的信使恰恰就是那些海盗自己。

事情落到了堂娜·卡塔琳娜和那位少爷头上自然也不例外,立即就有一位使者赶到了布拉希姆的宫殿前拜谒求见。这位使者名叫撒母耳,是得土安大名鼎鼎的犹太商人,布拉希姆从天主教徒的船只上抢来的战利品中有不少货物都转手销给了他。

"我不要钱。"那犹太人刚打算出价就被布拉希姆无情地打断,"我要那位侯爵帮忙把我的家人带回我身边,还有两个阿尔普哈拉斯人是我的仇人,请侯爵助我一臂之力帮我消灭他们。"

最后一颗流星在科尔多瓦澄澈的夜空中画出一道抛物线。回想起撒母耳听到他提出的条件时脸上那个呆若木鸡的表情,布拉希姆不禁笑出声来。

"如果他不答应的话,我说撒母耳,"布拉希姆示意谈判到此结束,"我就杀了他们母子俩。"

布拉希姆是在朽人客栈房间的阳台上遥望夜空的,这里是从托莱多蜿蜒而来的凡塔斯之路上的最后一家旅馆,离科尔多瓦已经只剩不到一里的路程。八年前他曾经经过这里,那时他正与阿以莎和沙米尔一起走在寻找索巴骸特的路上,也正是那一次的旅行让他失去了他的右手。"乌拜德!"布拉希姆咬牙切齿地喊出了仇人的名字。他抚摸着腰间那把宝刀的刀柄,他已经学会了用左手操控武器。他的口袋里装着侯爵亲笔签署的介绍信,保证他可以在安达卢西亚境内自由通行。伫立在他房门口的是侯爵的一位贴身侍从,以确保他等候着好消息时没有人能够打扰到他。从房间的阳台上他也能俯瞰到客栈的底楼,墙上的烛台照亮了正方形的内院,厨房、饭厅、马厩、茅草堆、客店老板一家的卧室分列于内院的四围。侯爵雇来的一小队士

---

① 位于安达卢西亚地中海岸。

兵也在和他一起等待，他们正三三两两地在院子里稍事休息。侯爵塞了一大笔银子给那客栈老板，让他闭门谢客，同时也让他保守秘密。

布拉希姆又一次望向了天空，他试着让自己也感染上那守护着他的宁静。多年来，他一直梦想着这样一天。他左手握拳，不住拍打起了他倚着的那条木头栏杆，几个士兵抬起头朝他所在的阳台望了过去。

四天前，布拉希姆正要启程前往马拉加海岸时，纳西曾经又一次试图说服他：

"你为什么非去科尔多瓦不可呢？你完全可以等侯爵把他们一一给你送来，包括乌拜德。他可以直接在这里把他们交给你，让他们戴着枷锁，像狗一样。这样你就不用冒任何的风险……"

"我只想第一时间亲眼看到他们。"布拉希姆答道。

同样不理解布拉希姆的决定的还有那位侯爵，侯爵是个骄傲的年轻人，单从他挺拔的身姿就能看出此人绝对不容轻慢。侯爵曾经要求海盗头子做出保证，一旦他这边完成了任务，海盗头子那边就得立刻放人；可令他万万没想到的是，海盗头子所拿出的保证就是他布拉希姆本人。

"如果到时我回不去，你个天主教徒给我听着，"布拉希姆的口气十分强硬，"我叫你想都想不到你的女人和儿子在死前会受到怎样的折磨。"

布拉希姆已经跟纳西交代过了。

"如果到时我回不来，我的老婆和女儿将会继承我的遗产，这是我们律法的规定。"与他年轻的副手道别时，布拉希姆补了一句，"不过我全部的生意都归你。"

布拉希姆知道这是在拿自己的生命冒险，要是到时候出了什么岔子……可是他必须亲自去到那里，看看法蒂玛会是什么表情，还有那拿撒勒人，还有阿以莎和乌拜德；如果错失了这些时刻，那就算不上什么报仇雪恨。

前一天的早上，七个跟随卡萨韦梅哈侯爵闯荡多年的心腹朝着开在科尔多瓦西墙上的阿莫多瓦之门走去。他们花了整整一天的时间来证明那条关于埃尔南多住所的消息准确无误，虽然他们没有看到那个摩里斯科人本人，可是那几个住在附近的、一说到摩里斯科人就压不住心中火气的旧天主教徒向他们打保票，说那个在皇家马场担任骑师的男人就住在这里。由于他们事先塞了一笔不小的数目给那个看守着阿莫多瓦之门的卫兵，所以这天凌晨，城门是虚掩着的。侯爵蒙着面，与两个同样遮着脸的贴身侍从外加七名雇来的士兵一起，偷偷摸进了科尔多瓦城。侯爵安排了两名手下在城外负责接应，他们已经在那里备好了足够所有人骑乘的马匹。侯爵一行十人蹑手蹑脚地走过了空无一人的阿尔曼左尔街，在就要走进巴尔贝罗斯街的地方，其中一个人蹲伏了下来。在阿尔曼左尔街最后一栋房子外墙上画着的那副痛苦圣母像前，整个脸孔都掩藏在护面之下的侯爵在胸口画了个十字，随即令手下熄灭了摆在圣像下方的那排蜡烛，那排蜡烛也是整条街上唯一的照明工具。两位随身侍从听命而行的时候，余下的人朝埃尔南多的家继续前进，到了那扇紧闭着的厚重木门前，其中一个士兵没有停下，而是向前一直走到了巴尔贝罗斯街和圣巴托罗买街的交汇处，然后吹了声哨表示周围没有动静。到了这个点儿，没有人会在科尔多瓦城的这个区域走动，只有零星从不知什么地方传来的几声声响暂时打破了街上的寂静。

"上吧。"侯爵也不管周围有没有人听到了，直接下了命令。

为了照顾到科尔多瓦城穆斯林区的每一条窄巷，月光竭力伸展着自己的身体。这时，侯爵的一名手下脱去了斗篷，在另两名同伴的托举之下以令人畏怖的机敏翻上了位于小院二层的阳台，他刚一站住脚就把手上的绳子扔了下去，把刚才举着他的那两个人也顺利拉到了阳台上。

侯爵依然蒙着脸，见到三个同伴全都挤在了埃尔南多家二楼那窄小的阳台上，楼下的那几个兵也都纷纷仗剑待机。

"上！"侯爵一声令下。

窗板上两记凶猛的踢击响彻了整个城区。屋里刚有人叫起来，阳台上的三人就后脚一蹬，钻过了那块被踢得四分五裂的窗板，闯进了法蒂玛的卧室。楼下的几个人还在那扇木门前躁动着，侯爵却头也不回，面无表情。只听屋里交杂着女人的叫喊声、男人的脚步声、孩子的哭叫声，还有花盆摔在地上砸得粉碎的声音。这时候那扇临街的大门才被拉了开来，在门口埋伏已久的士兵们高举着宝剑争先恐后地冲过了门厅。

左右两边的房子里开始传出了走动的声响。不远处的一个阳台上亮起了一盏提灯。

"没听说过莫雷纳山的独臂人吗？"守在街口的那个手下一声大吼，"把灯都关了！乖乖待在自己家里！"

"识相的就关好门窗！这是摩里斯科大盗乌拜德的命令！"另外那个留守在街上的士兵跑上跑下到处喊着。

卡萨韦梅哈侯爵依然伫守在门前；没过多久，他的手下就拖着阿以莎和法蒂玛跑了出来，两个女人都光着脚，身上只披着睡觉时才穿的薄衫；紧跟在她们后面的是那三个孩子，他们哭喊着被双脚腾空地拎了出来。

"头儿，里面没别人了，"一个手下对侯爵说道，"那个摩里斯科人不在。"

"你们要干什么？"法蒂玛喊道。

架着她胳膊的那个男人旋即往她脸上赏了一巴掌，后面拖着阿以莎的那个士兵也拐着她的手叫她不要乱叫。被吓得魂飞魄散的法蒂玛还来得及朝家看最后一眼，她两个孩子的哭嚷声又让她不得不把目光转到了他们身上。两个男人把他们扛在了肩上；另一个男的则拽着正乱踢乱打妄图挣脱控制的沙米尔。伊内斯、弗朗西斯科……他们将会怎么样呢？法蒂玛又挣扎了一次，徒劳地想要脱开夹着她的那两条粗壮的手臂，当她终于投降放弃，痛苦与愤怒化成一声嘶吼从她喉咙里直冲天际，可她刚号到一半，那后半句就被男人那双大手生生按了回去：伊本·哈迈德！法蒂玛的那声呼喊只能转而留给了自己，她的脸已经淹没在一片泪海里。伊本·哈迈德……

"我们走。"侯爵命令道。

侯爵一行按来时的路从附近的阿莫多瓦之门退了出去，两个女人被抄着腋窝倒拖了过去，而三个孩子则还在之前那几个把他们搬出家门的男人的臂弯里。

他们迅速跳上了马，女人像褡裢一样横挂在马背上，而孩子们则被几个骑手擒在手里。此时巴尔贝罗斯街上的街坊邻居们正挨挨挤挤地簇拥在埃尔南多家敞开的大门前，犹豫着要不要进去，而侯爵与他的手下们已经驾着马朝朽人客栈飞驰而去。

但绑架这一家人还只是同犹太人撒母耳达成的合约的一部分，合约还包括帮布拉希姆抓住那个被称作独臂人、在莫雷纳山占山为王的土匪头子。带着这个包袱，一路上侯爵还在为自己没能抓到埃尔南多而忧心忡忡。

对于卡萨韦梅哈侯爵来说，袭击一户住在科尔多瓦的摩里斯科人还算是件相对容易的事，只需找两个靠得住、懂行的人，然后花上几个埃斯库多打点一下就行；谁会顾得上几个摩里斯科贱民呢？可要去抓一个土匪就完完全全是另一码事了：得先在莫雷纳山里找到那一伙强盗，慢慢接近他们，在有十足的把握的时候才能和那伙人开战，从而擒住他们的头目。抓捕独臂人的计划其实已经施行好几天了，侯爵只是在收到消息确认已经和土匪头子取得了联系，才通知布拉希姆让他小心潜入到科尔多瓦境内。所有这一切都得同时进行，不仅布拉希姆不想在西班牙的土地上多待一天，卡萨韦梅哈侯爵也不愿节外生枝，冒着被人逮个正着的风险。

为了一举擒获那个独臂人，侯爵要来了一支土匪部队，那支部队的头儿是一个没什么钱的低阶贵族，他所拥有的土地正好与侯爵在巴伦西亚王国境内的领地相接。侯爵并不是唯一一个向强盗求助的贵族；实际上贵族们手下都有真正的部队，但如果他们想要干些烧杀抢掠的勾当或是要私下里解决什么仇家，他们通常会利用手中的特权雇佣这些见钱眼开的土匪，这才是他们杀人越货所必备的利器，毕竟靠司法审判来处理争端总是既缓慢又昂贵。

　　侯爵在巴伦西亚的领地的主管同索拉内斯男爵私交甚笃，后者手下有五十多名土匪，平日扎堆在一座乱七八糟的城堡里。听说主管愿意支付一笔不错的报酬，他们即刻同意了主管的要求：他们会去同那伙摩里斯科匪帮战斗；且由于侯爵不希望留下证人，所以除了那个独臂人必须活着被带到朽人客栈，剩下的人一概不留活口。索拉内斯男爵跟莫雷纳山上的那伙人使了个诈，他给独臂人去了个口信，谎称他们十分需要对山区地形了如指掌的乌拜德帮众。他以此为由邀请乌拜德前来会盟，声称这样他们就可以携手对富庶的托莱多周边地区发起大规模的掠夺。尔后当两支匪徒真正相会时，索拉内斯男爵露出了真面目，那是一场力量悬殊的战斗：五十个装备精良训练有素的强盗对抗着势单力薄的乌拜德外加他手下那十二三个摩里斯科逃奴。

　　布拉希姆冲到了那朝往院子的阳台上，因为就在刚才，等候在内院里的人们掀起了一阵骚动。及时赶到的布拉希姆没有错过客栈大门打开的那一刻，海盗头子那只握着木栏的左手忍不住不停地抽搐，因为在烛光和黑影中，他依稀看到了两个女人的轮廓，刚进来的那几个骑士一关上门，就把法蒂玛和阿以莎摔到了地上。

　　两个女人试图从地上站起来。阿以莎倚靠在一匹马的背上，谁知那匹马不安地转起来，女人又重新坐回到地上。法蒂玛跌跌撞撞地爬起身子，她抬眼看了看那些骑士，此刻她只想找到她的孩子们，在阵阵马嘶声中依然清晰可辨的哭叫声让她实在心疼。居高临下的布拉希姆却是早就瞅见了几个孩子，可是……他把整个上半身都从栏杆上探了出去，目光突然变得尖锐。

　　"拿撒勒人呢？"他从阳台上大吼一声，"那个狗娘养的在哪？"

　　阿以莎双手捂脸倒在了一匹马的蹄下；这唯一的一声大叫压过了蹄声和鼻息，回响在骑手们的喝令之上。法蒂玛战抖着直起身体，她浑身上下每一块肌肉都在紧张地颤动，她慢慢转过头去，像是在苦苦寻觅着刚才在她耳中迸裂的那个声音的源头所在，而后，她朝阳台抬起了她那双黑色的大眼睛。两人四目交会。布拉希姆笑了。法蒂玛本能地抱住了自己的胸，只穿着单薄睡衣的她感觉自己就像祖露着胸脯一样。一阵哈哈大笑从法蒂玛身旁的几个骑手嘴里爆发了出来，他们中有好几个人已经跳下了马。

　　"给我遮遮好，你个狗东西！"布拉希姆怒斥着法蒂玛。"还有你们！"他又把话锋转向那几个男的，他们像是这会儿才发觉现场有两个衣不蔽体的女人，"把你们下流的眼睛从我老婆身上移开！"法蒂玛只感觉一股热泪填满了双眼：我老婆！他竟然还在喊她老婆！"那个拿撒勒人呢，侯爵大人？"

侯爵是整个院子里唯一还蒙着脸的人，他骑在马上，风帽的褶痕反射着烛火的光。他没有答话，是他的一个随身侍从替他做了回答。

"那屋里没有别人了。"

"我们的约定不是这样的！"布拉希姆咆哮着。

接下来的几秒钟里，院子里只听得到孩子们的抽泣声。

"你这么说的话，就当我们没有这个约定好了。"侯爵用强硬的语气挑战着布拉希姆。

面对侯爵的发难，布拉希姆一言不发，他凝望着正环抱着自己、低着头缩成一团的法蒂玛，心中的无限快乐化成了脊柱上一股迅速升起的热流。随后他回过头看了侯爵一眼：如果他们之间的约定不复存在，那么他布拉希姆将必死无疑。

"那独臂人呢？"他转而问道，好让对方明白对于埃尔南多的事他做出了让步。

一切像是安排好了的一样，就在这一刻，客栈那扇腐朽的木门上响起了两记门环声。侯爵那位总管的指令下得很明确："带着那个土匪在附近藏好，一看到我们侯爵大人进了客栈，你们就立即赶过去。"

乌拜德拖着脚步走进了院子，双臂从残肢以上的地方被绑了起来，他的两旁分别是男爵的两个随从，而男爵本人则独自走在了所有人的前头。

这个巴伦西亚贵族虽已一把年纪却越发坚韧矍铄，他用目光寻找着那位卡萨韦梅哈侯爵，然后毫不犹豫地走向马背上那位蒙着脸的人物。

"人给您带来了，侯爵大人。"他一边说一边朝身后伸出一只手，他扯着乌拜德的头发把他拉了过来，然后按着他的头让他跪在了侯爵的马下。

"我衷心感谢你，这位先生。"卡萨韦梅哈回答道。

侯爵说着话的时候，他的一个贴身侍从下了马，把一个袋子交到了男爵手中。男爵解开了口袋，点数起了他们事先说好的报酬。

"应该表示感谢的人是我，侯爵阁下。"这位巴伦西亚的低阶贵族对袋子里满满的金币很是满意，"我相信阁下下次再去到巴伦西亚您的领地时，我们可以再聚首，同去狩猎。"

"男爵，你将会是我的座上宾。"侯爵一边说着，一边点了点头。

"荣幸之至。"男爵就此作别，他挥了挥手，叫那两个与他一同前来的手下先过去给他把门打开。

"愿上帝与你同在。"侯爵祝福着他。

依照向高阶贵族道别时的礼仪，男爵先向侯爵鞠了个躬，然后朝大门走去。男爵还没走到门口，侯爵就朝阳台上瞥了一眼，几分钟前布拉希姆还站在那里，这会儿他已经下到院子里，他默默地把一条在屋里找到的脏兮兮的毯子披在了法蒂玛身上，然后喘着粗气，径直朝那个纳里拉的脚夫走了过去。

"不许靠近他。"适才把钱袋递给男爵的那个侍从说着摆出了一副要拔剑的架势，而他周围的几个属下一察觉到侍从语气里的强硬就把腰上的佩剑拔了出来。

"你说什么？"布拉希姆不敢相信对方竟以这种态度对待他。

"我们还没听到你亲口同意新的交易内容。"侍从打断了他。

"好了，我同意。"布拉希姆不假思索地说，一边把那个侍从从面前一把推开。

乌拜德还跪在侯爵马前，他挺直了身体，努力保持着自己的尊严。听到布拉希姆的声音，他回过头去，结结实实的一蹬正中面门。

"狗东西！""猪猡！""狗娘养的！"

借着摇曳的烛光，披着布拉希姆那条脏毯子的法蒂玛与另一边的阿以莎正艰难地从人影与马匹之间张望着整个场景：那是乌拜德！

布拉希姆曾经想过一千种方式要如何缓慢而残忍地将这位纳里拉的脚夫折磨致死，但当他看到地上这个人都满嘴是血还对他一脸轻蔑的表情，一怒之下就把他所有设计好的酷刑全都抛到了脑后。他用他那只因暴怒而猛烈震颤着的独手拔出刀子，对着乌拜德的身子就直直捅了过去，银白色的刀刃深深插进了乌拜德的腹部，这一刀却未能结果他的生命。在场的人中只有侯爵分毫未动，其他人此时全都吓退了三四步，他们眼前，一个疯狂的男人正在乌拜德身上宣泄着自己的愤怒，他的嘴里喊着听不懂的咒骂，一记记的劈砍像暴雨一样落在了乌拜德身上所有可及之处：小腿、胸口、胳膊、头颅……

"他已经死了。"侯爵趁着布拉希姆停下来喘口气的工夫，从马上对他说道。"他已经死了！"见布拉希姆再次举起了刀准备展开又一轮的进攻，侯爵朝海盗头子大声吼道。

布拉希姆终于停下了动作，气喘吁吁，浑身都在颤抖。他放下了手中的刀，安静地望着那具血肉模糊的尸体。

"我们天亮就出发。"布拉希姆对侯爵说。他已经站了起来，全身都浸着血。

贵族只能点了点头。随后布拉希姆朝法蒂玛走了过去，抓住了她的手臂。他还有另一个梦想等着去实现呢。不过，他首先把法蒂玛推向了阿以莎那头。

"女人！"阿以莎抬起了头。"告诉拿撒勒人你那宝贝儿子，我在得土安等着他。

如果他还想要他的孩子的话，就叫他去柏柏尔找他们吧。"

当布拉希姆拽着法蒂玛兜转了一百八十度的时候，阿以莎与法蒂玛目光交错，阿以莎只觉得法蒂玛正微微地摇着头：别照他说的去做！什么也别跟他说！法蒂玛用眼神向她乞求。

直到天色渐亮前都没有一个人去打扰布拉希姆，他把自己和法蒂玛关在了客栈二楼的那间屋子里。

41

天亮了,当布拉希姆与侯爵一行的背影消失在远处,阿以莎也离开了朽人客栈。乌拜德的尸体已在身后,为了不留痕迹,侯爵的侍从们在客栈附近找了个地方把它埋了起来。一整晚,她都和沙米尔还有两个孙子孙女一起蜷在一个角落,她竭力安抚着他们,同时也强忍着自己的泪水。她知道她马上就要失去她的另一个孩子了……不知真主又为他准备了怎样的命运?

出发之前,布拉希姆从他的房间走了下来,他看上去一脸满足,身后几步远的地方跟着步履蹒跚的法蒂玛。法蒂玛双手用毯子遮住了全身,从头盖到脚,只有那双眼睛从她握着毯子的手指间露了出来。

侯爵的几个手下正在紧张地备马,院子里一番忙碌的景象。

"你就是沙米尔吧?"布拉希姆问着,朝他儿子走了过去。阿以莎竟在她丈夫眼中读到了一丝温情。那孩子敛着目光,任凭海盗头子抚摸着他的头。他并不知道眼前这个人是谁:依照阿以莎和法蒂玛的说法,他的父亲早就死在阿尔普哈拉斯了。"你知道我是谁吗?"

沙米尔摇了摇头。布拉希姆的目光仿佛要把阿以莎穿透。

"女人,"他咬牙切齿地朝她说,"算你运气好,你还得去完成我昨天交给你的任务;要不是这个,我现在就一刀把你砍了。"

之后他抬起了沙米尔的下巴,逼着他看他的脸。

"小子,你好好给我听着:我是你爸,你是我唯一的儿子。"就在布拉希姆说这话的时候,弗朗西斯科被好奇心驱使着朝沙米尔他们走了过来。"滚犊子!"布拉希姆用那根断臂一顶,把男孩顶翻在地。

"别打他!"沙米尔甩开了那只托着他下巴的手,朝他父亲猛扑了过去。布拉希姆哈哈大笑,任由他儿子捶打着他的肚皮。

他任凭沙米尔打了十拳、二十拳,然后决定赏孩子一巴掌叫他滚开。沙米尔倒在了弗朗西斯科的身旁。

"我喜欢你的性格,"布拉希姆笑着说,"不过若是你执意要护着那个拿撒勒人的儿子,"他说着像是朝弗朗西斯科吐了口唾沫,"你就和他一样下场。至于另一个么,"他指的是伊内斯,"就去服侍我的两个女儿吧。等哪天那个拿撒勒人到了得土安……"

阿以莎拖着双腿独自一人向科尔多瓦走去,只要一想起布拉希姆那句没有说完的话,一阵与在客栈时一模一样的寒战就掠过她的身体:等哪天那个拿撒勒人到了得土安……当时裹在毯子里的法蒂玛听到这话身上也是一阵冷颤。两个女人互相看了对方一眼,都预感到这将会是她们彼此看到的最后一眼。阿以莎从那眼神中又一次听到了与昨夜相同的呼求:千万别告诉他!他一定会杀了他的!

他一定会杀了他的!带着这份肯定,阿以莎从科洛德罗之门走进了科尔多瓦。与几年前她和沙米尔被布拉希姆胁迫进山的那次不同,这次她成功避过了看守的监视。身穿睡衣、脚上都是血的她悄悄穿过了大门,就像一个迷失的亡魂。她走到了巴尔贝罗斯街上,当看到那扇大门和院子入口处的栅门双双大开着,阿以莎一下子清醒了几分。她只听身后一个阳台上的窗板被砰地关了起来,现在明明是大白天啊;她又见与她家相隔两栋房子的一个邻居正准备出门上街呢,一看到她也猛地把脚步收了回去,重又把房门紧闭。阿以莎一踏进家就立刻明白了个中缘由,她的邻居们、那些天主教徒,昨夜洗劫了她的家。屋里已经家徒四壁了,他们连花盆都没给她剩下!阿以莎呆望着那泓清泉:只有这个他们没能搬走;随后她又把目光转向那块石板,石板下藏着他们所有的积蓄:它已经被掀开了;她又转而望向旁边那块石板:还在原地。看来埃尔南多说得对。她想起儿子的话,一丝无比凄凉的苦笑浮现在她的嘴角。

"我们把钱藏在这块下面。"当时埃尔南多特意把石板照这样放了上去,傻子也能发现这块板曾经被人动过。而就在旁边的那块石板下——那块板盖得严严实实的——他把《古兰经》和法蒂玛之手放在了那里。"如果有人来偷的话,"埃尔南多断言,"他十有八九能找到那袋钱,但是他肯定想不到我们的宝藏恰恰就藏在旁边,那才是我们真正的宝藏。"

可埃尔南多想用这招防着的是宗教裁判所和科尔多瓦的司法法庭,他怎么也想不到,最后被他瞒天过海的竟会是他的邻居们。

"怎么了,阿以莎?法蒂玛和孩子们呢?"阿以莎回过头去,看到阿拔斯站在铁栅旁边。

"我……"阿以莎摊开手,结结巴巴地:"我不知道……"

"听人说昨晚乌拜德和他的手下……"

阿以莎什么都听不进去。千万别告诉他！他一定会杀了他的！法蒂玛的哀求再一次在她脑中响起。何况……她只剩下埃尔南多了！他们又抢走了她的一个孩子，现在的她就只剩下这个大儿子了！她犹记得那时在胡维莱斯夜色的遮蔽下，埃尔南多躲避着他人的目光，用那双笑盈盈的蓝眼睛寻求着她的亲昵……现在她要怎么过下去呢？无论如何她也不能亲手把她唯一的孩子推入险境！就连法蒂玛本人也用眼神恳求过她。昨晚在客栈里，她听见侯爵的随从们谈论布拉希姆，所有人都知道他们此行的目的。阿以莎听到他们说布拉希姆已经成为了得土安最著名的海盗之一，虽说他们的话语中一定也有添油加醋的成分，可是他至少也是住在了一个宏伟的宫殿里，同时手下还拥有一支海贼大军。他永远也不会让埃尔南多再靠近法蒂玛的！

"他们把所有人都杀了。"阿以莎哭着对阿拔斯说，"乌拜德和他的手下把所有人都杀了！"她喊了起来，"他们杀了我的沙米尔，杀了法蒂玛，杀了弗朗西斯科……他们连小伊内斯都没有放过！"

阿以莎跪倒在地，放声大哭。她不需要装，泪水与痛苦本就撕扯着她的身体。说实在的，或许……或许他们死了也比落在布拉希姆手里强。阿以莎仰天长啸，她想到了沙米尔。她的孩子将会怎样？法蒂玛又将会怎样呢？真主为他们预备了怎样的不幸？

阿拔斯并没有上前安慰她，纵使他如此强壮的身体也扛不住这样的打击，他不得不用手去撑着铁栅勉强站立，不断深呼吸好让自己喘几口气。他曾经给他这位朋友打过包票，说那个土匪绝不会再来打扰他们，这是为了他们，也是为了所有的摩里斯科人。此外，他还跟埃尔南多许诺过，会在他去塞维利亚的这段时间里照顾好他的家人，出发前埃尔南多还专门请求过他，当时他还觉得埃尔南多有点杞人忧天。

"能有什么事呢？"他还记得当时自己是这么回答的。

有那么一会儿，只有那静静水声陪伴着阿以莎和阿拔斯，冷冷清清。这里曾是一个美好的乐园，而今已被夷为平地。

阿拔斯顺着之前马队经过的路向格鲁约高地皇家猎场走去：先花上一天工夫抵达厄西哈，在瓦卡加多客栈落脚；第二天前往卡尔莫纳，在富恩特斯歇息；第三天可以到达塞维利亚，住在洛伊萨旅店；然后再从塞维利亚赶往比利亚曼里克。他是在逼着自己迈步，他强迫自己抬起一条腿，向前踏出去，再抬起另一条腿，然后迈出去。他呆呆地看着自己的一只脚向另一只脚慢慢靠近，又从那一只脚边擦了过去，那每一步中都承载着无限的悲伤与痛苦，那每一步都是朝着一个他永远不愿抵达的目的地。他要怎么去跟埃尔南多说呢？他要怎么告诉埃尔南多，说他的妻子和孩子都被乌拜德杀了？他要怎么向他坦白，说自己没有履行诺言呢？

等待马场总管应允他前往格鲁约高地的同时，阿拔斯曾试图与独臂人取得联系：他想知道这都是为什么，他甚至想亲手杀了他；可是平时通常能够联系得上他的方式此时却都齐刷刷不好用了：独臂人和他的手下们一起消失了。或许他们是躲到山里去了，说不定哪天就会回来，可是好像任何人都没有一丁点关于乌拜德的消息。他为什么要杀了法蒂玛和孩子们呢？

"为什么他要杀了他们呢？"堂·迭戈也觉得十分怪异，他把那张可以前往塞维利亚的通行证递给阿拔斯，"他不也是摩里斯科人么？"

"在阿尔普哈拉斯的时候埃尔南多和他有过过节。"阿拔斯跟他解释。

"什么过节那么严重？要知道他杀的那一个女人三个孩子全都是手无寸铁啊！"贵族觉得难以置信，他挥了挥手中的文书喊出一句，"圣母啊！"

阿拔斯只能耸耸肩。堂·迭戈说得对，而且他现在甚至都找不到他们的尸体，他本想至少最后能够送他们一程，可是阿以莎就是死不肯说。每当钉掌匠问起更多细节，想让她在那个被她重复了无数遍的回答——"在山里的某个地方"——之外，哪怕稍微再透露一点关于屠杀发生地的确切位置时，阿以莎总是会即刻潸然泪下，最后哭哭啼啼地说出一句：

"我求你了。去找我儿子吧。"

所以，阿拔斯此时正一步一步走在安达卢西亚的烈日下，他的心抽搐着，胆汁涌到了嘴里，泪水充满双眼，他只想着等会儿要如何通知他的好朋友他妻子和两个孩子被残忍杀害在莫雷纳山中的消息。

脑中所有想好的话在他看见埃尔南多的那一刻全都不见了踪影，只见埃尔南多一望见老友前来就立刻抛下了马群，灵活地跳下阿希拉特笑着朝他奔了过来：毒辣的日头把他晒得比以往更加黝黑，那双蓝色的眼睛却比任何时候更加闪耀，他咧着嘴露出了洁白的牙齿，那是阿拔斯所见过的最真诚的微笑。

阿拔斯的视线模糊了，马群在他眼中融成了一团模糊的墨迹，然而他还是注意到埃尔南多在他面前几步远的地方遽然而停，小伙子的身影与他身后那团黑漆漆的墨迹化在了一起。埃尔南多的声音听上去那么远，就像是风从遥远的地方带来了他的话语。

"发生什么了？"

"乌拜德他……"阿拔斯吞吞吐吐。

"乌拜德怎么了？"埃尔南多的目光像是在刺扎着他的心，他眼中那抹清朗的蓝色里泛起一缕不安的神色，"发生什么事情了吗？我的家人……他们还好吗？你倒是说话啊！"

"他们被杀死了。"阿拔斯终于说出了口，却一直不敢抬起他的眼睛，"全都死了，除了你的母亲。"

埃尔南多怔住了。好几秒，他一动不动，就好像他的大脑拒绝承认他刚才听到的内容。之后，他缓缓举起双手捂住了脸，再来是一声冲天大吼。法蒂玛啊！还有他的孩子们！

"混蛋！"他突然冲阿拔斯喊道。

说着，他一拳将阿拔斯打倒在地，接着又扑了过去。

"混账！你不是答应过我要保护他们安全的么！我可是把保护他们的任务全都交给了你！"

一波拳头落在了阿拔斯的胸口，阿拔斯一脸呆滞，甚至没有伸手去防御。

失去意识前的最后一秒，阿拔斯迷迷糊糊看到几个人正把埃尔南多从他身上挪开，埃尔南多还在吼叫，至于吼的是什么，他已经无从听清。

还没到达科尔多瓦，阿希拉特已经拒绝以从格鲁约高地出发时的速度继续行进。埃尔南多又踢了一脚马刺，此前的七里路上，这个动作他已经重复了无数次，可尽管如此，这匹马已经无力把腿再向前伸，它的脚步越来越慢，最后停了下来。

"跑啊！"埃尔南多一边喊一边踢着马肚子，他把整个身子都向前压在了马脖子上。可阿希拉特只是不停地摇晃。"跑啊你倒是……"埃尔南多哭着勒起了那根缰绳，可他的阿希拉特却一下子在道中央跪了下来。"不！我的真主啊！"

埃尔南多从马背上跳了下来，阿希拉特身上已经附了一层土，它的两肋都在向外滋着鲜血，张得老大的两个鼻孔正努力地往里吸气。埃尔南多把手放在了它心脏的位置：那颗心像是快要爆了。

"我都做了些什么？你也要死了吗？"

死亡！虽然埃尔南多把策马狂奔看作自己的避风港，可面对眼前这匹快要散架的爱马，埃尔南多还是收起了他的放纵与癫狂。痛苦马上又占据了他。他一边哭一边牵起缰绳，拖着阿希拉特站起来叫它不要停止走动。阿希拉特歪斜着，像是喝醉了一样。附近就有一条溪流，可埃尔南多要先等阿希拉特稍微有所恢复，而后再把它带到了溪边，却没有让它自己低头：他捧起双手给它接来水，他知道阿希拉特此时已无力伸出舌头。埃尔南多为它卸下了马鞍和笼头，又把长衫脱下来当作澡巾给阿希拉特擦洗着全身，见到马肚子两侧被马刺磨出的鲜血，埃尔南多想到了乌拜德的兽行。他一次又一次抚摸着小马的身体不让小马停止走动，同时一遍又一遍地从溪中舀来清水给小马解渴，就这样两个小时过后，阿希拉特自己伸出了脖子在小溪里喝起水来，而到了此时，埃尔南多才开始抱头痛哭。

这一晚他们在溪边露宿。阿希拉特啃着脚边的野草，而埃尔南多还在伤心地哭，法蒂玛、弗朗西斯科和伊内斯的面容一直在他眼前来回晃动。他不停捶打着地面，哪怕已经磨伤了皮肤，他听见了妻子温柔的呼喊和孩子们无邪的笑声；然后他又一次望天恸哭，他闻到了他们的气息，感受到了来自他们身体的温度；他努力想把乌拜德杀害他们的场景从脑中驱除，他无法想象那个情状，他只看到那个乌拜德以胜利者的姿态把贡萨利科还在跳动的心脏捧在了手上。

第二天，埃尔南多徒步行进，与他们擦身而过的路人都搞不清楚究竟是他在牵着那匹马，还是那匹马在拖着一个人形的猎物。直到第三天的朝阳刚刚把天边映红，他才又小心翼翼地骑上马。之后的两天里，尽管那匹马看上去已经恢复得差不多了，他还是没敢让它快速奔走。就这样，他们缓缓穿过了罗马桥，把卡拉奥拉塔甩在了身后。

埃尔南多从他母亲那儿得到的消息也并不比阿拨斯多。

"知道这些对你有什么用呢？"阿以莎都冲着埃尔南多喊出来了，这是埃尔南多到达科尔多瓦的第一天夜里，前来吊唁的人都已经走了，此时屋里只剩下了他们两人。"这些都是我亲眼目睹！我亲眼看见乌拜德把他们三个人都杀死了！你想叫我讲给你听他是怎么杀的吗？我好不容易才逃了出来，又或者……又或者他们可能根本就没想杀了我。后来我在山里稀里糊涂地游荡了一整夜才终于找到一条回科尔多瓦的路。我都已经跟你说了。"阿以莎瘫倒在椅子里，沮丧地低着头。白天，她不得不把这个谎重复一千遍，每重复一遍她都会犹豫是不是应该把真相说出来，吊唁者们询问着、哀悼着、沉默着，儿子脸上的哀苦只让她感觉到切肤的痛。可是不行！她不能说。埃尔南多一定会跑去得土安的——她了解他；这一点她可以肯定——而到时候，她就将失去这个仅剩的独苗。

"你问我知道这些对我有什么用？"埃尔南多来了火气，他在柱廊来回走着，紧握的双手在不停发抖，"妈，我必须要知道啊！我至少得把他们安葬了吧！我要去找到那个可恶的杀人凶手，我要把他……"

感觉到儿子话语中透出的凌厉杀气，阿以莎抬起了头。她从没看见他这样过！就连……就连在阿尔普哈拉斯的时候都没有！她本想说些什么，可当她看到埃尔南多失神地望着前方，用指甲抠着自己的手背时，她惊恐地闭紧了嘴巴。

"我要把他碎尸万段。我发誓。"埃尔南多终于把后半句话说出了口，他的手背上，几道鲜红色的血痕浮现了出来。

"乌拜德！"

8月末的那个上午，一声大吼打破了山中的幽静，在山谷中激起了阵阵回响。

"乌拜德！"埃尔南多再一次朝着脚下的树林高声喊道，此时的他已经站在了莫雷纳山之巅。他踏着马镫直起身来，努力把自己再抬高一点，要让所有躲藏在葱葱密林中的人都能轻而易举地看见他。而回应他的只有惊鸟的扑翅声。"不要脸的狗东西！"埃尔南多破口大骂，"冲我来啊！让我杀了你！我要把你另外那只手也剁下来，把你开膛破肚，我要亲手把你碎尸万段去扔给那些野狗野猪！"

他的喊声消失在莫雷纳山的空寂里。静默再临。他瘫坐回马鞍上。在眼前这片大山里，他要怎样才能找到那个独臂人呢？他想着。必须得让那个土匪自己找上门来！于是他拔剑指天。

"你这个蠢猪！"埃尔南多又一次大声吼了起来，"屠夫！"

刚一准备停当，埃尔南多就骑上阿希拉特离开了科尔多瓦。作别之前，他又几次三番地询问他的母亲，希望从她那里得到哪怕一丁点有助于寻找的讯息，可他一无所获。

"你要去哪儿？"阿以莎问道。

"妈，我要去做一个男人应该做的事情：找乌拜德报仇，然后找到我妻儿的尸体。"

"可是……"

话还在嘴里，埃尔南多就抛下了她，先朝贾利勒家奔去，老人许诺会为他准备好他所有需要的东西：一把宝剑和一把匕首，甚至还有一挺火枪，到时会有人在凡塔斯之路上秘密地交给他。

"安拉与你同在，哈迈德。"与埃尔南多道别的时候，老人肃穆庄严，他最大限度地挺直了他的身子。

之后埃尔南多到马场去找了总管，当他述说着自己的来由时，坐在书记员身后的堂·迭戈从头到脚将他打量了一番：一张憔悴的脸，两个深紫色的眼圈——他的失眠持续了整整一夜，他一边捶打着橱柜和墙壁，一边含泪喊出了复仇的誓言。

"你去吧，"堂·迭戈小声说道，"去找到那个杀害你家人的凶手。"

这是第一天，乌拜德让埃尔南多空等了一天。日落时分，埃尔南多骑马下山，他走在苇塘里，穿过小溪边，登上一个个山丘，一次又一次地向乌拜德发出了挑战。他向路上遇到的每一个行人和每一家客栈询问，但没有人知道那些土匪究竟在哪里：他们已经有很长时间没有动静了。

为了顺利通过科洛德罗之门的检查，回科尔多瓦的路上，他把武器藏在灌木丛里。他先把阿希拉特送回了马厩，然后没有直接回家，而是去了圣帕布洛修道院的石凳那里，他想确认一下那些教会的人会否比他更为走运，恰巧发现了他家人的遗体。避过那些看新鲜的人群，他走近了那几具腐烂的尸体，他很矛盾：他既希望能尽早找到他们的尸体让他们入土为安，可他又不愿意在这里，在那些讥笑着的天主教徒、警察，还有那堆走私的赃物之间看到他们。

"我一定会找到他的！我发誓，走遍整个西班牙我也要找到他！"

这就是母亲出来迎接他时埃尔南多留给母亲的所有话，说完他就把自己关进了房间里，用那里还残留着的法蒂玛的香气折磨着自己。

第二天，埃尔南多不等天亮就出发了，他不想浪费白天哪怕一秒钟！可待他晚上回到科尔多瓦时仍然两手空空。之后的一天也是一样。再之后的一天也是。

阿以莎望着儿子一天天郁郁归来，每一天都比前一天更为绝望。静夜中，阿以莎听着从儿子房间传来的哭泣声，自己也忍不住暗暗抽泣。她又一次犹豫着要不要把真相告诉他，哪怕只是为了能看见他再展笑颜。可是她不能。法蒂玛恳求的目光阻止了她，还有她自己对孤独的恐惧。要是她说了，儿子一定会踏上那条不归路。她自己已经先后失去五个孩子了，为什么埃尔南多就不能像她一样越过那道恸哭的墙壁呢？每天都有不知道多少孩童早早夭折，至于法蒂玛，他完全可以再找一个女人。而且……而且她真的很怕：她真的很怕最后只剩下她一个人。

埃尔南多还在日复一日地搜寻着那片大山，他一天比一天憔悴；现在的他甚至都不说话了，连那些复仇的豪言也已经不再呼喊了。每天晚上，小院中只能听见他不断祷告的声音。

"他会挺过去的，"阿以莎每天都跟自己这么说，"他有一份好的工作，"阿以莎重复着，同时也是在说服自己，"大家都很看重他，他是皇家马场里最好的驯马师。这是阿拔斯说的，所有人也都这么觉得。不晓得有多少年轻活泼的姑娘在等着和他这样的男人结婚呢。他肯定可以重获幸福的。"

可当过去将近二十天的时候，阿以莎终于明白，她的儿子永远都不会停止，他会一直找下去。她该把真相告诉他吗？阿以莎只感觉到一股不可遏制的痛在震颤她的膝盖：这些天来她不仅欺骗了他，还把他推入了无尽的自我摧残之中。埃尔南多会怎么回应她呢？他是个男人，一个失去理智的男人，即便他不会打她，至少也会恨她，就像他仇恨那个他以为谋杀了他的家人的人一样。他会怎么对她呢？她想象着埃尔南多冲着她破口大骂的景象，相较之下，好像连布拉希姆的殴打都变得没有那么残酷了。这是她的儿子啊！她仅剩的儿子！她如何去面对他！

　　第二天早上，等埃尔南多再一次拖着脚步出发去寻找那个土匪时，阿以莎也从科洛德罗之门走了出去，离开了科尔多瓦。阿以莎垂着头，手上提着一个小包。八月末的阳光依旧直直地照在地上，与那个不幸的早晨一样，阿以莎再次走上了从科尔多瓦城到朽人客栈的那一里路。刚一望到那个客栈，阿以莎的双腿就被一阵剧痛击垮，叫她无法前行。如果事情进展不顺利怎么办？——自杀吧。她毫不犹豫地下了决心。

　　她想起布拉希姆把乌拜德砍死后带着法蒂玛一起去到了二楼的客房里，而卡萨韦梅哈侯爵则令四个手下把那具尸体搬了出去。她使劲不让自己去回想丈夫那双饱含淫欲的眼睛，她竭力让自己忘掉丈夫拽着法蒂玛走到她面前时所说的那席话："女人！告诉拿撒勒人你那宝贝儿子，我在得土安等着他。如果他还想要他的孩子的话，就叫他去柏柏尔找他们吧。"别再想了！侯爵那四个手下的行动才是这一刻她应该集中精神记起的事情。然而此时，法蒂玛央求她什么也不要告诉埃尔南多时那恳切的眼神却在她脑中挥之不去。

　　阿以莎停下了脚步，她蹲在路旁捂着脸哭了起来。埃尔南多！沙米尔！法蒂玛！还有孩子们！

　　过了好一阵子，她终于让自己恢复过来。这将是她最后的机会了。

　　"侯爵的手下们。"她自言自语。

　　她记得那四个人出去后没过多久就回到了客栈，而且他们出门时也没有带铲子和其他的工具。那个土匪的尸体应该就在不远的地方。她巡视着客栈四旁：他们把他埋在哪儿了呢？她一边努力重现着当时的场景，一边望着那如火的骄阳，就好像太阳可以帮她一样。究竟在哪儿呢？

　　"你们肯定把他埋好了？任何人都找不到？"侯爵贴身侍从对那四个手下的问话回响在她的耳中，仿佛此时此刻他们正在她身边交谈一样。其实那时候她并没有特别注意。"你们也知道，侯爵大人希望这具尸体就此从这个世界上消失，任何人都不能知道这人就是那个强盗……"

　　"不用担心，"士兵们的回答漫不经心，"我们扔尸体的地方肯定……"

　　扔！他们说的是扔！那些士兵平时就好吃懒做，又怎么会为一具尸体大费周章呢？阿以莎围着客栈来回走着，注意着那些庄稼茬和灌木丛中可能留下的蛛丝马迹。不，不会在这儿。她仔细察看周围的树和树根，想起阿尔普哈拉斯山里的有些树洞都能装下一个坐在马上的人。她踢翻了一个个的小土堆，甚至从手上那个包袱里掏出一把小铲，挖起了一个看上去像有可能的坟包。这时已经过午了，阳光重重地洒了下来。阿以莎满身是汗。最后她发现了一沟已经干涸的水渠，她继续搜索着，最终将目光锁定在了这条水渠和另一条小沟的连接处，那里被石头堵住了。阿以莎奔了过去，丝毫没有怀疑，她只搬开了几块石头，刨了几下下面的地，一股浓烈的尸臭味就向她扑面而来：那个土匪的尸体就在这儿！

阿以莎把顺着脸颊往下流的汗擦了擦，然后站起身朝四周看了看：这个点儿刚吃过午饭，没有谁会走在这大太阳里。她继续挖了下去，乌拜德的尸体终于现了出来，他的面孔到现在还依稀可辨。阿以莎盯着他看了好一会儿。之后她从包袱里抽出了法蒂玛那块白色的绣花头巾，忧伤地亲了一下，继而在上面拍上了干土。这块头巾还是她在绑架发生后的第二天找到的，它落在一个破花盆后面，所以在邻人的劫掠中得以幸免，本来阿以莎把它收起来是准备交给埃尔南多的，可是她怕他伤心，一直还没来得及给他。而此时阿以莎却跪在了乌拜德的尸体旁，把这块头巾绑在了他的脖子上。然后她站了起来，重新检视了一下周围的环境：只有那嗡嗡作响、正朝死尸一拥而上的飞虫在侵蚀着那份寂静。现在还剩下一件最重要的事情。凡塔斯之路就在附近。阿以莎从后面搂着死尸的胳肢窝把它拖了起来，她决定把它从水渠里拉到大路上。那颗心落到了地上。阿以莎耽搁了好一会儿：每走两步她就要停下来歇一下，同时确认周围是否没有动静；不过最后她还是做到了，她用最后一丝力气把尸体扔到了路边。放下尸体的那一刻，她才感觉到浑身的肌肉都在刺痛。望着土匪脖子上系着的那块头巾，阿以莎流下了一滴泪水，随后她跑开了几步，躲到了几棵树的后边，等待着有人过来发现这具尸体。当午后的酷热逐渐缓和下来，阿以莎看到一队商人停在了乌拜德的尸首前，这时她才从树林里绕了出去，走上了回城的路。

"据说有人在凡塔斯之路上发现了莫雷纳山那个独臂土匪乌拜德的尸体，就在朽人客栈附近。"在科洛德罗之门前，阿以莎对其中一个看守说道，"你们知道这事儿吗？"

那个看守没有屈尊去接这个摩里斯科女人的话，可他匆匆跑去找他的长官了；见状，阿以莎嘴边挤出了一丝苦笑。不一会儿，只见一队士兵驾着马，飞也似的朝朽人客栈赶了过去。

见到科洛德罗之门前聚着的那一大堆人，埃尔南多只觉得非常讶异，他甚至想着要不要换条路走，可他一转念，现在即使发生了什么，对他来说又有什么要紧？今天又是令人沮丧的一天，所有的叫喊、辱骂和挑衅都消逝在山间的空气里，甚至他还与一队猎熊的阿拉诺人①不期而遇，令他不得不赶紧逃开。于是埃尔南多踢了一脚马刺朝城门口跑了过去，当他走近的时候，他隐约在人群中看到了许多卫兵，除此之外还有一众身着华服的贵族们，甚至连科尔多瓦总督也在那里来回走个不停。

他本想绕开大队人群，从那几个站得比较远的看热闹的身边穿过去进到城里，可当他骑在马背上从众人头顶望过去，他看见一具男尸被绑在地上插着的一根木桩上，每次神圣兄弟会处决城外的犯人时都会采用这样的方式。一阵冷战窜上了他的背脊，那具尸体……只有一条手臂。他根本不用走近，只要略微定睛，甚至只需闻一闻周围的空气。那是乌拜德！

双眼死死盯着那个纳里拉脚夫的尸体，埃尔南多拽着缰绳，朝那根木桩径直走了过去。周围的人还在议论那具死尸是否就是莫雷纳山上那个令人闻风丧胆的土匪，埃尔南多驾着阿希拉特一路挤了过去，此时他耳中已经听不进任何声音。

"你以为这儿是哪儿啊，可以骑着马随便进？"一个士兵拦住了他，周围男男女女看见这个横冲直撞的骑手吓得胆战心惊。

埃尔南多跳下马，把缰绳塞给了那个士兵，士兵接过缰绳的时候还一脸迷茫。埃尔南多只管自顾自朝前走着，挤过了贵族，推开了商贩，最终，他站在了那具尸体前面。那具尸体已经被射成了马蜂窝：不管此人是否早已归西，哪怕他的身份依然存疑，神圣兄弟会还是谨守着他们的惯例。

人们霎时间将他围了起来，同样在场的堂·迭戈·洛佩兹·德·亚罗用手势示意人群散开。

"是那个土匪吗？"堂·迭戈问道，他已经走到了埃尔南多近前，"你认得出那人的。这人是那个杀了你妻儿的凶手吗？"

埃尔南多无声地点了点头。

人群中一阵议论。

"他再也不能为非作歹了。"神圣兄弟会的首领说道。

埃尔南多依旧沉默着，目光定在了那个土匪的脖子上，那是法蒂玛的头巾。

"小伙子，回家去吧。"马场总管劝着埃尔南多，"好好休息休息。"

---

① 于公元五世纪初入侵西班牙的部族。

"那条头巾，"埃尔南多终于能够发出声音，"是……是我老婆的。"

是神圣兄弟会的头儿走到乌拜德身边，小心把那条头巾解下来递给了埃尔南多。

尽管头巾上沾着层层黄土，触到它时埃尔南多还是觉出了一丝温婉；他跌坐在地，把头巾贴在脸上失声大哭。这一刻他的哭泣与此前有着不同的意味：重负已释。乌拜德已经死了，虽不是死在他的手中；可无论是谁杀死了这个家伙都不失为一件大快人心的事。

阿以莎却没有获得她所企盼的安宁，此时隐藏在人群之中的她看着儿子一手捏着那条头巾，另一手抓起了那条他之前交给卫兵的缰绳。刚才别人都在围观那具尸体时，她却在回城的人群中寻找着儿子的身影，每看见埃尔南多向那根木桩挪近一步，阿以莎就会一阵心绞，那是她有生以来还从未体验过的痛。她试图想象着儿子面对那具尸体时将会发生什么，就好像真主在她与儿子之间连起了一根无形的线一样，当埃尔南多抚摸起那条头巾时，阿以莎的泪水瞬间决了堤。

"儿子，我会照顾你的。"看见埃尔南多牵着马走进了城门，阿以莎哭着对儿子说。

自那天起，埃尔南多不再拒绝母亲的关心。许久以来他对复仇的痴迷让位给了孤独与伤心。都那么多天了，再去寻找家人的尸体又有什么意义？如果它们是被抛在了山里，应该早就被野兽吃了吧——他无数次纵马奔驰在密林中时就亲眼见证了这一点：在那里，一切能用来填饱肚子的东西都是宝物；成千上万双眼睛窥伺着哪怕最微小的失误，一排排锋利的獠牙不会放过哪怕再渺小的食物。

尽管如此，他还是坚持每天到圣帕布洛修道院外的石凳那儿去走一遭。

就在乌拜德的尸体被发现后没几天，埃尔南多收到了堂·迭戈的口信，马场总管要求他尽快回到岗位上：尽管那群母马还在塞维利亚，可马厩里依然还有一些小马需要照顾。

阿以莎相信自己在每天照常前去驯马的儿子身上看到了态度的转变，希望之火也在她身上重新燃起。可是她不晓得，她的愿望距离现实还有多么遥远。

42

"你得把你的马让出来,交给埃斯皮埃尔伯爵。"一天早上,堂·迭戈·洛佩兹·德·亚罗对埃尔南多说,此时后者还刚刚踏进马厩。埃尔南多听闻,猛摇头,像是要努力把这两句话甩掉。"国王把你那匹马送给了他。"小伙子不得不听着这位总管继续说道。

"可是……我……阿希拉特……"埃尔南多心中千万个不愿意此时却化成了几个可笑的手势。

"我知道你在这匹马身上下了很多功夫;我也知道,不看毛色,它是这个马场培育出来的那么多匹马中的翘楚。这样吧,我允许你到其他马中去另选一匹,即便它不是废弃的马也行。除了要献给国王的,其他的马随便你……"

"我就要我这匹!我要我的阿希拉特。它是我的!"

话一出口他就后悔了。堂·迭戈愣了一下,然后皱紧眉头,他想了好一会儿才对埃尔南多说:

"它从来就不是你的,以后也永远不会是。事实就是这样,不管你想不想,乐意不乐意。你也知道当时用马来充抵工资的时候我们的约定:那些马的支配权永远在国王手中。而今国王已经同意将这匹马授予伯爵了,显然,是伯爵特地问国王讨的。而我们必须得按照国王陛下的意思办事。"

"他会毁了它的!他根本不懂骑马,更别提骑马斗牛了!"

堂·迭戈当然知道这些,这两句话本来就是从他口中说出来的,埃尔南多也亲眼见过他嘲弄那个肥头大耳的埃斯皮埃尔伯爵,伯爵每次坐在马鞍上那副阴阳怪气的样子就好像他是躺在一把大沙发椅上似的……

"关于一位贵族懂不懂骑马轮不到你来指指点点,"小伙子实事求是的批评却招来了堂·迭戈严厉的叱责,"伯爵一只靴子里承载的荣耀和他为国家做出的贡献比你们整个民族加起来都还要多。你说话小心点。"

听到总管的这番话,埃尔南多的双臂无力地垂了下来,整个人就像被扎破的气球。

"那我能不能……"埃尔南多支支吾吾。他要干吗?他要求总管什么事?"我能不能再最后骑它一次?"堂·迭戈犹豫着。"或许……其实我也不知道……不知道我是否有这个荣幸。我只是想再体会一次骑在它身上的那种感觉,总管阁下。就最后一次。您是一位伟大的骑士。您也知道最近我经历了怎样的不幸……"

"给马改名字会带来厄运的。"阿拔斯的话是多么有道理啊,埃尔南多一边想着,一边勒紧了阿希拉特的肚带。一想到那个钉掌匠,埃尔南多就一肚子火气。自从在格鲁约高地见了那一面,后来两人在马厩里碰到都互不理睬,连个招呼都不打。埃尔南多无法原谅他!埃尔南多跳上了阿希拉特,阿希拉特不安地躁动着,它感觉到了骑手身上的怒气:阿拔斯的形象一闪过脑际,怒火就在埃尔南多心中熊熊燃烧了起来。阿希拉特什么都知道!它已经察觉到发生了什么不好的事;只是刚刚接触到骑手的身体,这位林中贵族的第六感就嗅探到了其中的秘密。现在的阿希拉特疯狂地咬起了口中的嚼子,像是在用这种不同寻常的举动与骑手交流着它的想法。

埃尔南多拍了拍它的头,而阿希拉特晃了晃脖子叫了一声作为回应。堂·迭戈就站在马场中央的大片空地上,把一切都看在眼里。他把拇指搭在了下颚上,用其他四指捂着嘴,像是在重新斟酌着那个决定。埃尔南多并没有给他时间考虑,他驾着马不紧不慢地跑了出去,经过总管面前的时候,埃尔南多微微颔首。

现在他又得送走阿希拉特了!真主这样惩罚他,他究竟犯下了什么罪过?短短一年里,埃尔南多几乎失去了所有他爱着的人:哈迈德、卡利姆、法蒂玛、孩子们……他用长衫的袖子擦了擦眼睛,而阿希拉特正闲庭信步。现在又轮到他的马了!此外,他的另一个好朋友阿拔斯……他还违背了他的承诺!

而今关于那匹马,埃斯皮埃尔伯爵已经取得了国王的同意;整个过程中,这位伯爵都没有遇到什么阻力。在塞维利亚与马队分开之后,他去往了海滨湿地,正是在塞维利亚,他差了他的秘书前往葡萄牙,去请求国王将那匹风度翩翩的红色小马赐给了自己——从科尔多瓦到塞维利亚,那匹马一直表现得优雅至极。国王欣然答应了这位贵族的请求:他要的只是自己马厩中微不足道的一号废品。埃尔南多想起了他第一次与埃斯皮埃尔伯爵相遇时的场景,这位伯爵斗牛时的动作是如此笨拙,他的马会被牛顶伤这件事基本上可算是板上钉钉。埃尔南多看见他斗牛也不止一次了,每次的结果也都是八两半斤,对于伯爵所骑的马来说,区别也只在于最终是"一般不幸"还是"特别不幸"。阿希拉特感觉到了骑手两腿的战栗,不由得也紧张地小跳了起来。埃尔南多还现场欣赏过伯爵在科雷德拉广场马斗比赛中的表演,当别的贵族都随着那小号与鼓点在模拟战中表现出潇洒和机敏，用皮盾高接低挡着一根根理论上并无伤害力的木枪时，伯爵却从竞演一开始就问题连连，成了他抽签时所分到的那个小队中的害群之马。围观的人群对伯爵所在的队伍投以一片嘘声，因为伯爵为了弥补自己投枪时的软绵无力，明目张胆地驾马冲过了赛规和礼仪所允许的距离。

伯爵为什么会选中阿希拉特这样一匹被废弃的马呢？是冲着他来的么？就为了第一次斗牛时发生的那桩事？确实，伯爵是个报复心极强的人，手段还够阴狠，连那个今天早上还在告诫埃尔南多，叫他不要随便质疑伯爵马技的堂·迭戈也亲口承认过这一点。那已经是差不多八年前的事了。

"你们听说那个劲爆新闻了么，关于埃斯皮埃尔伯爵的？"堂·迭戈问着那几个和他一起亲试皇家马匹的贵族，当时埃尔南多和几个贴身侍从也在。

"快讲讲，快讲讲。"其中一个贵族催促道，还没听到具体内容他就已经笑了出来。

"其实是这么回事，两周前啊，伯爵得了疟疾，大夫就嘱咐他要卧床休息。要卧床休息嘛，就不能骑马狩猎了，伯爵实在闷得慌，后来就想出一个法子，让他在床上也能打猎……"

"开窗打鸟么？"另一个贵族调侃道。

"哪是啊！"堂·迭戈感叹着，嘴角忍不住浮现出一丝笑容，"伯爵家不是有那些犯了错的仆人么——当然他们家犯错的仆人也真够多的——他就在那些人的屁股上都绑上枕头；他叫他们在他的卧房里又跑又跳，而他自己呢，就在床上张弓搭箭射他们的屁股。"

从那队贵族中爆发出一阵大笑。想到那个穿着睡衣满身是汗的胖伯爵是如何在床上既紧张又兴奋地瞄准一个个在桌椅间跳上跳下的用人的屁股，连埃尔南多也不禁笑了出来。不过他的笑容没有持续多久，因为他看到何塞·韦拉斯科朝他瞪了一眼，看见当时还只是堂·迭戈仆人之一的何塞·韦拉斯科在马背上一副如坐针毡的样子，埃尔南多赶紧识相，正色坐好。

"听说啊……"堂·迭戈已经笑得说不出话了，"听说伯爵现在对那些下人看得可紧了……"为了让自己喘口气，马场总管不得不先停止了讲述，他花了好大力气才让自己直起腰来，这时候他的手还捧着他的肚子，"他特别关心那些仆人和奴隶的表现，但凡给他抓到点小辫子，就得被他拉到卧房去扮野兔。"

"那伯爵夫人呢？"一个人好不容易在大笑中问出一句。

"唔！她可操碎了心！"堂·迭戈又笑得直不起腰来了，"她把那些丝绸枕头都换成棉花的了——至少棉花的要结实点啊——不然他们家都快没用人用了,而且用丝绸的多烧钱呐!"

又是一阵捧腹大笑。

就是这个人将要骑上他的爱马!贵族们的笑声犹在耳边,埃尔南多这么想着。

他只打了个响舌,阿希拉特就迈开大步飞奔了起来。这是个晴朗的秋日。对了,他突然想到,他为什么不跑啊!他可以跑去……哪儿呢?他的母亲又怎么办?现在只剩他们俩相依为命了。他由着马的性子不疾不徐地闲遛了半里路,突然间,他感觉到腿下的阿希拉特紧张了起来:他们的右边有一片牧场,牧场里养着好几头健硕的公牛。阿希拉特像是想要去戏耍它们一番,和往常一样。

埃尔南多没有多想,他收紧缰绳,后跟一沉,夹紧膝盖,让自己在鞍上坐稳。阿希拉特冲进了牧场,像飞一样。面对一对对锐利的犄角,埃尔南多又叫又笑,闪身躲避时,他甚至放肆地用手指拍那些牛角。阿希拉特的动作迅猛而灵敏,它的每一个转身都圆润而稳定,埃尔南多只觉得阿希拉特从来没有像今天这样驯服,此时,他胯下的这匹马简直与他合为了一体。它是最棒的!即使它周身毛发都是火红色,但它依旧是皇家马场成百上千匹马中最好的一匹,而现在,这匹宝马竟要落到那个全安达卢西亚最傲慢最差劲的骑手手里。

某一刻,阿希拉特忽地停了下来,它的面前立着一头壮硕的黑色公牛;一牛一马远远地对峙着,公牛露出了鄙夷的神色,而阿希拉特则原地挥起了它的前蹄。

此时此刻,埃尔南多感觉自己听到了科雷德拉广场上人们的阵阵嘘声,那嘘声本是赐给埃斯皮埃尔伯爵的。

阿希拉特甩了甩头,前腿刨地,就好像在引逗它的对手。真是奇怪,埃尔南多想着,感觉到两腿之间阿希拉特的呼吸越变越快。

转眼间,那头愤怒的公牛攻了过来;埃尔南多拉起缰绳一夹马身令阿希拉特准备闪躲,却发现身下的小马毫无反应。刚才还在埃尔南多脑中回荡的嘘声倏忽间变成了欢呼与掌声,而这时,黑色公牛那双狂怒的眼睛已经逼到了埃尔南多眼前。埃尔南多放开了缰绳,向左或是向右,他让阿希拉特自己来决定,不料阿希拉特却高高举起了前蹄,挺起胸膛,朝那对锋利的尖角迎了上去。

那是足以致死的一击,埃尔南多被抛在了八九步外的草地上。出人意料的,那头公牛没有继续追击已经倒在地上的阿希拉特,而是掉转头,骄傲地走了回去;或许这就是动物之间的律法,它是在向这匹面对尖角毫不退缩的骏马致以深深的敬意。

稍晚些的时候,被堂·迭戈偷偷派去监视埃尔南多的何塞·韦拉斯科在主子面前赌咒发誓，说那个初秋的早晨，那匹火红色的马在以出神入化的技巧和无与伦比的优雅嘲弄了不知多少匹公牛后，就像是自愿似的，慷慨赴死。而后来据当时在场的人说，这位贴身侍从可真是能扯，吹起牛来不用打草稿。

可何塞·韦拉斯科天花乱坠的描述也救不了埃尔南多，被公牛那一下弄坏了腰背的埃尔南多依然逃脱不了被捕入狱的命运。这是堂·迭戈亲自下的命令，他为了满足这个摩里斯科人的愿望却落了个好心没好报的下场。失望之余，这位马场总管还在担心，若是埃斯皮埃尔伯爵听到他心爱的马儿死去的消息，可以预见到他会有怎样激烈的反应。

"你本来可以在这里大展宏图的，可惜这么好的机会你自己不懂得去珍惜。"这时埃尔南多已经被何塞·韦拉斯科从牧场上运了回来，总管在马场所有工作人员，包括阿拔斯的面前对小伙子说道，"我也帮不了你，你将被移交给司法机构，听候那匹马的主人埃斯皮埃尔伯爵的发落。"

但此时的埃尔南多什么也没有听进去，对于堂·迭戈的话语，他毫无反应，他还沉浸在先前的那一刻里：阿希拉特竟然听凭它自己的意志做出了属于它自己的决定。他之前骑过的任何一匹马从来没有做出过类似的举动！

"把他带到大牢里去。"堂·迭戈叫几名贴身侍从听令，"这是我，腓力二世陛下直辖皇家马场总管，堂·迭戈·洛佩兹·德·亚罗的命令。"

埃尔南多抬起头朝这位贵族望了过去。大牢！阿希拉特可曾想过这样的后果？被何塞·韦拉斯科和另两个男人押送着穿过皇家园地时，埃尔南多想到他自己或许也应该随着阿希拉特一同死去，现在他们已经走到了天主教国王的堡垒前，也就是那个宗教裁判所的所在地。他已经再没有什么理由活下去了，埃尔南多满心悲伤地想着，除了他的母亲。他们四人正往监狱街走去，埃尔南多浑身疼痛，一跛一拐，而何塞·韦拉斯科则按着他的胳膊。韦拉斯科还在想着自己刚才在牧场中见到的那个场景，他也知道按照常理，那些人确实有理由不信他所说的话。可那的确是他亲眼所见！何塞和埃尔南多互相看了一眼，这位贴身侍从的嘴角浮起了一丝意味不明的神情。他们从大教堂桥下穿过，默默走上了阿基略斯街，现在那座宏伟的大清真寺就在他们的右手边。路人都好奇地观望着他们一行人。

指引着阿希拉特的只可能是真主，真主同样指引着所有的穆斯林——埃尔南多在心中得出了这样的结论。但如果他最后毫发无伤，那这匹马的牺牲又有什么意义？只是为了把这个让阿希拉特为之付出生命的人投入监狱？"魔鬼永远不会走进一顶有阿拉伯骏马住着的帐篷。"这是先知的原话，他把这些林中贵族提到了穆斯林守护者的高度。那真主到底想通过阿希拉特告诉他什么呢？出于困惑，埃尔南多停下了脚步，何塞·韦拉斯科拉了拉他的胳膊，叫他继续往前走。今天早上的那件事究竟隐藏着怎样的神圣讯息呢？埃尔南多还在心中推测着。

"你倒是走啊！"押着他的一个男人喝道，同时从后面推了他一把。

埃尔南多只觉此时背上挨的这一下比他受过的任何打击都要重。阿希拉特是绝不会希望他入狱的！但是，要如何逃脱这牢狱之灾呢？现在的他根本跑不了几步，押送他的人又是全副武装，而他自己……

"耳朵聋了么！"又是一推让他差点跌到地上。

何塞·韦拉斯科放开了埃尔南多的胳膊，他纠结地看着这个摩里斯科小伙子。

"埃尔南多，别让我太难做了。"他恳求道。

离他们只有两三步远的地方，教长之门就在那里敞开着；穿过这道门，就可以进到大清真寺的院子里。埃尔南多朝那道门瞄了一眼，何塞·韦拉斯科也望了望那边。

"你可别想……"后者刚要试图警告埃尔南多，埃尔南多就忍着浑身的疼痛大步流星地朝大清真寺奔了过去。

刚跑过教长之门，三个男人就扑到了他身上：四个人齐齐地摔在大教堂的橘园里。埃尔南多奋力踢打，想要挣脱他们，可到了这会儿，他浑身的肌肉都已经不听他的话了。院子里的人都围了上来，而这时何塞·韦拉斯科已经成功地将埃尔南多制服，他的两个同伴站了起来，掐住了小伙子的手腕脚腕，开始像搬箱子一样把埃尔南多往院子外面抬。

"快喊啊！"旁观着这一幕的一个男子冲埃尔南多叫了起来。

"喊？"埃尔南多不明就里。

"你倒是喊啊！"另一个男人也急得跳了起来。

到底要喊什么啊？

马场总管的那三个手下已经将埃尔南多抬离了地面，埃尔南多像头牲口一样被提在空中。

"庇护！"他听到一个女人的声音。

"庇护！"埃尔南多跟着喊了出来，这会儿他才想起了这句当时在大教堂干活时听过无数次的祈求，"我要请求圣所的庇护！"

听到这句话，刚把小伙子抬到教长之门内沿的那三个男人愣了一下，但他们立即决定赶紧将埃尔南多拖出大教堂。

"你们想要干什么？"一位神父拦住了他们的去路，"难道你们没有听见这个人祈求了圣所的庇护吗？还不快快把他放下，小心我在此时此地① 就革除你们的教籍！"埃尔南多只觉得加在他手脚上的力道瞬时松了许多。

"可是这个人……"何塞·韦拉斯科试着给那神父解释。

"上帝的圣堂神圣不可侵犯，你们否认圣所的庇护权就是在亵渎上帝！"神父毫不犹豫地打断了他的话，义正词严。

何塞·韦拉斯科只得朝另两个人做了个手势，他们双手一放，埃尔南多一下子摔在了他们脚下的泥地上。

"别以为你可以在大教堂里待上很久。"何塞·韦拉斯科恫吓着埃尔南多，他的心里还在惴惴不安地忖度着主人会为这个罪犯的脱逃对他施以何种惩戒，"不出三十天他们就会把你赶出来的。"

"这件事我们教会自有定夺。"神父再次截断了这位贴身侍从的话，只见何塞皱紧了眉头，另两个手下也和他一样摆出一副吃了瘪的面孔。"还有你，"神父转过头对埃尔南多说，"去跟教区牧师说明一下你申请庇护的缘由吧。"

---

① 原文为拉丁语。

43

有几个人为神父的行为鼓起掌来,与此同时埃尔南多忍着剧痛硬撑着想让自己站起来;之前马背上那一下就跌得不轻,而在与何塞和他的同伴们争斗了一番,摔到地上时又闪了腰之后,此时的埃尔南多已经连动都动不了了。一个卷毛的男人跑过来,扶着他站起身来,那男人一双蓝色的眼睛,和埃尔南多的一样。

"安静!"神父呵斥道,"谁要再起哄,就不再享有被庇护的权利,我们会立即把他逐出去。"

只听掌声戛然而止,但当神父稍稍走远一些,人们重又开始取笑和嘲弄马场总管那三个手下:他们知道神父已经听不见了,即使听得见,他也懒得再回来规劝他们这帮在大教堂里逃避着世俗法庭追究的罪犯和倒霉蛋。确实如他们所料,那神父听见身后那阵哄笑没有转身,只是无奈地摇了摇头。

"我叫佩雷兹。"刚才扶埃尔南多站起来的那个金发男人朝他伸出了手。

"可我们都叫他'潜水员'。"这时候另一个男人插了一句,那人几乎全裸着上身,全然不顾这十月里的寒风。

"我叫埃尔南多。"小伙子做了自我介绍。

"佩德罗。"光着上身的那个男人也报出了自己的名字。

"我们一起去找教区牧师吧。"潜水员拍着埃尔南多的背说。

"你不用陪我去的。"埃尔南多说道。

"没事儿,"那个金发男人没听埃尔南多的,他已经朝大教堂走了过去,"我们待在这儿也没事干:他们又不让我们玩牌。我们就连鼓个掌也不行,你也看到了。"埃尔南多想要赶上那个男人,却因疼痛只能小步慢走,于是佩雷兹在前头等了他一会儿,然后两人一起走进了教堂。"那人跟教区牧师之间出了点小问题。"佩雷兹指了指院子里那个叫佩德罗的男人,"好像是跟一条价值连城的项链有关。"现在两人已经走在了那片原属于大清真寺的柱林里,"可他不愿把细节告诉我们,而且看样子,他也不想去跟牧师解释。"

圣器室紧贴着大教堂的南墙,埃尔南多熟得已经不能再熟了,代理主教的办公桌就和那些圣物一起，放置在位于原壁龛所在地和图书馆之间的那个小礼拜堂里。图书馆的改建工程依然还在进行中，施工完毕后这里就将成为一个全新的大圣器堂。两人现在已经站在圣器室门口，他们毕恭毕敬地敲了敲门，佩雷兹心中只觉万分惊讶，因为教区牧师堂·胡安一看到这个新来的就立刻展开了笑颜。

"埃斯皮埃尔伯爵可不是什么善主。"听完埃尔南多的解释，堂·胡安一阵感叹。适才佩雷兹认真地聆听着整个事件的时候，牧师也在一沓卷宗上做着记录。"我会把这些材料交给教区法官，看看他会怎么来裁定你的情况。我也希望能够尽早给你一个答复……还有，我为你家人的事深感遗憾。"两人正要离开圣器室的时候，牧师补充了一句。

"他为什么会认识你？"一出来，陪同埃尔南多的这位伙计就迫不及待地问道，"他是你朋友？你们是怎么……"

"我们到图书馆去吧。"埃尔南多打断了他。

图书馆里，堂·胡利安正在忙着整理那些剩下的书。位于圣米迦勒之门附近的新图书馆面积要比这个小，所以大部分的书卷都还得运到那位主教的私人图书馆去。当然，那里还藏着那些《古兰经》以及其他的阿拉伯预言书。

"可以进去吗？"埃尔南多隔着铁栅朝图书馆里问道，现在那道铁栅后已经搭满了脚手架，建筑工人们也被这道隔断拦在了里面。

"连图书管理员你都认识？"见到这会儿堂·胡利安对埃尔南多也是笑脸相迎，潜水员心中又是一惊；自从法蒂玛和孩子们失踪后，堂·胡利安的微笑中也带上了些许忧伤的味道。

身后跟着潜水员这个电灯泡，堂·胡利安和埃尔南多一起漫步在了那鳞次栉比的圆柱之间。埃尔南多不得不又重复了一遍几分钟前刚跟教区牧师讲过的故事。

"埃斯皮埃尔伯爵！"听到这个名字，堂·胡利安也长吁了一口气，和那位教区牧师一样，他也不认为跟这位伯爵扯上关系会是什么好兆头，"无论如何，教区法官肯定是会向着你的：卡洛斯一世皇帝正式批准将大清真寺改建为大教堂前，埃斯皮埃尔家族向来都是改建工程最激烈的反对者，而且经过最近的几次施工，他们失去了自己的礼拜堂。为了和教士会对抗，他们家特地自掏腰包资助了另一家教堂，成功将自己的家族安插到一个大礼拜堂中。自那开始，伯爵和主教之间的关系就每况愈下。"

"教区法官向着我对我又有什么好处呢？"

"教区法官隶属于教会，他会负责判定你所申请的庇护是否符合教规和教士会的要求。原则上看，你既不是杀人犯，也没有拦路抢劫；而且依据你刚才向我说的情况，你所犯的罪属于我们教会可以庇护的范围。但还有一个重要的事应该让你知道：庇护并不是无限期的，否则的话这里就要变成罪犯集中营了。在我们科尔多瓦，庇护时间最长为三十天，我们设想的是在这三十天的期限内，被庇护人可以想方设法减轻其过失所造成的后果。但出于我们对埃斯皮埃尔伯爵的了解，这事肯定是没有指望了。"见埃尔南多忧伤地点了点头，堂·胡利安又继续往下说，"要伯爵做出让步绝无可能，他甚至不会接受任何非体罚的惩戒手段。通常只要案件的被害人同意使用非暴力手段对罪犯处以刑罚，庇护就会被中止：教会只要求世俗法庭承诺对罪犯进行从宽处理，一旦签订了此项合约，教会就会把罪犯交出去。教区法官最大的权力就体现在这儿：如果双方不能在这一点上达成共识，对该名罪犯的庇护就可以被无限制地延长下去。"

"那假设伯爵不跟教会签订这个合约的话，岂不是他什么都得不到了？他没有办法把我从这里弄出去，即便我犯了……罪？"

"大多数的天主教徒，"堂·胡利安解释道，"面对圣所的庇护都不敢轻举妄动；任何侵犯圣所庇护权的人都会被当即开除教籍，这一点就足够使他们良心不安的了。"埃尔南多下意识地把手放到了腰上，他想起当时何塞·韦拉斯科和另外那两个男人一听到"开除教籍"四个字就慌忙把他扔了下来，"可是这个埃斯皮埃尔伯爵啊，就和其他许多权贵一样，"神父继续说了下去，"可以花钱雇人来把你抓出去，这样他自己就不会被逐出教会。不要轻易相信任何人。一旦伯爵知道你藏在这里，他就会派人在门口守着，不让家人见你，也不让人给你送吃的，总而言之，就是叫你活不下去。千万留心那些接近你的人，不管是在院子里还是在这里，他们很有可能就是来劫你出去的，然后你就会人间蒸发，消失在伯爵领地的某处地牢里。"

"这也就是说，如果到时没人来绑架我的话……"埃尔南多嘟囔着，"我就要在这里度过我的余生了？"

只见堂·胡利安停下脚步，回身朝潜水员挥了挥手，示意他走远点。

"不，这意味着，"确认佩雷兹已经离他们有两根柱子那么远，堂·胡利安对埃尔南多小声说道，"也许到了你该逃去柏柏尔的时候了。"

"那我娘呢？"这也是埃尔南多唯一想到的问题了。

"她可以跟你一起走。"两人对望着。他们曾在一起度过了多少时光，他们的心中存有多少共同的梦想！"我这就开始准备。"过了几秒，见埃尔南多没有反对，堂·胡利安补充道。

"如果你要负责替我准备，那你要记得，我首先要去一次阿尔普哈拉斯，到兰哈龙城堡去……"

"取那把刀？"

"嗯，"埃尔南多的视线消散在那片柱林里，"那把穆罕默德的宝刀。"

"虽然有点冒险，不过我想并不是不可能。"神父思索着，"虽说格拉纳达禁止摩里斯科人出入，而且最近又驱逐了几批我们的弟兄，可还是源源不绝地有我们的人回到那个王国。"堂·胡利安脸上露出了微笑，"你说那被晚霞映得火红的格拉纳达城还真是有魔力啊！我看没什么问题，然后从格拉纳达你们可以去到马拉加或者阿尔梅里亚，那里有许多从维雷兹、得土安、拉腊什和舍拉过来的摩里斯科人的快船。"

有堂·胡利安答应帮他打点行程顺便在教区法官面前帮他说情，天黑的时候，埃尔南多走出大教堂来到了院子里；阿以莎已经在那里等着他了，堂·胡利安事先叫人通知了她。

"我们要逃去柏柏尔。"没有过多的解释，埃尔南多低声把他的计划告诉了母亲。在夜色的遮掩下，他没有察觉到母亲的脸上骤然变了颜色。

"我都一把岁数了……"阿以莎在找借口。

"妈，我现在只有二十六岁，你是十四岁的时候怀的我，你年纪也不大啊！我们会先到格拉纳达，然后无论是从那里还是从马拉加，都不难坐上一艘到得土安的船。"

"可是……"

"我们没有别的选择了，妈，除非你希望我落到伯爵的手上。不过即便这样事情也不会很容易，"埃尔南多跟堂胡利安一起得出过这样的结论，"埃斯皮埃尔伯爵肯定会派一大帮人来监视我，我们首先得等到伯爵的这些人都倦了，放松了警惕。所以你也得提前做好准备。"

尽管事发仓促，事态又紧急，可阿以莎还是没忘给儿子带来了些吃的东西：有面包、羊肉，还有水果；至于清水，院中的水池里倒有的是。晚祷刚刚结束的时候，阿以莎告别了她的儿子。门卫关上教堂的大门，所有在教堂里接受庇护或是单纯歇脚的人都不得不到院子里去。也有些人走出了院子；在这里避难的人们聚成了几帮，各自歇在自己帮派抢来的地盘里。除赎罪之门外，钟楼、副主教会议所的一部分以及院子周边的三条柱廊都可供避难者休息；漫漫寒夜里，这里就是他们的避风港。

"那是你娘？"

埃尔南多一回头就看到了那个潜水员。当潜水员发现埃尔南多在教士阶层中很吃得开时，他即刻决定把这位院子里的新房客收进他们的小帮派，以备不时之需。

"嗯。"

"过来我们这儿吧。我们有酒。"

埃尔南多接受了他的邀请，并在他的陪同下穿过了院子，向南墙处的那条回廊走去。刚才埃尔南多是在赎罪之门告别母亲的，他满心想着那个柏柏尔逃亡计划能让母亲欢喜，可他只看见母亲穿过那道拱门时还是一脸悲伤。为什么呢？埃尔南多不由得问着自己。

"你叫潜水员？"走出几步，埃尔南多终于有机会问这个他想了一天的问题。

"对，就是我，"金发男子笑了，"潜水员。因为我在……我曾经在一个巴斯克船长手下干活，"他纠正着自己的口误，"那船长是有西班牙王室的特许，可以在本国海岸线附近打捞沉船和财宝。当年我们在加的斯附近执行打捞任务，我在离沉船十万八千里远的地方找到了一箱金币，后来就因为这笔钱，我跟老大之间产生了点矛盾，"潜水员咂了两下舌头，"我当时撒腿就跑，就跑到这儿来了，差点没被他们逮住。"

尽管佩雷兹曾停在他面前连说带比画地一通解释，当他们最终到达柱廊的时候，埃尔南多还是没能想明白佩雷兹口中那几片简陋的铜片是怎么帮助他潜到水里，打捞起那些沉到海底的财宝。

"你别费神啦，"在介绍过自己之后，路易斯说道，这是一个面孔方方正正、有着一挺鹰钩鼻、后颈上系着块花头巾的男人，"那玩意儿我们还谁都没搞明白呢，最有可能的是那根本就是他胡编的。"

佩雷兹作势就朝他蹬了一脚，被路易斯笑着躲过。

在院廊斗拱上挂着的烛火的照映下，可以看到地上还围坐着另外六个人；当中放着一个酒囊，还有他们的亲朋好友带来的各种食物。

"欢迎来到婴儿回廊。"一个直发的男子跟埃尔南多打了个招呼，然后在他身边给小伙子腾了个位子。

埃尔南多望了一眼柱廊，看到的到处都只是类似的一伙伙人。

"为什么是婴儿？"埃尔南多一边坐下一边问道。

"几年前，这个走廊啊，"直发男人解释道——这个名叫胡安的男人原是一个外科医生，当然在本职工作以外他也搞些说不清道不明的副业，他不得不逃到这里申请庇护，是因为前几天有几个寡妇把他告上了法庭，说他不仅洁净了她们的身体，还洁净了她们的……钱包，"它是用来收容科尔多瓦所有的弃婴的，当时这儿就放着一个个摇篮，那些孩子就睡在这里。"他一边说一边用手比了比整条走廊，"直到有天晚上，一头野猪冲了进来，吃掉了好几个孩子。后来那位好心的教长就专门出资给那些弃婴建了所医院，而把这条走廊还给了我们这些避难的人。就是这个缘故，大家都把这里叫作婴儿回廊。"

不可避免地，埃尔南多想起了弗朗西斯科和伊内斯。短短两个月里，他的生活竟发生了如此巨大的变化！而今阿希拉特也死了，他自己也在被伯爵追捕……忽然间，他发现那六个人都在直盯盯地看着他。

"喝点酒吧。"佩德罗建议埃尔南多暖暖身子，尽管晚上寒风阵阵，佩德罗这时候还是光着上身。

埃尔南多谢绝了佩德罗递来的酒囊。摇曳的烛光中，院廊四壁上挂着的罪犯榜也像在打着寒战，几百张白榜让人想起了那些宗教裁判所的囚徒，也让他们所在的这条长廊笼罩在一股令人毛骨悚然的气氛中。

"你不喝给我！"坐在埃尔南多身旁的这个男人叫作麦萨，有着东方人的轮廓，皮肤黝黑。他一把从埃尔南多手上抢过酒囊，对准自己的喉咙就倒了下去。按照惯例，每个人只能喝一口的，这时候却没有人去拦他，只见麦萨一口气把差不多一整袋酒都吞了下去。

"有传言说教会要把他踢出去交给法庭了，"一个被人称作高卢人的男人小声告诉埃尔南多，"大家都不知道为什么，可那些教士好像就是对他恨之入骨，实际上他只是偷了张身份证好让自己可以工作而已……他是我们中第一个被赶出去的人。"

"总有一天他们会把我们一个个都赶出去的……赶出去交给法庭。在这儿舒服一天算一天吧。"正在说话的这个人也叫胡安，与那医生重名；他是个武器锻冶匠，刚从新大陆过来，听说他卷入了一起火枪神秘失踪案。

"我怎么觉得不是这么回……"佩雷兹正要表示反对。

"谁叫埃尔南多？"

一声大喊响彻了院子，火光中只见婴儿回廊的尽头、圣卡塔琳娜之门下面出现了一个男人双手叉腰的轮廓。

"别说话！坐在那儿别动！"埃尔南多正想起身，却被那个外科医生叫住。

"是哪个龟儿子名叫埃尔南多？"门口的那个男人又叫了一声。

"喊什么喊！想干吗！"佩雷兹站了起来，在这儿，潜水员的名号无人不知无人不晓，"你再喊那些教士就要过来了。你说的那个叫埃尔南多的怎么啦？"

"埃斯皮埃尔伯爵的人把大教堂包围了，到处找这人呢。他们威胁我们说，如果不把这个摩里斯科人交给他们，那我们其他人要敢从这儿出去，出去一个他们就抓一个，然后交给法庭。"

尽管要冒着失去庇护权的风险，可这里大多数的人晚上都还会出去转一圈。波特罗区就离这里不远，那里有着他们的最爱：纸牌、骰子和赌局在等着他们；酒、斗殴和女人在向他们招手。警察和法院不可能一天到晚守着这座大教堂；此外，虽说大部分是签了宽待条款的，可那些罪犯终究还是在被一个个地交到市政府手上，所以政府的人也犯不着为了这一小撮早晚都会落到他们手里的罪人牺牲自己的睡眠时间。不过如果现在是伯爵自己掏钱叫人来看着教堂，同时还不让其他逃犯出去享受夜生活，事情就变得有点复杂了。

其他几条走廊里也有好几个人来到了圣卡塔琳娜之门前，婴儿回廊北边也有几个人站了起来。

"确实，我也看见街上有好多全副武装的士兵呢。"其中一个人证实道。

"似乎你比我还惨呐。"麦萨朝埃尔南多做了个鬼脸，他又喝了一大口酒，"这还没到一天呢你就要出去了？"

埃尔南多犹豫着，他坐立不安起来。

"坐好别动！"潜水员又喝了他一声。

"到底谁叫埃尔南多？"一个平时总睡在南边走廊的男人问道。

"得把这人交给伯爵去！"只听有人喊了一句。

黑暗中有不少避难者都穿过院子，朝圣卡塔琳娜之门跑了过来。

"一群蠢货！"这时候是路易斯朝着众人喊了起来，"谁是埃尔南多重要么？我他妈的就是埃尔南多！"

"我也是！"外科医生喊道，他立刻明白了同伴的意思。

"我也叫埃尔南多！"此时潜水员也站了起来，"如果我们今天退缩了，把埃尔南多交出去了，那明天，我们中的任何人都可能成为第二个埃尔南多。可能是你，"潜水员用手指着最近的那个人，"也或者就是你。此时此地我们所有人都是被通缉的对象，或许他们不像伯爵那么富有可以专门雇一支军队来监视我们，可要是他们知道我们现在是自己人在出卖自己人……再说了，不管是谁，只要侵犯了圣所的庇护权，就是在亵渎上帝的权威；如果我们今天把埃尔南多交了出去，那明天主教说不定就会把我们所有人都一起轰出去。能一下子把我们全部赶跑，主教殿下该有多高兴呀！"

"看来你还挺走运。"见在场的人都被潜水员的那席话怔住了，麦萨对埃尔南多说道，现在他们俩已被同伴的腿围在了当中，除他们之外的所有人全都站起来了。

"可这样我们就出不去了啊……"还有人在坚持己见，那人接下来的话又被几声咒骂给打断了。"把他交出去吧！主教根本不会知道的。"

"也或者他会知道呢。"麦萨一边嘲讽着，同时又抓起了那个酒囊。

"不行，我们不能把他交出去。"路易斯对众人说道，"这样，那些想出去的人可以结成伙，同时从不同的门出去，分散他们的兵力。只要你们随他们查验，让伯爵的那些士兵看到他们要找的那个埃尔南多并不在你们之中，他们一定不会冒着生命危险来拦你们的。拦住你们有什么好处呢？就算把我们全抓住也没人会付给他们一分钱，把你们的匕首和短刀亮给他们看看好了。"

"我们中随便哪个人都可以顶上他们三个！"有人自豪地喊了出来。

人群中又是一阵议论，这回则是赞同居多。有一队人已经手持武器朝门口聚拢了过去；另一些人则探出头观望着外面的场景：果不其然，伯爵的士兵看见好几个男人一起冲了出来，一时都吓破了胆，一经确认他们要找的那个摩里斯科人不在其中，士兵们立马微笑放行。顺利通关的消息很快就在那群避难者中传了开来，又有一队人迫不及待地朝教长之门奔了过去。

"看样子你是逃过一劫了。"麦萨笑道，这时候其他人也都重新坐了下来。

"感谢你们……"埃尔南多正要表示感激。

"明天，"外科医生打断了他，"你到图书管理员跟前去给麦萨说说情。"

埃尔南多望向了那个偷身份证的贼，那双已经在酒精的作用下眯成一条缝的眼睛正询问着埃尔南多的意思。

"命运这个东西还真是捉摸不定呵。"埃尔南多戏谑道。

虽说这帮罪犯成功保住了他的人身安全，可整个后半夜，埃尔南多还是无法入眠，他注意着身边哪怕一点点的风吹草动；危险并没有离他远去，他深知，这里进进出出、嬉笑打闹着的避难者们，只要区区两个金币就足以让他们中的许多人冒着渎神和被逐出教会的风险将他从教堂里带出去。只有一个念头能够平息他内心的风暴，让他暂时忘记他死去的家人和凄惨的命运：柏柏尔！

召集晨祷的晨钟敲响了，院子里那一群群的避难者纷纷站起身来。埃尔南多也伸了个懒腰准备爬起来，好赶在那些牧师、乐师、唱诗班以及其他教职人员到来前离开此地，但当他看到昨夜那帮伙计们都还躺在那儿无动于衷时，便停下了动作。

"你们不起来？"他朝睡在他旁边的外科医生问道。

"我们可从来不跟着钟声走，还有更好的方式来开始完美的一天呢，你等着看吧。我赌一个勃兰卡能中！"外科医生喊了起来。

"来吧。"潜水员接受赌局。

"我赌两个勃兰卡，我说中不了！"

"我来跟你赌！"麦萨欣然应战。

"你看那儿。"顺着外科医生的手指看过去,埃尔南多瞧见离他们三四步远的地方,在一条连通着走廊和院子的小径上,一个男人正站在几棵橘树间。

埃尔南多打量着那个男人:那人是个光头,长着一双眯缝眼;他正拘谨地笑着,像是要把两片嘴唇给藏起来,可一颗大大的门牙又偏偏杵在了外面;只见他头上顶着一块大理石板,正一脸呆滞地站在那边。

"他在干吗?"

"你说帕拉西奥?你等着看吧。"

人群开始拥了进来,与他们同路的还有好几条狗。只见一群小狗跟在那些神父后面,有几个神父手里还握着没吃完的早餐;避难者们吃晚饭用的那几块石板也还在散发出阵阵香味,那些小狗随时准备着上去舔一舔。埃尔南多注意到有好几条狗一看到帕拉西奥那张脸就吓得夹起了尾巴,扯开步子撒腿就跑。

"这是怎么回……"

"别说话!"潜水员叫埃尔南多不要作声,"总有哪条不认得他的,就会中招了。"

埃尔南多重新把注意力移到那个男人身上,就在此时,一条卷着尾巴的斑点猎犬嗅到了男人那双破破烂烂的红鞋的气味,只见那条猎兔犬围着他转了两圈,终于找准了位子抬起了后腿。正当它准备在帕拉西奥脚上来上一泡的时候,帕拉西奥早在心中算好了轨迹,他把头稍稍一歪,那块石板就从他头顶滑了下来;小狗正尿到一半呢怎料突然神兵天降,尿被生生憋回去了不算,腰上还给重重来了一下,这会儿只得吠叫着郁闷走开。旁边的帕拉西奥倒是还站着没动;像在跟观众们致意一样,他展开了笑颜,那颗突出的大牙在此时显得尤为明显。①

"耶!"麦萨和外科医生发出了胜利的欢呼,他们伸出手去索要他们所赢得的赌注。

"他总是这么做么?"埃尔南多问道。

"一天都不落!就跟敲钟一样准。"潜水员答道,"不过有时候,夹着尾巴逃走的不是狗而是他,因为狗主人会过来找他的麻烦,如果那条狗不是野狗的话。关于狗有没有主人我们有时候也会赌,如果谁赌一条狗有主人最终赌赢了,那我们每个人都得按一赔十给他。"他笑着补充道。

---

① 向小说巨匠米盖尔·台·塞万提斯先生致敬,此人物借用了《堂吉诃德》下卷中"科尔多瓦的疯子"一角。——原作者注

这天晚上，埃尔南多没有睡在院子里。

"就在昨天傍晚，可能就是派人来监视大教堂的同时吧，伯爵已经申请了主教的接见。"晨祷过后，堂·胡利安找了个机会对埃尔南多说道，他已经从埃尔南多那里得知了前一晚所发生的事情，"就我的理解，伯爵已经气炸了。我不觉得到时候主教会接见他，所以伯爵肯定会穷尽一切手段把你抓捕归案，如果为此他要派出一队人马的话，他一点都不会犹豫的，我可以肯定。"

"可是堂·胡利安啊，这我就不明白了，对伯爵来说他只是少了匹马啊！还是一匹被皇家马场废弃的马！用得着这么大动干戈么？"

"你别搞错了：这不仅仅是一匹马的问题，这事关他的名誉！而且他的名声和权利是被一个摩里斯科人玷污的，对于一个贵族来说，没有比这更大的耻辱了。"

又是名誉！埃尔南多回想起了几年前的那个绅士，他犹记得那人口口声声说他的血统可以追溯到罗马时代的瓦卢斯将军；那人仅仅是因为有人可能侮辱了他的家族就赌上了自己的身家性命！埃尔南多的记忆继续飞翔，飞到了他从那蠢货身上骗来的几个子儿上，他记得他把那些钱统统交给了法蒂玛……他的法蒂玛啊！

"你也知道，"堂·胡利安打断了他的思绪，"我的职务不仅仅是图书管理员，我还负责看管圣巴拿巴礼拜堂，也就是大祭坛后面的那三个小礼拜堂之一。今晚我会给你铁门的钥匙，等到门卫开始清场的时候，你就躲到那个礼拜堂去。今天白天的时候我会把其中一个壁柜撤空的，到时候你就去藏到那个壁柜里。你得先在里面稍微待上一会儿，然后再出来找个方便睡觉的地方，但是你一定要小心：即便到时候教堂关门了，也还是会有守夜的人，特别是在圣器室那块。"

"你真不该冒这么大的风险，到时我被他们发现了的话……"

"我年纪已经那么大了，而你呢，还有很多事可以为我们做，即便是在柏柏尔。你已经经历了不少挫折了，至于这是为什么，只有真主知道，可是不管怎样，我们民族的希望都寄托在像你这样的人身上。"

那些避难者才不会因为晚上找不到他人而担心呢，神父告诉埃尔南多。至于为麦萨说情的事，埃尔南多也没有忘记；他只记得堂·胡利安看到那个偷身份证的贼的时候做了个异常痛心的表情，并承诺说他会竭尽所能地为麦萨做点什么。另一方面，埃斯皮埃尔伯爵加大了对教堂附近街面的监控力度；尽管同样会被认定为渎神，且会被处以革除教籍——这也是让埃尔南多最终决定在大清真寺里过夜的原因——伯爵的差役在路上强行夺走了阿以莎给他带来的食物。与此同时，在阿拔斯的帮助下——他求神父千万不要告诉埃尔南多他也参与其中——堂·胡利安正紧锣密鼓地为埃尔南多的逃跑计划做着准备，但那位伯爵也早早预料到了这个摩里斯科小伙子最终只剩下柏柏尔这一条路可以走，所以在这方面，他也事先做了防备：仗着自己财大气粗，他雇来了一堆探子到处收买和恐吓那些可能参与此事的人。

晚祷后，埃尔南多成功避过了那些清场的看守的视线，虽然整个过程可说是轻而易举，但埃尔南多却无时无刻不在胆战心惊：他只觉得自己心都快要跳了出来，手心里在不停地冒冷汗；他的全身都在战抖，而那串钥匙就在他手中叮当作响，他不得不一次又一次地环视周围，因为那金属轻微碰撞的声音在他听来就像打雷一样。埃尔南多发现堂·胡利安在圣巴拿巴礼拜堂那道铁门的门锁和铰链上都上过油，对于这样一个小礼拜堂来说，这道铁门也实在是太高了点。

"都出去，都出去！"把铁门重新锁好的埃尔南多听见外头门卫们正提高了嗓门在向外赶着人。在他的左边，堂·胡利安提到的那个柜子就隐藏在一块精美的壁毯后面。

然而此时，埃尔南多却看得入了迷：大教堂顶上高高挂着的油灯与祭坛中星星亮亮的烛火交相映在了小礼拜堂中冰清玉洁的白色大理石上。他曾无数次地从这个礼拜堂前经过，可是此刻，用指尖轻抚着眼前这座占据着整个墙面的大理石神坛，埃尔南多只觉得，这里不同于其他任何一座礼拜堂。在腓力国王治下的这个天主教国家里，竟然会存在圣巴拿巴礼拜堂这样带有强烈罗马风格的艺术瑰宝！大教堂的别处满是那些过度的彩饰、繁复的金线和晦暗的圣像，而在这里，出自法国大师之手的白色大理石组画就像是在用它的单纯与明亮和它们对抗。

埃尔南多深吸了一口气，他想让自己融化在这圣巴拿巴礼拜堂的美与圣洁里。就在此时，他听见那些守卫已经锁好了教堂的大门，又开始回身检察各个礼拜堂的铁门。只听得守卫们的谈笑声越来越近，就在他们探头向圣巴拿巴礼拜堂里张望的那一刻，埃尔南多朝那条挂毯冲了过去，一下钻进了挂毯后面的那个壁柜里。

一整夜，埃尔南多都没有离开这个藏身之地。连续几天的噩梦使得他身心俱疲，他只是让自己蜷缩在柜底，困意就轻松战胜了他。第二天早上，是大教堂中的喧哗声把他吵醒，离开这个壁橱也并非难事：晨祷的人群此时都聚在了位于小礼拜堂背面的大祭坛和唱诗班周围。为了不被抓现行，埃尔南多把钥匙藏了起来，他用一根生锈的铁链把钥匙绑在了小礼拜堂铁门的下沿上。

之后的几个夜里，因为害怕被发现，埃尔南多也都没有离开那个柜子：他蜷着腿半坐着就睡了过去，甚至他站着就可以打起盹来，或者有时候他只是在为法蒂玛、孩子们、哈迈德以及所有他失去的人默默哭泣；在那漫长得令人生厌的白天里，已经足够他去恢复他的力气。他已经作别了第一晚的那几个伙伴，面对他们的好奇，小伙子没有做过多的解释。一天早上，明知他们也在看着自己，埃尔南多远望着几个人把麦萨拖了出去，这个偷身份证的贼将会被交给世俗法庭，而世俗法庭的警察们就站在那赎罪之门外头等着他被带出去。阿以莎已经委托了几个值得信赖的摩里斯科兄弟来给埃尔南多送饭,所以每天都会有不同的人拎着食物来到院子里。阿以莎现在也不得不住到了别的摩里斯科人家里,巴尔贝罗斯街上的那栋小院已经几个礼拜付不起租金,教士会不容分说就把那处房产收了回去。

"他们说,拖欠的租金可不能不还,所以他们把其他弟兄给我们的那点东西全都收了去,"阿以莎哭诉着,"草垫啊、锅啊……"

埃尔南多没有再听下去,他只觉得,联系着他与他之前生活的最后一缕线现在也已经断了:正是在那栋小院里,他曾经找到了任何一个真主的追随者都遥不可及的幸福。

"那本《古兰经》呢?"他是忽然想到的,所以也就没顾得上小心,还是阿以莎惊骇地看了看四周,确定没有人听见儿子的话。

"听说他们要把我赶出来,我就把它交给贾利勒了。"阿以莎顿了一顿,"不过这个东西我没有交给他。"

这时候,阿以莎轻轻地把那块法蒂玛之手从指缝间递到了儿子手上,埃尔南多记起,这块小小的金饰曾在他妻子的胸口熠熠闪光。他触到了那块宝贝,透凉透凉的。

那一晚,躲藏在圣巴拿巴小礼拜堂的壁柜里的埃尔南多双眼含泪,上千次地吻着那块法蒂玛之手,那上面仿佛还带着妻子身上的香甜。法蒂玛的话语又一次回荡在他的耳边,当时她正是在这里,在这个穆斯林的圣地亲口说出了这样的话:

"伊本·哈迈德,请记住你刚才所说的话,无论如何,你一定要做到它。"

他曾以安拉之名起誓,终有一天他们要在这个神圣的地方向那唯一的真主祈祷。他握紧了那块金色的吊坠。"无论如何,你一定要做到它!"法蒂玛说出这句话的时候是那么认真。埃尔南多又一次亲吻着那块宝贝,而这次,他却闻到了上面微咸的味道——泪水已经沾湿了那块吊坠,也沾湿了他的双手。他曾以安拉之名起誓!他还发过誓要把那些天主教徒一个个都放在她的脚下……可现在法蒂玛却已经离开了人世。他得去履行他的誓言!

埃尔南多推开柜门,走进了微弱的烛光里。他想知道自己已经在这里待了多久,可是在那壁柜里,他对时间完全没有了概念。无论如何,你一定要做到它!他一次又一次地告诉自己。大教堂里一片寂静,只有南墙下的圆形圣器室里远远地传来些微声音,在唱诗弥撒中使用的那些器物就和其他圣物一起安置在那里。圆形圣器室的右边是大圣器室,再然后就是主的晚餐礼拜堂的圣物存放处和圣彼得礼拜堂。哈卡姆二世那座精美绝伦的壁龛的所在地现在也被改造成了俗气的圣器室。

埃尔南多绕过了位于大教堂中央的主祭坛和唱诗台，一颗心怦怦直跳，眼睛一直盯着圆形圣器室的那扇大门：从那里时不时地还传来了守卫们的声音。他终于抵达了维拉维西奥萨小礼拜堂的后部，传说中的那座壁龛曾经就坐落在这个大厅里。他又绕着维拉维西奥萨小礼拜堂走了半圈，紧贴南墙站定，曾经的穆斯林至圣所就在他面前不到九根柱子的地方。

终有一天我们会在这个神圣的地方向那唯一的真主祈祷——当年对法蒂玛立下的誓言又再一次回响在他的耳畔。无论如何，你一定要做到它！当时法蒂玛是这样回答他的。埃尔南多的四周，千百根圆柱正赞颂着安拉的神力，被柱林所环绕着的埃尔南多发现自己心中竟奇迹般地静了下来。守卫们的低语渐渐隐去了，取而代之的是无数穆斯林信徒的颂歌声：千百年来，他们一直在这里齐声赞美着真主。一股热流顺着埃尔南多的脊背爬了上来。

没有什么可以用来净身的：这里没有清水，也没有细沙。埃尔南多脱下鞋子，借着手中尚未风干的泪水擦了擦脸，然后是手和手肘，接着再是头、脚和脚踝。

随后，心无旁骛的埃尔南多跪了下来，开始祷告。

之后的每一天，埃尔南多都会赶在大教堂关门之前先到院中的橘林里去偷偷用池里的清水洗净身子；晚上的时间则被他用来祷告，他想用这种方式让法蒂玛和孩子们听见他的声音。

圆形圣器室里的守卫曾经出来巡视过几次，可是，就好像真主在提醒着他一样，每次险情都能被埃尔南多及时预知：他只需将后背紧紧地贴在维拉维西奥萨礼拜堂的墙壁上，屏住呼吸一动不动，不一会儿，那些看守就会心不在焉地一边聊天一边从他的身前掠过。

第一天晚上认识的那几个朋友已经一个接一个地消失了，只有帕拉西奥每天早上还在用心瞄准那些被臭脚味吸引过来的小倒霉蛋——当然，准头时好时坏。

教区法官还在斟酌着埃尔南多的庇护事宜，忙着帮小伙子准备逃跑的堂·胡利安则被埃斯皮埃尔伯爵布下的天罗地网搞得焦头烂额。只有在朝着壁龛的方向跪下来时，埃尔南多才真正感觉到自己还活着：在这片被天主教徒践踏亵渎的土地上，依然跳动着一颗穆斯林的心。

夜复一夜地，埃尔南多接管着这座寺庙。这是属于他和所有穆斯林的大清真寺，任谁都不能从他们手中夺走它！

"让开让开！"

三位持杖的门卫身后，有六七名身着绣金红色制服、脚蹬五彩开衩长靴的武装侍卫大摇大摆地从赎罪之门走进了院子。这是入冬后的第一天，也是西班牙传统的诸圣节。

盛装打扮的科尔多瓦主教被信众们环绕着，亲自等候在了祝福之门下面。

"今天会有一个隆重的盛典。"堂·胡利安告诉埃尔南多，那天早晨，教堂中一派忙碌的景象，"盛典之前，刚从葡萄牙回来的蒙特里尔公爵、堂·阿方索·德·科尔多瓦将会举行一个祭奠仪式。"听到这里，埃尔南多耸了耸肩。"好吧，"神父无奈地说，"我知道你对这些也不感兴趣，可是我要劝你，在他访问期间，尽量不要待在大教堂里。这位公爵可是西班牙最重要的人物之一，是大将军费尔南德斯·德·科尔多瓦①的后人，他的随从们可不希望看到周围有人随便张望。你可别又给我惹上一个皇亲国戚！"

"滚开！"一个躲避不及的老妇被公爵的随从粗暴地推了一把。

"混蛋！"埃尔南多脱口而出，他已经伸手去扶了，却还是没能阻止那位虚弱的老妇被绊了两步之后跌倒在地。他搀着老妇起身，只觉得周围突然没了声音，原本站在他身边的人此时都已经退开，还弯着腰的小伙子缓缓转过头去。

"你刚才说什么？"那随从对这位胆大包天的摩里斯科人很是好奇，一下子停在了半道上。

老妪还半躺在他的臂弯，埃尔南多注视着那位随从的眼睛。

"不是他说的，大人，"只听那位老妪替他辩解，"是小的我不小心口出秽言。"

见那位随从听到老妇的话露出了一丝恬不知耻的笑容，埃尔南多只觉怒火中烧。尽管埃斯皮埃尔伯爵还没能把他怎么样，可他每天都被禁闭在这个寺庙中靠弟兄们的救济过活，他一天天地聆听着母亲的哭诉，同时像个乞丐一样接受着别人施舍给他的食物，而现在，竟轮到一个老弱的妇人挺身而出来保护他！

"混蛋！"就在仆人心满意足地正要继续前行时，埃尔南多大声骂道，"就是我说的怎么样，你这个混蛋！"埃尔南多扔下老妇，一跃而起。

只见那随从猛地转过身来，伸手就去摸他的匕首，那些还没有从埃尔南多身边闪开的人现在也都赶紧让到了一边。和那人一起的另外几个随从也停下了脚步，朝这边围了过来，而此时公爵的队伍已经缓缓穿过了赎罪之门，进到了院子里。

"快快收起你的武器！"旁边的一位神父及时制止了那个随从，"你现在是身处圣地！"

---

① 指贡萨洛·费尔南德斯·德·科尔多瓦，西班牙将领，曾参加过格拉纳达征服战。

"你们那儿怎么了?"走在公爵身边的一名随行人员朝大部队的后边问了一句。此时,之前那位随从的匕首已经抵在了埃尔南多的胸口,而另外两个人则按住了埃尔南多的双臂。

由一名手持细剑、剑尖指天的仆从引路,公爵本人被围在了督管、官员、书记员和教士中间。庞大的队伍不得不停止行进,从那层层叠叠的人群中,埃尔南多还能依稀窥见那位贵族身上奢华的装扮。公爵身后跟着的那群同样身着华服的女人此时也停了下来。

"有个家伙辱骂了公爵阁下的随从。"埃尔南多身旁,一个仆从正回答着主人的问话。

"把你的匕首收起来,"公爵的教士朝队伍后头走了过来,他头戴一顶绿色的帽子,一边说着一边用手拨开了帽子上系着的、挡住他眼睛的绦带,"他说的是真的么?"他转过头问埃尔南多。

"的确如此,不过我申请圣地的庇护。"埃尔南多昂首挺胸,对答如流。说到底,对方是两个贵族还是一个贵族对他来说又有什么区别呢?

"可是小伙子,你不能申请圣地的庇护。"神父不紧不慢地说,"在圣地犯下的罪行无法得到圣地的庇护。"

埃尔南多傻眼了,他觉察到自己的双膝软了下来,抓着他胳膊的两个随从此时不得不托了他一把。

"把他带到主教那儿去。"卫兵长一声令下,与此同时那位教士已经转过身回到队伍中,"让主教殿下亲自下令把这个罪人从圣所里驱逐出去。"

假使他们把他撵出了教堂,首先他要接受公爵的审判,之后还要听候埃斯皮埃尔伯爵的发落。他的命运将会是怎样……他母亲的命运又将会是怎样?柏柏尔!他们必须得逃到柏柏尔去。堂·胡利安已经为此预备多时了。现在的他只有去装可怜抱大腿了!想到这里,埃尔南多两腿一沉假装晕了过去,当那两个随从弯下身子想把他托起来的时候,他气运涌泉用力一蹬,用尽吃奶的力气朝那个看着像公爵的人扑了过去。

"大人开恩呐!"埃尔南多扑倒在地,亲吻着公爵那双天鹅绒靴子,"看在上帝和圣母的分上!"立马有几个男人跳了上去,把埃尔南多从公爵面前挪了开来,公爵甚至都没有停一下。"看在耶稣被钉十字架上的分上,行行好吧!"埃尔南多又踢又闹。

看在耶稣被钉十字架上的分上!

埃尔南多最后这句话似乎让公爵大人很是触动,他好奇地瞥了一眼这个作恶多端的大胆草民，这时埃尔南多正好也抬起了眼睛，一时两人四目相对。

"都别动！把他放下！"堂·阿方索号令他的手下。

大部队停了下来，后面有人探出身子，教士会的人也开始聚拢过来，连主教大人也削尖了脑袋想要一看究竟。

"我说把他放下！"公爵又喊了一遍。

鞋脏帽破的埃尔南多独自站在了伟岸的蒙特里尔公爵面前，看到对方的时候，两人都惊呆了。无须更多的查问和验证，埃尔南多和公爵的思绪已经同时飘回了乌希哈尔郊外的那顶帐篷里——塞隆一战让阿本·阿布全线溃败，之后海盗头子巴拉克斯就是在那里扎下了他的营地。

"老伙计后来怎么样了？"埃尔南多冷不丁问起来。

见眼前这个摩里斯科人竟问出了这样一个大不敬的问题，卫兵长作势就准备给埃尔南多左脸上来上一记，可堂·阿方索大手一挥就把他拦了下来，这位公爵直到现在还在注视着埃尔南多的眼睛。

"就像你跟我说的一样，它完成了它的使命。"看到自己的主子对这个穿得破破烂烂的家伙竟然如此客气，平时不苟言笑的书记员和大臣也是相当震惊；队伍里的其他人这时候也开始窃窃私语。"它把我带到了胡维莱斯附近，在那里我碰到了王子的士兵。可是不幸的是，那头骡子之后就再无音讯。我到那儿的时候几乎失去了意识，他们把我送到了格拉纳达，之后又带到了塞维利亚，我是在那里治好了我的伤。"

"我就知道老伙计不会辜负我的。"埃尔南多自豪地说。

两人同时笑了起来。

人群中的议论声更大了。

"那后来你找到你娘和你老婆了吗？"这回轮到公爵发问了，他根本没在意周围人的目光。

"找到了。"埃尔南多的回答却像是一声叹息，他是找到了法蒂玛，可他现在却又永远失去了她……

而公爵的话打断了他的思绪：

"所有的人都给我听好了，"公爵高声宣布，"这个男人名叫拿撒勒人，我欠他一条命。从今天开始，他将享有我的恩惠、我的友谊，以及我永远的敬意。"

第三部

以信仰之名

　　……① 因为有人叫我"上帝"和"上帝的儿子",我父上帝为了不使我在审判日受到魔鬼的嘲弄,乃使我在今世,借着死在十字架上的犹大,受到世人的羞辱……② 这样的羞辱将要一直持续到穆罕默德的死,穆罕默德来到世界上正是为了将所有相信上帝律法的人从这样的错误中解救出去。③

——《巴拿巴福音》④

---

① 前面略去的部分为:"相信我,巴拿巴。上帝就是纯净,所以不管他的仆人犯下了多少的罪恶,上帝也要处以严罚。我的母亲和门徒用来爱我的感情太过世俗,所以公义的上帝要在这个世界上惩罚我,而非把我投入地狱的永火。虽然我在这个世界上是清白的,可是……"以上译自西班牙语《巴拿巴福音》原文。
② 此处略去的部分为:"因为众人都相信我才是承受那屈辱的酷刑的人。"译自西班牙语《巴拿巴福音》原文。
③ 译自本书中的西班牙语摘录版本,该版本与原文略有出入。
④ 《巴拿巴福音》是一本被基督教人士确认为伪书的书,书中明确提及穆罕默德的来临,称耶稣并非弥赛亚,并称耶稣并未被钉死在十字架上,被钉死在十字架上的是犹大;以上观点均与伊斯兰教义吻合。《巴拿巴福音》的原稿现已失传,但世上还有两个译本留传:意大利文译本原稿由奥地利的一家图书馆保存,西班牙文的原稿虽已于十八至十九世纪时遗失,但有一份手抄本存放在悉尼大学的费希尔图书馆内。

44

1584 年，科尔多瓦

埃尔南多正观摩着大教堂图书馆壁画与翻修工程的进展，这里的图书已经被搬空，这里将要被改造成一个大圣器堂。这块地方深深吸引着他，他时不时地就会过来看看；他已经住到了蒙特里尔公爵的宫殿里，事实上除了外出遛个马，还有把自己关在宫中的大图书馆里看看书，他也没什么别的事可干。与埃斯皮埃尔伯爵之间的前仇旧恨都已一笔勾销，公爵和伯爵签订了一份秘密协议，至于协议的具体细节，埃尔南多永远也不会知道。按照西班牙贵族阶级的惯例，公爵禁止埃尔南多参加任何工作，同时他每月会发给埃尔南多一大笔零用钱，埃尔南多都不知道怎么才能把它花掉。要让人知道堂·阿方索的门客屈尊在外头干活，定会成为科尔多瓦城千万老百姓的笑柄！

然而，虽然埃尔南多享有着公爵的尊重，他却被排除在了被那些贵族拿来聊以取乐的其他社交活动之外。公爵除了要管理他那片辽阔而富足的领地，还在宫廷里担任着其他职务，所以一年中，他有很大一部分时间都不会待在科尔多瓦。埃尔南多虽然救过公爵一命，可在科尔多瓦那些高傲的贵族阶层眼中，他依然只是一个不被主流社会所接受的摩里斯科人。

如果说天主教徒们都在排挤埃尔南多，那他的穆斯林兄弟们也好不到哪儿去。埃尔南多因在阿尔普哈拉斯之战中解救了公爵而被公爵千恩万谢的消息传到了每一个摩里斯科人的耳中。埃尔南多在接受公爵庇护的时候本指望那些弟兄能够理解他的处境，不去翻那么早的老账，可当他意识到不对的时候，他的劣迹已经传遍了科尔多瓦。现在任何一个摩里斯科人只要谈起他，都会轻蔑地叫起那个追随了他一生的耻辱绰号：拿撒勒人。

"他们不愿再接受你的钱了，他们不想欠一个天主教徒人情。"一天，阿以莎对儿子说，说这话的时候，埃尔南多正要把一大笔钱交给她，好让她拿去解救那些摩里斯科奴隶。

除去用于资助民族大业的资金,埃尔南多给母亲的钱也足够她搬去与其他摩里斯科家庭同住了。他曾去找过阿拔斯,这位钉掌匠也是原议事会的成员里硕果仅存的一位了,两年前的一场瘟疫夺去了科尔多瓦五分之一的人口,近万名死者中就包括了贾利勒和善良的堂·胡利安。埃尔南多是在皇家马场里找到这位钉掌匠的。

"你们为什么不接受我的帮助?"打铁铺里只有他们两个人,埃尔南多在含含糊糊地跟钉掌匠打了个招呼后,马上提出了这个疑问。在阿拔斯将法蒂玛和孩子们的死讯告诉给埃尔南多时被他痛打了一顿后,两人之间的友情不免淡了许多。"当时法蒂玛和我是最早一批参与赎回摩里斯科奴隶的人,我们比其他人做的都要多,你不记得了?"

有那么一会儿,阿拔斯的注意力离开了他手上做着的活计。

"他们不愿接受拿撒勒人的恩惠。"阿拔斯干巴巴地回了一句,又把精力放回了他的工作上。

"你比任何人都清楚那不是真的,我不是天主教徒。公爵和我只是合力从一个叛教的海盗手上逃了出来……"

"我不想听你解释,"阿拔斯打断了他,与此同时也没有停下手上的动作,"有很多事情我们都知道那不是真的,但是……所有摩里斯科人都立下誓言要忠于他们的君王,所以今天他们才会在这里受尽屈辱,因为他们打了败仗;而同样发过誓要效忠我们民族大业的你却去帮助了一个天主教徒。如果你自己都可以背弃了你的誓言,那为什么你还要对那些在某时某刻没能信守诺言的人如此苛刻?"

说完这番话,魁梧的阿拔斯站在了埃尔南多的面前。为什么你一直不肯原谅我?阿拔斯的眼睛中流露出这样的疑问。对于你妻子的死我根本无能为力,阿拔斯的目光像是在这么说。

埃尔南多一言不发,他的视线定在了那块铁砧上:一对铁掌正在上面慢慢成形。这完全是两码事:阿拔斯答应过要照顾他的家人;阿拔斯保证过乌拜德再也不会找他们的麻烦。阿拔斯……他辜负了他的信任!现在法蒂玛、弗朗西斯科、伊内斯和沙米尔都已经一命呜呼,这是他的全家!难道这也可以被原谅?

"可我从来没有伤害过任何人。"埃尔南多反驳道。

"啊,是嘛!要知道你可是救下了一个大人物。你怎么能保证你真的没有伤害到任何人?战争的结果就取决于他们,取决于他们中的每一个人:他们的父母、他们的兄弟姐妹、他们的家人被俘时订下的合约。我们脚下的这座圣城,"阿拔斯提高了声音,"当时为什么会被天主教徒收复回去?仅仅就因为一位贵族的一己之力。

当时，堂·洛伦佐·苏亚雷斯·加利纳托①的调虎离山计成功骗过了伊本·呼德②国王，他让国王以为天主教徒的大军已经驻扎在离这儿不过七里地的厄西哈，从而使国王将宝贵的兵力调往巴伦西亚，却最终放弃了科尔多瓦。"说到这里，阿拔斯叹了口气，而埃尔南多都不知道自己该说些什么。"单单一个贵族就改变了西方穆斯林之都的命运！你还坚持说你没有伤害到任何人吗？"

埃尔南多离开的时候，两人甚至都没有道别。

阿拔斯的那番话困扰了埃尔南多许久，他一次次地试图说服自己，那个海盗巴拉克斯仅仅只是想拿堂·阿方索去换一笔赎金而已，公爵是否获得自由并不能改变阿尔普哈拉斯之战的走向！他一遍又一遍地劝说自己，但阿拔斯的话总是在最不合时宜的时刻重新回到他的脑中，所以他才时不时地想去看看那个由图书馆改建而来的大圣器堂，那里曾留给他太多美好的记忆。在那里，他找到了宁静，他静观着那位被教士会雇来的意大利画师切萨雷·阿尔巴西亚③是如何从下往上，在圣器堂的四壁与双拱上覆满了圣洁的绘画，在那赭色与红色相间的底纹上填满了天使与纹章。那位画师的右手顾及了圣器堂的每一个角落，连那一根根圆柱的柱头都被覆上了金色的华盖！

"大师莱昂纳多·达·芬奇曾经说过，比起在文字中读到神性，信徒们更希望从绘画中看到神的形象。"一天，意大利画师跟埃尔南多解释道，"现在我们所在的这个礼拜堂就会按照罗马圣彼得大教堂中西斯廷礼拜堂的样式进行装饰。"

"这个莱昂纳多·达·芬奇又是谁？"

"是我的老师。"

切萨雷·阿尔巴西亚约莫四十五岁上下，是个不苟言笑的男人，聪明且有些神经质；当他第三次看到这个在公爵家规的逼迫下穿得无可挑剔的摩里斯科人来到礼拜堂，接连几个小时地观摩他的工作时，他终于敢上前去和他搭话。两人志趣相投，很快结下了友谊。

"画面对你来说并不重要，不是么？"一天，画家问了起来，"我从没见过你仔细观赏那些画。可能你更感兴趣的是绘画的过程吧。"

的确如此，更吸引埃尔南多的是这个意大利画师所使用的绘画技法，这与他之

---

① 卡斯蒂利亚国王费尔南多三世的将领。
② 安达卢斯王（1228—1237年在位），1236年被卡斯蒂利亚国王费尔南多三世打败，科尔多瓦失陷。
③ 切萨雷·阿尔巴西亚（1547—1607），意大利画家，擅长湿壁画。

前看到的那些科尔多瓦的皮塑家和画师所使用的技法截然不同：这种技法的名称叫作湿壁画。

只见这位画师将一种用粗砂和石灰调和成的灰泥抹在了他需要作画的墙面上，然后认真细致地把它展平，再用大理石粉和石灰粉为它上光。只有在基底未干的时候他才可以在上面作画，所以有几次见自己还没画完底料就已经干透了，大教堂里就会听到用意大利语喊出的咒骂声。

两个男人默默对视了几秒。意大利人知道埃尔南多是个新天主教徒，他也猜到这个摩里斯科人还没有放弃对穆罕默德的信仰；而对埃尔南多来说，向这个意大利画家坦白真相也并没有什么大不了，他坚信阿尔巴西亚也在隐瞒着什么事情：他的举止行为确实像个天主教徒，他为大教堂工作，每天画着上帝、圣母、天使和科尔多瓦的殉道者们；可从他的行事和话语中，埃尔南多却感觉到，这个男人与其他那些西班牙的天主教徒不一样。

"我更相信文字，"埃尔南多承认，"我永远都不会在简单的绘画中寻找到上帝的形象。"

"并非所有的绘画都如你想象的那么简单，有许多画作就在无言中揭示着书中的秘密。"

那一天，两人的谈话便以意大利画师的这句神秘宣言作结。

蒙特里尔公爵的宫殿矗立在圣多明戈街区的高地上，宫殿的主体部分建于十四世纪，也就是科尔多瓦刚刚被征服的年代，宫殿一角迎风而立的古尖塔就见证着哈里发统治时期的辉煌。宫殿共有两层，屋顶出奇地高，在原有建筑的基础上不断增筑，最终成就了宫殿现在迷宫般的架构。整个建筑群占地面积惊人，是两个花园和十个庭院将几栋建筑物连成了一片；宫殿的内部则展示着公爵的珍藏：各式大型家具应有尽有，皮塑、雕像和挂毯则渐渐让位给了油画；刀叉杯碟纷纷披金戴银，皮革丝绸更是琳琅满目。宫殿内各类设施一应俱全：卧室、洗漱间、厨房、仓库、食品贮藏室、祈祷室、图书馆、出纳室、马场、会客厅……

1584年，埃尔南多三十岁，公爵三十九。公爵的第一次婚姻给他留下了一个十六岁的儿子，而八年前与卡斯蒂利亚贵族堂娜·露西亚喜结连理，则又给他带来了另外三个孩子：两个女儿现在分别六岁和四岁，而那个小儿子则刚满两周岁。长子费尔南多已经被公爵送到马德里宫廷，平时住在科尔多瓦公爵府中的则有夫人堂娜·露西亚、她的三个子嗣以及十一个落难贵族。这些贵族的年龄层次各不相同，与公爵多少有点血缘关系，堂·阿方索·德·科尔多瓦作为家族的长子，自然有义务对他们加以扶持。

在这群由公爵豢养着的寄生虫里，不乏像当时那个为证明自己血统给了埃尔南多四个里亚尔的人那样的孤高绅士，也不缺像堂·埃斯特万这样不声不响、沉默寡言的远亲。堂·埃斯特万原是个军官，却在战斗中失去了一只胳膊，由于他实在穷困潦倒，堂·阿方索只能把这个"耻贫"带回了自己家里。

"耻贫"是科尔多瓦乞丐中一个特殊的阶层：出于名誉，他们中的男男女女既不愿去工作也不愿去当众乞讨。西班牙上流社会却接受了这样一批人：他们是有尊严的人，怎么能让他们上街讨饭呢？于是，专门有人组成了兄弟会来为他们服务：兄弟会的人会负责调查他们的身世，确认他们的状况，一经发现他们确实符合这种情况，团体成员们就会替他们去挨家挨户地讨要施舍，并把要来的钱在私下里交到他们手上。有一次堂·阿方索回到科尔多瓦时，正好主持着这样一个兄弟会的事务，当他听说他有一位远亲如今也落到了如此下场，第二天就把那人接回了他的家。

在与阿尔巴西亚共度了一个下午之后，埃尔南多朝公爵的宫殿走了回去。在从大教堂到圣多明戈街区的路上，埃尔南多一路闲逛，他毫无目的地这里停停那里看看，只是为了延缓他跨过宫殿门槛的那一刻。公爵实在难得回到科尔多瓦，只有他邀请埃尔南多坐在他的身边时，埃尔南多才能安心欣赏起这座府邸所特有的美丽与安详；然而当堂·阿方索不在的时候，埃尔南多受到的待遇中却处处可见难以言表的羞辱。好多次他计划着要离开这里，但是之后又发现他什么决定也做不了。法蒂玛和孩子们的死让他心灰意冷，此时的埃尔南多已经无力再去面对生活。多少个不眠的夜晚，他沉浸在回忆里，而更多的时候，是梦魇在子夜光顾了他：乌拜德一次又一次地砍杀着他的全家，对此他自己竟无能为力；之后慢慢地，这些占据着他梦境的骇人图景又变换成那些藏在他记忆深处的最幸福的画面：戴着那条白色头巾的法蒂玛微笑着，伊内斯则一脸认真地站在家门口等他回家，弗朗西斯科在专心致志地书写那些阿拉伯数字，是循循善诱的哈迈德在教导他。埃尔南多把自己包裹在这些记忆里，日复一日，他只期盼着夜晚的降临：只有在这一刻他才可以与死去的亲友相聚，即便这种相聚永远只能是在梦里。其余的事对他已经不重要了：如今的他已经不属于天主教徒和穆斯林中的任何一个阵营。除了骑马，别的技能他一个都不会，而自从阿希拉特那件事后，他再也无法回到马场里去了；马场里也已经再没有他的朋友。如果他离开这座宫殿，等待他的又将是什么呢？回到鞣皮坊去吗？去面对那些穆斯林弟兄鄙视的眼神？埃尔南多确信有一份工作能有效帮助他摆脱目前的孤独，所以有一次，他斗胆对堂·阿方索进行了暗示，他想让公爵知道，其实他也可以被安排到马场里去驯马。可是事与愿违，堂·阿方索的回复斩钉截铁：

"你不能让人觉得我对我的救命恩人一毛不拔啊。"两人坐在公爵的书房里，公爵正低头阅读一份文件，而前厅里已经聚起了一大堆人等待着公爵的接见。"你在这儿难道缺少什么吗？"公爵问道，眼睛没有离开文件，"他们没有好好待你？"

他怎么敢去告诉公爵，在这些羞辱他的人里他的妻子就首当其冲？埃尔南多知道，堂·阿方索·德·科尔多瓦是真心诚意地感激他，对他毫无保留，可是相较之下，堂娜·露西亚就……

"就这样了行不行？"公爵在书桌后再一次跟埃尔南多确认。

"嗯，我也就是随便一想。"埃尔南多知难而退。

无论如何他都不会再回到那个鞣皮坊里去了，走到宫门前的时候，埃尔南多再一次对自己说。门卫特地让他等了一会儿才给他开门，而在开门的时候，他也没有像迎接别的贵族那样跟埃尔南多打招呼或是鞠躬。进门的时候，埃尔南多将披风递给了门卫。

"愿上帝与你同在。"埃尔南多主动问候着那个门卫，但门卫接过披风时连看都没有看他一眼。

明知门卫在背后盯着他，埃尔南多还是深深地叹了口气，现在他已经站在了这座巨大的宫殿里：时候还早，离他可以去图书馆里享受清净的点儿还有好几个钟头，而就在这段时间里，无休止的各种屈辱将会缠绕着他，不让他享有片刻舒坦。快到晚餐时间了，埃尔南多只见那些仆人开始频繁穿梭在宫殿中；他们悄无声息，行色匆匆。负责伺候公爵一家以及公爵那些门客的，总共有超过一百名的仆从。

埃尔南多被迫学会了分辨所有这些人的不同：长长的名单上，首先有教士、管家、秘书、侍卫和公爵的专属仆从；然后有餐厅主管、马场主管、出纳和司库；在他们之后还有库房监督、器皿管理员、餐具负责人、银器保管员、采购员、伙食管理员、送货员、书记员、保姆和家庭教师；还剩下二十几名仆人：他们大多是男人，其中也不乏摩里斯科人，其中有几个是自由身，其他的则是奴隶；最后还有五六个侍童。

堂娜·露西亚已经吩咐过要让埃尔南多学习宫廷礼仪，餐桌上的规矩更是重中之重；作为一名公爵的门客，必须在用餐时表现出比普通贵族更加出众的风度。公爵夫人在埃尔南多第一次与他们一同就餐后就做出了这个决定，那天桌上除了公爵夫妇还坐着一名教士以及十一位贵族。那天的头菜是阉鸡、野鸽、乳猪和小羊肉；之后，仆人们则端上那道天主教徒的名菜：用鸡肉、牛肉和菜豆混合大块猪油所熬成的杂烩汤；再然后是米粉鸡脯羹：为了烹制这道菜，需要将鸡胸肉拌在糖浆、牛奶和米粉糊中熬煮；而最后的甜点则是水果和千层酥。埃尔南多坐在公爵的右侧，正对着那位教士，在他面前整齐摆放着一系列亮闪闪的刀叉和银匙，此外还有大大小小的盘子、茶杯、酒杯、水杯、盐罐和餐巾；此时，一个侍童端来了一个盛满水的钵。在教士与贵族们狡黠的目光下，埃尔南多把那个水钵端到了嘴边，当他看见公爵朝他挤了挤眼同时把手浸到那个水钵里的时候，埃尔南多只觉得无地自容。

堂娜·露西亚可不能容忍有人在她的餐桌上做出如此失礼的举动，晚饭刚结束，埃尔南多就被叫到了一个单独的小厅里。公爵夫妇已经在那里等着他：堂·阿方索坐在一把扶手椅上，神情郁闷地垂着头，看上去就像刚被老婆训了一顿；而站在一旁的堂娜·露西亚则是一副高高在上的样子。只见公爵夫人一袭黑色的长裙，只在领口的地方露出了一缕精巧的白色花边。埃尔南多忍不住将她同那些穆斯林妇女做着比较；就好像所有的天主教女贵族那样，堂娜·露西亚与埃尔南多那些在陌生人面前极力遮掩着自己的穆斯林姐妹截然不同：她毫无顾忌地出现在人们眼前，却与任何一个端庄正派的贵妇一样竭力掩饰着自己的姿色：她会先用铅板把胸脯压住，然后再勒上紧紧的束胸；为了让脸色变得更加苍白暗淡，公爵夫人还会定期服用黏土。

"埃尔南多啊，我们不能那么不懂规……"听到公爵干咳了一声，堂娜·露西亚叹了口气，她重新调整了一下自己的呼吸，然后把语气变得柔和了些，"埃尔南多啊……如果你能学好餐桌礼仪，公爵和我都会非常高兴的。"

他们委派了宫中年纪最大的一位贵族作为埃尔南多的师傅：这位一年四季都衣冠楚楚的绅士名叫堂·桑丘，是公爵的堂兄，他不情不愿地接受了这个任务。在接下来的一年里，堂·桑丘教会了埃尔南多如何使用餐具，应该穿着怎样的衣服，以及在公众场合的举手投足；他甚至努力纠正埃尔南多的阿尔哈米亚语发音，因为像其他的摩里斯科人一样，埃尔南多在语音方面也有着先天的不足，他会经常混淆 S 和 X，这两个字母的读音他永远分不清楚。

对于每天堂·桑丘的礼仪课，埃尔南多选择了默默承受，那段时期埃尔南多心中是如此沮丧，甚至被当成孩子一样对待时，他都没感觉屈辱。他只是无条件地服从着，直到有一天这位绅士提出要教他跳交谊舞：堂·桑丘仿佛很是乐在其中，说起这件事时，脸上眉飞色舞。

"出脚，"堂·桑丘饱含激情地在大厅中给埃尔南多做示范，"花步，小跳，交叉步，腾空绕腿，"绅士一边高声诵读着步法的名称，一边笨拙地跳了起来，用后腿在空中画了一个圈，"腾跃，"趁着绅士的那一串跳步，埃尔南多赶紧转过身去悄悄溜出了大厅,"慢四步,"只听身后堂·桑丘还在那里高唱着,"旋转……"

从那天以后,堂娜·露西亚终于觉得这个摩里斯科人拥有了与他们共同生活的资格。她也明白,埃尔南多估计是没有心情在舞池中证明他的天赋了,所以她宣布,礼仪课到此为止。不过尽管如此,埃尔南多新学的礼仪还是未能改变当堂·阿方索不在时,他在宫中屡遭冷眼的局面。

周五的时候,埃尔南多终于忍不住跟阿尔巴西亚摊牌,说他实在无法在意大利人的画作中寻找到上帝的形象。那天晚上,宫里吃的是瓜达尔基维尔的鱼贩子带来的鲜鱼。斋戒的日子里,餐桌上十四位食客的闲话要比平常吃肉时少得多,而且众所周知的是,他们中的大多数人,包括神父在内,都会在用餐之后到厨房里去弄些面包、火腿和血肠吃。晚餐的时候,堂娜·露西亚像严母一样主导了餐桌;埃尔南多没怎么去注意她和那些贵族以及教士之间的谈话内容;而相对的,这些大人物对这个摩里斯科人也是兴趣全无。

宫里的图书馆是埃尔南多唯一想去的地方,每天晚上他都会把自己掩埋到堂·阿方索的近三百本藏书之中,所以公爵夫人一宣布晚餐结束,埃尔南多就迫不及待地跑到了图书馆中。对他来说可算是幸运,贵族们根本没想到要叫他参加晚间的朗诵活动,跑过几个大厅,穿过两个庭院,现在的他已经置身于大阅览室前面的那个庭院中。好几天来,他一直沉浸在这本叫《阿劳科人》①的书中,距离这本书第一卷的出版已经过去了十五年;可是今天晚上,他却不想继续阅读这本有趣的书,下午时分阿尔巴西亚关于达·芬奇和"在绘画中寻找上帝"的评论让他回想起了之前堂·胡利安曾经说过的话;无巧不巧,那番话正是在同一个小礼拜堂里所说的:

"读书吧,因为没有比真主更慷慨的了。正是他教会了世人如何使用翎笔。"

"这句经文是什么意思呢?"那时候,埃尔南多问堂·胡利安。

"通过书法,穆斯林与真主之间建立起了神圣的关系。我们应当荣耀真主的启示,而只有通过书法,我们才能亲眼看到这些神圣的话语。每一个伟大的书法家都在努力寻找着让真主的话语变得更加美丽的方法。只有在祷告之所亲眼看到那些被书写出来的启示时,一个穆斯林才能永远地记住它们。当然,文字越优美,效果越理想。"

---

① 由西班牙士兵和战地记者阿隆索·德·埃尔西亚撰写的史诗,记述了西班牙征服者与南美土著阿劳科人(也称马普切人)之间的战斗,体现了阿劳科人不屈不挠的抗争精神。

一起抄写《古兰经》的那段日子里，堂·胡利安给埃尔南多讲述了不同的阿拉伯语字体：主要有库发体，这也是被科尔多瓦的后倭马亚王朝用来装点清真寺的字体；还有在格拉纳达的阿尔罕布拉宫中所使用的奈斯尔斜体。但即便是在畅谈着那些书法家的笔画、构图和彩色的运用时，他们也无暇顾及文字之美；他们的目标只是为摩里斯科人提供尽可能多的《古兰经》，而速度与完美总是无法兼顾。

那天晚上，埃尔南多走进了图书馆，点起了灯。他的心中只有一个念头：拿起一支笔一张纸，然后把自己交给真主，就像阿尔巴西亚在绘画时的那样。此刻，用安达卢斯字体工整誊写的《古兰经·开端章》仿佛已经出现在了他的眼前：笔直的竖线上开出了婉转的花，黑红绿三色的上标百卉千葩。对了，这个图书馆里会不会有彩色墨水呢？连堂·阿方索的秘书和书记员都好像从未在文书中用过。那么说，埃尔南多得自己去买了。也不知道在哪儿才可以买到呢？

带着这样的想法，埃尔南多在一张书桌前坐下，他的周围，公爵的藏书整齐地排列在用各式名贵木材打造的书架上。如他所料，这里果然没有彩色墨水。埃尔南多望着那些笔墨和纸张，决定先拿它们练练手。他把一支羽毛笔蘸上墨，自得其乐地在白纸上轻轻绘出了一笔：alif，阿拉伯语的第一个字母，正如造字时的意义，它那轻盈的曲线就像人的身子一样：埃尔南多描绘着它的脑袋、前额、胸脯、背脊、腹部……

庭院中的一阵笑声把埃尔南多吓得打个冷战。他这是在干什么啊？他那双满是冷汗的手差点没把墨水瓶打翻；他飞快地抓起纸叠好，把它藏在了衬衫里面。心脏还在撞击着他的胸腔，只听那笑声和脚步声渐渐消失在庭院的另一端。这件事他就根本没想过啊！埃尔南多一边感受着心脏的搏动一边自我检讨：怎么能在一个天主教公爵的图书馆里练习阿拉伯语的书法呢，既然每一刻都可能会有贵族和仆人们来到这里！但同时他也不能把自己锁在卧室里，对于这一可能性，埃尔南多思虑再三：每天吃完晚饭，其他人都会参与到朗诵会中，只为了等堂娜·露西亚回房，然后他们就可以溜出去享受夜生活，而每到这时候埃尔南多就会跑到图书馆里来，整整两年，一天不落；如果现在突然改变习惯，不免会引起其他人的怀疑，而且，他又要把那些纸笔藏到哪里呢？那些仆人……或许不只是他们，时常会翻动他的东西。他一开始就注意到了，即使是把那些东西锁在木箱里，也同样会成为别人窥探的目标；当埃尔南多第三次发现有人搜查过他的私人物品时，他断定，那个木箱的钥匙绝对不止他手上那把。幸好从来到这里的第一天起，他就把那块法蒂玛之手，也是他唯一的宝贝，藏到了一个安全的地方：那是一块绣着深山猎猪图的五彩挂毯，埃尔南多把那块吊坠藏到了挂毯的褶皱里；可尽管如此，要想把体积那么大的羽毛笔、墨水瓶和纸张都藏到那里去……这是绝对不可能的啊！

在哪里才能安心写字不会被发现呢？埃尔南多用目光巡视着这个硕大的图书馆：这是个四方形的屋子，每道墙上都开着一扇门；窗上都封上了铁栅栏，窗外就是庭院和门廊；在书架与内墙之间有一张长长的书桌，喜欢阅读的人就可以坐在这里挑灯夜战，此外还有三个独立的柜子，各自保存着重要的文件。怎么看这里都没有可以藏身的地方，于是埃尔南多望向了那扇开在屋子尽头的门，那扇门被围在几个书架中间，走过那扇门，就进到了附在宫殿一角的那座古老尖塔。他曾探查过那座尖塔的内部，但他唯一的发现就是自己无可抗拒的乡愁，他想起了当年的阿尔普哈拉斯，祷告报时人就是在这样的尖塔中呼喊着所有的信众。这是一座简单窄小的方形尖塔，尖塔的中间是一根圆柱，圆柱周围铺设着螺旋阶梯，拾级而上就可以到达尖塔的顶端。他一定要找到一个可以写字的地方，哪怕必须改变自己的习惯，或是去到宫外的人家。为什么不呢？他从衣服里掏出了那张皱巴巴的纸，开始仔细打量那个字母 alif。这个字母与他至今为止所写过的任何字母都不一样，他在这个字母中读到了前所未有的虔诚。他决定把那张纸撕碎，但下一刻他又反悔了：这是他第一次试图在一个文字中描绘出真主的形象，就像阿尔巴西亚在用他的宗教画做着相同的事情。

他能把他的作品藏到哪儿去呢？他提灯起身，绕着图书馆一圈圈地转起来，他不断排除着那些不合适的地方，最终还是停在了那座尖塔的阶梯下。这里不像是经常有人会来的地方，一层细沙覆盖在一级级严重风化了的楼梯上，这座塔楼已经年久失修，或许它对天主教徒们的意义早就注定了它会有这样的后果。埃尔南多开始扶着圆柱往上爬，那根圆柱上有不少砖石已经松动：说不定他可以把纸笔藏到哪块石头后面？埃尔南多仔细摸索着，寻找着他梦想中的那块石头，而当他爬到一半的时候，果真有一块砖石被他轻松推动。埃尔南多把油灯凑了过来，他马上有了新的发现：在那连成一排的两块砖石后面，依稀能看到里面藏着条缝。那会是什么？埃尔南多用力把石头推了开来：一个暗柜赫然在目。

埃尔南多朝暗柜里照了照，油灯在他手中不住地抖动；他看到里面有一个小皮箱，这也是那窄小的暗柜中唯一能容得下的东西。只见那小皮箱的四角包着铁，上面的凸纹花饰与宫中能找到的箱子完全不同，宫中的箱子多为穆德哈尔风格，用兽骨、乌檀或黄杨木所雕，要么就是在科尔多瓦生产的，那些箱子上大多装点着皮雕。埃尔南多把那箱子抽了出来，跪在楼梯上开始细细察看：箱子表面的皮经过了精雕细琢，埃尔南多在一系列植物纹饰之间看到了他刚刚写过的字母 alif。那只有可能是一个 alif！

埃尔南多几乎要贴到那个箱子上了，他轻轻拂拭着箱子的表面，还被上面的灰呛得咳了几下。随后他将灯火靠近了那片刚刚擦拭干净的图案，用指腹抚摸着那几个几乎消磨殆尽的字母：……穆哈迈德·伊本·阿比·阿米尔。曼苏尔！虽然其他的字已经看不清了，埃尔南多还是恭敬地喊出了那个响当当的名字。他只觉得周身一颤：这个箱子竟是领袖阿尔曼左尔时代留下的！这里面究竟藏着什么呢？埃尔南多一屁股坐在了楼梯上。要是能把它打开就好了！

埃尔南多观察着那把锁，箱子正中央的那两片铁皮就是被这么一把小小的锁连接在一起。如何才能打开它呢？就在他的手指拨弄着那把锁的时候，两片铁皮伴着一声腐朽的钝响掉了下来，铁皮连锁落到了埃尔南多的手里。埃尔南多傻愣了几秒。然后他重新跪了下来，郑重地掀开了箱盖。

当他把箱子内部照亮的时候，他看到了几本用阿拉伯语写的书。

45

切萨雷·阿尔巴西亚独自住在大教堂附近的一栋小楼里,生丝市场就离他家不远。那天晚上请埃尔南多吃饭的时候,他特意没有使用猪油;他甚至避开了胡萝卜、白萝卜和小萝卜——作为常用的猪食,它们难免会让人联想到猪,穆斯林同样忌讳着这些食物。

"我唯一没能做到的,"用餐后,画师向埃尔南多坦白;两人正坐在院子里喝柠檬水,院中的花花草草一看就是精心修剪过的,"就是按照你们的律法给那头羊羔举行献祭仪式了。"

"我们好久没能这么吃东西了,好在我们有塔齐亚观①,真主会理解的。只有极少数的机会,在那些僻静的田间小屋里,我们的一些弟兄才敢按照穆斯林的律法烹调食物。"

两人静默地交换着目光,嗅着春夜的花香。埃尔南多喝了一口柠檬水,让周围的芬芳把自己带去了那个同样氤氲着馥郁香气的小院,在那里,他的孩子们一边玩水,留下了一片银铃般的笑声。就在那天早上,阿尔巴西亚画完了《主的晚餐》中的最后一张脸,这幅湿壁画就画在圣器堂最显要的位置、圣体龛正上方的三角墙上。看到那幅画的时候,埃尔南多不由自主地把目光定在了坐在主左侧的那个人身上——被主拥抱着的那个形象……分明是个女人!

"我得跟你谈谈。"埃尔南多对画师说,他的双眼还盯着那张女性的面孔。

"等等,这里不行。"阿尔巴西亚答道,他顺着埃尔南多的视线看了过去,猜到了这个摩里斯科人心中的困惑。

于是破天荒地,他邀请埃尔南多共进晚餐。

伴着潺潺水声,两人聊了一会儿,直到这位意大利画师主动问了起来:

"你当时想跟我说什么?是关于那幅画吗?"

---

① 伊斯兰概念,原意是谨防、自卫,指为躲避宗教迫害而隐瞒内心信仰,在一定时间内放弃某些宗教习俗的意识。

"据我所知,最后的晚餐时在场的只有主的十二个门徒,为什么你画了个女人呢,还被耶稣抱着?"

"那是圣约翰。"

"可是……"

"那是圣约翰,埃尔南多,你想多了。"

"好吧,"埃尔南多没再坚持,"那你听我说,我也有些事想告诉你。大概一个月前吧,我在公爵府的古尖塔里找到了几本用阿拉伯语抄写的书,还附有当时哈里发宫中一位抄写员所作的注。先说这个吧:两年以来,我在公爵的图书馆里读过不少关于曼苏尔的书;这个曼苏尔,天主教徒习惯把他称作阿尔曼左尔,他曾是希沙姆二世①哈里发手下的一位领袖,是科尔多瓦在伊斯兰统治时期最伟大的穆斯林将领;他曾率兵攻占巴塞罗那,并把战线一路推到了圣地亚哥德坎波斯特拉②,他曾在大教堂中饮马,还让被俘的天主教徒把大教堂的那口钟扛到了科尔多瓦,最终熔炼成大清真寺的油灯;当然,后来圣徒国王费尔南多也报了一箭之仇。"阿尔巴西亚一边嘬着柠檬水,一边听得很认真,"但阿尔曼左尔同时也是个宗教狂热分子,他亲自导演了文化与科学史上最著名的几次暴行。当时哈里发的父亲哈卡姆二世曾是科尔多瓦历史上最贤明的哈里发之一,他试图将科尔多瓦城打造成一个人类知识的中心,曾向天涯海角派出使者,只为将所有目所能及的书籍资料尽收囊中,最终他成功在他的图书馆里汇集起超过四十万卷的藏书。你能想象吗?四十万卷!比当时的亚历山大图书馆③或是现在罗马教皇的图书馆的馆藏还要多!"

埃尔南多顿了一下,喝了一口柠檬水,同时也想看看听了他的话之后画师脸上会做出怎样的反应;只见这位画师正在微微地点头,像是在想象着那所宏大的知识宝库。

"那么好,"埃尔南多继续说了下去,"到了阿尔曼左尔当政时期,他下令将除了医学和数学之外所有与真主的启示稍有出入或是毫不相干的书籍统统付之一炬:诗歌、音乐、占星术、逻辑学、哲学……所有与艺术和科学相关的书籍都被一把大火烧成了灰烬!是那位伟大的领袖亲自把成千上万的孤本珍籍扔进了火祭坛里!"

"太野蛮了!这真是太疯狂了!"

---

① 科尔多瓦统治者(976—1008年在位)。
② 西班牙加利西亚的首府,以大教堂著称。
③ 世界上最古老的图书馆之一,收藏了公元前400—前300年时期的手稿,拥有最丰富的古籍收藏,但于三世纪末被战火全部吞没。

"在我找到的一封信里,那位抄写员详细讲述了那场大火的前因后果,同时他说,他自己愿违阿尔曼左尔之命,为后人挽救下几本在他看来值得流芳百世的书籍,尽管只是他的手抄本,且因时间仓促,其中并无标点,也未经修订。"

"整整四十万本书啊!"阿尔巴西亚还在为那场大火而惋惜。

"是啊,"埃尔南多附和道,"光是图书馆的藏书书目,就用了四十四本、每本五十页厚的卷宗才写完呢。"

两个男人都沉默了。最后还是阿尔巴西亚示意他的客人继续说下去。

"自那以后,每天晚上我都在阅读这些手抄本,我把它们藏在了那些厚重的天主教书籍里。其中有几本地理图册,还有一些则是美妙的诗集;有一本是专门讲书法的,不过抄写员为了追求速度,难免破坏了它的本意。"阿尔巴西亚摊了摊手,意思是为了说这些话完全不用搞得那么十万火急。"我还没说完呢,"埃尔南多请这位意大利人耐心听他说下去,"其中还有一本是天主教的福音书,传说那本福音书的作者就是使徒巴拿巴。"

一听到那个名字,画师就从座位上弹了起来。

"在那本手抄本的封皮上,抄写员是这样记述的:阿尔曼左尔从那些穆斯林先哲和阿訇中拣选出了信仰最坚定的一批,让他们来决定要将哪些书投入火坑。当那些人看到这本天主教福音书时,毫不犹豫就将它列入了禁书的名单;而他,这位抄写员,在明知这本《巴拿巴福音》出自一位基督门徒之手,且写于一个比《古兰经》更早的年代时,坚持认为这本书的内容恰恰确证了穆斯林的真理;末了,他还说,鉴于《巴拿巴福音》中的理论对人类有着深远的意义,他在制作了这本手抄本的同时,还会将那本书的原稿藏在科尔多瓦的某处,从而避免它惨遭被大火烧毁的命运——不过显然,这其中也不会写到他最后到底有没有成功。"

"那本福音书里都写了些什么呢?"

"大体是说,基督不是上帝的儿子,而是一个人,是又一个先知,"埃尔南多总觉得阿尔巴西亚脸上的表情是在对他表示赞同,"里面还说,他没有被钉死在十字架上,最终是犹大替他去受的刑;书的作者否认耶稣就是弥赛亚,他预告了真正的先知穆罕默德的降临,也预言着未来还会有真正的启示出现;同时书里还讲到了沐浴和割礼的必要性。这本书的作者与耶稣是同时代人,他认识耶稣本人,也熟习耶稣的话语;但与其他福音书相悖的是,这本福音书反而印证了我们民族的信仰。"

两人一时缄默下来。柠檬水已经不多了,一个女侍拿着又一扎柠檬水出现在院子的另一头,但阿尔巴西亚却甩了甩手让她回去。

"谁都知道,那些帕帕斯①们篡改过福音书的教义。"埃尔南多补充了一句。

埃尔南多等待着画师的反应,可阿尔巴西亚却是毫无动静,他的脸上甚至没有一丝表情。

"你跟我说这些做什么?"过了好一会儿,画师才用略有些粗鲁的语气朝埃尔南多问道,"你着急忙慌地就为了要跟我讲这个?我都做了什么你就觉得我是……"

"今天,"埃尔南多打断了他,"站在你的画作前,我就觉得你把耶稣基督画成了一个普通人,而且他还亲昵地抱着一个女……抱着一个什么人;你把他画得那么慈蔼,甚至他还在笑:这不是那个全知全能、受苦受难、流血流泪的上帝之子,而在大教堂中的其他任何一个角落,我们所能看到的耶稣基督都是我所说的那个样子。"

阿尔巴西亚没有回答,他若有所思地托起下巴。埃尔南多没有去打扰他。

"你是个穆斯林,"最终,画师说道,"而我是个天主教徒。"

"可是……"

画师没有让他说下去。

"真理到底掌握在谁的手中,现在还很难评判……你们是对的?抑或是我们?还是那些犹太人?现在又出现了那些路德教徒。他们已经背离了罗马教廷的教义。也许他们的理论是正确的?还有很多天主教徒也同样不相信教廷所坚持的那些东西。"说到这里,阿尔巴西亚稍微停了一停,"重要的是,我们所有人都相信那个唯一的上帝,只有上帝才是亘古不变的:亚伯拉罕的上帝也是我们的上帝。穆斯林当时侵占这片土地,也是因为基督教徒的召唤,那些阿里乌斯派教徒②,现在已经被认作是异教徒了,当年就是他们把穆斯林叫到这里来的。当时的卡斯蒂利亚人都是阿里乌斯派教徒,而在北非也有他们教派的兄弟,所以直到很久以后他们还不明白,原来这些被他们叫来增援的阿拉伯人都是穆斯林。你发现了么?作为基督教徒中的一支,阿里乌斯教派的理论和伊斯兰教的理论竟然如此相似。对于他们来说,伊斯兰教与他们的宗教异常接近:无论是哪一边都不承认耶稣基督的神性。所以在短短三年里,穆斯林就得以攻克了所有这些王国。若不是当地人觉得投降给穆斯林也不妨碍继续坚持自己的信仰,你觉得要在三年里征服西班牙全土,这可能吗?其实都是同一个上帝啊,埃尔南多,我们信仰的都是那个亚伯拉罕的上帝。万变不离

---

① 非洲沿海土著居民对基督教神甫的称呼。
② 该教派的教义由亚历山大里亚一位名叫阿里乌斯的基督教牧师提出,认为耶稣并不是一个完全的神,而是三位一体中较低的一位。

其宗，只是形式千差万别而已。所以最好还是不要纠结了，否则宗教裁判所……"

"可是，若是那些认识耶稣本尊的人都说他不是上帝之子……"埃尔南多还在坚持。

"是我们这些人类在让我们自己分离，是我们这些人类想出了各种解释，又拣选着与自己相同的人；而上帝一直都是那个上帝。我相信谁都不会否认这一点。还是吃东西去吧，"阿尔巴西亚补上了一句，他突然站了起来，"羊肉应该已经好了。"

晚饭时，阿尔巴西亚规避着任何与圣器堂的壁画和《巴拿巴福音》相关的话题，他跟埃尔南多拉起了家常，埃尔南多也就没有再追问下去。

"愿好运与智慧伴随着你。"阿尔巴西亚站在家门口与埃尔南多道别。

现在他该怎么处理这本福音书呢？埃尔南多自问，现在他已经重新站在了公爵的宫殿里。据频繁与他见面的阿以莎所说，阿拔斯周围已经聚起了一群弄性尚气的暴徒，对天主教徒们的仇恨成了他们唯一的指引。现在他们再也无法将启示传达到弟兄手里，新组成的议事会只能立下武装斗争的决心。起义的消息在科尔多瓦城里口口相传，这也激化了摩里斯科人和天主教徒之间的敌意。最近一次的企图离现在不过一年，国务院立刻做出反应要宗教裁判所提供一份详尽的报告。当时的纳瓦拉国王，也是胡格诺派教徒的恩里克三世是与土耳其人勾结在了一起，这位腓力二世国王的死敌打算攻打西班牙，为此，他便暗通了摩里斯科人作为他的内应。

"都是些没文化的人，"阿以莎贬斥着议事会的那些新成员，"连一个会读书写字的都没有。"

埃尔南多知道，阿拔斯和他的追随者们铁定不会欢迎他。要是这本福音书手抄本落到他们手上，结果又会是怎样呢？或许他们也会做出和当时的阿尔曼左尔一样的举动吧：不管其中的经文与《古兰经》多么吻合，他们一看见作者是个基督徒就会把它打入异教书籍的行列；此外，且不论它的年代多么久远，它归根结底只是手抄本，况且阿拔斯他们早已不信任他了。也不知道那位抄写员有没有成功抢救出那本书的原稿呢？

埃尔南多嗟叹不已：要有什么是他能够确定的话，那就是，暴力绝不会改善他们民族的处境。他们总会被一股强大的力量碾为齑粉，就像之前所发生的那样；他们的暴动只会让天主教徒们对摩里斯科人的仇恨越发不可收拾。那么，是否存在这样一条路，能让彼此在和平中共存呢？

与阿尔巴西亚共进晚餐后的第八天，埃尔南多被公爵召见：公爵从马德里来，要到塞维利亚去，途中正巧经过科尔多瓦。埃尔南多是在马场里接到这个通知的，当时他正准备骑着阿飞外出散心。阿飞是一匹黑白相间的花色马，公爵把这匹额头上带着 R 字烙印的骏马送给了埃尔南多——只有腓力二世国王亲自监制的西班牙种马才能拥有这个尊贵的印记。不管发生了什么事，这匹马永远属于你，堂·阿方索当时是这么对埃尔南多说的，这位贵族也听闻了阿希拉特的那件事情。作为证明，他特地让秘书出具了相关文书，而作为蒙特里尔公爵的他亲自在文书上签字盖印。

埃尔南多把阿飞的缰绳还回到马夫手里，他自己则跟着那位传话的侍童走了过去。

到达前厅之前，他们穿过了五个庭院，每个庭院中都是繁花似锦，中间还都开着一口泉。三教九流的人都聚在了前厅里，耐心等候着公爵的接见：一听说公爵到了科尔多瓦，就有好多人赶忙前来觐见。紧靠大厅侧墙的两条长椅上，坐着市议员一名、陪审员两名、神父若干；还有三个贵族是平时就住在宫里的，另外几个，埃尔南多则是从未谋面。负责接待宾客的仆人们坐在了旁边的一条长凳上，再旁边的一张小板凳则是那个给埃尔南多传话的侍童的专座；到了大厅里，他已经将埃尔南多交由厅侍照料。

走过前厅的时候埃尔南多如芒刺在背，宾客们仇恨的目光一路伴随着他：他快步走过了他们眼前。那些等候者这天都是盛装打扮，而埃尔南多此时则是一身骑手装束：及膝的长靴、轻便的袜子、紧身长衫与衬衫配套，全身没有一款多余的装饰。见到埃尔南多和厅侍到来，守卫着公爵书房的仆人轻轻叫了声门，听到回复后他赶忙将大门打开，这样埃尔南多就不用特意停下脚步。

"埃尔南多！"公爵起身相迎，他特意从书桌后走了出来，就像埃尔南多是他多年未能谋面的老友一般。

秘书和书记员同时蹙起了眉。

"堂·阿方索。"埃尔南多笑着握了握公爵伸过来的手。

两人从秘书和书记员身旁走开，在书房另一头的一对皮椅上坐了下来。公爵问起了埃尔南多最近的生活情况，埃尔南多一一作了回答。时光飞逝，可公爵全然不顾外头还有人等着，和埃尔南多一同畅游在他图书馆里的那些藏书之间，两人也不知怎么地就聊起了这个话题。

"我也真希望能和你一样，有大把大把的时间可以用来读书，"公爵羡慕地说，"不过你得珍惜，因为你马上就没有那么多空闲了。"埃尔南多脸上诧异的表情没能逃过公爵的眼睛。"不用担心，到时候你可以把书带在身上，想带几本带几本。你等等啊。西尔维斯特雷，"公爵呼叫着他的秘书，"把通行证拿给我。"秘书把文书递了过来，公爵继续对埃尔南多说，"你也知道，我有幸成为了国王麾下国务院中的一员,不过我现在要跟你说的这件麻烦事其实是归财政部管的。就因为财政部那些人实在都是些无能之辈,他们迟迟交不上来钱,国王陛下对他们很是不满,已经为此事大发雷霆。我要说的是阿尔普哈拉斯,"堂·阿方索把通行证递给了埃尔南多,"上次你不是问我讨活干么?"公爵笑了起来,"那现在问题就出在阿尔普哈拉斯。国王陛下大发雷霆就是因为阿尔普哈拉斯贡献上来的数目实在少得可怜,即使算上了国王本人授予那些新住民的贸易税豁免权的影响,地方财政收入也不应该那么惨淡。现在皇家步兵团正吵着要军饷呢,这些军人可都是些急性子,国王火气很大就来跟我说,然后我就突然想到了你。我想,你对那块地方这么熟,说不定可以帮我去调查一下,到时候回来你也给我出一份报告,好让国王陛下有个对照,他现在手上只有格拉纳达地方法院和财政部出具的报告,都是他们的一面之词,我倒是很想给财政部的人好好上一课,给他们点颜色瞧瞧。"

阿尔普哈拉斯!埃尔南多在心中默念道。堂·阿方索竟然提议让他到阿尔普哈拉斯去!他在椅子上坐了起来,瞄了一眼在公爵背后站着的那位臭脸秘书,忐忑不安地摩挲起了刚刚接过来的那份文书。他正要把火漆扯开,堂·阿方索又开始说起来了:

"自从阿尔普哈拉斯的新天主教徒们被赶出去以后,国王曾经特别派人到加利西亚、阿斯图里亚斯、布尔戈斯和莱昂去召集百姓,号召他们搬到阿尔普哈拉斯去住;他给新住民都分了房、分了地,我刚才也说了,他还下令免征这些人的贸易税;同时他还给他们配给了所需的食物和牲畜,用于加强那块区域的耕作。国王陛下也知道,大迁移计划进行得并不顺利,阿尔普哈拉斯的很多地方到现在还没有人住,可是即便如此……地方财政也至少应该能拿出一个可以接受的结果。所以你要做的就是替我下去调研,在外人面前,你永远是作为我的特使,而不是国王的特使,你听明白了吗?国王陛下可不想让阿尔普哈拉斯的总督和大检查官觉得国王不信任他们。"

"所以说……"

"国王给予那些新住民的另一个好处,就是他们可以随意交配马匹而无须他的许可;所以这些年来,阿尔普哈拉斯地区马的数量已经有了显著增加。你的另一个任务,也是这张通行证上写的事由,就是去为我的马厩寻觅优秀的母马。你很懂马,所以那里的马应该很难入你法眼,我也不觉得那片土地上会有质量很不错的马,不过万一你发现了哪匹马的确值得购买,"公爵又笑了起来,"别多想,你就尽管出手吧。"

埃尔南多陷入了沉思:那是阿尔普哈拉斯,那是他的故乡!可即便如此,一阵冷汗还是袭了过来。

"可那儿还生活着一批从战争年代遗留下来的天主教徒呢，他们会怎么看待一个新天主教徒？"

"你可是蒙特里尔公爵的特使，谁敢动你一根汗毛！"堂·阿方索一下子提高了嗓门，可埃尔南多脸上犹疑的表情还是逼迫他重新解释了一遍，"你之前就是天主教徒。你会祷告。你还跟我一起祷告过呢，你不记得了？我们俩一起向圣母祈祷的来着。而且现在你每天也还在祈祷。我想你在那儿肯定也有不少天主教的朋友，要是有人怀疑你的身份，他们就可以替你作证。"

埃尔南多感觉到站在堂·阿方索背后的西尔维斯特雷往前贴上了一步，那位秘书磨尖了耳朵只为了听清楚他的回答。他在胡维莱斯有什么天主教的朋友？安德烈斯，那个司事么？不，他一定会恨他的，他娘对神父马丁做出了那样的事情……那还能有谁呢？埃尔南多一个名字都想不起来，可他又没法跟公爵直说；要是让公爵发现当时自己只是出于偶然才放了他，后果将不堪设想。

"你是有朋友的吧，我说得对不对？"西尔维斯特雷从公爵身后逼问埃尔南多。

堂·阿方索并没有阻拦他秘书的发问。

"我已经跟国王陛下保证过了，无论如何这项调查肯定会进行下去的。"公爵语气坚定。

"嗯……嗯，"埃尔南多吞吞吐吐，"有的，有的。"

"谁啊？你那些朋友都叫什么名字？"秘书继续追问。

埃尔南多朝西尔维斯特雷瞄了一眼：那男人仿佛早就知道真相，那双眼睛紧盯着埃尔南多，就像两个钻头一样。这一刻他等了好久了：这个集公爵万千宠爱于一身的摩里斯科人如今终于要露出他的真面目了！公爵之前甚至把一匹西班牙种的骏马赐给了他！

"你的朋友都有谁呀？"面对一脸焦虑的埃尔南多，秘书打算追查到底。

"维雷兹侯爵！"埃尔南多高声答道。

堂·阿方索一下子从位子上站了起来，逼得西尔维斯特雷也向后退了一步。

"堂·路易斯·法哈尔多？"公爵万分讶异，"你还能跟堂·路易斯扯上关系？"

"就像我当时救了您一样，"埃尔南多解释道，"我还救了一个叫伊莎贝尔的姑娘，她也是天主教徒。我在贝尔哈镇门口把她交给了侯爵和他的儿子堂·迭戈。除此之外我还救了另外几个人。"埃尔南多扯了个谎，同时厚着脸皮朝西尔维斯特雷望了过去，只见秘书脸上变了颜色。"可是为了行事方便，我当时必须表现得像一个摩里斯科人，否则我就没法救他们了。所以除了那少数几个知道我为人的人，其他大部分人都不知道我的真面目。不管怎样伊莎贝尔一定还认得我，她当时还只是个孩子，所以我就把她送到维雷兹侯爵那儿去了。你们可以去找他们验证。"

"哦，你说的是第二代维雷兹侯爵，就是那个参加了阿尔普哈拉斯之战的'铁头鬼'。战争结束后不久他就去世了，"公爵跟埃尔南多通报着，"现任侯爵已经是第四代了，他也叫路易斯。"听到这里，埃尔南多长叹了口气。"没事，"堂·阿方索叫埃尔南多不用灰心，就好像他听懂了那声叹息后面隐藏的意味，"我们还是有办法确认你的事迹：他的儿子，也就是你说的那个作为圣地亚哥军团的骑士、在贝尔哈陪在侯爵身边的堂·迭戈，他还活着，而且还是我的远亲，因为铁头鬼的夫人也是我们费尔南德斯·德·科尔多瓦家族的人。"公爵停顿了几秒，说，"我为你在那场惨烈的战争中所做的事深感钦佩。"他又说，"我敢肯定，在这个家里住着的所有人都会和我有一样的感受，我说得对吧，西尔维斯特雷？"

堂·阿方索说这话时都没有回头，可那命令式的语气足以让西尔维斯特雷明白，他的主子绝不会容忍任何关于这个摩里斯科人的闲话与猜忌。

"这是理所当然的事，公爵阁下。"秘书答道。

"那你就试着去跟堂·迭戈·法哈尔多·德·科尔多瓦取得联系吧，去问问他关于这个天主教徒小女孩的事。那么，埃尔南多啊，我要跟你说的是，我信任你，"公爵转而对埃尔南多说道，"我根本不用去确认你所说的事情，但我希望，当你驾马走在阿尔普哈拉斯的每一个村落的时候，你能够受到你应有的礼遇：你是一个为了教友可以拿自己的生命去冒险的天主教徒，必不会让阿尔普哈拉斯旧天主教徒们的怀疑危及国王陛下的利益。"

公爵与埃尔南多之间漫长的谈话到此结束，以往和别人，无论是讨论何种话题，即使涉及的问题再重要，公爵也会在几分钟内批示完毕。

"继续接见下一位吧。"堂·阿方索下了命令。话音刚落，就有一位侍童从不知道哪个角落里窜了出来，准备去把公爵的指示通知给那个厅侍。"不必了。"公爵叫住了那个侍童。

只见那男孩停了下来，一头雾水地用目光征询着书记员的意见；公爵秘书朝他使了个眼色，叫他回到原位——在书房那个阴暗隐蔽的角落里放着一张长凳，埃尔南多依稀看见还有另外一名侍童坐在上面。此时公爵打破了礼仪，亲自把埃尔南多送到了门前，他给埃尔南多开了门，然后当着所有在大厅中等待侍童召唤的人的面，亲切拥抱了他，并与他贴面作别。许多在埃尔南多过来时对他侧目而视的人这会儿都羞得低下了头，而埃尔南多再次穿过了前厅，朝着马场的方向走了过去。

尽管还未得到维雷兹侯爵之子的最终确认，埃尔南多在暴动中独力拯救了伊莎贝尔以及另外几个天主教徒的消息已经在老百姓中传了开来。流言不仅传到了天主教徒的耳中，同时也传到了穆斯林的圈子里，是公爵的那几个摩里斯科奴隶通知给了阿拔斯和议事会的其他成员。一时间，仿佛之前对背叛者的所有指控都得到了验证。

"怎么会这样？"一次见面时，阿以莎朝儿子怒吼道。两人正走在瓜达尔基维尔河的河岸上，朝马尔托斯磨坊的方向走去；他们的身边竖立着一个个小鞣皮坊，这里也是几年前埃尔南多登上疲惫圣母号的地方。市政府已经决定将这片区域打造成供市民娱乐消遣的圣地。阿以莎此时可顾不上身边有没有人，她的语气充满沮丧，她感觉自己的自尊心受到了打击："你欺骗了我们所有人！你欺骗了我们的整个民族！你欺骗了哈迈德！"

"可是，妈，那只是个小姑娘啊，他们可是要把她卖去当奴隶！你别去听那些有的没的……"

"小姑娘，哼，你的妹妹们不也是小姑娘嘛！你不记得她们了嘛！天主教徒在胡维莱斯广场上把她们全杀了，外加一千多个妇女！一千多个妇女啊，埃尔南多！没被杀掉的也都被拉到格拉纳达的比巴兰布拉广场上去卖掉了。我们有千千万万的弟兄被天主教徒非杀即虏，连你最亲爱的哈迈德都被拉去做了奴隶。你不记得他了嘛！"

"我怎么能不记得……"

"我还没说阿基尔和穆萨呢……"阿以莎没让埃尔南多说下去，她都抓狂了，"他们又怎样了？我们刚到这个倒霉地方脚都还没站稳呢，他们就被天主教徒抢走了，然后做了人家的奴隶，他们都还只是孩子啊！当时有哪个天主教徒站出来救他们吗？一个都没有！他们的年纪也就跟你说的那个……那个伊莎贝尔一般大。"说完这句，母子俩都不再说话，就这样走了许久。"我真不明白，"阿以莎的声音听上去如此疲惫，此时那座矗立在河中的水力磨坊已经出现在了他们眼前，"你跟贵族的那件事我已经够不明白了，现在你又说……你背叛了你的民族！"阿以莎朝儿子转过头去，埃尔南多在母亲脸上看到了前所未有的决绝，"或许你贵为一家之主……可这个家早就不在了。也或许你是我在这个世上唯一的亲人，可即便如此，我也不想再看到你。从此以后，我们没有任何关系。"

"妈……"埃尔南多不知道该说些什么。

阿以莎转过身子，头也不回地朝圣地亚哥街区走去。

46

埃尔南多回想起了十四年前,身心俱疲的自己与几千名摩里斯科人一起经这条路前往科尔多瓦的场景。想到那一幕幕,他的手臂上又一次感觉到了当时扶着的老人的体重,他的耳朵里又一次听到了母亲们、孩子们还有病人们的呻吟。

他强横地下了命令,今晚,就在这座还在建中的阿尔卡拉拉雷亚尔修道院过夜。

"再走一段吧,"堂·桑丘抱怨道,"现在是春天,太阳下山还早呢。"

"我知道。"埃尔南多坐在阿飞背上挺直了身板,"可我就是要在这里过夜。"

公爵特地派了堂·桑丘来陪埃尔南多执行任务。一想到这个不久前还是他学生的摩里斯科人而今却在对自己发号施令,绅士眉头一皱。同样被堂·阿方索派来协助埃尔南多的四名武装侍卫此时正走在骡子旁看守着他们的日常用品,听到埃尔南多的号令,他们与堂·桑丘交换了个眼神:启程才没几天,这已经不是埃尔南多第一次朝他们耀武扬威了。埃尔南多本想独自旅行的。

一行人在修道院安顿了下来,这时太阳才刚刚开始下山。埃尔南多叫人重新备马,然后在镇民的注视下,独自坐在阿飞背上,从修道院所在的山坡走了下去。脚下已是广袤的耕地,远处就是内华达的群山,刚刚走出镇子踏上开阔的原野,埃尔南多就用力踢了一脚马刺。收到讯号的阿飞欢快地撒开了步子,在就着骡子的速度困倦地走了几天后,阿飞对这位终于让它自由驰骋的骑手感激不已。

埃尔南多没花多大力气就找到了当年他和摩里斯科人的大部队一同露宿的那块平原,但要找到阿以莎用来清洗胡马姆的那条水渠却着实费了他一番工夫,他还记得当时阿以莎用了老大的劲才把死去的胡马姆从法蒂玛怀中拉了出来。照理说那地方应该离宿营地不远,所以埃尔南多纵马穿越了一块块农田,用目光搜索着灌溉的水流。埋葬胡马姆的时候他们没有立下任何标志,孩子的遗体只是被埋进一块未经开垦的处女地里,包裹着他的只有法蒂玛的悲恸与缄默,还有阿以莎那首反复而单调的安魂曲。

埃尔南多觉得他找到了,那条涓细的水流一如往昔。他亏欠胡马姆,埃尔南多心想；他亏欠法蒂玛，亏欠他的孩子们：他甚至没能把他们好好埋葬；他也亏欠自己。这个早夭的婴孩的坟已是他妻子留给他的最后遗物：与他自己的两个孩子一样，至少胡马姆也曾被法蒂玛怀在肚子里。埃尔南多四下张望：一个人也没有；只有背后阿飞的呼吸声在寂静中听得尤为清晰。他把阿飞拴到了几丛灌木上，朝那条水渠移步过去。他下到水渠里，仔细清洁自己的身体。他遥望着天边泛红的夕阳，把背上的披风脱了下来，然后跪到披风上面，准备开始独自祷告。他刚刚诵出最初的半句经文，就发现自己的声带像打了结一样，他的喉咙口郁积了太多的情绪，就在那一刻，他号哭起来。《古兰经》的章节在抽泣中断断续续，天空由黄转为石灰色，已到了结束晚祷的时刻。

于是埃尔南多站了起来，从衣袖中抽出一封用藏红花液书写的信：这是"死者之书"，真主在神圣的天平上称量死者的行为时，也会将这封信笺加入考量。

他用手刨地，把那封信放在了他认为是胡马姆的头所在的地方。

"你死的时候我们没能给你埋下这封信，"埃尔南多一边小声说着，一边重新把土盖上，"但真主会理解的。请允许我在这封信中附上你母亲的祷告，连同你未能见到的弟弟妹妹的分。"

面对那座已成废墟的兰哈龙城堡，埃尔南多不禁回想起了他埋在城堡塔楼下的那柄弯刀。在那条以兰哈龙为源头的大路上，阿尔普哈拉斯的首府乌希哈尔也和所有沿途经过的小镇一样，几乎成了座鬼城。为替代那些被驱逐出去的摩里斯科原住民而迁居此地的加利西亚人和卡斯蒂利亚人根本不足以住满整个区域，这里有将近四分之一的城镇被完全废弃。左手边是延绵的内华达山脉，右手边是雄壮的孔特拉维耶萨山，在山谷中自由行走的畅快感却被眼前一栋栋荒废的小屋搅得浑浊不堪。

虽说城中杳无人烟，埃尔南多还是在每一棵树、每一只动物、每一条溪流和每一块岩石中找到了自己的慰藉；他的双眼浏览着沿途的风光，回忆的河奔流在他的心坎上。而他身边的堂·桑丘和四个仆从却是一直没有停止过抱怨，毫不掩饰他们对一路上贫瘠的土地与稀少的人的厌弃之情。

从公爵将任务托付给埃尔南多直到他最终启程，当中经过了将近两个月的时间。在那段时间里，埃尔南多与胡安·马尔科见了个面——这个胡安·马尔科，就是阿以莎所在的纺织工坊的大当家。两人以前就认识，埃尔南多曾经去过那个工坊，和他说过话；这位师傅的工坊里织的是天鹅绒、锦缎和花缎，所以他一直自认为比行会里那些丝绸商、纺纱匠和头巾经销商要高出一筹，连那些同样经营着稀有织物的塔夫绸商，他都不放在眼里。很显然，他也很希望有一天自己的产品能够打入到蒙特里尔公爵府里。

"给她加点工资吧。"一天下午，埃尔南多向这位纺织匠提出了给他母亲加薪的要求，在此之前，他已经躲在工坊外的街角等了好久，直到见到母亲的侧影消失在街中，他才偷偷跑进了胡安·马尔科的工坊。自从两人闹僵以后，阿以莎再没有接受过儿子的任何资助。

"我为什么要给她加工资？"纺织匠脱口而出，"你娘确实很熟悉这些料子，就和其他很多格拉纳达妇女一样，可是她从来也没有在我这里纺过纱，当时协议上讲好的，不让我交给她任何重活，只能让她搭把手帮帮忙……"

"我不管那么多，你就给她加一点嘛。况且这又花不了你一分钱。"说着，埃尔南多把三个埃斯库多金币放到了纺织匠手里。

"你说得轻巧！你可不知道这帮女人：要是我给其中一个加了工资，其他几个也立马都会朝我扑过来的，就像母狼一样……"

埃尔南多叹了口气，胡安·马尔科这是在要自己求他。

"别让她们知道不就完了么；就我娘一个人知道。这事要办成了，我就多在公爵面前帮你美言几句，让他来买你的东西。"埃尔南多一边说着一边直视着纺织匠的眼睛。

埃尔南多的承诺加上那几个埃斯库多，终于说动了这位工坊主，不过他最后还问了一句：

"那就成交吧，不过……我能问问这是为什么吗？"

"这你就别管了，"埃尔南多截断了他的话，"你做好你的事就行了。"

解决了这第一个问题，也就只剩下一个问题了，一次长途旅行之前，自己竟只有这些准备工作要做！一天晚上敲着阿尔巴西亚家门的时候，埃尔南多心想：虽说两件事都很重要，可是总共也只有两件事而已。开门的侍女让他在漆黑的门厅里等着。埃尔南多还记得上次出远门时他也只是把那块法蒂玛之手放在了家里，然后叫阿拔斯照顾好他的家人……

"埃尔南多啊，你这么晚来，有何贵干啊？"阿尔巴西亚打断了他的思绪，这位意大利画师看上去很疲倦。

"对不起，大师。是这样，我就要去远行了，而整个科尔多瓦城里，我信得过的又只有一个人。"

埃尔南多用双手把一卷皮纸展开来，里面就躺着那本《巴拿巴福音》的抄本。阿尔巴西亚早就猜到了纸卷中的东西，便没有伸手去接。

"这你就让我有些为难了。"阿尔巴西亚推脱着，"要是宗教裁判所发现这本书在我手上，到时候我该怎么办？"

埃尔南多还伸着手。

"你有主教和教士会的庇护，没有人会来找你麻烦的。"

"你为什么不把它藏在你当初发现它的地方呢？那么多年了它都没被发现……"

"不是这么说。是，真要把它藏起来的话，我有好多地方可以藏。可我希望的是，万一我出了什么事，这本宝贵的书也不会再次湮灭。我相信到时如果真的发生了这种情况，你一定会知道怎么做的。"

"你不是还有你的族人么？"

"我不信任他们。"埃尔南多承认。

"而且好像他们也不信任你，我听说……"

"我也不知道怎么办，切萨雷。我一直在为我们的宗教和律法抗争，为了它我甚至可以牺牲自己的生命。之前有人跟我说，为此我得表现得比天主教徒更像天主教徒，我照做了，结果现在呢？当时那个叫我如此行事的人带头拒绝了我，不承认我是穆斯林，结果所有摩里斯科人都开始瞧不起我……他们觉得我是个叛徒，连我的亲妈都……"埃尔南多喘了口气才继续往下说，"不仅如此，据我听到的消息，我的弟兄们为了抗击压迫，选择了以暴制暴。"

阿尔巴西亚接过了那本福音书。

"不要去期望获得你穆斯林兄弟们的嘉许，"画师劝告埃尔南多，"那不过是虚名而已。你要去寻求你的上帝的悦纳。继续去为你的事业斗争吧，不过你要记住：交流与理解将是你唯一的路，靠刀剑永远换不来和平。"阿尔巴西亚沉默了几秒，而后，与埃尔南多道别，"埃尔南多，祝你平安。"

"谢谢你，大师。同样祝你平安。"

在阿尔普哈拉斯的首府乌希哈尔，市长已经接到了埃尔南多来访的消息。就像埃尔南多在临行前交代了一些事宜，公爵也令秘书给这位阿尔普哈拉斯的最高长官去了封口信：他请市长根据维雷兹家族给出的信息，协助寻找那个叫作伊莎贝尔的女孩——现在已经变成女人——的行踪。

埃尔南多和他的随从们抵达了教堂前的广场，那座教堂现在已经修缮一新。骑在阿飞背上的埃尔南多环视着周围的景色：在这片广场上曾经发生过多少事情！他还记得阿本·倭马亚的军队曾经占满了这里；同样在这片广场上，他第一次见到了集市、土耳其人和近卫军；还有法蒂玛、伊莎贝尔、乌拜德、商人萨拉赫、巴拉克斯和他的男宠……

"欢迎欢迎！"

埃尔南多沉浸在自己的回忆里，都没有注意到这一小队人马的到来。为首的就是那位市长：这是个粗鄙的男人，五短身材，头发如他的礼服一样黑，身边还站着两名警卫。埃尔南多学着堂·桑丘的样子跳下马来，市长先是朝绅士走了过去，经后者匆忙指点，才知道自己要接待的是另外那位骑手。

"我谨代表格拉纳达总督，"市长已经站到了埃尔南多面前，"向您致以最热烈的欢迎。"

"谢谢。"埃尔南多说着，握了握市长一本正经伸过来的手。

"蒙特里尔公爵将您的来访知会了总督大人，我们也已经为您准备好了住宿。"

有几个看热闹的凑了过来。埃尔南多还不习惯这样的礼遇，烦躁地抖动着身子，他想着市长要带他前往他们给准备的住所了，就往前踏了一步，不想这会儿，那男人又继续把长篇大论接了下去。

"我也谨代表格拉纳达最高法院的法官堂·庞塞·德·埃尔瓦斯……"埃尔南多摊了摊手，表示自己不认识这个人。"哦，他呀，"市长解释道，"就是您当年从异教徒手中英勇救下的那个女孩堂娜·伊莎贝尔的先生。法官、法官夫人和他们全家都希望能亲自对您表示感谢，所以他们恳求您在结束了阿尔普哈拉斯的使命后能够前往格拉纳达，法官阁下会在家中敬候您的光临。"

埃尔南多的嘴角露出了笑容。那女孩还活着。当年正是在这个广场上，他用麻绳牵着她，闪躲着一个又一个商人，拒绝了一份又一份报价。我看至少能卖三百！记得当时曾有一个近卫军在阿本·倭马亚的家门口这样喊道。

"所以我要怎么答复他们？"市长询问埃尔南多。

"答复谁？"埃尔南多回过神来。

"法官啊，他不是邀请了您么。所以我要怎么答复他？"

"跟他说行……我会去的。"

公爵说对了：在阿尔普哈拉斯诞生的母马净是些驽马，它们个子矮，又笨重，脖子既短又紧，硕大的头部重得像要垂下来。埃尔南多走过了一村又一店，到处问询着哪里能搞到一匹好马；他是自个儿去的，堂·桑丘和那四个仆从倒是乐得清闲。埃尔南多端坐在阿飞背上，其实单单阿飞本身就足以让那些上前来推销自己马匹的当地老百姓肃然起敬了。没有人认出埃尔南多，谁都没发现他是十四年前揭竿而起的摩里斯科人中的一员：他一身卡斯蒂利亚贵族的行头，阔气得让他自己都有点不好意思；他又生着一双蓝眼睛，再加上那比好多阿尔普哈拉斯人还要白皙的脸蛋儿，结果根本没有人对他产生一丁点的怀疑。带着背叛者的负罪感，埃尔南多将堂·桑丘教给他的知识活学活用了起来，现在他说话时已经不再带有任何摩里斯科人的口音。于是，埃尔南多畅行无阻。他去了胡维莱斯。附近的好些村落都已经被疏弃了，在这片埃尔南多最初生活过的土地上只居住着四十个人。

望着镇中的座座小屋，看着教堂与教堂广场，心中千头万绪的埃尔南多正随着市长的脚步向前走去——市长说他本人也养了四匹马，说不定能合埃尔南多的胃口。穿过广场的时候，埃尔南多闭上了眼睛，一时间，他听到了火枪的轰鸣声和妇女们的惨叫声，闻到了硫磺、鲜血和恐惧的味道。那一夜，有一千个妇女死在了这个广场上！他深呼吸，试图平复自己的心情……那一夜，他第一次见到法蒂玛；那一夜，他的两个妹妹撒手人寰；那一夜，他成了母亲的英雄，而就是那同一个母亲，现在则鄙弃了他……

见市长朝胡维莱斯郊外、他童年时的家的方向走了过去，埃尔南多反应过来，原来市长是把马养在了他的骡棚里。埃尔南多牵着阿飞走在市长旁边，随着离那栋旧屋越来越近，渐渐地，阿飞轻盈的脚步声在埃尔南多耳中化成了老伙计不规则的蹄声，它独自出现在镇子的入口，宣告着骡群的到来。埃尔南多不禁回想起那时的自己，那时的自己是多么恐慌，因为骡群的到来也就预示着继父的迫近。布拉希姆……不知道他现在又在哪里？他死了才好呢！

埃尔南多细细打量着市长的那四匹马，佯装兴趣盎然的样子，借机这边看看那边瞧瞧。他在一个被遗忘的角落里发现了他以前修理铁掌用的铁砧和工具，看着这些物件，童年的点滴汇聚成河流回到了他的心上。屋子里没有住人，现在只是当作仓库用了，据市长说，他还亲自与他夫人一起将二楼开发成了蚕房。

"楼上那两间房的墙上本来就挂着蚕架和笸箩，"市长跟埃尔南多解释着这事有多么轻松，"异教徒都帮我准备好了，不用白不用！"市长笑道。

当听到埃尔南多拒绝买下他唯一的那匹母马时，市长心中十分郁闷。

"整个山里你都找不到比我这匹更好的马了。"市长朝埃尔南多开炮，接着朝地上唾了一口。

"很抱歉，"埃尔南多答道，"我不觉得公爵会需要这样一匹马。"

一提到"公爵"二字，这位市长就慌了手脚，好像刚才那口唾沫是吐到了公爵脸上一样。

闲散、倦怠、懒惰：这就是阿尔普哈拉斯的新住户留给这位阿尔普哈拉斯的原住民的印象。埃尔南多独自奔上了山，扔下了市长、他的蚕和他的劣马。那些依山而开的梯田，曾有无数勤劳的摩里斯科人，包括哈迈德，在上面辛苦耕作，他们在一片乱石间凿出了一方沃土；而今，这里却衰败贫瘠，杂草丛生。山腰上的那一道道石墙本是用来围住梯田的，如今也大都坍塌了，上面的土毫无阻拦地落到了下一阶的田地里；灌溉农田和菜园用的水渠则是年久失修，作为生命之源的水随意地从渠里泻了出来。

不知耕作，不会放牧：这是埃尔南多所得出的结论。这些新住民每家每户都有当时摩里斯科人的三倍土地，然而，他们挨饿依旧，同时还要为自己的懒惰找借口。

"所有这些土地都是国王的，"埃尔南多在一家客店打尖时，一个臃肿的加利西亚人向他解释道，这时周围还围了一圈当地人，"所以管辖权就直接落在了格拉纳达总督头上。其中高山上有几块地，一到夏天就长满了牧草和落芒草；可土地是公家的么，总督在城里的好多贵族朋友就会把羊群特地带到阿尔普哈拉斯来吃草，来的时候他们肆无忌惮地踏坏我们的庄稼、撞坏我们的桑树，走的时候还会叫上一批全副武装的士兵，把最好的牲口，不管是不是他们的，都一并带走。"

"是啊，阁下，他们这是在强抢民财啊，"另一个男人声嘶力竭地喊道，"而且乌希哈尔市长也从不保护我们。"

可埃尔南多没有在听，他怀念起当时还是孩子的自己是如何帮弟兄们将畜群拆散再组合，好逃避什一税的。

"阁下，请为我们做主啊。"刚才那个加利西亚人伸手就要去抓埃尔南多的胳膊，却被旁边一个老头及时拦阻。

"我只是来买马的。"埃尔南多略带不耐烦地说。面对着天主教徒们满心期待的询问，埃尔南多心中只是想着：他们怎么会知道什么才叫强取豪夺？被毫无顾忌地百般折磨的痛苦，他们怎么会懂？他们连贸易税都不用交：这是免了的。都给我干活去！埃尔南多差点没吼出声来。

埃尔南多已经确认了这里财政收入骤减的缘由，而他更加确定的是，在这片土地上，他是肯定找不到一匹值得收进公爵马厩里的马了；可尽管如此，他还是决定在阿尔普哈拉斯多待上一段日子：单是想到堂·桑丘和仆从们在听说自己还得在这个荒郊野岭里住上好久时那副气急败坏的样子，埃尔南多心中就已经足够欣慰了——这段日子里，堂·桑丘也只有跟那位粗鲁的市长大人、外加修道院院长和那六个受俸牧师稍微能搭上点话。每天一早做过弥撒，埃尔南多就会策马溜出乌希哈尔，他会先到商人萨拉赫的那栋房子去溜上一圈——那栋房子现在由一家天主教徒占着——然后再到当初起义时曾经路过的每一处地方。他调查着当地的贸易状况，向当地人了解该地区实际存在的问题：为什么当初摩里斯科人就可以在这里丰衣足食养家糊口,而轮到天主教徒,就会觉得这里无路可走。有几次他骑到了远离乌希哈尔的区域,他就会在那里随便找个地方留宿。他还上山去到了兰哈龙城堡,却没敢挖出那把穆罕默德的宝刀。拿着那把刀又能干什么呢?所以他只是在那里跪了下来,独自祈祷。

可那老迈又有洁癖的堂·桑丘也会闲极无聊,一天,他主动要求与埃尔南多一同出游。

"您确定吗?"埃尔南多问道,"要知道我去的那些地方,路可都不好走……"

"你是在怀疑我的骑术么?"

于是在一个晴朗的早晨,他们出发了;为此,堂·桑丘还煞有介事地穿上了猎装。埃尔南多听说拉瓜隘口附近会有些马在吃草,所以他们先去了瓦洛尔,准备走小路或经田地上山前往隘口。终于轮到埃尔南多来给公爵的这位堂兄上一课了。

"你的真正任务是什么我都知道!"堂·桑丘在小河的另一边朝埃尔南多喊道,刚才阿飞只是轻轻一跃就跨过了那条河流,而现在堂·桑丘口中一喉也纵马跳了过来。埃尔南多不得不承认,这位绅士在马背上表现出了与其年龄不相称的利落。"我说,要调查国王的财政收入,我们不必这么翻山越岭吧……"

"您了解这块地方哪里都种着些什么吗?"埃尔南多问道,只见堂·桑丘摇了摇头,"还是说您害怕了?"

绅士皱了皱眉,然后打了个响舌,催促着自己的坐骑赶紧向前走。

这是五月末的一天,晴空万里,凉风习习。埃尔南多继续朝山上奔去,而堂·桑丘紧跟在后。他们从悬崖边掠过,在山谷中游走,沿途的各种障碍都被他们甩在了身后。两位骑手已经将注意力全都集中在了胯下的马和眼前的地上,两人奋力竞逐着,互相没有说话,只有马匹高亢的嘶鸣和骑手短促的号令回荡在空中。突然,一段近乎垂直的山壁竖在了埃尔南多眼前,看样子,这应该是山羊所走的路。埃尔南多甚至没有思考:他站在马镫上,用一只手抓起阿飞脑门上的马鬃,然后猛地一踢马刺,阿飞就立即开始了攀登;他一手拽着马鬃,一手勒紧了缰绳,身体则贴在了阿飞的脖子上,而阿飞的目光直直地射向了天空。

阿飞小跳着不断往上攀升,一刻也没有停下,山壁与地面之间的夹角接近九十度,用平日里的奔跑方式肯定无法在上面自由移动。从山壁上弹落下来的碎石飞向了虚空,只有阿飞在半途前蹄一脚踩空时,埃尔南多才明白自己这是在拿生命开玩笑。这时阿飞已经往下滑了一段,正坐在自己的后腿上高声嘶吼:万一它稍不小心失去了平衡,连人带马都会从半山腰自由坠落。

"上啊!"埃尔南多的马刺几乎要扎在阿飞的屁股上,"走!"

听到主人的命令，阿飞弹起身来就往上跳，埃尔南多差点没被它甩下去。

"你会把自己摔死的！"山脚下的堂·桑丘放声大叫。

"真主至大！"在落石、鼻息与马蹄声中，埃尔南多在阿飞耳边大声疾呼，他把上身压在了马脖子上，他的头几乎要架在了阿飞的两耳之间，"安拉至大！"阿飞每完成一次腾跃，埃尔南多就会给它喊一次加油。

最后一段岩壁阿飞几乎是爬上去的，它的腿已经再没有力气扯着自己往上蹦，是埃尔南多先跳到了平台上，拎着缰绳从前头把它拖了上来。这时骑手与马都已经大汗淋漓，他们在这片开满野花的草地上不住颤抖。

埃尔南多跪了下来，朝山下探出了头，刚才的猛冲让他差点喘不过气来，他已经无法控制身体的颤抖。

"现在轮到我了！"见到摩里斯科人的头从悬崖边冒了出来，堂·桑丘又是一声高喊，他不能输给一个摩里斯科人！"圣地亚哥！"

"别啊！"埃尔南多喊叫着，刚奔到山前的绅士候地勒住马，停了下来。埃尔南多终于让自己站了起来："这太疯狂了！"他朝山下大吼。

堂·桑丘把马拉回了几步，让自己能够看得到埃尔南多的脸。

"可我是个骑士……"堂·桑丘觉得自己没有理由退缩。

他会死的，埃尔南多心想，到时候负责任的还得是自己，谁让自己刺激了他呢？

"上帝可鉴，圣母可鉴，一个西班牙绅士怎么可以输给一个……"

"您肯定行！"埃尔南多赶在堂·桑丘嘴里蹦出"摩里斯科人"五个字前及时打断了他，"可您的马不行！"

绅士思考了几秒，他望了一眼那段岩壁，感觉自己身下的马在躁动。于是他抬起头，轻抚着自己的坐骑，心有不甘甩了一下头发，听从了埃尔南多的劝告。

"您的骑术真的不错。"埃尔南多肯定着堂·桑丘的马上功夫。后来他是绕着盘山路下来的；阿飞身上汗流浃背，被马刺刺过的地方泛出了血红。

"这我知道。"绅士嘴硬回了一句，尽管心中着实松了口气。

"那我们回乌希哈尔去吧。"埃尔南多提议道，当他发现自己竟比堂·桑丘高出一筹的时候，心中很是满足。

那一晚，埃尔南多宣布：明日启程前往格拉纳达。

"看样子，"路上，堂·桑丘对埃尔南多说，"堂娜·伊莎贝尔是被维雷兹侯爵收养了下来。"

两人骑着马并肩走在了仆从们和骡群的前头，缰绳散在身侧。

"您怎么知道？"

"那个乌希哈尔修道院院长说的，就在你在外面到处跑的时候。他都说了好几次了。"埃尔南多扬起眉毛，表示自己没听明白。"哎呀，你怎么听不懂呢，"堂·桑丘嗔怪道，"堂娜·伊莎贝尔先是做了维雷兹家几个小女儿的伴读，因为她一直特别讨人喜欢，铁头鬼的继承人就给她出了一大笔礼金，好让她嫁个好人家。后来她就嫁给了一个在维雷兹侯爵的扶持下发迹的读书人，再后来法哈尔多·德·科尔多瓦家族的另一个在塞维利亚当法官的亲戚又成功地在格拉纳达最高法院里帮那男人谋到了个职位。"

"大概很厉害？"

堂·桑丘大叹了口气，然后答道：

"格拉纳达和瓦拉多利德的最高法院可算是卡斯蒂利亚王国最著名的两个法院了，阿拉贡也有几个名气比较响的。在它们上头也就只有代表国王执行审判的卡斯蒂利亚国务院了，而且也只有一些特定的事务轮得到国务院出马。对，就是这么牛。安达卢西亚所有的诉讼都会由他和他的同僚们做出最终宣判，你想这个职位给了他多少的权……和钱呀。"

"他工资很高？"

"别傻了。你知道当时阿尔巴公爵是怎么评价我们国家的司法体系的么？"埃尔南多坐在马上朝堂·桑丘转过头去。"他说，在我们国家，不论是民事审判还是刑事审判，都跟在肉店里卖肉一样，每天都有法官坐在那里等着你来收买他，只要你出得多，你就能胜诉。所以永远不要去跟一个财大气粗的贵族打官司。"

"最后这句也是公爵说的？"

"最后这句是我给你的忠告。"

因为不想抵达时不合时宜，他们在离格拉纳达还有三里多路的帕杜尔过了一夜。第二天出发之前，出乎堂·桑丘意料的，埃尔南多执意要去一趟教堂。那里是他与法蒂玛按照堂·胡安·德·奥地利王子的旨意结为夫妻的地方，虽然这是场仅被天主教徒承认的假婚姻，但在当时，却给了埃尔南多一线希望。法蒂玛……在这个时候，教堂是空的，埃尔南多只觉得这里很冷，就像他的灵魂一样。他闭着眼睛跪了下来，假装在祈祷，口中说出的却只是那句"死是永恒的希望"。从他第一次对法蒂玛说出这句话起，这句话就一直追随着他——它仿佛也注定了他的命运。真主啊，这是为什么？为什么要让法蒂玛……在最终站起来之前，埃尔南多擦干了眼泪，面对好奇的堂·桑丘，埃尔南多直到抵达格拉纳达前都没有说话。正午时分，他们从拉斯特罗之门走进了这座阿尔罕布拉之城，然后穿过了达罗河，途经了木材市场。只见城门口的斗拱上挂着一个生锈的铁笼，铁笼中有阴森的头骨在迎接埃尔南多一行；几个想要进城的农民和商贩正骂骂咧咧的，因为埃尔南多光顾着看那铁笼上刻着的铭文不小心挡在了道路中央。铭文上是这样写的：

> 此头属于大恶人阿本·阿布，
> 他的死宣告了战争的终结。

"你认得他吗？"堂·桑丘低声问埃尔南多，此时还不停有恼火的人们牵骡牵马地从他们身边挤过。

埃尔南多唾了一口：他竟问我认不认得阿本·阿布？这个狗崽子把我卖给巴拉克斯当奴隶不说，还把法蒂玛许配给了布拉希姆！

"看来是认得了。"绅士替埃尔南多回答道，他喝了一声，拍马赶上，此时埃尔南多已经头也不回地从安达卢斯之王的头颅下飞速穿了过去。

沿着贯穿整座格拉纳达城的达罗河道一直前行，就到了狭长而喧闹的新广场；河水在这里隐去，又从圣安娜教堂的后面重新冒了出来。埃尔南多的右手边是通往阿尔罕布拉宫的斜坡，阿尔罕布拉宫在坡顶俯瞰着格拉纳达；他的左手边则是一座即将建成的大型宫殿。

"我们怎么能知道堂·庞塞住在哪儿呢？"埃尔南多发问。

"我觉得这应该不难。"堂·桑丘驾着马，朝宫殿门口一位穿着铠甲的卫兵走了过去。"我们要找堂·庞塞·德·埃尔瓦斯的府邸。"他在马上专横地说，故意没有采用疑问句，而那个卫兵也马上听懂了这种贵族专有的威压式语气。

"法官阁下现在就在这里面，"卫兵指了指他值守的这栋大房子，"这就是最高法院。不过他平时住在山城里，他在那儿有一栋庄园。需要我给他带个口信吗？"

"我们不想打扰他工作，"堂·桑丘答道，"我们只想去他家。"

卫兵扫视了一下广场，叫来了两个正在玩耍的小屁孩。

"你们认不认识堂·庞塞·德·埃尔瓦斯法官的庄园？"他朝他们大声喊道。

于是埃尔南多、堂·桑丘、仆从们和那几头骡子跟在两个小孩的身后，扎进了这座由街巷织成的迷宫中：这里就是格拉纳达的山城区，它躺在达罗河另一侧的河谷，与阿尔罕布拉宫遥遥相望。许多原属于摩里斯科人的小屋现在都大门紧锁，无人居住；而就像科尔多瓦一样，这里的清真寺也都被改建成了教堂、修道院和医院——在格拉纳达城里，医院的数量着实不少。一行人爬上了一条细长昏暗的缓坡，又顺着一段短促的陡坡急转而下，而后，他们就站在了一栋宅邸的双扇门前。两人跳下马来，把缰绳交到了仆从手上，埃尔南多给了带路的孩子一个勃兰卡，同时堂·桑丘拍起了门板上那个雕成狮头形状的门环。

一名身着制服的门卫出来迎接了他们，当他听到埃尔南多的大名，赶忙把他们带到门厅后头的花园里，然后慌慌张张地跑去通知法官夫人。埃尔南多和堂·桑丘倚在了庭院尽头的栏杆上，在他们脚下，一片片长方形的花圃傍山而建，像梯田一样，直到与山城中另外的庄园或是摩里斯科人简陋的平房相接壤。两人陶醉地望着远方：在花果的芬芳与泉水的清响中，雄伟壮丽的阿尔罕布拉宫与他们隔岸相望，它像是在召唤着他们让他们把手臂伸长，再伸长一些，去触碰它的光辉。

"埃尔南多……"

两人身后传来一个微弱的声音，那声音断断续续。

埃尔南多没有马上转过身去：还记得那个女孩有着麦秸色的头发，一双栗色的眼睛里总是含着恐慌——不知道她现在会是什么样？于是他朝着姑娘的脸望了过去：金色的长发挽成个发髻，与典雅的黑色长裙形成了鲜明的反差；那双眼睛虽被泪水润湿着，却依然射出了灵动的光芒。

"愿平安与你同在，伊莎贝尔。"

女人紧抿着嘴唇微微颔首，她回想起与埃尔南多在贝尔哈的一别，那时她的救命恩人策马飞驰，高喊着，挥舞着手中的宝刀。伊莎贝尔怀中抱着一个婴儿，身边还带着两个孩子：其中一个拉着她的裙裾，还有一个大约六岁的，则老实地站在她的身侧。伊莎贝尔在那个稍大点的孩子背上推了一把，叫他走上前去。

"我儿子贡萨利科。"伊莎贝尔给埃尔南多做着介绍，只见那孩子此时害羞地伸出了他的右手。

埃尔南多没有去和他握手，而是蹲在了他的身前。

"你母亲跟你说起过你的舅舅贡萨利科吗？"男孩点了点头。"他是个非常非常勇敢的孩子。"埃尔南多突然觉得自己喉头一哽，便清了清嗓子继续往下说："你也像他一样勇敢吗？"

贡萨利科回头看了一眼妈妈，妈妈微笑着鼓励他。

"嗯。"男孩做出了肯定的回答。

"我们找一天一起骑马出去玩好吗？我有一匹腓力国王的宝马，是全安达卢西亚最好的马。"

听到这里男孩瞪大了眼睛，连他的弟弟此时也放开了妈妈的裙角，朝他们俩挪了过来。

"这是庞塞。"伊莎贝尔说。

"它叫什么名字?"贡萨利科问道。

"你说那匹马?它叫阿飞。你们想骑骑看吗?"

两个男孩齐齐地点着头。

埃尔南多摸了摸他们的头,然后站起来。

"这是我的同伴,堂·桑丘。"埃尔南多指了指那位绅士,绅士上前一步,朝伊莎贝尔向他伸出的手鞠了一躬。埃尔南多注视着那位姑娘,她正应了堂·桑丘的客套话:从前那个担惊受怕的小女孩已经长成了一位落落大方的美丽女郎。他的目光落在她的身上;知道埃尔南多在看她,她的一举一动都是那么优雅。当绅士后退了一步,伊莎贝尔重又把视线投向他,那双栗色的眼睛在述说着多少回忆呵。埃尔南多浑身颤抖起来,像是急着要把那讨厌的感觉赶跑一般,他赶忙请伊莎贝尔给他讲述她这几年来的生活。

47

堂·庞塞·德·埃尔瓦斯法官一改平日里的苛刻与寡言，向埃尔南多毫无保留地表达着他的感激之情，其殷勤与周到甚至让家中的一干仆人都不由惊叹。这位法官总是一身黑色打扮；他五短身材，长着一张大圆脸，鼻子塌耳朵软，都深陷进了肥肉里；他比伊莎贝尔还要矮上一个头，因此他对妻子总是钦慕万分。他让他的贵客住进了庄园二楼一间紧邻他们两夫妻卧室的朴素客房，客房中有个阳台，朝向花园，正对面就是阿尔罕布拉。堂·桑丘也被安排住在了二楼，隔壁就是孩子们的卧房。两间客房分别位于宅邸的两头，连接它们的，是一条曲折漫长的回廊。

不过，埃尔南多的来访也并未改变堂·庞塞的起居习惯，他一如既往地投入到工作中，仿佛只有在干活的时候才能获得他所需要的社会认同感，即便眼前的这厢贵客荫庇在一位西班牙公爵的门下，而那位公爵只手遮天，只需一句话甚至一个笑容就可以让他这个小法官的前程暗淡。而堂·桑丘在格拉纳达也有不少的亲戚熟人，因此向女主人请了假。这么一来，平日庄园里就只剩下埃尔南多、伊莎贝尔和她的孩子们。

最初的几天，在法官的应允下，埃尔南多把自己关在了底楼的书房里；他给公爵写信，要将调查的结果报告给他。

"应该在乌希哈尔开设一个生丝市场。"埃尔南多在信中这样建议；在阿尔普哈拉斯的那段日子，他看到了当地人懒散的性格，找到了其中的症结所在，"这样，阿尔普哈拉斯人就不必将生丝贱卖到格拉纳达——直到现在，这都是他们唯一的出路。如此一来，就可以省下原本昂贵的运费，同时也不会对格拉纳达的大批丝绸商人造成任何不良的影响，因为除阿尔普哈拉斯外，他们还拥有来自四面八方的货源。"

一阵稚气的笑声让埃尔南多分了神，让他从法官那张简朴的雕花木桌后站了起来，他朝那扇开往花园的双爿小门走了过去，有和煦的风从门缝中徐徐吹来。这里就是庄园中最大的庭院，是在宅邸的一侧开辟出的一处狭长的地块；庭院中央有一方巨大的水池，围绕着水池边间歇设下了无数喷泉；花园则被由拱柱搭成的一长排藤架覆盖，春日里，茂密的花叶将这里变成了一段清凉宜人的隧廊；隧廊的尽头是一个圆柱形的凉亭，隧廊下面则搭设了石头的长凳，闲暇时，主人就会坐在这条长凳上，看着那喷泉的水柱飞升数米，最后统统落进那方巨大的水池。

  埃尔南多斜倚在其中一片门板上，伊莎贝尔正坐在隧廊下，膝头放着一块刺绣。她微笑着看着孩子东奔西跑，想要逃脱跟在后面管教着他们的保姆。一缕阳光从藤架的缝隙溜了进来，恰好照亮了绿荫下姑娘的轮廓。埃尔南多凝望着伊莎贝尔：她穿着平日里习惯穿着的黑色长裙；她那麦秸色的秀发曾经成功引起他的注意，从而将她从奴役中解救，而今则衬托着她那甜美可人的脸庞，将两瓣水嫩的肉唇映成粉红；挽起的发髻下面是她修长的颈部，一对丰满的酥胸在与那条紧绷的长裙搏斗；纤细的腰部，宽大的胯骨，一个有着三个孩子的年轻妈妈依然风韵娉婷、赏心悦目。阳光反射在伊莎贝尔的手臂上，伊莎贝尔正招呼贡萨利科叫他不要太过靠近水池，埃尔南多的视线追随着那只雪白的手，纤纤五指勾得他心驰神往。随后他望向了那个孩子：那孩子没听妈妈的劝，在水池近旁奔跑。他又将目光转回到伊莎贝尔身上，他的背脊突然一阵撩骚的刺挠：那双栗色的眼睛也恰在凝望着他。他只觉得自己呼吸加速，他看见伊莎贝尔的那对酥乳在绷实的胸托后面轻轻晃悠。这是怎么了？心潮澎湃的埃尔南多将目光停驻，他料定伊莎贝尔不一会儿就会转过头去看顾她的孩子们，但伊莎贝尔并没有让步。当他感觉那阵奇痒不断下行最终爬进了两腿之间时，他终于忍不住从门口仓皇逃走；他找来一位仆从，叫他速速给阿飞套上笼头。

  一周后，堂·庞塞夫妇专门为他们的这位贵客召集了一场晚宴。在这七个白天里，埃尔南多背对着那扇双片门，对院中仿佛正在召唤着自己的笑声充耳不闻。他逼迫自己把注意力集中在给公爵的那份报告上。

  一年举办一次免税的市集，让阿尔普哈拉斯人可以贩卖他们的商品……设立一个隘口……种植桑树和葡萄树……允许当地人转卖他们的自有土地……整治地域内的司法体系……为了不让自己转过头去窥望花园中的那位姑娘，埃尔南多压抑着内心的渴望；现在他的脑中就只想着如何去振兴地域贸易，他逐一陈述着所有可能增加财政收入的方法，尽管他着实感觉自己效率低下，委顿疲乏。每天晚上他都睡不好，隔壁堂娜·伊莎贝尔卧室中传来的每个响动都会在他耳边激荡。不由自主、无可避免地，他的听觉变得特别灵敏，他屏息凝听着墙壁那头传来的每一句枕边话；他甚至感觉自己听到了床单的磨蹭、木床的吱呀——那床一定是带有华盖——那是伊莎贝尔在翻身呢。那只能是她；一个个骚动的夜里，他从来没有想过任何一丝声音竟会是来自于那位法官。有时他会想起法蒂玛，那时他就会心头一紧，就像妻子死后他第一次光顾妓院时那样；但没过几秒他又会发现，自己的思绪重又绕回到隔壁的那间房。但不论如何，在白天，在阳光下，他还是极力回避着伊莎贝尔，心中半是羞愧，半是狼狈。

就在宴会那天的早上，埃尔南多完成了那份报告，他另给公爵附上了一封信，说起了堂·庞塞·德·埃尔瓦斯和他夫人堂娜·伊莎贝尔对他的款待。埃尔南多自己没有印章，于是他请法官用他的私章将火漆封上；法官说最近正好有一个使团要前往马德里，于是埃尔南多派了一个仆从随他们去递送报告。

宴会预定在傍晚举行，埃尔南多和堂·桑丘都穿上了法官发给他们的新装，堂·庞塞想把这次晚宴办成一次隆重的盛会，宾客们的衣着自然也不能不符合这排场。应堂·庞塞的请求，埃尔南多和堂·桑丘站在了庄园的门口，他们等待着客人们的到来，也等待着法官把客人们一一介绍给他们。堂·桑丘无法掩饰心中的激动。

"你看，我叫你学好跳舞吧。"堂·桑丘刺激着埃尔南多，他看着华美的自己仿佛看着一场幻梦。

"腾空绕腿！"埃尔南多原地小跳了一下，嘲笑着绅士的舞步。

"这是舞蹈，这是艺术……"堂·桑丘正要争辩。

几下恭敬有礼的掌声打断了他的话。

"你也会跳舞吗？"身后传来的是一位女士的声音。

埃尔南多回过头去，只见伊莎贝尔停止了鼓掌，端庄大方地向他们走了过来：她的步子很小，从裙裾下隐约可见她脚上的那双镶银软木松糕鞋足有四指高。今天的她没有穿着惯常的黑色长裙，而是换上了一身分体式的墨绿色锦缎礼服，礼服被饰以了圆点和条纹状的图案，镶嵌着这些图案的便是与礼服同色调却明暗相间的绒布。礼服的上半身以褶皱领而起，领子从她的脖颈一直盖到了耳后；上半截礼服整体呈倒锥形，锥形的顶点与钟形的裙撑连接得天衣无缝，锥形的当中隐藏着那块紧身的胸托，或许比平日里绷得更紧，完全掩盖住了那对天赐的礼物。伊莎贝尔有着轮廓分明的颧骨，此刻它也被胭脂抹得嫣红，那双明眸宛若盈盈秋水，眼眶周围也用锑膏勾出了轮廓。一串精美绝伦的珍珠项链让原本就光彩照人的伊莎贝尔显得更加绚烂夺目。堂·桑丘暗暗抽了自己一记嘴巴，赶忙将视线从伊莎贝尔身上移开，他刚刚意识到自己对女主人的关注已经超过了礼节允许的范围；接着他伸手去拍了拍埃尔南多的胳膊，但面对绅士的提醒，埃尔南多却显得不为所动：此刻的他根本合不上嘴巴，愣愣地看着这位向他们款款走来的女士。

"你会跳舞吗？"伊莎贝尔又问了一遍，这时她已经走到两人身边。

"不……不会……"袅袅婷婷的伊莎贝尔带来了一股沁透心脾的芳香，被包裹在香气中的埃尔南多这会儿也只能支支吾吾。

"他就是不爱学。"堂·桑丘想要打破现场的尴尬气氛，他知道此时有好几个穿着五彩制服在迎宾客的仆人斜眼朝他们看了过来。

听到绅士的话，伊莎贝尔微微颔首，浅笑作答。她的脸与埃尔南多的脸之间只隔着一步。

"太遗憾了，"这位女主人轻声说道，"今晚肯定会有许多女士期待与你共舞的。"

沉默化作一团浓雾笼罩着两人，仿佛清晰可触。堂·桑丘赶忙把它驱散。

"堂·庞塞！"绅士朝伊莎贝尔身后大声招呼，伊莎贝尔慌慌张张地回过身去，却没有看见她的老公。"哎？刚才我明明看见他了啊。"当伊莎贝尔用疑惑的眼神质问绅士的时候，堂·桑丘信口胡诌。

"恕我失礼，"伊莎贝尔掩盖着纷乱的心绪，尽管显得有些唐突，"客人到来之前我还有些事情要做。"

"你这么盯着一位女士，是想干什么？"待伊莎贝尔走远了，堂·桑丘小声训斥埃尔南多，"她可是法官夫人！"

埃尔南多摊了摊手。他这是想干什么呢？他也在问自己。他也不晓得答案。他唯一知道的是，多年以来，这是他第一次被一个女人迷得神魂颠倒。

当晚前来赴宴的尽是社会名流，有幸被这位格拉纳达名法官邀请的包括他的同事、教士、宗教裁判官、神父、修士、总督、市议员、爵士、贵族、绅士和书记员。与法官夫妇一起，埃尔南多和堂·桑丘挨过了与近百名宾客的互相介绍与亲切吻手，但凡经过埃尔南多身前的人都对他表示了祝贺与感谢，而站在他身边的绅士却是怎么也找不到插嘴的空儿。当埃尔南多感觉到堂·桑丘的落寞，就也试着给这位绅士创造机会：

"我想您一定很愿意认识一下我身边的这位绅士，堂·桑丘·德·科尔多瓦，他也是蒙特里尔公爵的堂兄。"埃尔南多给圣何塞教堂的教区神父隆重介绍着堂·桑丘。

神父对堂·桑丘点了点头，他对这位绅士的关注也就此结束了。

"原来就是您将堂娜·伊莎贝尔从邪恶的异教徒手中救了出来，"神父转过去跟埃尔南多说，"很荣幸认识您，我们的大英雄。您的事迹我早有耳闻，我听说您还拯救了堂·阿方索·德·科尔多瓦和其他许多天主教徒。"埃尔南多竭力掩藏着他的讶异,自到格拉纳达以来他已经听过了各式各样的传闻,除了那两个他真正救过的人,他作为"救人专业户"的功绩也在坊间越传越玄。"堂娜·伊莎贝尔啊,"神父继续说着,以引起女主人的注意,"她是我们这儿最善良的教民之一,我们甚至可以把那个'之一'去掉。我们很高兴您能为上帝拯救了她的灵魂。"

埃尔南多看了女主人一眼,她谦敬地接受了神父的恭维。

"我已经跟大教堂的几个教士说了,"神父接着往下说,"我们有件事想要托付给您。据我所知,我们教长等会儿会跟您同席,他一定会跟您讲起那件事的。"

听过圣何塞教区神父的这番话,埃尔南多无法再将注意力集中在陆续从他眼前经过的客人们身上了。那会是什么事呢?教士会的人能有什么事托付给他?

这个疑问没有持续多久,果然,他被安排坐在了花园藤架下那张主桌的尊位上,左右两边分别是堂·庞塞与格拉纳达总督的座席,面前则是担任市议员的一位侯爵与一位伯爵,还有大教堂的教长胡安·德·丰塞卡。其他宾客也按照身份尊卑被安排在相应的位置上。水池的另一边也设了一张相同的长桌,埃尔南多远远望见堂·桑丘正在那边同其他食客高谈阔论。除此之外,山腰上的每一畦花园里也安放着几张餐桌:有些桌上坐着男宾,他们大多依照特兰托宗教会议定下的规矩,身着肃穆的黑色礼服;亦有几张桌子被女宾们占据,这里则成了她们斗艳争芳的战场。大花园尽头的凉亭里聚集着一群音乐家:一支长号、一筒号角、一根笛号、两管长笛、一面铜鼓、一把比维拉琴①,美妙的音乐把清朗的星夜点亮。

享用着头菜塞馅石鸡与塞馅骟鸡的时候,埃尔南多不得不满足了宾客们的好奇心,他们向他不断投来问题:堂·阿方索·德·科尔多瓦是如何被囚禁又是如何逃脱的,偶尔也有几个人拐弯抹角地问起了法官夫人当年的经历。

"我听人说啊,"插话的这位市议员嘴里正嚼着一块石鸡翅膀,"除了堂娜·伊莎贝尔和那位公爵,您是不是还帮助了许多天主教徒?"

问题还在空中飘扬的时候,那位比维拉琴演奏家开始了一段独奏;伴着那婉转的琴音,一位乐师唱起了一首煽情的歌。埃尔南多聆听着丝弦上凄美的弹奏,那把比维拉琴看着竟与摩里斯科人在节庆中弹奏的乌德琴有几分相似。

"您还记得您救了谁吗?"总督也把头转了过来。

"嗯,不过不是每次都能记清楚。"埃尔南多撒了个谎,适才听说自己胡编乱造的英雄事迹被人当成了凿凿可据的事实时,他就预先准备好了应对这个问题的回答。

---

① 一种六弦琴。

听到这话，议员放下了手中的鸡翅，对话陷入了尴尬的冷场。

"那您还记得谁的名字呢？"教长追问道。

"我觉得还是不说为好。"此话一出，连堂·庞塞都把脸转了过来，刚才他还与一块鸡胸激战正酣。这是为什么呢？法官的眼中充满了疑惑。只见埃尔南多清了清嗓子，然后娓娓道来："因为他们中的有些人在当时被迫抛下了家人与朋友。我见过有人在逃跑的途中就泪如泉涌：他们在为生存而战的时候，爱与恐惧就在他们的内心里激烈搏斗。曾有一个人在被我带到了安全的地方之后拒绝逃走，最终他又返回到儿女身边，选择了与他们共同赴死。"听到这儿，同桌的人中有不少都神情严肃地点起了头；他们嘴唇紧锁，有的还闭上了眼睛。"我不想公开他们的身份，"埃尔南多说道，"说出来也已经没有意义了。战争啊……战争让人只能听凭本能行事，而忘记了他们的原则为何物。"

一番话博得了更多的赞同，随之的一阵静默让人听到了比维拉琴最后的哀呼，静夜中那悲鸣幽怨绵长，慢慢地，客人们终于将心情平复。

"您不说是对的，"丰塞卡教长语重心长，"谦卑是人的一大美德；而对死亡与折磨的恐惧在屈从者身上也是可以被饶恕的。不过我相信，您的缄默并不会推及到那些异教徒身上，他们亵渎神灵犯下了滔天大罪，他们让天主教徒的血流遍了田野村庄。"埃尔南多的那双蓝眼睛紧紧盯在了教长身上。"格拉纳达大主教正在统计阿尔普哈拉斯战争中的殉教者。我们已经获知了一些数据，也已从千万名在屠杀中失去了丈夫和孩子的嫠妇口中取得了数十份证词；可是，我们想，您作为一名虔诚的天主教徒，却打入到摩里斯科人中，并从摩里斯科人的角度亲历了这场悲剧，所以您所了解到的事实定会成为我们不可估量、同时也是不可或缺的信息来源。在对殉教者的调查中，我们十分需要您的协助。发生了什么？在什么时间？以什么方式？谁下的命令？谁执行的命令？这些问题都需要您来为我们一一解答。"

"可是……"埃尔南多有些无所适从。

"格拉纳达要将殉教者的名单提交给罗马。"总督打断了埃尔南多的话，"已经一百年过去了，早在天主教国王与王后收复格拉纳达的时候，他们就在寻找这座城的守护神圣·塞西利奥的遗体，但他们所有的努力都落空了。这座首府也应该像其他王国的天主教中心一样——圣地亚哥、托莱多、塔拉戈纳……他们都拥有自己的守护神。格拉纳达是我们从摩尔人手中夺回的最后一个城市，所以这里没有像圣地亚哥或是圣伊德方索那样的天主教先驱，而正是这些勇敢无畏的天主教徒才会使一座城市变得伟大。如果一座城市没有圣人、没有殉教者、没有天主教的历史，那这座城市就什么也不是。"

"可是您也知道，我现在住在科尔多瓦。"众目睽睽之下，这也是埃尔南多能想到的唯一一个借口了。

"这不是问题，"教长急忙指出，仿佛他在堵上这条路的同时也就扫清了所有的障碍，"您还是可以继续进行这项工作。大主教会提供您相关的通行证以及足额的旅费。"

"我相信您一定不会辜负这份神圣公义的事业的。"堂·庞塞边说边拍了拍埃尔南多的肩膀，"当时我一听说格拉纳达教会有兴趣让你参与到殉道者名单的统计当中，就给蒙特里尔公爵去了封信请求他的允许，不过我也知道，这其实并没有多大必要。"

有人举起了酒杯，瞬间，离埃尔南多最近的几个客人也都举杯为他祝福。

晚宴结束，乐师们也转移到了宅邸的内部，他们在主会客厅里坐了下来，这里所有的家具都被预先撤空。一部分的客人还滞留在花园里，另外一些人则走到了会客厅外的露台上；露台对面就是雄伟的阿尔罕布拉宫，露台下方就是格拉纳达山城与达罗河的河床。还有些宾客已经在为接下来的舞蹈做准备了。埃尔南多看见堂·桑丘正在大厅中到处晃荡，等待着音乐的奏响。埃尔南多真羡慕他的快乐、他的无忧无虑……要是没有大主教的托付，现在他也可以跟那位绅士一样！先是母亲与他断绝了关系，现在他又得去给教会干活……而且是要去揭发他的穆斯林弟兄！

埃尔南多听着音乐，看着宾客们如何舞蹈：男男女女或围成一圈，或站成一排，或成双成对，或三五成群；他们面带桃花，甚至眉目传情，他们同时舞了起来，就和当时那位绅士在公爵府中一样。埃尔南多认出了伊莎贝尔的那条绿色长裙，裙摆飘起的时候，便能窥见那双软木鞋所发出的炫目的光，尽管鞋底厚如松糕，但从这位女士娴雅的舞姿中便能看出她丝毫未受影响。埃尔南多总觉得伊莎贝尔朝自己这儿瞄了好几眼。

舞蹈还在进行的时候，埃尔南多被迫与向他走来的一个又一个客人打着招呼，他礼貌地回答了他们的提问，尽管他的心早已飞到远处。

他这一生其实从来都没有偏离过那条轨道，埃尔南多这样想着。此时正在跟他说话的是一个身着藏蓝色礼服的女人，至于她具体说了些什么，他并不知道。他一直在天主教徒与穆斯林之间的夹缝中生活。他的母亲是摩里斯科人，他却是母亲被一个天主教神父强暴后的产物；小时候他差点在胡维莱斯教堂里被摩里斯科人杀死，只因为他们认为他是天主教徒；后来他又被阿本·倭马亚赞誉为保卫穆斯林财富的救主；再然后他又因为被人认作是天主教徒而被迫为奴，在那段日子里，他不得不佯装拒绝背叛那个本就不属于自己的宗教，只为了不成为巴拉克斯的男宠；在科尔多瓦大教堂里，他一边为天主教教士会工作，一边成百上千遍地抄写着伊斯兰教的启示之书；之后他又被宗教裁判所找了去，被迫观看他们如何将卡利姆折磨致死，那会儿他的身份又是一名虔诚的天主教徒；如今他刚刚发现了那本惊世骇俗的《巴拿巴福音》，却又一次被教会要求与他们合作。尽管如此，他心中一直很清楚谁才是他唯一的仁慈的真主……不知道善良的哈迈德看到他此时的处境又会做何感想？

"不好意思，我不会跳舞。"看见这位穿藏蓝色礼服的女士还在身旁且用眼神征求着他的意见，埃尔南多不假思索地说。

他没有听见她的问题，或许他是答非所问了吧，因为那女士一听到他的话便臭着一张脸走开了，连招呼也没打。

舞蹈一直持续到深夜。埃尔南多再次看到堂·桑丘汗如雨下地出现在露台上的时候，堂·庞塞拍了拍手叫音乐停了下来。舞会结束了。

"作为晚会的压轴，"法官站在乐师们演奏用的小舞台上高声喊道，"我为我的贵客准备了一场焰火秀。我邀请诸位到露台和庭院里，一同欣赏这场美妙绝伦的表演。"

堂·庞塞拉着妻子朝埃尔南多站着的地方走了过来。

"请随我们来。"法官对埃尔南多说。

他们占据了观众的最前排，倚在了大厅外头露台边的栏杆上，伊莎贝尔就站在埃尔南多和丰塞卡教长的身后。庄园这头有人放了个信号弹，从阿尔罕布拉宫的墙头上突然迸出了一排亮黄色的焰火，挤成一团的宾客们叹为观止。而就在刚才，几团金色的火球在星空中掠过，人们不由自主地互相推搡，全都贴到了栏杆上，只为了找到一个视野更好的位置。一连串的光柱窜上了夜空，埃尔南多却感觉到了伊莎贝尔身体的温热。他的耳中同时传来了火药爆炸的轰响与伊莎贝尔的喘息声，那喘息断断续续，却烧得他火热。伊莎贝尔没有动，没有去逃避两人间的触碰。客人们都被奇妙的烟火勾去了魂，没有人注意到他们的动作；埃尔南多感觉有一只手蹭在了他的手上，他转过头去，伊莎贝尔正羞涩地朝他微笑。他轻柔地抓起那只手，就在露台上宾客们蜂拥聚拢所引发的混乱中，十只指头纠缠逗弄；两人的身体也互相贴在了一起，他们感受着对方，直到一响鞭炮宣告了焰火的结束，众人鼓掌欢呼。

随后，来宾们陆续离开了庄园。此刻埃尔南多心中已经不存疑问：在嘈杂的告别声里，伊莎贝尔与他久久凝望、目光灼灼。

48

当初在胡维莱斯都发生了些什么?

简短的正式介绍之后,教士会的书记员立即向埃尔南多提出了这个问题,他提起笔,准备尽早记录下埃尔南多给出的答复。两人坐在一间窄小的房间里,附近就是大教堂的档案室。

晚宴次日的一大早,一家人还在蒙头睡大觉的时候——除了法官,他要上班这件事是任何人任何事都无法动摇的——埃尔南多就被教长叫到了这里。他是骑着阿飞来的,身边跟着一名仆从;他横穿山城,到了圣胡安街,经过圣格雷戈里奥修道院,就抵达了与大教堂相连的监狱街。与科尔多瓦大教堂一样,那几天格拉纳达大教堂也处在修建中:大礼拜堂已经建好,现在正在造的是教堂的塔楼。与科尔多瓦不同的是,这座教堂并非是在古清真寺上建起来的,而是紧贴着清真寺而筑;原来的穆斯林大圣堂包括尖塔都被一并改造成一座大圣器堂,里面容纳了几个小礼拜堂以及其他一些设施。埃尔南多穿过了当年格拉纳达穆斯林祷告的圣所,目光聚集在那些白色的石柱上,石柱的柱头顶着数个斗拱,斗拱不仅支撑着低矮的木结构房顶,也把大清真寺的内部分隔成五个部分。是一名神父将他从那里带到了书记员的办公室。

当初在胡维莱斯都发生了些什么?埃尔南多自问着,身旁的书记员则翎笔在手,时刻准备着记录。难道他要说他母亲把教区神父捅死的那件事么?

"这对我来说太困难了,也实在让我痛苦。"埃尔南多逃避着书记员的提问,"您现在要叫我把胡维莱斯的事全都说出来,那我告诉您,我在那里见到的悲剧数不胜数。我的记忆是混乱的。"书记员抬起头,眉头紧锁,"或许……或许更实际的办法是这样,您呢,让我好好回想一下,我也得整理整理思路,然后我自己来把它写出来,到时候直接交给您。"

"您会写字?"书记员很惊讶。

"对,而且当初就是胡维莱斯的那个教堂司事安德烈斯教我的。"

不知道安德烈斯怎么样了?埃尔南多心想,自从到了科尔多瓦以后,他就再也没有任何关于那位教堂司事的消息了……

"我很遗憾地告诉您,他已经过世了,就是最近的事。"书记员像是猜到了他的心思,"我们得知他住在科尔多瓦,就想让他过来作证,没想到我们去找他的时候他已经……"

埃尔南多深吸了一口气,尽管下一秒他就在那张硬邦邦快要散架了的木椅子上如坐针毡。为什么不干脆结束这场闹剧呢?他是个穆斯林啊!他相信的是唯一的真主与他的使者穆罕默德!埃尔南多的心中还在波涛汹涌的时候,就见书记员把桌上的那本卷宗给合了起来。

"我还有许多事要做,"书记员乐得轻松,"要是您自己把那些事写下来的话,就能帮我省下不少时间了。"

还能省下不少力气呢,书记员起立与他握手的时候,埃尔南多心想。

骄阳似火,煮得格拉纳达一片繁荣。埃尔南多刚刚跳上阿飞的背脊,准备告别那名仆从,独自消失在这座城市中:就近去生丝市场转一圈吧,还是找家客店去冥想一下最近所发生的种种?昨天晚上,当辞别了所有的客人,埃尔南多开始祈祷;他的脑中尽是伊莎贝尔的身影,他感觉到了她手指的触感与她身体的温度,心潮奔涌。她为什么会主动牵他的手?面对主人的踌躇,阿飞焦灼地用前蹄刨着地,那个仆从也有些无精打采,他还在等候埃尔南多的吩咐。好吧,还是先想想胡维莱斯吧。忽然间,埃尔南多猛拽了一下缰绳。他想起了那些光着身子、双手反捆的天主教徒在田野里排队等死的样子,而那些摩里斯科人,包括他的母亲在内,正在结果着神父与教士的性命。当时的那些天主教徒有好些都活了下来,仁慈的扎盖尔违抗了佛拉克斯的命令,中止了屠杀。不知道那些人都说了些什么呢?不可能没有人注意到阿以莎的暴行,她手中握着的那把刀子沾满了鲜血,她用尽浑身的力量向天空喊出了安拉之名。他们会不会把她联系到他的身上?——埃尔南多的母亲杀害了堂·马丁!不,很有可能不会,埃尔南多让自己冷静下来:他们顶多把阿以莎和脚夫布拉希姆扯到一起,而不是他这个只有十四岁的孩子,尽管万事皆有可能……

"回庄园。"埃尔南多一声令下,没等仆从回话就自己跑了。

回到庄园的时候,埃尔南多正巧碰见堂·桑丘在独自享用他的早餐。

"早啊。"他跟绅士打招呼。

"你起得可真够早的。"绅士回了一句。埃尔南多坐到桌前,把教长昨晚的托付的事与他今早是如何速战速决的都跟绅士详细解说了一遍;堂·桑丘一边听着他的故事,一边吃得有滋有味。"那我也有个任务要交给你。是这样,昨天跟我一桌的有一个叫堂·佩德罗·德·格拉纳达·维内加斯。"听到这里，埃尔南多皱起了眉头，这些天主教徒又想要他干吗？"他呀，"堂·桑丘继续说了下去，"会在堤洛之家那儿定期举办茶话会，他也很想叫你赏光。"

"我的事太多了，"埃尔南多推脱着，"您去吧。"

"可他邀请的是我们两个……好吧，说是说两个，可我总觉得他主要只是想认识你。"堂·桑丘无奈承认，埃尔南多也叹了口气。"他也是个大人物，"绅士努力说服埃尔南多，"堂·佩德罗是坎波特哈尔的领主，同时也是赫内拉利费的要塞司令。他的情况跟你非常相似：出身穆斯林，却皈依了天主教；可能正是这个原因他才想认识你。堂·佩德罗的祖父是摩尔王子的后裔，在格拉纳达征服战中立下了赫赫战功，后来又转投了罗马皇帝麾下。他父亲堂·阿隆索在阿尔普哈拉斯之战中为腓力二世国王倾其所有，到最后差点落得破产，后来国王特批给他四百杜卡多的年金作为补偿。还有好多社会名流会来参加这个茶话会。你总不能令一个格拉纳达贵族难堪吧，你别忘了，西班牙好多大家族都还是他们家的亲家呢。要是我堂弟堂·阿方索知道你不肯去，他一定会生气的。"

"您老喜欢把公爵搬出来压我，"埃尔南多不乐意了，"就先这样吧，堂·桑丘，我走了。"埃尔南多起身离席，不想再把对话继续进行下去。

"哎，你别……"

"回头再说，堂·桑丘，回头。"埃尔南多已经站了起来。

他思忖着要不要到庭院里去散散心，最后还是决定把自己关在卧室里。伊莎贝尔、胡维莱斯、教士会，现在又加上那个参加过阿尔普哈拉斯之战的叛教穆斯林的邀请。这世界真是疯了！现在他需要忘记，需要平静，所以上午剩下的这点时间还是用来闭门祷告吧。他经过伊莎贝尔的卧房前，恰巧碰见她的女侍从房间里走了出来，她刚刚帮女主人穿上衣服。女侍跟埃尔南多打了个招呼，埃尔南多转头回应；透过那扇半掩的门，他窥见伊莎贝尔正在整理她的黑裙。女侍的手还搭在门把上，她没有立刻将门关紧，虽然只有短短的三秒钟，已经足够让在卧房中央弯着身子的伊莎贝尔紧紧盯住了他的眼睛。房间里，阳光透过那面开往阳台的大落地窗，毫不吝啬地洒了一地。

"早上好。"埃尔南多的问候并没有具体的对象，他只觉得有一股热浪猛地向他袭来。

女侍恭敬地朝埃尔南多微笑着，向他点头致意；房门关上了，伊莎贝尔没来得及回礼。埃尔南多朝自己的房间走去，心里还怀恋着伊莎贝尔温暖的身体，那时她紧紧地贴着他，他都能听见她急促的呼吸声。心潮汹涌的埃尔南多用目光扫视着他的屋子：顶着华盖的豪华大床已经整理完毕；旁边有精雕细琢的木箱，墙上挂着圣经题材的壁毯；桌上放着洗濯用的脸盆，有干净的毛巾叠好搭在上面；房间的尽头是一扇通往阳台的门，他的房间与法官夫妇的房间就以那正对着阿尔罕布拉宫的阳台相连。

阿尔罕布拉！"失去它的人真是不幸之至。"埃尔南多遥望着那座宫殿，脑中就记起了皇帝卡洛斯曾经说过的这句话，相传当时是有人把格拉纳达最后一任穆斯林王巴布狄尔的母亲阿以莎的一番话告诉了这位皇帝——王国陷落，被迫辞别格拉纳达的巴布狄尔失声痛哭；而面对败军之将的儿子，阿以莎说出了这样的话："你就像个女人一样地哭泣吧，既然你不能像个男子汉一样地去勇敢守护它。"

"我很赞同那位母亲所说的话，"传说当时卡洛斯皇帝是这么回答的，"因为如果是我的话，与其在阿尔普哈拉斯做个亡国奴，我宁愿死在阿尔罕布拉。"

还迷醉在那微微泛红的阿尔罕布拉宫墙中，埃尔南多惊愕地看见了伊莎贝尔的身影：她从卧室里走了出来，轻柔地倚在了二楼阳台低矮的雕花石栏上——她也在观赏着奈斯尔王朝的这座雄伟的堡垒。从自己的房间里，埃尔南多呆望着被伊莎贝尔挽在发网中的麦秸色头发；他的视线定在了那根纤嫩的脖颈上，而后，他在姑娘诱人的肉体中彻底迷失。

埃尔南多迈了两步走到了阳台上；听到响声的伊莎贝尔转头望向他，她的眼中闪着火花。

"一边是美人，一边是美景。太让人难以抉择了啊。"埃尔南多指了指她，又指了指阿尔罕布拉。

伊莎贝尔直起腰，转身向他走了过来；她的眼神含情脉脉，直到两人的呼吸混为一体。随后她寻找着他的手指，触碰着它，搔弄着它。

"可你只能占有其中一个呢。"她轻声说道。

"伊莎贝尔……"他喃喃作答。

"一千个夜里我都在幻想，有一天能和你一起骑马，"姑娘把埃尔南多的手引到了自己胸口，"一千个夜里我都在颤抖，就像那时的我触到你的手时一样。"

伊莎贝尔吻了他——漫长、甜蜜而炙热——埃尔南多闭上了眼睛。两人的唇分开的那一刻，埃尔南多把她拉进了自己的卧房。他确认过房门已经闩好，又去把阳台的门关上。

房间里，两人再次亲吻；埃尔南多的手溜上了姑娘的背，同时也在与那圈碍事的裙撑对抗；伊莎贝尔激吻着他，她的呼吸时断时续，但双手却总是纹风不动地搭在埃尔南多的腰上，直到他摸索起了裙摆的吊钩，手忙脚乱地努力想要解开它。

是伊莎贝尔退开了一步，背转过身来，让他解除了那道机关。

埃尔南多用颤抖的双手解着钩子的时候，伊莎贝尔把那两只独立于礼服的袖子也脱了下来；上半身的钩子一解开，那块胸托就朝前翻了下来，将伊莎贝尔的胸脯从重压下解放了出来；随之他又解起了姑娘腰间的扣子，终于把那条麻烦的裙子也给脱了下来；最后卸下了勾连着的上半截礼服。埃尔南多亲吻着姑娘的玉颈，伊莎贝尔想要挣脱，埃尔南多却从背后紧紧地扣住她，他在她耳边喘息，一只手滑向了她的大腿。埃尔南多又笨手笨脚地解起了绳结。

"别……"伊莎贝尔用语言抗拒着。听到姑娘的话，埃尔南多停下了手上的爱抚，伊莎贝尔也逃出了他的怀抱；她激动地转过来，浑身抽搐着，面带潮红。"不要。"伊莎贝尔小声说道。

是说发展得太快了吗？埃尔南多自问。

姑娘把手伸向埃尔南多的胸膛，让埃尔南多讶异的是，她没有解开他上衣的扣子，而是吻着他，把他带到了床边；她就这样穿着衬衣躺了上去，双腿瑟缩着。

站在床脚的埃尔南多愣住了，他傻傻地望着那对乳房正随着姑娘的心跳加速而起起伏伏。

"占有我吧。"伊莎贝尔唤着，将大腿微张。

占有我？就这样？穿着衬衣？他都无法欣赏着她的胴体，爱抚着她……埃尔南多靠到了床边，贴上了她的腿……可伊莎贝尔紧张得浑身一颤，继而抓住了他的手。

"来占有我。"伊莎贝尔又一次吻他，她内心的冲动都写在了脸上。

埃尔南多下了床，他开始脱起自己身上的衣服，如果说伊莎贝尔不行……他可是毫无问题。他继续脱着，直到身上一丝不挂。但伊莎贝尔把脸颊藏到了被子里，她目光涣散，娇喘着，衬衣滑到了她的大腿根部。

埃尔南多望着她。她在床上不住扭动，等着他来占有她，可是……她的行动却不是这样——那是罪啊！在她看来，享受爱是一种罪过。瞬间，法蒂玛的身影如一道火焰在埃尔南多眼前闪过：她赤身裸体，抹了香油，戴上了最美的饰物，绘着女贞花液的文身，她毫无羞耻地爱抚着他的身体。法蒂玛！而此时，伊莎贝尔的一声叫唤却让埃尔南多回到了现实。这些天主教徒！他暗自嘟哝着，压到了伊莎贝尔的身上，一层衬衣隔在了两人之间。

伊莎贝尔还是没有摆脱那道枷锁：她依然把脸捂在被子里，像是不敢看他；她紧紧抱着他的背，指甲却没有抠进他的肌肤。

"放开点。"埃尔南多在她耳边轻语。

伊莎贝尔咬着嘴唇，闭上了双眼。

阳光从窗外投了进来，包裹着两人的身体。

动起来吧，他乞求着她。来感觉我，也感觉你自己。去感觉你的身体。放松，亲爱的。天呐，快别憋着了！埃尔南多在高潮的那一刻还在哀求着伊莎贝尔不要强压着自己的快感。他气喘吁吁地瘫在了她的身上。不知道她会不会要求再来一次呢？埃尔南多心想，她会不会……这时，伊莎贝尔却用实际行动给了他答案：她艰难地在他身下挪动起来，像是要请求他快点让她离开。埃尔南多用手把自己撑了起来，他寻找着姑娘的唇，姑娘却只是被动接受了它。于是他站起身来，而伊莎贝尔也紧跟着坐了起来，她躲避着他的目光。

"你根本不用害羞。"埃尔南多想要安抚一下她的心情，他托起了她的下巴，但她却拒绝抬起脸来。也不顾自己还光着下身，只穿着件衬衣的伊莎贝尔慌忙逃到了阳台上，钻进了自己的卧室。

埃尔南多打了个响舌，他弯下腰，收拾起了扔在床脚边的衣服。伊莎贝尔是想要他的，这点毫无疑问，埃尔南多边穿衣服边想，可是，羞耻心与负罪感支配着她。"女人是果子，只有用手去揉她，她才会释放出她的芳香。"埃尔南多还记得，当时法蒂玛是用无比甜蜜的声线念出了这句关于爱的圣训，"就像罗勒，就像琥珀，它一直隐藏着它的香气，直到你去温热它。你要用爱抚与亲吻去唤醒她的狂热；你要吸吮着她的唇，从她的口中汲取甘露；你要揉搓她的双乳，啃咬她的大腿内侧——若你不这样做，你便在同床时得不到你所要的：快活。"这些虔敬的女天主教徒距离这爱的箴言竟是如此遥远！

那一晚，在直布罗陀海峡的另一边，法蒂玛躺在昏暗的卧房里，无法入眠，尽管这座坐落在得土安内城的奢华宫殿是布拉希姆特地为她所建。她的身边躺着这个世界上她最恨的男人，她听着他的鼾息声，感觉着他皮肉的接触，心中难免泛起一阵恶心。就像之前的每一晚一样，布拉希姆又一次将胸中的欲火在她身上发泄了一通；就像之前的每一晚一样，法蒂玛又一次蜷曲在他的身边，忍受着他那根右手的残肢在她双乳间的搅动——只有这样，他才能稍稍舒缓断臂上尚未消弭的隐痛；就像之前的每一晚一样，地牢中天主教囚徒的哀哭声成为了对法蒂玛脑中千万个无解的问题的回复。伊本·哈迈德现在会是怎样呢？为什么不来找她？他还活着吗？

落入布拉希姆之手的这三年里，她从未放弃过对她所爱的人的企盼，她一直在等着他前来相救。但随着时光的流逝，她渐渐明白，阿以莎顺应了当时她无声的祈求。若不是这样……无论如何，伊本·哈迈德也会追随他们而来，为他们拼死战斗。她敢肯定！可是，即便阿以莎跟他说他们已经死了，伊本·哈迈德也该来找布拉希姆报仇啊！在暗夜的静默中，法蒂玛仿佛又一次听到了当年她被绑架时卡萨韦梅哈侯爵手下的大吼："识相的就关好门窗！这是摩里斯科大盗乌拜德的命令！"全科尔多瓦都该以为是那个摩里斯科土匪乌拜德诛杀了他的全家，而要是阿以莎也闭口不言的话……伊本·哈迈德应该到现在还被蒙在鼓里。一定是这样！否则他哪怕上刀山下火海也会来找布拉希姆复仇的！一定不会错……复仇！而当物换星移，法蒂玛终于确定伊本·哈迈德再不会来寻找他们的时候，她对布拉希姆的那颗复仇心也被慢慢平抚。

"他不过是个孬种罢了。"布拉希姆又一次取笑埃尔南多，"要是他不想到得土安来夺回他的小孩，就让我派一队人马去做了他好了。"

尽管法蒂玛内心知道伊本·哈迈德不会来，可她也把这句话埋在了心底没有去跟布拉希姆说；她没有告诉他，当时恰恰就是她在用眼神向阿以莎乞求，叫她什么也别跟她儿子说。

"若是你放下要去杀他的念头，我就让你得到我，"一天晚上，在被布拉希姆像一头野兽一样干了一场之后，法蒂玛向他提议道，"我会像你真正的老婆一样让你快活，我会把自己完全奉献给你。但你如果不同意的话，我就自己结束自己的生命。"

"你的孩子你都不要了？"布拉希姆威胁着他。

"真主会看顾他们的。"法蒂玛低声答道。

海盗头子考虑了一下。

"行吧。"他同意了。

"用安拉之名起誓。"法蒂玛要求着他。

"我以万事全能的真主之名起誓。"他说着，一边还在掂量着他的决定。

"布拉希姆，"法蒂玛皱着眉头，用坚定的语气警告布拉希姆，"你要是想骗我的话，还是死了这条心吧。你的一个微笑、一个表情都会出卖你；如果你违背了你的誓言，一定逃不过我的眼睛。"

自那天起，法蒂玛履行着她的诺言，夜复一夜，她把布拉希姆带上了快乐之巅。她又给布拉希姆生了两个女儿，而布拉希姆再没有去临幸他的二老婆——她被束之高阁，弃置在宫中的耳房里。弗朗西斯科被重新洗礼，赐予了阿卜杜勒这个名字；刚到得土安，他就与沙米尔一起被生生割掉了包皮，准备着哪天在纳西的带领下随队起航。纳西在海盗船队中的权力越来越大，仿佛他才是布拉希姆真正的继承人；同时布拉希姆的腰袋也是越来越鼓，他每天的乐趣就是把从私掠以及其他业务中获得的钱财数了又数。纳西，当布拉希姆初到得土安时还只是个衣衫褴褛的小癞子，而今，他没费多大功夫就取代了布拉希姆亲儿子的地位：沙米尔拒不承认布拉希姆是他从未谋面的生父。起初，惶惶不安的沙米尔只是日夜思念着与之离散的母亲，他拒绝着布拉希姆的亲近，反在法蒂玛和弗朗西斯科身上寻找着自己的慰藉——阿以莎曾经告诉过他，他的父亲早已死在了阿尔普哈拉斯！面对着亲儿子的冷漠，感觉自己热脸贴了冷屁股的布拉希姆用他一贯的暴戾予以还击：每当沙米尔试图从他怀里逃开时，布拉希姆就又会把他从法蒂玛手里拽出来，对他拳脚加身，恶语相向；同样屈服在布拉希姆淫威之下的弗朗西斯科就成了沙米尔形影不离的难友。而纳西乘虚而入接近海盗头子，向他展示着他的忠诚，旁敲侧击地提醒着他，自己那么多年以来对他的无私付出。另一方面，小伊内斯，现在叫麦尔彦了，她的命运布拉希姆早在朽人客栈里就已经向她宣告过，她服侍着布拉希姆的二老婆，直到法蒂玛诞下了她与布拉希姆的第一个女儿。一天晚上，激情刚过，法蒂玛趁热打铁说服了布拉希姆：说到刚刚呱呱坠地的努晒玛，还有谁能比她同母异父的姐姐麦尔彦更适合照顾她的呢？

　　布拉希姆的鼾声混杂着从地下传来的哀呼，将法蒂玛从回忆中叫醒。法蒂玛压抑着翻身起床的冲动，甚至没有试着去移开布拉希姆压在她身上的那根残肢。她是一名囚徒……被囚在这个金色的牢笼里。

　　她告诉过自己，她不过是这座浮华宫殿中的又一名女奴。布拉希姆筑造的这座宫殿采用的是安达卢斯的样式，就像一个巨型的宅院，附近有公共浴场、古代的碉堡，还有由城市的复兴者、一名格拉纳达流亡者所建造的曼扎里清真寺。以前她从未跟奴隶生活在一起过：这些男人和女人只是一味顺从着，时刻准备着去满足主人最细小的欲求；他们的脸上毫无表情，像是被盗走了灵魂，被夺走了所有的感受。法蒂玛望着他们，却在他们的面孔上看到了自己的影子：恭顺，还有服从。

　　这位得土安的大海贼命人修建的新宫殿就坐落在麦帖马尔街上，它的下方就是德尔萨山错综复杂的石灰岩洞。可以说得土安就是一座建造在巨大岩洞上的城市，这些岩洞被改造成地牢，关押着数以千计的天主教俘虏。白天，法蒂玛会在奴隶们的陪伴下到得土安三座城门中的一座去购物，有农民从城外的地里运来了自种的果蔬；她看见有好些个奴隶光着腿，只套着个破麻袋，脚踝上绑着铁镣，在鞭笞下缓缓挪动——近四千名天主教徒会在这座城中永久服役，他们将一世为奴。

　　满眼都是疾苦的奴隶与干瘪的俘虏，法蒂玛很快意识到，在城里闲逛也不能带给她丝毫的抚慰。得土安的城建照搬了安达卢斯小镇的模式，却撤除了任何来自于天主教的影响。城中房屋的构造无一不体现着家庭环境的神圣不可侵犯：它们对外是全封闭的，临街没有任何的窗户、阳台，甚至孔洞。主流的世袭制文化导致一座楼房被分割再分割，最终绘出了杂乱无章的轮廓。街道也无非是私人财产向外滋生后的产物，街巷中无序地占满了各种帐篷、店铺和建筑：一座座被当地人命名为"牛棚"的阁楼横挂空中；另有一些居民——大多是自家人——私下里签订了条约，于是经常一条道走到半截就会有奇形怪状五花八门的凸出物阻住了去路。而对于这些，当地有关部门却是不管不顾。

在宫中，法蒂玛只是一个可怜的女奴；而在宫外，在这座海盗之城里，也不存在任何处所可以助她从这令人绝望的境遇中脱离，哪怕只是心灵上的，哪怕只是短短几秒钟。真主似乎遗忘了她。只有在那些广场上，三五条街的交汇处，她才能找到——即使谈不上什么精神的安谧，至少也算是种娱乐：那里有街头艺人弹奏着乌德琴，吟诵起了神话与传说；也有奇怪的小贩贩售着传说能包治百病的纸片，上面画着各式各样神秘的字符；她还看到有耍蛇人把蛇缠在双手与颈部，为讨要施舍，他们让身上的毒蛇跳起了奇怪的舞。有时候，法蒂玛也会扔下几个子儿，她在他们的面前久久驻足。可是到了晚上，当布拉希姆的那根断臂钻进了她的双乳中，在宫殿之下堆挤着的数千天主教徒的哀怨声又会传进她的耳朵，清晰得恐怖。这座城的地下就是那所巨大的牢，每到晚上，囚徒们的恸哭就会从那些充当通风口的小孔中满溢而出。总有一天我会自由的。法蒂玛对自己说：伊本·哈迈德，总有一天，我们会再度聚首。

49

在堂·桑丘不厌其烦的劝说之下，最终，埃尔南多还是不得不做出了让步，他走在了去往堤洛之家的路上，准备加入到格拉纳达·维内加斯家族举办的茶话会中。这是六月的一个下午，两人骑着马从山城下到了雷阿莱霍区，雷阿莱霍区位于达罗河的左岸，它的上方就是阿尔罕布拉宫，这里原本是犹太人的居住区，直到天主教国王征服了格拉纳达，将他们驱逐一空。堤洛之家正对着方济各会的修道院与教堂，贵族们将破落的犹太区废物利用，在这里建起了一连串的宫殿与别墅。

一路上，称心如意的堂·桑丘不断地挑起话头，但身旁的埃尔南多却置之不理。前几天，他本欲履行自己的诺言，将起义时胡维莱斯所发生的事汇编成册，好给那位书记员一个正式的答复，但他不仅没有找到合适的词语去为弟兄们那些令人毛骨悚然的暴行开脱，而且每当他准备集中精神的时候，他的思绪就会不由自主地飞到伊莎贝尔那头，于是姑娘的轮廓就与他母亲刺扎着堂·马丁时的身影重合在了一起，分辨不清。

"我不想去看他们的死状。"他还记得当时自己是这么对哈迈德说的，在他们身前，有一长队光着身子的天主教徒被捆绑着向田野中走去，"为什么一定要把他们杀了？"

"我也不想，"那时阿訇是这样回答他的，"不过我们一定得去。他们曾强迫我们成为天主教徒，否则就把我们流放，这是另一种谋杀，你将在一个远离故土、远离家人的地方孤独地死去。他们不愿承认唯一的真主，他们没有好好利用我们给他们的最后的机会。他们自己选择了死亡。"

他要怎么把哈迈德的这番话写进给主教的报告里呢？而同时，另一边的伊莎贝尔却好像已经抛却了逃出卧室时的羞耻，她在庄园中走上走下，镇定自若。然而当两人目光相接的时候，埃尔南多却又怀疑起自己的判断：有几次，她凝望着他的眼睛；有几次，她却飞速避开了他的视线。从未闪躲的倒是伊莎贝尔的那个女仆，她甚至大胆地朝他微笑，目光中带着一丝心照不宣的狡黠：后来把女主人的衣服收回去的应该就是她吧。

茶话会的那天早上,他又在阳台上撞见了伊莎贝尔。尴尬的沉默中,欲望之花再次盛放。虽然埃尔南多胸中燃烧着熊熊烈火,但这时的他却不想重复上回的经历:他只是满足了自己的兽性,却没有像预期的那样,让她也体验到性的美妙。

"你得学会去享受你的身体。"他咬着她的耳朵,只觉她听到这句话的时候周身一颤。

伊莎贝尔的脸霎时变得通红,但她没有说话,只是由着埃尔南多第二次把她拉进了他的卧房。

他本想告诉她,她可以在畅快中寻找到上帝的存在,但他不愿让她受到惊吓,所以他只是在她身体僵硬的时候抚弄她,在她压抑着娇喘的时候挑逗她。伊莎贝尔还是不愿展露她的双峰,但这次,她却允许埃尔南多爱抚着它,她背朝着他,挺起了身子,当他掐捻起自己挺立的乳头时,她咬紧了自己的下唇。但当埃尔南多的右手滑向了她的蜜穴,她又一次扔下衣服从埃尔南多的卧房中惊惶落跑,就像被恶魔撒旦追逐着的灵魂一般。

"我们到了。"绅士突如其来的一句话把埃尔南多吓了一跳,也把他刚才的思绪吓到了九霄云外。

埃尔南多的面前挺立着一座四方形的高塔,塔楼的顶端围绕着连绵的城堞,塔身的正面开出了两个阳台,在不同的层阶有五尊古代伟人的全身像各就其位。从临街的塔楼后面延展出一栋金碧辉煌的楼房,众多的房间分布在众多的楼面上,旁边还有一方由六根奈斯尔风格的柱子围成的庭院,庭院尽头则辟出了一个美丽的花园。在把马交到仆人手里以后,两人走进了宫殿,经过几道狭窄的楼梯,守门人把他们引到了宫殿的二楼:这里就是那个巨型会客厅的所在。

"人们把这个会客厅称作'金色大厅'。"仆人帮他们开门的时候,堂·桑丘低声说道,只见那两扇门的门板上分别雕刻着头戴桂冠的半身像。

刚刚跨进大厅,埃尔南多就明白了称号的来由:绿金色的天花板上雕刻着精美的男性人物像,从吊顶上反射下来的光把整个屋子都照得金碧辉煌。

"欢迎。"堂·佩德罗·德·格拉纳达从正闲谈着的几个人中走了出来,走到跟前时,他朝埃尔南多伸出了右手,"我们曾经相互介绍过,就在堂·庞塞为您举办的晚宴上,不过当时我们也只是简短地打了个招呼,没机会多说两句话。欢迎光临寒舍。"

埃尔南多也伸出手,感觉对方特意和他多握了几秒,他趁机打量了一下这位贵族:瘦削的面孔,却是天庭饱满,精心修过的胡子,看上去充满了智慧。埃尔南多刻意没有将赴约之前对这位贵族的印象表露在脸上：堂·佩德罗与他的祖先竟背弃了真主，反与天主教徒们走在了一起。

一番寒暄过后，这位坎波特哈尔领主又把在座的其他宾客一一介绍给了他们：医生、同时也是诗人的路易斯·巴拉奥纳·德·索托，律师兼最高法院文书胡安·德·法里亚，诗人贡萨洛·马蒂奥·德·贝里奥，还有一些其他人等。埃尔南多只觉得浑身不自在：为什么他当时就答应了呢？跟这帮不认识的人有什么可聊的呢？只见大厅一角还有两个男人举着杯在那儿交谈，堂·佩德罗把埃尔南多一行带了过去。

"这是堂·米盖尔·德·卢纳，是个医生，平时也做翻译。"堂·佩德罗介绍着其中的一位。

埃尔南多跟他打了个招呼。

"这是堂·阿隆索·德尔·卡斯蒂略。"这会儿主人又给埃尔南多介绍起了另外那个男人，那男人一身斯文打扮，"同样是医生兼翻译。他曾是格拉纳达宗教裁判所的阿拉伯语官方译师，如今则在为腓力二世国王工作。"

向埃尔南多伸出右手的时候，堂·阿隆索紧盯着他的眼睛。埃尔南多没有回避他的眼神，把手送了出去。

"我很早以前就想认识您了。"埃尔南多惊愕万分，因为眼前这位翻译说的是阿拉伯语，同时他微微加大了手上的力道，"我听说了您在阿尔普哈拉斯之战中的英勇事迹。"

"其实也没什么大不了的。"埃尔南多用西班牙语答道。又扯上救助天主教徒的事了！"这位是堂·桑丘，德·科尔多瓦家族的。"埃尔南多说着指了指身旁的绅士，以此挣脱了翻译的手。

"我是蒙特里尔公爵堂·阿方索·德·科尔多瓦的堂兄。"堂·桑丘显摆着，和每次与人自我介绍时做的一样。

"堂·桑丘，"佩德罗·德·格拉纳达插了进来，"我好像还没有把侯爵大人介绍给您吧。"光是听到那个头衔，绅士就立马把身子挺了起来。"请随我来。"

埃尔南多正想随二人前去，卡斯蒂略却拉住了他的胳膊，这时米盖尔·德·卢纳也凑了上来，三人在金色大厅的一角围成了一个小圈。

"我还听说，"翻译又说了起来，这回用的却是西班牙语，"您在帮大主教制作阿尔普哈拉斯之战的殉难者名册。"

"确实如此。"

"您还在科尔多瓦皇家马场工作过。"此时则是米盖尔·德·卢纳在补充。

埃尔南多皱了皱眉头。

"没错，是这么说。"他承认道，语气中带着些许蛮横。

"在科尔多瓦的时候，"最先说话的那个继续讲了下去，丝毫没有在意埃尔南多的态度，到了这会儿他还拉着摩里斯科人的胳膊，"您还曾经给大教堂干过活，当时您翻译的是……"

"先生们，"埃尔南多打断了他，同时挣开了他的手，"难道说你们把我请来就是为了审问我吗？"

听到这话，两个男人倒是都表现得十分镇定。

"就在科尔多瓦大教堂的图书馆里，"堂·阿隆索一边说，一边又轻轻抓住埃尔南多的胳膊，像是不给他机会逃脱一样，"有一个神父，叫……堂·胡利安。"

埃尔南多脸色骤变，他再次挣脱了那位翻译的手。三人沉默了几秒，互相试探着，是米盖尔·德·卢纳率先接过了话头：

"我们也认识这位科尔多瓦教士会的图书管理员堂·胡利安。"

埃尔南多不知道该说什么，他站在原地，手足无措。在大厅的其他地方，人们欢谈着，自动分成了几组；有人站着，有人则坐在了豪华的扶手椅上，旁边细木工艺的矮桌上摆放着红酒与各式甜品。

"您看，"卡斯蒂略说道，"米盖尔和我，还有堂·佩德罗·德·格拉纳达，都是穆斯林的后人。阿尔普哈拉斯一战中，我先是做了蒙德哈尔侯爵的翻译，后来又为堂·胡安·德·奥地利干活。战争结束后，我又被腓力国王召去负责埃斯科里亚尔修道院图书馆里的那些阿拉伯语藏书：我得把它们翻成西班牙语，给它们编目……同时，国王还委派我去采购各类阿拉伯语的新书。当时我在科尔多瓦找到了两本《古兰经》——国王的图书馆里应该不需要这个——还有一些预言书的手抄本和几本月亮历。"

话说到这儿，翻译就没有再讲下去。埃尔南多已经不再去试着抽开他的手了，卡斯蒂略也留给了他足够的思考时间。这两个叛教穆斯林想要干什么？他们可是都在为天主教徒做事！当初就是他们的父辈把格拉纳达交到了天主教国王的手里，而且他们毫不遮掩地承认，在阿尔普哈拉斯之战中，他们是站在了天主教徒的阵营里。和堂·佩德罗·德·格拉纳达一样，这些贵族、学者、大夫与诗人无一不是接受了天主教的福音。甚至卡斯蒂略还在为宗教裁判所工作！说不定邀请他赴宴只不过是个计谋，他们要以此来揭去他天主教徒的假面具？

"最后我还是没有把它们买下来。"翻译冷不丁的一句话唤起了埃尔南多的戒心，"那些手抄本用的纸都太粗糙，也太新了；行与行之间还用阿尔哈米亚语做了注解，就好像是……"

"你们干吗要跟我说这个？"埃尔南多听不下去了。

"你们都对我的客人说了些什么？"

埃尔南多回过头去，发现堂·佩德罗·德·格拉纳达就站在他的面前。

"我们在给他解释堂·阿隆索在国王的图书馆里干的那些活计呢，"卢纳说，"我们还说我们认识堂·胡利安，就是科尔多瓦大教堂的那个图书管理员。"

"他是个好人呐，"贵族评论道，"全心全意地守护着他的信仰……"

这位坎波特哈尔的领主故意把最后两个字拖得老长，而埃尔南多只觉得另外三人的目光都聚集到了自己身上。他这话是什么意思？图书管理员堂·胡利安可是一位隐藏在神父僧衣下的穆斯林啊。

"是啊，"埃尔南多撒了个谎，"他可真是个虔诚的天主教徒。"

堂·佩德罗、卢纳和卡斯蒂略互相交换着眼神，只见贵族朝卡斯蒂略点了下头，像是在授意着些什么，然后这位翻译往左右看了一眼，确认四下无人之后，便开口对埃尔南多说道：

"据堂·胡利安所说，当时抄写《古兰经》的人不是别人，就是您。"卡斯蒂略神情严峻，"然后您又把它们散播到了科尔多瓦各处……"

"我没……"埃尔南多想要否认。

"他还告诉我，"翻译说着把埃尔南多的手臂捏得更紧了，"您深得议事会那几个长老的信任：卡利姆、贾利勒，还有……那个叫什么来着？对，哈迈德，胡维莱斯的阿訇哈迈德。"

埃尔南多被三个男人团团围住，他不知道自己该做些什么、说些什么，他甚至不知道自己应该将目光投向何处。

"嗯，哈迈德，"插话的是堂·佩德罗，"他也是奈斯尔王朝的后裔，说起来我还跟他有点血缘关系，不过当时他的家族选择了另外一条路：他们先是追随着巴布狄尔，被一起放逐到阿尔普哈拉斯，但是后来那个小个子国王逃到柏柏尔去的时候，他们家又决定留在了这里。"

埃尔南多最终还是把胳膊从卡斯蒂略的那只大手中拽了出来。

"先生们，"埃尔南多说着就要把他们推开，"我不明白你们想要做什么，不过……"

"您再想想，"卡斯蒂略截断了他的话，同时往旁边让出了一步，像是不再坚持要求他与他们待在一起，"难道您觉得堂·胡利安会背叛您，将刚才所有这些事情告诉给几个叛徒听么？在您的眼中，我们不就是几个无耻的叛教徒么？"

埃尔南多的动作生生定住了。堂·胡利安？万千回忆顿时涌上心头。堂·胡利安从来就不是那种人！与其出卖自己的同胞，他宁愿独自去承受严刑拷打，就像卡利姆那样。连宗教裁判所都未能让老人供出那个名字：胡维莱斯的埃尔南多·鲁伊兹！真正的穆斯林绝不会去揭发自己的弟兄。

"您考虑考虑吧。"他听见卢纳在身后说道。

"我还知道许多关于您的事情。"卡斯蒂略还没有放弃，"堂·胡利安对您的评价很高，他也非常敬重您。"

为什么神父就一定得对他们闭口不言呢？埃尔南多还在揣度着：不过要是堂·胡利安真的开口了，那就意味着，眼前的这三个男人一定是他的同道中人，他们在为了同一个事业而奋斗；可是，现在他自己又在为了什么而奋斗呢？连他的母亲都在唾弃他……

"那已经跟我没有任何关系了。"埃尔南多用微弱的声音答道，"科尔多瓦的穆斯林已经跟我决裂了，他们一听说我在战争中救了几个天主教徒，就……"

"谁又不是在打着这手牌呢？"堂·佩德罗·德·格拉纳达打断了他，"我首当其冲。您看那儿，"他指着米盖尔·德·卢纳身后的一个大木箱说道，卢纳往旁边让了一步，让埃尔南多可以看个清楚，"看到上面的纹章了吗？这就是我们格拉纳达·维内加斯家族的族徽；在那场针对我们同族的战争中，这个族徽就被印在了天主教徒那边的大旗上。可是，您能辨认出上面都写了些什么吗？"

"Lagaleblila，"埃尔南多高声念出了族徽上的文字，"这是什么意……"

他的提问戛然而止，他自己悟出了其中的含义：Wa la galib illa Allah①——除真主外别无胜者！这是奈斯尔王朝世代信奉的座右铭，这句话被铭刻在了阿尔罕布拉宫的每一个角落，赞美着唯一的真主，荣耀着至高无上的安拉。

"我们不想与摩里斯科人的议事会有任何瓜葛。"这时卡斯蒂略解释道，"他们全都大同小异，不是选择了武装斗争，就是全盘皈依了天主教。他们只会指望着土耳其人、柏柏尔人甚至法国人来帮他们咸鱼翻身，而我们根本不觉得这样能够解决什么问题：首先，谁都不会来救我们；其次，即便真的有人来了，也会被天主教徒一并歼灭，而最先倒下的总是我们摩里斯科人。与此同时，正因为他们抱持着这样的态度，我们与天主教徒之间的关系越来越僵，两者也越来越难以共存。其中巴伦西亚和阿拉贡的摩里斯科人最不安生，而我们格拉纳达人……不过是无家可归的流浪狗罢了！六个月前，将近四千五百名偷偷返回格拉纳达的摩里斯科人再次被驱

---

① Lagaleblila 是这句阿拉伯语句子的西班牙语拼法。

逐了出去。民间还出现了这样一种声音，说要把所有的摩里斯科人都赶出西班牙；甚至还有人说，要对我们采取更加残忍、更加血腥的手段。要是我们再这样继续下去……"

"不然又能怎样？"埃尔南多听得有点不耐烦了，"我也知道，跟西班牙人发生武装冲突的话，我们肯定是凶多吉少；同样知道，除非奇迹发生，否则谁也不会向我们伸出援手。可那就只剩下皈依天主教了啊，这不就是那些天主教徒最希望看到的么？"

"不！"卡斯蒂略断然否定了他的话，"还存在另外一种可能。"

"我们得回科尔多瓦去！"

堂·桑丘闯进书房的时候，埃尔南多仍然在为如何解释起义时胡维莱斯所发生的事大伤脑筋，一天天地，他念着自己写出来的东西，接着又把它撕得粉碎。今天他已经在书桌前坐了一个小时，眼前的卷宗还是一片空白，看见绅士大惊失色地朝他跑过来，埃尔南多抬起了眼。

"为什么？发生了什么事？"埃尔南多有点纳闷。

"你问我发生了什么事？"堂·桑丘的激愤之情溢于言表，"发生了什么事应该你来告诉我！现在家里的仆人都知道了！你玷污的可是一位格拉纳达最高法院的法官的名誉！要是这事被堂·庞塞知道了……你吃了熊心豹子胆了？到时候弄得满城风雨怎么办？我连想都不敢想！一名法官！"堂·桑丘抓挠着他仅剩的那几根白发，"我们得回科尔多瓦去，现在就走。"

"他们都说什么了？"埃尔南多问道，他装出一副心不在焉的样子，同时也是在为自己争取时间。

"这你应该比谁都清楚：伊莎贝尔！"

"堂·桑丘，您先坐。"只见那位绅士正朝空气不停地挥着拳，他没有坐下，反而在书桌前走过来走过去。"我不明白您的意思，我看您是有点乱了。伊莎贝尔和我之间是清白的，"埃尔南多努力劝服着堂·桑丘，"我没有玷污任何人的名誉。"

堂·桑丘停下脚步，把双拳撑在桌子上，像一名老师盯着他的学生一样紧瞅着埃尔南多；随后他把目光移向了摩里斯科人身后的花园，思考了几秒：伊莎贝尔并不在花园里。

"她可不是这样说的。"绅士忽悠着埃尔南多。

埃尔南多的脸色一下子变得煞白。

"您……您跟伊莎贝尔谈过了？"他连话都不会说了。

"是啊。就在刚才。"

"她都跟您说了些什么？"埃尔南多倒是想装出一副从容不迫的样子，可他的声音出卖了他。

"什么都说了。"堂·桑丘几乎要喊了出来，他深吸一口气，逼着自己放低了声音，"她的表情已经供出了一切，她的惊慌已经足以证明了。她差点没昏过去！"

"那您觉得一个虔诚的天主教徒在听到别人控告她通奸的时候应该做出怎样的反应呢？"埃尔南多竭力为自己辩护。

堂·桑丘用一只拳头砸起了桌子。

"积点口德吧，我已经全知道了，有一个信天主教的女侍去跟一个摩里斯科奴隶求欢了。看样子你也让她的女主人快活过了，因为她当时是这么说的：'请用摩里斯科人的方式干我吧。'"听到这里，埃尔南多脸上忍不住露出了一丝得意的神色。他前前后后花了那么多天，避人耳目地努力了那么多次，才解除了伊莎贝尔的心理防线，让她臣服在他的爱抚下。"无耻之徒！"发现这个摩里斯科人听到自己的话竟眉飞色舞了起来，绅士破口大骂，"你不但利用了一位女士的善良，让她因为对你心存感激而落入了你的魔爪，还厚颜无耻地把她变成了一个荡妇，把神圣教会的清规戒律全都当成了儿戏。"

"堂·桑丘啊……"埃尔南多试图安抚绅士的情绪。

"你没发现么？"绅士可没心情听埃尔南多说话，不过这会儿，他放慢了语速，几乎是一个字一个字地把后面两句念了出来，"法官会杀了你的，他会亲手杀了你。"

埃尔南多用手支着下巴；在他背后，光线透过那扇通往花园的门射了下来。

"你还在想什么呢？"堂·桑丘很不满埃尔南多的态度。

还不到放弃的时候，埃尔南多倒想这么跟堂·桑丘说，说他现在抚摸着她、舔咬着她的时候，她的眼神已经越来越迷离，她的喘息已经越来越深沉：这是她的身体在渴望着交媾的信号，不会错的。他们的每一次交合，伊莎贝尔都会比上一次更加放肆，她越过了纲常，冲破了偏见，抛却了负罪感，把天主教的教诲全都忘在了脑后，她几乎已经要准备好去迎接她从来未曾想象过的高潮。同时，在那具肉体上得到的欢悦也让埃尔南多在法蒂玛死后又一次触到了天。想到这里，埃尔南多的脑中浮现出了伊莎贝尔的裸体，那裸体满盈着肉欲，贪得无厌地想要探寻新大陆。

"我觉着吧，"他对绅士说，"暂时我还没法回科尔多瓦去。主教还等着我的报告呢，而且您在堤洛之家的那些朋友也还需要我。这些您都知道的。"

"你也该知道,"堂·桑丘吼道,"依照我们的法律,堂·庞塞在取了你的小命之后,还必须把伊莎贝尔也杀了。"

"也说不定他谁也不会杀呢。"

书桌两边,两人的目光激烈碰撞。

"我会跟我堂兄写信告诉他这里发生的事的。"堂·桑丘恐吓着埃尔南多。

"您可得当心,您这是在质疑一位女士的贞洁。"

"这女人就那么好,值得你拿生命去冒险?"堂·桑丘撂下这句话,转身就朝书房门口走了过去,没有给他回答的机会。

他的生命又值几个钱呢?埃尔南多自问着,只听一声轰响,绅士摔门而去。他拥有的不过是一匹哪儿也不能去的千里马——他能去往哪里呢?根本没有一个人在等着他,连他的母亲都弃绝了他!公爵又不让他工作,他现在来到格拉纳达,还是为了那个蹂躏着他的民族、驱赶着他的弟兄们的国王的利益在奔忙。他还接受了主教的委托。"继续制作你那本殉难者名册吧,"一次茶话会上,卡斯蒂略是这么劝他的,"我们得表现得比天主教徒更像天主教徒。"他说。他的话竟与阿拔斯当年的告诫如出一辙!可是,如果一个人总得装出一副与真正的自己全然不同的样子,那他的生命又有什么价值呢?他活着的意义何在呢?只是为了在公爵的护佑之下闲散度日,眼看着时间慢慢流逝,就像公爵那些阿谀奉承的亲戚一样?

随着与埃尔南多的交往越来越深入,堂·佩德罗·德·格拉纳达、卡斯蒂略和卢纳也向他透露了他们的计划:他们想向天主教徒证明有穆斯林作为西班牙居民的一部分会对整个社会大有裨益,从而扭转他们对摩里斯科人的看法。卢纳正在写一本书,名为《罗德里戈王的真实故事》,该书从埃斯科里亚尔图书馆中一本虚构的阿拉伯语手抄本出发,提出当时柏柏尔海岸的穆斯林占领西班牙只是为了将天主教徒从哥特王的独裁之下解救出来,书中还说,在那之后的整整八个世纪里,两个宗教的教徒之间一直都是相安无事。

"为什么我们现在就不能像当时一样和平共处呢?"正是卢纳本人向大家提出了这个问题,但他并未期望有人能够回答。

"我们必须去改变摩里斯科人在天主教徒心中的固有形象。"堂·佩德罗接过了话柄,"那些天主教徒、他们的作家与神父在向人们努力灌输一种观念,说我们摩里斯科人的繁殖能力过于旺盛,因为我们的姐妹们结婚都早,子嗣又多。可这不是事实!在这一点上,我们与天主教徒并没有很大的差别。他们又说,摩里斯科妇女一个个都是下流堕落、人尽可夫,说摩里斯科男子不会在教会供职,又不受兵役的辖制,所以新天主教徒的人数无节制地增长,攫取了大量的金银财富,将王国逼到了濒临破产的境地。全是胡说！他们还说，我们都是邪恶的刽子手，我们在私底下侮辱着真神之名。统统都是谎言！可是谎话说了一千遍就成了事实，他们不停地在讲经布道中诽谤我们，不断地在书籍传单中造谣中伤。我们必须以牙还牙，用他们的武器来证明，他们所相信的东西全部都是虚假的。"

"你想，"卡斯蒂略补充道，"如果哪个柏柏尔人穿越了海峡，居住在了西班牙并皈依了天主教，那所有人都会张开双臂欢迎他，没人会怀疑这些新入教的教徒，即使他们的真正目的与他们的行为大相径庭。可我们这些摩里斯科人呢，自从他们强迫我们洗礼以来已经过了快一个世纪了，我们获得的待遇却与柏柏尔人有着霄壤之别。我们必须去转变社会对我们抱持的这种根深蒂固的印象，为此，我们亟须像你这样的人才：有文化，又能读会写。"

在胡维莱斯的时候，他的生活不就是这么么？就因为他能写字、会算数，尚还年幼的他就被镇上的摩里斯科人委以重任，叫他把货物和牲口们集中起来重新分配，以逃避高额的什一税。在科尔多瓦的时候也是一样。可是这一切到头来又有什么用呢？在他看来，去说服那些天主教徒并不比武装起义推翻政权来得靠谱。

埃尔南多扔下了手中的笔，面前的纸上还是一片空白。

"您说得对，堂·桑丘，"埃尔南多发现自己正对着书房那扇紧闭着的门喃喃自语，"只要能与那样的女人共度一刻春宵，赌我这条荒唐的性命也未尝不可呵。"

不管怎样，埃尔南多心想，从今以后，确实要小心行事了。

那一晚，用过晚餐，堂·庞塞·德·埃尔瓦斯去到了书房继续工作。没过多久，就有一个仆人塞塞窣窣叫起了门，他掌握着如此重要的信息，主人还不得好好赏他一笔？不过法官只是默默聆听着他的耳语，像在最高法院里听取诉讼人的辩解一般，面无表情。

"你确定你说的都是事实？"听罢仆人的告状，法官问道。

"不，阁下。我只知道，厨房里、院子里、马厩里，还有我们下人的寝室里，到处都在传这个，但我不能跟您保证。即便如此我还是觉得您可能会对这个信息感兴趣。"

堂·庞塞没有吝惜他的赏银，他吩咐那个仆人一有消息就立即通知他。仆人刚刚退下，他就把正在写的那张纸揉作了一团，他紧紧捏着双手，在椅子上愤怒地抽搐；他怎会想到几个小时之前，埃尔南多就是在这张椅子上下定了决心，为了让伊莎贝尔体验一次高潮的滋味，这个摩里斯科人竟然可以不惜付出生命。不过就像他每次要做出一个决定时一样，法官把胸中的怒气强压了下去，哪怕那肝火正炙烤着他，要他立刻站起来跑到卧室将妻子狠抽一顿，然后再去把那个摩里斯科杂种送去见上帝。

夜深人静，堂·庞塞心中却备受煎熬，他想象着伊莎贝尔躺在摩里斯科人怀中的场景。"他们那是在寻欢作乐呀，"仆人是这么跟他说的，"不，不……他们应该是没有感情。"仆人极力解释着，他在法官面前佝偻着腰，一双手都被他紧张得掐白了。娼妇！堂·庞塞咬牙切齿：就跟最下贱的妓女一样！法官明白那个仆人的意思：他自己也曾无数次地光顾妓院，去寻找那禁忌的欢娱。一连几个小时，他无法不让自己把伊莎贝尔想象成那个在妓院的眠床上与他干柴烈火的金发娼妓：她浓妆艳抹，涂上了摄魂的香水，在亲吻与爱抚之下淫声浪语，向那个摩里斯科人尽情展示着她的身体。当时他挑中那个妓女就是因为她长得像伊莎贝尔，而现在呢，这个狗崽子竟在他老婆身上尽享着作为丈夫的他都未曾获得过的乐趣。他只想要杀了他们。

晨风拂散了园中的夜露，也吹凉了堂·庞塞汗湿的身体。法官忖度着，这对狗男女固然可恨，但要说处决他们，或许还是太过激进。要是他杀了伊莎贝尔，维雷兹家族就会收回那笔丰厚的彩礼，最关键的，从此以后他在国王面前、在那些政府机构中，就再也没有任何的影响力：拥有维雷兹侯爵这样的权贵作为靠山，对他今后的发展定会大有裨益。只有三种人会举着名誉的大旗到处树敌：富得流油的土豪、一贫如洗的穷鬼、感情用事的傻瓜——而他不属于其中的任何一种。伊莎贝尔可是侯爵的人，告她通奸不免会是一步险棋，况且这本身也不是什么光彩的事情。不过，他也不能容许这样的难堪继续发生在他家里……这个狗娘养的摩里斯科混账！他把他看作绅士，还特意为他大摆筵席，而现在他都没法找他报仇，他正当的自卫只会招致刻薄的言语：这个摩里斯科人是大家眼中的英雄！是天主教徒的救星！更何况他还是蒙特里尔公爵的门客……那一晚，堂·庞塞辗转难眠，但到了第二天早上，他已经做好决定：他再不会让伊莎贝尔踏出卧房一步，他可以借口说她患了严重的热病。于是整个上午，伊莎贝尔都被幽闭在房间里，同时法官还紧急叫来了他的表姐堂娜·安赫拉，一个尖酸古板的寡妇，来到他的庄园，监视伊莎贝尔的一言一行。

在与法官短暂的交谈过后，堂娜·安赫拉的措施雷厉风行：伊莎贝尔的那个年轻女佣当天就不见了踪影。后来有人说在最高法院的地牢里看见了她，她被安上了盗窃的罪名。下午时分，寡妇又对那个向摩里斯科奴隶求欢的女佣处以了鞭刑，理由是：对她不敬。另一个男仆也因为工作无法让她满意而被扣除了当月的薪金。

短短一天里，所有仆从就都明白了法官与他的表姐想要传递给他们的信息。

对此他们无力还击：法律规定，除非被明令辞退，否则他们绝无可能在未曾取得堂·庞塞批准的情况下到格拉纳达城内外的任何一户人家工作，触犯法律者必须接受二十天的监禁与长达一年的迁刑；也就是说，一旦他们不告而别，他们只能去到别的城市或是打打零工，同时要知道，在法官家里，是从来不愁吃喝的。

感受到法官表姐苛刻的性格的并不只是那些下人，连堂·桑丘和埃尔南多都无法对其置若罔闻。堂娜·安赫拉每做一个决定都必是大张旗鼓，像是要故意做给埃尔南多看似的一样。日落西沉的时候，她令伊莎贝尔走出了卧房，伊莎贝尔一身漆黑的打扮，法官的表姐也是一样；众目睽睽之下，她拉着伊莎贝尔的手在庭院里转了一圈，她特地从埃尔南多眼前经过，向摩里斯科人宣告着，他的情人再无可能在私下里接近他。

然而，注意到伊莎贝尔已经处于堂娜·安赫拉严密监控之下的人并不只有埃尔南多；堂·桑丘也立刻观察到这一点，且他马上明白，事情已经传到了法官的耳中：几次他与堂·庞塞在庄园中擦身而过，法官都没有礼节性地转过头来答复他的问候。于是，堂·桑丘当下就跟埃尔南多翻脸了。

"明天一早我们就走，别找任何理由。"他甚至命令起了埃尔南多。见埃尔南多做出一副若有所思的样子，绅士终于忍不住放声大吼："你听不懂还是怎么的？你在想什么呢？你再不尊重那个女人也好……我管你是怎么想她的呢！反正你得离开她。你们不可能再有单独见面的机会了！你还没发现吗？你们的事法官全都知道了，他也已经采取了措施。"绅士停了会儿。"反正看起来，"他接着说，"你是不在乎自己的性命了，可是你想想，要是你再这么下去，会毁了伊莎贝尔的一生的。"

埃尔南多震惊地发现，绅士的这番话竟让他无可辩驳。他刚下定的决心竟然这样就被动摇了！不过确实，绅士说得有道理。他们怎么可能再容许他接近伊莎贝尔呢？刚才姑娘一袭黑裙、垂着头走在花园里的身影让他更加确信了这一点，当时在她身边、与她形成鲜明对比的就是那个盛气凌人的堂娜·安赫拉。况且，如果这个消息真的已经传到了法官耳朵里……不，这太疯狂了！

"好吧，"埃尔南多妥协了，"明早我们就出发。"

当天晚上，埃尔南多便收拾起了行装。在一堆衣物中，他发现了法官为他购置的那身晚礼服；就在那一夜，伊莎贝尔她……太愚蠢了，他咒骂着自己，他有何德何能，就像堂·桑丘说的，去毁了一位良家妇女的一生呢？是，他也知道她渴求着他，一次比一次更甚，可是的确，他也利用了这位女子对他抱持的一颗感恩之心。

他环顾四周：他还遗漏了什么吗？这套衣服又该怎么办呢？他抓起那件晚礼服，将它远远地扔到角落里。可是堂·桑丘的那句责备说得也不完全对吧，他委实没有想过要去利用伊莎贝尔的天真质朴！焰火表演的时候，明明是她主动贴上了他的背脊，是她自愿向他伸出手，握住了他的手心。不过即便如此，又能怎么样呢？反正都要回科尔多瓦了。

埃尔南多任凭自己跌坐在一张镶银的扶手椅中，他的目光迷失在阿尔罕布拉的宫墙上：火光与月影在那道石墙上轮回变幻晃动。已过子夜了；庄园中一片静谧，山城中一片静谧，整个格拉纳达一片静谧。一阵突如其来的风吹来，房间变得清凉，让埃尔南多遗忘了白天的闷热；他闭上双眼，深呼吸，任晚风将自己带向了远方。

"这还是我们第一次有月光相伴呢。"

柔声细语从天而降，一身睡衣的伊莎贝尔出现在了阳台上：那尊胴体美丽而性感，一弯玉背把身后的阿尔罕布拉轻轻遮挡。

"你在这儿干什么……"埃尔南多从椅子上站了起来，"你老公呢？"

"在房里打着呼噜呢。堂娜·安赫拉几小时前也走了。"

答着话的同时，就在阳台上，伊莎贝尔任睡袍滑下了香肩；那袭衣衫轻轻拍打着她的胯骨，徐徐落到了地上。她一丝不挂。她注视着他的眼睛，挑逗着，撩拨着，在邀请埃尔南多与她共度良宵。

埃尔南多痴望着她——连皎洁的月光也在抚弄着这尊绝妙的造物！

"伊莎贝尔……"埃尔南多喃喃自语。

"明天你就要走了，"伊莎贝尔像是在用气息说话，"庞塞已经跟我说了。我们只剩这最后一晚了。"

埃尔南多走上前去，伸出手把她领进了卧房。他捡起她的睡衣，又把朝向阳台的那扇门关上。他转过身来，想对她说些什么，却见她把一根手指抵在了自己的唇上。她甜蜜地吻起他来，他禁不住抬起胳膊抚摸她，不想伊莎贝尔却抓住他的手，把它们一一从身上放下。

"先让我来嘛。"她祈求着。

只剩这最后一晚了！她开始解他的衬衣。她也想要啊！她也从心底里渴求着埃尔南多曾经信誓旦旦许诺给她的欢悦！拭拂着埃尔南多的双肩把他的衬衣褪下的时候，伊莎贝尔惊奇地发现自己的双手竟是如此坚决。

埃尔南多呻吟了一声。

伊莎贝尔亲着他，把他引到了床上。唯一那盏油灯的微光在墙壁上映出了一男一女的侧影，两人背上渗出的汗珠在昏暗的房间里晶莹剔亮。他们低声私语着，亲吻绵长，他们抚慰撕咬着……最后两人同时到达了欲望的顶峰。接下来的好几分钟里，他们一动都没有动，他们心满意足，一个压在另一个的身上，没有分开，甚至没有说一句话。

"明天我就要走了。"最终还是埃尔南多先开了口。

"我知道。"伊莎贝尔只是这样答道。

两人再度无话。过了一会儿，伊莎贝尔轻轻地摇了摇头，把埃尔南多抱着她身体的手拨开。

"伊莎贝尔……"

"别说了。"女人乞求着他，"我得回到我的生活中去了。你两次进入到我的生活里，两次都让我获得了重生。"她坐了起来，用手背抚弄着埃尔南多的脸颊，"我得回去了。"

"可是……"

姑娘再次把一根手指贴到了埃尔南多的嘴唇上，请求他不要说话。

"上帝与你同在。"她小声说道，努力没有让自己哭出来。

随后，她离开了房间，头也不回。

埃尔南多不愿看着她离开，便重又躺了回去，茫然地望着天花板，那天花板上绘着斑斓的花。过了好一阵子，当格拉纳达月夜的窸窣声再次回到他耳边的时候，他从床上爬了起来，来到院子里，视线又一次迷失在阿尔罕布拉宫的石墙上。为什么不坚持呢？为什么不朝她跑过去，将永远的幸福许诺给她？尽管有绅士苦口婆心的劝诫，尽管时局危如累卵，他还是在这场禁忌的游戏中为这个女人赌上了自己的性命。难道就只是为了与她一夜风流么？那难道不是爱么？他扪心自问，却心如乱麻。他百思不得其解，而那座在达罗河谷对岸与他遥遥相望的砖红色堡垒给了他答案：那里就是赫内拉利费花园的所在，那时尚还年幼的埃尔南多曾经多少次幻想着自己能在那座瑰丽的花园里与法蒂玛一起轻歌曼舞……法蒂玛！不，他对伊莎贝尔所怀抱的那种感情并不是爱。妻子那双大大的杏眼把他带回了那一个个爱意满满的夜晚：那个至福至幸、别无所求的灵魂而今又去到了哪里？那千万句无声的誓言都与之一同消散了吗？

埃尔南多将天亮前仅剩的那点时间都用在整备行装上，随后，他就下楼来到马厩里。他的出现倒是把那个马夫吓了一跳，这个年轻人还没来得及把草垫上的马粪扫走呢。

"帮我把阿飞冲洗干净，套上笼头，"埃尔南多吩咐道，"然后去把堂·桑丘的马和那些骡子也都准备好。我们要上路了。"

接着他跑进厨房，正撞见那些仆人在哈欠连连地吃着早饭。他随手抓了一块硬面包嚼了起来。

"通知堂·桑丘，"他对他的一个仆从说，"我们这就回科尔多瓦。在我回来之前把所有的事情都准备好，我要去一趟大教堂。"

埃尔南多顺坡而下，穿过山城区抵达了大教堂。格拉纳达已经醒了过来，人们纷纷走出家门来到了大街上；埃尔南多昂首挺胸地坐在马背上，谁都没看，什么也不望。他没在大教堂找到那位书记员，不过却碰上了辅佐他的那个神父，神父没好气地出来迎接了他。如果他返回了科尔多瓦，以后要再想过来就必须得持有一张可以在王国之间自由旅行的通行证，就像当年科尔多瓦大主教也颁给过他一张用于在城内通行的证件一样。

"请您跟书记员说，"在嘱咐那位神父之前，埃尔南多先是跟他冷冷地打了个招呼，若不是有事相求，他本来连这个招呼都想省了，"我得回科尔多瓦去了，在格拉纳达我实在难以专心工作，因为这座城市与我要叙述的事件息息相关，令我难免触景伤情；之后我会亲自把这份报告以及其他一些可能会让教长和主教他们感兴趣的文件一并给他送来的。同时也请您跟他说，由于我是摩里斯科人，我需要主教或是其他什么人给我出具一张通行证，好让我以后在往来的路上通行无阻，请将它送到科尔多瓦，我就住在蒙特里尔公爵的府邸里。"

"可是你要知道，在我们这儿，要开具一张通行证实在是……"神父想要推辞。

"嗯，反正我说了，没有通行证就没有报告，您听明白了么？我可没问您讨工钱。"

"但是……"

"难道我解释得还不够清楚么？"

现在就只剩下最后一件事了。格拉纳达的街道上已是人声鼎沸，大教堂旁的生丝市场也聚起了大批买卖绸布的人。堂·佩德罗·德·格拉纳达也该起了吧，埃尔南多估摸着。

那位贵族是独自接待他的，埃尔南多到他家的时候，他正在饭厅里专心地啃着一只石鸡。

"是什么风把你吹来的呀？这还早呢。坐坐坐，正好陪我一起吃点儿。"堂·佩德罗说着指了指那一桌子的美味佳肴。

"谢谢，佩德罗，我不饿。"他在贵族身边坐了下来，"我要出发回科尔多瓦了，临走之前我有些话要跟你说。"埃尔南多朝桌边的两个仆人努了努嘴，堂·佩德罗会意，命他们退下。

"说吧。"

"嗯，我想请你帮我个忙。我跟法官之间发生了点事情。"

堂·佩德罗放下了手中的鸡，他朝埃尔南多点了点头，像是早有预料。

"天下讼棍一般黑，这家伙也不是什么好料。"贵族说道。

"所以我生怕他会找我报复。"

"那么严重？"埃尔南多点了点头。"不好对付啊。"堂·佩德罗总结道。

"所以我希望你能时刻注意他的一言一行，一有动静就立刻派人来通知我。说不定他会到教士会面前去说我坏话，如果是那样的话，我想你应该会知道。"

这位坎波特哈尔的领主把两肘支在桌子上，十指交叉托着下巴。

"你别担心，我会帮你留意的。"他承诺着，"不过我想知道，你们之间到底出了什么问题？"

"这应该不难想到吧，我住在法官家里，法官夫人又那么漂亮。"

拳头砸在桌子上的声音响彻了整个饭厅，这一拳威力甚大，竟把两个高脚杯震倒，堂·佩德罗一边敲着桌子一边哈哈大笑。仆人们闻声跑过来想要看看发生了什么事，堂·佩德罗捧着肚子把他们赶了回去。

"那女人可是坚不可摧、安如磐石，堪比阿尔罕布拉的呀！有多少男人想染指她后来都知难而退！连我当年也……"

"切莫大意。"埃尔南多叮嘱贵族一定要小心行事，同时他重新掂量着自己刚才的决定：是不是不该把这段风流韵事告诉眼前这个男人？

"那是当然。不过我很高兴终于有人给那法官上了一课：自己是个什么人也不撒泡尿照照？"堂·佩德罗又笑了起来，"而且你还戳到了他的痛处，你知道吗？别看他现在这么富，他大部分的财产都是从摩里斯科人那儿劫来的；那些讼师翻起旧账来都是一套一套的，把陈年官司一桩桩地都挖了出来：那些土地几百年前就是属于摩里斯科人的，谁还会留着那些地契呢？堂·庞塞他爸以前就是在最高法院里当律师的，跟其他许多讼棍一样，从中狠狠捞了一票。现在法官有钱了，就想着要通过维雷兹侯爵的关系再去谋点权，所以这样的丑闻他应该是唯恐避之不及。"

"我没给你添什么麻烦吧？"

堂·佩德罗眉头一皱。

"每个人多多少少总会有些麻烦事的,不是么?"

"嗯。"埃尔南多接受了这个回答。

"你会跟我们保持联系的吧?"

"当然。"

50

> 你们还想要什么圣骸圣骨？你们在山上的那些还不够么？你抓起一把土来，捏一捏，那滴下来的全是殉教者的血啊。
>
> ——格拉纳达大主教佩德罗·盖雷罗向教皇皮奥四世
> 请求圣徒的骸骨时，教皇对他的回复

如果说在回程路上埃尔南多心中还怀揣着些许企望，想着科尔多瓦的摩里斯科人说不定已经软化了对他的立场，此时他所见的残酷的现实则无疑给了他当头一棒：法官致堂·阿方索的那封信已经先于他抵达了科尔多瓦，他协助格拉纳达大主教统计阿尔普哈拉斯殉教徒名单的事情火速传遍了公爵的府邸，又通过宫中摩里斯科奴隶之口传到了阿拔斯的耳朵里。

回到科尔多瓦不久，在埃尔南多的坚持之下，他母亲终于同意与他谈话。她看上去苍老了许多，背也驼了起来。

"谁叫你是男人呢。"见到特地跑到纺织工坊来与自己见面的儿子，阿以莎冷冷地说，"律法规定我要服从，那我不得不从。"

两人站在了离工坊大门不过五六步路的街上。

"妈，"埃尔南多简直是在求着阿以莎了，"我要的又不是你去违心地听我的话。"

"是你叫大当家的给我涨工资的吧？他都不肯跟我说是为什么。"阿以莎朝工坊门口看了看，埃尔南多也跟着把头转了过去，只见那位工坊主站在门里远远地跟他打了个招呼。纺织匠注视着两人，像是在等着与埃尔南多说话。

"为什么我们不能像从前一样……"

"他们说你现在又在给格拉纳达大主教干活了，"阿以莎打断了他，"没错吧？"埃尔南多支支吾吾不知道该说些什么好：她怎么那么快就知道了？"听说你现在都开始出卖你阿尔普哈拉斯的父老乡亲了。"

"胡说！"埃尔南多的脸都涨红了。

"你就说你有没有在给教会做事吧。"

"是，没错，可是事实跟你想象的不一样……"说到这里，埃尔南多闭紧了嘴巴。堂·佩德罗和两名翻译曾要求他对他们的计划严格保密，为此他还特别向安拉发了誓。"妈，你要相信我。"他乞求着。

"你叫我怎么相信你？现在还有谁相信你！"说完这句话，两人都沉默了。埃尔南多真想抱抱她，他伸出一只手想要摸摸母亲的脸，阿以莎却把脸移了开来："还有什么别的事么？"

为什么不把真相都告诉她呢？

"决不能把我们的计划透露给一个女人！"当时埃尔南多提到是不是要将他们的企图吐露给他的母亲时，堂·佩德罗几乎是喊着拒绝了他，"她们太爱说了，整天就是张家长李家短地在那儿闲扯。所以即便是你娘也不能说。"随后这位贵族还逼着他立了誓。

"没有了，妈，愿平安与你同在。"埃尔南多放弃了，他把手放了下来。

望着母亲缓缓离去的背影，埃尔南多的喉咙口像是堵了一大团棉花，他清了清嗓子，朝那位还在等着他的纺织匠走了过去。在例行打过招呼之后，工坊主要求埃尔南多践行他的诺言：将他的产品打入公爵府里。

"我当时答应的是帮你在公爵面前美言几句，让他对你的货产生兴趣。"埃尔南多答道，"至于到时他买不买，我可做不了主。"

"只要他们来，就不可能不出手。"纺织匠说着朝店里指了指。

埃尔南多往里瞧了一眼：货色确实不错。店主特意没有在窗上安上遮阳棚或是布幔，阳光从大开的窗户倾泻下来，让客人可以将店内的所有商品看个真真切切；天鹅绒、锦缎和花缎摆放得一目了然，绝没有鱼目混珠、以次充好之嫌。

"你说得一点没错。"埃尔南多赞赏道，"感谢你为我母亲所做的一切，待我一见到公爵我就会……"

"你说你主子？"没等他说完，纺织匠就表示了反对，"等他回科尔多瓦至少还得好几个月呢。"

"他不是我主子。"

"那你就去跟公爵夫人说吧。"见埃尔南多听到这句话时脸上竟露出了那样的神情，纺织匠心中很是不快，"我们可是说好了的。我这儿照做了，你那儿也不能撂挑子啊。"他要求着埃尔南多。

"嗯，我知道了。"

他怎能不去履行他的诺言呢？刚刚别过那位工坊主，埃尔南多就对自己说。只要是从他手上拿出来的钱，他母亲是一个里亚尔也不会接受的。他绝不能允许自己这边锦衣玉食的时候，母亲那边却是一贫如洗。虽说她拒绝他的资助，可这也是他唯一可以给她的东西了。总会有真相大白的那一天的，到时他就可以把一切的一切向母亲和盘托出。埃尔南多给自己打着气，不知不觉就走到了圣保罗修道院高墙外的石凳前。教会的人把他们在田间发现的一具年轻女尸放在了这里，旁边围了一群孩子，都惊得张大了嘴巴。埃尔南多想起了那段不堪回首的日子，他每天都来到这里，屏住呼吸，生怕哪天众人围观着的就是他妻子或是孩子的尸体。

法蒂玛的身影再次从他的记忆里浮现出来，她的轮廓从未如此清晰。前些日子，刚离开格拉纳达的时候，埃尔南多曾在山谷间停下脚步，他调转马头，回望着那座奈斯尔王的城市。伊莎贝尔留在了那里，可那山顶的云、变幻无穷的云、无数长老从中领受着神谕的云，此时却映出了法蒂玛的形象。

身后有谁，或许是堂·桑丘吧，吼了一句，在催着他继续赶路；那位绅士已经开始疏远他，再无往日的客气。但埃尔南多闻声后也没有回过头去，他只想望着那朵仿佛正朝他微笑着的云。

"你们先走，我会跟上来的。"他说。

法蒂玛与孩子们死于乌拜德之手已经是三年前的事了，埃尔南多想着。他刚刚结识了一个他欲与之共赴云层之上的女人，但此刻显现在他眼前的却仍是法蒂玛的脸，仿佛伊莎贝尔，就在那几乎还触手可及的格拉纳达城里，将他解放了出来，为他打开了那扇紧闭着的心门。三年了。埃尔南多没有再像妻子死去时那样失声痛哭；他不愿再用自己的泪与痛苦去抹去她的笑颜；他不愿让伊内斯的欢声变得苦涩，叫弗朗西斯科那双天真的蓝眼睛黯淡下来。他只是望着那片云，追随着它的轨迹，直到它攀上了另外一片云。随后他拍了拍马脖子，叫它转过身来。绅士与仆从们已经走远了，他想过要拍马赶上，最后却还是选择了策马徐行：他更愿意离他们远一些。

蒙特里尔公爵的管家叫作何塞·卡罗，四十岁上下，要比埃尔南多年长十岁。他严肃稳重，总是一身考究的打扮，对待工作也是一丝不苟。自幼他便作为公爵父亲的侍童陪伴左右。作为管家，从级别上来说他只位居教士与秘书之下；他负责的事务包括府邸的装修与维护，外加公爵服饰的采购与保管。若要让纺织匠的货品打入到公爵府里，就必须要打通他这层关系，可埃尔南多寄住在公爵府中已经三年有余了，他跟管家说过的话还不超过十句。

一天下午，埃尔南多在大厅里瞧见了这位制服笔挺的管家，他正在看一个木匠修理着衣柜的一块门板。陪在他身边的是一个年轻的女佣，刨出的木屑还没落到地板上就被她飞速扫进了簸箕里。

埃尔南多在大厅门口站定。"我要你到胡安·马尔科的店里买下那儿的……"他揣摩着自己的用词，"'我要'？'我希望'？还是应该说'请你'？"而且，理由呢？如果他问起来，又该如何回答？他一定会问的。"因为我是公爵的朋友，"或许他可以这么说，"我是他的救命恩人。"但一想到之后自己还得去跟堂娜·露西亚汇报采购的缘由，他就知趣地放弃了这个说法。堂·桑丘曾经传授给他不少知识，但那位绅士还真没教过他如何才能自然而然地在与下人的谈话中炫示自己的权威——包括堂·桑丘在内的那些贵族都是个中老手了。埃尔南多曾想过要去向他求教，可是自打为了伊莎贝尔的事吵过那一架后，绅士就再也没有搭理过他。

一瞬间，埃尔南多感觉有人在看着自己：是管家的目光聚焦在了他的身上——他已经在这道门后呆站了多久？

"早上好啊，何塞。"埃尔南多问候着管家，脸上竭力弯出一丝笑容。

只见那位女佣歇下了手中的笤帚，惊异地转过头来。管家倒只是对埃尔南多微微点头致意，随后又把注意力放回到木匠身上。

女佣脸上骇怪的神色让埃尔南多一时有些找不着北，他决定暂缓执行自己的计划；确实，三年来他从来也没跟这些仆人套过近乎，此时贸然出击的确有些唐突。于是他转过身去，若无其事地走到庭院里，一直等到那位女佣从他面前经过。

"过来。"埃尔南多叫住了她，女佣朝他走过来的当儿，他从自己的包里翻出了一枚硬币，"拿着。"他把两个里亚尔塞到了女佣手里，女佣把钱收了下来，脸上却还带着狐疑。"我要你看好那个管家，要是他晚上一出宫去，你就来通知我。你听懂了吗？"

"是的，堂·埃尔南多。"

"那他平时晚上究竟出不出去？"

"公爵阁下不在的时候他就出去。"

"很好。如果你完成使命，我会再给你两个里亚尔。晚饭以后我都会待在图书馆里，你到那儿就能找到我。"

女孩点了点头，表示她早就知道。

埃尔南多每天都会骑马出行。他努力让自己起得很早，这样就可以避过那些日上三竿才会起床的绅士，还有那个他最不想见到的人——堂娜·露西亚。他最终得出结论，堂·桑丘已经把他与伊莎贝尔的事说给了公爵夫人听，如果说公爵夫人原来只是贱视他，而今那种感情已经转为实难掩饰的愠恨：偶尔几次两人在宫中打了照面，堂娜·露西亚总会即刻扭过头去；用餐的时候埃尔南多都会被安排在最远的位子上，要是手再短些的话几乎要够不到那些食物。每次见埃尔南多费了老劲才夹着一小口菜，绅士们便都嗤嗤地笑个不停。

因此，他每顿早饭都会吃得很饱，之后便会钻进科尔多瓦的各大牧场去，享受那闲适的早晨。三四个小时里，他就这样漫步在牛群中，他没有去逗引它们，始终与公牛保持着距离。阿希拉特扑向利角的那一幕依然追随着他，他去到哪里，那段回忆就跟到哪里；城里但凡举行斗牛，埃尔南多也不会去。还有几次，他恰巧遇上了皇家马场的骑师；怀着些许眷念，他久久遥望着他们，看着他们如何与又一批的小马斗智斗勇。用过晚餐之后，他还是会把自己关进图书馆里。有那么多的事情等着他去做。一是要将《巴拿巴福音》抄写完毕，为此他已经去阿尔巴西亚家把那本手抄本取了回来；万一某天他要将此项发现分享予他人，他总还是想把那份原稿留在自己手里。他曾一遍遍地朗读过那些用阿拉伯语撰写的章节与教义，但只有在抄写着它们的时候，他才真正领悟到了其中的寓意。他注意到了圣胎告知时从天使加百列①口中说出的话语，他并没有将这位新生儿称为神，而是对玛利亚说，她将诞下一位"指路人"。通往哪里的路呢？埃尔南多自问着，停下了手中的笔。或者，通向谁？一定是那位真正的先知吧。他回答着自己的问题。就像所有穆斯林一样，耶稣与他的母亲也没有喝过酒，没有吃过禁忌的食物；天使没有向牧人告知救主的来临，而是说，即将诞生一位新的先知。与后来的福音书所说的不同，亲眼见过基督的巴拿巴称，耶稣本人从未称自己为"神"或是"神的儿子"，也从未封自己为"弥赛亚"，②他不过把自己当成了上帝的又一位使者，宣告着最伟大的先知、穆罕默德的到来。

埃尔南多的另一大任务则是编纂那份要提交给格拉纳达大主教的胡维莱斯大事记；大主教已经派人把那张通行证送到了公爵府里，这同时也是在提醒埃尔南多，不要忘了他曾经承诺过的事情。埃尔南多不愿充当民族的叛徒，尽管阿拔斯、他的伙伴们甚至他的母亲都早已将他看作一个变节者。他在大事记中这样写道：是扎盖尔、一个摩里斯科人，主动做出了停止处决天主教徒的决定；此外，若是一定要说在胡维莱斯发生过哪场屠杀的话，请不要忘记那一千个死于天主教士兵之手的摩里斯科孩子与母亲。写下这句话的时候，他的心隐隐作痛，他回想起了自己当年在火枪的硝烟中绝望地寻找母亲，在漆黑的广场上阴差阳错地救起了法蒂玛和小胡马姆

---

① 穆斯林也译为"仙人哲布勒伊来"。
② 受膏者，即被上帝拣选的救主。

的场景。

在百忙之中，他还得履行自己的诺言，通过那张由无数摩里斯科脚夫拼接成的巨大的信息网，与卡斯蒂略保持着密切的联系。卢纳还在构思那本讲述哥特王罗德里戈生平的书，而埃尔南多的职责就是要为他提供关于哈里发统治时期科尔多瓦的天主教徒与穆斯林是如何和平共处的证据。他想要证明，在穆斯林统辖的那段日子里，混居在摩尔人中的天主教徒可以安稳地生活在自己的土地上，甚至最重要的，他们还被允许在一定程度上保留他们的信仰。经埃尔南多证实，当时的天主教徒拥有他们自己的教堂、自己的庙宇、自己的教会组织，乃至自己的司法体系；而今，在谨慎国王的这片国土上，还能有几座清真寺岿然屹立？当时的天主教徒在穆斯林的包容之下维持着自己的宗教；而现在，他们摩里斯科人却要被强迫改变信仰。

埃尔南多将圣亚西斯克洛教堂、圣索伊洛教堂、圣福斯托教堂、圣西普里亚诺教堂、圣希内斯教堂以及圣欧拉利亚教堂的相关信息都传到了那位作家手里：这些天主教教堂都有幸在穆斯林治下的科尔多瓦延续着它们的生命。与此同时，出于私心，埃尔南多故意隐去了阿尔曼左尔暴政时期的种种恐怖行径，对当时天主教徒所受到的压迫只字未提——"至少他们还能继续信天主教呢。"埃尔南多给自己找了个理由。

若是他干活干累了想要稍稍娱乐一下，他就会以书法作为消遣，与《巴拿巴福音》一同被找到的那本书正是巴格达哈里发的重臣伊本·穆格莱①所著的《字体学》的抄本。练习书法的时候，埃尔南多在一笔一画中寻求着完美：那种奇妙的属灵境界，只有祷告时可以与之比拟。

"你用你丑陋的字体亵渎了神圣的话语。"一天，埃尔南多独自坐在肃静的图书馆中，狠狠地责备着自己，他回想起当年自己抄写的那一本本《古兰经》，经文中原本蕴含的神力就在他粗率不端的字迹中消失殆尽。

他得弄到更多的翎笔，学习如何削尖它，要像伊本·穆格莱所说的那样：长长的笔尖，微微右倾。天主教徒的羽毛笔不足以被用来侍奉他的真主，他想着，要找到合适的制笔材料，应该也并不是什么难事。

不过同时，勤奋的他还得找好地方藏起他那堆积成山的书法作品，为此，他跑进那座尖塔的次数也是越来越频繁。幽暗的塔里用来藏匿东西是最适合不过的了；他注意着身边的每一声响动，他知道一丁点的疏忽都可能会招致灭顶之灾。刚找到福音书那会儿，他就把那块法蒂玛之手从挂毯的褶缝中拿了出来，放到那个木箱

---

① 伊本·穆格莱（866—940），阿拔斯王朝大臣、阿拉伯文著名书法家。

中，藏到了那根塔柱里，而今为了不留痕迹，他每隔一段时间就得把他的部分习作投进火里。唯一被他摆在外面的便是要交给格拉纳达教士会的那份报告，果然没过多久，它就接受了搜检。这两天公爵府的那位教士开始与埃尔南多共进早餐，吃着早饭的同时，他就诘问起了这个摩里斯科人，因为经他检验，那份报告的内容实在与统计阿尔普哈拉斯殉教者的初衷相去甚远。

"你好大的胆子，竟敢将胡维莱斯广场上的那场误会与摩里斯科人对天主教徒有预谋的残忍屠戮相提并论！是，那的确算是场不幸，可说到头来，总共不也就死了几个摩里斯科女人么？"一天，教士责问起埃尔南多来，言语中丝毫不留情面。

"看来您是偷看过我的报告了。"埃尔南多继续享用着他的早饭，瞅都没瞅那教士一眼。

"侍奉上帝就必须得要处处留心。不管你怎么说，好在后来蒙德哈尔侯爵还是惩治了那些恶徒，"教士自顾自说着，"伸张了正义。"

"要说伸张正义，扎盖尔比那位侯爵做得更多。"埃尔南多辩驳道，"他阻止了杀戮，保住了胡维莱斯那些天主教徒的命。"

"可那儿依然还是死了很多天主教徒。"教士下了定论。

"您敢比比到底是哪一方死得多么？"埃尔南多问道，拉高了声调。

"这轮不到你来比较。"

"也轮不到您。"埃尔南多驳斥着那位教士，"看了我的报告，主教大人自有定夺。"

一天晚上，当埃尔南多正在为那份大事记收尾的时候，那位女佣从图书馆门口探出头来。

"管家大人刚刚出宫去了。"女佣站在门后，小声向埃尔南多报告。

埃尔南多收起那些文件，从书桌后站了起来，从兜里摸出两个里亚尔，塞到了那个女佣手里。

"把这些文件拿到我卧室去。"说着，他把那份报告也递给了她。"谢谢。"女佣接过文件与报酬的时候，埃尔南多补上了一句。听到摩里斯科人的感谢，女孩露出了羞涩的笑容，埃尔南多注意到她长着一张清秀的脸。"你知道他晚上一般会去哪儿吗？"他趁机问道。

"听说他喜欢玩牌。"

"再次感谢。"

埃尔南多朝宫门口急急走了过去，经过公爵夫人最心仪的厅前庭院时，他听到一位绅士正为公爵的其他门客高声朗读着一本书中的字句。他飞速穿过了院子，躲避着众人的视线：借着对面长廊的阴影，埃尔南多遁入了这凉爽的秋夜。他都没来得及去取他的披风。在科尔多瓦晦暗的街巷中，稍不留神就可能将管家跟丢。他已经有十年多没有踏进过赌场的大门了，也不知道当年那些个将"肉鸽"们骗得连一根毛都不剩的赌场而今焉在？那其中也有他的一份功劳呢。要玩牌，管家只有两个选择：科雷德拉区，或是波特罗区，不论选择哪个，他都得穿过阿赫齐亚那道阿拉伯人的古城墙，所以在萨尔瓦多之门和科尔巴切之门之间，他总得挑一个走。埃尔南多选了前者，他赌对了，没过多久他就发现了那位管家的身影，那群在皇家拱门下过夜的流浪汉团团围住了他。拱门下的壁龛中供奉着一幅戴荆冠的基督的画像，画像下长明的烛火照亮了何塞·卡罗的侧脸，那群人正缠着他，向他讨要施舍。当管家终于摆脱了那群乞丐，得以继续向萨尔瓦多之门进发的时候，埃尔南多从兜里掏出一个勃兰卡，朝那道皇家拱门走了过去。

乞丐们同样围了上来。走到拱门下的埃尔南多忽然举起那枚硬币，朝身后用力抛了出去。其中四个讨饭的慌忙朝铜币追了过去，而剩下的两个则被埃尔南多轻松搞定，他很轻易就避过了他们，没花多大力气。

只见何塞·卡罗向波特罗区径直走去。要不然还有别的更好的地方么？埃尔南多笑道。他在黑暗中聆听着管家的脚步，始终与之保持着一定的距离，每当管家经过街中哪个祭坛的时候，埃尔南多就可以隐约瞧见他的背影。快到广场那会儿，他差点跟丢了那位管家，周围已经开始喧闹起来，人来人往也阻碍了他的视线。他已经多久没有到这儿来享受夜生活了？埃尔南多在人丛中寻觅着管家的身影，他刚向前迈了一步，一个小伙子就阻住了他的去路。

"阁下是想找个赌场试试手气吗？我知道一个最好的……"

埃尔南多不禁莞尔。

"看到那个男人了么？"埃尔南多打断了小伙子的话，用手遥指着远处的那位管家：管家刚刚走过那个街角，拐进了巴达纳斯街的地界。小伙子点了点头。"要是你能告诉我他最后上哪儿去了，我就赏你一个子儿。"

"一个子儿是多少？"

"你再不去他就走远了。"埃尔南多提醒着他。

小伙子像支箭一样地飞了出去，待在原地的埃尔南多则任由回忆的潮水将他冲回了那段难忘的日子里：在妓院干活的哈迈德，骡贩子胡安，虚弱的法蒂玛将阿以莎塞到她嘴里的肉汤吐了一地，他自己则四处奔忙，为赌场积极地拉皮条……

"我看到他走进了帕布洛·科卡的地下赌场。"小伙子的话语把埃尔南多唤回了现实，"不过我认识一个地方比那儿可好多了，他那块遍地都是老千。"

"还有哪儿是规规矩矩赌博的么？"埃尔南多戏谑道。他从没听说过这个科卡赌场，他在这块的时候还没有这个地方呢。

"当然有啦！我带你去……"

"你不用再说了，我们就去这个什么科卡赌场。"

"我们？"小伙子问了起来，脸上满是诧异。

"稍微等一会。你得指给我看那地方在哪儿，然后我才能付你钱。"

埃尔南多在广场上等了一段时间，好让待会儿的相会看着像是偶遇。随后他跟着小伙子去到了一条阴暗狭窄的走道跟前，确认过那里就是科卡赌场的所在，埃尔南多把小伙子应得的酬金放到了他的手里。在用两个埃斯库多疏通了门卫之后，埃尔南多顺利进到了赌场里，赌场被隐藏在一个毛刷店的后面，进去之后就发现里面别有洞天。六七张赌桌上聚集着五十来号人：扔着骰子、甩着纸牌的是那些赌徒和老千们，看热闹的和放高利贷的则在赌桌间跑东跑西。若不是波特罗区本就热闹异常，否则这赌场中的叫喊声定可以穿透科尔多瓦总督家中卧房的墙壁。

埃尔南多扫视着赌场，直到瞅见那位管家已经坐到了一张桌上，身后还立了两个看客。也不知道管家算是个中老手呢，还是菜鸟一只？赌场一般会先让这些肉鸽尝点甜头，待他们钱袋满满时再一并扒光他们的皮。正想着，一个姑娘给他端来了一杯红酒，他欣然接下了酒杯。这酒是赌场请的：金主被酒迷昏了，赌兴上来了，他们的目的也就达到了。埃尔南多围着赌场转了一圈，看了看这些桌上都在玩什么：有掷骰子的，有打留级①的，有玩三十点②的，还有一种从德国传过来的牌戏。最后，埃尔南多站到了何塞·卡罗的对面，与他隔桌相望；这桌玩的是二十一点。不出两分钟，埃尔南多就发现，何塞·卡罗不过是只任人宰割的肉鸽：管家身后站着的那个看客穿着一件锁子背心，粗犷的腰带上装饰着亮晶晶的金属颗粒，坐在对面的庄家只需瞥一眼同伙的腰带，再瞄一眼那件上衣，何塞·卡罗手中的点数他便心知肚明。埃尔南多无奈地摇了摇头：同桌的那伙人仿佛全都清楚庄家的底细，他们这是准备与庄家狼狈为奸，合起伙来把这个菜鸟扒个干净！管家亮出了他的牌：一张A，一张人头——二十一点。他狠狠赢了一手，他们在让他放松警惕。

"真是稀客啊。"听到身后有人跟他说话，埃尔南多把头转了过去，他微微皱起了眉头，努力让自己想起眼前的这个男人究竟是谁。"你突然间就没影儿了，我还以为你出什么事了呢，不过现在看来，我是想多了。看看你，你可是身上披着绸

---

①② 一种牌戏。

缎，手里攒着金币的人了。"

"鸽王！"

桌上的几个赌徒，包括那位管家，都将眼神投向了这位与赌场老板走得如此之近的新客人。帕布洛·科卡朝埃尔南多挤了挤眼，示意他别再叫那个外号了。

"现在我可是开赌场的了，"他压低了声音，"我得注意我的声誉。"

"帕布洛·科卡。"埃尔南多在心中默念道，他想起来，这个能把最难搞的赌徒骗进赌场的有能之士还从未跟他报过他的真名。牌局继续，何塞·卡罗还在朝埃尔南多这边频频侧目：原来这个摩里斯科人也好此口？管家心中很是好奇。"你这儿搞得不错啊，"埃尔南多夸赞着鸽王的领地，"在那些警察和法官身上花了不少银子吧？"

"没办法，规矩嘛。"帕布洛笑答，"来吧，把你手上那杯咳嗽药水放下，我们品品好酒去。"

埃尔南多随帕布洛走到一个离牌桌稍远的地方；在两个腰佩大刀的黑脸大汉的保护下，一个男人正在那儿数点着一堆堆钱币。帕布洛亲自倒了两杯红酒，与埃尔南多举杯共饮。

"你到这儿来干吗呢？"老板跟埃尔南多碰了碰杯，随后便问了起来。

"我想求个人办点事儿，现在那人就坐在那儿玩二十一点呢……"埃尔南多跟帕布洛实话实说。

"公爵府的那个管家？"帕布洛抢过了话头，"他可真是少有的菜鸟啊，不是一般的菜。要是你不快点去救他的话，他就一个子儿都不剩啦，到时候你还指望他能帮你？"

埃尔南多朝那张桌子望了过去：何塞·卡罗正在向那位庄家付赌金；而另一名赌徒则输得不甘，正冲着旁边的人拳打脚踢，立马就有两个男人过去把他们拉开，同时凶神恶煞地逼他们冷静下来。埃尔南多真不愿去想象自己现在离穆斯林的律法有多么遥远：置身赌场，嘴里又喝着红酒……要忠于信仰怎么就那么难呢？

"要是你想让那家伙更感激你一点呢，你就再让他输掉些。那帮赌徒都看到你跟我在一起了，你只要坐上去，那一桌人就都会站起来换上一批，到时候你爱干吗干吗。你会出千吗？你是不是就是这么发家的？在塞维利亚？"

"不不，没有。我唯一知道的那些把戏都是好多年前一个好朋友教给我的。"说着，埃尔南多朝帕布洛挤了挤眼，"我猜这些年来应该也没有很大变化吧，是不是？破解了那些手段之后嘛……就听天由命吧。"

"太天真了。"帕布洛总结道。

两人又聊了一会儿,埃尔南多给这位赌场老板讲了讲自己这些年的经历,随后他们一起朝那张赌桌走了过去,此时,何塞·卡罗身上的钱已经所剩无几。帕布洛朝那个坐在管家右边的赌徒比了个手势,那人即刻站了起来,把位子让给了埃尔南多。何塞·卡罗也欲起身离去,但埃尔南多按住了他的手,重新叫他坐了下来。

"从现在开始,你只要听凭你的手气就行了。"埃尔南多对他耳语。

这一桌有好几个人都站了起来,又有几个新人坐了上去。

"你这话是什么意思?"新老赌客换着班的时候,管家反问起他来,"我已经很注意了,照理说他们应该没法在我眼前作弊的呀。"

"我不想讨你嫌,可是我要告诉你,在这儿跟你对决的人可不会像公爵夫人那样跟你实打实地拼运气。永远不要坐在一个身上带着亮片的人前面。"说话间,埃尔南多用下巴指了指那个身穿锁子背心的男人,这会儿,那家伙正在问刚才的赢家讨要他的那一份钱呢。

怒不可遏的管家攥紧了拳头就要往桌上砸,是埃尔南多及时阻止了他。

"现在你再发火也没有用了,赌局已经结束了。"

"你想干什么?为什么你要帮我?"

"我想求你去看看胡安·马尔科纺织工坊里的货,你知道这个地方吗?"管家点了点头,他本想说些什么,埃尔南多却抢先讲了下去,"我没要逼你买他家的货,我只想你过去看看。"

桌上坐了九个人,赌局再开。一个人抓起扑克牌洗了洗,正准备发牌,却被埃尔南多叫停。

"换副新的。"埃尔南多要求。

帕布洛早已把新牌准备好了。只见那人黑着脸把旧牌扔到了桌上。埃尔南多收起那副旧牌,把它放到管家手里。

"收好。回头我给你看几样东西。"

换牌的事让刚才那个准备发牌的人大为扫兴,桌上的另外一个赌徒也随之起身离席。于是就在帕布洛·科卡的旁观之下,剩下的人开始玩二十一点。依照二十一点的规则,每个人都得到两张牌,A可计为一点或十一点,人头牌计为十点,其他的牌则按照牌面计点。所有的人都要将手上的牌与庄家的牌进行比较,若是一个人比庄家更接近二十一点,或者庄家手上的牌超过二十一点而爆掉,此人就能赢得赌金。风水轮流转,管家将刚才输掉的钱都赢了回来;他甚至还请埃尔南多喝了一杯,谁让这个摩里斯科人只是勉强维持着不输不赢呢。

有一瞬间，埃尔南多犹豫着要不要继续下注。手上的牌实在让他提不起兴趣，他摸了摸自己剩下的赌金。他朝庄家那边望去，看到帕布洛就站在庄家的身后，只见他挺着身子，一脸严肃，看着是在监控着局势，右耳的耳垂却微微动了动。埃尔南多努力抑制住心中的讶异，同时下了重注。他赢了。会心一笑的同时，他记起了那时鸽王所说过的话：他是个与生俱来的赌徒！

"你最终还是学会了马里斯卡尔那一手。"与帕布洛·科卡作别的时候，埃尔南多说道。这天晚上，摩里斯科人满载而归，而那位管家也终于稍稍挽回了一点之前的损失。

"啥是马里斯卡尔？"何塞·卡罗好奇地问了一句。

两位老友交换了个眼神，都没有回答。埃尔南多光是想到当年尚还年轻的鸽王训练耳垂时挤出的那些搞笑的表情，就扑哧笑出了声来。他朝鸽王伸出了手；刚才管家已同这位赌场老板握手道别，他这会儿已经走出去了几步。

"我不知道这算不算是笔不义之财。"埃尔南多掂量着他的钱袋，趁现在旁边没人，他对帕布洛说。

"别折磨自己了。你也别以为除了你之外别人都是正大光明地在玩牌；所有人都出了千，只不过方法不同而已。说实话，你也只是只肉鸽，跟你们那位管家没什么两样，而且你自己对此还一无所知。时代变了，千术也已经越来越复杂了。"

"现在不太方便……"埃尔南多回头瞅了瞅，那位管家在几步之外的地方停住了脚步，"改天我把你的那份给你。"

"嗯。这就是赌桌上的规矩，你懂的。什么时候想过来就过来吧。马里斯卡尔和他的搭档已经死了好久，他们把那个秘密带进了坟墓，所以翘耳朵的把戏只有天知地知你知我知。我从来没想过要把这个秘技告诉任何人，也从来没有用过它；否则，我永远不会拥有这样一个赌场。现在再没有任何人能够看穿我们了。为了学会这个把戏我可是费了九牛二虎之力。"科卡叹了口气，同时指了指那位管家，管家还站在那儿等着埃尔南多呢。

埃尔南多再次辞别了科卡。他转身赶上那位管家，两人一同向公爵府走了回去。

"你会到纺织匠那儿去看看的吧？"穿过波特罗广场的时候，埃尔南多问道，时至今日，波特罗广场上的喧嚣与鼓噪竟与那时无甚不同。

"嗯，不过你得先指给我看这副牌里他们都动了哪些手脚。"

51

1587 年，科尔多瓦

这一年，在英格兰女王伊丽莎白·都铎①的"准许"下，苏格兰女王、笃信天主教的玛丽·斯图亚特②被送上了断头台。此举彻底激怒了天主教最忠实的守护者腓力二世国王，也使他最终下定决心，诏令圣克鲁斯侯爵阿尔瓦罗·德·巴撒恩率领一支巨型舰队踏平英格兰，去铲除那些信奉新教的异端。尽管当年四月，英国大名鼎鼎的私掠海盗弗朗西斯·德雷克爵士③刚刚对加的斯海湾发起了一波突然袭击，将三十六艘西班牙船舰击沉在火海之中，尽管那位海上魔王至今仍滞留在那片海域，阻截着数以百计为腓力二世国王的舰队输送着物资的三桅帆船与轻快船，但我们的这位西班牙国王还是毅然决然地推行着他的计划。

腓力二世麾下的这支"领受了上帝召唤的至大至幸的舰队"——语出当时西班牙驻法国大使——也在本国民众和贵族阶层中激起了又一波的宗教浪潮，他们迫切期待着能够以上帝的名义战胜一个像英国这样的举国世仇，况且英国还与荷兰新教徒结成了同盟④，一同抗击着西班牙的进攻。堂·阿方索·德·科尔多瓦和他年满二十的大儿子也准备登上圣十字侯爵的舰艇，投身新一轮的远征。

正当各方紧锣密鼓地开展着备战工作的时候，却传出了一个令摩里斯科人人心惶惶的消息。自从六年前腓力二世在葡萄牙与重臣们商讨了将摩里斯科人装上船沉入远海的可能性之后，又接连地有几十封申请书递到了这位国王的手里，要求将摩里斯科人统统逮捕，征为苦役。和往年不同，今年放出话来的是巴伦西亚王国几号

---

① 即伊丽莎白一世，是都铎王朝最后一位君主，也被称为"荣光女王""英明女王"。伊丽莎白一世统治时期，在英国历史上被称为"黄金时代"。
② 即玛丽一世，是苏格兰的统治者及法国王后。
③ 英国历史上著名探险家与海盗。
④ 1587 年，荷兰共和国和英、法结成同盟，共同抗击西班牙，使荷兰独立战争进入一个新阶段。

最有影响力的人物之一；塞戈尔韦①主教堂·马丁·德·萨尔瓦蒂耶拉在几个同样位高权重的人的支持下，给国务院修书一封，提出了在他看来唯一的解决办法：阉了所有的摩里斯科男子，无论成人还是孩童。

得知这个消息的埃尔南多冷汗直冒，连那两枚睾丸也被吓得缩了起来。他刚刚收到阿隆索·德尔·卡斯蒂略从埃斯科里亚尔给他寄来的一封信，信中详述了萨尔瓦蒂耶拉主教那份上书的内容。

"这群龟儿子！"埃尔南多咬牙切齿地骂道，他正独自一人待在公爵那间冷清的图书馆里。

会不会真的有那么一天，天主教徒会着手推行这项令人听着就寒毛直竖的提案？会的。为什么不呢？卡斯蒂略在信中自问自答。就在十五年前，就是这个腓力二世，他作为天主教的卫道士、法国宗教战争的煽动者，在得知圣巴托罗买之夜天主教的军队消灭了超过三万个胡格诺派教徒后喜不自胜。那位翻译在信中写道：若是在一场基督教徒之间展开的宗教战争中，腓力国王都能因砍下了千万人的头颅——或许他们确不算是天主教徒，不过至少也是彻头彻尾的基督徒——而明火执仗地表露着自己的狂喜，那么，当屠戮的对象不过是一群摩尔人的时候，还能指望他表现出多少的慈悲呢？这位西班牙的君主不是早就考虑过要把他们淹死在远海么？待民众群情激奋的时候，他不是只要动动手指就能照提议所说的，把所有摩里斯科男人全都阉了么？

埃尔南多又读了一遍那封信，然后将它狠狠揉作一团，投进了火里，之前翻译寄来的所有信件他都是这样处理的。阉了他们！这叫什么事啊？作为一名主教，一个口口声声说自己如何如何仁慈、如何如何怜悯的宗教首领，竟然提出了这样一份野蛮的提案？一瞬间，他之前为卢纳和卡斯蒂略所做的所有那些工作都变得毫无意义；事情发展得太快了，远远超出了他们的预期：要等到卢纳写完那篇穆斯林征服者的赞歌、取得出版许可，还要等到那本书最终被天主教徒们读到，他们早就已经被这样或者那样的手段驱除殆尽。也说不定阿拔斯他们的想法是对的？或许只有武装起义才是最正确的选择？

埃尔南多站起身，在图书馆里来来回回地走了起来，他昏头昏脑地，一边走一边骂，一边扭拧着自己的十指。他本想去跟阿尔巴西亚谈谈，可那位画师在几个月前就离开了科尔多瓦，应圣克鲁斯侯爵堂·阿尔瓦罗·德·巴撒恩之邀为维索宫创作壁画去了；意大利人在身后留下了一座精美绝伦的圣器堂，也在埃尔南多心中种

---

① 巴伦西亚的一个市镇。

下了一个未解之谜：《最后的晚餐》中，靠在耶稣身上的那个人究竟是谁？

"为你的民族大业而战吧，埃尔南多。"他还记得那位画师在离别时曾经这样鼓励着自己，画师骑在了一头骡子身上，那头骡子则由一名脚夫牵着。

命根子都要被人割了，还战斗什么？

"伪君子！"埃尔南多在空旷的图书馆里喊了出来。

伪君子！这是一次碰面的时候，阿尔巴西亚给腓力国王贴上的标签。"你们那个号称慈悲为怀的国王不过就是个伪君子。"阿尔巴西亚说话丝毫不带拐弯抹角。

"很少有人知道，"后来他跟埃尔南多说，"腓力国王曾经亲自向大师提香订购了一批春宫图，我在威尼斯的时候还有幸见到了其中的一幅，画的是裸体的维纳斯放浪地勾住了阿多尼斯。大师为这位天主教国王创作了不少这样的作品，在那些画里，裸体的女神们摆出了各种各样的姿态。'为了看上去更加赏心悦目一些。'大师在那封给你们国王的信中是这样写的。从来没有哪个女天主教徒敢像提香画笔下的维纳斯那样扑到她的丈夫身上。"一时间，埃尔南多的思绪飘到了伊莎贝尔身上。"你在想什么呢？"见埃尔南多若有所思，阿尔巴西亚问道。

"那些女天主教徒，"埃尔南多不想让画师看出他在想什么，赶紧扯了两句，"她们……"

"你们并不很把女人当回事吧，她们只不过是你们的囚徒。你们那位伟大的先知不是也说过，单凭自己，她们什么也做不了么？"

埃尔南多默默点了点头。

"是啊，"想了想之后，他又说，"两种宗教不约而同地把她们晾在了一边。在对待女人的态度上，我们其实是非常相似的，相似到什么程度呢？虽然我们分属不同的宗教，但我们对圣母玛利亚的信仰却殊途同归，无论是天主教徒还是穆斯林，都对圣母玛利亚相当尊崇。可正因为我们的共同点是在一个女人身上，所以我们一直没有给予她应有的重视，纵使她是耶稣的母亲……"

回想起与阿尔巴西亚的那次倾谈，在公爵的图书馆中疑惧逡巡着的埃尔南多停下了脚步。圣母玛利亚！那才是天主教徒与穆斯林之间真真正正的接合点。如果两个民族之间有这样一个无可争议的交集，那为什么还要像卢纳那样，费尽心思地去证明阿拉伯征服者的慈爱呢？还有什么论据能胜过圣母玛利亚呢？在这一点上，甚至那些被天主教徒们奉为真理、实则被教士们篡改过的教义都与《巴拿巴福音》的说法并无二致！为什么不从这唯一一个在任何一方都毫无争议的人出发，探寻一条共存之路呢？在迄今为止的很长一段时间里，整个西班牙都被笼罩在对圣母玛利亚的疯狂崇拜中；不断有人向罗马教廷发出请求，请求教皇将玛利亚从圣灵受孕的事收入到教义当中。连那个在两种宗教中同时占据着至高无上地位的亚伯拉罕的上帝也没有获得过如此统一的尊崇，相反的，天主教徒还用他们的神圣三位一体理论削弱了他的神力。

一连好几天，埃尔南多都无法全心全意投入到工作中。他已经把关于胡维莱斯大屠杀的那份报告寄去了格拉纳达，他本以为教士会在读过他写的东西之后就会立刻将他从合作者名单中剔除出去，但出乎他意料的，非但没有如此，教士会还请求他继续协助他们完成库苏里奥战史的整理工作。乌拜德就是在那里挖出了贡萨利科的心脏。这次他又要怎么自圆其说呢？在那里可没有任何一名摩里斯科头目去制止杀戮的发生。埃尔南多将《巴拿巴福音》的抄写工作和协助卢纳完成那本书的任务都暂时搁置了下来，他一门心思投入到了书法的练习中。为了按照伊本·穆格莱的教诲来制作笔尖微微右倾的翎笔，他已经弄到了几根上好的材料，只是要找到那个合适的切入点削出那个完美的弧度，埃尔南多还需再下功夫。于是每天早上，阿飞在牧场嚼着草根的时候，埃尔南多便背靠大树削起笔来，以便之后到图书馆中去一试笔锋。

可是就连书法也无法让埃尔南多完全平静下来，他现在的心态使得他无法通过写字来寻觅到真主的踪迹。他确信自己在麦尔彦身上找到了解决问题的钥匙，而自那天起，反倒有无数问题向他袭来：他该怎么做？他想的到底对不对？如何将这个观点呈献在天主教徒面前才能让他们产生必要的共鸣？他只有一个人，真的能下好这么大的一盘棋？

可是，现实就摆在那里。在埃尔南多将老千们标记纸牌的把戏——若是不认真看实难发现，有些牌上画了细小的图案，还有些牌则与其他的牌大小不一——向那位管家和盘托出后，管家也信守诺言拜访了那家纺织工坊；而在那一晚之后，埃尔南多又多次去到了帕布洛·科卡的赌场，与那里的赌徒比拼着手气。有些时候他是一个人去的，另一些时候则是有管家相伴。他也知道，赌博是被穆斯林的律法所禁止的，可是在这片土地上，他还得被迫去打破多少清规戒律？

一天晚上，他写了一个 alif，然后以之为基准，开始调整自己书写的其他字母的大小。他以那个 alif 为直径画了个圆，所有字母都不能超过这个圆的范围。可练了不到半小时他就发现，不论他再怎么努力，总还是没法把那个弯曲的字母 ba[①] 框进那个圈里，放在那个理想的相对位置上。

他愤而站了起来，把那张纸撕了。他决定到科卡的地盘去赌上一把，尽管今天

---

① 阿拉伯语的第二个字母。

继续轮到他输钱。他已经连输了两晚，可照帕布洛的意思，他还得再输一次。

"你不能老是赢。"科卡跟他解释，"确实，可能这里谁都看不穿我们的伎俩，可要是你每次来都能抓一把米回去，不出几次人们就会把你和我联系在一起。不管我再怎么走来走去，从这张桌子走到那张桌子，他们也都知道你是我的朋友。所以这两天你就破点费吧。"

自那开始，帕布洛就给埃尔南多规定好了赢钱的场次。尽管有赚有赔，但除去累计输掉的钱，埃尔南多还是从中获得了丰厚的利润。就这样，埃尔南多排解着心中的压力：尽管他已经对各种千术了如指掌，他还是只需表现得像只真正的肉鸽一样，他一次次地下着无关痛痒的小注，只待那位赌场老板的耳垂动上一动；而后借着从赌场出来的当儿，埃尔南多还常会顺道到妓院去走上一遭，与一位前凸后翘、红发飘飘的浪女翻云覆雨一番。今天在离开公爵宫的时候，埃尔南多叫上了那位管家，每次轮到他输的时候，他总愿意让管家与他同行，这样至少他还有个伴儿可以聊天解闷。公爵还在朝廷中准备着攻打英格兰的有关事宜，所以何塞·卡罗一听到埃尔南多的邀约便脚下生风般地溜了出来。

"看起来你心情不太好啊。"在与埃尔南多一起默默地走了一段之后，管家终于憋不住说了出来。

"真不好意思。"埃尔南多说着抱歉。

两人的脚步声回响在圣多明戈教区冷寂的街巷里，他们走得虎虎生威。管家任凭腰间的刀鞘与链环互相撞击着发出了叮叮的响声，以此警告着所有那些隐藏在科尔多瓦夜幕中的宵小之徒：他们俩力壮如牛，还身佩武器。埃尔南多无视了摩里斯科人不得携带武具的禁令，他也藏了把匕首到自己的长衫里。

埃尔南多确实心情不佳。用圣母玛利亚来拉近两个宗教群体之间距离的想法此刻还萦绕在他的脑中，他只是不知道如何来实现它，况且他还无人可以诉说。他看到那条街的尽头有一个亮着的祭坛，正是这些星星点点的祭坛点亮了科尔多瓦的夜；如果说白天的时候，街中的圣像、壁龛与宗教画是为那些虔诚的天主教徒而设的，为的是吸引他们驻足祈祷，那到了晚上，它们则成为了名副其实的灯塔，在君临天下的黑暗中为人们指明着前行的道路。那是绘在一户人家外墙上的一组宗教组画，底下点着蜡烛，放着花，还有各式各样的供品。埃尔南多在那幅画前停了下来：那是一幅卡门圣母①像。

"至圣的圣母呵。"何塞·卡罗念叨着。

---

① 加尔默罗教派，即圣母圣衣会，将圣母称为卡门。

"原罪没有临到她的头上。"埃尔南多下意识地背起了伊斯兰圣训①中先知穆罕默德的话语。

"是啊，"管家一边在胸口画着十字一边赞同着埃尔南多的话，"无垢无瑕、无罪受孕。"

两人继续前行，埃尔南多却深陷在自己的思绪里。身边这位管家能够想象么，刚才从他埃尔南多口中说出的话竟是源自于穆罕默德的言行录、被穆斯林奉为经典的圣训？要是被这个天主教徒知道，他们煞费苦心想要编入教义的无罪受孕也正是《古兰经》所坚持的，他会怎么想？要是他知道伊斯兰教的先知穆罕默德也坚决捍卫着圣母的无瑕，他又会有何看法？他知道穆罕默德是如此尊崇着麦尔彦吗？"你将会是天堂中所有女人的主……"穆罕默德见自己死期将近时曾对女儿法蒂玛这样说道，"紧跟着麦尔彦的足迹。"

埃尔南多的脚步变得轻快了起来。只要坚持这条路，就一定能将两个宗教汇聚起来，为摩里斯科人挣得堂·佩德罗和他的朋友们梦寐以求的尊重！他一定能成功！

正当埃尔南多在为他的这个好点子如痴如醉的时候，就在1587年，传来了这样一个坏消息：塞维利亚的摩里斯科人本欲趁城防空虚，在圣·佩德罗之夜联合科尔多瓦和厄西哈的弟兄一举夺城，不料阴谋败露，几个头目被就地正法，虽然阿拔斯不在其中，但科尔多瓦的好几个兄弟都因此丢掉了性命。武力！埃尔南多想着，诉诸武力只会让天主教徒与腓力国王的仇恨之火越烧越旺！他们本就想叫所有的摩里斯科人断子绝孙，这样一来呢？难道那些摩里斯科人和带领着他们的长老和智者全都没有发现这一点吗？

最终，埃尔南多起草了一个方案：格拉纳达人不是正在寻找他们的殉教者和圣徒遗体，好让他们的城市成为天主教的摇篮，以与托莱多、圣地亚哥德孔波斯特拉和塞维利亚那样的朝圣圣地比肩么？为什么不去成全他们呢？于是他给卡斯蒂略去了一封长信，在信中，他这样写道：

我们都相信着同一个真神——亚伯拉罕的上帝。对我们来说，他们的耶稣基督就是弥赛亚，就是道成肉身，就是上帝的灵，《古兰经》上也多次确认了这一点。"尔萨是神的使者！"穆罕默德曾经这样说过，"跟随他就能获得拯救。"天主教徒们

---

① 后人编集的穆罕默德的言行录。

知道这一点吗？他们只是把我们当成了愚蠢的猪狗，把我们当成了无知的牛马；他们谁都没有关心过我们真正的信仰是什么，而那些散播争端者，不论是信天主教的还是信伊斯兰教的，都只是在用他们的言论与文字将我们两大宗教之间的沟壑掘得更深，让我们越来越难以共存。所有人都知道，在耶稣死后三百年，在教会的捏造下，耶稣被赋予了神性。其实呢，被他们称作为神的尔萨从来没有称自己为上帝或是上帝之子，反而只是像我们所做的那样，竭力捍卫着真神的唯一性。可是，虽然耶稣的神性中确有掺假的成分，他母亲的神圣却是实实在在的。可能只是因为她是个女人，所以她一直被搁置在一个从属的地位上，从来没有被人留意；甚至到了今日，在民众呼声震天的情况下，教皇依然拒绝将圣母未玷受孕的事实列入教义当中。所以我说，如今玛利亚才是那个维系着两种宗教的共同点，也或许只有通过玛利亚，我们才能让两个民族靠得更近。我们对圣母的争议只在于她的血统和家系，而说到对她的崇拜，则没有任何一个人心中存疑。现在那些神父和民众都将我们看作是异端，可当他们了解到我们也如他们一样崇敬着耶稣的母亲时，或许他们会换一种角度来重新审视我们。对圣母的崇拜在笃信天主教的老百姓中是有目共睹的；我们和他们抱持着相同的感情，他们又怎么会仇恨我们呢？说不定这就是我们热切在寻找的理解的开端。

随后，埃尔南多向卡斯蒂略透露了《巴拿巴福音》手抄本的存在，就好像这份资料是他刚刚发现的一样。

我敢肯定，如果不事先采取某种策略埋下伏笔的话，像这样的一本福音书一定会在乍一浮出水面之时就立即被教会打上伪经的标签，打入异端的行列。我们得先告诉那些天主教徒，我们的信仰是什么，真理又是什么；我们必须做好铺垫，这样在未来的某一天，当我们将它展现在那些天主教徒面前的时候，就至少能够在他们之中撒下怀疑的种子，从而为我们民族挣得更善意、更慈悲的对待。

皇家翻译官很快就答复了他。一天早上，一个特地从埃斯科里亚尔赶来的脚夫在科尔多瓦郊外叫住了埃尔南多，并将一封信递给了他。接到信件的埃尔南多策马跑到了牧场里，他找了块僻静的地方下了马，仔细地读起了卡斯蒂略的回信。

以慈爱怜悯的指路人安拉之名。我们的许多弟兄为了与天主教徒对抗而遗忘了你在信中所写的道理。我很赞同你的建议：为了让天主教徒与穆斯林互相靠拢，为了让和平重新主导两个民族之间的关系，如果真主愿意帮助我们，你说的办法确实可能是一条不错的途径。我迫切希望能够快点读到你在信中所说的那本福音书。公元六世纪，在按基拉西乌斯教皇谕令①去除异端译经时，就将一本传说由圣巴拿巴撰写的福音书列为了伪经，所以我同意你的说法，如果事先没有做好准备的话，即便将这本福音书公之于众，也无法取得任何的效果。格拉纳达是个好地方。就从格拉纳达入手吧。既然他们想圣髑都想疯了，那就给他们吧，同时也把我们的饵播撒出去，总有一天，我们会将他们带上那条通往真理的道路。圣母，你说得对，不过也别忘了圣塞西利奥，他是格拉纳达的第一任主教，传说在尼禄②时代就为了信仰付出了他的生命。圣塞西利奥和他的兄弟圣特西丰都是阿拉伯人，所以就用上我们神圣的阿拉伯语吧，让天主教徒们通过这一万能的语言去寻找到他们的过去。不过记得，要尽可能地模棱两可，要尽可能地让你所写的东西拥有多种解释，也要记得，古阿拉伯语在书写中是不使用元音和标音符号的。当你预备好的时候就通知我吧。愿平安与你同在，愿真主指引你。

　　他把信销毁了，重又骑到阿飞身上。天空中酝酿着一场暴雨。他该怎么做呢？他这辈子已经骗过不少人了，他还是个小伙子的时候，他就招摇撞骗，只为了去买一头骡子来换取法蒂玛的自由，甚至到了现在，他还在利用帕布洛的"耳技"大发横财……可他接下来要欺骗的是整个王国，是整个天主教教会！清凉的雨滴断断续续地落了下来，埃尔南多继续前行，想象着自己独自坐在一张大大的赌桌上。这是一个用智慧才能赢得的赌局，与纸牌和千术毫无干系。国际象棋！这就好像一局国际象棋！他坐在棋盘的一边，而另一边，则坐着整个天主教社会。

　　那天晚上，他辞别了公爵府里的人，他需要独处。大清真寺的院子依旧与那时一样：数百张写有罪人姓名的白榜被贴在院子四周的廊壁上；好几十个申请了圣所庇护的逃犯在回廊中避雨；还有几个则在那里无所事事地闲逛。埃尔南多心想，也不知道那几个难友现在怎样了。院里也有好些神父，大概二三十个吧，有老有少的，分散在那群教民中：他们奔跑着，躲避着那无休无止的暴雨。埃尔南多走进了大教堂。经过圣巴拿巴礼拜堂的那道铁栅时，他站定。他弯下腰，就好像自己丢了什么东西一样：礼拜堂的那串钥匙还躺在他当时放置的地方，系在了铁栅的下面。

---

① 基拉西乌斯曾任教皇（492—496年在位），但后来普遍认为此项谕令的年代应为达马苏斯一世教皇执政时期，且并非出自教皇之手。
② 古罗马暴君（54—68年在位）。

圣巴拿巴！埃尔南多默念着,《巴拿巴福音》！还需要有更多的暗示么？他把钥匙拾了起来,思忖着教会会不会已经把锁换了,但也只有等到门卫将大教堂清场之后,他才能去试着开锁而不引起任何人的注意。去往圣器堂的路上,他屡屡回望着那把铁锁,它是否还会是当时的那一把？可是现在,他只能静等时机的来临；他细细鉴赏起了圣器堂中阿尔巴西亚的杰作,他将目光驻留在了《最后的晚餐》中坐在耶稣基督身边的那个人物上。为什么呢？他又一遍地问着自己。

钥匙拧动了圣巴拿巴礼拜堂的锁芯,埃尔南多再次溜到了那道壁橱里。他尽量让自己钻了进去,因为壁橱几乎是满的,他的脚边堆放着各类弥撒用具。随后,他等待着。

到了清晨,守卫们都聚到了远处的圆形礼拜堂里,大教堂中一片空寂。瓢泼大雨从科尔多瓦城的上空倾泻下来,一道又一道的闪电照亮了一个男人的侧影,他在那座曾经是全世界最雄伟的壁龛前长跪不起,他的脑中酝酿着一个计划,或许这样就可以将天主教徒与穆斯林重新联结在一起。

52

1588年，格拉纳达

埃尔南多接受了堂·佩德罗·德·格拉纳达的邀请，在堤洛之家住了下来。他借口要去为教士会调查阿尔普哈拉斯的殉难者，带着那张通行证离开了科尔多瓦。他走上了那条阴森的道路，当年摩里斯科人大迁移的时候，这条路上曾经尸骸累累；由于这次他是独自出来旅行，他曾经考虑过是否要换条路，以绕开那段令人心酸的回忆，可惜选择另一条路就意味着旅途要加倍，他最终还是放弃了那个主意。三月给田野带来了生命，再次经过小胡马姆的坟头时，伴随着他的祷告的还有夜来香的香气。对埃尔南多来说，他已经将他的家人全都葬在了这里。等他最终到达格拉纳达的时候，提前接到通知的卢纳和卡斯蒂略已经在等候着他了，后者也是刚刚从埃斯科里亚尔抵达这里。

待他们把金色大厅的大门锁好，埃尔南多从随身物品中掏出了一个涂着沥青的铅箱。他将箱子打开，郑重地从中取出一块布、一块画着圣母像的木板、一根骨头和一卷羊皮纸。他把这些东西都放在了那张细木工艺的矮桌上。

站在桌旁的四人沉默了几秒，他们的视线全都固定在那几个物件上。

"我找到了一张古旧的羊皮纸，"埃尔南多给他们解释起来，"就在公爵府的尖塔里，这应该是哈里发时代的东西，也就是曼苏尔将军的恐怖统治临到伊比利亚半岛的那段时期。"说着他朝卢纳笑了笑，"我只是把其中有字的那部分裁了下来，剩下的部分就像新的一样。"他把那卷羊皮纸摊了开来，然后拎着上边的两角将它展示给另外三个人看，"看着就好像国际象棋的棋盘。"他低声说道。

羊皮纸上的文字被分成了上下两个部分：上边那部分共四十八行二十九列，每个格子都被一个阿拉伯语字母占据；下边那部分则有十五行十列，每个格子中写着一个阿拉伯语单词。那些字母与单词是用红色与褐色墨水交替书写的，其中几乎不存在任何元音字母和标音符号。卢纳和卡斯蒂略细细观察着上面的字迹，他们的脸都几乎要贴到那卷羊皮纸上了。

"使徒约翰的预言,"卡斯蒂略高声念出了纸卷顶部用阿拉伯语书写的注解,"关于人类的毁灭与审判,在此之后的统治,直到在其慷慨激昂的福音书中提到的那一天。由上帝忠实的仆人、亚略巴古的大法官戴奥尼修斯①自希腊语解译。"读罢,翻译击节称赞,"太棒了!那其他的那些注解写的又是什么呢?"他指着羊皮纸底部和侧边上的几行文字问道。

"要是你把它们合起来看,大概可以推论出一个所谓的预言,雅典主教戴奥尼修斯把这则预言告诉了圣塞西利奥,圣塞西利奥又将它从希腊语译成了阿拉伯文。这则预言说的是伊斯兰教的降临、路德教徒的分离、天主教遭受的苦难以及它将会解体为数个派别;可是它同时讲到,将会有一个王站起来统治世界,让所有的人重新归信同一个宗教,并惩罚那些用恶行玷污了宗教之名的人。"

"赞!"佩德罗·德·格拉纳达鼓起掌来。

"那最底下的这个签名又是谁的呢?"卢纳问道。

"格拉纳达主教圣塞西利奥。"

"还有这些东西呢?"卡斯蒂略指了指桌上另外的那几样东西。

"据羊皮纸的记载嘛,这就是圣母玛利亚的头巾,"埃尔南多指着那块三角形的布片说道,"耶稣受难的时候,玛利亚还用它给儿子擦过眼泪呢。这个是圣母的画像。还有那个,那个是圣司提反②的遗骨。"

"太遗憾了!"堂·佩德罗叫了起来,"那最终天主教徒们还是没能得到他们心心念念的圣塞西利奥的遗骸啊。"

"那圣塞西利奥也不能一边写着羊皮纸一边就奉献了自己的尸骸啊。"埃尔南多笑道。

"这就是块普通的头巾嘛。"卡斯蒂略用手背拍了拍那块布。埃尔南多点了点头。"我能知道你是从哪儿弄来的这些玩意儿么?"

"那块木牌子本来是供在科尔多瓦一个圣母祭坛上的,我就图个方便借来用用。后来我用布把它包了一下,又把它扔到牧场的一个污物里去放了一段时间,这样看上去就有点像是古代的东西……"

"好主意。"卢纳夸奖道。

"关于各种东西放到污物里会产生怎么样的效果,我还是略微知道一点的。"

---

① 约生活于公元一世纪的雅典人,因使徒保罗在亚略巴古城的讲道成为基督徒,后被教会推崇为雅典的主保圣人。
② 曾是助祭,是基督教会首位殉道者。

埃尔南多解说道，"至于骨头和头巾嘛……我雇了波特罗广场上的几个流浪汉帮我到恩典之野去挖尸体，他们掘了好几个坟头才找到这么一根干净的骨头和一块头巾……"

"他们这样不会认出你么？"卡斯蒂略插了一句。

"不会，那是大晚上，而且自始至终我都蒙着脸。他们还以为我是要用这些东西来搞什么巫术的呢。谁都不会把这事跟我们的计划联系起来的，我当时可是背着一堆骨头回家的啊！"

"那现在呢？"堂·佩德罗问了起来。

"现在嘛，"卡斯蒂略答道，"我们得找到合适的方法把这个信息，也就是我们的第一个信息，去传达给天主教徒。就我的理解啊，这只不过是一个庞大的计划的第一步，我说得没错吧？"埃尔南多点了点头，对翻译的话表示同意。"我们先看看教会会作何反应吧，现在这位格拉纳达的主保圣人、他们最尊敬的主教大人可是在用阿拉伯语跟他们说话……"

"还说了预言呢。"埃尔南多补充道。

"预言么，他们肯定会往着对他们有利的方面进行解释的，这一点你根本不用怀疑。"

"是你跟我说叫我写得越模棱两可越好的。"埃尔南多埋怨道。

"是啊，这是必须的。重要的是把疑惑散播出去。解释预言的时候，肯定会有人向着教会，但也肯定会有人与他们意见不一，争论就将由此而起。在这片土地上，要让人跟人吵起来实在太容易了，只要一个人说了些什么，就会有人起来反对他，哪怕只是为了吸引眼球。我敢肯定，到时候国王会把我和米盖尔召去翻译这份羊皮纸，那时就轮到我们发挥了。如果我们现在把文字写得特别精确，把一条明显有利于伊斯兰教的消息传播出去，教会肯定会从一开始就认定它为异端，那到时候也就没啥可争的了。其实有很多人都懂阿拉伯语的。这条信息，再加上你发现的那本福音书的内容……对了，那本书你带来了吗？我想看看。"

"没有，不好意思。"埃尔南多跟翻译道歉，"我还没抄完。我不敢把那份原抄本拿出来，生怕出点什么问题。"

"嗯，你做得对。那好，就像我刚才跟你们说的那样，那条信息，也就是我们的真理，应该要在我们最大限度地引发了争议的情况下再被发送出去；我们必须把准备工作做深做细。那现在的问题依然在于我们要拿这堆东西怎么办。"卡斯蒂略指了指桌上的那些物件，"我们怎么才能让那些天主教徒顺利发现它们呢？"

"最近杜尔皮亚纳塔正在施工，他们要拆除那座古尖塔。"堂·佩德罗提了一句。

"这地方倒挺理想,"卢纳支持佩德罗的想法,"大清真寺的古尖塔。"

"那什么时候动手呢?"卡斯蒂略又问起来。

"明天就是大天使加百列的祭日。"埃尔南多微笑着。

四人互相交换着眼神。加百列也就是他们的哲布勒伊来,是穆斯林最重要的天使:正是他将启示传递给了先知穆罕默德。

"毫无疑问,真主与我们同在。"堂·佩德罗祝贺着他们自己。

卡斯蒂略找来了写字用的东西,随后请求埃尔南多让他在羊皮纸上用拉丁语和西班牙语加上几个句子,特别说明会将这份文件藏匿在杜尔皮亚纳塔里。埃尔南多做了个悉听尊便的手势,欣然答应。

其余的人默默看他完成了使命。

"这下那些天主教徒就更摸不着北了。"翻译一边说一边把墨水吹干,"明晚,我们就到那座塔去。"

与杜尔皮亚纳塔一样,山城中圣何塞教堂的钟楼也曾是格拉纳达最古老的清真寺莫拉比丁清真寺的尖塔;只是在这里,天主教徒拆除的是清真寺,而那座穆斯林的尖塔则依旧巍然耸立。一大清早就能感觉到,今天将会是炎热的一天,埃尔南多早早地就起了床,绕着那座寺庙转悠起来。昨天晚上在回屋睡觉之际,趁着屋子里只有他和堂·佩德罗的当儿,埃尔南多问起了堂·庞塞·德·埃尔瓦斯的事情:他想知道他与伊莎贝尔的那段风流韵事究竟有没有造成什么后果。

"啥事儿也没有。"贵族答道,"我早就跟你说了,那位法官大人唯恐这样的丑事传出去。你就放心好了。"

埃尔南多沉醉在那座尖塔上用粗糙的方石和石板拼接成的凸面石砌里。其中一面侧墙上,一道马蹄形的拱柱吸引了埃尔南多的视线,如此精美的窗户,分明就是穆斯林建筑的杰作。他想象着报时人在尖塔上召唤着祷告的场景,差点没认出那两个女人的身影,她们刚刚结束了弥撒,与其他教民一起走出了那座教堂的大门。可是,即便有那条精致的黑丝头巾的遮挡,伊莎贝尔的长发还是在阳光下泛着微光,如暗夜中的流萤。望着她那拒人于千里之外的面容,看着她举手投足中透出孤高的贵族气息,一阵寒战侵袭着埃尔南多的身体。堂娜·安赫拉走在了她身旁,一双警觉的眼睛,一副峻厉的表情。两个女人都没有注意到他,她们静默地走着,目光直视着前方。埃尔南多在一栋摩里斯科小屋的房门后躲了许久,见到她们朝着庄园的方向缓缓走去。昨夜,赤光粼粼的阿尔罕布拉宫又一次给他的心插上了翅膀,把他的激情唤醒。他紧盯着伊莎贝尔的背影,在人群中跟了她们好一段距离。

他能做些什么呢？堂娜·安赫拉绝不会允许他与伊莎贝尔交谈，等她们进了庄园，他甚至都无法接近她。他走向四个拖着鼻涕在街上吊儿郎当的小屁孩，从包里掏出一个里亚尔在他们眼前晃了一下；孩子们即刻围了上来。

"看到那两个女人了吗？"埃尔南多用手朝那边指了指，小心留意着，不让周围的行人发现他的意图，"你们跑过去，撞一下长得比较矮的那个，然后尽量拖住她。至于另外那个，一根汗毛也不要碰。听明白了吗？"

四个孩子都点了点头，最大的那个抓起了硬币，也无须设计什么方案，四人就齐刷刷地冲了出去。埃尔南多也匆忙朝那个方向赶了过去，一边躲避着沿途的男男女女，一边掂量着自己的行为：会不会太过分了点？法官的表姐年纪也一大把了……

巷子里响起了一个女人的尖叫声，堂娜·安赫拉被一下子撞飞了出去，直挺挺地倒在地上，摔了个狗啃屎。埃尔南多摇了摇头。事到如今也无计可施了！孩子们根本无须再去吸引堂娜·安赫拉的注意力了：一大帮路人已经围了上来，被群起而攻之的四个男孩在一片咒骂声中四散奔逃。埃尔南多也靠了过去，两个人正扶堂娜·安赫拉起身，其他人则站在原地看着，还有几个到了这会儿还在朝男孩们跑远的方向叫骂着挥舞着拳头。伊莎贝尔俯身探看着堂娜·安赫拉，当人们托着老妇的腋窝把她拽起来的时候，伊莎贝尔仿佛察觉到有人正在看她，于是她站起身来，扫视着周围的人群，直到与埃尔南多四目相接。埃尔南多就站在她的面前，被一男一女两个看客夹在了中间。

两人对视着。伊莎贝尔像是被包裹在光晕之中。埃尔南多正犹豫着自己该做点什么：朝她微笑？给她一个飞吻？绕过人群，抓起她的胳膊把她牵走？还是就在这里喊出来他需要她？最终，他什么也没有做。伊莎贝尔也是一样。他们只是久久凝望着对方，直到堂娜·安赫拉终于能够自己在平地上站稳。当有个女人过来帮法官的表姐拍裙子上的灰尘时，埃尔南多稍稍分了一下神，这位古板的妇人挥手拒绝了路人的好意，她只欲速速逃离这样狼狈的局面。当再次将视线转回伊莎贝尔脸上的时候，埃尔南多发现她的眼眶都已经湿润了；她的下巴和下嘴唇都在微微颤抖。埃尔南多朝她挪了半步，正当他推挤着挡在眼前的人想走到她的身边时，他看到姑娘向他轻轻地摇了摇头；她的表情中蕴含着千言万语，震慑着他的心魄，潜入到他的骨髓之中。随后，在刚才帮忙拂拭着裙上灰土的女人的陪伴下，两位贵妇人继续走上了回家的路：堂娜·安赫拉一边抱怨着，一边一瘸一拐的；伊莎贝尔则噙着泪水。

埃尔南多推开了面前已经开始散开的人群，跟在她们后面走了几步，伊莎贝尔转回头来的时候就看到了他。

"姐，您先往前走着。"说着，伊莎贝尔示意搀扶着堂娜·安赫拉的那个女人不用等她，"刚才混乱的时候我好像把头巾的别针掉在那儿了。一会儿我就会赶上来的。"

埃尔南多见伊莎贝尔向他走了过来，他本想在她脸上分辨出些许欣喜的神色，但待她走到近前时，他却只看到了姑娘眼中夺眶而出的泪水。

"你来这里做什么？"她的声音细得快要听不见了。

"我想见你。我想跟你说话，我想……"

"没有可能的……"她的话音断断续续，"别再来闯进我的生活了。为了忘记你，我耗尽了一生的力气……看在上帝的分上，别再说了！"见埃尔南多靠过来想在她耳边说些什么，伊莎贝尔乞求着他，"别再折磨我了。放过我吧，我求你了。"

伊莎贝尔没有再给他机会辩驳，她回过身，匆匆朝堂娜·安赫拉那边赶了过去。

伊莎贝尔回绝他的话纠缠了他整整一天。入夜了，在堂·佩德罗、卡斯蒂略和卢纳的随同下，埃尔南多绕过生丝市场，抵达了那道司丝①之门前；从这里可以远远望见那座在建中的大教堂。他们背后就是著名的丝绸交易区，有近两百家店铺簇拥在那几条狭窄的巷子里。这里没有住家，晚上空无一人，十扇大门都会被紧闭起来，由一名警卫看守着所有的店铺以及那栋用于征收丝绸交易税的海关大楼。

杜尔皮亚纳塔作为原格拉纳达大清真寺的尖塔，就竖立在司丝之门的正前方。大清真寺已被改造成天主教的圣器堂，而这座高度略超十三巴拉的方塔则被改建成大教堂的钟楼。可是就在这年一月，天主教徒另筑了一座宏伟的三体钟塔，那么杜尔皮亚纳塔就变得无用武之地，而且还成了大教堂扩建工程中的挡路石。

从埃尔南多一行所在的拱门处可以纵览这片地区的全景，前头学院院墙上的火炬与监工们手中的火把将周围的一切微微照亮。在他们面前有一个广场，左手边坐落着皇家学院和圣卡塔琳娜学院，右手边离广场稍远的地方则是那座在建中的大教堂。其实大教堂真正建完的部分也只有新钟塔、半圆形的后殿以及那道拱窗走廊而已，所以在这座与广场毗邻的钟塔和位于另一头的主祭坛之间是一片巨大的开阔地。古清真寺及其尖塔的所在地就位处新钟塔的正对面，离埃尔南多他们不过几步之遥。

---

① 格拉纳达生丝市场负责接收、保存、拍卖生丝，并收取相关税收的官员。

杜尔皮亚纳塔的拆除工作可谓一丝不苟。为了之后可以对塔身的方石进行再次利用，拆卸工作是从上往下一块块石头地有序实施的，这样操作也不会对大教堂的外墙造成丝毫损伤。四人凝神注视着那座尖塔，同时就有看守们的谈笑声传到了他们的耳朵里，估计那些人是聚在了教堂的核心区域，所以他们并没有出现在四人的视野里。

"不能让他们看见我们。"卡斯蒂略低声说道，"不能让别人把我们今晚的行动与那个箱子联系起来。"

"守备太严了，"堂·佩德罗有些泄气，"这样我们是不可能不被发现的。"

四人都不说话了，只有看守们的喧哗声敲打着现场的冰寂。埃尔南多将那个涂着沥青的箱子藏到了斗篷下面，他呼吸着那股弥漫在街头巷尾的生丝气味，每每阿尔普哈拉斯的妇女们煮着蚕茧纺着纱时，埃尔南多总能闻到相同的味道。为了忘记你，我耗尽了一生的力气，伊莎贝尔竟这样对他说。想到这里，埃尔南多的脑海中浮现出了伊莎贝尔再次回到堂·庞塞怀中的景象……

"埃尔南多！"卡斯蒂略在他耳边呼喊起来，"我们该怎么办？"

我们该怎么办？埃尔南多在心中默念着。此刻的他只想攀上法官府邸的墙头，钻进伊莎贝尔的卧室，然后……

翻译摇晃着他的身子。

"我们该怎么办？"卡斯蒂略又问了起来，他不由得提高了音量，终于令埃尔南多回过神来。"这儿守卫太多了。"翻译说道。

一个贵族老爷外加两个读书人！怎么能指望他们想出什么鬼点子呢？

"确实，"埃尔南多承认，"看着像是有不少人，可他们看守的并不是杜尔皮亚纳塔，那塔里又有什么值得看守的东西呢？他们只用守着大教堂就行了，这才是他们的任务。"埃尔南多想了想，又说，"这样，你们从教堂旁边绕过去，走到另一头，等你们到了监狱街，就佯装吵架。然后我这边一听到你们开始吵起来了，就开始登塔。"

听到埃尔南多的提议，另外三人的脸上都露出了如释重负的表情，只见他们即刻朝比巴兰布拉广场跑了过去，奔到了教堂前的监狱街。刚与三人分别，埃尔南多的思绪就再次回到了伊莎贝尔身上：她的拒绝是否意味着，今后自己再也不能与她说话了？平心而论，他又是否真想再次见到她呢？还是说，那股激情只是阿尔罕布拉的幻光在他心中映出的海市蜃楼？埃尔南多闭上眼睛，一声叹息。

远处传来的吵嚷声让埃尔南多回到了现实。"圣地亚哥！"冲锋的口号在静夜中显得格外的嘹亮。埃尔南多两记小跳就让自己贴到了清真寺的外墙上，借着圣堂在地上投下的阴影，他小心翼翼地挪动着自己的身体。广场上没有任何可以进到塔里的通道，尖塔的入口一定就在大清真寺的内部；他经过了杜尔皮亚纳塔又继续往前走了一段，溜到了那块正在建造着大教堂翼部和中殿的开阔地上。教堂的另一头已经有点点火光在闪烁，听到吼声与刀剑声的守卫们都跑出来，观赏着监狱街上的这场殊死对抗。埃尔南多绕着杜尔皮亚纳塔转了一圈，终于在几块基石之间找到了那扇小门，逼仄的楼梯只比两掌略宽，埃尔南多几乎是侧着身爬到了塔顶。格拉纳达的夜空再次显露在了他的眼前。堂·佩德罗与同伴们的喊叫声还在继续着，但身在高处的埃尔南多已经听不见了：他俯视着阿尔罕布拉，他鸟瞰着整个格拉纳达！祷告报时人曾经多少次从这里召唤着所有的信徒！"安拉至大！"手捧铅箱的埃尔南多大声呼喊着。他借着月光在顶层的方石中找寻起来，定会有一块松动的石头刚被卸到一半。他找到了那块石头，把它搬了下来，他在黏结石料的石膏层中刨出了一个小洞，又把带来的那个箱子嵌进了小洞里面。然后他重又把那块石头盖上，原路返回到生丝市场前面。现在他要做的是经比巴兰布拉广场去到那条监狱街上，他要去制止那场由他一手导演的世纪大战。

53

　　1588年的5月之初，就在西班牙皇家舰队从里斯本起锚剑指英格兰的几天前，腓力二世国王特别致信格拉纳达大主教，感谢这位老友派专人将圣母玛利亚头巾的半截送到了他位于埃斯科里亚尔的宫殿，同时，国王陛下代表他治下的所有王国为一具如此珍贵的圣骸的出土表达了他内心最真挚的祝愿。就在杜尔皮亚纳塔的拆卸工发现了埃尔南多所藏的那个铅箱，将箱子中圣母的头巾、圣·司提凡的遗骸和有圣·塞西利奥签名的羊皮纸公之于众后不久，格拉纳达的天主教徒就全都沸腾了起来。千百年来他们苦苦追寻着关于圣塞西利奥的点滴消息，矢志不渝的他们终于等到了如愿以偿的这一天。当格拉纳达的天主教徒们最终发现他们的城市在被穆斯林占据之前就和西班牙任何一个大都市一样拥有光辉的天主教历史时，城中老百姓的宗教狂热就瞬间带上了一种连教会都无法抹去的神秘主义色彩：自那时起，就不停有人发誓说自己看到了神秘的火焰、奇异的景观、圣人的显现和其他五花八门的神迹。格拉纳达大教堂已经拥有了自己的圣髑，格拉纳达的天主教徒们在言语之外终于拥有了些许别的东西来支撑自己的信仰！

　　见到城中仅有的两个摩里斯科乞丐在自己手中的钱币前闪电般地合上手，阿以莎只觉目瞪口呆；那两双满是油污、战抖着的手刚才还在科尔巴切之门旁边大大摊开，向集市街上来来往往的行人乞要钱财。那枚勃兰卡还捏在阿以莎的拇指与食指之间，那个要饭的却只是朝她脚下唾了一口便转身走开了；一眨眼的工夫就有四五个天主教乞丐围了上来，争相讨要阿以莎手中的那枚铜币。阿以莎呆滞地站在了原地：穆罕默德的律法要求穆斯林乐善好施，却从未叫他们施舍给那些天主教徒；尽管如此，当她看见刚才那个侮慢过她的摩里斯科乞丐此刻又向别人乞要起恩赐，不知所措的阿以莎还是任那枚钱币落到了在她面前不住摇晃的其中一只手上。

　　连这些叫花子都开始看不起她了！她拖着步子朝胡安·马尔科的纺织工坊走去。拿撒勒女人！有人已经开始这样称呼她，因为不久前，那条与她儿子有关的消息就传遍了科尔多瓦上下——埃尔南多正在出卖他同族的弟兄，他正在协助教会调查阿尔普哈拉斯之战中摩里斯科人的罪行！这些年来，经历了格拉纳达大流放的这些人的经济状况有了显著的好转：相较于天主教徒们的懒散，摩里斯科人的勤勉叫他们逐渐富裕了起来。之前为了微薄的几个工钱做着苦力的那些人，这会儿也有不少拥有了自己的工坊；他们中的大部分人在正常工作之余还会通过农耕来填补自己的收入，他们在城郊瓜达尔基维尔河沿岸的小片耕地上了各种瓜果与蔬菜。与别处一样，见不得好的科尔多瓦各大行会向政府提交了申请，要求让那些新天主教徒止步于工薪阶层，禁止他们从事手工业或商业活动；可最终这样的申请都落得竹篮打水一场空，因为市议会实在不愿意去扼杀由摩里斯科人带来的贸易的繁荣。正因如此，旧天主教徒与新天主教徒之间的矛盾日久弥深。

阿以莎四十七岁了，她只觉得自己老朽而孤独。特别是孤独。她仅剩下的那个儿子不过是个穆斯林的仇敌、伊斯兰的叛徒。不知道她另外的那几个儿子现在都怎样了？踏进那座阳光灿烂的纺织工坊时，阿以莎心想。沙米尔，还有法蒂玛和孩子们，不幸落入布拉希姆之手的他们如今的生活又会是怎样？一个个落寞而难过的晚上，她驱赶着脑中法蒂玛被布拉希姆强暴着的景象；她想到她的亲儿子沙米尔和她的孙子弗朗西斯科此时说不定还在哪条船上，被鞭笞抽打着划着桨，就像两个苦役犯一样。那些景象去而复来，是灾厄的群舞，将她一次又一次从梦中惊醒。穆萨、阿基尔！起义刚刚失败，他们就被天主教徒抢走，强迫改信了天主教，又被当成奴隶卖了出去。他们还活着吗？阿以莎用前臂擦拭着自己的双眼，此时她的泪花已经打湿了她的枕头。止不住的眼泪呵！为什么这双疲惫不堪的眼睛还有那么多的泪可以流？

的确，她赚得不少，可好像所有人都知道这是埃尔南多的功劳。自从她住的家里也有人小声喊起了"拿撒勒女人"那个绰号，她赚再多钱仿佛都失去了意义。再没有人和她说话了。一开始，他们削减了她的饭食，她忍了；随后，她在自己贮存粮食的地方发现了玉米面做的硬面包块，她也咽了下去，同时一如既往地给同住的人购买食物；再后来的一天，她发现她的房间里又住进了一家五口，她还是没说什么，与以往一个人住时支付着相同的房租。要是他们把她赶出去她该怎么办？她能去哪儿？又有谁会收容她呢？即便再有钱，她也只不过是别人眼中的那个拿撒勒女人，在这里至少她还有一个屋檐可住。又有一天下班回到家，她看到她的一家一当都被扔在了门厅，于是自那之后的一个个漫漫长夜，她就独自蜷曲在了那扇大门之后。

在纺织工坊的后部，有四台织布机正在织着塔夫绸，阿以莎走到了她的工位上，她的面前已经摆了好几个丝篓。篓子里按颜色堆着各种预染好的丝线：有深有浅的蓝绿色、金色、西班牙最著名的鲜红，还有珍贵的洋红——染料必须提取自生活在圣栎树上的胭脂虫，而不能使用苏木的红。阿以莎的工作需要把丝绕在纡子上，将线头理好，然后布好经线：她要按顺序排列好一根根相同长度的丝线，然后将它们绷在织布机的铁纺锤旁。阿以莎抓来一把小板凳，揉了揉酸疼的腰，在篓子前坐下。为什么全能的真主就这样抛弃了她？看着眼前的线桄子，阿以莎哀叹道。

在与西班牙一海相隔的柏柏尔，在得土安城那座奢华的宫殿里，法蒂玛正向一位犹太商人口述着信件的内容；她已经许诺给他一大笔钱，只要他能用阿拉伯语写下这封信，通过可靠的人将它送到科尔多瓦，再将答复带还给她。

"挚爱的丈夫，"法蒂玛用颤巍巍的声音开始了她的口述，"愿秉公裁决的真主与你同在，愿亲切和蔼的真主赐你平安与祝福……"

法蒂玛的叙述卡住了。她要对那个整整七年未能谋面的男人说些什么呢？要怎么才能说得出口呢？她曾经为此准备了许久，她在回忆里、在欢笑与泪水中斟酌着这封信的内容，可到了这会儿动真格的，她却词穷了。那个犹太人也年事已高，他颇为平和地抬起头，注视着眼前的这个女人：她美丽而高傲，坚强而冷峻，她骨子里透出的那种严苛这会儿却在迟疑面前屈服让步。他见她在屋中踟蹰左右，在那道连接着房间与庭院的拱门下面来回踱步；她把戴满戒指的左手放到了嘴唇上，不一会儿又叉着双手把胳膊抱在了胸口；她向远方的天空大大地展开了双臂，仿佛这样就可以将那些遗落的语词重新拉回心中。

"夫人，"暂时担任着速记员的商人毕恭毕敬地说，"我有什么可以帮您的吗？您想对您的爱人说些什么呢？"

法蒂玛的那双黑眼睛放着寒光，她冰冷的视线落在了这个犹太人身上；她差点说出这样的回答：一纸薄薄的书信装不下她所有想说的话。其实她只想告诉埃尔南多，布拉希姆已经死了，再没有人能够阻挠他们的幸福，只愿他快快赶来得土安与她再度聚首，她将在这里静静守候着他。可是，他会不会已经再婚了呢？说不定他早就找到了他的幸福？这都过去七年了……

整整七年的顺从与屈服！法蒂玛在商人面前站定下来。这位犹太老头依然在凝视着她，那支翎笔还牢牢地握在他的手中。

"是一声呐喊。"法蒂玛默念道。老人刚要将笔蘸到墨水里，法蒂玛却叫住了他："不，不用记。是一声呐喊唤醒了我，将我重新带回到我的生活。"

老人把笔搁到桌上，在椅子上端正坐好，勉励着这位女主人继续讲述她的故事。布拉希姆的死，他早有耳闻；全得土安都知道，这位海盗头子死于非命。

"'卑鄙的走狗！'"法蒂玛说了下去，"那时我听见沙米尔对纳西这样喊道。听到那声叱骂,我才突然意识到,一次次袭击着天主教徒的船只,一回回劫掠着安达卢斯的海岸,这个被海上的骄阳晒得黝黑的十六岁男孩已经在持续不断的历练中变成一个真真正正的男子汉。那件事就发生在院子里,就在那儿。"女人用手指了指那方在檐廊遮盖下的庭院,庭院正中由七彩马赛克拼成的那个圆形图案中央,有紧贴着地面的一个喷嘴将源源不断的泉水射向了天上。"面对这样的辱骂,我只看见纳西,那个比沙米尔整整大十岁、穷凶极恶、丧尽天良的得土安海盗,把手按到了他的弯刀上。我怕得浑身发抖。这种揪心的感觉自我踏入这座不幸之城的第一天起就一直没有停止过。此时我的小阿卜杜勒也过去站在了沙米尔一边,他那双大大的蓝眼睛里燃烧着愤怒的火焰。纳西向孩子们挥舞起大刀,刀刃上的寒光跳动着,迷晕了我的眼。我那会儿应该是昏了过去。"法蒂玛的讲述停了下来,她沉浸在回忆里;这会儿连那个犹太人也吓得一动都不敢动。乍然间,女主人的目光朝商人这边射了过来:"你知道么,埃夫拉因?真主至大。只见沙米尔和阿卜杜勒向后退了两步,但他们并非我想的那样是要退缩,而是不约而同地拔出了他们的剑。他们肘贴肘、脚并脚,就像合二为一了一样,将脚跟稳稳踏在了地上,脸上没有一丝畏惧。沙米尔命令阿卜杜勒退下,让他独自应战。我儿子照做了,他一个转身守护着沙米尔的后方,就像这个动作他已经练过无数次一样。'走狗!'沙米尔又骂了一声,同时把弯刀紧紧握在胸前。'蠢猪!'他继续用嘴巴朝纳西开炮。

"被狂怒灼瞎了双眼的纳西直直朝小伙子冲了过来,但沙米尔像只灵巧的猫闪身躲过了那一击,又用手中的剑猛砸了一下纳西的那把弯刀。我还记得……还记得钢刃撞击时发出的那声巨响让院里的柱子都跟着震了起来,而接到这个信号的小阿卜杜勒回身就是一击,将已无力支撑的纳西的武器一下子打飞到地上。就在倏忽之间,两个孩子又站好队形,他们专注地举着武器,脸上带着微笑。他们在微笑!就好像全世界都已被他们踏在了脚下。'虽说你就是头猪,可要是你不想像猪一样死去的话,最好捡起你的武器,像一名真正的穆斯林战士一样跟我战斗。'沙米尔是这样对纳西说的。"

法蒂玛顿了一顿,她将视线投向了那个庭院,像是在重现着当时战斗的场景。

"夫人……请继续。"等了十几秒,见法蒂玛没有要讲下去的意思,那个犹太人恳求道。

法蒂玛不失眷念地笑了笑。

"那阵骚乱惊动了我的丈夫,"法蒂玛接着刚才的话往下讲,"他拖着他那坨烂肉走到了院子里,制止了争吵,还分别请沙米尔和阿卜杜勒吃了耳光。'这里可是我的家,竟在我家里敢跟我的代理人作对,你们怎么想的?'他冲孩子们吼道,'废渣！'他还朝他们脚下吐了口口水。可在那一刻，我却看到了在两个孩子脚下展开的宇宙，他们在向世界微笑，带着男人所应有的自豪……日复一日，被沙米尔和我儿子的男子汉气概所激励，我逐渐重拾起我的自尊，而就在几天之后的一个晚上，当他们四人正吃着晚饭，毫无防备地坐在矮桌旁的几个垫子上的时候，我独自闯进了饭厅，叫那几个仆人和奴隶暂时退下。我还记得布拉希姆脸上那抹骇怪的神色。他无论如何也料想不到接下来将会发生在他身上的事情。'我有件急事要跟你们讲。'我就这样大大方方地说道，随后我从衣服里抽出了那两把事先藏好的匕首，将其中一把抛给了沙米尔，而将另外那一把紧紧地握在了手中。纳西迅速从地上弹了起来，可布拉希姆丝毫来不及反应，还没等到他的代理人跑到我这边，我已经将那把短刀扎进了他的胸膛。"法蒂玛还在盯着那个犹太老头，那一刻她的目光中充满着挑衅，脸上毫无表情，声音是刺骨的冰凉，"沙米尔稍稍愣了一下才明白究竟发生了什么事，不过当他回过神来的时候，他抄起那把匕首就截住了纳西的行动，同时我儿子阿卜杜勒也朝那个男人扑了过去。"

法蒂玛陷入了几秒钟的沉默，当她再次开口的时候，她的话语宛若低回的呢喃。老人只是望着她那张木然的脸：在那双美丽的黑眼睛后面还隐藏着多少秘密？

"我丈夫不是当即死去的。我只是个弱女子，动作也并不熟练，可是，那一击足以让他痛得无法自卫。为了不让他叫唤，我又往他嘴里捅了一刀；随后我把匕首插进了他的断臂，在里面搅动着，把刀子一直推到了他的手肘。那血流了好久。流了好久好久……他就不停地哼哼。看着他的生命一点点地逝去，我也记起了我这一辈子经历的种种磨难。我就这样一直盯着他看，直到他咽气。他是失血过多死的，就像一头猪一样。"

"妈！你都做了些什么？"阿卜杜勒喊了出来。

小伙子睁大了眼睛，呆望着倒在垫子中的布拉希姆是如何将他的左手挪到了前胸的伤口上；鲜血噗噗地从他身体里涌了出来。

法蒂玛没有回答，她只是做了个噤声的手势：布拉希姆还在那条昂贵的地毯上做最后的挣扎呢。

"沙米尔。"当她可恨的丈夫终于断了气的时候，法蒂玛坚定地对沙米尔说道，"从今天开始，你就是一家之主。这个家里所有的东西都归你所有。"

沙米尔手中的匕首还紧紧地抵着纳西的脖子，他实在无法将自己的目光从父亲身上转开；阿卜杜勒则紧张地屏住了呼吸，他一会儿看看布拉希姆，一会儿又望向沙米尔。

"他不是个好人。"面对缄默的沙米尔,法蒂玛劝说道,"他毁掉了你母亲的生活,也毁掉了我的生活,还有你们的……"

光是提到阿以莎就足以让小伙子有所反应了。

"我们现在怎么办?"他问着,就把锋利的刀刃重重地压在了纳西的颈动脉上:也让那位主子在黄泉路上有个伴儿吧。

"你们两个,"法蒂玛吩咐着沙米尔和阿卜杜勒,"把布拉希姆的财宝收好,躲到港口去,预备好所有的人员和船,随时准备起航。你们就在那儿待着,等着听我的指示。还有你,"法蒂玛走到了纳西面前,"你立刻到领主那儿去,跟穆哈迈德·纳克西斯说,大海盗布拉希姆之子、现在也是家主的沙米尔宣誓效忠于他,我们所有的船舰与手下悉数听候他的调遣。"

"要是我说我不愿意去呢?"纳西还在发着狠。

"宰了他!"法蒂玛背转过身去。

顷刻间传来的匕首拉开代理人喉咙的声音着实把法蒂玛吓了一跳,她本想看看死到临头了这个男人会怎么求她,不想沙米尔连一句话的时间都没有给他留下。法蒂玛立即转过头去,眼看着那个被割破了喉咙的代理人顺着沙米尔的身体缓缓滑倒在地上。

"他不是个好人。"沙米尔的话简短明了。

"好,"法蒂玛许可了沙米尔的行动,"反正事情也不会因此发生任何变化。照我刚才说的去做吧。"

日出时分,沙米尔和阿卜杜勒背着布拉希姆所有的金银财宝与契约文书向港口进发。法蒂玛已令两名仆人将尸体清理好,把饭厅打扫干净。当晚她就到了宫殿的耳房里,将布拉希姆的死通知给了他的二老婆,她什么具体细节也没透露,只是强调说沙米尔现在已经成了一家之主。那女人低下头,没有说话;她也知道,现在的自己只能指望着那个视法蒂玛为母亲的年轻人能够怜悯她、善待她。

一大早,法蒂玛易服更衣,便出发去往了穆哈迈德·纳克西斯的宅邸。十六世纪初,这座城市原属于菲斯王国管辖,在被摩洛哥占领,又独立了一段日子之后,这里再次被别国的军队攻下。中央权力极为脆弱,时不常地会有流言传到布拉希姆的宫里,说纳克西斯家族希望能够宣告自立,一举脱离上头的辖制;就连布拉希姆本人也对此发表过意见,纳克西斯是他生意上的竞争者,若是此人能够成功夺权,势必会对他今后的发展造成极为不利的影响。虽说身为女人,法蒂玛还是受到了领主的接见。纳克西斯家族与布拉希姆因私掠地盘之争积怨已久,仇敌的老婆亲自前来求见实在是个奇怪的信号,这也引起了这位家主的好奇心。

"那布拉希姆呢?"听到法蒂玛以沙米尔的名义宣誓效忠于他,穆哈迈德·纳克西斯疑惑地问道。

"死了。"

领主从上到下打量着法蒂玛,心中的倾慕全都映在了他的脸上。站在他面前的是全得土安最美丽的女人,而现在,她又成了城中的头号富孀。

"那他的代理人呢?"他问道,假装接受了法蒂玛简单得不能再简单的回答。

"也死了。"法蒂玛答道,字字铿锵;尽管如此,她却一直低着头,就像一个恭顺的穆斯林女人应该做的那样。

死了?领主揣度着。"就这么完了?那你跟这两个人的死又有什么关系呢?"

男人望着法蒂玛,眼神中带着些许敬畏。她继续说了下去:直截了当,没有任何拐弯抹角。听完讲述,领主愣了十好几秒才决定不再追问下去,他接受了这个慷慨的寡妇对他自立门户的援助。

又一天过去了,此时的法蒂玛走在一群哭丧妇中,她们穿着粗布衣服,用烟油涂黑了面孔,为死者诵起了诗篇与挽歌。每念完一首诗,唱完一段挽歌,妇人们便哭天喊地;她们挠伤了自己的脸,抓烂了自己的胸,扯飞了自己的头发。这样的丧葬仪式一连举行了七天。

犹太商人抬起头,与法蒂玛四目相对;两人都知道,刚才的那番吐露在任何一个地方都不可能再听到第二遍了。睁大眼睛、竖起耳朵、管住嘴巴:这是他在很早以前就学会的道理,正是因为谨言慎行,他的民族才得以生存、得以立足;他本就持守着这一准则,更何况如今这样的小心可以为他带来大笔的财富。

"夫人……"于是那位商人指了指面前那张空白的信纸,低声唤道。

法蒂玛叹了口气。是啊……是时候了。她用掷地有声的语调,毅然开始了她的口述:

"挚爱的丈夫,愿秉公裁决的真主与你同在,愿亲切和蔼的真主赐你平安与祝福。"

54

上帝吹了口气,他们四散而逃。

英格兰女王伊丽莎白一世
命人在纹章上镌刻的铭文

三番五次的和谈也未能阻止在拉科鲁尼亚港口整整滞留了两个月的西班牙舰队在麦地那·希多尼亚公爵的带领下浩浩荡荡地驶向英格兰。圣克鲁斯侯爵在发兵前猝然离世,麦地那·希多尼亚公爵临时接过了指挥官的权杖。

堂·阿方索·德·科尔多瓦、他的长子以及包括管家何塞·卡罗在内的二十个仆人也坐在其中的一艘主舰上。他们带上了几十个大箱子,里面装满了各种随身物品、换洗衣裳、书籍篇章,甚至还有两整套的杯盘刀叉。

西班牙人是为了捍卫上帝之名而向英格兰宣战的,但在接二连三传来的战报中却丝毫看不到上帝的眷顾。舰队本欲与帕尔马公爵在敦刻尔克会合,共同登陆,一举攻下英格兰;可当他们在距离公爵大军不过二十五海里的加莱①停泊时,却鬼使神差地遇上了前来封锁敦刻尔克海湾的荷兰海军:无处登陆、无法会合、无力绕开封锁线的西班牙舰队成了不会移动的标靶,英格兰海军司令霍华德勋爵没有放过这个千载难逢的机会,他果断地向挤成一堆无法动弹的西班牙军舰放出了火攻船。

8月7日晚上,西班牙人只看见八艘无人操控、只靠海风与潮汐之力推进的供给船吐着长长的火舌从英国人的舰队中飞了出来;公爵紧急派出了几艘小艇,得以用长竿将其中的两艘支开,可另外的六台"地狱灶"直直冲进了西班牙人的船队,不加区别地向左右开着炮,将周围的船只炸成了一片火海。西班牙舰队的船长们纷纷把锚链斩断,夺路而逃,保持了一路的半月形战阵瞬间溃散。见敌军抛弃了他们最惯用也是最安全的阵形,英国人大举压上;一场血战之后,西班牙人已经被风势

---

① 今法国一城市。

推到了拉曼查海峡①以北。麦地那·希多尼亚公爵做了诸多努力，只为回到佛兰德斯沿岸，但猛烈的北风呼啸着，将公爵的计划变成了一纸空谈。同时英国人也不再追击，只在原地耐心守候着敌人原路返回。

几天之后，西班牙元帅下令将舰上的所有禽畜抛入大海；优质的木桶已于去年被德雷克焚毁大半，食粮和淡水在用桶板箍成的劣质替代品中迅速腐坏。黄热病与坏血病一天天地吞噬着船员的生命，为了还乡，残破不堪的船只只得向北绕过那未知的爱尔兰海岸。

9月21日，麦地那·希多尼亚公爵的船只在桑坦德②靠岸。为了不让它散架，整艘船被三条粗绳绑了起来，看着仿佛一件阴森的礼物；总司令本人也在床榻上奄奄一息。与它一起到达的还有八艘帆船。在那支由一百三十艘巨船组成的庞大舰队中，只有区区三十五艘能够有幸归来，在西班牙不同的港口登岸。一部分船只在拉曼查海峡一战中便沉入了大海；而还有一些、舰队的大半部分，则是在风暴的肆虐下被一股脑冲上了爱尔兰海岸——这座岛屿的西岸遍排着搁浅船只的残骸；另有许多船甚至下落不明。几日后，一封邮件被发往科尔多瓦：堂·阿方索与他儿子所在的那条船到现在还没有抵岸。

面对这样的消息，堂娜·露西亚规定，凡住在府里的，无论贵族还是仆从，包括埃尔南多在内，都得按照神父的命令，一日三次到宫中的礼拜堂去参加弥撒；而一天中剩下的时光，只有公爵夫人和绅士们在昏暗的大厅中时时吟诵的玫瑰经将宫中的死寂微微动摇。在整个公爵府范围内实行起了严格的禁食；阅读、舞蹈、音乐……一切的文娱活动都被强行画上了休止符。没有人敢离开这座宅邸，除非是去教会或是去参加宗教游行——自从得知本国的舰队惨败于英国海军之手，听到有那么多的船舰和船员宣告失踪，在西班牙的各个角落里都自发组织起了大规模的请愿活动。

"宽慰忧患之母玛利亚，高上仁慈之母玛利亚……"③

以公爵夫人为首，所有人都跪了下来，一遍又一遍地诵念起了玫瑰经。埃尔南多只是机械地重复着那无休止的陈词滥调，可在他的前后左右，那些平日里目中无人的贵族此时却是真心诚意地在向圣母祷告；他在他们的脸上看到了焦灼与不安：他们的后半生全得倚仗堂·阿方索的慷慨大方，若是公爵这棵大树倒了……

---

① 西班牙语中对英吉利海峡的称呼。
② 西班牙北部城市。
③ 原文为拉丁语。

"妹妹，你别担心，"一天午饭的时候，堂·桑丘安慰起了公爵夫人；与之前的丰肴珍馔相比，现在的餐桌显得一派寒酸：没有红酒，没有佳肴，只有一块鱼肉和一个黑面包，"如果你丈夫和儿子是被困在了爱尔兰海岸上的话，捕获他们的人肯定也会对他们多加照顾的。英国人可以用他们换来好大一笔的赎金呢，谁都不会伤害他们的。相信上帝吧。直到我们付清赎金之前，他们都会被安排好吃好住的；这就是名誉的法则、战争的法则。"

可是，随着从远方传来的消息不断抵达伊比利亚半岛，公爵夫人眼中因老绅士的这番话而闪现出的星点期盼也逐渐化为了无尽的绝望。时任英国驻爱尔兰部队总司令的威廉·菲茨威廉爵士手下只有七百五十名战士，光是用来应付那些尚还在奋力争取着自由的原住民就已经有些吃力，他无论如何也不能允许这么一大批敌军士兵进入他的领地，所以他万般决绝地下了这样一道命令：凡在爱尔兰土地上的西班牙人，一经发现，立即逮捕处决，不论其身份是为贵族、士兵、仆从或是苦役。

几个士兵有幸在爱尔兰贵族的帮助下绕道苏格兰逃了回来，他们向腓力二世的线人述说了那场骇人听闻的屠杀：英国人置骑士精神于不顾，没有表现出丝毫的怜悯，他们将所有流落彼处的西班牙人虐杀殆尽，无论其中是否有人举着白旗。

到了这会儿，埃尔南多也担忧起这个将他视为挚友的男人的命运，同时，他也开始为自己的未来忧心。他跟伊莎贝尔的那档子事令他与公爵夫人之间的关系继续恶化。跟堂·桑丘一样，公爵夫人再没有和他说过一句话；这位骄傲的贵妇都不愿正眼瞧他一下，埃尔南多仿佛成了那个生死未卜的男人为她设下的一块绊脚石。可能在其他情况下这也算不了什么，他本就厌恶这种虚伪而糜烂的生活，可是现在的他集公爵的宠信于一身，可以躲在他的图书馆里自由阅读几十本的藏书，能够全身心地投入到摩里斯科民族的复兴大业中，况且将羊皮纸藏到杜尔皮亚纳塔里的主意已经大获成功——这都是他所不愿意放弃的，即使长久以来他在公爵府中并不好受。教士会果然将那份羊皮纸的翻译任务交给了卢纳和卡斯蒂略，而埃尔南多则刚刚掌握了那种略微右倾的笔尖的削制方法，他终于在纸上绘出了如他想象中一般奇妙的文字，就好像他的右手在不期然间就自动侍奉起了那位真主。

那年9月，当全西班牙、包括他们的国王都在为无敌舰队的战败痛哭流涕的时候，一个来自得土安的犹太小伙子持伪造的通行证潜入了科尔多瓦城。他的证件上写着他是一名来自马拉加的油料商人，所以他成功地混进了一支塞维利亚商队里，顺利走进了这座城池。

小伙子徒步穿过了那座罗马古桥，在与几头骡子一起通过了卡拉奥拉塔的检查站后，他将目光投向了正前方位于城门之后的那座雄伟的建筑物。此时他想起了父亲的话。

"正对着古桥的地方，你会看见一座大清真寺，天主教徒们正在将它改建成一座大教堂。"临行前，父亲用心嘱咐道，他用西班牙语重复着法蒂玛的指示，让儿子尽可能地记起这种用得甚少的语言：只有在与那些来柏柏尔洽谈生意的天主教徒交流时，他们才会偶尔用到西班牙语。这就是他现在所在的地方！

埃夫拉因的儿子也叫埃夫拉因，他望着眼前那座壮美的建筑，只觉自己瞬间就挪不动脚步。大教堂的拱垛从清真寺低矮的屋顶上伸了出来，只待盖上基座与穹顶，完成最后的收尾工作。

"在河对岸、大教堂正面的钟楼底下，"当时父亲又接着说了下去，"有一条街可以通到教长之路；顺着教长之路一直走，你就能看到巴尔贝罗斯街；你再沿着那条街往上走一点，就到了阿尔曼左尔路……"

这位犹太老人的声线在微微发颤。

"你怎么了，爸？"埃夫拉因关切地抓起了父亲的手。

"你要去的那块地方，"老人清了清嗓子，"以前就是我们犹太人的聚居区，我们被从那儿赶了出来，距现在还不足一百年。"老人的声音再次颤抖了起来；法蒂玛跟他解释着她以前的住址的时候，他就耐心聆听着这位女主人的讲述。他曾多少次从祖父口中听到过这些街道的名字！"儿子，你的根就在那里。用力吸吮那故土的气息吧，也带一点回来给我！"

埃夫拉因的任务是把藏在衬衣下的那封信亲手交给来自胡维莱斯的新天主教徒埃尔南多，然而在小院里给他开门的那个女人却没有提供任何关于埃尔南多的线索；不仅如此，当听到埃夫拉因坚称这栋房子里曾经住过一户摩里斯科人时，那女人二话没说就把他轰了出去。

"这栋屋子里从来就没有踏进过哪个异教徒！"她怒吼着，砰地关上了那扇大门。

"要是因为种种原因你没有找到他的话，"父亲曾经这样指示他，"你就跑到皇家马场去。女主人说了，那边的人肯定能告知你他的最新情况。"埃夫拉因找人问了问马场的方向，原路返了回去，他从宗教裁判所所在的城堡前走过，抵达了腓力二世国王的马厩。

"我不知道你说的是谁，"小伙子刚刚踏进马场的大门，迎面就走来一个马夫，后者说道，"不过如果他是个新天主教徒的话，你就到打铁铺里去问问吧，赫罗尼莫肯定知道，他都在这儿干了好多年了。"

穿过门厅，经过马厩，现在的埃夫拉因站在了那片大驯马场上，有好几个驯马师正在那里训练小马，引得这个犹太小伙子久久驻足。这些马匹竟与柏柏尔那些瘦小的阿拉伯马如此不同！刚才那个马夫从门厅里喊了他一声，示意他打铁铺还在前头。为什么这个赫罗尼莫就一定会知道关于新天主教徒的消息呢？他一边想，一边继续朝前走。一见到钉掌匠那黝黑的脸庞和阿拉伯式的五官，埃夫拉因瞬间就找到了答案，而听到犹太小伙子说明了来意后，钉掌匠脸上的笑意消失得无影无踪。

"你找埃尔南多什么事？"钉掌匠冷冷地问道。

埃夫拉因心生疑惑：这怀疑的口气是怎么回事？在铁砧、火炉、工具和铁棍间，钉掌匠巨大的身躯杵在了屋子正中，那团肉鼻子正用力地哼着粗气，一次又一次地把他的胡须吹起来。

"你到底认不认得他？"小伙子语气强硬。

这回轮到钉掌匠不知如何应对了。

"嗯。"最终他还是承认了。

"你知道我该上哪儿去找他么？"

赫罗尼莫往前站了一步。

"找他干吗？"

"找他干吗是我的事儿，我只问你，你知不知道我到哪儿去才能找到这个埃尔南多？要是你知道而且愿意告诉我，那最好；否则我也不想打扰你，我到别处去问就是了。"

"他的事我什么都不知道。"

"那就谢了。"埃夫拉因转身告辞，他确信眼前的这个阿拉伯人没跟他说实话。可这又是为什么呢？

虽说钉掌匠没准备透露任何关于埃尔南多的消息，可他觉得，最好还是了解一下这位来客的企图。

"不过我知道你在哪里可以找到他娘。"钉掌匠改了口。

埃夫拉因停下了脚步。"女主人交代过，这封信一定得送到他本人手上，要么就交给他的母亲阿以莎，除此之外的任何人都不行。"父亲曾经这样叮嘱过他。

这家人究竟发生了什么事？埃夫拉因自问着，走到了阿以莎家门口，这栋小屋位于圣地亚哥教区一条狭窄的小巷中，为此，埃夫拉因不得不从城市的一头跑到了另一头。赫罗尼莫一定撒了谎，那双深色的眼睛出卖了他；而当埃夫拉因朝屋里那几个正在搬弄花盆的女人问及阿以莎的近况时，她们齐齐向他投来了轻鄙的眼神。

埃夫拉因是个身强力壮的小伙子，虽说可能不及那个钉掌匠，但比起妇女们叫来的这个摩里斯科男人还是要壮硕不少。他累了：为了找到这个埃尔南多·鲁伊兹，他先是从休达搭上了一艘葡萄牙船，又一连走了好几日才从塞维利亚赶到这里，他已经在科尔多瓦跑东跑西忙活了一整天，稍有不慎就要冒着被投入大牢的风险，不仅他犹太人的身份将会暴露，假冒油料商人的事更会让他受到法律的严惩。

"找她干吗？"那个摩里斯科男人鄙夷地问道。

受够了的埃夫拉因决定豁出去了，他眉头一皱，把手按到了腰间的匕首上，连那男人也无法不去注意到小伙子的动作。

"我找她干吗关你什么事。"埃夫拉因问道，"她住不住在这儿？"男人支支吾吾。"我问你她到底住不住在这儿？"埃夫拉因火气上来了，伸手就要拔刀。

她住在那儿，埃夫拉因身后的门厅就是她的住处，小伙子顺着男人下巴所指的方向看了过去，阿以莎的被褥就塞在门后那个阴暗的角落里；只不过这个点儿，阿以莎还没从纺织工坊回到家。

埃夫拉因在小屋所在的那条弄堂里等着，过了一会儿，有个女人缓缓朝他走了过来。她佝偻着背，两眼看着地，低垂的双肩上挂着明显过大的衣裙。埃夫拉因有种说不出的预感，这就是他要找的那个人。

"阿以莎？"当女人经过他身边的时候，这个犹太小伙子问了一句。女人点了点头，那双饱含忧伤的眼睛深陷在青紫色的眼眶里。"安好。"埃夫拉因跟她打着招呼，可一句简简单单的问候却仿佛让她心惊肉跳，小伙子只觉得她像一头受伤的幼兽，毫无自卫能力。这些人都是怎么了？"我叫埃夫拉因，是从得土安来的……"他一边小声说话，一边靠近她。

听到那个词，阿以莎的反应出乎意料的激烈。

"别说话！"她喝住了他，同时朝家门口指了指；埃夫拉因顺着她手指的方向转过头去，有好几双眼睛正从那边紧盯着他们的一举一动。

阿以莎不发一语，开始朝河边走去；埃夫拉因见状也跟了上去，他走得很慢，让步伐与女人的保持一致。

"我来是为了……"这里已经离家很远了，但阿以莎还是冲他做了个噤声的手势。

两人穿过马尔托斯之门，走到了瓜达尔基维尔河的岸边、卡拉特拉瓦教团的那座风车前面。终于，阿以莎朝他转过身来。

"有法蒂玛的消息？"阿以莎的声音宛若游丝。

"对，我……"

"你知道我儿子沙米尔怎么了吗？"阿以莎强行打断了他。

埃夫拉因感觉自己在那双黯淡的眼睛里看见了一丝光亮。

"他很好，"启程之前，父亲曾给埃夫拉因简要介绍过当时的情况，"不过更具体的我也不知道了，"小伙子解释着，"我给你带来了法蒂玛夫人的一封信，信是要寄给你儿子埃尔南多的，不过同时也是写给你的。"

埃夫拉因在衣襟里翻找着。

"可我不识字啊。"阿以莎说道。

小伙子已经把信拿到了手上。

"拿给你儿子，他识字。"他一边说一边把信递给她。

阿以莎苦笑着。她要怎么去告诉儿子她骗了他么多年，其实法蒂玛、弗朗西斯科和伊内斯都还活着？

"还是你念给我听吧。"

埃夫拉因迟疑了一下。"这封信一定得送到他本人手上，要么就交给他的母亲阿以莎。"父亲确实是这么说的。不远处的石磨在瓜达尔基维尔河水的推动下一刻不停地研磨着麦粒，发出了阵阵闷响。

"好吧。"他妥协了，撕开了信上的漆封。"挚爱的丈夫，"而后他念了起来，"愿秉公裁决的真主与你同在，愿亲切和蔼的真主赐你平安和祝福……"

落日勾勒着河岸上两人的轮廓。布拉希姆是失血过多而死的，就像一头猪一样——认真念着信的埃夫拉因自然无法捕捉到听到这句话时阿以莎脸上露出的快意。见到父亲那熟悉的字迹竟如此详尽地描述了一场谋杀的惨状，这个犹太小伙子一边念着，一边不得不将喉咙清了又清。

"你儿子很好，"小伙子继续念着这封致埃尔南多的信，"他已经成长为一个聪明能干的男人，在对天主教徒的一次次私掠中磨炼了自己。你母亲现在怎么样？我相信，以她当时照顾我、扶助我时所表现出来的力量和勇气，她一定能顺利通过真主的试炼。请告诉她，沙米尔也成为了一个真正的男子汉，而且，在他可恶的父亲死了以后，现在的他拥有了无尽的财富和无上的权利。他们俩既果敢又自信，在海上将一批又一批邪恶的天主教徒打得落花流水，为坚实强大、主宰生死的唯一的真主正名。伊内斯也很健康。挚爱的丈夫：关于你的儿子、你的女儿和你的奴隶——也就是我——被绑架的事，我不知道你母亲都对你说了些什么，可我猜她会告诉你说我们都已经死了，因为如果不是这样的话，你一定会来找我们的，对于这一点，我深信不疑。这些事孩子们都不知道，他们一直在期盼着你的到来，我也犹豫了很长一段时间，最终还是决定对他们隐瞒真相，因为这丝希望、这种可能性，说不定可以帮助他们在那条艰难残酷的道路上勇敢地走下去。如今再要说已经太晚了，你可以自己来告诉他们，他们肯定会原谅你，就像你肯定也会原谅你的母亲；是我求她不要跟你说的，我不想让你自投罗网，那会儿布拉希姆在这个海盗的巢穴里准备了一支大军，他随时随地就可以轻松杀掉你。"

听到阿以莎抽泣起来，埃夫拉因不得不中断了他的朗读，他不敢去看那个女人，他害怕去面对那丝毫不加掩饰的痛苦。
"念下去。"阿以莎恳求着，她的声音还在颤抖。

"埃尔南多，有多少个夜晚等着我们去弥补。"犹太人继续念着，"得土安将是我们的天堂，我们可以无忧无虑地生活在这里，生活在我们真正的信仰里，不用躲着任何人，不用躲着任何事情。我不知道你是否有了新的婚姻，即使有了，我也不会怪你，这是人之常情，你就带着你的妻子一起过来吧，要是有孩子的话也都一起带来。她一定会是个善良的穆斯林女孩，所以她必定也会理解和接受我们的处境。也别忘了带上阿以莎，沙米尔需要她。我们大家都需要你们！愿真主指引我的信使，让他顺利找到你，把你带回我的怀抱，把你带到你的孩子们身边。"

阿以莎伫立良久，她的目光迷失在瓜达尔基维尔河近乎墨黑的浑水里。
"信到这里就结束了。"见阿以莎迟迟没有反应，埃夫拉因加了一句。
"需要我回复吗？"阿以莎转过身去与小伙子面对面。
"要的，"看见阿以莎的脸，埃夫拉因突然有点慌张，"他们说要的。"
"那我也不会写字……"
"你儿子不是……"
"我儿子已经不会写阿拉伯语了！"阿以莎愤恨地骂道，"你把我跟你说的话记清楚，回去转告法蒂玛：她爱的那个男人已经不在了。埃尔南多抛弃了他的信仰，背叛了他的民族，我们的人都已经不愿再跟他说话，更别提尊敬他了。他骨子里流着的终究还是拿撒勒人的血。在阿尔普哈拉斯的时候他就在暗中帮助天主教徒，拯救他们卑贱的性命；现在他住在一个曾经残杀过我们无数穆斯林兄弟的科尔多瓦贵族家里，过着和他们一样好吃懒做的生活。他不再抄写我们穆斯林的预言和《古兰经》，他正为格拉纳达大主教干活干得起劲，他歌颂着那些在阿尔普哈拉斯之战中死去的天主教徒，全不顾他们对我们犯下的种种罪行：抢掠、唾骂、欺侮……"

阿以莎讲不下去了，埃夫拉因只见她浑身发抖，泪水簌簌地从那双哀伤而又愤怒的眼睛里奔涌而出。

"埃尔南多已经不再是我的儿子了，他也配不上你，配不上我的孙子孙女，"这位母亲轻声说道，"以上这些都是阿以莎亲口所述，她曾被强暴受孕怀上了他，十月怀胎保住了他，强忍剧痛生下了他……全世界所有的痛加在一起也及不上那种痛啊……法蒂玛，我亲爱的法蒂玛，愿平安与你同在，愿平安与你们大家同在。"阿以莎一把将小伙子手中的信抢了过来，撕得粉碎，扔进了河里。"你听明白了吗？"她背对着他，就这样问道。

"嗯。"说出这样一个单音节词却仿佛花光了埃夫拉因全身的力气，其实他嘴里已经很干燥了，他还是咽了咽口水，"那你呢？你去不去？信里不是说……"

"我已经没有力气了，是真主不想再让我远行。你回去吧，回去把我的话转达给法蒂玛。愿真主保佑你。"

说完，她自顾自转身离去，沿着这段曾与埃尔南多一起走过的路，伴着这条曾经将哈迈德吞没的河流，步履蹒跚。

离圣路加的祭日还有好几天，科尔多瓦的警卫们就将告示贴遍了全城，他们准备在10月18号那天召集盛大的请愿仪式，借信仰之力将那些至今下落不明的船员唤回祖国的怀抱——还有整整七十艘船没有靠岸！同时，市政府也派人在人员最密集的场所号召老百姓们，呼吁他们每个人在那天忏悔完毕、领罢圣餐后，背起自己的十字架与荆条，举起自己的蜡烛和火把，积极参与到游行的队伍中去。游行将于午后一个小时开始，起点便是科尔多瓦大教堂，所以一上午老百姓们便可以去大教堂忏悔和领圣餐，就好像是圣周四一样。

蒙特里尔公爵的宫殿里，堂娜·露西亚、她的小儿子和女儿们都已经整装待发，他们穿上了漆黑的素服，每个人的手里都举着一根大蜡烛；那些绅士、包括埃尔南多也都穿上了黑色的衣服，他们同样找来了请愿用的蜡烛。所有人都聚在了堂娜·露西亚所在的大厅里，一同等待着钟声的响起。主教决定，城里所有的教堂、包括附近山中的那些修道院和修女庵都会在这一天响钟齐鸣。憔悴的堂娜·露西亚和她的孩子们坐在一起，她一边拨动着数珠，一边吟诵着玫瑰经；其他人则陷入了焦急的等待中。这时堂·埃斯特万走了出来，他光着脚，赤裸着上身，只穿着条短裤，用健全的那边肩膀生生扛起了一尊巨大的木制十字架，他朝公爵夫人挪了过去，微微颔首向她致意。这位老迈的军官依然有着壮实的背脊，只是稍一走近就能看见上面的斑斑印记：有些只是一道道的伤痕，有粗有细，缝合得一团糟；还有些就好比他左肩上起始的那条，一气贯穿了整个背部。堂娜·露西亚恭敬地向他回了礼，她紧抿着两片薄薄的嘴唇，泪水瞬间就盈满了眼睛。霎时间就有个绅士跑出了大厅，他也要去找根大十字架参加游行，其他的人互相交换了眼神，最后也都随着跑了出去。

"现在你只要全心全意把自己奉献给上帝，就可以再救公爵一命。"这是几个月来堂·桑丘第一次主动上去跟埃尔南多说话，"还是说他死不死你都无所谓？"

他想公爵死吗？当然不。埃尔南多记起了在巴拉克斯帐中的那些日子，记起了他们俩一同逃脱的经历。公爵是天主教徒，可同时也是他的朋友，或许还是他在科尔多瓦唯一可以指望的人。况且，他自己不也坚信着亚伯拉罕的上帝，那唯一的真主的神力？下定决心为堂·阿方索承受苦行的他，随着绅士走了出去。去就去吧，被发现了又能怎样呢？反正那些穆斯林兄弟对他的背叛都已经坚信不疑，所以任他做出什么事情都无法再加深他们对他的鄙弃。

"我们上哪儿去弄那么大的十字架啊？"只听一个绅士问了起来，"这就快开始了……"

"把宝剑、铁棒什么的绑在背上就行，或者就是简单的木棍；你把两手伸开，不就成了十字架的形状了么？"边上有个人告诉他。

"或者就穿上苦行衣，"另一个人插了一句，"绑上麻绳好了，背上也成。"

公爵府里最不缺的就是宝剑，可埃尔南多却想起了挂在马厩一角的那尊古老的十字架。据之前马夫的解释，这个十字架本来是供在宫中礼拜堂的祭坛上，上面镶着一尊做工精巧的青铜耶稣像，可后来公爵把那个耶稣像拆了下来，安到了他千里迢迢从古巴运来的一座用昂贵的桃花心木雕琢而成的十字架上，所以最后这个光秃秃的旧十字架就只能沦落到马场里。

这是个阴冷的晴天。当城内城外的钟声一齐响起来的时候，庞大的请愿队伍从圣卡塔琳娜之门走出了大教堂：大队人马绕着教堂的外墙朝河边走去，从连接主教辖区与大教堂的那座桥下穿过，就抵达了主教宫的门前，主教大人站在阳台上为大家赐福。科尔多瓦总督与大教堂教长是队伍的领头；紧随其后的是市议员、陪审员、以及他们各自的旗手；圆形礼拜堂的基督像被八抬大轿扛了起来，走在后面的神父和教士们把它包围在了当中；修士们则抬起各自教堂的神像，其中还有顶着华盖的，甚是考究；而后是两千多名虔诚的信徒，所有人的手中都举着点燃的蜡烛，堂娜·露西亚一家走在了这群人的最前头，簇拥着他们的那些贵族整整安慰了他们一路。

在上述所有人的身后，还有那近千名的苦行者。等待出发的时候，埃尔南多背着他的大十字架，打量起了他的这些同路。和他一样，几乎所有人都光着脚、赤着膊。在他身边还看到了不少扛十字架的，其他人则用剑、棒与胳膊构成了十字架的形状。腿上扎着苦行带的、身上穿着悔罪服的、背上负着荨麻和菝葜①的，脖子上缠着麻绳等着另一个苦行者牵着走的……他们低沉的祷告声回响在埃尔南多耳边，他突然觉得内心一阵空虚与不安。那些摩里斯科人看到他这副样子会怎么想？也说不定在那么多人里他们发现不了他？再说了，他重复着那句话，被发现了又能怎样呢？

游行队伍按照预定的路线通过了一个个修道院与教堂，埃尔南多身边不断有苦修者因为体力不支而倒下；每经过一座足够规模的寺庙，请愿者们就会伴随着唱诗班的歌声从其中穿过，整条队伍是如此的漫长，以至于它的首尾分别通过同一座教堂时前后会有数个小时的时间差；路过略小些的寺院时，神职人员会将其中的神像搬到街上，修士们在门前念诵悔罪诗②，修女们则在观景台上随声吟唱。

根据诏令，游行将要一直持续到黄昏时分，随着埃尔南多踏过了一条又一条的街巷，他肩上的那尊十字架也仿佛骤然加重了分量。跟那些绅士们一样背把剑当十字架不好么？关键，他是吃错药了么，干吗要赤着个脚踩在血水和泥坑里，跟这帮人一起念着这劳什子的诗篇呐？正想着，走在他前面的堂·埃斯特万倒遇到了个大问题，他拖着的那根十字架陷进了一个凹坑里，他用他仅剩的那边肩膀奋力拖着，却始终无法将十字架拽出泥塘。其他的苦行者纷纷超了过去，但那些背着十字架的却被他阻住了去路，这时从旁观者中跳出了一个年轻人，把陷在泥里的那一头扛了起来，老兵回头朝他笑了笑表达着自己的感激。于是队伍继续前行，那个年轻人也没把手中的重担放下，两人就这样一起抬着十字架。也有个人来帮帮他就好了，埃尔南多想着，再次用力拖起了那两根沉重的木棍。还有整整一个下午在等着他呢！

"万福玛利亚，满被圣宠者，主与尔偕焉……③"埃尔南多也跟身边的人一起诵了起来。

万福玛利亚、天主经、信经、圣母颂……祈祷声此起彼伏。他到底在那儿干什么？诗篇已经唱了一遍又一遍，大小蜡烛成百上千，到处都有神父在祝福，圣人的铜像随处可见。善男信女们跪在了路中央，他们高高举起双手，痴痴地乞求着上天。旁边还有背着蒺藜的，背上已经满是鲜血。埃尔南多突然感觉到自己好像游离

---

① 一种针刺灌木。
② 《圣经·诗篇》第五十一篇。
③ 圣母经，即万福玛利亚的开头部分。

在了众人之外……他是个穆斯林啊!

如果说科尔多瓦那些虔诚的教民是自发响应政府的号召而来的,摩里斯科人却并非如此。离圣路加祭日还有好几天的时候,牧师、司事、陪审员和警察们就利用对新天主教徒进行人口普查的机会,挨家挨户地要挟他们前去参加请愿。圣路加节那天一早,那些人就手执名册等在了教堂门口,就好像周日一样,点数着前来忏悔和领圣餐的摩里斯科人。谁也不准留在家里,所有人都得前去观看游行,为还未抵岸的船只向天祈祷。全西班牙发出了同一个声音,只为唤得那些战士们归来!

"你还在等什么呢,老家伙?"摩里斯科面包师推了推到了这会儿还躺在门厅的阿以莎。

好些人在走出家门时都催过她起来,可阿以莎就是对他们置之不理。那是可恶的天主教国王的船,她管它们撞了还是沉了呢!老面包师是最后一个出去的,他可不能允许这个女人就这样待在家里。

"你跟你儿子不是拿撒勒人么?"见躺在地上的阿以莎把自己裹到了毯子里,面包师冲她喊了起来,"这可是你们拿撒勒人的游行!他们会点名的,谁去谁不去他们都知道,你想叫这个家里的所有人都跟着你一起倒霉吗?快起来!"

听到吼声,有两个已经走到街上的摩里斯科人也转了回来。

"怎么了,怎么了?"其中一个问道。

"她不肯起来。"

"你不去忏悔的话警察肯定会过来问的,到时候他们就会怀疑这个家里住着的人,日日夜夜地过来检查。"

"我跟她说了。"

"你看,拿撒勒人,"这时另一个人也发话了,他在阿以莎身边蹲了下来,"你要知道好歹呢,你现在就起来,你可别敬酒不吃吃罚酒。"

于是阿以莎被两个摩里斯科小伙子用胳膊架着运到了圣地亚哥教堂。教堂司事退了半步,用猜疑的眼神瞥了她一眼,在教堂大门上勾掉了她的名字。

"她病了。"两个小伙子为她找了个借口。

可他们却没法逼她去忏悔,更没有胆子把她推到祭坛前去领受圣饼,好在教堂里已经被教民们挤了个水泄不通,忏悔室前也排起了一条长龙,在如此混乱的场面下,谁也没有注意到这个女人;凡来到教堂的都算通过了考验,其他的事情则不再追究。在一名警卫的指挥下,圣地亚哥教区的摩里斯科人在教堂与圣十字修道院之间的太阳大街上排排站好,静待着游行列的经过。阿以莎也站在了其中,她缩着身子，目光空洞。他们从钟声敲响时就站在了那里，一连站了几小时才等到了请愿的队伍，因为圣地亚哥教区紧挨着东边的城墙，按照计划，这是大部队返程时必经之路。

阿以莎没有跟任何人说话，这种状态已经持续好几天了，连在纺织工坊里也一样，她一声不吭、眼神呆滞地忍受着胡安·马尔科的责骂。线头被她胡乱绕成了一团，不同颜色、长短不一的丝线也被混在了一起，她并不是故意的，只是工作时她的心思全都放到了法蒂玛和沙米尔身上。法蒂玛终于做到了！那么多年来她遭受了多少屈辱，可她不声不响，逆来顺受，最终用她的恒心与意志力完成了复仇！而这是她自己连想都不敢想的。天堂！她记得法蒂玛在信中是这样说的。他们生活在天堂里。而阿以莎自己呢？她这一生都做了些什么？她现在又老又弱、又孤独。她看了看围在她身边、像是要把她隐藏起来的那几个邻居，他们正在吃东西，他们弄来了玉米、大饼、杏仁酥和油炸糕。谁都没有想到要分她一点，虽说她也实在无福消受，她那一嘴牙已经缺了好多颗，头发也是一绺绺地往下掉；每天晚上她都要把别人扔给她的硬面包撕成一小粒一小粒才能往下咽。她究竟犯了什么罪，真主竟要这样惩罚她？埃尔南多背叛了穆斯林，沙米尔则住在柏柏尔、与她天各一方；而她的另外几个孩子呢……不是被杀就是被卖作了奴隶。真主啊，这都是为什么？为什么不把她也一并带走？现在的她只想去死！每天晚上睡在门厅那块冰冷的硬地上，她都在不停地呼喊着死亡，可死亡却一直没有到来，看来真主还未打算将她从不幸中解放出来。

圆形礼拜堂的基督像从她面前经过了，她只觉得两腿生疼。周围的摩里斯科人都跪了下来。有人扯着她的裙子让她也赶紧伏倒，可她却固执地站着，一言不发；她也不祈祷，只是像老妪那样伛偻着，站在双膝跪地的众人中间。又等了好久，走在队伍最后的苦行者们终于到了。当全城踏遍，有好些背着十字架的都不堪重负地倒了下去，不得不接受沿途群众的援助；埃尔南多不至于此，可堂·埃斯特万在走到科雷德拉塔时就被迫将十字架托付给了两个小伙子，现在他正垂头丧气地走在其他苦行者旁边。那些身上捆着荆鞭的人们都已经浑身是血，狂热的天主教徒们无不为他们的虔诚动容，和着他们痛苦的呻吟声，百姓们也都开始振臂高呼。此时圣十字修道院的修女们又唱起了悔罪诗，以此鼓舞那近千名自愿承受着苦行的教徒，她们尽己所能地放开了喉咙，在一片喧闹中都能听到她们的吟诵。

"神啊，求你按你的慈爱怜恤我！"① 凄楚的诗篇在太阳大街上震响。

---

① 原文为拉丁语，译文摘自和合本《圣经》。

阿以莎望着一个个苦修者从她眼前经过，兴趣缺缺，突然，她看到了她儿子的身影，他拖着一根巨大的十字架，裸露的背脊被木头磨出了血痕，他眉心紧锁，五官皱在了一起，那模样活生生就好像在科尔多瓦各大教堂和街头祭坛中供奉着的成百上千座耶稣像中的一座。

"不！"阿以莎吼了出来，她的十指都在抽搐。面包师傅闻声转过头去，只看见此时那个女人脖子上青蓝色的静脉血管都鼓了起来，她的眼中喷射着愤怒。"不！"第二声咆哮。又有一个摩里斯科人朝她转过头来。另一个人想去按住她的嘴巴，不料却惊动了警察，而阿以莎趁其不备，借着胸中的那股盛怒挣脱了他。"儿子！安拉至大！"她高喊着。这时，警察已经朝她奔了过去。

"按你丰盛的慈悲涂抹我的过犯！"① 圣十字修道院修女们的哀歌还在继续。

其他的摩里斯科人都从阿以莎身边散了开来。

"听着，埃尔南多！法蒂玛还活着！你的孩子们也活着！回到你的弟兄们中间吧！万物非主，唯有真主，穆罕默德是真主的使……"

她无法背完那段清真言了，警察朝她扑了过去，一巴掌让她的话音戛然而止，同时也打飞了她的两颗大牙。

埃尔南多已经疼疯了，在一片喊叫声中，他正麻木地在心里一遍又一遍地重复着那首他听了整整一天的哀歌：求你将我的罪孽洗除净尽 ②……他还在拽着那尊十字架，他也只顾得上拽着那尊十字架了。对于在那群摩里斯科人中究竟发生了什么事，他一无所知；母亲身边已经乱作一团，而他甚至都没有朝那边转过头去。

---

①② 原文为拉丁语，译文摘自和合本《圣经》。

55

10月末的时候，腓力国王致信各位主教，一方面感谢他们费心为他组织了宗教游行，另一方面也请他们叫停这样的请愿活动；自那支舰队驶入大西洋的水域已经两个半月过去了，不可能会有哪艘船能奇迹般地回到西班牙的港口。几天之后，国王亲自给蒙特里尔公爵夫人修书一封，沉痛地将堂·阿方索·德·科尔多瓦以及他长子的噩耗通知给了他的弟媳：公爵的船不幸在爱尔兰附近触礁，父子二人惨死于英国人之手。

两个在爱尔兰叛军的帮助下捡回一条命、辗转苏格兰和佛兰德斯逃回西班牙的水手明明白白地传达了公爵与他儿子的死讯。据他们说，发生海难后，这对父子是生生靠着他们的双手游到了岸边，但正当他们在海岸上无所适从的时候，恰好被一队英国兵候个正着。堂·阿方索曾明确将他的贵族身份告知了当地郡长，可郡长对此似乎视若无睹，他下令将所有西班牙人的衣服扒光，像对待任何普通的罪犯一样把他们统统绞死在了一座小山上。

秘书堂·西尔维斯特雷将国王的信宣读给公爵门客们的那个上午——他已经事先在私下里把它念给了公爵夫人听——埃尔南多不在宫中；两天来，他一直等在天主教国王的城堡里，期望着有哪位书记员、文书、甚至宗教裁判官能够亲自出来接见他。母亲被宗教裁判所逮捕的消息他是十天后才知道的，若不是纺织匠胡安·马尔科说他母亲已经几天没来上班了，要把他给的钱退给他，他到现在还被蒙在鼓里呢。正是那个给他送钱来的学徒，一个黄毛小子，当着宫里四五个仆人的面厌恶地把他母亲的事告诉了他：

"那些苦行者正从她眼前过呢，她就呼喊起异教徒的神。"那些钱币从埃尔南多的手中跌落下来，砸在地上，发出了怪异的声音。他只觉得双腿一软。母亲一定是在游行队伍里看到他了！不会错。"渎神者！"学徒骂道，这时那些铜币才刚刚停止滚动。

一个仆人也随声附和起那个小孩的话：

"这种人就该被宗教裁判所判处极刑！竟敢当着神圣的游行队伍亵渎神灵，连火刑都算轻的了！"

除了让宗教裁判所勉强收下了阿以莎的饭钱，其他的事埃尔南多也什么都做不了了，但他怎么也不会想到，母亲已经决定绝食，狱卒扔到她牢里的那一小坨馊饭，她一点也没动过。

秘书刚一读完那封信，堂·埃斯特万就啪嗒一声跪到了地上。堂·桑丘不停地在胸前画着十字，其他绅士也都和那位老兵一样无法再支撑自己的身体。断断续续的默祷声在屋中响了起来，直到教士那威严的责问声盖过了一切声音：

"我们这边倒是在恭恭敬敬地乞求着耶稣的庇佑，而另一边呢，一个大受堂·阿方索青睐器重的人，他的母亲竟然呼求起了他们穆斯林的假上帝！你们想想，在这种情况下，耶稣基督还可能来听取我们的恳求吗？"

听到这番话，堂娜·露西亚抬起了头，直到这会儿她还一直瘫坐在那张扶手椅上，她的下巴正猛烈地颤抖着。

"一边有人犯下了渎神之罪，请愿又怎么可能会灵验？"

公爵夫人将一双泪眼转向了刚才说话的那位绅士，她点着头的同时，另一位门客也加入了对埃尔南多的攻击。

"他们母子俩是有预谋的！我亲眼看见那家伙做了个手势……"

一石激起千层浪，这群平日里好吃懒做的贵族瞬间义愤填膺。

"藐视神灵！"

"他激怒了上帝！"

"所以他才收回了对我们的恩典。"

堂娜·露西亚的眼睛眯成了一条细缝。她怎能允许一个践踏了请愿活动的渎神者的儿子继续住在她的宫中，还霸占着那个已经不在了的人的好处！

这一天，埃尔南多在宗教裁判所里的苦守又是一无所获。到了晚上，当对堂·阿方索的凶讯一无所知的他灰心丧气地回到公爵府时，就在大门口，那位秘书截住了他的去路。

"明天一早，"堂·西尔维斯特雷向他宣布，"你就得搬出这个家。这是公爵夫人的命令。你不配住在这个屋檐下。公爵阁下和他的儿子已经为捍卫天主教的事业光荣牺牲了。"

埃尔南多的耳边回响起了铁链断裂时的噼啪声——阿尔普哈拉斯的那条小溪边，是身负重伤的堂·阿方索用那把托莱多钢剑一下削断了他的脚镣。埃尔南多闭上了眼睛。公爵用他的死又一次将他从束缚中解放了出来，若非如此，他永远也不敢自己去挣脱那道枷锁。

"请向公爵夫人转达我的哀悼。"他说。

"我想这就不需要了吧。"秘书言辞刻薄地拒绝道。

"那您就搞错了,"埃尔南多驳斥着他,"可能这会是公爵夫人在这个家里收到的唯一发自内心的悼念呢。"

"你这话是什么意思?"

埃尔南多摊了摊手。

"我能带什么,不能带什么?"他问道。

"你的衣服,公爵夫人不想看到它们。至于那匹马么……"

"那匹马和它的整套马具都是我的,不用谁来批准我能不能带走它。"埃尔南多语气坚决,"还有我的文件……"

"什么文件?"秘书语带嘲讽地问道。

埃尔南多厌烦地叹了口气,他们这还没完了?

"您知道的,"他回答着,"我写给格拉纳达大主教的报告。"

"成吧。这算是你的。"

埃尔南多由衷地为堂·阿方索的死感到遗憾,他本以为公爵很快就会回来的。他是从心底里感激公爵,公爵曾经为他做了那么多事情;要不是公爵过世了,连这会儿他还得指望着他能够在宗教裁判所面前给他娘说说情。埃尔南多已经无数次地在裁判所里提起了堂·阿方索的名字,可似乎那些人对贵族和大腕们很是不以为然。别想用任何人的名字来给他们施压,无论他是什么身份!从来没有谁能够凌驾于宗教裁判所之上!埃尔南多匆匆跑向了那座尖塔,那本《巴拿巴福音》和他其他的秘密至今都还藏在那里。最后离开公爵府的时候,西尔维斯特雷一定会把他上上下下搜个遍,所以他得出结论:带的东西应该越少越好。他取出了那块纯金做的法蒂玛之手……把它攥在手心的时候,他想起了它在妻子胸口闪闪发亮、随着她的动作摇摆跳跃时的模样;法蒂玛去世之后,这块吊坠也失去了光泽,埃尔南多心想,他的生活又何尝不是如此?随后他要面对的是那些书和文件,对于这些东西,决定就好做得多了:只带上那本《巴拿巴福音》原抄本,而其他的——包括他亲手抄录的手抄本,他全都付之一炬;伊本·穆格莱的那本书法专著也没有逃过被销毁的下场——他不能冒险让人抓住把柄,反正那本书的内容他也已经熟记于心;只要他把笔凑到纸上,他的眼前就会立刻浮现出每个字母的比例和形状。

把那堆东西处理完毕,埃尔南多回到了自己的卧房。他打开了那个木箱想去拿他的钱袋,却发现钱袋已经不见了踪影。他又把为数不多的那点物什翻了一遍,才明白，钱袋已经被顺走了。这些杀千刀的天主教徒！埃尔南多低声咒骂着：抢东西的时候他们手脚倒是利索，就像当年在阿尔普哈拉斯一样！可他再骂也无济于事了，现在的他除了带在身上的那几个子儿就再没有一分钱了。

叫你不好好找个地方藏！埃尔南多一边责骂着自己，一边收拾他的行装。他把《巴拿巴福音》夹在那沓殉难者名单里，这样就不会被发现；又把那块黯然失色了的法蒂玛之手放在那叠衣服上：明天就把它随身带着吧。随后，他沐浴净身，开始祈祷。直到祈祷完毕的时候他才想到，自此以后他该做点什么好呢？想到这里，埃尔南多呆跪在了卧室的中央。

"我需要钱。"

听到埃尔南多的话，帕布洛·科卡的表情没有丝毫变化。一夜喧嚣之后，现在赌场里空荡荡的，只有一个几内亚黑奴在那里打扫收拾。

"谁不需要钱啊，伙计，"老板应了一句，"怎么了？"

埃尔南多回忆起了那个挤着眉弄着眼只为了学会马里斯卡尔的耳垂神技的少年，他决定信任眼前的这个人，于是他把发生的事一五一十都告诉了科卡。然而，关于今天早上他是如何骗过西尔维斯特雷的搜查的，他却只字未提。

"那是什么？"秘书指着埃尔南多右手上拿着的清楚可辨的那沓纸问道，他刚刚当着马厩前庭里所有来来往往的仆人的面，把埃尔南多的那个包袱翻了个遍，就好像是在对待一个小偷一样。

"我要交给格拉纳达教士会的报告。"

秘书做了个手势让埃尔南多把文件递给他，可埃尔南多只是把那沓纸凑到了他跟前，没有放手。

"这可是秘密文件，西尔维斯特雷。"说着，他按住了下面的部分，只允许这位秘书翻开了第一页——这一页的内容记述的是库苏里奥的屠戮，"我说了，这是属于格拉纳达教会的秘密文件，"埃尔南多一边还在指责他，"要是被大主教知道了……"

"好啦，好啦！"秘书抵不住他的口水攻势，只得作罢。

"然后呢，你现在是要把我脱光吗？"埃尔南多嘴上诘问着，心里却在惦记着被他藏在裤子里的那块法蒂玛之手，"你那么喜欢看，是吧？"他一边挑衅着，一边冲西尔维斯特雷展平了双臂。西尔维斯特雷的脸也刷的一下红了。"你放心，我来这儿的时候有多穷，我从这儿离开的时候就有多穷，"埃尔南多阴狠地朝秘书笑了笑，钱袋会不会就是他拿的呢？"就跟你们说的那样，穷光蛋一个。"

马夫拒绝给阿飞套上笼头，这也是他第一次可以驳回这个摩里斯科人的要求，他把多年来被迫服侍一个异教徒的怨气全都倾注在了这唯一的一声"不"中。埃尔南多自个儿把马鞍装了上去，不过没过多久，他又在波特罗客栈把它卸了下来，这里将会是他的新住处。波特罗广场上的客栈数不胜数，埃尔南多最终选择了这家，是因为这家的老板之前不认识他。额上打着皇家马场烙印的阿飞比院子里歇着的任何一头骡子或驴子都要大出一倍，再加上埃尔南多全身穿得像模像样，这华丽的表象也成功帮他弄到了整个旅店里最好的一间单人房——说是这样，一张桌、两把椅子、一张床，这也就是其中所有的家具了。埃尔南多像个大金主一样预付了房费，可当他从包里掏完钱付完账的时候，才发现他浑身上下总共就只剩下两个里亚尔了，所以到了房间里，他用从公爵府中带出来的白纸给堂·佩德罗·德·格拉纳达·维内加斯写了封信。他把他的情况和他母亲的处境都跟堂·佩德罗说了，同时恳求着那位贵族的援助；他在信中是这么说的，如果他连饭都吃不饱，那他们还能指望他为摩里斯科民族做出多大的贡献呢？正巧这家旅店里歇着一个要赶去格拉纳达的脚夫，于是埃尔南多包里的最后两个铜子儿也被交了出去。

"我大部分的钱都塞给宗教裁判所的人了，"埃尔南多跟科卡解释道，"我娘要吃饭，在里面还需要有人照应。剩下的那些么……"

"今晚你可以小赚点，"科卡想劝他不用那么丧气，可埃尔南多听了只是努了努嘴。"好歹先凑合用吧，"这位赌场老板又说了下去，"至少能够你的房钱。"

"鸽王，"埃尔南多正经说道，这会儿他叫起了科卡年轻时的外号，"我需要很多钱，你明白吗？我得把天主教国王城堡里的那帮人都打点好了。"

"你说宗教裁判所啊？你塞再多钱给他们也是白搭。巫婆卡玛查你还记得吧？当时和她一起被逮捕的还有一个叫堂·阿隆索·德·阿基拉尔的出自普列戈家族的贵族。你想想，姓阿基拉尔的他们都敢抓！虽然最后裁判所是以证据不足为由释放了堂·阿隆索，可这家人最终也落了个倾家荡产。连大主教他们都不放在眼里……"

"可是我说帕布洛，我娘只是个普普通通的摩里斯科老太太。"

科卡考虑了一会儿，他的手指在杯沿上兜着转。刚才那个几内亚女佣给他们端来了一壶红酒，他们就在桌边安静地坐着。

"有时候，有些人会叫我组织一些比较大的赌局。"从这位赌场老板的话音里仿佛能听出些许的不确定，不过埃尔南多还是放下了他就要端到嘴边的杯子，把胳膊撑在了桌上。"我不太喜欢。有几次我想算了吧，就搞搞看，可是……确实是有很多贵族会来，包括那些书记员啊、警察啊、陪审员、富家子弟，甚至还有神父呢！

反正他们是玩得很大,钱走得很快,就像搏命一样;跟我们平时这种不痛不痒的、三五块钱的场子根本就是两回事情。论赌兴,他们跟经常来玩的那些普通赌棍没什么两样,可要是你敢揭穿他们那些幼稚的千术和粗糙的花活,他们可是会冲你拔刀的,就好像说用他们那些冠冕堂皇的头衔就可以为一副做了记号的牌开脱一样。"

"为什么他们要来找你呢?"

"找赌场老板帮忙一般就是两个原因。首先就是不想亲自跑到这些乌烟瘴气的地下赌场里,从而污了自己的身份;此外更重要的一点就是,你知道,除了那种赌资不超过两个里亚尔、输输赢赢都是赚口面包吃的赌局,其他的赌博都是被明令禁止的。几年前的时候,在地下赌场里输掉的钱,只要你在八天的期限内去申诉,就能通过司法途径要回来;而现在不是这样了,输了就是输了,而且如果经哪个人检举揭发发现有人违法聚赌,那与之相关的人统统都得坐牢,凡是赢钱的,不仅得把进账原封不动地吐出来作为罚款,还得拿出相同数量的钱,分为三份,分别交给国王、法官和举报者。这时候就轮到我们这些开赌场的发挥作用了:所有坐在赌桌上或是知道地下赌场存在的人都清楚,若是他敢去举报,他的命也就一文不值了,无论他逃到科尔多瓦、塞维利亚、托莱多或是西班牙任何一个角落,都会有我的同行替天行道将其诛杀,即便那场赌局与他毫无干系。这就是我们道上的规矩,而且我们也有足够的手段去维护它,这点毋庸置疑。况且,赌徒嘛……早晚他会重新坐到哪张赌桌上去的。"

"我说,"埃尔南多琢磨了一会儿科卡的话,"你就从来没想过要从那些人身上捞一票么?"

科卡笑了起来。

"没想过倒怪了!可这事万一被他们发现了的话,我的事业也就完了。而且我们开赌场的还有个额外的风险:就算没人来举报我们,可万一有哪个警察玩的不爽,我这接下来的日子也就没法过了,随便哪个输急了的市议员都可以让我万劫不复。开地下赌场被抓到了可是要被判两年流放的,要是那场子里还有玩骰子的话,那老板不仅要被没收所有财产,还得接受鞭刑一百、苦役五年的惩罚。而我这儿也是有骰子的:这个钱来得快啊……"

"谁也不会知道我们是一伙的,我赢钱、你输钱就行了,到时候我们再分。鸽王,你好不容易才学会的马里斯卡尔这招,不会只是想用在那些穷鬼身上吧?你忘了么,那时候我们的梦想?"

"可弄不好会出人命的啊。"这位赌场老板还在犹豫。

"来吧!我们一起发财!"埃尔南多怂恿着。

"你是想靠这个吃饭么？"科卡问道，"不管怎样，最终他们总会把我们联系起来的。你不能一直赢啊。"

"我没想成为职业赌徒。一解决我娘的问题我就立马走人，我们可能会去……去格拉纳达吧。"

老板喝了一大口酒。

"我考虑考虑。"他说。

这一晚，帕布洛·科卡用他的绝技帮埃尔南多赚到了一笔救命钱。埃尔南多回到波特罗客栈，上楼之前，他到马厩里去看了看阿飞的情形。阿飞正在打盹，它被拴在没有隔断的马槽里，杵在两头矮小的骡子中间。脚夫和那些付不起房钱的客人们就和牲口们睡在一起。阿飞感觉到了主人的气息，大声地喘着气，埃尔南多过去拍了拍它。

"嘿，在这儿干吗呢？"埃尔南多叫了出来，他突然发现阿飞脚边的茅草上蜷着一个小男孩。

那孩子也就十一二岁的样子。听到话音，他用那双栗色的眼睛朝埃尔南多看了看，却没有起身。

"先生，我帮您看着马呢。"孩子平静地答道，话语中透着一股与他年纪并不相称的稳重。

"它睡着的时候会踩着你的。"埃尔南多伸手想要拉他起来。

孩子却没有要抓住那只手的意思。

"不会的，先生。阿飞它……刚才我听您这么叫它来着，"男孩解释道，"阿飞它很听话的，我们已经是好朋友了。它不会踩到我的，让我帮您照顾它吧。"

阿飞像是听懂了那个孩子的话，它低下头，把下嘴唇贴到男孩那一头乱蓬蓬的头发上。这一幕的温情与刚才赌桌上的尔虞我诈实在反差太大了，赌场里那一阵阵的叫骂声仿佛到现在还黏在埃尔南多的衣服上挥之不去呢。这个摩里斯科人愣了一愣。

"来吧来吧，它会弄伤你的。"最终他还是决定把这个小孩拽起来，"马也要睡觉的，即使它再听话，到时候也说不定会踩……"

埃尔南多失语了。只见那男孩做了个悲戚的表情，然后用力地抓着阿飞的一条腿，像在攀岩一样，让自己直起了身来；那孩子所谓的两条腿不过是两团畸形的肉块，那种惨状实在让人不忍直视。埃尔南多急忙弯下身去帮他。

"天呐！你这怎么搞的？"

男孩终于撑着埃尔南多的肩立了起来。

"要一直这么站着还真不是那么容易哈,"男孩咧嘴笑着,只见他嘴里几颗破牙零零落落,牙龈上还有好些个窟窿。"要是你能帮我把那两根拐棍拿过来,我就可以……"

"你的腿怎么了?"埃尔南多皱着眉问道。

"被我爸卖给魔鬼了。"孩子的回答不像是在开玩笑。

两人的脸几乎要碰上了。

"什么意思?"埃尔南多低声询问着。

"我哥他是胳膊和手折了,我么则是断了腿。何塞,也就是我哥,他跟我说,我刚出生没多久,我爸就用一根铁棍把我的骨头给打断了,我当时那个哭的呀,其他人都以为我活不下去了。其实我所有的兄弟姐妹都有这样那样的残疾。我还记得我妹妹刚生下来两个月,我父母就用一根烧红的铁棍把她的眼睛给弄瞎了,她当时也是又闹又叫地哭了好久。"这会儿说起来,男孩的脸上还尽是酸楚,"没办法,有个残废的小孩陪在身边,讨饭总能讨得稍微多点。"听到这里,埃尔南多只觉寒毛直竖。"可是国王又不允许带着一个年满五岁的小孩上街乞讨,若是被抓到,执照就会被议员或是牧师收走,饭碗就这么砸了。虽说我长得比较矮小,还多混了两年,即便这样,在我七岁的时候,爸妈也毫不犹豫地抛弃了我。您也看到了,先生,两条腿就换来了七年的施舍。"

埃尔南多一个字也说不出来,只觉得好像有什么东西堵在了喉咙口。他以前就知道世态炎凉,知道那些乞丐要争取到一个勃兰卡往往要使尽浑身解数,可他从来也没有像今天这样近地去认识到一个乞丐的悲苦。"您也看到了,先生,两条腿就换来了七年的施舍!"这句话听来是如此凄凉……埃尔南多瞬间有了想去拥抱他的冲动。他有多久没有拥抱过一个孩子了?他干咳了几下。

"你能确定阿飞不会踩到你?"最后,埃尔南多只是问了一句。

那两颗烂牙又在微笑间露了出来。

"当然,不信你问它。"

跪在马腿边的埃尔南多拍了拍阿飞的头,然后帮着小男孩再次在马蹄前躺好。

"你叫什么名字?"埃尔南多问道;那孩子刚刚闭上眼睛,他又在茅草上缩成了一团。

"米盖尔。"

"嗯,米盖尔,那就麻烦你把它看好了。"

那一晚,埃尔南多整宿没睡。在给格拉纳达的堂·佩德罗去信之后,他就只剩下一张白纸、一支笔和最后一点墨水了。他坐在客房里那张晃晃悠悠的粗木书桌前,用手拂去那层厚厚的浮灰,借着摇曳的烛火,将他一肚子的愤懑全都抒发在那张纸上。母亲、米盖尔、赌局,还有这阴暗污秽的客房;不时从其他房间传来的说话声搅扰着夜的安详……翎笔轻轻滑过纸上,描画着他迄今为止写过的最美丽的文字。就像真主在引导着他的手一样,他不由自主地写下了那段刚刚将他母亲送进了宗教裁判所大牢的清真言——万物非主,唯有真主,穆罕默德是真主的使者。他还打算写上他们摩里斯科人的祷文;将笔尖浸到墨水里的那一刻,他的眼中浮现出哈迈德的模样,是哈迈德让他在胡维莱斯教堂里诵念这段祷词,向其他的摩里斯科人证明了他的信仰。他要是当时就那么被宰了又会怎样呢?——所有人都必须知道,真主是王国里独一的真神……那也就不会再有之后那么多的磨难了吧。埃尔南多想着,又把笔蘸到了墨里。

当埃尔南多一大早下到马厩的时候,阿飞已经不在了;米盖尔也没了踪影。于是他喊来了客栈老板。

"他们出去啦,"老板答道,"那小子说是你同意了的。还有一个睡在马棚里的骡工也说是你亲口叫他看好你的马的。"

埃尔南多脑袋空空地朝波特罗广场奔去。难道说他被那孩子摆了一道?阿飞就这么被骗走了?刚穿过广场的大门,埃尔南多就停下了脚步:米盖尔正挂着拐杖,两腿拧巴着,在那儿看着阿飞喝水呢;阿飞的舌头欢快地在水池中翻腾着,水池是几年前建的,中间还竖起了一座前腿腾空的小马雕像①。天边才微微泛红,阿飞的鬃毛在尚还幽微的朝晖下泛着柔亮的光;米盖尔给它梳过吧。

"它渴了。"见埃尔南多走了过来,男孩笑着解释道。

阿飞斜着头,刚被它喝到嘴里的水这会儿都淌到了米盖尔的头上。米盖尔用拐杖拨开了它。埃尔南多看着他们:他们像是互相能读懂对方。米盖尔猜到了埃尔南多的想法。

"人们对我有多回避,动物们对我就有多亲近。"他说。

埃尔南多叹了口气。

"我还有点事,"说着,他把一个两里亚尔的硬币塞到了男孩手里,男孩睁大着眼睛接过了它,"它就拜托你了。"

埃尔南多向波特罗街走去,然后沿着这条街去往他母亲的囚所、天主教国王的城堡。就要转弯的时候,他回过头来,只见那男孩挂着拐杖,正在泉水旁与阿飞嬉

---

① "波特罗"在西班牙语中意为"小马"。

戏打闹,他正用指尖往阿飞的脸上溅着水,一人一马完全沉浸在自己的天堂中。埃尔南多就这么出神地看着,直到米盖尔终于决定返回马厩,他没有去拽阿飞的缰绳,只是把那根绳子轻轻地搭在了自己的肩膀上,而阿飞是心甘情愿地跟在他的后面,就像一条忠犬一样。埃尔南多摇了摇头:到底那是一匹高贵典雅的西班牙纯种马啊,要是随便换一匹马,见到米盖尔的动作肯定会惊厥起来——他正走在马的身前,拄着拐棍一跳一跳,他尽量不让脚沾到地面,就像他薏瘦畸形的腿在与地面的碰撞下还可能变得更坏一样。

埃尔南多怀揣着一种奇妙的感觉走到了城堡跟前,想到刚才一步一跳的米盖尔和俯首听命的阿飞,他总还是觉得有点怪怪的。当他还在玩味着那幅画面的时候,狱卒今天反常的表现却又让他摸不着头脑,原本说什么也不让他进去探视母亲的这名看守,今天倒是二话不说地接过了他习惯性地从包里掏出的那枚埃斯库多;说到这枚金币,它还是埃尔南多之前在玩二十一点的时候坐庄赢来的呢——一张 A 加上一张 K,让当时坐在他对面的一干赌徒气得直跳脚。

埃尔南多一边纳闷着,一边跟着看守来到了一个大院里。院中设有一泓清洌的喷泉,还种着橘子树和几棵不知名的植物,若是没有从周围那些牢房中传来的哀号的话,这里应该还算是个挺像样的院子吧。埃尔南多竖起了耳朵:母亲的叹息声会不会也在其中?看守把埃尔南多带到了院子尽头的一间单人牢房前,那扇牢门被嵌在了一堵坚实而厚重的墙垛里面,埃尔南多推开门走了进去。看来是他想多了,这间腐臭不堪的牢房中什么声音也没有。

"妈!"

埃尔南多在地上那团一动不动、似是人形的黑影旁跪了下来,用颤颤巍巍的双手在胡乱摊着的几件衣服里探找着母亲的面孔。他差点认不出这个生了他、养了他的女人:她的脸干瘦干瘦,枯萎的脸皮耷拉在了脖颈和下巴上,黑紫色的眼窝深深地凹陷了下去,嘴唇干得就好像盐碱地一样,她的头发都结在了一起,就跟一团脏兮兮的钢丝球没什么两样。

"你们都对她做了些什么!"埃尔南多愤怒地诘责着,却见那名狱卒依旧站在那个宽大的门槛下,没有答话。"她只不过是个老太太啊……"听了这话,那看守也只是皱起眉头,把重心从一条腿换到了另外一条腿上。"妈!"埃尔南多反复地叫唤着,用手心捧起了阿以莎的脸庞。他亲了亲她,可她却没有任何的反应。她目光涣散。一时间埃尔南多还以为她已经死了,就轻轻地摇了摇她,她终于微微动了动。

"她该是疯了吧。"到了这会儿,那名看守才终于发话,"又不吃饭,水也不喝几口,也不讲话,也不怨声叹气。你要不动她,她就可以这样待上一整天。"

"你们到底都对她做了些什么啊……"埃尔南多又问了一遍相同的问题,这次却是有气无力,他一边问着,一边无意识地用指甲反反复复地抠起了阿以莎额头上的一个小泥点,徒劳地想要弄干净它。

"我们啥也没做啊。"埃尔南多把视线转向了那个看守。"真的,不骗你!"那个男人摊开了双手,保证似的说道,"裁判所认定,有警察对她的指控已经足够判决她了,而且我不也跟你说了嘛,她一直都不讲话。他们就压根儿没想过要给她用刑,不然她早死了。"埃尔南多再次将目光转向了阿以莎,只盼着母亲能够给他哪怕一丁点的反应,可阿以莎只是静静地躺在那里,对周围的事情充耳不闻。"谁看见她都会觉得她离死不远了吧,要我说啊……都不一定过得了今晚……"

埃尔南多背对着那个男人,呆呆地将母亲抱在怀中。他这话是什么意思?

"她很可能就要死了,"男人在门口重复着,"医生都已经把这事通报给裁判所了。根本不会有人在意,也根本不会有人会来核实她啥时候死的。到时候还得我亲自去跟上头汇报,亲自把她埋了……"

原来如此!所以这家伙才会让他进来探望阿以莎!

"要多少?"埃尔南多打断了他。

"就五十块金币吧。"

五十块金币?五块还差不多!埃尔南多差点没喊出来,可话到嘴边又被他生生地咽了下去。母亲都要死了,他还还个什么价呀?

"我没那么多钱。"于是他说道。

"要是没钱的话嘛……"那看守转身便要离去。

"可我有一匹马。"埃尔南多轻声说道,他的视线还定在母亲那双毫无生气的眼睛上。

"我没听见,你刚才说什么?"

"我说我有一匹好马,"埃尔南多深吸了一口气,奋力喊了出来,"额头上还打着皇家马场的烙印,要是你把它拿去卖掉的话,赚的钱远远不止五十个金币了。"

交易时间就定在了今晚,埃尔南多会拿阿飞来换阿以莎。钱对他来说还有什么意义呢?而阿飞,也不过就只是头畜生而已……虽说换来的也许只是亲手埋葬母亲、让母亲死在他怀中的这样一个机会,可说不定真主会让母亲最后再睁一次眼呢?他必须要陪在她的身边的。阿以莎不会就这样不明不白地死了,至少会给他一个机会,让他们母子二人可以重归于好吧?

埃尔南多来到马厩的时候,米盖尔正坐在地上,看着身边的阿飞有滋有味地嚼着他放在马槽里的一捆青草。

"真不好意思，"埃尔南多蹲了下来，摸了摸米盖尔的头，"今晚我就得把这匹马卖了。"为什么他要道歉呢？说完埃尔南多才意识到，眼前的这个人还只不过是个小毛孩……

"不会啊。"米盖尔的回答打断了埃尔南多的思绪，这孩子连头都没回，还在那里坐着欣赏着阿飞的吃相。

"什么不会啊？"埃尔南多又好气又好笑。

到了这会儿米盖尔才把脸转了过来，而埃尔南多此时已经站起来，走到了阿飞身旁。

"先生，我曾经结识过好多动物，有狗、有猫、有小鸟，甚至还有一只猴子。我总能知道它们什么时候会回来……而且我每次都能预料到，它们最终会在什么时候与我分别。阿飞还会回来和我在一起的，"男孩一脸正经地说，"我知道的。"

埃尔南多低下头，瞧了瞧男孩瘫在茅草上的那两条坏腿。

"我不跟你争。也或许你是对的。可我恐怕这次过后，我是再也见不到它了。"

晚祷的钟声响了起来，埃尔南多将阿飞牵出了马厩。约定的地点是在城堡附近的皇家园地广场，所以埃尔南多沿着波特罗街一路朝大清真寺走了过去。他不想骑在阿飞身上，他只是牵着缰绳，义无反顾地朝前走着。离他稍远的地方，米盖尔一蹦一跳地跟在了后面。埃尔南多抵达了目的地，来到广场一角，这里也和别处一样堆满了垃圾；交货地点就在这个垃圾堆旁，这里大晚上黑灯瞎火的，没有任何一个祭坛将它照亮。埃尔南多在黑暗中定睛探查着那名背着他母亲的狱卒的身影，而米盖尔就在离他没几步的地方站定了下来；埃尔南多倒是没去过多注意男孩那奇特的站姿：那两条断腿以怪异的角度支撑在了地上，他左手挂着一根拐杖，右手却把另一根拐杖举过了头顶。阿飞看起来很紧张：它大口喘着气，前腿刨着地，甚至还尥起了蹶子。

"放松，"埃尔南多试着安抚它的情绪，"放松，帅小伙。"

阿飞该是感觉到了吧，埃尔南多拍着它的脖子心想，他们就要从此分离了。正想着，一只大老鼠哧溜一声从他与阿飞的腿间窜了过去，紧接着又一只，再一只，一大群老鼠一股脑儿地朝他们涌了上来。埃尔南多跳了起来；阿飞也被吓得前脚腾空，它一下子挣脱了缰绳，撒腿朝前疯跑了出去；站都站不稳的米盖尔正用拐棍往地上砸着，想把那些老鼠轰走。

受惊的阿飞一边跑一边嘶鸣着，一瞬间，在堡垒旁边皇家马场里歇息着的几百匹马也跟着一齐叫了起来。一听不对劲，马场的门卫和马夫们立即跑到了街上，在一团漆黑中，他们隐约看见一匹黑白花的大马正拖着缰绳在皇家园地广场上狂奔。

"快来呀！有匹马跑出来啦！"一个马夫叫了起来。

恪尽职守的门卫刚想争辩，可他一望见阿飞屁股上那个熟悉的烙印，就自觉合上了嘴巴；毫无疑问，那是皇家马场的马。

"快追！"于是他也跟着喊了起来。

埃尔南多也在奋力追赶：马没了，他要用什么去交换他娘呢？可奇怪的是，那名狱卒一直都没有露面。米盖尔终于得以摆脱了老鼠的纠缠，他正为阿飞在奔跑中展现出的力与美啧啧称羡，他只恨自己没有一双健全的腿，可以让他自由走遍任何想去的地方。"它会回来的。"男孩在心中对埃尔南多默念道。皇家马场的人还在陆续不断地跑出来；同时宗教裁判所里的人也不甘寂寞，从白天卖布的那扇门鱼贯而出。心急火燎的埃尔南多停住了脚步，只见阿飞已经被逼到城堡的墙边，被六七个男人围在了当中。

四面楚歌的阿飞不停地嘶叫，也只能任凭别人将它的缰绳握在了手中。

"那是我的马！"埃尔南多说着走了上去，一边还在咒骂着那群该死的老鼠。那看守怎么也不选个好点的地方，他就没想到会发生这种事么？

马场的人稍微看了看，就证实说这匹马确实不是从他们那儿跑出来的。

"怎么那么不小心？"一个马夫责备埃尔南多，"特别是在晚上，会伤人的，你知道么？"

埃尔南多不愿搭话，只是伸手接过了阿飞的缰绳。这帮家伙晓得什么？

"哎？你不就是每天过来看疯婆子的那人么？"这时，宗教裁判所的一个门卫倒是认出了埃尔南多。

埃尔南多没有说话，只是皱了皱眉。他多少次向这个人乞求，想进去看一眼他的母亲，可这个人却对他置之不理，放着该干的活不干，一门心思在广场上卖他的绸布。

"你快来把她接走吧，"此时，另一个守门人对埃尔南多说道，"要是再晚两天，你就见不着活的啦。"

阿飞的缰绳从埃尔南多手中滑落了下来，可它还没来得及触到地面，就有一根粗糙的拐杖截住了它。埃尔南多回过头去，只见米盖尔露着那一口烂牙，一边朝他咧嘴微笑，一边把那根缰绳挑回到他的手中。那门卫说快来把她接走？这又是演的哪一出？

"怎么回事……"埃尔南多糊里糊涂的，"那她的判决呢？不是说要火刑什么的？"

"几天前，裁判所在听证会大厅给她做了个缺席宣判，虽说判的是让她穿悔罪服一年,天天去教堂里听弥撒,不过看她现在这样,肯定也是没法去服刑了,况且也没人想叫这样一个疯子踏进我们神圣的殿堂。"其中一个门卫嫌弃地说道,"裁判所特地做这个宣判,是因为医生说了,你娘肯定是撑不到下次火刑了,所以干脆就在她死前早点判了吧。她都疯成这样了!你快点来把她领走吧!"

"那就请你们把她交给我吧。"埃尔南多这才意识到,他差点就被那狱卒给骗了。

没过多久,埃尔南多就双手托着阿以莎,走在了回波特罗客栈的路上。

"不用带她去教堂!听到了吗!"身后,那个男人还在提醒埃尔南多。

"天呐,她这是比羽毛还轻啊!"埃尔南多朝着星空高喊着,在他刚刚经过的石墙后,就是当年大清真寺壁龛的所在。

米盖尔悠然自得地走在埃尔南多的后面,他又把阿飞的缰绳挂在了他的肩上;那匹马温驯地跟在他的身后,像是不愿去超过他一样。

56

蒙特里尔公爵的追悼会庄严肃穆,无法按照天主教徒的葬仪将公爵入土,为这场葬礼更添了几分愁苦。主教在大教堂中高声宣告,公爵与其长子的死要记在克莱尔郡长博蒂乌斯·克兰西的头上,他乞求伟大的上帝将这个刽子手永远按在痛苦的炼狱之中,并咬牙切齿地宣布,每过七年他就会重复一次这样的请求,以提醒上帝,脱离苦海的恩典永远都不适用于这样一个穷凶极恶之徒。

同样无法脱离苦海的还有阿以莎。埃尔南多还没有接到堂·佩德罗·德·格拉纳达·维内加斯的回复,现在是冬天,母亲又是这样一种境况,他也不敢贸然踏上一段如此漫长的旅途。所有人都觉得她活不长了。埃尔南多塞了几个钱给客栈老板的老婆和女儿,让她们帮忙为母亲擦身换服。

"她都皮包骨头了,"从房间里出去的时候,老板娘说了一句,"放在灯下都有点透光了。该是没几天好活了。"

晚上埃尔南多还会去赌场里玩牌,多少能挣点,偶尔还会按照科卡的要求输上几局;白天他则会和母亲说话,只盼着她能够稍稍做出一点反应,可阿以莎一直还是两眼无神,一动不动,粒米不进,只用她嗞嗞的呼吸声打破着屋中的沉默。埃尔南多扶着母亲,让她倚靠在床板上,他一边呼唤她,一边一次次地给她喂鸡汤,想着好歹有些东西可以滑进她的喉咙。他小声向她诉说着他为摩里斯科人所做的事情,他告诉她,是他亲手把那张羊皮纸藏在了杜尔皮亚纳塔中。"妈,那张纸是我写的,用的可是阿拉伯语,而且那些天主教徒还把我准备的破布和骨头当作至宝供起来了呢!"为什么他之前不说呢?管他什么誓言呢!这是为了救他母亲,难道真主还会因此而责怪他吗?虽说他从来未曾想过会发生这种事……这都是他的错!是他把母亲扔在一旁,自己却养尊处优,像只寄生虫一样生活在一个天主教徒的宫中。

可就这样过了好几天,阿以莎还是毫无好转的迹象,埃尔南多也忍不住哭了起来。他不停地诅咒着自己,与母亲一样,日渐消瘦下去。

"先生,把她交给我吧。"一天早上,埃尔南多在楼梯脚下碰到了踟蹰不前的米盖尔,男孩手里端着一碗汤,正犹豫着不敢上去。

于是埃尔南多帮米盖尔拿起碗，米盖尔则把两根拐杖都握在了同一只手中，另一只手抓着栏杆，跳着上了楼。

"您把它放在那儿吧，先生，就搁在床的旁边。"

埃尔南多照做了，然后他退到了门口。米盖尔在阿以莎身旁坐了下来，边给她喂着汤，边朝她小声嘟囔起来，像在跟阿飞说话一样。男孩的语气轻柔，仿佛把阿以莎当成了一只受伤的小鸟。埃尔南多在门边站了好久，他傻傻地看着那个能预知动物去留的神奇小子，呆呆地望着躺在床上毫无知觉的母亲。只见米盖尔声情并茂地给母亲讲起了故事，他脸上带着笑容，还在手舞足蹈。这个被生活摧残得体无完肤的男孩怎么就能那么乐观？还有，他都跟她讲了些什么呢？一头大象！米盖尔正在瓜达尔基维尔河里划着船，他正在激流中追逐一头大象！男孩把肘关节贴到了嘴前，甩着手臂模仿起了象鼻子的运动，无论阿以莎的双眼如何木然，他还是在她眼前用力挥舞起了手中的汤勺。也不知道这孩子是从哪里听来的这个大象的故事？埃尔南多忧伤地叹了口气，转过身来走出了客房。身后的房间里，米盖尔依旧笑声爽朗。"大象就在阿尔伯拉斐亚风车旁沉下去啦！"这是埃尔南多几天来第一次骑上了阿飞的背脊，他一路去到了城郊的牧场里，在绿草地上疯狂地奔驰了起来。

"本汇票为见票即付，请贵行在收取千分之六的佣金后，以每杜卡多兑三百七十五马拉维迪的汇率，向现居科尔多瓦的胡维莱斯新天主教徒埃尔南多·鲁伊兹支付一百杜卡多……"埃尔南多念着汇票上的字句；在波特罗客栈，一名脚夫刚刚依照堂·佩德罗·德·格拉纳达·维内加斯的指示，将这张票据送到了埃尔南多手中。一百杜卡多可不是个小数目。现在他可没有任何理由负了他们了，贵族在随票附上的一封信中这样说道。杜尔皮亚纳塔的羊皮纸已经开了一个好头，卢纳和卡斯蒂略也已经按计划将上面的文字译好，可所有这一切最终还是为了引出那本《巴拿巴福音》，从而通过圣母玛利亚将两种不同的宗教成功聚拢。堂·佩德罗说，天主教徒还在孜孜不倦地向国王提交请愿书，其中有一项针对摩里斯科人的措施也是越来越离谱——塞维利亚的阿隆索·古铁雷斯提议要将摩里斯科人重新划分为不超过两百户的封闭型会众，由一名天主教徒领导、严密监控着他们所有的行动；结婚这样的私事也要经过审批，同时要对他们征收高额的税赋，还要在他们的脸上打上烙印，以便在任何地方都不会将他们的身份搞错。

这还算好的呢——信中又说——有个叫布莱达的多明我会修士[①]走得更远，他

[①] 又译为道明会，天主教托钵修会的主要派别之一。

想出来的主意狠毒到令人发指的地步，他援引了早年天主教教父们的理论，称由国王自由支配全体摩里斯科人的生命是完全合乎道义的，国王可以按自己的意愿诛杀他们，或将他们作为奴隶卖到别国。这位教士提议，与其将这些摩里斯科人关押起来，每天为他们支付伙食费，还不如将他们统统罚为苦役，以代替那些因过错而被修道院按惯例罚去划船的神父们。这些自诩慈悲为怀的神父杀起人来是眼睛也不眨一眨，他们把奴役我们看得像吃饭一样轻松平常。我们必须行动起来了。这些提案已经传到摩里斯科百姓的耳朵里，让他们群情激奋。我们必须阻止这样的恶性循环：类似的请愿书越多，弟兄们就越是想着要搞暴动，而他们的计划一旦败露，天主教徒就更有理由来对我们采取那些惨无人道的手段了。另一方面，我们也不能抱着隔岸观火的态度来看待无敌舰队的失败。英国强大了，它就会在佛兰德斯投入更多的兵力；而在战败后，由西班牙国王出资推动的神圣同盟已经在法国举步维艰。这些看似与我们毫无关系的事件最终都会落到我们头上的，埃尔南多，这点我可以跟你打包票。随着西班牙人在欧洲的逐渐失势，他们就会看到我们与其他强国暗中勾结的可能性，所以他们一定会采取措施的。局势对我们很不利。你那儿一有什么情况就告诉我们，我们将会是你坚实的后盾。我们也需要你的帮助。

埃尔南多把堂·佩德罗的信烧了，带着他的身份证和那张汇票离开了客栈。那张汇票要在堂·安东尼奥·莫拉莱斯的银行承兑，所以埃尔南多跟警察问了问路，便朝银行的方向走了过去。莫拉莱斯的银行就在生丝市场和谷物市场附近，衣装笔挺的埃尔南多受到了银行家本人的热情招待，莫拉莱斯在按汇票内容收取了千分之六的佣金后，为埃尔南多开立了户头，其中九十杜卡多以存款形式暂寄在了银行里，另外的钱则以现金发放给了埃尔南多：冠币七枚，八里亚尔的硬币若干，还有些零碎。

回到客栈后，埃尔南多大大方方地付清了房钱，也以此堵住了老板的嘴。老板已经弄清了他的身份，知道他不过是个摩里斯科赌徒，况且这两天他又带来了个宗教裁判所的犯人，也难怪这位老板会对他起疑心。

"不知道您能不能住在这个教区呀？您有许可吗？"几天前，老板这样问他，"您也体谅体谅我呗，万一到时警察来了，对吧……新天主教徒要想变换居所都得事先经过批准的。"

埃尔南多把格拉纳达大主教为他出具的那份通行证掏出来给这位老板看了看。

"在西班牙各个王国之间我都能随便通行，何况是在这么一个小小的城市里？"埃尔南多反问道。

"可是那女的……"客栈老板不依不饶。

"她是我娘,跟我一起的。"

埃尔南多的语气不容置疑,不过在说话的同时,他也把几个钱币塞到了老板手里。

即便如此,埃尔南多也知道,这样的状况不能永远持续下去。堂·佩德罗是给他寄了钱,可他也得为之做出自己的贡献,客栈里人多嘴杂,实在太不安全。阿以莎把床给占了,所以现在的他每晚都得睡在地上。母亲的情况还跟离开地牢时一样,是米盖尔每天在悉心照料着她:他会和她说话,给她讲故事,一边摸着她的头,一边朝她微笑;米盖尔几乎总是微笑着,除了叫老板的妻女过来帮忙的时候,不时得让她们过来给阿以莎擦身,如果一直不换姿势,阿以莎很有可能会得褥疮。

"她还是不肯吃东西?"一天,埃尔南多问了起来。

"先生,她不用吃很多,"男孩答道,"暂时我还是给她喂点鸡汤,像她这样每天不动的话,喝下这些鸡汤就已经足够了。要是她什么时候想吃了,她自然会吃的。"

埃尔南多迟疑了一会儿,把左手支到了下巴上。他不敢去问米盖尔,这位与小兽无异的老妇是会走还是会留;可他发现,这个拄着拐杖站在他面前的男孩确实知道他心中在想些什么。

米盖尔微笑不语。

埃尔南多清楚,母亲都这样了,他是没法出远门的。同时,他想去租间房子,找份工作——与马有关的工作。他是个好骑手,说不定会有哪个贵族愿意雇他当驯马师或是马场管理员,当个马夫也行啊。有什么不行的呢?这是他的首选,万一落空的话,他还会写字和做账;总会有人需要他的。晚上的时候,他还是会继续研究那本福音书,他依旧把那本书藏在一沓纸里,但与公爵府中不同,这里谁都不会趁他不在的时候偷翻他的纸卷;这个客栈里连一个识字的都没有。

思绪把他引到了科卡的赌场,是那位几内亚女佣给他开的门。说不定科卡会晓得有谁正在出租房子……

"瞧瞧,瞧瞧!"见到埃尔南多,正点数着前一晚进账的科卡仿佛很是激动,"我正要去找你呢。"

埃尔南多朝科卡所在的那张桌子走了过去。

"你认不认识谁正在出租房子的?别太贵的。"还没走到桌前,埃尔南多就冷不丁地问了起来。科卡的眉毛皱成了弓形。"话说你要找我干吗?"这会儿埃尔南多才突然想起来问。

"稍等。"科卡把钱清点完毕,支开了那个女佣,待赌场里只剩下他们两人的时候,这位老板认真地对埃尔南多说道,"今晚,会有一场豪赌。"他宣布。

埃尔南多面露难色。

"你不感兴趣?"老板有点惊讶。

"感兴趣吧……嗯。是这样的,我……"埃尔南多犹豫着要不要把堂·佩德罗寄给他一百杜卡多的事告诉眼前的这个男人。当初确实是他自己提议要赌把大的,可是现在……那一百个杜卡多已经给了他足够的保障,不像当时,他是一无所有。而且贵族寄给他这笔钱是用来让他为摩里斯科人的大业做贡献的,他怎么能拿租房子和照顾他娘的钱来赌博呢?"我现在有一百杜卡多,"最终他还是决定坦白,"是一个熟人借给我的……"

"不用你出钱。"科卡的回答出乎他的意料。

"可是……"

"我了解你。我在干这一行的过程中就学会了如何识人。我能嗅得到那种气息,从而估算到别人的反应。你来找我的时候你是说你没钱;要是你现在有钱了,我又要让你拿它冒险,你就不会干了。你毕竟不是个赌徒。"只见科卡弯下腰去,从脚边抓起了些什么:他把满满两大袋子的钱扔在了桌上。"这就是我们的资金,"科卡说,"说实话,在一般情况下,我是不愿跟人合伙的;可你是唯一一个知道我秘密的人,不仅现在是,以后也是一样。你是唯一那个可以与我配合的人,也是为数不多的我把他当作朋友的人之一……说是为数不多,其实可能也只有你一个吧。我真的想赢他们。狠赢一笔。赢得越多越好。今晚必须是属于我们的。"

"可是你这钱……"埃尔南多惊叫道,他只是稍稍看了一眼桌上的钱袋,"也忒多点儿了吧!"

"嗯,是不少。今晚就请你忘了你平时在这里玩过的那些小孩过家家的游戏吧。那将会是另一个世界。要是你到时候掏出来的都是一个个里亚尔,他们一定会发现你的身份的,同时,作为把你引荐给他们的我,也就一起穿帮了。这里面装的都是埃斯库多金币;今晚每个人的手上都只会拿着这一种货币。你得让自己相信,一个埃斯库多就跟一个勃兰卡一样不值一提。你觉得你行吗?"

埃尔南多毫不犹豫:

"没问题。"

"小心行事,我希望你一定要明白这一点。决不能让任何人发现我们是一伙的。"

今晚的赌局将会在一个富有的布商家里举行,这家伙玩牌的时候就喜欢显摆,下起注来简直就不要命。

傍晚时分，埃尔南多出了门，尽管波特罗客栈离富商家所在的集市大街不过几百米，可提着一大袋金币走在路上的埃尔南多还是觉得如临大敌，他一路都在回想帕布洛·科卡的那些指示：他们得面对面坐，这样埃尔南多才能看见科卡的耳垂；即使科卡没有发出任何信号，埃尔南多也得投下重注——只有赢的时候才下注，必定会引起别人的疑心。

"别跟我多说话，"科卡还嘱咐过，"但是看着我的时候不必遮遮掩掩的，要直视我的眼睛，就好像你在通过我的神情判断我的牌面一样；观察别人的时候也要如此。不要以我为主，而是要以你自己为主。要是到时候走运，他们用了我们的牌，那我就能算出他们每一个人的牌面；否则的话，我也只能告诉你我的手牌了。玩的时候坚决一点，不过也别觉得他们都是傻子；他们知道自己在做什么，而且他们应该也会像任何一个来地下赌场赌博的人一样从中欺诈。但不管怎样，永远记住一点：这些人对名誉的看重会让他轻而易举地对你拔出剑来，而这次赌局本来就是不合法的，所有的人都会签订保密协议，所以今晚即便有人杀了谁或者伤了谁，到时候也会无从追究。"

一个佣人把埃尔南多带到了一个极尽奢华的大厅里，明亮的大厅中装点着各式各样的挂毯与雕皮工艺，名贵的木制家具油光锃亮的，还有一幅巨型的宗教画也成功吸引了埃尔南多的注意。房间里已经有八个人了，他们都站在那里，两两凑在一起小声交谈着；帕布洛也在其中。

"各位，"科卡招呼着站在门口附近的那两对人，"我要向你们隆重介绍埃尔南多·鲁伊兹先生。"

一个高大健壮的男人率先朝埃尔南多伸出了手，他的衣着明显要比其他宾客更加豪华一筹。

"胡安·塞尔纳，"帕布洛介绍着，"我们的东道主。"

"鲁伊兹先生，不知道您今天带钱没有呢？"富商一边跟埃尔南多握手，一边奸诈地问了一句。

"带……带了。"见刚刚围上来的几位宾客听到这话发出了一阵哄笑，埃尔南多也支支吾吾的不知道说什么才好。

"埃尔南多·鲁伊兹？"这时，一位双肩塌陷、穿着一身黑的老头问了一句。

"这位是梅尔乔·帕拉先生，"帕布洛又开始介绍，"本城的公证员……"

老人蛮横地朝科卡做了个手势，让他不要说话。

"埃尔南多·鲁伊兹，"老头又确认了一遍，"那个来自胡维莱斯的新天主教徒？"

埃尔南多没敢去看帕布洛。这个老头怎么会知道他是个摩里斯科人？这些人会愿意跟一个新天主教徒坐在一张赌桌上吗？

"新天主教徒？"这时，另一个上来想跟埃尔南多打招呼的客人又问了一遍。

"嗯，"他只好承认，"我就是那个胡维莱斯的新天主教徒，埃尔南多·鲁伊兹。"

帕布洛想要插话，可那位东道主却抢先了一步。

"你有钱吗？"商人再次询问着，仿佛埃尔南多是不是摩里斯科人对他并不重要。

"天呐，胡安，他太有了，"埃尔南多正想把钱袋打开让对方看看，不料那位老人却抢着替他做了回答，"他刚刚从蒙特里尔公爵那边获得了一笔遗产。就在公爵葬礼的几天前——愿那位公爵大人活在上帝的荣耀里——是我亲自开并宣读了那份遗嘱。除了归长子继承的那些财产，堂·阿方索·德·科尔多瓦特地拨出一部分赠给了埃尔南多。'给我的朋友、我的救命恩人、来自胡维莱斯的新天主教徒埃尔南多·鲁伊兹'，公爵在遗嘱中是这样称呼他的，我记得很清楚；遗嘱上的一字一句，到现在犹在耳边。话说，你今天来是要赌上你的遗产么？"说罢，老头讪笑着问了一句。

在布商家里的那一晚，埃尔南多实在无法让自己将精神集中在手中的纸牌上。一笔遗产！不知道会是什么呢？那公证员没有细说，他也没机会单独问，因为他是最后一个到的，所以他一来，胡安·塞尔纳就立刻开始了赌局。在赌桌边坐下来的时候，帕布洛·科卡露出了愁容；埃尔南多甚至忘了去坐到他对面，还是他自己随机应变跟人换了座。不过，玩了几把之后，科卡终于有理由放松下来：虽说埃尔南多是在糊里糊涂地下着重注，也心不在焉地一连输了好几局，可只要一看到同伴耳垂的移动他就会立刻警觉起来，瞅准时机，下的就是一记重手。赌局持续了一整夜，谁都没有怀疑过他俩的串通。他们成功把这群肉鸽扒光了，在座的人无一幸免。塞尔纳与那位公证员一样，输了差不多五百杜卡多，他很有派头地用现金结清了赌账，同时强装绅士地表达了要报仇雪恨的愿望。其他人、包括帕布洛在内，虽然没有输那么多，却也都几乎掏空了腰包。其中一个纨绔子弟赌着赌着输急了，还对埃尔南多破口大骂，只可惜埃尔南多正一心想着遗产的事情，没空理他。最后这个虚夸的年轻人也为他的妄自尊大买了单，他不得不把那枚刻有他家徽的戒指从手上取了下来，还将那柄在纯金手柄上还镶着宝石的佩剑也放到了桌上。

"给我写份字据，证明它们是我的。"见那年轻人气哼哼地转身就想走，埃尔南多叫住了他。

那位老公证员也无奈地在一张字据上签下了他的大名，只不过，那是一张欠条；玩到一半的时候他就已经输得两手空空，是大家同意他赊账，才让他不至于提前打道回府。签字的时候，只见他的手在发抖；他还在为他刚刚放到桌上的那袋金币发着牢骚，一边又不得不求埃尔南多多宽限几天，好让他凑足那笔款项。埃尔南多没有立刻应承下来，他知道赌博欠的账是不受法律保护的，若是最后公证员赖了那笔款子，他作为债权人也无处可以申诉。可帕布洛偷偷朝他挤了挤眼，意思是叫他答应公证员的请求：他会付的，埃尔南多，他一定会付的。

众人离开富商家，走到了集市大街上。太阳高照，街上已经挤满行人。埃尔南多身后不远处跟着两名全副武装的护卫，帕布洛预计到了当晚的收入，早早在门口安排好人员，确保万无一失。埃尔南多紧随着那位老公证员的脚步，在萨尔瓦多广场附近，埃尔南多赶上了他。

"您昨晚还真是不走运啊，堂·梅尔乔。"埃尔南多朝那位闷闷不乐的公证员靠了上去，跟他并肩走着。只听那老头愤愤地骂了两句，至于具体是什么内容，埃尔南多也听不清。"您是不是说我得了一笔遗产？"

"自己问公爵夫人去，还有那些个由公爵任命的遗产专管员。堂·阿方索啊，您就安息吧。"公证员没好气地回答。

埃尔南多一把抓住了老头的手，拽着他停了下来，扯得他面对着自己。

埃尔南多的举动把迎面走来的两个女人吓得大惊失色，她们赶忙绕道走了过去，边走边窃窃私语。帕布洛·科卡叫来的那两个侍卫这会儿也靠了上来。

"堂·梅尔乔，您看我们这么着行不行：我遗产的事就交给您去帮我办了，动作要快点儿，明白了么？否则您欠我的那笔钱，我可等不及。可要是您帮我办成了这件事呢，我就把那张欠条还给您……我们之间的账，一笔勾销。"

57

但是本传作者尽管钻头觅缝,探索堂吉诃德第三次出门干的事,却找不到什么报道;至少没找到真实的记载。不过据拉·曼却保留的传说,堂吉诃德第三次出门到了萨拉果萨,参与了那里举办的几场有名的比武。他干的事不愧他的胆量和卓越的识见。至于他怎么结局,怎么去世,本传作者一无所知,要不是凑巧碰到了一位老医生,就永远不会知道了。这医生有一只铅皮箱,据他说是有一次翻造隐士的破屋,从废墟里发现的。箱子里有些羊皮纸的手稿,字是戈斯体,诗却是西班牙文。诗里叙说了堂吉诃德的许多事迹,还提到杜尔西内娅·台尔·托波索的美貌、驽骍难得的形状、桑丘·潘沙的忠心、堂吉诃德的坟墓和有关他生平和习惯的种种墓铭和挽诗。

米盖尔·台·塞万提斯借摩里斯科人熙德·阿梅德·贝南黑利之口所述①

位于圣玛利亚教区、靠近大教堂的一栋小院,巴尔马德里奥附近、紧挨着一个废弃庄园的一片年收益可达四百杜卡多的、自带灌溉系统的农庄,六只母鸡,五百棵石榴树,若干核桃树,每年冬天由佃户上缴的三法内加橄榄,每周定量供应的冬夏时令蔬菜:这就是堂·阿方索·德·科尔多瓦为这个在阿尔普哈拉斯拯救了他性命的人留下的遗赠;除此之外,公爵还为适婚女佣们准备了嫁妆,为那些不幸被俘的天主教徒设置了一笔营救基金。梅尔乔·帕拉与公爵的遗产专管员们顺利地将这笔财产过户给了埃尔南多,除了公爵那些房客们的眼红嫉妒与略带酸葡萄心理的辱骂外,他们没有遇到其他任何问题;据公证员说,那些绅士们可是一个勃兰卡的遗产也没捞到。

"看样子他们都对你没啥好感呢。"摩里斯科人在产权证明上签名的时候,那位公证员不无得意地说道。

埃尔南多没有接话。他把该签的字签完,便直起身来。他从衣襟里找出了那张

---

① 以上译文及人名均摘自《堂吉诃德》杨绛译本。

欠条，并当着那些遗产专管员的面把那张字据交给了梅尔乔。

"那种感觉是互相的，堂·梅尔乔。"

埃尔南多把账跟帕布洛结了结，看来这位赌场老板是爱上了那把宝剑，而且对年轻贵族的那枚戒指也是爱不释手。在扣除了公证员的欠款，又将那一百杜卡多还给了堂·佩德罗·德·格拉纳达·维内加斯之后，埃尔南多手上还剩下一大笔财富——这还没有算上他的新家，以及那滚滚而来的地租。

就这样，命运又一次在一个意想不到的时刻发生了急转。

"先生，这房子有人租着呢。"米盖尔对埃尔南多说道，语中带着些许遗憾。两人站在了那栋坐落在圣克拉拉街的小院前，埃尔南多本想令米盖尔去布置好新家，好让阿以莎和阿飞可以尽早搬进去的。"看样子我们必须得等到他们租房合同到期了。"

"不用。"埃尔南多的回答仿佛很有底气，"你觉得这房子怎么样？"米盖尔望着眼前的这幢大房子，透过那几颗坏牙的缝隙深深地吸了口气。"好了，我们这么办：我先回客栈，你呢，就去找这家的女主人。记得，米盖尔，是女主人，听明白了吗？"

"他们不会让我见她的。他们肯定会以为我是来讨饭的。"

"你先去试试，你就说你是新房东的仆人。"听到这话，米盖尔还挂着拐杖呢，就猛地转过身来，差点没失去平衡。"嗯，我不觉得会有谁比你更适合照顾我娘和我的马了。你去试试吧，我相信你能做到的。"

"那假设我见到那位女主人了呢？"

"你就跟她说，从今以后，她都得把租金交给这栋房子的新主人：来自胡维莱斯的摩里斯科人埃尔南多·鲁伊兹。记得提醒她，我是个摩里斯科人，当年在阿尔普哈拉斯武装起义，后来又被驱逐出来。告诉那个女人，不管她再怎么不愿意，我都是她的新房东。你看若是必要的话，就多重复几次。"

不出一个礼拜，租住在小院里的那家人就把房子给腾了出来，他们还特地去跟公爵夫人的秘书确认了一下，这个人是否真就是他们的新房东。他们虽只是卖丝绸的，却也算是科尔多瓦有头有脸的人物，哪个正正经经的天主教徒能甘心住在一个摩里斯科人的屋子里？

房间里阳光充足，庭院中花香四溢，一道喷泉不知疲倦地吐着清水；在这样的美景下，仿佛阿以莎也恢复了许多。他们住进来已经有一段日子了，在米盖尔悉心的照料下——他还是每天大声地给阿以莎讲故事,同时一会儿跳到这儿,一会儿跳到那儿,摘来鲜花搁在病人的膝头——埃尔南多发现,母亲的手已经会微微地动了。

埃尔南多想起了他住过的第一个小院,想起了他那天回家发现孩子们正在上课时、法蒂玛说过的话:"哈迈德说了,水是生命之源。"生命之源!说不定他的母亲也会因此而康复呢?

埃尔南多满怀希望地朝那对奇怪的老少组合走了过去。米盖尔正在给阿以莎讲一栋闹鬼的房子的故事,声音大得就像是在喊。

"那墙摇得呀,就像狂风中的麦秆……"埃尔南多过来的时候,男孩正讲到这里。

埃尔南多跟米盖尔笑了笑,随后将目光转向他的母亲;男孩在喷泉边放了一把椅子,阿以莎就蜷缩在那把椅子上。

"先生,她就要走了。"只听米盖尔在他身旁轻声通报道。

埃尔南多一惊,猛地转过头去,看着那个男孩。

"怎么会……她这明明不是比之前要好么?"

"她就要走了,先生。我知道的。"

埃尔南多紧盯着米盖尔的双眼,米盖尔也与他对视良久。男孩把眼睛眯了起来,证实着他的预感,他轻轻地摇了摇头,像是在与埃尔南多分担着那份痛苦;随后,他接着讲那个故事。

"那姑娘卧房的墙瞬间就给变没啦!玛利亚夫人,您能想象吗?那里突然就空出一个大洞……"

埃尔南多已经不晓得米盖尔在讲些什么了,他在母亲脚边蹲了下来,轻轻地抚摸她一边的膝盖。米盖尔真的能预卜生死吗?阿以莎像是感觉到了儿子的触碰,她的手又微微地动了动。

"妈。"埃尔南多轻声呼唤。

米盖尔也靠了过来。

"让我们单独待会儿吧,求你了。"埃尔南多请求道。

于是男孩独自退下,去了马厩。埃尔南多把母亲干瘪的手握在自己手中。

"妈,能听到吗?能听到我说话吗?"埃尔南多捏着那只孱弱的手啜泣了起来,"对不起。都是我的错。要是我早点跟你说的话……要是我早点跟你说的话,这一切就都不会发生了。其实我一直都在为我们的信仰战斗……"

他把他所做的事情与堂·佩德罗托付给他的工作全都说给了母亲听;摩里斯科

民族的大业，他们从未放弃过！

他的话讲完了，阿以莎一点动静也没有。埃尔南多抱头痛哭。

四天后，男孩的预言变成了事实；在这漫长的四天里，埃尔南多独自陪在母亲身边，一遍又一遍地同她回顾了他们一起经历的种种；阿以莎燃烧着她生命的余烬，终于在一个清晨，她离开了人世，庄严肃穆。

他不愿出丧葬费；听到埃尔南多竟对圣玛利亚教区神父说出了这种话，米盖尔眉头一皱。埃尔南多故意没有提前去通知那位神父，所以当神父来给阿以莎施涂油礼，并在教区摩里斯科人名录上删去她的名字的时候，阿以莎早已与世长辞。

"神父大人，虽说她是我母亲，可我也不得不承认，她被魔鬼控制了，"埃尔南多给自己找了个借口，虽说那些仪式到最后一个都没有做，可他还是把相应的钱付给了那位神父，"宗教裁判所是这么说的。"

"我知道。"神父回答道。

"这事我不太方便跟你解释。"后来，埃尔南多又去跟米盖尔道歉；适才听到埃尔南多对神父说的话，男孩是一脸的愕然。

"先生，您刚才说她被恶魔控制了？您是这么说的吗？"米盖尔激动地跳了起来，差点摔倒，"即便她不能说话，她受的折磨也比……也比被打残了讨饭的我要多！至少该把她好好安葬了吧……"

"米盖尔，我知道我该怎么做。"埃尔南多断然打断了他的话。

若是他付了钱，把阿以莎葬在了教区的墓地里，这些事情就无法实现了吧；可是如今她是被埋在了恩典之野的土坑中，这里根本就无人看守。谁会费心去照看这些尸体呢？这些死者的家属都没打算要按照天主教的葬仪给他们一个体面的身后居所。

"回家吧。"在看过那些掘墓人是如何把阿以莎的遗体生生扔进了土坑里、不带一丝尊重，埃尔南多朝米盖尔命令道。

"那您要怎么做呢，先生？"

"我跟你说了，回家。"

埃尔南多去找了阿拔斯；听他提到钉掌匠的名字，马场的门卫就把他放了进去，于是现在的他站在了打铁铺的门口。阿拔斯要比他们最后一次见面时老了许多，他们上一次谈话还是阿拔斯代表摩里斯科人拒绝了他的施舍。钉掌匠也在埃尔南多的脸上发现了岁月留下的印痕。

"我真怀疑有没有人会愿意帮你。"在埃尔南多解释了他的来意后，钉掌匠毫不客气地评论道。

"只要你发话，他们自然会肯做的。我不会吝啬我的钱。"

"钱钱钱！反正你心里就只装着钱而已。"阿拔斯冷眼看着埃尔南多。

"你搞错了，不过我不想跟你争。我娘是个虔诚的穆斯林，这你是知道的。你就当是为了她做的吧。要是你不肯，那我只有到波特罗广场上去拉两个天主教酒鬼来做这件事了，到时候让他们知道了我们埋葬死人的方法，我们大家都得冒着被宗教裁判所调查的危险。那些牧师甚至可以把我们的整块墓地都翻起来，我敢跟你保证。"

最终，那一晚有一个老妇与两个精壮的青年随埃尔南多前去；谁都不愿拿他的钱，但也没有人愿意跟他说话。四人从城墙上一道废弃的小门走了出去，来到了恩典之野上。荒无人烟的墓地里，在埃尔南多所指的地方，那两个年轻人借着月光把阿以莎的遗体掘了出来，交给了那位老妪。随即，他们又开始在一块空地上挖一个又长又窄、足足有半人深的坑。

老妇是有备而来：她把尸体身上的衣服脱了下来，用水给她清洗了身体，随后她拿出了几张浸湿的葡萄叶，在尸体身上擦了个遍。

"真主啊！请怜悯她、赦免她的罪吧！"她一遍遍地低声吟诵。

"阿门。"背对着那位老妇的埃尔南多应和着她的祈祷，泪水沾湿了他的眼睛，也模糊了他眼中昏暗的科尔多瓦。律法禁止洗尸人以外的任何人看那具尸体，而埃尔南多本来也不敢斗胆违犯它。

"真主啊！请宽恕我吧！"老妇已经为尸体净身完毕，她在为触碰了遗体而乞求真主的原谅。"你带麻布了吗？"她问埃尔南多。

埃尔南多背着身把几条白色的麻布递给了那个女人，女人用它们把阿以莎瘦小的身体裹了起来。那两个年轻人已经把坑挖好了，正当他们想把尸体搬进坑里的时候，埃尔南多拦住了他们。

"还没为死者祈祷呢就这么放进去了？"他问着。

"什么祈祷？"其中一个年轻人反问道。

这俩大概刚满二十岁吧，埃尔南多心想，应该是在科尔多瓦出生的了。这些年轻人已经把祷告以及对经文的学习和背诵扔到了一边，取而代之的则是对天主教徒盲目的仇恨，仿佛只有这样才能让他们的内心安宁。或许他们除了清真言之外就什么都不会背了吧，埃尔南多是从心底里为他们觉得遗憾。

"把遗体放在坑旁边吧，你们若是想走，现在就可以走了。"

于是，埃尔南多在月光下高举起双臂，诵起了那段繁复的祷词："真主至大。

愿世人都赞美你，主宰生死的真主；愿世人都赞美你，叫死者复活的真主。一切国度、权柄、荣耀都是你的……"

他一边背诵，身后的那三个人惊得目瞪口呆。

"确定这是那个被大家称作拿撒勒人的人？"两个年轻人的其中一个朝另一个问道。

埃尔南多结束了祷告，他把阿以莎放入土坑，他让她侧着身子，脸朝着麦加的方向。为了避免叫人发现，两个年轻人要在尸体上先铺上一层石头、再盖上一层干土，可在此之前，埃尔南多先将一封死者之书塞到了裹尸布里；这是他今天下午写的，用的是藏红花液，他被安拉指引着，在那封信中绘出了最美的文字。

"这是在干什么？"

"问你的阿訇去。"埃尔南多阴沉地说，"你们可以走了。谢谢。"

三人嘟囔着告别了他，所以现在，埃尔南多是独自站在了母亲的坟前。母亲的一生可谓艰难竭蹶。回忆的片段一一在埃尔南多脑中浮现，往日里它们总是杂乱无章地堆叠在一起，而现在，它们则是排着队，缓缓地在埃尔南多的眼前走过。他在那里站了好一会儿，时而感怀地流泪，时而又因忆及往日的美好而微笑。她终于能好好休息了，埃尔南多这样安慰着自己，走上了回城的路。

埃尔南多原路返回，当他又一次穿过城墙上那道窄门的时候，他听到身后传来了木棍敲击土地的声音：那声音是那么轻，却又那么熟悉。他在路中央站定。

"别藏了，"静夜中，埃尔南多对着空气说道，"过来吧，米盖尔。"

男孩没有听他的话过去。

"我听到你了，"埃尔南多再次要求着，"来吧。"

"先生。"埃尔南多判断着声音的来向，那话语中饱含着惆怅。"您让我当您的仆人的时候，是说让我照顾着您的母亲和您的马的……现在玛利亚·鲁伊兹也不在了，而那匹马……我连笼头都无法给它套上。"

埃尔南多心头一颤。

"你觉得我会把你赶出家门吗，就因为我娘死了？"

过了好几秒钟，木棍的嗒嗒声才又响了起来，打破了夜的沉寂。米盖尔矮小的身子从黑暗中显露了出来，他走到埃尔南多的身边。

"没有，先生，"男孩答道，"我从来没有那么想过。"

"我的马很喜欢你，我知道，我能看出来。至于我娘……"

埃尔南多的话说了一半就停了。

"您是很爱她的,对吧?"

"很爱。"埃尔南多一声叹息,"可是她……"

"先生,其实她也很宽慰,"米盖尔说着,"她是安安心心走的。您说的话她都听到了,您放心吧。"

埃尔南多朝米盖尔看过去,努力在漆黑的夜色中分辨出他的神情。他这是在说什么呢?

"你指的是?"他问道。

"我是说,您之前的解释她都听到了,她知道您没有背叛您的姊妹兄弟。"这句话米盖尔是低着头说的,他不敢抬起他的眼睛。

"你都听到了什么?"

"请您原谅我。"这会儿男孩才朝埃尔南多投去他真诚的目光,"我只是个乞丐,是个叫花子。我们的营生全靠在街头巷尾听到的那点东西……"

埃尔南多摇了摇头。

"可我对您是忠心耿耿的啊!"米盖尔连忙补充道,"我绝不会去告发您的,我永远也不会去揭发一个像您这样的人,我发誓!打断我胳膊我也不会说的!"

埃尔南多没有说话。不管怎样,这个小伙子凭什么就能信誓旦旦地说他母亲是安安心心走的呢?

"我曾经寻死过,不止一次了。"男孩像是猜中了埃尔南多的想法,他说,"有好几回,我就站在那死亡的门槛上。我病得很重,在大街上孤身一人,被路人斜眼看着;他们都离我远远的,都不愿从我身边走过。我也经历过那种状态,当时我就徘徊在地狱的边缘,我看到了数十个和玛利亚夫人一样的灵魂,有的运气好的,就跨过了那扇死亡之门,其他的则被推了回来,在世间继续受苦受难。她知道的。她全都听得到。我向您保证。我能感受得到。"

埃尔南多久久沉默着。这个男孩身上总有种说不清道不明的东西,让人不由自主地就相信他,也相信他的话。还是说,只是他自己在企盼着母亲可以死得宽心、死得瞑目?他又叹了口气。他拍了拍米盖尔的肩,把男孩的身子拨向了前头。

"米盖尔啊,我们回家。"

"夫人,我都专门验证过了啊。"面对女主人的质疑,埃夫拉因抬高了嗓门。满心期待的法蒂玛无法相信阿以莎竟给自己带来了这样的口信,她大喘着气,激动地叫了起来。小伙子是跟他爸一起来的,那位犹太老人一看情势不对,急忙按着儿子的手想叫他先静一静。"我专门去验证过了。"埃夫拉因重复了一遍他的话,这回他的语气稍稍缓和了些,尽管如此,法蒂玛还是愤怒地在那个正对着庭院的豪华大厅中走来走去。"我跟阿以莎说完话之后,正好遇见那个皇家马场的钉掌匠过来找我……"

"你说阿拔斯?"法蒂玛问道。

"是个叫什么赫罗尼莫的……当时就是他告诉的我那女人住在什么地方。他肯定是跟了我一路,看我跟阿以莎说完了,就上来截住我一顿好问……"

"你跟他说我的事了?"法蒂玛又打断了他。

"没有,夫人,我说的是我预先准备好的回答,想着万一事情进展得不顺利就拿出来用的。我说,我找埃尔南多是因为我有一匹纯种的阿拉伯宝马,是人家用来抵买油的钱的,想让埃尔南多帮我驯一驯……"

"然后呢?"

"他不信。他就一直在追问那封信的事,因为阿以莎把它撕了扔到瓜达尔基维尔河里去了么,可是我坚决没松口。我可以跟您保证。"

"阿拔斯都跟你说什么了?"法蒂玛走到小伙子面前,焦急地问了起来。她刚从埃夫拉因那儿得知了阿以莎的近况:他讲到她老得连路都走不动了,也提起了她身上明显带着的宿疾。也说不定……说不定她是疯了呢?法蒂玛揣测着。可阿拔斯是一定不会说谎的!他是埃尔南多的老友,他俩又是手挽手一起走过来的,他们曾为摩里斯科民族大业并肩战斗。不会的,阿拔斯不会胡说的。

埃夫拉因吞吞吐吐地说了下去。

"夫人……这个赫罗尼莫,也就是您口中的阿拔斯,他说的跟那位母亲说的一模一样。那晚他招待我,让我住在了一个叫柯思迈的人家里,这个柯思迈是他的朋友,在科尔多瓦的摩里斯科人眼中也是一个备受尊敬的人物。他俩所做的只是把阿以莎讲过的话又给我重复了一遍,同时还加上了更多的细节:就在他认为您已经死了之后——因为他们所有人都以为您已经死了,不止您,还有您的孩子们……"法蒂玛慨叹着点了点头。"反正就是在那以后,不到一年,您丈夫就住进了蒙特里尔公爵的府里。夫人,他们都特别恨这个拿撒勒人来着。"听到儿子突然提起了那个绰号,埃夫拉因心中一阵紧张,可出乎他意料的,法蒂玛脸上并没有什么特别的反应;她的面部表情僵硬着,两手紧紧地握成了拳头。"他做出了如此令人不齿的事,所有你们的同胞都对他恨之入骨,柯思迈家里还住着好几个摩里斯科人,他们也都是这么说的。实在不好意思。"等了好几秒,见法蒂玛也不发话,小伙子又添上了一句。

在小埃夫拉因往返数百里、从得土安去到科尔多瓦、又从科尔多瓦返回得土安的这段日子里，法蒂玛曾经假设过一万种可能性：或许埃尔南多已经组建了新的家庭，他不愿离开那座哈里发的都城？这她可以理解！甚至说……甚至说她还想象过他已经死了，因为她也听说了六年前横扫科尔多瓦的那场可怕的鼠疫。也或者他实在不愿放弃那令他如鱼得水的皇家马场骑师的职位？又或者他决定留在那片天主教徒的土地上抄写圣书、预言和历法，仅仅因为那边的穆斯林弟兄们需要他？……这她统统可以理解！可她从来也没有想过埃尔南多竟会背叛了他的同胞、背叛了他的信仰。当时不正是她自己放弃了她的自由，将那些钱拿去解救摩里斯科奴隶的吗？

"你刚才还说……"法蒂玛只觉得奇怪。阿尔普哈拉斯起义的时候，他俩明明生活在一起啊。他们一起为真主经受着万般煎熬，一边有乌拜德在辱骂着他们，一边还有布拉希姆在折磨着他们。他怎么可能隐藏得那么好？埃尔南多确实说起过他跟一个天主教贵族一同从巴拉克斯的大营中逃出来的事，可是，他竟将真相隐瞒着她？要知道她都为这段感情做出那么大的牺牲了，她的小胡马姆都死在了那场圣战里！"你说他在阿尔普哈拉斯救了不止一个天主教徒的命？"

"是的，夫人，确证的就有容他住在自己宫里的那个贵族，还有格拉纳达最高法院一位法官的妻子，可大家都说这只是其中的九牛一毛。"

法蒂玛爆发了。整个大厅中只听见从她喉咙里发出的咒骂与嘶吼。她怒火万丈地冲到了院子里，向天空举起了双手，一声饱含着愤懑与痛苦的尖叫直冲云霄。犹太老头朝儿子使了个眼色，两人匆匆开溜。

几天后，法蒂玛把沙米尔和儿子阿卜杜勒叫了过来，将埃尔南多的消息全都告诉了他们。

"贱狗！"母亲刚一讲完，阿卜杜勒就龇牙咧嘴地喊了出来。

法蒂玛目送着两个小伙子离去，只见他们的脸上冷峻而决绝，刀鞘上的挂坠随着他们的步伐叮当作响。这就是海盗啊！法蒂玛心想：残酷，他们早已司空见惯；残忍，就是印在他们额头的徽标。

自那天起，两个年轻人依旧在海上勇猛征战着，而法蒂玛则用铁腕管理起了她的家产；任什么都不能让她分心，只是在一个个夜晚，独自躺在床上的她还是会想起伊本·哈迈德，胸中交杂着愤恨与辛酸。她出了一大笔嫁妆，把麦尔彦许配给了纳克西斯家的少爷——如今他们家已是得土安的霸主了；同样，她也给阿卜杜勒和沙米尔分别找到了合适的姑娘。在布拉希姆死后，与纳克西斯家联姻无疑是个有百利而无一害的决定；同时法蒂玛女性的身份也没有在私掠船队的生意场上对她造成任何的阻碍。在得土安的历史上,她并不是第一个享有如此崇高地位的女人;当年这里被穆斯林攻占后,它的首任统治者便是一位赫赫有名、备受尊敬的独眼女海盗。法蒂玛与之一样的令人生畏;法蒂玛与之一样的叫人钦佩;法蒂玛与之一样的孑然一身。

第四部

以我主之名

　　我要告诉你们,阿拉伯人是世上最好的民族之一,他们的语言也是世上最好的语言之一。最后的日子里上帝拣选了他们来帮助实现他的律法……就像耶稣和我说过,这先前也临到了以色列的儿女们头上,却对他们不信实①……再不会对他们举起权杖了②。但阿拉伯人和他们的语言将要回来,为了上帝、为了他公正的律法、为了他荣耀的福音和他神圣的教会③。

——圣山铅书:福音真理史之书

(M. J. Hagerthy 版)

---

① 原文指代不清,应为故意造成歧义混淆视听。
② 这句话也有"再不会废除他们的王位了"之意。
③ 也有"教民"之意。

58

1595 年 1 月，科尔多瓦

这是个冰冷而阴郁的早晨，时年四十一岁的埃尔南多起床时心情就如同庭院上方的天空一样晦暗。米盖尔不由得为他的主人兼朋友担心起来：他板着脸，像是有心事儿，反常的不安。七年来，每天清晨骑马回来，他总会把自己关到二楼的房间里，静静地待着；那个房间被他改造成图书馆，到处都是他的书、纸和文件，就好像冬日里堆了一地的落叶。

说到这些天来为什么埃尔南多心中如此烦躁，原因其实也很简单：七年的努力到了这会儿，也终究要有个结果。七年的潜心钻研；他花费了整整七年的时间，精心谋划着那个能将两大宗教阵营重新聚拢到一块儿的计策：穆斯林曾经在这片土地上统治了八个世纪之久，而今却在这里备受轻蔑，作为一个摩里斯科人，他必须要去改变那些天主教徒对他们所怀有的成见。为了读懂某些文字，他甚至特地去学了拉丁语。他一心只想着如何去拉近天主教徒与穆斯林之间的距离：他已经不再玩牌了，只是偶尔允许自己去妓院消遣消遣。

"七使徒！"一天，埃尔南多忽地在庭院里叫了起来，把米盖尔吓了一跳——那一天距离现在已经过去好久了，当时米盖尔正在花圃里忙得不亦乐乎；春日里，花开了满园。"要是用上这个传说的话，拼图就完成了，就连卡斯蒂略提到的圣塞西利奥也可以包含进去。"

米盖尔是从阿以莎去世前埃尔南多对母亲的忏悔中得知这个计划的；他对他主人兼朋友的计策相当冷淡，他总觉得这事有点不太靠谱。

"我说主子，你难道指望着有一天，"有次他们谈起这个话题时，米盖尔就坦言道，"我会去相信哪个神祇么？不管是你的神还是他们的神，他就能眼睁睁地看着人们为了多挣几个钱而打断孩子的腿？这算什么神呀？"

尽管如此，埃尔南多还是把米盖尔当成倾诉的对象，每天跟他分享着自己的疑惑与成果；他需要有个人可以讲讲话，而卢纳、卡斯蒂略和堂·佩德罗都住得太远了。

"那你说的那些使徒都有谁呀？"米盖尔的语气中带着倦意，他这么问纯粹是为了让埃尔南多开心开心。

"我看了些书，上面就讲到这样一个传说。"埃尔南多兴致勃勃地向他解释，"当年啊，圣彼得和圣保罗他们是派了七个使徒到西班牙来传福音：托尔夸托、特西丰、因达莱西奥、西贡多、欧弗拉西奥、塞西利奥，还有伊西奥。这七个人中，有四个人的遗骨已经找到了，在各地供着呢，可你知道这个吗？"

埃尔南多没有立即讲下去；此时的米盖尔是一手挂着拐杖，空出来的那只手抓着一段枝条。他亲切地向埃尔南多望了过去：主人那双湛蓝的眼睛正在闪闪发亮；于是他也被迫只好改变态度，朝主人弯出一抹笑容，露出了那口烂牙。

"哪个？先生，你就别卖关子啦。"

"那三个尸骨还没找到的人里面，就有一个叫圣塞西利奥的，他被证实是格拉纳达的第一任主教。我只要好好利用这个传说，让圣塞西利奥的遗骨出现在格拉纳达……连杜尔皮亚纳塔的羊皮纸都可以被联系在一块儿！这样的话，事情说不定就……"

"我说先生，"米盖尔没等埃尔南多说完便打断了他，他把手中的那段枝条扔了下来，将身体支在另一根拐棍上，"来西班牙传福音的不是圣地亚哥吗？这个连我都晓得。你刚才说的七个名字里也没有他啊。"

"是，"埃尔南多承认道，"我知道要怎么做了，我要把两个传说合二为一！"说罢，他就噔噔噔地跑上楼梯，像是现在不去完成它就永远没有机会了一样。

米盖尔只见他在一级楼梯上绊住了，往下滑了两步，又立马爬起来跑了上去。

"我要把两个传说合二为一！"小伙子不无讥嘲地重复着主人的话，他悠悠然蹦跶到了一个花坛边，里边种的是妍丽的玫瑰花。"我要把两个宗教聚拢在一起！"他又加上了埃尔南多的这句口头禅，他一边说，一边寻找着有待修剪的枯枝，"我看呐，要聚在一起的明明只有一样东西，"他差点就在寂寥的庭院中喊了出来，"就是我被打断的腿骨！"

一月里一个冰封的早晨，听着埃尔南多在责备着麦尔彦、那个负责家务的摩里斯科女人，说她不会做事的时候，站在庭院中的米盖尔记起了自己曾在一次暴怒中发出的呐喊——他只觉得生活欺骗了他。他傻傻地看着眼前荒败的花坛，几个月前这里还是一片欣欣向荣的模样，玫瑰的馥郁充溢着整个庭院；一时间，他有被大自然嘲弄了的感觉。为什么春风吹活了所有的一切，却总也唤不醒他残破的双腿？可能他一辈子都从来没有像这个月这样仇恨自己的残缺，因为他第一次发现了他的邻居拉法埃拉，将她无邪的目光投向了那两个畸形的肉团。那姑娘没有一点的坏心，却也无法不让自己不去看那双断腿；继而，她就像只慌神的小鸟，口中嘀咕着将视线转了开去，不敢看米盖尔的脸。

虽说米盖尔见到她出入隔壁的房门已经好几年了，可他一直没有仔细注意过她，直到几个星期之前。那是一个晚上，科尔多瓦城里万籁无声；米盖尔担心托里比奥刚从农庄里带来的那匹小马会不适应新环境，便想过来马厩看看。五年前，埃尔南多见阿飞年岁大了，就将巴尔马德里奥的那个小农庄整修了一番，又从皇家马场买来了几匹被弃用的母马，好让它们在里边传宗接代。埃尔南多还特别雇了一位骑师，就是这位托里比奥——他多少也算有点本事吧——让他负责训练小马；一旦驯服完毕，托里比奥就会将那些马驹送到埃尔南多位于科尔多瓦城里的那间小院里圈养。

那一晚，米盖尔下楼是为了看一匹叫"生徒"的小马的，它与"凯撒"——在小院马厩里歇着的另一匹马——一样，都是阿飞与一匹火红色母马的爱情结晶。埃尔南多很是挂念这些小马驹，所以无论早晚米盖尔都会来马厩好几次。显然这些牲口还没有习惯在马厩的生活，它们性情刚烈，未通人性；而且一骑上就能发现，骑行训练的方式也不对，想必是简单粗暴，缺乏技巧。有一天埃尔南多也不得不跟米盖尔承认，托里比奥实在是没有驯师的那种与生俱来的感觉。可是，正因为那位骑师有着这样那样的毛病，才使得埃尔南多重新投入到马的世界，每天上午，他都要亲自下到马厩里去纠正它们的恶习。也正是从那一刻起，米盖尔发现主人一天天地恢复了胃口，他脸上因长时间关在藏书室中而带上的苍白的色调也在牧场清爽的气息中褪散殆尽。

结识拉法埃拉的那个晚上，米盖尔是去检查生徒有没有在凯撒边上老老实实待着的。将两匹小马安顿停当，他便在拐棍上掉了个个儿，准备回卧房休息；就在这时，一阵低沉的抽泣声拉住了他的脚步。难不成是主人在哭吗？他竖起耳朵，抬眼朝埃尔南多所在的藏书室望了过去；主人还在那里工作，灯光从开往院廊的窗缝间泻了下来。米盖尔排除了那种可能性。哭声是从另一边传来的，马厩那头是与他们的邻居、陪审员堂·马丁·乌略亚家的庭院连在了一起。小伙子没把那太当回事，转身就想离去，可那一声声的哀叹让他想起了他弟弟妹妹几近无声的夜啼；他们强压着心中的悲戚，生怕父母听见了又会对他们一阵拳打脚踢。米盖尔朝那道隔墙挪了过去。有人正哭得伤心。他现在已经能够清楚地听见墙对面的啼哭声，那人在不住地恳求上天，就像他的弟妹们一样……也像他自己一样。

"你怎么啦？"他有预感那是个女孩。对，没错的，那明显是一个姑娘的声音。

没有回应。米盖尔只听那人吸着鼻涕，努力地想要平复自己的气息，却根本止不住那断断续续的抽噎声。

"姑娘，快别哭了。"米盖尔在这头劝了一句，但事实证明，那不仅毫无效果，反而只会让她变本加厉。

米盖尔抬起头，科尔多瓦的夜空繁星点点。他的瞎子妹妹现在该有多大了？他最后一次见到她的时候，她大概五六岁吧——是足以发现自己的生活与那些在街头欢笑的孩子的不一样的年纪。米盖尔开始小声地对那姑娘诉说，他讲起了多年前曾给妹妹讲过的那番话，那时候，他们还跟父母一起挤在那间阴暗潮湿的小破屋里。

"别哭了，孩子。你知道吗？从前呀，有个盲姑娘，"米盖尔心酸地靠在那道墙上，逐字逐句地记起了他给妹妹即兴创作的第一个故事，"她把双手举起来，奋力地往上跳呀跳，只想去摸摸那灿烂的星空——所有人都说，星空就在她的头顶，可她却怎么也看不见……"

就这样，一连好几晚，两人就隔着那道墙彻夜交谈着：米盖尔用他的故事换来了姑娘的微笑——虽然他无法看见；而那个女孩将她的不幸暂时忘在了脑后，任凭那个温暖的声音搅动着她的心海。

"你是不是就是那个……"一天晚上，女孩小声问着。

"瘸子。"米盖尔一声叹息。

终于，几天之后，两人见了面。米盖尔邀她过来看看那些小马；关于它们的故事，他已经给她讲了成百上千遍。拉法埃拉是偷偷从那道正对着埃尔南多家的马厩、旧得快不能用了的窄门里溜了出来；而米盖尔则是紧抿着嘴唇，用拐杖把自己高高支了起来，在这边翘首以待。虽说两栋宅子之间只隔着两步路，姑娘还是用一块黑布蒙住了脸。米盖尔从来没有在那么近的距离观察过她：她约莫十六七岁吧，栗色的长发披在双肩；薄薄的嘴唇上生着一个小小的尖鼻子，再上头，则是那双甜甜的眼睛。那天晚上，女孩终于将她哭泣的缘由当面告诉了米盖尔：一边是两个败家儿子的大肆挥霍，一边还要为两个女儿出嫁妆，她父亲、陪审员堂·马丁·乌略亚实在是没有那么多的家产。

"他们都自诩为士绅阶级呢。"想到自己的那两个兄弟，拉法埃拉心中很不是滋味，"其实呢，他们就只不过是一个制针匠的儿子，那个陪审员的位子还是他们的爷爷用见不得人的手段赚来的呢。可无论是我爸、我弟甚至是我妈，他们的所作所为都好像自己是出身名门一样。"

正因如此，堂·马丁才决定把他的大女儿，这个又正经又害羞、怎么都不像能找个好人家的拉法埃拉送进修道院；这样他就能把礼金集中到那个更有姿色的小女儿身上，况且大家都觉得，她比姐姐更加讨人喜欢。可这位陪审员既想把女儿弄到修道院里去，又没钱去捐给教团，所以拉法埃拉到了那里面也只能作为女佣，去服侍那些有钱有势的修女们：穷天主教徒家的女儿如果嫁不出去，也就只有这一条路可走了。

"我爸跟我弟这么合计来着，我都听到了，当时我娘也在场，可她一句话都没说，也没表示反对。要是他们中的任何一个有点自知之明、平时稍微节制一点，我也不至于……他们就是想把我赶出去，就好像我染上瘟病了一样！"

夜复一夜，只恨自己没有一双好腿的米盖尔惊异地发现，那些顽劣的小马也在拉法埃拉盈盈的笑声中学会了服从，任由她怎么抚摸，它们再也没有表现出暴躁的那一面；直到一天晚上，面对着眼前这个坐在茅草上的女孩，米盖尔人生第一次失语了，他只想去靠近她、抱着她，可他不敢：他有一双这样的腿，叫他如何去那样做？当他再次独自站在马厩里的时候，他思考了一整晚。这个姑娘的命运不该是这样，可他又能为她做些什么呢？

59

当时,天神说:"麦尔彦啊!真主确已拣选你,使你纯洁,使你超越全世界的妇女。"

《古兰经》第三章四十二节 ①

1595 年 1 月的那个早晨,埃尔南多正准备给生徒安上马鞍。

"我要去趟格拉纳达。"他通知米盖尔。

"先生,骑凯撒去不是更好嘛?"米盖尔建议道,"它可要比生徒更……"

"不不,"埃尔南多打断他。"生徒是匹好马,走这么点路对它来说肯定不成问题,而且我还能趁机教一教它,训练训练它,这样我在路上也不至于太无聊。"

"你会在那儿待多久?"

埃尔南多正握着缰绳,准备给生徒装上嚼子呢,听见问话,他笑着瞅了瞅米盖尔。

"无论是动物还是人,啥时候走、啥时候回,你不是一直都了如指掌的么?"他这么对米盖尔说着,就跟以往每次出远门时没什么两样。

米盖尔早就料到会有这番驳问了。

"你也知道的呀,在先生你身上,我那第六感就不管用了。还有好多事要办,好多决定要做呢,还要到佃户那儿去收租子,我必须得知道……"

"是啊,还要跟你的午夜访客幽会来着。"埃尔南多脱口而出。米盖尔的脸腾的一下就红了,他想试图解释两句,但埃尔南多没给他开口的机会:"我并没有反对的意思,但你要小心她爸爸,要是让他给知道了,他都能把你挂到树上去吊死。而从我的角度来说,我只希望我回来的时候看到你平安无恙。"

"先生,这女孩很可怜的。"

埃尔南多给生徒上好了嚼子,只听那匹马在不停地磨咬着口中的那根铁链。

---

① 译文引自《古兰经》马坚译本。

"这个托里比奥呀,叫他训练的时候要在铁棍上涂蜜,他总也记不住。"看着那匹不安分的小马,埃尔南多抱怨道。"不幸?那姑娘怎么了?"这会儿他才想到问了一句,可是听语气有点心不在焉。

可随之而来的沉默却让他不得不停了下来,手臂上还挂着那一整套的马具。埃尔南多直觉感到米盖尔是想跟他说些什么;小伙子从几天前就一直在试图挑起话头,可他脑子里都在考虑其他事情。见到米盖尔脸上忧伤的表情,埃尔南多叹了口气。他走到朋友身旁。

"米盖尔,我看得出你很担心,"他看着他的眼睛说道,"可是现在我时间很紧,没法耽搁。但我向你保证,等我一回来,我们就来好好地聊一聊你的事情。"

小伙子默默地点了点头。

"先生,你之前一直写的那份东西都写完了?"

"对,写完了。而现在么,"埃尔南多顿了顿,"就得看上帝的了。"

然而埃尔南多并没有像他说的那样前往格拉纳达。他没有选择从罗马桥出城,而是穿过科洛德罗之门离开了科尔多瓦;他顺着那条去往阿尔巴塞特的路向地中海方向奔去,他打算到了阿尔曼萨之后再取道向北,直奔哈拉富埃尔。从一开始,生徒就表现得一惊一乍的,那时候他们才刚刚离开科尔多瓦,埃尔南多也就任由着它乱来,只是在每次勒紧缰绳的时候,在马背上控制着它的惊跳和腾跃。而稍后,待他们经过了与通往托莱多的凡塔斯之路交汇的那个十字路口,埃尔南多猛踢起了马刺,叫胯下的生徒卖力地飞奔了起来;之后的那段路上他都在不停地策马狂驰,叫身下的这头牲口好好体验了一下什么叫作暴力驱驾。两里路就足够了,走过阿科莱亚桥的时候,尽管笼罩在他们周围的是冬日的严寒,可生徒依旧累得满身是汗,它大口喘着气,把鼻环都吹了起来,而最重要的是,它学会了服从马刺的驱赶。从那以后,埃尔南多便让生徒不紧不慢地走着,他们距离阿尔曼萨还有整整六十里,前面的旅途漫长而艰难,几个月前他就领教过这段路程,那次他是为殉教徒名录的事被格拉纳达大主教召去商谈。新的大主教堂·佩德罗·德·卡斯特罗像他已故的前任一样,依然委托埃尔南多制作殉难者名单。

埃尔南多是被卡斯蒂略叫到哈拉富埃尔去的,这个小镇与特莱沙和科夫伦特斯一样,就位于阿尔曼萨的北边、巴伦西亚王国的最西端。那是一片肥沃的溪谷,溪水曲曲弯弯汇入了胡加尔河;另一边则耸立着刃牙山。不过,最重要的,这里的居民绝大部分都是摩里斯科人。

"我的古羊皮纸都用完了,"上次去格拉纳达的时候,埃尔南多跟堂·佩德罗抱怨着，那天米盖尔·德·卢纳和阿隆索·德尔·卡斯蒂略也在，四人聚在那个金色大厅里，有绿莹莹、金灿灿的华光从天花板上洒下来。"我暂时把它们写在普通的纸上了，可是……"

"我们本来也不能用羊皮纸来写，"卢纳告诫着埃尔南多；他的著作《罗德里戈王的真实故事》的第一部分甫一出版就在西班牙学界掀起一阵轩然大波，可令作者尴尬的是，他写这本书的主旨是美化阿拉伯人，而带头起来批评他的耶稣会士伊格纳西奥·德·拉斯·卡萨斯恰恰就是一位摩里斯科同胞。"有些学者坚持认为杜尔皮亚纳塔的羊皮纸是假的，论据就是它不够古老……"

"怎么会不古老呢？"埃尔南多笑着截断他的话，"至少也是曼苏尔时期的东西了。"

"是是，可是还不够，"卡斯蒂略插了进来，"我们还是用纸以外的其他材料来写吧：金啊、银啊、铜啊……"

"用铅吧，"堂·佩德罗提议，"比较容易弄到，经常有人会用它来制作器皿的。"

"古希腊的时候就有人在铅片上写字了，"卢纳赞同道，"我觉得不错。谁都不敢断言它是古代的还是现代的，特别是我们还可以把它扔到粪池里去洗个澡。我们这位朋友对此也是很有心得了，杜尔皮亚纳塔的那张羊皮纸是怎么弄的，再如法炮制一次就好了。"

连埃尔南多都忍不住和另外三人一同笑了起来。

"我认识一个银匠，"卡斯蒂略提道，"他就住在巴伦西亚王国的哈拉富埃尔，虽说有国王的禁令在先，可他还是在暗中制作各种摩里斯科人的首饰。那个镇子的阿訇我也认识。他们俩都是靠得住的人。比尼利，就是那个银匠，他打造的东西比如有法蒂玛之手啊，还比如那种带月亮图案和阿拉伯语铭文的、为新生儿洗礼用的圣餐碟。他也做镯子和项链，天主教徒攻占格拉纳达前我们的穆斯林姐妹们人手一个的那种，表面雕着精致的摩里斯科图案的，有的还刻有《古兰经》的章节。要把你写的那些东西刻到铅板上，我敢说，他是不二人选。"

"其中有几章我是用拉丁语写的，"埃尔南多给他们解释着，"不过大部分用的还是阿拉伯语。字母看上去有点复杂，字形是尖的；这种前所未有的字体也算是我自创的吧，灵感是来自于所罗门的封印①：它象征着融合与统一。我特意规避了所有在先知尔萨诞生之后出现的字形。"

---

① 也称"大卫之盾"，即五芒星或六芒星。

堂·佩德罗连连点头表示赞许，卢纳还礼节性地为埃尔南多的点子鼓了两下掌。

"我和你说，"卡斯蒂略还在试图说服埃尔南多，"比尼利师傅的技艺摆在那儿，随便我们给他什么样的文件，他都能把它刻到铅片上去。"

上次到访哈拉富埃尔的时候，埃尔南多就见识到了比尼利师傅的深厚功力。他先是去找了穆尼尔，当地的阿訇——这位先生的年纪相对于他所肩负的重任来说可算是惊人的年轻——随后两人一起去到了老银匠那间窄小的工坊里。他们到的时候，比尼利正在雕琢一块婚礼用的法蒂玛之手：他将一块银片搁在了那个铁制的模子上，又拿来一块铅片放到银料上面，只见他抓起一把锤子仔细地敲击，不一会儿，一块光洁的挂坠就出现在了他们眼前，随后，他又在上面凿出了对称的图案。与此同时，早已接到卡斯蒂略指示的穆尼尔给这位银匠解释起了他要干的活。

"这是个秘密任务，你完成的好坏说不定就将决定我们民族在这片土地上的未来。"穆尼尔最后还是决定这样说。

比尼利应了一声，终于将注意力从那块吊坠上抽离了出来。

银匠的手艺令埃尔南多叹为观止，他也借机好好端详了一番那件杰作。比尼利让他不用拘束，尽可以把那块银饰拿起来看；埃尔南多只觉得它与自己费心藏在图书室里的那块有着异曲同工之妙。他掂了掂那块东西。大概比家里那件要稍微轻些。他又摸了摸上面尚未雕琢完成的图案。会是哪位姑娘偷偷佩戴着它？它又会见证怎样的危险与磨难？回想起自己与法蒂玛一同走过的风风雨雨，埃尔南多眷恋地微笑了起来。

"怎么样？还行吗？"比尼利的问话将他唤回了现实。

"出神入化。"

接下来的几秒钟里，大家都没有说话。

"让我看看你写的东西吧。"是银匠打破了沉默。

埃尔南多把那枚法蒂玛之手放了回去，将他带来的那沓纸交给了比尼利。银匠一张张地看了起来：一开始他还兴味寥寥，但当他见到那些尖头细脑的阿拉伯语字母和其中好几张纸上画着的六芒星标记，那偶尔只能凭直觉猜出几句的神奇字体立刻让他来了兴致；他眯起眼睛仔细观察着那几份文件，像是在迎接一个巨大的挑战。

"这里总共有二十二卷书。"埃尔南多解说道，"有几卷，你也看到了，总共只有一张纸；而另一些就会稍微长一点。"

银匠一遍又一遍地细察着那几张纸卷，他将它们展平在了那张小小的工作台上，他已经在脑中计算起了整体的篇幅，思考着如何才能将这些文字凿刻到一片片的铅板上。突然，他的目光定在了其中的几张纸上，那上面的字迹实难辨认，既不像拉丁语，也不是埃尔南多自创的那种古怪的阿拉伯语字体。

"这是？"他问道。

"我叫它无字书。上面的字都是没有意义的。你也发现了吧，这本书的内容根本就没法读出来；为了编出这些毫无意义的字母，我也是狠下了一番苦功。在另一本书上，"埃尔南多在那些书页中翻找着，"这本，福音真理史之书，在这本书上，作者宣告说，无字书的内容将会在未来被公之于众；这两者之间是相辅相成的。"埃尔南多继续介绍着。他犹豫着要不要告诉他们，无字书的内容其实就是《巴拿巴福音》，不过他最终还是决定暂时保密。"不过那得要等到那些天主教徒们真正准备好去领受真理的那一天：那是从未被神父们歪曲过的真理，它将证明，这个世界上只有独一的真神。"

比尼利在那儿"嗯"着的时候，埃尔南多让那个一直引导着他的想法在脑中徜徉起来：这些铅书就好像是围绕着那个中心人物——圣母玛利亚——所设下的一个迷宫，一个弯接着一个弯，最终将人引向了那条死胡同：无字之书，即圣母福音。这本书的内容根本无从解释，任谁企图研究它，最终都会无可避免地陷入迷局。但就像他刚才跟比尼利所说的，在另一张铅片中，他将预告一本新书的出现，随着这份新文本最终被人们所发现，整个谜团也会被完全解开，其背后的真相也会浮出水面。而那本新书，就是他秘密藏匿在家中的《巴拿巴福音》。当一系列铅书、包括那本谜样的无字书最后为人们所接受的时候，《巴拿巴福音》的内容即使再贴近伊斯兰教教义，也会被作为唯一的、无可争议的真理，绽放出本应属于它的光辉。

"行，"银匠的话将他从他的思绪中拉了出来，"做好了我会通知你们的。"

听银匠一口答应了下来，埃尔南多伸手就要从包里拿钱，可比尼利拦住了他。

"对我所制作的任何东西，我都只收取最基本的费用，够我平时吃得饱就行了，我也一把年纪了。我只希望我们的穆斯林姐妹们能够继续有机会佩戴着这些由祖辈们一代代传下来的传统饰物。所以你这个活，就等天主教徒们哪天接受了真主的启示了再来付钱吧。"

所以，这已经是埃尔南多第二次造访哈拉富埃尔了；四天的路程中，他时刻注意着让自己与过夜时遇到的商队和脚夫们结伴而行，因为这条路上不仅经常会斜刺里杀出哪伙匪帮，而且与那些形形色色的路人相遇也会是个相当令人不快的经历：往来于各大修道院之间的神父与修士们、从这个镇子前往另一个镇子的杂耍艺人；外国人、吉卜赛人、无赖、乞丐，他们被从城市里赶了出来，反而在这里向途经的旅客们讨起了生活。

第三天晚上，埃尔南多是在阿尔曼萨歇脚的。他要在这里离开那条人流频繁的罗马古道，走上五里的山间小路，他更愿意在白天走完这段旅途，而非晚上。

次日，路走到一半，是生徒的迟疑将危险传达给了他。当时他正沿一条孤僻的小径缓缓行进着，左右是一片由高山环绕着的肥沃谷地，阿约拉城堡就高耸在前路的一块巨石之上，离他约有一里之遥。一路他只听见了自己胯下的马蹄声，但蓦地，生徒就竖起了耳朵，不愿前行。埃尔南多查看着四周：他觉不到一点动静；可生徒却是走一步退两步，不安地转动着那两只绷紧了的耳朵，专注地聆听起了两边的杂音。那匹马像是在引领着主人，因为正当埃尔南多决定相信动物的直觉时，还没等他扎下马刺呢，生徒就狠命冲跑了起来，风一般地向前飞了出去；埃尔南多把身体贴到了马脖子上。果真，距他们几步远的地方，从路的两边窜出了几个身背武器的黑影；埃尔南多连他们的脸都还没看清，其中的一个男人就寻衅般地蹦到了路中央，高举起了他那把古旧的长剑。埃尔南多吼了一声，狠踢了一脚马刺。那男人愣了一下，马上还是决定闪了开来，躲避那匹牲口的猛袭；尽管如此，埃尔南多还是紧盯着那把生锈的长剑，就在他将要掠过那个匪徒的当儿，他叫生徒一个转身，把后腿甩了上去，阻住了那记剑击。生徒像是在躲避牛角一样，表现出了惊人的灵敏，那位土匪还没来得及叫唤就被一脚蹬飞了出去。接着，生徒重又飞奔起来，埃尔南多也再次将身子压到了马颈上，成功躲过了两发火枪的追击。两粒铅子儿就在他身边呼啸而过，在他耳中留下了一阵轰鸣。

"阿飞会为你骄傲的，"埃尔南多拍了拍生徒的脖子，称赞着它完美的表演。此时，阿约拉城堡已在他们头顶。

此后一路无事，他们顺利抵达了哈拉富埃尔。埃尔南多去找了那个年轻的阿訇，然后随他一道来到了比尼利的工房。他们把生徒拴在了穆尼尔家楼下的那个菜园子里。

"就你一个人来的？"朝工坊走着的时候，阿訇问了起来。

"是啊，而且在阿约拉附近我还真碰上匪徒了呢……"

"我不是这个意思，"阿訇没让他说下去，"不过你回去的时候我也会找个人送你到阿尔曼萨的；我自己也可以陪你去。不是，我这么问是因为我真不知道你到时候一个人怎么搬得动比尼利做好的那一大堆东西。那可真是一大堆东西。"

带纸是一回事，带铅板则完完全全是另一回事：埃尔南多还真没考虑到这一点，所以在科尔多瓦准备行李的时候，他只是在生徒的屁股上挂了几个褡裢，又把它们系在了马鞍的后边。当埃尔南多进到比尼利的工坊里，实际看到银匠展示在他面前的那些劳动成果时,他倒吸了一口凉气:这儿得有一两百块铅板吧……可能还不止!这些铅板都是圆形的,直径得有半掌长,埃尔南多撰写的所有那些文本全都被刻在了上面。它们被叠成好几个长筒状,堆在了工坊的一角。体积那么大、分量那么重的东西,靠几个简简单单的褡裢怎么可能装得下啊!

埃尔南多随意抓起其中一摞最上面的那一片:教会根基之书,埃尔南多在文书中是这么给它命名的。他将那块铅板拿在手中掂量了一下,然后细细鉴察起银匠的工艺。太神了!比尼利分毫不差地将那些锥形的字母刻到了那张小小的铅片里。

"原罪没有临到玛利亚的头上。"阿訇在埃尔南多身后念了出来。听到阿訇的话,埃尔南多将身子转了过去。"我在这儿待了好几天,"穆尼尔解释道,"我一直就在读……更准确地说,是在试图理解你写的东西。你把标点和元音都略掉了。"

"在那个时代,大家都还没有开始使用它们呢。"阿訇本想插话,可埃尔南多继续说了下去,旁边比尼利也在认真听着,"此外,我们要传播的信息不能过于直接,而是要尽可能的模糊。否则的话,天主教徒们一定会立即将这些书判为伪经。"

"可我觉得里面提到玛利亚的部分还挺一目了然的啊。"穆尼尔拿出了自己的论据。

"因为在这方面不存在任何争议。但凡关于圣母的事,天主教徒们都丝毫不会怀疑。"埃尔南多对这一点很有自信,"圣母玛利亚可能是这两个宗教之间唯一一个未遭玷污的接合点了。此外,西班牙民众一直在呼吁教会将玛利亚无罪受孕的事写入教义,以飨他们长久以来的心愿。正因为这些书里支持这样的理论,所以他们一定会将其奉为至宝。你应该也注意到了,玛利亚成为了我所有这些书的轴心——她掌握着神圣的话语,又在尔萨死后,将它传递给了圣地亚哥和其他的使徒;也是她命令圣地亚哥到西班牙来传播福音,又将一本福音书交给了这位使徒;这本无人可读的无字书终有一天会显露出它的真义,到时候,所有天主教徒都会明白,他们的神父早已歪曲了上帝的话语,一位来自阿拉伯的王将会向他们揭示这最后的秘密。"

"可要是天主教徒们根本理解不了这其中的内容,对我们又有什么好处呢?"银匠很疑惑,"他们完全可以按照他们的需要来解释啊。"

"他们一定会这么做的,毫无疑问。"埃尔南多说道。

比尼利张开双手,朝那一大摞的铅板比了过去;在一番忙活之后,他是以这样的方式在向埃尔南多表达着自己的失望之情。

"这就是我们所要的,比尼利。"埃尔南多试着安抚银匠的情绪,"要是那些天主教徒按照他们自己的意思来解释这些铅书,他们就不得不承认格拉纳达的主保圣人圣塞西利奥和他的兄弟圣特西丰都是阿拉伯人;他们是与圣地亚哥一同来到西班牙传福音的。格拉纳达的主保圣人是个阿拉伯人！不管他们再怎么想，也不能只对书中的一部分大加宣扬，而对另一部分——他们不感兴趣的那部分——置之不理。同样的，他们也必须承认阿拉伯语是世界上最伟大的语言，因为这是圣母玛利亚说的。只要他们想利用铅书的一部分内容，就必须去接受这些理论，包括其中出现的好多我们的教义。这是拉近我们两个民族之间距离的一个好办法，说不定他们还会因此撤销对阿拉伯语的禁令。还有呢，要是说连他们的圣塞西利奥都是个阿拉伯人的话，那他们还为什么要对我们民族恨之入骨呢？这种仇恨不就变得没有道理了吗？"穆尼尔思索着，点了点头。"有好多人将不得不回过头去重新审视他们的经文和教义。天主教徒和穆斯林相信的竟是同一个上帝！这是大部分平民百姓都不知道的，也是那些神父和教士极力隐藏的，为此，他们还在不知疲倦地贬低我们的先知穆罕默德。不过不管怎样，比尼利，这都只是在杜尔皮亚纳塔之后我们迈出的又一步，事情远远还没有结束。到了真正要去揭示无字书的内容、也就是那本未经神父们篡改的福音书的那一天，铅书中所有这些模棱两可的字句，包括前前后后多次出现的清真言以及尔萨的属性等等，都会依照我们的信仰解译出来。"

"可是这本书中的字儿根本就没法辨认啊，你们要怎么去揭示它的内容呢？"银匠问道。

"这个文本确实无法解读，"埃尔南多解释着，"可是对我们来说，只要让他们相信这本书就是圣母福音，那就足够了。如果天主教们承认了这些铅书，那他们就得同时接受，有一位阿拉伯王将会来到这里，将一本真真正正的、任何一个教皇或写书人都无法伪造的福音书公之于众；而且到时候，谁都没法说那本福音书的内容与无字书不符……这样，一条环环相扣的链就完成了：那本谜一样的无字书或者说圣母福音的内容，将会因那本从阿拉伯来到此地的福音书而得到解释；谁都无法质疑这本福音书，除非他从头开始怀疑所有铅书的真实性，而到了那会儿，铅书的内容应该是早已被人们所认可了的。"

"到那时，就再没有一个人可以说这本《巴拿巴福音》是伪经了。"埃尔南多在心里对自己说。

那天，埃尔南多是在穆尼尔家过夜的；多年以后，他终于又有机会与一名阿訇在一起祈祷了。随后，他们深谈到黎明。在巴伦西亚王国这些偏远的角落里，摩里斯科人留存着他们信仰的火种。领主们只在乎这些摩里斯科人为他们带来了多少利益，所以对于这些穆斯林的生活方式，他们便是睁一只眼闭一只眼；况且，也从来没有哪个神父敢说自己可以教化这些异教徒。

第二天白天，穆尼尔亲自带了两个弟兄把埃尔南多送到了阿尔曼萨附近；他们到达那里的时候，已是黄昏时分。埃尔南多进到城里去找了个客店，因为他接下来要前往格拉纳达，他也得事先找好旅伴；另外三个人则准备冒着冬日的酷寒在野外过夜，他们还得好好隐藏起来——他们没有通行证，本是不能离开哈拉富埃尔的。

"愿真主与你同在、给你指引。"阿訇与埃尔南多作别。

去往格拉纳达的路程花了埃尔南多整整四天；开始他是跟几个到穆尔西亚去的修士和士兵一起走的，后来他又行走在一支去往阿尔罕布拉之城的商队中间。他装了二十来块铅板到他的褡裢里，都是他从比尼利的大作中精挑细选出来的。他把其中的两卷书——教会根基之书与上帝实质之书——拣出来带在了身上，还捎带了那几块写有圣地亚哥的几位门徒——包括圣塞西利奥在内——的殉教经过的铅片。在撰写文本的时候，埃尔南多特意在其中提到了杜尔皮亚纳塔的那张羊皮纸；有些学者仍然在怀疑它的真实性，所以埃尔南多想用这种办法来彻底堵住他们的嘴。

临走前，埃尔南多跟银匠承诺过，说他自己或是他在格拉纳达的那几个朋友之后会负责取走那些剩下的铅书。在那一路上，他大肆向同行的人炫耀着他为格拉纳达大主教所做的工作，他展示着那张可以让他在西班牙各王国之间自由通行的证件，甚至还从褡裢里掏出了几份关于阿尔普哈拉斯起义——埃尔南多在描述的时候特地用了"血腥罪行"这样的词——的报告，以此来掩藏被他藏在下面的铅书。在明知那褡裢里装着阿尔普哈拉斯殉教者名录的情况下，还有谁会敢去翻动里面的东西呢？

即便如此，埃尔南多还是从未离开那褡裢一步；在沿途旅店中休息时，他也都是枕着它们入睡的。

埃尔南多还被迫在威斯卡尔耽搁了一整天，他是周六晚上到达那里的。周日一早，他就到当地教堂里去做了礼拜，整个上午他都在等神父给他开具那份证明，证明他在外出旅行时也没忘记履行自己的宗教义务；等他回科尔多瓦的时候，他还得将这份证明递交给圣玛利亚教区的牧师呢。他在教堂里等着的时候，就有三个赤着脚的方济各会修士走了上来，他们从神父那里得知了埃尔南多要去往格拉纳达的消息，便想到时候与这个摩里斯科人一同上路。

"你们也明白的，"当听埃尔南多说起他此行的目的是要将阿尔普哈拉斯殉道者名单提交给格拉纳达大教堂，那三个方济各会修士便想要先睹为快，为了将他们的好奇心扼杀在襁褓里，埃尔南多赶紧说道，"这些都是秘密文件。在大主教对它们进行批准之前，里面的内容是谁都不让看的。"

于是，埃尔南多去格拉纳达的最后这段旅程便是与这三位修士同行。尽管这冬日里滴水成冰，三位修士身上还是只披着一件粗麻僧衣；僧衣是棕褐色的，是大地的颜色，代表着卑微与谦逊。一路上，当埃尔南多给他们展示那张特别通行证的时候，他们也跟埃尔南多介绍起来，说若是他们想在旅行的时候不打赤脚，或是穿上一件除麻布开衫以外的衣服，也得事先征得他们教团在该省的大主教的同意。在与他们一起行走的这两天里，连埃尔南多也对这些"赤脚修士"的穷困与俭朴大为震惊；他们不会放过向任何一个人讨要施舍的机会。埃尔南多也为他们节制的饮食和禁欲主义的生活方式深感钦佩，晚上，他们基本就是直接躺在了地上。

进到城里的时候，埃尔南多别过了那三位修士；他穿过了那道瓜迪克斯之门，步入了格拉纳达的山城区。他沿着达罗河的河道一路下行，朝着新广场和堤洛之家的方向走去，在他右手边铺展着的是各大庄园所在的那座山坡，一栋又一栋的豪宅被笼罩在格拉纳达冬日的浓雾里。不知道伊莎贝尔现在怎么样了？上一次看到她已经是七年前的事了。这段日子里，他偶尔也会来到这座城市，或是为了与堂·佩德罗、米盖尔·德·卢纳或者阿隆索·德尔·卡斯蒂略见面，或是为了将自己所写的报告递交给教会。他没有再去坚持；他将他们最后一次相会时女孩在教堂外头含泪的拒绝牢记在心。

埃尔南多对生徒嗾了一声，催着它加速前行。七年了！是啊，这七年里，他与妓院里的那位红发姑娘相得甚欢，甚至还和另外几位女郎共赴了云雨，可他一直也忘不了他与伊莎贝尔的最后一夜，忘不了他们俩身在眠床、欲火却几乎要烧到了天际。在雾中，他确信自己望见了达罗河旁山坡上法官庄园的露台的侧影。他的视线锁在了那块方台上，忽觉自己全身都好像失去了力气，他用双手撑着生徒的背脊，一时没了指示的马也缓缓停了下来，把一张大嘴伸向路畔上的野草地。达罗河水在他们的脚下静静流淌着。他为他们的真主历尽艰辛，可反观现在的他都拥有些什么？只有回忆……回忆里有伊莎贝尔，她性感而美丽；有那些逝去的亲人：母亲、哈迈德……法蒂玛，还有孩子们。而今他的全部生活是建构在一个梦想之上：将两个势不两立的宗教聚在一起，彰显伟大先知穆罕默德那至高无上的权力。可这都是为了什么呢？又是为了谁？谁会感谢他呢？那些对他不理不睬的摩里斯科兄弟么？继杜尔皮亚纳塔之后，他们已经踏出了第二步。那现在呢？若是计划失败了怎么办？法蒂玛呵！姑娘那双黑色的杏眼又一次闪现在他的记忆里；她的微笑，她的果决和坚定，她胸前的那块金坠，还有他们俩一同度过的那一个个满溢着爱意的夜晚。一滴泪顺着埃尔南多的脸颊滑了下来，埃尔南多任由它走完了从眼眶到脖颈的整个轨迹；他的回忆飞向了弗朗西斯科和伊内斯，他们在科尔多瓦的庭院中奔跑嬉戏着，在哈迈德的教导下用功学习，他们笑了起来，安静地望着他们的父亲，专注而甜蜜。

他得把它说出来！他需要听到自己真实的声音。

"孤独。我很孤独。"他消沉地低语着，同时拉了拉生徒的缰绳，叫它别再啃了，继续前行。

此时，在科尔多瓦的家中，米盖尔还在每晚每晚地与拉法埃拉相会，不过，这会儿他故事的主角已经不再是那些幻想中的人物，而是他的主人：埃尔南多先生。拉法埃拉饶有兴致地听着小伙子的讲述，听得入了迷。埃尔南多是一名英雄，他在战争中拯救了一个又一个女孩，在九死一生的战斗中差点付出了自己的生命。当米盖尔讲到埃尔南多的妻儿惨死于暴徒之手的时候，拉法埃拉差点哭了出来……米盖尔苦涩地微笑着，看着这个姑娘是如何在无意识中、一点一点地、被他故事的男主角俘获了芳心。

60

埃尔南多决定一送完铅书就立刻离开格拉纳达,他不愿再在这里滞留过多的时间。历时七年苦心钻研,就在他将作品递到在堤洛之家中等候着他的堂·佩德罗、卢纳和卡斯蒂略手中的那一刻,一阵怀疑却向他侵袭了过来:他的努力真的是有意义的吗?他真的能成功吗?

那三个男人郑重地从埃尔南多手中接过铅片,互相传阅着,仔细鉴察起了上面的文字。埃尔南多在旁不发一语,他甚至走开了两步,站到金色大厅的一扇木窗前面。他愣愣地看着堤洛之家前方那座方济各会的修道院。这是场幻觉吗?他问着自己。整个西班牙都被传说、神话和奇迹占据着。他读过它们,研究过它们,甚至还亲笔抄写过成百上千条的摩里斯科预言。可是,这些虚无缥缈的东西只会钻进那些最无知的民族的最天真的脑子里,只有最迷信魔法和巫术的那些天主教徒和穆斯林才会为之雨凑云集。

就在几天之前,在哈拉富埃尔,当他们望着溪谷另一侧的刃牙山,谈起摩里斯科人在西班牙的未来的时候,穆尼尔给埃尔南多讲起了一个他从来没有听说过,但在这片土地上却是人尽皆知的预言:当地的老百姓都相信,有一天,摩尔骑士法迪米将会前来解放他们,而这位骑士从三百年前的征服者海梅一世①的时代起就隐藏在了附近的山里。

"他们唯一没有达成共识的一点,"年轻的阿訇叹惋道,"就在于究竟是那位骑士是绿的,还是他的马是绿的;也有人坚持说两者都是绿的:包括人和马。"

指望一个超过三百岁的绿色骑士前来拯救他们……太幼稚了!

埃尔南多回过头,朝金色大厅中他那几个同伴望了过去,他们还在细细查验着那些铅片;他摇了摇头,又把目光转了回来。他的铅书确实与那些小孩子的把戏有所不同。它们并非简单的预言。他要用这些铅书动摇天主教会的根基,从而改变整个宗教世界的格局。主教、神父、智者、修士、学者、文人,他们统统都要在这

---

① 阿拉贡王国君主(1213—1276年在位)、巴塞罗那伯爵、蒙彼利埃领主。

些铅书前跌倒。这桩事一定会级级上传，直抵罗马教廷！他在写这些东西的时候从来没想过那么多，他只是任自己的想象自由飞翔，将与圣母有关的各种习俗、历史和传说联系在一起，再与圣人和使徒们的生平交织起来；他要故意在文本各处埋下笔误，在字里行间留下模棱两可的句子，让不同的解释方法恰巧可以对应两边的立场。可他埃尔南多何德何能啊，就敢去改变历史的进程？难不成是真主启示了他？启示他？一个出身阿尔普哈拉斯偏僻小镇的无名脚夫？自以为是！刚愎自用！他咒骂着自己。随即他又想起了那一片片铅板上刻着的东西，越想越觉得它们粗鄙、俗气、浅薄、可疑……

"太棒了！"

埃尔南多愕然转过身去。

只见堂·佩德罗、卢纳和卡斯蒂略都是一派欢欣鼓舞的样子。太棒了！是阿隆索·德尔·卡斯蒂略率先喊了出来；随即，另两个人也加入了对埃尔南多的颂赞。为什么他自己就没法像这三个人一样热情高涨呢？他一点都兴奋不起来。他只是嘱咐他们，要他们到比尼利那儿去把剩下的铅书取回来；他还提到，准备将铅书推出去的时候，还得附上一些骨头或是骨灰，而这次他不方便将这些东西从科尔多瓦带过来；最后他还恳求他们以他的名义将那几份殉教者报告交给教士会。卡斯蒂略又一次向他索要起了《巴拿巴福音》的抄本，可是不，不行，他没有。当他被从公爵府中轰出来的时候，他已经将自己誊抄的那份副本完全销毁，后来就再没有试图重新抄写一份，因为他觉得这已经不是最重要的事了，况且铅书的研究和撰写工作已经耗去了他所有的时间。

"那为什么我们不把手头的那份送出去呢？我们必须把那本福音书递送给高门政权。不管怎样，最后都得是土耳其苏丹才能将它的内容公诸世人的，不是么？"堂·佩德罗紧张地提议着，就好像眼下这件事已经迫在眉睫。

是卢纳让那位贵族不要心急，他说：

"那还早呢，至少我们还得等上几年的时间，暂时我们只要把它藏在安全的地方就行了。不过，既然你现在已经圆满完成了铅书的制作任务，你就可以腾出些时间抄写那本福音书了，这样也可以让我们对它的内容有所了解。我都等不及想读到它了。"

"我也觉得，现在就把它献出去并不是一个明智的选择。"埃尔南多非常赞同卢纳的话，"我们得等到消息，确定土耳其苏丹愿意支持我们的计划，到那时候再把它拿出来也不迟。而直到今天，土耳其人还从来没有真心诚意地帮我们摩里斯科人做过什么事呢。"

而随后，当那三人琢磨起在何时何地用何种方法将铅书展现在天主教徒眼前的时候，埃尔南多告诉他们，他要回科尔多瓦去了。

"我看你今天一整天心里都有事，"卡斯蒂略一语点破，"就感觉说我们在这儿慷慨激昂着呢，可你就是高兴不起来。你看看这些，"这位翻译指了指桌上的那一大摞铅片，"这都是你埃尔南多的劳动成果，你为了它们辛辛苦苦干了那么多年，其设计之精妙，可谓空前绝后；可你现在这又是怎么了呢？"

埃尔南多不知道怎么回答。他彷徨着。他把手支在下巴上，轮流观望起了他的三位同伴。

"我只是有点困惑。我需要……我也不知道。我也不知道我需要什么。反正我觉得，最好我暂时还是不要掺和到你们的工作里……"

"我们的工作？"堂·佩德罗叫了起来，"这明明是你……"

埃尔南多按了按手，恳请他不要再说下去。

"是，当然。我也没说我之后就不参与了。这怎么可能呢？不过我就是觉得，现在的我帮不上你们什么。"

"心力交瘁。"这时候，米盖尔·德·卢纳说了一句。埃尔南多将他那双蓝色的眼睛定在了这位翻译身上。"你是太累了。工作得太辛苦了，有这种感觉也是很正常的事。去休息休息吧。会对你有好处的。剩下的事交给我们就好了。"

"我母亲就是因为这个计划而死的。"埃尔南多突如其来的一句话令那三人惊得目瞪口呆。堂·佩德罗、米盖尔·德·卢纳和阿隆索·德尔·卡斯蒂略眼看着埃尔南多的脸皱了起来，他挣扎着不让自己在他们面前流下泪来。那位贵族默默低下了头，而另外两人面面相觑。"她没法接受他的儿子竟去与天主教徒同流合污；而我又发过誓，绝不向任何人透露我们的计划。"

他深吸了一口气，用颤颤巍巍的声音说道：

"迄今为止，我的朋友们，这就是我唯一从这些铅书中得到的东西。"

埃尔南多冲生徒打了个响舌，一人一马结伴走上了返回科尔多瓦的路程。他们大清早就从格拉纳达出发了；漫漫长路，埃尔南多也没有想到去找个旅伴。途经格拉纳达平原时，埃尔南多踏着马镫站了起来，他回望着身后延绵的内华达山脉，那一座座峰顶上都是白茫茫的一片。真冷啊。这会儿，在山的那一侧，阿尔普哈拉斯海拔最高的那些小镇应该也都是覆着白雪吧。胡维莱斯，他的童年就是在那里度过的；那时，他还有母亲……还有哈迈德的陪伴。埃尔南多呆呆地摇着头的时候，一群低飞的鹆鸟掠过了他的头顶，他望着它们越飞越高、越飞越高，像是要去攀上那巍峨的峰顶，不一会儿又齐齐地转了回来，降落在已经播种完毕的麦田。埃尔南多坐回到鞍上，把缰绳搭在生徒高耸的肩上，他狠狠搓了搓手，把手弯成碗状，往里边呵了口热气。一间间的田舍与民家散落在平原中肥沃的四野；这里还有那里，远远能望见一个在田间辛苦劳作着的农人——他们中有哪个抬起了头，遥看着这位骑手。埃尔南多眺望着远方的地平线，前路孤独幽远。他叹了口气。生徒的蹄甲有节奏地敲打在冻硬了的土地上，这清冷的蹄声也是这一路埃尔南多唯一的伙伴。

刚一瞧见主人，米盖尔就发觉到他的颓丧与悲哀。本来他急切盼望着埃尔南多的归来，好让他履行出发前的诺言，就拉法埃拉的事跟自己好好谈一谈，可见主人现在是这个状态，米盖尔心中实在不敢，甚至在接下来的几天里，他也只是试图用埃尔南多不在时家里、田地中和庄园内所发生的各种新鲜事吸引着主人的视线——在这段时间里，他还因为看不惯托里比奥野蛮的驯马方式跟他大吵了一架！说起这件事的时候，他还怒不可遏，高高举起了他右手的拐杖。

"他是毫无理由地在虐待那匹小马！"米盖尔怒斥着那位驯马师，"他就在那儿可着劲地踢着马刺，那匹马根本就不懂他想叫它干什么。"

可是，连两人之间的这起争端都无法激起埃尔南多的兴趣；他还是一天天地沉浸在对往日的眷恋中，即便他还和以前一样天天骑马出行，甚至时不时地还会在晚上跑去妓院寻欢。

"先生，"一天，米盖尔一蹦一跳地穿过院前的走廊，蹦跶到埃尔南多的面前，"你听过想骑马的猫的故事吗？"埃尔南多停下了脚步，他身后拐棍的嗒嗒声也随即停了下来。"这个故事是说呀，一只棕色的猫……"

"这故事我听过了，"埃尔南多打断了米盖尔的讲述，"我听你在波特罗旅馆的时候跟我妈讲过，说的是一个贵族骑士被邪恶的巫婆变成了一只猫，只有让它骑到一匹战马上，指挥着马驰骋疆场，才能最终破除巫术的事吧？不过结局我有点忘了，可能当时我分心了。"

"要是这个故事你听过了的话，那说不定我还可以给你讲讲一个被囚禁在塔里的骑士的故事，只有当他……"米盖尔的话停在了半空，他故意没有说下去。

埃尔南多长吐了口气。就这样过了好几秒钟。

"米盖尔，我觉得我可能不会喜欢这个故事。"

"也许吧，不过你也该听听……那个骑士啊，他……"

埃尔南多用手势止住了米盖尔的话。

"你到底想跟我说什么，米盖尔？"他一脸严肃地问道。

"我想说，你一直这样一个人是不好的！"米盖尔放开了嗓子，高声劝着他的这位主人，"现在你的活也都干完了，那你接下来准备做点什么呢？整天窝在房里，把自己包在一个个的纸堆里？你就不想再结个婚试试？再生两个孩子？"

埃尔南多没有回答。于是，米盖尔臭着脸转过身子，一瘸一拐地走开了。

埃尔南多又一次躲进了他的藏书室。在这个寂静的房间里，他翻阅起这七年来他为了编写铅书而弄来的将近三十本书籍；那些书都被他整齐地排列在书架上。他想着要去重读其中的一本，未果；没过一会儿他就倦了。他还试着去练了练书法，他发现那支笔如今是滞涩地在纸面上拖动。赞颂真神的那些文字已经描绘完了，将自己与真主联系在一起的那种属灵的关系仿佛也已一去不回。埃尔南多轻轻地拿起他自制的最后一支翎笔，仔细地瞅了瞅那微带弧线的笔锋：削得明明不错啊……倏忽间，他明白了过来：只因他断绝了他与真主之间的那根纽带！他用拳头砸着书桌。一定是这样！

于是第二天一早，埃尔南多便朝大清真寺昂首进发。他在家里预先完成了必备的沐浴程序。他是不是已经忘记了他的真主？在去往赎罪之门的那一小段路上，埃尔南多这样自问着。七年来，他一直在书写着关于圣母玛利亚、使徒圣地亚哥，以及好多好多来到西班牙的圣人和殉道者的故事。虽然他的出发点是好的，可是所有的这番努力……会不会削弱了他自身的信念，玷污了他纯洁的信仰？但他觉得自己必须站到那座不复存在的壁龛前，纵使天主教徒已经将那块圣洁之地弄得污浊不堪；他要在那里祈祷，即便只能站着，即使不能出声。如果塔齐亚观允许他们隐藏着自己的信仰而不被认作是罪过或是背叛，那在大清真寺里偷偷祷告又算得上什么过错呢？就在那里，在边境总司令阿隆索·费尔南德斯·德·蒙特马约尔的石棺后面，穆罕默德的追随者们曾经创造了史上最灿烂的宗教圣所之一。他走过了赎罪之门，穿过了大教堂的内院；院廊的墙面上依旧装点着宗教裁判所的无数张罪犯榜，犯人的姓名及其所犯的罪过赫然其上；被庇护者们则一个个无所事事的，寻找着些许遮挡，躲避着那个铅灰色的清晨里阴冷的风霜。是大清真寺中瑰丽的柱林赐予了他瞬间的宁静。他漫无目的地在大教堂里走着。不断有神父和信徒们从他身边经过；两侧的礼拜堂中正在举行大大小小的弥撒和仪式。教堂翼部和唱诗台的改建工事从几年前就停滞了下来，只有等到上头的顶基、拱顶和穹顶陆续搭好，这部分的工程才能继续进行。天主教徒对他们的上帝可真够吝啬的。走在那片搭在那儿已有数年的脚手架间，埃尔南多这样想着：无论是主教还是国王，他们从来就不缺钱，可与其把资产花在盖教堂上，他们更愿意去满足自己过剩的物欲。

"信道的人们啊！"①纵然天主教徒用石膏将穆斯林曾经的圣地封了起来，埃尔南多还是从那一片灰白中念出了真主的启示。这是《古兰经》第五章开头的句子，信徒们曾用库发体将它铭刻在圣所入口的飞檐之上。随后，埃尔南多又继续默祷了起来："你们当履行各种约言……"

埃尔南多一边念诵着那些经句，一边就悟出了其中的真谛，好似这是真主对他虔心祷告的褒奖：真主的启示是被凿刻在坚固而珍贵的大理石上，天主教徒们却妄图用贱价的灰浆将其隐藏；只需轻轻一叩，那层石灰就将碎裂成沙！这不正是他们现在的处境么？他辛辛苦苦编纂铅书正是为了改变这样的状况！掌握在伊斯兰教徒手中的唯一的真理只是被那些经神父篡改操纵过的经文暂时掩盖，当无字书的内容被公之于世的那一天，所有那些被天主教徒们虚构出来的东西统统都会坍塌溃散，正如这科尔多瓦大清真寺中遮蔽着穆斯林壁龛的灰泥一般，在任何一刻都有可能陷落崩坏。埃尔南多抬头仰望着栖息在纤细的大理石柱上的一道道双拱：真主的王权君临于信徒之上，与时时寻求着坚固地基的天主教徒恰好相反。神的意志是负在他肩上的轭，神的旨意落在了每一个像他这样的普通穆斯林的肩上。信念的神力瞬间充盈着他的肺叶，埃尔南多不得不压抑住想要叫喊的冲动，继续在心中默念着真主之名。他闭紧了嘴唇；他得保证自己的无声私语不会叫任何人听见。

就在那天，在格拉纳达的瓦尔帕莱索山上，两个寻宝者如往日一样在一个个洞窟中搜寻着摩里斯科人逃离时留下的财产——在这片土地上，还有许许多多他们的同行终日寻觅于山间。他们在山城正上方一条废弃的坑道中发现了一块古怪的铅板，上面用拉丁语镌刻着的字句复杂难辨。

这一发现对这两个淘宝者来说倒是无甚功用，他们便将它交到了教会手中。一位耶稣会士担负起了翻译的任务，译着译着他就发觉，这真是一件无价之宝。铅板上刻着的是一段送葬的铭文，文中称，埋在那里的便是殉道者圣梅西顿的骨灰，这位圣人是皇帝尼禄时期被处决的，是传说七使徒中的其中一位，其遗骨之前从未被人们发现。得知这一消息后，大主教堂·佩德罗·德·卡斯特罗立即派人收集起了散落在那个山洞中的骨灰，同时下令，继续对那条坑道展开地毯式的挖掘。三月，他们又找到了更多的骨灰、几根已经钙化了的人骨，以及载有圣伊西奥讣闻的那块铅板。三月还没过完，教会根基之书就已经顺利被人寻见；之后不久，上帝实质之书也宣告出土。4月30日那天，圣周庆典正进行得热火朝天，就在格拉纳达

---

① 摘自《古兰经》马坚译本第五章。

人用自己的肉身体验着耶稣受难的苦痛时，一个名叫伊莎贝尔的小女孩找到了属于伊利勃里斯①首位主教、格拉纳达主保圣人圣塞西利奥，记载着他殉教经过的那张铅片。与之同时被发现的还有这位伟大圣人的遗骨；格拉纳达老百姓盼星星、盼月亮，今日终于得见。

一时间，格拉纳达城里的所有天主教徒都陷入了癫狂。

在那次大清真寺之旅后，米盖尔明显在埃尔南多身上看到了态度的转变：他重又开始微笑起来，那双蓝色的眼睛也恢复了它们原本的光彩。他必须得去跟主人谈谈了；拉法埃拉那边已经不能再等了：她父亲、陪审员堂·马丁就快要跟城里的一家修道院达成协议了。所以一天下午，当他们用过午餐之后，米盖尔就艰难地攀上二楼，走到了那间藏书室前——他的主人兼朋友埃尔南多正在里面苦练书法。

"先生，有桩事我好久之前就想跟你讲了。"他是在门口说的这番话，他没有贸然闯进他心目中的这片圣地。他一直等到埃尔南多抬起头来。

"说吧。你那边发生了什么事吗？"

米盖尔干咳了一下，一瘸一拐地走进了书房。

"你还记得你去格拉纳达之前我跟你说起过的那个姑娘吗？"

埃尔南多吁了口气。他是彻底把自己对米盖尔许下的诺言给忘了。虽然他不知道米盖尔想让他做点什么，也不明白为什么他就会如此关心那个女孩，但从小伙子脸上忧愁的神情来看，事情该是有点严重了，才会让此时的米盖尔与往日开朗的他大相径庭。

"进来坐啊，"埃尔南多笑着对小伙子说，"我估计这个故事你得讲上一会儿呢……来，你给说说，这姑娘怎么啦？"见米盖尔挂着拐棍蹦了过来，躺到了一把椅子上，埃尔南多关切地问了起来。

"她叫拉法埃拉。"米盖尔开始了他的讲述，"她很绝望。先生，你要知道，她爸爸，也就是那个陪审员，想要把她送到修道院去。"

埃尔南多摊了摊手。

"有不少天主教家庭的女儿是心甘情愿地想要出家呢。"

"可是她不想啊。"米盖尔立刻反驳道。他已经把两根拐棍一左一右地搁在椅子两旁。"那陪审员是一分钱也不想付给修道院，所以她进去之后就只能给其他修女当作下人使唤了。"

---

① 格拉纳达的旧称。

埃尔南多不晓得该说些什么；他的目光落在了他朋友那张伤心的面孔上。

"那你想叫我做点什么呢？我也不觉得我有什么办法可以……"

"娶了她吧！"喊出这句话的时候米盖尔都没敢去看主人的脸。

"什么？"埃尔南多的错愕全都写在脸上，他这会儿是又好气又好笑。但见到米盖尔把眼睛抬了起来，那两轮眼眶里是一闪一闪地泛着泪花，埃尔南多最终决定还是不去发作的好。

"先生，这真的是个理想的解决办法！"主人的沉默让小伙子鼓起勇气，他继续说了下去，"你现在是孤身一人，而她又得与人结婚才能摆脱被送到修道院里去的命运……这么一来不就什么都解决了嘛？"

埃尔南多听着，心中无比震惊：他是认真的吗？他好像确实是在正经地提议自己啊。

"米盖尔，"埃尔南多一字一句地回答，"你比任何人都清楚，要做出这样一个决定对我来说并不容易。"

小伙子紧盯着埃尔南多的眼睛，目光如炬。

"米盖尔，"埃尔南多继续讲了下去，他在尝试着找到一个合适的回答，"即便我说我愿意跟这个女孩结婚——虽说我根本就不认识她——可你觉得，一个高高在上的科尔多瓦陪审员会允许吗？他会同意把女儿嫁给一个摩里斯科人？"米盖尔本想回话，像是说他已经解决办法了一样，可埃尔南多没有给他机会。"稍等……"他叫小伙子等会儿再说。

埃尔南多顷刻明白了米盖尔那边究竟发生了什么事；这些天来他一直只顾着想自己的事情，却丝毫没有注意到小伙子身上所发生的变化。

"而且我发现，还有另外一个问题，好像更难解决……"埃尔南多直直地望向了米盖尔的眼睛，要说这个世界上还有谁算得上他的朋友的话，眼前的这个小伙子似乎就是那唯一的人选了。他盯着米盖尔看了一会儿："你……爱上那个女孩了，是吧？"

米盖尔躲避着埃尔南多蓝色的瞳仁里射出的目光，不过那也只是几秒钟的事，而后，他决计坦然去面对它。

"我也不知道。我不知道怎样才算去爱一个人。对拉法埃拉……她喜欢我的故事！抚摸着那些小马的时候，她的心就会变得安静下来，她还会跟它们说话。只要一走进马厩里，她的眼泪就止住了，她身上的那些麻烦也就不再缠绕着她。她很温柔，也没有一点坏心。"米盖尔的头垂了下来，他把头摇了摇，然后用手托起了自己的下巴。面对着这样的场景，埃尔南多感觉此时的他是如此无力，他的喉咙口也仿佛被什么东西给堵住了。"她……她很脆弱,也很美。她还……"

"你爱她。"埃尔南多的声音低沉却不容置疑。他咂了两下舌头:"我怎么能和一个你深爱着的女人结婚呢?你分明就是爱上了她。我们又如何生活在同一个屋檐下?到时候我们抬头不见低头见的,你心里会是什么感觉?你晚上又会怎么想?"

"你不明白。"米盖尔还低着头,他轻声说着,"我不会有什么感觉。我什么也不会想。我没法像一个丈夫那样去爱一个女人。从来也没有谁尊敬过我。我只是个废物!我这条命一钱不值。"埃尔南多想要辩驳,可这回却轮到米盖尔把他的话给堵了回去,"我从来也没有什么志向抱负,我只求有块烂面包吃,有根骨头啃,那就足够了。我爱她又怎样,不爱她又怎样?我想怎样,这重要吗?那么多年过去了,我的愿望一个接一个地破灭了,就因为我这双废腿。可是现在,先生,我又有了一个希望。这是我在卑贱的一生中第一次感觉到,我或许可以去完成那个心愿,只要你愿意借给我你的力量。你发觉了吗?十九年了,我今年都十九岁了,我这辈子还从来、从来没有哪次可以看到自己梦想成真。是的,你把我捡了回来,你还给了我工作,可我现在说的是我的理想,只属于我的理想!我只想帮帮她。"

"那她呢?她喜欢你吗?"

米盖尔抬起头,挤出了一丝苦笑。

"喜欢我?一个残废?一个佣人?她喜欢的是你……"

"你说什么?"埃尔南多蹭地站了起来。

"我给她讲了好多关于你的事,我感觉她爱上了你,对,我确信;至少她是在深深地钦佩着你。在我的故事里,你是骑士,是护花使者,是驯兽师,连最凶狠的毒蛇都愿意听你的话……"

"你疯了吗!"埃尔南多那双海蓝色的眼珠都快从眼眶中蹦出来了。

"是的,先生,"米盖尔回答道,他涨红着脸,"我已经疯了好长一段日子了。"

那一晚,米盖尔又一次到藏书室里去找了埃尔南多;应格拉纳达那边的要求,埃尔南多已经在重新开始抄写那本《巴拿巴福音》了,若是堂·佩德罗和他格拉纳达的那些朋友坚持要让他把藏在图书室里的这份原抄本寄出去的话,那他必须得事先抄完一份副本。虽说这次他成功说服了他们,让他们相信,现在还没到把这本福音书献出来的时候,可下次他就不一定会有这样的运气了。埃尔南多还是不免对那位苏丹心存怀疑:土耳其人真的会过来帮忙吗,即便这次他们要做的只是在适当的时候来到西班牙,将无字书的内容公之于世人?他们根本无须拔出武器与西班牙国王的军队刀剑相向,那位苏丹大人只需充当圣母玛利亚口中的那个万王之王,去一举拆穿天主教神父们的弥天谎言。

"先生,"小伙子的一句呼唤让他分了心,"我想让你见见拉法埃拉。"

"米盖尔……"埃尔南多抱怨着。

"求你了,来吧。"米盖尔的声音是如此恳切,让埃尔南多实在无法拒绝。此外,说到底,他或多或少地还是有点好奇。

拉法埃拉等在了生徒的旁边。她一手张开,插进了生徒又长又密的鬃毛里,又抬起另一只手,抚摸着它的下巴。这里光线昏暗;唯一的那盏油灯离马厩还有好几米远,它微微照亮着整片空间。埃尔南多看见了那位姑娘;她低着头:在端庄地迎接着他的到来。米盖尔站在了他身后几步远的地方,像是为了不去打扰他们,而事先为自己划定了界限。埃尔南多踟躇不前。为什么他会那么紧张呢?也不知道米盖尔除了把自己变成了故事的主角,还另外对她说了些什么?埃尔南多又朝拉法埃拉迈了两步,这时女孩仍旧将视线放在她脚边的那堆茅草上。她身着一袭长裙,下摆斜搭在了腰上,让它不会弄脏;里面的那条衬裙有点旧了,一直垂到了鞋帮。她上身套着件有袖开衫,里面则裹着紧身的衬衣。她从头到脚全是褐色,衣裙都直直地坠了下来,仿佛她浑身上下就没有一处可以撑得起那简单的衣装。米盖尔都跟她保证了些什么?他会不会……会不会未经同意就跟她说了,说自己一定会娶她过门,她再也不用担心被送去修道院了?

他顿时就反悔了。他为什么就听了米盖尔的话,下到马厩里来了呢?他转身便朝门口走了回去,可一抬头,就撞见了走廊中央牢牢挂着拐棍的米盖尔。

"先生,拜托了。"小伙子乞求道。

埃尔南多拗不过米盖尔,又硬着头皮朝拉法埃拉走了过去。姑娘正用那双栗色的眼睛望着他;即使在黑暗中,也能清楚地看到那双瞳孔里流露出的忧伤。

"我……"埃尔南多在想着要为自己刚才的退缩找个什么借口。

"我衷心感谢您答应为我做的一切。"是拉法埃拉先开了口。

埃尔南多大惊失色。女孩声音之甜美出乎他的意料;可是,他都答应她什么了?米盖尔!他真是做得出来!埃尔南多正欲回头瞪米盖尔一眼,但拉法埃拉又继续说了下去:

"我也知道,我其貌不扬;我爸和我的兄弟们一直都在提醒我这一点。可我很健康。"说着她笑了起来,露出了两排洁白又整齐的牙齿,"我身上没有什么病;而且我们家里出来的女人,生育能力都超强的。"她又补充道。埃尔南多感觉自己胸口被压得有点喘不过气来,那话语中所带的真诚与脆弱让他震撼。"我品行端正,是个虔诚的天主教徒，我向您保证，我会成为全科尔多瓦城最贤惠的妻子的。虽说我父亲一分钱礼金都不会给我出，但我一定会加倍补偿您的。"女孩以这样的承诺作结。

埃尔南多失语了；他来来回回地踱起步来，手足无措。姑娘的诚恳击中了他心中最软弱的地方。凄楚与哀伤在那双栗色的眼睛里静静地流淌；连生徒都似乎觉出了女孩的忧愁，它一反常态，老老实实地站在了拉法埃拉身旁。只有身后米盖尔急促的呼吸声显得与周围的环境有些格格不入。

"我是个新天主教徒。"埃尔南多脑中暂时也只能想到这句托词。

"可我知道您的心是纯净的，而且您很善良。"女孩表示她不在乎，"米盖尔都跟我说了。"

"你爸会允许吗……"埃尔南多不知道自己该说些什么。

"米盖尔说他有办法。"

这回埃尔南多是确确实实转过头朝米盖尔看了过去——他竟然在笑！小伙子那口烂牙就像把锯子一样，和拉法埃拉整洁的皓齿可谓云泥之别。米盖尔一会儿看看这个，一会儿看看那个；两人焦急的眼神像是要把他团团包围。他到底会有什么办法？

"不会要叫我去做什么违法的事吧？"埃尔南多问道。

"不会。"

"也不会触怒教会？"

"也不会触怒教会。"

堂·马丁·乌略亚怎么会允许他的女儿去嫁给一个摩里斯科人呢？况且这个摩里斯科人的母亲还曾经蹲过宗教裁判所的大牢。埃尔南多思忖着：不管从哪方面来看，这都是件根本就不可能发生的事，所以他也不用绞尽脑汁地去跟拉法埃拉找什么借口了，她自己的父亲就会逼她死了这条心；如此一来，他只需做个好人，顺着米盖尔的计划走一步算一步，自会有人出手捏碎了他们的幻梦——这种想法实在太不切实际。

"我有点困了，"埃尔南多向两人告辞，"我们明天再说吧，米盖尔。晚安，拉法埃拉。"

"先生，请你等一下。"经过米盖尔身边的时候，小伙子叫住了他。

"我说米盖尔啊，你现在又想怎样？"埃尔南多的语气中带着些许的不耐烦。

"我得让你亲自看看。只占用你一点点的休息时间。"埃尔南多叹了口气，可米盖尔坚决的态度又一次叫他不得不做出了让步，他点了点头。"跟我来，"小伙子说道,"我们得上到二楼去。"

说着,米盖尔拄着拐棍转过身子,准备从马厩里走出去。

"那拉法埃拉呢?"埃尔南多问道,"她没法进我们的屋子啊,她还是个没结过婚的大姑娘呢。"米盖尔没有理会埃尔南多的问话,像是要叫拉法埃拉待在那儿一直等到他们回来。"那姑娘,你先回家去吧。"见米盖尔也不发话,埃尔南多只好自己提了一句。

"她现在还不能回家,"只听小伙子在前头说道,他已经朝门口蹿了过去,"不然太危险了。"

"什么意思?"

"她就留在马厩里等我们。"

没等主人回话,米盖尔就跨进了院子里。

埃尔南多回头望了拉法埃拉一眼,女孩以微笑回应,于是他跟上了米盖尔的脚步。为什么不让那姑娘回家呢?能有什么危险?米盖尔已经在双手扶栏爬楼梯了,当他跳上最后几级阶梯的时候,埃尔南多追上了他。

"怎么了,米盖尔?"

"别出声,"米盖尔恳求道,"不能让他们听见我们的声音。等会儿你就知道了。"

两人沿着二楼的回廊一直走到了两栋房子的交界处,马厩出口正对着的那条狭窄的死胡同现在就在他们的脚下。米盖尔走得很慢,小心不让自己发出一点声响;等到了走廊尽头,埃尔南多也模仿着小伙子靠到了墙上。他们躲在了那个转角上,这样整条胡同中发生的事都可以被他们尽收眼底。

"先生,我想应该不用太久的,"米盖尔低声说道,他们现在是肩挨着肩紧贴在墙上,"平日里都是这个时候。"埃尔南多没有细问。"话说先生,我要祝贺你,"两人等了几分钟,米盖尔又小声对着主人的耳朵说了起来,"你要娶的是全科尔多瓦最优秀的女人。我干吗要说科尔多瓦呢?像她这么好的姑娘,全西班牙都找不到第二个!"

埃尔南多无奈地摇了摇头。

"我说米盖尔啊……"

"来了!"小伙子打断了他,"快别说话。"

埃尔南多稍稍探出头去,在黑暗中,他隐约看见有两个人影站在了拉法埃拉通常跑出来的那个门口。到这会儿他才明白米盖尔为什么不让那姑娘离开马厩。稍过了一会儿,陪审员府邸的院子那边有人推开了那扇木门;开门的是个男人,手里提着盏油灯，油灯的微光映红了那两个来客的脸：两个都是女人。埃尔南多看见那两个妇人朝堂·马丁·乌略亚凑了过去；即便是在夜里，他也没费多大工夫就认出了陪审员的那张脸。只见她们把什么东西塞到了陪审员手里，接着就在弄堂的暗影中匆匆离去；同时堂·马丁也重新合上了那道院门，提灯的光在暗夜中渐渐隐灭。

埃尔南多朝他朋友摊开了双手。

"就是这样？这就是你要我看的东西？"他问道。

"两个礼拜前，"当米盖尔确信陪审员此时已经回到了屋内，他开始向埃尔南多娓娓道来，"那时你还在格拉纳达呢，有次我们就差点撞上拉法埃拉她爸爸和那些女人。从那以后，每天晚上我都得确定她们走了，才敢放拉法埃拉回去。"

"那米盖尔，他们这是在干吗呢？"终于不用躲了，埃尔南多直起身来，站到了小伙子面前。

"那两个女的，还有经常会来的其他几个妇人，她们都是叫花子。一天晚上，我就认出了其中的一个：那女人啊，别人都叫她'憋屈'。后来我又到街上去晃荡过好几次，然后我就混到了……混到了我的那些人里去，可我连一个铜子儿也没讨到，我说假的也行啊，可是那也没有。"米盖尔在漆黑的夜色中笑道，"你看我把我的老本行也……"

"长话短说，米盖尔，"埃尔南多催促道，"已经不早了。"

"好。那后来我就到处去问啦，今晚你看到的这两个女的分别叫作玛利亚和洛伦萨。洛伦萨就是那个稍微矮点的……"

"米盖尔！"

"她们租了孩子跟她们一起去讨饭。"米盖尔终于把重点说了出来，语气坚决。

过了好几秒埃尔南多才反应过来。

"跟陪审员租？"终于，他问了出来，难掩心中的震惊。

"对。这是笔不错的买卖。陪审员所属的那个兄弟会是负责安置那些弃婴的，堂·马丁就是那个能决定把孩子交付给谁的人。那些孩子会被送到科尔多瓦一些妇女家中，兄弟会每年会给她们几个杜卡多，让她们给孩子喂奶，等到孩子断奶了，就让她们继续抚养他们长大。但是这些奶妈在获得孩子的抚养权之后，又会把他们租给你今天看到的那些女人，让她抱着孩子去乞讨。所以这些孩子中有好多后来都死了……"讲到这儿，米盖尔说不下去了。

"那陪审员跟这事也有关系？"

"关系太大了。"埃尔南多对此事表现出来的兴趣仿佛给了米盖尔新的动力，他给主人解释道，"兄弟会规定，要有一个巡视员周期性地下去检查孩子是否确实在那位奶妈的手里，因为他们是为此付过钱的；同时他还要验证孩子活着与否以及他的健康状况。可堂·马丁跟那个巡视员是沆瀣一气：一个随意把孩子交给了那些对他来说有利可图的女人，另一个则对此睁一只眼闭一只眼。每个礼拜，那些乞丐都会把归陪审员的那部分给他带来；同理，巡视员也会每周收到属于自己的那部分利益。拉法埃拉跟我说过，他爸平日里是挥金如土，为了和市政府的那些议员在奢靡之事上一较高下，他必须要想方设法从各处牟取私利。他最近交出去的那十几个孩子的名字我都能倒背如流，我还能告诉你那些所谓的'奶妈'都叫什么，如今又是哪个叫花子拖着那些孩子在街上卑躬屈膝。"

埃尔南多闭上了眼睛。

"你说那些孩子中有好多都夭折了？"他一边摇头一边问道。

"先生，你要知道，这只不过是笔交易。很不幸的是，我太了解这种买卖了。有些孩子，你一看就会落泪，他们很容易地就能激起人们的同情心；而另一些就完全没有这样的能力。后面这种就毫无用处。同时，要是让孩子吃好穿暖，养得胖胖的，这样的小孩也不能用来讨要钱财。这就是干这一行最基本的规则，所以那些孩子一概都是骨瘦如柴。是的，先生，他们有好多都是饿死的，或是被老鼠咬死，或是被最轻微的发烧夺去了生命；而这些事，从来都不会被写进兄弟会的登记册里。"

埃尔南多仰起头来，今晚的夜空晦暗无光。

"所以你想叫我用这件事逼陪审员把女儿嫁给我，是不是？"过了一会儿，埃尔南多朝米盖尔问道。

"对。"

61

原为制针匠、却从父亲那里继承了科尔多瓦陪审员之位的堂·马丁·乌略亚拒绝接待来访的埃尔南多,是一个又胖又老的摩里斯科女佣——她身上那套所谓的佣人服显然已经度过了它最好的年华——出来向埃尔南多传达了主人的旨意:第一次还客客气气地,第二次就有点傲慢无礼,等到了第三次,那女佣反而率先来了火气。

"跟你主人说,"当第三次被拒绝的时候,埃尔南多终于搬出了那件事情,他特地提高了音量,知道门后一定还有人在听,"是憨屈叫我来的,还有许多她的好同事、好朋友。你听明白了吗?憨屈叫我来的!"他又喊了一遍那个响当当的名字,声音高亢而嘹亮,"你跟他说,明天我在家里等他,我有笔大生意要找他谈。这是他最后的机会,他再不来我就去找总督和主教啦。哦,对了,要是他不知道的话,我就住在隔壁的房子里。"埃尔南多语带讥讽。

独自坐在藏书室里的时候,埃尔南多总是不停地问自己:他真的想跟拉法埃拉结婚吗?

"你这样太寂寞了!你需要有一个女人陪在你身边,照顾你、关爱你、给你家的温暖。"马厩初会的次日,米盖尔是这样吼着他的主人——埃尔南多刚刚告诉他,说他很遗憾,但是他真的没有准备好要再次跟一个女人生活在一起;他还说,现在必须要做的是去司法部门告发那位陪审员对弃婴所做的卑劣行径。"你还没发觉吗?"小伙子的话还没说完,"几年来,你一直就把自己埋在书纸堆里。你的孩子呢?你就不想生两个孩子,到时候继承你的家业?你就不想组建一个新的家庭?你都几岁了?四十还是四十一?你在一点点地变老。你想孤独终老吗?"

"我还有你呢。"

"不不。"两人一时间陷入了尴尬的沉默,"我想过了。要是你不跟拉法埃拉结婚,她最后还是被送去当了修女的话,我就回我的街上去。"

"这不公平,你不能这样威胁我。"埃尔南多有点恼了,他严正驳斥着米盖尔的这番话。

"怎么不公平？这非常公平。"米盖尔依然坚持己见，他抿着嘴唇，摇着头，知道自己接下来的这段发言将至关重要，"我跟你说过，拯救这个女孩就是我此生最大的愿望。上帝可鉴，要是我行的话，只要有一丁点的可能，我都不会来求你。你可以选择不跟她结婚，我尊重你的决定；但是连我唯一的请求你都不肯答应，我真不愿意继续生活在这个家里。"

"可是你是在逼我结婚啊！"

"那又怎样？你的那些穆斯林教友现在都已经跟你断绝了关系，也不管你在这里是不是口口声声地叫他们姐妹兄弟；那你是想再另找一个天主教徒结婚吗？你就娶了拉法埃拉对你来说又有什么坏处呢？她是个好女人，会服侍你、照看你，还能给你生孩子。反正你也不缺钱，你有房子、有地、有马，每年还有租子可收，那你为什么就不想结婚啊？"

"可我是伊斯兰教徒啊，米盖尔！"埃尔南多还在抗议着。

"然后呢？科尔多瓦有的是摩里斯科人和天主教徒通婚的先例。你把两种宗教都教给你孩子不就好了吗？你不是一直想把天主教徒和穆斯林聚拢在一起么？要不然你那么辛辛苦苦地是为了什么啊？就为了那些拒绝你、咒骂你的人？那以后的路你要怎么走啊？你的未来又在哪里呢？娶了拉法埃拉，过上幸福的日子吧。"

"过上幸福的日子吧。"一句短短的话却在他耳边萦绕了一整天，让他终于下定决心站到陪审员家的门前。他曾几何时主动寻找过幸福么？是法蒂玛和孩子们把幸福带给了他。那已经是多么久远的事情了！他们被乌拜德杀害至今已经整整过去了十四年。而自那以后呢？他就一直是孤身一人。他回想起了自己最后一次去往格拉纳达时的情景：在那达罗河的河岸，生徒静默地咀嚼着脚边的野草，而他遥望着伊莎贝尔的庄园所在的那个山坡，触景伤情。米盖尔说得对。他这样含辛茹苦地都是为了谁呢？过上幸福的日子吧！为什么不呢？拉法埃拉确实像是个好女孩。米盖尔也爱慕着她。而且，要是米盖尔也走了，他该怎么办？如果连他最后的朋友都离他而去……

即使结婚，对他来说又有什么损失呢？他想象着孩子们在家中跑跳打闹的场景，他们的嬉笑声一定会让在藏书室里工作的他倍添乐趣；到时候他可以倚着回廊的扶栏，看着孩子们在庭院中快乐游戏，就像他当年在阳台上望着弗朗西斯科和伊内斯一样。十四年了！他只是奇怪，自己在考虑着这样的可能时心中竟然没有丝毫的负罪感：拉法埃拉与法蒂玛毫无可比性……谁都没有说到爱情；有几个人的婚姻是因为爱情？这也无关激情；只是为了逃离孤独，他不得不承认，自己的心时不时地就会被孤独占据；而当他想到自己还会再有孩子，一种难以言状的安谧就瞬间充盈他的内心。

"臭摩尔人，你到底是想怎样？"

堂·马丁·乌略亚没等得及第二天，当晚，他就跑到了埃尔南多的家里。埃尔南多是在走廊中迎接他的，摩里斯科人自个儿先在院子里坐了下来。陪审员没有理会埃尔南多叫他入座的邀请，问出刚才那个问题的时候，他的上半身几乎都要倾到摩里斯科人的身上，他一边叱骂着，一边喷了埃尔南多一脸的唾沫星子。埃尔南多注意到陪审员腰上别着的佩剑。米盖尔就在马厩的门后默默聆听。

"请坐。"埃尔南多又邀了他一次。

"坐在一个摩尔人的椅子上？我从不和摩尔人坐在一起。"

"那样的话，就劳烦您走开两步，离这个如此让您恶心的摩尔人稍微远那么一点。"陪审员果真往后退了几步。埃尔南多依然坐在他那张椅子上："我要娶您的女儿拉法埃拉为妻。"

陪审员是个大腹便便的男人，略微上了年纪，但脸上还是一副骄横的表情，仅剩的几缕银发和他业已发白的胡须在那张因一时激动而涨红了的脸上显得尤为清晰。只听堂·马丁咆哮了一句什么，抖出了两声大笑，随后再次骂了起来。

米盖尔畏怯地把头从门后探了出来。

"娶我的女儿！你还敢提她的名字！从你那张臭嘴里说出来就是污了她的名声……"

"说到名声，"埃尔南多打断了他，脸上凶神恶煞的，"要是让市政府知道了您对弃婴们所做的那档子事，您还想有什么名声？不止您的名声，您夫人的名声、儿子的名声、孙子的名声……"堂·马丁把手按到了佩剑上。"陪审员大人，您以为我是白痴么？在您所在的这片土地上，遭您如此仇恨的摩尔人创造了这个城市历史上最灿烂的文化，我要告诉您，这不是偶然。"眼看着陪审员的剑拔出了一半，埃尔南多从容不迫，"此刻，一封用火漆封好的文书已经递到了公证员的手里，"埃尔南多胡扯着，"里面详述了您对那些可怜的孩子所做的一切，包括他们的名字，以及其他相关的人员。要是我出了什么事，这封信立刻就会被上交给政府部门。"说到这儿，埃尔南多见那男人果真有点慌了神；出了鞘的那部分剑刃在他的眼前闪着寒光。"要是您杀了我，您的命也就不名一钱了。您还记得一个叫艾尔薇拉的小女孩么？"埃尔南多要证明给这位陪审员看，他刚才的那番话并不是信口胡说的；只见堂·马丁摇了一下头。"您把这个刚刚出生的女娃交给了一个叫作胡安娜·楚埃卡的奶妈，这个胡安娜您想必是记得的吧，对不对？而胡安娜又把艾尔薇拉租给了憨屈，让她抱着那娃一起去乞讨。那孩子是半年前死的，可你们兄弟会的登记册中对此是只字未提。"

"那是巡视员的问题。"堂·马丁在为自己开脱。

"您觉得那位巡视员他会独自承担所有的罪责么？您么肯定那些奶妈和乞丐就不会说到您？您确信她们不会提起每天晚上送到您手中的那些钱？"陪审员动摇了，埃尔南多看到他的脸上露出了迟疑，"您那个女儿，您本来也想赶走她，一分钱不付，就把她送到修道院里去。值得为了这个女儿赌上您和您全家的名誉么？"

"你怎么会认识她的？"陪审员狐疑地看着埃尔南多，"你什么时候见过她了？"

"我不认识她，可我听说过她。堂·马丁，别忘了，我们是邻居。您考虑考虑吧：我愿意封上我的嘴巴，只要您把那个您千方百计想要甩掉的女儿嫁给我……另外您要以名誉向我起誓，以后再也不做如此伤天害理的事了。我会一直留心这件事的，这点我可以向您保证。是，我是新天主教徒，可我同时也在为格拉纳达大主教工作。给您看看这个。"堂·马丁把剑收回去的时候，埃尔南多把那张主教特颁的通行证递给了他，可那位陪审员不识字，所以他只是瞄了一眼上面加盖的教士会印章就把它交还给了埃尔南多。"您在您的同僚面前也不至于抬不起头来。而且您也知道，我曾是蒙特里尔公爵的门客……"

"可你被他们从宫里赶了出来。"堂·马丁没好气地说，语带讥讽。

"公爵可从来没要赶我走，"埃尔南多辩驳道，"我救过他的命。您再好好想想吧，堂·马丁；不过最迟明晚，我得听到您的答复，否则的话……"

"你这是在威胁我吗？"堂·马丁退了一步，疑惑写在了他的脸上。

"哎呀呀，您才发现么？您走进这个家门的时候我就在威胁您了呀。"埃尔南多讥笑着回答道。

"那要是我女儿不同意呢？"陪审员低声下气地问着，他是从牙缝中挤出这句话的。

"为了您和您的儿子们好，您可得好好努把力呀。"

埃尔南多以这样的方式结束了两人之间的谈话，他没有自顾自转身回房，而是谨慎地把陪审员送到了家门口。堂·马丁一路走一路想着，经过门厅的时候还因此绊了一下。埃尔南多确信，这事十有八九能成了。回到院子里的时候，他遇上了在马厩门口站着的米盖尔。两行泪水流下了小伙子的脸颊。小伙子的腿吊着，双手紧紧地撑在拐杖上，他没法去擦，没法去阻止眼泪的落下；他也没想那样做。这是他第一次——埃尔南多这才发现，这是他第一次看见米盖尔落泪。

就在那一年的四月末，埃尔南多与拉法埃拉举行了婚礼。听米盖尔说，当时，机灵的拉法埃拉是严词拒绝了父亲让他嫁给一个摩里斯科人的提议。"我宁愿出家去当修女！"她冲着堂·马丁大喊大叫。若是说弃婴的事对他家族名誉和社会地位的威胁已经让这位陪审员吓得心惊胆战，那此时女儿的一口回绝更是让他心中的这种惧怕变本加厉；所以，堂·马丁几乎是咆哮着，强迫拉法埃拉接受了他的决定。

两人就这样结了婚；没有庆祝，没有礼金，低调得不能再低调；新娘那两个兄弟自觉受了侮辱，也没有前来参加婚礼。当仪式结束，从教堂返回家中的时候，埃尔南多才逐渐意识到，自己刚刚是迈出了多大的一步。拉法埃拉是低着头迈进了她的新家，进到家门里，她几乎没敢说一句话。沉默像一团浓雾笼罩在两人身上。埃尔南多注视着他的新婚妻子：她浑身都在打着寒战……他要怎么办呢？他要如何去面对这个比他小了二十五岁的受惊的姑娘？他惊奇地发现，此刻的自己竟也有些惧怕。多少年了，他的温存时光只给了妓院里的姑娘？埃尔南多一声叹息，他把拉法埃拉带进了另外的一个卧房。女孩羞着脸走了进去，小声说了些什么，那声音轻得像蚊子叫，埃尔南多一个字都没有听清。他注意到了妻子的手：手背的皮肤都被她自己给抓红了。

随后，他又一次躲到了他的藏书室里。

婚礼次日，米盖尔主动来找埃尔南多谈话，他涨红着脸，吞吞吐吐地告诉主人，他想从科尔多瓦搬出去，住到同样属于埃尔南多的那个农庄里。米盖尔给出的解释是，他要去监督托里比奥，同时还要看管好他们现有的十几匹母马以及那些新生的马驹；可是，两人心中其实都很清楚让米盖尔下定决心要走的真正原因：他想留给埃尔南多和拉法埃拉更多的空间，所以他自己就必须与他们分开一段距离。主人履行了他的诺言，与拉法埃拉结成了夫妻，米盖尔不希望自己成为两人间的屏障，他唯一的选择就是离开这里。

埃尔南多怎么都劝不动他，他们夫妻二人只能目送着米盖尔的背影远去。再次走进家中的时候，埃尔南多感觉格外孤寂。与拉法埃拉一同用餐的时候，只有礼貌的客套会偶尔打破饭厅中的冷清。吃完饭，他便回到了藏书室里；在那里，他听见拉法埃拉开始打扫房间，在家中忙来忙去；有一阵子，他甚至感觉妻子在走廊里哼起了小曲，可没过几秒，她就自动停了下来，像是在责备自己怎能在家中随便发出噪音。

就这样过了几个礼拜。埃尔南多渐渐习惯了拉法埃拉的存在，拉法埃拉也越来越适应这个新环境。她会和麦尔彦一起去买菜，然后回到家为埃尔南多做饭。埃尔南多把自己关在藏书室里的时候，她一点也没有觉得不自然；她根本没去过问那段时间里丈夫究竟在做什么。夏日的艳阳给拉法埃拉苍白的脸颊抹上了些许色彩，那压低了声音的羞怯哼唱也一天天地变得大声起来。

"为什么这匹小马的嚼子跟那匹不一样呢？"一天，埃尔南多正要出去遛马的时候，拉法埃拉不期然地问了起来。

这还是她第一次在埃尔南多备马的时候走进马厩，她一边问，一边指了指墙上挂着的铁链。

埃尔南多在平日里从来都是寡言少语，不过这次，他在继续给马上着笼头的当儿，无意间给他妻子上起课来。

"这主要看它们的嘴。"他回答道，"有些马的嘴是黑的，还有些则是白的或是花的。最好的就是这种长着黑嘴的，最自然，就好比这匹。"他使劲勒了勒他手上的肚带，"对这种马，只要用普通的嚼子就行了，软一点的，套绳和马嚼器都要短……"他背对着拉法埃拉原地歇了一会儿，嘴上却没有停止说话，"这种嚼子直径比较粗，是横放的……"这会儿他才把身子转了过来，对着他的妻子，"嚼链也是又宽又圆。"他讲完了，眼睛直直地看着拉法埃拉。

拉法埃拉甜甜地笑了起来。

"你对这个也感兴趣？"埃尔南多问了一句。

两人就这样静静地、面对面站了一会儿。是埃尔南多向前踏出了那一步，他握住了拉法埃拉的肩，轻轻地吻上了她的唇。拉法埃拉周身一颤。

那天吃晚饭的时候，埃尔南多一直凝视着他的妻子。这位姑娘今晚似乎特别高兴，她一边吃着，一边给丈夫讲她去菜场的途中看到的一件趣事儿。她一笑，那两瓣薄薄的嘴唇就咧了开来，露出了里边洁白的牙齿；她的声音甜美而无邪。出乎埃尔南多自己意料的，他也第一次对她绽开了笑颜。

用完晚餐，两人走到院子里。夜空中繁星点点，玫瑰在尽情地向空气中泼洒着它的香气。他们一同仰起头来遥望着闪烁的星空，就在那一刻，她细声细气地问起他来：

"是不是你不想跟我生孩子啊？"

埃尔南多一惊，用目光把她从头到脚扫了个遍。

"你呢？你想吗？"他反问道。

拉法埃拉像是在刚才的那个问题中耗尽了她所有的勇气。

"嗯。"她低着头，轻声说道。

两人静静地走进卧房：女孩的腼腆像是会传染一样，埃尔南多在动作时也分外地小心，生怕碰伤了她。他把与法蒂玛和伊莎贝尔交媾时所追求的快感忘在了脑后，以天主教徒的方式和拉法埃拉做着爱；女孩羞涩地躺在了床上，用长长的衬衣盖住了身体，以此躲避着魔鬼的引诱。

上帝为两人的结合准备了最好的祝福，一年半之后，他们的第一个孩子诞生了：是个男孩，他们给他取名叫作胡安。

62

1600年，堂·佩德罗·德·格拉纳达·维内加斯把埃尔南多唤到了他的城市。要将《巴拿巴福音》寄给土耳其人的日子临近了；自天主教徒们在瓦尔帕莱索山洞中发现了第一卷铅书起，堂·佩德罗、卢纳和卡斯蒂略陆续将所有刻着埃尔南多大作的那些铅板全都藏到了那座山里；那座山现在已经改叫"圣山"，随着铅书的不断出土，当地老百姓甚至给那座山重新取了名。他们的第一个目标达成了。

那年，尽管认为铅书是伪造的声音层出不穷，且罗马教廷也提出了"对新发现的圣物需持谨慎态度"的要求，可时任格拉纳达大主教的堂·佩德罗·德·卡斯特罗还是力排众议，将那些与铅书一并被发现的遗骨和骨灰认定为真正的圣迹。他们终于拥有了格拉纳达主保圣人塞西利奥的圣髑；不仅如此，他们还找到了那么多与使徒圣地亚哥一同来西班牙传道的先驱们的遗体！格拉纳达终于挣脱了几个世纪以来一直被称作"摩尔之城"的桎梏，如今的它足以与西班牙任何一座天主教的圣城分庭抗礼！它与圣地亚哥、托莱多、塔拉戈纳和塞维利亚一样拥有辉煌的天主教历史，甚至比它们有过之而无不及——有那么多位圣人选择在那座圣山上结束了自己的生命。

然而，虽说卡斯特罗大主教有权宣告遗骨为真，可铅书本身以及铅板上镌刻的那些经卷的真伪，他却无法进行认定；那是只属于罗马教廷的权力。教皇已经下令让堂·佩德罗·德·卡斯特罗将铅书寄递给他，可这位主教却以文书复杂需要翻译为名，强行将那些铅片扣在了格拉纳达城；他确实将铅书的翻译任务交给了卢纳和卡斯蒂略。

这就是埃尔南多在格拉纳达所见的怪异处境：圣髑已被宣布为确切无疑的真品，而指明这些遗骨属于这位或那位使徒的铅书的真实性却还有待证明。但权限和管辖这类形式上的问题丝毫不会减损格拉纳达老百姓胸中的热情，连刚刚登基两年的新国王腓力三世——他父亲死得也太慢了点，在生命垂危的状态下还硬撑了好些日子——也对这个全新的、无比神圣的格拉纳达表现出了极大的热情。

那天卡斯蒂略和卢纳都请了假，所以埃尔南多是在堂·佩德罗·德·格拉纳达的陪伴下去往圣山的。两人骑着马,后头还跟了两个贴身随从;他们顺着达罗河道不断上行,绕过瓜迪克斯之门,从山城的一道古城门走了出去,沿着一条小径登上了圣山。埃尔南多从没有走过这条路。他有三年没来格拉纳达了,最后一次到访这里还是为了把《巴拿巴福音》的抄本交给卢纳和卡斯蒂略,这样一来,他们就终于可以自行研究其中的内容了;另一方面,由于圣山铅书的发现,教士会的注意力全被吸引了过去,自那之后,他们再没有委托埃尔南多制作阿尔普哈拉斯大事记了。

"自从第一块铅板被发掘出来,"上山的时候,堂·佩德罗告诉埃尔南多,"格拉纳达城内城外就出现了无数的幻象和神迹。大批市民,其中包括一整个修道院的修女,都在大主教面前声称,自己见到圣山山顶出现了奇异的光;甚至还有人言之凿凿地说,她看到有大批人马在黑夜中列着队、在圣火的照耀下向铅书所在的那个山洞行进。你能想象吗?一整个修道院的修女!"埃尔南多微微摇了摇头,这个动作没有逃过堂·佩德罗的眼睛。"你不信?"他问道,"那你听听这个。有个身患残疾的小女孩只是在洞中祈祷了一会儿,便神奇地康复了;最高法院一位官员的女儿,都卧床不起四个月了,是被人用担架抬到这儿来的,可出去的时候她已经能自己走了,有数十个人在圣髑认定书上证实了此事;还有呢,尤卡坦①的主教不远万里从新大陆赶了过来,只为求这些先烈帮忙治好他的疱疹,就看他大搞了一通仪式,然后从洞里的地上抓了把土,用圣水和了和,涂在那疹子上——他的病瞬间就治好了!一个主教!同样有好多人为他作证。圣山上发生的奇事儿还多着呢,老百姓对此是津津乐道。"

"我说堂·佩德罗啊……"埃尔南多都不知道该说些啥了,他缓缓地吐出了这几个字。

"你看。"贵族打断了他的话,现在他们已经位于坑道所在的那座小丘脚下。埃尔南多顺着堂·佩德罗的手看了过去,堂·佩德罗张开了手臂,努力想要将眼前所有的东西都囊括住:"这都是你汗水的结晶。"

围绕着坑道的那道窄门竖起了超过一千尊的十字架;朝圣者们在旁边的小礼拜堂和修士的居所中凑在了一起。两人下了马;埃尔南多的那匹花色马在原地踏着步子,似乎有点心神不宁。摩里斯科人纵览着眼前的那块场地,他的目光停驻在那片十字架林里,有好多天主教徒在那下边长跪不起;有一些是最简单的木制十字架,另有几座则是用巨石精雕细刻而成,底下还连着巨大的座基。"我汗水的结晶。"埃尔南多自言自语。在将第一部分铅书交给格拉纳达这几个同伴的时候,他还对自己

---

① 墨西哥境内的一个半岛。

的努力充满着怀疑，可是老百姓要比他想象中轻信得多，他在文本中犯下的失误从未引起人们的猜疑。

"太震撼了。"埃尔南多赞叹道。为了能望见身边那尊十字架的顶部，他不得不把头扭了过来；那大家伙足有几个他那么高。

"城中大部分的教堂都在这里竖起了十字架，"堂·佩德罗解释道，他紧跟着埃尔南多的视线，"还有修道院、教士会、教团、行会、同业工会：包括蜡商、铁匠、织工、木匠、最高法院的律师，还有公证员们，总而言之，所有的工会都在这儿了。他们排着队，拖着十字架来到了这里，身后有仪仗队的护送，唱着赞歌，配着小鼓和高音笛。来圣山朝圣的人络绎不绝。"

埃尔南多摇着头。

"我真不敢相信。"

"不过，"堂·佩德罗接着说了下去，"据我所知，卡斯蒂略在翻译铅书时确实碰上了点麻烦。"

埃尔南多表示不解：翻译还会出什么问题？

"大主教现在是在亲自监督卡斯蒂略的工作，"堂·佩德罗给埃尔南多说明，"但凡有哪句模棱两可的句子偏向了穆斯林的教义，主教就会按他的意愿去修改它的意思；他想把格拉纳达打造成一个比罗马更神圣的城市。不过话说回来，等到土耳其人将那本福音书带给世人的那一天，真理将会绽放出它夺目的光辉：他们所有人，"贵族用手指着不远处的天主教徒们，"都得承认他们长久以来的错误。"

土耳其人？他说的是苏丹么？埃尔南多心想。

"我觉得我们不该把那本福音书交给土耳其人。"埃尔南多立刻指出。听到这话，堂·佩德罗诧异地看着他。"不能交给他们。"他又重复了一遍，"土耳其人什么事都没有为我们做过……"

"我们是在说那本福音书，"堂·佩德罗急切地打断了他，"这不只是我们的事，而是关乎整个穆斯林社会的事。"

但埃尔南多自顾自地说了下去，就好像没有听到那位贵族的话语。

"土耳其人从来就没有发兵攻打过地中海的天主教徒，好多年前就是这样，现在还是这样；他们只关心自己在东方的那些战事。传说就是因为有这样的放心，西班牙新国王才有了袭击阿尔及尔的打算，现在他已经在筹备此事了。"

"可当初是你说要把它寄给土耳其人的啊！"

"是，"埃尔南多承认，"不过现在我觉得，我们应该要更加谨慎一点。铅书的翻译不是还没有完成么，你刚才是这么对我说的吧？"堂·佩德罗点了点头。"在那些经文中只是提到，会有一位来自阿拉伯的王将无字书的内容公之于世；当时我想的确实是土耳其人，可现在看来，那位苏丹与我们是渐行渐远。其实阿拉伯王还有很多；论地位来说，他们中有好些都与土耳其苏丹不相上下，甚至还要胜他一筹：在波斯有阿巴斯一世皇帝①，而在印度则有被称为'大帝'的阿克巴②。在那片土地上同样也有人信耶稣，而且我听说，阿克巴虽是不折不扣的穆斯林，却在调解各宗教间的关系方面很有一套。就性格特点来看，我觉得还是由他来颁布《巴拿巴福音》的教义更为恰当。"

堂·佩德罗斟酌着他刚才听到的这番话。

"那我们就等到铅书最终被翻译出来的时候再说吧，"这位贵族做出了让步，"到时候我们再来决定应该把福音书交给谁。"

埃尔南多正要表示同意，一位侍从走了过来，告诉主人，他们可以进山洞去了。见到坎波特哈尔领主、赫内拉利费要塞司令亲自驾到，前面的人左右分开，给他们让出了一条道。有一位神父全程陪同他们参观，他举着大烛台，照亮了又窄又矮的走道；埃尔南多只觉那个坑道错综复杂，一条条漫长的通道在大小不一的山洞间交错汇聚。埃尔南多和堂·佩德罗佯装亢奋，在殉道者的祭坛前假惺惺地祈祷着；那些圣徒的遗骨现在是被存放在一个个石盒里。那神父是个对神秘主义笃信过剩的年轻人，他如数家珍地为格拉纳达贵族带来的这位宾客讲述起了每块铅片上凿刻的内容；与此同时，堂·佩德罗偷瞄着埃尔南多的反应——他可以将这些铅书倒背如流，是他亲手创造了这些文字！

"记有经卷的那些铅片要比单纯的圣人讣闻复杂得多，所以那几块铅板现在仍在翻译中。"这位青年神父像是在为此向二人说着抱歉，现在他们走到了一个圆形的洞窟里。"对了，"神父将他们领到一个刚刚祈祷完毕正在起身的男人面前，说，"我想把这位先生介绍给您认识，他也是科尔多瓦人，是个医生，今天正好顺道路过这里，他叫堂·马丁·费尔南德斯·德·莫利纳。"

"埃尔南多·鲁伊兹。"摩里斯科人做着自我介绍，握了一下那位医生向他伸过来的右手。

在恭恭敬敬地向堂·佩德罗打过招呼之后，堂·马丁加入了埃尔南多一行；他们一同结束了圣山之旅，返回到格拉纳达城里。埃尔南多骑马走在另外两人前面，步伐不急不缓地，沉浸在他的思绪里，他为自己整整七年的辛勤工作所换来的一切

---

① 波斯萨非王朝皇帝（1587—1629 年在位）。
② 莫卧儿王朝皇帝（1556—1605 年在位），被认为是莫卧儿帝国真正的奠基人和最伟大的皇帝。

唏嘘不已。他的所有努力只为了那一个目的，要去修正天主教徒对摩里斯科人的定义。他能成功吗？就现在来看，似乎这整块地盘都已被天主教徒占据……

在越过达罗河的河道时，他将视线转向了伊莎贝尔的庄园所在的那块高地。堂·佩德罗有意识地一直没有谈及那个女人。她现在会是怎样？埃尔南多惊奇地发现，记忆是那么长。他由衷地祝她好运，然后继续走他的路，正如有一天，伊莎贝尔也曾经这样对他说过。只是当他瞧见堂·马丁也跨进了堤洛之家的那扇大门时，他才发现，他错过了这位医生与堂·佩德罗之间的谈话。

"他会和我们一同用餐。"贵族边跟埃尔南多解释，边把缰绳递到了随从的手里，"他很想认识一下米盖尔·德·卢纳和阿隆索·德尔·卡斯蒂略；我已经跟他介绍过了，说他们既是翻译，同时也是医生。堂·马丁硬说格拉纳达城里有一场瘟疫正在爆发。"

当众人在堤洛之家用午餐的时候，堂·马丁坦白说他是受科尔多瓦市政府之托，来这里调查一场流行病的。西班牙所有的这些大城市都有隐瞒疫情的习惯，不等到街上尸横遍野，他们官方是不会承认说自己的城里爆发了瘟疫的，因为公开疫情就意味着这座城池将会被立即隔离，所有与之相关的商贸活动都会顷刻中止。正因如此，一旦哪个地方被怀疑有传染病，哪怕只有一丁点的可能，其他城市的市政府也会立即派出信得过的医生前去验证传言的真实性。

"最高法院的院长已经批准了我的调查，"吃饭的时候，堂·马丁就说道，"他跟我拍胸脯了，说肯定没有什么大事，百姓们都健康得很。"

只听卢纳和卡斯蒂略异口同声地发出了一声感叹。

"我们的市政府在不停地组织各种庆典和舞会，力图转移民众的注意力，"后者坦承，"可他们其实从很久以前就开始对疫病采取措施了。"

"我知道，可那不是预防性的措施，而是姑息性的手段，"大夫马丁·费尔南德斯表达着自己的担心，"我看到有人用麻布盖着的椅子，把染上瘟疫的病人从城中一个个地运了出去，还有大批大批的士兵在居民区里挨家挨户地监控着疫情。我专门去过传染病医院，里面的医生除了当下正在发生的疫疠，就没有再讨论其他任何事情。"

"不用多久，"这时，米盖尔·德·卢纳插了一句，"他们就会瞒不下去的，到时他们就要被迫承认这场疫病。"

埃尔南多听得很专注，同时也被惊得目瞪口呆。

"当即就行动起来不好吗？"他问道，"一味地否认既成事实又有什么意义呢？这样一来，大家都得遭殃，瘟疫传染起来又不分你是贵族还是老百姓。还有您说的那个，姑息性的手段是什么意思？有什么办法可以预防这种病的吗？"

"之所以叫姑息性的手段，"这位来自科尔多瓦的医生回答了埃尔南多的问题，"是因为它只针对那些已经发病了的病人。传统医学认为瘟疫是通过空气传播的，不过现在也有越来越多的人相信，疫病传染的方式还包括病人的衣物以及人与人的接触。最重要的一点就是要净化空气，这可以通过在城里的每一个角落熏点香草来实行；此外还得保护环境的卫生，鼓励人们待在家里，而不是大肆举行祭典和欢庆；要将发生过疫情的楼宇用泥浆封死，将已经出现某种症状的病人与外界——包括他的家人——彻底隔离。若是不采取这些措施的话，病菌就可以在城中横行霸道，最终发展成一场真正的瘟疫。"

"可是……"埃尔南多还想插话。

"最最重要的，"堂·马丁刚讲到这里，卢纳和卡斯蒂略就点起头来，看来他们很清楚这位大夫接下来要说些什么，"就是要封锁城池，不让疾病继续向别处扩散。"

格拉纳达很快就陷落了。次年，也就是1601年的春天，疫病蔓延到了科尔多瓦。尽管马丁·费尔南德斯大夫在他的报告中直截了当地指出了格拉纳达市政府在面对瘟疫时的应对方式很无知，但哈里发之城的高层显然没有从中吸取教训，他们恰恰走上了阿尔罕布拉之城的管理者们曾经走过的那条老路：在禁止旧衣甩卖，并在城外焚烧病人用过的床铺的同时，八位市政医务官联名发表了一份声明，宣称科尔多瓦城中并无疫情，也不存在任何重大的传染病。

此时的埃尔南多已经有了两个可爱的孩子，大儿子胡安已经四岁了，而小女儿罗莎则刚满两周岁。他对这两个孩子是百般地宠爱，他们的降临也逐渐改变了他的生活轨迹。"过上幸福的日子吧。"每晚上床睡觉时，看着两个孩子天真的脸庞，他总会记起这句话。单单想到可能会再次失去自己的家人，就足以让他心惊胆战，因此他一回到格拉纳达就去采购了一大堆的食物，好让他们在需要的时候，几个月不出家门也不至于被饿死。当听说疫病已经在离他们不远的厄西哈肆虐时，埃尔南多派人去把米盖尔也叫了回来；米盖尔那会儿是和马匹们一同生活在那个农庄里，一开始他还以工作太忙为由拒绝了埃尔南多的邀请，可当最后见到主人亲自来找他的时候，他也不得不做出了退让；埃尔南多是下命令强行把他带回了科尔多瓦，尽管这个小伙子抗拒了好一阵子。

"先生，这儿还有好多事等着我去做呢。"小伙子指着那些母马和小马驹对埃尔南多说道。

埃尔南多摇了摇头。米盖尔确实把这里打点得很好：阿飞在好几年前就寿终正寝了，小伙子是凭着他出众的机敏和伶俐搜罗了一批优秀的种马，顺利培育出了下一代的小驹。根据皇家命令，马匹的饲育是由母马所在地的长官管辖的，任何一匹安达卢西亚的马都不能越过塔霍河①的界限，被拿到卡斯蒂利亚的领土上去贩卖；此外国王还规定，母马交配的对象一定得是优质的种马，这些种马必须是依法在地方长官那儿登记过的。总而言之，在米盖尔的管理下，从埃尔南多的马厩中出产的马在市场上总能卖个好价钱。

埃尔南多很清楚他的朋友在怕些什么，所以在米盖尔跟他们住在一起的这段日子里，他刻意与拉法埃拉保持着距离。夫妻二人间的关系平稳发展着，他们慢慢加深着对对方的了解。埃尔南多逐渐发现，他的妻子是个温和而持慎的好伴侣；而拉法埃拉则在丈夫身上找到了她从未感受过的亲切与关爱，他从不以男人的身份欺压她，也远比她的父亲和兄弟们要有教养得多。两个孩子的诞生更是让他们的幸福变得更加完整。怀孕生子也让拉法埃拉原本枯瘦的身材圆润丰满了起来，米盖尔先前的预言果真应验了：贤妻良母，这就是现在的拉法埃拉。

于是，他们把自己关在了科尔多瓦的那栋房子里；庭院里永远点着熏香，一旦燃尽，就会再续。只有周日要做礼拜的时候他们才会出去，那会儿，埃尔南多就会暗地里咒骂教会的决定——他们还在组织各种大型弥撒和请愿游行。瘟疫在城中霸道横行，所带来的后果让埃尔南多触目惊心：商店全都关门了，一切经济活动都停滞了；教堂和修道院前，祭坛和组画边，永远弥漫着香薰的气息；好多房子都被封了起来，有些上面还被画上了标记；灾情严重的地区，整条整条的街道都被从两头堵上了，禁止再有人通行；一户又一户的居民被从城里赶了出去，他们眼看着自己的亲人被运进圣拉萨路医院，人们将他们的衣物烧光烧尽，逼得那些尚未染病、一直以来都正派无比的良家妇女公开贩售起自己的身体——名誉不允许她们去当街乞讨，她们便只能用这种方式来为丈夫和孩子们换来些许只够买面包用的微薄资金。

"太荒唐了！"埃尔南多对着米盖尔耳语，这是一个礼拜天，刚有一个那样的女人从他们身边经过，"她们可以做妓女，却不能当乞丐。这样换来的钱，她们的男人也好意思用？"

"名誉啊，名誉。"小伙子答道，"在这种非常时期，原本为'耻贫'们组建的那些兄弟会也不顶事儿了。"

"在我们真正的宗教里，"埃尔南多把声音压得更低了，"接受施舍并不是什么

---

① 发源于西班牙西部、流经葡萄牙的一条河流。

值得羞耻的事情。所有穆斯林都是属于同一个大家庭。《古兰经》也说过：'你们应当谨守拜功，完纳天课。'①"

可是，在用集会的方式挑战着瘟疫的还不只是那些教会；见民生疾苦、哀鸿遍野，市政府置任何建言于不顾，于疫情最棘手的当儿在科雷德拉广场上组织了一场斗牛表演，力图振奋起民众们的情绪。无论是埃尔南多还是米盖尔都没能看到阿飞的那对子嗣——之前米盖尔把它们卖给了城中的两个贵族家庭——是如何辗转腾挪，将那几头长着犄角的家伙玩弄得狼狈不堪。它们俩的完美演出激起了观众们的一片喝彩声，他们确实把他们的苦难暂时忘却在了脑后，可是他们怎么会明白，人群集聚以及人与人之间的接触只会使这场疫病的严重程度大大加剧。

在闭门不出的这几个月里，米盖尔把全部的精力都投到那两个孩子身上，他尽可能地不去看拉法埃拉，而拉法埃拉的举止也是自敛而持谨。烦闷的长夜里，小伙子用讲故事的方式麻痹着自己，他的段子逗得小胡安哈哈大笑，他夸张的表情叫这个小男孩乐得在床上踢来蹬去。

"你怎么不教教我做账呢？"一天，米盖尔朝埃尔南多问了起来，后者还是几乎每天都把自己藏在那个藏书室里。

长年撰写铅书的经历唤醒了埃尔南多身上无法饱足的求知欲，他博览群书，只为一个目的：寻觅任何可能促进两种文化和平共处的信息。他在格拉纳达的那些朋友也很乐于给他提供他们所能弄到的、他可能会感兴趣的各种书籍。

埃尔南多明白潜藏在小伙子的请求背后的那个理由，所以他毫不犹豫就应承了下来；于是接下来的每个白天，米盖尔也名正言顺地把自己幽闭在了藏书室里。他们用加减乘除抵御着无法出门所带来的不适感，与此同时，疫疠正肆意蹂躏着科尔多瓦城数以千计的百姓。

堂·马丁·乌略亚就是其中一个受害者。每个教区的陪审员都有上门检查的职责，如果哪个家里有疫症病人，陪审员就得把他送到圣拉萨路医院，并将其家人轰出科尔多瓦。堂·马丁来过埃尔南多和拉法埃拉家不少次了，每次来都会叫随行医生把所有的检验项目、必要的不必要的都统统做一遍，他在别人家可从来没有耗费过那么多的时间；他现在已经不怕这个摩里斯科人了，弃婴的事已经过去好一阵子，况且现在，谁还有心思关心那种事？堂·马丁是真想在他们身上发现哪怕一丁点的症状，就连他女儿都不愿放过。

那天，埃尔南多觉得非常诧异，因为敲他家门的不是那位陪审员，而是陪审员

---

① 摘自《古兰经》马坚译本第二章第一百一十节。

夫人堂娜·卡塔丽娜；拉法埃拉的妹妹也站在母亲身边。

"让我们进去！"女人喊道。

埃尔南多上下打量着堂娜·卡塔丽娜：她拧着双手，皱着眉头，浑身都在发抖。

"不行啊。如果是您丈夫来，我确实得让他进来，可是对您，我就没有这个义务了。"

"我命令你……"

"我去叫您女儿来。"埃尔南多避免与之正面冲突；他确信，要让这个女人屈尊来敲他的门，必定是发生了什么大事。

埃尔南多和米盖尔在门厅里探听着拉法埃拉与她母亲之间的谈话。

"我们要被赶出科尔多瓦了！"堂娜·卡塔丽娜是哭着说出了这句话，适才她已经把陪审员罹患不治之症的消息通知给了她女儿，"我们该怎么办呐？我们还能去哪儿？这附近的人全都染上瘟疫了。就让我们在你家里躲一躲吧，我们的房子被封起来了。谁都不会知道的；过些日子，你哥西尔就会当上这个教区新的陪审员，这也是他应得的位子，他会帮我们保守秘密的。"

不想，拉法埃拉答话一出，埃尔南多和米盖尔不约而同地惊得抬起头来，面面相觑。

"那么久了，你从来没有来看过我们一次。我说妈，你甚至都没想过要来认识一下你的孙子孙女。"

妇人没有接话。拉法埃拉继续说了下去，那话语掷地有声、字字清晰。

"现在你倒想要和我们住到一块儿来了。我就在想呢，为什么你不到西尔家去住呢。我敢说，你在他那儿肯定要比在这儿过得舒心得多……"

"噢，我的天呐！"那妇人气急败坏地号着，"你这又是何必呢？我已经是在求你了。我是你妈！行行好吧。"

"还是说你已经去找过他了？"拉法埃拉毫不理会母亲的埋怨，自顾自地讲着；听到这儿，堂娜·卡塔丽娜不作声了。"当然啦，妈妈，我还不清楚嘛，除非迫不得已，你是不会到这儿来的。说吧，难不成我哥是怕被传染么？"

堂娜·卡塔丽娜支支吾吾地"嗯"了一声；这时候，拉法埃拉抬高了音量，明明白白给了她娘一个答复。

"你真觉得我就会接纳你，置我家人的安危于不顾么？"

"你家人？"堂娜·卡塔丽娜对女儿的回答嗤之以鼻，"就那摩尔人……"

拉法埃拉扯着嗓子冲堂娜·卡塔丽娜吼道，这或许还是她此生中第一次敢这么跟母亲说话：

"滚出去！"

埃尔南多长吁了一口气，他称心了。米盖尔也偷笑了起来。在从门外传来的阵阵哭喊声中，两人目送着拉法埃拉仰着头、不发一语地朝院子里走去。

摩里斯科人和他的一家在瘟疫中存活了下来。和其他许多科尔多瓦人一样，疫情一过，在外头吃不饱穿不暖的堂娜·卡塔丽娜就急不可耐地回到了城里，胸中满怀着对埃尔南多和拉法埃拉的愤怒。凶猛如虎的时疫终于过去，科尔多瓦的十三扇城门重新打开了。

就在大批大批的市民蜂拥着穿过那些城门回到家中的时候，米盖尔草草别过主人，匆匆朝他的农庄赶了回去。

超过六千名科尔多瓦市民在那场疫病中丢掉了性命。

63

1604 年，巴伦西亚王国，托加之路

为跋山涉水，经哈拉富埃尔去往坐落在塞戈尔韦以北、埃斯帕丹山后谷地中的托加小镇，埃尔南多特意给自己挑了一匹四岁大的花色骏马。这匹小马没有辜负它那身火红色的毛发，受不了慢吞吞步子的它一路小跑着，埃尔南多时不时就得勒上它一把。它永远挺直着那根西班牙纯种马所特有的粗壮挺拔的脖子；连碰上蝴蝶它也总愿冲着它们哼唧哼唧，要是飞来一群小虫的话，它更是会在原地又躁又闹。它那对耳朵一直保持在竖起的状态，时时注意着周围的响动。

一别九年，这次见到穆尼尔，埃尔南多只觉得这位阿訇老得是不是太快了些。巴伦西亚的生活环境实在艰难，特别是对于这群保持着自己忠贞信仰的人而言；穆斯林受到的迫害正与日俱增。两人拥抱了一下，随后肆无忌惮地端详起对方的脸。在吃着由这位阿訇的老婆端上来的零星食物时——这就算晚餐了——席地而坐的二人谈起了将要在边远小镇托加秘密举行的集会。托加离这里还有几天的路程；和这片区域中大部分的镇子一样，托加的居民也大多都是摩里斯科人。他们会在那里讨论关于叛乱的事宜，这将会是阿尔普哈拉斯之战后策划最严密的一次起义，据说法王亨利四世①也会参与其中，英国女王伊丽莎白在生前——她是最近才去世的——更是一直在关心此事。

他们为这次叛乱计划了整整三年。此次埃尔南多是应堂·佩德罗·德·格拉纳达·维内加斯、卡斯蒂略和卢纳的要求来的，他们叫他跟着穆尼尔一同前去参加这个重要的会议：所有的谈判都将会在这次集会中有个了结。铅书的成功之日就在眼前，教廷的认证不会再耽搁很长时间；但一次起义就足以让他们之前所有的努力前

---

① 本名亨利·德·波旁，纳瓦拉国王（1572—1610 年在位），继而成为法国国王（1589—1610 年在位），也是法国波旁王朝的创建者。亨利四世原为胡格诺派信徒，为了继承法国王位，改信天主教。

功尽弃。

哈拉富埃尔的这位阿訇很能理解埃尔南多的立场。

"不管怎样，"然而他说，"自铅书出土以来也有十年了；你必须得承认，现在我们是一丁点的成果也没看见。没有罗马教廷的认可，它们就不会拥有任何价值。这就是事实。而与此同时，我们弟兄们的生活却是每况愈下。布莱达修士依然在提议要动用一切手段将我们赶尽杀绝。这个多明我会修士的提案是如此残酷无情，以至于那个宗教大裁判官——宗教大裁判官！——都禁止他再去发表任何针对我们的言论；可他还不死心，他去了罗马，在那里，教皇亲自接见了他。不过这都还不重要，最要命的是，巴伦西亚大主教胡安·德·里维拉，他的态度发生了变化。"

穆尼尔顿了一顿，露出了担心的神色；与他的年龄毫不相称地，他的脸上布满了皱纹。

"直到不久前，"阿訇又接着说，"里维拉还是'穆斯林教化计划'最坚定的拥护者，他甚至自掏腰包给那些愿意向摩里斯科人传道的教区牧师支付工资。这对我们非常有利，因为真正到这儿来的神父，可以说，就好像一伙粗鄙的强盗。整个科夫伦特斯山谷就只有一座教堂，就在我们哈拉富埃尔，而且它都算不上是一座教堂，它分明就是古清真寺！可经年累月的投入没有丝毫产出，也使得里维拉改变了初心：他给国王去了封信，提议将所有摩里斯科人绑为奴隶——或将他们拉去划船，或把他们送到西印度的矿山里去。他还说，上帝一定会赞成这个决定，所以国王完全可以放心采纳，不用顾及任何良心的问题。这些都是他的原话。"

埃尔南多摇着头，穆尼尔却重重地点了点头。

"那位修士我一点都不担心，和他一样的人还有好多，可里维拉，我没法不把他当回事。他不仅是巴伦西亚大主教，同时还是安蒂奥基亚①的长老，最重要的，他还是巴伦西亚王国的总司令；所以无论是在国王还是莱尔马公爵的圈子里，他都非常有影响力。"

说完这句，阿訇停顿了很久，像是需要好好考虑一下才能继续往下讲。

"埃尔南多啊，我推心置腹地跟你说，我确实为你们的铅书战略拍手叫好，可是同时，我也很理解弟兄们的感受。他们害怕有一天国王和他的国务院真的会对我们使用那些激进的手段，毕竟这样的传言现在已经满天飞了，而如果那样的话，我们就只剩下一条路可走了，那就是去与他们一战。"

---

① 位于哥伦比亚。

"自阿尔普哈拉斯之战以来，穆斯林的起义已经不算少了，有些根本就是在胡闹，而且它们全部都以失败告终，"埃尔南多的手腕可没那么容易被掰过去。还要打仗？还要死人？都死了那么多了，难道还不够吗？"这次又有什么区别呢？"

"区别大了，"阿訇回答得很干脆，"我们跟法国人保证过……"见埃尔南多蹙起了眉，穆尼尔解释道，"对，其中也包括我，我是支持他们的，我刚才也跟你说了。这是场圣战。"他庄严地说出了那个词，"我们跟法国人保证过，只要他们肯出兵袭击西班牙，我们就会派出一支由八万名穆斯林弟兄组成的大军助他们一臂之力；此次若能成事，我们还会割三座城池给他们，其中也包括巴伦西亚。"

"那……法国人就这么相信你们了？"

"他们会相信的，我们会向他们支付十二万杜卡多作为保证金。"

"十二万杜卡多！"埃尔南多叫了出来。

"没错。"

"太惊人了。你们是怎么……这笔钱是谁付的？"

埃尔南多想起了穆斯林兄弟们在一任任国王的苛捐杂税下苟延残喘的样子；就是那些家伙，如今还要将他们逼上绝路。无敌舰队战败后，国王陛下特别"恩准"——诏令上的原词——摩里斯科人向政府支付二十万杜卡多；英国人打劫加的斯的时候，腓力二世又令伊斯兰教徒缴纳了相同金额的税赋，这还只是天主教徒向摩里斯科人征收的各类捐税中的沧海一粟。那现在他们怎么可能拿得出那么大一笔钱？

"他们会付的。"阿訇笑道，他猜到了他伙伴心中的疑惑。

"他们？"埃尔南多有点摸不着头脑，"你指的是？"

"我指的是那些天主教徒，包括腓力国王本人。"埃尔南多还是没明白，他做了个叫阿訇快讲的手势，意思是别再卖关子了。"虽说西班牙人从新大陆攫取了大量的财富，从平民那儿得来的税收也为国库增添了不菲的收入，可这个国家的财政依然被逼到了岌岌可危的地步。腓力二世就曾经多次暂停了自己的俸禄，而他的儿子，腓力三世，不久后也肯定会被迫这样做。"

"这和我们正在讨论的话题有什么关系吗？要是国王也没有钱了的话，又怎么会付得出这十二万杜卡多呢？就是说……这也太荒谬了！"

"你别急呀。"阿訇叫埃尔南多耐心点，"经济状况到了这样的境地，使腓力二世国王不得不降低了钱币中的含银量。"埃尔南多点头表示赞同，正如其他所有西班牙人一样，他自己也因为国王的这个决定损失惨重。"以前的每一枚铜币里，会含有四或六格令①的银,而现在呢,这个数字降到了可怜的一格令。"

"那会儿大家都在抱怨,"埃尔南多记起了当时的场景,"他们逼着人们把含银量充足的钱币换成了基本不含银的新通货,那都是一夜之间的事!每换一个铜币,百姓就要损失三格令多的银。"

"的确如此。国库把旧币收了回来,以此获得了不少的收益;但令国务院万万没想到的是,此举也让民众对新币、特别是对平时用得最多的小面额币种丧失了信任。而两年前,他儿子腓力三世干脆决定,铜币里就一点银都不放了,就是纯纯的铜;这种钱币不仅违背了银本位制的规则②,在省了白银的同时,连铸币厂检验员的徽记都一块儿给省了。而我们呢?造钱造得都快忙不过来了!"穆尼尔说着就笑了起来,"比尼利已经过世了,而他的工坊里,他的徒弟现在已经不再制作摩里斯科人的饰品了——他一心一意在那儿制造假币呢;还有很多人也在做和他一样的工作。如今都不一定要用铜来铸币了,铅做的别人也认,甚至拿两个钉子头来砸扁了,一面敲出个城堡,另一面打出个狮子头——差不多就行了——别人都不当那是假的。每做四十枚假钱,天主教徒就会付我们十个里亚尔的银币!粗算算,只是在巴伦西亚境内也该有价值超过十万杜卡多的假币在流通使用了。"

"为什么天主教徒们不会自己造假钱呢?"埃尔南多问着,尽管心里已经大概有了答案。

"生怕被抓到判刑吧,此外他们也没有像我们这样的地下作坊,"穆尼尔又笑了,"不过最主要还是因为懒:造假也挺辛苦的,而你也晓得,天主教的工匠,哪怕再穷,一听到这点,也都不爱干了。"

"那我说那些百姓,特别是那些做生意的,明知那是假钱,为什么还肯收呢?"埃尔南多追问着,他想起拉法埃拉每次总是细细检查着找来的那些碎钱,生怕其中有假的,尽管在科尔多瓦,制假行业还远没有像这个巴伦西亚人说的那么猖獗。

"对他们来说都一样,"阿訇把其中的缘由解释给埃尔南多听,"这就是我刚才讲到的。自从腓力二世从每枚铜钱中抢走了三格令的白银之后,他们就再也不相信他们的钱币了。市面上假钱一出,大家都感觉到获益了:只准国王放火,不准百姓点灯?所以其实很简单,这就是他们接受伪币的原因。这是种全新的货币兑换机制。唯一的问题就是物价涨了,可这对我们来说,影响其实不如对天主教徒他们来得大,因为我们买东西不像他们那样大手大脚,我们对物质的需求要比他们小

---

① 金衡,约合五厘克。
② 在银本位制下,每单位的货币价值等同于若干重量的白银。

得多。"

"就凭这个你们就赚到了十二万杜卡多？"这样的事实摆在眼前，埃尔南多不禁觉得有点恐怖了。

"其中的大半吧，"穆尼尔自豪地微笑着，"另外的那部分则来自于海峡对面的支援；有不少我们的弟兄都逐渐在柏柏尔站稳了脚跟，他们和我们拥有同样的渴望：去收复那片本该属于我们的土地。"

两人用完了穆尼尔老婆奉上的俭朴餐饭，阿訇站了起来，邀埃尔南多一起走到后院。一轮明月挂在刃牙山顶的朗朗星空，此间美景叫人心旷神怡。

"那么，"在前头领着埃尔南多的时候，穆尼尔突然提了一句，"来说说你吧。现在你也知道我的立场了：要么战胜他们……要么为了我们的真主战死沙场。虽然我也知道，这样的做法肯定不合你意。"阿訇把身子靠在院子顶头的栏杆上；哈拉富埃尔缀饰在高高的山顶，他们的脚下凹嵌着低矮的洼地，刃牙山就与他们一谷之隔。"上次一别之后，你过得怎么样？"穆尼尔问道，他见埃尔南多也倚到了他身边的扶栏上。

埃尔南多举头望天，感受着冬日的寒风拍打在他的脸上；他跟阿訇讲起了他把第一批铅书交给格拉纳达的朋友之后，回到科尔多瓦所发生的一系列事情。

"你娶了个天主教徒？"听埃尔南多说到拉法埃拉，穆尼尔插了一句。

那句话中不带任何责备。两人都直直地望着前方；围栏边，两个孤零零的剪影贴在了漆黑的背景上。

"穆尼尔，我现在很幸福。我又重获了一个家，还有两个可爱的孩子。"埃尔南多答道，"我所有的需要都满足了。我骑马，也驯马，从我那儿出产的马在市场上总能卖得不错。"他的话语中流露出安稳与宁谧，"一天中剩下的时间我都用来写字和看书。现在这种状况让我整个人都平静了下来，当我把蘸饱墨水的笔尖放到白纸上的那一刻，我顿时感觉我与真主融为了一体。一段段词句在我笔下显得如此优美、如此流畅，这是我之前很少有过的体验。我想好好地抄写一本《古兰经》，这也是我正在做的事情。那些文字像花朵一样在纸上化开，我也很享受用各种颜色勾勒着那些标音符号的过程。我还会时不时地到大清真寺去，在哈里发的壁龛前祷告。你知道吗？每当我站到它跟前，默诵起那些经句的时候，我就见到了与今晚相似的美景：我看见当年圣所中的大理石和黄金在我眼前闪耀，就如此时夜空中的繁星。你说得对，我娶了个天主教徒。我老婆……拉法埃拉，她很温柔，很善良，很稳重，是个好母亲。"

说到这儿，埃尔南多把目光埋进了星夜里。他的脑中浮现出拉法埃拉的身影。

那个瘦弱腼腆的少女已经绽放成一个真正的女人：生子之后，她的胸脯更加丰满了，屁股也大了出来。穆尼尔不愿去打断埃尔南多的思绪，那个女孩显然已经赢得了他这位伙伴的心。

"还有那两个孩子。"埃尔南多幸福地微笑着，"我跟你说，穆尼尔，他们就是我的生命。我已经好久好久、超过十四个年头，没有听到过小孩的笑声了；也没有触到过那样脆弱的、在父母身上寻找着保护的小手；还有那纯洁无邪的双眼——所有他们不敢，或者不知道怎么去表达的话全都蕴含在其中。他们的脸就是最美丽的诗篇。

"我们的第三个儿子死去的时候，我们曾经无比悲痛，当时他还不会走呢。虽说之前我已经失去过两个孩子，可这是第一次我眼看着他的生命在我手中渐渐熄灭，却爱莫能助。一股巨大的空虚感占据了我：为什么真主要把这个无垢的生命带走？为什么他又一次重重惩罚了我？对我来说，经历这样残忍的事已经不是第一次，可拉法埃拉她……她一下子就被击垮了；穆尼尔，我必须得坚强，我得为她而坚强。虽说那个孩子的死也同样把我给掏空了，可我必须在妻子面前表现出刚毅的那一面，我得帮她越过那个坎。自那之后，拉法埃拉就再没有怀孕；不过现在，安拉又一次眷顾了我们：我们的又一个孩子将要诞生了！"

埃尔南多又一次仰望着星空。孩子弥留之际，拉法埃拉和他各自默求起了自己的上帝；他们一直守在孩子身边，直到他咽下了最后的那口气。两人都哭了；两人绝望地，一同按照天主教的仪式将他葬在了墓里；随后两人一起走上了回家的路，你搀着我，我搀着你。拉法埃拉在泪水中变得支离破碎；当最后他们孑然一身地回到家中，面对着屋里雪白的墙壁，拉法埃拉终于轰然倒地。很长一段时间里，妻子的笑容不见了，家里再也听不到她的歌声；但慢慢地，在埃尔南多的支撑下，加之还有另两个孩子，拉法埃拉的脸上逐渐恢复了往日的笑意。埃尔南多痛心地回忆起了那段哀伤的日子，同时心中也油然而生一股自豪感：他们俩共同跨过了那场不幸；他们的结合先天不足，但一次这样的遭遇却令它变得越来越稳固。冷淡而疏远的起始阶段里，只有两样东西存留至今：拉法埃拉依然不敢踏足藏书室那片圣地，她知道丈夫在里面书写着阿拉伯语；埃尔南多虽然决定与妻子同床而眠，却尊重着妻子的忌讳，从未强逼拉法埃拉在行房事时抛却她的羞耻心。同时他还惊异地发现，自己找到了另一种欢愉：一个个夜晚，她用爱接纳着他，安静地、无声地、平稳地、与肉欲无关地，仿佛任何人、任何事情都无法沾染他们交融时的纯净。

"那你跟我说说，你那两个孩子，你教给他们我们伊斯兰教的教义了吗？你妻子知道你的真实信仰吗？"穆尼尔很好奇。

"嗯，她知道。"埃尔南多答道，"不过这事说来话长……米盖尔，就是那个把我们撮合到一起的小伙子，是他，事先就把实情告诉了拉法埃拉。而我老婆……她不太说话的，但我们只靠眼神就能明白对方的意思；每当我在大清真寺的壁龛前祈祷的时候，她就静静地站在我的身边，好像很清楚我在做什么事情。她知道我在向真主祷告。至于我那两个孩子，大的那个也只有七岁，还不懂得如何去装，要是在别人面前露了马脚，很容易陷入险境。我们请了个老师到家里来教他们学习；我觉得暂时，能给他们讲讲我们民族的故事和传说就算可以了。"

"真正到了那时候，拉法埃拉会同意吗？"阿訇问道。

埃尔南多叹了口气。

"我觉得……我确信，我们已经达成了一个不成文的约定。她会领孩子们一起向天主教徒的上帝祷告，而我则会将先知穆罕默德的事迹讲给孩子们听。我希望……"埃尔南多顿了顿，他不知道这位阿訇能否理解他的梦想：让孩子们同时接受两种文化的教育，让他们学会尊重和包容。他选择不继续说下去。"她会同意的，我可以肯定。"

"那她算是个好女人。"

后来他们又在星空下聊了好久；借着谈话的空隙，他们呼吸着灿烂的夜晚散发的气息。

距离1604年的圣诞节还有三天，六十八位来自巴伦西亚和阿拉贡王国各地的摩里斯科人代表齐聚在米哈雷斯河上游、靠近偏僻小镇托加的一片林地里。与他们一同出席的还有十二名柏柏尔人，以及一个叫作帕尼索的法兰西贵族——他是法王亨利四世的元帅、拉福尔克公爵派来的使者。傍晚时分，在通过了设在预定地点附近的岗哨后，埃尔南多在穆尼尔的带领下来到了托加；这位阿訇是作为科夫伦特斯山谷的摩里斯科人代表来参加会议的。为了不引起怀疑，埃尔南多把他的马留在了哈拉富埃尔，和那位阿訇一样，他是骑着骡子来的。整个路程足足用了七天，埃尔南多和穆尼尔则整整聊了一路，这也大大增进了两人之间的友谊。

几堆篝火微微照亮着林间的那片空地，从那些穿梭在火堆间的人们身上能嗅到紧张的气息；可是，答案似乎已经很明了了：在跟另外那些摩里斯科头领打招呼的时候，埃尔南多见他们所有人脸上都刻着誓将起义进行到底的决心。

那他的铅书又该怎么办呢？埃尔南多自问着，他听见"誓死一战"的激昂口号从一个个摩里斯科代表的口中喊了出来。现在他们已经不指望土耳其人了，这是路上他听穆尼尔说的；他们只希望能从海峡对面的柏柏尔海岸得到些许援助。铅书战略就快要成功了啊！再过没多久，就到了要将《巴拿巴福音》交给那位阿拉伯王的时候。这是堂·佩德罗、卢纳和卡斯蒂略的想法，可是眼下的这帮人却没打算继续等候。埃尔南多坐到地上，他和穆尼尔一起坐在了众多摩里斯科代表之中；在他们面前站着的就是那位法兰西贵族帕尼索（他假扮成一个商人），以及摩里斯科人米盖尔·阿拉明——他前前后后与法国人商谈了两年，终于促成了今日的这次会晤。孰对，孰错？哪条才是真正的出路？埃尔南多脑中还在不停地打转，而阿拉明已经在向大家介绍那位法国贵族。他、两个阿拉伯语翻译兼医生，以及一位与天主教徒交往甚密的格拉纳达贵族站在一边；而站在另一边的则是巴伦西亚和阿拉贡王国所有摩里斯科人代表中的大多数。他们只愿与天主教徒一战。战！埃尔南多回想起了他的童年，回想起了阿尔普哈拉斯的那场叛乱；他回想起了那永不会到来的援助，回想起了失败为他们带来的耻辱和痛苦。面对又一次的武装斗争，不知道哈迈德在的话他会怎么说？还有法蒂玛，她面临这样的选择，又将何去何从？讨论已经开始了，听着摩里斯科头领们的怒吼，埃尔南多心中只有一阵凄楚。为了这场战争他们下了多大的功夫！即便如此，要打赢这场战争他们还有多少不足！他没法去劝阻他们；他们有激情，他们足以为自己拿起武器的决定而辩护。可他脑海里总有一个声音在说，那绝不是他们该走的那条路。"可能是我老了吧，"埃尔南多心想，"或许是平静的生活消磨了我的心智。"可即使这样，他内心深处还是觉得，以暴制暴只会使他们穷途末路。

"宗教裁判所在搜刮我们的财富！"只听身后有一个摩里斯科人喊道。

确实如此。在来托加的漫长旅途中，穆尼尔也说过这样的话。在科尔多瓦并没有发生这样的情况，可是在这片摩里斯科人聚居的土地上，宗教裁判所一直在用一些莫须有的罪名掠夺他们的财物，此外，每年每个摩里斯科会众还必须向裁判所支付一笔不菲的数目。

"那些贵族也是！"另一个人也吼了起来。

"他们想杀了我们！"

"还想叫我们断子绝孙！"

"他们还要抓我们去做奴隶！"

喊叫声此起彼伏，一句比一句激烈，一句比一句愤怒。

埃尔南多低下了头。他们说的难道不是事实么？那些话一点没错！弟兄们都已经无法生存了，而未来……他们的子孙后代将要面对怎样的未来？而在这样的危急关头，他，胡维莱斯的埃尔南多·鲁伊兹，却躲藏在他的藏书室里，过着富足而闲适的生活……他竟幼稚地想在书中找到答案，妄图以此来动摇天主教的基础！

一番激烈的争论过后，谈判终于有了结果；埃尔南多一边听着他们的计划，浑身就打起了冷战：1605年的圣周四之夜，巴伦西亚的摩里斯科人将点燃城中所有的教堂，转移天主教徒的视线，与此同时，亨利四世的舰队将开抵格劳港①。而在各处，摩里斯科人的头领将举起武器，召集起当地的弟兄。可是，若法国国王就像阿尔普哈拉斯起义时格拉纳达山城中的那些人一样，不兑现他的诺言呢？那样的话，摩里斯科人就得再次独自面对被亵渎了圣所的天主教徒的怒火——这状况与当年如此雷同。他们是把自己的将来交到了一个天主教国王的手上；确实，亨利四世是西班牙的敌人，可归根结底，他依然是个天主教徒！这些人中有多少曾经历过阿尔普哈拉斯的惨痛？他想说点什么，可周围的喊声震耳欲聋；连穆尼尔也在为圣战高呼，他将右手高高举向了天空。

　　"安拉至大！"②

　　整齐的一声声口号在树林中震响。

　　随后进行的则是摩里斯科王的任命仪式。来自阿拉夸斯镇的路易斯·阿斯奎尔被选为了西班牙穆斯林的元首。新王手执宝剑，身着红色斗篷，准备宣誓就职，一切都符合摩里斯科人的传统。人们欢呼着站了起来，围在王的身旁，埃尔南多却逆着人流，一步步地往外走；决定已经不可更改了……这一战在所难免。非胜，即死！埃尔南多远离着那阵嘈杂与喧嚣，这样的叫嚷声他在阿尔普哈拉斯之战中已经听够了，当年连他自己也……

　　突然间，他只觉后脑勺被人猛击了一下；他头痛欲裂，渐渐瘫倒在了地上。一片迷茫中，他感觉有几个男人拽着他的胳膊把他从篝火所在的那块空地拖了出去；到了林子里，他们把他正面朝上扔在了地上。他的视线模糊，耳朵里还在嗡嗡作响，他猜想自己看到了三个……不，是四个男人，他们在他眼前岿然站立，一声不响。他们讲的是阿拉伯语。他想要站起来，可是双腿怎么都使不上力气。他听不清那些人在说些什么，适才新国王那边的掌声与呼喊声还在他耳边炸响。

　　"你们……你们要干吗？"埃尔南多好不容易说出一句话，他用的也是阿拉伯语，"你们是……"

　　其中一个人将一袋冰水泼在了埃尔南多脸上，这一下子让他清醒了许多。他又挺起身子想要爬起来，而这次，踩在他胸口的那只靴子阻止了他。火光隐隐勾勒出那四个男人的轮廓，他们的面孔却依旧掩藏在暗影之下。

---

　　① 巴伦西亚的港口。
　　② 原文为阿拉伯语。

"你们想做什么?"埃尔南多问道,这会儿他已经有了点意识。

"弄死你个变节者,宰了你个叛教的狗。"其中一个人算是给了他答复。

那声恫吓在黑夜中听得一清二楚。埃尔南多努力在记忆中迅速翻找,同时一把弯刀就抵到了他的喉咙口。这帮人为什么要杀他?难道他们中有谁是从科尔多瓦来的吗?他在会上并没有看见认识的人啊,不过……埃尔南多只觉得那刀尖正在自己的喉结上不住挑弄。

"我不是什么变节者,我也没有背叛过我们伊斯兰教。"他坚决地反驳对方的指控,"告诉你们这件事的人一定是……"

"告诉我们这件事的人对你是太熟悉不过了。"

埃尔南多几乎没法出声了;那人加大了刀刃上的力道。

"你们去问穆尼尔好了!"埃尔南多挤出一句话,"他是哈拉富埃尔的阿訇!他会告诉你们……"

"要是我们去找了他,又把你那档子事告诉了那位仁兄,到时候他就会一刀把你捅死了,毫无疑问的,而这件事还是应该由我们来做,我们还得报仇呢……"

"报什么仇?"听到那个词,埃尔南多急忙问道,"我哪里对不起你们了,你们就要找我报仇?要我真是什么叛徒的话,就叫国王审判我好了。"

其中一个男人在埃尔南多身旁蹲了下来:男人的脸离埃尔南多不过一掌的距离,埃尔南多都能感觉到从他口鼻中呼出的热气。男人的言语中充满着仇恨。

"伊本·哈迈德。"男人低声念道。光是听到那个名字就足以让埃尔南多浑身战栗。他们是阿尔普哈拉斯人么?这是什么意思?"你喜欢人家这么叫你,是吧?"那家伙又在他耳边小声问道。

"这本来就是我的名字。"埃尔南多说道。

"叛徒的名字!"

"我从来没有背叛过我的兄弟姐妹,你是谁啊,要这么诽谤我?"

那人朝一个同伴做了个手势;后者跑到那片空地上取了个火把回来。

"看着我,伊本·哈迈德。我希望你看清楚,你的命将会了结在谁的手上。看着我……我的爸爸。"

男人将火把凑了过来,漆黑不再。埃尔南多看见那男人正恶狠狠地盯着自己,那双怒睁的眼眶里生着一对硕大的蓝色眼珠。他的脸型、他的面容……

"天呐,"他嘟囔着,彻底乱了,"这不可能啊!"他觉得自己快要晕过去了。光是瞅一眼那张脸,万千回忆就竞相涌入了他的脑中。都二十年了……"弗朗西斯科?"埃尔南多轻声问道。

"我很早以前就改叫阿卜杜勒了。"他儿子冷冷地回答,"今天沙米尔也在这儿呢,你还记得他吗?"

沙米尔!埃尔南多想从另外三个人中辨认出沙米尔的模样,可站在阴影中的他们谁都没有往前迈出一步。他的脑袋被困惑占据了:弗朗西斯科还活着……沙米尔也是。他们从乌拜德的刀下顺利逃脱了吗?可他的母亲……阿以莎当时明明说得很清楚,说他们都死了,是那个脚夫在山中杀害了他们,并说这一切都是她自己亲眼看见。

"他们都跟我说你们已经死了啊!"埃尔南多高声辩驳着,"我找了……我一连找了你们几个礼拜;我跑遍了山里,就为了寻到你们的尸骨。伊内斯的……还有法蒂玛的……"

"懦夫!"沙米尔骂道。

"那么多年来,我娘……我们所有人都在等你,等你来救我们。"阿卜杜勒也抱怨起来,"狗家伙!你老婆不见了,女儿不见了,兄弟不见了,你儿子我也不见了,你却连一个指头都没有动!"

埃尔南多觉得自己都喘不上气来了,儿子刚才都说了些什么?他的娘在等他……他的娘!法蒂玛!

"法蒂玛,她还活着?"埃尔南多气若游丝。

"是啊,我的老爸哎,"阿卜杜勒揶揄道,"她活着,可这跟你一毛钱关系都没有。我们所有人都活了下来,我们不得不用自己的身体承受布拉希姆的仇恨,就数她付出的最多!而我们受苦受难的时候,你却忘记了你的家人,背弃了你的民族。布拉希姆那个混蛋已经偿命,这我可以跟你打包票。而现在,轮到你来为你的所作所为买单了!"

布拉希姆!埃尔南多闭上了眼睛,真相慢慢渗入了他的大脑。布拉希姆果真说到做到:为了法蒂玛,他回到了这里,还向他的继子报了一箭之仇——他掠走了他的子女,抢走了他的老婆,夺走了所有他心爱的人……他怎么就没想到呢?布拉希姆来到这里,劫走了他们……可是不对啊……法蒂玛的那条头巾又怎么说呢?他分明看到那条白色的头巾系在了乌拜德尸体的脖子上!这怎么可能?乌拜德和布拉希姆是一伙的么?无法抗拒地,一个想法掠过他的心头。他母亲一定知道这一切!乌拜德杀了法蒂玛和孩子们,这都出自阿以莎之口;她又赌咒、又发誓,只道自己亲眼见证了三人的死……阿以莎骗了他。为什么呢?想到亲生母亲竟也欺骗了自己,这痛苦让埃尔南多无法承受;他在地上缩成一团,尽管火把还举在他与弗朗西斯科之间,尽管银刃依然贴着他的喉咙。他只觉胸口心跳加速,此刻那颗心像是要爆了一样。真主啊！法蒂玛还活着！他想哭，可他的双眼却拒绝抛洒一滴泪珠。猛然袭来的一阵抽搐让他把身子缩得更紧了，他像是自己吞下了那种会让他肝胆俱裂的毒。他的家人死于乌拜德的屠戮，这是他一直以来都深信不疑的一件事！

"法蒂玛！"他几乎是叫了出来。

"去死吧。"沙米尔宣布了他的判决。

"死是永恒的希望。"埃尔南多未加思索地说出了那句话。

阿卜杜勒从腰间抽出了一把短刀。空地上，摩里斯科人正满怀敬意地、静静观看着新国王的加冕仪式。"我将誓死捍卫独一的真主。"这句誓词传到林中的时候，手持火把的那个男人扯着埃尔南多的头发，露出了他的喉咙。刀刃在闪着寒光。

法蒂玛！她的身影在埃尔南多的脑海中炸裂开来。

"你凭什么这样做？"登时埃尔南多就责难起阿卜杜勒来，"在没有和你母亲见面之前，我是不会死的！我是不会让你杀了我的，我还没有取得她的宽恕！我一直以为你们已经死了，只有真主才知道我心里有多么痛苦。你没有资格审判我，只有法蒂玛才能决定她要原谅我还是惩罚我。要是我该死的话，这句话也应当要由她亲口说出来。"

借着那股突如其来的盛怒，埃尔南多猛推了他儿子一把；阿卜杜勒措手不及，被这一记推得坐倒在地。埃尔南多作势便要起身，但沙米尔的宝刀却抵到了他的胸口，埃尔南多捏住了刀刃，刀刃割伤了他的手。

"难道你是觉得我要跑么？"埃尔南多喝道，"还是以为我要跟你们搏斗？"他张开双臂，证明自己没带任何武器。"我要把自己交给法蒂玛。必须是她亲手扎下这把刀子，若是她真的认为我在明知你们都活着的情况下，还能抛弃了你们，也抛弃了她。"

这时，他才看清他这位同母异父的兄弟的脸庞，他在那张脸上看到了布拉希姆的模样。沙米尔在用眼神询问阿卜杜勒的意思，阿卜杜勒迟疑了一会儿之后，终于点了点头：法蒂玛有权亲手执行她的复仇，就像她之前对布拉希姆所做的一样。

那一刻，国王完成了他的加冕；空地上的摩里斯科人爆发出一片欢呼。

大部分的头领和代表们星夜赶回了他们的住所，而法国人帕尼索在归去的时候还带走了摩里斯科人的承诺：十二万杜卡多将在法国南部由拉福尔克公爵掌管的波城①交付。最初，穆尼尔还在忙着和离去的其他代表们一一道别，没有意识到埃尔

---

① 位于法国与西班牙边境。

南多的失踪，但渐渐地，他开始担心起来，到处寻觅他的这位弟兄。遍寻不见，他便来到当时他们放骡子的地方：那两头牲口都还好好地系在那儿呢。

他会在哪儿呢？他不会不辞而别的，况且他连骡子都没骑；他的马可是被留在哈拉富埃尔。穆尼尔问了好几个摩里斯科人，但谁都不知道埃尔南多的下落。此时，正巧有一个参与起义的柏柏尔人背着东西，行色匆匆地从他身边走过。一个柏柏尔人能知道什么？

"嘿！"即便如此，这位阿訇还是叫住了他，"你认得埃尔南多·鲁伊兹吗，从科尔多瓦来的？你看到过他吗？"

听到阿訇在叫他，那男人的脚步顿了一顿；可穆尼尔刚一提到那个名字，就见那柏柏尔人不知嘟下了句什么，拔腿就走。

为什么这种态度？穆尼尔纳闷着，目送那个男人径直走向了林中。只见那人走出了几步，突然回了一下头，发现阿訇还在看他，马上加快了脚步。穆尼尔毫不犹豫地跟在了他的后头。这柏柏尔人干吗这么躲躲藏藏的？埃尔南多究竟发生了什么事？

没机会再让他提出更多的问题了，刚刚走进树丛，几个男人就扑了过来，将他死死按住；其中一个用匕首抵住了他的脖子。

"你要敢叫上一声，我就一刀削了你。"阿卜杜勒警告他，"说，你这是要来干吗？"

"我在找埃尔南多·鲁伊兹。"穆尼尔答道，他努力让自己保持镇静。

"我们从来没听说过什么埃尔南多·鲁伊兹……"阿卜杜勒正准备否认。

"那你告诉我，"没待他说完，阿訇就诘问起来，"你们把谁藏那儿了？"

即便是在黑暗中，穆尼尔还是从那群柏柏尔人的腿间窥见了埃尔南多的那双马靴；那八只脚上踏着的都是专为航海设计的轻便鞋，那双高腰的长靴便在其中显得尤为扎眼。阿卜杜勒朝着穆尼尔手指的方向看了过去。

"你说那货？"阿卜杜勒也知道藏不住了，干脆指着埃尔南多跟阿訇控诉了起来，"他是个叛教徒，他背弃了我们伊斯兰教。"

听到这话，穆尼尔不禁放声大笑。

"哈，叛教徒？你真不知道你在说些什么。"阿卜杜勒蹙起了眉，那双蓝眼睛在吐露着不解。"全西班牙都找不到几个像他这样为我们的信仰赴汤蹈火、呕心沥血的人。"

阿卜杜勒着实被穆尼尔的这番话给怔住了。这时，沙米尔也不再试图挡住埃尔南多了，他也走了上来。

"你是谁啊？你凭什么这么说？"走到两人身边的沙米尔毫不客气地问道。

到了这会儿，阿訇才瞧见了埃尔南多的正脸：他的这位朋友看上去垂头丧气。他面容呆滞、目光涣散，这场近在咫尺的谈话他就好像没有听到似的。

"我叫穆尼尔。"阿訇说道。埃尔南多这是怎么了？"我是科夫伦特斯山谷摩里斯科人的代表，也是哈拉富埃尔镇的阿訇。"

"可据我们所知，"沙米尔插嘴道，"这男人和天主教徒是一伙的，他背叛了他的摩里斯科弟兄。他死不足惜。"

埃尔南多脸上依然没有任何反应。

"你们知道什么！"穆尼尔呵斥道，"你们是从哪儿来的？阿尔及尔还是得土安？"

"你问我们？得土安。"面对一位阿訇，阿卜杜勒心中还是有些敬畏，"另外这两个么……"

眼前这个男人似乎是这帮柏柏尔人中管事的；趁阿卜杜勒还在摇摆不定，穆尼尔一把挣脱了擒着他的那两双手，断然截住了他的话：

"你们生活在海峡的那头，在柏柏尔，你们可以无拘无束地昭示自己的信仰。"阿訇摇着头，闭上了双眼，"可在这儿，连我都不得不每个周日到教堂去领圣餐；为了拿到通行证，我还得时不时地到神父面前去承认我所谓的'罪过'；有时我还得被迫吃下猪肉，喝下红酒；所以，你们也觉得我是叛教徒么？你们今晚看到的所有摩里斯科人都在屈从着教会的命令！如果不这样做，我们怎么才能存活下来，怎么才能继续保持我们的信仰？一直以来，埃尔南多都在为真主奋力抗争，和我们所有人一样，也许比我们中任何一个人做的都要多。相信我，你们会这么想是因为你们不了解他。"

"我们很了解他。他是我爸爸。"阿卜杜勒亮出了自己的身份。

"也是我同母异父的兄弟。"沙米尔补充道。

穆尼尔试着说服这两个来自柏柏尔的青年，他给他们讲了埃尔南多在暗中为摩里斯科人所做的贡献——他的作品、他多年来的研究、杜尔皮亚纳塔的羊皮纸、圣山铅书、堂·佩德罗·德·格拉纳达·维内加斯、阿隆索·德尔·卡斯蒂略、米盖尔·德·卢纳、《巴拿巴福音》，以及他一切行为的意图。阿訇还帮他这位朋友解释，说埃尔南多一直以为他们所有人都死在了乌拜德手中。

"他所做的这些工作，他母亲都是不知道的，"当阿卜杜勒问到当年阿以莎为何那样回复了法蒂玛派到科尔多瓦的那位犹太信使时，阿訇帮同伴辩驳道，"他得对所有人保密……其中也包括他的母亲。所以对阿以莎来说，她儿子就是个叛教者，是个天主教徒，而且所有人都会这么认为。相信我，埃尔南多是真以为你们已经死了，他从来也不知道这位信使的事。"

穆尼尔还提到，尽管埃尔南多现在是娶了个天主教徒，可他应该也是唯一一个会在科尔多瓦大清真寺里向真主祈祷的摩里斯科人。

"他说他曾经向你母亲发过誓，说终有一天他会站在壁龛前向真主祈祷。"这句话是对阿卜杜勒讲的，刚才穆尼尔说着说着就后悔了：提起埃尔南多那位信天主教的老婆说不定会在这几个海盗的头上又重新浇了一泼油。

有一会儿，空地上摩里斯科人嘈杂的交谈声和告别声清楚地传到了他们所在的林子里。穆尼尔看到阿卜杜勒和沙米尔的视线同时落在了埃尔南多身上。他的劝说成功了？

"那他在阿尔普哈拉斯之战中拯救的天主教徒又是怎么回事？"阿卜杜勒冷不丁地从牙缝中挤出一句，他可没那么容易被说服。这位海盗头子神情严峻，眼中的冷蓝凝成了冰山。

"当时他被俘虏了，虽说逃出来的时候确实是和一个天主教徒在一起，可是……"阿訇还在奋力为埃尔南多开脱。

"后来他还跟格拉纳达教会勾结在一起，"阿卜杜勒的斥责就好似连珠炮，"检举揭发我们所有参与起义的摩里斯科弟兄。"

"还有呢，他救的另外那些天主教徒，你又怎么解释？"沙米尔也不甘落后。听到这里，穆尼尔也是大惊失色；他根本不知道除公爵以外埃尔南多还救过其他的天主教徒。见到此时迷茫的穆尼尔，沙米尔终于能将拘谨的心坦然放下；直到刚才，面对这位阿訇的辩白，沙米尔还一直保持着毕恭毕敬的态度。"他还救了一大批人呢，你不知道吗？他没跟你说？所以说他不过是个胆小鬼。懦夫！"他又一次冲埃尔南多喊道。

"叛徒！"阿卜杜勒也一道骂了起来。

"他要是真觉得是乌拜德杀了我们，为什么不去追杀他呢？他不是应该追到天涯海角也得要把那家伙送上西天的么？"沙米尔在阿訇面前挥舞着双手，继续向他同母异父的兄弟开炮，"你说他以为我们都死了，那好，那你能不能跟我讲讲，他都为复仇做了些什么？若是你不知道的话，就让我来告诉你：他自顾自地躲到一个天主教公爵的豪华宫殿里过好日子去了！"

"只要他稍微找一找，像任何一个保有些许自尊的穆斯林一样走上复仇之路，"阿卜杜勒大声斥责着他的父亲，"他就会发现，造成这场不幸的人根本不是乌拜德，而是布拉希姆。"

离他们没几步的地方，这一句句话就像是一记记耳光抽打在埃尔南多的脸上。他甚至无力为自己辩护——他本可以大声告诉他们，这都是因为他见到了乌拜德的尸体：人都死了，叫他如何维续他胸中的复仇之火？当年为了能让他们入土为安，他可是独自找遍了整座莫雷纳山……可现在说这些又有什么用呢？听着儿子咬牙切齿的控诉，埃尔南多心中只有一个疑问：为什么？为什么阿以莎要瞒着他？为什么她明明知道真相，却任凭他活在悲戚之中？他记起了母亲在向自己宣告法蒂玛和孩子们的噩耗时满脸的泪水和痛苦。这都是为什么啊，妈？

儿子的话语斩断了他的思绪。

"你还有脸去娶了个天主教徒！癞皮狗！你不是我爸爸！"阿卜杜勒一边骂着，一边朝埃尔南多脚下啐了一口。

穆尼尔不自觉地朝那口唾沫所落的方向看了过去。他注视着埃尔南多。对于来自自己亲生儿子的侮辱，埃尔南多甚至一动也没动。即使是在一片昏黑中也不难发觉，那具疲惫的身躯已被负罪感摧垮；周围发生的一切，埃尔南多已经无法承受。

"还有那些铅书呢……"阿訇还在做最后的抵抗，他深深同情他的这位朋友。

"哼，铅书？"沙米尔没让穆尼尔说完，"就那几个破字？你看到它起什么作用了么？我们的人里有谁从中受益了？"穆尼尔真不愿说他是对的，于是这位阿訇紧紧闭住了嘴唇。"那玩意儿的效用只限于那些贪生怕死、卖身求荣的贵族和富人，而对于我们这群依旧相信着唯一的真主、却只能在家中和田野里偷偷祷告的穷苦弟兄来说，那些东西屁用没有！他必须死。"

"对，"阿卜杜勒附和道，"他必须死。"

这句判决在树林间久久回荡，盖过了这会儿从空地上传来的寥寥声息。穆尼尔终于亲眼见识到海盗的残忍，一阵冷战爬上了他的心头。他之前就听说过，这群家伙是把人的生死当成了儿戏，就好像他们屠宰着的只是普通的牲口。

"且慢！"阿訇叫了起来；为了救他朋友的这条老命，他只能背水一战了，"这个人是我带来托加的，我有看护他的责任。"

"他不死天理难容！"阿卜杜勒吼道。

"你们还没明白吗？他已经死了！"穆尼尔伤心地指着埃尔南多说。

"像他这样的天主教徒，我们在得土安的地牢里见多了。收起你的同情吧。他就归我们了。"穆尼尔的感情攻势丝毫没有打动沙米尔。"把他带走。"沙米尔朝那两个柏柏尔人命令道。

阿訇抽出他最后一丝气力。他深深地吸了口气，深藏起内心的恐惧，用最坚决的语气说出了下面这句话：

"我不准你们这样做。"

两位海盗头子齐齐地将目光投了过来，而我们的这位阿訇不为所动。阿卜杜勒把手按到了刀上，就好像刚刚穆尼尔是在用最脏的词骂他一样，就好像他活那么大还从来没有接到过这样的命令一样。穆尼尔还在继续往下讲，努力不让自己的声音露出丝毫的摇晃：

"我是阿訇穆尼尔，我掌管着哈拉富埃尔镇以及整个科夫伦特斯山谷。千千万万的穆斯林都得服从我的决定。根据我们的律法，我的权力在全世界的秩序中处于第二位阶，主持着所有司法事务。我下令，这个男人必须留在这里。"

"要是我们不从呢？"沙米尔问道。

"除非你们也杀了我，否则我是绝不会让你们登船的，这点我可以跟你们保证。"

所有人，无论是海盗头子还是柏柏尔人，都把目光聚焦到这位阿訇身上。而埃尔南多还跪在地上，低着头，沉湎在他的世界中。

"布拉希姆已经为他的行为付出了代价，"沙米尔理论着，"这个狗叛徒也逃脱不了惩罚。"

"你们必须尊重智者，尊重长辈。"穆尼尔咬准了这点。

听到这番话，其中一个柏柏尔人垂下了头，此时埃尔南多也像是醒了过来：沙米尔刚才说了什么？阿卜杜勒意识到当前的状况：他的手下从来都是严格遵行着律法，而他自己也不愿亲手杀一位阿訇。他用那双蓝眼睛望向了埃尔南多，这会儿埃尔南多是在用眼神表达着他的疑惑：难道说布拉希姆已经死了？这位海盗头领朝他父亲走了过去。

"对，"阿卜杜勒毫不客气地指责着他的生父，"是我妈杀的：在她一只手里住着的勇气和胆魄比你全身加起来都还要多。你真没种！"

这一刻，那两个看守埃尔南多的摩里斯科人，一个猛摇了他几下，另一个则在他腰子上狠狠给了他一枪托。埃尔南多拍倒在地。柏柏尔人踹着他的肋骨，而他没有做出任何自卫的动作。

"看在真主的分上，你们够了！"穆尼尔恳求了起来。

"看在你的阿訇所祈求的真主、安拉的面子上，我就饶你一命。"阿卜杜勒咬牙切齿地说道，同时做了个手势示意两人停手，"不过你给我听好了，别再让我碰见你，否则我会叫你人头落地，今天阿卜杜勒在这里发誓了。你给我永远记住这句话，你这条贱狗。"

布拉希姆！法蒂玛在沙米尔的恫吓与咆哮中看到了布拉希姆的影子，可他要比阿尔普哈拉斯那个粗鄙的脚夫更加有力，也更加灵活……同样的狂叫、同样的暴跳、同样的怒容——法蒂玛只觉浑身发抖。

刚从托加回到得土安，阿卜杜勒和沙米尔就到宫里去拜会了法蒂玛；两人的脸都阴沉而严肃，谁都没有主动把那件事知会给这位女枭雄。法蒂玛知道他们此行的任务，她本人也为那场起义聚集了一大笔的资金。她兴致勃勃地聆听着两人的讲述，可儿子脸上的表情总让她觉得有些不对劲。

"阿卜杜勒，"最终她还是问了出来，她用右手扶着儿子强壮的胳膊，"你怎么了？"

阿卜杜勒摇了摇头，只听他胡乱地小声哼唧了些什么。

"你骗不了我的。我是你妈，我还不了解你么？"

阿卜杜勒和沙米尔互相交换着眼神，法蒂玛则静静地等着他们的决定，满心期待。

"我们见到拿撒勒人了，"最终是沙米尔先说了出来，"这个狗叛徒也去了托加。"

法蒂玛瞠目结舌，瞬间她感到自己都透不过气来了。

"伊本·哈迈德？"那个名字脱口而出的时候，她只觉得心头一阵憋闷，她把那只戴满了戒指的左手放到了胸口。

"别用这个名字称呼他！"阿卜杜勒吼道，"他不配。他已经背信弃义改信天主教了！不过他在我们面前是卑躬屈膝、低三下四，就像条狗一样，不，他本来就是条狗……"

法蒂玛愕然抬起了头。

"什么？你们都对他做了些什么？"她想从那条长沙发椅上站起身来，却发现自己双膝瘫软。

"我们本该宰了他的！"沙米尔叫喊着，"我发誓，要是再看见他，我一定会把他砍死！"

"不！"法蒂玛的声音化为了一声沙哑的嘶吼，"我不许你们这样做！"

阿卜杜勒诧异地朝母亲望了过去，而此时沙米尔往前迈了一步。

"等等……他、他在托加干什么？快把一切都告诉我。"法蒂玛恳求道。

他们照做了，他们愤恨地讲起了那个拿撒勒人的故事，细细讲述着在托加发生的每一幕，同时他们也提到了那位阿訇：最终是因为他的一席话才挽救了那个叛徒的狗命。法蒂玛认真倾听着他们的一字一句，脑子也在不停地打转。伊本·哈迈德和那些策划起义的人一起出现在了托加；一连几年，他全心全意地投入到铅书的制作中。这就意味着他根本没有放弃他的信仰。法蒂玛一边听着，脸上逐渐露出了笑容。若这是真的……若这是真的，那伊本·哈迈德就仍然是一个忠诚的穆斯林！而就在此时，沙米尔的话语却好似一个响亮的巴掌回荡在房间里。

"你也要知道，他又结婚了……和一个天主教徒。所以，法蒂玛，你自由了。你也可以再去找个好男人……你还那么美。"

"你以为你是谁？我可以做什么、不可以做什么，轮得到你来告诉我吗？我永远不会再嫁的！"法蒂玛怒斥着沙米尔。

感觉到隐藏在女人的拒绝下的感情，布拉希姆的暴戾在沙米尔体内获得了新生，他恶狠狠地冲她逼了上去。

"你永远也不会再见到他的，法蒂玛。要是被我知道你们之间有了任何联系，我就一刀砍了他。听到了么？我会亲手把他的心脏给挖出来。"

沙米尔还在吼叫着：她只是个女人而已！女人就该服从。这座宫殿是他的；所有的奴隶、家具、食物，甚至空气，都归他沙米尔所有。怎么能允许她和那个狗杂种搭上关系呢？被掠走的时候他们都还只是年幼的孩子，可那个孽种却没有为保卫他们做出一点努力！若是任由事态发展，他们在所有手下，以至于在所有穆斯林面前还有何威信？他们在托加对埃尔南多立下的那个誓言已经人尽皆知了：那两个柏柏尔人很乐意与大家分享那段见闻，只要对方愿意听。但凡他们同意法蒂玛和那拿撒勒人保有一丁点的联系，他们以后还怎么对弟兄们发号施令？要是在自己家里，一个普普通通的女人都能恣意违反他们的命令，那他们还有什么权力让手下在九死一生的劫掠中为他们肝脑涂地？所以他们必须信守诺言：只要那货敢再出现一次，他们就定要像屠狗一样宰了他，叫他身首异地。

法蒂玛用意志力支撑着自己，她挺直了身板，岿然屹立，就像那晚她告诉布拉希姆他再也别想占有自己时一样。她没有去向阿卜杜勒求援，她甚至都没有看他一眼，她不想把负担加在儿子身上，更不想叫儿子为了她与同伴反目，尤其是，说到底，家中一切的一切都属于沙米尔。

"记住我说的话……别做蠢事。"转身离去前，沙米尔撂下了这么一句话。

继子已经背转过身；到了这会儿，法蒂玛才敢瞥了阿卜杜勒一眼，想在自己的亲儿子身上寻找些许理解和支持的迹象，可那双眼睛里只有冰冷，那张经烈日的炙烤而变得黝黑的脸和另一个海盗头子一样绷得紧紧的。在法蒂玛的注视下，阿卜杜勒也走出了房间，动作是一样的决绝。只有当屋里只剩下她一个人的时候，法蒂玛才让泪水充满了她的双眼。

64

在巴伦西亚，许多摩里斯科人都因英格兰国王寄来的几封信被关进了大牢。那几封信是在已故女王的文件堆中找到的，摩里斯科人在信中乞求女王对他们的起义施以援助，并称只要英格兰愿意为此派出武装力量，摩里斯科人将同意任由他们在巴伦西亚城内随意掠夺。为了调查这场谈判的情况，被投入牢狱的摩里斯科人中有许多都接受了酷刑，同时狱卒还时常会抽出一些囚徒进行严刑拷打，以儆效尤。

路易斯·卡布雷拉·德·科尔多瓦①，
《西班牙宫廷大事记》

英格兰女王伊丽莎白驾崩之后，在1604年的8月末，西班牙与英国签订了停战条约。除了其他一些义务之外，西班牙国王特别承诺，他将不再试图把一位信奉天主教的国王扶上这个岛国的宝座。或许是这个原因，在合约正式签署之后稍晚几个月的时候，为表示感谢，詹姆斯一世②派人将他在前任的文件档案中找到的一系列信函送到了腓力三世手里。正是通过这些信函，西班牙的摩里斯科人企图与法国和英国联手，推翻他们的天主教国王，为伊斯兰收复西班牙的国土。

这个阴谋一经国务院宣布，巴伦西亚总督和宗教裁判所就立刻采取了行动。大批摩里斯科人被捕，并在严刑拷打下被迫供出了他们当时的企图。这些人中有不少都被按照巴伦西亚的传统处以了极刑：他们会先问这名囚犯是愿意以天主教徒的身份还是穆斯林的身份而死，若回答为前者，这名犯人就会被送到集市广场上去绞死；若执意不愿背弃伊斯兰教，就会被拉到城外的兰布拉镇上，百姓们会依据《申命记》③中规定的对拜偶像者的处置方式，先用石头将其击毙，随后焚烧他的尸体。

除了偶有例外，大部分的摩里斯科人被问时都选择了归附天主教，这样还能死

---

① 科尔多瓦（1559—1623），西班牙史学家。
② 英国国王（1603—1625年在位），亦为苏格兰国王詹姆士六世（1567—1625年在位）。
③ 《圣经》中的一卷。

得痛快些；可就在脖颈上的绳子勒紧的那一刹那，他们又会高呼起安拉的名字。正因为这样的诡计太多了，民众们去观赏处刑时往往都会随身带上石头，一旦有人呼喊起异教徒的神，他们就赶紧把乱石砸上去。尔后，那些被处刑者的家人就会拾起那些石块带回家去，作为对逝去的亲人的纪念。

回到科尔多瓦后的第三个月，埃尔南多知悉了在托加密谋的叛乱计划被天主教徒粉碎的消息。说实在的，在这三个月里，只有一件事让处于无休无止的绝望中的他感到些微快意：他写了一封致法蒂玛的信。

从托加回来的路上，他与穆尼尔都是不发一语，阿訇的骡子总是走在他的前面，就好像在拽着他，好让他们尽快地赶到哈拉富埃尔。他母亲骗了他：法蒂玛还活着，而且还诛杀了布拉希姆；他儿子立下了誓言，说只要两人再次碰见，就会毫不犹豫地将他杀死。将他杀死！这可是他的亲儿子！不过，在托加的时候他不就已经打算要杀了他吗？埃尔南多记起了当年在科尔多瓦的小院里，弗朗西斯科那双天真无邪的、会说话的蓝眼睛。还有小伊内斯，不知道她现在怎么样了？适才得知的那些事一直在埃尔南多的脑中打转。一张张面孔、一个个问题，一同涌进了他的脑子里；伴着腿下那头牲口短促的步子，一阵阵刺痛扎进了埃尔南多的心。

法蒂玛！妻子的脸庞在他的记忆中忽而出现、忽而又隐去，像是在逗弄他忧伤的心绪。她会怎么想他？她一直都在等他来找他们吗？原来那么长时间、那么多年来，她从来没有停止过对他的期盼？想到法蒂玛一边屈从于布拉希姆，一边期待着他到来的样子，他的心抽搐着，收得无法再紧了。他的法蒂玛啊！他负了她。

妈，这都是为什么啊？埃尔南多千万次地望向天空。为什么要瞒着我？

去时用了七天的路程，现在只花四天就走完了。穆尼尔陷入了恒久的沉默，只有别无选择时他才会停下来休息，即便是晚上，他也要借着月光继续前行。埃尔南多只是遵从着他这位旅伴的每一个决定：在这儿歇会儿吧；我们吃点东西；要让骡子喝水了；今晚我们就在这个镇子住下……为什么他要救他呢？

到了哈拉富埃尔，穆尼尔叫埃尔南多等在家门口，也没有请他进去坐坐。过了一会儿，阿訇亲自把马牵了出来。

"除了公爵之外，"埃尔南多想跟这位阿訇解释，"我只救了一个没几岁的小女孩。其他的都是人们瞎传的……"

"我没兴趣知道。"穆尼尔干巴巴地打断了他。

埃尔南多凝望着穆尼尔的脸，穆尼尔正一脸严峻地看着他，不过几秒之后，阿訇的眼里泛出了一丝怜悯。

"我救了你一命；可是埃尔南多啊，真主自会来审判你。"

回科尔多瓦的路上，尽管大道上还是有各色各样的修士、商人、卖艺人和路人在来来往往，埃尔南多却不想与之同行。他独自赶路，把自己封闭在自己的世界里。负罪感像一块巨大的石板压在了他的肩上，有好几次，他都觉得自己无法再承受这样的负累。当越来越接近目的地，他心中的沉重变成了苦痛，痛得足以令他窒息：他不愿抵达那里。他要怎么跟拉法埃拉说呢？说他的大老婆现在还活着？说他们的婚姻其实并无效力？

他尽可能地延缓着到家的时刻。他害怕面对她。若是他不得不向她坦白实情，他同样害怕面对自己。当他最终踏进了家门，他甚至都不敢看她。

他无动于衷地望着拉法埃拉——她又怀孕了——她脸上的笑容烟消云散。她本是兴冲冲跑来迎接他的，可一见到那些柏柏尔人在丈夫身上留下的伤痕和瘀青，女人顿时停住了脚步。

"你怎么啦？"拉法埃拉把手朝丈夫那青一块紫一块的脸庞伸了过去，"是谁？"

"没什么，"他答道，不自觉地推开了妻子的手，"我从马上摔下来了。"

"可你没事儿吧……"

没等她说完，埃尔南多就把身子转了过去，把妻子的后半句话给堵了回去。他走到了马厩里，把笼头卸了下来，随后穿过院子，朝楼梯走去。

"午饭晚饭我都在藏书室里吃。"经过妻子身边的时候，他毫无感情地命令道。

他也睡在了那里。

就这样一连过了好几天。埃尔南多把正在抄写的那本《古兰经》搁在一旁，用心写起了那封给法蒂玛的信。花了好久他才写成；要把心中所有的感觉变成纸上的一个个字母并不是一件很容易的事情。每当他集中精神想要写下些词句的时候，他的心绪就迷失在痛苦和悔恨里。他改完又改，撕碎了一张又一张的信纸。最后他还是把拉法埃拉、他与拉法埃拉所生的两个孩子以及即将到来的第三个孩子的事写进了信里。"我不知道！我不知道你还活着！"他用颤抖的手写下了这样的字句。信写完了，他要将它送到法蒂玛手里；第一个蹦入脑中的人就是穆尼尔，尽管这位阿訇在上次与他道别的时候表现得冷漠至极。他是个圣人；他一定会帮他的，况且，绝大多数的摩里斯科人都是从巴伦西亚去往柏柏尔的。他需要他的帮助！于是埃尔南多又另外给穆尼尔写了封信。

一天，听说米盖尔来到了科尔多瓦，埃尔南多便把他叫来了家里。只有通过他的这位朋友，埃尔南多才能觅及一个信得过的摩里斯科脚夫。在科尔多瓦所有摩里斯科人的眼中，他依然是一个臭名昭著的叛徒，人人唯恐避之不及，同时，他与那个由千千万脚夫组成的递送网络也完全失去了交集；但米盖尔则不同了，他的马匹买卖进行得异常兴隆，为此，他时时与这些快递员们保持着密切的联系。

"我要寄封信到哈拉富埃尔去。"说这句话的时候，埃尔南多坐在书桌后面，态度是完全不必要的生硬。米盖尔呆呆地站在桌前，想象着主人身上到底发生了什么事情。之前他跟拉法埃拉聊过，拉法埃拉也向他表达了自己的担心。"你还在等什么呢？"埃尔南多斥责起来。

"我有个故事，是讲一个专门递送坏消息的邮递员的，"米盖尔回复着主人的话，"要我讲给你听听吗？"

"米盖尔，我没兴趣听故事。"

拐杖叩在地板上的嗒嗒声回响在了埃尔南多的耳中。那现在呢，干点啥好呢？他抚摸着自己精心缮写的那本《古兰经》；这会儿他真是没心情继续。即便如此，他还是低声诵起了他已经抄好的那几章经。

"不管他在做什么，反正应该是已经完成了。"

这就是米盖尔对拉法埃拉所说的话；他刚刚走出了藏书室，身上带着他主人的命令，他必须得去找个脚夫，把一封信送到哈拉富埃尔去。

女人在用那双哭红了的眼睛询问着他。

"去吧，"米盖尔鼓励着拉法埃拉，"为他而战吧，也为了你自己。"

埃尔南多把自己禁闭在藏书室的这几天，拉法埃拉一直没能见着他。她本来想着送饭的时候总能见上一面吧，不料埃尔南多下令，叫她把饭食放在了门口的地上。为了祷告，埃尔南多还向她要了个脸盆，叫她在里面装满清水；每当用过之后，他就会自己把盆子搬到门外，所以拉法埃拉得时刻注意着那扇木门的响动，一有声音就要急忙跑去换水。一天五回。

他究竟发生了什么事？喘着气走上楼梯的时候，女人第一千次地问自己。这一次怀孕，感觉比前几次都要沉。走到藏书室门口的时候，她不禁有些迟疑。低沉的诵经声从微微开启的门缝中泄了出来，传到了拉法埃拉的耳朵里。要是埃尔南多发火怎么办？她停下了脚步，差点就要打退堂鼓，可丈夫去托加之前两人间的那片欢笑、那段亲热、那些幸福、那种爱意！是它们在推动她，叫她迈了进去。

埃尔南多依旧坐在桌后。他用一根手指点着《古兰经》，心无旁骛地用阿拉伯语咏唱着其中的经句。拉法埃拉站在原地，她不敢去搅扰这个在她看来似有魔力的时刻。当埃尔南多终于意识到她的存在，朝她转过头来的时候，他发现她站在门口的角落，两眼含泪，双手抱着隆起的腹部。

这时候，埃尔南多仿佛明白了什么：是，他确实对不起法蒂玛，这是他永远都无法解脱的罪……可他不能连续两次犯下同一个错误，眼前的这个人才是他此时心中所爱。他默默地站起来，绕过书桌，用一个温柔的拥抱将妻子融进了自己怀里。

尽管埃尔南多已经很努力地在拉法埃拉面前掩藏着自己的情绪，从儿子口中说出的那些话还是时时会萦绕在他的脑海里。拉法埃拉没有再去提那桩事，就好像那段禁闭期压根就没有存在过一样。埃尔南多在两个孩子身上寻求着慰藉，在即将到来的宝贝身上寻觅着希望。一天，他甚至独自来到恩典之野，在那片伤心的坟地信步徐行，走着走着便来到了母亲的墓前。在那儿，他无声地与阿以莎说着话。

"你为什么要这么做啊，妈？"

他想要在自己心中找到那个答案。时间一分一秒地过去，埃尔南多猜测着千万种的可能性，直到一个念头，与阿以莎为何这么做毫无关系的念头，将其他所有的想法都挤到了一边：他们还活着。法蒂玛还活着；弗朗西斯科也是；还有沙米尔；伊内斯也很有可能活了下来。难道他更希望他们统统都死了么，只为了能够缓解自己心头的苦楚？这样的话，他只觉得自己太卑鄙了。直到刚才，他一直想的都还只是他自己：他的罪过、他的怯弱——这也是弗朗西斯科劈头盖脸臭骂他的主题。可是，他们还活着！更重要的一点不应该是这个么，虽说他们与自己远隔千里？想到这儿，埃尔南多感觉到一丝欣慰……但他依然需要获得她的宽恕。他焦急地等候着穆尼尔的回应，不想那个消息却将他的希冀变成了绝望：穆尼尔把他写给法蒂玛的那封信退了回来，这位阿訇拒绝将它转送到得土安。

法蒂玛不可能没有留意到，就在沙米尔和她儿子来访以后，三个全副武装、单看相貌就令人生畏的努比亚① 奴隶来到了她的宫中，加入到佣人的行列里。

"这都是为了您的安全，夫人。"对于法蒂玛的疑问，其中一个人回答道，"现在时局动荡，是您儿子特地派我们过来的。"

为了她的安全？现在但凡她走出宫去，三人中的两个就会紧紧地跟在她的后头。法蒂玛已经尝过个中滋味。一天，她叫两名女佣提着包袱，亲自领着她们，径直朝北城墙上的穆克拜尔之门走了过去。

还没来得及穿过那道城门，那两个努比亚人就截住了她的去路。

"夫人，您不能出去。"其中一个对她说道。

---

① 对埃及尼罗河第一瀑布阿斯旺与苏丹第四瀑布库赖迈之间的地区的称呼。

"我只是想到墓地去看看。"法蒂玛辩解着。

"那儿不安全,夫人。"

还有一次,大半夜的,法蒂玛从卧房里出来。可还没等她在走廊上踏出第二步,一个黑色的庞然大物就从阴影里冒了出来。

"夫人,您想要些什么吗?"

"水。"

"别担心,我会叫人给您送来的。回去休息吧。"

她被囚禁在了自己家里!她从没想过要逃,也不晓得自己该做些什么、想些什么;她只知道,那么多年来始终对埃尔南多的背叛笃信不疑,如今,一个单纯的可能性——说不定并非如此!——就将她被迫一直压抑在内心最深处的情感唤醒。自从布拉希姆死后,她一心操持着家业,积聚着资金,就如阿卜杜勒和沙米尔袭击天主教徒的船只、劫掠西班牙沿海地区时一样无情。她甚至将自己是个女人这件事忘得一干二净。可是现在,有什么东西重新唤起了她胸中的情愫;时不时地,每当夜晚降临,她的目光弥散在远方的天际,格拉纳达的群山似乎就从那里升起,一阵几乎感觉不到的震颤在提醒她,她还依然有能力去爱,去为一个人全心全意。

一天下午,埃夫拉因过来跟法蒂玛商谈业务。那位犹太老人已经过世了,而他的儿子成了这位得土安女枭雄经营的家族生意最亲密的合作伙伴。

"埃夫拉因,我想求你件事。"当对方在向她一一解释着那些商品以及对应的金额时,法蒂玛说了一句。

"你要知道,你儿子来找过我了。"聪明的犹太人小声答道。

法蒂玛用她那双美丽的黑眼睛注视着埃夫拉因。

"但我的忠诚永远伴随着您,夫人。"沉默了几秒之后,埃夫拉因补上了一句。

65

> 死是永恒的希望。
>
> 《阿本·倭马亚之歌》
摩里斯科歌谣

那位家庭教师今天又来给胡安和罗莎上课了。拉法埃拉将他送到门口的时候，见一个陌生人朝她家走了过来。虽说埃尔南多像是恢复了往日的状态，但任何意料之外的情况都会让即将生产的拉法埃拉心神不宁。那男人约莫四十岁，一身卡斯蒂利亚式的装束因长途跋涉而变得污迹斑斑，他彬彬有礼地问起埃尔南多·鲁伊兹是否住在这里。拉法埃拉回答说是，随后叫胡安去通知他父亲；不一会儿，埃尔南多就下到了门厅里。

"安好。"他跟那男人打着招呼，心想这是哪个佃户吧，要不就是看上了他哪匹马。"您找我什么事？"

埃夫拉因没有急着说话。所幸这次他倒是轻松就找到了埃尔南多，没费多大力气。

"安好。"犹太人答道，他的目光直直地盯着这位主人的眼睛。

"您找我什么事？"埃尔南多又问了一遍。

"能找个僻静地方说话吗？"

这一刻埃尔南多才明白，此人的身份远非简单的马贩子；尽管他的口音着实有些奇怪，但他身上有些说不清道不明的东西，叫埃尔南多不由自主地就信任他。

"请随我来。"

两人走出门厅，穿过院子。

"别让任何人来打扰我。"埃尔南多吩咐拉法埃拉。

他们上楼来到藏书室里；埃尔南多发现犹太人用视线扫过他最珍贵的财富——那些书的时候，脸上写着满满的敬意。

"太惊人了。"埃夫拉因赞叹着主人那些藏书的同时，在书桌前找了个位子坐了下来。埃尔南多微微颔首表示感谢，随后两人一起沉默了一会儿。"是您的妻子法蒂玛叫我来的。"终于，犹太人道明了来意。

一阵冷战溜过了埃尔南多的全身，他一句话也说不出来，而那位犹太人也注意到了他的神情。

"法蒂玛女士想知道您的近况。"埃夫拉因继续讲了下去，"传到得土安的流言有很多，她不愿相信它们，除非您亲口确认。在开始之前，首先我得说明一下，大约十五年前吧，我也来过这里，到科尔多瓦来找您，同样是应那位夫人的要求……"

"她还好吗？"埃尔南多打断了埃夫拉因。

两人聊了整整一天。埃尔南多毫无保留地述说着他的生活，没有隐瞒一丁点的实情，就连和伊莎贝尔的那段风流韵事也都讲给了这位犹太人听！这还是他第一次对一个人如此真诚地坦白自己。他为自己近乎天主教徒的形象开脱，但他也承认，有几次，为时势所驱使，他确实做得有些过了。干吗要去背着个大十字架参加游行呢？

"要是我当时不是这么恣行无忌，我母亲也就不会死了。"埃尔南多用嘶哑的声音诉说着。

随后他又把铅书的事和盘托出。

"那会儿沙米尔说，"他回忆着，"穷人家是永远也不可能从中受益的……或许他说的是对的吧。"

"说不定哪天您说的那本福音书真的可以重见天日呢。"

"可能吧，"埃尔南多慨叹着，"可到时候我们会是什么样子都还不一定呢。确实，我们就好像一群染上瘟疫的病人：天主教徒恨我们恨得要死，而那些穆斯林统治者又没有一个肯向我们伸出援手。我们是一个时时遥望着地平线的民族，总期盼着那里会出现一支来自土耳其或是阿尔及尔的大军，然而，它们却一直没有来临。"

埃夫拉因很想反驳：瘟疫病人？他们的民族才更像是疫病者，无论是在西班牙还是在欧洲其他的王国。他们犹太人连遥望天际的机会都没有：谁都不会来拯救他们。但他还是把心中的话压了下去：这并非他的职责。法蒂玛指示过他：他必须察言观色，来决定是否要将那个讯息传递给眼前这个正沮丧地凝望着他的男人。"我完全相信你。"辞行的时候，法蒂玛这样对他说道。而此时，犹太人已经做出了他的决定。

"死是永恒的希望。"他说。

埃夫拉因感觉摩里斯科人那双蓝色的眼睛钉在了自己身上，就跟不久前他儿子阿卜杜勒所做的一模一样——当时这位海盗头子是特地过来告诫他，任何情况下法蒂玛托他办的事，只要是与那个"可恶的叛徒"有关，一概不能答应。相同的眼睛，表达的信息却是如此大相径庭！从海盗头子的瞳孔中喷出的是仇恨和愤怒；而在埃尔南多的眼眶里，却蕴含着无尽的伤心。

法蒂玛曾经多少次试图从死亡中寻找希望？再次听到那句话，埃尔南多不禁心想。为何此刻，她又一次地寄望于死亡？

"夫人现在是被囚禁在自己家里，"埃夫拉因仿佛猜到了对方的想法，"有几个努比亚士兵在日夜看守她。"

"因为我的缘故？"埃尔南多的声音已经细成一丝线。

"嗯。只要您接近法蒂玛，他们就会杀了您，同时也会杀了她……"

"弗朗西斯科会杀了法蒂玛？"

"您说阿卜杜勒？我感觉他不会……不过我也不能确定。"犹太人改口道，他想起了那位海盗头领在威胁他时那凶悍的语气，"而且我们也不能忘了沙米尔……事实上，我都不知道他能做出什么来。无论如何，不幸肯定会临到她头上，这点毋庸置疑。"

埃夫拉因跟他讲了法蒂玛的事，到了这会儿，埃尔南多才明白母亲那样做的动机：法蒂玛本人也是这样祈求她的。她们俩都在保护他，因为他就那样过去的话，结局只能是必死无疑。他获知了布拉希姆被杀死的经过，得悉了多年以前埃夫拉因的那次科尔多瓦之旅；还有法蒂玛那封因犹太人遍寻自己不着、只得念给阿以莎听的信；还有母亲那番苦涩的言语，以及阿拔斯和其他摩里斯科人对自己的指斥诟淬。谈到法蒂玛的时候，犹太人的眼神迷离，他对那位夫人的美丽大加赞誉，同时也称颂她的勇气与决心；埃尔南多在埃夫拉因的身上捕捉到了一种超越了普通的人与人之间的钦佩的感情，于是妒忌刺痛着他的心：这个男人生活的地方竟可以离她那么近。犹太人也说到了阿卜杜勒和沙米尔；还有伊内斯，现在她叫麦尔彦了，她过得很好，已经嫁了人，生了好几个孩子。他称扬着女主人在生意上的手腕，再次跟埃尔南多强调法蒂玛在整个得土安城所受到的钦慕与崇敬。埃夫拉因尽情铺陈着他的解释与说明，而埃尔南多则任由记忆徜徉在他的脑海里，他面带微笑，频频点头。

"夫人希望您能践行您当时的誓言：将天主教徒一个个地都放到她的脚下，也放到唯一的真主的脚下。请您在西班牙继续为您的信仰而战，就像两位在初为夫妻时所做的那样。"话到末了，他这样说道，"她的幸福尽系于此。只有当两颗心合在一起时,她才能够找到那份长久的安谧。这就是她所有的愿望、所有的企盼。她说,真主一定会让你们再次相会的……在死了以后。"

"那在那之前呢?"埃尔南多喃喃道。

埃夫拉因摇了摇头。

"她永远不会拿您的生命来冒险的。"埃尔南多正想表示异议,犹太人却用一个手势阻止了他,"请您也不要做出任何可能危及她的生命的事。"

两人都缄默了。

"我写了封信想要交给她,"最后,是埃尔南多提了一句,"可我一直没能把信寄出去。"

"我很抱歉,"埃夫拉因拒绝了埃尔南多的请求,"我不能帮您把信带给她……您夫人也没法把信留在自己手里。我这次是借口做贸易来的,要是您儿子、沙米尔、或者那几个努比亚人在我们任何人身上发现了一封信……"

"但我得跟她解释啊!"埃尔南多叫了起来,他几乎是在哀求着眼前这个犹太人,"我有那么多话要跟她说……"

"只有一个办法:那就是通过我。您也很了解法蒂玛,"话刚出口,埃夫拉因就马上摇了摇头,及时修正了自己的说法,"您怎么会不了解她呢?肯定比我要了解。但凡她有什么疑问,我一定会知无不言,直到她满意为止;她一定会叫我把您对我说的每一个句子、每一个词都统统重复给她听的,您难道不觉得是这样吗?"想到法蒂玛刚烈的性格,埃尔南多禁不住露出了一丝苦笑,这也没有逃过这位犹太人的眼睛,"她一定会叫我重复一百遍、一千遍的!"

"别说一千遍,如果需要的话,就是一万遍您也要重复给她听。告诉她……告诉她,我也依然爱她,我对她的爱从来就没有停止过。可是生活……命运,它对我们两人太过残酷。整整大半辈子,我都在为她的死而哭泣。另外,请代我请求她的原谅。"

"这又是为什么呢?"

"我再婚了……还和别的女人生了孩子。"

犹太人点了点头。

"她都知道,并且她也理解。生活对于你们俩的任何一个都不容易。请记住:死是永恒的希望。这也是她最先求我转告您的一句话。"

那一晚,埃尔南多在自己家里招待了埃夫拉因;直到返回得土安前,他都一直住在那里。由于主人嘱咐过,绝不能让拉法埃拉知悉他此行的目的,所以犹太人在这段时间里一直表现得非常小心,努力让自己的举止优雅得体,但在礼节后面却隐藏着他对这位女天主教徒浓厚的兴趣，临行前他的女主人曾多次要求他带回关于埃尔南多如今的妻子的信息。她人怎么样？他爱她吗？

那一晚，埃尔南多对拉法埃拉极为冷淡；想法蒂玛想得入神了的他疏远着他现在的妻子。

不久以后，就在埃尔南多潜心于《古兰经》的抄写、专注地在大清真寺中呼求着真主的名、感觉自己在其中觅到了法蒂玛所渴求的心的合一时，拉法埃拉产下了他们的第三个孩子。在由教区牧师选定的几位教父跟前，他与其他几个不认得的婴儿一道接受了洗礼，并被赐予了"拉萨路"这个名字。与两人之前的几个孩子都不一样，拉萨路生来就长着一双硕大的蓝眼睛。这个印迹曾经见证着一个天主教神父对一位摩里斯科少女的凌辱，而今，它却再次出现在了一个新生儿的身上！第一眼见到它的时候，埃尔南多就明白了其中的含义——这必定是真主传递给他的讯息。

"从今往后他就叫作穆格莱，用来纪念那位伟大的书法家。"就在洗礼当天，在用热水洗净了孩子头顶涂抹的圣油之后，埃尔南多向拉法埃拉和米盖尔宣布了这个决定，"只要是在这个家里，你们都必须这样叫他。"

拉法埃拉把头低了下来，用近乎听不到的声音对丈夫的决断表示了同意。

"这样不会太危险了吗？"米盖尔非常警惕。

"背离了真主才算得上是真正的危险。"

埃尔南多感觉是时候了；自那天起，在那些神话与传说之外，他还决计要让孩子们知晓更多关于穆斯林的事情。于是他辞退了那名家庭教师，自己担负起了罗莎和胡安的教育任务，在此之前，这两个孩子也被重新命名为莱拉和阿敏。他们的课程突然就变成了由父亲亲自教授的书法、数学、民族史、阿拉伯语、诗篇以及《古兰经》。上课时，埃尔南多总会把穆格莱留在身边，这位父亲一边推着摇篮，一边用催眠曲的调子哼起了伊斯兰的圣训。阿敏八岁了，已经开始懂事了；但莱拉还只有六岁，对于这突如其来的变化，总还是感觉有些不适应。

"你不觉得应该再给罗莎一点时间，等她再长大些吗？"拉法埃拉劝说着丈夫。

"她的名字叫莱拉。"埃尔南多纠正道，"拉法埃拉，在这片土地上，女人才是真理的传播者。她必须学习。还有很多需要她去了解的事情。此刻不学，更待何时？现在正是他们应该学习我们律法的年纪。我觉得……我觉得我犯的错已经够多的了。"

拉法埃拉对这样的回答很不满意。

"现在形势很复杂，"她说，"你这样做是会危及我们全家的。这要是被谁知道了的话……那后果我连想都不愿意想。"

埃尔南多没有立即说话，他盯着他的妻子看了一会儿。

"你是知道的吧？"末了，他还是选择了跟拉法埃拉摊牌，"我们结婚之前，米盖尔都应该告诉过你的。他向你坦承过我是个伊斯兰教徒。"拉法埃拉点了点头。"所以你在嫁给我的同时，也等于默许了我们的孩子将要接受两种文化、两种宗教的教育这样一个事实。我从没想过要你也来皈依我的信仰，可是说到我的孩子……"

"他们也是我的孩子。"她顶了一句。

拉法埃拉没有坚持，她也没有再去干预孩子的教育。不过，每晚她都会和他们一同祷告，就像往常一样，埃尔南多也应许了她的做法。每天下了课，埃尔南多总会沐浴净身，到大清真寺的壁龛前去祈祷一番：有时他会在那里站上良久，正对着那些凿刻在大理石上、却被灰浆覆盖着的神圣话语所应当处在的位置；有时他又会站在稍远些的地方去暗暗祈求，就好像光是在那儿待久了都有可能会引起别人的怀疑。"法蒂玛，我一直都在这里！"他在心中默念道，"不论发生了什么事情。"大清真寺在一遍又一遍地提醒着他：天主教徒们终于将这里完全占据。大礼拜堂、翼部以及唱诗台刚刚修筑完毕，圆顶基已经被盖到扶垛上，向全世界夸耀着这座让人期盼已久的大教堂的雄伟壮丽。连作为被庇护者的收容所的那个古旧的园子也被修缮一新，尽管走廊的墙上还张贴着宗教裁判所那一张张骇人的罪犯榜，但院中央却已是一派花园般的光景：到处都铺上了石子路，橘树丛中泉水清清；这里已经被人们唤作"橘园"了。

无论是神职人员、王公贵族还是普通的百姓都为他们崭新的大教堂骄傲不已，而信徒们面对这座宏伟建筑所发出的每一句惊叹、每一声艳羡，都叫埃尔南多怒从心起。这座异教徒的教堂亵渎着穆斯林在西方最大的圣所，而在这座半岛上所发生的类似冒犯更是不胜枚举：天主教徒的铁蹄已经快要将他们踩扁，埃尔南多必须起来战斗，即使为此，他势必要拿他与他孩子的生命冒险。

有几次，他失神地站在那座圣器堂的门口，凝望着阿尔巴西亚的那幅《最后的晚餐》，便回想起自己在这里奋斗过的日子——他与堂·胡利安一道在那些神父的眼皮底下瞒天过海，为穆斯林兄弟们抄写着一张又一张的伊斯兰经卷——那会儿，这里还是大教堂的图书馆。也不知道那位意大利画师现在怎样了？埃尔南多将目光停驻在耶稣身旁的那个形象上，他总觉得那是个女人。他自己也选择了一名女性、圣母玛利亚，来作为他铅书计划的始发点。那个计划看来也已经搁浅了，预期的效果完全未能实现，不时从格拉纳达传来的消息也印证了这一点。

没在训导孩子、也没在祈祷的时候，埃尔南多便会去骑马。米盖尔的活干得很不错，全安达卢西亚的贵族和富人都在不惜重金地争抢着从他的农庄里出产的小马，甚至还有几匹被卖到了马德里宫中那些大臣的手里。米盖尔专门雇了几个人来帮他驯马，每隔一段时间，他就会将一对驯好的马送到科尔多瓦；为此他总是挑选其中最好的，因为只有最上等的马才值得让主人亲自训练。接下来的那段时间，埃尔南多就会骑着它们到郊野，在那里让它们的技巧变得更加完美。他还教会了阿敏骑马，每次他出去的时候，阿敏也会坐在生徒的背上一同出行；生徒也已步入了温驯的晚年，它晓得，身上跨着的还是个稚嫩的孩子，所以一个多余的动作都不能有，肌肉的每一丝动弹都得谨慎小心。见到父亲在锋利的牛角下灵活躲闪的样子，阿敏欢呼雀跃；在孩子的掌声鼓励之下，埃尔南多也再次在牧场中展示起了他斗牛的技艺；阿希拉特的那段不堪回首的经历终成往事。而后，当他觉得那些马已经修成正果可以出师的时候，他便会将它们送回米盖尔那里，让他拿去市场上换取资金。每当有什么节日庆典的时候，埃尔南多就会自豪地看着它们在科雷德拉广场的斗牛表演中夸耀着自己；尽管因为那些科尔多瓦贵族参差不齐的马术功底，它们最终也拥有着不尽相同的命运，可它们无不是在举手投足中表现出了尊贵的风度，散发出了优雅的气息。

　　到了晚上，埃尔南多依旧会把自己关进那间藏书房里；每当他在书法中寻求着与真主合为一体的静谧、用五彩墨水抄写完几段《古兰经》后，他又会用力求迅捷的笔法誊录起旁的抄本——在行与行之间添上阿尔哈米亚语的注解，以此来纪念与堂·胡利安一起在图书馆中挑灯夜战的经历。他回来了。不计任何报酬，埃尔南多将自己抄好的那些书籍全都寄给了穆尼尔；虽说哈拉富埃尔一别是那般冷漠，且后来他也没有答应帮埃尔南多寄信，但在那位脚夫的劝说之下，为了摩里斯科民族的大计，这位阿訇最终还是接受了埃尔南多的好意——这都出自米盖尔的手笔，首次将抄本送过去的时候，他便就之后要转述给穆尼尔的那些大道理跟那位脚夫千嘱咐万叮咛。"我在战斗！我还在战斗！"埃尔南多向千里之外的法蒂玛小声呐喊着；与真主、与自己、与周遭的一切两不相欠，他觉得这样的埃尔南多和谐而安宁。一想到美丽而骄傲的她——她向来如此——信仰之火就在胸中燃了起来，叫他鼓起勇气，继续前行。

66

可向加泰罗尼亚总督致信告知，凡有摩里斯科人欲前往法兰西者，必先验明其身份：若有尊长及富贾混杂其中，应当即扣留，保其安稳，明察其出境之事由；其余人等，当容其离去。异端不存，实吾国之幸。

国务院意见
1608 年 6 月 24 日

米盖尔年过三十了，而他的相貌与残疾仿佛又为他添了些年纪。他的牙齿缺了大半，双腿则拒绝跟上他上半身的生长速率。随着年纪的增长，那两条腿骨在当初被打断的地方生出了关节，但由于没有足够强韧的肌肉组织来催动它们，米盖尔看上去就好似怪诞的扯线木偶一般；随着时间的推移，这点也变得越来越明显。不过，他依旧在用他的故事叫孩子们展开笑颜，也让拉法埃拉在她寥寥可数的容许自己闲下来的时刻里瞪大了眼，就好像天上的神明——管他是哪个神呢——自说自话地就将他行走的能力调换成一口永不枯竭的想象之泉。

买得起埃尔南多农庄里饲养的那些骏马的一定是有钱人，所以米盖尔对富人圈子里的动向可说是了如指掌；还是他将摩里斯科富豪纷纷逃往法国的消息告诉了埃尔南多，在他看来，他有必要提醒主人他同族人的行动。

那年一月，以莱尔马公爵为首的国务院一致通过决议，向国王提议，将所有新天主教徒逐出西班牙。消息口口相传，也传到了摩里斯科富商们的耳中，他们便开始变卖家产，欲在措施还未实行之前抢得先机。登陆柏柏尔是被禁止的，所以他们所有人都将目光转向了与西班牙比邻的法国。法国也是天主教国家，没有人会阻止他们跨越这条国境线。

那天早上，埃尔南多先是看了他一会儿，随后排除了那种可能。

"米盖尔啊，这才是我的地方。"埃尔南多答道，只见米盖尔听到这话也松了一口气，"这也不是第一次他们说要把我们驱逐出去了，"他补充道，"再看看吧，看看他们会不会真的执行这条命令，至少这次他们没说要阉了我们、宰了我们、绑了我们，或者把我们扔到海里去什么的。把我们赶出去的话，那些贵族会损失不少钱的。以后谁来种地呢？天主教徒们一是不会种，二来，他们也不乐意。"

1608 年，腓力三世没有采纳国务院的提案。除了里维拉大主教和其他一些狂热分子还在呼吁着要处死摩里斯科人或对他们施以奴役，大部分的教士们光是想到要有成千上万个天主的子民沦落到摩尔人的土地上、从今以后必须背弃他们真正的信仰，就忍不住撕裂了外袍，异常愤怒。确实，对这些异教徒开展的一次又一次教化行动都以失败告终，可是——正如莱昂修道院长所论证的——就连迢遥万里、充满未知的中国，都派了无数圣人和传教士过去，只为向他们传播耶稣基督的话语，那为什么对于近在咫尺、位于本国国境之内的异教徒，他们又要放弃努力呢？

然而，若是说逃往被穆斯林掌控的地区是被明令禁止的话，将金银财宝运出西班牙更是绝不被允许的行为，即使目的国是一个笃信天主教的王国也不行。国务院已经颁布了命令，凡摩里斯科富人意欲穿越边境的，都会被立即扣下，暂行拘禁。出逃至法国的资金流终于被有效截停。西班牙各个王国中的摩里斯科人都在忐忑地揣测着自己的命运：穷人——也是其中的绝大多数——他们眷恋着自己的那方土地；而那些有着更多产业的，则开始合计起了那道皇家法令一旦被颁布后，他们应该如何投间抵隙。

埃尔南多也无法对其他穆斯林的担忧视而不见。继穆格莱之后，拉法埃拉又接连生下一个可爱的男孩穆萨以及一个女孩萨尔玛，他们的天主教名分别是路易斯和安娜，两人都不是蓝眼睛。他现在已经有了一个庞大的家庭，若是那些与朝廷保持着千丝万缕联系的摩里斯科富翁都在试图逃出西班牙，他思忖着，那其中一定有着叫人不得不担忧的原因。所以，他决定去趟格拉纳达，去看看他们的铅书计划到底还有没有戏。

他把那张由格拉纳达大主教签发的通行证找了出来，他一直小心保管着它。现在已经再也没有谁会关心那些阿尔普哈拉斯的殉道者了：从圣山上掘出了那么多古代圣人、使徒圣地亚哥的门徒的遗骨，谁还会有兴趣调查那些距今只有区区四十年、被摩里斯科人拷打致死的农民？不过，无论是警察、守卫，还是神圣兄弟会的人，都不敢去怀疑埃尔南多那张证件的真实性；凡有人问他要，他总会毫不犹豫地将它展示给他们看，那果决，那坦荡，实在不容置疑。与那份通行证一道藏在他屋里那道假墙后的还有那本《古兰经》，他已经抄录完毕；还有领袖阿尔曼左尔时代的那卷《巴拿巴福音》，以及那块法蒂玛之手。每当打开那道暗门，他总会拿起那枚吊坠，在亲吻它的同时，就想起了法蒂玛。这会儿金坠都有些发黑了。

在格拉纳达等候着埃尔南多的可不是什么好消息。如果说科尔多瓦的天主教徒在多年以后终于完全占领了那座大清真寺,那格拉纳达人则用他们对圣山所做的一切力争与他们的同胞齐头并进。与往常一样,埃尔南多在堤洛之家的金色大厅中与堂·佩德罗、米盖尔·德·卢纳以及阿隆索·德尔·卡斯蒂略中见了面。

"现在把《巴拿巴福音》寄给土耳其苏丹毫无意义……"堂·佩德罗说,"我们得先让教会承认铅书的真实性;特别是那卷无字书,因为是那里面说的,有一天会有一位伟大的王带着一卷可读的经来到此地,从而揭示圣母玛利亚在那卷无字福音书中留下的启示。"

"可那些遗骨不都……"埃尔南多插了一句。

"在那上面我们赢了一着,"阿隆索·德尔·卡斯蒂略替同伴做了回答,这些年来他苍老了许多,"教会已经将那些骨头认定为真正的圣髑,对它们顶礼膜拜。卡斯特罗大主教还决定在圣山上盖一座牧师会大教堂,他已经将这项工程托付给了安布罗西奥·德·维科①。"

"牧师会大教堂?"埃尔南多小声表达着他的不满,"不该是这样啊,我的铅书坚持的明明就是伊斯兰教的教义!"他差点没喊出来,"那堆铅板上哪一片不是在歌颂我们唯一的真主?天主教徒们却要在掘出它们的地方盖一座大教堂!他们在想些什么啊?"

"那位大主教,"这会儿则是卢纳回答他,"他根本不让任何人见到那些铅板。虽说他对阿拉伯语是一窍不通,可他还是亲力亲为地主持铅书的编译工作;但凡有什么地方不合他意,他就自说自话地把它给改了,完全不需要借助翻译之力。这也是我的亲身经历。无论是罗马教廷还是腓力三世国王都在要求他把铅书寄过去,可他就是不听;他霸占着那堆铅片,就好像那本来就是他的东西。"

"如果这样的话,"埃尔南多思考着那种假设,"那我们的真理就将永无出头之日了。"

全然是一个失败者的语气。沉默盘踞在四人之间,只有从天花板顶上射下来的金光在那里自顾自地舞动。

"我们来不及了,"他哀叹道,那感觉痛彻心扉,"在那之前,天主教徒早把我们赶出去,早把我们全部消灭了。"

没有人接话。埃尔南多在另外三人脸上读到了难堪的神色,他们此刻回避着他的眼神,在椅子上如坐针毡。于是他明白了:计划失败了,但这些人却不在被驱逐

---

① 格拉纳达建筑师,曾负责格拉纳达大教堂的部分工程。

之列，他们或是贵族，或是在为国王做事。

只有他，在独自苦战。

"我们可以想办法叫你和你的家人逃过驱逐，逃过之后他们可能会对我们采取的其他手段——要是还有的话。"埃尔南多觉得已经没什么可讲的了，他正要站起来离开金色大厅，只听堂·佩德罗说了这么一句。

埃尔南多打量着那位贵族；他的胳膊还支在椅子的扶手上，身子刚起到一半。

"那我们的弟兄们呢？"他问道，话语间难免带着一丝不快。"那些穷人怎么办？"他又补上了一句，他记起了当时沙米尔的预言。

"我们该做的也都做了。"此时米盖尔·德·卢纳静静地说了一句，"还是说你不这样觉得？我们所有人都赌上了自己的性命，你就是头一个。"

埃尔南多重新跌回椅子上。他说得没错。为了铅书，他一直在拿自己的生命冒险。

"直到现在，"那位翻译接着讲了下去，"真主还没有将成功赐予我们。可是他，拥有无上智慧的他，一定知道这都是为了什么，说不定哪一天……"

"要是真有驱逐，"趁着卢纳发言的空隙，堂·佩德罗接过了话头，"或者其他极端的手段临到我们头上的话，我们必须得保证自己先活下来，并且留在西班牙。这里是我们的地方，这里必须存有我们的种子。只要有种子，它总会生根发芽、繁衍后代，最终为我们穆斯林再创安达卢斯的辉煌。"

埃尔南多斟酌了一会儿。他历尽坎坷的一生化作一幅长卷铺陈在他的眼前。一辈子竟可以如此艰难？他都五十四岁了，他觉得自己老了，老得不能再老了；可是，他的孩子们都还……

"那你们要怎么帮我避过那道驱逐令呢？"他弱弱地问道。

"申请绅士身份。"堂·佩德罗的回答言简意赅。

听到这里，埃尔南多禁不住大笑了起来。

"绅士？你说我？一个出身胡维莱斯的摩里斯科人？我娘还在宗教裁判所里坐过牢。"

"埃尔南多啊，我们还是有不少朋友的。"那位贵族在试图说服他，"这年头什么不能买？绅士身份当然也不例外。如果需要的话，整个镇子的证言都可以给你伪造出来。要知道，你在格拉纳达教会里还是有不错的履历的，当时你为他们做过不少贡献。在阿尔普哈拉斯之战的时候你还救过好多天主教徒呢！这可是人尽皆知的。"

"而且，你不是神父的儿子么？"这时候卡斯蒂略也插了一句，他也知道这个话题有点微妙，"绅士身份是父系世袭的，跟母亲的血统没有一点关系。"

埃尔南多摇着头，大叹了口气。就差称那个强暴了他母亲的狗神父为他和他一家子的救命恩人了！

"自古至今的那些血统审查公证书里，有好多都是假的。"卢纳也在劝他，"全世界都知道赤足圣衣会的始祖耶稣德兰①的祖父是个犹太人，就这样，那些天主教徒还想叫教皇给她行宣福礼②呢！像她这样的人还有成百上千。各个社会阶层的天主教徒都想取得绅士身份，这样就可以减免很多税赋；而现在，为了避免被驱逐出境，好多摩里斯科人都向法院提出了这项申请。只要一个人提出的申请还在办理过程中，那谁都没有办法去找他的麻烦，而这个过程常常可以持续好几年。"

"那如果办到最后没成功呢？"埃尔南多询问着。

"到了那时候，局势早就不一样了。"卡斯蒂略答道。

"相信我们，"堂·佩德罗叫他不用担心，"这事就包在我们身上了。"

离开格拉纳达之前，埃尔南多任命了一名代理人，以代表其在绅士身份合议庭中做出陈述。

然而时势不等人。被大流放的传言逼得万念俱灰的摩里斯科人向摩洛哥王扎伊丹穆雷③发出了求援。一个由五十名摩里斯科汉子组成的庞大使团开往了柏柏尔，请这位国王在荷兰海军的协助之下入侵西班牙；荷兰人已经允诺为他们提供大量的舰船，那些船只足以在海峡两岸搭起一座移动的桥梁。他们这次提出的条件也与之前没什么区别：扎依丹穆雷只需在海岸线上打下一个拥有港口的城市，并派出一支两万人的军队，他们摩里斯科人便会同样发动两万个弟兄，将城防薄弱的几个王国一举攻占。

尽管这个摩洛哥人对西班牙国王敌视已久，可听到摩里斯科人的提案他也只是一笑置之，并即刻遣返了那个使团。而在另一边的腓力三世却没有心情对他们咧开笑脸，被一次次的阴谋搞得不胜其烦的他生怕真有一天自己的领土会被哪个强国攻占，只怕到时候摩里斯科人的里应外合之计终要实现。于是，在1609年的4月，这位国王亲自修书国务院，令其对国内的穆斯林采取终极手段，"如若必要，可斩

---

① 也称圣女大德兰（1515—1582）。耶稣德兰恢复了修会起初的苦修生活方式后，加尔默罗教派即圣母圣衣会，也被人称作赤足圣衣会。
② 天主教仪式，是天主教会追封已过世人的一种仪式，用意在于尊崇其德行、信仰足以升上天堂。它是封圣的第三个阶位。成为可敬者之后，经过宣福礼，就可以享有真福者或真福品的称号，其位阶仅次于圣人。要成为真福者，最少要有一个被天主教会认证过的神迹，要晋升为圣人，最少要有两个。
③ 摩洛哥王（1607—1628年在位）。

立决"——他在信中写道。

五个月后，一纸驱逐令被贴在了巴伦西亚城的城墙上，巴伦西亚王国内所有的摩里斯科人都无法再居住在这片土地上。里维拉大主教与其他激进分子毫不妥协的言论终于还是占了上风。唯一反对的声音来自于那些贵族，这也是可以预见到的，失去了摩里斯科人这样廉价的优质劳动力，收成的减少基本就成为了板上钉钉的事；可在国王"将摩里斯科人带不走的一切财产以及土地所有权全数交付给贵族"的承诺下，连最后的这些异议也被成功地压了下去。摩里斯科人被迫要在三天之内抵达指定的港口，只有那些被他们一路背到登船点的财物才可以带离国境；其余的东西便全归当地领主所有，如果有谁胆敢损毁藏匿任何钱物的话，一经发现就会被即刻判处死刑。

卡斯蒂利亚骑士团、巴伦西亚民兵队、远洋海军以及配备了四千名士兵的五十艘桨帆混用型皇家舰船将会负责监督与执行巴伦西亚王国内全部摩里斯科人的驱逐工作。

这场可怕的灾难并未能如埃尔南多与其他那些摩里斯科人所愿到此为止。巴伦西亚大流放只是一个开始，其余王国也陆续跟上了它的步伐。所有的新天主教徒都逃脱不了背井离乡的命运，他们的产业不是被贵族们掠取搜刮——这是在巴伦西亚所发生的事——就是被划归到国王名下。

初次发现屋门口站着两名兵士的时候，埃尔南多还没将他们与驱逐令联系起来。他没太在意。"是个巧合吧。"他想着。可是一天天地，只见那两个家伙就站那儿不走了，埃尔南多才得出结论，他已经被人监视了。

"是陪审员堂·西尔·乌略亚大人叫我们来的。"其中一个士兵这样回答了上前询问的埃尔南多，他一边说一边阴笑着。

西尔·乌略亚！从那对笑里藏刀的士兵面前转过身来的时候，埃尔南多低声咒骂着。这就是拉法埃拉那个继承了他爸陪审员位子的兄弟。真是冤家路窄啊，他叹道。

为了庆祝那道敕令的颁布，科尔多瓦的天主教徒们纷纷走上了街头。市政府唯恐他们会闹出什么乱子，便规定，凡打骂摩里斯科人的，都得遭受鞭刑一百、苦役四年的惩罚；同时也宣布，若是新天主教徒敢有三人以上聚在一起的，刑罚将升至鞭刑两百、六年苦役。

然而，对埃尔南多的切身利益影响最大的决定——且这项决定还是立即执行的——要数那条禁止摩里斯科人贩卖土地与房产的命令。

"我们的马也卖不掉了。"一天米盖尔对他说,"有两笔生意本来都谈好了,可到了要付款的时候,那买主又反悔了。"

"他们在等着我们贱卖呢。"

米盖尔默默点了点头。

"而且……那些佃户连租子都不肯交了。"他下了好大决心才说出了这句话。

米盖尔也知道,这家人离不了那些租金。去年,还是他自己说服埃尔南多,让这位主人出钱把农庄修缮一番:旧马槽已经不够用了,他还需要一块驯马场和一片大草地;各种设施也都需要翻新。埃尔南多当时是答应了他的请求,将大半的积蓄都投在这马场里。可米盖尔不知道的是,多余的那部分钱其实也没能剩下,它们都被埃尔南多拿去申请绅士身份了:代理人的报酬、法官的薪金,在绅士身份合议庭前还需办理各种各样的手续。

"他们早晚会付的。"埃尔南多叫米盖尔不用担心,"我是不会被赶出西班牙的。我已经在申请绅士身份了。"见米盖尔脸上露出了惊异的表情,埃尔南多给他解释了其中缘由,"你就这么去跟佃户们说吧,跟他们说,要是再不付钱,这些地他们就别想要了。还有,也把这话带给那些买马的。"说话的时候,埃尔南多倒是意气风发,不过转眼间,疲惫就钻进了他的声带,也爬上了他的脸庞,"米盖尔啊,我需要钱。"他低声叹道。

与此同时,关于巴伦西亚大驱逐的消息也在不断传抵科尔多瓦。那些穆斯林的聚居地瞬间就成了热闹的集市,从各个王国纷至沓来的投机者们以低廉的价格疯狂抢购着摩里斯科人的衣物和家具。直到此前,贵族们为了保护那些给自己干活的新天主教徒,还极力缓解着老百姓心中对异端的憎恨,而现在,除了极个别的例外,领主们大多都对摩里斯科人的事情不再关心,于是种族之间压抑已久的仇恨一下子就爆发了出来,连国王的三令五申都被甩在了一边。腓力三世曾经规定,凡袭击抢夺新天主教徒的人都要被处以重刑,可在那条通往登船港的道路上,到处散落着一具具的尸体。男女老少排成了长长的队列——其中有些还拖着病体;所有人都把家当背在身上,就好似收破烂的组织了一次盛大的游行——朝着流亡的终点缓缓前行。天主教徒们在想尽一切办法榨取着他们身上最后的那点血汗钱:连坐在树荫底下、从河里舀口水喝,他们都要被收取对应的课金——多少世纪以来,这里的每一棵树、每一滴水,一直都是属于他们的东西!饥饿摧残着其中的大部分人;为了喂饱其余的家人,有些父母甚至不得不卖子鬻女。在严密的看管下,巴伦西亚王国超过十万名的摩里斯科人开始在格劳、德尼亚、比纳罗斯和蒙科法尔等港口聚集!

埃尔南多抬起了头，脸上犹带着惊愕的表情。要让拉法埃拉连门都不敲地就闯进藏书室，必是发生了什么紧要的事情。在他认真抄写着《古兰经》时，只有偶尔的几次他的妻子大胆迈进了他的避难所里，无一例外地，都是为了商量一些事关重大的议题。她走了过来，停在他的面前，在桌子的另一边站定。埃尔南多借着灯光打量着她：她该有三十出头了吧。当年马厩里那个怯生生的少女已经出落成一位完完全全的女人。而此刻，看她的脸色，她似乎惊恐万分。

"你听说巴伦西亚的那道驱逐令了吗？"拉法埃拉问道。

埃尔南多感觉妻子的视线正直直地盯着自己，他的回答显得有些吞吐其辞。

"嗯……听倒是听说了……"他支支吾吾，"不过我了解到的也就是人尽皆知的那点事：他们被从巴伦西亚赶出去了。"

"也就是说你不知道具体条款是么？"拉法埃拉不依不饶地追问道。

"你是说钱的事？"

拉法埃拉显得有点不耐烦了。

"不是。"

"拉法埃拉，你到底想说什么？"她今天这硬邦邦的态度很是反常。

"我去买菜的时候听到的，国王对像我们这种由新天主教徒和旧天主教徒组成的家庭颁布了特别的规定。"听到这儿，埃尔南多把身子往前挪了挪，他确实不知道这些细节；他朝拉法埃拉比了个手势，叫她赶紧说给他听。"假如是摩里斯科女人嫁给了旧天主教徒，她们就可以留在西班牙，和自己的孩子们生活在一起；而那些娶了女天主教徒的摩里斯科男人必须离开西班牙……还得带上他所有的超过六岁的子女；不到六岁的则要留在这里，和他们的母亲待在一起。"

说出最后两句话的时候，她的声音在发抖。

埃尔南多把手肘支在桌子上，十指交叉，把脑袋搁在手背上。这么一来，若是到时候那道诏令也要影响到他的话，阿敏和莱拉也同样会成为被驱逐的对象，而穆格莱和比他小的那两个则会与拉法埃拉一道留在西班牙生活……靠什么生活呢？他的土地和房子都要被征用了，而他的财产……

"这种事不会发生在我们家的。"埃尔南多告诉妻子，语气坚决；而此时，两行泪珠已经从拉法埃拉的脸颊上滚落下来，她没有用手去擦拭，浑身颤抖着，注视着她的丈夫，泪眼凝噎。"别担心。"埃尔南多温柔地劝着拉法埃拉，从椅子上站了起来，"你也知道，我在申请绅士身份呢，格拉纳达那边已经有几份最初的审查报告寄过来了；我有好多朋友在那儿，都是国王身边的人，他们都会替我求情的。我们不会被逐出去的。"

他走到妻子身边，把她揽到了自己怀里。

"今天……"拉法埃拉抽噎着，"今天早上，我在回家的时候碰到我哥了。"埃尔南多皱起了眉头。"他笑我。他笑得好大声，你知道吗，我后来还是小跑着走开的，就想赶紧离他远一点……"

"那他都笑什么？"

"他当时就喊着问了一声：'绅士？'后来我就扭头走了，他还在地上吐了口唾沫。"说到这里，拉法埃拉大哭了起来，可埃尔南多还在催促她讲下去，"'就凭你男人那个异教徒……永远都别想当上什么绅士！'他说得特别肯定。"

看来他们都知道了，埃尔南多心想。这也正常。米盖尔把这事告诉给了佃户，也告诉给了那些买马的贵族。消息总是跑得比人快。

"老婆，即使我最后申请不上，单是这个申请过程就能保我好几年不被赶出去呢。在那之后么……之后我们再看。总会时来运转的。"

可拉法埃拉的哭泣却是怎么都止不住了；她双手捂着脸，她的悲鸣刺穿了夜晚的空寂……埃尔南多放开了妻子，走到她的身后，轻柔地抚摸她头发，佯装镇静——其实这会儿，他自己心中也是翻江倒海。

"放心吧，"他在妻子耳旁轻声劝慰着她，"不会有事的，我们大家会一直都在一起的，一个都不会少。"

"可是米盖尔有预感说……"她好不容易小声挤出一句，她还在不住地啼哭。

"米盖尔的预感也不是每次都准的……一切都会好的。你放心，不会有事的……"他轻轻地说道，"冷静点，别让孩子们看到你这样。"

拉法埃拉点了点头，她深呼吸，试图让自己恢复过来。她不愿离开丈夫的怀抱。她感觉到一股无边无际的恐惧，只有依偎在埃尔南多身边才能稍稍缓解。

埃尔南多注视着拉法埃拉一边擦拭着泪水一边从藏书室里静静离开，只觉一股汹涌的热流汇入了自己柔软的心海。他已经学会了如何生活在一个既有法蒂玛也有拉法埃拉的世界。每当他开始祷告，每当他进到大清真寺里，每当他书写着神圣的经句，每当他听到穆格莱小声念出了哪个阿拉伯语单词，同时用那双硕大的蓝眼睛巴望着他、等待着他的期许，他便找到了法蒂玛。而在一日复一日的生活中，在每一个他需要爱与温存的时刻，拉法埃拉则出现在他的眼前；她对他付出真心，对此，他也用真心报答。法蒂玛就仿佛变成一座灯塔，在那条通往真主的信仰之路上指引着他。

巴伦西亚大驱逐仍在进行着，尽管事情远比想象中艰难。要一下子将十万人运走，就要求那些船只在西班牙东海岸与柏柏尔之间一遍又一遍地来回折返。预定三天就要结束的事直到几个月后仍未做完，如此延误也让那些新抵北非的摩里斯科人的境遇通过回航的船员以及那些狼子兽心的天主教徒之口——他们肆无忌惮地对此大加宣扬——传到了人们耳中。那些最幸运的是被送到了阿尔及尔，他们刚刚登岸就被拉到清真寺里，排着队被检查下体；凡没有割过包皮的，现场就会有专人手起刀落叫他们一一释怀。随后他们会被填进这座由土耳其近卫兵管辖的海盗之城的最底层，到荒郊野岭里去干农活，遭受着非人的对待。

其他人就没那么好运了，他们落入了当地游牧部落的手里。在这些人看来，摩里斯科人就是天主教徒——他们接受了洗礼，背弃了先知穆罕默德的教诲——所以，这帮土著对这群新来的是乱砍滥杀，毫不留情。据说巴伦西亚的摩里斯科人里，有近四分之三、即十万多人，是死在了阿拉伯人的刀下。甚至在得土安和休达这样居住着大批安达卢斯摩里斯科人的城市，对于这些不请自来的客人也是极尽残暴之能事，将他们虐杀殆尽。以至于最后，有大批大批的摩里斯科人结队跑到了西班牙人在非洲海岸线上所设的要塞下面，叫唤着自己是天主教徒，企图寻求庇护。还有数百名心如死灰、被吓破了胆的新天主教徒甚至打起了逃回西班牙的主意，回到那儿碰到第一个人，他们就赶忙迎了上去，不容分说地做了他的奴隶，因为奴隶是不用被驱逐的。

听说还有些船一开到远海，船员们就把整船的乘客都扔了下去，夺走了他们的财产；所以现在在有些天主教徒的菜场里，沙丁鱼都不叫沙丁鱼了，叫"摩里斯丁鱼"。

巴伦西亚的摩里斯科人里还有一部分没来得及被流放的，也知悉了柏柏尔狂屠的凶残与血腥，其中有两个镇子的穆斯林闻讯揭竿而起：穆尼尔召集起了科夫伦特斯山谷里的摩里斯科弟兄们，在一个叫图里吉的新国王的带领下躲进了刃牙山顶的荆棘丛里；还有一个王，名叫麦莱尼的，则号令着数千名男男女女将拉瓜尔谷山头占据。可惜，那个身骑绿马的法迪米酋长最终还是没有出现，国王训练有素的军队没花多大工夫就平息了这两场起义。成千上万的义勇军被处决；另外的则沦为天主教徒们的奴隶。

没到那年年末，国王又陆续签发了两个卡斯蒂利亚[①]以及埃斯特雷马杜拉[②]的

[①] 指西班牙西北部的老卡斯蒂利亚和中部的新卡斯蒂利亚。
[②] 位于西班牙西南部。

摩里斯科人的驱逐令。安达卢斯人也知道，不久后，就轮到他们被赶出西班牙的土地。

一月里一个阴冷而无常的早晨，埃尔南多正在藏书室里批改阿敏在札记本上书写的字句——他是用木棍写的，本子上涂着油。埃尔南多也曾给过儿子一支翎笔，可他总会把墨水弄得满纸都是；用木棍的话到时候就很容易抹去，也便于阿敏反复练习。现在的阿敏已经能把 alif 画得高挑匀称了。埃尔南多接过了那本本子，满意地评点着那份习作，同时抚摸起了儿子的头顶心。穆格莱也贴了过来，羡慕地望着他的哥哥。

"只要继续努力，不用多久你就能改用翎笔了，到了那会儿，你就能找到最贴合你手指运动的握笔方式，让笔尖微妙的弯势帮助你画出最漂亮的字体。"

听到这番表扬，孩子满心期盼地望着父亲的眼睛，可正当阿敏想说些什么的时候，几记震耳欲聋的敲门声却撞破了门厅，冲过了院子，蹿上了楼梯，闯进了藏书室里。埃尔南多的动作瞬间定住了。

"开门！我们是科尔多瓦市政府的！"街上传来一声大喊。

急忙朝儿子做了个手势叫他把所有东西藏好之后，埃尔南多一把拽着小穆格莱就朝门外走去。在确认阿敏将书桌收拾整齐、特别是在上面放了一本赞美诗后——这套动作他们都演练过好多次了——埃尔南多从藏书室里跑了出去。

"快开门！"敲门声又响了起来。

埃尔南多扶着栏杆朝院子里望去：拉法埃拉已经在那儿了，她惶恐地用目光询问着他，看样子是被吓得不轻。

"去吧。"埃尔南多朝她指示了一句，随即奔下了楼。

当他匆匆赶到的时候，他老婆刚刚从里边扭开门闩。街上，一名警察和好些个士兵簇拥着一个三十来岁的男人；西尔·乌略亚奸笑的脸孔也从他们身后探了出来；在所有这些人的背后，还挤着一众好奇的人群。见妻子的目光死死盯在了她哥哥身上，埃尔南多挤过拉法埃拉，率先跨了出去；他在努力辨认着眼前的这名贵族，总觉得他的轮廓看上去像是……

"还不给市政府开门！"那警察还在号叫，也不管埃尔南多早就走到了大街上，"快快给市议员堂·卡洛斯·德·科尔多瓦先生让道！蒙特里尔公爵都不认得？"

堂·阿方索的儿子！他父亲的五官和堂娜·露西亚的相貌在这张脸上混杂在了一起。公爵夫人！光是想起那个女人、想起那个女人对他无尽的仇恨，埃尔南多就觉得膝盖发软。这位不速之客带来的必定不会是什么好消息。

"你就是从胡维莱斯来的新天主教徒埃尔南多·鲁伊兹？"堂·卡洛斯问道，用的是贵族特有的那种既自负又专横的语气。

"对,是我。"埃尔南多苦笑道,"阁下了解得很清楚么。"

堂·卡洛斯没有理会埃尔南多的假意恭维。

"奉格拉纳达最高法院院长之命,我将这份绅士身份裁定书递送给你;不得不说,你做这个决定未免太冒失了。"一位书记员从人群里走了出来,将文书递到了埃尔南多手上。"会念吗?"公爵问了一句。

埃尔南多只觉得那张纸在手上烧得滚烫。要把这玩意儿交给他,将他唤到市政府不就行了?为什么要烦劳公爵亲自前来?随着围观的百姓越来越多,埃尔南多也猜出了个中原因:他想要公开进行这场交付。埃尔南多用眼角朝妻子瞥了过去,拉法埃拉此刻都快要站不住了;是他自己告诉她,绅士身份的审理过程可以持续好多年的!

"要是你不识字的话,"堂·卡洛斯又说,"我的书记员可以为你当场宣读……"

"当年我还为阁下的父亲读过天主教的圣书呢,"埃尔南多胡诌着,故意扯开了嗓子,"他那会儿被俘虏了,躺在一个海盗头子的大帐里奄奄一息,后来我可是拼了老命才把他救出来的。"

人群中响起了一阵议论,但堂·卡洛斯·德·科尔多瓦却是未动声色。

"你这些英雄事迹还是留着去讲给你的摩尔同胞听吧。"公爵反击着。

埃尔南多还来得及去扶拉法埃拉一把;听到公爵的话,她顿时昏了过去。那张纸在撞到她身体的一刹那被折得皱巴巴的。

"绅士身份合议庭庭长、格拉纳达最高法院法官堂·庞塞·德·埃尔瓦斯先生特作出如下判决。"埃尔南多把拉法埃拉安放在走廊中的一把椅子上,他用凉水给她擦了擦脸,又给她喂了杯水,却无心等她完全从晕厥中恢复过来再来读那份文件。堂·庞塞!伊莎贝尔的丈夫!他根本都不用想,也都不用问谁,打从一开始① 他就没打算要把绅士身份批给他。"正如他在为本市大主教制作的数份报告中自称,"裁决书中是这么说的,"该人为新天主教徒无疑。其在阿尔普哈拉斯殉难者报告中对胡维莱斯摩里斯科人屠杀天主教徒的行为百般袒护;这足以证明,该人为信奉穆罕默德教派之异端。"埃尔南多想起了他递交给格拉纳达大主教的第一份文书,他确实试图为阿尔普哈拉斯的摩里斯科人和土匪们脱罪来着。这些可以称得上他仇敌的人就那么会挑时间,一定要在这个时候齐齐地出现?堂·庞塞、西尔·乌略亚、

---

① 原文为拉丁语。

由他的仇人一手抚养长大的蒙特里尔公爵。还缺了谁么？"该人向我厅提交的申请材料所基于的条件及事实均系伪造，手段低劣，因此，对其内容，本院无须做出任何考虑。"瞬间，堂·佩德罗、卢纳和卡斯蒂略的那几句承诺飞进了他的脑海。"如果需要的话，整个镇子的证言都可以给你伪造出来！"他们当时是这么说的。为什么在他身上就不好使了呢？堂·庞塞·德·埃尔瓦斯倒是把仇给报了！埃尔南多把那份文件捏成了一团。

"绿毛乌龟！"他怒吼着。

随后他便灰头土脸地倒在椅子上，好像岁月的巨石突然砸在了他的胸口。坐在一旁的拉法埃拉把手伸过来，放在他的右腿上。妻子的触碰这会儿却叫他无比心酸。他呆望着拉法埃拉那只瘦削的手，每根指头都又细又长，手上的皮肤已被经年累月的家务活催得粗糙无光。他把头朝妻子转了过去。她面如死灰。他一动不动，瘫在了椅背上，而拉法埃拉在他的脚边跪下，把头枕在了他的膝盖上。他们就这样待了好久：安静地闭着眼睛，就好像一睁开，他们就会双双被现实压垮。

流放的阴影逼近着这个家。自那天起，埃尔南多总是格外注意着拉法埃拉的脚步声，细细聆听着她对孩子说的每一句话；他听见她偷偷哭泣。一天晚上，埃尔南多想要抱她的时候，她却拒绝了他。

"别碰我，求你了。"埃尔南多的手还没碰到她的肩膀，拉法埃拉就祈求起来。

"正因为是在这种关头，拉法埃拉，我们才应该要比任何时候更加团结。"

"不，看在上帝的分上！"她抽泣起来。

"可是……"

"要是我怀孕了怎么办？你没有想过吗？我们为什么还要再生一个？"她低声说道，语中带着苦涩，"还有几个月你就要离开我了，你走的时候还要让我大着肚子吗？"

埃尔南多随即下了个决定——他那张苍老的脸上写满了悲戚——他得去穷尽他最后的可能：到格拉纳达去，跟堂·佩德罗他们谈谈，如果需要的话，他甚至愿意去找找那位大主教。

于是第二天，埃尔南多将此事告诉了米盖尔；一听说最高法院驳回了主人的绅士身份申请，米盖尔当即就搬回了科尔多瓦的那栋小院里。可是这段时间里，埃尔南多却没听到他跟任何人——包括孩子们——讲任何故事；连孩子们也仿佛感觉到了灾难的临近，开始少言寡语了起来，稚嫩的眼神里流露着愁闷与忧心。米盖尔打开大门,让主人把那匹健壮的快马骑了出去;埃尔南多准备冲着格拉纳达一路疾驰,累垮了这匹骏马也在所不惜。可是,他却连家门口的那条胡同都没能走出去。

"你这是想去哪儿呢?"西尔手下的一名士兵拦下了他。

"格拉纳达。"埃尔南多在马背上答道,他勒住了缰绳,"我要去见大主教。"

"谁允许你去的?"

埃尔南多把那张通行证递了出去,只见那男人漫不经心地翻看起了那份文件。你识字么就在那儿装模作样地看!埃尔南多真想吼他一句,还好他及时止住了心中的冲动,开始向那人解释起来。

"这份文书是格拉纳达大主教亲自签……"

"不好使了。"那士兵说着就把那张通行证撕成了两半。

"你在干吗啊!"这是他最后的希望了!埃尔南多只觉得自己浑身的血液都沸腾了起来,"蠢货!"

埃尔南多本能地扯了一下缰绳,叫那匹马朝士兵扑了过去,同时自己左脚一蹬从马背上跳了下来,下一步就要去拾起那两张纸片。可还没等他落地,另一名兵士的剑已经亮到了他的身前。

"有种就来啊!"执剑的那人大声喝道。

埃尔南多登时一怔。就在这个当儿,先前的那个士兵也从马蹄下回过神来,三步两步蹿到了同伴身边,同样拔出了他的佩剑。那匹小马还在原地急躁地扯着脖子,而埃尔南多已经明白,一切的努力都已是白费。

"我……我就是想去捡那两张纸。"

"我跟你说它已经不好使了。你就老老实实待在科尔多瓦吧。"

那人把破碎的通行证踩在脚下使劲碾了碾。

"回去吧。"另外那个用剑指了指埃尔南多那栋小院。

于是埃尔南多牵着马踱了回去。马厩的门还开着,在那儿等着他的是米盖尔;这位忠心的仆人也目睹了刚才的一切。

埃尔南多想要寄封信到格拉纳达,却想不出如何才能把信送过去。脚夫们大多来自巴伦西亚,他们早已被驱逐出西班牙;卡斯蒂利亚、拉曼却和埃斯特雷马杜拉的快递员们也已不在;其他王国的摩里斯科人也都被禁止上路了。

"每次我出去的时候他们都要搜我的身,"米盖尔的话语中带着哀怨,"拉法埃拉背后也是时时都有人紧跟着,所以我们是根本不可能……"

"不应该是他们主动联系我才对么?"埃尔南多大声抱怨着,声音中透出了一丝绝望,"法院驳回我申请的事,他们也该是知道的啊。"

"不管谁过来,都逃不过陪审员那帮手下的搜查。"米盖尔安慰着他的主人,"所以说不定他们都来过了,可是又放弃了。"

另一方面,埃尔南多也知道,无论是堂·佩德罗还是那两个翻译都不会冒着风险亲自前来。去年,他们出版了一本名为《格拉纳达的历史与美谈》的书,书中对维内加斯家族光荣的血统大加颂赞,称他们家的天主教信仰还是从遥远的哥特人那里得来的。这也太荒谬了!要知道他们可是穆斯林贵族中最著名的一支啊!那本书已经顺利通过了皇家审核,书中坚称,格拉纳达被天主教国王占领后,耶稣在空中化成了神奇的十字架,向堂·佩德罗的祖先席迪亚亚①显现;基督深情召唤着那位穆斯林王子,叫他快快投入天主教的怀抱,在信仰上紧紧追随他的哥特祖先。而后来,格拉纳达·维内加斯将家徽上奈斯尔王朝的那句箴言"Lagaleblila"——"除真主外别无胜者"②也改成了比天主教徒更天主教徒的"Servire Deo regnare est"③。正如圣保罗的经历④一样,这个家族是在神的指引下皈依天主教的,还有谁敢怀疑他们的血统不正,还有谁敢怀疑他们对上帝的虔敬?

"他们都自救成功了,"埃尔南多嘟哝着,"还哪里想得到来关心一个像我这样的摩里斯科平民呢?"

钱用完了,储藏室里囤积的食物也已经消耗殆尽;佃户们一分钱都不愿意付给他们,现在连买菜都成了摆在拉法埃拉面前的一个大难题:谁都不肯让她赊账,不论是天主教徒还是穆斯林。但与日俱增的匮乏和孩子们的饥饿却似乎给了她无穷的力量,尽管此时丈夫身上的气力却是一天比一天有所削减。

"去把马卖了吧,也别管什么价了!"一天,埃尔南多朝米盖尔命令道;穆格莱刚才都开始在那儿哭着喊饿了。

"我已经试过了,"米盖尔的回答着实让埃尔南多一惊,"可是根本没人来买。一个跟我蛮要好的马贩子也说了,只要是我们的马,即使把价降到区区几个马拉维迪,一样卖不掉。是蒙特里尔公爵在从中作梗。谁也不想跟一个有权有势的市议员结上梁子啊。"

埃尔南多摇了摇头。

"等这一切都结束了,价格也就会恢复正常了吧,"他自我安慰起来,"到时候

---

① 曾降服于天主教徒,将格拉纳达王国巴萨镇交予天主教徒之手。
② 原文为阿拉伯语。
③ 拉丁语,意为"侍奉天主即是为王"。
④ 《使徒行传》记载,在大马士革时,耶稣亲自显现在使徒保罗面前,称呼他为扫罗。

至少拉法埃拉还能把它们卖个好价钱。"

"估计不行吧。"米盖尔说。埃尔南多也只能无力地摊了摊手。不知道会有怎样的不幸临到他们头上？"先生，"米盖尔继续说了下去，"我们都好久没付草料钱了；还有钉掌匠和马具匠的工资、驯马师和马夫的薪水。到时候你不在了——且不说他们这两天就有可能会过来——要是他们来讨债，就凭她一个弱女子……你难道想象不到那种场景么？"他又补了一句。

埃尔南多只觉得无话可说。他能做点什么呢？接下来的路他们要怎么走？

米盖尔也垂下了头。除了借债，难道还有什么别的办法能养活那个农庄么？还是埃尔南多自己要求将家里的那些马拉到农庄去养的，他说家里已经没有吃的了。

于是他们动起了埃尔南多那些藏书以及家具的主意。科尔多瓦已经成了个大集市，成千上万的摩里斯科家庭都在街头拍卖着他们的一家一当。面对旧天主教徒们的戏弄——他们正齐心协力地往下压价呢，且乐此不疲——摩里斯科的男男女女只能强忍着怒火，期待着那么多人中总有哪位愿意买走它们：这个橱柜——就在几年前，他们下了好大决心砸下血本，终于买下了梦寐以求的它；或是那张眠床——它聆听过主人的多少枕边密语，他们尽情幻想着，幻想着终有一天，一家人能够过上更好的生活。商人和手工艺者，无论是制鞋的、做面包的、还是卖炸糕的，都在低声下气地央求着他们信奉天主教的竞争对手们，求他们能发发慈悲，买走他们的工具和机器。而埃尔南多费了九牛二虎之力才从家中搬出来的那些书籍和家什却是无人问津；即便如此，拉法埃拉和孩子们还得看着它们——至少不能让人给抢了吧。

一天晚上，心力交瘁的埃尔南多去找了帕布洛·科卡：去赌上两把吧，说不定还能多少挣点；可遗憾的是，那位赌场老板已经不在人世了。于是，尽管没有执照，米盖尔还是老着脸走上街头，操起了他的老本行。每到太阳落山的时候，在埃尔南多门前戒备着的那两个士兵总会见到米盖尔挂着拐杖一蹦一跳地，背着讨来的一小把烂得差不多了的蔬菜回到家来，那时候他们就会不厌其烦地讥笑起来，适时地说上两句风凉话。而在白天，埃尔南多则在求见着主教、教长，或是科尔多瓦教士会里的任何一名受俸教士。只要主教肯证明他是天主教徒，他这条命也就算是捡回来了，而他之前不是还在大教堂里干过活的么？

他在大教堂的那个院子里一连站了好几天，那儿还挤着好多摩里斯科人；其实大家的目的都一样。

"谁都不会出来见你们的。"一天又一天，门卫们只是对他们重复着这句话。

埃尔南多也知道会是这样，哪个神父都不会理睬他们，甚至经过他们身边的时候,也没人愿意跟这帮摩里斯科人搭上一句话。有些人还微微瞧他们一眼,其他人干脆是大跨步地从院子里冲了过去,唯恐避之不及。可除了指望这些自诩慈悲的天主教徒们能够发发善心,现在的他还能做些什么呢?他完全想不到还有什么别的解决办法。根本就没有啊!关于安达卢西亚驱逐之日的流言倒是一天传得比一天响,若是不能在此之前获得教会的证明,到时埃尔南多就必须带着阿敏和莱拉离开西班牙。

那他其他的家人又该怎么办呢?每天傍晚,当他把当天早上在拉法埃拉的帮助之下搬出去的那些书和家具又一件不少地抱回来堆在门厅里的时候,他都会这样问着自己。

而他的孩子们总还是会满心期待地盼着他回来,就好像只要他一出现,在那漫长而可憎的一天里碰到的所有问题都能迎刃而解——即便他们的销售业绩至今还是个鸭蛋。而埃尔南多也强逼着自己展开了笑颜,他由着孩子们前仆后继地跳上了他的胳膊;听到他们竞相冲着自己叽叽喳喳说了起来,他也试着把心中想哭的冲动化成了一句句鼓励的话。在一片吵嚷声中,埃尔南多想着,大孩子们也都该知道了吧,他们不应该感觉不到的,这弥漫在科尔多瓦街巷中的紧张与不安;可他们又怎能想象得到,这场大驱逐会对他们这样的家庭造成怎样的后果?随后大家便一起等待着米盖尔将晚餐的材料带回家来;再然后,等到夜深人静、孩子们都睡去了、米盖尔也为了避嫌主动退了下去,埃尔南多和拉法埃拉则在一片静默中说起了床边话,尽管两人谁也不敢直率地谈起现实的惨淡。

"明天我一定能成功的。"埃尔南多说道。

"嗯,你肯定能做到的。"拉法埃拉一边回答,一边握住了丈夫的手。

天亮了,他们又把那些书卷和橱柜抱了出去。孩子们拥在母亲腿边,目送着两个男人分头离开:米盖尔是去讨饭的,而埃尔南多再次对准了主教宫的方向,重启征途。

"看在耶稣基督被钉十字架的分上,您就帮帮我吧!"

刚瞅见大教堂的那位教长走进院子,埃尔南多就奋力一钻从那堆摩里斯科人中窜了出来,拜倒在他的面前。教长停下来打量着他。埃尔南多的穿着昭示出他的身份;比这个摩里斯科人名气还要响的是他与市政府之间的恩恩怨怨。

"你不就是那个异端的儿子,妄图为阿尔普哈拉斯大屠杀辩解的男人么?"教长轻鄙地质问着埃尔南多。

埃尔南多张开双臂,跪着用膝盖又往前爬了两步;那位教长赶忙向后跳开。这时，门卫闻声都冲着埃尔南多跑了过来。

"我……"他才刚含含糊糊地说出半个字,胳膊就被架住,被扔回了那群摩里斯科人里。

"你怎么不去求你那个假先知呢？"只听背后传来了那位教长的大喝,"你们倒是都去求呀！"他将怒吼甩在了所有摩里斯科人的脸上,"异教徒！"

67

1610年1月17日,是个礼拜天,也是西班牙传统的圣安东节①。就在这天,国王诏令的宣读声震响了整个科尔多瓦:穆尔西亚、格拉纳达、哈恩、安达卢西亚以及奥尔纳丘镇的所有摩里斯科人都将因这条敕令被迫离开他们世世代代居住的西班牙。除了去塞维利亚的旅费——科尔多瓦人的登船点是在那里——以及船票钱——这也得让他们自己出,穷人出不起的话就去问那些富人要——国王禁止这些新天主教徒将任何金银财宝和现金汇票带出他们各自所属的王国,所以这些摩里斯科人在将自己所有的工具和家私都贱卖一空后,现在又得花上超过市价好几倍的钱,去哄抢着那些容易携带的轻便货品:布匹、丝绸,或是香料。

埃尔南多一家围坐在了饭厅里,拉法埃拉正努力地抠着桌上那几块硬面包上的绿毛。而埃尔南多则在想着如何跟孩子们解释他们家将要发生的事,所有人都已经听到了那条谕告。

"孩子们……"

他哽咽了。他一个个地凝望着他们:阿敏、莱拉、穆格莱、穆萨、萨尔玛。他倒是想说下去,可是几个月来积在心中的压力顷刻间就将他摧垮;他捂着脸,号啕大哭。有一段时间里,谁都没有动上分毫,孩子们被父亲突然的崩溃吓了一跳,都齐齐地将惊惧的眼神投向了他们的爸爸。莱拉和小萨尔玛也都跟着哭了起来。尔后,是米盖尔张皇地站了起来,想把两个最小的先带去别的地方。

"不用,"拉法埃拉把米盖尔拦了下来,她的脸上记录着无尽的疲惫,她的声音却还保持着镇静平和,"都坐。你们要知道,"确保米盖尔又让自己躺回了椅子上,她接着说了下去,"不久以后,你们的爸爸、阿敏,以及莱拉就要离开科尔多瓦了。其他人都留在这里,跟我一起。"

拉法埃拉调动起身体里所有的力气草草地挤出了一丝微笑;见到妈妈此时是扬起了嘴角,还啥都不懂的萨尔玛也随之嘿嘿傻笑了起来。

---

① 亦称营火节。

"那他们什么时候回来呢?"这时小穆萨问了一句。

到了这会儿埃尔南多才终于抬起了头,与拉法埃拉交换了一个眼神。

"他们得去上好久呢,"拉法埃拉答道,"因为他们要去一个好远好远的地方……"

"妈。"大儿子的声音打破了随之而来的沉默。外边宣读着那张告示的时候,他听得特别认真;他知道那意味着什么,他知道,他们就要被逐出西班牙了,这是一场没有归途的旅行。"如若不从,"当时宣诏者把这几个字念得特别大声,"并于限期之后,于吾制下之国土中为人所见者,不论其个中缘由,概处死刑,而没收其财产。只因如此事实即可定罪,无须开庭宣判。"回来的话一定会被杀死的!他太明白其中的含义了:只要他们敢回到西班牙,任何一个天主教徒都可以捕死他们,根本不用任何法律手续,甚至解释都不用解释一句。"为什么你们不能跟我们一起走呢:你、米盖尔叔叔,还有其他人?"

"对呀!我们大家一起去!"穆萨随声附和道。

拉法埃拉长叹了一口气,小儿子天真的话语触动了她的心房。她要怎么跟他们说呢?她用目光寻求着丈夫的援助,但埃尔南多此时不发一语,只是心神不宁地盯着桌面,就好像自己完全不在场一样。

"这是上帝的安排。"她回答着阿敏的提问。

"明明是国王说的!"莱拉叫了起来。

"不,"听到声音,所有人都转头朝埃尔南多看了过去,"这是神的旨意,你们的妈妈说得对。"

拉法埃拉望着自己的丈夫,眼神中满含着感谢。

"孩子们,"埃尔南多说了下去,他回过了神来,"是真主叫我们分离的,我们不得不听。你们几个小的就跟妈妈还有米盖尔叔叔一起留在这儿,留在科尔多瓦;两个大的就跟我一道去柏柏尔。我们都来祈祷吧,"这会儿,埃尔南多对上了拉法埃拉的眼睛,"向亚伯拉罕的上帝祈祷,向那个将我们所有人联结在一起的真神祈祷,祈祷我们终有一天,在他的爱与慈悲里,能够再度相见。你们也要向圣母玛利亚祷告,时时请求她的庇佑。"

说完这番话,埃尔南多才发现穆格莱那双湛蓝色的眼珠正紧紧注视着自己的脸。他还只有五岁,却仿佛明白了一切。

入夜了,埃尔南多与拉法埃拉一起坐在院子中央、泉水跟前。头顶着清冷的星空,他们把大的两个孩子叫了来,给他们讲起了分离的缘由:

"他们不允许你们的妈妈,一个旧天主教徒,以及你们不足六岁,且经过洗礼的弟弟妹妹们去到柏柏尔。他们觉得，凡超过六岁还没有皈依天主教的，都无法挽救了，所以才要把这些孩子和他们的父母一起驱逐出去。这就是为什么我们不得不分别。"

"我们大家一起逃跑吧！"阿敏泪眼婆娑地喊了起来，"妈，您也跟我们一道走吧。"他哀求道。

"你妈的哥哥，就是那个陪审员，他无论如何都不会允许这事发生的。"埃尔南多告诉儿子。

"为什么啊？"

"儿子，总有些事你现在还没法理解。"

阿敏没有再说什么。他是孩子们中最大的一个，必须奋力强忍着自己的泪水；即便如此，他还是走到了母亲跟前，寻求着她的抚爱与慰藉。莱拉也坐在了拉法埃拉的脚边。埃尔南多望着他们：拉法埃拉握起了她大儿子的手，也把莱拉的头发理了一遍又一遍。这样的时刻是不会再有了。在他把自己闷到藏书室里为宗教间的和平共处写作钻研的岁月里，他曾经错过了多少段这样的时光？这会儿，他记起了小时候母亲在那唯一几次能向他展示母爱的机会里曾经唱过的一首摇篮曲，他哼出了头几个音符。阿敏和莱拉都诧异地朝父亲转过头去，而拉法埃拉努力控制着她下嘴唇上的震颤。埃尔南多朝孩子们笑了笑，随后举头望天；他继续哼那段安稳的旋律，泉水成了他的和声，延绵不绝。

尔后，孩子们都去睡了，两人静静地坐在一起，聆听着对方的呼吸声。

"我会寄足够的钱给你的。"久久的寂静过后，埃尔南多对妻子承诺道。拉法埃拉本想说些什么，埃尔南多却让她先听自己讲完。"我们的地、包括这栋房子，都会被国家收走的，你也听到那谕令上说了；我们的马也会被扣起来拿去抵债。所以我们是什么也不剩了，你还得独自在这里养活三个小孩。"这个残酷的现实从口中大声说出来的时候，只会变得更加骇人、更加真切，好像触手可及，仿佛就在眼前。

拉法埃拉呼了口气，她不能让丈夫的信念在此时土崩瓦解。

"我一定能自己想出办法来的。"她小声说道，把头靠到了埃尔南多肩上，"你怎么省得出钱来寄给我啊？你带着两个大孩子已经很不容易了，你自己还得过日子呢。还有你要怎么赚钱呢？驯马吗？你都这把年纪了。"

"哈，难道你觉得我没这能力？"埃尔南多用力绷紧了手上的肌肉，努力通过话语制造些轻松的气息；拉法埃拉也配合地笑了笑，尽管笑容显得有些僵硬，"没有。我也不觉得我会再去驯马。那些阿拉伯马都是又瘦又小的……说不定在沙漠里是如鱼得水，可跟西班牙纯种马相比根本就是两回事。拉法埃拉，你别忘了，我会写字，我还懂古阿拉伯语。我觉得我会干得不错的，尤其是当它关系着我孩子的命运……以及你的命运。我每一笔下去都会有真主的指引的，我万分确定。在我们穆斯林的世界里，书记员可算是个薪水颇丰的职业。"

她再也撑不下去了。她已经压抑着自己的恐惧，在孩子们面前装了整整一天。于是，在夜的晦暗中，她放任绝望像汹涌的流沙将她掩埋。

"柏柏尔人可是把到那儿的摩里斯科人全都赶尽杀绝了啊！即使那些保住性命的，也是在农田里遭受着残酷的剥削。你怎么还在想着那些……"

埃尔南多再次用手势阻住了她的话。

"那是在柏柏尔，是在那些海盗的地盘里。据我所知，我们摩里斯科人凡是去到摩洛哥的都还过得不错。那里大部分的人都还未经开化，他们的国王也明白，安达卢斯人的知识会对他们很有益处。我可以在宫廷里干活，说不定哪一天你也可以……"

拉法埃拉在椅子上不安地挪动起来。他也知道她在想些什么：他们很少谈起过宗教的问题，他们总是避免提及各自的信仰。而一想到自己可能要被迫生活到穆斯林的土地上，拉法埃拉就觉得头皮发麻。

"别再说了，"她打断了她的丈夫，"埃尔南多，我从来没有干涉过你的信仰，连看到你把你的观念强加给孩子们的时候我都没有多说过一句话。别想着有一天让我也去背弃我的宗教。此外你也得明白，等到你走了，我一定会让你的孩子们接受天主教的教育的。"

"我只求你一件事，"埃尔南多默许了妻子的说法，"等到哪天穆格莱长大成人了，请把我抄好的那本《古兰经》移交给他。我会把它藏到一个安全的地方的。"

"埃尔南多啊，到时候他早就成为一个天主教徒了。"他妻子呢喃道。

"他还会是穆格莱的，他还会是那个长着蓝色眼睛的小男孩。他知道自己该做什么。答应我。"

拉法埃拉低下头沉思起来。

"答应我。"埃尔南多又说了一遍。

一个亲吻替她说出了一切。

自从夫妻俩双双认了命，知道自己无论做什么也再没有办法将局势扭转，接下来的日子反而过得和谐了起来，尽管这种和谐的背后隐藏着深深的不安。和先前一样,埃尔南多依旧会去大清真寺默默祈祷;而不同的是,此时的他已经不再去追求与法蒂玛心有灵犀,而是在为拉法埃拉以及他那几个要留在科尔多瓦的亲骨肉向真主求援。他曾想过带着阿敏和莱拉一起到得土安去,与法蒂玛重聚,请求她的帮助;若不是记起了埃夫拉因的那句话,他差点就给犹太人捎去了口信。"他们会杀了你的。"若是他们连同他的孩子也一起杀了呢?得土安并不欢迎摩里斯科人;沙米尔和弗朗西斯科一定也会对即将到来的大批安达卢斯人加强警戒。光是想到他的孩子被海盗们的长矛戳穿了的样子,埃尔南多的心里就一阵抽搐。

埃尔南多信步走在大清真寺里。在这片似有魔力的柱林中,穆斯林祷告的余音未曾停息。他决定把他最珍贵的《古兰经》藏在这里,终有一天,小穆格莱会回到此地将它领取;是真主之手将他引到了这儿,他知道小穆格莱一定不会辜负他的期许。定当如此!

不过,选个什么地方好呢?

"你疯了吗?"刚听罢主人的计划,米盖尔就叫了起来。

"我没疯。"埃尔南多的回答是如此斩钉截铁,叫米盖尔再也不能对这个计划的严肃性存有任何怀疑,"这将会是你此生最精彩的故事,为此我需要你们的帮助:你……还有阿敏。"

"把孩子也扯进来,这样好吗?"

"这是他的义务。"

"你可知道,万一被发现了,我们是要被宗教裁判所活活烧死的!"

埃尔南多点了点头。

于是那天白天的时候,三人一同去到了大清真寺里。埃尔南多在衣服下面藏了一把锤子和一根结实的铁棍;阿敏则是将未及装订的《古兰经》纸页掖进了怀里;而米盖尔还如往常一样地挂着他的拐棍,一蹦一跳地走着。父子俩毕恭毕敬地站到了圣彼得小礼拜堂前——那也是被异教徒亵渎的壁龛的所在——假装祷告起来,而在他们背后稍远些的地方,米盖尔伫立在了皇家礼拜堂和维拉维西奥萨礼拜堂之间。随着时间一分一秒地过去,埃尔南多发现汗珠沾湿了那只他按住工具的手;他注视着那座小礼拜堂,他曾向那个地方祷告了千万遍。礼拜堂的前部,一面面的石砌墙封死了柱与柱之间的空间;只有石墙尽头、恰好是壁龛前方的部分,用两道高度与柱头齐平的铁栅给拦了起来。边境总司令堂·阿方索①·费尔南德斯·德·蒙

---

① 作者笔误,应为阿隆索。

特马约尔的石棺就安放在那石墙的后面。那口大而简朴的棺材是用大理石打造而成，上面没有任何装饰与铭文，只有一条用黄蓍胶①浇成的绶带贯穿棺盖表面。石棺的一半是被石墙遮挡，而另一半透过铁栅就能看见。埃尔南多几次朝阿敏转过头去，儿子的脸上看不到丝毫慌乱：他站得笔挺，不动如山，天主经和万福玛利亚的祷词源源不断地就从他口中念了出来。一批又一批的神父和教民们从他们身边走了过去。都到了这会儿了，埃尔南多心中却突然犯起嘀咕："我真的没疯么？这儿人那么多……"

没时间再供他忖前思后的了。依照惯例，负责圣彼得小礼拜堂的教士打开了那道铁栅的门闩，开始为待会儿的弥撒准备起来。埃尔南多犹豫了一下，他朝背后瞄了一眼：米盖尔向他投来了鼓励的微笑，支持着他，要他坚定信念；此时阿敏也在他肩头轻轻拍了一下，提醒他铁栅已开，目标就在眼前。于是，埃尔南多对米盖尔把头一点。

"上帝！"一声大喊让大清真寺的几百根柱子都跟着震了起来。人们齐刷刷地朝声音传来的方向瞧了过去，只见一个拄着拐杖的残疾人正在那里狂乱地叫着："就在那儿！我看到了！"

一时间，有好些信徒都朝米盖尔那边涌了过去。他还在继续叫嚷。埃尔南多的视线在米盖尔和圣彼得小礼拜堂的铁栅之间来回辗转；那位教士听到喧闹声也跑了出来，正靠在铁栅旁边远远地窥看着呢。

"看呐！在那只白鸽的身后就隐藏着他那慈蔼的脸庞！……"米盖尔的惊呼是一句接着一句。

埃尔南多忍不住笑了出来，天主教徒们的轻信也令他大为惊讶：此时已经有一位老妇跪到了地上，在胸前画起了十字。

"是啊！我也看到了！我也看到了啊！"

又有一群人叫了起来，把米盖尔的声音都给压了过去。人们纷纷跪了下来，将双手举向了大祭坛上方的穹顶——那里恰处于圣彼得小礼拜堂的背面，也正是米盖尔坚称他看到了那只白鸽的地方。这会儿连那位神父也忍不住跑了过去；好多教士都在朝那儿飞奔着，长长的圣袍在他们身后招展飘荡。

"我们上。"埃尔南多招呼着他的儿子。

两人三步并两步就溜进了小礼拜堂。埃尔南多朝着被石墙挡住的棺材顶部走了过去。和昨日料想的一样，棺盖没有被封上；但只有当他抽出那根撬棍、将它的

---

① 一种树胶。

刃部抵在石缝上的时候，他才发现要顶起这块巨石并不如他想象中的那样容易。为了不发出太大的动静，他用衣服将棍子靠近自己的这头包了包，随后用榔头砸了起来。不少石屑溅了出来，不过撬刃总算是插进去不少，充当杠杆应当是不成问题了。可他根本撬不动。那盖子实在太重了。外边的人们还在喊着，而里边的埃尔南多则记起了那句老话——岁月不饶人——五十六岁的他意识到此话不假。要撑起这块又大又沉的石板，他这个糟老头恐怕是心有余而力不足了。阿敏还静静地站在他身边，手中拿着那沓纸页。而埃尔南多觉得，他是永远都举不起这顶棺盖了。

"安拉至大。"他一边铆足了劲，一边龇牙咧嘴地喊出了真主之名。

他将全身的力气都压到了那根撬棍上，可那盖子几乎是纹丝未动。阿敏也看出了父亲的窘迫。

"安拉至大。"他也轻声说了一句。

随后，小伙子纵身一跃，将自己的身子挂到了那根铁棍上。

"普慈广施的真主，"埃尔南多祈求着，"坚不可摧的真主，请帮帮我们吧！"

盖子掀开了一条仅一指宽的缝隙。

"塞进去！"埃尔南多咬着牙叫儿子赶紧动起来，他脸上的五官此时此刻也全都挤到一块了。

于是，依旧挂在撬杆上的阿敏就以这种姿势将那些纸页一小沓一小沓地送进了棺材里；那么窄的缝，这一大摞的经卷是没法一次性塞进去的。

"继续！"埃尔南多催促着他，"快！"

剩下最后几张纸了；外头也只剩下了米盖尔的喊声还在如雷鸣般地轰响着，展现着他无穷无尽的想象力。

"神父！"一声尖叫几乎是从栅栏边传了过来。

埃尔南多差点没把手上的棍子松开。阿敏的动作也定格在半途。那是拉法埃拉的声音！

"神父啊！"又是一声撕心裂肺的号叫。小礼拜堂的门口，拉法埃拉在教士的脚边跪了下来，那男人看完热闹回来正要继续做事呢，就被她一把扯住了衣角。"救救我的丈夫和孩子吧！他们就要被赶出西班牙了！"她呼喊着。及时反应过来的埃尔南多赶紧叫阿敏把活干完。只剩下几张纸了，可小伙子的手抖得厉害，花了老大的劲都没将那些纸页对准那条细缝。"他们都是天主教的良民啊！"拉法埃拉还在那边哀求着。

"你在说什么呢，你这个女人？"

那神父说着就要继续走他的路，可拉法埃拉两腿一蹬扑了上去，抱住他的双脚就亲吻了起来。

"看在上帝的分上，"她抽噎着，"救救他们吧！"

为了拖住那位神父的步子，拉法埃拉可说是无所不用其极，最后那男人是生拉硬拽才摆脱了拉法埃拉的纠缠，顺利地回到了他的地盘。拉法埃拉也跟着蹿了进去；刚越过那道铁栅栏，她就不由自主地闭上了眼睛。

"你们在这儿干吗呢！"

拉法埃拉悬着一颗心，缓缓睁开了双眼：埃尔南多与阿敏正双双跪在石棺头侧的祭坛组画前，在那儿虔心祈祷呢。背对着神父的埃尔南多正紧紧地按住被他藏在衣服下的工具，同时用空闲的那只手不断在地上抚弄，想把掉下来的那些石屑扫到棺材下面；而阿敏此时也发现了父亲的意图，与埃尔南多一起扫了起来。

"你们这是什么意思？"神父又问了一句。

"他们真的都是虔诚的天主教徒啊，神父。"在他身后的拉法埃拉伺机又重复了一遍她的祈求。

埃尔南多站了起来。

"神父，"埃尔南多说着，用脚把最后那些碎屑也扫了进去，"我们在求上帝开恩呢。我们真不该被驱逐出去。我们，包括我，还有我的孩子，都……"

"这不是我的问题。"神父干巴巴地答道，同时仔细检验着祭坛上有没有缺了什么，"快给我出去。"确定该在的都在，他对埃尔南多他们下了逐客令。

三人离开了那间小礼拜堂。刚走出去没几步，埃尔南多就发现自己抖得不成样子了。他重重地闭了一下眼睛，深呼吸了几次，试图叫自己镇静下来。等他再睁开眼的时候，他撞上了妻子的目光。

"谢谢。"他轻声向拉法埃拉表达着自己的感激，"你怎么知道我要上这儿来的？"

"早上米盖尔觉得靠他一个人还不够，就通知了我，叫我也过来了，在这儿站着也好，以备不时之需。"

这会儿，在圣彼得礼拜堂里，那位神父刚刚踩到了地上残留的那些碎屑，从他的口中开始接连蹦出了"龌龊""邋遢"等字眼；而在外面，米盖尔身边围着的神父与教民是越来越多——好些人都扑到地上，其他人则在祈祷，同时不停地在胸口画着十字。米盖尔还在那儿无边无际地编着话，腾不开手的他在用头给大家指点着他看到异象的方位："看呐！耶稣基督在用那把烈火之剑祝福着异教徒的大驱逐！"而当他一瞥见大功告成了的埃尔南多、拉法埃拉和阿敏，就两手一松，让自己重重地摔在地上，就像晕倒了一般；都倒在地上了，他还在意犹未尽地装着，他缩作一团，身子激烈地抽搐了起来。

他们穿过了整个大清真寺，朝橘园的方向走了过去。或许天主教徒可以将他们逐出西班牙、逐出这片八百多年来一直归他们所有的土地，但在这座科尔多瓦大清真寺里，在那尊雄伟的壁龛前，真主的启示却永世长存，恒久不灭。

刚走出那道赎罪之门，在人群中，拉法埃拉停下了脚步，像是要对埃尔南多说些什么。

"现在你也知道我把它藏在哪儿了。"丈夫先一步把她心里的话讲了出来。

"你要叫穆格莱怎么把那卷书拿回来啊？"

"真主会指引他的。"埃尔南多用这句话把妻子脑中的万千疑问都给堵了回去，随后，他亲昵地拉起拉法埃拉的手，一道往家中走去。"现在，真主的话语已经放在了它应该在的地方，只等着我们的儿子去接管我的劳动成果了。"

米盖尔是过了正午才回来的。

"后来我在圣器堂里醒过来的时候啊，"他一边跟大家解说，一边狡黠地挤了挤眼，"我跟他们说我什么都记不得了。"

"那后来呢？"埃尔南多问道。

"后来他们都疯啦，他们把我之前说过的话统统重复了一遍给我听。话说那帮神父的想象力可真够贫乏的，听过了的故事连复述一遍都不会！一把纯金的剑！他们是这么跟我说的。我差点没改正他们，说应该是烈火之剑才对；还好我及时憋住了，不然就暴露了。他们就知道金子！不过他们喂我喝的那杯酒可真是不错，他们总希望我还能恢复知觉记起点啥呢。"

"谢谢你，米盖尔。"埃尔南多本想跟他说，下次可千万别告诉拉法埃拉了，可话到嘴边又咽了回去。哪儿还有什么下次呢？一想到这，埃尔南多心里就一阵酸楚。"谢谢。"他再次向米盖尔表示感谢。

就好像真主在褒奖着他们的功劳，一天晚上，米盖尔回来的时候身上背着半只羊羔，此外还有新鲜蔬菜、油、香料、香草、盐、胡椒粉和白面包。

"这是怎……你从哪儿弄来的这么些东西？"看到米盖尔背后那个被塞得鼓鼓囊囊的大口袋，埃尔南多大觉诧异。

这时拉法埃拉和孩子们也围了上来。

"看来在我们经历了一段喝凉水也塞牙的倒霉期之后，老天也看不过去，决定给我们点甜头尝尝了。"

被驱逐者们太需要运输工具了：他们有那么多的货物想要带走，而且对于那些妇孺和老人来说，去往指定港口的路也实在是漫长。西班牙境内的四千多名摩里斯科脚夫只剩下了凤毛麟角的几个；他们中的大部分已被驱逐，而那些硕果仅存的也都待在家中等待着流放，甚至早就将那些无法带走的骡子和驴子低价抛售了。

"现在骡子的价格都被炒到天上去了。"米盖尔边说边看着拉法埃拉和孩子们一路小跑着将那些珍贵的食材搬进了厨房。

乞讨的时候，米盖尔瞅见好几个男人就为了租一头瘦弱的骡子抢破了头皮。要知道他米盖尔的家里可是养着十六匹上等的骏马呢！他当时就想着。那些马真可谓是身强力壮，运起东西来能甩那些驴啊骡子的几条街呢。

"可它们从来也没运过货啊。"埃尔南多有些担心。

"它们肯定行的，看在上帝的分上，不行也得行！"

"它们尥蹶子怎么办？"埃尔南多又提出了一条反对意见。

"那我就不给它们吃，光给它们喝水，叫它们饿上几天，要是到时候再不听话……"

"这可说不准。"埃尔南多想象着他那些雄赳赳气昂昂的宝马驮着两三个人、背着一大摞的包裹走在大部队中的样子——那队伍可是要比阿尔普哈拉斯之战后从格拉纳达过来的时候还要庞大。"这可真说不准。"他又重复了一遍。

"你说不准不要紧，我可说得准。反正我已经把合同给签了。还有人肯为单程出六十个里亚尔呢，回程也算的。这么一算我们能赚不少杜卡多呢。"埃尔南多心里还是有点不高兴，他板着脸，神情严肃地盯着米盖尔。"我已经把之前欠下的债都还了，还雇了几个路上用得着的人。等他们从塞维利亚回来，这些马身上的债就都清了，拉法埃拉就可以把它们卖掉了……如果那位公爵允许的话。这样到时候她就有钱了，你的路费也挣出来了，说不定你还能带点出去。"

埃尔南多仔细思索了一会儿，最终还是妥协了。他拍了拍米盖尔的背。

"最近我跟你说了那么多次谢谢，你都该听烦了吧。"

"你还记得你在阿飞脚下找到我的时候吗？就在那个波特罗客栈里。"埃尔南多点了点头，"其实从那天开始，你就用不着对我说任何感谢的话的……不过只要你爱说，我就爱听！"见他的一席话叫他的主人兼朋友不禁动了容，米盖尔赶忙微笑着加上一句。

68

  安达卢西亚的那道驱逐令才刚刚颁布不到一个月,科尔多瓦的摩里斯科人被迫离开这座哈里发之城的日子就已然到了眼前。在如此短暂的一段时间里,也很难再有什么办法让国王去改变他的旨意了。况且,市政府也已通过决议,不为任何一名新天主教徒向国王陛下请求宽恕,也就是说,那条驱逐令必须全面执行,不存在任何例外。

  拉法埃拉在静候驱逐的日子里筑起的那道心理防线在市政府指定驱逐日的前一天土崩瓦解。泪水将她淹没,她深陷在绝望。她已无心再躲着孩子们,所以孩子们一个个的也和母亲一样泪声凝噎。与先前几天不同的是,此时的埃尔南多却跟那几个小孩子扯起谎来:他会回来的,他跟他们这么保证着,说那只是一次短途旅行。可刚一说完他就躲了起来,生怕那下一秒就要夺眶而出的泪被孩子们瞧见——同样的泪早已盈满了他们母亲的双眼。是米盖尔用他夸张的动作和故事成功吸引了孩子的注意力,埃尔南多才有机会将那本涂上蜡的写字簿塞给穆格莱。这个孩子才只有五岁,就已经能像他哥哥一样,用细细的木棍绘出那个赏心悦目的 alif。真主啊,这都是为什么?埃尔南多叩问着,然后惆怅地将那个字母从纸上抹去。

  最后,他在打包那些被批准携带的随身物品时,从暗门后取出了那块法蒂玛之手以及在公爵府的古尖塔中找到的那本《巴拿巴福音》。他将福音书塞到了包裹里,想着可以像当初从西堤瓦运纸来的时候一样,把它藏到哪匹马的马鞍下面;接着他又把那块禁忌的吊坠放了进去,不过在此之前,他先是将它拿到嘴唇上亲了一下。这个动作他已经做过好多次了,可这一次,他紧紧地将它捏在了手里,仿佛再也不愿松开。

  天黑了,拉法埃拉泪水已干。两人躺在床上,静静地看着时光流逝,像是要用回忆将自己填满:对方身上的味道;嘎吱作响的床板;泉水飞溅的庭院;从街上传来的零星叫喊声——它们把科尔多瓦宁静的夜刺穿,也将孩子们呼吸的节奏扰乱——他们吹出的微微气息,即使是隔着几个房间,夫妻俩也总觉得能够清楚听见。

她贴到了丈夫的身侧。她不愿去想这或许就是他们同床共枕的最后一晚，以后的每个夜晚，她都将独守空床；那句话未经思虑就从她唇间溜了出来。

"上我吧。"她脱口而出。

"可是……"埃尔南多轻抚着她的头发。

"最后一次。"她小声说道。

埃尔南多朝妻子侧过去，此时拉法埃拉已经坐了起来。让他惊讶的是，她把睡衣也褪了下来，露出了两个乳房。随后她重又躺下，赤身裸体，不带一丝羞涩。

"我在这儿呢。我再不会让任何一个男人看到我现在这样。"

埃尔南多吻上了她的唇，开始时很轻柔，随后一股久违了的热血涌了上来。拉法埃拉紧紧地扣住了他的脖子，好像这样就可以将他永远留在自己身边。

做爱之后，两人就这么抱着，一直到了天亮。谁都没有入眠。

敲门声与从街上传来的高喊令一家人都不再言语。他们刚刚吃过早饭，所有人都坐在饭厅里，要启程的人的行李统统堆在一个角落。长路漫漫，埃尔南多却只准备了那么点东西——望着那个小箱子和寥寥的几个包裹，拉法埃拉又一次想着。她不愿再哭了。可当她把目光重新转回到家人身上时，阿敏和莱拉冲了过来；他们拥抱着她，紧紧地搂住她的腰，感觉只要这样，就谁也没有办法将他们从母亲身边分开。

呜咽声中夹杂着断断续续的言语。拍门声又响了。

"快给你们的国王开门！"

只有小穆格莱还保持着近乎异样的镇静；他与父亲，两双蓝眼睛对在了一起；此时两个最小的孩子也哭了起来；而拉法埃拉也终于缴械了，抱着她的孩子们痛哭流涕。

"我们得走了。"埃尔南多清了清嗓子，说道；他不敢再去看穆格莱的眼睛。听到他的话，没人有任何反应。"走吧。"他又说了一遍，同时伸手想去把两个大孩子从母亲身边拽开。

还是有了拉法埃拉的帮忙，他才成功地将三人分开。埃尔南多将其中一个包袱和那个小箱子背到了背上，阿敏和莱拉则拎起剩下的几个口袋。家门前的那条窄巷里上演着一幕幕悲怆的活剧：科尔多瓦的士兵统统分散到了各个教区，挨家挨户地搜寻起登记在册的摩里斯科人；西尔·乌略亚和士兵们已在门前恭候多时，在他们身后，被驱逐者们将全部家产负于背上，在街上排成了一条长龙，他们所有人都在等着埃尔南多和那两个大孩子出来,好让他们继续朝名单上的下一家进发。

"胡维莱斯的新天主教徒埃尔南多·鲁伊兹,还有他超过六岁的两个孩子:胡安和罗莎。"

这句话是从一个书记员的口中报出来的,他手执着本教区的名册,站在西尔及其手下的身边。圣玛利亚教区的主事神父也伫立一旁。

埃尔南多应了一声,回头看了看那两个孩子,确认他们没有再黏到母亲的身上。拉法埃拉这会儿是站在了门口,阿敏与莱拉则被士兵身后那一长队的流放者们攫住了目光:他们一个个全都一声不吭地排在那里,面容萎靡,神色颓唐。

"排到后面去跟他们一起走!"西尔喝令。

埃尔南多回身朝拉法埃拉望了一眼。经过了最后的那一晚,此时的他们已经再没有什么要说的了。他抱了抱那三个要留在科尔多瓦的孩子。我的亲骨肉啊!一颗心抽紧着,他将亲吻印满了他们的脸。

"走了!"陪审员又喊了一声。

埃尔南多红着双眼,抿紧了嘴唇;哪有什么话语可以用来与家人分别?他正想照陪审员的话去做,拉法埃拉却一下子跳过来,勾住了他的脖子,吻上了他的嘴。接过她拥抱的时候,他背上的行李全都摔在了地上。这一吻是如此激烈,直叫西尔的怒气冲上了云天:他那群手下都还在看着呢。有几个士兵摇着头,同情起他们的这位长官:他的妹妹,一个旧天主教徒,竟然贪鄙地吻起了一个摩尔人,还是在光天化日之下!

西尔·乌略亚急急走了过去,想把两人拉开,却没有成功。瞬间,有五六个士兵冲了上去,对埃尔南多拳打脚踢起来;后者稍一挣扎,那拳头就如暴雨一般愈加猛烈。拉法埃拉哀号一声倒在了地上;阿敏却又上去助阵,对着那些士兵又踢又踩。

最后那一拳是西尔·乌略亚亲手赏给埃尔南多的,此时的埃尔南多已是额青脸肿、鼻血直流,被士兵们牢牢地控制住,送到了陪审员面前。阿敏的嘴唇也在出血。

"狗崽子!"西尔将他所有的愤怒都汇聚在了那一拳里,那一拳正中面门。

拉法埃拉刚爬起来,她奔过去想要护着丈夫,却被西尔一掌推开。

"以国王的名义,这栋房子充公了!"西尔命书记员仔细做好记录。

茫然的埃尔南多还寻思着要抗议,是士兵们的又一顿好揍叫他闭上了嘴,他们把他拖到那群冷眼旁观着的摩里斯科人里,阿敏和莱拉也被一起推了过去。西尔做了个继续行进的手势,于是被驱逐者的队伍开始缓缓前行。埃尔南多和两个孩子赶忙拾起了地上的行李，而摩里斯科人的行列被士兵们押送着，徐徐走过了这栋宅邸。

"不！上帝啊！"当看到丈夫从眼前经过，拉法埃拉叫了起来，"我爱你，埃尔南多！"

埃尔南多被他的穆斯林兄弟们挤在了当中，他本想回答，可来自后边的推搡却叫他开口不及；他甚至都没法转过身去。父子三人只得任凭汹涌的人潮带走了自己。

到了中午，已有近一万名摩里斯科人被送到了科尔多瓦城外、位于罗马桥另一端的真理之野。兵士们将他们团团围住，时刻监视着他们的一举一动。米盖尔也在那儿，照看着他租给摩里斯科人的那些马匹——它们的背上现在堆满了东西；到时候，还得是他把这些马从塞维利亚赶回来，同时还得带回那大笔的租金。

"为什么不呢？"法蒂玛肆意向空气高声询问着；这会儿，她是独自一人待在了宫中的大厅里。"为什么不呢？"她重复着那个问题，一阵甜蜜的冷战升上了她的背脊。埃夫拉因已经走了一会儿了，刚才他来，是向她通报了科尔多瓦的最新消息。从巴伦西亚的第一批摩里斯科人抵达柏柏尔起，她就迫切地想要知道伊本·哈迈德的命运，而那个犹太人的情报一向是快捷准确，他们生意人的圈子也不兴讲什么宗教派系。

几天前，埃夫拉因顺利将他要找的信息带了回来：国王的驱逐令已经下达，埃尔南多不久后就会从塞维利亚港离开西班牙的国境。这个摩里斯科人终究无法摆脱被流放的命运。犹太人还调查到，埃尔南多·鲁伊兹在科尔多瓦甚至格拉纳达的上层社会中到处树敌，以至于他的绅士身份申请都未获审批，而他笃信天主教的妻子将依旧留在西班牙，与那几个不足六岁的孩子待在一起。

看着埃夫拉因从大厅中离开的背影，法蒂玛的脑海中生出了一个想法。她环视着她阔气的府邸：镶金的家具、丝绒的靠垫、雄伟的柱群、大理石的地面、华美的地毯、玲珑的灯饰……所有的一切都像是焕然一新，催促着她去做出那个最终的决定。好久了，她都快被这极尽奢侈的环境给憋得透不过气来了。阿卜杜勒和沙米尔已被一支西班牙舰队捉走：他俩登上一艘商船正欲耀武扬威，却不想那艘小船正是天主教徒设下的诱饵。堂堂大海盗竟然落入了如此幼稚的圈套？或许是因为他们过度的自信罢……有一艘小艇幸运地逃了回来，上面的海员带回了他们头领的讯息，尽管说法或是自相矛盾，或是含糊不清：有些人说他们已经死了，也有些人说他们是被活捉了，更有人拍着胸脯赌咒发誓，说自己亲眼看见他们跳进了海里。后来，又传来了他们被征为划船苦役的消息。可谁都没个准儿，谁都没法确定。法蒂玛也为儿子的噩运扼腕痛心，可她也感觉得到，自发生了托加的那桩事后，他们母子俩的关系已不似之前那样亲近。

沙米尔的妻儿即刻盯上了这位海盗头子所留下的遗产，法官们也毫不犹豫地将这大笔产业判给了他们。

沙米尔的家人同法蒂玛历来疏远：她不过是他同父异母的兄弟的老婆，况且那位兄弟信奉的还是天主教义；于是沙米尔的岳父母勒令她限期离开这座宫殿。那以后她要做些什么好呢？仰仗着自己的女儿过活，还是依靠阿卜杜勒的老婆救济？

不过除此之外，还有一种可能性。她跟埃夫拉因商量过；在得知了她的情况以后，正是那位犹太人向她抛出了这个提议。没有埃夫拉因的话，沙米尔的家人根本不知道那位海盗头子在地中海沿岸共有多少产业，法蒂玛恰可趁此机会坐收其利；而这位犹太人也不愿失去对贸易的统辖权，他知道沙米尔的家人肯定不会托他来执掌生意。所以法蒂玛依旧可以当个富婆，只要不是在得土安；因为在这里，她无法证明这些钱财的来源。

她漫无目的地走在宫中，心不在焉地用指腹抚过一件件家具。离了阿卜杜勒和沙米尔，她是孤身一人；可她终于又享有了完整的自由。得土安已经没什么可留恋的了。为什么不永远离开这里？伊本·哈迈德也正要被逐出西班牙，而他乏味的天主教老婆则必须留在原地。除了那独一的真主，还有谁会向她传递如此清楚的讯息？

她走到院子里，看着那泉水汩涌不息；她想到，自己即将再也见不到它了。伊斯坦布尔！她可以去那里生活。在此之前的几年里，法蒂玛一直避免让自己去想起伊本·哈迈德，直到如今这样的时刻，她才允许丈夫的形象飞扬在了她的脑际：他该有五十六岁吧，就比她自己大出一岁。不知道他现在长什么样？时间又在他身上留下了怎样的印迹？她心中的迟疑立时消解了。是啊！她必须去见他！那时，是命运将他们残忍剥离；而今，又是命运赐予她重逢之机。而这样的机会，作为她，法蒂玛，一个受过也施过、爱过也恨过的女人，是绝对不会轻言放弃的。

"去把埃夫拉因叫来！"她对下人们喊道。她下定了决心。

据那犹太人所说，埃尔南多他们会从塞维利亚港被驱逐出去。她必须要在丈夫登船之前赶到那儿，否则他说不定就会落到柏柏尔人的手里。她也听说了巴伦西亚的那些摩里斯科人在北非海岸遭受的悲惨境遇；得土安人对这些弟兄并不客气：许多人都将他们看成了天主教徒，以为他们只是迫不得已才来到此地，于是在对他们举起屠刀时，海盗之城的居民们从来都是毫不留情。她必须在埃尔南多上船之前抵达塞维利亚！她需要一艘结实的船，因为此后它还得将他们送到伊斯坦布尔去。她也需要相关的通行证，好让她能在西班牙的城市间自由行动，从而找寻到丈夫的踪迹。可在此之前她还得解决她自己的事情。她得去收买许多人心。这一切都可以交给埃夫拉因。他定会妥善处理这些关系。他总能做到她所要的一切……花再多钱他都在所不惜。

"埃夫拉因他人呢？"法蒂玛吼了起来。

他们被允许留在这个家里，直到陪审员西尔·乌略亚从塞维利亚回来，正式将其征用。整整一个白天，拉法埃拉就眼看着书记员在一名警察的陪伴下，详细登记着屋里留下来的所有物件。

"那驱逐令……"见书记员开始翻装着她自己衣服的那个箱子，拉法埃拉用颤抖的声音理论起来，"那驱逐令明明规定，要收归国有的只有田产啊。其余的都该是我的……"

"驱逐令的规定是，"男人刻薄地回答道，而就在此同，那名警察将一条白色的刺绣衬裙举到阳光下，仔细端详，发出"啧啧"之声，"摩尔人有权将自己的所有物带走；既然你男人没把它带走，那就意味着……"

"这是我的衣服！"她抗议道。

"据我所知，你嫁到这里来的时候，是一分钱嫁妆都没有出的，不是么？"书记员反驳道，说话的时候他就背对着拉法埃拉，在登记册上认真写下了"白色衬裙一条"六个大字。而那位警察在将那条裙子扔到床上之后，又拎起了下一件衣服。"你是没有财产的，"他又说，"这些东西的归属权都得由法官决定。"

"它们是我的。"拉法埃拉还在抗争着，声音却越来越微弱。她觉得自己身心俱疲，所有这一切远远超出了她的承受范围。

此时被那位警察拎在手上的是一件小巧的胸衣，他张开两臂，这会儿倒是冲拉法埃拉转了过来，就好像是隔空在她的胸脯上试着这件衣服似的。

她飞奔着逃出了卧室。警察的淫笑声一直追着她飞下楼，飞到了孩子们所在的院子里。

天主怎么会允许这样的事发生？晚上的时候，拉法埃拉就在想，她躺在床上，两眼盯着天花板。挤在她身边的三个孩子这时都已经睡着了，他们谁都不愿睡在自己的床上；拉法埃拉也不想一个人躺在这空荡荡的卧房。一连几个小时，她轻拍着他们，摸着他们的头，张开五指抚弄着他们幼嫩的柔发。下午的时候，她听到一个士兵跑过来跟那名警察说，在市民们的一片叫喊声和咒骂声中，被驱逐者的队伍已经开始朝塞维利亚进发了。她想到身背重负的埃尔南多,想到前路漫漫的阿敏和莱拉。说不定那两个孩子可以跟米盖尔一起坐在他的骡子上吧;那些马都租给其他的摩里斯科人了。她的孩子啊!她的丈夫!他们的命运将会是怎样?最后一吻的激情还存留于她的唇上;当时的她根本没空去顾及她哥哥、士兵们以及那几十个旁观着的摩里斯科人的目光;那一刻,她浑身颤抖,像一个未经人事的小女孩,苦恋的战栗爬遍了她的每一寸肌肤,直到西尔出手将两人分开。神父和教徒们齐声鼓吹的慈悲与仁爱到底算是个什么东西?他们在传教时大力宣扬的宽恕与怜悯此刻又到哪儿去了?

横躺在拉法埃拉腿上的小萨尔玛在梦中惊厥了一下,差点摔到地上;拉法埃拉坐起来,把她抱到肚子上,放在了哥哥们中间。

什么样的未来在等着这个孩子?拉法埃拉思索着。修道院吗?当年她自己都对此是百般抗拒。还是到有钱人家去当用人?或者甚至沦落青楼?穆格莱和穆萨呢?她想起了警察在拈掇她的胸衣时那淫邪的目光;她还能期望人们怎么待她?她不过是一个摩里斯科人的弃妇,而她的孩子们,更只是一个异教徒的种罢了。全科尔多瓦都晓得他们的身份!

即便如此,她拉法埃拉·乌略亚也曾下定决心要留在天主教徒的土地上,只为忠诚于她的信仰。可仅仅过了一天,她的世界就已崩塌。她的家人都去哪儿了?政府既然能抢走她的衣物和家具,就同样能够夺走她所有的马。到时候他们将怎么过活?她的兄弟们肯定是没法指望了,她已经玷污了她家族的荣光。会有哪个天主教徒肯来救她么?

她抽泣着,抱紧了她的孩子们。穆格莱睁开了那双蓝眼睛,睡眼惺忪地,温柔地看着母亲。

"睡吧,我的孩子。"她低声说着,把手放开了些,轻轻地摇起他来。

男孩的呼吸重又恢复了它的节律;而拉法埃拉如同往常一样,到祷告中去寻找起了自己的安慰,尽管此时的她真不知道该去求些什么。向圣母祈祷吧,她记起了丈夫的话。埃尔南多是相信玛利亚的;她曾听他给孩子们讲过圣母的故事,而且他还热情澎湃地告诉过他们,玛利亚正是这两个势不两立的宗教之间最重要的接合点:几个世纪以来,无论是在天主教徒还是穆斯林的阵营里,她无罪受孕的事实都有如一座坚不可摧的堡垒。

"玛利亚,"拉法埃拉在黑夜中祷念起来,"满被圣宠者……"

就当她默诵着那些经句的时候,一条道路在她的心中显现了出来:这个决定未免有些突兀,却不可更改。许多天来第一次,她的嘴角勾出了笑容,睡意催得她合上了眼。

第二天一早，拉法埃拉抱着萨尔玛，领着穆萨和穆格莱，与去田里上工的人们一起穿过了那座古罗马桥；她只提了一篮干粮，随身带上了米盖尔交给她的那点钱——幸好，那个藏匿点成功躲过了那位贪得无厌的书记员的视线。

"妈妈，我们这是要去哪儿呀？"穆格莱问道，这时他们已经走出去挺远了。

"去找你爸爸。"她回答道，两眼望着前方；一条长路铺展在他们的面前。

玛利亚一定会重新将这个家聚拢在一起，就像在埃尔南多的愿景里，两大宗教也终将水乳交融一样。拉法埃拉如是想。

塞维利亚的阿雷纳尔区是位于魁伟的城墙与瓜达尔基维尔河道之间的一片巨大的空场，它的最南端直抵岸边的黄金塔。与河港有关的一切工作都在这里进行；由于从西印度返回卡斯蒂利亚的所有船舶——它们满载着征服者们攫取来的滚滚财富——都要在这里靠岸，也使得这片区域在平日里总是格外繁忙。木匠、船缝填塞匠、码头工人、船工、士兵……总有成百上千的人在这里为航运与舰船维护辛苦操劳。但在1610年2月，军人们却将其入口的通路与四周的城门统统封锁了起来，将此地变成了万千身背家当等待被运往柏柏尔的摩里斯科家庭的监场。其中也不乏一些富庶的人家，因为无论是科尔多瓦还是塞维利亚，在执行那条皇家驱逐令时都是不分贵贱、一视同仁；所以总能看到一些锦衣华服的摩里斯科人在四处寻找着僻静的角落，好跟其他的那些穆斯林穷鬼们划清界限。而那些未满六岁的孩子却是被强留在了他们的原住地，执着的教会依然想要实现那个在他们父母身上未竟的目标：让他们皈依正道。传说在那些被驱逐者中有好多都私藏着金银财宝，于是警察和士兵们不厌其烦地钻进了那一群群听天由命的摩里斯科人里。男、女、老、幼，包括病人都没逃过他们的搜身；衣物和包袱都被抄了个遍，连捆箱子用的麻绳也被扯了开来：说不定里面藏了什么项链吊坠呢？

桨帆船、轻快船、方形帆船、大货船以及各类吃水稍浅的船舶停靠在岸边，等待着将这近两万名摩里斯科人运出塞维利亚；其中一部分船舰属于皇家海军，但大多数都还是为了这次有去无回的旅途而特别租来的。与巴伦西亚大驱逐时的待遇不同，安达卢西亚的摩里斯科人必须自行支付旅费；有不少船主嗅到了其中的商机：一段如此残酷的航程，却要收比往常贵上一倍多的船票钱。

一艘加泰罗尼亚方形帆船停泊在了离河岸还有一段距离的地方，法蒂玛正倚着船舷，静观着阿雷纳尔区的人来人往。她要怎么才能在这么一大堆人里找到埃尔南多呢？消息说，科尔多瓦的摩里斯科人已经到了，与塞维利亚的穆斯林们混在了一起；昨晚，她也亲眼见到一支好似没有尽头的长队绕过城墙进到了这片区域。一大清早，就有驳船将人、货和行李源源不断地从岸边运到大船上。法蒂玛窥探着那一张张颓丧的脸；好多人的眼睛里还噙着泪花：被夺走了孩子的妇人；将经年来养家糊口的心血与希望都一并抛却了的汉子；必须通过他人的帮助才能登上船去的老人与病号。但有些人的面容却勾勒着幸福，就好像终于有机会获得解放。她没有在任何一条驳船上见到她的丈夫；说到底，科尔多瓦人登船的时间也确实不应该那么早。过来这里的一路上，法蒂玛任幻想脱缰。她想象着伊本·哈迈德奔向了她的怀抱，告诉她他一直都没有将她忘记，并将永世的爱许诺给了她。刚想到这里，她便嗔怪起了自己。这都过去三十多年了……她已经不再年轻，尽管她知道，她依旧漂亮。难道这样她就没有权利去幸福了吗？法蒂玛放任那样的图景出现在了眼前，叫她满怀憧憬、芳心荡漾：在伊斯坦布尔的土地上，她与伊本·哈迈德幸福地生活在一起，直到生命终结，直到地老天荒……这算是个白日梦吗？也许吧，但从来没有哪个梦境能让她觉得如此美妙。既然她已经抵达了她的目的地，一股前所未有的忐忑便占据了她的心房。她必须得走入这片绝望的人海，她得于这群在未卜的命运前困惑迷茫的男女中寻到她的丈夫。

"告诉船长帮我准备一艘小艇，我要到陆上去。"法蒂玛对她手下三个努比亚人中的一个命令道。这仨都是她托埃夫拉因买来的；若是之前沙米尔雇来的那几个在监视起她来的时候都是那么敬职敬责的话，想必这几个在听命保护她的时候也能做得很好。"去呀！"见那奴仆用迟疑的眼光看着她，法蒂玛又吼了一句，"你们也随我同去。不，等会儿，"一想到这三个黑大个会在人群中多么扎眼，法蒂玛即刻改变了主意，"叫船长找四个水手跟我一起去，让他们带好武器。"

她必须得下船去找。不走到人堆里是找不到埃尔南多的。相关的通行证和许可都预备好了。埃夫拉因又一次完成了使命，法蒂玛笑道，每次都是一样。这会儿这位得土安女富豪是假扮成了去往柏柏尔的一艘轻快船的船主。"在阿雷纳尔区里，谁都不会找我麻烦的，"法蒂玛告诉自己，"即使有不识相的……"她拍了拍衣袖里那个装得满满的钱袋，"这些金币用来贿赂这儿所有的士兵都足够了。"

她轻盈地跳上了驳船，坐到了一边的长凳上；船长为她配备的一名女佣和四名加泰罗尼亚水手坐在了她的一旁。

有水手们帮她在前边开路，法蒂玛穿梭在了阿雷纳尔区的人群中，有不少人向她投来了好奇的目光，而她也用那双硕大的黑眼睛回望着他们。她的丈夫现在会长得什么样呢？

腰酸腿疼的拉法埃拉一屁股坐到了道边的树桩上。她把萨尔玛和穆萨放了下来；尽管最后的一段路他们是在母亲的怀中度过的，可到了这会儿，这两个孩子还是哭个不停。只有五岁的小穆格莱默默忍受着，与母亲走在了一起，就好像年幼的他也充分认识到了此行的意义。可拉法埃拉是怎么也走不动了。她已经一连跟在后头走了好几日了；被驱逐者的队伍分明只比她早走了半天，可就是这半天的距离，却永远不见减缩。半天！虽说拉法埃拉心里也知道，前头的人也比他们快不了多少，可她的小儿子和小女儿连四分之一里路都走不了，且他们步子缓慢得实在令她难以忍受。为了加紧步伐，她已经把那篮吃的扔了，一边一个把那两个孩子揽在手里。可现在只到了半道，她就觉得力不从心了。她的脚底都烂了，胳膊和腿都疼得要命，背上的肌肉仿佛针扎一般，下一秒就是要爆裂开来。就这样，那两个孩子还又哭又闹！

时间就在荒野的静默与两个孩子的啼哭声中一分一秒地过去。拉法埃拉遥望着远方的地平线，塞维利亚应该就在那儿吧。

"妈妈，我们走吧。快站起来。"见母亲把双手捧到了脸上，穆格莱赶忙鼓励她。

拉法埃拉捂着面孔，无助地摇了摇头。她真的不行了！

"快起来。"穆格莱坚持着，他拽起了母亲的胳膊。

拉法埃拉也想起来，可她一将重心落到腿上，两个膝盖就软了下来，叫她不得不又坐了回去。

"儿子，我们稍微歇会儿吧。"她只想再拖上几分钟，"待会我们就走，好不好？"

这会儿她才有机会端详起她的二儿子：他浑身上下只有那双湛蓝的眼睛还在闪着希冀的光；而其他的部分，头发、衣服，还有那双走烂了的鞋子，活脱脱一个科尔多瓦小乞丐的扮相。可就是那双眼睛……这就是埃尔南多如此信任他的原因吗？

"我们都歇了好几回了。"穆格莱抱怨道。

"我知道。"拉法埃拉张开双臂，叫儿子靠了过来，"我知道，我的小心肝儿。"当她终于可以紧拥着这个坚强的孩子，她哽咽着在他的耳边轻声说道。

可短暂的休息并没能让她恢复过来。冬日的寒风侵透了她的躯体和肌肉，它们未曾放松，反倒抽紧了起来，刺扎似的疼痛甚至转为僵直与麻木。两个小孩子在野草地里自娱自乐了起来；穆格莱一只眼看着他们，一只眼则盯着母亲的后背，只要她的屁股一离开那个树桩，他就时刻准备再次启程。拉法埃拉已经在那里久坐多时了。

他们没有可能了。拉法埃拉哭了起来。只有泪水划破她躯体的死寂，顺着脸颊滑了下来。埃尔南多和那两个大孩子就要登上那艘开往柏柏尔的船了。她马上就要永远失去他们了。

悲戚盖过了她肉体的痛楚，抽噎也转为了不自觉的抽搐。埃尔南多他们的命运将会是怎样？听到远处传来了一阵沉闷的喧嚣声，一波剧烈的晕眩也向她袭了过来。而此时她的身边却冷不丁冒出了穆格莱的身影，男孩将视线聚焦在他们身后的来路上。

"妈妈，他们会帮我们的。"孩子一边说着鼓励的话，一边朝母亲伸出了小手。

远处出现了大队人马。那是来自卡斯特罗德尔里奥、比利亚弗兰卡、坎耶特和其他镇子的摩里斯科人，他们同样是去往塞维利亚的。拉法埃拉赶忙擦干了眼泪，她战胜了身体的疼痛，毅然站了起来。她同孩子们一起藏到大路边的草丛里头，待队伍经过时，趁士兵们一不注意，拉法埃拉挽起两个小的就迅速混进了人流之中。有几个摩里斯科人惊异地瞅了他们两眼，可谁都没有太当回事：都是要被流放的人了，多一个少一个又有什么区别呢？拉法埃拉当机立断地掏出她的钱袋，塞了一大把银子给一个脚夫，让他帮个忙，允许萨尔玛和穆萨趴到他骡子背上那一大堆的包袱当中。这样他们就可以及时赶到塞维利亚了！光是想到这点就让她再度拥有了迈步的力气。穆格莱笑盈盈地在她的身边蹦跶，母子俩手拉着手继续上了路。

成千上万的摩里斯科人堆挤在最恶劣的环境里，法蒂玛不得不忍受着空场上的恶臭。喊声、油烟、篝火，泥水四溅；小毛孩们在脚边跑闹着，忽而钻过了她的两腿之间；自这群人中发出了一声哀号，从那堆人里传来了一阵喧嚣；虽有水手们的护卫，依然时不时地会有人撞到她的身上；她从这头走到了那头，又从那头走回了这头，接着就发现自己绕回了之前走过的地方——这样下去可不是办法。她在华贵的宫中独居了太久，许久以来她目光所及之处只是一堵堵金色的墙头；她感觉自己都开始冒汗了。她努力抑制着心中的焦灼：一别多年，她不愿邋里邋遢地出现在伊本·哈迈德面前。

她跟两个士兵问起了埃尔南多，可他们瞅着她就好像在瞅一个白痴一样，随即又放声大笑了起来。

"这群贱狗哪来的什么名字？他们之间有什么分别吗？"其中一个讥嘲着。

在城墙边上，法蒂玛好不容易找到口井坐了下来。

"你们，"她朝三个水手发号施令，"你们给我去找一个叫埃尔南多·鲁伊兹的，他是胡维莱斯人，胡维莱斯是阿尔普哈拉斯的一个地方。他是跟科尔多瓦的摩里斯科人一起过来的,今年五十六岁,眼睛是蓝的。"——水蓝水蓝的,她在心里对自己说,"他应该还带着一男一女两个小孩。反正我就坐在这儿等着你们,要是你们中有谁找到了他,我这儿重重有赏。所有人都有。"最后一句是对那个不得不留下来保护她的水手说的,她叫他不用犯愁。

于是,三个男人兵分三路跑了出去。

正当塞维利亚港里那几个加泰罗尼亚水手钻到人堆中查探、询问、摇晃起那些麻木不仁的摩里斯科人的时候,还在过来路上的拉法埃拉却不得不迁就着同行者们龟速的行走。疼痛已在希望面前乖乖让路;但似乎整支队伍里,就只有她在意人们缓慢的速度。周围的人无不是低着头,默默迁延着步子。"加油啊!"她真想冲他们吼上两句,"走起来!"而牵着她手的小穆格莱此时也像是读出了她的心思,朝她抬起了头。拉法埃拉握紧了儿子的小手,同时用另一只手爱抚着骡背上的萨尔玛和穆萨——他们在包袱堆里打起了呼噜。

"夫人,您要找的人就在那儿,"一个水手指着黄金塔的方向对法蒂玛说道,"跟几匹马在一起。"

法蒂玛从井边站了起来,从刚才开始她就一直坐在那儿。

"你确定吗?"

"嗯,我问过他了,他自己跟我说他叫埃尔南多·鲁伊兹,是从胡维莱斯来的。"

女人只觉心头一颤。

"你……"此时她的声音泛起了哆嗦,"你跟他说了吗,说有人在找他?"

水手愣了一下。当时是一个科尔多瓦人给他指了指一个坐在马边上、背朝着他们的男人,于是他拎着那男人的胳膊就把他拧了过来,继而问了问他的名字,而一得到那人肯定的回复,他就立马奔了回来;他心里光想着那赏金了。

"没有。"他如实答道。

"带我过去。"法蒂玛命令道。

水手用手给她指了指:就是那个男人。那人现在背对着他们,正和一个挂着拐杖的残疾人说着话。不时有背着包袱的人从他们之间穿过。法蒂玛浑身颤抖着,在原地定了一会儿。她在等他回头:她一步都不敢再往前迈了。那水手也在她身边呆呆地站着。夫人这是怎么了?他比画着,又给法蒂玛指了指那个摩里斯科人。此时,面对着他们的米盖尔认出了刚刚过来找埃尔南多问话的男人,他向主人摆了摆头，示意后头有人来了。

"先生，好像有谁找你。"

埃尔南多把头转过去。他的动作很慢，像是预感到有什么惊人的事情将要发生。透过重重人影，他看见了那名水手：他就站在离他没几步的地方，身边还站着一个女人……埃尔南多看不见那女人的脸，因为这会儿正好有谁挡在了她的前面；继而，他望见了一双黑色的眼睛，那双黑眼睛正直直地注视着自己……他都快透不过气来了。法蒂玛！两人四目交汇；两对瞳孔里同时映出了对方的眼眸。心绪像激起一团无法控制的涡流向他席卷而来，叫他不能动弹。法蒂玛！

还是小穆格莱拽住了母亲的手，叫她放缓了脚步；当塞维利亚的城墙终于出现在他们的眼前，拉法埃拉不由自主地就加快了脚上的速度。这些摩里斯科人比先前走得更慢了！前后左右，遍野哀鸿。一个女人扯出了一声骇人的哭号，盖过了那群驽马的蹄声，盖过了千万只脚在黄土地上擦出的低吼。走在他们身边的一位老人摇了摇头，叫了一声；只有一声，因为这简短的一声抱怨里已包含了世上最大的痛。

"别停下！"一个士兵呼喊道。

"快走！"他的一名同伴此时也叫了起来。

"驾！你们这群畜生！"又有第三个兵羞辱起了这群颓丧的摩里斯科人。

这句戏谑叫周围所有的兵士都乐开了花。在一片哄笑声中，拉法埃拉看了一眼她的儿子。别走那么快！男孩像是在用眼神提醒她：现在可不能暴露啊。我们一定能赶到的！他又用一个转瞬即逝的微笑给母亲鼓着劲。但拉法埃拉却不愿让自己沉浸在这摩里斯科队伍间悲观的气息里；她松开了穆格莱的手，轻轻地摇醒了穆萨。

"孩子，快醒醒。"说完她才感觉到那脚夫向她投来的异样的眼光。

拉法埃拉迟疑了一下，不过几秒之后，她还是叫醒了萨尔玛。

"我们到啦！"她跟孩子们耳语着，尽力掩藏着内心的激动。

萨尔玛含混不清地嘟哝了句什么，她睁开眼，但敌不住的困倦又让她合上了眼睛。拉法埃拉把她从骡背上抱了下来，揽在自己怀中。

"爸爸在等着我们呢！"拉法埃拉又低声唤了一句，这回，她把嘴唇藏在了萨尔玛的乱发里。

是法蒂玛叩碎了那一刻的幻境：她抿起嘴，同时闭上了眼睛，像是在用这样的表情向埃尔南多呼喊着：这一天终于来了！随后，她缓缓地向他走了过去，异常地缓慢，眼眶中泪珠晶莹。

埃尔南多无法将视线从法蒂玛身上转开。三十年的风霜雪雨也不足以凋零她的美丽。一连串的回忆竞相涌了上来,当她终于走到他面前时,他浑身颤抖着就像一个刚出生的孩子。

"法蒂玛!"他轻轻地叫出了那个名字。

她凝视着他,用目光轻抚着那张脸孔:它竟与记忆中如此不同。岁月终不会雁过无痕呵,她对自己说,可那双眼眸中的蓝却仍是当年在阿尔普哈拉斯叫她魂牵梦萦的蓝,多少年来未曾变过。

她不敢去触碰他。为了不让自己一把勾住他的脖子将亲吻洒满他的脸颊,法蒂玛不得不把双手紧紧扣住。这时有个走过的路人不小心挤了她一下,生怕她摔倒的埃尔南多拽住了她的胳膊。感觉到那只手在她皮肤上的触感,法蒂玛心头一抖。

"都那么久了呵。"最终,他开了口。他依旧握着那只手,在一个个长夜里曾给予了他无尽抚慰的那只手。

法蒂玛叹息着,走近了一步,两人在拥抱中合二为一。几秒钟里,周围是混乱的人群,而他们俩就像是静止的一样,感受着对方的呼吸,同时有万千回忆飞进了他们脑中。他吮吸着她发丝间的香气,紧紧地将她按在胸前,像是要将她永远嵌进自己怀中。

"你知道我想这天想了多久……"他在她耳边轻诉着,但法蒂玛却没有让他继续诉说,她把脑袋从怀抱里抽了出来,用双唇把他的嘴巴封住:那一吻炽热而辛酸。此时埃尔南多也将双手滑到她的后颈,任激情灼烧着他们的唇舌。

从马群里钻出来的米盖尔、阿敏和莱拉都被眼前所发生的这一幕吓呆了。

卡斯特罗德尔里奥镇的摩里斯科人绕着城墙走进了阿雷纳尔区,将看守着入口的那支卫队留在了身后。他们在人群中散了开来,而拉法埃拉则先在原地定了一会儿,好让自己对这里的方位有个粗略的了解。她知道自己该找什么:即使是在人堆里,十六匹马聚在一起总是十分显眼的;埃尔南多和孩子们一定就在它们附近。

"跟过来,看好弟弟妹妹,别让他们丢了。"她嘱咐着穆格莱,同时朝附近的一辆马车跑了过去。

一到了那儿,也没征得允许,拉法埃拉就攀上了车夫的位子。

"喂!"一个男人伸手想要拦住她,可早就料到会有这种情况发生的拉法埃拉一闪身就钻了过去。"你干吗呢?"那车夫拽起了拉法埃拉的裙子。

有个两秒钟就够了。拉法埃拉也不管身后有人拉着,她在上头踮起了脚尖,扫视着这片宽阔的场地。十六匹马。应该不难找的,拉法埃拉自言自语着。那男人作势也要爬上去，可及时反应过来的穆格莱往前一跳，一把抱住了他的小腿。车夫挣扎着想把这小屁孩踢开的时候，旁边就有几个看热闹的人围了上来。十六匹马，拉法埃拉在心里不断重复着，同时她也听到了那位车夫的叫喊以及她儿子在使劲时所发出的吼声。

"在那儿！"她兴奋地叫了出来。

在这片空场的另一头，河岸边一座辉煌的巨塔下，马匹们的身形清晰可见。

她敏捷地跳下马车，动作如十六岁的姑娘般矫健。落地时她甚至都没感觉到脚上的疼痛。

"感谢你，好人。"她对那马车夫说道。"快放开这位先生吧，穆格莱。"听到母亲的话，男孩松开双手，迅速转身跑开了两步，好像稍慢些就又会挨上一记踹。"孩子们，我们走！"

她在围观的人群中挤出一条道，踌躇满志地朝那座高塔走了过去；她嘴上带着笑，躲闪着途中的男男女女，但一旦需要动手，她也会毫不犹豫地将那些挡道的推开。

"宝贝儿，我们成功了。"她一路上都在不停地重复着这句话。

她又一次把两个小孩子抱了起来。穆格莱死命追赶着母亲的步伐。

"我再也不要和你分开了。"长吻过后，法蒂玛对埃尔南多宣告着。

两人依旧面对面站着；他们互相端详着，用目光拂过对方脸上的每一条皱纹，在以这种方式将它们一一抹去；那一瞬间，他们变回了阿尔普哈拉斯的那名青年脚夫与等待着他的那位妙龄少女。三十个春秋化作了倏忽烟云。他们就在那里，两人一起；而往事已被重逢的狂喜驱散吹离。

"跟我去伊斯坦布尔吧，"法蒂玛说，"你，还有你的孩子们。我们什么也不会缺的。伊本·哈迈德，我有钱了，很多很多的钱。现在再也没有谁，也再也没有什么事情能阻止我将下半辈子托付给你。我们谁都不会再有任何危险。就让我们重新开始吧。"

听到法蒂玛的话，埃尔南多脸上蒙上了一层阴翳。

"到时候我们还会给你家人寄钱的，"她赶忙说，"这事我会交给埃夫拉因负责。我肯定会让他们衣食不愁的，我跟你发誓。"法蒂玛还在不停地讲着，没有给他思考的时间；她语速很快，口沸耳赤。而听到这个刚刚亲了爸爸的女人这会儿又说出了那样的话，阿敏和莱拉都张大了嘴巴，面面相觑；莱拉不自觉地攥住了米盖尔的衣角。"我有一艘船。我还有政府的许可，可以把我们的弟兄们载到柏柏尔去。到那之后，我们就可以起航去东方。不久后我们就可以住到一栋大房子里……不！我们要买一座宫殿！我们值得拥有一座宫殿！我们要什么就有什么。我们会幸福的，就跟从前一样，就好像这些年什么都没有发生过。我们可以天天见面，还可以……"

埃尔南多内心百感交集。法蒂玛！一段段回忆争相推挤着，冲入了他的脑海。这些年来，他一直将法蒂玛想象成那座照亮前程的永恒灯塔；而现在，就在这个奇妙的时间点上，她真真实实地出现在了他的眼前，叫他触手可及。就好像……就好像她的精神与肉身已同时将他的生命唤醒，直叫那种感情——一直以来他故意压抑着的感情——显露于心。那么多年过去了，他们如此相爱！看着在自己面前手舞足蹈、浮想联翩、一句接着一句说个不停的法蒂玛，他怎会相信这份爱情可以磨灭消泯？

"再也没有谁可以叫我们分开了，再也没有了。"她又一次重复着。而此时，埃尔南多将目光移到了孩子们身上。

那他们怎么办？拉法埃拉呢？还有留在科尔多瓦的那三个孩子……那丝震颤仿佛难以觉察，但心中的愧疚却是搅浊了此刻的梦境。他这是在背叛他们吗？阿敏和莱拉都将视线定在了他的身上，是无声的询问，也投来了千万句的抗议。他们的诘责就如至细的针扎进了他的肉里。这个亲吻着你的女人是谁，你为什么就对她如此热情？女儿像是在这样质问着他。妈妈不在这儿，你就要重新开始你的生活了？这句非难则是来自阿敏。而米盖尔……米盖尔低着头，双腿要比任何时候更加缩起，就好像他将他的所有精神、所有气力、所有斥责，都杵进了他拐棍之下的泥土里。

法蒂玛的话说完了。阿雷纳尔区里几千名摩里斯科人的喧哗与悲啼顷刻间就又响了起来。这就是摆在他眼前的现实。天主教徒把他们从科尔多瓦赶了出来。等待着他的是流放，是未知；不仅是他，还有他的孩子。也许正是真主将法蒂玛放到了他的眼前！也只有他才会在此刻指引他的第一个妻子来到了这里！

他正欲回答，莱拉的一声呼喊却令他陡然一惊。

"妈妈！"莱拉忽地叫了起来，撒开腿就跑了出去。

"莱……"埃尔南多刚想唤住她，可是，妈妈？她说妈妈？正想着，只见阿敏也跟着妹妹奔了起来。

他哑然了。他瘫在了原地。就离他几步远的地方，拉法埃拉拥抱着阿敏和莱拉，亲吻着他们的脸颊与发际。在她身旁一动不动站着的还有穆格莱、穆萨和萨尔玛，他们都在用希冀的眼光瞧着自己。

拉法埃拉温柔地把孩子们抱开，在丈夫面前站起身来。她抿起嘴，大获全胜般地笑了起来，脸上写着满满的坚毅。我做到了！我找到你了！那两瓣嘴唇像是在这么说。而埃尔南多不知该如何回应。拉法埃拉只觉得奇怪，下意识地低头检查起自己的衣装来。是因为她的形象么？确实，此刻的她是有点邋邋遢遢。她羞红了脸，用力抻起了她的长裙。

"你的天主教老婆？"

法蒂玛的声音在埃尔南多耳边响了起来，是疑问，是指责，甚至是叹惋。

他点了点头，没有把身子转过去。

拉法埃拉这会儿才意识到丈夫身边还站了一个雍容华贵的美丽女人；她朝埃尔南多靠了过去，眼睛却盯着那个陌生人的脸。

"这女人是谁？"拉法埃拉说着，走近了法蒂玛。

"你没跟她提起过我，哈迈德·伊本·哈迈德？"话是问埃尔南多的，法蒂玛的视线倒是定在了那个正朝他们走来的污秽不堪的家伙身上。

埃尔南多正要回答，却被拉法埃拉抢先了一步，那坚决的语气让他想起了科尔多瓦大瘟疫时她将母亲轰出家门的情景。

"我是他老婆。你凭什么竟敢用这种审问的口气跟我们说话？"

"凭什么？就凭我是他第一个也是唯一一个妻子。"法蒂玛用下巴指了指埃尔南多。

慌乱从拉法埃拉的脸上显露了出来。埃尔南多的第一个老婆不是死了吗？她到现在还记得米盖尔那段催人泪下的讲述。她把眼睛闭了起来，摇了摇头，像是要把刚才听到的那句话甩到脑后。

"怎么可能？"拉法埃拉的声音一下子软了下来，"埃尔南多，快告诉我这不是真的。"

"嗯，哈迈德，你快告诉他。"法蒂玛的话听上去有些挑衅的意味。

"我娶你的时候，我以为她已经死了。"埃尔南多的回答几乎是与法蒂玛同时说出来的。

拉法埃拉疯狂地摇着头。

"你娶我的时候！"她嘶喊着，"那后来呢！原来你早就知道了！天呐！我的圣母啊！"她撕心裂肺地号了出来。

她为埃尔南多扔下了一切。为了与他相见，她徒步几十里路来到了这里。她衣衫褴褛泥垢满面，连鞋底都磨穿了。到现在她的脚还在出血！这女人是从哪里冒出来的？她想把埃尔南多怎么样？周围尽是一群群的摩里斯科人。一个个都是低首下心、听天由命的样子。而她又在这儿干什么呢？她只觉得自己所有的力气都不翼而飞了，踏上这段旅途时的决心也消弭在人们的恸哭与悲鸣里。

"来的时候，那条路就像永远没有尽头一样。"她哭诉着，像是已经屈服于自己不幸的命运，"而孩子们呢？他们除了哭还是哭！只有穆格莱在与我一样默默地坚持着。当时我们还想，会不会来不及……这都是为了什么啊！"说到这里，她稍稍把一条胳膊抬了起来；就像是接到信号一样，莱拉跑了上去，抱住了母亲。"他们把我们的一切都夺走了：房子、家具、我的衣服……"

埃尔南多张开手，微举着双臂，朝拉法埃拉走了上去，他想用这样的姿势向她表明自己的心迹；但此刻，他的眼神却有些躲躲闪闪。

"拉法埃拉，我……"他刚开始想要讲些什么。

"我可以想办法带她一起过去。"法蒂玛打断了埃尔南多，她提高了声调。一个天主教徒可以在那儿干吗呢？她可还没打算放弃她的梦想，尽管这可能意味着……反正到时候再说吧。

埃尔南多朝法蒂玛转了过去，而拉法埃拉也感觉到此刻丈夫心中的摇摆不定。他在犹豫什么呢？那女人说的又是什么意思？过去？去哪儿？还带着她？

"这稀里糊涂的都是在说什么呢？"于是她问道。

"我说，"法蒂玛回答着，"你跟你的孩子可以跟我们一起到伊斯坦布尔去。"

"埃尔南多，"拉法埃拉转向了她的丈夫，语气强硬，"我把我的生命交给了你。为了你，我甚至可以……我甚至可以放弃我的教义。我可以与你一起信仰圣母玛利亚，跟你共同担负起你的命运；但我永远也不会——埃尔南多你在听吗？"她愤愤地说，"我永远也不会和另外一个女人分享你。"

说最后一句话的时候，她用食指指向了法蒂玛。

"难道你还有什么别的选择吗，信耶稣的？"法蒂玛问道，"你觉得他们会把你们俩一道送到柏柏尔去？你根本就上不了船。不仅如此，他们还会夺走你的孩子。这你们也是知道的。我等在这儿的时候都看到无数遍了：真要抢起来的时候他们可是一点也不懂得怜香惜玉。你还能指望他们顾得上你的胳膊么？"法蒂玛故意停顿了一下，眯起了眼睛；一想到自己可能会失去那些孩子，拉法埃拉的脸色果然变了。法蒂玛了解那种感觉，她体会得到拉法埃拉此刻心中的痛；她回想起因天主教徒的折磨而早早夭折的胡马姆。而正是这段记忆又让她怒从心起：眼前的这个女人是个天主教徒，而天主教徒根本不值得怜悯。"我都看到了，"法蒂玛无情地说了下去，"一旦她在登船的时候被查到没有摩里斯科身份、是个天主教徒，她会被立刻逮捕、扣上叛教徒的帽子，你们的孩子也会被他们抓走的。"

拉法埃拉用手捂住了脸。

"这儿有几百个士兵看着呢。"法蒂玛的话还没说完。

拉法埃拉哭了起来。她身边的世界开始溶解。疲惫、冲动、这可怕的惊喜。所有的一切倏忽间掺在了一起。她的腿不再听使唤了,她只觉得自己喘不上气来。她的耳中只剩下了那女人的话,它们愈来愈模糊,愈来愈悠远……

"你们无路可逃。谁也没办法离开阿雷纳尔……只有我才能帮你们……"

拉法埃拉终于晕厥过去,从喉咙深处吐出了一声悲鸣。

孩子们跑向了他们的母亲,但埃尔南多拨开了他们,在拉法埃拉身边跪了下来。

"拉法埃拉!"他叫喊着,拍她的面颊,"拉法埃拉!"

他绝望地望向四周。只一刻,他的目光对上了法蒂玛的眼睛。这交会转瞬即逝,却足以让法蒂玛明白——甚至连他都还没有意识到——她已经失去了他。

"不要离开我。"拉法埃拉哀求着,她还半昏半醒,"埃尔南多,别把我们抛下。"

米盖尔、孩子们和法蒂玛默默地看着稍远处的两人;埃尔南多把他的妻子抱到了河岸边。拉法埃拉的脸上依旧毫无血色,她的声音到这会儿还在颤抖;她都不敢看他的眼睛。

埃尔南多还能闻到自己皮肤上残留着的法蒂玛的香气。就在几分钟前,他还渴求着她的拥抱,把她紧紧按在了自己怀里;甚至有一瞬间,只是几秒,法蒂玛所描绘的幸福也闯进了他的心田。可是现在……他看着臂弯中的拉法埃拉:泪水从她颊骨上滑了下来,与她脸上沾着的尘土和在了一起。他察觉到她下颚上的轻微抖动:她在奋力抑制着她的哭泣,想要以一个坚强女性的形象呈现在他的眼里。埃尔南多咬着嘴唇。这不是她。她是那个哭着求着不想去修道院的女孩。她是那个用甜美与温情逐渐赢得了他的心的姑娘。她是他的妻。

"我再也不会离开你了。"他听见自己对自己说。

他轻轻地握起她的手,放到嘴边亲了一下。随后他将她抱紧。

"我们该怎么办?"他听到了她微弱的声音。

"别担心。"他小声答道,努力让自己的话显得更有说服力。

没过多久,孩子们也围了过来。

"现在我得先去解决一件事……"埃尔南多喃喃道。

见埃尔南多朝法蒂玛的方向走了过来,米盖尔往旁边让了两步。

"我是特地来找你的,哈迈德·伊本·哈迈德。"法蒂玛肃目相迎,"在我看来,是真主……"

"真主自有安排。"

"你别搞错了,这就是真主的安排。"她指了指阿雷纳尔区的土场上骈肩叠迹的人群。

"我要跟拉法埃拉和我的孩子们待在一起。"他说道,语气之坚定不容反驳。

她战栗着。她的脸变成了一副美艳却坚硬的面具。她作势要走,但刚迈出一步,又回过头来,目光直射埃尔南多的眼睛。

"我知道你还爱我。"

说完这句,法蒂玛掉转身子,朝她的船走去。

"你等一下。"埃尔南多叫住了她。他奔向了马群,立马又跑了回来,手里提着一个布袋;待到了法蒂玛跟前,他在袋子里翻找起来。"这是你的。"说着,他将那块古旧的金坠递给了法蒂玛。她用颤抖的手接过它。"还有这个……"埃尔南多将阿尔曼左尔时代的那本《巴拿巴福音》抄本送到了她的面前,"这份文件非常古老,也非常珍贵,是属于我们民族的。我本该将它交给土耳其苏丹。"法蒂玛没有伸手。"我也知道你会觉得我辜负了你,"埃尔南多承认道,"确实,正如你所说,我很难从这里逃出去,不过我还是会去试试。若是成功了,我会继续留在西班牙,为了我们唯一的真主、为了民族间的和平而战。请理解我,我可以拿我的生命冒险,可以拿我妻子甚至孩子的生命冒险,我甚至可以拒绝你……但我不能让我们民族的遗产落入险境。我没法把这东西带在身上,法蒂玛。我不能让它落到天主教徒的手里。为了守护穆斯林的律法,我们曾经并肩战斗过,请你将它收好,就权当是对那些岁月的纪念吧。也请你按照自己的判断妥善处置它。接下它吧,为了安拉、为了先知穆罕默德、为了我们所有的弟兄。"

她拿起了那份抄本。

"请记住,我曾经爱过你,"这时,埃尔南多才说,"现在也是,以后也会是一样,直到我……"他清了清嗓子,沉默了几秒。"死是永恒的希望。"他小声念出了那句话。

可没等他说完,法蒂玛便背过了身去。

只有当埃尔南多目送法蒂玛的背影消失在人群之后,他才理解了她适才那席话的真正意味。他环视着阿雷纳尔区四处的景象,心就不由得收紧了起来。数千摩里斯科人被关押在了此地;士兵和书记员们在不停发号施令;被驱逐者们登上了各自对应的船舶;商人和小贩们在想方设法从这些悲苦颓唐的人们身上将他们的最后一个勃兰卡掏空取净；神父们则在密切关注着登船的队列，任何一个不足六岁的孩子都逃不过他们的眼睛……

"我们该怎么办，埃尔南多？"拉法埃拉问道；见那女人拂袖离开，她也终于可以松了一口气。他们又在一起了。他们是一个家庭。孩子们就聚在他们的周围，都在翘首以盼着父亲的决定。

"我也不知道。"他无法将视线从拉法埃拉和孩子们身上挪开。他差点就失去他们了……"即便你用这样或者那样的方法假扮摩里斯科人上了船，我们的孩子肯定也是混不过去。天主教徒一定会把他们掳走的。我们必须从这个窟窿眼里逃出去。没有时间可以浪费了。"

夕阳在黄金塔的瓷面上撩起绚烂的华光，将埃尔南多完全罩住。他站在那儿，凝睇着那高耸的城墙。拉法埃拉跟随着他的目光；米盖尔也是一样。他们身后没有出口：城墙与堡垒阻住了去路。稍远处有通往城中的赫雷斯之门，可总有大队士兵立在那门口守望；阿雷纳尔之门与特里亚纳之门也是相同的情况。看样子只能走瓜达尔基维尔河了。拉法埃拉和米盖尔见埃尔南多摇了摇头。这根本就行不通！无论如何他们都不能靠近那些船，有太多神父和书记员在巡视那片河岸了。那唯一的出口就只剩下位于另一头、当初他们进阿雷纳尔区时走的那条环城路了，尽管那边也会有重兵把守。他们该怎么办呢？

"你们在这儿等我。"他命令道。

埃尔南多穿过了阿雷纳尔区的大片场地。确实，天主教徒在入口处布下了一支全副武装的警卫队，但埃尔南多看到，在那两间为迎接被驱逐者的队伍而临时搭建起的茅草屋里，那些士兵正在无所事事地聊天玩牌杀着时间。再没人要进来了，摩里斯科人则都不敢出去；阿雷纳尔区的天主教徒们回家时走的也都是进城的那几道门，而非墙外的绕城路。可是不管怎样……他们必须离开这里！

傍晚时分，他回到了黄金塔；到祷告的时候了。埃尔南多望着天空，祈求起了真主的庇佑。随后他把拉法埃拉和米盖尔叫来，还有阿敏与莱拉。这事实在有些冒险。相当冒险。

"你带来的那些人都在哪儿呢？"他问米盖尔。

"城里。就留了一个在那儿看着那些马。"

"叫他也找他同事去，你就跟他说……说我想要跟我的马一起度过最后一晚好了，说我不想有人打扰。你说他会相信吗？"

"他可懒得关心这个，你前脚说完他后脚就跑去找乐子了。我已经把钱付给他们了。有钱可不手痒么？城里诱惑又那么多。"

于是众人静等米盖尔回来。

"成了。"他说。

"好。反正你是天主教徒,你先从这儿出去……"米盖尔刚想表示反对,就被埃尔南多打断了,"叫你做什么你就做什么,米盖尔,你得听我的。我们只有一次机会。你从随便哪道城门进到城里去,到时候再从别的门绕出来,在城墙外面等我们。"

"那她呢?"米盖尔指着拉法埃拉,"她不也是天主教徒嘛,可以跟我一起……"

"带着孩子么?"埃尔南多问着,"这样她肯定通不过岗哨的。他们会以为她是为了拐孩子才进来的,那我们的孩子们就保不住了。你还能想到什么借口能让一个天主教徒带着几个小孩子出现在阿雷纳尔区里么?他们一定会逮捕她的。"

"可是……"

"去吧,米盖尔。"

埃尔南多拥抱了一下他的朋友,而后托着他帮他攀上了他的骡子。说不定,这就是两人之间的最后一面了。

"米盖尔,愿平安与你同在。"埃尔南多说道。而米盖尔的道别更像是一声咕哝。"别哭,拉法埃拉,"埃尔南多劝着妻子;转过头去的时候,他发现拉法埃拉的眼眶里满是泪水,"我们会成功的……有上帝的帮助,我们会成功的。阿敏、莱拉,你们来,时间不多了,我们还有很多事要做。"埃尔南多拍了拍孩子们的背。

他朝马群走了过去;经过一路折腾,那些马看上去全都疲惫不堪。正如米盖尔当时所说的,他削减了它们的饭食,挫折了它们的锐气,叫它们屈尊驮起了妇女、老人和行李。因为背着的货物,几乎每匹马身上都有不同程度的擦伤。但埃尔南多顾不上那么多,他把所有卸下来的缰绳都握在手里。

"把所有马的笼头都系起来,系紧点。"他一边解释,一边将缰绳分发到两个孩子手中,自己只留下了几根最长的。"先等等,"想到要同时控制十六匹马的难度,埃尔南多改变了主意,"你们就把……把十匹马绑在一起吧,别再多了。而你呢,就先带着三个小的跑到另一头去。"他转而吩咐着拉法埃拉,"因为你用的时间应该要比我们长。到了那儿,你就在卫兵们附近找个地方待下来,尽可能离他们近点儿,但又不要让他们看见你或者怀疑你。回头我会放这些马朝他们冲过去……"听到这里,拉法埃拉差点吓得叫出声来。"没办法,亲爱的,这是我能想到的唯一的办法了。一看到我们的马过来,你就赶紧带着孩子往外跑,穿过岗哨,躲到岸边的草丛里去。那儿没有船。不过你也别一直待在那儿,一有机会你就再往远处走,越远越好。你就沿着那河岸一直往前,绕过城墙,你就能碰上米盖尔了。"

"那你们呢？"她惊恐地问道。

"我们会过来的。相信我。"埃尔南多跟妻子拍着胸脯，可他声音里的颤抖却与他想要表达出来的自信自相矛盾。

埃尔南多轻轻在她脸上吻了一下，催促她向阿雷纳尔区的另一端开始移动。而拉法埃拉还在原地举棋不定。

"我们会成功的。我们所有人。"埃尔南多叫她抓紧时间，"你要相信上帝。去吧，跑起来。"

还是小穆格莱牵起了母亲的手，把她拖向了阿雷纳尔区的另一头。埃尔南多耽搁了几秒，注视着他的一部分家人消失在人群里；随后，他便果决地投入到紧张的工作中，协助莱拉与阿敏。

"听到我跟你们妈妈说的话了吗？"他问他的大儿子和大女儿。两人都点了点头。"那好。等会儿你们一人一边，站到马群的两侧；我会负责带领它们。要带那么多匹马从人堆中通过肯定不是件容易的事，不过无论如何，我们也得加油做到它。好在大部分的士兵都到城里寻欢作乐了，这块场地上现在也没有人在巡视；我们不会被抓的。"他的手还在绑那些马，嘴巴则不停地鼓舞着孩子们，不让他们有机会瞻前顾后的，"到时候你们就从侧面和后面把它们赶起来，"他嘱咐着，"别害臊，随便谁说了都跟你们没有一点关系。我们的任务就是排除万难穿过这块场地。你们听明白了吗？"阿敏和莱拉再次点起头来。"等我们快到出口的时候，你们就躲在马匹的后面，然后死命地跑出去，跟你们母亲一样。清楚了没有？"

他没等孩子们回答。此时十匹马已经连成一体了。埃尔南多抓起那几根长缰，从七匹他选定要跑在后面的马的肩隆上方将它们与打头的三匹马的马腿拴在了一起。随后，他又牵起另一匹单独的马。

"清楚了没有？"他又问了一遍，见阿敏和莱拉双双给出了肯定的回答，埃尔南多对他们弯出了一个鼓励的微笑，"妈妈在等着我们呢！我们不能让他们等太久！出发吧！"他一声令下，都没让自己有机会喘口气。阿敏今年才十一岁，他妹妹比他还小一岁。他们能行吗？

埃尔南多拽起队伍最前方的三匹马，而后面被捆成一团的七匹马自动向两翼冒了出来。

"驾！动起来，我的伙计们！"

埃尔南多的爱马们闹起脾气来；它们不习惯被绑在一起。后面几匹马开始尥蹶子，它们相互挤撞、相互撕咬，就是不肯前进。而他自己呢？埃尔南多自问道。他这把年纪还能行吗？他重重地踹了下其中一匹马的肚子：

"走啊!"

"驾!"此时,他听到马队后方也响起了一个声音。

透过那些牲口之间的缝隙,埃尔南多瞅见阿敏手执缰绳抽打起了后边几匹马的屁股。顷刻间,莱拉也加入了进来;起初她还有些不好意思,但仅过了几秒,她的声音便变得如她哥哥般果断坚定。

他们果然能行!孩子们的驱驾声在耳,埃尔南多会心一笑。

当所有的马都跑起来的时候,它们顿时成了一支势不可挡的大军;埃尔南多本以为自己会控制不住它们,可阿敏与莱拉一会儿从后面奔到旁边,一会儿又从旁边跑到后面,喙着它们,赶着它们,顺利地稳住了队形。

"小心!快闪开!"埃尔南多不住地喊着。

行进路上的摩里斯科人又爬又跳,四散而逃。疯狂的马掌踩烂了锅碗,纷乱的马腿撞坏了帐篷。当马儿们成群结队从一小堆篝火上一跃而过时,埃尔南多才意识到这群牲口在人山人海中是多么危险:它们从来也没有做过如此举动;这还是它们头一回放胆跳过火堆。

"小心啊!"

埃尔南多不得不猛拽打头的几匹马的缰绳,才让一位老妇勉强避过了蹄甲的碾压;不过疾驰的马群所到之处,还是有几个躲闪不及的摩里斯科人被撞飞了出去。

阿雷纳尔区再大,也敌不过一群癫狂的骏马。埃尔南多的眼中已经出现了卫队的身影,从未见过如此阵仗的士兵们被吓得鸡飞狗跳。

"就是现在,孩子们,快跑!驾!"他大叫一声。

最后那声"驾"仿佛是多余了,最近的那群摩里斯科人与卫兵之间的大片开阔地唤起了那些牲口最原始的冲动。埃尔南多在那匹单独的小马身旁大踏步地赶了两步,他一把抓着它的鬃毛就想利用惯性跳上它的背去。太费劲了;他的肌肉告诉了他什么叫作"心余力绌"。第一次尝试失败了,他的腿还没够到马屁股,但当他的右脚再次触地的时候,他半步未拖,而是全力一蹬,终于将整个身子翻上了那家伙的背脊。这会儿,剩下的那些马因没有了阿敏和莱拉的驱赶已经散成扇形,那几个士兵只能眼睁睁看着十一头疯兽浩浩荡荡地向他们飞奔而来;它们歇斯底里,它们横冲直撞。

"真主至大。"

埃尔南多高呼着真主之名,将绑着第一匹马的前腿的那两根长缰往前猛地一拽。牲口们磕绊着往前冲了出去,有几匹倒了下来,还有几匹翻起了筋斗。借着火炬的光,埃尔南多依稀瞧见了士兵们脸上的惊悚;那团黑影像一丸巨大的铁球,翻滚着轧向了他们的茅屋。而埃尔南多骑着那匹单独的马飞速穿过了那道关口,将胆战心惊的卫兵们甩在了身后。

他用与上马时相同的姿势完成了下马的动作,随后他径直奔向了岸边的草丛。马嘶与惊叫声还响彻夜空。

"拉法埃拉?阿敏?"

在没有听到应答前,几秒钟也仿佛漫长得没有尽头。

"我在这儿。"

伸手不见五指的黑暗中,埃尔南多听出是大儿子在回答他。

"你妈呢?"

"这儿呢。"稍远处传来了拉法埃拉的回复。

听到那个声音,埃尔南多心中的大石总算是落了地。他们成功了!

69

  他们逃往了格拉纳达。他们也清楚,如若被人抓住的话,等待着他们的不是奴役,便是死亡。科尔多瓦的兵长们应该知道是他:他是马的主人,且他与他子女的名字也没有出现在登船记录上。去阿尔普哈拉斯吧,他下了决定。那儿有大片大片被遗弃的村庄。米盖尔骑着他的骡子顺利离开了阿雷纳尔区,在城墙的另一头同他们会合;十六匹良马被留在了那里,不过那又怎样呢?

  一路上,他们规避着行人,远离着道路,在村头等着米盖尔乞来饭食,或以冬日田间的萧疏庄稼果腹。经过了从塞维利亚到阿尔普哈拉斯的这段艰苦旅程,他们在胡维莱斯附近找到了庇护。这个荒凉的小村名叫维尼亚斯,自从当年起义的百姓们被赶出去之后就无人居住。

  天寒地冻。内华达山脉的峰顶上都还被着白雪。埃尔南多眺望着远山,又将目光转到孩子们身上;他的童年就是在这里度过的。他没让生火;只有晚上他才会将篝火点燃。他们住进了一间破旧的茅屋;拉法埃拉和孩子们争先恐后地打扫起来,但没有工具,总也徒劳无功。埃尔南多和米盖尔就站在一边;这会儿他们每个人看上去都跟叫花子一样。

  这两个男人从家里走了出去,迈进了外边那条被一栋栋破败的小楼隔出的阴暗的胡同。拉法埃拉见状,令孩子们继续干活,自己也跟着跑出了家门。

  那现在该怎么办呢?来到两人身旁的拉法埃拉用眼神询问着他们。他们要在这儿偷偷摸摸地过上一辈子吗?

  "米盖尔,我还想求你一件事。"埃尔南多急匆匆地说道,他未朝他的朋友转过身去,而是注视着妻子的眼睛,朝她伸出了安抚的手。

  "你希望我做点什么呢?"

  埃尔南多陪米盖尔来到了格拉纳达城附近,而后又坐着骡子回到阿尔普哈拉斯山中;一个乞丐是不可能拥有一头这样的牲口的。在与守卫们一番缠斗过后,米盖尔成功穿过了那道拉斯特罗之门——哪个士兵都受不了他这样的喋喋不休。而一进城，他就直奔堤洛之家而去。

　　米盖尔出门在外的这段时间里，埃尔南多担负起了娱乐子女的责任。他试着教他们捕鸟：他找来一段枯槁的麻绳，将它一股脑地拆了开来；在孩子们专注的目光下，他把它们系成各种各样的活结，又将这些绳结一一挂到树上。虽说捕猎行动最终一无所获，但孩子们确实度过了一段愉快的时光。他们也不缺吃的；埃尔南多依靠自己对地形的熟悉程度，弄来了所需的各种食材——虽然没有肉，不过供他们填填肚子也是足够了。就这样过了一周，没有一个人走近过这个村子，于是埃尔南多告知拉法埃拉，他要带阿敏和穆格莱出去几天。

　　"你们要去哪儿？"

　　"有样东西我想让他们看看。"说到这儿，只见恐惧浮上了拉法埃拉的脸庞。"你放心，"埃尔南多劝慰起她来，"没人会来的。注意点就行了。一旦发现有什么不对劲，就跟孩子们一起躲到附近的山洞里去。莱拉知道在哪儿，就在我们捕鸟的地方。"

　　兰哈龙城堡依旧巍峨，与埃尔南多记忆中一模一样。他们在山脚下一直等到天黑，随后便出发登上了山头。埃尔南多特意为此行挑选了满月之夜：无云的星空下，玄晖朗照。两个儿子跟随在父亲身后，一路去了南侧的碉堡。

　　"万物非主，唯有真主，穆罕默德是真主的使者。"埃尔南多在静夜中默念道。

　　之后，他便跪到地上刨了起来。当他终于挖到先知的那把佩刀时，他恭敬地将它捧了出来；他庄重地拨开了包裹着它的布片，将它展现在了儿子们眼前。

　　"这个，"他说，"便是伟大先知穆罕默德曾经用过的宝刀。"

　　他本欲叫望月的皓彩映在那金鞘与挂坠上，与他在哈迈德的茅屋中初见此刀时一样，掀起一轮灿烂的辉光；但此时此刻，他却是在孩子们大睁着的眼睛里见到了他所要的光芒。他拔出了那把弯刀。出鞘时，只听那刀刃嘎吱作响。埃尔南多战栗着，发现刃上的锈斑中依旧可见风干的血迹——它原是出自巴拉克斯的颈上。那个海盗头子！他的思绪再度不可救药地迷失在回忆的海洋里，法蒂玛那双乌黑的眼睛扑闪着就像夜空中的星星。

　　是两声轻咳叫他回到了现实。他朝阿敏看了过去，但最后他的注意力还是落到了穆格莱的脸上；即使是在满月的辉映下，他的眼中还是射出了无可比拟的光。

　　"多年来，"于是他热切地跟孩子们介绍起来，"这把刀一直由我们穆斯林守护着。先前当我们统治着这片土地的时候，它骄傲地炫示着自己的权柄，每次出鞘时必当显示出自己的价值；后来我们民族被降服，它就一直躺在这里，等待着东山再起的那一天的到来。请你们不要怀疑。如今，我们确是一败涂地，我们的弟兄们都被逐出了西班牙；如果我预计得不错，我们还得继续在这里表现得像天主教徒一样，而在穆斯林尽都离去的今天，我们甚至要比以前装得更像。我们要像他们一样说话，像他们一样用餐，像他们一样祈祷。但是孩子们，你们永远不要绝望。可能我是看不到了，或许你们也是，但是终有一天，会有哪位虔诚的穆斯林来到这里，取出这把弯刀……"那一刻，埃尔南多犹豫了，他记起了哈迈德的话——一晃都过去那么久了。他要怎么跟他们说呢？说这把宝刀将会被高高举起，为他们民族所遭受的不公复仇么？虽说此刻他的心中燃烧着熊熊怒火，但他并不愿他的孩子们怀抱着仇恨长大。"他会将它高举在手，昭示着我们民族在多年以后终于恢复了自由。你们一定记好它在哪儿等着我们，如果你们都无法见到那一天的话，就请你们将这个讯息传递给你们的儿女，再让他们去传递给他们的后代。永远也不要放弃为真主而战。向安拉起誓吧！"

"我发誓。"阿敏郑重地说出了自己的誓言。

"我发誓。"穆格莱模仿着哥哥的话。

在回维尼亚斯的路上，埃尔南多反思着自己适才的举动。他这辈子都在为两大宗教间的宽容与谅解而努力；他只盼着哪天天主教徒能够接受他们的存在，允许他们用阿拉伯语交谈……可是他为什么又要挑动着儿子们去向天主教徒宣战？他到底想要什么？他也困惑了。想到阿雷纳尔区的土场上堆坐着的千千万万被当作动物一样对待的摩里斯科人，从哈迈德手中接过宝刀的那一幕又浮上了他的心头：那会儿他们还在为生存奋斗，为民族的律法抛头颅洒热血。当时的他们怎能想到今日流放的屈辱！眼下还留在西班牙境内的就只剩他们了，或许还有几户摩里斯科人隐匿在农田里和城市中。他苦苦寻求的理解现在何处？行走在夜晚幽静的山中，他将胳膊放在儿子的肩头；他把他们拢到自己身边。他们心中存留着一个含垢受辱的民族希望的火种；那火苗也许还羸弱，可是，燎原巨焰不也始于星星之火？

大约二十天后，米盖尔回到了阿尔普哈拉斯。归来时他骑着一头崭新的骡子，行在他身边的还有堂·佩德罗·德·格拉纳达·维内加斯——他独自一人骑着马，没有携带任何的随从。这位贵族告诉埃尔南多，他们可以住到格拉纳达王国与哈恩王国交界处、他的领地坎波特哈尔去，只不过他们得假扮成从格拉纳达城新近搬去的天主教徒。堂·佩德罗帮他们伪造了身份，证明他们是格拉纳达居民，当然，也是旧天主教徒。从今往后埃尔南多就改叫圣地亚哥·帕斯托尔了，而拉法埃拉的新名字则是康索拉辛·阿尔梅纳尔。谁都没有怀疑他们。摩里斯科人大驱逐使得大批农田空了出来、无人耕种;虽说这种情况主要集中在巴伦西亚,但在其他王国也有发生,而格拉纳达·维内加斯的领地也不例外。堂·佩德罗还同时交给了他们两封信:一封是给他仆人的,那位仆役可以帮他们料理好落户的事宜;而另一封则要交给他的朋友、坎波特哈尔教区牧师:贵族在信中对埃尔南多一家大加赞扬,称其为自己最忠实的奴仆,并保证他们一直对上帝怀着敬畏之心。根据那份身份证明,米盖尔也成了他们的家人。如果他们不犯错的话,谁都不会来打扰他们的,堂·佩德罗如是说。

"铅书还有消息吗?"在那位贵族准备骑马回城之前,埃尔南多另外问了一句。

"那位大主教还攥着它们不肯放呢,翻译工作也还是由他本人掌控,内容中凡与穆斯林教义有关的他一点都没留下。现在圣山上正在兴建一座牧师会教堂,那些遗骨以后就将被供奉在里头;他们还在造一所学校,用于传授宗教与法律知识。总之,计划失败了。"

"也说不定有一天……"埃尔南多的语气里还带着希冀。

堂·佩德罗看了他一眼,摇了摇头。

"即使我们成功了,土耳其苏丹或是其他哪位阿拉伯国王真的来了,将《巴拿巴福音》的内容公之于众了,那又怎样呢?西班牙境内已经没有穆斯林了。一切都不重要了。"

埃尔南多本想反驳,话到嘴边却收住了口。难道堂·佩德罗认为,且不论西班牙摩里斯科人的命运,将真理揭示出来这件事本身是毫无意义的么?皈依了天主教的摩里斯科贵族们都在大流放中幸存了下来。堂·佩德罗也从耶稣基督的那次显现中——都被写在书里了,自然拥有更高的可信度——找到了信仰的源头。是,他是帮了他们,可他是否依旧相信着那位唯一的真主?

"祝你们长命百岁。"贵族说着,把左脚套进了马镫里,"有什么问题的话就跟我讲。"

说完这句,他疾驰而去。

终　章

有不少留了下来，特别是在那些党派勾结、家族盘踞的地方……

——1612年9月，萨拉萨尔伯爵答莱尔马公爵

1612 年,坎波特哈尔

转眼间,那番对话已是近两年前的事了。正如堂·佩德罗所说,谁都没有来找他们的麻烦。在那位贵族的庇护下,他们以领主前仆从的身份顺利在格拉纳达·维内加斯的领地扎了根,在一间偏远的田舍中住了下来。他们的生活方式彻底被改变了。埃尔南多再也不能钻到书堆里去埋头苦读,因为根本就没有书了;也没有笔墨可以写字;也没有马。仅有的那些钱怎么都不够干这些的,另一方面,即便有了钱,也没法在家中练习书法;那块荒僻的田地里总共就住着那么几户人家,邻里关系又那么近,若是不小心,很容易被邻居们察觉,从而引起他们的怀疑。家门是常开着的,女人们的玫瑰经也是一刻不停;她们诵经的调调都成了当地特有的民谣了。但时不时地,当田里只有他们一家人的时候,树枝在手的埃尔南多还会近乎无意识地在泥地上画起阿拉伯语的字母来;接着拉法埃拉或是孩子们就会飞快地用脚将它们抹掉。只有穆格莱——他已经七岁了,越来越多地得用上"拉萨路"这个新名字——会用那双蓝眼睛凝视着那些字符,像是要让它们多停留一会儿。除他以外,埃尔南多已经不再教授其他几个儿女穆斯林的教义。每当在给穆格莱上课的时候,他就会想起自己藏在科尔多瓦大清真寺壁龛旁的那本《古兰经》;终有一天,他的这位爱子将会把它取回手中。

其余的时间里,埃尔南多总是避免谈及宗教的话题;因为怕被发现,他甚至不再给孩子们讲述先知的事迹。人们都很警觉;接连不断地有人在检举那些用各种手段逃过了驱逐的摩里斯科人。处死、奴役、船役或是被送到阿尔马登矿山①里去充当苦力:被抓获的摩里斯科人便要承受这样的酷刑。他不能把孩子们的生命当作儿戏!但穆格莱不同,他有一双与他一模一样的眼睛:这是那个强暴了他母亲的天主教徒的遗赠,它象征着一个民族长久以来所遭受的不公,而阿尔普哈拉斯人的起义

---

① 西班牙最大的水银矿。

便是因此而起。

埃尔南多喘着气，把长杆支在地上，停下了动作。他下意识地用手抵着酸疼的腰，而一发现拉法埃拉在看他，他又将胳膊放了下来。

"休息会儿吧。"他老婆都劝了他无数遍；她一边说一边弯下腰，将地上的橄榄一一拾进一个大筐里。

埃尔南多抿起嘴摇了摇头，不过他确实允许自己歇了几秒；他将目光投向他的孩子们：阿敏——在家以外，他再次换上了胡安这个名字——从这棵树跳向了那棵树，爬到了盘曲的枝干下面，摘起了那些不愿在杆打下屈服的橄榄。埃尔南多想起了小时候自己也曾在胡维莱斯的一片梯田中，在一棵迎风而立的老树下，做着与现在的阿敏相同的事情。另外四个孩子正跟母亲一起捡取因成熟或是因棍棒的敲打而落到地上的一颗颗果实。大儿子已经十五岁了，使起那根杆子来得心应手，但如果是由阿敏来负责打落那些晚熟的橄榄，那他埃尔南多又能干点什么呢？他都快六十了，叫他再去爬树恐怕是勉为其难了。

于是他又一次举起长棍击打那些树枝。拉法埃拉见状，不住地摇着头。

"你个老顽固！"她呵斥着。

埃尔南多在心里笑了笑，又开始新一轮的捶打。他可不是个老顽固么？不管怎样，橄榄还得要收啊。与山里其他的好几户人家一样，还有几十棵树等着他们去采摘。那些树排列得整整齐齐，一眼望去仿佛看不到边际。越早把橄榄送去油坊，制出的油就越为精良，他们自然也就能拿到更多的薪水。

傍晚时分，精疲力竭的他们回到了家里——那是一栋窄小破旧的双层小楼。他们的家与另外五间同样破败的田舍一起，组成了位于坎波特哈尔镇远郊的那个小小村落。

搬来以后他们便一直住在这里，他们辛苦耕种着，领取着微薄的报酬。要让五个孩子吃饱并不是件容易的事，所以时不时地他们也会挨饿；以土地为生的家庭大抵如此。但他们确是生活在了一起，想到这点，就让他们力如泉涌。

每逢周日与节假日，埃尔南多一家便会到坎波特哈尔镇上去做弥撒；对于宗教事务，他们总是表现得比其他居民更加热心。1610 年，圣山铅书最忠实的守护者大主教卡斯特罗离开格拉纳达，到塞维利亚赴任。依靠他雄厚的个人资产，他从那里继续监督着铅片的翻译以及山顶教堂的筑造工作。同时他也成为了圣母受孕派最重要的推动者；在他的主教任期里，他高高竖起了纯洁玛利亚这面大旗。无罪受孕的教义在西班牙全境广为流传，飞抵到每一处最偏远的角落，直达每一个最小的教区：坎波特哈尔也在此列。埃尔南多与拉法埃拉聆听着那激情洋溢的布道：在那位天主教教士的话语中，玛利亚，也就是那个被先知穆罕默德称作是天国中最伟大的女性的麦尔彦，也彰显着与《古兰经》与圣训所述的相同的德行。埃尔南多和拉法埃拉，他们以各自的信仰为出发点，却殊途同归地汇聚在圣母的慈光下。他，满心尊崇；而她，满怀着虔敬。

每逢这样的时刻，分立在教堂两处的他们就会寻找起对方的视线，在无声中诉说起心中的密语。铅书的效用与预期相差甚远，但圣母玛利亚却真正将两种宗教维系。如果不是她的帮助——一天晚上，拉法埃拉轻轻地对丈夫说——一个摩里斯科人与一个天主教徒怎能同时从塞维利亚顺利逃离？若非玛利亚在上帝面前为他们说情，上帝怎会允许一个穆罕默德的追随者与一个忠诚的天主教徒结成美满的婚姻？

这几天是休息日，他们便去了镇上闲逛，当见到埃尔南多在马匹前眷恋地半闭起双眼——哪怕那只是匹难得的驽骍——一阵酸涩便侵袭着拉法埃拉的心。当初选择与他一起逃出来到底是对是错？因为她，他告别了他的书本，远离了他的研究；这样的生活是否会令他感觉贫瘠无趣？

然而她的丈夫却用实际行动消除了她的顾虑。安息日里，埃尔南多会跟穆萨与萨尔玛嬉笑打闹，乐此不疲；他亲吻着他们，又慈蔼地将他们抱在怀里。他还会在农田里偷偷地教他们算数、记账，以及所有那些不需要纸板就可以教学的科目，尽管孩子们通常听几分钟就倦了——那些东西学了也没多大用处嘛——随后他们便会令爸爸跟他们一道原地坐好，把米盖尔叔叔喊来讲故事给大家听。而到了晚上，夫妻俩则会谈起子女们的事，说说阿敏和莱拉的将来——他们都已经成年了——也说起庄稼、生活以及好多好多的话题。再之后，他们便会一同走进那个小小的房间，在温润的爱意中，小酌云雨。

又得是忙碌的一日。天方亮他们就起床了，准备早早去继续采集橄榄。埃尔南多不得不去把孩子们摇醒；平日睡觉时，他们五个都得蜷头缩脚地挤在同一块草垫上。俭朴的早餐过后，他们顶着晨雾走入了田地，等待着阳光的热度蒸散这空中的水气。干活时，现场一片肃静。拉法埃拉心中还有着自己的忧虑：天不遂人愿，她的身体告诉她，她再度怀孕了。她要以怎样的心情将又一个生命带到这个贫苦交加的家庭？

日过正午了，他们稍做歇息，用起了午餐。正当此时，远处出现了罗曼、那个总在村子里留守的残废老头的身影；他正挂着拐杖朝他们缓步走来。稍近些的时候，他停下了脚步，用那根粗糙的拐棍指了指埃尔南多一家；只见他身后还跟着两名骑手。

"堂·佩德罗。"米盖尔惊讶地告诉埃尔南多，他的目光还没有离开那两个坐在马背上的人。

"另外那人会是谁？"拉法埃拉的脸上露出了惊恐的神色。

"你别慌，堂·佩德罗不会害我们的。"埃尔南多让妻子保持镇静，尽管他自己的声音中也透着一丝恐惧。

只见那两个男人驾着马不急不缓地向他们小跑过来。

埃尔南多站了起来，为了以防万一，他先独自往前迎了两步。贵族脸上挂着的微笑叫他安了心，于是他朝拉法埃拉招了招手，叫她也走上前来。

"你好啊。"堂·佩德罗跳下了马。

"安好。"埃尔南多回答着贵族的问候，眼睛却在注视另外那位骑手：他中等年纪，衣着光鲜却并非西班牙的式样，胡子是精心打理过的，目光锐利得可以把人心穿透。"你是要来视察一下你领地的收成么？"埃尔南多笑着朝堂·佩德罗·德·格拉纳达伸出了右手。

"不不，"贵族回答着，重重地跟埃尔南多握了握手；他比来时笑得更欢了。这时拉法埃拉也靠了过去，米盖尔则把孩子们圈了起来。"我这次来是带着好消息呢。"

堂·佩德罗从衣襟里掏出一封文书，郑重地将它交给了埃尔南多。

"你不打开看看么？"见他的朋友把那卷纸握在手上，贵族问了一句。

埃尔南多拿起那份东西看了看。上面封着火漆。他又仔细端详了一下漆上的印章。是皇室的戳。他犹豫了。他在发抖。这会是什么呢？

"打开看看啊！"拉法埃拉催促着他。

米盖尔抵挡不住心中的好奇，也艰难地蹦到了埃尔南多身边；他的拐棍深陷进烂泥里。孩子们也跟着跑了上来。

"打开吧，爸爸。"埃尔南多回过头去，是大儿子在说话；于是他点了点头，撕开了漆封。

随后，他大声朗读起了那纸文件。

"堂·腓力奉天主之意领卡斯蒂利亚王、莱昂王、阿拉贡王、两西西里① 王、耶路撒冷王、葡萄牙王、纳瓦拉王、托莱多王、巴伦西亚王、加利西亚王、马略

---

① 指南意大利与西西里岛。

卡王……"念着腓力三世那一长串头衔，不自觉地，埃尔南多的音量就降了下去，转为了轻声地诵读，"……奥地利大公……勃艮第公爵……"最后，他干脆默读了起来。

谁也不敢打搅他。拉法埃拉两手紧扣，只想从丈夫嘴唇细微的动作猜出文书的内容。

"国王……"埃尔南多终于读完了那份文件，他激动地向家人宣布，"国王他亲自豁免了我们：胡维莱斯的埃尔南多·鲁伊兹以及他的孩子们。我们再也不用受驱逐令的束缚了。他不仅认定我们为旧天主教徒，还要将我们被征用的财产统统还给我们。"

拉法埃拉笑了起来。她笑着笑着，竟潸然泪下，泣不成声。

"那西尔呢？还有那公爵呢？"抽噎中，她好不容易问出一句。

埃尔南多再度念了起来，不过这次，他放大了音量，语气铿锵有力：

"国王麾下之公爵、主教、侯爵、男爵、贵族、督查、陪审员，各城镇乡村之总督、总管及王国内一切臣民均不得违此诏令。钦此。"

他把那封信递给她；她再也忍不住，放声大哭。埃尔南多张开双臂，叫妻子躲进了他的怀里。

"你的下一个儿子，他要生在科尔多瓦了。"拉法埃拉抽泣着，在埃尔南多耳边说道。

"这都是怎么做到的？"埃尔南多问道。

堂·佩德罗让他与妻子暂且分开一下；当他们三人漫步在橄榄林中的时候，这位贵族将他的同伴介绍给埃尔南多：他叫安德烈·德·龙萨，是法国驻西班牙使团的一员。

"德·龙萨先生给您捎来了一封信。"

三人在一棵盘根错节的老树下站定。法国人从衣袖中取出另一封信。

"是奥斯曼帝国的苏丹艾哈迈德一世[①]写给你的。"他说。见埃尔南多用疑问的眼神看着自己，法国人又继续解释："您也知道，自西班牙对您的民族颁布了驱逐令之后，有不少穆斯林来到了我们法国。很不幸的是，我国人对他们欺凌抢掠，甚至杀死了其中的一大部分。所有这一切都传到了艾哈迈德苏丹的耳朵里，他立即向法国派出了特使，在法王面前为这些被驱逐者们求情。艾希·易卜拉欣——这是那

[①] 奥斯曼帝国第十四任苏丹（1603—1617 年在位）。

位使者的名字——他顺利完成了他的使命。而就当他在法国停留期间，他又接到了另一个任务，而他将这件事交给了我们法国驻西班牙使馆来处理：为您与您的家人取得豁免……不计成本。他们确实已经砸了不少钱了，这点我可以跟您保证。"埃尔南多还在等对方给出更详尽的说明。"再多的我也不知道了，"龙萨说道，"他们是事成之后才通知我的，叫我来找堂·佩德罗，说是因为铅书的事，他可能会知道您的下落。所以我的责任只是随堂·佩德罗一起过来，把苏丹的信交给您。"

埃尔南多打开那封信。那优雅庄重的华美字体一看便是出自大家之手，那用五彩装点的阿拉伯语词句叫埃尔南多心头一颤。他默默地读了起来。法蒂玛真的如其所说去了伊斯坦布尔，还将那本福音书亲手交给了苏丹本人。艾哈迈德一世在信中对他表示了感谢：他不仅将《巴拿巴福音》托付给自己，成功守护了伊斯兰的真理，还在壁龛前虔心祈祷，将伊斯兰的魂留在了科尔多瓦大清真寺里。伊斯兰世界中，谁人没有听说过它的美名？

苏丹还说，为了真主安拉，为了先知穆罕默德，他正在伊斯坦布尔建造一座世界上最大的清真寺①：它将拥有六座尖塔和一个巨大的穹顶，上面拼贴数以千计的蓝绿色马赛克；但即便如此，那位苏丹还是承认，他的清真寺再巧夺天工、再璀璨夺目，永远也无法企及科尔多瓦大清真寺的高度——它在天主教的土地上昭示着哈里发的权柄，有着无与伦比的象征意义。

这是我的心愿，也是全世界所有穆斯林的心愿：希望你继续在那座西方最大的圣殿中称颂独一无二的真主之名；也愿你时时祈求着唯一的真神，即便只能是窃窃低吟；当终有一天你将离去，也要让你的子子孙孙将传统延续。愿你的祷告声也融汇在千万信徒呢喃的余音中，在他预定的日子，通过你与你的后人，将过去与当下联结在一起。全能的真主必将施行拯救。那一天必到来。

博士们认为我们必须去找到那本福音书的原件；曼苏尔时代的那位抄写员也称他已将它藏匿了起来。但愿我们能够发现它。为此我们愿意倾尽所有，因为只凭一本手抄本是绝不会获得天主教徒们的认可的。

你的妻子祝福你一切都好；你们一同开始了一段奋斗，她也鼓励你将你们的斗争延续下去。我们会负责照顾好她的，直到死亡将你们重新汇聚。

---

① 苏丹艾哈迈德清真寺，也称蓝色清真寺，始建于1609年，至1616年建成，是世界上现存唯一的六塔清真寺。

是法蒂玛！她原谅他了！

远处，孩子们的欢笑声将他的注意力吸引了过去。他遥望着他们：他们在橄榄林中奔跑蹦跳，被米盖尔的喊叫声鼓动了起来，在母亲微笑的凝望下追逐嬉戏。是啊，这个家庭不就是他莫大的成就么？埃尔南多慨叹着。谁说两个民族就不能像这样和平共存？而这时，他看到了穆格莱：那孩子站在稍远些的地方，安静而持重，正用那双湛蓝的眼睛注视着自己。这些孩子都是他埃尔南多的子女，但只有这个才是他事业的继承人；穆斯林在这片土地上统治了八个世纪、锤炼了八百年的精神将由他来承袭。

蓦然间，拉法埃拉也察觉到这对父子的相似之处。像是猜到了丈夫心中的想法，她朝穆格莱走了过去，站到他的身后，把双手放在他的肩头。男孩找寻着母亲的手，与母亲十指紧扣。

埃尔南多幸福地看着他的家人，而后，将目光投向了树冠之上。艳阳当头，一时间，清澈的天空上，流云变换，绘出一只雪白的法蒂玛之手。那手浩瀚，像是要将所有人荫护其中。

作者后记

从天主教国王和王后占领格拉纳达直到摩里斯科人被完全逐出西班牙，到2009年，摩里斯科人的历史已走过了第四个百年。西班牙的历史长卷中，排挤外族的章节比比皆是，阿尔曼左尔袭击希伯来人和天主教徒，还有著名的天主教国王与王后驱逐西班牙犹太人事件，而摩里斯科人的遭遇无疑也在其中。格拉纳达王国投降时，对穆斯林设置的规定相当宽松：他们可以保留自己的语言、宗教、习俗、财产和权利；但八年后，西斯内罗斯枢机主教颁布了强迫摩里斯科人皈依天主教、彻底毁灭其文化、新设高额税赋和取消其自治权的命令。这些人被称为新天主教徒，一时成为了剥削和仇恨的对象，他们自古以来享有的权利被牢牢地限制住，这种转变来得过于突然。

阿尔普哈拉斯的摩里斯科人发动了暴乱。这片崎岖的山地风景奇伟。暴动是长久以来压迫欺凌的产物，编年史家路易斯·德·马尔默尔·卡尔瓦哈尔（《格拉纳达王国摩里斯科人之叛乱及惩罚》）和迭戈·乌尔塔多·德·门多萨（《西班牙国王腓力二世对摩里斯科人发动的格拉纳达战争及摩里斯科人的叛乱：四卷书写成的历史》）对这段历史做了详尽的描述。这场战争中，双方阵营都极尽残酷之能事，不过由于天主教编年史家们写作时的偏向性，我们对摩里斯科人的暴行了解得更多。尽管如此，也有为数不多的几个人站了出来，选择了实话实说而非巧言开脱，西班牙驻巴黎的大使就是其中最响亮的一个声音。本书第二章开头便引用了他写给西班牙国王的信，信中说，摩里斯科人纷纷投诉神父，说神父强奸了他们的女人，所以生出来的孩子一个个都遗传了神父的蓝眼睛，本书的主角就是其中之一。而暴行也同样发生在天主教阵营中，加雷拉镇的大屠杀就是不可回避的明证。双方不约而同地对战败者施以了奴役和抢掠，所以上述编年史中的记述，无论是在胡维莱斯广场上殒命的一千多个妇女儿童，还是两边阵营在格拉纳达公开组织的人口拍卖都有相当高的可信度。

大屠杀的制造者是一支特殊的军队，不论是士兵还是军官都并非正规军的成员，其唯一目的就是为自己大肆敛财。编年史中谈到这支军队的章节里，战利品的瓜分、对钱财贪婪的追求以及刚一填满钱袋就自动脱队的士兵充斥着字里行间。

此外，在这本小说中我还试着把起义时人们的生活状况以及人与人之间的冲突展示给读者。那些摩里斯科人被阿尔及尔人和土耳其人抛下，生死由命——以前是这样，之后也是一样——最终被西班牙的步兵们击溃。用大麻激起斗志，用乌头在箭尖涂毒的习俗，因好色而招致灾祸的阿本·倭马亚，恃才傲物的阿尔及尔近卫兵团，喜爱男色的海盗……这些都出现在编年史家的记述里。伍安·维尔内的著作《穆罕默德》中也指出，根据阿拉伯民俗的记载，先知穆罕默德使用过的几把佩刀流传到安达卢斯，我的小说也采用了这个情节。

阿尔普哈拉斯地区的起义最终以格拉纳达的摩里斯科人被驱逐到西班牙其他王国而终结，他们中有些人被赶到了科尔多瓦，就像这本小说的主人公那样。根据胡安·阿兰达·顿塞尔的著作《科尔多瓦土地上的摩里斯科人》中的记述，这批被驱逐的摩里斯科人有近七分之一死在了被流放的路上。

摩里斯科人的战败与离散，以及使所谓同化政策变成一纸空文的歧视性法律，这些依然没有从根本上解决摩里斯科人问题。许多当时的备忘录和意见书都证明了这一点，并提出了一些让人心寒的"最终解决办法"。对此，摩里斯科人多次密谋组织反抗，未果。这本小说中叙述的托加叛乱是其中最为猛烈的一次，却也因英格兰王在伊丽莎白一世亡故后寄给西班牙的那些信件以及英西友好条约的签订而终告失败。史学家亨利·查尔斯·雷亚在其著作《西班牙摩里斯科人：皈依与驱逐》中称，为确保法国国王对起义的支持，摩里斯科人承诺向其支付十二万杜卡多，这笔钱最终得以在波城交付；而多明戈斯·奥尔蒂兹和贝尔纳尔德·文森特在《摩里斯科人的历史：少数民族的生活和悲剧》一书中却坚称这笔款项最终未能支付；不管怎样，摩里斯科人的付款承诺应当属实。由于剧情需要，我在小说中采用了实际付款这个情节，并且这笔钱来自于伪造货币所得的收益。伪币是当时真实存在的一大经济毒瘤，这一顽疾在巴伦西亚王国体现得尤为突出。1613 年，巴伦西亚市储蓄所宣告破产，在市场上流通的几十万杜卡多假币被迫收回，而人们把伪币问题的矛头直指摩里斯科人。曾有不少的柏柏尔人参加了托加会谈，但经济援助却未曾来自阿尔及尔或奥斯曼土耳其，反而恰恰来自那些天主教徒。

孩子们饱受苦难，我指的是那些摩里斯科人的孩子们，他们是这场民族悲剧中最无辜的受害者，值得深入研究。关于他们的遭遇，可以举出的例子不计其数：首先，尽管有皇家法令明令禁止，可在阿尔普哈拉斯战争中，那些不足十一岁的孩子还是被捉为了奴隶，而在我们现代人看来，即使满了十一岁也远远未能被看作成年人。其次，战争一结束，即有成百上千名父母双双被流放的摩里斯科儿童被送给了天主教家庭；有文件证明，当这些孩子到了规定的年纪，就纷纷向法庭提起诉讼，要求恢复自己的自由。后来，在巴伦西亚山地地区（拉瓜尔谷和刃牙山）发生叛乱后，又有一批摩里斯科儿童被抓为奴。最后，有文件显示，当西班牙最终下达驱逐摩里斯科人的命令时，不足六岁的儿童都被法律强制留在了西班牙。据说，即使如此，一些摩里斯科人家庭还是成功把孩子送到了法国（他们被禁止进入柏柏尔海岸），还有一些人为了规避皇家法令的规定，把孩子送上了开往天主教国家的船只，船只一出海便随即转舵驶向了非洲海岸。这本小说写道，几百个摩里斯科孩子被强留在了塞维利亚，而在巴伦西亚，有近千名儿童被划归教会托管；连总督夫人都通过仆人劫持了一群孩子，对他们施以特别的照顾，只为防止他们落入魔鬼撒旦之手，而这所谓的魔鬼撒旦之手，就是指那片"摩尔人的土地"。

驱逐令下达之后，奥尔纳丘镇鲁钝却好战的摩里斯科人扎起营盘，占领了位于拉巴特边上的撒雷村。1631 年，他们与西班牙国王交涉，有条件地归还土地，条件中便有一项：将他们被抢去的子女交还给他们。从王国到王国，从村镇到村镇，无数摩里斯科家庭被夺走了亲骨肉。

当谈及被从西班牙驱逐的摩里斯科人的数目，著书人众说纷纭，难以一一列举。最准确的数字，根据多明戈斯和文森特的计算，可能约为三十万人。此外，大多数对摩里斯科人有所研究的著者（哈内尔、雷亚、多明戈斯和文森特、卡罗·巴罗哈……）都提及了被流放到柏柏尔海岸的摩里斯科人所经历的屠杀。他们中有人称，根据腓力三世时期编年史家路易斯·卡布雷拉·德·科尔多瓦在《1599 年至 1614 年西班牙宫廷大事记》一书的记载，被从巴伦西亚驱逐而逃到柏柏尔的摩里斯科人，有近三分之一在刚一登陆时即被杀害："当（巴伦西亚的摩里斯科人）听说他们去到柏柏尔海岸的兄弟姐妹们中有三分之一都倒在了残忍的屠刀下时，他们都震惊了，很少再有人选择去往那里。"而正在此时，腓力国王借自己的宠臣莱尔马公爵与巴伦西亚女伯爵联姻之际，将从摩里斯科人那里夺来的价值十万杜卡多的财产都赠给了这位新郎。

第一次驱逐后接连颁布了一系列法令，力图将依然可能滞留或返回西班牙的摩里斯科人驱逐干净。法令称，凡发现残存的摩里斯科人的，皆可按照发现者的意愿将其奴役或处死。此外值得注意的是，虽然西班牙境内各王国颁布的驱逐令不尽相同，但其本质几乎是一样的。这本小说的情节参照的是巴伦西亚王国首次颁布的那条驱逐令。

当然也会有例外。其中，科尔多瓦做的一个决定特别耐人寻味，1610 年 1 月 29 日，科尔多瓦市政府请求国王颁布许可，准许两名年迈且膝下无子的摩里斯科人马具商留在城内，"为了此举所能带来的益处，并能实践骑士精神"。我无法证明除了这两个得继续留在城里照顾马匹的摩里斯科老人之外还有没有其他申请法外开恩的例子，我也无法证实国王陛下最后究竟有没有同意科尔多瓦人的请求。

1682年，大主教佩德罗·德·卡斯特罗辞世，教皇伊诺森西奥十一世宣布圣山铅书和杜尔皮亚纳塔羊皮纸均系伪造。但对圣髑的真伪，梵蒂冈教廷未发一言。格拉纳达教会于1600年判定圣髑为真，直到现在，人们还在瞻仰着这堆骨骸。这与本书中主人公的经历尤为相似：用来证明哪些骨骸和骨灰属于哪位殉道者的文字——即使是刻在铅片上——亦被梵蒂冈教廷判定为赝品，但相反地，其真实性恰恰是由这些文字来证明的那一堆堆骸骨——若不是那些铅板，在一个山中废矿里发现的骨灰又怎会被认为是圣塞西利奥和圣特西丰的遗骨？——却依然根据格拉纳达教会的判定而被认为是真的。

时至今日，大多数研究者都同意圣山铅书和杜尔皮亚纳塔羊皮纸系西班牙摩里斯科人伪造这个看法。那些摩里斯科人绝望地在两种宗教间寻找着联系，调和主义的幻想促使着他们在不放弃伊斯兰教义的前提下，努力去改变穆斯林在天主教徒眼中的形象。

同样的，研究者几乎一致将阿拉伯医生兼翻译阿隆索·德尔·卡斯蒂略以及米盖尔·德·卢纳看作是这种幻想的推进者；后者在《罗德里戈王的真实故事》一书中高度评价了阿拉伯的入侵对伊比利亚半岛所带来的积极影响，并描述了天主教徒和穆斯林和平共处的美好前景。虽然我们的主角埃尔南多·鲁伊兹在其中所做的贡献都是出于我的虚构，但堂·佩德罗·德·格拉纳达·维内加斯却是实实在在参与到其中，有数份研究证明了这一点。但他最终还是将家徽上奈斯尔王朝那句骄傲的口号"除真主外别无胜者"改成了"侍奉天主即是为王"；且在驱逐开始之前、于1608年面世的、由学士佩德拉萨所著的《格拉纳达的历史与美谈》一书中也确实描绘了佩德罗的祖先、穆斯林王子席迪亚亚见到空中浮现十字架的神迹从而皈依天主教的故事。与维内加斯家族一样，有许多穆斯林贵族以这样或那样的方式融入了天主教社会。

路易斯·F.巴拿巴·庞斯在《反抗的机制：圣山铅书与〈巴拿巴福音〉》和《〈巴拿巴福音〉：西班牙的伊斯兰教福音书》两篇文章中称圣山铅书与《巴拿巴福音》之间互有关联，论断的依据源于1976年的一起发现。那一年，人们发现了一本十八世纪的部分手抄本——传说原件是用西班牙语撰写的，历史上也有相关记载，尤以突尼斯人记载为多——这本手抄本现由悉尼大学所藏。这一理论的提出使圣山铅书不再只是天主教和伊斯兰教之间调和主义的产物。铅书之中有一卷圣母无字书，其内容无法辨认，但据其序言以及铅书中另一卷书——这卷书确是可读的——的内容称，一位阿拉伯国王会将圣母无字书的含义公之于众。这样来看，无字书的作者确实预见到之后将会有一卷新的圣经经卷浮出水面，尽管这卷书最后是否真的出现了还无法考证。《巴拿巴福音》与圣山铅书有多处呼应，这点显而易见，但铅书中提到的新的经卷是否就是《巴拿巴福音》依然只是个假设。而有一点却并非合情合理的假设，而是作者我想象力过剩的产物：我将那本福音书与科尔多瓦哈里发大图书馆的那场大火联系了起来。很遗憾的是，这场由领袖阿尔曼左尔点燃的大火确有其事。人类历史上还有许多场这样野蛮无情的熊熊烈火；在这些哀伤的回忆里，狂热者的暴怒都不约而同地选择了知识作为宣泄的对象。

此外，人们确实也曾对阿尔普哈拉斯的天主教殉道者进行了调查，尽管是在这本小说杜撰的时间之后：根据佩德罗·德·卡斯特罗大主教编写的资料，有考证的第一次统计发生在 1600 年。《乌希哈尔文书》（1668 年）收录了阿尔普哈拉斯地区曾发生过的大多数针对天主教徒的大屠杀，其中叙述了一个叫作贡萨利科的孩子的故事。这个男孩在殉道前，把自己的死称作为对上帝做出的"小小"的牺牲。这本小说中出现的从孩子的背后把心脏挖出的桥段，曾被马尔默尔多次写进他的史书，用来表现摩里斯科人对天主教徒的冷酷无情。

科尔多瓦是一座奇迹之城，是被联合国教科文组织认定为人类历史文化遗产的欧洲城市中城市面积最大的一个。这座城里有好些地方可以让你自由放飞你的想象，重温穆斯林哈里发统治时的灿烂岁月：科尔多瓦清真寺大教堂无疑在此之列。虽然无法考证，不过有人称，皇帝查理五世在检阅他自己批准的对清真寺内部的重建工程时曾这样说道："我原本不知道这大清真寺的内部竟然是如此华美，要是我当时就知道的话，我绝不会让你们按传统教堂的样式去重建它。你们建起了一堆随处都能见到的东西，却毁掉了在世界范围内都独一无二的珍宝。"实际上，大教堂的内部在经过了两次改建工程后，成功地将天主教教堂的整个内饰镶嵌在了先前清真寺的廊柱群中，这本就是一件艺术作品。诚然，整修工程将清真寺所开设的光源全都封闭了起来，同时打破了原先的线性结构，使得大清真寺的魂不复存在，但哈里发时代的大部分砖石结构都被留存了下来。之前曾有过许多将清真寺完全摧毁再在遗址上新建天主教教堂的例子，那当时为什么没有将科尔多瓦大清真寺也一并夷为平地呢？把市议员和贵族们错综的利益关系放在一边，只要想起当年市政府是如何反对这项由主教提议的改建工程，甚至将参与改建的工人都判处了死刑，这个决定就不难理解了。

直到现在,在天主教国王城堡的一处院子周围依然能够找见宗教裁判所古地牢的残垣断壁以及画在地上的对应标记。在它旁边,还有另外一片建筑群能将来访者带回到那个久远的年代:那是皇家马场,腓力二世曾在这里培育出一种新品种的宫廷马;时至今日,它依然在为西班牙的育马产业增光添彩。

法蒂玛之手是一种掌型的护身符。有些理论称,它的五根手指分别代表着伊斯兰教信仰的五功:伊斯兰教念(shahada)①、拜(salat)②、课(zakat)③、斋(siyam)④、朝(hajj)⑤。不过,这个标志也同样被犹太教所使用。我们在此不去探究它的真实起源,更不去探讨护身符究竟有无功用。众多研究表明,不仅是摩里斯科人,那个时代的各个族群都在使用护身符,并相信各种魔法和巫术。1526 年,格拉纳达皇家礼拜堂会议明令禁止银匠制作法蒂玛之手,并禁止摩里斯科人佩戴。1554 年,瓜迪克斯宗教会议也做出相似的规定。在众多穆斯林的建筑中都可以见到法蒂玛之手的图案,仅就这本小说中出现过的地方而言,可能最有代表性的要数格拉纳达的阿尔罕布拉宫了吧:那个五指张开的掌型纹饰被凿刻在阿尔罕布拉宫入口处、正义之门第一道拱的拱顶石上,凿刻年代为 1348 年。也就是说,当游客走进这座位于格拉纳达城中的瑰丽的建筑群时,沿途所见的第一个象征图案就是一只法蒂玛之手。

写到最后,我必须在这里感谢曾于这本小说的写作过程中以各种方式给予过我帮助和建议的人,特别是编辑安娜·利亚拉斯女士,她给我的意见和支持对我来说至关重要。在此我也要对兰登书屋蒙达多利出版社的所有人员致以最诚挚的谢意。当然,我还要感谢这本书的第一个读者:我的妻子,她是个做起事来就不知疲倦的人生良伴;也要感谢我的四个孩子,他们不时提醒着我,除了工作以外还有许多重要的事情。谨以这本书献给这世上所有曾经经历过以及依然还在遭受着苦难的孩子们——这个世界上的许多问题,我们还无力解决。

2008 年 12 月于巴塞罗那

---

① 指选择伊斯兰教为信仰。
② 指每天五次祷告。
③ 指施舍。
④ 指斋戒。
⑤ 指一生应至少去麦加朝圣一次。